HEYNE
BÜCHER

Tip des Monats

In derselben Reihe erschienen
außerdem als Heyne-Taschenbücher

2 Romane in einem Band

Philippa Carr
besser bekannt als
Victoria Holt

Geheimnis im Kloster
Der springende Löwe

WILHELM HEYNE VERLAG
MÜNCHEN

HEYNE TIP DES MONATS
Nr. 23/36

Titel der englischen Originalausgabe
THE MIRACLE AT ST. BRUNO'S/
GEHEIMNIS IM KLOSTER
Deutsche Übersetzung von Maria Csollàny
(Dieser Titel erschien bereits in der Allgemeinen Reihe
mit der Band-Nr. 01/5927)

Titel der englischen Originalausgabe
THE LION TRIUMPHANT/
DER SPRINGENDE LÖWE
Deutsche Übersetzung von Erika Remberg
(Dieser Titel erschien bereits in der Allgemeinen Reihe
mit der Band-Nr. 01/5958)

Inhalt

Geheimnis im Kloster

Prolog

Als am frühen Weihnachtsmorgen des Jahres 1522 der Abt des Klosters St. Bruno den Vorhang zur Seite schlug, welcher die Marienkapelle vom Kirchenschiff trennte, erblickte er in der Krippe, die Bruder Thomas kunstvoll geschnitzt hatte, anstelle des hölzernen Jesusknaben ein lebendes Kind.

Der Abt, ein schon betagter Mann, glaubte zunächst, die auf dem Altar flackernden Kerzen hätten seinen trüben Augen einen Streich gespielt. Er schaute von der Krippe weg auf die steifen Figuren Sankt Josephs, der heiligen Maria und der drei Könige und sah dann hinauf zur Statue der Jungfrau, die hoch über dem Altar segnend ihre Arme ausbreitete. Nun erst wagte er, seine Augen zur Krippe zurückwandern zu lassen in der Gewißheit, die pausbäckige Holzfigur vor sich zu haben. Aber in der Krippe regte sich das Kind.

Er lief stolpernd aus der Kapelle. Zeugen mußten her.

Im Kreuzgang prallte er auf Bruder Valerian.

»Mein Sohn«, stammelte der Abt mit zitternder Stimme, »ich habe eine Erscheinung gesehen.«

Er führte Bruder Valerian zur Kapelle, wo sie zu zweit auf das Kind in der Krippe starrten.

»Ein Wunder«, flüsterte Bruder Valerian ehrfürchtig.

Alsbald umgab die Krippe ein Kreis schwarzgekleideter Gestalten: Bruder Thomas aus der Schreinerwerkstatt, Bruder Clemens aus der Backstube, die Brüder Arnold und Eugen aus dem Brauhaus, Bruder Valerian, der seine Tage mit dem Abschreiben von gelehrten Schriften zubrachte, und schließlich Bruder Ambrosius, dem die Aufgabe zugefallen war, Garten und Felder zu betreuen.

Der Abt schaute prüfend in die Gesichter der ehrfürchtig schweigenden Mönche. Bruder Ambrosius sagte leise: »Ein Kind ist uns geboren.« Der Abt bemerkte in seiner Miene, wie er vergeblich versuchte, der Bewegtheit Herr zu werden. Bruder Ambrosius, der erst zweiundzwanzig Jahre zählte, bereitete dem Abt geheime Sorgen. Oft fragte er sich, ob der ungestüme, heftige Mann sich wohl auf die Dauer dem kargen Gemeinschaftsleben anzupassen vermochte. Aber dann wieder kamen Zeiten, in denen sich der junge Mönch leidenschaftlicher und inbrünstiger den Klosterregeln unterwarf als alle seine Mitbrüder. Allmählich war der Abt zu der Überzeugung gelangt, die Bestimmung des Bruder Ambrosius sei es, entweder ein großer Sünder oder ein großer Heiliger zu werden, der seinem erwählten Herrn – möge das nun Gott oder der Teufel sein – mit bedingungsloser Hingabe diente.

»Wir müssen das Kind versorgen«, brach Bruder Ambrosius abermals das Schweigen.

»Ja, wird es denn bei uns bleiben?« fragte der sanftmütige Bruder Clemens einfältig.

»Wie ist der Knabe hergekommen?« überlegte der nüchterne Bruder Eugen.

»Fragt man denn, wie ein Wunder zustande kommt?« wies ihn Bruder Ambrosius mit blitzenden Augen zurecht.

Bald verbreitete sich die Kunde über das Wunder von St. Bruno im ganzen Land, und von weit her reisten Pilger zur geheiligten Stätte. Gleich den Weisen aus dem Morgenlande brachten sie Gaben für das Kind. Und in den folgenden Jahren bedachte mancher reiche Kaufmann, manche Witwe die Abtei im Testament, so daß das Kloster, dessen Armut in der näheren Umgebung sprichwörtlich war, im Laufe der Jahre zu einem der wohlhabendsten Kirchengüter Südenglands aufblühte.

Die Juwelenmadonna

Ich wurde im September des Jahres 1523 geboren, neun Monate nachdem die Mönche den Knaben in der Weihnachtskrippe gefunden hatten. Wie Vater zu sagen pflegte, hielt er meine Geburt für ein ebensolches Wunder. Er war damals vierzig Jahre alt – also nicht mehr jung –, während meine Mutter noch nicht zwanzig Jahre zählte. Seine erste Frau war nach mehreren Fehlgeburten an der Entbindung eines Knäbleins gestorben, das seine Mutter nur um wenige Stunden überlebte, so daß es für meinen Vater einem Wunder gleichkam, endlich ein gesundes Kind in den Armen zu halten.

Man kann sich den Jubel des Hauses unschwer vorstellen. Keziah, meine Kinderfrau und Beschützerin in jenen fernen Tagen, erzählte mir immer wieder von dem Fest.

»Gott bewahre«, sagte sie dann wohl, »war das vielleicht ein Umtrieb. Man hätten glauben können, ein Erbprinz sei zur Welt gekommen und nicht das kleine Mädchen eines Rechtsanwaltes. Wie auf einer Hochzeit ging es zu: all das Wildbret und die vielen Spanferkel. Und Plunderzöpfe gab's und Safrankuchen mit Honigbier für alle, die des Weges kamen. Aus zwanzig Meilen im Umkreis stellten sich die Bettler ein. Zunächst erbaten sie drüben in der Abtei Ablaß für ihre Sünden. Danach kamen sie zu uns rüber und stopften sich den Bauch mit Kuchen voll. Und alles wegen dir.«

»Und wegen des Knaben«, erinnerte ich sie. Sehr früh schon war mir das Wunder von St. Bruno bewußt.

»Ja, natürlich«, gab Keziah zu. Und wie immer, wenn von dem Knaben die Rede war, spielte ein seltsames Lächeln um ihren Mund, das ihre derben Züge sonderbar verklärte.

Da meiner Mutter weiterer Kindersegen versagt blieb, wuchs ich auf im Gefühl meiner Einmaligkeit. Ich wurde umsorgt und behütet wie ein Fürstensproß.

Mein Vater war ein freundlich stiller Mann, der tagsüber seinen Geschäften in der nahen Hauptstadt nachging. Ein Diener in dunkelblauer Livree band dazu eines der Boote an der Anlegestelle hinter unserem Haus los und ruderte ihn flußabwärts. Bei schönem Wetter trug mich Mutter die Stufen hinab und hieß mich Vater nachwinken, der mich freundlich anlächelte, bis die wachsende Entfernung sein Gesicht meinen Blicken entzog.

Unser Haus, ein behäbiger Fachwerkbau mit hohen Giebeln, war vom Großvater erbaut worden. Es hatte eine geräumige Halle, viele Empfangs- und Schlafzimmer und einen großen Wintergarten. Eine breite Treppe führte zu den oberen Geschossen. Im Ostflügel gelangte man über eine steinerne Wendeltreppe zu den Dienstbotenkammern unter dem Dach. An die Küche im Rückgebäude schlossen sich Speise- und Räucherkammern an, dahinter lagen Waschküche, Backhaus und die Ställe. Wir hielten Pferde, Kühe und Schweine, vom Kleinvieh nicht zu reden. Zum Haus gehörte ein Landbesitz mit weitausgedehnten Äckern und Feldern, die Vater durch Knechte bestellen ließ. An unser Gut grenzten die Ländereien des St.-Bruno-Klosters. Vater war mit einigen Laienbrüdern befreundet – noch aus seiner Jugend, als er selber daran gedacht hatte, Mönch zu werden.

Hinter dem Haus zog sich bis zum Flußufer hin ein Garten, in dem Mutter ihre Lieblingsblumen anpflanzte: Iris und Tigerlilien, Lavendel, Rosmarin und Nelken – und natürlich ihre über alles geschätzten Rosen. Im Sommer vor meiner Geburt hatte ihr ein Freund des Hauses von einer Reise die dreißigblättrige Damaszenerrose, die Blume der Kreuzfahrer, mitgebracht. Mutter war von den herrlichen Blüten so entzückt, daß sie ihre einzige Tochter nach ihr benannte und mir den Namen Damascina gab. Auf dem sattgrünen Rasen zwischen den Rosenbeeten tummelten sich unsere Hunde, mißtrauisch beäugt von den schillernd bunten Pfauenhähnen und ihren schlichtgefiederten Hennen, die ebenfalls ein Anrecht auf den Rasen besaßen. Das Füttern der prächtigen Vögel gehört zu meinen frühesten Erinnerungen.

Schon von jeher liebe ich es, auf der steinernen Gartenmauer zu sitzen und auf den Fluß hinabzuschauen. Noch heute erfüllt mich der Anblick der kräuselnden Wellen mit Friede und Gelassenheit.

Die sichere Obhut meines Elternhauses nahm ich in jenen unbeschwerten Kindertagen als selbstverständlich hin und lernte sie erst schätzen, als mich das Schicksal eines Besseren belehrte.

Eine Begebenheit steht mir noch klar vor Augen. Ich war damals etwa vier Jahre alt, und der Fluß mit seinen bunten Schiffen zog mich unwiderstehlich an. Da mir streng verboten war, allein ans Ufer zu gehen – meine Eltern fürchteten, mir könne etwas zustoßen –, tat mir Vater oft den Gefallen und spazierte mit mir zum Mäuerchen am Ende des Gartens. Dort setzte er sich auf die niedrige Umrandung, stellte mich neben sich und legte zärtlich seinen Arm um mich. Er zeigte mir die Boote auf dem Fluß, erklärte mir, wie sie hießen und wer ihre Eigentümer waren. So sagte er: »Schau, der Segler gehört dem Lord von Norfolk«, oder: »Das ist die Barkasse des Herzogs von Suffolk.« Die meisten Leute kannte er aus der Stadt oder von seinen Anwaltsgeschäften. Auch er war bekannt; viele Fischer und Handelsleute zogen im Vorüberfahren vor ihm die Mütze, und er grüßte freundlich winkend zurück.

An einem Sommertag erklang Musik von einem großen Prunkboot, das den Fluß heraufgesegelt kam. Jemand sang ein Lied, begleitet von Lautenakkorden.

»Sieh, Damascina«, sagte Vater leise, als könnte man ihn hören, »dort kommt die Barke des Königs.«

Ein so prächtiges Schiff hatte ich noch nie gesehen. Farbige Seidenwimpel flatterten von den gespannten Seilen, und auf dem goldbunt gestrichenen Deck erblickte ich festlich gekleidete Männer. Die Edelsteine an ihren Ketten und Wämsern funkelten in der hellen Sonne. Vaters Arm legte sich fester um mich. Ich fürchtete schon, er werde mich emporheben und ins Haus tragen.

»Bitte, nein!« wehrte ich ab.

Vater schien nicht zu hören. So klein ich war, bemerkte ich doch, wie mein sonst so selbstsicherer und überlegener Vater mit Befangenheit, ja Angst kämpfte. Er stand auf, wobei er mich unverändert festhielt. Die Barkasse glitt dicht an uns vorüber, Gelächter übertönte die Musik, und dann sah ich einen Mann, einen Riesen von Gestalt, mit rotgoldenem Bart und einem fleischigen Gesicht. Auf dem Kopf trug er ein mit Federn und Edelsteinen geschmücktes Barett, das wie sein Brokatwams im Sonnenschein glitzerte. Dicht neben ihm stand ein Mann in purpurfarbenem Gewand.

Vater zog seinen Hut und grüßte. Mir flüsterte er zu: »Mach einen Knicks, Damascina.«

Es war überflüssig. Ich wußte sehr wohl, was ich angesichts dieser göttlichen Erscheinung zu tun hatte.

Mein Knicks erwies sich als Erfolg; der Riese lachte gutmütig und winkte mir mit seiner beringten Hand zu. Das Schiff glitt an uns vorüber, und ich spürte, wie Vater tief aufatmete.

»Wer waren diese Männer, Vater?« fragte ich aufgeregt.

»Mein Kind, du hast eben dem König und seinem Kardinal deine Aufwartung gemacht.«

So also sah der König aus. Ich hatte von ihm gehört; nun wollte ich alles über ihn wissen. Die Leute sprachen seinen Namen mit einem scheuen Blick aus, in dem sich Angst und Ehrfurcht mischten.

»Wo fährt der König hin?« erkundigte ich mich.

»Nach Hampton Court. Du kennst das Schloß, mein Kleines.«

O ja, ich hatte das Schloß mit seinen Türmen und Zinnen bewundert, gegen das unser geräumiges Haus wie eine Fischerkate wirkte.

»Was tut er dort?«

»Es gehört ihm. Hin und wieder wohnt er dort für einige Wochen.«

»Du hast gesagt, er wohnt in Greenwich. Du hast mir sein Schloß gezeigt.«

»Liebes Kind, Heinrich der Achte besitzt viele Häuser und Schlösser. Der Kardinal hat ihm Hampton Court geschenkt.«

»So ein schönes Schloß? Hat es ihm nicht leid getan?«

»Nun, er wurde wohl... ein wenig gezwungen dazu.«

»Hat der König ihm das Schloß einfach weggenommen?«

»Still, Kind! Was du da sprichst, ist Hochverrat.«

Ich kannte das Wort nicht und merkte es mir, um später danach zu fragen. Im Augenblick interessierte mich vor allem, warum der König dem Kardinal Hampton Court fortgenommen hatte.

»Der Kardinal war sicher traurig, als er es ihm geben mußte«, bemerkte ich.

»Du willst es wieder mal ganz genau wissen«, wehrte Vater ab. Sonst war er sehr stolz auf meinen frühreifen Verstand und meine brennende Wißbegierde. Er ließ mir schon im zartesten Alter Unterricht erteilen und ermutigte mich, alles zu ergründen, was ich nicht verstand. Mit vier Jahren konnte ich bereits lesen und meinen Namen schreiben. Heute vermute ich, daß ich ein altkluges Kind gewesen sein muß.

»Sicherlich war er betrübt, als er dem König das Schloß schenken mußte«, sagte ich beharrlich. »Das ist ungerecht – nicht wahr, Vater?«

»Du darfst nicht so reden, Kleines. Als treue Untertanen müssen wir alle dem König gehorchen: ich und du und...«

»...und der Kardinal«, ergänzte ich.

»Du bist mein kluges Töchterchen«, lobte Vater erleichtert.

Nachdenklich sah ich eine Weile vor mich hin und sagte schließlich: »Da müssen wir froh sein, daß der König dem Kardinal das Haus weggenommen hat und nicht das unsere.«

Betroffen starrte Vater mich an und antwortete dann mit ernster Stimme, als spräche er zu einem Freund und nicht zu einem vierjährigen Kind: »Niemand steht für sich allein. Das Unglück eines einzelnen kann sehr rasch zum Unglück von uns allen werden.«

Ich verstand nicht recht, was er damit meinte, und blickte ihn scheu und verwirrt von der Seite an. Später sollte ich mich noch oft an die prophetischen Worte meines Vaters erinnern. Damals lenkte er mich rasch ab, indem er vorschlug: »Schau, wie hübsch die Weidenröschen blühen! Wollen wir nicht einen Strauß für Mutter sammeln?«

»O ja!« rief ich. Ich pflückte gern Blumen für Mutter, die sich über meine kleinen Gaben stets herzlich freute. Über den Weidenröschen vergaß ich den König und seinen traurigen Kardinal in der Prunkbarke.

Etwa ein Jahr später kamen Kate und Rupert in unser Haus. Einen furchtbaren Sommer lang wüteten die Pest und das Schweißfieber in Europa. Wie es hieß, waren Tausende in Frankreich und Deutschland der Seuche erlegen. In den schwülen Mittsommertagen griff die Krankheit auch in unserem Land um sich, und in den Duft der Blumen mischte sich süßlicher Gestank, der aus dem Fluß aufstieg.

In jener Zeit hielt ich mich an Keziah, wenn ich etwas über die alltäglichen Geheimnisse des Lebens erfahren wollte. Obwohl meine Eltern sehr stolz auf mein frühreifes Wesen waren, nahmen sie sich in ihren Reden vor mir in acht und überhörten gewisse Fragen, während Keziah unbekümmert drauflos schwatzte.

Eines Tages stellte sie auf dem Gang zur Stadt fest, daß einige Läden geschlossen hatten, da ihre Eigentümer der Pest zum Opfer gefallen waren.

»Diese fürchterliche Pestilenz, Gott schütze unser Haus vor ihr!« lamentierte sie in der Küche und schlug flehend die Augen zum Himmel auf.

Als die Seuche näher kam und auch in unserer Gegend Hunderte hinwegraffte, verschwand Keziah in die Wälder zu Großmutter Salter, die im Rufe einer Hexe stand, obwohl sie für jedes Leiden ein Tränklein bereit hatte. Erst als die unmittelbare Gefahr vorbei war, kehrte Keziah zu uns zurück. Wie sie mir voller Stolz im Vertrauen mitteilte, war die Alte ihre eigene Großmutter.

»Bist du auch eine Hexe, Keziah?« fragte ich neugierig.

»Schon möglich. Das hat schon manch einer gesagt«, antwortete sie lachend und schüttelte die wirren blonden Locken zurück. Ihre grünen Augen sprühten, als sie ihre Hände wie Klauen gegen mich ausstreckte und murmelte: »Wird besser sein, du bleibst hübsch brav – sonst hole ich dich in der Nacht.«

Ich quietschte vor Vergnügen bei dem Gedanken, meine gute

Kezzie könne mich entführen. Und dennoch: War es nicht besser, artig zu sein? Versteckte sich hinter ihrem schlauen Lächeln nicht manches Geheimnis, das sie keinem Menschen verriet? Keziah war für mich mit Abstand die interessanteste Person unserer Hausgemeinschaft. Trotz gelegentlicher Schauer fühlte ich mich bei ihr sicher, da sie mich sehr liebte. Von ihr hörte ich auch erstmals die Legende von St. Bruno. Vorausgesetzt, daß ich gehorsam war, wollte sie mir den Knaben einmal zeigen.

Dazu spazierten wir in den Garten zu der Mauer, die unseren Besitz vom Klostergarten trennte. Keziah hob mich hinauf. »Bleib ja still sitzen und rühr dich nicht«, befahl sie und kletterte mir nach. Sie wies auf eine Lichtung zwischen den Bäumen.

»Dort ist sein Lieblingsplatz. Wenn ich Wäsche aufhänge, sehe ich ihn oft dort sitzen. Vielleicht kommt er heute her.«

Sie behielt recht. Nach einer Weile, die wir plaudernd auf der Mauer verbracht hatten, kam der Knabe über den Rasen geschlendert. Er blickte zu uns herauf, als seien wir seltene Vögel auf einer Stange.

Obwohl mir das damals natürlich nicht bewußt wurde, beeindruckte mich die Schönheit des Knaben zutiefst. Ich saß da und schaute, mit dem einzigen Wunsch, ihn immerfort ansehen zu dürfen. Aus seinem blassen, etwas länglichen Gesicht leuchteten die dunkelsten blauen Augen, die ich je gesehen hatte. Das blonde Haar legte sich in weichen Locken um den Kopf. Er war ein wenig älter und kräftiger als ich und zeigte bereits damals eine selbstbewußte Haltung, die mich überwältigte.

»Heilig sieht er ja nicht gerade aus«, flüsterte Keziah.

»Vielleicht ist er dazu noch zu jung.«

»Wer seid ihr?« fragte der Knabe, der näher gekommen war.

»Ich heiße Damascina Farland und wohne dort drüben in dem Haus«, gab ich zur Antwort.

»Ihr habt dort oben nichts zu suchen. Das ist Klosterboden.«

»Du irrst dich, mein Lieber.« Keziah lachte glucksend. »Die Mauer gehört zu unserem Garten.«

Der Knabe sah sich um, ob ihn jemand aus dem Kloster beobachtete, und hob einen Stein auf. Drohend stellte er sich in Positur.

»Du bist garstig«, rief Keziah. »Siehst du wohl, Damascina – er ist gar kein heiliger Knabe! Viele Heilige waren in ihrer Jugend große Sünder, so steht es im Buch. Den Heiligenschein bekommen sie erst, wenn sie älter sind.«

»Der Knabe ist ja heilig von Geburt«, bemerkte ich leise.

»Du bist ein böses Weib!« schrie der Knabe und hob den Arm zum Wurf.

»Bruno«, rief eine zornige Männerstimme. Unbemerkt hatte sich ein Mönch über den Rasen genähert. Als er uns auf der Mauer sitzen sah, blieb er jäh stehen. Keziah blickte ihn mit einem spöttischen Lächeln an. Ich hatte ihn noch nie gesehen, denn im Gegensatz zu den Laienbrüdern verließen die geweihten Mönche niemals das Klostergebiet.

»Was tut ihr dort oben?« fragte er barsch. Ich glaubte schon, Keziah würde herabspringen und mit mir davonlaufen aus Angst vor seinem Zorn.

»Ich schaue mir bloß einmal den Knaben an. Das ist doch nicht verboten, oder?« erwiderte Keziah schnippisch.

Anscheinend verwirrte ihn ihre Unverfrorenheit, denn er schwieg.

»Ich wollte den Wunderknaben einmal meiner kleinen Miß zeigen«, plauderte Keziah weiter, als verstehe sich unser Tun von selbst. »Aber der böse Junge will uns mit Steinen verjagen.«

»Das war unrecht, Bruno«, tadelte der Mönch.

»Sie dürfen nicht dort oben sitzen.« Der Knabe legte trotzig den Kopf zurück.

»Und du darfst nicht mit Steinen werfen. Du weißt, Bruder Valerian hat dich gelehrt, alle Menschen zu lieben.«

»Die Sünder nicht«, erwiderte der Knabe stolz.

Ich verging fast vor Scham. Der heilige Knabe hatte selber gesagt, wie seien Sünder. Ich mußte an das Kind in der Krippe denken: Es war gekommen, um die Welt zu erlösen – und nicht, um Steine auf die Sünder zu werfen.

»Ihr seht gesund aus, Bruder Ambrosius«, sagte Keziah unbefangen, als spräche sie mit einem der Gärtner und nicht mit einem geweihten Mann. Am Ende des Satzes ließ sie einen Laut hören, der ebensogut ein unterdrücktes Weinen wie ein Lachen sein konnte.

Der Knabe beobachtete uns unablässig. Im Augenblick interessierte mich das, was zwischen Keziah und dem Mönch vorging, weitaus mehr. Mochte er meinetwegen heilig von Geburt sein und später ein Prophet oder dergleichen werden – im Augenblick war er ein Kind wie ich, während sich zwischen den Erwachsenen ein Netz jener geheimnisvollen Fäden spann, die ich bisher vergeblich zu ergründen versucht hatte.

Der Anblick von Laienbrüdern war keine Seltenheit in unserem Ort. Sie gingen stets zu zweit, wenn weltliche Geschäfte einen

Gang außerhalb der Klostermauern erforderlich machten. Man sah sie auf den Feldern, wo sie die Arbeit der Knechte überwachten, sie gewährten Reisenden und Bettlern Obdach und eine Mahlzeit, wenn jemand hilfesuchend an der Klosterpforte klopfte.

Einen richtigen Mönch hatte ich bisher jedoch noch nie gesehen, und erst recht nicht im Gespräch mit einer Frau. Ich wußte damals nicht viel über Keziah und wunderte mich über die Keckheit, mit der sie den Mönch behandelte. Weshalb wies er sie nicht zurecht?

Aber er blickte sie nur sonderbar an und sagte lediglich: »Du solltest dich nicht um Sachen kümmern, die dich nichts angehen.« Dann nahm er den Knaben fest an die Hand und führte ihn fort. Ich hoffte, der Knabe würde sich umdrehen und noch einmal zurückschauen. Es fiel ihm gar nicht ein.

Als sie außer Sicht waren, sprang Keziah von der Mauer und half mir herab. Erregt begann ich zu plappern: »Bruno heißt er, hast du gehört?«

»Er ist nach dem Schutzheiligen des Klosters getauft.«

»Ist er jetzt der heilige Bruno?«

»Wohl kaum. Vielleicht wird er es mal.«

»Ich glaube, er mag uns nicht leiden.«

Keziah antwortete nicht. Sie schien über etwas nachzugrübeln.

Bevor wir ins Haus eintraten, faßte sie mich an der Hand und sagte: »Hör zu, kleine Dammy! Das war unser Erlebnis. Wir wollen es geheimhalten und mit niemand darüber sprechen, ja?«

»Warum?«

»Es ist klüger so. Versprich es mir.«

Ich versprach es feierlich mit Handschlag.

John und James, zwei Laienbrüder und Freunde meines Vaters aus der Zeit, die er vor Jahren im Kloster zugebracht hatte, kamen hin und wieder zu uns ins Haus.

Eines Tages hatte ich lange mit den Hunden herumgetobt und schlich mich nun müde zu Vater, der mit einem Buch auf der Gartenbank saß. Auf seinen Knien schlief ich rasch und tief ein, wie nur Kinder es vermögen. Als ich erwachte, hörte ich Bruder John und Bruder James mit Vater reden. Ich hielt die Augen geschlossen und rührte mich nicht, um ihren Worten lauschen zu können.

»Weißt du, William«, sagte Bruder John gerade, »seit dem Wunder hat sich vieles in der Abtei verändert. Bloß gut, daß wir noch Vertrauen zueinander haben – wie damals, als du bei uns im Kloster weiltest.«

»Ganz richtig«, bestätigte Bruder James, der nur selten den Mund auftat.

»Ein trauriger Tag, als du uns verließest«, fuhr Bruder John fort. »Aber wahrscheinlich hattest du recht. Deine Wünsche sind erfüllt. Du hast ein gutes Weib, ein liebes Kind. Hast du auch den Frieden gefunden, den du suchtest?«

»Wenn alles bleibt, wie es heute ist, bin ich zufrieden«, erwiderte Vater.

»Alles auf der Welt ändert sich, William.«

»Ich weiß. Unsere Zeit ist sogar sehr rasch in Bewegung. Und mir gefällt die Richtung nicht, in der sie hintreibt.«

»Der König ist zügellos in seinen Begierden. Er will sein Vergnügen um jeden Preis. Und unsere gute Königin muß büßen für die Dame aus Hever, die nichts im Sinn hat, als unseren Frieden zu stören.«

»Arme Königin Katharina. Sie ist um viele Jahre älter als Heinrich. Was meint ihr – wie lange wird die neue Dame Heinrichs Herz gefangenhalten?«

Die Männer versanken in Schweigen.

Dann begann Bruder John: »Man hätte eigentlich denken sollen, daß unser Kloster nach der Ankunft des Knaben tugendhafter und frömmer geworden wäre. Eher das Gegenteil ist der Fall. Ich erinnere mich an einen Junitag, sechs Monate, bevor der Knabe zu uns kam. Die Hitze lastete auf dem Land, und ich spazierte aus dem verbrannten Garten zum Flußufer, um die kühlere Luft am Wasser zu genießen. Wir waren sehr arm damals, William. Im Jahr zuvor war die Ernte vor Nässe verdorben, wir mußten das Saatkorn kaufen. Und nun verdorrte das Getreide auf den Feldern. Es ging abwärts mit St. Bruno. Zwei Jahrhunderte nach seiner Gründung schien die Abtei dem Untergang geweiht. Einige von uns dachten daran, zu gehen. Wer blieb, würde über kurz oder lang vor Hunger und Kälte krank werden und sterben. So stand ich unten am Fluß und haderte mit dem Herrn. Nur ein Wunder konnte uns noch retten. Verstehst du, William: Ich bat nicht etwa, nein – verstockt und aufsässig *forderte* ich Gott auf, ein Wunder zu tun. Und zur Weihnachtszeit ging es in Erfüllung.«

»Nun, jedenfalls hat Gott dich erhört. Das Kloster ist wohlhabend, kein Mönch braucht mehr zu hungern oder zu frieren. Sei unbesorgt, daß es mit St. Bruno abwärtsgehen könnte. Noch nie in ihrer Geschichte hatte die Abtei so viel Einfluß.«

»Das ist wohl wahr, und doch frage ich mich, ob es besser so ist.

Mit dem Wohlstand ist der Krämergeist eingezogen. Wir sind hochfahrend und weltlich geworden. Hab' ich nicht recht, Bruder James?«

James murmelte zustimmend.

»Möglicherweise ist es gottgefälliger, seinem Nächsten zu dienen, als sich in Meditationen und Kasteiungen zu verlieren«, meinte Vater.

»Das dachte ich früher auch. Nein, darum geht es nicht. Die Gegenwart des Knaben ist es, die unseren Frieden stört. Ob du mir glaubst oder nicht: Unsere Brüder wetteifern miteinander, dem Jungen einen Gefallen zu tun. Bruder Arnold ist eifersüchtig auf Bruder Clemens, weil Bruno öfter ins Backhaus als in die Braustube geht. Natürlich, weil er dort Kuchen zugesteckt bekommt. Die Schweigepflicht wird andauernd verletzt, überall hört man es flüstern, und immer über den Knaben. Sie spielen und toben mit ihm: ein unwürdiges Verhalten für Männer, die sich dem Ernst des Klosterlebens geweiht haben!«

»Es ist auch außergewöhnlich, daß Mönche ein Kind aufziehen!«

»Vielleicht hätten wir klüger getan, es einem Weib in Pflege zu geben. Deine gute Frau hätte den Knaben gewiß besser erzogen.«

Noch eben rechtzeitig hielt ich meinen Protest zurück. Was sollte dieser widerwärtige Knabe bei uns? Hier war ich zu Hause und Mittelpunkt allen Geschehens. Das fehlte mir noch, daß der Bursche zu uns kam und in unserem Hause ebensolchen Unfrieden stiftete wie drüben im Kloster. Ich horchte weiter.

»Er wurde euch gesandt«, gab Vater zu bedenken.

»Und doch zweifle ich, daß der Knabe ein Segen für uns ist. Wir haben an irdischem Wohlstand gewonnen und unsere stille Zufriedenheit eingebüßt. Wie ich schon sagte, beäugen sich Clemens und Arnold eifersüchtig und fallen beide über Bruder Thomas her, wenn er dem Jungen ein Pferdchen schnitzt. Ambrosius ist ruhelos. Wie er mir gestanden hat, fühlt er stets den Teufel hinter sich. Er geißelt sich blutig, aber das Fleisch triumphiert über den Geist. Ständig verstößt er gegen das Schweigegebot. Manchmal vermute ich, daß er draußen in der Welt besser aufgehoben wäre. Sein einziger Trost ist der Knabe, der ihn über alles liebt.«

»Was immer du auch einwendest, er ist ein Segen für euch. Der junge Bruno hat das Werk des alten Bruno vor dem Untergang gerettet. Du sagtest, er tröstet Bruder Ambrosius.«

»Und doch ist er ein Kind wie jedes andere. Gestern traf ihn Bruder Valerian mit einem heißen Fladen in der Hand an. Der Bub hatte ihn aus der Küche gestohlen. Stell dir das vor! Bruder Valerian war entsetzt. Der heilige Knabe hatte gestohlen! Clemens verteidigte ihn zwar und suchte es so darzustellen, als wäre es ein Irrtum, aber er verstrickte sich in Widersprüchen. Ich frage dich, William...«

»Harmloser Unfug«, meinte Vater begütigend.

»Harmlos? Daß er stiehlt und andere zur Lüge verleitet? In einem Kloster?«

»Beruhige dich. Immerhin zeugt es von der Güte des Bruders, daß er ihn in Schutz nahm.«

»Clemens hätte früher nie gelogen. Außerdem wird er fett. Ich habe den Verdacht, daß er dem Knaben heimlich Kuchen bäckt und, statt zu fasten, ihm beim Essen Gesellschaft leistet. Arnold und Eugen prüfen ihr Bier auch öfter, als nötig ist. Manchmal kommen sie taumelnd und mit hochroten Köpfen aus dem Braukeller. Ich habe gesehen, wie sie sich umarmten und stützten. Dabei ist uns vorgeschrieben, kein menschliches Wesen ohne Not zu berühren. Wir werden reich und träge, William. Das ist kein Klostergeist mehr.«

»Immerhin habt ihr keine Sorgen. Es sollen Klöster aufgelöst worden sein, um mit ihrem Besitz die königlichen Universitäten in Eton und Cambridge zu unterstützen?«

»Da hast du richtig gehört. Auch geht die Rede, daß die kleineren Klöster den größeren unterstellt werden sollen.«

»Um so besser für euch, daß St. Bruno zu den reichen Abteien des Landes zählt.«

»Im Augenblick mag das so scheinen. Vergiß nicht – die Zeiten wandeln sich schnell, und der König hat habgierige Ratgeber. Und seit sich die Kirche den Scheidungsgedanken Heinrichs widersetzt...«

»Still«, warnte Vater. »Es ist nicht ratsam, darüber zu reden.«

»Aus dir spricht der Rechtsanwalt«, erwiderte Bruder John lächelnd. »Im Ernst: Ich mache mir ebensolche Sorgen wie an jenem Tag, als ich am Fluß das Wunder herausforderte. Seit dem König eingefallen ist, er könnte die Ehe mit Katharina für ungültig erklären lassen und jenes Kebsweib heiraten, befindet er sich ständig in Gewissensnöten.«

»Der Papst wird ihm den Dispens nicht erteilen. Heinrich wird die Königin behalten müssen, und jenes Dämchen bleibt, was sie ist: eine Konkubine.«

»Gott gebe, daß du recht behalten mögest.«

»Außerdem ist sie krank. Der König ist halb verrückt vor Angst, daß sie sterben und ihn verlassen könnte.«

»Vermutlich bliebe uns dann manches Unheil erspart.«

»Willst du nicht nochmals um ein Wunder bitten, Bruder?«

»Nie wieder«, sagte Bruder John überzeugt.

Das Gespräch wandte sich anderen Dingen zu, die mich weniger interessierten. Ich schlummerte abermals ein und erwachte erst, als mich Mutters Stimme weckte. Aufgeregt rufend kam sie in den Garten gelaufen.

»Schlimme Botschaft, William«, sagte sie atemlos. »Meine Cousine Mary und ihr Mann sind beide am Schweißfieber gestorben. Wie entsetzlich!«

»Das ist in der Tat eine Schreckenskunde, meine Liebe. Wann ist es geschehen?«

»Vor über einer Woche. Zuerst starb Mary. Ihr Mann folgte ihr einige Tage später in den Tod.«

»Und die Kinder?«

»Sie leben. Als sich die ersten Anzeichen der Krankheit bemerkbar machten, schickte Mary die Kinder zu einer alten Dienerin aufs Land. Nun läßt die Dienerin uns als nächste Verwandte fragen, was mit den Waisen geschehen soll.«

»Mein Gott, was gibt es da noch zu überlegen? Natürlich nehmen wir sie auf. Fortan wird hier ihr Zuhause sein.«

Auf diese Weise traten Rupert und Kate in mein Leben ein.

Ihre Ankunft bewirkte mancherlei Veränderung in unserem Hauswesen. Unversehens war ich die jüngste einer Kinderschar: Rupert war vier, Kate zwei Jahre älter als ich. Zuerst zeigten sich die beiden naturgemäß scheu, und auch ich verhielt mich ablehnend, bis ich merkte, daß das Leben mit den neuen Gefährten zwar schwieriger, aber wesentlich interessanter zu werden versprach.

Trotz ihrer Pummeligkeit war Kate damals bereits eine kleine Schönheit. Sie hatte rötlichblondes Haar, hellgrüne Augen und eine milchweiße Haut mit winzigen Sommersprossen auf dem Nasenrücken. Schon mit ihren sieben Jahren war sie so eitel, daß jede Anspielung auf die bräunlichen Fleckchen sie zu Tränen erboste. In den Dingen des alltäglichen Lebens erwies sie sich als weitaus beschlagener, ja gerissener als ich; dafür war ich ihr in Griechisch, Latein und englischer Grammatik überlegen.

Genaugenommen sah Rupert ihr ähnlich; die Geschwister gaben jedoch ein Paradebeispiel dafür ab, wie sich dieselben vererbten

Anlagen durch geringfügige Abweichungen verwandeln. Ruperts Haar war ebenfalls rotblond, aber stumpf und spröde; seine Augen hatten eine wäßrig-graublaue Farbe, und sein Gesicht bedeckte ein Fleckenteppich von vielgestaltigen Sommersprossen. Er gehörte zu jenen bescheidenen Menschen, deren Gegenwart man kaum wahrnimmt, und war stets beflissen, meinen Eltern zu gefallen. Vater, der zunächst vorhatte, Rupert zum Rechtsanwalt auszubilden, verwarf seine Pläne bald, als er dessen Leidenschaft zur Landwirtschaft bemerkte. Rupert lebte förmlich auf beim Heuen und Ernten und brachte jeden freien Augenblick auf seinen geliebten Feldern zu.

Meine Eltern zeigten viel Verständnis für die verwaisten Geschwister. Noch bevor sie eintrafen, hatte Vater mir klargemacht, wie entsetzlich es für ein Kind ist, beide Eltern zu verlieren. Von nun an sollte ich Rupert und Kate als Bruder und Schwester betrachten, und falls mich je der Ärger gegen sie überkam, sollte ich mir vor Augen halten, wie glücklich ich gegen sie war, da ich ja Vater und Mutter hatte.

Naturgemäß steckte ich mehr mit Kate als mit Rupert zusammen. Nach dem Unterricht verschwand Rupert hinaus aufs Feld, wo er sich mit Schäfern und Kuhhirten unterhielt. Kate blieb bei mir im Haus und setzte alles daran, sobald sich die Tür des Schulzimmers hinter uns geschlossen hatte, meine Kenntnisse in den Wissenschaften durch ihre Lebensklugheit wettzumachen.

So rieb sie mir unter die Nase, daß unsere Familie im Vergleich zu der ihren durchaus nicht vornehm war. Ihr Vater hatte als Earl oft bei Hofe verkehrt, während der meine bloß ein bürgerlicher Anwalt war. Rupert hätte nach seiner Volljährigkeit große Erbgüter zu erwarten – was sich später allerdings als Irrtum herausstellte –, und es sei eine große Ehre für meinen Vater, daß er sich als ihr Vormund und Anwalt um ihre Angelegenheiten kümmern dürfe. Das war echt Kate: Schon früh verstand sie es, eine Gefälligkeit, die man ihr erwies, als besondere Gunst ihrerseits darzustellen.

Was ihre Zukunft betraf – nun, sie würde heiraten, selbstverständlich einen Herzog. Sie würden ein großes Landgut und einen Stadtpalast in London besitzen und bei Hofe ein und aus gehen.

Seit Kate in mein Leben getreten war, erschienen all die harmlosen Vergnügungen meiner Kinderjahre, wie das Herumtollen mit den Hunden, das Pfauenfüttern und Blumenpflücken, als kindischer Zeitvertreib. Kate wußte viel aufregendere Spiele. Sie liebte es, sich zu verkleiden und andere Personen darzustellen und nachzuahmen; sie kletterte auf die Bäume und bewarf die Passanten mit Nüssen und Steinchen. Manchmal zog sie ein Laken über den Kopf und erschreckte damit die Mägde im Keller oder auf dem Trockenboden als ›Gespenst‹. Einmal tat sie das so wirkungsvoll, daß ein Küchenmädchen die Treppe hinunterfiel und sich den Knöchel brach. Ich mußte schwören, daß ich ihre Machenschaften nicht verriet, so daß unter den abergläubischen Dienstboten das Geraune ging, bei uns spuke es.

Wenn Kate in der Nähe war, war immer etwas los. Wo sich die Gelegenheit bot, horchte sie an den Türen und verkündete mir dann das meist Unverstandene als abenteuerliche Neuigkeit. Sie ärgerte unsere Lehrer bis zur Weißglut und streckte ihnen die Zunge heraus, sobald sie ihr den Rücken kehrten.

»Du bist genauso schlimm wie ich, wenn du über mich lachst, Dammy«, sagte sie oft. »Glaub ja nicht, daß du besser bist. Wenn ich wegen meiner Untaten in die Hölle muß, kommst du mit!«

Ein schrecklicher Gedanke. Dann besann ich mich auf die Logik meines Vaters und sagte mir, daß es gewiß weniger lasterhaft war, über eine Tat zu lachen, als sie zu begehen.

»Ich werde Vater fragen, ob das wahr ist.«

»Untersteh dich! Sonst erzähle ich ihm, was du in letzter Zeit alles angestellt hast.«

»Hab' ich ja gar nicht! Das warst doch immer du!«

»Laß nur gut sein – er glaubt mir schon, wenn ich es ihm erzähle.«

»Du kommst in die Hölle, wenn du lügst.«

»Dorthin komme ich sowieso. Ein bißchen mehr oder weniger Bosheit macht da gar nichts aus.«

Zuletzt lief es immer darauf hinaus, daß ich Kate gehorchte, sobald sie ihr stärkstes Mittel einsetzte und drohte, mir ihre faszinierende Gesellschaft zu entziehen. Natürlich hatte sie recht bald heraus, wie viel mir an ihr gelegen war und wie sehr ich sie bewunderte. Sie erpreßte mich nach Strich und Faden. Oft sehnte ich mich nach der Gegenwart Ruperts. Wenn er dabei war, hatte ich von seiner Schwester nichts zu befürchten. Leider waren wir beide in seinen Augen zu jung und unvernünftig und außerdem Mädchen. Er verhielt sich zwar immer nett und freundlich gegen uns, ging uns aber möglichst aus dem Weg. Ich erinnere mich, wie er einmal an einem kalten Spätwintertag ein neugeborenes Lamm in die Küche brachte, das er hingebungsvoll pflegte und tatsächlich vor dem Tod rettete. Ich sah ihm zu und dachte daran, wie gut ich ihm sein könnte, wenn er sich ein wenig um mich kümmerte.

Ein paar Wochen später traf Vater mich allein im Garten. Wir gingen zum Fluß hinunter, er setzte sich auf die Mauer und legte den Arm um mich, wie in früheren Tagen.

»Es ist ein anderes Leben im Haus jetzt, nicht wahr?« fragte er. Ich nickte.

»Bist du froh darüber?«

Ich schaute ihn voller Zweifel an. Er drückte mich fester an sich, als er sagte: »Es ist besser so für dich, Damascina. Kinder sollten in Gesellschaft aufwachsen.«

Um ihn abzulenken, sprach ich von dem Tag, an dem wir den König mit dem Kardinal in der Prunkbarke vorübergleiten gesehen hatten. »Seitdem sind sie nicht wiedergekommen.«

»Nein, mein Kleines. Den Kardinal werden wir auch nicht mehr zu Gesicht bekommen. Prunk und Ehre sind vorbei für den armen Mann.«

»Warum denn?« fragte ich bestürzt.

»Kardinal Wolsey ist beim König in Ungnade gefallen. Sein Besitz wurde beschlagnahmt.«

Ich vermochte mir nicht vorzustellen, wieso der mächtige Kardinal zu einem armen Mann geworden war. Obwohl mir weitere Fragen auf der Zunge lagen, schwieg ich. So sehr hatten sich unsere Beziehungen gewandelt, daß ich nicht mehr Vater, sondern Kate um Rat und Erklärung fragte.

Als Kate und Rupert zwei Jahre bei uns wohnten und ich sieben Jahre alt geworden war, starb der Kardinal. Der König hatte ihn wegen angeblicher verräterischer Umtriebe in den Tower werfen lassen, wo er an Entkräftung zugrunde ging.

Mir kam es vor, als hätte es niemals eine Zeit ohne Kate und Rupert gegeben. In den beiden letzten Jahren hatte ich viel von Kate gelernt. Sie war nun neun, groß und kräftig gewachsen und sah mindestens zwei Jahre älter aus.

Ich hatte im Unterricht so gute Leistungen erbracht, daß der Lehrer Vater versicherte, ich könne mir in wenigen Jahren das nötige Rüstzeug eines Studenten erwerben. Er verglich mich dabei mit den gelehrten Töchtern von Sir Thomas More, dem Freund meines Vaters. Für mich hatten die Studien insofern große Bedeutung, als ich Kate auf diesem einen Gebiet zu übertreffen vermochte. Aber Kate rümpfte ihr Näschen über Griechisch und Latein.

»Was sollen die Zitate und Sprüche? Machen alte Sprachen etwa eine Herzogin aus dir? Du wiederholst ja doch bloß, was ein anderer längst vor dir gesagt hat.«

Und während ich mich in die alten Schriften vertiefte, ritt Kate mit Rupert ins Gelände hinaus. In ihrem grünen Reitgewand, ein passendes Federhütchen auf dem Kopf, wirkte sie wie der personifizierte Frühling. Wenn sie vorbeitrabte, blieben die Leute stehen und gafften ihr nach. Nur die Haltung ihres Kopfes und ein unterdrücktes Lächeln in den Mundwinkeln verrieten, daß Kate sich ihrer Wirkung voll bewußt war.

Sie tanzte leichtfüßig und graziös, sie improvisierte auf der Laute seltsam·wohlklingende Liedchen, die sie mit einfachen Akkorden begleitete und die trotzdem besser gefielen als meine mühsam einstudierten Etüden. An Festen wie Weihnachten oder der Maifeier beherrschte sie die Szene. Als die Moriskentänzer in unser Haus eindrangen, tanzte sie mit ihnen, und meine Eltern, die sie zunächst hatten zurückrufen wollen, stimmten, überwältigt von ihrer Lieblichkeit, in den allgemeinen Applaus mit ein.

Oftmals jedoch, wenn Kate vor den versammelten Zuschauern brillierte, traf mich Vaters liebevoller Blick, der mir lächelnd bestätigte, daß niemand – und sei er noch so liebreizend und anmutig – mich von meinem Platz in seinem Herzen verdrängen konnte.

Kate verdankte ich, daß mir meine Eltern früher gewisse Freiheiten gewährten, als sie von sich aus getan hätten. Sie begriffen, daß sie mich nicht ewig als Kleinkind an der Hand führen konnten. Auch glaubten sie wohl, ich sei in der Obhut des älteren Mädchens gut aufgehoben, was in gewisser Hinsicht sogar zutraf. Kate mochte mich auf ihre Art gern leiden und hing an mir wie ein Ritter an seinem allzeit dienstbereiten Knappen. Und geschickt verstand sie zu verschleiern, was wir beide genau wußten – daß ich im Leben wie im Robin-Hood-Spiel den Part der Dame Marian neben ihr übernahm: eine Nebenrolle.

Als Kate vom Tod des Kardinals erfuhr, deutete sie die Geschehnisse auf ihre Weise.

»Warum hat er dem König nicht bei seiner Scheidung geholfen? Der König will Anna Boleyn haben, aber sie ist klug und sagt: ›Eure Gemahlin kann ich nicht sein, und Eure Mätresse will ich nicht sein.‹ Das macht den König verrückt.« Kate hob dabei ihre Hände, als wehrte sie einen stürmischen Liebhaber ab; das Wort ›Mätresse‹ hatte sie von den Erwachsenen aufgeschnappt. In diesem Augenblick war sie Anna Boleyn. Manchmal spielte sie mit dem Gedanken, ob ein Herzog als Gatte für sie wohl das passende sei? Warum nicht gleich der König? Wenn sie erst einmal bei Hofe auftauchte...

»Und Königin Katharina?« fragte ich.

Kate schützte verächtlich die Lippen. »Sie ist alt und reizlos. Und sie vermag dem König keinen Sohn zu schenken.«

»Warum nicht?«

»Warum, warum. Du bist ein Dummkopf. Ich kann dir nicht erklären, warum sie keinen Sohn bekommt, dazu bist du viel zu klein.« Immer wenn Kate selber mit ihrem Latein am Ende war, behauptete sie, ich sei zu klein – oder zu dumm –, um es zu verstehen. Sie fuhr fort: »Der Kardinal hat sich auf die Seite des Papstes gestellt und versucht, dem König die Scheidung auszureden. Deshalb mußte er sterben. Warum war er auch so einfältig.«

»Hat der König ihn umgebracht?«

»Das nicht gerade. Bruder John hat mal zu deinem Vater gesagt, er starb an gebrochenem Herzen.«

»Wie schrecklich!« Ich dachte zurück an jenen nicht allzu fernen Tag, an dem er mich lachend neben dem König gegrüßt hatte.

»Aber wozu hat er sich dem König widersetzt? Der König will sich scheiden lassen und Anna Boleyn heiraten. Dann bekommt er von ihr einen Sohn, der später sein Nachfolger wird. So einfach ist das.«

Mir schien es nicht so einleuchtend.

»Weil du noch so unreif bist.«

Was mir im Gegensatz zu Kate sehr wohl auffiel und verständlich dünkte, war der Schatten, der sich seit dem Tode des Kardinals über das Land senkte. Was konnte man erwarten, wenn der König seinen vertrauten Freund auf diese Weise umkommen ließ? Vater ging oft mit sorgenvoller Miene im Haus umher. Wenn ich ihn ansprach, lächelte er liebevoll und gab sich unbekümmert; aber ich merkte dennoch, daß er eine Maske anlegte. Wollte er mich nicht vorzeitig betrüben, oder traute er mir nicht?

An einem sommerlichen Frühlingstag erwachte ihr Interesse für den Knaben.

Ich saß im Obstgarten unter einem Baum und lernte Vokabeln. Die Sonne schien warm vom Himmel, und das Summen pollenbeladener Bienen begleitete meine Stimme, als ich mir halblaut die lateinischen Wörter einprägte.

»Schmeiß das blöde Buch fort!« kommandierte Kate, die plötzlich aufgeregt hinter mir aufgetaucht war. »Ich zeig' dir was.«

»Das Buch ist nicht blöd«, protestierte ich. Aber dann siegte die Neugier, und ich fragte: »Was hast du denn entdeckt?«

»Zuerst schwöre, daß du keiner Menschenseele davon weitersagst.«

»Von mir aus.«

»Nein, du mußt die Hand erheben und bei der Heiligen Mutter Gottes und deiner Seligkeit schwören, daß du niemand etwas verrätst.«

»Das wäre ja Gotteslästerung.«

»Schwöre, oder ich sage dir nichts.«

Achselzuckend hob ich die Hand und tat, wie sie verlangte.

»So, und jetzt komm mit«, befahl Kate triumphierend.

Ich folgte ihr durch den Obstgarten, hinaus zu jener Mauer, auf der ich damals mit Keziah gesessen hatte. Über die alten Steine wuchs an einer Stelle ein Gewirr dichter Efeuranken. Kate schob den Pflanzenvorhang etwas zur Seite, und erstaunt blickte ich auf eine kleine Pforte.

»Ich hab' nach Nestern gesucht, da entdeckte ich das Türchen da. Es geht schwer auf, die Angeln sind ganz verrostet. Hilf mir mal.«

Zu zweit stemmten wir uns gegen die Tür, die ächzend nachgab. Kate sprang in den Klostergarten.

Ich blieb auf unserem Grund stehen. »Kate, das dürfen wir nicht. Du kannst doch nicht einfach ins Kloster eindringen.«

»Ich hab' stets gewußt, daß du ein Feigling bist, Damascina Farland«, rief Kate lachend. »Das letzte Mal, daß ich dir etwas Aufregendes zeige.«

Der Trotz trieb mich, fast gegen meinen Willen, zu ihr hinaus. Der Efeuvorhang rutschte auf seinen Platz zurück. Irgendwie hatte ich mir vorgestellt, daß sich der Klosterbesitz von gewöhnlichem Land unterscheiden müsse. Aber das Gras war ebenso grün, und die Obstbäume trugen dieselben Blüten wie auf unserer Seite; nirgends ein Zeichen, daß wir geweihten Boden betreten hatten.

»Komm«, flüsterte Kate und zog mich an der Hand in ein dichtes Gebüsch, von dem aus wir die grauen Mauern der Abtei in der Ferne durch die Bäume schimmern sahen. »Wir gehen nicht zu nahe hin. Wenn die Mönche uns sehen, finden sie heraus, wo wir eingedrungen sind, und versperren die Pforte. So können wir herkommen, wann immer wir Lust haben.«

Wir bemerkten, daß sich hinter dem Gebüsch eine versteckte Lichtung aus hohem Gras befand. Weder aus unserem Garten noch aus dem Kloster konnte uns hier jemand erblicken. Ich muß hinzufügen, daß der Klostergarten an dieser Stelle mehr einem verwahrlosten Park glich. Das Grundstück war so weitläufig, daß nur der sonnigste Teil als Kräuter- und Gemüsegarten genutzt wurde. Wo wir uns versteckt hatten, wuchsen Holunderbüsche zwischen knorrigen alten Apfel- und Birnbäumen, deren Früchte sicherlich eingesammelt wurden, um die man sich jedoch das übrige Jahr kaum kümmerte.

Kate, die genau wußte, wie mir zumute war, beobachtete mich aus dem Augenwinkel. Am liebsten wäre ich schnurstracks durch die Pforte in unseren Garten zurückgelaufen.

»Was wohl die beiden Alten, John und James, sagen würden, wenn sie uns hier entdeckten?« mutmaßte Kate.

Eine Stimme in unserem Rücken gab die Antwort.

»In den Keller sperren würden sie euch und euch bei den Armen aufhängen, bis eure Hände verfaulen und ihr tot herabfallt.«

Wir fuhren herum. Hinter uns stand der Knabe.

»Ich habe gesehen, wie ihr hereingeschlichen seid.«

»Und was hast du hier zu suchen?« fragte Kate, die als erste ihre Stimme wiederfand. Während ich aufgesprungen war, blieb sie ruhig im Grase sitzen und schaute zu dem Jungen empor.

»Das fragst du mich?« erwiderte der Knabe hochnäsig. »Weißt du nicht, wer ich bin?«

»Du solltest die Leute nicht von hinten überfallen. Manche kriegen nämlich davon einen Schreck.«

»Ja, besonders, wenn sie Verbotenes tun.«

»Verboten? Die Klostertüren stehen für jeden offen.«

»Nur für Leute, die in Not sind. Seid ihr etwa Bedürftige?«

»Und ob«, antwortete Kate spöttisch. »Ich habe immer Bedarf an aufregenden Erlebnissen. Sonst ist es sterbenslangweilig hier.«

Ich wurde rot vor Entrüstung. »Langweilig, bei uns? Meine Eltern haben euch wie eigene Kinder aufgenommen, und du...«

»Mein Bruder und ich, wir sind keineswegs Bettler«, schnitt mir Kate das Wort ab. »Dein Vater wird gut bezahlt dafür, daß er unseren Besitz verwaltet. Und im übrigen sind wir Verwandte.«

Der Knabe hatte unterdessen seinen Blick von Kate zu mir gewandt. Ich erinnerte mich, daß er von Engeln in die Weihnachtskrippe gelegt worden und zu hohen Zielen auserkoren war. Trotz meiner Jugend spürte ich um ihn jene Aura der Auserwähltheit, deren er sich ständig bewußt schien und die ihn von anderen Sterblichen unterschied. Kate verfügte weiß Gott über ein gerüttelt Maß an Überheblichkeit, aber gegen die sichere Überlegenheit des Knaben kam sie nicht auf. Sie schlug die Augen nieder.

Entgegen aller Bedenken war ich froh, daß ich mich von Kate hatte anstiften lassen und nun den Knaben aus solcher Nähe betrachten konnte. An Körpergröße und Stärke übertraf er sogar Kate. Er schien um Jahre älter, obwohl ich wußte, daß er nur neun Monate älter war als ich.

Mit einem Ruck schüttelte Kate ihre Befangenheit ab und sprudelte förmlich über vor Neugier: Wie es war, ein heiliger Knabe zu sein? Und ob er sich noch an den Himmel erinnere, aus dem ihn die Engel herabgetragen hatten? Ging es dort oben tatsächlich so tugendhaft zu, wie die Priester behaupteten? Puh, sei das auf die Dauer nicht gräßlich langweilig? Und so fort.

Der Knabe hörte ihr gelassen und auch ein wenig belustigt zu.

»Über diese Dinge darf ich nicht sprechen«, sagte er endlich.

»Warum? In der Kirche hört man ständig davon.«

Obwohl Kate sich nichts anmerken lassen wollte, sah ich doch, wie stark sie von ihm beeindruckt war. Hier hatte sie ihren Meister gefunden, denn es konnte nicht die Rede davon sein, daß sie jemals den Knaben so beherrschte und herumkommandierte wie mich. Der sonderbare Glanz seiner tiefblauen Augen machte ihr deutlich, daß er sich nichts gefallen ließ. Mir fiel ein, daß Bruder John einmal gesagt hatte, er stehle Kuchen im Backhaus.

»Bist du allwissend, oder mußt du auch lernen?« fragte ich zaghaft.

Der Knabe gab zu, er bekäme Unterricht in Griechisch und Latein.

»Ich ebenfalls. Ich kann schon die unregelmäßigen Verben – und du?«

»Wir sind nicht hergekommen, um uns über Grammatik zu unterhalten«, fiel Kate ein. Sie stand auf und schlug einen Purzelbaum im Gras, was sie oft und gern tat, auch wenn Keziah sie für ihr ausgelassenes Benehmen rügte. Ihr Ziel war, die Aufmerksamkeit Brunos von mir auf sich zu lenken. Wir schauten beide zu, wie sie ein Kunststück nach dem anderen vollführte. Plötzlich hielt sie inne und forderte Bruno auf, es ihr nachzutun.

»Das wäre sehr unpassend«, sagte er steif.

»Ach was!« Kate lachte herausfordernd. »Du willst bloß nicht zugeben, daß du es nicht kannst.«

»Natürlich kann ich das. Ich kann alles.«

»Beweise es.«

Er zögerte noch einen Moment, und dann bot sich mir der seltsame Anblick, daß Kate und der heilige Knabe gemeinsam im Gras herumbolzten.

»Komm, Dammy, du auch«, rief Kate. Gehorsam schloß ich mich an.

Nachdem Kate zu ihrer Genugtuung festgestellt hatte, daß sie von uns dreien die schnellsten Purzelbäume schießen konnte, beendete sie das Treiben, und wir setzten uns ins Gras. Bruno erzählte uns, daß er noch niemals mit Kindern gespielt hatte. Immer war er bei den Mönchen: Bruder Valerian unterrichtete ihn in den alten Sprachen, Bruder Ambrosius vermittelte ihm alles Wissenswerte über Heilkräuter und Nutzpflanzen sowie über die Heilung von Krankheiten. Oft hielt er sich in den Gemächern des Abtes auf, der alt und gebrechlich geworden war und durch einen taubstummen Diener von gewaltiger Körpergröße bedient wurde.

»Es muß einsam sein, in einem Kloster zu wohnen«, bemerkte ich.

»Die Mönche sind meine Brüder, der Abt ist mein Vater. Weshalb sollte ich mich einsam fühlen?«

»Hör zu, Bruno«, sagte Kate. »Wir müssen jetzt gehen, bevor uns jemand sucht. Aber wenn du willst, kommen wir wieder. Erzähl niemand etwas von der Pforte unter dem Efeu. Jetzt haben wir ein Geheimnis, das nur wir drei kennen.«

Bruno nickte unentschlossen.

Von da an stahlen wir uns in den Klostergarten, sooft wir unbemerkt entwischen konnten. Oft wartete Bruno schon im Gebüsch auf uns, der recht bald seine Heiligkeit vergaß und wie ein gewöhnlicher Junge mit uns über den Rasen der kleinen versteckten Lichtung tollte. Wenn das Beten und Singen der Mönche von fern aus der Kirche erscholl, durften wir sicher sein, daß niemand unsere wilden Spiele störte. Dabei geriet ich meist ins Hintertreffen und beeilte mich keuchend, die beiden anderen einzuholen.

War Vorsicht geboten, saßen wir still unter den Sträuchern und unterhielten uns mit Ratespielen, die ich weit lieber mochte. Wie Kate an Körpergeschicklichkeit, so bot ich Bruno in den Wissenschaften den Widerpart, obwohl er uns beide meist durch Körperkraft oder Pfiffigkeit besiegte. Wir zollten ihm dafür den Respekt, der ihm als heiligen Knaben zustand.

Im Alter von fünfzehn Jahren wandte Rupert sich endgültig der

Landwirtschaft zu. Von früh bis spät stapfte er über die Wiesen und Äcker, er kannte jedes Stück Vieh auf dem Hofe. Besonders liebte er die Jungtiere und freute sich über alles, wenn er uns ein kleines Lamm oder ein neugeborenes Fohlen zeigen konnte. Sonst bekamen wir ihn nur bei den Mahlzeiten zu Gesicht. Er wußte instinktiv, wann der beste Zeitpunkt für die Heumahd war, er kannte sich in den Himmelszeichen aus und sagte jeden Wetterumschwung Tage vorher an. Ein bodenständiger Mann, wie Vater anerkennend zugab.

Auch Kate und ich liebten die Erntezeit, wenn hochbeladene Wagen die Garben einbrachten und der Krug mit selbstgebrautem Bier die Runde unter den Schnittern machte. War dann die Feldfrucht unter Dach, hielten wir Erntedankfest. Aus allen Küchen der kleinen Ortschaft roch es an diesem Tag nach gebratenen Gänsen und Apfelpastete. Mutter schmückte das Haus mit Blumen. Kate und ich hängten winzige Korngarben über die Haustür, die dort bis zur nächsten Ernste hängen blieben und ein gutes Jahr heraufbeschwören sollten. Beim abendlichen Tanz, den Rupert und ich auf Vaters Geheiß eröffneten, befand sich Kate in ihrem Element. Sie war nun dreizehn und ich elf, in einer Epoche, in der man Mädchen unseres Alters auf ihre Mitgift taxierte und mit vierzehn oder fünfzehn Jahren verheiratete.

Noch immer schlichen wir uns wöchentlich ein- bis zweimal in den Klostergarten zu den Zeiten, in denen sich die Mönche zum Gebet versammelten.

In diesem Jahr war die Hochzeit des Königs mit Anna Boleyn in aller Munde. Wie man erfuhr, hatte der König Anna im Januar geheiratet, ohne den Ehedispens des Papstes abzuwarten. Bruno wußte immer ein paar Tage früher über die jüngsten Ereignisse Bescheid, da wandernde Bettelmönche jede Neuigkeit brühwarm weitergaben.

Als wir wieder einmal in unserem Gebüsch über die arme verstoßene Königin sprachen, gerieten Bruno und Kate miteinander in Streit.

»Königin Katharina ist eine Heilige«, schloß Bruno seinen Bericht, in dem er ihren Gram und Kummer geschildert hatte. Ich beobachtete ihn gern, wenn er sich ereiferte. Er war in den letzten Jahren hoch aufgeschossen und etwas hager geworden. Sein hübsches Gesicht mit den feingeschnittenen Zügen rötete sich leicht; er sah sehr stolz und doch wieder sonderbar unschuldig aus. Die Art, wie sich die blonden Locken um seine Schläfen ringelten, erinnerten mich an Vaters Bilder von griechischen Statuen. Am meisten faszinierte mich die Mischung aus Heiligkeit und Heidentum, die in seiner Natur zum Ausdruck kam. Im Handumdrehen konnte er sich aus einem übermütigen, ja frechen Jungen in jenes überirdische Wesen verwandeln, das auf mich und Kate herabsah aus Höhen, die wir niemals zu erreichen vermochten. Kate fühlte ähnlich wie ich, auch wenn sie es nicht zugab. Ein Zusammensein mit Bruno war völlig anders als mit Rupert. Ich mochte meinen Vetter gern und freute mich, daß er mich zuvorkommend und liebevoll behandelte, etwa wie seine neugeborenen Lämmer. Aber Rupert versetzte mich nie in jenen Zustand hochgradiger Erregung, der mich oft in Brunos Nähe überfiel. Auch hierin stimmte ich mit Kate überein: Vor den Zusammenkünften mit Bruno war sie aufgeregt und launisch, hinterher oft nachdenklicher als sonst. Dennoch versäumte sie nie eine Gelegenheit, um gegen ihn aufzumucken und seine Überlegenheit in Frage zu stellen.

Da nun Bruno sich derart ehrfürchtig über Königin Katharina geäußert hatte, konnte Kate nicht umhin, entgegenzuhalten, daß die Königin alt und verblüht war. Der König habe sich von ihr abgewandt, seit Anna Boleyn ihn mit ihren französischen Manieren und mit ihrer prächtigen Garderobe betört hätte. Noch vor der Heirat mit Anna hatte Heinrich der Achte seine erste Frau auf einen ihrer Landsitze verbannt.

»Anna Boleyn gehört zu jenen Sirenen, welche die Männer mit ihrem Gesang zum Laster verführen«, verkündete Bruno pathetisch und altklug.

Kate hielt nichts von alten Sagen. Wann immer die Rede auf Anna Boleyn kam, leuchteten ihre Augen auf, und ich wußte, daß sie sich an ihre Stelle versetzte. Kate hätte es aus tiefster Seele genossen, der herkömmlichen Moral ein Schnippchen zu schlagen und sich in Bewunderung und Neid aller Welt zu sonnen.

»Dabei«, fuhr Bruno fort, »schilt die gute Königin mit ihren Damen, wenn diese in ihrer Gegenwart Anna Boleyn schmähen. ›Betet lieber für sie‹, pflegte sie dann zu sagen, ›die Zeit wird kommen, in der sie eurer Gebete dringend bedarf.‹«

»Unsinn«, rief Kate. »Anna Boleyn wird keinerlei Fürbitte brauchen. Sie ist die rechte Königin, sonst hätte der König sie nicht geheiratet.«

»Wie kann sie Königin werden, solange die wahre Königin lebt?«

»Du redest wie ein Verräter, heiliger Knabe«, sagte Kate drohend. »Gib acht, daß ich dich nicht anzeige.«

»Könntest du das wirklich tun?« fragte Bruno zweifelnd.

Kate lächelte hintergründig. »Wer weiß? Warte ab, wozu ich imstande bin.«

»Dann ist es wohl klüger, wenn wir in deiner Gegenwart nicht mehr über die Königin sprechen«, sagte ich.

»Wahre deine Zunge, unheiliges Mädchen«, warnte Kate. Sie hatte sich die Formulierung als Gegensatz zum ›heiligen Knaben‹ ausgedacht und belegte Bruno und mich mit diesen Titeln, wenn sie sich über uns ärgerte. »Du kannst dich nicht vor mir verstekken. Der da« – sie wies mit dem Finger auf Bruno – »ist allerdings sicher vor mir. Wenn ihm ein Leid geschieht, greift das ganze Kirchspiel zu den Waffen. Außerdem braucht er nur ein Wunder zu tun, und er ist gerettet.«

»Aber auch wundertätige Heilige wurden oft gemartert und getötet«, gab ich zu bedenken.

»Ihr seid Kindsköpfe«, entschied Bruno. »Wenn Kate uns anzeigen will, so laß sie doch. Alle Denunzianten werden früher oder später von der wohlverdienten Strafe ereilt.«

Kate schwieg beleidigt. Nach einer Weile meinte sie, wir müßten gehen, es sei spät. Wenn man uns suchte, könnte die Mauerpforte leicht entdeckt werden: ein Gedanke, der uns alle drei erschreckte.

Im Mai erreichte uns die Nachricht, daß die Krönung Anna Boleyns in Kürze stattfinden werde. Die neue Königin werde Greenwich verlassen und auf dem Fluß zum Tower von London fahren, wo sie sich ausruhen sollte. Anderntags werde sie in der Westminster-Abtei feierlich gekrönt. Es versprach ein Fest zu werden, wie England noch keines gesehen hatte.

Kate meuterte gegen unsere ihrer Meinung nach rückständigen Ansichten. Hier war die Gelegenheit, einem Krönungsfest beizuwohnen, und wir benahmen uns alle, als gäbe es ein Begräbnis.

Ich erinnerte sie daran, daß der Krönung manches Begräbnis vorangegangen war. Aber Kate war fest entschlossen, auch gegen Vaters Verbot an den Feiern teilzunehmen.

»Es ist Verrat am König, wenn wir der neuen Königin nicht huldigen«, sagte sie mit schmal zusammengekniffenen Augen. Verrat! Ein Wort, das neuerdings drohend in allen Ohren klang.

An jenem Junitag, da Anna Boleyn sich zu ihrer Krönung nach London auf den Weg machte, stürmte Kate nachmittags zu mir in den Obstgarten, wo ich mit einem Buch auf den Knien saß. Ihr Gesicht war hoch rot vor Erregung.

»Schnell, Dammy, komm mit!« rief sie schon von weitem.

»Wohin?« fragte ich. Im Aufstehen strich ich meinen Rock glatt.

»Frag nicht lange. Komm mit.«

Ich folgte ihr durch den Garten zur Anlegestelle, wo Tom Skillen mit verlegenem Gesicht in einem Boot auf uns wartete.

»Tom wird uns nach Greenwich rudern«, verkündete Kate.

»Hat Vater es erlaubt?«

Tom öffnete den Mund, aber Kate winkte ab. »Keine Sorge. Alles ist in bester Ordnung. Tom wird uns zuverlässig hinbringen.«

Sie schubste mich in das Boot, wo Tom mich immer noch töricht anlächelte. Aber es mußte seine Richtigkeit haben; Tom handelte nie gegen ein ausdrückliches Verbot von Vater. Er ruderte uns schnell den Fluß hinab, und bald erkannte ich die Ursache von Kates Aufregung. Bereits auf halbem Weg nach Greenwich säumte eine Menschenmenge die Ufer. An Land standen die Leute dichtgedrängt, und auf dem Wasser wimmelte es von Booten aller Größen, so daß wir schließlich auch anhalten mußten. Nur in der Mitte des Flusses wurde eine breite Fahrrinne freigehalten. Nicht weit von uns erkannte ich die Prunkbarke der Stadt London, auf deren Deck der Bürgermeister – in rotem Samtwams mit einer goldenen Kette um den Hals – schweigend inmitten seiner Stadträte saß. In nächster Nähe schaukelten die festlich geschmückten Boote der Gilden und Innungen, deren Vertreter die Königin nach London begleiten sollten. Musikklänge erfüllten die Luft, von weitem klangen Bollerschüsse.

»Die Königin wird hier vorbeikommen«, sagte Kate heiser.

»Noch ist es nicht soweit. Werden wir sie gut sehen können?«

»Deshalb sind wir hergekommen.« Wir warteten.

Endlich tauchte in der Ferne eine Art Brigantine auf, die mit hellen Farben bemalt und mit Flaggen und Seidenwimpeln reich geschmückt war.

Auf dem flachen Deck saß die neue Königin im Kreise ihrer Hofdamen. Sie war in Goldbrokat gekleidet und sah sehr anziehend aus. Anna Boleyn war nicht eigentlich schön, aber von hoheitsvoller und prächtiger Erscheinung. Der Glanz ihrer großen dunklen Augen übertraf alle ihre Juwelen.

Kate starrte sie unverwandt an.

»Manche Leute sagen, sie sei eine Hexe«, flüsterte sie mir zu.

»Schon möglich.«

»Sie ist die schönste Frau, die ich je gesehen habe. Ich an ihrer Stelle...« Und Kate reckte den Hals. Ich wußte, daß sie sich selber in der Barke zur Krönung segeln sah, hin zum Tower, wo der König auf sie wartete.

Nachdem das Prunkschiff und seine Begleitboote vorübergezogen waren, rammte uns in dem entstandenen Getümmel ein anderes Boot, wobei das Wasser emporspritzte und mich bis auf die Haut durchnäßte. Kate brach in Gelächter aus.

»Wir sollten jetzt heimfahren«, sagte Tom nervös.

»Wann gefahren wird, bestimme ich«, erwiderte Kate.

Ich wunderte mich, daß Tom ihr widerspruchslos gehorchte. Sonst war er nicht so gefällig.

Nach einer Weile, als Kate einsah, daß es nichts mehr zu bestaunen gab, willigte sie ein, daß Tom nach Hause ruderte. Trotz der Junihitze schauderte ich in der nassen Kleidung und sagte deshalb: »Die Barke mit Anna Boleyn hätten wir auch von unserem Garten aus betrachten können.«

»Nicht so nahe«, sagte Kate. »Ich wollte die Königin ganz aus der Nähe anschauen.«

»Merkwürdig, daß Vater die Fahrt erlaubt hat.«

»*Ich* habe die Erlaubnis erteilt«, erwiderte Kate eisig.

»Heißt das, meine Eltern wissen nichts davon? Und wer hat Tom befohlen, uns hinzurudern?«

Dieser schlug verlegen die Augen nieder. Offensichtlich war ihm nicht sehr wohl in seiner Haut.

»Ich«, wiederholte Kate, wobei sie Tom ansah. Welche Macht hatte Kate über ihn?

Als wir am Garten anlegten, kam Mutter besorgt aus dem Haus gelaufen. Wo wir so lange gewesen wären? Was Tom sich dabei gedacht hätte, an einem Tag wie diesem mit uns den Fluß zu befahren? Sie erschrak, als sie mein tropfnasses Kleid erblickte.

»Nun, Madam«, verteidigte Tom sich schüchtern. »Ich glaubte, die jungen Damen...« Aber Mutter hörte schon nicht mehr auf ihn. Sie warf ihr Tuch über meine Schulter und schickte mich ins Bett, wo ich einen großen Becher heißer Limonade trinken mußte.

Nicht lange darauf erschien Kate in meinem Zimmer.

»Hast du Mutter erklärt, daß du Tom zu der Fahrt angestiftet hast?« fragte ich sie.

»Nein. Wie kommst du darauf, daß ich es war?«

»Wer denn sonst? Wie hast du ihn dazu gekriegt? Sehr begeistert schien er nicht gewesen zu sein.«

»Gut beobachtet, Dammy! Er wollte nicht – aber ich wollte. Und er wagte mir nicht zu widersprechen, als ich ihn zwang.«

»Tom mußte dir gehorchen?«

»Ganz recht. Er muß mir gehorchen wie einer Königin.«

»Wie meinst du das? Wieso kannst du Tom zwingen?«

Kate zögerte etwas mit der Antwort. Sie wollte sich nicht gern in die Karten blicken lassen; andrerseits war sie begierig, sich in meiner Bewunderung zu sonnen, und gestand deshalb: »Ich habe gesehen, wie er eines Morgens aus Keziahs Zimmer geschlichen kam. Verstehst du? Das darf keiner wissen. Wenn Keziah und er nicht aus dem Hause gejagt werden wollen, müssen sie alles tun, was ich befehle.«

Ich starrte sie entgeistert an. »Das kann doch nicht sein.«

»Was? Daß sie miteinander schlafen, oder daß ich sie entdeckt habe?«

»Beides.«

»Was weißt du mit deinem Griechisch und Latein schon von den Dingen dieser Welt. Und wenn wir gerade dabei sind, verrate ich dir noch etwas: Wir werden die Krönung sehen. In der Kanzlei deines Vaters werden wir beide im Fenster sitzen und winken. Was sagst du jetzt?«

»Das wird Vater nie erlauben.«

»O doch. Er hat es schon erlaubt.«

»Willst du damit sagen, daß du Vater genauso erpressen kannst wie... wie Tom und Keziah?« Der Gedanke schnürte mir die Kehle zu.

Kate lachte wieder. Wie ich ihr Lachen zu hassen begann!

»Sei beruhigt, Schäfchen – nicht so, wie du jetzt denkst. Ich habe ganz unschuldig, aber laut vor der Dienerschaft gefragt: ›Dürfen wir morgen deshalb nicht dabeisein, Onkel, weil du die neue Königin nicht für rechtmäßig hältst?‹ Wie blaß er gleich geworden ist. Wenn er uns nun die Teilnahme am Fest verbietet, könnte ihn jemand wegen Verrats anzeigen.«

»Du bist niederträchtig, Kate. Die Menschen werden dich hassen.«

»Was schert mich ihr Haß, solange sie mir gehorchen? Wer etwas haben will, muß die Leute so in Angst versetzen, daß sie einem freiwillig alle Wünsche erfüllen.«

Tags darauf saßen wir schon frühzeitig im Fenster von Vaters Stadthaus und sahen auf das wachsende Getümmel herab. Die Straßenmitte war mit frischem Kies bestreut, und Geländer verhinderten, daß sich die Menge zu weit vordrängte. Sämtliche Hauswände waren mit Fahnen und bunten Seidentüchern geschmückt. Wir saßen in einem leicht vorspringenden Erker, der uns einen Blick auf den Platz vor der Westminster-Abtei gewährte, wo die Krönung stattfinden sollte. Aus ganz England war der hohe Adel herbeigeströmt, um die Königin auf ihrem Weg vom Tower zur Kirche zu geleiten. Die ausländischen Gäste warteten vor dem Portal. Wir erkannten den französischen Gesandten mit seinen Dienern in blauer Samtlivree hinter sich. Oben auf der Treppe versammelten sich die Bischöfe in ihren Pontifikalgewändern, unter ihnen Thomas Cranmer, der Erzbischof von Canterbury, der sehr ernst und finster vor sich hinblickte.

Herolde verkündeten den Zug, bevor er um die Ecke bog. Von Herzögen und Grafen begleitet, erschien Anna Boleyn. Sie saß in einer mit Gold- und Silberbrokat ausgeschlagenen Sänfte, die von zwei edlen Zeltern getragen wurde. Vier hübsche Pagen hielten einen goldenen Baldachin über die Königin, die an ihrem Ehrentag noch prächtiger anzusehen war als in der Prunkbarke. Ihr Kleid und das Übergewand bestanden aus Silberstoff, der mit Hermelin verbrämt war. Unter der mit Rubinen besetzten Haube quoll das dunkle Haar wie ein seidener Mantel bis weit über die Schultern der hohen Dame.

Weder Kate noch ich konnten die Augen von ihr abwenden. Ich wußte, daß Kate sich mit ihr identifizierte: Sie war die junge Frau, die der König jahrelang umworben hatte und nun zu seiner Gemahlin krönte. Als der Zug in der Kirche verschwunden war, wandte sich Kate mit einem Seufzer vom Fenster ab. Was kümmerten sie die Brunnen, aus denen an diesem Tag Wein statt Wasser sprudelte, und die übrigen Volksbelustigungen?

Als die feierliche Zeremonie vorüber war, brachten uns die Angestellten des Hauses Erfrischungen herauf. Zum erstenmal begegnete ich Simon Caseman, damals ein junger Mann von etwas über zwanzig Jahren.

Vater stellte ihn mir als seinen neuen Gehilfen vor.

»Sieh mal, Damascina, dies hier ist Simon Caseman. Er will die Rechte studieren und Anwalt werden. Übrigens wird er bald als Hausgenosse zu uns kommen.«

Zu jener Zeit war es üblich, daß auswärtige Schüler oder Gehilfen ins Haus des Meisters oder Lehrers aufgenommen wurden. Auch Vater hatte mehrfach junge Leute in dieser Eigenschaft beherbergt, an die ich mich kaum oder nur dunkel erinnerte.

Simon Caseman verbeugte sich vor mir wie vor einer erwachsenen Dame. Kate, die nicht gern die zweite Geige spielte, trat einen Schritt vor. Sie verfehlte ihre Wirkung nicht: Gebannt schaute Simon auf das hübsche Persönchen, als er uns beide fragte, wie uns der Zug gefallen hätte. Begeistert schwärmte Kate von dem pompösen Schauspiel, dessen Zuschauer wir gewesen waren. Ich sah, wie Vater sich betroffen zur Seite wandte, und gab daher meinem Gefallen weniger ungestüm Ausdruck, obwohl ich ebenso beeindruckt war wie Kate.

Um unser Boot zur Heimkehr besteigen zu können, mußten wir warten, bis sich die Menge etwas verlaufen hatte. Vater starrte während der Fahrt schweigend in die Wellen.

Zu Hause fragte ich Kate: »Woran sie wohl gedacht haben mag, als sie, mit Gold und Juwelen geschmückt, in der Sänfte getragen wurde?«

»Woran wohl sonst als an die Macht, welche die Krone verleiht?«

Wenige Monate später, im September, sah die Königin ihrer Niederkunft entgegen. Das ganze Land war überzeugt, es würde ein Junge sein, der langersehnte Kronprinz. Denn wie der König seinem Volk glauben machen wollte, war der eigentliche Grund für seine Scheidung von Katharina, daß sie ihm lediglich eine Tochter, Prinzessin Maria, geschenkt hatte.

Seit Kate mich mit ihrer Hinterlist vor den Kopf gestoßen hatte, suchte ich wieder bewußt Vaters Gesellschaft, was er erfreut zur Kenntnis nahm.

»Es wird großen Jubel geben«, sagte er eines Tages, als wir zu zweit am Flußufer spazierengingen. »Aber gnade uns der Himmel, wenn die Königin ihn enttäuscht.«

»Das wird nicht geschehen. Anna wird dem König einen Erben schenken, die Glocken werden läuten, und das ganze Land wird fröhlich sein.«

»Mein liebes Kind, beten wir zu Gott, daß es so kommen möge. Die arme Frau...«

Es berührte mich zutiefst, daß Vater, der bisher immer für Königin Katharina Partei ergriffen hatte, nun ihre Nachfolgerin bedauerte.

»Viele Menschen haben ihretwegen leiden müssen«, gab ich zu bedenken.

»Allerdings. Manch einer hat sogar sein Leben für sie gelassen. Aber wer weiß, was das Schicksal für sie bereithält?«

»Der König liebt sie.«

»Eben. Die Frage ist nur: wie lange? Es ist gefährlich, von Heinrich geliebt zu werden. Schon einige, denen er seine Zuneigung geschenkt hat, liegen im kühlen Gras. Übrigens, wenn einmal meine Zeit gekommen ist, möchte ich auf dem Klosterfriedhof begraben werden. Die Brüder sind einverstanden.«

»Vater! Wie kommst du auf den Tod? Unser Gespräch begann über eine Geburt.«

»Geburt und Tod, das hängt zusammen, mein Liebes. Eines ist die Folge des anderen.« Vater lächelte.

Zwei Wochen später wurde die Königin von einem gesunden Mädchen entbunden. Wie man sagte, zur maßlosen Enttäuschung des Königs, der durch einen Sohn die Rechtfertigung seines Verhaltens erhofft hatte.

Die Taufe, in der das Kind den Namen Elizabeth erhielt, fand dennoch mit allem Prunk statt.

»Das nächste Kind muß ein Knabe werden«, hörte man allerorts.

Simon Caseman hatte sich unserem Haushalt zugesellt. Vater lobte ihn als hochtalentierten jungen Mann, dem eine große Zukunft bevorstand. Sorgfältig und beflissen arbeitete er sich in die Amtsgeschäfte Vaters ein, dem er stets mit größter Achtung und Ehrerbietung begegnete. Stimmten ihre Ansichten in einem Rechtsfall nicht überein, so entschuldigte Simon sich alsbald förmlich mit der Bemerkung, er sei eben noch der Neuling, dem es an Weitblick mangele. Vater lachte dann wohl und neckte ihn, auch der Ältere müsse nicht notwendigerweise recht behalten; jeder könne sich täuschen, und jedem Mann stehe seine eigene Ansicht über Angelegenheiten wie diese zu. Dennoch war nicht zu übersehen, daß Simon Casemans Verhalten ihm schmeichelte.

Im Laufe weniger Monate machte Simon sich auch bei Mutter unentbehrlich. Er erlernte die Namen der Pflanzen und schlug in Büchern nach, welche Ansprüche sie an Boden und Pflege stellten. Er half beim Setzen der Schößlinge, und bald war es ein alltäglicher Anblick, ihn mit einem großen Korb hinter Mutter herwandeln zu sehen, in den sie die reifen Früchte oder Schnittblumen für unsere Vasen legte.

Wenn er mich in Haus oder Garten allein antraf, setzte er sich zu mir und sprach mit mir über die griechische Philosophen, deren Schriften ich gerade studierte. Als er merkte, daß ich gern ausritt, begleitete er mich in seiner freien Zeit über die Felder.

Mit Rupert führte Simon lange, fachkundige Gespräche über die Landwirtschaft und Viehzucht, während er Kate gegenüber genau jene Mischung aus Verehrung und harmloser Neckerei an den Tag legte, die sie bei Männern so sehr schätzte.

Kurzum, Simon bemühte sich angestrengt, uns allen zu gefallen und sich möglichst reibungslos in unsere Familie einzugliedern. Er begleitete uns bei Ausritten und Jagden, half bei der Ernte und tanzte auf den Festen. An langen Winterabenden beteiligte er sich an unseren Brettspielen vorm Kamin und schlug, als er meine Vorliebe erkannt hatte, mir zuliebe oft Ratespiele vor.

Im Sommer darauf erlebten Kate und ich ein denkwürdiges Ereignis: Wir sahen die Juwelenmadonna. Sicherlich hätten wir nie von ihr erfahren und sie niemals zu Gesicht bekommen, wenn Kate Bruno dazu nicht aufgestachelt hätte.

Wieder einmal lagen wir im Gras des Klostergartens. Kate schwelgte in ihrem Lieblingsthema, der Krönung der Königin, und zählte die Juwelen auf, mit denen Anna Boleyn geschmückt war.

»Alles an ihr funkelte nur so von Gold und Edelsteinen«, prahlte sie. »Schade, Bruno, daß du sie nicht gesehen hast.«

»Ich habe noch viel schönere Steine gesehen«, sagte er.

»Unmöglich! Die Königin trug eigens für sie angefertigtes Geschmeide.«

»Das ist gar nichts gegen die *heiligen* Juwelen«, trumpfte Bruno auf.

»Was du nicht sagst. Wie können Juwelen heilig sein?«

»Wenn sie der Madonna gehören, sind sie heilig.«

»Die Madonna hat keinen Schmuck.«

»Eure vielleicht nicht. Unsere Madonna hat prächtigere Steine als selbst die Königin.«

»Das glaube ich nicht.«

Bruno riß einen Grashalm ab und kaute darauf herum. Er schwieg. Nichts konnte Kate mehr aufbringen als die Stille, die ihren Worten folgte.

»Gestehe, daß du bloß gelogen hast«, begann sie wieder. »Du erzählst uns Märchen über eine schäbige Holzmadonna.« Kate blinzelte ihn scheu über die Schulter an. War sie zu weit gegangen?

Aber Bruno antwortete schlicht: »Ich lüge nicht. Ich wollte, ich könnte euch die Madonna zeigen. Ihr glaubt ja doch nur, was ihr mit eigenen Augen gesehen habt.«

»Dann zeig sie uns doch«, rief Kate.

»Das geht nicht. Die Madonna steht in einer geheimen Kapelle.«

»Na und?«

»Nur geweihte Mönche dürfen die Kapelle betreten.«

»Bist du geweiht?«

»Ich darf sie einmal im Jahr, am Weihnachtstag, sehen.«

»Weil du der heilige Knabe bist?«

»Ja. Den Schlüssel zur Kapelle trägt Bruder Valerian an seinem Gürtel.«

»So nimm ihn fort, wenn er das nächste Mal während des Unterrichts einschläft. Das tut er doch, oder?«

»Das geht nicht.«

»Sag lieber, du traust dich nicht. Du willst ein heiliger Knabe sein und fürchtest dich vor einem zahnlosen alten Mönch! Kannst du nicht alles, was du willst? Wo bleiben deine Wunder? Wenn wir dir glauben sollen, mußt du uns die Kapelle zeigen.«

»Ich hab' nie gesagt, ich könnte Wunder wirken.«

»Alle Welt erwartet das von dir. Ich denke, du bist etwas Besonderes, weil du in der Weihnachtskrippe gefunden wurdest? Aber vermutlich bist du nur ein kleiner Schwindler.«

Wenn Bruno etwas nicht vertragen konnte, dann waren das Zweifel an seiner Herkunft und seinen übernatürlichen Eigenschaften. Es kochte in ihm; so wütend hatte ich ihn noch nie gesehen.

»Ich bin kein Schwindler«, rief er mit umkippender Stimme. »Das werde ich euch beweisen!«

Kate, die kein vierzeiliges Gedicht auswendig lernen konnte, hatte ihn genau dort, wo sie ihn haben wollte. Sie war entschlossen, die Madonna zu sehen – koste es, was es wolle!

Ein paar Tage danach flatterte ein Tuch im Efeu der Mauer: das Zeichen, daß Bruno den Schlüssel in seinem Besitz hatte und wir kommen sollten.

Obwohl ich Angst verspürte, ging ich mit. Ich werde nie die Minuten vergessen, in denen wir uns in die kalten grauen Klostergänge einschlichen. Bei jedem Schritt fürchtete ich die Strafe des Himmels für unsere Freveltat. Es galt als Todsünde für weibliche Personen, geheiligten Klosterboden zu betreten. Kleinlaut nahm ich den Triumph meiner Gefährten wahr: Kate strahlte, daß sie ihren Willen durchgesetzt hatte, und Bruno sonnte sich in seiner Eigenschaft als überirdisches Wesen, das gegen strengste Vorschrift zwei Eindringlinge in ein Heiligtum schleuste.

Er ging voran, machte an jeder Ecke halt und winkte uns erst näher, nachdem er sich vergewissert hatte, daß die Luft rein war. Wir krochen durch die naßkalten Kreuzgänge, drückten uns an die Wände schmaler Korridore und huschten eine enge Wendeltreppe hinauf. Im großen Gebäude herrschte totale Stille, wie in einer Gruft.

Bruno war totenbleich. Hochmütig preßte er die Lippen zusammen, nicht bereit, sich von seinem Vorhaben abhalten zu lassen. Kate, nun doch stark beeindruckt, schwieg ebenfalls. Hatte mich vorhin noch der Gedanke an Vater zögern lassen, so vergaß ich jetzt alles vor Aufregung. Ich wußte genau, daß wir schweres Unrecht begingen, und war doch fest entschlossen, mitzumachen.

Nach endlosen Minuten standen wir vor einer dicken Holztür. Bruno öffnete das Schloß mit dem entwendeten Schlüssel. Die Tür ging auf und ächzte dabei so laut in ihren Angeln, daß mir war, als müßten es alle Mönche in ihren Zellen hören.

Dann betraten wir die Kapelle. Bis sich unsere Augen an das Halbdunkel gewöhnt hatten, sahen wir nur dunkle Kirchenstühle und einen steinernen Engel, der ein flammendes Schwert zu halten schien. Allmählich erkannte ich die Umrisse des Altars, dessen oberer Teil von einem golddurchwirkten Tuch verhüllt wurde. Bruno zündete eine Kerze an und zog den schweren Vorhang zur Seite. Wir blickten ins Innere des Heiligtums und – vor uns stand die Madonna.

Ihre Schönheit verschlug mir den Atem. Die Statue war aus gelblichem Marmor geschnitzt und trug einen Mantel aus echter scharlachroter Seide, unter dem ein Gewand hervorschimmerte, das über und über mit Perlenstickerei und Edelsteinen besetzt war. Im flackernden Kerzenlicht funkelte es wie ein Wasserfall aus Diamanten, Rubinen und Smaragden. Die schmalen Hände der Madonna schmückten kostbare Ringe, um die Handgelenke wanden sich schwere Goldketten. Am prächtigsten schimmerte das Diadem auf ihrem leicht vornüber geneigten Kopf; allein der nußgroße Diamant in seiner Mitte versprühte eine Kaskade von Licht.

Kate war außer sich. Flüsternd gab sie zu, daß die Königin im hellen Tageslicht nicht so reich geschmückt war wie die fast lebensgroße Madonnenstatue in ihrem dunklen Versteck. Am liebsten hätte sie die Madonna berührt, aber Bruno verwehrte es ihr.

»Tu es nicht«, warnte er flüsternd. »Du könntest tot zu Boden fallen.«

Schnell zog Kate ihre Hand zurück.

Nun, da Bruno den Beweis erbracht hatte, ging es ihm ausschließlich darum, uns so schnell wie möglich unbemerkt aus der Kapelle hinauszuschaffen. Und obwohl wir unsere Augen nur schwer von der herrlichen Erscheinung der Madonna lösen konnten, trieb uns doch die Angst ins Freie.

Erleichtert schloß Bruno die Tür hinter uns ab. Der Rückweg durch die Korridore schien uns kinderleicht nach der beklemmenden Scheu in der geheiligten Kapelle. Wenn man uns nun noch erwischte, brauchten wir nicht zuzugeben, daß wir die Madonna gesehen hatten. Instinktiv wußten wir, daß wir durch den Eintritt in die Kapelle weitaus schwerer gesündigt hatten als durch unser Eindringen in das Kloster.

Niemand hatte uns bemerkt. In unserem Versteck zwischen den Büschen warf sich Bruno auf den Boden und verbarg sein Gesicht in den Händen. Er zitterte. Nun erst überwältigte ihn sein Gewissen wegen der Tat. Betreten sahen Kate und ich einander an und schwiegen.

Der Mord in der Abtei

Vor den Geschehnissen, die nun über das Land hereinbrachen und den Frieden zerstörten, vermochte nicht einmal Mutter ihre Augen zu verschließen. Der Konflikt zwischen dem Papst und König Heinrich spitzte sich zu; der König drohte mit dem Abfall der englischen Kirche von Rom, wenn der Vatikan seine Forderungen nicht erfüllte. Bruder John und Bruder James erschienen oft im Garten und sprachen mit gedämpfter Stimme über das Unheil, das die Kirche in ihren Grundfesten erschütterte.

Wir erfuhren von dem tragischen Geschick Thomas Mores, den der König ehemals so hoch geehrt hatte. Als er sich weigerte, Heinrichs Ehe mit Anna Boleyn für gültig und ihre Nachkommen als rechtmäßig anzuerkennen, ließ ihn der König zusammen mit Erzbischof Fisher in den Tower sperren.

»Ich mache mir Sorgen um Sir Thomas«, vertraute Vater mir an. »Er ist ein rechtschaffener Mann und wird kein Jota von seinen Grundsätzen abweichen, was immer man ihm auch antun mag.

Nun sitzt er als Verräter im Tower eingekerkert. Ich fürchte, wir werden ihn nicht lebend wiedersehen.«

Trauer und Angst spiegelten sich in Vaters Miene.

»Seine arme Frau ist wie von Sinnen«, fuhr er fort. »Sie versteht nicht einmal, weshalb ihr guter Ehemann angeklagt wurde. Und Meg, seine Lieblingstochter Meg – wie ihr wohl zumute ist. Ein Glück, daß ihr Gatte Will Roper ihr mit Trost und Beistand zur Seite steht.«

»Vater, wenn Sir Thomas dem König den Treueeid leistet und ihn in seinen Lügen bestärkt, kommt er dann frei?«

»Gewiß, aber um welchen Preis. Er hätte Gott und sich selber verraten müssen. Einmal hat er zu mir gesagt: ›William, ich bin ein treuer Diener des Königs, aber vor allem bin ich ein Diener Gottes.‹«

»Sind ein paar Worte denn so wichtig, daß man für sie stirbt?«

Vater schwieg lange, bevor er antwortete: »Ja, mein Kind, wenn unsere innerste Überzeugung an ihnen hängt. Du wirst mich verstehen, wenn du etwas älter bist. Oh, Damascina, ich wünschte, du wärest zumindest so alt wie Meg!«

Zuerst wurde John Fisher hingerichtet; fünfzehn Kartäusermönche begleiteten ihn unter grausamen Martern in den Tod. Als ich an diesem Tag aus dem Fenster blickte, sah ich Vater in Gesellschaft der beiden Ordensbrüder. Alle drei machten den Eindruck tiefster Niedergeschlagenheit.

Von Bruno erfuhren wir, daß man im Kloster Seelenmessen für die Ermordeten las. Für Sir Thomas More wurde Tag und Nacht gebetet. Wenn der König diesen vom Volk hochgeehrten Mann ebenfalls in den Tod schickte, waren Unruhen zu befürchten. Viele hofften, Heinrich werde diesen äußersten Schritt nicht wagen. Aber der König ließ verkünden, wer ihm den Eid verweigerte, sei ein Feind und Verräter, auch wenn er früher sein Freund und Kanzler gewesen war. Jeder, der sich seinem Willen widersetzte, beschwor die Rache der Krone auf sein Haupt.

Der Tag kam heran, an dem Sir Thomas More nach langer Haft aus dem Kerker vor Gericht geführt und zum Tode verurteilt wurde. Auf dem Rückweg zum Tower, so berichteten Augenzeugen, stürzte seine Tochter Meg auf ihn zu und schlang die Arme um seinen Hals. Als man ihn fortzog, sank sie besinnungslos zu Boden.

Und nicht lange danach läutete die Glocke für Sir Thomas, dessen Haupt vom Rumpf getrennt und – auf einen Pfahl gesteckt – mitten auf der London-Bridge zur Schau gestellt wurde. Es blieb nicht lange dort; im Dunkel der Nacht stahl Meg die Reliquie des geliebten Vaters vom Schandpfahl und trug sie in ihren Armen fort.

Vater schloß sich in sein Zimmer ein, wo er lange Stunden auf den Knien im Gebet zubrachte. Tags darauf rief er mich an das Flußufer.

Wir gingen lange schweigsam auf und ab, bis er endlich begann: »Damascina, du bist jetzt bald zwölf Jahre alt... ach, wärest du nur ein wenig älter!«

»Ich könnte dich dann auch nicht besser verstehen und trösten als jetzt«, sagte ich traurig.

»Nein, das wohl nicht. Aber du wärest vielleicht verheiratet, zumindest verlobt, so daß du nicht schutzlos dastündest, wenn – wenn ich...«

»Vater!«

»...falls ich eines Tages nicht mehr für dich sorgen könnte«, schloß Vater gefaßt. »Wer weiß heute, wann seine Stunde gekommen ist? Nie hätte ich geglaubt, daß mein Freund Thomas ein solches Geschick erleiden muß!«

»Vater, willst du dem König den Eid verweigern?« In panischer Angst klammerte ich mich an seinen Arm.

»Bisher hat mich niemand aufgefordert zu schwören«, sagte Vater. »Aber wenn es dazu kommt – nein, ich täte es nicht.«

»Du glaubst also, daß der König ein Ketzer ist?«

»Still, Kind, sprich solche Worte nicht aus.«

»Ob die Königin wohl daran denkt, wie viele Männer für sie gestorben sind? Bischof Fisher, Sir Thomas, die Mönche und all die anderen: ob ihr vergossenes Blut Anna Boleyn nicht schreckt?«

»Sie ist ein Spielzeug in der Hand des Königs. Was mag sie erwarten, wenn Heinrich ihrer einst überdrüssig wird?«

»Kate meint, der König sei enttäuscht, weil sie ihm keinen Sohn geboren hat.«

»Kate ist vorlaut, sie sollte auf ihre Zunge achten. Dennoch hat sie ein besonderes Talent zur Selbsterhaltung. Um dich ist mir viel mehr angst. Sag mal: Könntest du dir Rupert als deinen Ehemann vorstellen?«

»Rupert? Als meinen Mann? Wie kommst du darauf? Ich habe noch nie daran gedacht zu heiraten.«

»Er ist ein guter Junge. Wenn er auch kein Vermögen besitzt – er ist arbeitsam, bescheiden und gutherzig. Und er gehört zur Familie. Gegebenenfalls könnte ich die Sorge um dich und Mutter wie auch die Verwaltung unseres Gutes getrost in seine Hände legen. In drei, in zwei Jahren schon könntet ihr heiraten.«

»Das klingt ja, als wolltest du mich so schnell wie möglich loswerden?«

Vater blickte mich schmerzerfüllt an. »Das solltest du besser wissen.«

»Verzeih, Vater. Ist es so ernst? Bist du in Gefahr, daß du mich vorzeitig in die Obhut eines anderen Mannes geben willst?«

»Jetzt noch nicht. Aber wer weiß, was auf uns zukommt?«

Wir schauten lange schweigend über die Themse in Richtung des Trauerhauses. Wie nie zuvor fühlte ich mich ausgeliefert an höhere Mächte.

Die warmen Tage dauerten bis weit in den Herbst hinein. Oft sahen wir Gäste zu Tisch, da Durchreisende, ob arm oder reich, unsere Tür stets offen und einen Platz an unserer Tafel fanden. Besucher, die aus London kamen, wurden nach dem Essen von Kate unter irgendeinem Vorwand zur Seite gelockt und nach Neuigkeiten ausgefragt.

Auf diese Weise waren wir über die Vorgänge bei Hof auf dem laufenden. Wir erfuhren, daß Heinrich sich tatsächlich von seiner Gemahlin abwandte, um so mehr, als Anna sich neuerdings ungebührlich aufführte. So sagte man – aber wie es schien, war der eigentliche Grund für die Abneigung des Königs vielmehr in seiner Vorliebe für eine Hofdame der Königin, Johanna Seymour, zu suchen. Sie war nicht sonderlich hübsch, dafür jedoch sehr nachgiebig und bescheiden. Ihre Sanftmut stand im krassen Gegensatz zu Annas herrischem Wesen. Um so ehrgeiziger waren Johanna Seymours Brüder und Vettern, die sich der Hoffnung hingaben, der König könne sich, wenn er einer spanischen Prinzessin den Laufpaß gegeben habe, desto eher von der Tochter des einfachen Landedelmannes Thomas Boleyn trennen.

Hätte Anna einem Knaben das Leben geschenkt, sie wäre in Sicherheit gewesen. Und alsbald verbreitete sich das Gerücht, Johanna Seymour gehe mit dem Kind des Königs schwanger.

Kate verbannte Anna Boleyn aus ihren Wachträumen und schwärmte nun von Johanna Seymour, die sie vorweg schon als Königin Johanna titulierte. Mit der etwas schafsgesichtigen, von ihren Brüdern wie eine Marionette gelenkten Johanna konnte sie sich allerdings nicht identifizieren; sie schimpfte deshalb oft lauthals über die allzu gefügige neue Favoritin.

Nach wie vor schlichen wir uns gelegentlich durch die Mauerpforte ins Dickicht des Klostergartens, wo Kate immer wieder auf die Juwelenmadonna zu sprechen kam, und welch ein Jammer es doch sei, daß die herrlichen Edelsteine in einer dumpfen Kapelle vor aller Welt verborgen wären.

Unmerklich wandelte sich unser Verhalten gegenüber Bruno. Hatten wir vor kurzem noch kindisch mit ihm getollt, so saßen wir neuerdings still und sittsam im Gras, wobei wir uns über alle möglichen Dinge unterhielten. Listig brachte ich, sooft ich konnte, das Gespräch auf Bereiche, in die Kate nicht zu folgen vermochte. Ich liebte es, wenn Bruno sich ereiferte und ausführliche Vorträge über seine Ansichten hielt. Er sprach zwar zu mir, blickte aber ständig zu Kate hinüber, deren unergründliches Wesen ihn faszinierte. Sie ließ sich nie herab, ihm zu huldigen, im Gegenteil: Kate tyrannisierte Bruno mit ihren Launen, so daß er nie wußte, woran er mit ihr war. Es ärgerte ihn wohl, vertiefte sein Interesse für sie aber nur um so mehr.

Manchmal neckte sie ihn so lange mit den Worten ›heiliger Knabe‹, bis er aufsprang. Kate lief davon, ließ sich jedoch rasch von Bruno einfangen und festhalten. Vom ungestümen Aufprall fielen sie bisweilen zu Boden, wälzten sich im Gras übereinander, bis Bruno auf ihr saß und lachend drohte, er werde sie nun wirklich verhauen. Das geschah natürlich nie. Nach einer Weile besannen sie sich auf meine Anwesenheit, erhoben sich mit hochroten Köpfen und kamen langsam zu mir herübergeschlendert. Von der Aufregung, die sie bei diesen wilden Spielen ergriff, war ich ausgeschlossen.

In jenem Sommer nahm ich Abschied von meiner Kindheit und wurde ein junges Mädchen. Kate war es längst. Ich wußte, daß sie sich mancherlei Vorrechte bei Keziah herausnahm, seit sie entdeckt hatte, daß Tom Skillen – und nicht nur er allein – der Magd nächtliche Besuche abstattete. Kate interessierte sich mindestens ebenso stark für Männer wie Keziah: aber während diese weich und nachgiebig war, legte meine Cousine Männern gegenüber ein herrisches und doch vielversprechendes Betragen an den Tag. Beide, jede auf ihre Art, schlugen alle Männer in ihren Bann, auf die sie es abgesehen hatten.

Einmal kam Kate nachts in mein Zimmer und weckte mich mit den Worten: »Steh auf, Dammy, es wird Zeit, daß du aus deinen Kinderträumen erwachst.«

Ich warf ein Tuch über die Schultern und folgte ihr über die Wendeltreppe zu den Dienstbotenkammern unterm Dach. Vor Keziahs Tür blieb sie stehen, zog leise den Schlüssel, der außen steckte, heraus und beugte sich zum Schlüsselloch.

»Sieh dir das mal an«, sagte sie, während sie zur Seite rückte. »Ich habe doch recht gehört!«

Ich bückte mich und schaute ins Zimmer. Im Bett neben Keziah lag einer unserer Pferdeknechte, den Arm um ihren Hals geschlungen. Leise schob Kate den Schlüssel zurück, drehte einmal um und zog ihn heraus. Wir huschten in mein Zimmer zurück, wo Kate in lautes Gelächter ausbrach. »Der wird sich wundern, wenn der Ausgang versperrt ist«, meinte sie kichernd.

»Warum hast du das getan?«

»Die sollen ruhig wissen, daß ich alle ihre Machenschaften kenne«, erwiderte Kate.

Keziahs nächtlicher Besucher brach sich das linke Bein, als er im Morgengrauen aus dem Fenster in den Garten sprang. Keziah wagte nicht, ihm zu folgen, und blieb bis zum Vormittag still in ihrem Zimmer. In einem unbeobachteten Augenblick öffnete Kate die Tür.

»Du warst das also, du Biest«, fuhr Keziah sie an.

»Wir haben euch im Bett beobachtet«, sagte Kate unverschämt.

Keziah errötete, als sie mich hinter Kate stehen sah. Ich schämte mich mindestens ebenso wie sie.

»Bist du eine Dirne, Keziah?« fragte Kate.

»Es wird nicht lange dauern, und ich bin nicht die einzige hier im Haus«, gab Keziah wütend zurück. Kate lachte perlend.

Nachmittags nahm Keziah mich an die Hand und führte mich ins Wäschezimmer, wo wir allein waren.

»Weißt du, Dammy, ich habe eben ein viel zu liebevolles Herz«, versuchte sie sich zu rechtfertigen. »Ich hätte heiraten sollen und eine Stube voll Kinder bekommen, solche wie du und Rupert. Nicht wie Kate.«

»Hast du viele Männer geliebt, Keziah?«

»Wie soll ich's dir erklären, mein Kleines? Ich liebe sie alle, wie sie auch sind, und kann nie nein sagen, wenn mich einer bittet. Aber ich bin keine Hure, ich nehme kein Geld.«

Überwältigt blickte ich sie an. Daß sie so offen mit mir über Dinge sprach, die ich meinen Eltern gegenüber nicht einmal andeutungsweise erwähnen durfte, brachte Keziah mir wieder näher.

Sie faßte nach meiner Hand, als sie sagte: »Aber erzähle niemandem weiter, was ich dir gesagt habe, hörst du?« »Ich glaube nicht«, antwortete ich kopfschüttelnd, »daß es hier im Haus ein großes Geheimnis ist.«

Monate später, an einem regnerischen Maientag, gelangte zu uns die Nachricht, die Königin sei verhaftet und in den Tower geworfen worden. Diesmal gab der König als Grund für sein Mißfallen die Anschuldigung vor, Anna Boleyn habe ihn mit mehreren Männern, darunter ihrem leiblichen Bruder, betrogen. Im übrigen sei er die Ehe mit ihr unter Zwang und zauberischem Einfluß eingegangen. Er sei der Betrogene, er wünsche sich nichts sehnlicher als ein treues, rechtschaffenes Weib, das ihm den Sohn und Erben schenke.

Anna Boleyn wurde nach einem Turnier festgenommen und in den Tower gebracht, gemeinsam mit den Männern, die man als ihre Liebhaber verdächtigte. Man warf ihnen vor, sie hätten ein Komplott geschmiedet und Heinrich nach dem Leben getrachtet. Einer dieser Unglücklichen war ein armer Musikant, dem die hochmütige Königin zweifellos nie ihre Gunst gewährt hatte. Nun mußte Anna Boleyn für die Leiden büßen, die sie ihrer Vorgängerin Katharina zugefügt hatte.

Vater dauerte das Los der ehrgeizigen, aber nicht verbrecherischen Frau, obwohl er sie nie als rechtmäßige Königin anerkannt hatte. Vor drei Jahren war sie in einem Triumphzug zur Kirche gezogen, nun lag sie auf einer Pritsche im Verlies.

Auch Keziah tat sie leid.

»Nun soll der Armen das hübsche Köpfchen abgeschlagen werden, nur weil sie die Männer angeblich geliebt hat.«

»Glaubst du, sie war dem König untreu, Keziah?« fragte ich.

Sie zuckte die Achseln. »Wer weiß? Es laufen so viele hübsche Männer im Schloß herum. Und warum soll man sich nicht trösten lassen, wenn einem schwer ums Herz ist? Der König hat schließlich zuerst mit der Seymour angefangen.«

»Ja, aber das ist doch etwas anderes?«

»Wieso?« Keziah geriet stets in Rage, wenn jemand die – ihrer Meinung nach – größte Ungerechtigkeit des Lebens erwähnte: daß eine Frau das Vergnügen, das man einem Mann ohne weiteres zugestand, mit bitterer Verachtung zu büßen hatte. »Wieso ist das was anderes? Der König hat an allen Ecken und Enden seine Liebchen sitzen!«

Seit jener Nacht redete sie stets offen mit mir, als sei ich eine erwachsene Frau und nicht ein dreizehnjähriges Mädchen. Wie sie meinte, war ich kein Kind mehr, und je eher ich über das Leben Bescheid wußte, desto besser in den gegenwärtigen Zeiten. Das ›Leben‹, das war für Keziah die Beziehung zwischen den Geschlechtern. Sie scherzte mit den Männern, betete sie an und tröstete sie, obwohl sie ihr immer wieder das größte Leid antaten, das einer Frau widerfahren kann: Sie gingen ihrer Wege und ließen Keziah mit ihrem heißen Herzen einsam zurück.

»Aber es muß doch sicher sein, daß sie ihre Kinder vom König empfängt?«

»Als ob es darauf ankäme. Ein Schuß gesundes Bauernblut wäre das beste für einen zukünftigen Herrscher. Nun ja, jetzt kommt es sowieso anders. Da ist diese blasse Johanna Seymour, die dem König den Kopf verdreht hat. Ich kenne wenig beständige Männer – fast alle lieben die Abwechslung und das Abenteuer. Ach, Dammy, es gibt nicht viel, das ich nicht von den Männern weiß, und doch lerne ich jedesmal noch hinzu. Meinen ersten Liebhaber hatte ich in deinem Alter. Ein hübscher Bursche war es. Er ritt an der Waldhütte vorbei, wo ich mit Großmutter wohnte, und sagte mir, als er mich einmal allein antraf, er wolle mir einen hübschen Putz schenken. Ich dachte nichts Arges und folgte ihm. Er koste und streichelte mich, und schließlich lagen wir im Farnkraut, das genauso weich sein kann wie ein Federbett. Als ich nach Hause kam, war es dunkel. Großmutter saß am Feuer, das sie auch an heißen Tagen nicht ausgehen läßt, die schwarze Katze auf dem Schoß. Sie fragte: ›Was hältst du in der Hand, Keziah?‹ Ich zeigte ihr ein Häubchen mit blauen Bändern. ›Oh, Mädchen‹, rief sie aus, ›du hast doch nicht etwa für Tand deine Jungfräulichkeit hingegeben?‹ Ich hatte Angst, sie würde mich schlagen, aber Großmutter blickte nur sinnend vor sich hin. ›Schon gut‹, sagte sie endlich. ›Jetzt weißt du Bescheid.‹ Der Bursche kam noch einige Male, dann blieb er fort. So war es damals, ja.« Keziah seufzte.

Als ich allein am Fenster saß, mußte ich ständig an die Königin in ihrem Gefängnis denken. Wie rasch wurde aus stolzem Triumph Elend und Todesnot! Dort lag sie zwischen düsteren Mauern, nicht weit vom Haus Thomas Mores.

Dann schlug die Stunde, in der Anna Boleyn ihren Hals unter das Schwert des Scharfrichters neigte, den man eigens von Calais herbeigeholt hatte. Nach der Hinrichtung ließ König Heinrich sich geradewegs zu Lady Seymour fahren und ehelichte sie am folgenden Tag.

Nach diesen Ereignissen ging es schweigsamer in unserer Tafelrunde zu. Die Gäste, die nun noch unser Haus aufsuchten, hüteten sich zusehends, ihren Gedanken freien Lauf zu lassen. Man plauderte über unverfängliche Themen oder – wenn vom Hofe die Rede war – in knappen Sätzen ohne Kommentar. Es hieß, daß die nunmehrige Königin ein Kind erwartete.

Das Kind, das im Oktober zur Welt kam, war ein Knabe. Daß seine Mutter wenige Tage später starb, tat dem Jubel des Volkes und der Freude des Königs wenig Abbruch. Heinrich sah seinen heißesten Wunsch erfüllt: er hatte einen legitimen Erben. Niemand zweifelte daran, daß er sich alsbald nach einer neuen Gemahlin umsehen werde. Katharina, Anna, Johanna... Wie würde der nächste Name lauten?

Während der König sein Trauerjahr abhielt, machten Gerüchte die Runde über die Zustände in den Klöstern. Keziah und Tom Skillen steckten die Köpfe zusammen.

»Ach nein«, prustete Keziah los. »Was du nicht sagst! Aber Mönche und Nonnen sind ebensolche Menschen wie wir alle.«

»Immerhin, so was hätte ich nicht für möglich gehalten.« Tom lachte anzüglich.

Vater wurde immer ernster, als sich das Gerede über die Klosterinsassen mehrte, die man der Unzucht und widernatürlichen Verbrechen beschuldigte.

Kate wußte Näheres. »Einen Mönch hat man mit einer Frau im Bett ertappt«, erzählte sie. »Jemand, der ihn dabei erwischte, erpreßte ihn, und der Mönch stahl jahrelang Geld aus den Opferstöcken. Von einem Abt heißt es, er habe zwei Söhne mit einer Wäscherin, denen er jeweils eine fette Pfründe zugeschanzt hätte.«

»Wie können Mönche in ihrer Abgeschiedenheit solche Untaten begehen?«

»Abgeschiedenheit? Fällt dir nicht eine gewisse Pforte ein? Übrigens sollen Nonnen- und Mönchskloster durch geheime Gänge unter der Erde miteinander verbunden sein. Es gibt unterirdische Säle, wo sie ihre Orgien feiern, und besondere Friedhöfe, wo man die Kinder der Nonnen verscharrt. Manche werden angeblich auch als Findelkinder großgezogen.«

»Aber das ist doch alles widersinniges Gerede«, wehrte ich ab.

»Irgendwas wird schon dran sein«, mutmaßte Kate. Sie konnte kaum erwarten, bis sich die nächste Gelegenheit zu einem Treffen mit Bruno bot.

Wir hatten uns noch kaum begrüßt, als Kate schon herausplatzte: »Schöne Sachen hört man neuerdings über euer Klosterleben!«

Bruno blickte sie sonderbar an.

»Es ist eine Verschwörung«, rief er empört. »Ein Komplott gegen den Glauben mit dem Zweck, daß der Klosterbesitz eingezogen werden kann. Lügen in die Welt zu setzen ist nicht schwer.«

»Alles wird schon nicht erlogen sein. Völlig aus der Luft kann man solche Beschuldigungen kaum greifen.«

»Nun ja, Fehler sind hier und da sicherlich vorgekommen.«

»Das wenigstens gibst du zu?«

»Ich gebe zu, daß ein winziger Bruchteil der Geschichten auf Wahrheit beruhen mag. Aber müssen alle Klöster in den Schmutz getreten werden, weil eines gegen die Regel verstoßen hat?«

»Die Heiligen sind Schwindler und Bösewichte. Wie du, mein ›heiliger Knabe‹, als du uns zur Madonna führtest.«

»Du bist ungerecht, Kate«, mischte ich mich ein. »Immerhin hast du Bruno so lange gequält, bis er uns die Kapelle zeigte.«

»Kleine Kinder sollen nicht ungefragt dazwischenreden.«

»Ich bin kein kleines Kind.«

»Sei still, du verstehst rein gar nichts.«

Ich schwieg, und auch Bruno ließ den Kopf hängen. Bedrückte ihn die Spannung, die im Kloster herrschte? Wie Vater mir im Vertrauen mitgeteilt hatte, hatte die Krone es tatsächlich auf das Vermögen der Abteien abgesehen. Obwohl man nie wußte, wohin der nächste Schlag treffen würde, deutete mancherlei darauf hin, daß St. Bruno in Gefahr schwebte.

Seit dem Wunder von Brunos Geburt war das Kloster wohlhabend, ja reich geworden, was zur Zeit bedrohlicher war als Sittenlosigkeit. Jeden Augenblick konnten die Rotten von Thomas Cromwell erscheinen, um das Kloster auszuplündern. Der Abt war alt und bettlägerig; es stand zu befürchten, daß er einen Ansturm nicht überleben würde.

Als Mutter erfuhr, daß die alte Großmutter Garnet schwer erkrankt sei, schickte sie mich und Keziah mit einem Korb Lebensmittel und einem Packen geflickter, aber sauberer Leinenwäsche zu ihr. Die Alte hauste in einer winzigen Kate am Bach. Wie viele Jahre sie zählte, wußte sie selber nicht mehr. Ihren Mann und sechs Kinder hatte sie während der Pest verloren. Sie erzählte von den Begräbnissen, als hätten sie gestern – und nicht schon vor Jahrzehnten – stattgefunden. Ungeduldig lauschten wir ihren weitschweifigen Schilderungen, und als wir die Hütte verließen, war es spät geworden.

Während wir nach Hause eilten, hörten wir mit einemmal Pferdegetrappel hinter uns. Es waren vier Reiter, angeführt von einem kräftigen Mann auf einem großen Rappen. Er überholte uns und blieb stehen.

»He, ihr da!« rief er barsch. »Wo geht der Weg zum Kloster St. Bruno?«

Keziah kümmerte sich wenig um die unfreundliche Anrede. Sie deutete einen Knicks an und rief zurück: »Ihr seid gerade noch einen Steinwurf weit davon entfernt.«

Ich beobachtete die Miene des Reiters, während er Keziah von oben bis unten musterte. Sein verkniffener Mund lockerte sich, und die schwarzen, tiefliegenden Augen verschwanden nahezu in den Höhlen, als er die Lider senkte. Er ritt ein paar Schritte weiter, streifte mich kurz mit seinem Blick und ließ die Augen dann zu Keziah zurückwandern.

»Wer bist du?« fragte er.

»Ich diene in dem großen Haus da drüben, und das hier ist meine kleine Miß.«

Der Mann nickte, lenkte sein Pferd dicht an Keziah heran, packte sie beim Ohr und zog sie näher zu sich. Keziah kreischte auf vor Schreck und Schmerz. Die Männer hinter uns lachten.

»Wie dein Name ist, will ich wissen.«

»Keziah heiße ich, und die junge Dame dort...«

»Ich wette ein Goldstück, daß du ein amüsantes Weibsstück bist, Keziah. Vielleicht probieren wir es mal aus.« Er ließ sie los und fragte ruhig: »Also dorthin geht es? Gut.«

Als die Männer an uns vorbeiritten, schaute ich Keziah an, deren Ohr feuerrot glühte.

»Das war vielleicht ein Kerl«, sagte sie mit aufgeregtem Kichern. »Ein richtiger Mann.«

»Ein Grobian, meinst du wohl«, entrüstete ich mich. Das Wilde, Tierische in seinem Wesen, das mich erschreckt hatte, schien Keziah zu betören. Ich merkte es an der Art, wie sie ihm nachschaute.

»Er hat dir weh getan.«

»Och, das war nur eine derbe Freundlichkeit«, gluckste Keziah selig.

Später erfuhren wir, daß jener Mann, der Rolf Weaver hieß, den Auftrag hatte, die Verhältnisse der Abtei zu untersuchen.

»Nun ist es soweit«, sagte Vater traurig. »Cromwells Männer sind im Kloster. Möge Gott den Brüdern gnädig sein.«

Er hatte recht. St. Bruno, wie wir es bis dahin kannten, hörte auf zu existieren. Statt leisegemurmelter Gebete erklang heiseres Männergebrüll in den stillen Kreuzgängen. Abends hörte man von fern das weinselige Gejohle und die spitzen Schreie der aufgegabelten Dirnen. Es würde nicht lange dauern, und Keziah tummelte sich unter ihnen. Als sie spät am Abend verschwand, fühlte ich mich ganz elend.

Da wir nichts von den Mönchen wußten, begab sich Vater anderntags zum Kloster und begehrte Einlaß. An der Tür vertrat ihm einer von Rolf Weavers Männern den Weg. Vater wurde bedeutet, das Kloster sei beschlagnahmt; es dürfe niemand hinein noch heraus.

»Wie geht es dem Abt?« fragte Vater. »Er ist krank.«

»Ja, vor Angst, weil man ihm auf seine verbrecherischen Schliche gekommen ist«, lautete die Antwort.

»Der Abt hat ein sündenfreies Leben geführt«, sagte Vater.

»So denkt Ihr! Wartet ab, was sich bei der Untersuchung herausstellt. Ihr werdet Euch wundern.«

»Ich kann mir nicht vorstellen, daß er sich jemals etwas zuschulden hat kommen lassen.«

»Wenn Ihr einen guten Rat wollt, seid vorsichtig! Die Kommissare des Königs schauen sich auch die Freunde der Mönche genau an.«

Vater blieb nichts übrig, als sich unverrichteter Dinge zu entfernen. Seit dem Tod von Sir Thomas More war er nicht so verzweifelt gewesen.

Als Keziah auftauchte, wankte sie ein wenig. Kate ging auf sie zu und beroch ihren Atem.

»Du bist betrunken, Keziah«, sagte sie vorwurfsvoll.

»Und du warst bei jenem Mann!« rief ich.

Keziah nickte mehrmals. Obwohl sie oft und reichlich Bier trank, hatte ich sie noch nie so erlebt. Kate rüttelte Keziah bei den Schultern und bohrte: »Erzähl uns, was passiert ist. Na, mach schon.«

Keziah lachte. »Das war vielleicht einer«, stammelte sie. »Kinder, so was könnt ihr euch nicht vorstellen! Noch nie im Leben...«

»Warst du bei Rolf Weaver?«

»Er hat nach mir geschickt. Ich mußte gehen.«

»Und du bist gar nicht ungern gegangen, was? Erzähl weiter!« drängte Kate.

»Nein, so was...« Keziah prustete wieder los.

»So neu kann die Sache ja nicht für dich sein.«

Aber offensichtlich war sie das doch, denn Keziah schien zu keiner Antwort fähig. Sie lachte und schüttelte den Kopf. Ich begriff, daß sie mit einem letzten Rest von Schamgefühl nicht vor uns jungen Mädchen mit ihrem Abenteuer prahlen wollte.

Kate und ich sahen einander an. Dann faßten wir Keziah von beiden Seiten unter und brachten sie zu Bett. Als wir sie entkleideten, entdeckten wir blaue Male an ihrem Hals und an ihren weißen Oberarmen. Mir schauderte, während Kate sehr aufgeregt und neugierig tat.

Vor dem Klostertor stand ein neuerrichteter Galgen, an dem der Leichnam eines Mönches im Winde hin und her schwang. In der schwarzen Kutte, die um seinen Körper flatterte, sah er wie ein ungeheurer Rabe aus. Man hatte ihn beschuldigt, er habe goldene Gefäße aus dem Kloster stehlen wollen. In Wahrheit hatte er sie vermutlich nur zu retten versucht, wobei ihn die Plünderer ertappten. Sie nutzten die Gelegenheit, ihre Macht zu demonstrieren. Ungehindert von der erschreckten Bevölkerung luden sie die Schätze der Abtei auf einen Wagen, der in Richtung des königlichen Palastes davonfuhr.

Niemand traute sich in jenen Tagen vor die Tür. Wie bei einem Erdbeben, bei dem alles einstürzt, hockten wir im Haus. Was hatten wir Bürger zu erwarten, wenn selbst die Abtei mit ihren jahrhundertealten Mauern kein sicherer Zufluchtsort mehr war?

Oft dachte ich an Bruno. Was mochte mit ihm geschehen sein? Wie konnte er es ertragen, daß in den geweihten Räumen Saufgelage abgehalten wurden und Dirnen in den stillen Mönchszellen kreischten? Wie hatte ihn doch damals sein Gewissen gequält, als er das Verbot übertreten und uns in die Kapelle der Juwelenmadonna eingelassen hatte. Mein Gott, die Juwelenmadonna! Sicher war sie längst von den Männern geplündert worden.

Wie Vater für den Abt und seine Mönche, so inbrünstig betete ich für Bruno. Würde ich ihn wiedersehen? Nun, da er in Gefahr schwebte, wurde mir deutlich, wie sehr er meine Gedanken und mein Fühlen beherrschte, es wohl immer getan hatte seit jenem Tag, da wir erstmals durch die Efeupforte geschlüpft waren. Ich verehrte und liebte ihn – wie ich mir einbildete, wegen seiner wundersamen Geburt und seiner Verwandtschaft zu den Heiligen.

Auch Kate schien besorgt. Wenn wir allein waren, redete sie nur von Bruno. »Wir sollten nachsehen, was aus ihm geworden ist«, drängte sie.

Ich stellte mir die rauhen Gesellen vor, wie sie überall das Klostergelände durchstöberten, und was wir zu erwarten hatten, wenn einer von ihnen uns entdeckte.

»Das ist zu gefährlich, Kate«, entgegnete ich leise.

Zu meiner Überraschung pflichtete sie mir bei. Trotz ihrer Neugier für alle obskuren Dinge war sie keinesfalls gewillt, sich irgendwelchen Widrigkeiten auszusetzen. Kate gehörte zu jenen Frauen, die zwar ständig Bewunderung heischen und Huldigungen annehmen, aber nicht bereit sind, dafür einen Preis zu zahlen.

»Es wird ein Wunder geschehen«, sagte sie. »Du wirst sehen, Dammy, er tut ein Wunder! Wozu wurde er sonst gesandt und in die Krippe gelegt?«

Sie sprach die Wünsche und Erwartungen von uns allen aus. Wir warteten auf die Schicksalswende, auf das Eingreifen des heiligen Knaben.

Die Wende trat ein – aber nicht als jenes Wunder, das wir erhofft hatten.

Spätabends kam Kate in mein Zimmer gelaufen. Mit dem offenen Haar und in ihrem hellblauen Nachtgewand sah sie aus wie ein Ritterfräulein.

»Wach auf«, zischte sie an der Tür. Aber ich hatte ohnehin nicht geschlafen.

»Keziah ist wieder nicht da.«

Ich setzte mich im Bett auf. »Sie wird drüben sein.«

»Bei ihrem Kerl, jawohl!«

»Ob er sie hat holen lassen?«

»Ach was, Keziah geht auch ungerufen. Ich wundere mich, daß dein Vater sie noch im Hause duldet.«

»Vermutlich weiß er nichts von ihrem Betragen.«

»Das sähe ihm ähnlich. Schwebt in anderen Regionen und merkt nicht, was sich unten auf der Erde tut. Wenn er sich nicht sehr in acht nimmt, wird er seinen Kopf los.«

»Kate! Wie kannst du so was sagen!«

»Pah, ist doch wahr! Selbst die engsten Freunde des Königs müssen sich vor seiner Willkür fürchten. Denke an Königin Anna, wie sie in der geschmückten Barke an uns vorbeifuhr. Und nun ist ihr Haupt fein säuberlich vom Rumpf getrennt.«

»Ja, Kate. Und wir haben das Unheil schon auf dem Hals.« Ich wies mit der Hand in Richtung der Abtei.

Kate setzte sich zu mir auf die Bettkante und umschlang die Knie mit den Armen. Sie dachte lange nach.

»Es wird allmählich Zeit, daß dein Vater sich nach einem Ehemann für mich umsieht«, sagte sie schließlich. »Ich bin bereits fünfzehn.«

»Warte ab. Es ist wohl nicht gerade der richtige Moment, um Ehen zu stiften. Vorläufig hat Vater andere Sorgen, vor allem wegen seiner Klosterfreunde. Du – ich wüßte gern, wie es Bruno geht.«

»Ich auch. Bruno«, sagte Kate träumerisch. Dann gab sie sich einen Ruck und meinte heftig: »Ich hab' es satt, ständig vom Kloster und seinen Insassen zu reden. Gibt es denn kein erfreulicheres Thema?«

Und sie begann, sich ihre Heirat mit einem Herzog oder Grafen auszumalen: Sie würde reich sein, in einem Schloß leben und so fort. Ich lehnte mich in die Kissen zurück und schloß die Augen. Weshalb blieb sie so lange? Der Hochzeitszug, den sie schilderte, setzte sich in Bewegung und zog treppauf, treppab durch endlose Korridore, Kate immer voran in ihrem blauen Nachthemd.

Laute Stimmen weckten mich. Kate stand in der offenen Tür und schimpfte mit Keziah. Es mußte weit nach Mitternacht sein.

Plötzlich verstummte Kate. Ich sah, wie sie erschreckt zurücktrat. Ins Zimmer taumelte Keziah, barfuß, mit blutenden Füßen. Ihr Kleid hing zerrissen von den Schultern, über ihr Gesicht zog sich das leuchtendrote Mal eines Peitschenhiebes. Zuerst glaubten wir, sie sei betrunken. Ich sprang aus dem Bett und lief auf sie zu. Ihr Atem roch nicht nach Alkohol.

»Was ist passiert, Keziah?« rief ich.

»Sie ist nicht ganz bei sich. Es muß ihr etwas Furchtbares zugestoßen sein.«

Keziah sah mich an und streckte die Hände aus. Ich ergriff sie: sie zitterten.

»Was ist mit dir, Keziah?« fragte ich erschüttert. »Du bist ja verletzt!«

Kate holte einen Stuhl und half ihr, sich zu setzen. Lange Zeit antwortete sie nicht auf unsere eindringlichen Fragen. Endlich schaute sie auf.

»Miß Damascina...« Keziah redete mich zum erstenmal so feierlich an. »Ich habe eine große Sünde begangen. Die Tore der Hölle sind für mich geöffnet.«

»Nimm dich zusammen. Was ist geschehen?«

»Du kommst aus dem Kloster«, sagte Kate. »Versuche nicht, es abzustreiten.«

Keziah schüttelte den Kopf. »Nein, Miß Kate – nicht, was Ihr denkt. Ich habe viel Schlimmeres getan.« Stockend kam das Geständnis von ihren Lippen. »Ich... ich habe etwas gesagt, ein Geheimnis verraten, das bis zum Ende der Tage in mir vergraben hätte sein sollen.« Sie schlug heftig mit der Faust auf ihre Brust.

»Um Gottes willen, was hast du getan?« fragte ich entsetzt.

»Ich hab' es ihm erzählt, und er wird es in die Welt hinausposaunen. Nun werden alle erfahren, was ein heiliges Geheimnis bleiben sollte. Ich habe meinen Schwur gebrochen.«

Mir war, als erlebte ich einen Alptraum. Und doch wußte ich, es war Wirklichkeit: Furchtbares mußte geschehen sein. Keziah brach in bitteres Weinen aus. Nie zuvor hatte ich die leichtsinnige, aber gutmütige Keziah in solcher Verfassung gesehen. Wäre sie ein unschuldiges Mädchen gewesen, man hätte glauben können, sie sei soeben vergewaltigt worden. Aber Keziah war nicht unbescholten; eine Vergewaltigung bedeutete für sie höchstens eine interessante Abwechslung.

Nein, das war echter Kummer! Keziah litt Qualen.

Ich umarmte sie und sagte leise: »Erzähle, Keziah. Vielleicht erleichtert es dich.« Ihr großer, weicher Körper wurde von Schluchzen geschüttelt.

»Ich habe Schreckliches getan«, begann sie erneut. »Satan selber wird mich zu sich hinabholen.«

»Hör endlich auf, Unsinn zu schwatzen«, sagte Kate fest. »Also?«

»Es ist so entsetzlich, Miß Damascina.« Keziah schluchzte auf. »Ich getraue mich kaum, davon zu sprechen.«

»Weiter, Keziah. Du warst im Kloster. Der Mann hat gerufen, und du bist hingegangen – wie das letzte Mal.«

»Das ist es nicht. Es begann viel früher... damals, als ich das Türchen in der Mauer entdeckte.«

Wortlos blickten Kate und ich uns an. Die Mauerpforte!

»Unter dem Efeu war eine Tür versteckt. Sie ging auf, und ich schaute in den Klostergarten. Ach, wäre ich doch lieber gleich tot umgefallen!«

»Sprich keinen Blödsinn, Keziah«, sagte Kate scharf. »Es gibt kein Türchen unter dem Efeu.«

»O doch, man muß nur genau hinschauen. Und dann bemerkte ich ihn. Er rodete Gras und hatte, weil es so heiß war, seine Mönchskutte ausgezogen. In Hose und Hemd sah er aus wie jeder andere Mann. Lange schaute ich zu, wie er die Gräser mit der Wurzel ausgrub. Plötzlich drehte er sich um und bemerkte mich in der Pforte. Er schimpfte und befahl mir, fortzugehen. Viel später sagte er mir einmal, ich sei ihm wie ein Blendwerk des Teufels erschienen, das ihn versuchen sollte. Und so war es wohl auch: Der Teufel versuchte uns beide.«

»Weiter«, befahl Kate. Ich fühlte, wie das Blut aus meinen Wangen wich. Langsam begann ich zu ahnen, worauf alles hinauslief. Während Keziah zu verstehen gab, sie sei so lange wiedergekommen, bis Bruder Ambrosius der Sünde erlag, schlüpfte ich ins Bett zurück. Ich fühlte mich sehr einsam und müde.

»Und dann lagen wir auf einmal im Gras. Wir taten nur, wozu uns die Natur trieb. Jeden Abend schlich ich mich nach dem Dunkelwerden zu Ambrosius. Oft erschien er nicht – dann hatte er widerstanden und geißelte sich in seiner Zelle. Am nächsten Abend kam er doch wieder. So ging es wochenlang fort, bis ich bemerkte, daß ich ein Kind erwartete...«

»Wohl nicht das erste Mal, daß es dir passierte?« fragte Kate.

»Doch, ich war noch ganz jung: kaum fünfzehn. Später, ja – da bin ich meine Last losgeworden mit Hilfe meiner alten Großmutter. Aber damals war ich dumm und hatte Angst. Ich sagte niemand etwas, nicht einmal Ambrosius. Erst als mein Mieder zu eng wurde, ging ich in den Wald zu Großmutter. Sie merkte sofort, was es geschlagen hatte und daß ich zu spät kam. ›Du hättest dich vor drei Monaten einstellen sollen‹, schalt sie. Als ich gestand, daß ein Mönch der Vater des Kindes war, brach sie in Gelächter aus. ›Geh zu deiner Herrschaft zurück‹, sagte sie. ›Und wickle dir den Leib so fest mit Leinenbinden, wie du es nur aushältst. Und wenn es nicht mehr weitergeht, so erzählst du deinem Herrn, deine Tante läge im Sterben und du müßtest sie pflegen. Dann kommst du her, und für das Weitere sorge ich.‹ Ich tat, wie sie mir geraten hatte. Die letzten Monate versteckte Großmutter mich auf dem Dachboden ihrer Hütte. Das Kind wurde eine Woche vor Weihnachten geboren. Großmutter ließ Ambrosius kommen. Er sträubte sich lange gegen ihren Vorschlag, tat schließlich aber doch, was sie wollte. Der Plan war Großmutter überhaupt erst eingefallen, weil der Junge gerade zur Weihnachtszeit geboren wurde. Ambrosius sagte, sie sei des Teufels Großmutter und verkaufe unsere Seelen an Beelzebub. ›Es ist Euer eigen Kind‹, antwortete sie, ›die sündige Frucht Eurer Lenden. Wenn Ihr auf mich hört, könnt Ihr für Euren Sohn sorgen und ihn selbst erziehen. Das Kind kommt nicht in die Fremde und kann – wer weiß – eines Tages vielleicht sogar Abt werden. Liegt es als

Findelkind vor einer Tür, so ist es sein Leben lang ein Bastard. Findet man es jedoch in der Krippe, glaubt jeder an ein Wunder und hält den Jungen für ein Geschenk des Himmels.‹ So trug ich denn mein Baby in der Heiligen Nacht durch die Efeupforte zum Kloster, wo es Ambrosius entgegennahm und in die Krippe legte. Das Jesuskind vergruben wir. Ein paar Stunden später fand der Abt das Kind. Alles übrige wißt ihr.«

Wir waren starr vor Überraschung. Es war schier unglaublich: Bruno, der allseits verehrte, hochmütige ›heilige Knabe‹, dessen Erscheinen das gesamte Klosterleben umgekrempelt hatte – der Sohn eines Dienstmädchens und eines sündigen Mönches! So fantastisch die Geschichte klang, wir wußten instinktiv, daß Keziah die Wahrheit gesagt hatte.

»Du niederträchtiges Geschöpf«, brach es endlich aus Kate heraus. »Die ganze Zeit über habt ihr uns und... und die ganze Welt zum Narren gehalten.«

Sie trat auf Keziah zu, als wolle sie ihr ins Gesicht schlagen. Kate hatte Bruno wohl oft mit seiner ›heiligen‹ Herkunft gehänselt, ihn aber dennoch als höherstehendes Wesen anerkannt. Nun stellte sich heraus, daß er ein gewöhnlicher Mensch wie wir war – nein, weniger als das: Bruno war ein Bankert, ein Kind der Liebe.

Keziah starrte sie mit weit aufgerissenen Augen an. Dann sank sie zusammen und begann wieder zu weinen. »Jetzt ist es zu spät... Alle werden uns verachten.«

»Mein Gott, hast du es etwa jenem Kerl erzählt?« rief ich außer mir.

Keziah wiegte sich hin und her vor Pein. »Miß Damascina, Gott mag mir vergeben, aber ich konnte nicht anders. Er führte mich in eine Zelle und befahl mir, mich auszuziehen und mich aufs Bett zu legen. Ich glaubte...«

»Wir wissen sehr wohl, was du glaubtest, Keziah«, sagte Kate verächtlich.

»Aber es kam ganz anders. Er faßte mich grob bei den Schultern und sagte: ›Für eine Hure bist du nicht sehr jung, was, Keziah – aber du warst es mal, eh?‹ Ich lachte noch in meiner Dummheit, als er mir die Füße am Bettpfosten festband.«

»Und du glaubtest, es sei eine neue Variante des... des Liebesspiels?« höhnte Kate.

»So ähnlich, Miß, bis ich die Peitsche erblickte. Da erst schrie ich auf. Er schlug mir die Faust ins Gesicht und drohte: ›Noch einen Ton, und ich prügle dir das Fleisch von den Knochen, du

Schlampe.‹ Ich fragte ihn, was er wolle. Ich hätte ihm doch schon alles gegeben. ›O nein‹, sagte er und schaute mich an wie ein Mann, der eine nackte Frau ansieht, aber auch wie ein Wolf. ›Du hast keineswegs alles preisgegeben. Du willst mir doch nicht weismachen, daß eine Dirne wie du jahrelang neben einem Kloster wohnt, ohne es mit den Mönchen zu treiben.‹ Ich erschrak fürchterlich, als mir meine Sünde einfiel. Er lachte. ›Siehst du wohl? Statt der Stallknechte und Hausburschen wolltest du mal was Feineres haben, was?‹ Er stellte sich breitbeinig vors Bett und schwang die Peitsche über mich. ›Du wirst mir nun alles erzählen. Wo habt ihr euch verlustiert: in der Kapelle oder in der Kirche?‹ – ›Nein‹, rief ich, ›so sündig waren wir nicht!‹ – ›Also doch. Und wo wart ihr, liebe Keziah?‹ fragte er honigsüß. Ich preßte die Lippen zusammen und schwieg. Weaver schlug zu – auf mein Gesicht, meine Brust, überallhin. Ich schrie laut.

›Brüll nur zu‹, rief der Teufel höhnisch. ›Du wirst lange schreien, wenn du nicht gestehst.‹ Ich schloß die Augen und biß mir in die Lippen, schwieg jedoch. Weaver wartete eine Weile, dann beugte er sich über mich und streichelte mich in seiner rauhen Art. ›Hör zu, Keziah‹, sagte er sanft. ›Wenn du nicht redest, richte ich deinen Körper so zu, daß kein Mann sich je wieder neben dich legt. Ich schneide dir die Wangen bis zu den Ohren auf, daß jeder sich voll Schauder von dir abwendet. Nie wieder wirst du jemand mit deinem gefügigen Blick ansehen wie damals mich auf der Dorfstraße.‹ Ich zitterte und dachte: Nein, ich verrate nichts, ich darf nichts verraten! Und dann sagte er: ›Das jetzt nur, damit du dich erinnerst, wie sehr es dir immer gefallen hat.‹ Er nahm mich so brutal, daß ich nur Schmerzen hatte. Oh, was habe ich getan!«

»Du hast es doch verraten?« flüsterte ich.

Keziah nickte. »Er hatte das Messer in der Hand. Als er zustechen wollte, schrie ich: ›Ich sag' dir, was geschehen ist!‹ Ich war so aufgeregt, daß mir keine Lüge einfiel. Also erzählte ich die Geschichte mit Ambrosius und dem Kind. Er schaute mich verblüfft an und begann dann brüllend zu lachen, daß ich dachte, er sei verrückt geworden. Er band mich los und sagte: ›Du bist wirklich unbezahlbar, Keziah. Die Striemen werden bald heilen, dann bist du hübsch wie zuvor. Verschwinde, laß dich nicht mehr sehen.‹ Ich zog das Kleid über und suchte nach den Schuhen. Da ich sie nicht gleich fand, bin ich so losgelaufen. Und jetzt ist alles aus.«

Sie hatte recht. Es war aus mit dem Wunder.

Wie konnte ich ahnen, daß Schrecken und Entsetzen sich immer noch steigern lassen, als ich jene Nacht für den Gipfel alles Unglücks hielt? Kate und ich saßen bis zum Morgengrauen beisammen. Blaß und übernächtigt erschienen wir am Frühstückstisch, jeden Augenblick gewärtig, daß jemand hereinstürzte und die Neuigkeit verkündete. Aber nichts geschah. Im Tageslicht schien Keziahs Geschichte so ungeheuerlich, daß Kate und ich uns mit vielsagendem Blick trennten. Ich versteckte mich im Garten und versuchte, meine wild dahinstürmenden Gedanken zu ordnen. Bruno! Wie ein Keulenschlag mußte ihn die Kunde von seiner Herkunft treffen.

Eine Sturzflut zärtlicher Gefühle überwältigte mich. Ich wollte ihn sehen, ihm klarmachen, daß es für mich völlig einerlei war, ob er nun der Sohn Keziahs oder ein Wunderkind war. Irgendwie fühlte ich mich sogar erleichtert, daß er nun zu unseresgleichen gehörte. Ich mußte ihn sprechen – gleichgültig, was geschah. Zum erstenmal schlich ich mich ohne Kate durch die Efeupforte und verbarg mich tief in dem Busch, wo wir sonst auf Bruno zu warten pflegten. Zufällig trug ich ein braun-grün gemustertes Kleid, das mich völlig verbarg. Damit nicht zufällig mein helles Gesicht durch die Zweige schimmerte, legte ich mich flach auf den Boden und hob hin und wieder den Kopf empor, um nach Bruno auszuspähen. Mein Herz klopfte so heftig, daß ich zeitweise keine Luft mehr bekam. Was mir zustoßen konnte, wenn jemand anders als Bruno mich in meinem Versteck aufstöberte, daran wagte ich gar nicht zu denken.

Eine gute halbe Stunde mochte verstrichen sein, als Bruno in der Ferne auftauchte. Er war nicht allein; Bruder Ambrosius begleitete ihn.

Ich erkannte den Mönch, mit dem Keziah vor Jahren gesprochen hatte, als wir auf der Gartenmauer saßen.

Wie Bruno sich näherte, ersah ich aus seiner Miene, daß er Bescheid wußte. Ein sonderbar abwesender und gleichgültiger Ausdruck lag auf seinem Gesicht, während Ambrosius auf ihn einredete. Vermutlich hatten sie sich in den abgelegenen Garten, in den nur selten jemand kam, zurückgezogen, um ungestört sprechen zu können. Es rieselte mir kalt über den Rücken, als ich mir meiner Lauscherrolle bewußt wurde; aber es half nichts, ich mußte bleiben und zuhören.

»Du kannst es nicht verstehen?« hörte ich Bruder Ambrosius sagen. »Ich wollte dich nicht auf die Straße stoßen, ich wollte bei dir, in deiner Nähe sein und meinen Teil zu deiner Erziehung beitragen. Ja, es war ein Verbrechen an der Kirche, es war Gotteslästerung. Aber ich habe sie auf mich genommen, um nicht von dir getrennt zu werden.«

Die flehende Stimme rührte an mein Herz. Ich konnte gut nachfühlen, welche Reue ihn gepeinigt, wie viele einsame Stunden er mit Gebet und Geißelung in seiner Zelle zugebracht haben mochte. Er erschien mir wie Adam, der die verbotene Frucht genossen hatte.

Wie jammervoll war das Schicksal dieses Mönches. Mein Vater hatte sich so sehr nach einer Familie gesehnt, daß er das friedvolle Klosterleben verlassen und in die Welt zurückgekehrt war. Dieser starke, vollblütige Mann hatte sich selber aus beiden Welten ausgeschlossen, als er seiner Leidenschaft erlag. Familienvater konnte er nicht werden, und als Mönch würde man ihn nicht mehr in der Gemeinschaft dulden. Ich hoffte, Bruno werde ein Zeichen seines Mitgefühls äußern. Wer weiß, ob er noch am Leben wäre, wenn man ihn als Findelkind ausgesetzt hätte. Aber Bruno schwieg.

»Ich habe tausendfach gebüßt«, hub Bruder Ambrosius wieder an. »Meine einzige Freude in all den Jahren warst du allein. Hast du nie die Liebe verspürt, die ich dir entgegenbrachte? Ich war eifersüchtig auf Clemens und Valerian, ja auf jeden, den du anlachtest. Alle liebten dich, aber ich war dein Vater. Bitte, nenne mich ein einziges Mal so, bevor ich gehe.«

Er wandte sich Bruno zu und sah ihn an.

Bruno hielt schweigend den Kopf gesenkt. Am liebsten hätte ich laut geschrien: Sei nicht so hartherzig – siehst du nicht, wie dein Vater leidet? Mach ihm die Freude und erfülle seine Bitte.

Ich weiß nicht, wie viele Minuten Bruno trotzig und stumm in dieser Stellung verharrte.

Die Stille wurde von Pferdegetrappel unterbrochen, und eine Stimme rief: »Ach, da seid ihr. Vater und Sohn im trauten Beisammensein.«

Zu meinem Schrecken tauchte Rolf Weaver zwischen den Bäumen auf. Ich wagte kaum zu atmen und sandte heiße Stoßgebete zum Himmel, daß mich Blätter und Zweige hinreichend verbargen. Das Bild der ans Bett gefesselten Keziah, auf die dieser Mann mit der Peitsche eingedroschen hatte, erstand vor meinen Augen. Was würde er mit mir tun, wenn er mich entdeckte? Ich lugte durch die Halme. Zum Glück befand er sich seitlich von mir. Der grausame Mensch bot ein Bild wilder Unerbittlichkeit. Sein Wams stand bis zum Gürtel offen und ließ das dichte Gekräusel seiner Brusthaare hervorquellen. Eine Strähne dunklen Haares fiel in sein gerötetes, kantiges Gesicht. Wie hatte Keziah nur Gefallen an diesem Mann finden können? Aber – wie Kate einmal gesagt hatte – Macht und Grausamkeit ziehen gewisse Frauen stark an. Kate wußte so viel. Was hatte sie über die wilden... Liebesspiele gesagt? Wäre sie doch bloß an meiner Seite. Wie konnte ich so töricht sein und mich ins Lager der Wölfe trauen? Aber niemand sah zu mir herüber: Rolf Weaver war zu sehr mit seinen Opfern beschäftigt.

»Na, du Bastard!« rief er. »Was ist es für ein Gefühl, einen geilen Mönch zum Vater und eine verlotterte Dirne als Mutter zu haben? Wo ist dein Heiligenschein? Hast ihn an den Nagel gehängt?«

Als Bruno zu ihm aufsah, wandte er das Gesicht in meine Richtung. Es war gelblich fahl wie das der Juwelenmadonna. Noch immer war kein Wort über seine Lippen gekommen. Ambrosius stellte sich schützend vor seinen Sohn.

»Aus dem Weg, Mönch«, herrschte Weaver ihn an.

Ambrosius trat mit blitzenden Augen auf ihn zu.

»Was, du wagst, mir zu drohen? Ist es nicht genug, daß du dein Kloster geschändet und deinen Abt betrogen hast? Widersetzt du dich auch noch dem Kommissar des Königs?« Er fing an zu lachen. »War ein saftiges Hürchen, deine Keziah – so zahm und willig! Man braucht sie nur anzuschauen, und schon hebt sie die Röcke. Ja, das ist deine Mutter, mein Junge. Hier irgendwo müssen sie sich im Gras gewälzt und dich gezeugt haben – sieh dich nur um.«

Es folgte ein Schwall übelster Schmähworte, die ich zum Glück nicht alle verstand. Hätte ich nur davonlaufen können... Aber wenn ich mich bewegte, erwartete mich dasselbe Schicksal wie Keziah: hier, vor Brunos Augen.

Was dann geschah, erfolgte so rasch, daß ich es erst hinterher begriff. Ambrosius sprang auf Weaver zu, packte ihn mit beiden Händen beim Schenkel und riß ihn vom Pferd. Dann schlossen sich seine Fäuste um Weavers Kehle. Die beiden Männer rollten übereinander am Boden hin. Bruno stand wie angewurzelt, unfähig, einen Laut von sich zu geben. Und auf einmal saß Ambrosius in seiner Kutte auf der Brust des andern und schlug, die Finger noch immer um seinen Hals gekrallt, den Hinterkopf seines Gegners mehrmals kräftig auf den Boden. Ich sah, das Weavers Gesicht blaurot anlief. Er bäumte sich noch einmal röchelnd hoch, fiel plötzlich schlaff zurück und lag still.

Ambrosius stand auf, klopfte sich den Staub von der Kutte und nahm Bruno bei der Hand. Ohne sich umzusehen, schritten sie zum Kloster zurück. Ich wartete, bis sie verschwunden waren, und lief dann im großen Bogen um den reglosen Mann herum zur Pforte.

In der Abenddämmerung hing der Leichnam von Bruder Ambrosius neben seinem Ordensbruder vor dem Klostertor. Vater verbot uns, zu den Gaffern hinauszugehen.

Auch der Abt hatte den Tag nicht überlebt. Nun endlich besaßen die Kommissare eine Handhabe, um das Kloster wegen Unzucht und Aufsässigkeit seiner Insassen aufzulösen und alles zu beschlagnahmen. Die noch verbliebenen Mönche wurden verjagt, die Siegel der Schatzkammern erbrochen. Tagelang sah man die Königsleute damit beschäftigt, Pferde und Esel mit den Habseligkeiten des Klosters zu beladen und wegzuführen. Einmal überfielen Diebe im Morgengrauen die bepackten Pferde. Einer konnte mit einem Sack voll Silber entkommen, sein Kumpan wurde erwischt und ohne Federlesens als dritter an den Galgen geknüpft. Danach wagte sich kein Mensch überhaupt mehr in die Nähe.

Sogar die bleiernen Dachplatten schienen dem neuen Kommissar, der Weavers Amt übernommen hatte, als mitnehmenswert. Er gab Befehl, sie abzureißen und aufzuladen. Ganz zuletzt wurden die wertvollen Handschriften des Klosters auf einen Haufen zusammengetragen; die alten Klassiker sortierte man aus, während die Schriften religiösen Inhalts in Feuer aufgingen. Als die letzte Glut verglomm, zog Stille in das verlassene Gebäude.

Wenige Tage später wagte Bruder John sich aus den Wäldern, wohin er sich mit anderen Ordensleuten geflüchtet hatte, und verlangte Vater zu sprechen. Vater bot ihm und Bruder James unser Haus als Zuflucht an. Bruder John lehnte strikt ab: es sei zu gefährlich für alle Beteiligten. Nach langem Zureden nahm er schließlich eine gefüllte Börse als Zehrgeld an und verabschiedete sich mit feuchten Augen.

Abermals ein paar Stunden später kam Simon Caseman ins Zimmer und meldete Vater, zwei sonderbare Gestalten stünden unten im Hofe und wünschten ihn zu sehen. Es waren Bruder Clemens und Bruder Eugen, die ein mitleidiger Bauer im Stroh versteckt und notdürftig mit Kleidern ausgestattet hatte. Im Kloster hatten sie die Bäckerei und das Brauhaus versehen, und waren – im Gegensatz zu den Laienbrüdern, die in der Umgebung wohlbekannt waren – seit ihrem Eintritt in den geistlichen Stand nicht in die Welt hinausgekommen. Ihre wirklichkeitsfremde Verlorenheit rührte uns tief. Als Vater ihnen vorschlug, sie sollten ihre Kenntnisse von nun an unserem Haushalt zugute kommen lassen, willigten sie erleichtert ein. In passenden braunen Wämsen und derben Kniehosen würden sie sich, meinte Vater, durch nichts von den anderen Dienstboten unterscheiden.

Nachdem sie unter vielen Dankesbezeigungen gegangen waren, erinnerte Simon Caseman, der bislang wortlos dabeigestanden hatte, Vater an die Gefährlichkeit seines Tuns. Vater zuckte die Achseln. Wie viele gebildete Leute schaute er zwar sorgenvoll in die Zukunft, aber wenn die Zeit des Handelns gekommen war, erwuchs ihm unerahnter Mut. Er fragte schlicht: »Wer brächte es übers Herz, diese weltfremden Gesellen auf die Straße zu schikken?«

Anderntags tauchte Bruno auf. Es war nicht Zufall, daß ich ihn erblickte, denn ich muß gestehen, daß ich ständig aus den Fenstern der oberen Stockwerke nach ihm Ausschau gehalten hatte. Als ich seine Gestalt unter den Bäumen erkannte, überredete ich Vater zu einem Gang in den Garten und richtete es so ein, daß wir an der Mauer vorbeikamen. Bruno saß einsam am Fluß. Ich lief auf ihn zu und rief unbedacht: »Bruno, wie schön, daß du wieder da bist! Ich habe immer an dich gedacht.«

Vater sah mich erstaunt an, und mir fiel mit Schrecken ein, daß er Bruno ja nur vom Sehen kannte.

»Vater, das ist Bruno – der Knabe, der in der Krippe gefunden wurde«, sagte ich rasch. »Wir haben uns hier ein paarmal getroffen.« Das war entschieden eine Untertreibung, aber Vater schien die Erklärung zu genügen.

»Armer Junge«, meinte er teilnahmsvoll. »Jetzt bist du allein. Was willst du anfangen?«

»Im Augenblick suche ich nach einem Dach, welches mir Schutz und Zuflucht gewährt, solange ich dessen bedarf«, antwortete Bruno.

Vater sah ein wenig belustigt drein, da er Brunos manchmal schwülstige, an Bibelsprüchen geschulte Redeweise nicht gewohnt war.

»Wenn unser Dach deinen Bedürfnissen entspricht, lade ich dich hiermit ein, zu bleiben.«

»Vielen Dank, Herr«, sagte Bruno mit einer kleinen Verbeugung, »Ihr werdet diesen Tag nie zu bereuen haben.« Zärtlich betrachtete ich die beiden mir so lieben Menschen. Obwohl knabenhaft schmal und mit rundem, weichem Gesicht, war Bruno kaum kleiner als Vater, der mit seinen etwas vornüber geneigten Schultern plötzlich sehr müde und alt aussah.

Bruno erhielt ein Zimmer auf unserem Stockwerk zugewiesen, da man ihm nicht zumutete, bei der Dienerschaft zu schlafen, was Clemens und Eugen als selbstverständlich akzeptiert hatten.

Wieder mit mir allein, nahm mich Vater kräftig ins Verhör. Nach einigem Zaudern erzählte ich ihm alles über die Efeupforte und über unsere Besuche im Klostergarten. Ich sagte keine Unwahrheit, wählte aber die Worte so, daß es den Anschein erwecken mußte, als seien wir erst kürzlich und höchst selten in den verbotenen Bereich eingedrungen. Über die Juwelenmadonna schwieg ich mich aus. Was war in mich gefahren, daß ich mich Vater gegenüber so verschloß?

»Du und Kate, ihr habt sehr unrecht getan«, rügte er mich. »Immerhin scheint eure Neugier jetzt einem guten Werk zu dienen. Aber, Damascina, dieser Junge scheint immer noch zu glauben, daß er sein Dasein einem Wunder verdankt.«

Das stimmte. Bruno war genauso überheblich wie zuvor. Er verkündete, daß Keziah und Ambrosius unter der Folter gelogen hätten. Was geschehen war, sei nur Teil eines göttlichen Plans, den die Vorsehung noch früh genug unseren Augen enthüllen werde: Man denke an die Prüfungen der Heiligen. Da Arbeitskräfte genug im Hause waren und Brunos selbstbewußtes Verhalten niedere Dienste ausschloß, durfte er an unserem Unterricht teilnehmen.

Bezeichnend für Vater ist, daß er auch jetzt, nachdem er über Keziahs Vergehen Bescheid wußte, sie nicht verdammte und aus seinen Diensten stieß. »Die Arme ist genug bestraft«, sagte er zu Mutter, ordnete aber dennoch an, daß sie von nun an nicht mehr in den Wohnräumen erscheinen sollte. Dabei mochte ihn der Gedanke geleitet haben, uns junge Mädchen von ihr fernzuhalten. Oh, wenn er geahnt hätte!

Tage vergingen, ohne daß Königsleute sich zeigten. Eines Abends ließ Vater die halbverwesten Leichname vom Galgen nehmen und alle drei – auch den Dieb – insgeheim auf dem Klosterfriedhof bestatten. Im offenen Gebälk der Abtei, das im Dunkeln wie das Gerippe eines verendeten Riesentieres anmutete, nisteten sich Fledermäuse und Eulen ein, deren nächtliche Schreie bis zu uns herübergellten.

Lord Remus

In den bösen Zeiten, die nun folgten, traute niemand sich nach Einbruch der Dunkelheit auf die Felder oder gar in den Wald: Räuber machten die Gegend unsicher und scheuten sich nicht, einen Mann wegen ein paar Kupfermünzen totzuschlagen. Hatten früher Bettler und Vagabunden die Klosterpforten aufgesucht, um ein warmes Mahl oder gar ein Nachtlager zu bekommen, so gesellten sich jetzt die Mönche zu den Horden ihrer ehemaligen Schützlinge, um nicht Hungers zu sterben. Wer überleben wollte, mußte betteln oder stehlen. Sicherlich hätte mancher Gutsherr und mancher Bauer gern einen der arbeitsamen Klosterbrüder aufgenommen, aber Simon Caseman hatte recht: Zu groß war die Möglichkeit, als Verräter angeklagt zu werden.

Unsere beiden Schützlinge lebten sich rasch ein. Bruder Clemens ließ seine volltönende Baritonstimme in der Backstube erschallen und brachte knuspriges Weizenbrot auf den Tisch, wie wir es noch nie genossen hatten. Bruder Eugen heimste ebenfalls Anerkennung für seine Braukünste ein. Er brannte Schlehenschnaps, setzte Holunderwein an und braute außer Bier Kräuterliköre, die neben ihrer Heilwirkung noch vorzüglich schmeckten. Als die beiden Männer erfuhren, daß auch Bruno im Hause weilte, kannte ihre Freude keine Grenze.

Clemens und Eugen unterhielten sich zuweilen flüsternd über vergangene Zeiten. Nur wenn einer von ihnen Ambrosius erwähnte, bekreuzigten sie sich hastig. Offen stand, was sie mehr entsetzte: die Tatsache, daß er sein in Sünde gezeugtes Kind in die Krippe gelegt hatte, oder sein gewaltsamer Tod.

Noch schwebten die Schatten der Katastrophe, die sich vor unseren Augen abgespielt hatte, über uns. Vater wagte nicht zu hoffen, daß der Schrecken vorüber und unser Haus unbeschadet davongekommen war. Stundenlang kniete er im Gebet versunken. Mutter werkelte eifriger denn je inmitten ihrer Blumen und ließ sich von Simon in seinen freien Stunden helfen. Mitunter, wenn einer von uns die vergangenen Ereignisse erwähnte, huschte ein gequälter, verständnisloser Ausdruck über ihr Antlitz, wie bei einem Kind, das man mit schweren Rechenaufgaben plagt. Auch Kate war bedächtiger geworden. Die Erlebnisse der letzten Wochen hatten sie ernster und reifer werden lassen. Ihr Übermut hatte sich gelegt – besonders gegenüber Bruno, den sie oft versunken anstarrte.

Nun waren wir wieder beisammen, aber nicht für Stunden, sondern ganze Tage lang, vor aller Augen. Einmal hänselte Kate Bruno auf ihre alte Weise. Wenn er weiterhin auf seiner wunderbaren Herkunft bestünde, warum zerschmetterte er die Männer Cromwells nicht mit seinem Zorn? Denn Bruno verbat sich jeden Gedanken daran, Ambrosius könne ihn in die Krippe gelegt haben. Das seien Lügen, von einer Dienstmagd und einem feigen Mönch unter Folter und Angst erpreßt. Eines Tages werde er uns schon beweisen, wer recht habe. Hochaufgereckt stand er da, mit gläzenden Augen, so daß sogar ich ihm einige Augenblicke lang glaubte.

Rupert ging still und ruhig wie immer seinen Obliegenheiten auf den Feldern und in der Wirtschaft nach. Obwohl wir über ein Jahrzehnt unter demselben Dach wohnten und uns bei fast allen Mahlzeiten trafen, wußte ich nicht viel über ihn zu sagen. Er war stets zugegen, hörte viel und sprach wenig. Als er volljährig geworden war, klärte Vater ihn über seine Vermögensverhältnisse auf: Nach dem Tod der Eltern hatte der verkaufte Besitz kaum zur Deckung der Schulden gereicht.

Eines Tages kam er mir in den Obstgarten nach. Ich legte das Buch, das ich wie immer dabei hatte, aus der Hand und blickte ihn überrascht an. Er schien befangen, bückte sich nach einem Stein und warf ihn ziellos wieder fort. Als er zu sprechen anhub, bemerkte ich nach einer Weile, daß ich meinen ersten Heiratsantrag erhielt.

»Onkel ist der edelste Mensch, den ich kenne«, begann Rupert.

»Viel zu gut, fürchte ich«, pflichtete ich ihm bei.

»Kann man denn zu gut sein?«

»O doch, wenn man sich, um andere zu retten, selber in Gefahr begibt. Sir Thomas war auch ein guter Mensch. Nun ist er längst tot, und seine Familie ist im Unglück.«

»Wir leben in grausamen Zeiten, Dammy«, sagte Rupert leise.

»Dann ist es gut, jemand bei der Hand zu haben, der einen beschützt.«

Ich nickte stumm.

»Früher hatte ich mir immer vorgestellt«, fuhr er fort, »daß ich eines Tages von hier auf mein eigenes Gut ziehen würde. Nun weiß ich von deinem Vater, daß wir nichts besitzen.«

»Ihr habt doch uns. Hier ist euer Zuhause.«

»Bis jetzt noch, ja.«

»Vater sagt, er habe noch nie so reiche Ernten gehabt. Du bist sein bester Verwalter. Er rechnet fest damit, daß du hierbleibst und dich um das Gut kümmerst.«

»Das kommt darauf an.«

»Worauf denn?«

»Am meisten wohl auf dich. Der Besitz gehört dir. Wenn du eines Tages heiratest... dann wirst du mich wohl kaum mehr hier haben wollen.«

»Unsinn, Rupert. Ich werde euch nie fortschicken, weder dich noch Kate. Ihr seid wie Bruder und Schwester für mich.«

»Kate wird über kurz oder lang heiraten.«

Rupert bückte sich abermals nach einem Steinchen und zielte damit auf den Stamm eines Birnbaumes.

»Und du?« fragte er mit gesenktem Kopf.

»Ich?«

»Dammy, ich hatte immer gehofft... das heißt, ich glaube, dein Vater wünscht es auch... daß wir heiraten?«

»Nur wegen des Gutes? Nein, Rupert«, erwiderte ich ernst.

»Nicht doch, Dammy! Ich...« Er hielt inne und sah mich unglücklich an.

Ich stand auf, murmelte etwas von dringenden Angelegenheiten und lief ins Haus.

Auf dem Fenstersitz meines Zimmers dachte ich darüber nach, was Rupert gesagt hatte. Obwohl ich mich irgendwie verletzt, ja erhandelt fühlte, war es mein erster Heiratsantrag. Gewiß, ich wollte weiter in diesem Hause leben als Mittelpunkt einer großen Familie. Ich wollte viele Kinder – aber ihr Vater trug nicht Ruperts Züge.

Im Garten gingen Kate und Bruno vorbei. Bruno erklärte ihr etwas mit weitausladenden Handbewegungen. Wenn ich mich recht besann, sprach er mit mir nie so ernsthaft. Zu uns allen war er hochmütig und abweisend – außer zu Kate.

Nachdem Keziah erfahren hatte, daß Ambrosius vor dem Klostertor hing, war sie zum Dachgiebel aufgestiegen, wo sie seinen Leichnam aus der Ferne erspähen konnte. Seither hatte sie den Dachboden nicht verlassen. Als die anderen Mägde merkten, daß gutes Zureden nichts nutzte, brachten sie ihr Decken und Nahrung hinauf. Am Abend, nachdem die Gehenkten abgenommen worden waren, legte sie sich auf ihr Lager und weigerte sich fortan, aufzustehen. Ich hörte von ihrem Zustand und ging zu ihr. Die Striemen waren aufgeplatzt und begannen zu eitern. Sie fieberte und sprach wirres Zeug. Da Mutter eine abweisende Miene aufsetzte, als ich

vorsichtig Keziahs Krankheit erwähnte, schickte ich in meiner Rat-
losigkeit zu Großmutter Salter um Hilfe. Nachdem sie mit Befriedigung festgestellt hatte, daß ich selber mich um ihre Enkelin kümmerte, sandte sie eine Salbe für die Wunden und einen Kräutersud,
den Keziah trinken sollte. Ich pflegte die Ärmste heimlich. In ihren
Fieberträumen durchlebte sie nochmals die glückliche, aber be-
drängnisvolle Zeit ihrer Liebe zu Ambrosius. Während ihrer lichten
Momente fühlte sie sich, da Ambrosius tot war, als die Allein- und
Hauptschuldige an dem Betrug.

»Denkt nicht zu schlecht von mir, Miß Damascina«, sagte sie einmal; seit jenem Abend duzte sie mich nicht mehr. »Ich wollte das alles nicht. Es überkam uns einfach! Und doch wußten wir, daß es
nur böse enden konnte. Nein, weder Euch noch Miß Kate wird je so
was passieren. Miß Kate ist viel zu kalt und hochmütig, um sich der
Leidenschaft auszuliefern – und Ihr? Miß Damascina, Ihr werdet
eine treue, brave Ehegattin werden, was wohl das Beste ist, das
eine Frau auf der Welt erreichen kann.«

Oft redete sie von ihrem Sohn. »Er will nichts von mir wissen«,
klagte sie. »Nie wird er mir verzeihen, daß ich ihn geboren habe.
Verzeihen? Er glaubt mir ja nicht einmal. Er denkt immer noch, er
sei ein vom Himmel gesandter Erlöser. Unser Geständnis hält er für
Verleumdung und Ehrabschneiderei. Oh, Miß Damascina...!«

Vergeblich versuchte ich, Keziah zu beruhigen. Ich bestrich ihre
Wunden mit der Salbe, gab ihr Wein zu trinken und sorgte dafür,
daß die anderen Mägde ihr Essen brachten. Als es ihr endlich besser ging, saß sie oft stundenlang am Giebelfenster und schaute
nach Bruno aus. Obwohl er gewußt haben muß, daß sie dort oben
saß, hob er nie den Blick zu ihr auf.

Als ich Keziahs Kummer nicht mehr mit ansehen konnte, beschwor ich ihn: »Bruno, sie wartet so sehr darauf. Überwinde dich
und schenke der armen Frau ein Lächeln.«

Er sah mich entrüstet an. »Diesem verbrecherischen Weib?«

»Immerhin ist sie deine Mutter.«

Bruno zog die Brauen hoch; in seinem Gesicht zuckte es. Er
konnte, durfte es nicht glauben, wenn das Gebäude seines ganzen
bisherigen Lebens nicht einstürzen sollte.

Ich fuhr fort: »Du mußt endlich der Wahrheit ins Auge schauen,
Bruno.«

»Der Wahrheit? Ist es denn gleich Wahrheit, was ein betrunkener
Mönch und eine feige Dirne unter der Folter stammeln?«

Ich wagte nicht zu gestehen, daß ich hinter dem Busch gesteckt und die ergreifende Rede seines Vaters mitgehört hatte, kurz bevor dieser den Kommissar angriff.

»Lügen, nichts als Lügen!« schrie Bruno nun geradezu hysterisch. »Kann mich denn nichts davor schützen?«

Es war noch kaum ein Monat vergangen, seit das letzte mit Klostergerät beladene Packpferd die Abtei verlassen hatte, als die Katastrophe schon zur Alltäglichkeit gehörte.

Bäume und Sträucher hatten ihr grünes Blätterwerk voll entfaltet, und die Rosen blühten, als ob sie mit ihren Farben alle Düsternis verbannen wollten. Mutter hatte einen weiteren Gärtnergehilfen bekommen: Bruno nutzte seine von Ambrosius gelernten Kenntnisse und legte ihr ein Kräutergärtlein an. Auf dem Klostergrundstück nebenan wucherte das Unkraut. Niemand traute sich hin, solange offenstand, welches Los den Gebäuden von St. Bruno bestimmt war. Formell gehörte die Abtei nun dem König: Aber nichts geschah, niemand ergriff in seinem Namen von dem Klostergut Besitz. St. Bruno war offensichtlich über den Trubel neuerer Ereignisse in Vergessenheit geraten.

Im Rosengarten begegnete ich Bruno und Kate, als sie Hand in Hand einherwandelten. Rasch machte Kate sich los und sagte ganz überflüssig: »Ach, Dammy, da bist du ja.«

Ich gewahrte das stille Einverständnis, das sich zwischen den beiden entspann – ein Zauberkreis, aus dem ich ausgesperrt war. Sie warteten wohl darauf, daß ich an ihnen vorbeiging. Aber ich blieb stehen und deutete auf eine Bank.

»Drüben ist Schatten. Wollen wir ein wenig rasten?«

Zu meinem Erstaunen folgten sie mir wortlos, und wir setzten uns hin, Bruno zwischen uns in die Mitte.

»Das erinnert mich irgendwie an unsere Treffen im Klosterpark«, bemerkte ich nach einer Weile.

»Aber nein«, sagte Kate. »Das war doch auf der anderen Mauerseite.«

»Ich meine, daß wir drei beisammensitzen.«

»Als ob seither eine Ewigkeit vergangen wäre«, meinte Bruno leise seufzend.

Aber ich wollte jene Vergangenheit, in der ich ein ebenbürtiger Teil des Trios gewesen war, unbedingt heraufbeschwören und fuhr fort: »Wißt ihr noch, wie wir damals in die Kapelle schlichen und Bruno uns die Juwelenmadonna zeigte?«

In Brunos Wangen stieg eine leichte Röte auf; er mochte nicht gern an seinen Ungehorsam gemahnt sein. Kate konnte ich nicht sehen, sie verhielt sich ungewöhnlich schweigsam.

»Was wohl aus der Madonna geworden ist?« fragte ich weiter. »Ob man ihr den Schmuck geraubt hat?«

»Der Madonna ist nichts geschehen«, sagte Bruno. »Die Männer haben sie nicht gefunden.«

Wir sahen ihn überrascht an. Kate beugte sich vor, und ihr Gesicht verriet mir, daß Bruno bisher nichts davon erwähnt hatte.

»Wieso?« fragte sie.

»Wenn ihr so wollt, ist ein weiteres Wunder geschehen: Als die Männer in die Kapelle traten, war die Statue verschwunden.«

»Wo ist sie jetzt?« fragte Kate, von dem Gedanken an die herrenlosen Juwelen elektrisiert.

»Niemand weiß es. Sie ist fort! Vielleicht haben Engel sie davongetragen, damit sie nicht in die Hände der Räuber fällt.«

»Ach was! Jemand wird sie rechtzeitig versteckt haben, bevor die Büttel das Kloster stürmten. Komm mir bloß nicht mehr mit Wundern, die Zeiten sind vorbei«, schloß Kate unser Gespräch ab.

Bruno sprang auf und ging davon. Kate rannte ihm nach. »Bruno!« rief sie. »So war das doch nicht gemeint!«

Ich blieb allein auf der Bank sitzen, in der bitteren Erkenntnis, daß ich ihm nie so nahestehen würde wie Kate. Warum schnitt es dabei wie mit Messern in meine Brust?

Wie lange ich dort in Gedanken versunken saß, weiß ich nicht. Als Simon Caseman sich näherte, nahm ich an, er suche Mutter, und rief ihm zu, sie sei im Kräutergärtchen.

»Eigentlich wollte ich mit Euch sprechen, Miß Damascina«, sagte er und setzte sich unaufgefordert neben mich auf die Bank.

»Ihr werdet von Tag zu Tag hübscher, kleine Dame«, sagte er leise. Ich wurde puterrot.

»Ihr wißt gut zu schmeicheln«, erwiderte ich.

»Klug und bescheiden seid Ihr außerdem. Euer Vater lobt Eure Fortschritte in den Wissenschaften.«

»Nehmt das als väterlichen Stolz. Jeder Vater hält seine Gänse für Schwäne.«

»In diesem Fall schließe ich mich dem väterlichen Urteil ohne Einschränkung an.« Simon Caseman deutete eine leichte Verbeugung an.

»Für einen Anwalt seid Ihr ganz schön befangen, mein Herr. Wie wollt Ihr vor dem hohen Gericht bestehen?« plänkelte ich weiter.

»Im Ernst, Miß Damascina! Ich wollte Euch etwas fragen, wenn Ihr gestattet?«

»Die Erlaubnis ist erteilt, Sir.«

»Ihr seid kein Kind mehr. Habt Ihr schon daran gedacht, Eure Hand einem Manne zu reichen?«

»Vermutlich denken alle jungen Mädchen gern und oft daran, eines Tages ihre Hand zu verschenken.«

»Der Mann Eurer Wahl wird sich glücklich schätzen, daß er eine so schöne und gelehrte Frau heimführen darf.«

»Wobei der Gedanke an meine Mitgift ihm sicherlich meine Eigenschaften noch mehr verklärt.«

»In diesem Fall gehörte dieser Mann...«

»...gesteinigt, geviertelt, ertränkt?«

»Viel schlimmer: abgewiesen!«

»Ich wußte bisher nicht, daß Ihr ein solches Talent für galante Gespräche besitzt.«

»Ich auch nicht. Ihr seid es, die mich dazu anregt. Habt Ihr bei all Eurer Klugheit denn nichts von meinen Gefühlen bemerkt?«

»Gefühle für mich? Hört mal, Master Caseman, steuert Ihr auf ein Geständnis zu?«

»Genau das, Miß Damascina. Ich wäre der glücklichste Mann der Welt, wenn ich Eurem Vater mitteilen dürfte, Ihr hättet eingewilligt, mein Eheweib zu werden.«

»Dann bedaure ich außerordentlich, daß ich Euch diese Freude nicht gewähren kann.« Bei den letzten Worten hatte ich mich erhoben. Mein Herz klopfte in der Kehle: vor Angst? Warum überfiel mich plötzlich der Wunsch, davonzulaufen? Ich war doch im vertrauten Rosengarten meiner Mutter, neben mir Simon Caseman, rechte Hand und Gehilfe meines Vaters.

Auch er war aufgestanden. Nicht groß von Gestalt – höchstens eine Handbreit größer als ich –, brachte er sein Gesicht dem meinen nahe. Er hatte kluge braune Augen und rötlich schimmerndes Haar. Aber warum erblickte ich in seinen Zügen die Maske eines verschlagenen Fuchses?

Als ich mich zum Gehen wandte, hielt er mich am Arm fest.

»Ist das Euer Ernst, Miß Damascina? Liebt Ihr etwa einen anderen?« Wenn mir doch nicht dauernd das Blut in die Wangen schösse.

»Nein«, wehrte ich ab. »Ich habe überhaupt nicht die Absicht zu heiraten.«

»Wollt Ihr den Schleier nehmen?« Er wurde nachdenklich. »Es ist nicht der günstigste Augenblick, um ins Kloster zu gehen.«

»Ich weiß nicht. Ich habe noch gar nicht an die Zukunft gedacht.«

Mit den Fingerspitzen berührte er leicht den Einsatz meines Kleides.

»Ihr seid erwachsen, Damascina. Überlegt es Euch gut. Ich warte gern, wenn Ihr meint, mich mit der Zeit lieben zu können. Und denkt daran: Euer Vater sehnt sich danach, die Sorge um Euch und Euer Schicksal in die Hand eines zuverlässigen jungen Mannes zu legen.«

»Danke, Master Caseman, ich weiß. Aber ich möchte einst meine Wahl selber treffen.«

Damit ließ ich ihn stehen und rannte ins Haus – wohl kein damenhafter Anblick für Simon, der mir nachschaute.

Ich war kaum fünfzehn und hatte schon zwei ernsthafte Heiratsanträge bekommen, während Kate – die um zwei Jahre ältere, hübsche Kate – noch keinen Bewerber hatte. Oder doch? Wer hätte sich um Kate bewerben können?

Der Zufall brachte bald die Antwort. Wenige Wochen nach dem Gespräch im Rosengarten suchte Lord Remus unser Haus auf.

Daß er existierte, war uns seit langem bekannt. Vater vertrat seine Rechtsgeschäfte, die auf seinem weitläufigen Besitz anfielen. Er war reich, belesen und galt als angesehener Mann bei Hofe.

Mutter nahm seinen Besuch zum willkommenen Anlaß, das Haus um und um zu kehren und eine große Festlichkeit zu veranstalten. Tage vorher schon ließ Clemens das Feuer unter dem Backofen nicht ausgehen. Er walkte Teig und garte Pasteten, buk dreierlei Brot und unzähliges Kleingebäck. Eugen hatte in dieser Zeit einen etwas unsicheren Gang: oblag ihm doch die Aufgabe, die passende Weine zu Braten, Fisch und Konfekt in hübsche Karaffen zu füllen.

Als endlich der Gast aus seiner Kutsche stieg, waren Kate und ich, die wir aus dem Fenster spähten, recht enttäuscht. Lord Remus erwies sich als kahlköpfig und so dick, daß er trotz des Stockes, auf den er sich stützte, auf der kurzen Haustreppe ins Schnaufen geriet. Hingegen war er sehr modisch und kostspielig gekleidet: ein wandelndes Symbol üppigen Reichtums.

Vater geleitete ihn in die Halle, wo wir ihn begrüßten. Erst wurde ihm Mutter, dann ich vorgestellt. Galant beugte er sich mit ein paar gewinnenden Worten über unsere Hand. Hinter uns beiden standen Rupert, Kate, Simon Caseman und Bruno. Befriedigt stellte ich fest, daß auch Bruno als Hausgenosse bezeichnet wurde.

Kate vollführte einen graziösen Knicks, den sie stundenlang vor dem Spiegel eingeübt hatte. Ihr frisch gewaschenes, duftiges Haar wurde von einem Goldnetz gebändigt, das ihr besonders gut zu Gesicht stand.

Lord Remus schien derselben Ansicht; jedenfalls wanderten seine Augen auffällig oft zu Kate zurück. Bei Tisch wußte sie es geschickt so einzurichten, daß sie ihm gegenüber zu sitzen kam und ihm den Wein kredenzen konnte.

Wie schon gesagt: Lord Remus zu Ehren hatte Mutter alles auftischen lassen, was Küche und Keller boten. Es wurden dreierlei Fisch, Bratferkel, Geflügel und Hammelbraten aufgetragen, jeweils mit selbstgezogenen Gemüsen und Pilzen garniert. Bier und Wein gab es im Überfluß. Mutters Gesicht strahlte vor Stolz, als Lord Remus wohlgefällig seine Anerkennung aussprach. Inmitten des fröhlichen Geplauders durchfuhr mich der Gedanke, daß wir uns noch vor kurzem der Angst und Sorge hingegeben hatten. Unwillkürlich schaute ich durchs Fenster zum Klostertor: Mir war, als müsse ich Ambrosius am Galgen hängen sehen. Aber der Ort war öde und verlassen.

Über den Tisch hinweg hielt Kate ein angeregtes Gespräch mit Lord Remus in Gang. Er antwortete auf ihre Frage, wann er zuletzt den König gesehen habe, daß es vor acht Tagen gewesen sei. Dann berichtete er über die Launen Heinrichs, der mit sich und seinem Staate unzufrieden war, seit er im Widerstreit mit dem Oberhaupt jener Kirche lag, deren Dogmen er unverändert anerkannte. Ein winziger Widerspruch – oder auch nur ein als Widerspruch mißverstandenes Wort – genügte, um den Zornessturm des Regenten zu entfesseln.

»Was Ihr, Mylord, gewiß zu vermeiden wußtet«, sagte Kate artig.

»Meine liebe Lady, ich wünsche durchaus meinen Kopf auf den Schultern, seinem angestammten Platz, zu behalten.«

Im Gelächter, das darauf einsetzte, führte Kate die perlende Oberstimme. Ich hielt sie für reichlich vorlaut, aber Lord Remus schien es zu gefallen. Er hatte bereits ausgiebig dem Holunderwein zugesprochen, der – wie Mutter selber zugeben mußte – in diesem Jahr vorzüglich gelungen war. In jovialer Gesprächigkeit lehnte er sich in seinen Sessel zurück, so daß sich sein Bauch weit vorwölbte.

»Unser König braucht eine Frau. Ohne Frau an seiner Seite ist er unglücklich – selbst dann, wenn er sich wie jetzt in Europa nach der nächsten Gemahlin umsieht.«

Kates Lachen stieg wie ein Springbrunnen auf; wir anderen verzogen bloß lächelnd den Mund. Mutter sah sich unauffällig nach den Dienstboten um.

»Diesmal soll die Braut eine Prinzessin vom Kontinent sein«, fuhr Lord Remus fort. »Aber« – hier lächelte er und blickte zu Kate hinüber – »die jungen Damen der englischen Gesellschaft sind neuerdings auch sehr zurückhaltend, wenn der König sie ins Auge faßt. Das Beispiel Anna Boleyns oder auch Königin Katharinas dürfte mancher in warnender Erinnerung sein.«

»Ist es nicht ein wenig wie bei den Märchen aus tausendundeiner Nacht? Vielleicht bedarf es nur einer Frau, die den König nicht nach einigen Wochen oder Monaten langweilt? Eine Gemahlin wie Scheherezade hätte sicherlich die Chance, an seiner Seite alt zu werden.« Kate wußte genau, wie diese Dame aussehen müßte.

»Ob die Prinzessin von Kleve – denn ihren Namen hört man am häufigsten – über solche unterhaltenden Eigenschaften verfügt? Nach dem Porträt, das Meister Holbein von ihr gemalt hat, muß sie überaus reizvoll sein. Als der König es zum erstenmal betrachtete, erklärte er, sie schon aus der Ferne zu lieben.«

»Die neue Königin steht also fest?«

»Man munkelt noch. Aber Thomas Cromwell setzt sich mit allen Mitteln für die Verbindung ein, denn auch nach politischen Erwägungen bringt diese Heirat viele Vorteile.«

»Sie wird die vierte Gemahlin Heinrichs«, sagte Kate. »Sicherlich ist sie schön.«

»Prinzessinnen sind selten so schön, wie ihr Ruf verkündet«, entgegnete Lord Remus. »Aber das ist nicht so wichtig. In Samt und Seide, mit prangenden Juwelen geschmückt, ist jede Frau eine prächtige Erscheinung. Ich für meinen Teil ziehe jene vor, die auch ohne pompösen Rahmen das Auge entzücken.« Bei diesen Worten lächelte er Kate so bedeutungsvoll an, daß sie errötete und die Lider senkte.

Vater schien ausgesprochen erleichtert, als das Mahl vorüber war und wir uns ins Musikzimmer zurückzogen, wo nur ein alter, dem Hause treu ergebener Diener Erfrischungen herumreichte. Der Sitte entsprechend sang Mutter ein hübsches Liedchen, zu dem sie sich selber mit Akkorden begleitete. Lord Remus war sehr davon angetan und applaudierte heftig. Dann griff Kate zur Laute.

Sie sang eines jener alten Liebeslieder, die mit ihrer Schlichtheit das Herz anrühren. Mitunter hob sie den Blick und sandte Lord Remus ein scheues Lächeln zu. Während des Spiels löste sich ihr langes Haar aus dem Netz und fiel über die Schultern herab. Scheinbar unwillig warf sie es zurück. Mir war aber nicht entgangen, daß sie vorher die Bänder gelockert hatte. Wir verabschiedeten Lord Remus an der Anlegestelle, wo sein Boot zur Weiterfahrt auf ihn wartete. Hinterher kicherte Kate eine Weile vor sich hin, als amüsiere sie sich über einen besonders gelungenen Witz.

Zwei Monate nach dem Besuch von Lord Remus fand die Trauung statt. Mutter stellte den Haushalt auf den Kopf, Clemens und Eugen an der Spitze der Dienerschaft werkten wochenlang in Küche und Brauhaus, um das Fest würdig vorzubereiten. Im Wäschezimmer stichelten zwei Schneiderinnen an Kates Hochzeitsrobe sowie an dem leinenen Wäscheschatz, dem Hochzeitsgeschenk meiner Eltern.

Es ging bereits auf Mitternacht, als ich mich am Vorabend der Trauung, nach all den Anstrengungen des Tages, noch mal in Kates Zimmer stahl, um der Gefährtin meiner Kindertage ohne Zeugen Lebewohl zu sagen. Mochte sie mich auch oft grundlos gekränkt haben – es war ein Teil meines Lebens, der morgen mit ihr in die Ferne zog.

Das Zimmer war leer.

Ich setzte mich ans Fenster und wartete. Im Hause wurde es nach und nach still, die letzten Lichter in Küche und Stall erlöschten. Wo steckte Kate? War sie, von panischer Angst überwältigt, davongelaufen? Sollte ich Alarm schlagen? Ein unbestimmtes Gefühl warnte mich davor. Kate tat nichts unüberlegt: Wenn sie wirklich vor diesem Schicksal davonrannte, war ich die letzte, die ihr Vorwürfe machte. Ich lehnte mich in den Sessel zurück.

Ich mußte eingeschlafen sein, denn plötzlich stand Kate vor mir, die feuchten Haare aufgelöst um die Schultern. Am Himmel zeigte sich der erste fahle Morgenschimmer.

»Dammy!« Sie rüttelte mich völlig wach. »Was tust du hier?«

»Ich bin spätabends gekommen, um ein letztes Mal mit dir zu plaudern. Dann bekam ich plötzlich Angst, du könntest davongelaufen sein.«

»Und da bist du natürlich hinunter und hast das ganze Haus aufgescheucht? Sag's schon.« Drohend stand sie vor mir.

»Nein, Kate. Ich bin hiergeblieben. Ich dachte mir, wenn du fort bist, wird es die Hochzeitsgesellschaft morgen noch früh genug erfahren. Kate, wo warst du?«

»Schätzchen, das geht dich wahrhaftig nichts an!«

»Du warst bei einem Liebhaber?«

»Jawohl, du Tugendbolzen! Was sagst du nun?«

»Und morgen – nein, heute schon – ist deine Hochzeit.«

»Aber diese Nacht gehörte einzig und allein mir. Noch bin ich frei. Meinetwegen predige, solange du Spaß daran hast. Es ist die letzte Gelegenheit.«

Wie anders hatte ich mir dieses letzte Beisammensein vorgestellt!

»Du hast dein Ehegelöbnis gebrochen.«

»Du Schäfchen, ich habe es ja noch gar nicht gegeben. Ja, du wirst Simon oder Rupert – wen immer du auch heiraten magst – bestimmt nicht hintergehen ... Oder Bruno. Wie steht es mit Bruno?«

»Wie kommst du gerade auf ihn?« fragte ich betreten.

»Warum nicht Bruno? Er ist ein junger Mann und kein ›heiliger Knabe‹ mehr. Allerdings als Frucht sündiger Liebe nicht ganz standesgemäß für Damascina Farland. Keziah und Ambrosius ... ob sie wohl im Gras des Klostergartens lagen? Sicher waren sie so taktvoll, sich im Gesträuch zu verstecken.«

»Kate, was ist in dich gefahren?«

Wie schon sooft in letzter Zeit wechselte jäh ihre Stimmung.

»Kannst du es nicht erraten, kleine Dammy?« fragte sie fast zärtlich. »Kind – wie wenig du vom Leben weißt!«

»Bei wem warst du?« fragte ich zitternd.

»Tut mir leid, aber darauf kann ich dir keine Antwort geben. Ich habe meine Entscheidung getroffen. Was heute nacht geschehen ist, geht keinen Menschen außer mir und – ihn etwas an. In wenigen Stunden bin ich die Gemahlin von Remus. Sei unbesorgt: Ich werde mich so verhalten, wie man es von mir erwartet, und mir nichts zuschulden kommen lassen. Aber in dieser Nacht war ich noch frei. Geh jetzt, kleine Dammy. Schlafen wir ein paar Stunden, ich bin sehr müde.« Sie umarmte mich sehr liebevoll und mütterlich.

Traurig schlich ich in mein Zimmer. Ich konnte Kate nicht verstehen. Aber wer von uns sieht in das Herz seiner Mitmenschen?

Die feierliche Trauung fand in unserer Hauskapelle statt. In Begleitung von zwei Pagen betrat Lord Remus den Raum; bald darauf kam Kate. In ihrem Kleid aus Silberbrokat und dem offenen, rotgoldenen Haar sah sie schöner aus als wohl manche Prinzessin. Ihr voran trug Rupert den silbernen Brautpokal; ich ging hinter ihr und half ihr bei der langen Schleppe. Nach uns folgten die anderen Hausgenossen, zum Schluß die Diener und Mägde mit dem riesigen Hochzeitskuchen. Die Musikanten, die in der engen Kapelle keinen Platz mehr fanden, stimmten draußen im Gang einen feierlichen Choral an.

Die Zeremonie war vollzogen, der Brautpokal machte die Runde.

Als ich den Kelch weiterreichen wollte, drängte sich Simon Caseman an meine Seite und flüsterte mir zu: »Damascina, Ihr seid die nächste Braut.«

Bruno stand ganz hinten an der Wand. Auch während des Festmahles blickte er gleichgültig schweigend vor sich hin. Ich versuchte mehrmals, ihn ins Gespräch zu ziehen, erntete aber nur höfliche, einsilbige Antworten.

Einige Wochen nach Kates Auszug verschwand er unter ebenso geheimnisvollen Umständen, wie er einstmals in der Krippe gefunden worden war.

»Ich hab's immer gesagt«, meinte Bruder Clemens seufzend. »Dieser Knabe ist nicht von unserer Welt.«

Ein Kind wird geboren

Bruno war und blieb verschwunden. Auch wer bisher noch an ihm gezweifelt hatte, gab nun mehr oder minder widerwillig zu, er könne wohl ein ›heiliger Knabe‹ gewesen sein. Ambrosius habe seine Gotteslästerung mit dem Tode bezahlt. Und was Keziah betraf: War sie nicht gefoltert worden? Außerdem heilten ihre Wunden schlecht, und seit ihrem ›Geständnis‹ betrug sie sich reichlich sonderbar. Die Leute glauben nur zu gern an mysteriöse Geschichten.

Da Clemens ständig über das Wunder von Brunos Auffindung und von dem Umschwung, den das Kloster während der Anwesenheit des Knaben erlebt hatte, langatmige Reden hielt, konnte sich sogar Vater – dieser vernünftige, wenn auch zunehmend religiöse Mann – seinem Einfluß nicht völlig entziehen.

Seit Kate unser Haus verlassen hatte, trafen Vater und ich uns wieder häufig zu Gesprächen.

»Wenn Clemens recht hat«, fragte ich einmal, »weshalb hat Bruno dann die Abtei nicht vor der Plünderung gerettet?«

»Vielleicht bleibt er für eine größere Aufgabe aufgespart?« mutmaßte Vater.

Mir sollte es recht sein, wenn er nur bald wiederkehrte. Ständig dachte ich an Bruno. Die Gegenstände im Haus, die er berührt und benutzt hatte, erinnerten mich unablässig an ihn. Der Efeu, der das Mauerpförtchen verbarg, rief unsere Spiele im Klostergarten in mir wach. Wie einsam war ich dagegen jetzt. Kate hatte einmal gesagt, Bruno bedeute für uns mehr als jeder andere Erdenbewohner. Soweit es mich anging, stimmte ihre Behauptung, wenngleich im Laufe der Zeit meine Gefühle für Bruno zunehmend weltlicher wurden. Ich sehnte mich nach seinem Anblick und erschauerte vor Glück bei der Erinnerung an seine zufälligen Berührungen. Seine Balgereien mit Kate, denen ich scheinbar gelassen zusah, gaben mir jedesmal einen Stich ins Herz. Vor alledem hatte ich nun Ruhe – aber es war eine Ruhe, die sich immer quälender und unerträglicher anließ.

Hingegen wirkte sich Brunos Fortgang auf Keziah positiv aus. Als ich sie einmal beim Buttern in der Küche antraf, hielt sie mich am Ärmel fest und sagte, nachdem sie sich vergewissert hatte, daß wir allein waren: »Ich muß Euch etwas anvertrauen, Miß Damascina.«

»Ja?«

Keziah lächelte verschämt.

»Ich erwarte ein Kind.«

»Nein! Das darf nicht wahr sein!«

»Kinder fragen nicht, ob sie wachsen dürfen. Seit zwei Monaten bin ich sicher.«

»Warum bist du nicht zu deiner Großmutter gegangen?«

»Dieses Kind soll leben. Es hat mich getröstet, als ich verzweifelt war und sterben wollte. Zweimal bin ich meine Bürde bei Großmutter losgeworden – außer damals, Ihr wißt schon, Miß. Das wird mein letztes Kind sein. Es soll gutmachen, was mein erstes an mir versündigt hat. Ich kann kaum erwarten, bis es in meinen Armen liegt.«

»Wer ist sein Vater?«

»Rolf Weaver. Es kann gar kein anderer sein.«

»Keziah! Du willst das Kind eines Mörders und Kirchenschänders austragen?«

»Ein Mörder war er nicht. Es war der Mönch, der ihn umgebracht hat.«

Mich entsetzte die Vorstellung, daß der Same jenes vertierten Menschen nach seinem Tod weiterleben würde. »Ein solches Kind darf nicht zur Welt kommen. Geh zu deiner Großmutter, Keziah!«

»Seid still, Miß. Dieses Baby hat mich getröstet, als mein großer Junge mir mit seinem Hochmut das Herz abdrückte. Es wird alles gutmachen.« Mit einer zärtlichen Geste strich sie über den noch kaum gewölbten Leib. Sie war es, der die Entscheidung oblag. Nun würde der tote Mann im Gras in seinem Kind weiterleben.

Kate fehlte mir sehr. Trotz unserer oft widersprüchlichen Meinung hatten wir stark aneinander gehangen. Nun wurde mir die Zeit oft lang in dem stillen Haus, in dem Simon Casemans Augen mich ständig mit der stummen Bitte verfolgten, meinen Entschluß zu ändern.

Mutter machte hin und wieder Anspielungen: »Jetzt bist du bald an der Reihe, Dammy. Es wird Zeit, daß du ernsthaft an eine Ehe denkst. Ich habe Vater geheiratet, als ich sechzehn war.«

»Nur Geduld«, wehrte ich ab. Ich hatte die Wahl: Simon oder Rupert. Wen von beiden ich auch als Ehegatten erkor – meine Eltern würden damit einverstanden sein. Zwar besaß keiner von ihnen Vermögen, aber Rupert verwaltete erfolgreich unser Gut, und Simon sollte eines Tages Vaters Anwaltskanzlei übernehmen. Mit dem Vermögen, das ich in die Ehe mitbrachte, war unser Lebensunterhalt so oder so gesichert. Vielleicht bedeutete das die Ursache meines Zögerns. Ich wollte um meiner selbst willen geheiratet werden.

»Als ich Vater das erste Mal sah, kam ich gerade aus dem Schulzimmer. Und ich habe es nie bereut.« Mutter gab so schnell nicht nach.

»Ja, du hattest Glück, daß ein Mann wie Vater um dich warb.«

»Er war und ist ein Mann wie jeder andere. Du freilich hast ihn von jeher vergöttert. In seiner Jugend sah er auch nicht anders aus wie eben jeder normale Bursche. Als er mich zur Frau nahm, war er allerdings ein reifer, besonnener Mann.«

Ich betrachtete Mutter zweifelnd. Erkannte sie im alltäglichen Beisammensein die Geistesgröße ihres Gatten nicht, oder dichtete ich in meiner Schwärmerei Vater Eigenschaften an, die er nicht besaß?

Kates Besuch ließ nicht lange auf sich warten. Sie sprudelte förmlich über vor redseligem Triumph: Das Eheleben gefiel ihr ausnehmend, Remus vergötterte sie und konnte es noch immer nicht fassen, daß dieses entzückende Geschöpf sein eigen war. Ihre natürliche Schönheit wurde von der ausgesucht erlesenen Kleidung, die sie trug, noch unterstrichen. Ihre schlanke Taille umschloß ein wasserblaues Samtmieder mit modisch aufgebauschten Brokatärmeln, der Rock war von etwas dunklerer Farbe. An den Füßen trug sie

Samtschuhe mit glitzernden Schnallen. Um ihren Hals schlang sich eine schwere, doppelte Goldkette mit eingesetzten großen Saphiren. Kate hatte ihr selbstgestecktes Ziel erreicht.

Sie kam von Greenwich, hatte dort den König gesehen. Oh, er sei hinreißend mit seiner stattlichen Figur und dem majestätischen Auftreten. Mit Donnerstimme gebe er seine Befehle – und wehe dem, der sie nicht ohne Widerrede prompt befolge. Oft zeige er schlechte Laune, besonders wenn ihn sein Geschwür am Bein plage. Er wäre prächtig gekleidet, sein Wams sei dicht mit Edelsteinen und Pelzwerk besetzt. Kurzum, er wäre jeden Zoll seines fleischigen Leibes ein König, wie er im Buche stand. Er hatte Kate freundlich zugelacht und ihre Hand getätschelt. Wenn er sie früher – vor ihrer Heirat – getroffen hätte: wer weiß? Hier wandte ich ein, daß sie erst durch ihre Heirat überhaupt in der Lage gewesen sei, dem König zu begegnen. Kate gab es mit einem Seufzer zu. Immerhin war es besser, die Aufmerksamkeit des Herrschers nicht allzusehr zu erregen.

Voller Freude, daß sie uns nun die Neuigkeiten aus eigenem Erleben berichten konnte, schwärmte Kate von den Festlichkeiten und Gebräuchen bei Hofe. In den wenigen Tagen, die sie in Greenwich zugebracht hatte, war ihr nichts vom Hofklatsch entgangen: Der König schien tief enttäuscht gewesen zu sein, als er seiner Braut Anna von Kleve begegnete. Holbein hätte ihr Porträt wohl nicht gerade verfälscht, die Fältchen um die Augen wie auch die Pockennarben habe er jedoch einfach fortgelassen. Sie war älter, als es dem Bilde nach den Anschein hatte. Wie die Höflinge munkelten, sei die Ehe bislang nicht vollzogen worden. Blaß vor Wut und Empörung, dieser reizlosen Person aufgesessen zu sein, habe der König zunächst die Form gewahrt, dann aber Anna mitsamt ihren Damen gezwungen, nach Richmond zu übersiedeln. Seither ginge am Firmament des Hofes ein neuer Stern auf: Katharina Howard – wie Anna Boleyn eine Nichte des einflußreichen Herzogs von Norfolk. Ein einfaches, gesundes Mädchen vom Lande, zeigte sie sich nicht so ehrgeizig und machtbesessen wir ihre bedauernswerte Base und Vorgängerin. Dem ältlichen König, dem sein Bein zu schaffen machte, gefalle die kleinwüchsige, etwas rundliche, unkomplizierte neue Dame überaus. Was läge näher, als daß er Lord Cromwell, der die Heirat mit Anna eingefädelt hatte, mit Ungnade bedachte und nach einem Vorwand suchte, die ungeliebte Frau im Guten oder – wenn es durchaus sein mußte – auch im Bösen loszuwerden. Der Kampf der beiden Kontrahenten Cromwell und Norfolk um die Gunst des Herrschers neige sich seinem Ende zu; Norfolk hätte gesiegt.

Kate war bei einer Jagd im großen Park mitgeritten, sie hatte in Greenwich getanzt und auf einem Bankett in Hampton Court große Erfolge verbuchen können. Aber was alles andere in den Schatten stellte: Sie erwartete ein Kind.

Lord Remus strahlte vor Stolz. Woran er in seinen kühnsten Träumen nicht mehr zu denken gewagt hatte – diese hübsche, zierliche Zauberin, von der er seine Augen kaum abzuwenden vermochte, brachte es fertig, seinen sehnlichen Wunsch nach einem Erben zu erfüllen. Kate erwiderte seine Huldigungen mit fröhlichem Lachen und zärtlichen Schelmereien, so daß der Gute völlig aus dem Häuschen geriet.

Nach dem Essen äußerte Kate den Wunsch, sich in ihrem ehemaligen Mädchenzimmer auszuruhen. Auf einen Wink folgte ich ihr.

Kaum war die Tür hinter uns ins Schloß gefallen, als sie hastig fragte: »Dammy, hast du von ihm gehört? Ist er wiedergekommen?«

Ich brauchte nicht zu fragen, wen sie meinte.

»Nein, Kate, wir wissen nichts von ihm.«

»Er ist kurz nach meiner Hochzeit verschwunden. Er hat einmal gesagt, er würde fortgehen und erst dann wiederkommen, wenn die Zeit dazu reif sei. Was mag er damit gemeint haben?«

»Du kanntest ihn besser als ich.«

»Mag sein. Auf seine Art hat er mich wohl geliebt.« Sie sah mich ein wenig spöttisch an. »Und du warst natürlich eifersüchtig – streite es nicht ab! Ich kann dich verstehen: Er unterschied sich in jeder Hinsicht von den andern. Bruno faszinierte einen, obwohl man nie genau wußte, ob er ein Engel oder Teufel war.«

»Ein Teufel? Wie kannst du so was sagen?«

»Ich weiß, für dich war er ein Heiliger. Du hast ihn zu offen angehimmelt, mein Liebling, deshalb machte er sich nicht viel aus dir! Bruno braucht den Widerstand, die Eroberung. Du bist immer bereit, ihm nachzugeben. Er liebte mich, weil ich ihn herausforderte. Abre für mich war er eben nicht der Richtige.«

»Er war weder vornehm noch reich.«

»Nicht nur das. Bruno wird immer den Anspruch erheben, Mittelpunkt des Ganzen zu sein. Jede Frau neben ihm verblaßt zum Schatten, zur Randfigur. Und jetzt vergleiche damit mich und meinen Mann: Remus verwöhnt mich, liest mir jeden Wunsch an den Augen ab. Daß ich ihm in seinem Alter noch ein Kind schenke, erfüllt ihn mit Dankbarkeit und Stolz. Für ihn bedeute ich ein ebenso großes Wunder wie Bruno für seine Mönche. Und es gefällt mir gut, angebetet zu werden. Bruno und ich hätten ständig um die Vorherrschaft gekämpft – wir sind uns zu ähnlich.«

»Deine Liebe war also nicht stark genug für eine Ehe mit Bruno?«

Kate lächelte wehmütig. »Liebe! Was ist schon Liebe? Schau mich an. Und jetzt stell dir vor, ich wäre die Gattin eines kleinen Schreiberlings. Nun!«

Ich mußte zugeben, daß dies über meine Begriffe ging.

Keziah benahm sich von Tag zu Tag seltsamer. In meiner Sorge um sie sprach ich mit Vater. Obwohl er eigentlich meinen Kontakt zu ihr hatte unterbinden wollen, dauerte ihn nun die arme Frau.

»Vielleicht schadet es nichts, wenn du auch über die Schattenseiten des Lebens Bescheid weißt, Damascina.« – Er hatte keine Ahnung, wieviel ich schon wußte! – »Keziah muß hart für ihre Sünden büßen.« Statt sie zu verurteilen, versuchte er, sie zu verstehen. Es fiel ihm nicht ein, die Magd mitsamt ihrem Kinde fortzujagen, wie es in anderen Häusern üblich war.

Und als eines Tages ein besorgtes Mädchen zu mir kam mit der Nachricht, Keziah sei nirgends im Haus zu finden, wußte ich sofort, wo ich sie suchen konnte, obwohl es noch einen Monat bis zu ihrer schweren Stunde war. In Begleitung eines Knechts ritt ich zu der Hütte im Wald.

Großmutter Salter, die beim Herannahen unserer Pferde vor der Tür erschienen war, bat mich herein und winkte dem Knecht, auf einer Bank zu warten. Beklommen trat ich in die Hütte, die aus einem einzigen Raum bestand. Eine enge Wendeltreppe führte nach oben unter das Dach.

Das Zimmer war mit Möbeln und allerlei geheimnisvollen Utensilien vollgestopft. An den Wänden hingen kabbalistische Symbole und Flaschen mit geheimnisvollen Tränklein. Auf den Wandborden standen Salbentöpfe und Mörser, und an den zwei winzigen Fensterchen sowie überm Herd baumelten Kräuterbüschel zum Trocknen. Ein sonderbarer Geruch aus Kräutern und mir unbekannten Ingredienzien erfüllte die Luft. Über dem flackernden Feuer hing ein großer kupferner Kessel an einer Kette, davor standen zwei Armstühle. In den einen setzte sich die Alte, den anderen wies sie mir mit einer Handbewegung zu. Bisher hatten wir kein Wort gesprochen. Es gehörte Mut dazu, Großmutter Salter in ihrer Kate aufzusuchen. Meist kamen Kranke, die in ihr die letzte Hoffnung für ihre Leiden sahen, oder Liebende, die ihrer geheimen Künste bedurften. Nun saß ich hier, nicht als Rat- oder Hilfesuchende, sondern lediglich in meiner Angst um Keziah.

Aus dem zerknitterten Altweibergesicht sahen mich junge, erstaunlich lebendige schwarze Augen an, die unter den gefälteten Vorhängen der Lider streng hervorlugten.

»Ich komme wegen Keziah«, stammelte ich verlegen. Die Alte deutete nach oben.

»Sie ist also hier«, seufzte ich erleichtert.

Endlich flog ein angedeutetes Lächeln über die Züge der alten Frau. Sie nickte.

»Ihre Stunde ist nahe«, sagte sie.

»So bald schon?«

»Das Kind drängt in die Welt hinaus. Keziah wird vorzeitig niederkommen.«

»Wie geht es ihr?«

Großmutter Salter wiegte bedenklich den Kopf hin und her. »Ihre Zeit ist abgelaufen.«

»Ihr könnt sie retten – Ihr wißt so viel.«

»Nicht, wenn ihre Lebenskraft verbraucht ist.«

»Bitte, helft ihr doch! Sie ist Euer Enkelkind.«

Die Alte grinste mich darauf unbeschreiblich wild, ja bösartig an. Aus ihrem breitgeöffneten Mund schauten lange schwärzliche Zähne. Dann stand sie auf und winkte mir, ihr zu folgen. Wir kletterten über die Wendeltreppe in das Obergeschoß.

Im Halbdunkel unter der Dachschräge erkannte ich Keziahs Gestalt auf einem Lager. Ich kniete vor sie hin.

»Kezzie!« flüsterte ich.

»Du bist mein Kleines, meine liebe Dammy.« Keziah sprach wie in alten Tagen.

»Ja, Kezzie. Warum hast du mir nicht gesagt, daß du fortgehst? Ich glaubte schon, dir sei etwas passiert.«

»Mir passiert nicht mehr viel auf dieser Welt, mein Kleines.«

»Red keinen Unsinn«, sagte ich barsch. »Wenn das hier vorbei ist, kommst du mit dem Baby zu uns zurück. Vater ist einverstanden.«

»Jener Mann – du weißt schon, Dammy –, er wollte mich umbringen. So geht es auch. Was war er für ein Klotz. Und doch fressen ihn die Würmer, die sich auch bald über mich hermachen werden.«

»Keziah!« rief ich verzweifelt. Großmutter Salter kicherte leise.

Wie ein Geier stand sie hinter uns und lauschte auf jedes unserer Worte.

»Du wirst genesen. Wir beide werden dein Baby pflegen und mit ihm spielen – hörst du, Keziah?«

Die Kranke griff nach meiner Hand. »Du willst mein Baby pflegen? Du willst helfen, das Kind aufzuziehen? Versprich es mir!« Ihre Hand war heiß und feucht; sie fieberte.

»Ich verspreche dir, daß ich mich um dein Kind kümmern will, wenn du es nicht selber kannst.«

»Laß sie nicht bei den Mägden aufwachsen – sonst wird sie so wie ich. Nimm meine Tochter zu dir! Sie soll an deinem Tisch essen. Sie soll lesen und schreiben lernen wie mein Junge... Er will nichts von mir wissen, er schaut mich nicht an. Meine Tochter soll mich liebhaben, sie soll freundlich und gut sein, wie du es immer warst, kleine Dammy. Ich habe dich geliebt wie mein eigen Kind.«

Mir liefen die hellen Tränen aus den Augen. Keziah war der gute Geist meiner Kindheit. Sie hatte mich gewaschen und gekämmt, sie hatte mit mir gespielt und nachts neben mir gewacht. Wenn ich aus wirren Träumen auffuhr, so war es nie Mutter gewesen, die mich beruhigt und in Schlaf gesungen hatte, sondern immer Keziah.

Nun lag sie vor mir mit Schweißperlen auf der Stirn und bat mich, für ihr Kind zu sorgen. Ihre Hände tasteten auf der Bettdecke herum, als sie fortfuhr: »Ich will keinen Jungen mehr – ich will ein Mädchen haben. Sie soll Honey heißen, und sie wird süß sein wie der Waldhonig in den Bäumen. Meine kleine Honey...« Ihr Blick verlor sich in die Ferne.

»Keziah«, rief ich sie zurück, »du darfst uns nicht verlassen! Was soll ich ohne dich tun?«

»Du brauchst mich nicht mehr, Dammy. Niemand braucht mich.«

»Dein Baby braucht dich. Denk an deine kleine Honey!«

Keziah kam wieder zu sich. Sie versuchte, sich aufzusetzen. Ihr armes verquollenes Gesicht war voll roter Flecken.

»Du wirst für sie sorgen. Hab' sie lieb wie eine kleine Schwester – wie deine eigenen Kinder. Versprichst du das?«

»Ja, Keziah, ich verspreche es dir.« Der schwarze Kater war die Treppe heraufgeschlichen und setzte sich aufs Bettende, wo er mich mit seinen funkelnden grünen Augen anstarrte. Ich hatte mich längst an das Dunkel gewöhnt und erkannte jeden Gegenstand. Nun trat Großmutter Salter vor.

»Versprechen genügt nicht, kleine Lady. Du mußt es schwören. Schwöre, mein Kind – der Schwarze und ich sind Zeugen.«

Der Kater sah mich mit einem unergründlichen Blick an, als verstünde er unsere Worte. Das kalte Grausen lief mir über den Rücken. Worauf ließ ich mich ein? Ich sollte das Kind dieses Unmenschen bei mir aufnehmen? Aber dort lag Keziah, seine Mutter, die ich liebte. Rolf Weaver war schlimmer gewesen als ein reißendes Tier, das nur seinen Hunger stillt. Mit hämischer Freude hatte er seine Mitmenschen gequält; das Bild der geschundenen Keziah tauchte vor mir auf. Und nun faßte dieselbe Keziah, Todesangst in den Augen, nach meiner Hand. Ich beugte mich über sie und küßte sie auf die Stirn. Nicht die Angst vor Großmutter Salter – einzig und allein die Liebe zu diesem leidenden Geschöpf ließ mich die Worte sprechen.

»Ich schwöre es bei allem, was mir heilig ist.«

Wie eine mitleidlose Schicksalsnorne stand die alte Frau am Bettende und raunte halb singend: »Segen über dich, solange du deinen Schwur hältst! Fluch über dich, wenn du dein Wort jemals brichst!«

Einen Augenblick lang herrschte unendliche Stille.

Dann legte sich Keziah, ächzend vor Schmerz, in die Kissen zurück. Großmutter Salter zog mich fort.

»Geh jetzt. Wenn die Zeit gekommen ist, lass' ich dir Bescheid sagen.«

Wie gehetzt lief ich aus der Hütte zu meinem Pferd; hinter mir keuchte atemlos der Diener.

Im Schatten der Axt

An einem Frühsommerabend – wir saßen gerade bei weitgeöffneten Fensterflügeln um den Eßtisch – trat ein Diener herein und meldete, ein Fremder wünsche an der Tür den Hausherrn zu sprechen. Vater ging sofort hinaus und kam in Begleitung eines Mannes zurück, den die Kleidung unter seinem Mantel als Priester auswies. Obwohl Vater jeden Gast aufnahm, war ihm die Gesellschaft eines gebildeten Mannes natürlich am liebsten.

Der Ankömmling lächelte verschmitzt, als er seinen Namen nannte: Amos Carmen. Vater zog die Stirn kraus und dachte nach. Es stellte sich heraus, daß sie in jungen Jahren einige Zeit zusammen in St. Bruno verbracht hatten. Dann war Amos Carmen ins Priesterseminar übergewechselt, und Vater hatte die Laufbahn des Rechtsanwaltes eingeschlagen. Während wir anderen lauschten, unterhielten sich die beiden über längst vergangene Episoden aus ihrer Jugend, wobei sich das Gespräch allmählich der Gegenwart zuwandte. Amos wollte gerade anheben, über den Abfall der englischen Kirche von Rom herzuziehen, als ihn Vaters warnender Blick traf. Obwohl die Tischgenossen über jeden Zweifel erhaben waren, konnte man nie wissen, ob nicht ein Diener Spitzeldienste leistete. Mitten im Satz schwenkte der Gast auf ein anderes Thema um und lobte die aromatischen Kräuter, mit denen Mutter die Pastete gewürzt hatte.

Wie immer war Mutter sehr stolz, wenn die Rede auf ihre Gartenkünste kam.

»Ja«, stimmte sie zu. »Es ist eigentlich erstaunlich, daß unsere Würzkräuter kaum bekannt sind. Bibernelle und Wasserminze wachsen nahezu überall. Sie geben den Fleischspeisen einen köstlichen Geschmack und fördern die Gesundheit.«

»Ich sehe, Madam«, sagte Amos Carmen artig, »daß Ihr eine Kennerin der Küchengeheimnisse seid.«

Mutter zeigte ihre immer noch hübschen Grübchen. Komplimente über ihre Gärtnerinnen- oder Kochkünste bereiteten ihr mehr Freude als solche über ihr Aussehen.

»Und weit mehr als das«, ergänzte Vater liebevoll. »Meine Frau ist ein halber Arzt. Wenn Damascina mit einem Stockschnupfen herumläuft, bekommt sie von Mutter Huflattichsaft, und nach ein paar heftigen Niesern ist der Kopf wieder klar. Und als ich damals Blasen an den Füßen hatte, heilte sie sie mit... Wie hieß das Kraut doch gleich? Thymian?«

»Das wird es wohl gewesen sein«, sagte Mutter. »In Wurzeln, Blüten und Blättern sind viele Heilkräfte verborgen.«

Während im folgenden noch über die Wirkung spezieller Heilpflanzen gesprochen wurde, kam die zweite Unterbrechung des Abends. Ein Diener von Schloß Remus brachte zwei Briefe Kates: einen für meine Eltern, einen für mich. Wie elegant er aussah in seiner hellgrünen Livree. Unsere Diener wirkten, verglichen mit ihm, recht unscheinbar in ihren braunen Kniehosen und Joppen.

Der Bote wurde in die Küche geschickt, wo man ihn bewirtete. Vater hob die Tafel auf. Mutter und unser Gast unterhielten sich im Nebenzimmer weiter über Karotten und rote Bete, die damals ab und zu den Weg aus den Niederlanden nach England fanden. Ich verabschiedete mich nach einer Anstandspause, um in meinem Zimmer Kates Brief zu lesen.

Sie schrieb: ›Liebe Dammy, ich habe an Deine Eltern die Bitte gerichtet, sie möchten Dich zu mir herkommen lassen. Ich brauche Dich sehr! Eine Schwangerschaft ist doch eine äußerst lästige Sache. Ständig ist mir übel, und meine schönen neuen Kleider passen nicht mehr. Ich bin aufgequollen wie ein Kloß. So was passiert mir nie wieder. Komm doch bitte und leiste mir Gesellschaft, solange ich nicht aus dem Haus kann. Remus ist einverstanden und läßt Dich grüßen. Er birst fast vor Stolz über seinen Nachwuchs und trägt meine Launen mit Fassung und Geduld. Es ist so furchtbar langweilig geworden, seit ich nicht mehr reiten darf. Komm, sobald Du kannst, und bleibe, bis das Kind geboren ist. In einigen Wochen ist es soweit. Mach keine Ausflüchte! Wenn Du jetzt nicht kommst, will ich mein Leben lang nichts mehr von Dir wissen! Deine Kate.‹

Belustigt ließ ich das Schreiben sinken.

Nach einer Weile trat Vater ins Zimmer, den Brief in der Hand.

»Ah«, meinte er, als ich ihm mit dem meinen zuwedelte, »du weißt schon Bescheid.«

»Eine begeisterte junge Mutter ist Kate ja gerade nicht«, sagte ich.

»Das ändert sich noch. Jede Frau ist selig, wenn sie ihr Kind erst im Arm hält.«

»Offenbar gibt es doch Unterschiede. Was meinst du – soll ich hin?«

»Wenn du möchtest?«

»Du erlaubst es mir?«

»Natürlich. Irgendwann einmal muß jeder Jungvogel aus dem Nest.«

»Aber ich trenne mich gar nicht gern von dir... von euch«, verbesserte ich hastig.

Vater lächelte; ihm konnte ich nichts vormachen.

»Ich bleibe auch nicht sehr lange fort«, setzte ich hinzu.

Nachdem er noch bis tief in der Nacht mit Vater zusammengesessen hatte, verließ Amos Carmen anderntags unser Haus.

Ich stürzte mich in die Reisevorbereitungen. Auch wenn es nur einige Wegstunden waren: Ich verließ mein Zuhause ja zum erstenmal. Ich musterte meine Garderobe. Obwohl ich genügend hübsche Kleider aus gutem Stoff besaß – neben jenen Kates würden sie vermutlich ziemlich hausbacken wirken. Mit beiden Händen umspannte ich meine schlanke Taille und drehte mich vor dem Spiegel hin und her. Kate würde mich darum beneiden, und in Sachen Mode konnte ich ohnehin nicht mit ihr Schritt halten.

Es wurde verabredet, daß wir zunächst mit unserem Boot ein Stück die Themse aufwärts fuhren, wo an einem bestimmten Anlegeplatz Bedienstete des Lords mit Reitpferden und Maultieren fürs Gepäck auf uns warten sollten. Zwei unserer jüngeren Hausmädchen würden mich nach Schloß Remus begleiten.

Ich freute mich sehr auf das Wiedersehen mit Kate. Es war doch sehr eintönig ohne sie und Keziah – ich meinte die Keziah vor dem Unglück –, von Bruno ganz zu schweigen, den ich am schmerzlichsten vermißte. Ob er wohl noch an mich dachte? Oder war ich für ihn nicht mehr gewesen als das unvermeidliche Anhängsel in seiner Kinderfreundschaft zu Kate? Ich hätte viel darum gegeben, wenn ich es sicher gewußt hätte. Denn andrerseits erinnerte ich mich an tiefgründige Gespräche, in denen nur ich ihm zu folgen vermocht hatte.

Am Tag vor meiner Abreise fand sich Amos Carmen erneut bei uns ein. Ich traf ihn mit Vater im Garten an. Die beiden Männer unterbrachen ihr Gespräch bei meinem Auftauchen.

»Komm nur her, Damascina«, rief Vater mir zu, als er mein Zögern bemerkte. Zu Amos Carmen gewendet sagte er: »Diesem Mädchen kann man getrost sein Leben anvertrauen.«

»Warum sagst du das, Vater? Ist etwas geschehen?«

»Noch nicht, mein Kind. Unser Gast wird ebenfalls eine Reise antreten. Aber es ist besser, wenn du auf Schloß Remus nichts von seiner Gegenwart hier erwähnst.«

»Selbstverständlich«, versprach ich ernst. Die beiden Männer lächelten rätselhaft. Leider war ich so von der bevorstehenden Reise in Anspruch genommen, daß mir erst viel später aufging, welcher Sinn sich aus Vaters Bitte ergab.

Als unser Boot tags darauf von der Landestelle ablegte, winkten meine Eltern, Rupert und Simon Caseman mir noch lange nach. Auch ich ließ ausgiebig mein Tüchlein flattern: mit einem stummen Stoßgebet, es möge bei meiner Rückkehr ebenso friedlich im Hause sein.

Tom Skillen ruderte uns. Er war ernster geworden seit jener Fahrt mit Kate und tat den Mund nur auf, wenn ich ihn nach den Namen der Dörfer oder nach den Eignern der Schiffe fragte, an denen wir vorbeifuhren. Als wir Hampton Court, die Residenz des Königs, passierten, fiel mir ein, daß ich ihn seit seiner Fahrt mit dem Kardinal nicht wiedergesehen hatte.

Wie schön müßte es sein, weit fortzureisen... Irgendwohin aufs Land, wo es beschaulich und so abgelegen war, daß sich nur selten ein Fremder dorthin verirrte. Aber was nützte das? Die Männer von Lincolnshire und Yorkshire hatten auch weitab gewohnt. Und was war mit der Delegation geschehen, die in London verkünden sollte, daß sie mit den Kirchenreformen des Königs und Thomas Cromwells keineswegs einverstanden seien? Keiner von den Männern war zurückgekehrt. Trotz des warmen Sonnenscheins lief es mir kalt über den Rücken. Vor meinen Augen stand noch der Galgen mit den drei Gehenkten, wie ich ihn tagelang aus dem Fenster erblickt hatte. Es gab kein Fleckchen Erde in unserem Land, wohin der Arm des Königs nicht reichte. Die beiden Reiter Tod und Zerstörung galoppierten durch das ganze Reich; man konnte nur hoffen, daß sie einen selber nicht heimsuchten.

Ich verscheuchte die trüben Gedanken: Genug der Politik! Schließlich fuhr ich zu Kate, um sie aufzumuntern. Bald würde sie ihr Kind in den Armen wiegen. Auch meine Heirat würde ich wohl nicht mehr allzu lange hinauszögern können... Ich hatte die Wahl: Simon oder Rupert. Simon kam nicht in Frage – blieb also nur der gute Rupert. Ihm konnte ich vertrauen; ich hatte ihn sogar gern wie einen Bruder. Leider erweckten seine stets gleichbleibende Güte und Freundlichkeit nicht die geringste Erregung oder Spannung, wie sie mich in Brunos Nähe stets befiel. Ach, Bruno! Was wußte ich im Grunde von ihm? War es seine Andersartigkeit, die mich dermaßen anzog?

Während die tiefhängenden Weidenbäume am Ufer an mir vorbeiglitten, legte ich grübelnd die Finger auf meine Wange. Ich zögerte die Entscheidung zwischen Rupert und Simon hinaus, weil meine Gefühle nicht für sie, sondern für Bruno sprachen. Aber noch hatte ich Zeit. Zumindest während der Dauer meines Besuches bei Kate brauchte ich nicht zu wählen. Vielleicht war Freundschaft ohnehin ein besseres Fundament für eine glückliche Ehe als schwärmerische Verliebtheit. So sprach mein Verstand – aber mein Herz wußte es anders.

Das Kichern der beiden Mädchen hinter mir weckte mich aus meinen Gedanken. Ich konnte ihre freudige Aufregung gut verstehen: Im hochherrschaftlichen Haushalt von Lord Remus würden auch sie eine neue Welt kennenlernen.

Es dauerte nicht mehr lange, und wir erreichten die verabredete Stelle, wo Bedienstete in ihren weithin leuchtenden Remus-Livreen mit Pferden und Maultieren uns bereits erwarteten. Nachdem ich mich von Tom Skillen verabschiedet und ihm tausend Grüße an meine Eltern aufgetragen hatte, machte sich unsere kleine Kavalkade landeinwärts auf den Weg. Ein zweistündiger Ritt brachte uns nach Remus Castle.

Die dicken Burgmauern aus grauen Granitquadern trotzten seit mehr als zweihundert Jahren jedem Feind und Wetter. Zweifellos würden sie auch die folgenden Jahrhunderte unbeschadet überstehen. Im Licht der sinkenden Sonne blitzten die Glimmerplättchen im Gestein rosafarben auf. Vom wuchtigen Bergfried dräuten die Pechnasen, als wir über die Zugbrücke ritten. Unter den gefährlichen Zacken des hochgezogenen schweren Fallgitters passierten wir den Torweg. Während ich mich auf dem gepflasterten Innenhof umsah, hörte ich Kates Stimme hoch über mir: »Dammy!«

Ich blickte empor und sah sie in einem Fenster stehen.

»Gott sei Dank, du bist endlich da! Komm gleich zu mir herauf, hörst du? – Führe Miß Farland unverzüglich in mein Zimmer«, rief Kate der ältlichen Haushälterin zu, die aus der Tür auf mich zueilte.

Ich schwang mich aus dem Sattel. Ein Stallknecht nahm mir die Zügel ab.

Ich bat die Haushälterin jedoch, mich zunächst in meine Unterkunft zu bringen, damit ich mir den gröbsten Reisestaub von Gesicht und Händen waschen könne. Durch eine große Halle und über eine breite Steintreppe geleitete sie mich in ein Zimmer im Obergeschoß, dessen Fenster, wenn mich mein Ortssinn nicht täuschte, nicht weit von jenem entfernt war, aus dem Kate mich begrüßt hatte. Ein Zimmermädchen lief um Wasser.

Gleich darauf wurde ich Zeuge, wie herrisch Kate ihre Dienerschaft behandelte. Schimpfend kam sie hereingestürzt. »Seid ihr alle taub? Habe ich nicht befohlen, ihr sollt sie auf der Stelle zu mir bringen?«

»Ich habe um Wasser gebeten, um mich schnell etwas zu säubern.«

»Oh, Dammy, wie schön, daß du gekommen bist!« Kate umarmte mich heftig und hielt mich dann an den Schultern von sich. »Kein bißchen hast du dich verändert. Schau dagegen mich an!«

Lächelnd tat ich ihr den Gefallen. Nun ja, mit dem unförmig aufgeschwollenen Leib, das gedunsene Gesicht mit bräunlichen Flekken übersät, ähnelte Kate im Augenblick wenig jenem gertenschlanken Mädchen von damals im silbernen Brautgewand. Nicht einmal ihr wallendes, mit Fehpelz besetztes Seidenkleid vermochte an ihrem Zustand viel zu kaschieren.

»Es dauert nicht mehr lange, dann bist du wieder so schlank und hübsch wie zuvor«, tröstete ich sie. »Und dein Baby wird dich für die Plage entschädigen.«

»Wenn es nur schon soweit wäre. Noch wochenlang muß ich so herumlaufen. Na, wenigstens die Langeweile hat jetzt ein Ende. Hier kommt dein Waschwasser. Sag mal – ist das dein einziges Reisekleid? Ich glaube, da müssen wir einiges tun.«

»Wie Eure Umfänglichkeit befehlen«, konterte ich scherzhaft.

»Ach, hör bloß auf damit. Wenn du wüßtest, was ich alles ausgestanden habe. Erst war mir dauernd schlecht. Nicht einmal eine leichte Suppe konnte ich oft bei mir behalten. Und jetzt bin ich wie eine Tonne. Einmal und nie wieder – das schwöre ich dir! Lieber springe ich gleich aus dem Fenster. Und das Schlimmste steht mir noch bevor.«

»Täglich werden viele Kinder geboren, Kate.«

»Meinetwegen, aber ohne mein Zutun.«

»Wie geht's deinem Gatten?«

»Recht gut, nehme ich an. Er hält sich wieder einmal bei Hofe auf. Obwohl ich zugeben muß, daß das zur Zeit auch kein Zuckerlecken sein dürfte: Der König ist ständig gereizt und schlechter Laune. In seiner Nähe sitzen die Köpfe nicht sehr fest auf den Schultern.«

»Dann sei doch froh, daß du im Augenblick außer Gefahr bist.«

»Meine gute alte Dammy, wie sie leibt und lebt. Immer einen tröstenden Spruch parat.«

Aber auch Kate wurde zusehends die alte, als sie mich eingehend nach den Begebenheiten zu Hause ausfragte. Vor allem interessierte sie natürlich das Befinden ihres Bruders. Als ich über Keziahs Tod berichtete, sah sie bekümmert drein.

»Wie schrecklich muß es sein, im Kindbett zu sterben. Nach all den Qualen und Mühen sich nicht einmal an dem Baby freuen zu dürfen... Das arme Wurm... in die Welt gesetzt von solchen Eltern.« Gleichsam abwehrend legte sie die Hände über den Leib.

Als ich mich abgetrocknet und frisch frisiert hatte, langte ich nach meinem Gepäck.

»Laß doch«, sagte Kate. »Deine Mädchen werden es auspakken.«

»Ich will dir nur zeigen, was ich für dein Baby mitgebracht habe.«

Ich zog ein Bündelchen hervor, in dem sich ein Seidenhemdchen und ein kleines goldenes Armband befanden, das meine Eltern mir bei der Taufe um das Handgelenk gelegt hatten.

»Wenn das Kind es ausgewachsen hat, mußt du es mir zurückgeben.«

»Damit du es deinen Kindern anlegen kannst? Wann wird das sein, Dammy?«

Obwohl ich sie nicht in meine zwiespältigen Gefühle einweihen wollte, konnte ich nicht verhindern, daß mir das Blut in die Wangen schoß. Zum Glück deutete Kate es falsch.

»Simon oder Rupert? Nimm Rupert, wenn ich dir raten darf. Er paßt zu dir – auch dem Alter nach. Nicht so wie ich und Remus. Nun ja! Und er liebt dich. Ihr beide zusammen habt immerhin so viel, daß es zu einem guten Auskommen langt.«

»Vielen Dank, daß du meine Zukunft so genau einrichtest«, sagte ich etwas scharf.

»Mir scheint, ich gehöre schon zu jener Kategorie Matronen, die ständig Ehen stiften müssen. Oder denkst du noch an Bruno? Ich glaube nicht, daß er der Rechte für dich gewesen wäre.«

»Für dich wohl auch nicht.«

»Nein. Und trotzdem wünsche ich manchmal, ich wäre mit ihm durchgebrannt.«

»Du? Mit Bruno?«

»Ach was, ich schwatze Unsinn. Da sieht man, auf welche dumme Gedanken ich komme, seit ich in diesem Steinkasten da eingesperrt bin. Nur hier brüte ich solche Grillen aus. In London bei Hofe hingegen . . . das ist ein Leben voller Abwechslung und Aufregung, wie du es dir kaum vorstellen kannst.«

»Auch wenn ich in deinen Augen nur als ein unbedarftes Mädchen vom Lande erscheine, möchte ich dich doch daran erinnern, daß ich am Rande der Großstadt aufgewachsen bin. Ich kann mir durchaus vorstellen, wie aufregend es ist, wenn man sich nach jeder Handlung, nach jedem Satz fragen muß, ob es einem auch nicht um Himmels willen als Verrat ausgelegt werden könnte und in den Tower brächte. Es muß sehr abwechslungsreich sein, wenn man in einer Tafelrunde rätselt, wer von den Tischgenossen wohl als nächster seinen Kopf auf den Block legt.«

Kate lachte schallend. »Immer noch zu galligen Scherzen aufgelegt? Macht nichts, Dammy, du wirst mir die Grillen schon vertreiben! Ich bin froh, daß du hier bist.« Zärtlich legte sie den Arm um meine Schultern.

»Ich habe mich halt gar zu sehr vor den Verwünschungen gefürchtet, die du bei meinem Ausbleiben über mein armes Haupt geschüttet hast.«

»Worauf du dich verlassen kannst.«

Während unseres Geplänkels war uns beiden klargeworden, wie gut wir einander kannten und wie sehr wir, bei aller Verschiedenheit, aneinander hingen.

Das Abendessen nahmen wir in Kates Zimmer ein.

»Ich möchte wetten, daß ihr – du und Remus – oft an diesem Tischchen speist, wenn er zu Hause ist.«

Kate lächelte beziehungsvoll. »Du kennst Remus nicht. Worüber sollten wir uns unterhalten? Außerdem wird er taub. Nein, wenn er da ist, tafeln wir stilvoll unten in der großen Halle, er an einem Tischende und ich an dem anderen. Seine Kriegstrophäen, all die Schwerter, Hellebarden und Rüstungen, schauen uns dabei von den Wänden herab an. Die Unterhaltung ist angeregt oder langweilig – je nachdem, was wir für Gäste haben. Wenn es Leute aus London sind, wird viel gelacht und geplaudert. Hat Remus hingegen seine alten Freunde, lauter Krautjunker aus der näheren Umgebung, eingeladen, dreht sich das Tischgespräch endlos um Pflugscharen und eingepökelte Schweinehälften, so daß ich am liebsten jedem dieser Langweiler eine Platte auf seinen Kahlkopf knallen möchte.«

»Aber sonst... eure Ehe... Lord Remus schätzt dich als Gattin?«

»Und wie! Immerhin beschere ich ihm einen Erben.«

»Und dafür läßt er sich alles gefallen, meinst du?« Ich musterte Kate von Kopf bis Fuß. »Trotz deines Zustandes bietest du immer noch einen erfreulichen Anblick. Sicherlich ist er sehr stolz, daß er in seinem Alter noch Kinder zu zeugen vermag.«

»Ich habe gesagt, ich schenke ihm einen Erben. Davon, daß er das Kind gezeugt hätte, war nicht die Rede.«

Die Nacht vor der Hochzeit fiel mir ein. »Kate, was soll das heißen?«

»Nichts, mein Liebling – ich plappere heute zuviel. Übrigens kannst du es ruhig wissen.«

»Du hast Remus betrogen. Wie hast du es fertiggebracht, ihm ein fremdes Kind unterzuschieben?«

»Du weißt nicht viel von Männern, Dammy. Sie sind dermaßen eitel, daß man sie leicht überzeugen kann, das vollbracht zu haben, was sie nur gern getan hätten. Remus ist so glücklich über den Nachwuchs, daß er gar nicht auf den Gedanken kommt, es könnte ein Kuckucksei sein.«

»Schlägt dir nicht manchmal das Gewissen, Kate?«

»Warum? Weil ich eine einzige Nacht glücklich war? Du kannst mir nicht verdenken, daß ich wenigstens ein einziges Mal gewisse Erfahrungen machen wollte.«

»Du bist im Begriff, Mutter zu werden.«

»Auch eine Erfahrung, die mir ohne jene Nacht versagt geblieben wäre. Hör mal, ich habe lange genug Theater gespielt. In den letzten Monaten bot ich den Anblick einer werdenden Mutter, die sich unbändig auf ihr Kleines freut.«

»Ist es denn nicht so?«

»Ach, weißt du, Dammy – ich glaube, ich eigne mich nicht besonders für die Mutterrolle. Ich tanze lieber auf Festen, jage dem Fuchs hinterdrein oder lasse mich von Komödianten unterhalten. Dann kann ich wenigstens für eine Weile vergessen.«

»Was willst du vergessen, Kate?«

»Es ist wohl mein Zustand, der mich so redselig macht. Vergiß, was ich gesagt habe.«

Lord Remus hatte sich beurlauben lassen. Er bestand darauf, im Hause zu sein, wenn sein Kind geboren wurde. An seiner Bewunderung für Kate gab es nicht den geringsten Zweifel; er nahm ihre Launen hin, als sei sie ein verzogenes Kind, dem alle Wünsche erfüllt werden, nur weil es so reizend aussieht.

Da Kate sich meist müde und unwohl fühlte, nahmen wir weiterhin die Mahlzeiten zu zweit auf ihrem Zimmer ein. Hinterher leistete uns Lord Remus Gesellschaft. Während Kate sich auf einem Ruhebett ausstreckte, unterhielt er uns mit dem neuesten Hofklatsch.

Dank seiner hervorragenden Stellung bei Hofe war er über sämtliche Details unterrichtet. Und obwohl er eigentlich recht schweigsam von Natur war, konnte Kate ihm alles entlocken, was sie wissen wollte. Sie fragte nach Cromwell.

»Der Mann ist irrsinnig vor Angst«, gab Lord Remus zur Antwort. »Er wurde in Westminster verhaftet. Wie er den Sitzungssaal des Kronrates betrat, fand er seinen Stuhl besetzt. Als er dann entrüstet fragte, was das zu bedeuten habe, pflanzte sich der Hauptmann der königlichen Garde mit seinen Männern vor ihm auf und sagte: ›Thomas Cromwell, Graf von Essex – ich verhafte Euch im Namen des Königs wegen Hochverrats.‹ Cromwell soll totenbleich geworden sein.«

»Wie oft wohl mag Master Cromwell Leute in den Kerker geworfen haben, die weitaus unschuldiger waren als er«, rief Kate.

»Achte auf deine Worte, mein Liebling.«

»Unsinn. Meinst du, Dammy würde mich anzeigen?«

»Überall stecken Spitzel. Wie leicht ist es, harmlose Worte zu gefährlichen Lästerungen zu verdrehen! Nicht einmal den ältesten Dienern kann man trauen, zu viele haben sich schon bestechen lassen. Schloß Remus ist ein fetter Brocken.«

»Erzähl lieber weiter«, forderte Kate ihn auf.

»Also, Cromwell, halb irre vor Wut und Angst, schleuderte seine Mütze auf den Boden und forderte seine Freunde auf, zu bezeugen, daß er kein Verräter sei: Sie müßten es doch wissen. Aber die Ratsherren, die ihn seit langem haßten, wandten sich alle wortlos von ihm ab. Darauf senkte er den Kopf und ließ sich ohne weiteren Widerstand zum Tower abführen. Noch vor Einbruch der Dunkelheit räumten die Königstruppen seine Häuser aus, in denen er unermeßliche Reichtümer angehäuft hatte. Nun gehören sie der Krone.«

»Ob die Schätze von St. Bruno dabei waren?«

Lord Remus mahnte Kate erneut, leiser und vorsichtiger zu sprechen. Mit einer wegwerfenden Handbewegung tat sie seine Bedenken ab.

»Wie kann ein Diener des Königs über Nacht zum Verräter werden?« sinnierte ich. »Er zieht doch keinerlei Vorteil daraus. Oder hat Cromwell etwas damit zu tun, daß Kaiser Karl und der französische König sich gegen Heinrich verbünden?«

Lord Remus blickte mich freundlich an. In den wenigen Tagen unseres näheren Beisammenseins waren wir gute Freunde geworden. Der aufgrund seiner hohen Stellung leicht mißtrauische Mann spürte wohl die tiefe Achtung, die ich ihm entgegenbrachte. Oft schämte ich mich, wenn Kate den liebenswürdigen alten Lord geringschätzig behandelte.

»Nein, Damascina. Ich will Euch die Hintergründe erklären. Der Weg zur Macht führt im Augenblick nur über die Gunst des Königs. Und wer, wenn nicht Thomas Cromwell, hat die Gunst Heinrichs in so hohem Maße genossen? Aus allereinfachster Herkunft kam er an die Macht, wie auch Wolsey, sein Vorgänger im Amt. Cromwells Vater war Hufschmied. Sein Sohn war ein hochbegabter Mann und zu allem bereit, was der König von ihm forderte. Aber Heinrich hing nicht an ihm mit jener Zuneigung, die er für den Kardinal hegte. Cromwell bedeutete für ihn nichts weiter als ein Werkzeug, das er verachtete und nun wegwirft. Ich sehe nicht viel Hoffnung für den Gefangenen.« Lord Remus sprach so leise, daß wir ihn nur aus nächster Nähe verstehen konnten.

»Da muß man sich fragen, wie lange sich noch Männer finden, die für solchen Lohn dem König dienen wollen«, platzte ich heraus.

Lord Remus blickte mich tadelnd an.

»Es ist die freudige Pflicht jeden Mannes, Ihrer Majestät dem König zu dienen«, sagte er mit erhobener Stimme. »Verräter verdienen kein Mitleid.«

Ich ging auf seinen Ton ein und fragte, welches Verbrechen Cromwell denn begangen habe.

»Er wird beschuldigt, das für den König unvorteilhafte Bündnis mit den protestantischen deutschen Fürsten eingeleitet zu haben, die dem katholischen Kaiser, Karl dem Fünften, den Gehorsam verweigern. Nun bietet der Kaiser Heinrich seine neuerliche Freundschaft an: unter der Bedingung allerdings, daß Cromwell bestraft wird und Heinrich sich von den deutschen Fürsten lossagt.«

»Cromwell ist also das Opfer eines politischen Schachzuges?« flüsterte ich.

»Er hat in England gewütet wie keiner vor ihm. Wenn sein Kopf rollt, werden wenige ihm nachweinen.«

Vaters Worte fielen mir in diesem Moment wieder ein: ›Das Unglück des einzelnen kann leicht zum Unglück für uns alle werden.‹

Als bei Kate endlich die Wehen einsetzten, herrschte große Erleichterung im Schloß. Wie immer war sie vom Glück begünstigt. Die Geburt ging rasch und leicht vonstatten.

Lord Remus und ich warteten im angrenzenden Zimmer: er voller Angst um seine junge Frau und ich, trotz eigener Beklemmung, bemüht, ihn zu beschwichtigen. In seiner Erregung gestand er mir, daß Kate sein eintöniges Leben verwandelt hätte. Bei ihren gemeinsamen Besuchen am Hofe wäre ihm wahnsinnige Angst in die Glieder gefahren, als der König sie allzu wohlgefällig mit seinen Blicken verfolgte. Daß er schließlich von Kate abließ, war ihrer Namensvetterin, Katharina Howard, zu verdanken, die – obwohl nicht im entferntesten so hübsch wie Kate – die Sinne des Königs gefangenhielt. Remus teilte mir vertraulich seine Ansicht mit, daß Heinrich sich von seiner derzeitigen Gattin trennen und jene Howard heiraten würde.

Unwillkürlich schüttelte ich den Kopf.

»Ja«, sagte Remus, »es ist ein Jammer. Dieses unerfahrene Mädchen wird sich im Dickicht der Hofintrigen verfangen. Hoffen wir, daß das Schicksal ihr gnädig bleibt.«

Immer wieder verstummten wir und lauschten auf die Geräusche, die aus dem Nebenzimmer drangen. Kate atmete keuchend und stöhnte hin und wieder wild auf. Und plötzlich – viel früher, als einer von uns zu hoffen gewagt hätte – hörten wir das Quäken des Neugeborenen. Die Hebamme öffnete die Tür, wir gingen hinein. Kate lag erschöpft und bleich, aber auf unbegreiflich neue Art schön, in ihren Kissen. Ihre Augen strahlten.

Die Hebamme hob das schreiende Kind empor.

»Ein kräftiger Junge, Mylord. Der hat vielleicht Lungen!«

»Wie geht es der Lady?«

»Ausgezeichnet! Es hätte alles gar nicht besser verlaufen können.«

Lord Remus kniete neben dem Bett nieder und küßte die Hände seiner Frau. Dann erst erhob er sich und nahm der Hebamme das in ein Tuch gewickelte Kind ab. Tränen der Rührung liefen über seine Apfelwangen, als der Knabe seinen kleinen Finger fest mit dem Fäustchen umschloß.

Nun sah Kate zu mir und flüsterte meinen Namen.

»Ich gratuliere dir zu deinem Prachtsohn«, sagte ich herzlich und nahm ihre Hand von der Bettdecke auf.

Ihre Lippen kräuselten sich zu einem Lächeln voller Triumph.

Der Knabe wurde auf Wunsch von Lord Remus nach seinem verstorbenen Bruder Carey getauft.

Als Kate nach zehn Tagen aufstehen durfte, weigerte sie sich, das Baby weiterhin selber zu nähren. So kam eine Amme ins Haus: ein vierschrötiges, dralles Bauernmädchen namens Betsy, das noch genug Milch übrig hatte für ihr eigenes Kind, nachdem Carey sich satt getrunken hatte. Sie betreute ihn hingebungsvoll. Einmal äußerte ich Kate gegenüber mein Erstaunen, daß sie ihren Sohn weitgehend dieser fremden Person überließ.

»Er ist ja so klein«, entschuldigte sich Kate. »Wenn er älter ist, werde ich mehr mit ihm anfangen können. Wickeln und nähren kann ihn Betsy besser als ich.«

»Du scheinst nicht übermäßig von mütterlichen Instinkten geplagt zu werden.«

»Mütterliche Instinkte sind Frauen deiner Art vorbehalten«, gab

Kate zurück. »Du freilich wirst von Babyfüttern und -säubern nie genug kriegen können.«

Ich liebte das kleine Wesen sehr. Stundenlang schaukelte ich Carey in seiner Wiege, wenn er unruhig war. Oftmals, wenn er arg schrie, nahm ich ihn auf den Arm und wanderte, ein beruhigendes Liedchen summend, mit ihm im Zimmer hin und her.

Einmal überraschte mich Lord Remus bei meinem Tun. »Ein Fremder würde glauben, Ihr seid die Mutter«, meinte er bewundernd.

Als Carey etwa einen Monat alt war, stellten sich die ersten Besucher aus London ein. Sie brachten neue Nachrichten: Es sei beschlossen, daß der König sich von Anna scheiden lasse. Heinrich habe Cromwell, der ihn in diese Ehe verstrickt hatte, aufgefordert, nach einem Ausweg zu suchen. In seiner verzweifelten Hoffnung, durch seine Dienste aus dem Kerker befreit und erneut in die Gunst des Königs aufgenommen zu werden, hätte Cromwell den Eid geleistet, der König habe die Ehe mit Anna nicht vollzogen. Wie ein Gast schadenfroh berichtete, dächte Heinrich jedoch gar nicht daran, seinen ehemaligen Günstling zu retten, da er ihm ja dann sein Vermögen hätte zurückgeben müssen.

»Cromwell hat erklärt«, fuhr er fort, »der König habe die Dame so reizlos gefunden, daß es ihm körperlich nicht möglich war, seinen ehelichen Pflichten nachzukommen. Wenn Anna als Jungfrau das Bett des Königs bestiegen habe – woran neuerdings Zweifel laut wurden –, so sei sie auch als Jungfrau daraus aufgestanden. Und nun soll auch das Parlament die Ehe für ungültig erklären.«

»Die Gemahlinnen des Königs haben ein schweres Los«, bemerkte ich.

»Katharina Howard ist anderer Meinung.«

»Sie soll sehr jung sein?«

»O ja. Der König begehrt sie heiß.«

»Wird er Cromwell am Leben lassen?«

»Der Mann hat viele Feinde. Und der König hat ihn nie gemocht. Nur dank seines Geschicks und seiner Talente konnte er überhaupt eine solche Position erklimmen.«

So war das also.

An heißen, sonnigen Julitagen trug ich das Baby oft in seinem Körbchen in den Garten und setzte mich mit einer Handarbeit daneben. Kate bereitete ihren bevorstehenden Auftritt bei Hofe vor. Mittels eiserner Diät hatte sie ihre schlanke Gestalt wiedererlangt und schwelgte nun in kostbaren Stoffen und Schnittmustern.

Mit einem Arm voll Stoffbahnen kam sie herunter, um meinen Rat einzuholen.

Als wir uns nach langem Für und Wider schließlich auf einen weinroten Brokat geeinigt hatten, der Kates zartweiße Haut aufs vorteilhafteste zur Geltung brachte, bemerkte sie: »Jetzt haben wir bald wieder eine neue Königin, die man nicht so leicht aussticht wie unsere biedere Anna. Kathrin Howard soll übrigens als junges Mädchen recht ausgelassen gewesen sein.«

»Vermutlich bedarf der König ein wenig Aufmunterung nach der flandrischen Enttäuschung.«

»Hm. Kathrin soll allzu freigebig mit ihrer Gunst umgehen.«

»Mir sind fröhliche Leute lieber als mürrische«, sagte ich mit einem Seitenblick.

Kate lachte. »Für eine Königin gibt es Grenzen. Anna Boleyn ist auch an ihrer angeblichen Freizügigkeit gescheitert. Was für ein Gefühl es sein mag, aus den königlichen Gemächern in die feuchten Verliese des Towers zu stürzen? Immerhin blieb sie stolz bis zu ihrem traurigen Ende – nicht wie Cromwell, der in einer Flut von Briefen um sein Leben winselt.«

»Ohne Aussicht auf Gnade?«

»Wann ist der König jemals gnädig gewesen?«

Ein Diener kam auf uns zu und meldete die Ankunft eines Besuchers. Wir standen auf, um den Gast gebührend zu begrüßen.

Abends tafelten wir feierlich in der großen Halle, mit Kate als strahlendem Mittelpunkt der Tischrunde. Lord Remus und sein Gast bedachten sie mit bewundernden Blicken. Wie leicht es ihr doch gelang, die Zuneigung der Menschen zu gewinnen!

Unweigerlich drehte sich der Hauptteil des Gespräches um den Königshof. Worüber hatten sich die Leute wohl unterhalten, bevor dieser Regent mit seinen Affären und Skandalen das Land in Atem hielt?

»König Heinrich hat mit Anna von Kleve ein Abkommen getroffen«, berichtete unser Besucher, »daß sie ein angemessenes Jahreseinkommen sowie Schloß Richmond auf Lebenszeit erhält, wenn sie in die Auflösung dieser Scheinehe einwilligt. Er wolle sie als Schwester betrachten und ihr den Rang einer königlichen Prinzessin verleihen. Anna soll hocherfreut und erleichtert sein, daß sie so leichten Handels ihrer mißlichen Lage entronnen ist. Sie kauft sich Kleider der neuesten Mode und gibt in Richmond große Banketts.«

»Da hat sie aber Glück gehabt.«

»Nun, auch Heinrich muß gewisse Rücksichten nehmen. Anna von Kleve besitzt mächtige Freunde auf dem Festland. Wäre Thomas Boleyn ein ausländischer Magnat gewesen – Anna lebte wohl heute noch.«

»Ich kann recht gut verstehen, daß Anna von Kleve ihre Freiheit genießt«, bemerkte ich.

»Auch Cromwell wurde des Königs Gnade zuteil. Als Mann von niedriger Geburt hätte er rechtens an den Galgen gemußt. In Anbetracht seiner Verdienste ließ Heinrich ihn jedoch wie einen Edelmann durch das Beil enthaupten.«

»Und in allen Ehren ist Cromwell nun tot«, sagte ich leise.

Als die Musikanten ein Tanzlied anstimmten, kam Kate auf mich zu. »Du brütest wieder schwarze Gedanken aus«, rügte sie. »Wenn der Tod im Lande umgeht, muß man das Leben in vollen Zügen genießen.«

Ich folgte ihr zum Tanz. Sie hatte recht!

Eines Tages sprengte Rupert zum Hoftor herein. Ich sah ihn aus dem Fenster und lief hinunter, um ihn zu begrüßen. Seine Miene verhieß keine guten Neuigkeiten.

»Meine liebe Dammy«, sagte er, als er mich umarmte. Mir gefror das Blut in den Adern.

»Ist es – Vater?« stammelte ich.

Rupert nickte. Ich bemerkte, daß er sich beherrschte, um mich mit der Nachricht nicht niederzuschmettern.

»So rede doch«, drängte ich zitternd. »Was ist geschehen?«

»Dein Vater wurde gestern abend in den Tower abgeführt.«

»Nein!« rief ich. »Das kann nicht wahr sein. Was wirft man ihm vor?«

»Ich muß mit euch reden«, sagte Rupert. »Aber nicht hier! Wo sind meine Schwester und mein Schwager?«

Lord Remus war frühmorgens zur Jagd ausgeritten. Kate kam bereits aus dem Haus gestürzt und fiel ihm um den Hals. Dann erblickte sie sein Gesicht.

»Was ist passiert?« rief sie erschrocken.

»Vater ist im Tower«, sagte ich tonlos.

Sie erbleichte. Noch nie hatte ich Kate so bewegt gesehen. Dann wandte sie sich mir zu und streckte die Arme aus. Ich barg den Kopf an ihrer Schulter; in diesem Augenblick waren wir Schwestern. Ihre Tränen tropften mir auf die Wange. Ich selbst konnte nicht weinen – alles in mir war wie versteinert.

»Gehen wir hinein«, beschwor uns Rupert. »Hier können wir nicht sprechen.« Die Geschwister umfingen mich von den Seiten und führten mich ins Haus.

»Am besten zu mir«, sagte Kate. Sie sah nach, ob sich in den benachbarten Zimmern niemand aufhielt, und schloß dann Tür und Fenster. Wir setzten uns in eine Ecke.

»So, nun erzähl uns alles«, sagte Kate.

»Gestern abend – gerade als wir uns zu Tisch begeben wollten – kamen Wachsoldaten und verhafteten Onkel im Namen des Königs.«

»Weswegen?« stieß ich hervor.

»Wegen Verrats!«

»Das ist nicht möglich.«

Rupert blickte mich traurig an. »Amos Carmen haben sie auch festgenommen. Sie marschierten geradewegs zum Gartenhaus, in dem er sich versteckt hielt, und gaben offen zu, jemand habe ihn angezeigt.«

»Amos Carmen? In unserem Haus versteckt?«

Rupert nickte. »Als du kaum weg warst, kehrte Amos zurück. Man verfolgte ihn, weil er den Suprematseid nicht leisten wollte. Amos hatte versucht, nach Spanien zu flüchten, was ihm aber nicht gelungen war. Deshalb kam er zurück und verbarg sich bei uns. Zunächst wußten nur ein paar Leute von seiner Anwesenheit. Aber selbst in einem so großen Haus wie dem euren kann sich jemand nicht über Monate hinweg verstecken.«

Ich schlug die Hände vors Gesicht. Was ich stets befürchtet hatte, war eingetroffen: Vater hatte im Opfermut sein Leben für andere aufs Spiel gesetzt. So sehr er sich um andere Menschen sorgte, so wenig achtete er die Gefahr für sich selber.

In die lastende Stille fragte Kate: »Was können wir tun, um ihn zu retten?«

»Nicht viel, fürchte ich«, antwortete Rupert.

»Es muß möglich sein!« schrie ich plötzlich auf. »Was werden sie mit ihm tun?«

»Er ist von edler Geburt«, sagte Rupert – als sei es für mich ein Trost, daß er enthauptet statt gehenkt würde.

Enthauptet! Dieses heißgeliebte Haupt sollte dem Scharfrichter zum Opfer fallen – das gottesfürchtige Leben durch den Todesstreich enden...

»Nimm Rücksicht auf Dammy«, hörte ich Kate leise zu Rupert sagen. »Es ist ein furchtbarer Schock für sie. Wir müssen ihr beistehen.«

»Deswegen bin ich hergekommen.«

»Ich muß zu Vater«, murmelte ich.

»Es war sein Befehl, daß du bei Kate in Sicherheit bleibst.«

»Ich in Sicherheit, während Vater gefangenliegt? Rupert, ich reite mit dir nach Hause. Mir wird schon etwas einfallen – ich kann ihn doch nicht einfach ermorden lassen!«

»Dammy, ich war nicht behutsam genug! Der Schlag hat dich mit voller Gewalt getroffen! Sei vernünftig, bitte! Hier kann dir nichts geschehen. Du weißt von nichts, warst nicht im Haus, als Amos Carmen sich bei uns versteckte. Dein Vater besteht darauf, alle Schuld auf sich zu nehmen. Amos hielt sich im Gerätehaus unter dem Dach verborgen. Wie du weißt, werden die Geräte im unteren Raum aufbewahrt. In der Bodenkammer, die man nur über eine Leiter erreichen kann, schien Amos sicher. Onkel trug ihm nachts das Essen hinaus. Lange Zeit ahnte nicht einmal ich etwas von seiner Anwesenheit. Wer mag wohl das Geheimnis verraten haben?«

»Sie kamen am Abend, sagtest du?«

Rupert nickte.

»Und Vater – wie ist er fortgegangen?«

»Sehr ruhig und gelassen. Er beteuerte nur immer aufs neue, es sei allein seine Schuld – außer ihm habe niemand von dem Flüchtling gewußt. Und dann wurde er zusammen mit Amos Carmen abgeführt in den Tower. Dammy, du bist machtlos! Es wäre Wahnsinn, wenn du heimgingst!«

»Und Mutter? Schon ihretwegen muß ich nach Hause.«

»Sie ist verzweifelt – dennoch will sie nicht, daß du zurückkehrst. Versteh doch! Wenn du dich zu einer unbesonnenen Tat hinreißen läßt, bringst du nicht nur dich, sondern uns andere ebenfalls in Gefahr!«

»Komm, Dammy, wir gehen jetzt in dein Zimmer«, sagte Kate sanft und ergriff meinen Arm. »Leg dich eine Weile hin, ich schicke dir einen Tee, der dich beruhigen wird. Wenn du geschlafen hast, überlegen wir weiter.«

»Glaubst du, ich könnte schlafen, während Vater im Tower ist? Wie stellst du dir das vor? Ich gehe nach Hause.«

»Dammy, du handelst unüberlegt...«, begann Rupert, aber ich schnitt ihm das Wort ab.

»Du kannst ja hierbleiben. Ich verstecke mich nicht auf Schloß Remus – ich gehöre zu Vater. Habt ihr überhaupt versucht, etwas für ihn zu tun? Ich werfe mich dem König zu Füßen!«

»Es ist sinnlos, Dammy«, beschwor mich Rupert. »Denke an Sir Thomas More... Und an all die anderen. Aber wenn du heim willst, begleite ich dich.«

»Nein, bleib lieber bei deiner Schwester.«

Als Rupert abermals versuchte, mir mein Vorhaben auszureden, schlug Kate sich zu meinem Erstaunen auf meine Seite.

»Wir dürfen sie nicht zurückhalten, wenn sie zu ihrem Vater will. Vielleicht gelingt ihr das Menschenunmögliche.«

Gott segne dich für deine Worte! dachte ich.

»Was hat Mutter bislang unternommen?«

»Sie ist gelähmt vor Schreck. Was hätten wir tun können? Als dein Vater weggebracht wurde, durfte ihn ein Diener begleiten. Tom Skillen ging mit. Nach Stunden kam er wieder und holte Lebensmittel sowie Decken für Onkel. Du siehst, er wird nicht so grausam behandelt wie die meisten.«

»Wann reiten wir?« fragte ich.

»Heute ist es zu spät. Die Straßen sind nachts unsicher. Morgen früh bei Sonnenaufgang brechen wir auf.«

»Gut«, sagte Kate. »Ich werde alles Nötige veranlassen. Inzwischen legt ihr beide euch hin und ruht aus vor dem langen Ritt. Ihr werdet eure Kräfte brauchen.«

Sie führte mich in mein Zimmer, half mir beim Entkleiden und legte mir einen kühlen Umschlag auf die Stirn. Dann blieb ich allein.

Obwohl ich die Tragödie nur aus den Worten Ruperts kannte, spielte sie sich wie auf einer Bühne vor meinem geistigen Auge ab: Ich sah Vater im Eßzimmer stehen, sah die hereinstürzenden Männer, die ihn festnahmen und zum Gartenhäuschen führten, wo sie den Priester aus seinem Versteck hervorzogen... Wie froh Vater gewesen sein muß, daß ich nicht anwesend war! Ich hätte ihn nicht kampflos ziehen lassen – lieber wäre ich mitgegangen. Und dann? Wenn ich ebenfalls gefangen war, wer kümmerte sich um meine hilflose Mutter? Wer setzte alle Hebel in Bewegung, um Vater zu befreien? Nein, ich mußte frei bleiben und sehr vorsichtig sein, damit ich ihm helfen konnte. Rupert würde mir beistehen.

Das Viereck meines Fensters verdunkelte sich, Sterne erschienen am Himmel... Als sie verblaßten, kleidete ich mich an und ging hinunter.

Kate und Rupert waren ebenfalls schon auf. Ein Hausmädchen brachte heißen Tee und wurde dann fortgeschickt. Wie Kate mir berichtete, war Lord Remus bei der Heimkehr von der Jagd zu Tode erschrocken, als er von Vaters Verhaftung erfuhr. Meine Abreise stimmte ihn erleichtert: Es war gefährlich, Angehörige eines Angeklagten bei sich zu beherbergen.

Kates Teilnahme rührte mich tief. Noch nie hatte sie so deutlich das Ausmaß ihrer Liebe zu mir bewiesen. Zum Abschied schloß sie mich in die Arme und flüsterte: »Rupert wird für dich sorgen. Hör auf ihn – er ist klug und tapfer!« Lange sahen wir sie am Fenster stehen und uns nachwinken, als wir im Morgengrauen aufbrachen.

Wir ritten zu zweit; die Bediensteten sollten mit dem Gepäck nachfolgen. Auch als es hell wurde, nahm ich die Landschaft kaum wahr. Vor meinen Augen zogen Bilder dahin, vergangene und zukünftige. Wie eine Glocke dröhnten mir Vaters Worte in den Ohren: ›Das Unglück eines einzelnen... das Unglück für uns alle...‹

Die Türme von Hampton Court rissen mich aus meinen Grübeleien. Ich durfte mich nicht von Gefühlen überwältigen lassen, meine Verzweiflung mußte mich zu Taten und nicht in die Lethargie führen. In mir kochte der heilige Zorn über den unmenschlichen König.

Endlich kam unser Haus in Sicht. Ich sprang ab und rannte quer über den Rasen durch die Flügeltüren in die Halle, wo mir Mutter mit verweinten Augen entgegenkam. Wir fielen uns in die Arme und klammerten uns aneinander fest. Mutter schluchzte laut. Als sie endlich Worte hervorbrachte, sagte sie: »Du hättest nicht kommen dürfen. Vater hat es ausdrücklich verboten.«

»Nein, Mutter, mein Platz ist hier! Nichts auf der Welt hätte mich davon abhalten können, herzukommen.«

Simon Caseman näherte sich, den Ausdruck tiefsten Schmerzes im Gesicht.

»Wir müssen Vater helfen!« rief ich ihm zu.

Er nahm meine Hände in die seinen und küßte sie. »Wir dürfen die Hoffnung nicht aufgeben«, sagte er.

»Kann man ihn sehen – ihn besuchen?«

»Vielleicht. Ich werde mich erkundigen.«

Ich war Simon so dankbar, daß ich ihm die Hand innig drückte.

»Vielen Dank, Simon.«

Er hatte Rupert verdrängt: Simon schien mir weniger bedächtig, eher zu Taten bereit, deshalb wandte ich mich an ihn.

»Was sollen wir tun?«

»Ich kenne einen der Wärter – unlängst habe ich ihm einen kleinen Gefallen erwiesen. Vielleicht läßt er sich überreden, Euch heimlich zu Eurem Vater vorzulassen.«

»Wenn das möglich wäre!«

»Ich werde tun, was in meiner Macht steht«, versprach Simon.

»Wann?« drängte ich.

»Tom soll mich nach London rudern. Ihr bleibt unterdessen zu Hause und tröstet Eure Mutter. Vielleicht treffe ich den Wärter in einer Schänke an. Kann sein, daß ich lange warten muß... Unternehmt inzwischen nichts. Ich will ihn überzeugen, daß er nichts zu befürchten hat, wenn er Eurer Bitte widerfährt.«

»Ich werde Euch sehr verbunden sein, Simon.«

»Es ist mein größter Wunsch, Euch zu Diensten zu sein.« Er verbeugte sich tief. »Noch etwas: Er wird es nicht umsonst tun, und meine Barschaft ist klein...«

Mutter lief bereits und kam mit einer vollen Börse zurück. »Hier, nehmt es – nehmt alles.«

Ich war so dankbar, daß ich mich meiner früheren Abneigung schämte. Rupert war freundlich und klug; aber er fand sich mit dem Schicksal ab, während Simon den Kampf aufnahm.

»Ich mache dir einen Stärkungstrank«, sagte Mutter.

»Trinkt ihn, Damascina. Er wird Euch guttun. Und versucht, Euch auszuruhen – Ihr wirkt erschöpft. Wenn ich Erfolg habe, werdet Ihr all Eure Kräfte brauchen.«

Wer hatte gestern noch ähnliches zu mir gesagt? Kate?

Während Simon mit Tom Skillen zur Anlegestelle hinunterging, legte ich mich hin und trank den Becher aus, den Mutter mir ans Bett brachte. Dann setzte sie sich neben mich, nahm meine Hand in die ihre und erzählte mit tränenerstickter Stimme von jener unheilvollen Stunde, in der Vater verhaftet wurde. Vor mir erschien sein schmales, gütiges Antlitz, wie er gelassen den Schergen entgegenblickte. Dann saß er im Boot, das Gesicht dem Hause zugewandt. Die Ruder tauchten schwer in das Wasser, und die Entfernung zwischen uns wurde immer größer.

Ich schlief viele Stunden lang. Als ich erwachte, war es tiefe Nacht. Mutter und Simon Caseman standen vor meinem Bett. Im blakenden Licht der Kerze zeichnete sich die Fuchsmaske in seinen

Zügen ab. Sofort wies ich den Gedanken weit von mir. Was konnte Simon für sein Aussehen? Durfte ich dem einzigen Menschen mißtrauen, der mir seine Hilfe anbot?

»Morgen abend bringe ich Euch zu Eurem Vater«, eröffnete Simon.

Ich atmete erleichtert auf: als ob Vater allein dadurch schon gerettet wäre!

»Der Wärter hat versprochen, Euch für kurze Zeit einzulassen.«

»Das werde ich Euch nie vergessen, Simon.«

»Mir ist es Lohn genug, daß ich Euch helfen kann.« Er beugte sich vor, nahm meine Hand von der Bettdecke und führte sie an die Lippen. Mit aller Selbstbeherrschung brachte ich es fertig, nicht zurückzuzucken, sondern ihn freundlich lächelnd gewähren zu lassen. Mutter sah aus dem Hintergrund der Szene zu. Sie gab mir einen zweiten Becher voll zu trinken, und ich fiel abermals in Schlaf, aus dem ich gegen Morgen erwachte. Wie jener Tag vergangen ist, weiß ich nicht mehr.

Endlich war die Zeit gekommen. Ich legte ein Wams und eine Kniehose von Rupert an. Vergeblich versuchte ich, mein langes Haar unter ein Barett zu stopfen. Da es immer wieder hervorrutschte, griff ich kurzentschlossen zur Schere und schnitt es bis unter die Ohren und oberhalb der Augenbrauen zur Pagenfrisur ab. Als ich nun die Kappe aufsetzte, blickte mich das Gesicht eines Knappen aus dem Spiegel an.

Simon erschrak, als er mich abholte.

»Damascina – Euer herrliches Haar!« rief er bedauernd.

»Das wächst wieder nach. Es hätte mich verraten können.«

»Obwohl Ihr bald siebzehn werdet, seht Ihr aus wie ein Knabe von dreizehn Jahren.«

»Meint Ihr, daß mich niemand erkennt?«

»Seid ganz beruhigt. Aber daß Ihr Euer schönes Haar für wenige Augenblicke geopfert habt...«

»Ich würde mein Leben für Vater hingeben.«

»Ihr wißt, ich habe Euch immer bewundert – aber noch nie wie in diesem Augenblick!«

Nach Sonnenuntergang gingen wir zum Fluß hinunter; Tom Skillen ruderte das Boot. Als von fern das dunkle Gemäuer des Towers in der Dämmerung auftauchte, dachte ich an die vielen Leidensgenossen, die gleich mir die drohenden Wände voll ohnmächtiger Verzweiflung angestarrt hatten. Ich kannte das Gefängnis vom Hörensagen, ich wußte von den dumpfen Verliesen, aus denen jede Flucht unmöglich war, von den finsteren Folterkammern, in denen der Gefangene so lange gequält wurde, bis er sein Geständnis herausschrie. Ich erkannte die trutzigen Türme der Festung: den ›Weißen Turm‹, den ›Salzturm‹ und den ›Blutigen Turm‹, in dem man vor nicht allzulanger Zeit die beiden kleinen Söhne Eduards des Vierten im Schlaf ermordet und an geheimer Stelle verscharrt hatte. Diese wuchtigen Mauern dort umschlossen die Towerwiese, die mit dem Blute Anna Boleyns und ihrer angeblichen Liebhaber getränkt worden war.

An diesem grauenvollen Ort war mein geliebter Vater gefangen, der Willkür des gottlosen Königs hilflos ausgeliefert.

Vor den Toren brannten an langen Stangen große Fackeln, deren flackernder Lichtschein weit aufs Wasser hinausfiel. Tom Skillen ließ sich ganz dicht ans Ufer treiben, wo uns der tiefe Schatten der Mauer verbarg. Simon legte warnend den Finger auf die Lippen. Bei einer Stelle, die fast mit Gebüsch zugewachsen war, legten wir an; Simon half mir an Land. Aus dem Schatten löste sich die Gestalt eines Mannes und kam auf uns zu: Es war der bestochene Wärter.

»Ich werde hier auf Euch warten«, raunte Simon.

Der Mann nahm mich an die Hand und flüsterte: »Achte gut, wohin du trittst, Junge.« Mein Herz schlug jagend, aber nicht vor Angst: Bald würde ich Vater sehen!

Der Weg über die feuchten, von Moos schlüpfrigen Steine war mühsam in der Dunkelheit; bei jedem Schritt fürchtete ich hinzufallen. Nach kurzer Zeit zog mich der Kerkerwärter seitwärts in einen Stollen, der am inneren Ende mit einer schweren Holztür verschlossen war. Hier stand eine kleine Laterne. Der Wärter zündete sie an und drückte sie mir in die Hand.

»Hier, nimm«, brummte er. »Und sprich von nun an kein Wort, wenn dir dein Leben lieb ist.« Er zog einen Schlüsselbund aus der Tasche und sperrte auf. Die Tür knarrte laut in den Angeln. Wir horchten eine Weile, dann schloß der Aufseher hinter uns ab, nahm die Laterne und raunte: »Bleib ganz dicht hinter mir.«

Ich folgte ihm durch einen langen Gang zu einer Wendeltreppe, die in einen muffig-kalten Korridor mündete. Hie und da hing eine Laterne an der Wand. Im Vorbeihuschen bemerkte ich Türen aus dicken Eichenbohlen, die mit eisernen Bändern verstärkt waren. Vor einer dieser Türen hielt mein Begleiter an, wählte einen Schlüssel am Bund und schloß auf. Im ersten Augenblick sah ich nichts als Finsternis. Dann erkannte ich eine menschliche Gestalt auf der Prit-

sche. Ich setzte die Laterne hastig ab und flog mit einem unterdrückten Schrei auf ihn zu.

»Vater!«

»Mein Gott, Damascina! Ich träume wohl?«

»Nein, Vater, du bist wach – und ich bin hier bei dir.« Der Wärter
ging hinaus und lehnte die Tür an; wir waren allein. Ich küßte Vater
auf die Wangen, die Stirn, ich küßte seine lieben Hände.

Mit zitternder Stimme sagte er: »Kind, du hättest nicht kommen
dürfen.«

Statt einer Antwort legte ich meine Wange an seine Hand.

»Meine liebe Tochter.« Vater nahm mein Gesicht in beide Hände
und sagte: »Laß mich dich anschauen! Sag – was ist mit deinem
Haar?«

»Abgeschnitten, Vater! Als Knabe war ich weniger gefährdet.«
Er preßte mich eng an sich.

»Mein Kind, ich habe dir noch so viel zu sagen, und die Zeit ist so
kurz. Alle meine Gedanken sind bei Mutter und dir. Du mußt für
sie Sorge tragen, Damascina, du bist stärker als sie. Versprichst du
mir das?«

»Ja, Vater. Aber du wirst zurückkehren – du mußt! Es wird sich
herausstellen, daß du nichts Böses getan hast.«

»Nach den gültigen Gesetzen habe ich ein Verbrechen begangen.«

»Warum ist der Priester zu dir gekommen? Er hatte kein Recht,
dich ins Unglück zu stürzen.«

»Ich habe ihm die Hilfe angeboten. Uns bleibt wenig Zeit, laß uns
nicht über Vergangenes reden, das unabänderlich ist. Ich denke
ständig an dich, mein Kind: Erinnere dich an unsere Gespräche...«

»Bitte nicht, Vater – ich kann das nicht ertragen!«

»Wir müssen tragen, was Gott uns auferlegt.«

»Was hat diese verfluchte Mörderbande mit Gott zu schaffen?
Dort oben tanzen sie in ihren Gemächern, während hier unten...«

»Still, Kind. Was redest du! Hör mir lieber zu. Willst du mir eine
Bitte erfüllen?«

»Alles, was ich kann!«

»Wenn du nach Hause zurückkehrst, tröste Mutter. Ich bin alt,
und es ist das Gesetz des Lebens, daß die Alten gehen und den Jungen Platz machen. Nein, unterbrich mich nicht. Allerdings hätte ich
nicht gedacht, daß es so... so plötzlich kommen würde. Heirate
bald, meine kleine Damascina. Kinder werden dich über den Verlust deines Vaters hinwegtrösten.«

»Vater, ich gehe zum König! Ich biete ihm alles an, was wir besitzen, wenn er dich frei läßt. Oder nein, komm – zieh meine Kleider an und schleich dich mit dem Wärter hinaus. Bis man den Tausch entdeckt, bist du in Sicherheit. Mir als Mädchen werden sie nicht viel antun.«

»Glaubst du, der Wärter ist blind, daß er einen alten Mann nicht von dem Jungen unterscheidet, den er hereingeführt hat? Er riskiert ohnehin seinen Kopf. Nein, Kind, du bist mir mehr wert als mein altes Leben.« Zärtlich strich er mir über das Haar.

»Wenn sie mich dort... hinausführen, werde ich daran denken, daß meine Tochter ihr schönes Haar geopfert hat, nur um ein paar Minuten mit ihrem Vater zu sprechen. Wir beide haben uns sehr geliebt.«

Der Aufseher schaute herein. »Komm, Junge, bald ist Wachablösung. Es ist gefährlich, länger zu bleiben.«

»Nein!« rief ich, mich mit allen Kräften an Vater klammernd.

Er schob mich sacht von sich.

»Damascina, du mußt gehen. Sei vorsichtig und klug. Jemand im Haus hat mich verraten. Versuche herauszubekommen, wer es war. Traue keinem – auch du bist in Gefahr! Ich könnte mich leichter in das Unabänderliche schicken, wenn ich dich und Mutter in Sicherheit wüßte. Sei wachsam, mein Mädchen, damit nicht weiteres Unheil über unsere Familie hereinbricht. Und nun geh!«

Der Wärter klirrte mit dem Schlüsselbund. »Komm schon.«

Eine letzte Umarmung, ein letzter Kuß, dann schloß sich die schwere Eichentür zwischen uns.

Draußen sah der Wärter mich neugierig an. Den Worten meines Vaters hatte er entnommen, daß er ein Mädchen in den Kerker geschmuggelt hatte.

Wie wir zum Boot zurückgelangten, weiß ich nicht mehr. Irgendwie muß ich den Weg zurückgelegt haben, denn Simon und Tom halfen mir beim Einsteigen.

Auf der Heimfahrt ging mir ein Satz wie ein Mühlrad im Kopf herum. ›Jemand im Haus hat mich verraten... Jemand im Haus hat mich verraten... Jemand im Haus...‹

Wir haben ihn nicht wiedergesehen.

Es gelang meinen Hausgenossen, den Tag der Hinrichtung vor mir geheimzuhalten. Vermutlich auf Anraten Simons flößte mir Mutter einen starken Mohntrunk ein, und als ich endlich aus abgrundtiefem Schlaf zu Bewußtsein kam, war alles vorüber.

Ich stand auf und taumelte mit bleischweren Gliedern und noch schwererem Herzen in Mutters Zimmer. Als ich sie in ihrem Sessel sitzen sah, die Hände untätig im Schoß und aus rotgeschwollenen Augen blicklos vor sich hinstarrend, wußte ich Bescheid.

Die folgenden Tage verbrachte ich in Betäubung. Ich hörte nicht, wenn man mich anredete, und verweigerte jegliche Nahrung. Schweigend, ohne eine Träne irrte ich ruhelos im Haus herum. Mein jammervoller Anblick riß Mutter aus ihrer eigenen Trauer. Obwohl Vater mir aufgetragen hatte, sie zu trösten, war nun sie es, die sich meiner annahm und mich umsorgte.

Rupert und Simon versuchten ebenfalls – jeder auf seine Art –, mir beizustehen.

»Du bist nicht allein«, beteuerte Rupert. »Ich werde zeitlebens für dich und deine Mutter sorgen.« Ich achtete kaum auf ihn.

Simon Caseman gegenüber fühlte ich mich zu Dank verpflichtet: Hatte er mir doch geholfen, Vater vor der Hinrichtung noch einmal zu sehen.

»Sein letzter Gedanke galt Euch«, sagte Simon. »Ich habe ihn vor seinem Tod noch einmal gesprochen. Es war sein letzter Wunsch, daß Euch ein gewissenhafter Mann zur Seite steht. Ihr wißt doch: Wenn jemand als Verräter hingerichtet wird, verfällt all sein Hab und Gut der Krone. Laßt uns rasch heiraten, Damascina, und ich werde Euch und Eure Mutter vor aller Unbill bewahren. Ich liebe Euch mehr als mein Leben.« Schweigend ertrug ich seine Umarmung. Aber als seine Lippen sich den meinen näherten, überkam mich urplötzlich der alte Widerwille. Ich stieß ihn zurück.

»Ich bin Euch sehr dankbar, Simon«, sagte ich. »Aber ich liebe Euch nicht. Und nur, um versorgt zu sein, will ich Euch nicht heiraten.«

Er sah mich lauernd an, kehrte dann um und ließ mich allein. Im folgenden Augenblick hatte ich ihn vergessen.

Ein paar Tage nach der Ermordung Vaters ereigneten sich seltsame Dinge. Man hatte mir gleicherweise verschwiegen, daß der Kopf meines Vaters auf der London Bridge aufgepfählt war wie damals der seines Freundes Thomas More.

Vater war in London stadtbekannt, und die Mörder glaubten wohl, die öffentliche Zurschaustellung seines geschundenen Gesichtes bedeute für jedermann eine Warnung, dem König nicht zu trotzen. Hätte ich davon gewußt, ich hätte mich wie Margret zur

Brücke geschlichen und das geliebte Haupt vor dem Schimpf bewahrt. Ob Simon mir auch dabei geholfen hätte?

So erfuhr ich erst, was geschehen war, als ein Diener aufgeregt meldete, Vaters Haupt sei geraubt worden. Im Morgengrauen hätte man lediglich den Pfahl, auf dem Brückenpflaster liegend, vorgefunden.

Wohin die Reliquie verschwunden war, wußte niemand.

Vier bleierne Tage waren vergangen, seit ich den Mohntrunk genommen hatte. Ich warf Mutter vor, mich betäubt zu haben, während Vater seinen letzten Gang antrat, obwohl ich wußte, daß es in seinem Sinn gewesen wäre. Ich ging durchs Haus, berührte die Gegenstände, die er zu benutzen pflegte, und setzte mich für lange Stunden auf die Mauer am Themseufer. Daß kalter Regen mich durchnäßte, kümmerte mich nicht. Irgendwann holte Mutter mich ins Haus zurück. Ich setzte mich an ein Fenster und dämmerte vor mich hin. Auf einmal hörte ich meinen Namen. Vor mir stand Rupert.

»Dammy, ich muß dir etwas Wichtiges sagen. Komm bitte heraus.«

Ich glaubte, er wolle mich abermals zur Heirat überreden, und schüttelte den Kopf. Daraufhin sah er sich verstohlen um und flüsterte: »Dammy, ich habe es. Ich habe das Haupt!«

»Was sagst du da?«

»Es sollte nicht am Schandpfahl bleiben. Du hättest es ebenfalls getan. Nach Mitternacht fuhr ich mit Tom Skillen ab – ihm kann man vertrauen. Er steuerte das Boot unter die Brücke, ich kletterte am Seitenpfeiler hoch, so daß die Wachen mich nicht bemerkten, und holte das Haupt vom Pfahl. Niemand hat uns gesehen!«

Ich lehnte den Kopf an seine Schulter. Rupert berührte zart meine Wange.

»Rupert«, sagte ich endlich. »Wenn man dich nun gefaßt hätte!«

»Es ging sehr rasch. Oben auf der Brücke war niemand.«

»Du hast dich in große Gefahr begeben. Für mich?«

»Ich habe deinen Vater sehr verehrt, Dammy.«

Erst nach langem Schweigen wagte ich zu fragen: »Und wo... wo ist es jetzt?«

»In einer Truhe. Sie ist gut versteckt. Wir wollen das, was von deinem Vater übriggeblieben ist, würdig bestatten.«

»Er hat immer gewünscht, auf dem Klosterfriedhof zu ruhen.«

»Wir beide werden ihn dort heute nacht begraben.«

»Rupert, wir sollten Mutter gegenüber vorerst Stillschweigen bewahren. Nichts auf der Welt könnte sie sonst davon abhalten, täglich am Grab zu weinen. Es muß geheim bleiben. Als ich Vater das letzte Mal sah, warnte er mich vor einem Verräter in unserem Haus.«

»Du hast recht, wir wollen vorläufig schweigen. Wenn die Zeiten ruhiger sind, können wir ihr es immer noch sagen.«

»Rupert, du ahnst nicht, wie froh ich bin, daß er nicht mehr dort auf der Brücke dem Spott der Gaffer ausgesetzt ist.«

»Meinst du etwa, auch nur einer hätte ihn verunglimpft? Ehrfürchtig und voller Schmerz haben die Leute zu ihm emporgeblickt.«

Dankbar drückte ich Rupert die Hand.

»Wann, Rupert?« – »Wenn alle zu Bett gegangen sind. Warte hier auf mich.«

Rupert schlich voran durch die Efeupforte. Der Regen hatte aufgehört, die fahle Mondsichel spielte mit den Wolken Versteck. Rupert trug eine Laterne und den Spaten, ich preßte mit beiden Armen den kleinen hölzernen Schrein an meine Brust. So schritten wir über die inzwischen verwilderte Wiese, auf der Rolf Weaver gestorben war.

»Hab keine Angst«, ermutigte mich Rupert. »Hierher traut sich niemand.«

»Wenn nicht die Geister jener gewaltsam getöteten Mönche.«

»Die würden uns eher beschützen, als daß sie uns Böses antäten.«

Wir gingen um die Klosterkirche herum zum Friedhof, der dahinter lag. Ich zündete die Laterne an, während Rupert eine Grube am Fuße der großen Weide aushob.

Dann küßte ich den Schrein, der mein Liebstes enthielt, und senkte ihn mit Ruperts Hilfe in das kleine Grab hinab. Ich hatte ihn nicht geöffnet.

Als die ersten Erdschollen auf den Schrein polterten, kamen endlich Tränen in meine Augen. In Ruperts Armen weinte ich mir den eisigen Schmerz von der Seele, der mich gelähmt hatte.

Von jener Stunde an konnte ich mich dem Leben wieder zuwenden. Ab und zu stahl ich mich abends durch die Efeupforte. Auf das Grab pflanzte ich einen kleinen Rosmarinstrauch, der dort auch zufällig hätte wachsen können.

Der Stiefvater

Mehrere Wochen nach der Hinrichtung Vaters kam Kate zu Besuch. Sie wußte ihren Wunsch, ich solle mit ihr auf Schloß Remus zurückkehren, mit solchen plausiblen Argumenten zu untermauern, daß ich schließlich nachgab. Auch Mutter redete mir dringend zu.

Kate stellte fest, Klein-Carey sei glücklich über meine Rückkehr, obwohl er noch viel zu klein war, um mich zu erkennen. Ich widersprach ihr nicht, fand aber im Umgang mit dem Kleinen allmählich zu mir selbst zurück. Kate gab sich alle Mühe, um mich zu zerstreuen. Sie ließ mir ausgesuchte Delikatessen vorsetzen, holte ihre Laute hervor und sang meine Lieblingslieder. Manchmal plauderte sie so hinreißend, daß ich für Minuten meinen Schmerz vergaß und herzlich mitlachte. Nur nachts, wenn die Sterne zum Fenster hereinleuchteten, stieg ich in den Brunnen meiner Trauer hinab.

Wenn das Gespräch sich dem Hofe zuwandte, verstummte ich. Für mich war Heinrich der Mörder meines Vaters, den ich aus tiefster Seele haßte. Hätte jemand die Gedanken hinter meiner Stirn lesen können, ich wäre sicherlich Vater aufs Schafott nachgefolgt.

Es gab neue Gesetze, nach denen jeder – ob Anhänger oder Gegner des Papstes – als Ketzer galt, der Heinrich den Achten nicht als Oberhaupt der Kirche anerkannte.

»Es ist ja so einfach«, bemerkte Kate spöttisch unter vier Augen. »Der König hat immer recht. Was er sagt, ist die Wahrheit – wer ihm widerspricht, ist ein Verräter. Man muß nur schnell genug umdenken, wenn er heute anderer Meinung ist als gestern.«

Gottlob war Remus Castle weit von jener Welt entfernt. Kate begleitete ihren Mann gelegentlich für ein paar Tage nach London. Ich beschäftigte mich viel mit dem Baby, das mich mit zunehmendem Alter tatsächlich zu erkennen begann. Es mochte noch so zornig brüllen: Trat ich an seine Wiege und nahm es auf den Arm, verstummte das Geschrei, und ein Lächeln glitt über das kleine Gesicht. Auch wenn sie ihn zumeist Betsy oder mir überließ, war Kate sehr stolz auf ihren Sohn. Sie freute sich über seine Gesundheit und seine behutsamen Fortschritte.

Als Carey drei Monate alt war, wurde er in einem feierlichen Akt in der Schloßkapelle getauft. Lord Remus hatte viele Freunde zum Fest eingeladen, darunter Herzöge und Grafen, die ich bis dahin nur dem Namen nach kannte, mit denen Kate aber sehr vertraut umging. Nach dem Festmahl bildeten sich überall kleine Grüppchen, die angelegentlich diskutierten, meist über Politik. Die farbenfroh gekleideten Damen und Herren erinnerten mich dabei an die sprichwörtlichen Falter um die sengende Kerzenflamme.

Wohlweislich meine eigene Meinung zurückhaltend, lauschte ich den Gesprächen: Die neueste Königin sei ja nicht übermäßig hübsch, aber von zierlicher und anmutiger Gestalt. Mit der Eleganz ihrer unglücklichen Cousine Anna Boleyn könne sie sich zwar nicht messen, doch halte sie den König mit ihrer kindlichen Fröhlichkeit bei guter Laune. Außerdem herrsche zwischen ihr und Anna von Kleve bestes Einvernehmen; oft sähe man die Damen munter plaudern. Kathrin – wie sie sich am liebsten genannt hörte – sorge liebevoll für den nun dreijährigen Prinzen Eduard und seine Halbschwester, die sieben Jahre alte Prinzessin Elisabeth, die als Tochter Anna Boleyns mit der jetzigen Königin blutsverwandt war.

Nun ja, es gäbe noch Widerstand gegen den König, wie zum Beispiel der Aufstand in Yorkshire, der jedoch rasch unterdrückt worden sei. Allmählich lerne das widerspenstige Volk, daß mit seinem Herrn und König nicht zu spaßen war. Nun beabsichtige Heinrich, den Norden Englands mit seinem Besuch zu beehren.

Ich gab höfliche, aber einsilbige Antworten; mochten sie mich ruhig für beschränkt halten. Als die illustre Gesellschaft endlich das Schloß verlassen hatte, atmete ich auf. Lord Remus begleitete seine Gäste nach London.

Nach seiner Rückkehr suchte er mich im Brunnengarten auf, wo ich – das Körbchen mit dem Baby neben mir – die wärmenden Strahlen der Herbstsonne genoß.

»Ich muß mit Euch über eine ernsthafte Angelegenheit reden, Damascina«, begann er, sichtlich unangenehm berührt von seiner Aufgabe.

Mein Herz schlug sofort in schnellerem Rhythmus, obwohl ich mir sagte, Schlimmeres als bisher könne mich nicht treffen.

»Zu fürchten braucht Ihr Euch nicht«, kam er meiner unausgesprochenen Frage zuvor, »Die Sache ist nur ein wenig heikel. Wie dem auch sei: Ich habe versprochen, Euch persönlich davon zu unterrichten. Es ist Euch bekannt, daß die Habe eines Hingerichteten der Krone zufällt?«

»Wollt Ihr mir mitteilen, daß der König die Güter meines Vaters eingezogen hat?«

»Es ist nicht ganz so schlimm.«

»Ich habe kein Zuhause mehr?«

»Soweit soll es nicht kommen. In Eurem Fall legt der König eine gewisse Großzügigkeit an den Tag.« Lord Remus merkte selbst nicht, welcher Zynismus aus seinen Worten sprach. »Der Besitz Eures Vaters ist unbedeutend – jedenfalls aus der Sicht des Königs.«

»Bitte, sagt mir ohne Umschweife, was geschehen ist!« Lord Remus hüstelte.

»Simon Caseman hat sich ausbedungen, daß Ihr auf Lebenszeit das Wohnrecht habt.«

»Simon? Wieso gerade er?«

»Der Kommissar, der die Untersuchung leitete, hat beschlossen, die Güter Eures Vaters Simon Caseman zu übertragen.«

»Ich verstehe noch immer nicht.«

»Er ist Anwalt und war der Gehilfe Eures Vaters. Insofern ist er mit allem vertraut und der geeignete Mann, um die Kanzlei und das Gut weiterzuführen.«

»Warum nicht Rupert?«

»Weil dieser mit Euch verwandt ist. Dem Gesetz wird nicht Genüge getan, wenn ein anderes Mitglied der Familie den eingezogenen Besitz übernimmt.«

»Und Simon? Als Vaters Gehilfe müßte er doch eher verdächtig erscheinen!«

»Der Fall ist genau untersucht worden. Offenbar hat der König die Absicht, Simon Caseman dafür zu belohnen, wenn er durch die Heirat mit...«

»Nein!« rief ich empört. »Ich habe ihn deutlich genug abgewiesen!«

»...durch die Heirat«, fuhr Lord Remus unbeirrt fort, »mit Eurer Mutter den Besitz der Familie erhält. Damit sind alle Probleme gelöst: Weder Eure Mutter noch Ihr werdet mittellos, obwohl der König die Güter konfisziert hat.«

Ich traute meinen Ohren nicht.

»Meine Mutter... soll Simon Caseman heiraten?«

»Nicht sofort natürlich! Nach angemessener Trauerzeit.«

Ich konnte es nicht fassen. Mutter sollte ausgerechnet den Mann zum Gatten nehmen, der sich noch vor kurzem um meine Hand beworben hatte? Es war wie ein Alpdruck. Und dann plötzlich fiel ein Lichtstrahl in das Dunkel; ich hörte Vaters Stimme: ›Jemand im Haus hat mich verraten...‹

Ich zog mich auf mein Zimmer zurück, um die Flut der neuen Gedanken zu ordnen. Ein wenig später stürmte Kate herein.

»Wo bist du? Ich habe überall nach dir gesucht. Was ist los?«

»Ich habe gerade erfahren müssen, daß Simon Caseman unseren Besitz übernommen hat.«

»Remus sagte es mir eben.«

»Da steckt doch etwas dahinter, Kate. Der König wünscht Simon Caseman auszuzeichnen. Warum Simon und wofür? Wohl weil er gewisse Informationen über den versteckten Priester geliefert hat?«

Kate schaute mich entsetzt an. »Ist das dein Ernst?«

»Es fügt sich eins ins andre. Außerdem spüre ich es irgendwie.«

»Aber das heißt doch... daß er deinen Vater aufs Schafott gebracht hat?«

»Genau das. Wenn ich Beweise dafür hätte, würde ich ihn umbringen.«

»Dammy, du siehst Gespenster. Das kann nicht sein!«

»Nein? Dann hör mir mal zu: Erst wollte er mich heiraten. Aus Liebe? Nein, sondern weil er es auf meine Mitgift abgesehen hatte.«

»Ein Mann muß noch nicht zum Mörder werden, weil er ein Mitgiftjäger ist.«

»Und nachdem ich seinen Antrag abgewiesen hatte, wollte er mich zwingen. Vor meiner Abreise zu euch hat er mich nämlich nochmals gefragt. Als sich eine günstige Gelegenheit bot, nahm er sie wahr, um Vater zu verderben.«

»Woher kannst du das wissen?«

»Weil Vater wörtlich gesagt hat: ›Jemand im Haus hat mich verraten.‹ Und wer zieht Nutzen aus seinem Tod?«

»Das sind Folgerungen, nicht Beweise.«

»Ja, leider. Ich habe Simon mißtraut, seit ich die Fuchsmaske auf seinem Gesicht erblickte.«

»Eine Fuchsmaske? Dammy, du redest irre!«

»Sie erscheint immer auf seinen Zügen, wenn er hinterhältige Gedanken hat. Ich habe sie schon mehrfach bemerkt.«

»Dammy, ist dir nicht wohl? Das alles war einfach zuviel für dich.«

»Du glaubst, ich sei von Sinnen? Weißt du auch, daß dieser Mann sich jetzt an Mutter herangemacht hat? Daß er sie heiraten wird?«

»Auch das erzählte Remus. Wenn man es recht überlegt, könntest du doch vielleicht der Wahrheit auf der Spur sein.«

»Ich muß nach Hause, Kate.«

Das Anwesen lag still da, als ich daheim eintraf. Niemand erwartete mich. Ich schnitt den Redeschwall der überraschten Haushälterin, die mir die Tür öffnete, mit einem kurzen Grußwort ab, fragte nach Mutter und begab mich unverzüglich in das Zimmer, in dem sie sich aufhielt. Sie wurde abwechselnd rot und weiß im Gesicht, als ich vor ihr stand. Daß sie noch der Scham fähig war, rührte mich etwas.

»Ich habe von Eurem Vorhaben gehört, Madam«, sagte ich schneidend.

Mutter nickte und tastete hinter sich nach einem Stuhl. Schweiß trat ihr auf die Stirn, ich merkte, daß sie einer Ohnmacht nahe war. Mitleidlos sah ich ihr zu; für mich war sie im Augenblick nicht meine Mutter, sondern Simon Casemans Komplizin, von der ich herausfinden wollte, wieweit sie sich mitschuldig gemacht hatte.

Höhnisch fuhr ich fort: »Ihr seid rasch bereit, Madam, das Trauerkleid mit dem Hochzeitsgewand zu vertauschen.«

»Dammy – versuche zu verstehen...«

»Ich verstehe nur zu gut.«

Ihre Hände flatterten mit hilflosen Gebärden durch die Luft.

»Wir beide wären obdachlos geworden. Es gab keinen anderen Ausweg.«

»Wirklich nicht?«

»Simon ist jetzt Eigentümer des Gutes. So fügt sich alles zum Besten.«

»Was dieser Mann will, ist mir klar. Ich wundere mich lediglich über dich! Hast du den Mord an Vater schon vergessen, daß du es nicht erwarten kannst, auf der Hochzeit mit seinen Mördern zu tanzen?«

Der hintergründige Sinn meiner Worte entging ihr.

»Es wird keinen Tanz geben. Wir dachten an eine stille Hochzeit.«

»So? Dachtet ihr?« Ich lachte verächtlich. Außer ihren Garten- und Kochkünsten verstand diese Frau nichts vom Leben. Auf einmal tat sie mir leid: ein verschüchtertes, hilfloses Weib, das noch nie eine eigene Entscheidung getroffen hatte. So stellte ich ein wenig sanfter die Frage: »Wie kannst du dich nach einem Mann wie Vater mit diesem Simon Caseman abgeben?«

»Vater ist tot. Und bedenke, Dammy – du hast ihm viel mehr bedeutet als ich. Für ihn war ich nur das Werkzeug, das zu deinem Entstehen nötig war.«

Die Bitterkeit ihrer Worte überraschte mich. Eine Ahnung glomm in mir auf, daß Vater nicht in jeder Hinsicht jenes Idealbild war, für das ich ihn gehalten hatte.

»Seit du geboren bist, stand ich immer im Hintergrund: Damascina hier und Damascina dort. Um mich hat er sich kaum mehr gekümmert.« Tränen erstickten Mutters Stimme.

»Er war dir ein guter Gatte«, verteidigte ich meine schwankende Bastion.

»Er war ein guter Mensch, ja.«

»Das wenigstens gibst du zu. Und jetzt trittst du einem Abenteurer den Platz an deiner Seite ab.«

»Dir scheint nicht ganz klar zu sein, was mittlerweile geschehen ist. Dammy, wir sind arm – unser Besitz ist konfisziert!«

»Für Simon Caseman. Was denkst du wohl, weshalb?«

»Er hat mit Vater zusammengearbeitet, er kann die Kanzlei weiterführen. Außerdem wohnt er seit langem im Hause. Wenn wir heiraten, bleibt alles beim alten.«

»Beim alten? Abgesehen von der Kleinigkeit, daß Vater tot ist? Mutter, als deine Tochter dürfte ich so nicht sprechen – aber es ist die Wahrheit: Du bist eine Närrin!«

»Der Kummer um Vater hat dir den Verstand verwirrt, sonst würdest du nicht solche Reden führen.«

»Merkst du denn nicht, was gespielt wird?« rief ich verzweifelt. »Simon Caseman war entschlossen, sich den Besitz um jeden Preis anzueignen. Erst bat er mich um meine Hand. Nicht nur einmal – viele, viele Male ... Und wie höflich und zuvorkommend er war. Er glaubte schon, sich als Schwiegersohn ins warme Nest zu setzen. Als ich ihm einen Strich durch seine Rechnung machte, suchte er einen anderen Weg, der ihn ans Ziel führte. Will die Tochter nicht, nun gut, da ist ja auch noch die Mutter. Sie hat einen Gatten? Fort mit ihm, und her mit der hübschen Witwe!«

»Dammy, welche fürchterlichen Dinge denkst du dir aus!«

»Findest du nicht, daß ein Mann sich verdächtig macht, wenn er erst die Tochter und dann die Mutter freien will?«

»Sei still, Kind! Du bezichtigst einen rechtschaffenen Menschen eines Verbrechens, das er nicht begangen haben kann.«

»Der König hat ihn belohnt.«

»Vernünftige Leute beugen sich seinem Willen.«

»Willst du damit sagen, Vater war unvernünftig?«

Aber Mutter ließ sich nicht provozieren; in diesem Moment war sie die Überlegene.

»Sieh doch den Tatsachen ins Auge. Das Unglück ist über uns hereingebrochen, weil Vater einen Priester versteckt hat. Er wußte genau, daß er damit sein Leben und unsere Zukunft aufs Spiel setzte. Sag – kann man den vernünftig nennen, der aus Eigensinn das Schicksal herausfordert? Wenn ich Simon nicht heirate, können wir auf die Straße betteln gehen oder als arme Verwandte zu Lord Remus ziehen: du als Kindermädchen und ich als Küchenmagd. Willige ich dagegen in die Ehe ein, so geht das Leben in seinen gewohnten Bahnen fort.«

»Ohne Vater.«

»Irgendwann müssen wir uns damit abfinden. Vater ist tot, wir leben weiter. Simon wird mir ein guter Gatte sein.«

»Du bist fast zehn Jahre älter als er.«

»Es sind nur acht.«

»Und ich soll zusehen, wie er Vaters Platz einnimmt?«

»Du wirst dich daran gewöhnen, oder du gehst deiner Wege. Ich jedenfalls bleibe! Simon ist ein begabter Anwalt, er wird Vaters Kanzlei weiterführen. Wir haben die Wahl, hier in Wohlstand zu leben oder arm ins Ungewisse zu wandern. Mein Entschluß steht fest.«

»Wenn man dich so hört, wie du von Simon sprichst, scheint dir der Gedanke einer Ehe mit ihm recht gut zu gefallen.«

»Keine Frau steht gern schutzlos im Leben da. Ich schon gar nicht! Ich habe nichts gelernt, ich gehöre nicht zu den Frauen, die sich allein durchschlagen. Außerdem: Simon und ich, wir verstehen einander. Vater hatte mir in den letzten Jahren kaum mehr etwas zu sagen. Gewiß, er war freundlich. Aber dann vergrub er seine Nase in ein Buch oder diskutierte mit dir. Solange der Haushalt wie am Schnürchen lief, interessierte ich ihn wenig. Ich war eher seine Haushälterin als seine Frau. Aber ich verstand ja auch weder Griechisch noch Latein.«

Welche Bitterkeit – vermischt mit der Eifersucht auf mich – hatte diese Frau jahrelang wortlos mit sich herumgetragen. Wenn ich sie nicht angegriffen hätte, sie hätte wohl noch weiter geschwiegen. Plötzlich taten sich Abgründe unter unserem scheinbar so friedlichen Familienleben auf. Und ich hatte nie etwas davon bemerkt!

»Simon heiratet dich ja nur wegen des Geldes«, sagte ich schließlich kleinlaut.

»Das hat er auch ohne mich.«

»Zu seinem Sieg gehören sichtbare Trophäen. Mich hat er nicht bekommen – also bleibst nur du. Er will uns zeigen, wer Herr im Hause ist.«

»Steigere dich nicht in deine Hirngespinste, Dammy!«

»So, und wer hat deiner Meinung nach Vater angezeigt?«

»Das kann ein Knecht, ein Nachbar gewesen sein.«

»Vielleicht ein Weib, das einen Jüngeren ins Auge gefaßt hatte?«

»Damascina!« Mit blitzenden Augen wies Mutter die Beleidigung von sich. Ich fiel vor ihr auf die Knie und barg meinen Kopf in ihrem Schoß. Schluchzen schüttelte mich.

»Verzeih, Mutter! Ich war grausam und ungerecht. Wie soll ich es aushalten, daß er fortgegangen ist und niemals wiederkehrt? Daß ich ihn nie mehr sehen, seine liebe Stimme nie wieder hören werde...«

Mutter legte ihre Arme um mich und wiegte mich wie ein kleines Kind hin und her.

»Mein Kleines«, sagte sie zärtlich. »Wie gut ich dich verstehe. Du warst von Sinnen vor Schmerz – ich bin dir nicht böse. Aber du mußt auch einmal an mich denken. Du und Vater, ihr wart eine Gemeinschaft, aus der ich ausgeschlossen war. Für mich hatte keiner von euch Zeit. Ich habe es ertragen, wie du dich jetzt mit deinem Los abfinden mußt. Auch wenn es dir noch so schwerfällt – es gibt keine andere Lösung.«

Wie hatte es mich einst gekränkt, als Dritte aus einem Bündnis ausgeschlossen zu sein!

Erschöpft ließ ich mich von Mutter auf mein Zimmer führen. Sie verabreichte mir eines ihrer Tränklein und legte einen Eschenzweig auf mein Kissen – um böse Gedanken zu verscheuchen, wie sie sagte. Sonderbarerweise hatte sich, trotz aller gegenseitigen Anschuldigungen, eine schmale, schwankende Brücke des Verstehens zwischen uns gebildet.

Lange grübelte ich über Mutter nach. Vater hatte als reifer Mann ein kindliches Mädchen geheiratet, das außer Lesen und Schreiben nicht viel gelernt hatte. Seine Gedankenflüge konnte sie nicht nachvollziehen – so begnügte sie sich mit dem, worin sie sich auskannte: mit Haus und Garten. Vater schätzte seine junge Frau wohl sehr, hatte ihr aber kaum etwas mitzuteilen. Die nach außen hin so harmonische Ehe überspannte ein Tal der Öde. – Nun, sie zumindest war fortan gut aufgehoben. Und ich? Wenn ich Simon nicht als Stiefvater anerkennen wollte, mußte ich mir meinen Lebensunterhalt außer Haus verdienen. Und wer garantierte, daß meine Anschuldigungen nicht bloß leere Verdächtigungen waren? Existierten vielleicht Beweise, daß er Vater angezeigt hatte? Möglicherweise war er nur zur Stelle gewesen, als das Gut freigegeben wurde.

Ich mußte mir Klarheit verschaffen! Dazu war jedoch nötig, daß ich im Hause blieb und Simon beobachtete. Aber wie sollte ich, mit dem Pfeil des Mißtrauens im Herzen, unter seinem Dach wohnen und ihm täglich begegnen?

Erst am Vormittag des folgenden Tages verließ ich mein Zimmer und ging in die Halle hinunter, wo ich Simon antraf. Er schaute zu mir auf, als ich die Treppe hinunterschritt.

»Willkommen zu Hause, Damascina!« begrüßte er mich. Und als ich keine Worte fand: »Schön, daß Ihr endlich zurückgekommen seid.«

»Vermutlich erwartet Ihr nun von mir, daß ich Euch zu Eurem Glück gratuliere.«

»Nein, keineswegs. Ich weiß, wie hart es Euch ankommen muß«, erwiderte er sehr ernst.

»Der Leichnam des ermordeten Gatten ist noch kaum erkaltet.«

»Mein liebes Kind, Ihr habt zuviel griechische Tragödien gelesen. Denkt an die Wirklichkeit, und hütet Eure Zunge, damit Euch kein Leid widerfährt. Immerhin bin ich nun in Bälde Euer... dein Stiefvater und trage als solcher die Verantwortung für dich.«

»Obwohl Ihr ursprünglich eine andere Rolle vorgesehen hattet«, spöttelte ich.

»Meine Gefühle tun nichts zur Sache.«

»Ihr habt sie wohl auf Mutter übertragen?«

»Deine Mutter und ich, wir sind keine romantischen Hitzköpfe mehr.«

»Sie ist auch einige Jährchen älter.«

»Im Alter steht sie mir näher als du.«

»Es hätte Euch wohl kaum gestört, wenn sie dreißig Jahre älter gewesen wäre als Ihr.«

»Bei meinen Überlegungen hatte ich nur dein Wohl und das deiner Mutter im Auge. Die Güter wurden beschlagnahmt. Ich habe mich darum beworben, das gestehe ich offen ein. Aber nur, um sie der Familie Farland zurückzugeben. Wie, wenn ein Fremder den Besitz erhalten hätte?«

»Welch edler Zug von Euch. Und wenn ich eingewilligt hätte, Eure Frau zu werden?«

Simon trat ganz nahe zu mir heran, seine Augen glühten. Deutlich zeichnete sich die Fuchsmaske ab.

»Du weißt sehr gut, was ich für dich fühle«, sagte er.

Abwehrend streckte ich die Hände aus. »Vergeßt nicht, Ihr seid bereits Bräutigam.« Ich sah ihm fest in die Augen. »Sagt mir lieber, wer Vater verraten hat.«

Ohne zu zwinkern, hielt er meinem Blick stand.

»Wenn ich das wüßte«, antwortete er grimmig und ballte die Faust.

»Jemand aus diesem Haus hat ihn angezeigt«, erwiderte ich mit Nachdruck. »Und ich werde nicht ruhen, bis ich den Schuldigen herausgefunden habe.«

Spontan streckte Simon mir die Hand hin. »Schließen wir einen Pakt, Damascina. Wir suchen zusammen nach dem Mann, der so viel Leid über dieses Haus gebracht und einen edlen Menschen dem Tode ausgeliefert hat!« In seiner Stimme schwangen Entrüstung und Mitgefühl.

Tränen stiegen mir in die Augen, als ich seine Hand ergriff. Sollte ich ihn in meinem blinden Schmerz so sehr verkannt haben? Simon blickte mich nachsichtig, ja gütig an.

»Laß dir Zeit, kleine Dammy«, sagte er. »Eines Tages wirst du begreifen, daß ich nicht anders handeln konnte, um euch zu retten.«

Von widersprüchlichen Gefühlen zerrissen, flüchtete ich mich auf mein Zimmer. Mutter schickte mir später eine Hühnerkeule und frisches Gebäck hinauf, das ich unangetastet auf dem Teller liegen ließ. Nur den Wein trank ich aus. Und als ich mit schwerem Kopf schließlich einschlummerte, träumte ich von Simon Caseman, der auf seinen Schultern einen Fuchskopf trug und allerlei böse Dinge anstellte.

In der Küche erzählten die Mägde, im Kloster spuke es. Ein Bauer und seine Frau hätten spätabends auf dem Heimweg die Gestalt eines Mönches erkannt, die sich am Tor der Abtei zu schaffen machte. Als sie sich in ihrer Angst bekreuzigten, sei er spurlos verschwunden, gerade, als hätte die Erde ihn verschluckt. Darauf waren die beiden davongerannt, so schnell sie die schlotternden Beine trugen.

Nun, wie konnte es anders sein: Die gehenkten Mönche waren ohne Sakrament gestorben und einfach verscharrt worden, der kranke Abt hatte die Schändung des Klosters nicht überlebt. Es war nur verständlich, daß diese Männer keine Ruhe im Grab fanden und nachts umgingen.

Ab dieser Zeit machten die Leute sogar tagsüber einen Bogen, falls ihr Weg sie an der verlassenen Abtei vorbeiführte.

Mir konnte es bloß recht sein: So war ich sicher, daß mich kein Lebender an Vaters Grab ertappte. Vor den Toten, wie schon gesagt, fürchtete ich mich nicht mehr.

Unterdessen wurden in unserem Hauswesen die Änderungen spürbar, die Simon Caseman nach und nach einführte. Er übereilte nichts, aber er war kein gütiger Hausherr wie mein Vater. Streng sah er nach dem Rechten – und wehe dem Dienstboten, den er bei einer Nachlässigkeit erwischte. Die Männer mußten schon von weitem die Kappe ziehen, die Mädchen bei seinem Erscheinen tief bis auf den Boden knicksen. Er zählte die Brote und Speckseiten ab. Den Schlüssel zum Weinkeller hielt er in eigener Verwahrung; Reisende und Bettler hatten weder Trank noch Speise zu erwarten; wie er selber sagte, waren die Tage der Mildtätigkeit vorbei. Es sprach sich in den einschlägigen Kreisen rasch herum, und so saßen wir fortan meist nur zu dritt am langen Eßtisch, den früher so viele Gäste mit uns geteilt hatten.

Die Hochzeit wurde still, im kleinsten Kreise, begangen.

Mutter blühte regelrecht auf. Immer darauf bedacht, ihrem jungen Ehemann zu gefallen, stimmte sie seinen Vorschlägen und Ansichten vorbehaltlos zu. Die Aufmerksamkeit, ja Verehrung, die sie für Simon an den Tag legte, berührten mich aufs peinlichste.

Eines Tages entdeckte ich eine kleine Kupfertafel an der Haustür, auf der eingraviert stand: ›Caseman's Court‹. Offenbar hielt er es für nötig, seinen Sieg allen kundzutun.

Auch in punkto Haushaltsführung hielten strenge Bräuche Einzug. Mutter mußte jeden Penny des Wirtschaftsgeldes vor ihm abrechnen, was Vater niemals verlangt hätte. So sah sie, obwohl sie eine tüchtige und sparsame Hausfrau war, der Abendstunde am Freitag mit Bangen entgegen.

Zu meinem Erstaunen ließ Simon mich ungeschoren. Nie machte er eine Andeutung, daß er Arbeit von mir erwarte. Unbehelligt konnte ich mit meinen Büchern oder Handarbeiten am Fenster sitzen, solange es zu kalt war, um sich im Garten aufzuhalten. Zwar ging ich ihm möglichst aus dem Weg, aber es ließ sich selbstverständlich nicht vermeiden, daß wir uns hier und da unter vier Augen trafen. Bei solchen Gelegenheiten sah er mich wehmütig schmachtend an, was die Fuchsmaske um seine wachen Augen um so deutlicher hervortreten ließ. Ich hingegen beobachtete ihn argwöhnisch, ob er sich nicht irgendwann eine Blöße gab und sich selber verriet. Abends zog ich mich früh auf mein Zimmer zurück, damit ich nicht am ›trauten Beisammensein‹ teilnehmen mußte.

Knapp zwei Monate nach der Hochzeit teilte mir Mutter strahlend mit, daß sie ein Kind erwarte. Obwohl es ganz natürlich war – denn mit ihren sechsunddreißig Jahren war Mutter jung genug, um noch Kinder zu gebären –, erschien mir die Tatsache ihrer Schwangerschaft als eine Beleidigung meines verstorbenen Vaters. Mutter schien grenzenlos glücklich. Mit einem verschämten Lächeln auf den Lippen ging sie verträumt einher.

Simon Caseman verbuchte stolz diesen neuerlichen Triumph seiner Person. Er wußte, wie sehnlich Vater sich eine große Kinderschar gewünscht hatte und sich dann doch mit einer Tochter bescheiden mußte. Was für ein Kerl war dagegen er, Simon Caseman, der schon nach zwei Monaten Ehestand den Beweis für seine Männlichkeit erbracht hatte.

Unter diesen Umständen war mein Aufenthalt unerträglich geworden. Ich schrieb Kate, daß ich gern für einige Monate zu ihr käme, wenn sie mich noch haben wolle.

Nicht lange, nachdem der Brief abgeschickt war, suchte Simon mich im Garten auf, wo ich, in ein dickes Tuch gehüllt, in der Märzsonne saß. Es war noch recht kühl; ich fröstelte ein wenig. Von seinem Erscheinen wurde mir nicht gerade wärmer.

»Wir treffen uns selten, Damascina«, begann er. »Ich habe fast den Eindruck, daß du mir absichtlich ausweichst.«

»Ihr täuscht Euch nicht.«

»Ich höre, du willst deine Cousine besuchen?«

»Wollt Ihr es mir verwehren?«

»O nein, das stünde mir nicht zu.«

»Schön, daß Ihr wenigstens das einseht.«

»Laß uns doch endlich Frieden schließen, Damascina. Ich wollte dir nur nochmals sagen, daß in diesem Haus immer Platz für dich ist.«

»Sehr lobenswert von Euch, mich in meinem Vaterhaus als Gast zu dulden.«

»Wie oft soll ich dir erklären, daß es nun mir gehört?«

»Aber genau das verstehe ich eben nicht!« rief ich heftig. »Warum gerade Euch? Das ist die Frage, über die ich Tag und Nacht grüble.«

»Mein Gott, du bist doch sonst nicht so schwer von Begriff. Man hat mir den Besitz zugesprochen, weil ich allein imstande bin, sowohl die Geschäfte als auch das Gut fortzuführen. Außerdem habe ich die Bedingung angenommen, ein Mitglied der Familie Farland zu heiraten, damit das Vermögen nicht in fremde Hände fällt. Wäre dir das lieber gewesen? Du hast mich abgewiesen – was willst du noch? Es blieb nur noch die Heirat mit deiner Mutter, die sich in jeder Hinsicht als vorteilhaft erwies.«

»Besonders für Euch«, sagte ich und ließ ihn stehen.

Nun, da auch Rupert uns verlassen hatte, freundete ich mich mit dem Gedanken an, mit ihm ein zwar nicht überschwenglich glückliches, aber friedvolles Leben zu führen, anstatt hier oder auf Schloß Remus die Rolle eines ewig überzähligen Gastes zu spielen. Wenn ich auch keine große Leidenschaft für Rupert empfand: Zuneigung und guter Wille würden für ein erträgliches Dasein ausreichen. Welch eine Erleichterung, nicht täglich mit Simon Caseman zusammenkommen zu müssen.

Ehrlich gesagt fiel es mir schwer, das Haus zu verlassen. In meinen Träumen hatte ich mich stets inmitten einer Kinderschar hier zwischen diesen Mauern alt werden sehen. Der Traum war aus, genauso wie der Vaters, der sich immer zumindest eine Enkelschar gewünscht hatte.

Rupert hatte sich aus Liebe zu mir in tödliche Gefahr begeben, als er das Haupt meines Vaters vom Schandpfahl barg. Und war nicht mein Einwand gegenstandslos geworden, er wolle mich nur des Gutes wegen heiraten? Ich besaß nichts mehr als das, was ich am Leibe trug, und doch hatte er mich aufgefordert, sein Leben mit ihm zu teilen. Das Gut, das er übernommen hatte, lag nur wenige Stunden Rittes entfernt. Der Gedanke an den einzigen treuen Freund, der mir noch verblieben war, gab mir die Kraft, die folgenden Tage zu überstehen.

Simon Caseman konnte sich offenbar mit der Niederlage, die er bei unserem letzten Gespräch erlitten hatte, nicht abfinden. Vermutlich kränkte es seine Eitelkeit, daß er, der auf allen Gebieten überaus Erfolgreiche, nicht mit seiner widerspenstigen Stieftochter zu Rande kam. Wieder und wieder unternahm er alle möglichen Anstrengungen, wenn er mich allein antraf, um mich von seinen lauteren Absichten zu überzeugen – mit dem Ergebnis, daß mein Mißtrauen sich ständig vertiefte.

Einmal sagte er: »Hör mal, kleine Tochter, wann wirst du endlich ein fröhliches Gesicht aufsetzen?«

»Wenn ich Vater durch jene Tür da gesund hereintreten sähe.

Und wenn jener Verräter gefaßt ist, der unser Leben zerstört hat.«

»Nun, keiner von uns ist vor Verrätern und Spitzeln sicher, Damascina. Wir leben auf einem Vulkan, der jeden Augenblick ausbrechen und alles verschlingen kann.«

»Ähnliches habe ich schon mal gehört«, sagte ich im Gedenken an ein Gespräch mit Kate. »Aber wie mir scheint, seid Ihr fest entschlossen, Euer unsicheres Glück zu genießen.«

»Lieber hätte ich es mit dir genossen.« Simon trat bei diesen Worten ganz nahe an mich heran, so daß ich angewidert zurückwich.

»Dummes Schäfchen«, flüsterte er. »Du hättest die bewunderte Herrin dieses Hauses sein können.«

»Mäßigt Euch!«

»Eines Tages wirst du bereuen, daß du mich verschmäht hast. Ich werde bald ein sehr reicher Mann sein.«

»Habt Ihr etwa einen Weg zu neuen Reichtümern entdeckt?«

Er hörte nicht auf meine anzügliche Bemerkung und sagte wie zu sich selber: »Das Kloster verfällt, die Äcker liegen brach. Irgendwann müssen die Felder, lauter schweres, fruchtbares Land übrigens, wieder bestellt werden. Niemand will sie haben: Es heißt, sie seien verflucht. Nun, es käm' auf den Versuch an. Und Mauerwerk liegt genug herum, um daraus ein Schloß zu bauen.«

»Das Ihr Schloß Caseman nennen würdet?« spottete ich. »›Caseman's Castle‹ würde weitaus besser klingen als ›Caseman's Court‹.«

»Du bringst einen aber auf Gedanken, Damascina!« Bewundernd sah er mich an. »Schloß Caseman!«

»In Eurem grenzenlosen Ehrgeiz begnügt Ihr Euch nicht lange damit, ein Landgut zu besitzen – nun muß es gar ein Schloß sein.«

»Bisher habe ich meine Pläne verwirklicht«, sagte Simon ernst. »Nicht alle.«

Er sah mich sehr überlegen an, als er antwortete: »Es ist noch nicht aller Tage Abend, mein Mädchen. Du wirst dich noch wundern.«

Obwohl er das leichthin, ohne jeden drohenden Unterton aussprach, erschrak ich bis ins Mark. Ein gräßlicher Verdacht – so ungeheuerlich, daß ich mich innerlich dagegen wehrte – stieg in mir auf: Wenn meine Ahnung mich nicht trog, drohte eine neue Gefahr. Falls Simon tatsächlich an Vaters Tod die Schuld trug, so war er auch zu weiteren Schurkentaten fähig, um sein Ziel zu erreichen. Und dieses Ziel war ich! War es denn so abwegig, daß Mutter, als nicht mehr ganz junge Frau, im Kindbett starb wie Keziah? Und wenn es nicht von selbst geschah – wie leicht wäre dem nachzuhelfen, ohne daß der geringste Verdacht den tieftrauernden Gatten traf. Wenn – wenn...

Damit mein langes Schweigen Simon nicht mißtrauisch machte, spöttelte ich auf altgewohnte Weise: »Ihr müßt jemand an hoher Stelle einen großen Dienst erwiesen haben, Simon Caseman, daß unser Besitz Euch zugefallen ist. Zweifellos werdet Ihr ähnliche Wege finden, um Euch die Abtei anzueignen.«

Er lachte auf, aber ich merkte, daß ich ihn auf einen Gedanken gebracht hatte: »Das wäre zu überlegen, Damascina.«

»Ihr seid ein tatkräftiger Mann.«

Er lächelte geschmeichelt. Ich erfand schnell eine Ausrede und machte mich aus dem Staub.

An jenem Abend zog es mich besonders stark zu Vater hin. Ich wartete, bis die Lichter des Hauses erloschen waren und alles in tiefem Schlaf lag. Über die ohnehin stets dunkle Kleidung, die ich seit Vaters Tod trug, schlug ich ein schwarzes Fransentuch gegen die Kälte. Im hellen Mondschein warfen die Bäume tiefe Schatten, in denen ich mich zur Efeupforte in der Mauer schlich. Drüben, im verwilderten Gras des Klostergartens, hielt ich einen Augenblick inne. Ein Käuzchen schrie im offenen Gebälk. Wann würde Simon Caseman das jahrhundertealte Gemäuer niederreißen und sich aus den Steinen die Burg seiner Hoffart bauen? Denn daß er dazu entschlossen war, daran hegte ich keinen Zweifel.

Ich setzte meinen Weg fort zur Begräbnisstätte, wo inmitten der Grabsteine die alte Weide stand. Der Rosmarin trug zarte Blattknospen; ich brach einen Zweig ab und heftete ihn an die Brust.

»Nicht daß es des Rosmarins bedürfte, mich deiner zu erinnern, Vater«, flüsterte ich. »Schenke mir Mut, um ohne dich leben zu können. Rate mir, was ich tun muß, um weiteres Unheil abzuwenden...«

Ich fühlte seinen Geist so nahe, daß ich mich nicht gewundert hätte, wenn er zwischen den Steinen auf mich zugeschritten wäre. Den Kopf an die Weide gelehnt, kauerte ich lange Zeit im kalten Gras. War ich noch bei klarem Verstand, oder war mein Mißtrauen nicht schon krankhaft? Ich hatte nicht den geringsten Beweis dafür, daß Simon Caseman Vater angezeigt hatte – und doch traute ich ihm eine neue Missetat zu. Mein neuer Argwohn gründete sich lediglich auf Ahnungen und Gefühle. Aber ein anderes Gefühl verriet mir, daß ich mich nicht täuschte: der Instinkt des gehetzten Wildes. Wenn ich Rupert heiratete und damit für Simon unerreichbar wurde, hatte Mutter nichts zu befürchten. Ich mußte sofort alle Welt wissen lassen, daß ich dies zu tun gedachte.

Sofort? Einige Monate hatte ich wohl noch Zeit.

Aus der Ferne winkte als dunkler Schatten das Gebüsch, nun eine verfilzte Wildnis, in dem wir als Kinder so oft gesessen hatten: Bruno, Kate und ich.

Was mochte aus Bruno geworden sein? Seit nahezu zwei Jahren war er spurlos verschwunden. Lebte er noch? Hatte Keziah die Wahrheit gesagt, damals, als Rolf Weaver sie auf dem Bett fesselte und ihr mit der Verstümmelung drohte? Hatte Ambrosius aus Angst vor der Folter ebenfalls gelogen? Fragen über Fragen! Wie viele Menschen gestanden unter der Folter der Daumenschraube oder der Eisernen Jungfrau, auf dem Streckbett oder bei der Wassertortur Verbrechen, die sie nicht begangen hatten, wohl auch niemals hätten begehen können. Was galt die Wahrheit in unserer blutrünstigen Epoche!

Nur hier – über diesem stillen Garten – schwebte der Friede, den ich suchte. Getröstet erhob ich mich, von Vaters Schutzgeist behütet.

Als ich am Rand des kleinen Friedhofs angelangt war, bemerkte ich plötzlich, daß sich drüben etwas regte. Ich duckte mich hinter einen Grabstein und lugte mit angehaltenem Atem hervor. Eine Gestalt in einer Mönchskutte tauchte unter den Bäumen auf und spähte um sich.

Hatte ich noch vor wenigen Jahren vor Angst gezittert, wenn Kate mir vor dem Einschlafen Gruselgeschichten erzählte, so verspürte ich jetzt keinerlei Furcht, im Gegenteil. Neugierig beobachtete ich aus meinem Versteck, was sich dort drüben zutrug.

Die Gestalt trat einige Schritte aus dem Schatten der Bäume vor, blickte nochmals um sich und huschte dann über den offenen Vorplatz zur Kirchenmauer. Ich war nahe genug, um genau zu erkennen, daß sie sich keineswegs in nichts auflöste, sondern vielmehr einen Schlüssel aus der Tasche zog, eine kleine Tür aufsperrte und hinter sich schloß. Brauchten Gespenster Schlüssel, um durch Türen zu gehen?

Kloster und Vorplatz lagen still im bläulichen Mondlicht, als wäre nichts geschehen. Das Käuzchen ließ noch einmal einen schläfrigen Ruf hören. Die Neugierde trieb mich zur Klostermauer, dem Mönch hinterher. Sorgsam jeden Schatten ausnutzend, schlich ich zu jener Pforte, die sich auf meinen Druck leicht und geräuschlos auftat. Kalte, abgestandene Luft unterirdischer Gewölbe traf mein Gesicht. Nun erst erfaßte mich Panik, als reiche die schützende Macht, die mich bisher begleitet hatte, nicht über diese Schwelle. Ich zog die Tür sachte zu und lief, wie von Furien gehetzt, über die Wiese zum Efeupförtlein, schlüpfte hindurch und preßte mich zitternd an die Mauer. Langsam wich die Furcht von mir. Ich wartete ein wenig, bis das Pochen meines Herzschlags nachließ, und kehrte dann leise ins Haus zurück.

Mutters Leib wurde sichtlich unförmiger. Nach ihrer Anweisung holte man die kleine Wiege, in der einstmals ich gelegen hatte, vom Speicher und säuberte sie von Staub und Spinnweben. Sie legte die kleinen Kissen und Laken hinein, die fast zwei Jahrzehnte in einem Wandschrank überdauert hatten. Nachdem sie fertig war, stupste sie das kleine Möbel sacht mit den Füßen an, als läge ihr Baby bereits darin.

Die Tage vergingen ohne besondere Ereignisse.

Kate sandte gelegentlich ein paar Zeilen, wenn ein Bote in unsere Gegend kam. Den angekündigten Besuch hatte ich mit Hinweis auf Mutters Zustand verschoben. Meine kurzen Episteln bestanden ebenfalls nur aus Grüßen und guten Wünschen, die jedermann getrost lesen konnte. Von dem, was mir das Herz bewegte, durfte ich keine Silbe zu Papier bringen. Woche um Woche schob ich meinen Entschluß hinaus, Rupert mitzuteilen, daß ich ihn zum Gatten wollte. Ich rechnete mir aus, daß in den nächsten vier Wochen die Entscheidung fallen mußte – denn mein Argwohn Simon gegenüber ließ nicht nach.

Am Hofe herrschten Einigkeit und Frieden, wie die vom Markt heimkehrenden Mägde berichteten. Fernes Gewittergrollen am politischen Horizont kündigte nur das Schicksal der unglücklichen Gräfin Salisbury an, die Heinrich auf den bloßen Verdacht hin, den nordischen Rebellen ihre Unterstützung gewährt zu haben, ohne Prozeß hinrichten ließ. Wie sich die Leute zuflüsterten, hatte Königin Kathrin der siebzigjährigen Gräfin, die sehr unter der Kälte ihrer Gefängniszelle litt, warme Decken und Kleider bringen lassen.

Eines Tages lief eine aufgeregte Magd von der Anlegestelle ins Haus zu Mutter mit der Nachricht, sie habe soeben von einem vorbeifahrenden Fischer gehört, das Kloster hätte einen neuen Eigentümer. Wie er hieß, wüßte allerdings niemand zu sagen.

Nie vergesse ich Simon Casemans Gesicht, als Mutter die Neuigkeit bei Tisch erwähnte. Er wurde dunkelrot und zitterte.

»Das ist gelogen!« schrie er.

»Vielleicht hast du recht«, sagte Mutter besänftigend.

»Woher stammt diese Nachricht?«

Mutter erzählte ihm, was sie gehört hatte.

»Dienstbotengeschwätz«, brummte Simon verächtlich. Aber aus seinen Zügen ersah ich, wie Enttäuschung und Unglaube in ihm kämpften.

Der Herr der Abtei

Das Karussell der Jahreszeiten drehte sich; wieder war heißes Juniwetter. Die Bienen trugen Honig aus dem Klee, die Kornrade säumte purpurfarben die Getreidefelder, und am Flußufer blühten verschwenderisch die Taubnesseln. Die Heumahd stand bevor. Oft beklagte sich Simon Caseman über die störrischen Landarbeiter, die ihm nichts recht machen konnten. Rupert, obwohl wesentlich jünger, hatte derlei Probleme nie gehabt. Nur selten hatte er seine Stimme erhoben, und trotzdem – oder vielleicht gerade deshalb – waren ihm die Leute aufs Wort gefolgt. Wie fröhlich waren doch früher unsere Heuernten, als unsere größte Sorge darin bestand, das gute Wetter möge lange genug anhalten, damit sämtliche Fuhren trocken in die Scheune gelangten. Damals schenkten die Eltern noch eigenhändig den verschwitzten Arbeitern das dünne Bier aus, das den Durst so gut löschte, damals durften Kate und ich auf dem schwankenden, mit duftendem Heu hochbeladenen Wagen nach Hause mitfahren.

Noch immer verschob ich die Reise zu Kate von einer Woche zur anderen, denn vorher mußte ich meinen Entschluß, Rupert zu heiraten, der Familie kundgetan haben. Lange durfte ich nicht mehr warten: Mutters Gestalt war die Uhr, nach der ich mich zu richten hatte... Eine Uhr, von der ich mich manchmal fragte, ob sie nicht vorging, so schwerfällig war Mutter in letzter Zeit geworden. Aber wie sie mir versicherte, waren es noch zwei Monate bis zu ihrer Stunde.

Längst hatte ich den mir selbst gesetzten Termin überschritten. Als ich eines Abends wieder mit düsteren Gedanken im offenen Fenster saß, klopfte es an der Tür, und eines der Hausmädchen kam herein: »Ich habe eine Botschaft für Euch, Miß.«

»Ja, Jeanie?«

»Ein Herr steht unten. Er möchte Euch sprechen.«

»Ein Herr? Wer ist es?«

»Seinen Namen hat er nicht gesagt, Miß. Er ist sehr jung. Ich soll Euch bloß ausrichten, er werde an der Efeupforte auf Euch warten.« Das Mädchen war erst seit ein paar Monaten im Hause. Ein wenig verschmitzt blinzelte es mir zu. »Soll niemand anderes wissen.«

Kaum konnte ich meine Aufregung vor ihr verbergen. Wer außer Bruno kannte die Efeupforte?

So ruhig ich konnte, sagte ich: »Danke, Jeanie. Wir werden sehen.«

Als das Mädchen gegangen war, stürzte ich zum Schrank, zog ein helles Kleid an und ordnete mein Haar zu einer Frisur, die mir gut stand. Bei Anbruch der Dämmerung lief ich in den Garten.

An der Pforte stand Bruno; seine Augen strahlten mich an wie noch nie zuvor im Leben. Er griff nach meiner Hand und küßte sie – eine Geste, die ich ebenfalls an ihm nicht kannte. Er war kräftiger, männlicher geworden, und, wenn möglich, noch schöner. Was mochte bloß geschehen sein, das all diese Veränderungen bei ihm bewirkt hatte?

»Du bist wieder hier?«

»Freust du dich?«

»Das brauche ich wohl nicht besonders zu bestätigen. Du weißt es ohnehin.«

»Ja, Damascina, ich weiß es. Du hast dich verändert. Geht es dir gut?«

»Ja«, sagte ich schlicht die Wahrheit. Mir ging es gut, denn Bruno war zurückgekehrt.

»Wo warst du? Was hast du solange getrieben – warum bist du ohne Abschied von uns gegangen?«

»Es gab keine andere Möglichkeit«, antwortete Bruno ernst.

»Als uns ohne ein einziges Wort zu verlassen?«

»Allerdings. Ich höre, du hast deinen Vater verloren.«

»Es war eine schreckliche Zeit, Bruno.«

»Jetzt bin ich ja da. Ich werde dich deinen Kummer vergessen machen, Damascina.»

Er hielt noch immer meine Hand fest. Nun zog er mich in den Klostergarten, schloß die Pforte hinter uns zu und blieb dann mit einem sonderbaren Lächeln stehen. Mich durchzuckte ein Gedanke.

»Bruno, die Abtei hat einen Eigentümer. Wir dringen unbefugt auf fremden Grund und Boden ein.«

»Früher bist du unbedenklich eingedrungen.«

»Ja damals – als Kind.«

»Keine Sorge, solange ich bei dir bin. Die Mönche glaubten dereinst, ich würde einmal hier Abt werden.«

»Nichts von unseren früheren Träumen ist wahr geworden.«

»Vielleicht war alles nur eine Art Prüfung für uns?«

»Meinst du? Oh, es ist so viel Entsetzliches seither geschehen. All unsere Habe ist in den Besitz Simon Casemans übergegangen.«

Sanft strich Bruno über meine Wange. »Ich weiß, Dammy. Ich weiß alles.«

»Auch, wem das Kloster jetzt gehört?«

»Ja«, erwiderte er. »Auch das ist mir bekannt.«

»Irgendeinem Höfling vermutlich. Immer noch besser, als wenn die ehrwürdigen alten Gebäude vollends verfallen.«

»So mag es wohl sein.«

»Wohin gehen wir?«

»Ins Kloster. Komm mit, ich führe dich, wie damals vor Jahren. Erinnerst du dich noch?«

»Es soll dort spuken. Die Leute munkeln, einer der Mönche fände keine Ruhe im Grab. Sie haben recht! Ich habe den Geist selber gesehen.«

»Du, Dammy?«

Vor Bruno konnte ich nichts geheimhalten. Ich erzählte ihm vom kleinen Grab an der alten Weide, wo wir mit Rupert Vaters Haupt bestattet hatten.

»Rupert und du – seid ihr verlobt?« fragte Bruno hastig.

»Bisher noch nicht. Aber es wird nicht mehr lange dauern.«

»Du liebst Rupert nicht.«

»O doch, ich habe ihn sehr gern...«

»Warum zögerst du? Liebst du ihn als deinen Ehegatten?«

»Wir brauchen einander. Er lebt allein auf seinem Gut, und für mich gibt es keinen anderen Ausweg, um von hier fortzukommen«, gestand ich bedrückt. Von einer anderen Lösung, die ich mir brennend heiß wünschte, konnte ich nicht reden.

»Nun, fürchtest du dich, mich ins Kloster zu begleiten?« fragte Bruno. »Du warst doch schon einmal in der Kapelle.«

»Aber ich hatte grauenhafte Angst.«

»Weil du als Mädchen das Männerkloster nicht betreten und die Madonna in der geheimen Kapelle nicht sehen durftest. Die Mönche sind fort, und die Kapelle ist leer.« Er faßte mich am Arm. »Glaubst du, an meiner Seite könnte dir Böses zustoßen? Noch wohnt der Besitzer nicht in der Abtei.«

Mittlerweile war es völlig dunkel geworden. Langsam näherten wir uns den grauen Klostermauern. Plötzlich hielt Bruno inne und stellte sich ganz dicht neben mich. Im Licht des aufkommenden Mondes sah ich sein ebenmäßiges, ernstes Gesicht.

»Damascina, glaubst du noch an jene Lügenmärchen?« fragte er feierlich.

»Nein – ich weiß nicht...« stammelte ich unsicher. Von weitem hörte ich Keziahs Stimme: »Er drohte mir, und ich verriet, was nie eine Menschenseele hätte erfahren dürfen... Der Mönch war der Vater meines Knaben...«

»Du mußt mir glauben, Damascina! Mir allein mußt du vertrauen. Es ist sehr wichtig. Mit der peinsamen Folter wurde schon manches Geständnis erpreßt, das von vorn bis hinten erlogen war. Ich sage dir, ich bin nicht wie andere Menschen dieser Erde. Eine innere Stimme mahnt mich ständig, meine heilige Sendung zu erfüllen. Wenn du bei mir bleiben willst, mußt du an das Wunder meiner Herkunft glauben: Du mußt jedes meiner Worte glauben – du mußt!«

Seine eindringlichen Worte klangen so seltsam beschwörend, und im rötlichen Licht des aufgehenden Mondes sah Bruno so schön und überirdisch aus, daß ich, überwältigt von Liebe und Glück, nicht anders konnte als zu flüstern: »Ja, Bruno, ich glaube dir.«

»Du fürchtest dich nicht, mit mir in das Kloster zu kommen?«

»Mit dir nicht.« Unterdessen waren wie bei der Tür angelangt, hinter der ich damals die Mönchsgestalt hatte verschwinden sehen. Als Bruno öffnete, schlug mir jene modrig-kalte Stille von neulich entgegen. Die Kälte drang durch mein leichtes Kleid, durch meine dünnen Schuhsohlen, so daß ich erschauerte.

Bruno, der mich beobachtet hatte, wiederholte: »Wenn ich bei dir bin, hast du nichts zu befürchten.«

Obwohl ich nichts lieber getan hätte, als ihm rückhaltlos zu vertrauen, gingen Keziahs Worte mir nicht aus dem Sinn. Hier stand er neben mir – Bruno, nach dem ich mich lange Monate hindurch verzehrt hatte. Wenn er mich zu dieser Nachtzeit in die Abtei führen wollte, hatte er mir sicherlich Gewichtiges zu zeigen oder zu sagen. Ich blickte zu ihm auf und nickte.

Bruno bückte sich nach einer Laterne, die in einer Ecke stand, und erklärte, wir gingen nun zuerst in die Gemächer des Abtes. Wir durchschritten einen langen Korridor und stiegen dann eine breite Treppe hinauf. Bei jeder Ecke, jedem Mauervorsprung war ich darauf gefaßt, daß plötzlich die Gestalt des spukenden Mönches auftauchte. Aber nichts dergleichen geschah. Wir gelangten in eine große Halle, deren mächtige Eichentür zum Hof hin fest verriegelt war. Bruno hob die Laterne an und zeigte mir die wunderschön gewölbte Decke. Danach führte er mich durch einige Zimmer, die entweder unter der Plünderung kaum gelitten hatten oder bereits wiederhergestellt waren. Vermutlich würde der neue Besitzer in diese schönen Räume einziehen. Aus der Wohnung des Abtes begaben wir uns zum Refektorium hinüber, einem geräumigen Saal mit steinernen Strebepfeilern und großen, aber sehr hoch in der Wand eingesetzten Fenstern. Hier, unter diesen Eichenbalken, hatten zweihundert Jahre lang Mönche ihr karges Mahl eingenommen. Ich schwieg in Gedanken an die vertriebenen Bewohner. Bruno zeigte mir auch die Schlafzellen oberhalb des Speisesaales, das Backhaus, wo Bruder Clemens ihm als Knaben Kuchen geschenkt und die Schreibstube, in der Valerian ihn Lesen und Schreiben gelehrt hatte. Ich fragte Bruno, ob er tatsächlich heiße Fladen vom Ofen stibitzt hatte.

»Daran kann ich mich nicht mehr erinnern«, meinte er lachend. »Aber die Mönche haben es mir oft genug vorgehalten.«

Ich sah das Sprechzimmer und den Kapitelsaal, die Wirtschaftsgebäude, die Wohnstätten der Laienbrüder, die sich abseits von den Gebäuden der geweihten Mönche befanden, und zuletzt die riesige Küche – alles beim flackernden Licht der Laterne und im nun schon milchweißen Mondschein.

»Das hier ist eine Welt für sich«, bemerkte Bruno leise. »Eine zerschlagene Welt, die nun wieder zu neuem Leben erwachen wird.«

»Was soll ein Mann oder auch eine Familie mit so viel Platz anfangen?« überlegte ich nüchtern. »Allein schon der Wohntrakt des Abtes ist größer als mancher Herrensitz – von den übrigen Bauten ganz zu schweigen.«

»Dabei hast du bei weitem nicht alles gesehen. Hier lang geht es zur Kirche. Man kann sie von außen her, aber auch über den Kreuzgang betreten. Unter der Kirche liegt übrigens eine Krypta mit einem Labyrinth von unterirdischen Gängen und Zellen. Wie mir die Brüder oft erzählten, sei es gefährlich, sich dort hinabzubegeben: Manche sind schon eingestürzt, andere stehen kurz davor. Ein Glück, daß das Kirchenschiff auf so festen Fundamenten ruht.«

Zuletzt gingen wir in die Kirche hinein. Obwohl des wertvollen Gold- und Silberschmucks beraubt, hatte das Gebäude selbst keinen Schaden genommen. Die schlanken Pfeiler trugen ein kunstvolles Netzgewölbe, die farbigen Glasfenster, die die Stationen des Kreuzweges darstellten, waren unversehrt. Wo der Mond durch die blauen, roten und gelben Scheiben fiel, leuchtete ein Gemisch unwirklicher Farbklänge auf und erzeugte eine traumhafte Szene. Bruno zog einen schweren Vorhang zur Seite, und ich erkannte die Kapelle der Madonna, die wir damals durch eine Seitentür betreten hatten. Der Platz der Statue war leer.

»Hier stand früher die Krippe«, sagte Bruno bewegt, »in der mich der Abt gefunden hat. Ich habe dich hierher gebracht, Damascina, weil ich dir etwas sagen will und es dir nur hier – an diesem heiligen Orte – sagen kann. Ich habe dich unter den Mädchen erwählt, mein Leben mit mir zu teilen.«

»Was sagst du da, Bruno?« rief ich zitternd.

»Ich frage dich, ob du mich heiraten willst.«

»Du liebst mich? Ist das wahr?«

»Ich liebe dich, wie du mich immer geliebt hast.« Bruno hatte meine Hände ergriffen. Aug' in Auge standen wir uns gegenüber.

»Das habe ich nicht gewußt. Ich hätte nie zu träumen gewagt, daß auch du mich lieben könntest.«

»Überlege es dir gut, Damascina. Wie, wenn ich dir nur ein Leben in Armut bieten kann?«

»Glaubst du, das würde mich abhalten?«

»Du kennst die Armut nicht. Gewiß, du hast dein Vermögen verloren, aber Rupert könnte dir eine halbwegs standesgemäße Existenz bieten. Schau mich dagegen an. Wenn du den Märchen Keziahs glaubst, bin ich ein Bastard, dir an Herkunft weit unterlegen. Mit so einem wolltest du dein Leben teilen?« – »Ich glaube dir, Bruno.«

»Könntest du in einer windschiefen Kate glücklich werden? Kannst du Winterkälte und Sommerhitze ohne Murren ertragen? Und vor allem: Kannst du arbeiten, Damascina, dir dein Brot mit den Händen verdienen? Ohne ein Dach überm Kopf mit mir über Land wandern?«

»Ja, ja! All das kann ich ertragen, wenn ich nur den Mann an meiner Seite weiß, dem meine Liebe gehört.«

»Du liebst mich also und würdest mir folgen – einerlei wie hart das Leben ist, das ich dir bieten kann?«

»Ich folge dir«, sagte ich fest.

Da endlich nahm er mich in die Arme. Seine warmen Lippen preßten sich leidenschaftlich auf meinen Mund. Die Welt um mich herum versank für ein paar Augenblicke.

»Du willst mich lieben, mir gehorchen und mir Kinder gebären?« fragte Bruno eindringlich, als unsere Lippen sich voneinander gelöst hatten.

»Ja, und tausendmal ja«, antwortete ich, vor Glück schluchzend. – »Hast du denn nicht stets gefühlt, daß wir beide zueinander gehören?«

»Ich ahnte nicht, daß du mich lieben könntest.«

»Du dachtest, es wäre Kate?« fragte Bruno lächelnd. »Dumme, kleine Dammy!«

»Kate ist viel schöner als ich. Sie ist so schillernd, so...«

»Halt!« Sein Kuß erstickte meine Worte. »Ich habe dich gewählt. Weißt du es denn noch immer nicht?« Ich spürte seine Lippen auf meiner Stirn, auf den Augen, den Wangen, auf meinem Mund.

»Sag mir, daß ich wach bin, daß ich dies alles nicht träume«, bat ich, als ich wieder Atem holen konnte.

»Ein glücklicher Traum, Dammy?«

»Ein glücklicher, seliger, wunderbarer Traum!«

»Dann werden wir hier, in dieser Kapelle, unser Bündnis schließen. Damascina, willst du mir zuliebe auf irdische Güter verzichten?«

»Mit größten Freuden«, erwiderte ich ebenso feierlich. »Weil du arm bist, kann ich dir zeigen, daß ich dich nur um deiner selbst willen liebe.« Wieder riß er mich heftig an sich.

»Wie sehr du mich glücklich machst, kleine Damascina, wie sehr ich dich für diese Worte liebe. Hier, vor diesem Altar, wollen wir unser Gelübde ablegen. Schwöre mir, daß du mich liebst und mir folgen willst, und ich schwöre dir, daß mein Leben dir gehört.«

»Ich schwöre es«, sagte ich. Bruno wiederholte meine Worte.

Eng umschlungen verließen wir die Kapelle und kehrten durch die modrigen Korridore in die warme Sommernacht zurück. Auf der Lichtung, wo wir als Kinder so oft gespielt hatten, hielt Bruno an.

»Heute ist unsere Hochzeitsnacht«, flüsterte er.

»Aber wir sind ja noch nicht getraut.«

»Wir haben den heiligen Eid geschworen.«

»Bruno«, sagte ich bestürzt. »Ich liebe dich mehr als jeden anderen Menschen, ich habe dich immer geliebt, gerade weil du so anders bist. Aber laß mich deine Frau werden auf die Weise, wie es Sitte ist. Auch vor der Welt müssen wir ein Ehepaar werden.«

»Gewiß, das kommt alles später. Von heute nacht an gehörst du mir. Du liebst mich und vertraust mir, so hast du gesagt. Du willst mir folgen. Entscheide dich, Damascina – noch ist es nicht zu spät.«

»Aber ich will ja alles für dich tun, für dich arbeiten...«

»Und mir vertrauen?«

»Ich tue alles, was du willst. Nur jetzt...«

»Ich verlange vor dir nicht mehr und nicht weniger, als daß du mir dein volles Vertrauen schenkst, indem du dich mir mit Leib und Seele überläßt. Mit Leib und Seele – verstehst du, Damascina?«

Oh, ich verstand sehr gut und wich deshalb etwas zurück. Ich war Jungfrau und dazu erzogen, diesen Stand erst mit der Eheschließung aufzugeben. Aber sagte Bruno nicht soeben, mit unserem Eid hätten wir die Ehe bereits geschlossen? Bruno war nicht wie gewöhnliche Männer.

»Du denkst wohl, ich werde dich verführen und dann sitzenlassen?« Bruno lachte mit vor Anstrengung heiserer Stimme. Es mußte ihm ungeheuer wichtig sein, daß ich ihm zu Willen war. »Du zweifelst an mir?«

»Nein.«

»O doch. Du zögerst, weist mich zurück. Du gehorchst den kleinen Regeln der Alltagswelt, nicht den mächtigen Gesetzen unserer Liebe. Vielleicht sind wir nicht füreinander bestimmt. Sollen wir Abschied nehmen, Damascina?«

Ich schüttelte nur den Kopf; sprechen konnte ich nicht. Da nahm Bruno mich in die Arme und küßte mich mit einer Leidenschaft, die mich in unbekannte Gefilde entführte.

»Bruno, ich weiß nicht viel von der Liebe, von dieser Art Liebe. Laß mir Zeit!«

»Liebe hat viele Facetten, wie der Diamant in der Krone der Madonna. Erinnerst du dich, Dammy? Er funkelte gelb, blau und rubinfarben, und doch war es immer derselbe kristallklare Diamant.«

Während Bruno das sagte, glitten seine Hände sanft über meinen Körper hinweg, der auf die Liebkosung mit einem mir bis dahin unbekannten Gefühl antwortete. War das die Liebe, von der Keziah gesprochen hatte? Brunos Hände erweckten in mir dasselbe heiße Verlangen, das ich bei ihm verspürte, einen Durst, den wir nur aneinander stillen konnten. Ich war in den göttlichen Strom des Lebens getaucht und unterwarf mich seinen Gesetzen, auch um den Preis meiner Keuschheit, die meinem Gatten vorbehalten bleiben sollte. Aber war Bruno nicht mein Gatte?

Er wußte, daß er gesiegt hatte.

»Meine kleine Damascina«, hörte ich ihn flüstern, während sein

Leib sich eng an den meinen drängte. »Ja, du bist meine Gefährtin. Du liebst mich so sehr, daß du mir alles schenken willst – auch dich selber?«

»Ja, Bruno«, hauchte ich.

Im weichen Bett des Wiesengrases wurden wir ein Paar.

So wie in dieser unserer Hochzeitsnacht würde es nie wieder sein – das wußte ich; und auch in den Augenblicken höchster Lust blieb mir bewußt, daß ich an einer ewigen, seit den Urzeiten der Menschheit heiligen Zeremonie teilgenommen hatte.

Als ich verwirrt, mit aufgelöstem, taunassem Haar zum Haus zurückschlich, dämmerte bereits der Morgen. Bruno winkte mir von der Pforte aus nach, bis ich am Eingang angelangt war. Dann erst wandte er sich dem Fluß zu.

In der Halle blieb ich eine Weile an die Wand gelehnt stehen.

Was für ein herrliches Abenteuer doch das Leben sein konnte. Ich hatte einen Gipfel des Glückes erreicht, von dem aus ich weder vorwärts noch rückwärts schauen wollte. Es genügte mir, daß ich dort oben saß, und ich rief mir jede Minute unseres wundersamen Beisammenseins, unsere Flüsterworte und Küsse, unser Sehnen und unsere Erfüllung ins Gedächtnis zurück.

Bruno war wie ein junger heidnischer Gott; kein anderer kam ihm gleich. Und dieser einzigartige Mann liebte mich – er gehörte mir, wie ich die seine geworden war.

Auf dem Treppenabsatz tauchte eine Gestalt auf: ich blickte in die kalten Raubtieraugen Simon Casemans.

»Aha«, sagte er beherrscht, aber mit jedem Worte Gift versprühend, »die junge Dame ist nachts unterwegs wie eine gewöhnliche Hure.«

Er trat vor, als ich an ihm vorbei die Treppe hinauflaufen wollte, und streckte die Hand aus. Schon erwartete ich eine saftige Ohrfeige, aber er pflückte lediglich ein paar Halme aus meinem Haar.

»Sieh mal an. Du hättest dir auch ein bequemeres Bett wählen können«, setzte er zynisch hinzu. Wieder versuchte ich, an ihm vorbeizugelangen, aber er streckte den Arm aus.

»Halt. Immerhin bin ich dein Stiefvater und damit dein gesetzlicher Vormund. Ich wünsche, daß du mir eine Erklärung für dein schamloses Betragen gibst.«

»Und wenn ich mich weigere?«

»Glaubst du, ich lasse das durchgehen? Zum Narren kannst du mich nicht halten. Ich weiß genau, was passiert ist.«

»Dann ist es ja gut.«

Simons Augen verengten sich. »Und ich darf dann für den Unterhalt deiner Bälger aufkommen, was?«

Ein plötzlicher Wutanfall ließ mich die Hand erheben, aber er kam mir zuvor und hielt meinen Arm fest.

»Untersteh dich, du Schlampe, du liederliches Frauenzimmer«, sagte er laut.

»Wenn Ihr weiter so schreit, werdet Ihr das ganze Haus aufwekken.«

»Sollen sie ruhig wissen, was für ein Flittchen die keusche Damascina ist. Geht mit jedem Mann ins Bett, der nur mit dem Finger winkt...«

»Ihr zumindest habt vergeblich gewunken, mein Herr.«

»Na warte, ich werde dich lehren...« Ich sah die Begierde in seinen Augen aufglimmen und bekam Angst. »Wenn Ihr mich nicht sofort loslaßt, schreie ich das Haus zusammen und sage, Ihr wolltet mich vergewaltigen. Mal sehen, wem von uns beiden man mehr glaubt.«

»Du Bestie«, zischte er, aber doch erheblich leiser. »Dir wäre das zuzutrauen.« Ich sah, daß meine Drohung ihren Zweck erfüllte, denn er ließ von mir ab. Sofort sprang ich ein paar Stufen hinauf, so daß ich nun höher stand als Simon Caseman.

»Und dabei erfülle ich nur meine Pflicht.« Er starrte mich gehässig an.

»So wie Ihr meinem Vater gegenüber Eure Pflicht erfüllt habt?«

»Undankbares Geschöpf! Wenn ich dir nicht gestattet hätte, unter meinem Dach zu wohnen, wärst du jetzt in der Gosse. Wenn ich nicht gewesen wäre...«

»...lebte Vater heute noch«, fiel ich ihm ins Wort.

Simon prallte zurück. Ich dachte: Es ist wahr, meine Ahnung hat mich nicht getäuscht! Simon war es also, der Vater angezeigt hat. Und so wütend ist er nur, weil jetzt nach der Abtei auch ich ihm verlorengehe. Er setzte zu einer Antwort an, überlegte es sich dann aber und schloß wieder den Mund. Sekundenlang sahen wir einander in die Augen. Ich wußte, daß er den Verdacht gegen ihn aus meinem Blick las, während sich in seinen Augen Begierde und Wut mischten.

»Ich habe stets versucht, dir ein guter Vater zu sein«, sagte er schließlich matt, als gäbe er den Kampf auf. »Denke daran, was aus dir und deiner Mutter geworden wäre, wenn ich nicht eingegriffen hätte.«

»Der größte Segen für uns alle wäre es gewesen, wenn Ihr nie den Fuß über unsere Schwelle gesetzt hättet!«

»Deine Unverschämtheit ist bodenlos.« Der Schock, den ich ihm verpaßt hatte, ließ allmählich nach.

»Ein Jammer, daß ich erleben muß, wie das reine Mädchen, das ich verehrt habe, es mit Männern im Grase treibt.«

Diesmal hatte er nicht aufgepaßt. Mein Schlag traf ihn an der Schläfe. Er wankte, taumelte einige Stufen hinab, sich am Geländer festhaltend, und schlug dann der Länge nach auf dem Boden hin. Was mich dermaßen gegen ihn aufbrachte, waren weniger die Beleidigungen als vielmehr die Gewißheit, daß er an Vaters Tod schuld war. Hätte sich ein geeigneter Gegenstand in meiner Nähe befunden, ich hätte ihn bedenkenlos erschlagen wie einen tollen Hund. Sein Stöhnen brachte mich wieder zur Besinnung, und ich floh die Treppe hinauf in mein Zimmer, wo ich die Tür fest hinter mir verriegelte.

Welch eine Nacht!

Erschöpft ließ ich mich in einen Sessel fallen und sah der aufgehenden Sonne zu. Im Geist erlebte ich nochmals die verflossenen Stunden – die Vereinigung mit dem Geliebten und die Auseinandersetzung mit dem mir so verhaßten Manne. Eines hatten beide gemein: Sie waren maßlos ehrgeizig.

Ein neuer Tag begann. Innerlich gespannt wartete ich darauf, was er mir bringen würde.

Als Mutter eintrat, hatte ich mich schon gewaschen und umgezogen.

»Dein Stiefvater hat seinen Knöchel verstaucht«, berichtete sie wichtigtuerisch. »Er ist nachts auf der Treppe ausgerutscht.«

»Ach nein?«

»Er will in seinem Zimmer bleiben. Ich habe ihm angeraten, das Bein hochzulegen.«

Ich hegte keinen Zweifel an ihren wohlgemeinten Ratschlägen, glaubte aber den wahren Grund von Simons Zurückgezogenheit besser zu kennen: Er wollte mir nicht begegnen.

»Ich habe ihm abwechselnd kalte und heiße Umschläge verordnet«, fuhr Mutter fort. »Wie gut, daß ich den Kamillensud vor Tagen angesetzt habe. Kamille ist gut gegen den Schmerz.«

»Mutter, du tust ja, als hätte der Mann nicht den Fuß verstaucht, sondern die Pest bekommen.«

»Gott bewahre, male den Teufel nicht an die Wand! Im Süden Londons soll sie wieder umgehen.« Mutter bekreuzigte sich.

Wie schon sooft erstaunte mich die Tatsache, daß dieser Mann ihr ein Glück schenkte, wie es mein guter Vater nicht vermocht hatte.

Mit halbgeschlossenen Augen lauschte ich Mutters Geplauder und war sehr erleichtert, als sie endlich ging und ich wieder meinen eigenen Gedanken nachhängen konnte. Immer wieder kostete ich die Erlebnisse der vergangenen Nacht durch.

Später schlief ich ein wenig. Als ich Schritte auf der Treppe hörte, fuhr ich empor. Aber es war nicht die Magd, die einen Besucher meldete, sondern Mutter.

»Die neuen Nachbarn ziehen ein«, verkündete sie aufgeregt. »Vor dem Tor sind mehrere Wagen angekommen. Dein Stiefvater ist sehr übel gelaunt. Er hatte immer gehofft, einmal den Klostergrund für billiges Geld erwerben zu können, wenn erst alles recht verlottert und zerfallen aussah. Deshalb hat er solange gewartet. Und nun ärgert er sich, daß ihm ein andrer zuvorgekommen ist. Na, hoffentlich sind die Leute wenigstens nett. Ob die Dame des Hauses sich wohl für Gärten interessiert? Land genug ist ja da.«

»Fürchtest du dich nicht vor einer Rivalin, Mutter?« scherzte ich. »Wie, wenn ihre Damaszenerrosen reicher blühen als die deinen?« Und wenn sie jenen kleinen Rosmarinstrauch ausjäteten? Aber den kleinen Friedhof würde man wohl kaum antasten.

»Ich lerne gern Neues dazu«, erklärte Mutter. »Ob sie wohl die vielen nutzlosen Gebäude abreißen? Dein Stiefvater wollte die Gebäude bis auf den Grund schleifen und ein völlig neues Haus errichten lassen.«

»Aber jetzt muß er die Pläne aufgeben, und wir dürfen seine Enttäuschung hätscheln, wie du seine Fußverletzung.«

»Du bist immer so gehässig gegen ihn, Dammy. Ich verstehe nicht, was du nur gegen ihn hast.«

Ich wartete den ganzen Tag. So vieles noch war zu fragen, klarzustellen und zu erzählen – aber Bruno kam nicht. Als es dunkel wurde, überfiel mich irrsinnige Angst, er könne wieder verschwunden sein und niemals zurückkehren. Waren seine Versprechen, unsere Eide und unsere Liebesstunde im Gras nicht eine Art Ritual, mit dem er mich zu überzeugen trachtete, daß er kein gewöhnliches Menschenwesen sei? Sogar das Wort Liebe klang anders in Brunos Mund. Er war krankhaft stolz, und daß Keziah, die Dienstmagd, ihn als ihren Sohn ausgab, hatte ihn so tief gedemütigt, daß er sich der Wirklichkeit verschloß und sich in seine Fantasien rettete.

Wie ich auch versuchte, sein Verhalten mit menschlichen Beweggründen zu erklären, stets blieb ein ungelöster Rest.

Die Scham darüber, mich ihm hingegeben zu haben, wechselte jäh ab mit der Genugtuung, daß ich mich über die engstirnigen Sittenvorschriften einfach hinweggesetzt hatte.

Ich blieb im Zimmer, gab vor, krank zu sein und dachte ständig an Bruno, der drei Tage hindurch nichts von sich hören oder sehen ließ.

Stumpfsinnig brütend saß ich da, als mich eines der Mädchen holte mit der Nachricht, Mutter sitze mit einem Besucher im Wintergarten und lasse mich bitten. Endlich...!

Aber auf das, was mich dort erwartete, war ich nicht gefaßt.

Mutter empfing mich an der Tür des Wintergartens; auf ihrem Gesicht spiegelten sich alle Phasen verständnisloser Überraschung.

»Unser neuer Nachbar ist hier. Du wirst nie erraten, wer das ist!«

Aus dem Sessel erhob sich Bruno, um mich zu begrüßen.

Ich glaubte an einen Scherz. Wie konnte Bruno, der mich vor wenigen Nächten gefragt hatte, ob ich ein Leben in Armut mit ihm teilen wolle, der Eigentümer der Abtei sein?

Etwas in diesem Sinne mußte ich gestammelt haben, denn Bruno sah mich lächelnd an.

»Also zweifelst du doch an mir, Damascina?« fragte er. Ich verstand sofort, daß er auf seine übersinnlichen Fähigkeiten anspielte. Wer außer ihm konnte Dinge zuwege bringen, die kein Irdischer vermochte?

Zu meiner Erleichterung besann sich Mutter auf ihre guten Manieren, und dazu gehörte, daß man einem Gast Erfrischungen anbot. Sie ließ Kuchen und Holunderwein auftragen.

Während ich am Glas nippte, erzählte Bruno über seine erfolgreichen Geschäfte in London. Er hatte einflußreiche Freunde gewonnen, war in einer Mission für den König in Frankreich gewesen und hatte seinen Auftrag mit solcher Bravour ausgeführt, daß der König ihm als Dank für sein politisches Geschick einstweilen die Abtei überließ. Sobald das Gut Gewinn abwarf, mußte Bruno im Laufe der Jahre eine erkleckliche Summe nachzahlen. Aber vorerst hatte er freie Hand.

Was aus dem Mund eines jeden anderen wie beispiellose Hochstapelei geklungen hätte, Bruno brachte es so selbstverständlich und souverän vor, daß wir nicht an seinen Worten zweifelten.

Ich beobachtete, wie Mutters Anerkennung für Bruno wuchs.

»Und was hast du… Entschuldigung, was beabsichtigt Ihr mit den ganzen Ländereien anzufangen? Es ist alles sehr verwildert. Und die vielen Gebäude«, sinnierte sie.

»Ich habe so meine Vorstellungen«, antwortete Bruno mit geheimnisvollem Lächeln.

»Werdet Ihr Gärten anlegen?«

»Gewiß, große Gärten aller Art.«

»Und dieses riesige Haus wollt Ihr allein mit Euren Dienern bewohnen?«

»Ich trage mich mit der Absicht, demnächst zu heiraten. Das ist auch einer der Gründe, weshalb ich Euch heute meine Aufwartung mache, Mistreß Caseman.«

Kaum merklich zwinkerte er mir zu. Alle Last fiel wie ein Stein von meinem Herzen.

»Ja?« fragte Mutter verwirrt.

»Ich bin nämlich hergekommen, um die Hand Eurer Tochter Damascina von Euch zu erbitten.«

»Ja aber – das kommt sehr überraschend. Ich muß meinen Mann fragen… Was sagst du denn dazu, Dammy?«

»Laß deinen Mann ruhig in seinem Lehnstuhl sitzen«, antwortete ich übermütig. »Bruno und ich sind uns längst einig.«

»Was, du hast das alles schon gewußt?«

»Alles nicht. Ich wußte nur, daß Bruno über kurz oder lang um mich freien werde, und hatte mich entschlossen, ihm mein Jawort zu geben.«

Ich streckte ihm beide Hände hin. Er ergriff sie und zog mich an sich. Seine Augen leuchteten; offensichtlich erfreute ihn die Wirkung, die er auf uns ausübte. Warum hatte er in jener Nacht verschwiegen, daß die Abtei ihm gehörte? Doch nur deshalb, weil er sichergehen wollte, daß ich ihn nicht seines Vermögens wegen heiratete. Die Art von Stolz kannte ich zu gut, sie entsprang weit eher einer menschlichen Schwäche als göttlichen Eigenschaften. Gerade diese Menschlichkeit rührte mich an; zärtlich blickte ich zu Bruno auf. Mit der Zeit würde ich es ihm schon beibringen, daß ich nicht den Wundertäter, sondern den Menschen Bruno liebte und zum Ehemann begehrte. Seine vermeintlichen überirdischen Fähigkeiten kümmerten mich wenig. Ich wollte mit Bruno leben und leiden, seine Freuden teilen, aber auch ihn trösten, wenn ihm Mißgeschick widerfuhr. Es war noch viel zu sagen, aber wir schwiegen.

Bruno legte den Arm um mich und küßte mich in Gegenwart meiner Mutter auf den Mund.

Simon Casemans Gesicht sprach Bände, als er von meiner bevorstehenden Heirat mit Bruno erfuhr. Daß er gerade diesem Bastard, diesem scheinheiligen Komödianten, das Klostergut, an das er sein Herz gehängt hatte, überlassen mußte, ging ihm wider den Verstand. Daß er ihm auch mich überlassen mußte, darüber schwieg er sich aus.

»Er hintergeht uns alle«, schimpfte Simon. »Ihr werdet sehen, der Kerl ist ein Betrüger, der mit allen Wassern gewaschen ist. Daß ich nicht lache! Wie kann er die Abtei dem König für einen einzigen Dienst abgeschmeichelt haben?«

Ich senkte den Blick. Darüber machte ich mir ebenfalls meine Gedanken.

»Die Leute meinen«, warf Mutter zaghaft ein, »daß für Bruno alles möglich ist. Er verfügt über geheime Kräfte.«

»Ein Betrüger ist er«, tat Simon die Sache ab. Ein Blick tödlichen Hasses traf mich, sooft die Rede auf meine Heirat kam. Nun waren seine dunklen Pläne – falls er solche hegte – unwiderruflich durchkreuzt, und Mutter hatte nichts mehr von ihm zu befürchten.

»Selbst Thomas Wolsey, der weiß Gott ungewöhnlich rasch emporstieg, brauchte Jahrzehnte zu seiner Karriere und nicht bloß wenige Monate, wie der halbgare Knabe da.«

»Bruno ist kein Knabe mehr«, sagte Mutter.

»Mir gefällt die Sache nicht. Da geht etwas nicht mit rechten Dingen zu. Wenn er kein gewöhnlicher Sterblicher ist, dann steckt kein Wunder, sondern Hexerei dahinter!«

Das war echt Simon Caseman: Gelang einem anderen, was er selber nicht zustande gebracht hatte, so steckte Hexerei dahinter.

Wie immer erstaunte es mich, daß die Leute sich nach kürzester Zeit an die wunderbarsten Begebnisse gewöhnen und einfach zum Alltag übergehen. Nach einer Woche hatte jedermann sich mit Brunos Wiederkehr und seinem neuen Rang als Besitzer des Klostergutes abgefunden.

Wie Bruno mir erzählte, hatte er den Namen ›Kingsman‹ angenommen. Bis dahin war mir völlig entgangen, daß er ja keinen Familiennamen besaß. Vermutlich hätte ihm Keziahs Name, also auch der Großmutter Salters, von Rechts wegen zugestanden, was natürlich für ihn nicht in Frage kam.

Auf der Audienz, die ihm der König nach jener erfolgreichen Frankreichreise gewährt hatte, fragte er ihn nach seinem Rang und Namen. Bruno gab zu verstehen, er sei elternlos und habe bis zu diesem Augenblick keines Nachnamens bedurft. Er sei gewöhnt, ›des Königs Mann‹ genannt zu werden (was keinesfalls der Wirklichkeit entsprach). Heinrich zeigte sich über die schlagfertige Antwort so entzückt, daß er selber ihm den Namen Kingsman vorschlug. Bruno nahm die Huld dankend an und erbat sich außerdem die Gunst, die verfallene Abtei als Lehen bewirtschaften zu dürfen. Lachend schenkte ihm der König den, wie er sagte, verwilderten und wertlosen Steinhaufen fürs erste. Sobald er wieder Gewinn abwarf, würde man sich über den Preis schon einigen.

Aufmerksam lauschte ich Brunos Worten.

»Einiges ist mir noch nicht ganz klar«, sagte ich.

»Mit der Zeit wirst du alle Einzelheiten erfahren«, versprach er.

Er konnte kaum erwarten, mich nun auch bei Tageslicht durch seinen, durch unseren Besitz zu führen.

»Du mußt dein neues Heim kennenlernen. Steine gibt es genug, um ein festes Haus nach unseren Wünschen zu bauen.«

»Ist das nicht allzu teuer?«

»Es gilt umzulernen, liebe Dammy. Du darfst mich, und nun auch dich selber, nicht mit denselben Maßstäben wie andere Menschen messen.«

»Du sprichst, als stünden dir unerschöpfliche Reichtümer zur Verfügung.«

»Warte nur ab. Die Geheimnisse werden sich bald vor dir enthüllen.«

»Jetzt sprichst du wie ein Prophet.«

Bruno lachte; der Vergleich schien ihm zu gefallen. »Ich möchte, daß du dir die Kirche ansiehst. Auch den Kirchturm und die Kapelle möchte ich lassen, wie sie sind.«

Ich war von vornherein mit allem einverstanden.

»Gut. Die Häuser der Laienbrüder, die erst kürzlich erbaut worden sind, lasse ich niederreißen. Die Mönchsquartiere können bleiben, vielleicht können sie einmal als Dienstbotenkammern genutzt werden. Vorläufig reichen dazu die Kammern über der Wohnung des Abtes aus. Wir selber ziehen in die ehemaligen Gemächer des Abtes ein. Sie sind am besten ausgestattet und mit wenigen zusätzlichen Möbeln mühelos einzurichten. Später können wir immer noch umbauen. Ja, Dammy, nun bekommst du einen wohlhabenden Mann, wo du doch glaubtest, einen armen zu nehmen.«

»Wozu war das Theater nötig? Wolltest du mich etwa auf die Probe stellen?«

»Ich wollte Gewißheit haben, weshalb du zu mir kommst.«

»Und du, der du alles zu wissen scheinst, wußtest das nicht?«

»Ich schon – ich habe nie an dir gezweifelt. Aber es erschien mir wichtig, daß du selber über deine Gefühle Bescheid weißt.«

»Nun, da bin ich mir sicher.«

»Immer?« fragte Bruno mit anzüglichem Lächeln.

Um das Thema zu wechseln, fragte ich ihn, wie denn sein unerhörter Erfolg zustande gekommen war.

Nach einigem Widerstreben erzählte er mir folgendes:

Als bekannt wurde, daß Rolf Weaver mit seinem Troß sich der Abtei näherte, fand der Abt in letzter Minute Gelegenheit, einige wertvolle Stücke zu verstecken. Bevor er starb, übergab er sie Bruder Valerian, der sie unter die Mönche verteilte. Er nahm ihnen das Versprechen ab, daß sie erst nach Ablauf einer gewissen Frist die Stücke verkauften.

Bruno hatte allen Grund zu der Annahme, daß Bruder Valerian ihm den wertvollsten Teil, nämlich einige Edelsteine, zugeschanzt hatte. Solange er sich in unserem Haus aufhielt, hatte er die Steine an einem nur ihm bekannten Ort versteckt. Erst in London wagte er es, den kleinsten Diamanten zu verkaufen, wobei er ihn als altes Erbstück ausgab. Der Erlös war so groß, daß er Bruno eine Reise nach Frankreich ermöglichte, wo er die übrigen Steine gefahrlos veräußern konnte.

In der Zwischenzeit hatte sich Bruno einem einflußreichen Mann, der häufig bei Hofe verkehrte, angeschlossen, und versah bei ihm die Stelle des Sekretärs. Als Bruno ihn um Urlaub bat, damit er nach Frankreich reisen könne, wurde der Mann nachdenklich und fragte ihn, ob er eine sehr heikle, aber wichtige geheime Mission übernehmen wolle. Er verhehlte nicht, daß der Auftrag mit Lebensgefahr verbunden war. Kurzum, Bruno sollte einem Minister Kaiser Karls, der zu diesem Zeitpunkt gerade in Paris weilte, eine Botschaft übermitteln. Da Bruno in der Politik ein völlig unbekannter Mann war, würde kein Spitzel in ihm den Träger einer Geheimdepesche vermuten.

Bruno hatte den Auftrag mit solchem Geschick durchgeführt und war mit überaus günstigen Bedingungen zurückgekehrt, daß König Heinrich ihm persönlich seinen Dank abstattete. Bei der Audienz kam es zu jener Szene, über die Bruno bereits früher berichtet hatte. Bruno, der nichts dem Zufall überließ, hatte die lange Reise genutzt, um ein Buch über theologische Fragen, welches der König eigenhändig verfaßt hatte, gründlich durchzustudieren. Schlau spielte er während der Audienz mit einem Zitat auf den Inhalt des Buches an, worauf der König ihn hocherfreut in eine längere Diskussion verwickelte.

Da er seinen Juwelenanteil in Paris vorteilhaft veräußert hatte, trat Bruno nun bei Hofe wie ein vermögender Mann aus guter Familie auf, so daß niemand sich wunderte, als er um die Überlassung der Abtei von St. Bruno bat. Eine kleine Summe zahlte er an, den größeren Teil stundete ihm der König für jene Zeiten, in denen das Klostergut wieder Gewinn abwarf.

»Nun weißt du es genau«, beendete Bruno seinen Bericht. »Auf diese Weise wurde ich Besitzer der alten Abtei, die von nun an uns und unseren Kindern eine Heimstätte werden soll.«

Einem anderen als Bruno hätte ich diese immer noch äußerst befremdliche Geschichte kaum geglaubt. Es schien sich eins ins andere zu fügen – und dennoch, wenn man das Ganze betrachtete, blieb alles höchst vage und unwahrscheinlich. Aber vermutlich lag die Schuld bei mir: Das Mißtrauen hatte sich so tief in meinen Charakter eingefressen, daß ich nicht mehr imstande war, einem Menschen mein bedingungsloses Vertrauen zu schenken. Auch dem Manne nicht, den ich mit aller Kraft liebte und begehrte?

Mutter stürzte sich in die letzten Vorbereitungen zur Hochzeitsfeier. Zum Glück übersah sie in ihrem Eifer die mißmutigen Blicke ihres Gatten.

Sie freute sich darüber, daß ich so nahe wohnen blieb, und daß mein Bräutigam sich als vermögend entpuppte, gefiel ihr nicht minder. Wie sie zugab, hatte Mutter sich bereits gesorgt, ob ich wohl auch ohne Mitgift einen standesgemäßen Ehemann fände.

Der Hochzeitskuchen mußte gebacken, das Brautkleid genäht und der Feiertrunk angesetzt werden. Bruno hatte mit Clemens und Eugen abgemacht, daß sie – sozusagen als meine Brautgabe – zu uns in die Abtei kamen. Denn wer kannte sich in der Backstube oder im Brauhaus besser aus als sie?

Ihren ›jungen Herrn‹ lobten die beiden Alten überschwenglich.

»Er hat ein wahres Wunder vollbracht«, sagte Eugen.

»Hast du je etwas anderes von ihm erwartet?« fragte Clemens streng zurück.

Zur Hochzeit hatten wir Kate und Lord Remus nach Caseman's Court eingeladen. Abends nach ihrer Ankunft folgte mir Kate in mein Zimmer, schloß die Tür hinter uns und streckte sich dann auf meinem Bett aus, wie sie ehemals zu tun pflegte. Ich saß wie immer neben dem Fenster.

»Weißt du, Dammy«, begann Kate nach einer Weile, »ich hätte niemals geglaubt, daß ausgerechnet du Bruno heiraten würdest.«

»Was ist daran sonderbar? Du bist zu einer Trauung geladen – wundere dich also nicht, wenn es einen Bräutigam gibt.«

»Und was für einen Bräutigam! Hat er denn so viel Geld, daß er hergeht und mir nichts, dir nichts ein ganzes Kloster aufkauft?«

»Den größten Teil der Kaufsumme hat ihm der König für Jahre gestundet. Das wird uns noch hart ankommen. Aber du kennst ja Bruno: Was er sich in den Kopf gesetzt hat, das kriegt er auch.«

»Nicht immer«, widersprach Kate.

»Nun ja, alle Welt glaubte einst, er würde dem Kloster einmal als Abt vorstehen. Nun ist es sein Eigentum.«

»Wie hat er das nur fertiggebracht?« sinnierte Kate. »Um ein Gut zu erhalten, muß man dem König schon gewaltige Dienste leisten – wer wüßte das besser als ich. Aber was hat Bruno getan?«

»Er hat einen Geheimauftrag in Frankreich ausgeführt.«

»Pah. Was versteht er schon von solchen Geschäften?«

»Anscheinend recht viel. Du kennst ihn eben nicht.«

»Daß ich nicht lache! Vermutlich kenne ich Bruno besser, als du ihn in Jahrzehnten kennenlernen wirst.«

»Als mein angetrauter Ehemann dürfte er mir nicht völlig fremd bleiben.«

»Ach ja, das hatte ich vergessen. Da hast du wieder recht, mein kluges Kind.« Wir lachten.

Obwohl unser Geplänkel seinen scherzhaften Charakter niemals verlor, merkte ich doch, daß meine Heirat Kate in irgendeiner Weise verstimmte.

Anderntags schlug ich vor, wir sollten uns die Orte im Klostergarten ansehen, wo wir als Kinder gespielt hatten. Bruno begleitete uns.

»Nun sind wir alle drei erwachsen«, meinte Kate nachdenklich. »Was alles ist geschehen, seit wir drei hier das letzte Mal spielten.«

»Du bist Lady Remus geworden«, sagte Bruno.

»Und Mutter eines Sohnes«, erwiderte Kate nachdrücklich. »Und du bist der Herr des riesigen Klosters.«

»Was dich immer noch zu erstaunen scheint?«

»Allerdings.«

»Dammy war nicht so überrascht.«

»O doch, Bruno«, protestierte ich. »Ich konnte es zuerst gar nicht fassen.«

Ohne auf meinen Einwand zu achten, fuhr Bruno fort: »Ja, Dammy hängt nicht am weltlichen Reichtum wie du, meine liebe Kate. Was sagst du nun zu dem armen Knaben, der in der Nachbarschaft um Obdach bitten mußte?«

»Ich halte ihn für hinterlistig. Er besaß die Mittel, um sein Leben zum Besseren zu wenden. Das hätte er nicht verschweigen dürfen.«

Sie starrten einander an, als sei ich gar nicht zugegen. Begütigend sagte ich deshalb: »Kinder, das ist ja längst vorbei.«

Bruno wandte sich zu mir um und legte mir den Arm um die Schulter. »Ja, Dammy, es ist vorbei. Die Zukunft gehört uns beiden, wie auch dieses herrliche Fleckchen Erde hier. Wir werden uns ein Herrenhaus darauf erbauen, neben dem Kates Wohnsitz wie eine alte Scheune aussieht.«

»Ich mag solche Vergleiche nicht«, erklärte ich. »Mir gefällt Schloß Remus, wie es mit seinen Quadermauern trutzig in der Landschaft steht. Komm, Bruno, wir zeigen Kate, was wir aus dieser Mönchsklause machen wollen. Im Augenblick sind nämlich nur die Zimmer des Abtes in bewohnbarem Zustand.«

Und mit verhaltenem Stolz erläuterte Bruno, welche Änderungen er an den Gebäuden vorzunehmen gedachte.

Obwohl ich keine reiche Erbin mehr war, wurde die Trauung mit allem Pomp vollzogen. Das hatte Mutter sich nicht nehmen lassen. Ich trug ein hellblaues Kleid, das mit schweren Silberfäden durchwirkt war, und in dem ich, nach der einhelligen Meinung aller Anwesenden, einer Prinzessin glich. Der Brautkuchen prangte wohlgelungen, die Tische bogen sich unter den beladenen Platten mit erlesenen Gerichten, und Eugen hatte solche Mühe an den Hochzeitstrunk verwandt, daß er mit den Getränken an der königlichen Tafel wetteifern konnte, wie Kate mir anerkennend bestätigte.

Ich freute mich sehr darüber, vergaß aber alles andere in dem Augenblick, da ich meine Hand in die Brunos legte.

Nach dem festlichen Mahl wurde noch lange in der Halle getanzt. Um Mitternacht geleiteten uns die Gäste mit einem Fackelzug bis vor die Tür unseres neuen Heimes. Und endlich waren Bruno und ich wieder allein.

Ehefrau und Mutter

Welch ein eigentümliches Gefühl, anderntags im ehemaligen Schlafgemach des Abtes zu erwachen. Während Bruno ruhig atmend neben mir schlief, betrachtete ich die herrliche Malerei des Deckengewölbes. Wie hatte sich mein Leben in den letzten Wochen gewandelt! Nicht einmal in meinen kühnsten Träumen hatte ich mir soviel Glück vorzustellen vermocht.

Als Bruno erwachte, sagte ich deshalb: »Wie wunderbar ist das Schicksal, das uns beide zueinander geführt hat.«

»Nun, ein wenig habe ich wohl auch dazu beigetragen«, meinte Bruno lächelnd.

»Ein wenig nur? Nein, das alles hier verdanke ich dir, dir allein«, sagte ich überschwenglich. Und obwohl mir die Worte von Herzen kamen, war ich mir doch ihrer Wirkung auf Bruno bewußt. Nie vergaß ich, daß er all diesen Reichtum aus Stolz vor mir verschwiegen hatte. Von den Mönchen abgöttisch geliebt und verzogen, hatte er sich während seiner ganzen Kindheit als übermenschliches Wesen betrachtet. Der jähe Zusammensturz seiner Wunderwelt demütigte ihn tiefer, als er ertragen konnte. Seit er innerlich an sich selber zweifelte, brauchte er ständig Bestätigung von außen, wie einmalig und großartig er in den Augen seiner Mitmenschen erschien. Nun, ich würde ihm diese Hilfe so lange gewähren, bis sein Selbstbewußtsein geheilt war und er als Mann der Tatsache ins Auge sehen konnte, daß ich ihn nicht trotz, sondern gerade wegen seiner Menschlichkeit und den tragischen Umständen seiner Geburt liebte. Hatte ich seine Mutter nicht wie meine eigene geliebt? Nach und nach würde ich ihm beweisen, daß es für einen Mann eine weitaus größere Leistung darstellt, sich aus eigenen Kräften eine Welt aufzubauen, als sich dazu auf irgenwelche dunklen Mächte zu berufen. Aber das hatte Zeit, sehr viel Zeit.

Das Frühstück nahmen wir, wie alle künftigen Mahlzeiten, in der Halle ein, die Eugen prächtig mit Blumen geschmückt hatte. Dabei wurde ich gewahr, daß Bruno außer ihm und Clemens weitere Männer eingestellt hatte, von denen sich einige in ihrem Wesen auffallend glichen.

Als ich dies einmal erwähnte, entgegnete Bruno: »Du hast richtig beobachtet, es sind ehemalige Mönche. Als die Kunde ging, auf der alten Abtei würden Arbeitskräfte gebraucht, fanden sie sich ein und baten, hierbleiben zu dürfen.«

Mir gefiel das nicht.

»Aber dies hier ist kein Kloster mehr.«

»Darüber wissen sie Bescheid.«

»Ist es nicht gefährlich, so viele von ihnen aufzunehmen?«

»Für mich nicht, kleiner Angsthase«, antwortete Bruno lächelnd. »Diese Art von Überlegungen mußt du von nun an mir überlassen. Wir besitzen ein großes Gut, und dazu gehört nun mal eine große Schar von Dienern und Feldarbeitern. Sehr viel Geld haben wir nicht übrig – was liegt also näher, als daß wir jene Männer einstellen, die den Betrieb hier von Grund auf kennen? Überdies verlangen sie keinen Lohn außer Kost und Kleidung. Unter uns gesagt: Ich brachte es nicht übers Herz, sie fortzuschicken.«

»Gewiß, das trifft sich alles günstig, aber...«

»Ich versichere dir, Dammy, hier wird ein anderer Geist herrschen als zu den geistlichen Zeiten.«

»Und wie steht es mit den neuen Gesetzen? Denke an Vater?«

»Der König ist mir gewogen«, versicherte Bruno strahlend. »Er hat mir eigens erlaubt, ehemalige Bewohner zu beherbergen, solange ich dafür sorge, daß sie sich wie in einem normalen, bürgerlichen Haus betragen. Jeder von ihnen hat mir das schwören müssen. Vertrau auf mich, kleine Dammy, und überlaß die Sorgen mir.«

Er war aufgestanden. Mit seiner schlanken Gestalt und dem blonden Lockenhaar über den blauen Augen sah er unwiderstehlich aus. Flugs warf ich meine Bedenken ab und flüchtete mich in seine Arme, in denen ich mich vor allen Widerwärtigkeiten der Welt geborgen fühlte. Eng umschlungen gingen wir durch lange Korridore zur Schreibstube, wo uns ein alter Mann begrüßte.

Seine Haut war wie brüchiges Pergament, die Augen lagen tief im Schatten vieler Fältchen über den Wangenknochen; sie und der schmale, verschlossene Mund verrieten die Gelassenheit des Philosophen.

»Bruder Valerian«, stellte Bruno ihn vor.

»Einstmals Bruder, heute nur Valerian«, korrigierte der Alte.

»Valerian hat einige Manuskripte retten können«, erklärte Bruno. »Nun beschäftigt er sich damit, sie zu ordnen und die schadhaften Seiten abzuschreiben, bevor sie völlig unleserlich werden. Außerdem wird Valerian über die Ausgaben und Erträge des Gutes Buch führen.«

Valerian verneigte sich, und ich dankte ihm mit einem Lächeln.

Wir gingen in die Kirche hinüber, die wie viele andere in der Form eines Kreuzes gebaut war. Vom Boden bis zum höchsten Punkt des Gewölbes mochte das gewaltige Schiff wohl an die fünfzig Fuß hoch sein. Unter den vier Seitenkapellen befand sich der leere Altar der Madonnenstatue; der Hauptaltar war St. Bruno geweiht.

»Du hast recht – wie könnte man ein so herrliches Gebäude abreißen?« sagte ich leise. Bruno blickte mich zärtlich an. »Ich sehe, wir verstehen einander«, antwortete er.

Dann gingen wir hinaus und inspizierten die Gebäude, die wir niederreißen lassen wollten, um Material für den Ausbau der Abtswohnung zu gewinnen.

»Das wird viel Arbeit geben«, überlegte Bruno.

»Wie Vögel bauen wir an unserem Nest.«

»Ein Nest!« lachte Bruno auf. »Du willst doch unser Herrenhaus nicht mit einem schmutzigen Strohgebilde vergleichen!«

»Das Nest ist das Zuhause des Vogels, so wie das Haus hier unser Heim werden wird«, entgegnete ich mit Nachdruck.

Bruno küßte mich lachend. Wir sind wie alle jungverheirateten Paare, dachte ich glücklich, ineinander verliebt und voller Zuversicht in die gemeinsame Zukunft.

Wir wanderten nun bei Tageslicht durch das ehemalige Wohnhaus der Mönche. Unten im langen Speisesaal standen noch die Holztische und -bänke; an beiden Schmalseiten des Raumes führte eine Wendeltreppe ins Obergeschoß, wo sich die Zellen beidseitig eines langen Ganges aneinanderreihten. In jeder Tür war ein kleines Gitter eingelassen, durch das man ins Innere sehen konnte. Eine Zelle glich der anderen: Kruzifix und Betschemel, ein schmales Bett, ein Tisch und ein paar Haken an der Wand bildeten das kärgliche Mobiliar. Sogar die Strohmatratzen und Decken lagen noch an ihrem Platz; die Räuber hatten sich nicht damit aufgehalten, sie mitzunehmen oder zu verbrennen.

»Das Haus darf nicht zu modern werden«, überlegte Bruno. »Wir müssen den normannischen Stil der übrigen Gebäude beibehalten.«

»Wenn wir alte Steine dazu verwenden, wird es sich schon von selber dazu fügen«, sagte ich. »Manches finde ich zu schön, um es abzureißen. Wir könnten ja einiges einfach von innen her umbauen?«

Freudig stimmte mir Bruno zu. Gut, Schreibstube, Brauhaus und Backstube sollten äußerlich unverändert bleiben. Ob wir auch das alte Gästehaus, das ein wenig abseits stand, vorerst so beließen? Derzeit hatten wir wenig Dienerschaft, aber das würde sich bald ändern.

»Früher waren oft sämtliche Gästezimmer belegt«, erzählte Bruno. »Ich werde keinen müden Wanderer von der Tür weisen. In Caseman's Court findet ohnehin niemand Unterschlupf. Nein, die Herberge von St. Bruno soll den alten Ruf ihrer Gastlichkeit wiedererlangen.«

»Ein Gutshof mit Kirche, Krypta und Gästehaus. Mönche sind auch genügend da. Fehlt nur noch, daß du die Rolle des Abtes spielst. Was soll dann aus mir werden? Meines Wissens darf ein Abt keine Frau haben«, neckte ich ihn.

»Dann mache ich eben den Anfang.«

Wir wanderten hinaus zu den Fischteichen, die hintereinander lagen und einer in den anderen übergingen.

»Einst gab es hier soviel Fische, um die ganze Umgebung damit zu versorgen. Nun, bald ist es wieder soweit.«

»Ich sehe schon, Herr Abt, Ihr setzet Euer Anwesen in den früheren Zustand zurück.«

Bruno drückte mir den Arm. »Ein paar hübsche Veränderungen werde ich wohl beibehalten.«

»Im Ernst, fürchtest du dich nicht vor Neidern?«

»Weshalb nur mahnst du mich ständig an Gefahren?« fragte Bruno leicht gereizt. »Du verdirbst mir die ganze Freude mit deinem Geunke. Glaub mir endlich, an meiner Seite hast du nichts zu fürchten!«

»Ich weiß, Bruno. Ich fürchte auch nicht für mich selber.«

Aber sooft ich zu den Dächern von Caseman's Court hinüberblickte, befiel mich ein ungutes Gefühl.

Auf unserem Rundgang kamen wir auch durch den Friedhof und verharrten eine Weile vor dem Rosmarin.

»Ich wollte, ich hätte das für dich tun können statt Rupert«, sagte Bruno ernst.

»Es war ungemein gefährlich. Ich bin sehr froh, daß Rupert nicht entdeckt wurde.«

»Er liebte dich sehr?«

»Ja, ich glaube schon.«

»Und trotzdem wolltest du lieber mit mir als zu ihm auf sein Gut ziehen? Denn damals wußtest du noch nichts von der Abtei.«

»Mir war immer völlig gleich, ob du arm oder reich bist.«

Wir verlebten herrliche Tage. Immer gab es etwas zu tun, zu besprechen oder zu entdecken. Unsere kleine Welt verließen wir kaum. Ich lauschte Brunos Plänen und entwickelte, wenn er mich danach fragte, eigene Ansichten über die Einrichtung der Wirtschaftsgebäude, der Küche und der Vorratskammern. Manchmal sprachen wir auch von zukünftigen Kindern, falls Gott sie uns schenkte, und ich erkannte Brunos heißen Wunsch nach einem Sohn.

Tags wie nachts waren wir uns sehr nahe. Und nur, wenn in Brunos Augen der mir so bekannte fanatische Glanz aufflackerte, fühlte ich, wie er sich von mir entfernte. Er reagierte überempfindlich, sobald auch nur die leiseste Anspielung auf seine Herkunft fiel, und versuchte dann jedesmal erneut, mich zu seiner Auffassung zu bekehren. Leider bewirkte sein Eifer gerade das Gegenteil. Je leidenschaftlicher Bruno seinen Standpunkt vertrat, desto klarer gebot mir die Vernunft, Keziahs Geständnis für wahr zu halten. Aber das waren immer nur Augenblicke, die rasch wieder vergingen.

Zuviel hatten wir damit zu tun, einander zu entdecken. Unsere Ansichten und Meinungen stimmten ohnehin fast stets überein; wo sie es nicht taten, ließ ich mich gern eines Besseren belehren. Und in den Nächten kosteten wir die Wonnen der Lust, die wir einander zu schenken vermochten.

Genau acht Tage nach unserer Hochzeit – noch immer hatten wir den Klostergrund nicht verlassen – kam ein Bote von Caseman's Court herübergelaufen: Mutter sei in Kindsnöten und verlange nach mir. Hastig legte ich mir ein Tuch um und schlug den Weg zu meinem Elternhaus ein. Mutter war nicht die jüngste; würde sie die Geburt gut überstehen? Ich erinnerte mich daran, wie liebevoll sie mich nach Vaters Tod umsorgt hatte.

Ich ging durch die Tür mit der Inschrift ›Caseman's Court‹, vorbei an den Dienstboten, die mich neugierig anstarrten.

»Wie geht es der Herrin?« fragte ich.

»Sie hat es schwer, Mistreß«, sagte eines der Mädchen mit einem Knicks. Ich rannte die Treppe hinauf. Oben begegnete ich Simon, der gerade aus Mutters Zimmer trat.

»Wie geht es ihr?«

»Sie hat einen Knaben geboren. Aber die Wehfrau hat mich fort-geschickt – es sei noch nicht zu Ende.«

»Wollt Ihr sagen, es verläuft nicht alles wie es soll?«

»Sie sagt, es käme noch ein Kind. Das erste, ein Junge, ist ge-sund.«

»Ich habe nach Mutter gefragt.«

»Es ist eine schwere Prüfung für sie.« Simon winkte mich zu ei-ner Truhe. Wir setzten uns.

»Die Aufregungen in letzter Zeit waren nicht gut. Sie machte sich Sorgen über deine seltsame Heirat.«

»Dazu besteht kein Anlaß. Aber ich kann sie verstehen. Ich emp-fand ebenfalls Besorgnis, als sie ihre sonderbare Ehe einging.«

Simon antwortete nicht. Nun, es war auch nicht gerade die takt-vollste Bemerkung einem werdenden Vater gegenüber.

Nach einer Weile steckte die Hebamme den Kopf zur Tür heraus.

»Noch ein Knabe«, verkündete sie. »Bei meiner Seele, ich kann sie kaum voneinander unterscheiden.«

»Zwei Söhne!« jubelte Simon.

»Und Mutter?« fragte ich wieder.

»Die Arme hat schwer schaffen müssen. Aber nun ist es gut, sie hat's überstanden. Kommt herein, Mistreß, Eure Mutter fragt nach Euch.«

Mit verwirrtem Haar, die Stirne noch naß von Schweiß, lag Mut-ter in ihren Kissen, um die Lippen das triumphierende Lächeln ei-ner Frau, die dem Tod zweifaches Leben abgerungen hat.

»Mutter!« Vor Rührung kamen mir die Tränen. Ich kniete neben ihr nieder und küßte ihre Hand. »Du hast gesunde Zwillinge gebo-ren.«

Sie nickte lächelnd.

»Schlaf jetzt, du mußt dich ausruhen«, sagte ich.

Ein ängstlicher Ausdruck glitt über ihr Gesicht.

»Dammy, das eine noch sage mir: Bist du glücklich?« fragte sie leise.

»Überglücklich, Mutter! Es könnte nicht schöner sein.«

»Es ging alles so rasch. Dein Vater sagt, es würde nicht gut en-den.«

»Mein Vater ist im Himmel – Simon Caseman soll sich um seine eigenen Angelegenheiten kümmern«, erwiderte ich schärfer als be-absichtigt. Da ihr der Konflikt zwischen mir und Simon sichtlich Kummer bereitete, streichelte ich ihr die Hand. »Aber du hast jetzt zwei kleine Söhne. Einer allein langte wohl nicht? Deshalb hast du in letzter Zeit so stark zugenommen. Nun wird dir nicht mehr viel Zeit für deinen Garten bleiben.«

Mutter lächelte versöhnt. Ein leichter Schwatz ohne Tiefgang – das war es, was ihr Herz erquickte. Nur keine Probleme, denen ging sie tunlichst aus dem Wege. Ich erhob mich und überließ Simon meinen Platz.

Hinterher bat er mich zu einem Gespräch. Ich folgte ihm in den Raum, der ehemals Vaters Studierzimmer gewesen war. Hier stand sein Tisch, daneben in der Ecke der verschließbare Bücherschrank. Viele Stunden hatten wir hier früher in Gesprächen verbracht. Dort hatte ich gesessen, als Vater mich lesen lehrte. Wie ein Bildervorhang senkten sich die Ereignisse längstvergangener Tage vor meine Augen. Nach all jener Zeit unbeschwerten Glücks traf mich der Gedanke, daß Vater nicht mehr unter den Lebenden weilte und an meinem Glück nicht teilhaben konnte, hier wie ein eisiger Lufthauch.

»Ich habe gesagt, daß ich wissen möchte, was da drüben bei euch vorgeht«, zerriß Simons Stimme jäh den Vorhang. »Man hört seltsame Dinge.«

»So? Was sollen das für Dinge sein?« Ich hoffte, daß Simon mein Zusammenfahren nicht bemerkt hatte.

»Daß die Mönche wiederkehren.«

»Clemens und Eugen haben vorher in diesem Haus gearbeitet.«

»Und andere sind nicht dazugekomen?« Simon schien sich seiner Sache nicht ganz sicher.

»Bruno braucht viele Arbeitskräfte. Schon möglich, daß der eine oder andere ehemalige Mönch darunter ist. Wie kann man das wissen?«

»Dann soll er sich gut in acht nehmen, damit er nicht gegen die Gesetze verstößt.«

»Ich verstehe Euch nicht.«

»Das Kloster von St. Bruno wurde aufgelöst. Es wäre nicht klug, es neu zu gründen.«

»Es gibt noch andere Klöster in Privatbesitz.«

»Aber ihre Eigentümer halten sich an das Gesetz.«

Ich haßte Simon aus tiefster Seele, seit ich sicher war, daß er Vater verraten hatte. Deshalb machte es mir Spaß, ihn zu quälen. »Das Klostergut ist so weitläufig, daß wir jedes Paar Hände brauchen können. Ihr habt ja keine Ahnung, was alles dazugehört. Wir besitzen riesige Äcker und Felder, drei Fischteiche und außer den Klostergebäuden noch eine eigene Mühle und dahinter große Stallungen. Das will versorgt werden, wenn es Gewinn abwerfen soll.«

Schadenfroh bemerkte ich, wie Simon sich auf die Lippen biß.

»Sei vorsichtig, Damascina! Das kann nicht lange gutgehen.«

»So, fürchtet Ihr das? Ich glaube eher, Ihr hofft darauf!«

»Was willst du damit sagen?« Drohend pflanzte er sich vor mir auf.

»Nun, eigentlich wolltet Ihr doch die Abtei. Aber Ihr habt verschlafen, nun gehört sie Bruno und mir.«

»Ärgere mich nicht mit deinem dahergelaufenen Gesellen! Wenn ihr die Mönche um euch schart, werdet ihr euch noch wundern!«

»Clemens und Eugen kamen aus diesem Hause zu uns. Haben sie bis dahin nicht für Euch gearbeitet? Seht zu, daß Ihr uns nicht eines Verbrechens anklagt, dessen Ihr selber schuldig seid. Und im übrigen hat mein Mann mächtige Freunde bei Hof, die ihn besser beraten werden als Ihr, Master Simon Caseman.« Damit verbeugte ich mich spöttisch, bevor ich das Zimmer verließ. Mit einem Blick, in dem sich Wut und Begierde vermischten, sah er mir nach. Nie würde er mir diese Niederlage verzeihen, das wußte ich. Aber seine Worte klangen mir in den Ohren nach: ›Sei vorsichtig, Damascina!‹

Um unser bislang ausschließlich männliches Personal zu vervollständigen, hatte ich eine Köchin und zwei junge Mädchen eingestellt. Bruno lachte nur, als ich ihm erklärte, zu einem normalen Haushalt gehörten eben auch weibliche Bedienstete.

Einige Wochen später kam das eine Mädchen, Mary mit Namen, auf mein Zimmer. Sie gestand mir, sie sei bei Großmutter Salter im Wald gewesen, wobei sie errötete. Ich schloß daraus, daß es sich um eine Liebesangelegenheit handelte. Großmutter ließe mir ausrichten, ich solle sie an einem der kommenden Tage aufsuchen.

Noch am selben Tag begab ich mich zur Hütte der Alten. Wie immer summte der große Kessel über dem Herdfeuer. Der schwarze Kater machte einen Buckel und schaute mich aus gelben Augen an.

»Setzt Euch, junge Dame«, sagte Großmutter Salter. Ich nahm im Armstuhl ihr gegenüber Platz.

»Die Zeit ist gekommen«, hub die Alte an. »Ihr müßt nun Euer

Versprechen einlösen. Jetzt habt Ihr ein schönes Haus, wo Ihr die Kleine versorgen könnt.«

Sie stand auf und zog einen Vorhang zur Seite. Auf einem Lattenbettchen lag ein schlafendes Kind. Wenn es die Tochter Keziahs und Rolf Weavers war, mußte sie inzwischen etwa zwei Jahre alt sein.

In den letzten Monaten war so viel geschehen, daß ich meinen Eid glattweg vergessen hatte. Mir wurde unbehaglich zumute. Vater hatte nichts dagegen gehabt, daß Keziahs Kind in unserem Haus aufwuchs – aber Bruno? Seine Reaktion konnte ich mir nur zu gut ausmalen.

Großmutter Salter merkte meine Verlegenheit.

»Versprochen ist versprochen. Ihr könnt den Eid an eine Sterbende nicht rückgängig machen!« mahnte sie.

»Ja, aber – seither hat sich alles geändert...«

»Euer Versprechen bleibt!«

Das Kind erwachte und schlug die Augen auf: wundervolle tiefblaue Augen unter einem Kranz dichter Wimpern, die ebenso seidig und blauschwarz waren wie ihr glattes Haar.

»Nehmt sie auf den Arm«, befahl die Alte.

Das kleine Mädchen lächelte mich an und streckte die Ärmchen nach mir aus. Als ich mich über sie beugte, schlang sie sie fest um meinen Hals.

»Honey, mein Herzblatt – hab deine Mutter recht lieb.«

Das Kind strahlte mich an. Noch nie hatte ich ein so wunderschönes Geschöpf gesehen.

»Wehe Euch, wenn Ihr den Eid an Honeys tote Mutter brechen wollt«, drohte die alte Frau.

Ohne ein Wort zu sagen, nahm ich das Kind aus seinem Bettchen und trug es in meinen Armen hinaus, bis hin zur Abtei.

»Was bringst du da für ein Kind an?« fragte Bruno entrüstet, als er uns kommen sah.

»Es wird bei uns bleiben. Ich habe versprochen, es aufzuziehen.«

»Bist du von Sinnen? Bald werden wir eigene Kinder haben.«

»Als ich mein Versprechen gab, lebte Vater noch. Er war einverstanden.«

»Warum? Wem hast du so was versprechen können?«

»Einer Sterbenden.«

Bruno zuckte mit den Achseln. »Na, meinetwegen kann es bei den Mägden aufwachsen, wenn dir soviel daran liegt.«

»Nein, ich will es wie mein eigenes halten.«

»Wessen Kind ist das überhaupt?«

»Bruno...«, sagte ich flehend, »es ist Keziahs Kind.«

»Keziah?« Er spuckte den Namen wie eine giftige Beere aus. »Das Balg dieser sündigen Dirne, hier unter meinem Dach? Wie stellst du dir das vor?«

Ach, Bruno, dachte ich, bist du nicht auch ein Kind dieser Frau?

»Hör zu«, antwortete ich entschlossen. »Als Keziah starb, bat sie mich, für ihre Tochter Sorge zu tragen. Und ich werde mein Wort halten, das sage ich dir.«

»Was ist in dich gefahren? Und wenn ich das Kind nicht in meinem Hause dulde?«

»So grausam wirst du doch nicht sein?«

»Du kennst mich nicht, Damascina.« Wut und Haß verzerrten seine Züge, als ob er sich eine Teufelsmaske über sein schönes Gesicht gestülpt hätte. Der Grimm gegen Keziahs unschuldige Tochter machte es zur Fratze.

»Da muß ich eben noch eine Menge lernen«, gab ich zurück.

»Trag das Kind dorthin zurück, wo es bisher gewesen ist.«

»Es gehört mir. Solange ich in diesem Haus wohne, bleibt das Mädchen hier.«

Auf einen derart harten Widerstand schien Bruno nicht gefaßt. Ach, hätte ich nur die Gedanken unterdrücken können, die während unseres Zwistes in mir aufstiegen. Bruno wußte, daß dieses zauberhaft schöne Kind seine Halbschwester war – deshalb seine Ablehnung. Wo war die göttliche Überlegenheit geblieben, die ich so bewunderte? Abscheu und Haß hatten ihre Stelle eingenommen. Ich spürte sogar, daß Bruno sich fürchtete. Meine schwärmerische Verehrung schmolz dahin; übrigblieb ein tiefes Mitleid für seine menschlichen Schwächen, derenthalben ich ihn nicht weniger liebte.

Wie gern hätte ich die Arme um ihn geschlungen und ihn gebeten: Laß uns zusammen glücklich sein. Nimm das kleine Wesen hier in deinen Schutz. Du brauchst gar nicht anders zu sein, ich liebe dich, weil du ein Mensch und nicht ein Engel oder Abgott bist. Du willst eine Kinderschar – laß dein Schwesterchen unser ältestes Kind sein...

Ich brauchte ihn nur anzublicken, um zu wissen, daß dies völlig unmöglich war.

»Ich dachte, du würdest alles für mich tun«, sagte er finster. »Und trotzdem verweigerst du bereits meine erste Bitte?«

»Ich habe einen Eid geschworen.«

»Trag das Balg dahin zurück, wo du es her hast.«

»Zu Großmutter Salter, Honeys Großmutter? Sie ist alt. Ich bin ihr schon dankbar, daß sie es in jenen schweren Zeiten versorgt hat.« Ich sah Bruno ernst an, als ich hinzufügte: »Sie droht mir mit ihrem Fluch, falls ich nicht zu meinem Wort stehe. Aber nicht aus Furcht, sondern weil ich Honey liebe und aus Liebe zu Keziah nehme ich das Kind zu mir.«

Wie zwei Kampfhähne standen wir uns gegenüber. Dann ließ Bruno enttäuscht die Schultern sinken.

»Ich sehe schon, du läßt dich nicht von deinem unvernünftigen Vorhaben abbringen. Aber das eine sage ich dir: Halte den Fratz aus meinen Augen!«

Er drehte sich auf dem Absatz um und ging mit langen Schritten davon. Traurig sah ich ihm nach, die Ärmchen des erschreckten Kindes um meinen Hals. Das Gefäß unserer reinen Liebe war zerschellt, ein Scherbenhaufen blieb zurück. Allem Anschein nach fürchtete sich Bruno vor dem Fluch der Kräuterhexe.

Nach wenigen glücklichen Ehewochen hatte sich eine Kluft zwischen uns aufgetan. Nichts konnte die häßliche Szene ungeschehen machen. Daß Honeys bloße Gegenwart ihm die Maske vom Gesicht gerissen hatte, würde Bruno ihr ein Leben lang nicht verzeihen.

Wir trafen uns seltener. Das Kind nahm einen großen Teil meiner Zeit in Anspruch.

Honey war ein lebhaftes, intelligentes Mädchen. Jeden Tag erstaunte mich ihre unglaubliche Schönheit von neuem. Wenn sie ihr dunkelhaariges Köpfchen an mich schmiegte und mich mit ihren veilchenblauen Augen anstrahlte, konnte ich nicht anders, als sie in den Arm zu nehmen und zu herzen. Bruno ging sie von sich aus dem Wege; in ihrer Fantasie stellte er vermutlich ein riesiges Ungeheuer dar, vor dem sie sich hinter mir verkroch, wenn wir ihm zufällig begegneten. Am liebsten klammerte sie sich an meiner Schürze oder meinem Rock fest, so daß ich, von dem Gewicht ihrer kleinen Person behindert, nicht mehr so leichtfüßig wie früher durchs Haus eilen konnte. Zu Honeys Pflege bestellte ich Mary, die sich gern dem hübschen Kind widmete. Und obwohl auch Honey sich in der Obhut des gutherzigen Mädchens recht wohl zu befinden schien, stürzte sie doch stets mit einem Aufschrei hellen Entzückens auf mich zu, wenn sie mich ein paar Stunden nicht gesehen hatte.

Einige Tage lang herrschte eisiges Schweigen bei unseren gemeinsamen Mahlzeiten. Plötzlich lenkte Bruno ein und betrug sich von da an, als habe es nie eine Verstimmung zwischen uns gegeben. Wie zuvor besprach er sich mit mir über seine Aufbaupläne, wobei er über Honey hinwegsah, als sei sie nicht vorhanden. Freudig ging ich auf Brunos Friedensangebot ein und strengte mich an, beiden Parteien gerecht zu werden.

Selbstverständlich wurde Kate zur Taufe meiner Halbbrüder geladen. Sie wohnte in Caseman's Court, verbrachte aber den überwiegenden Teil des Tages bei uns in der Abtei. Strahlend wie immer trat sie in das Haus, die Wangen vom frischen Oktoberwind gerötet.

»Kate!« rief ich erfreut. »Da bist du ja, hübsch und gesund wie immer.«

Sie schnitt eine Grimasse. »Dabei bin ich fast vor Langeweile gestorben. Sogar am Hofe herrscht eitel Wonne, seit Heinrich und Katharina einander anschmachten. Alle anderen bekommen feuchte Augen – nicht etwa vor Rührung, sondern vom unterdrückten Gähnen. Aber das hat Zeit. Erzähle du zuerst, wie es euch ergangen ist. Nicht schlecht, wie mir scheint.« Beifällig sah sie sich in unserer Halle um und erblickte die prächtige Kassettendecke. »Hier also hat der frühere Abt mal gewohnt. Der Mann besaß keinen üblen Geschmack, das muß man ihm lassen.«

»Das war ein Vorgänger von ihm. Die Decke ist über hundert Jahre alt.«

»Mir auch recht. Jedenfalls wohnst jetzt du darunter.« Kate schüttelte den Kopf. »Weißt du, ich kann es immer noch nicht fassen, daß ausgerechnet du Brunos Frau geworden bist.« Sie besah sich den Ring an meiner Hand. »Du – ausgerechnet du!«

»Warum nicht ich? Sagen wir doch, es war ein Wunder?« schlug ich etwas maliziös vor.

Sie sah mich mit ihren großen grünen Augen an. »Noch eines? Das ginge wohl zu weit. Um ehrlich zu sein, ich glaube nicht mal so recht an das erste.«

»Du warst immer schon respektlos.«

Wir brachen in Lachen aus.

»Aber nun im Ernst, Dammy. Man hört munkeln, die Abtei soll neu gegründet werden. Ist das wahr?«

»Aber nein. Die Abtei wird nicht als Kloster aufgebaut, sondern nach Brunos Plänen zu einem großen Herrensitz umgestaltet. Und seine Fantasie kennt kaum Grenzen, das laß dir gesagt sein.«

Ich hakte Kate unter und führte sie die schöngeschnitzte Treppe hinauf zum Altan, der in der warmen Nachmittagssonne lag. »Was darf ich dir zur Erfrischung bringen lassen?« fragte ich.

»Deine Mutter hat mich mit allem reichlich versorgt. Prächtige Kerlchen übrigens, die kleinen Zwillinge. Wo steckt eigentlich dein Mann?«

»Tagsüber ist er ständig unterwegs. Er führt selbst die Aufsicht über die Bauarbeiten. Wir hatten ja keine Ahnung, was alles zum Kloster gehört. Denk dir, es gibt unterirdische Kammern und Gänge, in denen nicht einmal ich gewesen bin. Bruno meint, sie seien gefährlich, einige Kammern wären bereits eingestürzt.«

»Weiß er von meinem Kommen?«

»Natürlich.«

»Und? Was hat er dazu gesagt?«

»So ein Weltereignis ist es nun auch wieder nicht, wenn du uns mit deinem Besuch beehrst. Du kennst ihn – er ist nicht sehr mitteilsam.«

Damit gab sich Kate zufrieden. Ich fragte nach Carey: ob er gewachsen sei?

»Es gehört zu den natürlichen Eigenschaften kleiner Kinder, daß sie wachsen. Carey macht da keine Ausnahme.«

»Ich würde ihn gern wieder mal sehen.«

»Das nächste Mal bringe ich ihn mit.« Sie blickte mich forschend an. »Du hast das Kind aufgenommen – Keziahs Kind?«

»Ich hatte es ihr auf dem Sterbebett versprochen.«

»Und Damascina Farland steht zu ihrem Wort, mag auch die Welt untergehen. Was hält Bruno davon? Nun seid ihr kaum sechs Wochen verheiratet und habt schon ein zweijähriges Kind.«

»Bruno hat sich damit abgefunden, daß ich meinen Eid halten muß. Die Kleine schläft gerade, ich habe sie sehr lieb.«

»Wie könntest du anders? Du warst schon bei Carey ein ausgesprochenes Muttertier. Bist du wenigstens glücklich?«

»Wenigstens? Kate, ich *bin* glücklich!«

»Du hast Bruno von jeher angehimmelt. Eigentlich konntest du deine Gefühle ja nie verbergen.«

Ich wich ihrem Blick aus. »Na, du warst Bruno gegenüber auch nicht gerade gleichgültig.«

»Aber du hast den Preis gewonnen, mein liebes Kind.«

»Er kam zurück und fragte mich, ob ich seine Frau werden wolle. So einfach war das.«

»Natürlich. Und du hast zugegriffen, als er dir seine Abtei zu Füßen legte.«

Das brachte mich nun doch zum Lachen. »Kate, du warst schon von klein an auf Reichtum versessen. Erinnerst du dich noch? Einen Herzog wolltest du heiraten: Ein Wunder, daß du dich mit einem simplen Baron begnügt hast.«

»Man muß nehmen, was sich bietet. Soviel Auswahl hatte ich in deines Vaters Bürgerhaus nicht. Remus entsprach noch am ehesten meinen Erwartungen.«

»Und er betet dich nach wie vor an?«

»Jawohl, meine Liebe, das tut er. Und in den Jungen ist er geradezu vernarrt. Aber kommen wir nicht vom Thema ab – wir sprachen von dir. Wie ist das nun mit deiner mysteriösen Ehegeschichte?«

»Was heißt hier ›mysteriös‹? Kate, du weißt doch alles. Bruno kehrte zurück und bat mich um meine Hand. Etwa zur gleichen Zeit kursierten Gerüchte über den neuen Besitzer des Klosters: wer das sei, wußte aber niemand. Erst als wir schon versprochen waren, deckte Bruno sein Geheimnis auf und gab sich als Eigentümer zu erkennen.«

»Fantastisch. Was für ein sonderbarer Freier! Informiert die Braut erst über ihre zukünftigen Lebensumstände, nachdem die Erkorene ihr Jawort gegeben hat. Ich verwette meinen Kopf, daß du Bruno entsagungsvoll an den Bettelstab gefolgt wärest.«

»So ungefähr.«

Kate nickte mehrmals heftig mit dem Kopf. »Bruno hat den Teufel des Hochmuts in sich.«

»Er hat allen Grund, stolz zu sein.«

»Ist der Hochmut nicht eine der sieben Todsünden?«

»Aber Kate, jetzt schießt du wieder übers Ziel hinaus. Bruno ist sehr selbstbewußt und hat ein angeborenes Gefühl für Würde.«

»Ich meinte vorhin etwas anderes. Aber was soll's – ändern läßt sich ohnehin nichts mehr. Komm, zeig mir lieber, wie weit ihr mit euren Bauarbeiten gekommen seid. Übrigens, dieser Altan hier ist einfach wundervoll. Ich werde dich in Gedanken hier sitzen sehen, wenn ich wieder in meinem Raubritterschloß hause.«

»Nanu, seit wann ist Remus Castle ein Raubritterschloß? Einstmals warst du regelrecht entzückt über seine romantische Lage.«

»Nun ja, die Familie Remus bewohnt es seit den Tagen des Königs Eduard des Ersten. Mit dieser Abtei läßt es sich jedoch nicht vergleichen.«

»Ich finde doch, und zwar zu seinem Vorteil. Denk an euren hübschen Brunnengarten und die herrlich getäfelte Halle.«

»Mit anderen Worten, ich soll mich mit dem Errichten zufriedengeben. Dammy, du solltest die Religion der Genügsamkeit gründen. Oder lieber nicht – Religionsstifter leben gefährlich heutzutage. Was hältst du von der neuen Sitte, die Messe auf englisch zu lesen? Jetzt verstehen die Leute wenigstens, was sie stundenlang vor sich hinmurmeln. Aber der Zauber ist hin. Jede Zeremonie wird eindrucksvoller, wenn sie mit geheimnisvollem Brimborium umgeben ist.«

»Du kommst vom Hundertsten ins Tausendste. Was hat die Religion mit Remus Castle zu tun?«

»Manchmal will mir scheinen, als ob alles in der Welt mit allem anderen verknüpft wäre. Hier, schau uns drei an. Du und Bruno, ihr beide wart die gelehrten Schwätzer, ich gebrauchte lediglich meinen Menschenverstand. Wie erhaben ihr euch fühltet, wenn es euch gelang, über meinem Kopf hinweg zu diskutieren. Und doch habe immer ich den besseren Teil erwischt. Wir haben uns nicht verändert, Dammy: ich nicht, du nicht und Bruno erst recht nicht. Wo bleibt er übrigens? Die Höflichkeit gebietet, daß der Hausherr seine Gäste begrüßt.«

»Du bist früher gekommen als erwartet. Glaubst du, er setzt sich hin und harrt stundenlang auf dein eventuelles Erscheinen?«

»Nein.« Kate schüttelte den Kopf. »Von Bruno kann man so was nicht erwarten.«

Ich führte Kate in unseren Wohnräumen herum. Sie bewunderte die neuen Möbel, die Bruno aus London hatte kommen lassen. In ihrer Begeisterung mischte sich mancher Ausruf mühsam unterdrückten Neides. Ganz besonders gefiel ihr die große Empore über der Halle, obwohl seit der damaligen Besetzung durch Rolf Weavers Leute die Wandteppiche und Kandelaber fehlten. Die Fenstersitze waren jedoch unbeschädigt, ebenso ein wundervolles Erkerfenster, das auf den Klostergarten und das Wohnhaus der Mönche blickte.

Am Ende der Empore öffnete sich die kleine Privatkapelle des Abtes. An den Wänden hingen uralte bemalte Holztafeln, die Szenen aus dem Leben St. Brunos zeigten. Die wurmstichigen Tafeln waren den Plünderern wohl zu schäbig erschienen.

Kates Begeisterung kannte keine Grenzen, als wir in das Refektorium hinübergingen und ich ihr die Zellen der Mönche zeigte. Sie öffnete eine der Türen und trat in das kleine Gelaß ein.

»Das nenne ich Stille«, sagte sie. »Aber welche Kälte und Entsagung andrerseits. Was der Mann wohl gedacht hat, der sich hier auf dem schmalen Strohsack ausstreckte? Ob er sich jemals schlaflos von einer Seite auf die andere wälzte und den Tag verfluchte, an dem er sich selber aus der Welt der Lebenden verbannte? Ist das überhaupt noch ein Leben, wenn man sich abschließt und jeder Versuchung ausweicht? Dammy, ich könnte mir gut vorstellen, daß die Seele des einen oder anderen Mönches hier nachts herumwandelt.«

Bald brach ich unseren Rundgang ab. Es war nicht sosehr der augenblickliche Zustand der Gebäude, als vielmehr die Möglichkeiten, die in ihnen steckten, was den Reichtum des Klostergebäudes ausmachte. Ein tatkräftiger Besitzer konnte das Gut in wenigen Jahren zu ungeahntem Wohlstand bringen. Und daß Bruno dieser Mann war, daran bestand kein Zweifel. Kate und ich, wir waren seit unserer Kindheit Rivalinnen um die Gunst Brunos. Wenn sie laut unsere Abtei mit ihrem Schloß verglich – tat sie dies im stillen auch mit Lord Remus und Bruno?

Wir trafen Bruno in der Schreibstube hinter einem Berg von Berechnungen an. Kates Gesicht leuchtete auf wie eine Blume, die nach einem Regenguß der erste Sonnenstrahl trifft. Neben ihrer eleganten Schönheit fühlte ich mich wieder einmal als ›Mädchen vom Lande‹.

»Dammy hat mir deinen Besitz gezeigt.«

»Und was hältst du davon?«

»Prächtig, kann man nur sagen.« Ihr Lob bereitete Bruno sichtlich Genugtuung.

»Und dir geht es gut, Kate?«

»Wie du siehst.« Ihre Augen versenkten sich tief ineinander; für mich hatte Bruno nur einen kurzen Seitenblick übriggehabt. Ich fühlte mich wie damals im Garten, als ich den beiden bei ihren Purzelbäumen zusah, nur daß Kate ihn nicht mit ihren Turnkünsten, sondern mit ihrer Schönheit fesselte. Herausfordernd sah sie ihn an, als ob sie sagen wollte: Vergleiche mich nur mit deiner hausbackenen Damascina.

»Schön, daß du uns besuchst.«

»Vor allem komme ich wegen der Caseman-Babys, aber natürlich auch wegen Dammy und dir…« Das letzte Wort hing lang in der stillen Stube.

»Carey habe ich zu Hause gelassen«, fuhr sie endlich fort. »Er ist noch zu klein. Vielleicht bringe ich ihn das nächste Mal mit.«

»Ich würde ihn gern kennenlernen.«

»Ein normaler kleiner Junge ist er, wie alle anderen.«

»Das hier ist jetzt noch alles unfertig«, sagte Bruno mit einer weiten Armbewegung. »Wir werden bald Vieh haben. Und wenn erst die Äcker bestellt sind, wird es meilenweit kein größeres Landgut geben.«

»Davon bin ich überzeugt. Es wäre eines Grafen würdig...« Aufmerksam lauerte Kate der Wirkung ihrer Worte nach. Skrupel kannte sie nicht.

Am folgenden Tag wurden die Zwillinge in der Kapelle von Caseman's Court getauft. Mutters strahlendes Gesicht war die verkörperte Mutterliebe; hoch aufgerichtet, in stolzer Beschützerpose, stand Simon Caseman hinter ihr. Die Kinder erhielten die Namen Paul und Peter. Während Paul als Zeichen seiner Kraft und Gesundheit die ganze Zeit hindurch aus voller Kehle brüllte, zeigte Peters stilles Betragen an, daß er ein nachdenkliches und kluges Kind zu werden versprach: Diese Meinung herrschte jedenfalls in der Familie.

Da Mutter und Kinder noch der Ruhe bedurften, zogen wir uns bald nach dem Taufmahl zurück. Kate und ich setzten uns wieder auf den Altan. Wie sie erzählte, hatte sich Lord Remus in letzter Zeit sehr zu seinem Vorteil verwandelt. Er hatte an Gewicht verloren, saß kerzengerade zu Pferde und ließ seine Sänfte in der Remise verstauben. Sogar dem König war die Verjüngung aufgefallen; er betraute seinen alten Vasallen zunehmend mit militärischen Aufgaben.

»Aus ist es mit dem Traum der jungen Witwe«, lachte ich. »Oder hattest du etwa nicht darauf spekuliert?«

»Aber Dammy! Nein, ich mag meinen alten Brummbären ganz gern leiden. Wenn ich so sehr auf den Witwenstand erpicht wäre, ließe sich das ganz leicht mit ein wenig Tollkirschenmarmelade oder Schierlingswein erreichen. Ich fürchte nur, ich wäre auch die erste, die unter Verdacht geriete.«

Jetzt war die Reihe des Entrüstens an mir. »Sag so etwas nicht einmal im Scherz, Kate!«

»Wer hat angefangen? Nein, Remus ist ein guter Mensch. Oft ist es sogar besser, einem älteren Mann angetraut zu sein. Ich glaube, er hätte nicht einmal etwas dagegen, wenn ich mich ein wenig auf meine Art amüsiere.«

»Da hoffe ich doch sehr, daß du dich auf deinen Rang als Lady Remus besinnst, bevor du dich . . . amüsierst, wie du dich eben ausdrücktest.«

»Ich ziehe es vor, dich darüber im unklaren zu lassen. Wo Remus großzügig ein Auge zudrückt, brauchst du nicht die Sittenstrenge zu spielen. Aber lassen wir das. Ich will dir lieber vom allerneuesten Hofskandal erzählen. Hörst du mir zu?«

»Ich bin ganz Ohr.«

»Wie es scheint, ist unsere hübsche kleine Königin diesmal arg in Bedrängnis geraten. Ihre Gegner zeigen eitel Freude. Wenn das Gerede wahr ist, das bei Hofe die Runde macht, könnte sie leicht denselben Weg gehen müssen wie vor sechs Jahren ihre ebenso hübsche Cousine Anna Boleyn.«

»Aber bisher hörte man doch nur Gutes über diese Ehe? Erst vor ein paar Wochen sagtest du, der Hof gähne vor lauter Wohlanständigkeit.«

»Ja, da konnte man noch den König als zärtlichen Liebhaber bewundern. Aber unlängst kam irgendein Diener daher und verkündete überall, seine Schwester habe der alten Herzogin von Norfolk, bei der Kathrin aufwuchs, lange Jahre gedient. Besagte Kathrin soll bereits mit dreizehn ihren ersten Liebhaber gehabt haben, einen Musiklehrer, der sie nicht nur Künste auf dem Spinett gelehrt haben soll. Dann habe sie jahrelang ein unsittliches Verhältnis mit einem jungen Mann namens Francis Derham unterhalten, so daß sie entgegen aller Beteuerungen bei der Heirat mit dem König längst keine Jungfrau mehr gewesen sein dürfte.«

»Die alte Herzogin von Norfolk? Das ist doch Kathrins Großmutter?«

»Ja, sicher. Aber sie scheint sich nicht sonderlich um ihre reizende Enkelin gekümmert zu haben und überließ sie der Gesellschaft verdorbener Mägde, die ihren Spaß daran fanden, das Kind in ihr loses Treiben hinabzuziehen. Als Tochter eines jüngeren Sohnes hatte Kathrin kaum Bedeutung, bis der König ein Auge auf sie warf. Von diesem Augenblick an begann ihr Oheim, Lord Norfolk, seine Nichte in der Weise zu fördern, wie er es mit einer anderen Verwandten, der unglückseligen Anna Boleyn, getan hatte. Als Anna in Ungnade fiel, wollte der saubere Onkel nichts mehr von ihr wissen. Und Kathrin kann ebensowenig auf ihn rechnen.«

»Ist sie in Gefahr?«

»Unter uns gesagt: Ich halte sie für etwas beschränkt. Sie vertraut jedem ihr Herz an, der sie freundlich anlächelt. Und wie Keziah gehört sie zu jener Sorte Frauen, die zu einem Mann nicht nein sagen können.«

»Anna Boleyn wurde trotz ihrer anerkannten Klugheit hingerichtet.«

»Da hast du recht. Aber Anna mußte ihr Leben auch aus dem Grund lassen, weil Heinrich damals noch auf einen Sohn versessen war und bereits nach Jane Seymour Ausschau hielt. Bei Königin Kathrin liegen die Dinge anders: Eine Nachfolgerin ist nicht in Sicht. Wenn sie ihren Platz an der Seite des Königs nicht gegen ihre Widersacher verteidigen kann, so liegt das allein an ihr. Was für eine Dummheit, daß sie ihre Liebesaffären nicht besser verbarg. Eine Dienerin soll sie um große Summen erpreßt haben.«

»Und das alles ist erst jetzt dem König zu Ohren gekommen?«

»Kathrins Gegner haben lange gewartet, bis sie zuschlugen. Vergiß nicht, Dammy, es handelt sich nicht nur um eine Familienangelegenheit! Hast du je den Namen Martin Luthers gehört?«

»Wohl früher als du«, entgegnete ich. »Als Vater lebte, haben wir oft über seine Lehren gesprochen.«

»Dich bewegte wohl mehr, ob er mit seinen Glaubenssätzen recht hat oder nicht. Ich hingegen denke an die politischen Folgen: Seither gibt es zwei große Parteien in unserem Land, die Katholiken und die Reformer. Anna Boleyn neigte sich den Reformern zu, was ihr den Haß der Katholiken einbrachte. Inwiefern sie an ihrem Tode schuld sind, weiß ich nicht. Unsere kleine Königin verhält sich gegenüber religiösen Fragen zwar recht gleichgültig, aber ihr Onkel, der Herzog von Norfolk, steht an der Spitze der katholischen Partei. Die Reformierten können ihn nicht härter treffen, als wenn sie seine Königin-Nichte verleumden. Und Kathrin tappt blind in jede Falle, die ihr gestellt wird. Ich fürchte, bald kommt es wieder zu einer Tragödie.«

»Beten wir für sie, daß der armen Königin nichts zustößt.«

»Beten? Die Reformierten beten um ihren Sturz, die Katholiken für ihr Heil. Alle zu ein und demselben Gott. Wie soll das ausgehen?«

»Aber der König liebt sie doch. Wie kann er zulassen, daß Kathrin in den Parteienhader hineingezogen wird?«

»Darauf verläßt sich auch die Königin. Leider gehört Erzbischof Cranmer, der sie vernehmen soll, zu ihren ärgsten Feinden.«

Unerfahrene junge Kathrin! Wie hilflos sie sich in den hohen Wogen der Politik verlor. Ich wünschte ihr von Herzen ein besseres Los, als ihren Vorgängerinnen beschieden war.

Aber bald vergaß ich die große Politik über dem kleinen Wunder, das sich mir ankündigte. Noch bevor Kate uns wieder verließ, war ich sicher, daß ich ein Kind erwartete.

Bruno war außer sich vor Freude. Die Kluft, die Honeys Ankunft zwischen uns aufgerissen hatte, schien überbrückt, seit er seinen heißesten Wunsch in Erfüllung gehen sah. Denn daß dieses Kind ein Sohn würde, stand für Bruno außer Zweifel.

Die Freude über unser Kind brachte uns einander näher, wenn wir Pläne für das noch Ungeborene schmiedeten. Sogar gegenüber Honey zeigte sich Bruno nachsichtiger. Er beschäftigte sich zwar nie mit ihr, hatte aber auch nichts mehr dagegen, wenn sie still zu unseren Füßen spielte, solange sie ihn dabei nicht störte. Das gescheite Mädchen hatte rasch erfaßt, wie es am besten mit ihm auskam. In Brunos Gegenwart verhielt sich Honey immer sehr ruhig und artig, während sie sonst überaus lebhaft war. Ich freute mich sehr, daß Honey sich nicht mehr vor Bruno fürchtete, obschon sie sich vorzugsweise an meine – ihm abgewandte – Seite schmiegte.

Unser Hauswesen vergrößerte sich. Bruno warb Landarbeiter an, während ich für ausreichend weibliches Personal sorgte und als Haushälterin eine etwas ältliche, herzensgute Frau einstellte, die Honey sofort in ihr Herz schloß. Zu meiner großen Erleichterung, wie ich gestehen muß, denn ich war mir wohl bewußt, daß mein Gefühl für Honey sich nicht mit der grenzenlosen Liebe messen konnte, die ich meinem eigenen Kind entgegenbrachte.

Kate hatte recht: Ich war ein Muttertier. Was sich außerhalb unserer kleinen Welt zutrug, interessierte mich nur mehr am Rande. Vage bekam ich mit, daß die Männer, die man als ehemalige Liebhaber der Königin bezichtigte, im Tower gefangenlagen. Die unheilschwangere Stille vor einer Katastrophe stellte sich ein, die ich aber irrtümlich als Entspannung begrüßte. Erst viel später erfuhr ich, daß Königin Kathrin in ihrer irrsinnigen Angst dem König in die Kapelle von Hampton Court gefolgt war, wo sie sich ihm laut schreiend zu Füßen geworfen hatte. Der König wandte sich ab, und Kathrin wurde gezwungen, in ihre Wohnräume zurückzukehren. Man sorgte dafür, daß sie Heinrich nicht mehr behelligte.

Ich verschloß meine Augen vor der Tatsache, daß die Abtei in zunehmendem Maße dem ehemaligen Klosterwesen zu ähneln begann. Schon war das Gästehaus eröffnet, in dem Reisende und Pilger wie in alten Tagen Unterkunft nehmen konnten, nur daß sie jetzt eine geringe Gebühr dafür zahlen mußten. Auf Schritt und

Tritt begegneten mir Männer, an denen die bäuerliche Joppe und Hose wie eine schlecht sitzende Verkleidung wirkte und die mir jenen ehrfürchtigen Respekt entboten, der bislang nur Bruno zuteil wurde.

Mutter freute sich herzlich, als sie von meinem Zustand erfuhr.

»Nun, Dammy, als ob ich nicht genug an den Zwillingen hätte. Jetzt machst du mich auch noch zur Großmutter!«

Sie hatte sich nach der schweren Entbindung gut erholt und brachte mir oft einen Tee oder eingemachte Früchte ins Haus, während ich selten Caseman's Court betrat. Ein Fremder hätte in uns eher zwei Freundinnen in traulichem Gespräch als Mutter und Tochter vermutet.

Meine Halbbrüder Peter und Paul, beides kräftige kleine Schreihälse, hielten Mutter ständig in Atem. Nur selten überließ sie die Zwillinge dem Kindermädchen; sogar ihren Garten vernachlässigte sie ihrethalben. Sie weigerte sich auch, die Kinder nach damaligem Brauch fest in Tücher zu wickeln, und freute sich, wenn die Buben eifrig ihre kleinen Glieder regten.

In den Adventswochen schwoll das Gerede um den Königshof mächtig an. Das Volk bedauerte seine Königin, die seit der Erhebung der Anklage fast von Sinnen war, was ihre Gegner als Eingeständnis ihrer Schuld betrachteten.

»Ist es denn ein todwürdiges Verbrechen, daß Kathrin als junges Mädchen diesen Derham geliebt hat, wo niemand ahnen konnte, daß der König sie einmal zu seiner Gemahlin machen werde?«

»Fleischliche Liebe außerhalb der heiligen Ehe?« entrüstete sich Mutter. Wir saßen mit einer Handarbeit in meinem Stübchen.

»Sie glaubte damals wohl, Derham werde sie zur Frau nehmen«, verteidigte ich die Königin.

»Dann war es ein Verbrechen, daß sie vorgab, Jungfrau zu sein.« Mutter blieb bei ihrer Ansicht. »Und mit diesem Culpepper soll sie das lasterhafte Leben sogar noch während der Ehe fortgeführt haben.«

»Das Leben kann grausam für eine Frau sein.«

Mutter kräuselte ihre Lippen zu einem tugendhaften Lächeln. »Nicht, wenn sie ein einwandfreies Leben führt.«

»Mir tut sie trotzdem leid«, sagte ich. »So jung soll sie schon sterben.«

Mutter zuckte die Achseln. In Zeiten, in denen der Tod reiche Ernte hält, hat das Leben einzelner keinen großen Wert.

Noch im Dezember wurden Francis Derham und Thomas Culpepper hingerichtet; Culpepper wurde als Adliger enthauptet, während Derham, der von niedriger Geburt war, die barbarische Tortur des Hängens, Aufschlitzens und Vierteilens erleiden mußte. Und dies nur, weil sie die reizende Kathrin Howard zu sehr geliebt hatten.

Die Hoffnung, der König werde seine einstmals so geliebte Frau vor dem Tod bewahren, schlug fehl. Die antipapistischen Gegner wurden übermächtig und ließen keinen katholischen Einfluß auf den König zu. Zu geschickt hatten sie ihre Mittel und den Zeitpunkt der Enthüllung gewählt, um die Würde des Königs anzutasten, so daß er keine Milde walten lassen konnte, ohne sich als Hahnrei bloßzustellen.

In seinen Gefühlen tief verwundet und gedemütigt, rührte Heinrich keinen Finger, um seine Kathrin aus den Fängen der politischen Wölfe zu retten. An einem trüben Februartag ging Katharina Howard denselben Weg, den sechs Jahre zuvor ihre Cousine Anna Boleyn geschritten war.

Innerhalb eines Menschenalters hatte das Volk fünf Königinnen gesehen: zwei davon waren geschieden, zwei enthauptet und eine im Kindbett gestorben. Die Leute fingen an, sich zu fragen, was für ein Ungeheuer auf dem Thron saß. Aber immer noch, wenn Heinrich der Achte durch seine Hauptstadt ritt – ein dicker, blaurot angelaufener Mann mit einem offenen Geschwür am Bein –, jubelte ihm die Menge zu wie vor dreißig Jahren, als er noch der goldlockige Knabe war. »Lang lebe unser König!« gellte es. Vor dem scheinbar so mächtigen Herrscher, der doch nur ein Spielball politischer und religiöser Wechselströme war, wagte der kleine Bürger nicht aufzumucken.

Zu Weihnachten hatte ich die Zimmer mit Stechpalmen und Mistelzweigen geschmückt. Ich erzählte Honey in einfachen Worten die Weihnachtsgeschichte, der sie mit großen Augen und vielen Zwischenfragen lauschte.

Das neue Jahr bescherte uns bald nach seinem Beginn einen abermals verwitweten Monarchen. Die blutrünstige Politik stieß mich unsäglich ab, ich wollte nichts mehr davon hören. Hingegen begann mich zu interessieren, was mir einstmals läppisch und langweilig gedünkt hatte, nämlich das Frauengeplauder über Küchenrezepte und Kinderkleidchen. Mutter wußte sehr viel über diese Dinge und war froh, daß sie mir endlich ihre Kenntnisse weitergeben durfte. Sie weihte mich in die Geheimnisse des Einmachens ein und half mir bei der Anfertigung kleiner Häubchen und Hemdchen, obwohl sie für ihre eigenen Buben genug zu nähen hatte.

Wenn ich Simon außer Haus wußte, ging ich nun oft hinüber, um mich von Mutter an Ort und Stelle unterweisen zu lassen. Eines Tages, als sie in die Küche gerufen wurde, entdeckte ich unter dem Linnen, an dem sie gerade stickte, ein dickes Buch – so, als hätte sie es bei meinem Eintreten rasch druntergeschoben. Mutter und Bücher? Das schien mir doch reichlich sonderbar. Ich schlug es auf und blätterte darin. Das Herz wollte mir stocken: In leicht verständliche Sätze gefaßt, las ich die Thesen der lutherischen Religion.

Als ich Mutters Schritte auf dem Korridor nahen hörte, schob ich es rasch auf seinen Platz zurück. Während Mutter das Gespräch fortsetzte, bewunderte ich das hübsche Muster ihrer Stickerei und entdeckte ›zufällig‹ das Buch.

»Was liest du denn da?« fragte ich harmlos.

Mutter rümpfte die Nase. »Ehrlich gesagt, ich finde es schrecklich langweilig. Ich kämpfe mich nur deinem Stiefvater zuliebe hindurch.«

»Hat er es dir gegeben?«

»Er besteht darauf, daß ich es durchlese.«

»Mutter, du solltest es nicht offen herumliegen lassen, wo es jedermann in die Finger geraten kann.«

»Es ist ja nur ein Buch!«

»Aber ein verbotenes Buch über die Lehrsätze der protestantischen Religion, die der König bekämpft.«

»So genau habe ich darüber nicht nachgedacht«, verteidigte Mutter sich.

»Bitte, nimm dich in acht!«

»Du bist wie dein verstorbener Vater. Der vermochte auch aus jeder Nichtigkeit eine Staatsaffäre zu machen. Keine Sorge, mein Kind!« Sie streichelte mir die Hand. »Da, schau mal her – aus diesem Jäckchen ist mein kleiner Paul schon wieder herausgewachsen. Erstaunlich, wie der Junge sich macht.«

Und während wir uns im weiteren über unverfängliche Dinge unterhielten, dachte ich bei mir: Sieh mal einer an, Simon Caseman paktiert mit Ketzern. Wenn das gutgeht! Aber mir fiel ein, daß Bruno wegen der Beherbergung ehemaliger Mönche ebenso angeklagt werden konnte wie Simon für den Besitz dieses Buches. Es war eine verworrene Zeit. Ein wenig beruhigte es mich doch, daß ich nun im Notfall eine Waffe gegen Simon in der Hand hatte – eine Waffe allerdings, die auch Mutter treffen würde.

Ich erzählte Bruno von meiner Entdeckung. Er schwieg lange, als überlege er sich, welchen Nutzen sie ihm bringen könnte. Dann strich er mir über das Haar und bat mich, die Sorgen ihm zu überlassen – eine Bemerkung, die ich nun schon bald nicht mehr hören konnte. Aber mein Ärger zerstob rasch, als sich Wundersames ereignete: In mir regte sich zum erstenmal das Kind. Von nun an verschloß ich mich in meine kleine Welt, in der das Wunder der Schöpfung neu geschah: ein Vorrecht, das allen schwangeren Frauen zusteht.

Mein Baby wurde für den Juni erwartet. Mit meinem Umfang wuchs meine Ungeduld. James, der Hausdiener, den ich wegen seiner Kenntnisse ebenfalls im Verdacht hatte, früher Mönch gewesen zu sein, legte in einer sonnigen Ecke hinter dem Wohnhaus einen kleinen Blumengarten an, zu dem Mutter viele Stecklinge und Ableger beisteuerte. Dort saß ich gern mit einem Buch oder einer Handarbeit, oder ich ließ die Hände müßig in den Schoß sinken und sah Honey bei ihren Spielen zu. Ich hatte ihr versprochen, daß sie bald einen Spielgefährten bekommen würde. So sauste Honey von Zeit zu Zeit auf mich zu und fragte ungeduldig, wann es denn endlich soweit wäre.

Mutter sparte nicht mit guten Ratschlägen, um mir den beschwerlichen Zustand der letzten Wochen zu erleichtern. Sie bestand darauf, daß ich die Hebamme zu meiner schweren Stunde beizog, die sie von den Zwillingen entbunden hatte, und lobte ihre Geschicklichkeit. Ich fragte mich, ob sie das mönchische Wesen in unserem Haushalt bemerkte und mit Simon darüber sprach. Aber seit ich von den Ketzerschriften in ihrem Hause wußte, sagte ich mir, daß Simon sich hüten müsse, die Aufmerksamkeit auf sich zu lenken, solange er selber ungesetzliche Dinge täte.

Im April beobachtete ich an Bruno eine langsam einsetzende Veränderung. Oft sah er gedankenvoll vor sich hin und fuhr heftig empor, wenn ich ihn darauf ansprach.

»Bruno, das Bauen muß ja eine Unmenge Geld kosten. Denkst du vielleicht darüber nach?«

Er blickte mich verblüfft an. »Wie kommst du darauf?«

»Du grübelst neuerdings soviel.«

»Ich mache mir Sorgen um deinen Zustand, Dammy.«

»Um mich? Aber mir geht es ganz passabel.«

»Jedes Kind ist eine harte Probe für das Leben und die Gesundheit der Mutter.«

»Ich glaube, du kannst beruhigt sein. Mutter meint, es sei alles in bester Ordnung.«

»Dennoch werde ich froh sein, wenn unser Sohn endlich da ist.«

»Sprich nicht ständig von deinem Sohn. Wenn es nun eine Tochter wird?«

»Mein Erstgeborenes wird ein Sohn«, verkündete Bruno mit prophetischer Miene. »Du wirst sehen! Hinterher habe ich nichts gegen eine Tochter.«

Ich lächelte still. Sohn oder Tochter, es war mir völlig einerlei, wenn das Kind gesund war. Nur Bruno zuliebe hoffte auch ich, unser erstes Kind würde ein Knabe sein.

»Mir ist es ja nur recht, wenn du dir nicht über Kostenfragen den Kopf zerbrichst«, sagte ich fröhlich. »Du mußt viel Geld haben. Bislang haben wir nur welches hineingesteckt und noch keinen Penny Gewinn gesehen.«

»Ich bitte ich, Damascina, mische dich nicht in meine Angelegenheiten.«

»Aber ich wollte eigentlich damit nur sagen, daß du ruhig langsamer tun kannst. Wir wohnen doch recht ordentlich. Rom wurde auch nicht in einem Jahr erbaut«, wandelte ich das Sprichwort etwas ab.

Wieder trat der fanatische Glanz in seine Augen, als er antwortete: »Zweifle nicht an meinen Fähigkeiten. Ich werde vollbringen, was ich mir vorgenommen habe.« Er beugte sich zu mir nieder und küßte mich auf die Stirn. »Du hast keine andere Aufgabe, mein Liebes, als mir einen Sohn zu schenken.«

»Ich werde tun, was ich kann«, gab ich lächelnd zurück. Je weiter die Zeit vorrückte, desto schlechter schlief ich. Oft stand ich nachts auf – leise, um Bruno nicht zu wecken – und ging auf dem Korridor auf und ab, oder ich setzte mich ans Fenster und schaute in den gestirnten Himmel. Weit draußen wußte ich die Weide, an deren Fuß ein Rosmarinstrauch wuchs. Es tat mir weh, daß Vater sein Enkelkind nicht mehr sehen durfte.

Als ich eines Nachts erwachte, war das Lager neben mir leer. Dem Stand der Sterne nach mußte es um Mitternacht sein. Was hatte Bruno nicht ruhen lassen, daß er um diese Zeit aus dem Bett geschlüpft war? Vielleicht saß er bei Valerian in der Schreibstube; der alte Mann löschte seine Kerze oft erst im Morgengrauen aus. Ich stand auf und ging in Honeys Zimmer. Sie schlummerte friedlich. Ich deckte ihre nackten Beinchen zu und kehrte dann ins Schlafgemach zurück, wo ich vom Fenster aus den Wohntrakt der

Mönche sehen konnte. In der Schreibstube war es dunkel. Wo war Bruno? Sollte es möglich sein, daß... Aber nein! Ich scheuchte die häßlichen Verdächtigungen weit von mir.

Aus dem Erkerfenster konnte ich einen großen Teil der Gebäude im Auge behalten. Der Hof unter mir lag im fahlen Licht der Mondsichel, vor die sich hin und wieder eine dunkle Wolke schob. Ob der greise Abt auch in schlaflosen Stunden hier gesessen hatte? Am Kirchturm vorbei blickte ich über die Mauer hinweg auf die Fischteiche, deren silberne Flächen aus der Ferne herüberschimmerten.

Das Kind in mir bewegte sich. Besänftigend legte ich die Hand auf meinen Leib. Sei still, mein Kleines, bald werde ich dich im Arm wiegen. Selten wird ein Kind mit soviel Liebe erwartet wie du.

Wenn ich von dem Kind träumte, sah ich es nie als Knaben oder Mädchen vor mir; es war mein eigen Kind, das genügte. Peinlich wurde mir lediglich in letzter Zeit, daß die ehemaligen Klosterbrüder – von Brunos Erwartungen angesteckt – mir mit scheuer Ehrfurcht begegneten, als trüge ich den künftigen Erlöser.

Etwas hatte sich im Hof bewegt. Ich sah eine in eine Kutte gehüllte Gestalt über den Hof huschen. Die Größe und die Bewegungen der Gestalt erinnerten mich an den Geist, den ich einstmals vom Friedhof aus beobachtet hatte. Das Herz schlug mir hämmernd in der Brust; ich schlang mir die Arme um den Leib, als könne ich damit das Kind schützen oder zumindest beruhigen. Die Gestalt kam von der Kirche her und schlug die Richtung zu den Mönchsbehausungen ein. Als sie mitten auf dem Hof angelangt war, riß die Wolkendecke plötzlich auf und tauchte das Kloster in helles Mondlicht. Mit einem Ruck blieb der nächtliche Wanderer stehen und schaute sich hastig um, so daß die Kapuze von seinem Kopf glitt. Ich erkannte Brunos blonde Locken.

Schnell stülpte er die Kapuze wieder über und setzte seinen Weg fort. Bald darauf sah ich im Fenster der Schreibstube ein Licht aufflammen.

Kopfschüttelnd legte ich mich ins Bett zurück. Daß Bruno einen nächtlichen Gang zur Schreibstube einschlug, konnte ich noch verstehen; lagen dort doch die Baupläne und Kostenvoranschläge verwahrt. Aber weshalb zog er sich dazu eine Kutte an, und warum kam er aus der Kirche? Von Müdigkeit überwältigt schlief ich schließlich ein. Als ich das nächste Mal die Augen aufschlug, dämmerte der Morgen, und Bruno lag tief atmend an meiner Seite.

Ein unbestimmtes Gefühl warnte mich davor, ihn merken zu lassen, daß ich hinter sein Geheimnis gekommen war. Sein Geheimnis? Was wußte ich denn davon? Was wußte ich überhaupt von dem Mann, der sich mein Gemahl nannte?

Vormittags kam Bruno in das Zimmer, wo ich gerade der kleinen Honey Märchen vorlas.

»Dammy, ich habe dir etwas mitzuteilen. Erschrick nicht, aber ich muß für einige Wochen verreisen.«

»Jetzt willst du verreisen? Wohin denn?«

»Ich muß unbedingt eine Reise auf das Festland unternehmen.«

»Weshalb? Entschuldige meine Neugier, aber das kommt alles so plötzlich.«

In Brunos Miene spiegelte sich ein flüchtiger Ärger. »Warum? Eine geschäftliche Angelegenheit, nichts weiter!«

»Wegen der Abtei?«

»So ungefähr.« Bruno zwang sich sichtlich zur Geduld. »Du mußt zugeben, daß der Bau weit fortgeschritten ist.«

»Ich sehe vor allem, daß unser Zuhause einem Kloster immer ähnlicher wird.«

»Was verstehst du schon davon?«

»Viele der alten Mönche sind wieder da. Nun gut, sie arbeiten auf dem Feld, brauen Bier und backen Brot. Aber sie führen ihr einsames Leben wie zuvor und betrachten dich als eine Art Abt. Ich bin überzeugt, daß sie die halbe Nacht auf den Knien im Gebet verbringen.«

»Das geht mich nichts an. Natürlich läßt sich nicht leugnen, daß dies hier früher eine Abtei war, aber jetzt ist es ein Herrensitz. Und ich bitte dich inständig: Kümmere dich nicht um Dinge, die du nicht verstehen kannst.«

»Ich soll mich nicht um das Haus kümmern, in dem unsere Kinder aufwachsen werden? Wie stellst du dir das vor?« Ich spürte, wie ich mich ereiferte, und fuhr deshalb gefaßter fort: »Du sagtest, du willst verreisen?«

»Nur für ein paar Wochen. Ich muß nach Frankreich – vielleicht auch nach den Niederlanden, das weiß ich jetzt noch nicht. Hab keine Angst, hier geht alles in gewohnter Ordnung weiter. Dafür habe ich gesorgt.«

»Kannst du die Reise nicht aufschieben, bis das Kind da ist?«

»Ich sehe schon, du läßt mir doch keine Ruhe, bis ich dir nicht alles klipp und klar erläutert habe«, sagte Bruno mit einem Seufzer und ließ sich neben mir nieder. »Also, meine liebe Dammy, hör zu: Ein so großes Gut ist ein kostspieliges Unterfangen. Wenn wir es behalten wollen, müssen wir möglichst bald Gewinn daraus erwirtschaften. Deshalb habe ich mir folgendes überlegt. In Frankreich baut man eßbare Wurzeln an, die dort ausgezeichnet gedeihen und als Gemüse gern gegessen werden. Man nennt diese Gewächse Karotten und rote Beete. Es gibt noch andere Rübenarten, die man hierzulande nicht kennt. Ich möchte lernen, wie man sie anbaut, und Saatgut kaufen. Wenn ich sofort fahre, kann ich dieses Jahr noch aussäen.«

Das hörte sich vernünftig an. Wenn nur die Nacht nicht gewesen wäre. Warum trieb Bruno sich in dieser Verkleidung herum, in der er jeden, der ihn zufällig sah, in Schrecken versetzte? Daß er nicht erkannt werden wollte, konnte nur bedeuten, daß er sich in eine verbotene oder gefährliche Sache einließ. Ich ging wohl nicht fehl, wenn ich ihm eine geheime politische Tätigkeit unterstellte. Wäre Honey nicht zu meinen Füßen gesessen, so hätte ich sicherlich so lange gefragt, bis Bruno mit der Wahrheit herausrückte.

Viel später erst sollte ich die Gründe für sein Verhalten erfahren. Aber das geschah zu einer Zeit, in der wir wie Fremde nebeneinander lebten. Vorerst zügelte ich meine Neugier, um Bruno nicht zu verärgern, und betrat damit unwissentlich einen langen Weg, der uns weit auseinanderbrachte.

Damals waren wir noch glücklich. Ein paar Tage später trat Bruno die Reise nach Frankreich an.

Während Brunos Abwesenheit besuchte uns Rupert auf der Durchreise. Ich befahl einem Knecht, sein Pferd zu versorgen, und führte Rupert auf den Altan, wohin ich Wein und Gebäck kommen ließ. Nach einigen befangenen Fragen nach unserem gegenseitigen Wohlergehen saßen wir einander verlegen gegenüber, als Honeys Gesichtchen um die Ecke lugte. Rupert lockte das kleine Mädchen freundlich zu sich heran, bis es die Patschhändchen in seine Männerhand legte. Dann packte er sie unter den Achseln und ließ Honey hoch in die Luft fliegen. Die Kleine kreischte vor Vergnügen.

»Bitte noch mal!« bettelte sie immer wieder, wenn er sie absetzte. Eine feste Freundschaft schien geschlossen. Als endlich beide müde waren, nahm Rupert das Kind wie selbstverständlich auf den Schoß, wo sich Honey voller Wonne an ihn kuschelte.

Nun erst kostete er von dem Wein.

»Ausgezeichnet«, lobte er.

»Eugens Verdienst«, sagte ich. »Er und Clemens sind uns von Caseman's Court nachgefolgt.«

»Es sind treue Seelen. Aber unter uns – stimmt es, daß die Abtei neu gegründet wird?«

»Jetzt kommst du auch noch damit. Nein, natürlich nicht. Wir bauen sie zu einem Landgut um. Die Gebäude sind allerdings recht weitläufig, aber daran läßt sich im Augenblick nichts ändern. Bruno ist übrigens gerade unterwegs, um Saatgut für neue Gemüsesorten einzukaufen. Allmählich müssen wir mit der Tilgung unserer Schulden beginnen, und Bruno erhofft sich aus den Rübengemüsen einen großen Gewinn.«

Auf Ruperts Wunsch zeigte ich ihm die Gebäude und den neu angelegten Garten. Wir gingen auch zur Mühle und zu den Fischteichen. Unterwegs erzählte er mir, daß er mit seinem Los zufrieden sei: Die Böden seines Pachtgutes brachten gute Erträge, er selbst bewohnte ein kleines, aber sehr hübsches Landhaus, und die Pachtsumme, die er jährlich seinem Schwager zahlte, war gemessen an den Einkünften lächerlich gering.

»Mein bescheidenes Heim läßt sich natürlich nicht mit Remus Castle oder gar mit eurem Besitz vergleichen – aber für mich langt es allemal.« Wehmütig blickte er mich an. Ich las in seinen Gedanken und sagte deshalb rasch: »Du solltest bald heiraten, Rupert.«

»Vorläufig steht mir nicht der Sinn danach.«

»Hast du zuverlässige Dienstboten?«

»Doch, das kann man wohl sagen.«

»Nun, dann hat es keine Eile. Schau dir Honey an: Wie ein Hündchen läuft sie dir überall nach. Du wirst einmal ein guter Vater, glaub' ich.«

»Vermutlich werde ich mein Leben lang Junggeselle bleiben«, sagte Rupert mit leiser, aber fester Stimme. Ich schlug die Augen nieder. Er wird darüber hinwegkommen und mich bald vergessen, redete ich mir ein. In ein paar Jahren wird er eine gute Frau finden; er verdient es, glücklich zu werden!

Nachdem wir zu dritt gegessen hatten, übergab ich Honey dem Kindermädchen und begleitete Rupert ein Stück auf die Felder hinaus. Er führte sein Pferd am Zügel, begutachtete den Stand der Saat und äußerte sich anerkennend über die Ländereien. Bald würden wir ein reiches Landgut besitzen, sagte er; soviel landwirtschaftliches Geschick habe er Bruno gar nicht zugetraut.

Als wir weit genug vom Hause waren, um nicht zufällig belauscht zu werden, sagte Rupert: »Ich bin aus Sorge um euch hergekommen. Simon Caseman führt neuerdings sonderbare Reden.«

»Dem habe ich noch nie über den Weg getraut. Was sagt er?«

»Er verkündet landauf, landab, dein Mann spiele den Abt des Klosters, nachdem er dort die alte Ordnung wiederhergestellt habe.«

»Unsinn. Du hast es ja selber gesehen. Ein paar unserer Landarbeiter waren früher Mönche, das ist alles. Clemens und Eugen kennst du ja.«

»Laß dich warnen, Dammy. Ihr spielt mit dem Feuer.«

»Wir verstoßen gegen kein Gesetz.«

»Das weiß ich. Aber du selbst hast erfahren, was in diesem von Machtgier und Mißgunst regierten Lande Ordnung und Gesetz bedeuten.«

»Simon ist neidisch. Er wollte das Kloster selber haben.«

»Dammy, wenn du je Hilfe brauchen solltest, ich bin für dich da.«

»Danke, Rupert. Auf dich war immer Verlaß.« Wir verabschiedeten uns wie Schwester und Bruder.

Als ich nach Hause zurückkehrte, dachte ich über Rupert nach. Wie einfach wäre das Leben für uns alle gewesen, wenn ich ihn anstatt Bruno geliebt hätte. Aber Liebe und Vernunft gehen oft getrennte Wege. Nein, ich bereute nichts. Dennoch war es beruhigend für mich zu wissen, daß Rupert nach wie vor mein bester Freund war.

Bruno hatte von der Reise Säcke voll kostbaren Saatgutes aus den Niederlanden mitgebracht. Er legte mir ein Päckchen mit Brüsseler Spitzen in die Hände und stellte einen kleinen silbernen Trinkbecher auf den Tisch, währenddessen er mich bedeutungsvoll anlächelte. Über seine Erlebnisse redete er wenig. O doch, er habe sich genau nach der Aufzucht der neuen Gemüse erkundigt und das wichtigste notiert. Sonst? Nicht der Rede wert, was ihm widerfahren sei. Mich plagte die Neugier nicht übermäßig, da die Ankunft des Babys unmittelbar bevorstand und ich mich dementsprechend fühlte.

Mutter kam nun jeden Tag auf eine Stunde herüber. Wenn sie sich vergewissert hatte, daß bei mir noch alles beim alten war, ging sie gern in den Garten, für den Bruno einige Gewächse aus Holland mitgebracht hatte.

James, der ihn angelegt hatte und nun betreute, war ein Mann um die Dreißig. Ob er früher geweihter Mönch oder nur Laienbruder war, habe ich ihn nie gefragt. Er verstand viel von Pflanzen und wußte selber meiner erfahrenen Mutter noch manchen Ratschlag zu erteilen. Seine Rosen wetteiferten mit den ihren in der Blütenpracht, was Mutter unumwunden zugab.

Nun, da sie bald Großmutter werden sollte, erinnerte sie sich oft an die Tage und kleinen Episoden meiner Kindheit. Sie schien weit glücklicher als damals. Und obwohl mir nicht recht einleuchten wollte, wie sie mit Simon Caseman glücklicher sein konnte als mit meinem gütigen Vater, war dies offensichtlich der Fall.

Mutter bestand darauf, daß ich sie bei den ersten Wehen rufen ließ, und sei es mitten in der Nacht. Der Hebamme habe sie schon Bescheid gesagt.

»Ich habe noch nie so stark gespürt, wie gern du mich hast, als gerade jetzt«, sagte ich in einer plötzlichen Gefühlsaufwallung.

Mutter wehrte errötend ab: »Rede keinen Unsinn! Bist du denn nicht meine einzige Tochter?« Ich begann zu verstehen, daß der schwerste Schicksalsschlag meines Lebens für Mutter die Tür zu einem freieren, ihr gemäßeren Dasein geöffnet hatte. Wie seltsam: Nichts war bodenlos schlecht, nichts war schlackenlos rein.

Als die Wehen ein paar Tage später einsetzten, hielt sich die Hebamme auf Mutters Betreiben längst als ständiger Gast in der Abtei auf.

Die Geburt dauerte nicht übermäßig lange. Die Gewißheit, daß ich nun bald mein Kind in die Arme schließen konnte, ließ mich die Mühsal vergessen und gab mir eine Ahnung von der Kraft, mit der die Märtyrer ihre Qualen lachend ertragen.

Als ich endlich den kräftigen Schrei meines Babys hörte, erfüllte sich mein Herz mit unbändiger Freude. Es war da – mein Kind lebte! Ich schlug die Augen auf. Mutter und Bruno standen an meinem Bett.

»Das Baby...«, flüsterte ich.

»Gleich, Dammy. Gleich wirst du deine kleine Tochter sehen.«

Ein Mädchen! Nun wußte ich, daß ich mir insgeheim immer eine Tochter gewünscht und nur Bruno zuliebe von einem Sohn gesprochen hatte. Bruno! Bisher hatte er noch kein Wort gesagt.

Die Hebamme legte mir das in ein sauberes Tuch gewickelte Kind in den Arm, und ich dachte: Das ist der glücklichste Augenblick meines Lebens.

Obwohl ich Brunos Sehnsucht nach einem Sohn kannte, hätte ich nie geglaubt, daß eine Tochter ihn so maßlos enttäuschte. Er sah das Kind kaum an. Für mich rang er sich ein paar freundliche Worte ab und verließ dann rasch das Zimmer.

Bald nachdem ich aufstehen durfte, wurde die Taufe in schlichtem Rahmen abgehalten. Nichts von der triumphalen Feier, die Bruno für seinen erstgeborenen Sohn angesetzt hatte. Er überließ mir die Wahl des Namens; eine Tochter interessierte ihn nicht.

So gab ich meiner Tochter den Namen Catherine nach ihrer Tante Kate und der ersten Frau des Königs, die ich verehrte, und nahm mir fest vor: Ich will die Abneigung deines Vaters an dir gutmachen, mein Kind. Ich werde dich so lieben, daß du niemals etwas vermissen wirst.

Ich nannte sie ›meine kleine Catty‹. Wie die Hebamme meinte, war sie ein häßliches Baby. Aber das mache nichts: Alle wirklich schönen Mädchen seien als häßliche Kinder auf die Welt gekommen.

Mich focht das nicht an; ich fand Catty vom ersten Augenblick an bezaubernd. Und doch mußte die Hebamme recht haben, denn Catty wurde von Tag zu Tag hübscher.

Das Ende des Zeitalters

Der Sommer, in dem Catty geboren wurde, war eine Zeit reger Geschäftstätigkeit. Zum Tor herein schwankten hoch mit Heu beladene Wagen; das holländische Wurzelgemüse schien sich in unserem heimischen Boden wohlzufühlen, und wir genossen die erste köstliche Mahlzeit aus jungen Karotten. Im Herbst brachte Bruno die erste Ernte in die Scheuern, im November schlachteten wir das überzählige Vieh und pökelten es als Wintervorrat ein. Wenn ich sage ›wir‹, so meine ich damit unser Hauswesen; denn ich ging völlig in der Pflege meines Babys auf. Wenn Catty nieste, schickte ich schon um einen Hustentrank. Mutter lachte mich oft aus wegen meiner Ängstlichkeit.

»Jede Mutter ist übermäßig besorgt um ihr erstes Kind«, sagte sie. »Warte, bis erst dein zweites da ist, dann wirst du von selbst gelassener.«

Zu meiner hellen Freude gedieh das Baby prächtig. Ich bewunderte die winzigen und doch so vollkommen ausgebildeten Händchen und Füßchen, ich schaute tief in die großen blauen Augen, die meine Tochter von ihrem Vater geerbt hatte. Als Catty mich das erste Mal anlachte, ging für mich eine neue Sonne auf.

Eines Tages drang die Außenwelt in Gestalt eines Briefes in das Paradies des Kinderzimmers ein. Kate schrieb:

›Liebe Dammy,
ich würde Euch gerne besuchen, um meine kleine... ja, was ist sie eigentlich? Eine Cousine irgendwelchen Grades vermutlich... Also, um mein Patentöchterchen kennenzulernen.‹

Lächelnd dachte ich: Wie bezeichnend für Kate, daß sie über ihr Verwandtschaftsverhätlnis zu Catty Überlegungen anstellte!

›Nach deinen Briefen zu urteilen, ist sie das größte Wunder, das die Welt jemals getragen hat. Bekanntlich ist das Urteil der eigenen Mutter meist ein wenig übertrieben. Ich muß also diesen Ausbund an Vollkommenheit mit eigenen Augen begutachten. Remus ist in Angelegenheiten der Krone nach Schottland unterwegs. Da dachte ich, ob Ihr mich und Carey für einige Zeit bei Euch in St. Bruno beherbergen wollt? An Platz dürfte es Euch nicht mangeln...‹

Beim Lesen wurde mir etwas unbehaglich zumute. So gern ich Kate bei mir hatte, so sehr fürchtete ich mich vor ihrem alles durchdringenden Blick. Und da sie sich hauptsächlich für die Beziehungen zwischen mir und Bruno interessierte, konnte ihr nicht lange entgehen, welche Entfremdung sich seit der Geburt unserer Tochter zwischen uns eingestellt hatte.

Schön und voll wirbelnder Lebendigkeit wie immer, traf Kate zum ausgemachten Zeitpunkt bei uns ein.

»Wie gut, daß ich keinen schottischen Lord geheiratet habe«, rief sie, während wir uns umarmten. »Dann könnten wir uns nur alle Jubeljahre treffen.« Sie hielt mich an den ausgestreckten Armen von sich ab und musterte mich kritisch von Kopf bis Fuß.

»Das ist also Damascina, die Mutter. Hast du zugenommen? Eigentlich kaum. Dennoch siehst du noch gesetzter aus als früher. Aber es steht dir nicht schlecht, das muß ich zugeben. Wo ist das Musterbaby, das nach mir genannt wird?«

»Wir sagen Catty zu ihr«, erklärte ich und führte Kate an die Wiege.

»Catty ist jetzt schon eine kleine Schönheit«, sagte Kate bewundernd.

»Die Hebamme war der Meinung, sie sei nach der Geburt recht häßlich gewesen.«

»So? Da hast du aber mächtig aufgeholt, kleine Catty. Was hältst du von deiner Cousinen-Tante Kate?«

Das Baby lächelte Kate mit seinen bezaubernden Grübchen an.

Kate bückte sich und küßte das Kind auf beide Wangen. »Da, mein Herzchen. Ich denke, wir werden uns gut vertragen.«

Carey stand verlegen im Hintergrund, ein hübscher, sehr neugieriger Junge von zweieinhalb Jahren. Ich begrüßte ihn mit Handschlag, was ihn ausgesprochen freute; offensichtlich wollte er nicht mehr wie ein Baby abgeküßt werden.

Er interessierte sich ungemein für die Wiege, in der Catty krähend mit den Händchen fuchtelte. Ich sah mich nach Honey um. Sie hatte sich hinter der Tür versteckt, so daß ich sie erst mit vielen guten Worten zur Begrüßung hervorlocken mußte. Obwohl ich mich in ihrer Gegenwart äußerst in acht nahm, blieb es ihrem feinen Instinkt nicht verborgen, daß mir mein eigenes Kind näherstand. Da ich Eifersucht und Zwietracht zwischen den Kindern vermeiden wollte, zog ich Honey stets aus ihrem Schmollwinkel zu kleinen Hilfeleistungen herbei.

»Bitte, gib mir mal das Tuch dort, Honey. Vielen Dank! Willst du Catty die Härchen bürsten? Wie gut du das schon kannst. Siehst du, Catty kann das noch nicht, sie muß alles erst lernen. Du bist ja auch viel größer und geschickter als sie.«

Daß sie Catty überlegen war, tröstete Honey ein wenig. »Schau mal, wie sie lächelt. Merkst du, wie lieb dich dein Schwesterchen hat?« Aber wenn Keziah die Wahrheit gesagt hatte, war Honey eigentlich die Tante meines Babys.

Nun musterte sie Carey von oben bis unten und streckte ihm dann spontan die Hand hin. Wir lachten.

Als Bruno sich zur Begrüßung einfand, schritt Kate mit einem verklärten Gesichtsausdruck auf ihn zu, Klein-Carey an der Hand. Bruno ging in die Hocke und sah ernst – wie mich dünkte, fast schmerzlich bewegt – in das kleine Bubengesicht. Dann streckte er die Arme aus und drückte das Kind fest an sich. Wie sehr er sich nach einem Sohn verzehrte! Mit unverhohlenem Stolz beobachtete Kate die Szene. Ich glaubte zu wissen, was in ihr vorging: Hier war sie es, die von anderen um etwas beneidet wurde.

Später bei Tisch kamen wir auf die unvermeidlichen Hofgeschichten zu sprechen. Es war nicht zu fassen, der König hielt schon wieder nach einer Ehefrau Ausschau.

»Mein Gott, der Arme hat auch solches Pech mit seinen Gemahlinnen«, spöttelte Kate. »Aber nach allem, was geschehen ist, wird er nicht so leicht eine finden. Die in Frage kommenden Damen überlegen es sich zehnmal, ob sie die Ehre nicht doch besser ausschlagen sollten. Viele Eltern weigern sich, ihre Töchter an den Hof zu schicken, und schützen Pocken oder andere ansteckende Krankheiten vor, um sie vor einem ähnlichen Schicksal zu bewahren. Erst vor kurzem wurde nämlich ein Gesetz erlassen, demzufolge jede Dame sich des Hochverrats schuldig macht, die nicht als unberührte Jungfrau des Königs Bett besteigt. Und da man hierzulande alles beweisen kann, was man will, zittert jede Dame bei Hofe, wenn der Blick des Königs sie länger als nur zufällig streift.«

»Sollte Heinrich im Ernst noch ein sechstes Mal heiraten wollen?«

»Zuzutrauen wäre es ihm. Er ist zwar schon über fünfzig, dick wie eine Tonne und hat ein offenes Geschwür am Bein. Aber immer noch ist er König. Der hohe Rang macht manche körperliche Unzulänglichkeit vergessen.«

»Daran dachte ich weniger«, erwiderte ich. »Aber welche Frau schaudert nicht vor seiner streichelnden Hand zurück, wenn sie an das Schicksal ihrer Vorgängerinnen erinnert wird?«

Als wir abends allein in meinem Zimmer waren, Kate auf meinem Bett, ich im Armstuhl am Fenster sitzend, spann sie das Thema weiter fort.

»Also, wenn du mich fragst, ich würde mich nie in einen Pferdeknecht verlieben, und sei es der schönste Mann auf der Erde. Ein ältlicher König könnte mich hingegen durchaus reizen.«

»Komm, gib dich nicht zynischer, als du in Wirklichkeit bist.«

»Du weißt doch, ich war schon immer so veranlagt.«

»Laß dir bloß nicht einfallen, dem König den Kopf zu verdrehen. Imstande dazu bist du, das bezweifle ich nicht. So seltsam es klingen mag: es wäre mir doch leid, wenn dein hübscher Kopf von den Schultern getrennt würde.«

»Keine Bange, der sitzt fest auf seinem angestammten Platz. Vergiß nicht, ich bin mit Remus verheiratet, auch wenn dieser gerade am Feldzug gegen Schottland teilnimmt. Und falls er dort nicht den ehrenvollen Heldentod findet, bin ich kaum in der Lage, mir einen anderen Mann zu suchen.«

»Ich wußte gar nicht, daß dein Mann in den Kampf nach Schottland gezogen ist.«

»Ja. Der König hat beschlossen, den ewigen Grenzstreitigkeiten ein Ende zu setzen.«

»Davon habe ich noch nichts gehört.«

»Die Amselmutter sieht nicht über den Nestrand, was? Übrigens wurde die Aktion lange geheimgehalten. Ich für mein Teil vermute, daß die Engländer angefangen haben und als erste in Schottland eingefallen sind. Zu gern würde sich Heinrich auch noch die schottische Krone aufs Haupt setzen. Deshalb hat er den Herzog von Norfolk mit einer großen Streitmacht gegen die Schotten gesandt. Einer der Befehlshaber ist mein guter Remus. Keine Angst, es wird ihm schon nichts zustoßen. Schließlich kämpft er ja längst nicht mehr in der ersten Reihe.«

Bevor wir uns selber zur Ruhe begaben, schauten wir noch einmal ins Kinderzimmer, wo unter der Obhut eines Kindermädchens Carey und Honey tief schlafend in ihren Bettchen lagen. Etwas abseits in einem Alkoven schlummerte meine kleine Catty, die geballten Fäustchen an die Stirn gepreßt.

»Sind schlafende Kinder nicht entzückend?« flüsterte Kate.

Solange Kate bei uns zu Gast war, hielt ich mich seltener in der Kinderstube auf. Oft lachte sie mich aus, wenn ich mitten im Gespräch aufsprang und nach den Kindern sah, ob ihnen auch wirklich keinerlei Gefahr drohte. Aber ich konnte mir nicht helfen: Catty war mein Liebstes auf der Welt.

Die Mahlzeiten nahmen wir drei Erwachsenen gemeinsam in der Halle ein. Carey und Honey waren noch zu klein, um mit uns zu essen. Bruno und ich saßen uns an den Tischenden gegenüber, Kate in der Mitte zwischen uns an einer Breitseite, so daß ich ihr Gesicht nicht sehen konnte, wenn sie zu Bruno sprach. Aus seinem Mienenspiel entnahm ich jedoch, daß sie einander häufig verständnisvoll anblickten. Ich wurde nicht recht schlau aus ihnen: Kate begegnete Bruno mit jener ironisch übertriebenen Verehrung, die ich aus unseren Kindertagen gut kannte. Bruno benahm sich ernst und würdevoll, als ob er ihre Worte für bare Münze nähme und die Pfeilspitzen darin nicht bemerkte. Dabei sah er sie mit schlecht verhohlener Bewunderung an.

Clemens übertraf sich selber. Er sorgte für große Stücke saftig gebratenen Fleisches, buk riesige Pasteten, die er Kate zu Ehren mit dem Remusschen Wappen verzierte, und ließ es uns auch nicht an Schinken, Geflügel, Käse und frischer Butter mangeln. Dazu aßen wir das neue Gemüse aus Holland, nach dem unsere Nachbarn immer häufiger fragten. Nächstes Jahr, so schätzte Bruno, würde die Abtei den Markt von London mit Karotten und roten Beten beliefern.

Obwohl sie ihn wegen seiner hausväterlichen Neigungen hänselte, hörte Kate seinen Ausführungen aufmerksam zu.

Nach Tisch ging ich meist für eine Weile ins Kinderzimmer, während Kate im Klostergarten einen Spaziergang machte.

Einmal sagte sie nach ihrer Rückkehr: »Sag mal, was geht hier vor? Ihr lebt ja wie in einem Königreich, dem Bruno wie eine Art Priesterkönig vorsteht. So ein Anwesen habe ich mein Lebtag noch nicht gesehen. Was weißt du über Bruno?«

»Ich verstehe deine Frage nicht, Kate.«

»Du mußt ihn doch kennen, er ist dein Mann.«

»Natürlich.« Wie leicht mir die Lüge über die Lippen glitt.

»Wie benimmt er sich – als Ehemann?«

»Freundlich wie immer. Im Augenblick hat er ziemlich viel zu tun.«

»Das meine ich nicht. Liebt er dich sehr, Dammy? Ist er leidenschaftlich?«

Tiefe Röte stieg mir in die Wangen. Abweisend sagte ich: »Jetzt fragst du zuviel, Kate.«

»Er war doch auf einen Sohn versessen, nicht? Was sagte er, als er hören mußte, daß er nur eine Tochter bekommen hatte?« Kate lachte, es klang fast höhnisch. Ich war nahe daran, sie zu ohrfeigen wegen ihrer Schadenfreude darüber, daß unser Kind ›nur‹ ein Mädchen war und nicht der Sohn, nach dem Bruno so sehr verlangt hatte. »Nun ja. Natürlich wollte er einen Sohn, wie alle anderen Männer auch. Gut, ich gebe es zu: Er war ein wenig enttäuscht.«

»Nur ein wenig? Hältst du mich eigentlich für blind? Könige wollen einen Nachfolger für ihr Reich, und Bruno ist auf bestem Wege, sich eines aufzubauen.«

Was konnte ich darauf entgegnen? Ich schwieg.

Kate lenkte ein und begann von den Zeiten zu sprechen, in denen wir Kinder uns heimlich im Klostergarten getroffen hatten.

»Alles, was mit uns geschieht, übt irgendeine Wirkung auf uns aus«, sinnierte Kate, wie sie gern zu tun pflegte. »Unser gegenwärtiges Ich entstammt unserer Vergangenheit. Nimm uns drei als Beispiel: Seit früher Kindheit sind unsere Leben miteinander verwoben wie Fäden in einem Teppichmuster. Daran wird sich auch weiterhin nichts ändern.«

»Und Rupert?«

»Rupert gehört nicht in den kleinen Kreis, wie du sehr wohl weißt. Wir drei hängen wie Äpfel an einem Ast: Erst waren wir Knospen, nun sind wir Früchte, und wenn unsere Zeit gekommen ist, werden wir abfallen, einer nach dem anderen. Aber bis dahin hängen wir am selben Baum, vergiß das nicht, Dammy.«

Nein, ich vergaß ihre sonderbare Rede auch dann nicht, als sie längst abgereist war.

Manchmal sah ich Kate und Bruno nebeneinander herwandeln, allerdings nicht häufiger, als sich zufällige Begegnungen zwischen Hausgenossen ergeben mögen. Worüber sie wohl sprachen, wenn sie allein waren? Ach was – mochen sie doch reden! Ich wandte mich wieder meiner kleinen Catty zu.

Nur selten drangen neue Nachrichten aus Schottland bis in die Abtei vor. Schottland war weit und der Weg lang. Erst als im Dezember die Kunde über den großen Sieg des englischen Heeres bis zu uns gelangte, hörten wir von der Schlacht bei Solway Moss.

Kate schrieb, der König habe ihren Mann für seine Tapferkeit mit einem Lehnsgut an der schottischen Grenze belohnt, er müsse deshalb die nächsten Monate dort verbringen. Ob sie die Gelegenheit nützen könne, um uns abermals zu besuchen.

Bald nach ihrer Ankunft warf sie mir vor, ich vergrabe mich dermaßen in Haushalt und Kinderstube, daß ich kaum mehr zu ernsten Diskussionen fähig sei. Ich hielt ihr entgegen, daß ihre ›ernsten Diskussionen‹ fast ausschließlich handfesten Klatsch zum Gegenstand hatten, für den ich mich allerdings nur mäßig interessierte.

»In gewisser Weise hast du recht«, gab sie zu. »Aber du sollst allmählich wissen, daß der Klatsch das Saatbeet der kommenden Ereignisse ist. Hab' ich es dir nicht schon im vorigen Herbst prophezeit? Nun hat der König tatsächlich wieder eine Braut, noch dazu eine mit lutheranischen Neigungen. Aber sie hat den Vorteil, daß sie als zweifache Witwe nicht vom neuen Keuschheitsgesetz bedroht ist. Eine Katharina übrigens – anscheinend hegt der König eine Vorliebe für diesen Namen.«

Kate sollte recht behalten, denn nur wenige Wochen später, im Juli des Jahres 1543, nahm Heinrich der Achte Katharina Parr zu seiner sechsten Frau.

Aber vorerst hatten wir noch Juni, und Cattys erster Geburtstag war gekommen. Clemens buk einen riesigen Kuchen, den wir feierlich im Kinderzimmer anschnitten. Carey, der auch diesmal mitgekommen war, und Honey hatten mehr Spaß an dem Fest als Catty, die noch nicht viel begriff und von meinem Schoß aus den Spielen der anderen zusah.

Kate und Bruno winkten ab, als wir sie zur Teilnahme aufforderten. Ich war darüber gekränkt, aber Kate schnippte nur mit den Fingern. So blieb ich mit den Kindern und ihren Kindermädchen allein, bis uns einfiel, Clemens und Eugen als Kavaliere zum Fest zu laden. Die beiden Alten, die für die Kinder schwärmten, taten denn auch ihr Bestes zur allgemeinen Unterhaltung. Eugen sang ihnen mit seiner an Kirchenliedern geschulten Stimme Kinderweisen vor, während Clemens wie ein Hund auf dem Boden herumkroch und die Größeren auf seinem Rücken reiten ließ. Sooft er an mir und Catty vorbeikam, bellte er kräftig, worüber die Kleine in hellstes Lachen ausbrach.

Die Kinder waren begeistert; ich lachte herzlich mit über die Vorstellung.

Im August entdeckte ich zu meiner und Brunos Freude, daß ich erneut schwanger war. War auch mein erster Versuch, ihm den Sohn zu gebären, fehlgeschlagen, so hatte ich mich doch als fruchtbar erwiesen und würde nun meinen Fehler gutmachen: so etwa drückte Bruno sich aus.

Der Gedanke an ein zweites Kind versetzte mich wieder in jenen Zustand heiterer Erwartung, den ich schon von Catty her kannte. Bereits nach Weihnachten holte ich Cattys erste Hemdchen hervor und erzählte den kleinen Mädchen, als sie sich darüber wunderten, daß sie nun bald ein Geschwisterchen bekämen.

Catty, die zwar nicht verstand, was das bedeutete, aber instinktiv meine Freude spürte, klatschte lachend in die Händchen; Honey maulte jedoch verdrossen: »Ich will kein Geschwisterchen. Ich will auch Catty nicht. Es soll wieder so sein, wie als ich mit dir allein war.«

Ich nahm sie auf den Schoß und versuchte, sie zu überzeugen, daß es doch viel lustiger sei, mit Kindern zu spielen, als ständig den Erwachsenen folgen zu müssen.

Aber Honey ließ sich nicht mit schönen Reden abspeisen und fragte rundheraus: »Wen magst du lieber: mich, Catty oder das neue Baby?«

»Aber Honey, du weißt doch! Ich habe euch alle gleich lieb.«

»Das ist nicht wahr!« schrie sie mit überkippender Stimme. »Das hast du nicht!«

Mir war, als hätte mich das Kind bei einer Lüge ertappt. Natürlich hatte sie recht; aber wie konnte ich zugeben, daß meine eigenen Kinder meinem Herzen näherstanden? Um sie abzulenken, begann ich ein Märchen zu erzählen, und bald lachte Honey wieder.

Als es zu dämmern begann, war Honey verschwunden. Reuevoll klagte ich mich an, daß ich mich dem leidenschaftlichen Kind nicht lange genug gewidmet hatte, um ihm die selbstsüchtigen Grillen aus dem Kopf zu vertreiben. Bald würde es dunkel sein; wir mußten Honey rasch finden, was in den weitläufigen Abteigebäuden keine leichte Aufgabe war. Zuerst schaute ich mit den Mädchen in alle Winkel und Verstecke des Wohnhauses, bevor ich nach Clemens schickte. Honey war sein besonderer Liebling; vielleicht wußte er, ob sie ein neues Versteck gefunden hatte. Aber Clemens schüttelte den Kopf. Er band die weiße Schürze ab und lief, wie er war, mit bemehlten Händen davon.

Er durchsuchte die Ställe und Wirtschaftsgebäude: Wen er unterwegs antraf, wurde aufgefordert, sich an der Suche nach Honey zu beteiligen. Nach einer Weile kam er totenblaß zu mir zurück und sagte nur: »Die Fischteiche!« Er machte kehrt und rannte zu den Teichen hin, ich klopfenden Herzens und keuchend hinterher.

Aber an den Teichen trafen wir Fischer, die eben ihre Geräte verstauten und im Begriff waren, nach Hause zu gehen. Auf unsere Fragen schüttelten sie den Kopf. Nein, sie hatten kein kleines Mädchen gesehen. Es wäre ihnen nicht entgangen, wenn irgend jemand sich dem Wasser genähert hätte.

Wir atmeten etwas auf. Mittlerweile hatten sich alle Hausgenossen der Suche angeschlossen, Cattys Kindermädchen ausgenommen. Eugen, der einen kühlen Kopf behielt, machte den Vorschlag, wir sollten uns trennen und in Zweiergruppen das gesamte Anwesen systematisch durchstreifen, was zweifellos das beste war. Mit einem Küchenmädchen ging ich in die Kirche, wo wir hinter sämtlichen Vorhängen und unter alle Bänke schauten. Da fielen mir plötzlich die unterirdischen Gänge ein, in denen ich selber noch nie gewesen war. Wegen der Einsturzgefahr hatte Bruno strikt verboten, daß irgend jemand die gefährlichen Stätten betrat; am Eingang war ein starkes Schloß angebracht worden. Wie er erläuterte, hatte einst die Decke einer unterirdischen Kammer nachgegeben und einen Mönch lebendig unter sich begraben. Der Leichnam lag noch unter den Schuttmassen, da jeder Versuch, ihn zu bergen, weitere Mauerrutsche zur Folge hatte.

Noch hatte ich nicht zu Ende gedacht, als ich auch schon zur Holztür unterhalb der Kirchenmauer lief, die gewöhnlich fest verschlossen war. Nun stand sie leicht angelehnt. In meiner Vorstellung sah ich Honey bereits schwer verletzt am Boden liegen und verzweifelt nach Hilfe rufen.

Sicher hatte ich ihr wiederholt strengstens untersagt, in Keller, Geräteschuppen oder an ähnlich gefährliche Orte zu gehen, wo ein kleines Mädchen nichts zu suchen hatte. Aber wenn ein Kind sich ungerecht behandelt oder unglücklich fühlt, bricht es aus Trotz alle Verbote.

Das vor Angst schlotternde Kindermädchen blieb oben an der Tür stehen und leuchtete mir mit einer Kerze, während ich mich vorsichtig die steinerne Treppe hinuntertastete, immer wieder Honeys Namen rufend.

Ich war auf einem Treppenabsatz angelangt, von dem aus sich mehrere Gänge öffneten. Ich erkannte, daß die Treppe sich an der anderen Seite fortsetzte in ein Dunkel, wohin das Licht der Kerze nicht mehr reichte. Mehrmals rief ich nach Honey, zwischendurch aufmerksam in die Gänge lauschend, ob sich nicht irgendwo etwas rührte. Weiterzugehen wagte ich nicht. Aber was war das? Kam dort aus dem Dunkel nicht eine Gestalt auf mich zu? Ich trat einen Schritt zurück, stolperte, trat ins Leere... Ich fiel mehrere Stufen hinunter und landete auf einem glitschigen Boden. Über mich beugte sich die dunkle Gestalt. Gellend schrie ich auf.

»Aber Dammy«, hörte ich Bruno gereizt sagen. »Was tust du hier unten?«

»Ich – ich bin gefallen...«, stammelte ich.

»Das habe ich gesehen. Wozu kommst du auch in diese finsteren Gänge?« Er griff mir unter die Achseln und half mir auf die Füße.

»Honey ist fort«, sagte ich zitternd.

»Hast du dich verletzt?« fragte Bruno besorgt.

»Ich glaube, mit mir ist alles in Ordnung«, antwortete ich. »Hast du Honey gesehen? Wir suchen sie im ganzen Haus.«

Nun, da er mich unversehrt wußte, brach Brunos Zorn los. »Habe ich nicht verboten, daß irgendwer diese Gänge betritt«, herrschte er mich an. »Das gilt auch für dich.«

»Ich war noch nie hier. Als ich die angelehnte Tür sah, hatte ich Angst, Honey könnte sich hierher verirrt haben.«

»Hier unten ist sie nicht. Ich hätte sie bemerken müssen.«

Bruno gab mir den Arm und führte mich die Treppe hinauf. Oben stand das bebende Mädchen. Bruno blieb stehen und sagte eindringlich: »Komm ja nie wieder her. Es ist viel zu gefährlich.«

»Aber du warst ja auch unten, Bruno.«

»Ich kenne die Gänge seit meiner Kindheit. Ich weiß, wo Treppenstufen abgerutscht sind und an welcher Stelle das Geländer über einem abgrundtiefen Brunnen fehlt. Jeder Unkundige würde unweigerlich hineinstürzen. Deshalb darf allein ich es wagen, die Gewölbe zu betreten.«

Mir lag die Frage auf der Zunge: Zu welchem Zweck? Aber aus Angst um Honey verschob ich sie auf einen späteren Zeitpunkt. Bruno brachte mich vor die Haustür und ging dann in Richtung Schreibstube weiter. Sich an der Suche zu beteiligen, kam ihm nicht in den Sinn.

Niemand wußte von Honey. Ich war außer mir vor Besorgnis, als ein Hütejunge von den Feldern kam mit der Botschaft, Honey befinde sich wohlbehalten in Großmutter Salters Hütte. Ob ich selber sie dort abholen wolle?

Das Feuer brannte hell unter dem Kessel, als ich, begleitet von einem Knecht, in der Hütte anlangte. Honey saß auf einem Schemel vor der Feuerstelle, einen großen Apfel in der Hand. Ihr verweintes Gesichtchen starrte vor Schmutz, desgleichen ihr Kleid. Mit einem Seufzer der Erleichterung stürzte ich auf sie zu und riß sie in meine Arme. Großmutter Salters stechender Blick beobachtete mich. Honey stemmte sich mit beiden Händen von meiner Brust ab.

»Honey!« rief ich, lachend und weinend zugleich. »Wo bist du gewesen? Wir hatten solche Sorge um dich.«

»Dachtest du, ich sei fort?« fragte das Kind ernst.

»Ich hatte Angst, dir könnte etwas zugestoßen sein«, sagte ich und drückte sie erneut an mich.

»Du willst mich ja nicht. Du hast ja Catty und das neue Baby.«

»Glaubst du, ich würde deshalb meine Honey hergeben?«

Das kleine Mädchen betrachtete mich unsicher.

»Aber Catty magst du lieber als mich«, fing sie wieder an.

»Kind, ich habe euch beide gleich lieb.«

»Honey scheint anderer Meinung zu sein«, sagte die Alte aus dem Hintergrund.

»Ich war halb verrückt aus Angst um sie.«

»Hier ist sie – nehmt sie wieder mit. Aber ich rate Euch, verteilt Eure Liebe gerecht.«

»Komm nach Hause, Honey. Oder willst du lieber hier bei Großmutter Salter bleiben?«

Honey schaute sich prüfend um. Offensichtlich faszinierte sie der Ort, an dem sie ihre ersten Lebensjahre zugebracht hatte.

»Der Kater mag mich gern leiden.«

»Hektor und Pluto warten aber schon auf dich«, lockte ich sie mit den Namen unserer Hunde. Da Honey noch zu klein war, um ihre Gedanken zu verbergen, sah ich, was sich in ihrem Köpfchen abspielte. Sie verglich die ärmliche Einrichtung mit unserem schönen Zuhause. Sie hatte sich entschieden, mitzukommen, wollte aber noch gebeten werden, da sie mir keinen allzuleichten Sieg über sich gönnte. Ich kannte meine Honey gut, dieses schlaue, eigensinnige und doch so liebeshungrige Persönchen.

»Honey ist eifersüchtig wie alle ältesten Kinder«, sagte ich zu Großmutter Salter.

»Achtet auf das Kind, junge Lady. Es ist zu Eurem Besten, wenn Ihr das Versprechen nicht vergeßt.«

»Ihr braucht mir nicht zu drohen, Großmutter Salter. Ich habe Honey lieb und will sie behalten. Wie ist sie überhaupt hergekommen?«

»Ich passe auf das Kind auf. Sie ist von zu Hause fortgelaufen und hat sich im Wald verirrt. Deshalb habe ich ihr den Jungen geschickt, der sie zu mir herbrachte.« Die Alte zeigte ihre gelben Zähne, aber ihre Augen blieben eiskalt. »Ich werde es immer wissen, wenn Honey Kummer hat.«

»Dann wißt ihr auch, wie gut ich für sie sorge.«

»Bringt jetzt das Kind heim, es ist müde. Nun weiß es, wohin es gehen muß, wenn es Hilfe braucht. Nicht wahr, Honey?«

Wir standen auf, und ich nahm Honeys Hand fest in die meine. »Lauf nie wieder fort, kleine Honey«, bat ich.

»Ich tu es nie wieder, wenn du mich am liebsten magst. Mehr als Catty und das neue Baby...«

»Das geht nicht, Honey. Ich kann euch nur gleich liebhaben.«

»Ich will kein neues Geschwisterchen«, greinte Honey los.

»Zu dritt könnt ihr besser spielen als zu zweit. Denk mal, wie lustig das sein wird.«

»Du sollst nur für mich die Mami sein.« Honey umschlang meine Knie mit ihren Ärmchen. Ich bückte mich und gab ihr einen Kuß.

Auf meinen Wink nahm der Knecht Honey auf den Arm. Den ganzen Weg nach Hause ließ ich ihre Hand nicht los. Daheim wusch ich ihr den Schmutz ab und gab ihr warme Milch mit einem Fladen, den Clemens mit einem großen ›H‹ verziert hatte. Honey wußte seit langem, daß ihr Name mit diesem Buchstaben begann.

Glücklich lachte sie vor sich hin, als ich sie in ihr Bett legte.

Aber nachts wurde ich von heftigen Krämpfen geschüttelt, und gegen Morgen erlitt ich eine Fehlgeburt.

»Wie schade, es wäre ein Junge gewesen«, sagte die Hebamme, deren raschem Eingreifen ich mein Leben verdankte. Aber da sie zu den Frauen gehörte, die aus jedem kleinen Mißgeschick eine Tragödie aufbereiten, achtete ich nicht allzusehr auf sie. Sie wußte recht wohl, daß wir einen Sohn erwartet hatten.

Nie werde ich Brunos Antlitz vergessen, als er vor mein Bett trat. Das teure Kind – der Sohn – war verloren. Unwillkürlich dachte ich an den König, der ebenso fassungslos neben seiner ersten Gemahlin Katharina gestanden haben soll. Sah ich wirklich Haß in Brunos Augen, oder war mein Geist vor Schmerz und Mißtrauen verwirrt?

Als ich das Bett nach einer Woche verlassen durfte, saß ich lange Stunden in dem Lehnstuhl am Fenster. Bruno schien sich häufig in den unterirdischen Gewölben aufzuhalten, grübelte ich. Was zog ihn dorthin? In den Gängen mochte er sich auskennen, aber gegen die Gefahr einer Verschüttung war er ebensowenig gefeit wie jeder andere: Bruno... wie jeder andere?

Wieder wurde es Frühling, und wieder trug ich ein Kind unter dem Herzen. Die Art, wie Bruno sich jedesmal auf die Nachricht hin verwandelte, erstaunte mich mehr und mehr. Ab und zu spielte er sogar mit Catty; Honey übersah er nach wie vor. Ich hatte fast Angst, daß dieses Kind ein Junge wurde. Was würde Bruno tun? Würde er ihn mir nach den ersten Jahren nehmen und nach seinen Vorstellungen erziehen? Ich wünschte mir, wir bekämen wieder ein Mädchen.

Es gab Tage und Stunden, in denen ich in tiefe Depressionen verfiel. Wer war der Sonderling, den ich geheiratet hatte? Würde ich ihn jemals verstehen können? Die ersten Lebensjahre, in denen er von den abergläubischen Mönchen als ›Himmelskind‹ verehrt worden war, hatten seinen Charakter geprägt. Seit er die grausame Wahrheit erfahren hatte, schien er seine gesamte Kraft einzusetzen, um den Mythos in Wirklichkeit zu verwandeln und der Welt zu beweisen, daß er tatsächlich ein mit überirdischen Kräften ausgestattetes Wesen sei.

Bis hierher konnte ich ihn verstehen und seine Schwäche mit zärtlicher Nachsicht hinnehmen. Aber in dem Maße, wie er mit seinen Wahnideen unser Familienleben Schritt für Schritt zerstörte, packte mich Verzweiflung und helle Wut. Wie glücklich hätten wir sein können – alle Voraussetzungen waren da. Wir waren jung und gesund, wir hatten eine Lebensaufgabe: das Klostergut zu einem wohlhabenden Landsitz zu machen, der vielen Leuten Brot und Heimstätte bot. Wie gern hätte ich nach meinen Kräften und Vermögen dazu beigetragen, wenn Bruno nicht, von Machtgier und

Ehrgeiz besessen, mich von seiner Seite verdrängt hätte. Ich hatte hinter ihm zu stehen und Kinder zu gebären, während er das große Werk allein zustande brachte.

Die Wirtschaftsgebäude waren ausgebaut und zum Teil auch neu errichtet worden. Die Reihe der Renovierung kam nun an den Wohntrakt des Abtes, den wir bisher bewohnt hatten. Bruno ließ den Seitenflügel, der das Gebäude mit den übrigen verband, kurzerhand niederreißen und baute den Rest zu einem freistehenden Landhaus aus, das aber immer mehr einem Schloß zu ähneln begann. Während der warmen Sommermonate wichen wir vor den Maurern und Zimmerleuten ins ehemalige Haus der Mönche, das – mit Ausnahme der Kirche – als einziges Gebäude unverändert bleiben sollte. Im einstigen Refektorium nahmen wir die Mahlzeiten ein, die Zellen darüber benutzten wir als Schlafkammern. Da die Gelasse recht eng waren, suchten Bruno und ich uns getrennte Zimmer aus. Honey und Catty schliefen in einer Zelle, nicht weil Mangel daran geherrscht hätte – eine ganze Zeile von Zellen stand leer –, sondern weil sich die Kinder leicht fürchteten. Auf der anderen Seite schliefen zwei Kindermädchen.

Ich muß zugeben, daß mir selber oft unheimlich zumute war, wenn der alte Dachstuhl im Wind ächzte, oder irgendwo in der Dunkelheit ein Käfer klopfte, der vom Volksmund ›Totenuhr‹ genannt wird. Unwillkürlich glaubte ich bei jedem Schatten einen Mönch mit Kapuze auftauchen zu sehen. Natürlich spielte mir meine Einbildung einen Streich. Tagsüber lachte ich mich selber aus wegen meiner Ängste; aber wenn ich dann nachts stundenlang mit offenen Augen im Bett lag und den im Mondlicht wandernden Schatten des Fensterkreuzes verfolgte, schwieg die Vernunft. Und wenn ich endlich todmüde einschlief, zogen vor mir in langer Prozession die toten Mönche vorbei, die einstigen Bewohner dieser kargen Zellen.

Manchmal stand ich auch auf und spähte durchs Gitter in das Gelaß der Kinder, um mich zu vergewissern, daß die Mädchen in gesundem Kinderschlaf atmeten. Sehnlichst wartete ich auf den Herbst, in dem wir unser neues Wohnhaus beziehen sollten.

Vielleicht hätte ich unter anderen Verhältnissen eher die Veränderungen entdeckt, die sich in Caseman's Court vollzogen.

Immer noch betrat ich das Haus selten und möglichst nur zu Zeiten, in denen ich Simon Caseman nicht begegnete. So fiel es mir erst spät auf, daß die alten Heiligenbilder in unserer kleinen Hauskapelle fehlten. Danach befragt, teilte Mutter mir verlegen mit, sie seien oben auf dem Speicher verwahrt. Nur das große Kruzifix hinge noch an seinem alten Platz. Auf mein weiteres Drängen gestand Mutter, sie bete aus einem Exemplar der lutherischen Bibel, die Matthew Tindal ins Englische übersetzt hatte.

Ich hörte Mutter mit widersprüchlichen Gefühlen zu. Wenn Simon zum Protestantismus übergewechselt war, befand er sich in größerer Gefahr als selbst Bruno mit seinen Mönchen. Aber mit ihm würde auch Mutter ins Verderben gezogen. Welcher Wahnsinn hatte die Menschen verblendet, daß sie Gott vorschreiben wollten, auf welche Weise er sich von ihnen anbeten lassen solle? Wie gern hätte ich mit jemandem über meine Probleme gesprochen: aber Vater war tot, und Bruno richtete mit jeder Hausmauer eine weitere Wand, auch zwischen uns beiden, auf.

Oft drangen Nachrichten aus der großen Welt bis in meine stille Kammer vor. Der König war vom Parlament als Herrscher über England, Frankreich und Irland ausgerufen und als Oberhaupt der Kirchen Englands und Irlands bestätigt worden. Daß er dazu den Krieg über den Kanal bis nach Frankreich hineintrug, war mir gleichgültig. Als die Feste von Boulogne fiel, ritt Heinrich an der Spitze seiner Truppe in die Stadt ein, hoch zu Pferd, trotz seiner schwärenden Beinwunde. Die Dankgottesdienste in den Kirchen wurden in englischer Sprache abgehalten. Erzbischof Cranmer, der mit der Reformation sympathisierte, hatte dem König dargelegt, daß sein Volk noch inbrünstiger für den Sieg beten würde, wenn es verstünde, was es herleierte. Der König war einverstanden und trug dem Erzbischof auf, die Gebete in die Landessprache zu übertragen.

In Caseman's Court herrschte eitel Jubel, während unsere katholische Gemeinschaft alle Zeichen von Niedergeschlagenheit an den Tag legte. Sogar Clemens murrte in seiner Backstube vor sich hin.

Die Kluft zwischen den beiden religiösen Parteien zog sich nun mitten durch meine Familie.

Als nicht lange danach der Dauphin von Frankreich Boulogne mit einer eiligst zusammengetrommelten Armee zurückeroberte, mußte sich das englische Heer auf seinen alten Stützpunkt Calais zurückziehen, so daß letzten Endes nichts gewonnen war und Tausende von Soldaten ihr Leben umsonst geopfert hatten.

Je weiter meine Schwangerschaft fortschritt, desto elender fühlte ich mich. Sie ließ sich in keiner Weise mit den zwar beschwerlichen, aber von Vorfreude überglänzten Monaten vor Catherines Geburt vergleichen. Und eines Tages, zwei Monate vor der Zeit, gebar ich einen toten Knaben. Ich selbst erfuhr erst eine Woche später davon, als ich aus dem Reich zwischen Leben und Tod zurückgekehrt war, in dem ich tagelang geweilt hatte.

Auf Brunos Bitte kam Kate zu uns, um mich zu pflegen und aufzuheitern. Da Lord Remus den König nach Frankreich begleitete, erschien sie unverzüglich.

Sie erschrak, als sie mein Krankenzimmer betrat.

»Mein Gott, Dammy, du bist ja kaum zu erkennen! Ganz dünn und blaß. Und doch irgendwie reifer – als ob du nun endlich erwachsen wärest.«

»Ich habe zwei Kinder verloren, Kate«, sagte ich leise.

»Das passiert anderen Müttern auch. Und nach den Schwächlingen kommen wieder kräftige Kinder, die am Leben bleiben. Denk an deine eigene Mutter. Wer hätte gedacht, daß sie in ihren Jahren noch so strammen Buben das Leben schenken würde?«

Ein wenig getröstet nickte ich. Dagegen war ich noch sehr jung.

»Jeder von uns hat seine eigene Rolle«, sinnierte Kate ein paar Tage später.

»Du meinst, jeder Erdenbürger?«

»Ich meine uns drei, die wir an dem einen Ast hängen, von dem ich dir schon einmal erzählt habe. Du bist der Typ der leidenschaftlichen Mutter, ich spiele den Part der leichtfertigen Lebedame.«

»Und Bruno?«

»Bruno ist der geheimnisvolle Gralsritter, der den Zauberspruch nicht preisgibt. Was weißt du über ihn?«

»Immer weniger«, gab ich kleinlaut zu. Es hatte längst keinen Sinn mehr, Kate ein trautes Eheleben vorzuspielen. Wenn überhaupt, so kam Bruno täglich nur für wenige Minuten in mein Zimmer.

»So geht es einem mit den schweigenden Rittern. Je mehr man sie bedrängt, um so eifersüchtiger hüten sie das Geheimnis. Du hättest Rupert heiraten sollen, Dammy. Ihr hättet besser zueinander gepaßt.«

»Wie kommst du dazu, mir mein Leben vorzuhalten?«

»Weil ich gewisse Zusammenhänge besser überblicke, meine Liebe. Gewiß, ich kann weder Latein noch Griechisch lesen, aber dafür weiß ich Dinge, die im Leben wichtiger sind.« Sie hielt inne und fuhr leise fort, als erinnere sie sich daran, daß sie am Bett einer Schwerkranken saß: »Aber was doch einmal gesagt sein will, Dammy. Als ich hörte, daß du dem Tode nur knapp entgangen bist, rührte mich das an, wie noch nie zuvor etwas in meinem Leben. Was sagst du nun?«

»Meine liebe Kate.«

»Nichts da mit lieber Kate. Ich bin ein egoistisches Frauenzimmer, wie dir allmählich aufgegangen sein dürfte. Und da soll ich plötzlich jemand wie dich hergeben? Kommt nicht in Frage. Und nun bleibst du brav liegen und tust, was ich dir befehle, damit du bald wieder auf deinen hübschen Füßen stehst. Verstanden?«

Dem forschen Ton widersprachen die Tränen in Kates Augenwinkeln.

Als ich wieder im Lehnstuhl sitzen durfte, fragte Kate eines Tages unvermittelt: »Sag mal, was ist mit Bruno los? Ich glaube, er hat über zwei Tage nicht zu dir hereingeschaut.«

»Du weißt, er ist nicht so wie andere Männer.«

»Ich glaube, es gibt nur einen Menschen auf Erden, den er leidenschaftlich liebt – sich selber. Er baut sich ein Schloß als Rahmen und braucht unbedingt einen Sohn als Erben. Wie der König! Übrigens, da wir gerade von ihm sprechen: Bevor Remus nach Calais übersetzte, wurden wir sehr huldvoll vom königlichen Paar empfangen.«

»Wie ist die neue Königin? Erzähle mir von ihr.« Jedes Thema war mir recht, das Kate von Bruno ablenkte.

»Sie ist freundlich und still. Man sagt, sie sei hochgebildet, aber da sie wenig sprach, habe ich nichts davon bemerkt. Eine Schönheit kann man sie nicht nennen, wenngleich sie durch ihr sanftes Wesen sehr anziehend wirkt. Außerdem soll sie eine vorzügliche Krankenpflegerin sein, was der König zu schätzen weiß. Niemand versteht das Geschwür an seinem Bein so gut zu behandeln wie Katharina Parr. Ihr einziger Fehler ist offenbar, daß sie dem Protestantismus zuneigt.«

»Da ist sie nicht die einzige.«

»Allerdings. Täglich laufen neue Gläubige zu den Lutheranern über. Ich sage dir, Katharinas Widersacher lauern nur darauf, daß sie sich eine Blöße gibt, um zuzustoßen. Ihren Heilkünsten hat sie es wohl zu verdanken, daß der König sich bislang allen Einflüsterungen gegenüber taub stellt. Die Frage ist nur, wie lange? An der Spitze ihrer Gegner steht der Bischof Gardiner. Hast du schon von Anne Askew gehört?«

Ich nickte. Natürlich kannte ich das Schicksal der mutigen jungen Frau, die sich ihren Glauben nicht vorschreiben lassen wollte und sich offen zum Protestantismus bekannt hatte, obwohl ihr die

Folter und der Feuertod gewiß waren. Auch wenn ich ihre Ansicht nicht teilte, ihr Mut flößte mir Bewunderung ein.

»Es hat sich herausgestellt«, spann Kate den Faden fort, »daß Königin Katharina Speisen und warme Kleider zu Anne in den Tower schicken ließ.«

»Ein Werk der Nächstenliebe.«

»Wie die Dinge stehen, könnte es ihr nur zu leicht als verräterisches Werk angekreidet werden. Katharina und Anne Askew waren eng miteinander befreundet – so behauptet wenigstens Bischof Gardiner.«

Trotz der Wärme im Zimmer fröstelte mich.

»Soll das denn kein Ende haben? Kaum hat das Volk eine neue Königin, die entweder Katholikin oder Protestantin sein kann, schon beginnt die Gegenpartei Intrigen einzufädeln, um sie zu stürzen. Hoffen wir, daß Katharina Parr ihren Gegnern gewachsen ist. Königinnen stehen hier bei uns stets mit einem Fuß im Grabe.«

»Wer von uns tut das nicht?« fragte Kate mit einem zärtlichen Blick auf meine abgemagerte Gestalt.

Kate blieb fast zwei Monate bei uns. Bald nachdem sie uns verlassen hatte, teilte sie mir in einem Brief mit, daß sie wieder ein Kind erwarte. ›...Remus, der einen längeren Urlaub zu Hause verbringt, ist ganz toll vor Freude. Ich weniger. Wie Du weißt, verabscheue ich die langen Monate der Entstellung ebensosehr wie das abrupte Ende. Warum nur kann man Kinder nicht kaufen oder sonstwie auf komfortable Weise bekommen? Wäre das nicht menschenwürdiger als der ganze animalische Prozeß?‹

Ich muß gestehen, daß mich beim Lesen dieser Zeilen brennender Neid überfiel. Immer noch trauerte ich um meine verlorenen Kinder, und Kate, die sich gegen Schwangerschaft und Geburt sträubte, bekam sie gleichsam geschenkt.

Um meinen Kummer zu vergessen, widmete ich mich verstärkt der Erziehung meiner Töchter. Bruno war in seine eisige Gleichgültigkeit zurückgefallen, die er mir gegenüber an den Tag legte, wenn ich kein Kind von ihm trug. Seine Enttäuschung über den zu früh geborenen Knaben richtete sich gegen mich, als hätte ich Schuld daran. Kate hatte Bruno einmal mit einem König verglichen: Nun konnte ich mir die Gefühle Anna Boleyns vorstellen, als sie Heinrich keinen Erben zu schenken vermochte.

Wo war der leidenschaftliche, in seinen Tugenden unanfechtbare junge Mann abgeblieben, den ich zu heiraten wähnte? Welchem Zweck unterwarf er sein Handeln? Denn daß Bruno irgendein Ziel wie einen Leitstern verfolgte, war mir seit langem klar. Ebenso deutlich spürte ich aber auch, daß meine Person ihm dabei eher hinderlich als nützlich war.

Seit Kates Abreise besuchte Mutter mich täglich.

»Dein Stiefvater wundert sich über das großartige Bauwerk deines Gatten«, sagte sie einmal. »Er muß über gewaltige Geldsummen verfügen können.«

»O nein«, wehrte ich rasch ab. »Das scheint nur so. Wir benützen die alten Steine aus den abgerissenen Häusern der Laienbrüder. Handwerker sind genug da. Einige arbeiten sogar umsonst, wenn sie nur hierbleiben dürfen.«

»Das ist es ja«, hakte Mutter ein. »Simon meint, ihr hättet einen Haufen Mönche unter eurem Dach, die sich betragen, als wohnten sie immer noch in einem Kloster. Und er sagt weiter, das wäre sehr gefährlich.«

»Eine schönen Gruß an Simon, und ich ließe ihm ausrichten, die Tindal-Bibel im Hause zu haben sei mindestens ebenso verwegen.«

Mutter schwieg eine Weile, bevor sie seufzend sagte: »Warum können die Leute nicht vernünftig sein und jeden Menschen nach seiner Auffassung glauben lassen?«

Darin stimmten wir überein. Oft brachte Mutter ihre Zwillinge mit. Die Kinder vertrugen sich gut mit den meinen, und wir freuten uns herzlich an ihrem fröhlichen Toben.

Kates zweites Kind war ebenfalls ein Junge.

Als Bruno die Nachricht erfuhr, sagte er mit zornrotem Gesicht zu mir: »Siehst du, andere Frauen bekommen gesunde Söhne!«

Meine Selbstbeherrschung verließ mich. Ich sprang auf und rief: »Ja, glaubst du denn, es war meine Schuld, daß unser Kind vorzeitig zur Welt kam? Du tust, als hätte ich das beabsichtigt.«

»Führ dich nicht so hysterisch auf!« war seine niederschmetternde Antwort.

Ich konnte nichts dafür, mein Herz erfüllte sich mit würgendem Neid, daß mein Sohn tot war, während Kate, die die Mutterschaft entschieden ablehnte, zwei gesunde Söhne hatte.

Sie lud mich zur Taufe ein.

›Bring die Kinder mit‹, schrieb sie. ›Carey plagt mich ständig nach Honey und Catty. Er hat sich tausenderlei Spiele für sie ausgedacht.‹

Bruno hatte nichts dagegen, und so reiste ich mit den beiden Mädchen, erstmals seit langen Jahren, nach Schloß Remus.

Das Kind erhielt in der Taufe den Namen Nicolas, den Kate nach einer Weile zu Colas abkürzte.

Als wir uns nach wochenlangem Besuch zur Abreise anschickten, erreichte uns die Kunde vom Tode Heinrichs des Achten. Es mag sonderbar erscheinen, aber ich war tief bewegt. Dieser König hatte auf dem Thron gesessen, seit ich denken konnte. Ich entsann mich des Tages, an dem ich, Vaters Arm um meine Taille, meinen Kinderknicks vor ihm und Kardinal Wolsey gemacht hatte. Da war er noch der junge Sonnenkönig gewesen, an den sich die Erwartungen des Landes knüpften, und nicht jenes blutrünstige Ungeheuer, das zwei Ehefrauen und eine Unzahl von Untertanen aufs Schafott geschickt hatte. Nun war er selber tot.

Während der Heimreise begegneten wir auf halbem Weg zwischen Westminster und Windsor dem Leichenzug des Königs. Über dem mit riesigen Kerzen, vielerlei Wappen und Brokatfahnen geschmückten Leichenwagen erhob sich ein schwarzseidener Baldachin mit reicher Gold- und Silberstickerei.

Ein Tuch aus schwarzem Samt ließ die Umrisse des Sarges erkennen, in dem kalt und steif der Mann lag, der seinem Volke nichts als Krieg und Aufruhr, Verderben und Tod beschert hatte. Ein Zeitalter ging mit ihm dahin – was würde das nächste bringen? Würde es die Tränen trocknen, die jener dort seinen Untertanen entlockt hatte? Konnte nach solcher Tyrannei denn noch Schlimmeres kommen?

Wir traten zur Seite und verneigten uns, als der von acht Pferden gezogene Wagen vorüberfuhr.

Sein Nachfolger und Sohn, der zehnjährige König Eduard, war zu jung und zu schwach für die Macht und die Regierungsgeschäfte, die seine beiden überaus machthungrigen Oheime, Edward und Thomas Seymour, an sich rissen.

Als wir in den Hof der Abtei einritten, verhießen mir die finsteren Mauern und Türme nicht viel Gutes. Aber rosige Zukunftserwartungen hegte ich ohnehin nicht.

Die stillen Jahre

In der Abtei griff Verwirrung um sich, seit ein Fischer, der den Überschuß aus unseren Fischteichen auf dem Londoner Markt zu verkaufen pflegte, mit der Nachricht aus der Stadt zurückgekommen war, daß die Heiligenbilder aus den Kirchen gerissen und auf den Plätzen verbrannt würden. Er selbst habe es mit eigenen Augen gesehen. Während die Menge johlte: »Das ist das Ende der Papisten, wir hängen sie an ihren Kirchtürmen auf!«, habe er sich schleunigst aus dem Staub gemacht.

Es war bekannt, daß der junge König sich zur Idee der Reformation hingezogen fühlte: ein Ergebnis ständiger Beeinflussung seitens seiner Erzieher. In seiner Privatkapelle wurden die Gebete in englischer Sprache hergesagt, und es war kein Verbrechen mehr, die Tindal-Bibel zu lesen oder zu besitzen.

Mutter besuchte uns mit einem Strauß Frühlingsblumen aus ihrem Garten.

»Der alte König ist tot, Gott schenke seiner Seele die ewige Ruhe«, sagte sie. »Nun bricht ein neues, glorreiches Zeitalter an.«

Ich wußte gleich, daß sie Casemans Aussprüche wiederholte, der sicherlich den Thronwechsel mit Befriedigung zur Kenntnis genommen hatte.

Wesentlich ungünstiger standen die Dinge für Bruno: Er gab zwar stets vor, nichts weiter als der Herr eines großen Landsitzes mit zugegeben eigentümlicher Vergangenheit zu sein. Aber schon allein die Größe und der rasche Wiederaufbau der Abtei mußten Verdacht erregen.

Anstelle des jungen Königs übernahm sein Onkel und Erzieher Edward Seymour die Regierungsmacht und ließ sich unter dem Titel eines Herzogs von Somerset zum Lordprotektor des Reiches erklären. Als mächtigster Mann des Landes setzte er den Krieg gegen Schottland fort. Kaum sechs Monate nach dem Tode Heinrichs des Achten marschierte der Herzog von Somerset mit einem Heer zur schottischen Grenze. Er siegte in der berühmten Schlacht von Pinkie Cleugh, durch die unsere Familie erstmals den Krieg verspürte, denn Lord Remus, der den Protektor begleitet hatte, fand den Tod auf dem Schlachtfeld.

Die posthumen Ehrenbezeugungen für ihren heldenhaften Mann nahm Kate entgegen, vom Scheitel bis zur Fußspitze ein Bild hehrer Trauer. Da es jedoch ihrem Wesen nicht entsprach, Gram vorzutäuschen, wo sie keinen – oder zumindest keinen sehr tiefen – empfand, kehrte sie bald zu ihrem Alltagsleben zurück, an dem ihr Ehemann ohnehin nur am Rande teilgenommen hatte. Kates Trauer galt weniger ihrem Ehemann als jenem nachsichtigen älteren Freund, den sie an ihm verloren hatte.

Unser Schloß war mittlerweile fertig geworden. Ich sage ›Schloß‹, obwohl das Anwesen immer noch unter dem Namen ›St.-Bruno-Kloster‹ bekannt war. Aber mit seinen grauen, im gotischen Stil gehaltenen Mauern erinnerte es eher an eine mittelalterliche Burg. Den Eindruck verstärkten noch die vier runden Türme an den Ecken des ehemaligen Abtsgebäudes, das nun für sich allein dastand, eine letzte Fluchtburg inmitten der übrigen Häuser und Stallungen. Um den gesamten Komplex zog sich eine mächtige Mauer – Bruno hatte die alten Mauern ausbessern und erhöhen lassen –, deren Eingangstor von zwei wuchtigen Türmen im normannischen Stil flankiert wurde. Die Zinnen und Schießscharten, die Bruno hatte anbringen lassen, erschienen mir zwar als überflüssiger Anachronismus in einer Zeit, die keine Bogenschützen mehr kannte, aber Bruno war der Ansicht, die zweihundertjährigen Steine, die er zum Bau verwendet hatte, müßten den Geist der Epoche widerspiegeln. Trotz seines altertümelnden Aussehens enthielt das Haus im Inneren jeden Komfort und Luxus, den unser Zeitalter zu bieten hatte.

Die beiden Tortürme waren vier Stockwerke hoch, die jeweils aus einem sechseckigen Zimmer bestanden und durch leiterartige Treppen zu erreichen waren. So ein Turm wirkte wie ein kleines Haus für sich, in dem man, von den anderen Hausinsassen ungestört, leben konnte. Was ich ahnte, geschah bald darauf: Bruno erklärte den rechten Turm als sein persönliches Refugium, das ohne seinen ausdrücklichen Willen von niemandem betreten werden durfte. Er ließ seine Bücher und Schriften in das Obergeschoß bringen und richtete sich das oberste Gelaß als Schlafkammer ein, so daß ich ihm nach unserem Umzug ins Herrenhaus nur selten begegnete.

Durch den Anbau der Türme und ein zusätzliches Stockwerk war das Wohnhaus so geräumig geworden, daß die Kinder sich in den ersten Tagen oft verliefen und ich mich nur auskannte, wenn ich aus dem Fenster eines Zimmers in den Hof blickte.

Auch die Halle hatte sich vergrößert. Bruno hatte die Mauern zu den Nebenzimmern durchbrochen und nur einzelne Pfeiler stehengelassen, so daß der Raum nun eine riesige Festhalle bildete. An einem Ende befand sich ein mehrere Stufen hohes Podium, auf dem ein Ehrentisch für Bruno und seine auserwählten Gäste vorgesehen war, während das Gesinde an großen Tischen im tiefer gelegenen Saal saß.

Mir leuchtete nicht recht ein, warum Bruno diese Anordnung getroffen hatte. Trotz seiner Unnahbarkeit legte er Wert darauf, in Dingen des Alltags als erster unter gleichen, als eine Art Patriarch unter getreuen Knechten zu gelten.

Als wir in unser neues Haus einzogen, gaben wir einen großen Empfang, zu dem ich auf Brunos Bitte auch die alten Freunde und Klienten meines Vaters eingeladen hatte. Auch die Familien der näheren Umgebung hatten wir zu uns gebeten, darunter selbstverständlich Mutter mit Simon Caseman. Kate hatte sich ebenfalls angesagt.

Zum Fest war die große Halle mit Girlanden aus Blättern und Blumen geschmückt.

Beim Empfang der Gäste stand ich neben Bruno, den ich kaum jemals zuvor so erregt gesehen hatte. Er genoß die bewundernden Blicke, mit denen unser schönes Haus bedacht wurde, und freute sich über das Getuschel hinter seinem Rücken. Daß er auf seine Leistung stolz war, mochte ich ihm nicht verdenken; aber daß er diesen Stolz so offen vor allen Leuten zur Schau trug, wollte mir nicht gefallen.

Auf der Empore saß ich an seiner rechten Seite, Kate saß ihm zur Linken. Gegenüber hatten Mutter und Simon Platz genommen sowie einige der vornehmeren Gäste. Alle Geladenen hatten sich eingestellt, um mit eigenen Augen zu begutachten, was an den Gerüchten über die Abtei wahr zu sein schien und was nicht.

Clemens hatte sich diesmal bei der Zusammenstellung des Festmahles selber überboten. Noch nie hatte ich eine solche Anzahl von Fleischpasteten und Braten aller Sorten auf einer Tafel vereint gesehen. Es gab Schinken und ganze Hammelkeulen, Spanferkel und Wildbret, von den verschiedenen Geflügel- und Fischsorten gar nicht zu reden. Mutter kostete von diesem und jenem und versuchte zu erraten, welches Gewürz der Speise ihren besonderen Geschmack verliehen hatte.

Nach dem Essen wurde getanzt. Bruno und ich eröffneten den Ball. Später fand ich mich in den Armen von Simon Caseman wieder.

»Wer hätte damals geahnt«, sagte er zu mir, »daß du so einen reichen Mann bekommst.«

»Wenn Euch der Gedanke ärgert, so zieht lieber keine Verglei-che.«

Als Bruno mit Kate an der Hand an uns vorübertanzte, hätte ich gern gewußt, worüber sie sich so angeregt unterhielten.

Der Ball war in vollem Gange und die Stimmung auf dem Höhe-punkt, als sich etwas Sonderbares ereignete. Mitten in der bunten, festlich gekleideten Menge stand plötzlich eine alte, schwarzgeklei-dete Frau in einem langen Umhang, den Kopf mit einem Schleier verhüllt.

Die Gäste prallten zurück, als stünde ein Teufelsspuk vor ihnen. Bruno ging quer durch den Saal auf sie zu. »Was ist Euer Be-gehr?«

»Ich habe keine Einladung bekommen«, krächzte die Gestalt mit heiserer Stimme.

»Aber ich kenne Euch ja gar nicht«, erwiderte Bruno.

»Du sollst mich noch kennenlernen, mein Sohn«, sagte die Alte, die ich längst als Großmutter Salter erkannt hatte. Ich ging ebenfalls zu ihr hin und sagte: »Ihr seid willkommen. Darf ich Euch eine Er-frischung anbieten?«

Beim Lächeln zeigte sie ihre gelben Schneidezähne. Ich dachte: Es ist ihr gutes Recht, herzukommen; schließlich war sie ja die Ur-großmutter von Bruno und Honey.

»Ich brauche keine Erfrischung. Ich bin gekommen, um dieses Haus zu segnen oder zu verfluchen.«

»Bitte, keinen Fluch!« flehte ich inständig.

Sie lachte wieder. Dann hob sie die Hände und murmelte ein paar Worte vor sich hin.

»Segen oder Fluch – ihr werdet es bald erfahren.«

Ich ließ trotz ihres Widerspruchs einen Becher Wein für sie kom-men und war etwas erleichtert, als Großmutter Salter ihn austrank. Eine Vorahnung unvorstellbaren Unheils wollte nicht von mir wei-chen, während ich die Alte betrachtete. Ein Verdacht nahm in mir Gestalt an: Hatten meine kleinen Söhne deshalb nicht leben dürfen, damit sie Honey nicht aus meinem Herzen verdrängten?

Großmutter Salter reichte mir den Becher zurück und wandelte dann einmal rings um die Halle. Wo sie hinkam, wichen die Gäste zurück, die längst zu tanzen aufgehört hatten. An der Tür sagte sie nochmals zu mir: »Segen oder Fluch – du wirst es feststellen.« Da-mit verschwand sie draußen im Dunkel.

Im Saal dauerte das Schweigen noch einen Moment an, dann lö-ste sich die Spannung in einem Seufzer der Erleichterung. Einige

lachten schon wieder. Was für eine besondere Art von Mummenschanz wir uns da zur Unterhaltung ausgedacht hätten? riefen sie.

Andere Gäste, die Großmutter Salter erkannt hatten, sahen uns
bedeutungsvoll an. Sie fürchteten die Hexe aus den Wäldern.

Es folgten Jahre, die ich im nachhinein als die stillen bezeichnete.
Sicherlich gab es Veränderungen, aber sie setzten sich so allmählich und kaum merkbar durch, daß ich sie kaum gewahrte. Die
Zahl der Knechte und Mägde wuchs ständig an, unsere Wohnräume füllten sich mit kostbaren Möbeln und noch kostspieligeren
Wandteppichen, die Bruno von seinen gelegentlichen Reisen mitbrachte.

Die inzwischen elfjährige Honey und die neunjährige Catherine
erhielten ihren Unterricht von Valerian in der Schreibstube. Zu
meiner Enttäuschung wurde ich nicht wieder schwanger. Mutter,
die sich für sachkundig auf diesem Gebiet hielt, war der Meinung,
daß ich mich zu leidenschaftlich nach einem Kind sehnte. Manchmal kam es mir vor, als habe Großmutter Salter mich verwünscht,
damit ihrer Urenkelin nichts von meiner Liebe abginge.

Kate besuchte uns oft auf ihren Reisen nach und von London,
wo sie ein hübsches Stadthaus besaß. Hin und wieder fand ich
mich mit den Mädchen in Schloß Remus ein, wo es unter den Kindern gleich lebhaft herging. Carey und Catherine neckten sich,
Honey hielt sich vornehm zurück, und der kleine Colas ärgerte
sich, wenn ihn die Großen nur unter der Bedingung mitspielen
ließen, daß er die untergeordneten Rollen übernahm: das Los aller
Nachgeborenen.

Entgegen unseren Erwartungen hatte Kate nicht wieder geheiratet. An Gelegenheit mangelte es ihr keineswegs; aber wie sie mir
darlegte, genoß sie ihre Freiheit über alles und verspürte keinerlei
Drang, sie gegen die wenigen Annehmlichkeiten des Ehestandes
einzutauschen.

Wenn Kate sich mit ihren Söhnen bei uns aufhielt, gesellten sich
die Zwillinge zur Kinderschar. Dann raste die ganze Meute treppauf, treppab durchs Haus, über den Hof und durch den Garten in
ihren wilden Spielen.

Manchmal fragte Mutter mich, warum ich mich nicht dem reformierten Glauben anschlösse. Ich zuckte die Achseln und fragte:
»Warum?«

»Es ist der einzig wahre Glauben. Du kannst es in den Büchern
nachlesen.«

Ich lächelte. Ein Glaube war ihr wie der andere, wenn sie ihrem Mann darin folgen durfte.

Aber sie hatte recht, die Zeiten hatten sich geändert. Der junge König Eduard zeigte sich für Luthers Lehren interessiert, so daß niemand mehr Angst zu haben brauchte, eventuell als Ketzer auf dem Scheiterhaufen verbrannt zu werden. Lediglich Prinzessin Maria, die Tochter Heinrichs und Katharinas von Aragonien, hielt verbissen am alten katholischen Glauben fest.

Noch immer war der König sehr zart von Gesundheit, aber mit jedem Jahr wuchs die Hoffnung, daß er die ihm anverlobte Jane Grey heiraten und Nachkommen hinterlassen werde.

Auch weniger Erfreuliches hatte sich ereignet. Der Großadmiral Thomas Seymour hatte ein Netz von Intrigen gegen seinen Bruder, den Lordprotektor und Herzog von Somerset, gesponnen und wurde wegen hochverräterischer Umtriebe in den Tower geworfen und auf dem Schafott enthauptet. Politik! Jeder heute noch mächtige Mann mußte gefaßt sein, daß morgen sein Kopf in den Sand rollte. Wie sehr dieses Gesetz gültig war, mußte selbst der großmächtige Lordprotektor an eigenem Leibe erfahren, als ihn John Dudley, Graf von Warwick, aus seinem Amte verdrängte und wegen Hochverrats hinrichten ließ. Dudley ließ sich zum Herzog von Northumberland ernennen, auf den Titel des Lordprotektors verzichtete er. Dafür verheiratete er seinen Sohn Guildford mit Lady Jane Grey, der Thronanwärterin und einstigen Verlobten König Eduards.

»Dieser Dudley ist mit allen Wassern gewaschen«, sagte Kate anerkennend bei ihrem nächsten Besuch. »Wenn der König stirbt, rückt sein Sohn als Gatte der kleinen Jane Grey an die oberste Stelle der Thronfolger – immer vorausgesetzt, daß Maria und Elisabeth nicht als legitime Nachkommen Heinrichs des Achten anerkannt werden.«

»Und daß Prinzessin Maria sich nicht zur Wehr setzt. Alle Katholiken Englands stehen auf ihrer Seite.«

»Dann wollen wir hoffen, daß dem kleinen König ein recht langes Leben beschieden wird, damit es nicht zum Religionskrieg zwischen den protestantischen Anhängern der Lady Jane Grey und den katholischen Getreuen der Lady Maria kommt!«

Ohne daß wir es wußten, war schon das Ende der ›stillen Jahre‹ in Sicht.

Die neue Epoche

Mein dreißigster Geburtstag stand bevor. Dreißig Jahre! Noch war ich nicht alt im eigentlichen Sinne, obwohl ich in meinen dreißig Lebensjahren mehr erlebt hatte als andere in siebzig. Ich hatte tiefstes Leid, und – wenn auch kurz – höchstes Glück erfahren; ich hatte eine eigene Tochter und eine Adoptivtochter, die mein Leben ausmachten, aber einen Ehemann, den zu heiraten die größte Torheit gewesen war. In raschem Wechsel hatte ich sechs Königinnen und in größeren Abständen zwei Könige erlebt. In der kurzen Zeitspanne wurden die Grundfesten der Kirche erschüttert, und ratlose Gläubige mordeten einander im Bruderkrieg.

Nach schwersten Verfolgungen gewannen die reformierten Glaubensanhänger zunehmend an Boden. Mutter versuchte immer wieder, mich auf ihre Seite hinüberzuziehen.

»Du solltest die neuen Lehren wenigstens gründlich durchstudieren«, sagte sie. »Es leuchtet einem alles so recht ein, was sie sagen. Der König selber hält sie für richtig, und wir sollten seiner Meinung folgen.«

»Ach, weißt du, Mutter«, entgegnete ich, »mir scheint der eine Glauben so gut wie der andere. Beide verkünden dasselbe, nämlich daß man Gott über alles lieben solle und den nächsten wie sich selber. Nur über die Art und Weise, wie das geschehen soll, sind sich die Parteien nicht einig.«

»Die reformierte Kirche verkündet den wahren Glauben«, beharrte Mutter auf ihrem Standpunkt.

»So sagt dein Ehemann, nicht wahr?«

»Er hat sich gründlich mit diesen Problemen befaßt.«

»Andere Leute ebenfalls. Das ist es ja: Auf beiden Seiten gibt es kluge und dumme Verfechter.«

»So ist es nicht«, sagte Mutter. »Dein Stiefvater meint... Ja, wie sagt er doch immer? Wenn er spricht, klingen seine Worte so überzeugend.«

Ich lächelte. Simons Reden konnte ich mir vorstellen. Aber schon allein die Tatsache, daß Mutter sich ernsthaft mit Glaubensfragen befaßte, zeigte mir die Häufigkeit, mit der in meinem Vaterhause über diese Dinge gesprochen wurde.

Es war eine Juninacht wie viele andere. Ich saß an meinem Fenster und schaute in den klaren Sternenhimmel. Daß kurz vor Mitternacht eine Reihe dunkler Gestalten in die Kirche schlich, war mir nun schon ein wohlvertrauter Anblick. Ich wußte, daß Bruno unter ihnen war und mit ihnen die Messe feierte.

Sie alle wußten, daß sie ihr Leben aufs Spiel setzten, und doch kamen sie ohne Ausnahme zu den nächtlichen Zusammenkünften. Vermutlich glaubten sie, daß Brunos übernatürliche Fähigkeiten sie vor dem Unheil schützten. Bruno besaß in hohem Maße die Gabe, andere von seinen Ideen zu überzeugen; er war der geborene Religionsstifter. Der einzige Mensch, bei dem seine Künste nicht verfingen, war ich, seine Ehefrau.

Längst waren die Gestalten in der Kirche verschwunden, aus der nun leises Gemurmel drang, als ich einen Mann auf die Kirche zuschleichen sah. Das war kein Mönch; der Körpergröße nach erinnerte er an Simon Caseman.

Spontan warf ich ein Tuch über mein Nachthemd und rannte die Treppe hinunter zum Kirchenportal, in dem der Mann eben verschwand. Ich hatte mich nicht geirrt: es war Simon Caseman.

»Was habt Ihr hier zu suchen?« herrschte ich ihn an. Er fuhr herum. Als er mich erkannte, lachte er erleichtert.

»Du bist es, Dammy. Nun, rate mal.«

»Ihr seid hier widerrechtlich eingedrungen.«

»Gewiß. Aber aus gutem Grund.«

»Dazu hattet Ihr kein Recht.«

»Ich stehe hier im Namen des Königs.«

»Da gebraucht Ihr aber große Worte!«

»Erzähl mir lieber, was hier vorgeht. Das heißt, ich weiß es ohnehin. Das scheint mir ja ein richtiges Papistennest, he?«

»Wißt Ihr denn nicht, daß König Heinrich persönlich die Abtei an Bruno übergeben hat?«

»Aber nicht, damit er hier das Gesetz übertritt.«

»Hier wohnen jetzt Arbeiter, ledige Männer und solche mit ihren Familien. Ihr könnt fragen, wen Ihr wollt.«

»Und außerdem ein paar von den alten Mönchen, was?«

»Was ist hier los?« Eine ruhige Stimme unterbrach unser erregtes Streitgespräch. Von uns unbemerkt hatte Bruno das Kirchenportal betreten. Aus der angelehnten Tür drang leiser Gesang.

»Da könnte ich eher dich fragen.« Brunos Gesicht zuckte bei dem ›Du‹ zusammen. »Ich weiß, daß hier verbotene Messen gelesen werden. Und ich habe Zeugen genug, um dich für den Rest deines Lebens auf die Galeere zu bringen. Mit Köpfen ist man heutzutage leider nicht mehr so schnell.«

»Ich warne Euch, Simon Caseman. Geht nach Hause und haltet Euch aus Dingen heraus, die Euch nichts angehen. Ich sage, schert Euch heim, und verhaltet Euch dort sehr ruhig!«

»Willst du mir drohen, du dahergelaufener Bankert? Glaubst du, nur weil du dir die Abtei rechtzeitig unter den Nagel gerissen hast, könntest du mir mit deinen Wundern Sand in die Augen streuen? Ich weiß genau, woher dein sagenhafter Reichtum stammt.«

Bruno wurde leichenblaß. Unsicher biß er sich auf die Lippe.

»Ja, da staunst du, was?« fuhr Simon siegessicher fort. »Woher kommt das viele Geld, das du in deine Abtei verpulvert hast? Das kann ich dir genau sagen, mein Junge: Das kommt von den Feinden Englands. Von Rom und Spanien hast du es bekommen.«

»Ihr lügt, Simon Caseman«, entgegnete Bruno ganz ruhig.

»So, lüge ich? Dann erzähl mir mal, Bruno Kingsman – oder heiliger Bruno, wenn dir das lieber ist –, erzähl mir, woher hast du soviel Geld? Willst du etwa behaupten, aus dem Ertrag der Ländereien? Auch ich kann rechnen, und ich sage dir, zu dem Pomp und Aufwand, den du treibst, hätte auch das Zehnfache nicht ausgereicht.«

Das Singen war verstummt. Ich konnte erkennen, daß die Mönche sich hinter der Tür versammelten.

Auch Simon blickte flüchtig hin, bevor er fortfuhr: »Du kannst mir doch nichts vormachen. Wer in diesem Land hat solch ein Vermögen außer dem König und einigen Adelsfamilien? Die Papisten auf dem Festland haben dir das Geld gegeben – gesteh es nur!«

»Ich wiederhole: Ihr lügt, Simon Caseman«, wiederholte Bruno gelassen. Während der um mehr als zehn Jahre ältere Mann sich immer heftiger in Wut steigerte, wurde Bruno zunehmend stiller und ruhiger.

»Woher dann?« fauchte Simon. »Oder willst du behaupten, heiliger Bruno, du Wundertäter, das Geld sei dir von den himmlischen Mächten in den Beutel gesteckt worden?« Mir stockte der Atem vor Aufregung. Was würde Bruno auf diese lächerliche Anschuldigung vorbringen?

»Diesmal habt Ihr richtig geraten.«

Simon Caseman brach in schallendes Gelächter aus. »Der Himmel kommt mir aber sehr spanisch vor, mein Lieber. Was du da treibst, ist Hochverrat.« Hinter der Tür hörte man leises Rauschen bei diesem gefürchteten Wort. Bruno trat einen Schritt vor.

»Seid Ihr nun fertig mit Euren verleumderischen Anschuldigungen, Simon Caseman? Ja? Dann schert Euch fort, und laßt Euch nie wieder hier blicken!« Mit diesen Worten drehte sich Bruno um und ging erhobenen Hauptes in die Kirche zurück. Simon starrte ihm mit offenem Mund nach, bevor auch er sich zum Gehen anschickte. Noch nie hatte ich eine solche Entschlossenheit auf seinem Fuchsgesicht gesehen. Ich wußte sofort: Morgen schon würde er uns anzeigen. Morgen abend vielleicht lag Bruno bereits im Tower. Was sollte aus mir und den Kindern werden?

Ich rannte ihm nach.

Simon hielt an und wandte sich halb zu mir um, als er meine Schritte hinter sich hörte.

»Was willst du noch?«

»Was werdet Ihr tun?«

»Meine Pflicht.«

»Es dürfte nicht die erste Anzeige Eures Lebens sein.«

Er mißverstand mich absichtlich, denn er antwortete: »Natürlich nicht, schließlich bin ich Anwalt.«

»Insbesondere, wenn Ihr einen Vorteil davon erwartet.«

»Nun wirst du wieder dramatisch, kleine Damascina.« Seine Augen glitten an mir entlang, und ich erinnerte mich plötzlich, daß ich im Nachthemd vor ihm stand.

»Die Abtei wäre doch ein ordentlicher Judaslohn, oder nicht? Viel schöner noch als das kleine Landgut meines Vaters?«

Simon prallte zurück, erwiderte aber nichts. Nun endlich war ich sicher, daß ich vor dem Mörder meines Vaters stand.

»Ich weiß seit langem, Simon Caseman, daß Ihr meinen Vater aufs Schafott gebracht habt.«

»Redest du so mit einem Mann, der euer aller Leben in der Hand hält?«

»Und wenn es nach Eurem Willen geht, werdet Ihr auch meinen Gemahl dorthin bringen.«

»Allerdings. Und es kostet mich nur ein Wort, um dich ebenfalls in eine kühle Zelle zu stecken. Dann wird sich ja zeigen, was die Zauberkünste dieses Burschen wert sind.«

»Ihr gebt Euch nicht damit zufrieden, meinen Vater an den Pfahl gebracht zu haben, nun wollt Ihr uns alle verderben?«

»Nein, Dammy, dich nicht. Du bist ja meine Stieftochter.«

»Zu meinem tiefsten Bedauern ja.«

»Zu der ich trotz ihrer Widerborstigkeit eine große Zuneigung hege.«

»Wollt Ihr damit sagen, Ihr hättet mich auch ohne mein Erbe geheiratet?«

»Du bist keine Erbin mehr, sondern die Gattin eines Hochverräters. Als dein Vater geholt wurde, warst du nicht zu Hause. Morgen wirst du sehen müssen, wie dein Mann abgeführt wird – wenn nicht...«

»Wenn nicht was?«

»Ich würde viel für dich tun, Dammy.«

»Dann verschwinde und häng dich auf«, zischte ich.

Aber Simon lachte bloß. »So weit geht meine Gefälligkeit nun wieder nicht. Es würde mir mehr Spaß machen, dich deine spanischen Goldschätze genießen zu sehen.«

»Ich – ich verstehe nicht.«

Er kam einen Schritt näher. »Ich meine, du verstehst mich sehr gut. Wenn du mir freundlich entgegenkommst, könnte ich mir es noch einmal überlegen, ob ich nicht doch ein Auge zudrücke über die Dinge, die hier nächtlicherweise passieren.«

»Gut. Ich werde Mutter um Rat fragen«, sagte ich sarkastisch.

»Wäre das nicht sehr unklug? Denk dran, wenn du nicht gewesen wärst, könnte dein Vater heute noch leben.«

Ohne ein Wort zu sagen machte ich kehrt. Simon Caseman rief mir nach: »Ich gebe dir vierundzwanzig Stunden zum Überlegen. Du hättest deinen Vater retten können. Jetzt liegt es an dir, was mit deiner Familie geschieht.« Am ganzen Leibe zitternd rannte ich ins Haus zurück.

Bruno erachtete es der Mühe nicht wert, mich nach diesen Ereignissen aufzusuchen und mich zu beruhigen. Den Rest der Nacht verbrachte ich grübelnd in meinem Lehnstuhl.

Nun hatte ich Antwort auf meine Frage: Das Geld stammte aus Spanien oder Rom. Ich wunderte mich, daß ich nicht selber auf diese simple Lösung gekommen war. Bruno hatte Geld erhalten, um das Kloster instand zu setzen und dadurch den Mönchen eine Heimstätte zu sichern. Auch der burgähnliche Charakter unseres Anwesens fand hier seine Erklärung: Es sollte als Bollwerk des Katholizismus im Kampf gegen die Reformation dienen.

Simon Casemans Worte gingen mir nicht aus dem Sinn. Also *ich* war schuld an Vaters Tod. Wenn ich Simon geheiratet hätte, wäre es nicht zur Anzeige gekommen. Und jetzt schlug er mir wieder einen solchen Handel vor. Für mein ›Entgegenkommen‹ – ich wußte genau, was er damit meinte – konnte ich sein Schweigen erkaufen. Wie lange?

Aber zumindest in den nächsten vierundzwanzig Stunden waren wir in Sicherheit. Morgen abend, nach Einbruch der Dunkelheit, würde ich mich mit den Mädchen zu Rupert flüchten. Der Gedanke tröstete mich so sehr, daß ich in einen kurzen Schlummer fiel.

Am anderen Morgen ging ich zu Bruno in seinen Wohnturm. Als ob nichts geschehen wäre, schrieb er eifrig in seine Bücher.

»Bruno«, sagte ich, »hast du mir denn nach dieser Nacht gar nichts zu sagen?«

Er sah mich überrascht an. »Ach so, das hatte ich schon fast vergessen. Du kannst ganz ruhig sein, dein Stiefvater vermag uns nichts anzuhaben.«

»Er hat Vater zu Tode gebracht. Jetzt will er unsere Familie ins Unheil stürzen.«

»Und du glaubst, daß ihm das gelingt?«

»Bei Vater ist es ihm gelungen.«

»Dein Vater hat töricht gehandelt.«

»Längst nicht so töricht wie du. Er hatte das Gesetz heimlich übertreten – aber du tust es in aller Öffentlichkeit.«

Bruno hob den Kopf und lächelte mich nachsichtig an. Er sah dabei so überirdisch schön aus, daß mir schier das Herz zerriß bei dem Gedanken, er gehe aus lauter Eigensinn in den sicheren Tod.

»Ich sage dir nochmals, sorge dich nicht.«

»Der Mann hat gedroht, daß er dich in den Tower bringt.«

»Er wird es nicht tun.«

»Wie kannst du so sicher sein?«

»Weil ich es weiß. Dammy, du glaubst jedem außer mir. Du hältst mich nicht für fähig, daß ich verteidige, was ich aufgebaut habe?«

»Mit spanischem Gold?« fragte ich.

»Siehst du? Schon wieder glaubst du eher diesem Verleumder als mir.«

»Es dünkt mir recht einleuchtend. Woher hättest du sonst soviel Geld?«

Brunos Augen glühten vor innerem Feuer. »Simon hat gefragt, ob der Himmel meinen Beutel gefüllt habe. Und so ist es auch! Dammy, ich schwöre dir, das Geld kommt weder aus Spanien noch aus Rom – es ist mir vom Himmel geschenkt worden. Frage nicht, auf welche Weise: das ist ein Geheimnis wie meine Auffindung in der Krippe. Und auch jener Mann kann uns nicht ein Haar krümmen.«

»Du schwörst mir, daß du nicht von der Kirche bezahlt wirst?«

»Ich habe mich damit abgefunden, daß du an mir zweifelst.

Glaube oder glaube nicht – wenn du siehst, daß dein Stiefvater keine Macht über uns hat, wirst du mir vielleicht endlich etwas Vertrauen schenken.« Und als ob er mich völlig vergäße, setzte Bruno seine Schreibarbeiten fort.

Bis in mein Innerstes aufgewühlt verließ ich Brunos Turm. War er wahnsinnig geworden? Anders konnte ich mir seine Reaktion auf Simons Drohungen nicht erklären. Glaubte er, ein himmlischer Feuerwagen würde ihn der Gefahr entrücken?

Der Tag schien sich endlos hinzuziehen. So gut es ging, versuchte ich meinen Alltagspflichten nachzukommen. Ich sah in der Küche nach dem Rechten und begab mich dann ins Backhaus zu Clemens, um mit ihm den Speiseplan für den Tag festzulegen, wie wir es immer taten. Das Abendessen war unsere Hauptmahlzeit, zu der sich alle Hausbewohner im großen Saal einfanden.

Ich war überrascht, daß Clemens nicht die mindeste Unruhe zeigte, obwohl auch er hinter der Tür die Auseinandersetzung zwischen Bruno und Simon mitangehört hatte.

»Clemens«, fragte ich, »was soll daraus nur werden?«

»Es wird uns nichts geschehen«, sagte der Alte mit einem Blick zum Himmel. »Bruno wird uns vor dem Verderben erretten.«

»Wie kann er das?«

»Seine Wege sind immer wunderbar.« Die Gelassenheit des alten Mannes versetzte mich in Erstaunen. Er wußte, daß er gefoltert, gehängt und gevierteilt werden konnte, und doch sah er zuversichtlich dem Kommenden entgegen.

»Du warst heute nacht dabei?«

»Gewiß. Bruno sagte uns hinterher, wir sollten uns nicht ängstigen. Dazu bestehe kein Anlaß.«

»Wie will er solches Unheil von uns abwenden?«

»Das steht bei ihm und seinem Gott.«

Sie glauben alle, er sei göttlich, dachte ich. Welch schnödes Erwachen aus ihren Träumen erwartete sie morgen. Der gute alte Clemens, der meine Kinder sooft in seinen Armen getragen und sie auf seinem Rücken hatte reiten lassen, dauerte mich plötzlich.

»Clemens«, sagte ich, »du könntest fortgehen. Noch ist es Zeit.«

Er blickte mich überlegen an. »Das hier ist mein Leben«, erwiderte er, fast mitleidig lächelnd. »Ihr habt eben nicht Vertrauen genug. Seid zuversichtlich – es wird sich alles zum Besten finden.«

Welches bedingungslose Vertrauen alle in Bruno setzten! In den vergangenen Jahren hatte er nicht nur die Abtei, sondern auch den Mythos seiner Herkunft wiederhergestellt.

Nachmittags kam Mutter zu Besuch. Ich beobachtete sie eine Weile, ob Simon vielleicht etwas erwähnt hatte. Aber sie gab sich wie immer und packte das Körbchen aus, in dem sie Leckereien mitgebracht hatte, Zimtküchlein und Marzipan. Es war auch nicht gut vorstellbar, daß Simon ihr von seinem Ultimatum berichtet hätte.

Nun sah sie mich prüfend an und meinte schließlich, ich sähe heute aber nicht besonders gut aus.

»Ich bin ein wenig müde«, gab ich zu. »In der Nacht habe ich schlecht geschlafen.«

Bald kam sie auf ihr Lieblingsthema, die neue Religion, zu sprechen, während ich unterdessen meinen eigenen Gedanken nachhing.

»Aber Dammy, du hörst mir ja gar nicht zu!« meinte sie plötzlich vorwurfsvoll. »So seid ihr Katholiken alle: ihr wollt nichts von den neuen Lehren wissen. Sonst würdet ihr bald gewahr werden, daß unser Glaube der rechte ist.«

»Ach, Mutter, wer weiß heute noch, was wahr ist und was falsch? Wir sollten uns einfach nach den Worten Christi richten. Die sagen deutlich genug, was Gott von den Menschen erwartet.«

»Aber Simon ist der Meinung...«

»Die Zeit wird vieles ändern«, sagte ich vieldeutig. Mutter hing nicht aus Überzeugung dem Glauben an, sondern weil sie ihrem Mann nachfolgte. Wohin ihn sein Weg auch führte – sie war ihm ausgeliefert. Arme Mutter! In einer plötzlichen Gefühlsaufwallung umarmte ich sie und küßte sie fest auf beide Wangen.

»Mein Kind, du bist heute so sonderbar. Wäre es denn möglich...«

Ich wußte, woran sie dachte und schüttelte den Kopf.

»Nein, Mutter.«

»Vielleicht bist du nicht sicher? Morgen bringe ich dir für alle Fälle einen stärkenden Trunk.«

Morgen? Was würde dann sein?

Ich nahm mich zusammen; Mutter durfte nichts merken. Noch war sie glücklich. Wie hätte ich ihr von dem Angebot ihres Gatten, ich solle seine Geliebte werden, erzählen sollen?

Als Mutter sich verabschiedete, war der Tag noch immer nicht zu Ende. Ich ging in die Schreibstube und hörte dem Unterricht der Kinder zu. Was würde aus ihnen werden? Und nun verstand ich Vaters Herzenswunsch: Die geliebten kleinen Wesen möchten eines Tages gut verheiratet und weitab von aller Gefahr sein. Aber auch die Ehe schützte vor Gefahren nicht.

Beim Abendessen saß die Familie wie immer auf der Empore am kleinen Tisch, während das Gesinde an langen Tischen unten im Saal Platz nahm. Es herrschte angespannte Aufmerksamkeit. Bei jedem unerwarteten Geräusch zuckten einige der ehemaligen Mönche zusammen und sahen zur Tür hin. Andere warfen Bruno aufmunternde Blicke zu, als Zeichen für ihre Zuversicht.

Als wir uns eben anschickten, die Tafel zu verlassen, wurde ein Bote angemeldet.

Nie werde ich die atemlose Spannung vergessen, die von den Anwesenden Besitz ergriff. Nun war es soweit. Ich war aufgesprungen und hatte Catty, die neben mir saß, bei der Hand gefaßt. Verwundert drehte sie ihr Gesichtchen zu mir hin. Ich dachte nur: Simon hat nicht einmal die vierundzwanzig Stunden abgewartet.

Auch Bruno hatte sich erhoben, aber ohne sichtbare Gemütsbewegung. Gelassen ging er auf den Boten zu und begrüßte ihn.

»Was habt Ihr zu berichten?« fragte er.

»Ich bringe schlechte Nachricht«, verkündete der Bote. »Der König ist tot.«

Als ob alle Leute im Saal gleichzeitig aufgeatmet hätten, so löste die Spannung in einem verhauchenden »Ah!« Bruno lächelte zufrieden, als er die Bewunderung in den Gesichtern seiner Anhänger gewahr wurde.

Er hatte ihnen ein Wunder versprochen, denn nur ein Wunder konnte die Abtei vor dem Verrat Simon Casemans erretten. Und da hatten sie ihr Wunder: Genau im richtigen Moment war der König gestorben, und die Macht der Protestanten ruhte auf tönernen Füßen. Eine katholische Prinzessin stand dem Thron am nächsten.

Für einen Moment begegneten sich unsere Augen. Triumphierend und verächtlich zugleich blickte Bruno mich an. Wie eine Erleuchtung kam mir der Gedanke: Er hat es schon die ganze Zeit über gewußt. Er wußte, daß Simons Drohungen um Monate zu spät kamen, deshalb konnte er den Überlegenen spielen. Alles war abgekartetes Spiel, der Bote war genau zu dem Zeitpunkt bestellt, in dem jene Nachricht den größten Widerhall auslöste. Allmählich begann ich den Mann zu durchschauen, dem ich mein Leben anvertraut hatte.

Als wir kurz danach erfuhren, daß Eduard schon vor Tagen verschieden und sein Tod lange geheimgehalten worden war, zweifelte ich nicht mehr daran, daß Bruno die Nachricht von seinen Londoner Freunden – die er mir übrigens nie vorgestellt hatte – erfahren haben mußte. Nur deshalb konnte er Simon Caseman verhöhnen und seine Gefolgsleute in dem Glauben wiegen, dieses Wunder sei durch seine geheimnisvollen Kräfte zustande gekommen. Ich war selbst erschrocken, als ich bemerkte, daß ich Bruno zu hassen begann.

Brunos Hochstimmung ließ etwas nach, als wir hörten, daß König Eduard auf Anraten Northumberlands testamentarisch Lady Jane Grey als Nachfolgerin auf dem Thron bestimmt hatte. Aber der Herzog hatte nicht damit gerechnet, daß sich der katholische Teil der Bevölkerung geschlossen hinter Prinzessin Maria stellte. Wieder zerfiel das Land in zwei einander bekämpfende Parteien. Solange sich nicht die eine oder andere eindeutig als Siegerin auswies, hatten wir Ruhe vor dem Ränkespiel Simon Casemans. Wie unwichtig war das Schicksal einer kleinen Abtei gegen den drohenden Bürgerkrieg!

Simon trug seine Dienste dem Herzog von Northumberland an und begab sich nach London, um für die Sache von Lady Jane zu kämpfen. Mir war nicht ganz klar, ob er es lediglich aus Eigeninteressen tat oder ob ihm tatsächlich am Sieg der reformierten Partei gelegen war. Aber Schurkerei schließt religiösen Fanatismus ja keineswegs aus.

»Königin Jane ist eine tugendhafte Frau«, stellte Mutter fest.

»Dasselbe läßt sich auch von ›Königin‹ Maria sagen«, hielt ich ihr entgegen.

»Aber sie stammt aus einer ungültigen Ehe des Königs.«

»Dennoch steht das halbe Land hinter ihr«, erwiderte ich.

»Doch nur die Papisten.«

»Ich weiß nicht. Es will mir scheinen, als ob auch manche Protestanten ihr die Thronrechte zuerkennen.«

»Diesem Bastard?« rief Mutter fast in Tränen.

»Sei still, Mutter, und achte auf deine Worte. Zu leicht könnte es dir passieren, daß man dich dafür zur Rechenschaft zieht.«

Es ging die Rede, daß Jane nur mit Widerstreben die Krone annahm. Sie war fast noch ein Kind, sechzehn Jahre alt und erst seit wenigen Monaten verheiratet. Ich konnte ihr nicht verdenken, daß sie sich vor der Verantwortung fürchtete – um so mehr, als sie das Mißfallen des Volkes zur Kenntnis nehmen mußte, während Marias Beliebtheit ständig wuchs. Außerdem war Maria die Tochter Heinrichs des Achten, Jane dagegen nur die Enkelin seiner Schwester.

Unterdessen hatte sich Maria nach Norfolk abgesetzt, wo sie in Norwich als Königin ausgerufen wurde. Tausende scharten sich um sie, als sie die Grenze nach Suffolk überschritt und ihre Standarte vor dem Schloß von Framlingham aufstellen ließ.

Neun Tage lang dauerte die Regierungszeit von Königin Jane, dann ritt Maria in London ein und wurde in Paul's Cross zur rechtmäßigen Königin Englands ausgerufen. Die arme Jane hatte das Spiel verloren, zu dem ihr machtgieriger Schwiegervater sie gezwungen hatte.

Ich ging zu Mutter hinüber, um sie in ihrer Enttäuschung zu trösten.

»Wie konnte das geschehen?« fragte sie konsterniert. »Königin Jane hat den Segen des Bischofs von London. Wer kann sich dem widersetzen?«

»Mutter«, warnte ich sie, »du mußt jetzt sehr vorsichtig sein. Verstecke die lutherischen Schriften und traue keinem der Dienstboten. Mit Maria kommt der Katholizismus zurück.« Betreten stellte ich fest, daß der politische Umsturz, der unserem Haus eine gewisse Sicherheit garantierte, für die Familie meiner Mutter große Gefahr mit sich brachte.

Noch bevor die neun Tage abgelaufen waren, hatte sich Simon Caseman unauffällig zu Hause eingefunden und gab vor, er habe nur eine dringende Geschäftsreise unternommen. Er zeigte sich durchaus bereit, nun lauthals ›Lang lebe Königin Maria!‹ zu schreien.

Wir merkten bald, daß die verhältnismäßig ruhigen Zeiten der Regierung König Eduards vorbei waren.

Noch vor Ende des Monats wurden Lady Jane und ihr Gatte, Lord Guildfort Dudley, in den Tower eingeliefert.

Von Schloß Remus traf Kate mit Carey und Colas ein, um die Ereignisse der folgenden Tage aus nächster Nähe mitzuerleben. Kate bestand darauf, daß wir nach Wanstead ritten, wo die Begegnung zwischen Königin Maria und ihrer Schwester Elisabeth stattfinden sollte. Von dort aus ging der Triumphzug nach London, das sich auf eine prunkvolle Krönungsfeier vorbereitete. Das ganze Land schien froh und erleichtert, daß Maria aus dem Kampf um den Thron als Siegerin hervorgegangen war.

Ich war ebenfalls froh, wieder einmal aus der Abtei herauszukommen, und leistete Kates Wunsch gerne Folge. So ritt also die kleine Kavalkade – Kate, ich, die vier Kinder und zwei Knechte als männlicher Schutz – nach Wanstead hinüber.

Mir entgingen nicht die vielen bewundernden Blicke, die unterwegs auf meine Töchter gerichtet waren. Honey, obwohl kaum den Kinderschuhen entwachsen, konnte sich durchaus mit der reifen Schönheit Kates messen. Das junge Mädchen trug ein rotsamtenes Reitkleid mit einem flotten Federhütchen, das wunderbar zu ihrem schwarzen Haar und dem zarten Teint paßte. Catherine, die ein ähnliches Kleid aus dunkelgrünem Samt schmückte, sprühte vor Lebendigkeit und machte durch ihre wilde Anmut wett, was Honey ihr an eigentlicher Schönheit voraus hatte.

Carey war zu einem schmucken Burschen herangewachsen, der meinen Mädchen nicht unähnlich sah. Der achtjährige Colas, das Nesthäkchen der Gruppe, hatte sich dafür entschieden, jeden Augenblick zu genießen. Wer die vier nebeneinander sah, hätte sie gut für Geschwister halten können. Carey und Catty lagen sich wie eh und je in den Haaren und mußten ständig zurechtgewiesen werden: Carey, daß man nicht in diesem Ton mit einer jungen Dame spräche, und Catty, daß sie sich gefälligst wie eine solche benehmen solle und nicht wie ein ungebärdiges Füllen.

In Wanstead wurden wir Augenzeugen der historischen Begegnung zwischen den Töchtern Katharinas von Aragonien und Anna Boleyns. Vermutlich ruhten dabei mehr Augen auf der zwanzigjährigen Prinzessin, die mich mit ihrem lebhaften Wesen und ihrem rötlich hellen Haar an meine Catherine erinnerte.

Maria war in eine Robe aus violettem Samt gekleidet, die ihrem ältlichen Aussehen keineswegs schmeichelte; war sie doch bereits siebenunddreißig Jahre alt. Die Menge jubelte laut, als sich die Schwestern in die Arme fielen.

Nicht lange danach setzte sich der Zug nach London in Bewegung. Wir schlossen uns der festlichen Menge an und ritten durch das Stadttor nach Aldgate und London hinein. Die Kinder zeigten einander aufgeregt die schöngeschmückten Straßen und die kostbaren Teppiche, die aus den Fenstern der Bürgerhäuser hingen. Überall standen Kinder und Scholaren, die die neue Königin in Preisliedern besangen.

Böllerschüsse begrüßten den Einzug Königin Marias, als sie an den in feierliche Tracht gekleideten Vertretern der Zünfte vorbeiritt. Vor dem Tower wurde sie vom Kronrat empfangen, der sie in ihre Prunkgemächer hinaufbegleitete. Es stand außer Zweifel: London hieß seine neue Regentin aufs herzlichste willkommen. Ob wohl Jane, die kleine Königin der neun Tage, aus einem Fenster des Gefangenenturmes herüberblickte?

Auf dem Heimritt sagte Catherine unvermittelt: »Wie schade eigentlich, daß Peter und Paul nicht mitgekommen sind. Sie hätten den Prunkzug sicherlich auch gern gesehen.«

Wir ritten weiter, ohne daß ihr einer von uns antwortete.

König Eduard wurde in Westminster mit dem ganzen Pomp des katholischen Requiems beigesetzt.

Ein paar Tage später wurde der Herzog von Northumberland enthauptet.

Beeindruckt vom jähen Wechsel der politischen Machthaber, wagte das Volk nicht mehr, seine Meinung offen zu bekunden. Waren gestern noch die Reformierten am Ruder der Macht, so saßen dort heute ihre katholischen Gegner. Wer konnte ahnen, wann das Karussell sich erneut in Bewegung setzte? Besser, man schwieg sich öffentlich aus und ließ seine Meinung nur im vertrautesten Kreise laut werden.

Kate blieb bis zur Krönung im Oktober. Und wiederum sahen wir eine in Gold und Silber gekleidete Königin in das Kirchenportal von Westminster eintreten. Kate schaute mich vielsagend an; aber auch ich hatte diese müde, alternde Frau in Gedanken mit der stolzen jungen Anna Boleyn verglichen, die vor langen Jahren denselben purpurnen Läufer entlanggeschritten war. Maria trug eine Prunkhaube, die dicht mit Edelsteinen besetzt war und durch ihre Schwere offenbar der Königin Kopfschmerzen bereitete.

In einem offenen, mit Samt ausgeschlagenen Wagen fuhr die andere Königstochter an uns vorbei, die junge Elisabeth; an ihrer Seite saß Anna von Kleve, die einzige Gemahlin Heinrichs des Achten, die diesen Tag erlebte.

Uns allen war bewußt, daß der Thronwechsel manche Veränderung mit sich bringen würde. Für sämtliche Insassen der Abtei stand außer Zweifel, daß wir nur knapp einer tödlichen Gefahr entronnen waren. Zu meiner Beruhigung blieb auch Simon Caseman unbehelligt. Vermutlich hatte er sich gerade noch rechtzeitig abgesetzt. Nun vermied er jedes Aufsehen und schützte Krankheit vor, damit er sein Zimmer nur selten zu verlassen brauchte.

Bruno war, wenn überhaupt möglich, der Gegenstand noch tieferer Bewunderung als bisher. Clemens konnte es sich nicht verkneifen, mich ein wenig schadenfroh zur Rede zu stellen. Hatte er nicht recht behalten? Auf Bruno war Verlaß! Dies war nun schon sein drittes Wunder. Und an den Fingern zählte der alte Mann sie ab: als erstes Brunos Erscheinen in der Krippe; zweitens, der Wiederaufbau der Abtei; und nun – drittens – der genau zur rechten Zeit eingetretene Tod des jungen Königs, der den Widersacher Brunos von seinem verbrecherischen Tun abhielt. Konnte man das noch Zufall nennen?

Nein, das war Brunos Werk – Brunos, des Wundertäters, Verdienst: Darüber waren sich seine Bewunderer einig.

Zu den ersten Regierungsakten gehörte die Wiedereinführung der Messe in ihrer alten Form, wie sie unter Heinrich dem Achten gelesen worden war. Diese nur scheinbar nebensächliche Verordnung setzte einen Markstein für die Entwicklung der kommenden Jahre.

Zu Anfang des nächsten Jahres kamen Gerüchte über eine bevorstehende Heirat Marias mit Philipp von Spanien, diesem fanatischsten aller Katholiken, in Umlauf.

Ein Schrei der Empörung ging durchs Land. Maria war im Volke beliebt, sie wurde von der Mehrzahl der Untertanen als rechtmäßige Königin anerkannt – aber jedermann verabscheute den Gedanken, England könne unter die Herrschaft Spaniens geraten. Das Parlament erhob seine Stimme gegen die Heiratsabsichten Königin Marias, jedoch vergeblich.

Seit der letzten Auseinandersetzung mit Simon Caseman hatte ich mein Elternhaus nicht mehr betreten. Mutters dringende Einladung wehrte ich unter irgendwelchen Ausflüchten ab und lud statt dessen sie und die Zwillinge zu häufigem Besuch in die Abtei ein.

Peter und Paul – einander so ähnlich, daß nicht einmal Mutter sie immer auseinanderhalten konnte – waren rund ein Jahr jünger als Carey, mit dem sie sich ausgezeichnet verstanden. Mutter hatte mich darum gebeten, daß sie am Unterricht meiner Töchter teilnehmen durften. Zu Zeiten, in denen Kate mit ihren Söhnen bei uns weilte, gesellte sich Carey zu ihnen, so daß fünf lebhafte junge Geister das Schulzimmer bevölkerten und Valerian nur mit Mühe eine leidliche Ordnung und Stille zustande brachte.

Leider zeigten meine Töchter wenig Neigung zu den Wissenschaften; sie waren aufgeweckt und frisch, ohne sonderlich begabt zu sein. Soweit es Carey anging, hielt er ohnehin mehr von sportlicher Betätigung als von der Pflege des Geistes und gähnte herzhaft, wenn Valerian sich allzusehr in seinen Darlegungen verlor.

Durch Zufall stellte sich heraus, daß Peter als einziger unter den Kindern einem ernsthaften Studium gewachsen war. Lange Zeit hindurch hatte Valerian die Zwillinge für ungefähr gleichbegabt gehalten, bis er einmal entdeckte, daß Peter auch Pauls Aufgaben im Handumdrehen löste, was sie durch ihre ähnliche Handschrift geschickt zu vertuschen gewußt hatten. Als der Lehrer sie an den entgegengesetzten Enden des Tisches Platz nehmen ließ, warf Paul seinem Bruder manch kläglichen Hilfeblick zu. Dafür war er Peter körperlich überlegen und konnte sich mit Carey im Reiten und Bogenschießen messen.

Simon Caseman liebte seine Söhne über alles. Er mochte raffgierig, neidisch und hinterhältigen Charakters sein: Seinen beiden Jungen war er ein liebevoller Vater.

Wie glücklich hätten wir alle zusammen leben können ohne Simons Habsucht und Brunos dünkelhafter Selbstvergötterung. Hätte sich jeder von ihnen mit dem abgefunden, was er an Besitz und Achtung bislang erworben hatte – unsere Familie hätte sich mit gemeinsamen Kräften gegen die von außen auf uns einstürzenden Widrigkeiten verteidigen können, anstatt daß sich ihre Mitglieder gegenseitig zerfleischten.

Mutter hoffte, die spanischen Heiratsprojekte würden die Stellung Königin Marias untergraben.

»Das Parlament wird sie absetzen«, mutmaßte sie. »Wer von uns Engländern möchte seinen Kopf unter die Knute Spaniens beugen?«

»Wenn die Königin Philipp von Spanien zum Gemahl nimmt, so werden sicherlich genaue Vereinbarungen getroffen werden, die ihm Übergriffe auf unser Land verwehren«, entgegnete ich.

»Jede Frau ist dem Einfluß ihres Gatten ausgesetzt«, konterte Mutter. Ich mußte lächeln.

»Aber nicht alle Frauen sind ihrem Ehemann so bedingungslos ergeben wie du.«

»Wie meinst du das?« fragte sie verunsichert. »Versteh doch: Dann bekommen wir die Inquisition in unser Land. Wenn wir erst eine Provinz Spaniens geworden sind, ziehen die Pfaffen mit ihren Daumenschrauben, Streckbrettern und Scheiterhaufen hier ein.«

»Sie sind schon da, Mutter. Übrigens halte ich persönlich das Hängen und Vierteilen für ebenso abscheulich. Denke an den Tower und seine Folterkammern. Hast du Vater vergessen?«

Mutter verstummte eine Weile. Dann legte sie ihre Handarbeit fort und beugte sich zu mir vor.

»Marias Regime wird nicht mehr lange dauern«, flüsterte sie. »Ich weiß es, aber ich darf nicht darüber sprechen. Gib auf dich acht, Dammy – auf dich und die Kinder!«

»Und mir ist angst um dich und die Zwillinge!«

»Ja«, nickte Mutter. »Sonderbar, daß die Religion die Ursache unserer Besorgnis ist. Ich kann nicht einsehen, warum die anderen nicht den rechten Weg gehen.«

»Bist du sicher, daß der Weg deines Mannes der rechte ist?«

»Er hängt dem wahren Glauben an. Oh, Dammy, wenn du uns nur folgen wolltest. Simon spricht immer so freundlich von dir.«

»Sehr nett von ihm«, sagte ich sarkastisch.

»Er ist ein rechtschaffener Mann. Es kränkt ihn sehr, daß du ihn immer noch ablehnst.«

Mein Gott, Mutter, wenn du wüßtest...!

»Er glaubt immer noch, daß du deines Vaters wegen auf ihn eifersüchtig bist.«

»Nein, das gewiß nicht.«

»Nun, wie dem auch sei – du mußt dir vor Augen halten, daß er mein Gatte ist und mich glücklich gemacht hat.«

Nur mit Mühe hielt ich mich zurück, ihr die Wahrheit ins Gesicht zu schreien: daß er Vater zu Tode gebracht und noch vor kurzem meine Tugend als Schweigegeld gefordert hatte. Aber wenn ich Mutter ansah, in ihrer rührenden Unwissenheit, verschloß sich mir die Kehle. Ich schwieg.

»Allmählich könntest du wirklich vernünftig werden, Dammy. Schließlich bist du kein kleines Mädchen mehr.«

Ich lächelte sie unter Tränen an, und sie lächelte zurück.

Die Ruhe im Land währte nicht lang. Unter vielen geheimnisvollen Anspielungen ließ Mutter mich wissen, daß ihr Ehemann ›in Geschäften‹ unterwegs war. Ich fragte mich, welche Art diese wohl sein mochten.

Bald darauf überbrachte Mutter mir die Nachricht, daß Sir Thomas Wyatt die Fahne des Aufruhrs gegen Königin Maria hißte.

»Nun sind die Tage ihrer Regierung bald gezählt.« Aus Mutters Stimme klang unverhohlene Genugtuung.

»Und wo ist dein Mann?« fragte ich. Mutter lächelte vielsagend. Ich begriff.

»Ich schlage vor, daß du mit deinen Mädchen nach Caseman's Court übersiedelst, sobald Thomas Wyatt gesiegt hat«, sagte sie hastig. »Es ist besser, wenn ihr dann nicht in der Abtei seid.«

»Und wenn er geschlagen wird?«

»Ich bitte dich, Dammy, komm so bald wie möglich zu uns ins

Haus«, wich Mutter aus. »Ich weiß, daß Gott der gerechten Sache beisteht.«

Aber sie sollte sich täuschen. An einem kalten Februartag marschierten die Rebellen in die Hauptstadt ein und lieferten sich heftige Gefechte mit den Königstreuen. Wyatts Truppen hatten den Sieg fast schon errungen, als er sich, von seinen Truppen abgedrängt, in der Fleet Street ergab – in dem Glauben, er stehe auf verlorenem Posten.

Mutter war außer sich, als ich sie in Caseman's Court aufsuchte. Daß Simon noch nicht zu Hause war, wußte ich.

»Warum nur mußte der Versuch fehlschlagen?« jammerte sie. »Weshalb muß dieses papistische Weib auf dem Thron bleiben?«

»Vielleicht, weil sie die rechtmäßige Königin ist«, entgegnete ich.

In den folgenden Tagen wurde die ›Königin der neun Tage‹, Lady Jane, mitsamt ihrem Gatten hingerichtet. Selbst die ärgsten Papisten waren sich bewußt, daß eine Unschuldige für die Machtgier ihres Gatten und ihres Schwiegervaters mit dem Leben büßte. Wie man munkelte, hatte auch Prinzessin Elisabeth bei Wyatts Verschwörung die Hände im Spiel gehabt: Ja, sie sollte zur Königin ausgerufen werden, und nicht Jane, falls der Aufstand geglückt wäre. Obwohl Wyatt jegliches Wissen der Prinzessin abstritt, wurde Elisabeth auf Befehl ihrer Schwester im Tower gefangengesetzt, wenn auch bei unverschlossenen Türen.

Bruno war der Ansicht, Elisabeth sei trotz ihrer Jugend ein verschlagenes Frauenzimmer, das die Königin nicht am Leben lassen dürfe, wenn sie ihre Macht sichern wolle.

Aber nachdem Sir Thomas Wyatt mit seinen letzten Worten Prinzessin Elisabeth von aller Schuld freisprach, tat Maria ihrer Schwester kein Leid an, sondern wies ihr ein altes, baufälliges Haus in Woodstock als Wohnsitz an, wo Elisabeth, von der Außenwelt völlig abgeschnitten, lange Monate verweilen mußte.

Simon Caseman war unterdessen nach Hause zurückgekehrt. Ich hütete mich, danach zu forschen, ob er an Wyatts Verschwörung teilgenommen hatte oder nicht. Anscheinend besaß er in hohem Maße die Fähigkeit, sich rechtzeitig abzusetzen, sobald die Sache brenzlig wurde.

Ich war davon überzeugt, daß er als Protestant gegen Königin Maria und ihren Katholizismus agierte. Und als Gegenspielerin bot sich eben Elisabeth an, die ihr Mäntelchen in den Wind hängte und sich den Reformierten anschloß. Sie wußte genau, wie unbeliebt sich Maria mit ihrer spanischen Heirat bei dem englischen Volk machte, das sich zunehmend für die jüngere Schwester zu interessieren begann.

Und obwohl Maria ihre Krone in festen Händen hielt, begann sich manche Hoffnung um die Tochter Anna Boleyns zu ranken.

An einem regnerischen Julitag landete Philipp von Spanien an der englischen Küste. Die Königin reiste ihm nach Winchester entgegen, wo sie in der Kathedrale vermählt wurden.

Beim Einzug des königlichen Paares in die Hauptstadt waren wir zugegen. Maria und Philipp ritten nahe an uns vorüber. Mich rührte das blasse Gesicht der ältlichen Braut und ihre schwärmerische Verehrung, die sie, für alle sichtbar, dem um zehn Jahren jüngeren, schmallippigen Bräutigam entgegenbrachte.

Der mäßige Beifall der Menge steigerte sich erst zum Jubel, als die Leute der Schätze ansichtig wurden, die der unwillkommene Bräutigam mitgebracht hatte. In neunundzwanzig Truhen waren die Gold- und Silbermünzen sowie viele Barren ungeprägten Edelmetalls verstaut.

Bald zeigte sich, daß mit Philipp auch der spanische Geist seinen Einzug gehalten hatte. War das Leben schon unter dem Tyrannen Heinrich dem Achten wechselvoll und gefährlich gewesen, so senkte sich nun die spanische Düsternis über England, erhellt von einzelnen Scheiterhaufen, die in Smithfield, der Hinrichtungsstätte, entzündet wurden. Das Land kehrte in den Schoß der Kirche zurück, der Papst löste huldvoll den Bannfluch, und damit begann die Verfolgung der widerspenstigen Ketzer. Viele Protestanten retteten sich aufs Festland, die meisten fügten sich der Macht der Kirche, und ein paar Unentwegte taten den Weg nach Smithfield an.

Sooft der Wind nach Westen blies, trieb er dicke Rauchschwaden vor sich her. Das Volk gab der Königin einen neuen Namen: sie hieß von nun an ›Bloody Mary‹ – Maria die Blutige.

Im kalten Februar 1555 wurde Simon Caseman verhaftet.

Peter und Paul kamen herüber in die Abtei gerannt. Sie redeten zunächst so durcheinander, daß ich kein Wort verstand.

»Sie kamen herein – sie haben überall herumgestöbert – sie haben heimlich am Landeplatz angelegt – sie nahmen die Bücher mit...«

»Peter«, unterbrach ich ihr Geschrei, »erzähl du von Anfang an, was geschehen ist.« Obwohl ich längst ahnte, was drüben vorgegangen war.

Als Antwort brachen beide in Weinen aus.

»Sie haben Vater abgeführt«, gab schließlich Paul schluchzend zur Antwort.

»Und Mutter?«

»Sie sitzt nur da – sie sagt und tut nichts. Komm, Dammy, bitte! Komm rasch zu uns herüber!«

Ich lief mit ihnen nach Caseman's Court, wo in der Halle noch der gedeckte Tisch stand. Wie damals, als sie Vater verhafteten, fuhr es mir durch den Kopf. Damals hatte Simon Caseman sie herbeigerufen, nun hatten sie ihn selber geholt.

Mutter saß noch an ihrem Platz am Tischende. Sie schaute blicklos vor sich hin, als sei sie nicht bei Sinnen. Ich kniete vor sie hin und ergriff ihre kalten Hände.

»Mutter, ich bin's. Ich bin hier bei dir.«

»Du bist meine Tochter, meine kleine Dammy.«

»Ja, Mutter.«

»Sie sind einfach hereingekommen und haben ihn abgeführt«, klagte sie.

»Ich weiß.«

»Warum? Und wohin...?«

»Vielleicht kommt er bald zurück«, log ich, da ich genau wußte, daß dies nicht geschehen würde. Hatten nicht die Zwillinge von den Büchern gesprochen? Simon Caseman erwartete das Los der Ketzer.

»Komm, Mutter, lege dich ein wenig hin. Ich bringe dir von deinem Mohntrunk. Vielleicht, wenn du ein bißchen schlafen kannst...«

»Kommt er dann zurück?«

»Vielleicht. Es ist möglich, daß sie ihn nur etwas fragen wollen.«

Aufatmend griff sie nach meinem Arm. »Das wird es sein«, sagte sie. »Sie haben ihn mitgenommen, damit er ihnen Auskunft gibt. Er ist ein ehrenwerter Mann – er wird zurückkommen.«

»Ich helfe dir beim Ausziehen.« Die Zwillinge sahen mich an, als besäße ich geheime Kräfte, um Mutter zu beruhigen. Wie wünschte ich mir, daß ich sie hätte. Zum erstenmal in meinem Leben hätte ich mich gefreut, wenn Simon Caseman durch jene Tür eingetreten wäre.

»Was könnte er schon getan haben?« fragte Mutter wieder.

»Wir wollen hoffen, daß er bald zurückkommt und es dir selber erklären kann«, antwortete ich. Sie ließ sich willig von mir ins

Bett helfen, und ich schickte nach dem Schlaftrunk. Bald lag sie friedlich atmend da. Zweimal im Leben hatte man ihr den Gatten genommen, und beide Male im Namen der Religion.

Als Mutter tief eingeschlafen war, sputete ich mich, um nach Hause zu kommen. Ich traf Bruno unten in der Halle.

»Ich komme von drüben«, sagte ich mit einer Kopfbewegung. »Mutter ist halb irr vor Gram.«

»So, da haben sie ihn also geholt«, antwortete Bruno mit einem grausamen Lächeln um die Lippen.

»Du hast es gewußt?« rief ich.

»Natürlich.«

»Du... das hast du getan. Du hast ihn angezeigt.«

»Er ist ein Ketzer«, erwiderte Bruno kalt.

»Er ist der Mann meiner Mutter.«

»Dasselbe hatte er mit mir vor. Hast du es schon vergessen?«

»Das ist Rache.«

»Nein, nur Gerechtigkeit.«

»Für Simon Caseman bedeutet das Smithfield.«

»Der übliche Lohn für Ketzerei, ja.«

Ich schlug die Hände vors Gesicht, da ich Bruno nicht mehr in die Augen sehen konnte.

»Nun stell dich nicht so an. Soviel Trauer um den Mörder deines Vaters?«

Ich drehte mich um und lief ohne ein weiteres Wort in mein Zimmer hinauf.

Die Mädchen kamen mir nachgerannt.

»Ist es wahr?« fragte Catherine erschüttert. »Haben sie ihn abgeführt? Was werden sie mit ihm tun?«

»Er wird auf dem Scheiterhaufen verbrannt«, sagte Honey leise.

»Das können sie nicht. Mutter, das geht doch nicht – er ist doch dein Stiefvater!«

»Diese Tatsache wird sie kaum davon abhalten«, entgegnete ich.

»Und alles nur, weil er Gott auf eine andere Weise verehren will als wir Katholiken«, rief Catty aufgebracht. »Gut, er ist ein Ketzer. Aber ihn deswegen gleich zu verbrennen...«

»Der Flammentod muß furchtbar sein«, sagte Honey erschauernd.

»Das ist noch nicht sicher.« Ich riß mich zusammen. »Soweit ist es noch nicht. Jetzt gehe ich und schicke die Zwillinge zu uns herüber. Ich bleibe bei Mutter. Und ihr zwei betragt euch manierlich und denkt immer daran: Es ist ihr Vater, um den sie trauern. Egal, was sie auch sein mögen. Habt ihr mich verstanden?«

Beide Mädchen sahen mich mit ernsten Augen an, als sie nickten.

Dann ging ich in mein Elternhaus zurück, um meiner Mutter beizustehen.

Als Mutter spät am Abend erwachte, saßen wir noch lange beisammen. Um sie abzulenken, redete ich über ihre Söhne, über meine Mädchen und über längst vergangene Zeiten.

Es fruchtete nichts; sie war mit all ihren Gedanken bei Simon Caseman und lauschte zur Tür nach den gewohnten Schritten, die sie niemals mehr hören sollte. Es blieb nichts anderes übrig, als mir ihre Lobreden über ihren Ehemann anzuhören: welch ein guter Vater er sei, und wie glücklich er sie gemacht habe.

»Ja, er ist der vollkommene Ehemann«, seufzte Mutter. »Und er ist so klug. Wäre doch bloß Lady Jane unsere Königin geblieben, so hätte dies nicht passieren können.«

Dir nicht, liebe Mutter, dachte ich bei mir, aber mir und Bruno. Und dann fiel mir ein, daß Bruno Simon Caseman dasselbe angetan hatte, womit dieser ihm damals gedroht hatte.

Ich hatte Simon Caseman gehaßt wie keinen Menschen auf dieser Welt.

Aber der Gedanke, daß mein Mann ihn an den Scheiterhaufen lieferte, machte mich elend.

Wie wir hörten, war Simon Caseman nicht dazu zu bewegen, seinem Irrglauben abzuschwören und dadurch sein Leben zu retten. Soviel Böses er sonst auf dem Gewissen haben mochte, seinem Glauben blieb er treu bis in den Tod.

Mutter wollte nach Hampton Court, sich der Königin zu Füßen werfen und auf diese Weise um das Leben ihres Mannes bitten.

Als der Tag gekommen war, gab ich ihr eine doppelte Dosis ihres Mohntrunkes ein, wie sie es einst mit mir getan hatte.

Ich stieg hinauf zum Dachboden und schaute über die Dächer zur Stadt hin. Eine dicke Rauchwolke hing über dem Fluß; die Feuer von Smithfield loderten.

Nach einer Weile ging ich hinunter und setzte mich in einen Lehnstuhl neben Mutters Bett, damit ich bei ihr war, wenn sie erwachte.

Der Tod der Kräuterhexe

Ein Jahr war vergangen, seit Simon Caseman den Scheiterhaufen bestiegen hatte. Mutter schien um Jahrzehnte gealtert. Zuweilen ging sie ruhelos durch die Zimmer, als ob sie etwas suchte und nicht finden konnte, wobei sie halblaut vor sich hinmurmelte.

Ich hatte ihr nicht erzählt, daß Caseman's Court seinem rechtmäßigen Eigentümer – nämlich mir – zurückgegeben worden war. Als einziges Zeichen meiner Besitznahme ließ ich das Schildchen von der Haustür entfernen. Mutter fragte mich nie danach; ich weiß nicht, ob sie es überhaupt bemerkte. Der Haushalt ging in alter Weise vonstatten, wenn auch gedämpfter und trauriger.

Rupert hatte Mutter versprochen, die Aufsicht über das Gut zu führen; er hielt sein Wort gewissenhaft. Auf den Kontrollgängen ließ er sich von den Zwillingen begleiten und lehrte sie trotz ihrer Jugend viele nützliche Dinge.

Auf diese Weise traf ich mich nun öfters mit Rupert in meinem Haus. Seine gütige Hilfsbereitschaft Mutter gegenüber rührte mich tief. Ich liebte ihn, wie ich mir offen eingestand. Nicht mit jugendlichem Ungestüm, wie einstmals Bruno: Es war eine Liebe, die aus dem sicheren Beet der Freundschaft langsam, aber stetig heranwuchs.

Seit dem Tode Simon Casemans hatte ich mich völlig von Bruno abgekehrt. Er wußte, warum, und haßte mich deswegen. Honey hatte recht, wenn sie sagte, daß er ständig Bewunderung brauchte. Ich würde sagen, er forderte Anbetung von uns allen.

Nur seine Tochter Catherine und die Mönche taten ihm diesen Gefallen. Ich merkte, daß Bruno eine hämische Freude daran empfand, mir das Herz meiner Tochter zu entfremden. Es kränkte mich tief, daß alle Jahre zärtlicher Mutterliebe nichts gegen Brunos berückenden Zauber auszurichten vermochten, aber war ich derselben Faszination einstmals nicht ebenso erlegen wie jetzt Catherine? Mein Gott, wie gut ich sie verstand.

Honey, die mir wie eine kleine Freundin half und Trost spendete, gab sich alle Mühe, mich zu erheitern. Und obwohl ich ihr aus tiefster Seele dankbar war – was wog ihre Liebe gegen Cattys Abwendung?

Ich ertappte mich dabei, daß ich immer mehr Zeit in meinem Elternhaus verweilte. Am liebsten wäre ich sogar über Nacht dortgeblieben, was natürlich nicht anging. Aber nachdem ich Simons persönliche Habe aus Vaters Zimmer hatte entfernen lassen, brachte ich viele Stunden über seinen Büchern und Notizen zu und vergaß darüber meine trostlose Ehe.

In diesem Jahr des Schreckens wurden vierundneunzig Menschen als Ketzer angeklagt und verbrannt, darunter sogar vier Kinder. Wenn ich ins Freie ging, bildete ich mir ständig ein, den Rauch der Hinrichtungsstätte zu riechen, was jedoch nur bei starkem Ostwind möglich war. In meinen Alpträumen hörte ich Simon Caseman schreien, daß Bruno ihn zur Qual des Feuers verdammt habe.

Zu Careys sechzehntem Geburtstag wurde auf Schloß Remus ein großes Fest veranstaltet, zu dem Kate unsere gesamte Familie einlud. Da Bruno die Einladung nicht annahm und Mutter ebenfalls zu Hause bleiben wollte, fuhr ich mit den Mädchen und den Zwillingen in unserer Barke themseaufwärts. Als der Tower und die Feuer von Smithfield tief unter dem Horizont versunken waren, fühlte ich meine alte Lebenslust wiederkehren.

Die jungen Leute plauderten aufgeregt über den ersten Ball ihres Lebens. Honey war nun fast siebzehn, Catty vierzehneinhalb. Sie trugen hübsche Kleider nach der neuesten Mode, die ich für sie in London hatte anfertigen lassen. Sie wuchsen heran, diese Kinder. Kinder...? Auch Peter und Paul waren für ihre fünfzehn Jahre stämmige Burschen.

Das Wiedersehen mit Kate verlief herzlich wie immer. Obwohl sie die Mitte der Dreißig bereits überschritten hatte, war sie nicht weniger schön als mit siebzehn. Sie hatte nicht wieder geheiratet, aber wohl kaum aus Anhänglichkeit zu Remus. Sie führte ein vergnügtes Leben auf dem Schloß, wo sich die Gäste die Haustür in die Hand gaben: zur Zeit überwiegend katholische Gäste, natürlich. Kate hatte es immer verstanden, ihren Mantel recht unauffällig nach dem Wind zu hängen. Als wir einander zu zweit in ihrem Zimmer gegenüber saßen, lobte sie das Aussehen meiner Töchter. »Keine von beiden dürfte sich Sorgen um einen Ehemann machen. Catherine hat eine reiche Mitgift. Wie steht es bei Honey?«

»Ich werde schon dafür sorgen, daß sie standesgemäß bedacht wird.«

»Ihrem oder deinem Stand gemäß?« fragte Kate lachend. »Verzeih, Caseman's Court gehört ja jetzt dir. Wie geht es deiner Mutter?«

»Den Umständen entsprechend. Sie ist sehr gealtert. In letzter

Zeit arbeitet sie wieder im Garten, Gott sei Dank dafür. Oh, Kate, was für ein großes Trauerhaus ist aus England geworden.«

»Na, unter Heinrich ging es auch nicht immer lustig zu. Hör zu«, Kate senkte ihre Stimme, »ich habe zuverlässige Nachricht, daß die Königin sehr krank sein soll: Man gibt ihr nicht mehr lange.«

»Mit ihrer Heirat hat sie die Inquisition ins Land gebracht.«

»Scheiterhaufen oder Galgen – in diesem Land war es immer leicht, mißliebige Personen aus der Welt zu schaffen. Was meinst du, wer hatte es auf Simon Caseman abgesehen gehabt?« Da ich schwieg, fuhr sie fort: »Und kurz zuvor hat er Bruno bedroht.«

»Ich bin sicher, daß Bruno nur durch einen glücklichen Zufall seinem Geschick entgangen ist.«

»Du willst wohl sagen: durch ein Wunder?« fragte Kate spöttisch. »In Brunos Nähe wachsen die Wunder wie die Pflaumen.«

»Du erzähltest vorhin, die Königin sei krank?« wich ich auf ein anderes Thema aus.

»Sie soll sehr unglücklich sein. Noch immer hofft sie, daß sie ihrem Land einen Thronfolger schenken könnte, aber Philipp verbringt seine Nächte lieber in Pubs mit Bürgermädchen als mit Maria. Neulich habe ich einen Knecht beim Absingen von Spottliedern erwischt: ›Lieber die Wirtin im linnenen Kleid, als meine Maria in Samt und Geschmeid‹, und was derartige Dienstbotenreime sind. Ob es wahr ist? Ganz ohne Feuer entsteht kein Rauch. Wir werden diese Spanier nie verstehen können.«

»Königin Maria tut mir ja leid, aber warum hat sie der Inquisition Tür und Tor geöffnet? Das Murren der Leute wird immer lauter.«

»Wenn Wyatt einige Jahre gewartet hätte – wenn er heute zum Aufstand aufriefe: es wäre gut möglich, daß er diesmal Erfolg gehabt hätte. Und Elisabeth reflektiert ohnehin auf den Thron.«

»Meinst du, daß unser Leben damit leichter würde?«

»Wer kann das heute sagen? Sie ist jung, aber sehr gerissen, da sie bisher allen Anschlägen auf ihr Leben entkommen ist. Im Augenblick steht sie sich gut mit ihrer königlichen Schwester, die sich wieder einmal eine Schwangerschaft einbildet.«

»Angeblich leidet sie an Wassersucht und hält ihren aufgetriebenen Leib für das Anzeichen eines Thronerben«, sagte ich. »Den hohen Häuptern scheint kein irdisches Glück zuteil zu werden.«

»Seien wir daher um so mehr auf das unsrige bedacht«, erwiderte Kate. »Morgen wirst du unter den Gästen leidenschaftlichen Katholiken begegnen, mehr aber Leuten, die es wie ich mit der Religion nicht so genau nehmen. Es lohnt sich heutzutage nicht, irgendeine Ansicht allzu offen und heftig zu bekunden. Nicht aufzufallen, liebe Dammy, ist das beste Mittel, um zu überleben. Denke morgen daran, dann wirst du den Ball genießen.«

Anderntags hielten die Gäste feierlich Einzug in den mit Girlanden und Blumen geschmückten Saal, während die Musiker auf der Empore eine Pavane spielten.

Das Festmahl begann um sechs Uhr. Ich will mich gar nicht lange mit der Beschreibung der vielen Gänge und der unzähligen Beilagen aufhalten. Nur soviel sei gesagt, daß den anwesenden Adelsfamilien Pasteten vorgesetzt wurden, die kunstvoll ihren Wappen nachgebildet waren, während die übrigen Gäste unter Blumen- und Tiermustern nach Belieben wählen durften.

Zum Abschluß wurde unter der Jugend eine Unmenge kleiner Kuchen verteilt, mit Ingwer für die Burschen, mit Zimt bestreut für die Mädchen. In jeder Kuchensorte war eine kleine Krone eingebacken; wer sie fand, sollte Spielkönig oder -königin an diesem Abend sein und das Programm bestimmen.

Großer Jubel brach aus, als Carey, das Geburtstagskind, sein Krönchen emporhielt. Er blickte hinüber nach Mary Ennis, der Tochter Lord Calpertons, wohl in der Hoffnung, daß sie seine Königin werden möge. Er war zu gut erzogen, um seine Enttäuschung zu zeigen, als meine Catherine das andere Krönchen fand.

Catty strahlte vor Entzücken. Mir fiel ein unlängst von ihr gehaltener Vortrag ein, in dem sie über die Leichtfertigkeit der vergnügungssüchtigen Gesellschaft gewettert hatte.

Nun steckten sie und Carey ihre Köpfe zusammen, um den Spielplan für den Abend auszuhecken, bevor sie gemeinsam den Ball eröffneten. Carey mußte ihr ein Kompliment gesagt haben, denn ich hörte sie antworten: »Ich bin ja gar nicht so schnell gewachsen. Übrigens bin ich bloß zwei Jahre jünger als du.«

Sie tuschelten noch eine Weile miteinander. Dann gab Carey den Musikern ein Handzeichen, und der Tanz begann.

Rupert forderte mich zum zweiten Tanz auf.

»Es ist hübsch hier bei Kate«, sagte er.

»So wohl wie heute war mir seit langem nicht«, gestand ich ehrlich. »Aber selbst heute müssen wir auf unsere Worte achten und dürfen nur den ältesten Freunden gegenüber offen reden.«

»Dammy, willst du mit mir offen reden?«

»Worüber?« fragte ich verwundert.

»Ich denke oft an dich. Manchmal male ich mir aus, wie alles anders hätte kommen können. Und dann stelle ich dich mir in der düsteren Abtei vor...«

»Rupert, dort lebe ich.«

»Ein seltsames Leben. Bist du wenigstens glücklich?«

Ich schlug die Augen nieder. »Ich habe die Mädchen.«

»Ist das alles?«

»Sie bedeuten mir sehr viel. Aber über kurz oder lang werden sie heiraten und ihr eigenes Leben führen. Aber du hättest heiraten sollen, Rupert. Dann hättest du jetzt selber Kinder.«

»Die ihrerseits heiraten und mich allein lassen würden. Und doch hätte ich gern Kinder gehabt.«

»Es ist noch nicht zu spät. Du bist noch nicht einmal vierzig.«

»Wir wollen uns hinsetzen. Das Thema interessiert mich so, daß ich nicht ständig durch die Tanzfiguren von dir getrennt werden möchte.«

Wir setzten uns auf eine kleine Polsterbank und sahen den Tanzenden zu. Catherine tanzte noch mit Carey und schien sich lauthals zu beschweren, wenn er ihr auf die Zehen trat. Honey, atemberaubend hübsch in ihrem zartgelben Spitzenkleid, tanzte mit dem jungen Edward Ennis.

»Du weißt, daß ich mich nicht dazu entschließen kann«, begann Rupert.

»Was hast du gesagt? Verzeih, ich habe gerade Catherine nachgeblickt.«

»Daß ich nicht heiraten werde. Und du weißt, warum.«

Es bedurfte keiner weiteren Worte; Ruperts Augen sagten alles. Daß er mir all die Jahre hindurch treu geblieben war und auf eine Ehe verzichtet hatte, weil er mich immer noch liebte. Wohl einen Augenblick zu spät schlug ich die Augen nieder, um die große Freude zu verbergen, die von mir Besitz ergriff – eine Freude, die sich für eine verheiratete Frau keineswegs schickte.

»Und Bruno?« fragte Rupert nach einer längeren Pause.

»Was ist mit ihm?«

»Entspricht dein Leben mit ihm deinen Erwartungen?«

»Wir erwarten vermutlich zuviel von anderen Menschen.«

»Also nicht?«

Ich zögerte ein wenig, bevor ich antwortete: »Weißt du, Rupert, manchmal erscheint mir unser Leben in der Abtei so unwirklich wie ein seltsamer Traum. Wir wohnen in einem Kloster, die meisten unserer Leute sind ehemalige Mönche, die nun, seit es nicht mehr verboten ist, mehrmals täglich in der Kirche ihre Gebete abhalten.

Zugegeben, unser Wohnhaus ähnelt eher einer Burg als der Wohnung eines Abtes, aber gegenüber steht unverändert das Haus der Mönche mit Refektorium und Zellentrakt. Es ist nur eine Frage der Zeit, wann sie wieder bewohnt werden. Bruno führt in seinem Turm schon seit Jahren eine Art Mönchsleben. Er spielt den Abt, obwohl er Familie hat. Was wird geschehen, wenn die kranke Königin stirbt und die Protestanten erneut die Macht an sich reißen?«

»Weiche mir nicht in die Politik aus, Dammy. Bist du glücklich?«

»Was ist schon Glück? Hier ein Tag und dort eine Stunde. Wer kann von sich sagen: Ich bin wunschlos glücklich?«

»Zumindest ein Leben in stiller Zufriedenheit sollte für jeden erreichbar sein.«

»Stille und Frieden«, wiederholte ich. »Ja, Rupert, das wäre schon sehr viel. Komm, laß uns lieber tanzen.« An der Hand zog ich ihn zur Tanzfläche.

Als Ruperts Hände mich beim Tanz berührten, sagte er eindringlich: »Denke daran, Dammy – was immer auch geschehen mag, du kannst stets auf mich zählen.«

Ein tröstlicher Gedanke, für den ich ihn am liebsten umarmt hätte. Aber die Zeit der unbefangenen geschwisterlichen Umarmungen war für mich vorüber.

Die folgenden Tage verbrachte Honey größtenteils in der Gesellschaft des jungen Edward Ennis. Ihr liebliches, oft nur allzu ernstes Gesicht verklärte sich durch ein glückliches Lächeln. Ich sah den sich hier anbahnenden Dingen recht unbehaglich entgegen und war froh, als das Fest sich seinem Ende zuneigte und es für uns Zeit wurde, in die Abtei zurückzukehren. Die Ennis-Familie gehörte zu der vornehmsten in weitem Umkreis, und es ließ sich nicht voraussehen, ob sie sich über die zweifelhafte Herkunft meiner Honey hinwegsetzen würde. Eine unglücklich verliebte, gedemütigte Honey war das letzte, was ich mir wünschte.

Aber nicht lange nach unserer Rückkehr in die Abtei erhielt ich eine Einladung nach Grebblesworth, dem Sommerhaus der Familie Ennis, mit der Bitte, die beiden Mädchen mitzubringen.

Kate, die ebenfalls eingeladen war, schrieb mir heiter: ›Fräulein Honey scheint einen gewissen Master Edward mit ihrem hübschen Frätzchen bezaubert zu haben. Kein Wunder übrigens – das Mädchen ist eine wirkliche Schönheit. Und sie hat sich keinen schlechten Verehrer ausgesucht: Edward Ennis ist der Erbe des Calperton-Titels. Nun, man wird ja sehen.‹

Honey war außer sich vor Freude. Zum erstenmal in ihrem Leben war sie in den Mittelpunkt gerückt, denn nur ihretwegen hatte uns die angesehene Ennis-Familie eingeladen.

Die nächsten Wochen verbrachten wir hinter Bergen von Stoffen und Spitzen. Ich ließ aus London zwei Schneiderinnen kommen, die uns würdig für den Besuch ausstatten sollten. Da sich die Einladung über mehrere Tage erstreckte, brauchten wir passende Kleider für mancherlei Gelegenheit.

Die beiden Mädchen bekamen ähnliche, wenn auch ihrem unterschiedlichen Aussehen angepaßte Kleider. Außerdem achtete ich darauf, daß Cattys Kleider stets um eine Spur schlichter ausfielen als die von Honey.

Während wir ein zartfarbenes Brokatkleid anprobierten – zufällig waren wir gerade allein –, fragte ich Honey: »Bist du glücklich, mein Liebes?« Als Antwort drückte sie mich so heftig an sich, daß ich lachend protestierte, sie solle mich nicht erwürgen.

»Alles, was ich habe und was ich bin, verdanke ich dir!«

»Was auch kommen mag, Honey, du bist meine Tochter.«

Am Vorabend unserer Reise nach Grebblesworth war Honey verschwunden.

Catty saß lustlos in ihrem Zimmer, als ich die Tür öffnete und mich nach Honey erkundigte. Froh, das Lehrbuch aus der Hand legen zu können, antwortete sie: »Vermutlich kommt sie bald wieder. Neuerdings geht sie öfter dorthin.«

»Wohin?«

»In die Wälder – du weißt schon.«

»Das gefällt mir gar nicht, daß sie noch so spät unterwegs ist. Es gibt immer böse Leute draußen.«

»Ach, keinem würde einfallen, sich an jemand aus der Abtei heranzuwagen. Sie fürchten sich nämlich vor Vaters Rache. Manchmal ist es von großem Vorteil, wenn man einen heiligmäßigen Vater hat.«

Ungeduldig wandte ich mich ab und ging in Honeys Zimmer, wo ich ihre Rückkehr abwartete. Honey erschien ziemlich spät.

»Kind, wo bist du gewesen?« rief ich statt einer Begrüßung.

»Bei Großmutter. Ich besuche sie häufig. Du weißt, eigentlich ist sie ja meine Urgroßmutter – aber ich gehe immer zu ihr, wenn etwas Wichtiges geschieht.«

»Ist etwas geschehen, Honey?«

»Nein, noch nicht. Aber könnte es nicht etwas zu bedeuten haben, daß wir nach Grebblesworth eingeladen wurden?«

»Ja, Honey, das könnte sein. Und wenn... wenn man dich fragen würde: wärst du glücklich?«

»Glücklicher, als ich je zu träumen wagte«, lautete ihre Antwort.

Lord Calperton empfing uns mit großer Herzlichkeit. Er war seit Jahren Witwer und – wie mir dünkte – ein wenig in Kate verliebt. Er hatte zwei Söhne und eine Tochter. Die Familie war gut katholisch, wie Kate mir zuraunte, mehr als nötig, was ihr nicht immer zum Vorteil gereicht hatte.

Außer Kates und unserer waren noch zwei Familien eingeladen, so daß sich bald ein angeregt plaudernder kleiner Kreis bildete. Carey kümmerte sich um Mary, die ihm offenbar gut gefiel; Thomas, der jüngere Sohn von Lord Calperton, Catherine und Colas tobten in wilden Spielen herum, so daß Edward und Honey ungestört ihre Freundschaft und Zuneigung vertiefen konnten. Edward war drei oder vier Jahre älter als Honey. Man konnte ihn nicht eigentlich hübsch nennen, aber mit seiner hochgewachsenen, kräftigen Gestalt und dem frischen, ehrlichen Gesicht machte er einen sehr guten Eindruck.

Es gab Spiele und Ausflüge in die nähere Umgebung. Abends tanzten wir oft noch ein wenig zur Musik eines Geigenspielers.

Wohlgefällig beobachtete Kate die wachsende Zuneigung der beiden jungen Menschen. »Dammy, ich glaube, du wirst bald Schwiegermama.«

»Glaubst du, Lord Calperton wäre mit Honey als Schwiegertochter einverstanden?«

»Es sieht sehr danach aus. Hätte er uns sonst eingeladen?«

»Ich wünsche es für Honey. Sie ist mächtig in Edward verliebt.«

»Und er in sie. Du kannst beruhigt sein: Ich sehe Honey schon als Herrin dieses hübschen Hauses.«

»Du, Kate, mir schwant da etwas. Wie steht es bei dir?«

»Nun ja – abgeneigt wäre der Alte nicht, das muß ich zugeben. Ich habe einen Herzog und zwei Grafen abgewiesen. Meinst du, ich lasse mich zu einem einfachen Landedelmann herab?« antwortete Kate lachend.

»Wenn dir der Mann nähersteht als sein Titel, warum nicht?«

»Immer noch die alte romantische Dammy! Er ist auch mir nicht unsympathisch, aber meine Freiheit geht mir über alles. Ich ziehe den beschaulichen Witwenstand den Aufregungen einer Ehe vor, damit du's nur weißt. Aber soweit ich meinen Calperton kenne, gibt er sich auch mit einer Enkelschar zufrieden. Ich versichere dir:

Ihr geht nicht von hier fort, ohne daß er dich diskret um die Hand deiner Tochter gebeten hat.«

Als Lord Calperton am Vorabend unserer Abreise im Namen seines Sohnes Edward bei mir um Honey anhielt, erzählte ich ihm, daß sie meine Adoptivtochter wäre. Ich selber würde sie mit einer Mitgift ausstatten. Honey sei wie meine leibliche Tochter erzogen worden und eine gebildete junge Dame in jeder Hinsicht. Zu ihrer Herkunft erklärte ich, die Wahrheit ein wenig beschönigend, daß ihre Mutter mir mehr Freundin als Erzieherin gewesen sei, während Honeys Vater zu den Mannen Thomas Cromwells gehört habe.

Lord Calperton war zufrieden.

Honey heiratete an einem Junitag des Jahres 1557, an dem, wie wir nachträglich erfuhren, der Krieg gegen Frankreich erklärt wurde.

Die Trauung fand auf meinen Wunsch in der Kapelle von Caseman's Court statt und nicht in der Abteikirche, wie jedermann wohl erwartet hatte. Bruno war bei der Zeremonie zugegen, hielt sich aber unauffällig im Hintergrund. Honey hatte ihm ohnehin nicht viel zu sagen und mied wie immer den direkten Kontakt. Nach altem Brauch gab es einen großen Hochzeitskuchen, den das Brautpaar anschneiden mußte, und hinterher lustigen Mummenschanz. Ich freute mich herzlich, sooft ich in die strahlenden Gesichter des jungvermählten Paares blickte.

Zu meiner Überraschung vermißte Catty ihre Ziehschwester weit mehr, als ich je geglaubt hatte. Gelangweilt und übellaunig strich sie durch die Zimmer. Nur die Ankunft der Zwillinge vermochte sie etwas aufzuheitern. Oft überraschte ich sie dabei, wie sie ausdruckslos ins Weite starrte. Was war in meinen Wildfang gefahren? Ging in ihrer Seele die düstere Saat eines religiösen Irrwahns auf, den möglicherweise ihr eigener Vater ausgesät hatte? Es gelang mir nicht, den Grund ihrer Niedergeschlagenheit herauszufinden.

Es wunderte mich daher nicht wenig, als Catherine die Einladung Kates, am Erntefest auf Schloß Remus teilzunehmen, bereitwillig annahm. In Gesellschaft eines Hausmädchens und eines zuverlässigen Dieners trat meine Tochter ihre erste selbständige Reise an.

Bald nach ihrer Abreise erhielt ich eine Botschaft von Großmutter Salter, sie erwarte meinen Besuch. Ihre Botschaften glichen stets eher Befehlen als Bitten, und ich zögerte nicht zu gehorchen. Trotz Vaters Erziehung war ich kaum weniger abergläubisch als andere

Frauen, obwohl ich mir das selber ungern eingestand. Großmutter Salter galt als Hexe, aber darüber hinaus war sie die Urgroßmutter Brunos und Honeys: Bruno, der Herr eines riesigen Landgutes geworden war, und Honey, die in eine alte Adelsfamilie eingeheiratet hatte. Wenn man es sich recht überlegte, hatten beide ihr Glück Großmutter Salter zu verdanken.

Von ihrer kleinen Hütte aus zog die Alte die Menschen ähnlich in ihren Bann wie Bruno in seiner Abtei, und zwar aus demselben Grund: Alle Leute glaubten mehr oder weniger an die außergewöhnlichen Kräfte derer, die vorgeben, welche zu besitzen.

Ich erschrak, als ich die alte Frau in ihrem Lehnstuhl sitzen sah. War sie bisher schon immer mager gewesen, so erschien sie jetzt regelrecht ausgemergelt.

»Seid Ihr krank, Großmutter Salter?« fragte ich betreten.

Sie winkte mich näher zu sich und faßte nach meiner Hand.

»Nun bin ich an der Reihe«, flüsterte sie heiser. »Meine Urenkelin ist gut versorgt, mein Urenkel hält sein Geschick in den eigenen Händen.« Ich hätte lachen können – denn war nicht ich es gewesen, die Honey erzogen und gelehrt hatte, wie sich eine junge Dame in Gesellschaft benimmt? Aber ich wußte sehr wohl, was sie meinte. Sie hatte darauf bestanden, daß ich mein Versprechen einlöste, wie sie auch den Plan geschmiedet hatte, das Kind in die Krippe zu legen.

»Ihr habt Eure Aufgabe gut erledigt, kleine Lady«, nickte sie mir freundlich zu. »Ich werde Euch dafür segnen, bevor ich sterbe.«

»Ich danke Euch, Großmutter Salter.«

»Ihr braucht mir nicht zu danken. Hättet Ihr anders gehandelt, ich hätte Euch verflucht.«

»Ich liebe Honey wie mein eigenes Kind. Sie hat mir viel Freude und Trost gebracht, besonders in den letzten Jahren.« Das letzte hatte ich sehr leise gesagt, aber Großmutter Salter war es nicht entgangen.

»Ich weiß, mein Kind. Ihr habt viel gegeben, Ihr habt viel bekommen und werdet noch mehr bekommen. So ist das Gesetz.«

»Aber Ihr seid krank und habt niemand, der Euch versorgt.«

»Ich habe mein Leben lang für mich und andere gesorgt.«

»Wo ist Eure Katze? Ich sehe sie nirgends.«

»Gestern habe ich sie begraben.«

»Dann seid Ihr ganz allein?«

»Meine Zeit ist gekommen.«

»Ich lasse Euch nicht hier in dieser Einsamkeit.«

»Was wollt Ihr dagegen tun, kleine Lady?« Ich setzte mich in den anderen Stuhl und dachte nach. Wir schwiegen lange, nur das Herdfeuer knisterte leise vor sich hin.

»Mir ist eben ein Gedanke gekommen. Ich werde Euch zu meiner Mutter bringen. Dort gibt es Mägde genug, die Euch versorgen können. Und Mutter braucht Trost, den vielleicht Ihr ihr geben könnt. Sie hat viel Unglück hinnehmen müssen. Das einzige, wofür sie sich interessiert, sind Kräuter und Heilpflanzen. Ihr wißt soviel von solchen Sachen. Lehrt meine Mutter, was Ihr könnt, und sie wird Euch dankbar sein.«

»Die alte Großmutter Salter in einem feinen Herrenhaus? Wo denkt Ihr hin, meine Liebe?«

»Nun stellt Euch nicht so an. Ihr habt sonst auch keine schlechte Meinung von Euch selber.«

Großmutter Salter lächelte geschmeichelt. »Nein, das kann man nicht sagen.« Aber dann wurde sie sehr ernst. »Ich gehe nicht zu meinem Urenkel ins Haus, habt Ihr verstanden?«

»Ich bringe Euch zu meiner Mutter. Sie wohnt in meinem Haus, gleich neben der Abtei.«

»Das wäre ein schlechter Spaß, he, he. Mein Enkel will nichts von mir wissen. Honey hat mir vertraut, ich habe sie dafür belohnt. Aber er wird es noch büßen müssen, daß er mich verachtet.«

Ich hatte Mitleid mit der hilflosen Alten, die sich noch immer in Besitz von Kräften glaubte, mit denen sie die Geschicke anderer zu lenken vermochte.

Ich verabschiedete mich von Großmutter Salter mit dem Versprechen, daß ich sie so bald wie möglich holen lassen würde.

Nachdem sich Mutter erst einmal mit dem Gedanken, die Alte bei sich aufzunehmen, vertraut gemacht hatte, fand sie ihn so abwegig nicht und ließ eine sonnige Kammer als Krankenzimmer einrichten. Dann schickten wir Knechte mit einem Maulesel zu der Waldhütte, die Großmutter Salter wohlbehalten in unser Haus brachten.

Wie nicht anders zu erwarten, war Bruno außer sich, als er von meinem Entschluß hörte.

»Du bist wohl verrückt«, tobte er, »die Kräuterhexe bei dir aufzunehmen? Willst du ein Siechenhaus aufmachen?«

»Großmutter Salter ist keine gewöhnliche Frau.«

»Nein, sondern ein böses altes Weib, das mit dem Teufel paktiert. Auf den Scheiterhaufen gehört sie wegen ihrer Zauberei!«

»Verstehst du denn nicht, daß ich sie nicht wie ein Tier im Wald draußen sterben lassen konnte?«

»Natürlich, sie ist ja die Urgroßmutter oder sonst was von dem Balg, das du damals adoptiert hast.«

Ich konnte seine abschätzige Bemerkung über Honey nicht ertragen. Voller Wut schrie ich ihn an: »Ha, sie ist Honeys Urgroßmutter – so gut wie auch die deine!«

Bruno trat einen Schritt zurück, seine Züge verzerrten sich zur Teufelsfratze aus verbittertem Haß. Er wußte, daß ich nicht an seine wundersame Herkunft glaubte, nie daran geglaubt hatte – was die eigentliche Ursache unserer Entfremdung gewesen war. Aber bisher hatte ich meinen Zweifel verschwiegen; nun schleuderte ich ihn ihm ins Gesicht.

»Du hast immer gegen mich intrigiert!« schrie er.

»Ich hätte gern neben dir, an deiner Seite, gestanden. Aber mit einer Lüge vermag ich nicht zu leben. Warum erkennst du die Wahrheit nicht an?«

»Weil es keine Wahrheit ist, sondern Lüge und Verleumdung! Du hättest mit mir dagegen ankämpfen sollen, und was tust du? Du zerrst die alten Ammenmärchen wieder ans Tageslicht!«

Ich schlug die Arme übereinander und sah ihn mit ein wenig zur Seite geneigtem Kopf an. Ich war ganz ruhig, als ich sagte: »Du klagst mich also der Ketzerei an?«

Er verstand und erbleichte. Dann drehte er sich auf dem Absatz um und ging wortlos davon.

Sonderbarerweise fühlte ich mich erleichtert bei dem Gedanken, daß nun alles endgültig aus war zwischen uns beiden.

Ich hätte Mutter keinen besseren Gefallen tun können. Bei meinem Besuch am nächsten Tag fand ich Großmutter Salter sauber frisiert in ihrem Bett sitzen, ein Arsenal von Tiegeln und Fläschchen neben ihr auf dem Nachttisch. Mutter freute sich über das Lob, das die alte Kräuterhexe ihren Mixturen spendete, wie ein kleines Mädchen über eine gute Zensur.

Daß es mit Großmutter Salter dem Ende zuging, war nicht zu verkennen. Sie selbst wußte Bescheid, und sah dem Tod gelassen entgegen. Es machte ihr Spaß, daß sie ihre letzten Tage in einem richtigen Herrenhaus verleben konnte.

Nur in einer Sache war sie eigensinnig: Sie wollte nicht erlauben, daß Mutter aufschrieb, was sie ihr über die heilenden und giftigen Kräfte der Pflanzen beibrachte. Zum Glück hatte Mutter ein gutes

Gedächtnis und notierte sich alles, sobald sie das Krankenzimmer verlassen hatte. Noch etwas fiel mir auf. Obwohl ich an die Zauberkräfte der alten Frau nur widerwillig glaubte, verscheuchte ihre Gegenwart Mutters dumpfen Gram. Einmal hörte ich sie sogar leise vor sich hinsummen.

Wenige Tage vor ihrem Tod saß ich einige Zeit allein an Großmutter Salters Bett. Ich nutzte die Gelegenheit und bat sie, mir die Wahrheit über Brunos Herkunft zu erzählen.

»Wie Ihr wißt«, sagte ich, »hält er sich für auserwählt. Er glaubt nicht an die Geschichte von Keziah und ihrem Mönch.«

Die Alte, tief in die Kissen zurückgesunken, wiegte den hageren Vogelkopf hin und her.

»Er glaubt nicht daran. Und er besitzt außerordentliche Kräfte, denkt er? Hat er nicht die Abtei aus Trümmern zu einem Schloß aufgebaut? Das bringt nicht jeder fertig.«

»Dann hat Keziah doch gelogen?«

»Was ist Lüge, was ist Wahrheit?« Sie lächelte hintersinnig. »In uns allen sind verborgene Kräfte – wir müssen sie nur aufspüren. Seht, ich war das siebte Kind eines Holzfällers. Von klein auf bildete ich mir ein, die Zahl sieben müsse etwas Besonderes bedeuten. Und dann traf ich einmal eine alte Frau, die mit verstauchtem Knöchel wimmernd am Wegrand lag. Ich half ihr heim in ihre Hütte und versorgte sie, so gut ein Kind von zwölf Jahren das kann. Sie gewann mich lieb und lehrte mich alles über Heil- und Giftkräuter, was sie selber wußte. Als sie starb, vermachte sie mir ihre Hütte. Ihr kennt sie, kleine Lady, Ihr seid oft genug dort gewesen. So kam es, daß ich mit der Zeit zu einer weisen Frau wurde.«

»Und Bruno?«

»Ist der Sohn meiner Enkelin Keziah.«

»Also hat ihn der Mönch in die Krippe gelegt?«

»Jawohl. Und zwar nach meinem Plan. Was sollte aus dem vaterlosen Würmchen werden, das Keziah in die Welt gesetzt hatte: ein Hütejunge oder Knecht? Und dann immer so weiter? Nein, dieser Knabe sollte lesen und schreiben lernen, das hatte ich fest beschlossen. Lesen und Schreiben, das sind Künste, die ich trotz meiner Schlauheit nie gelernt habe. Also überlegte ich. Keziah und der Mönch taten nur, was ich ihnen auftrug. Mein Urenkel wurde in die Krippe gelegt und zum Abt erzogen. Wenn nicht jener Weaver gekommen wäre und alles durcheinandergebracht hätte, wäre Bruno ein wundertätiger Abt geworden. Wir alle besitzen geheime Kräfte – aber wir müssen sie erst kennen, bevor wir sie nutzen können.«

»Ihr habt mir nur bestätigt, was ich von jeher geahnt habe. Bruno haßt mich deswegen.«

»Sein Stolz wird ihn ins Verderben stürzen.« Großmutter Salter schien in eine unermeßliche Ferne zu blicken, als sie vor sich hinsagte: »Wenn er seinen Hochmut nicht überwindet, wird ihn die Strafe ereilen.«

»Habe ich falsch gehandelt, daß ich ihn die Wahrheit wissen ließ?«

»Nein, mein Kind. Du mußt dir selber treu bleiben.«

»Gibt es keine Beweise? Nichts, was ihn davon überzeugen könnte, daß die Geschichte von seiner himmlischen Herkunft reine Legende ist?«

»Wenn er sich der Wahrheit beugt, könnte er gerettet werden. Ich weiß viel über ihn, über euch beide. Honey hat mir alles erzählt. Nun hör zu, Mädchen: Der Mönch hat sein Vergehen tief bereut. Hin und wieder suchte er mich auf. Dann zeigte er mir das härene Hemd, daß er als Buße auf dem Leibe trug und die Geißelwunden, die er sich beigebracht hatte. Er schrieb die Geschichte seines Sündenfalles nieder, um sich zu erleichtern.«

»Wo ist das Bekenntnis?«

»Ich weiß nicht. Vermutlich in seiner Schlafzelle versteckt. Finde die Schrift und zeige sie Bruno. Das ist die Probe. Wenn er sich überwindet, wird er ohne Lüge größer werden als mit ihr. Wenn es dir gelingt, seinen tödlichen Stolz zu brechen, wird er leben können. Geh und suche das Bekenntnis.«

»Ich werde danach suchen«, versprach ich. »Wenn ich es finde, gehe ich damit zu Bruno und sage ihm alles, was Ihr mir erzählt habt.«

Großmutter Salter nickte.

»Ich wünsche ihm nur Gutes«, sagte sie. »Er ist mein Fleisch und Blut. Sag ihm das! Sag ihm, daß er sein Leben nicht auf einer Lüge aufbauen kann. Wenn er auf dich hört, wird alles gut.«

Einige Tage nach diesem Gespräch schlief Großmutter Salter sanft ein, ohne wieder zu erwachen. Mutter pflanzte Blumen auf ihr Grab und bediente sich der Kenntnisse, welche die Alte ihr übermittelt hatte.

Das Geständnis des Mönchs

Von jeher hatte ich das Quartier der Mönche möglichst gemieden, das seit unserem einstigen Sommeraufenthalt unverändert geblieben war. Obwohl so viele andere Gebäude abgerissen oder umgebaut worden waren, hielt irgend etwas – vielleicht ein ehrgeiziger Zukunftsplan – Bruno davon ab, das Haus der Mönche zu wirtschaftlichen Zwecken zu nutzen.

Seit dem letzten Gespräch mit Großmutter Salter zog es mich oft zu den Zellen hinauf.

Wie schwierig ist es doch, sich über seine eigenen Beweggründe Klarheit zu verschaffen. Was bewog mich zu meinem Tun? Wollte ich nach allem, was geschehen war, tatsächlich Bruno helfen und seine Liebe wiedergewinnen? Oder trieb mich schnöde Rechthaberei dazu, ihm das Geständnis seines Vaters vors Gesicht zu halten und triumphierend zu sagen: Schau, ich hatte recht? Ich weiß es nicht.

Was immer mich auch dazu veranlaßte, die steinerne Wendeltreppe zu erklimmen – ich vermochte mich dem Drang nicht zu widersetzen. Ich ging den langen Korridor entlang und schaute durch die unverglasten Öffnungen in den Türen in die kleinen Gelasse, die sich alle ähnelten. In den meisten standen noch die schmale Lagerstätte, ein grobgezimmerter Betschemel sowie ein Tisch, auf dem hie und da noch der Stumpf einer verstaubten Wachskerze klebte. In diesen kargen Behausungen hatte kein Plünderer einen Schatz gefunden. Im Winter mußten die Steinfliesen und die unverputzten Wände eine eisige Kälte abstrahlen. Aber schließlich war einem Mönch nicht an Bequemlichkeit gelegen.

Von Eugen und Clemens hatte ich mit der Zeit so manche Einzelheit über das Klosterleben erfahren. Ich wußte von den nächtlichen Bußestunden und Geißelungen. Jederzeit konnte der Abt den schmalen Gang betreten und durch die Gucklöcher in den Türen beobachten, was sich im Zellinneren zutrug. Zu gewissen Tageszeiten herrschte Sprechverbot, und nur im Krankheitsfall oder in höchster Not war es gestattet, den Leib eines Mitbruders zu berühren. Ein sonderbares Leben für erwachsene Männer, die sich von Regeln und Vorschriften wie kleine Kinder gängeln ließen und dadurch jeder eigenen Entscheidung enthoben waren. Nicht alle fügten sich widerstandslos: Ambrosius zum Beispiel hatte sich mehr als einmal gegen die strengen Regeln vergangen.

Nachdenklich wanderte ich zum Treppenpodest zurück. In welcher der vielen Zellen mochte Ambrosius gehaust und das Bekenntnis seiner Sünde niedergeschrieben und versteckt haben? Es hätte mich auch diesmal nicht gewundert, wenn sein Geist aus irgendeiner Ecke aufgetaucht wäre.

Wen konnte ich nach der Lage seiner Zelle ausfragen: Clemens oder Eugen? Beide hätten mein ungewöhnliches Interesse unverzüglich an Bruno weitergemeldet. Ich mußte schon selbst herausfinden, wo das für mich so wertvolle Dokument verborgen war.

Ich beschloß, die Zellen der Reihe nach zu durchsuchen. Als die Tür der ersten Zelle hinter mir zufiel, hatte ich das Gefühl, als könne jemand mir nachgeschlichen sein und die Tür versperren, bis das Leben aus mir gewichen war und ich mich der Geisterschar der Mönche zugesellen konnte. Hier oben würde niemand nach mir suchen.

Die Panik war unbegründet, da alle Türen nur mit einer Klinke versehen waren; Schlösser oder Riegel gab es nicht. So wie man von außen in die Zelle blicken konnte, so konnte man auch jederzeit unangemeldet eintreten. Dennoch wollte mich das Gefühl nicht verlassen, ich sei hier oben nicht allein.

Mit klopfendem Herzen – als beginge ich ein Verbrechen – betrat ich eine Zelle nach der anderen. Vierzig waren es insgesamt. Nirgends bemerkte ich ein Anzeichen für ein mögliches Geheimversteck. Ich würde alle Wände nach einem lockeren Stein abklopfen müssen.

Unterdessen erhielt ich von Kate einen Brief, daß sie demnächst Catty nach Hause begleiten wolle. Ich schrieb zurück, sie sei mir jederzeit herzlich willkommen, und ich hoffte nur, daß sich meine Tochter ihrem reiferen Alter entsprechend aufgeführt hätte. Schon im voraus freute ich mich auf meine Catherine und auf die gemütlichen Plauderstunden mit Kate.

Noch immer hatte ich keine Spur von der Schrift entdeckt, obwohl ich bereits mehrere Zellen gründlich durchsucht hatte. Sonderbarerweise überkam mich stets, wenn ich mich oben in den Zellen aufhielt, das Gefühl einer unmittelbar drohenden Gefahr, und zwar so zwingend und unentrinnbar, daß ich alle Vernunft aufwenden mußte, um nicht nach wenigen Minuten Hals über Kopf davonzurennen. Bald hielten sich meine Furcht und mein Wunsch, das schicksalsträchtige Dokument aufzufinden, ziemlich genau die Waage.

Gern hätte ich jemand ins Vertrauen gezogen. Mutter schied von vornherein aus. Kate eignete sich ebenfalls nicht sonderlich für die Rolle einer Vertrauten. Rupert? Aber seit dem letzten Tanz auf Schloß Remus vermochte ich nicht mehr unbefangen mit Rupert über meine Probleme zu sprechen – schon gar nicht, wenn sie sich auf Bruno bezogen. Ich mußte mich mit der Tatsache abfinden, daß ich allein, ohne jede Hilfe, nach der Lösung meines Problems suchen mußte.

Wieder einmal befand ich mich in dem menschenleeren Haus. Sechs Zellen hatte ich nun schon Stein für Stein abgetastet und abgeklopft, ohne den geringsten Erfolg.

Als ich in die siebte Zelle hinüberging, vermeinte ich ein leises Geräusch auf der Treppe zu hören. Ich blieb stehen und lauschte.

Nichts rührte sich.

Ich betrat also die Zelle, zog die Tür hinter mir zu und begann, den Türstock abzutasten: nichts. Dann strich und klopfte ich mit den flachen Händen über die Mauersteine. Als ich der Tür den Rükken wandte, hatte ich wieder das Gefühl, nicht allein zu sein. Ich fuhr herum. Zwei funkelnde Augen starrten mich durch das Guckloch an. Dann verschwanden sie.

Schwer atmend lehnte ich mich gegen die kalte Granitmauer.

Endlich nahm ich meinen Mut zusammen, riß die Tür auf und rief hinaus: »Ist dort jemand?«

Niemand gab Antwort. Der Flur war leer.

Aber diesmal hatte ich mir die Augen nicht eingebildet, das wußte ich sicher. Da ich keine Lust mehr verspürte, meine Untersuchung fortzusetzen, ging ich zur Treppe. Plötzlich griffen zwei Hände nach mir und hielten mich von hinten fest. Ich blieb stehen und wagte nicht, mich umzudrehen, solche Angst hatte ich vor dem Anblick, der mich erwartete.

Ein wohlbekanntes Lachen klang aus nächster Nähe an mein Ohr.

»Bruno!«

»Was treibst du hier oben?«

»Warst du das eben? Hast du mir durch das Türfenster zugeschaut?«

»Was führt dich hierher? Was hast du an den Wänden zu schaffen?«

Der Schreck streckte mir noch zu sehr in den Knochen, als daß ich gleich eine Ausrede gefunden hätte. So stammelte ich: »Warum? Darf ich nicht herkommen?«

»Ich frage, was du hier zu suchen hast.«

»Es interessiert mich eben.«

»Warum bist du dann so erschrocken?«

»Weil du nichts gesagt hast. Warum bist du nicht hereingekommen? Warum hast du mich von hinten festgehalten? Ich glaubte schon, mich fasse ein Geist. Deshalb bekam ich solche Angst.«

Bruno beobachtete mich mißtrauisch. Wußte er von dem Bekenntnis? Hatte sein Vater vor seinem Tod davon gesprochen? Wenn Bruno den Grund meines Kommens auch nur ahnte, würde er alles daran setzen, um mein Vorhaben zu vereiteln. Und ich mußte die Schrift finden – ich mußte verhüten, daß Bruno mit seinem unmenschlichen Hochmut uns alle ins Verderben stürzte.

Schnell fügte ich daher hinzu: »Ich habe mir überlegt, wozu die leeren Kammern dienen könnten. Die Mauern sind dick und kühl. Wir könnten ausgezeichnete Vorratskammern aus den Zellen machen.«

»Reichen die bisherigen nicht aus?«

»Es geht gerade noch. Aber wenn du wieder neue Leute einstellst, wie du vorhast, weiß ich nicht, wohin wir mit den Wintervorräten sollen. Die Mauern sind keine Spur verwittert, sie sind kräftig genug, um dicke Eichenbretter zu tragen. Ich wüßte keinen besseren Ort für unser Pökelfleisch.«

Brunos Miene entspannte sich. Anscheinend hatte ich ihn überzeugt, daß ich aus hauswirtschaftlichem Anlaß die Zellen so eingehend untersucht hatte.

Ich hatte nicht mehr viel Zeit. Es war unmöglich, alle übrigen Zellen in derselben Weise zu untersuchen. Bruno würde mich von nun an mit Argusaugen überwachen. Ich lenkte meine Schritte ins Backhaus, wo Clemens die Bäckerjungen in den Grundkenntnisen des Teigknetens unterrichtete. Als er merkte, daß ich ihn sprechen wollte, schickte er sie mit schmutzigen Pfannen an den Hofbrunnen.

»Morgen kommt Lady Remus zu Besuch«, begann ich. »Sie bringt Miß Catherine heim.«

»Wie schön, daß die junge Lady nach Hause kommt. Ich werde Marzipan zubereiten, das sie so gern ißt.«

»Was dachtest du zum Essen?«

»Vielleicht eine Wildbretpastete? Lady Remus hat eine Vorliebe für Spanferkel. Gemüse steht noch genug im Garten.«

»Nun denn, gut. Ich kann mich wie immer auf dich verlassen, du weißt am besten, wie man ein Festmahl auf den Tisch bringt. Sag, konntest du schon vorher kochen, oder hast du es im Kloster gelernt?«

»Ich bin als ganz junger Bursche hierhergekommen, Mistreß. Ich war lange Zeit Laienbruder und Küchenjunge. Ein alter Bruder – Alexander hieß er – hatte damals die Aufsicht über die Küche. Ihm danke ich meine heutigen Kenntnisse.«

»Trauerst du den alten Tagen nach, Clemens?«

»Nicht sehr. Es ist ja fast wieder so wie damals.«

»Gehst du noch manchmal in deine alte Zelle zurück?«

»Ich war lange nicht mehr dort. Früher, bevor dieser Ketzer« – er bekreuzigte sich –, »dieser Simon Caseman uns anzeigen wollte, war ich öfter dort.«

»Ich habe mir das Gebäude vorhin angesehen. Die dicken Mauern halten es gut kühl. Was meinst du: Könnte man dort Wintervorräte lagern?«

»Was sagt unser Herr dazu?«

»Ich habe mit ihm darüber gesprochen. Er hält es für eine ausgezeichnete Idee. Aber ich möchte, daß du als Vorsteher der Küche dir die Räume ansiehst und deine Meinung darüber äußerst.«

Es gab nichts, was Clemens lieber tat, als seine Meinung über eine Sache darzulegen. Er strahlte über sein liebes altes Gesicht, als er antwortete: »Gern, Mistreß. Wann soll das sein?«

»Hm. Bald kommen die Gäste, dann ist es zu spät. Wenn du Zeit hast, könnten wir gleich hinübergehen.«

»Sofort.« Clemens legte seine Schürze ab und krempelte die Ärmel herunter. »So, ich bin fertig.«

Wie sicher fühlte ich mich, als er hinter mir die enge Wendeltreppe hinaufschlurfte.

»Nun, schauen wir uns die Räume hier oben einmal an«, schlug ich vor. »Welcher war denn deine Zelle?«

Clemens führte mich ein Stück in den Gang und öffnete eine Tür. »Hier habe ich gewohnt.«

»Bist du dir sicher? Die Zellen sehen sich alle so ähnlich.«

»Ich zähle immer: die fünfte Zelle von rechts, das war die meine. Nur die vorderen waren nämlich belegt. Die Zellen dort hinten, am anderen Ende, standen leer. Früher einmal gab es mehr Mönche, glaub' ich. Aber solange ich hier war, blieben immer welche leer.«

»Und wen hattest du als Nachbarn?«

»Hier wohnte Bruder Thomas, dort drüben Bruder Arnold.«

»So gut kannst du dich erinnern?«

»Wir haben viele Jahre hier gelebt.«

»Und Eugen?«

»Der war gleich hier vorn. Und neben ihm Bruder Valerian.«

»Und wo, sagtest du, wohnte Ambrosius?«

»Ambrosius? Von dem habe ich nichts gesagt.« Clemens bekreuzigte sich erneut. »Gott sei seiner Seele gnädig! Aber er wohnte hier, mir gerade gegenüber.«

Also die fünfte Zelle auf der linken Seite, prägte ich mir ein. Ohne hinzuschauen öffnete ich die ehemalige Zelle Bruder Arnolds.

»Nun, was hältst du davon als Vorratskammern?« Clemens war begeistert. Ich mußte eine lange Rede über die Vorzüge eingepökelten Fleisches über mich ergehen lassen.

»Sogar eingesalzenes Schweinefleisch, das am ersten verdirbt, könnte man hier bis weit in den Frühling aufbewahren«, schwärmte Clemens. »Die Mauern bewahren die Winterkälte sehr lange in sich. Unter uns gesagt, Mistreß: Meine warme Kammer gleich hinter der Küche ist auch nicht zu verachten für einen alten Mann wie mich.«

Ich hörte zu, ich pflichtete ihm freundlich lächelnd bei, während ich insgeheim flehte, er möge bald mit seinem Geschwätz aufhören. Nun, da ich die Zelle kannte, mußte ich mich beherrschen, um nicht sofort hineinzustürzen. Ich begleitete Clemens bis vors Backhaus und vergewisserte mich dann, daß Bruno aufs Feld geritten war.

Anschließend ging ich, den Blick zu Boden gerichtet, langsam in das Refektorium zurück. Falls mir jemand zufällig begegnete, konnte ich die Ausrede vorbringen, ich hätte bei der Inspektion mit Clemens irgendwo mein Täschchen verloren.

Es kostete mich eine Stunde angestrengten Suchens, bis ich entdeckte, daß hinter dem schmucklosen Kruzifix ein Stein locker in der Wand saß. Mit bebenden Fingern klaubte ich ihn heraus. Hinter ihm, in einer kleinen Vertiefung, fühlte ich ein Stückchen Pergament.

Ich brachte Stein und Kruzifix an ihren ursprünglichen Platz zurück und lief in mein Zimmer, wo ich die Tür hinter mir fest verriegelte.

Die Schrift begann mit den Worten: ›Ich, Bruder Ambrosius aus dem Kloster von St. Bruno, bekenne hiermit, daß ich eine Todsünde begangen und damit mein Seelenheil verwirkt habe.‹

Das war der Notschrei einer tief gepeinigten Menschenseele.

Ambrosius hatte alles niedergeschrieben: seine Träume und Sehnsüchte, die Qual, die ihm der Dorn seines Fleisches bereitete und die buhlerischen Bilder, die ihn umgaukelten. Er schrieb von seinen vergeblichen Bemühungen, seine Seele in Reinheit zu erhalten, und von den langen Stunden und Nächten, die er betend und unermüdlich Buße tuend auf dem Steinboden ausgestreckt verbracht hatte.

Und dann beschrieb er seine Begegnung mit der blutjungen, lebenslustigen Keziah – einer Versuchung, der er nicht widerstanden hatte. Dafür geißelte er sich allnächtlich blutig, bis er von Keziah erfuhr, daß seine Sünde Frucht trug und ins Leben drängte. Und als er den Sohn in Händen hielt, näherte sich ihm der Widersacher erneut und versuchte ihn mit dem teuflisch schlauen Plan der Kräuterfrau. Und abermals war er erlegen und hatte den Knaben in die Krippe gebettet mit dem wonnevollen Gedanken, ihn nun zeitlebens bei sich zu haben und seine Erziehung lenken zu können.

Das sei seine Schuld, seine übergroße Schuld.

In diesem Erdendasein könne er seine Sünden nicht abbüßen, das wisse er wohl. Denn noch tiefer als bisher sei er in den Sündenpfuhl gesunken, als er die Liebe und Anbetung, die Gott allein gebühre, seinem Sohne zugewandt habe.

Mit diesem Schreiben lege er das Bekenntnis seiner Schuld ab, zur Warnung kommender Geschlechter, welche das Versteck durch Zufall finden mochten. Solange der heißgeliebte Sohn lebte, durfte nicht einmal das Sakrament der heiligen Beichte das Siegel von seinen Lippen lösen.

Für das zweifache Vergehen von Wollust und Betrug sei er bereit, das Feuer der ewigen Verdammnis zu erdulden, wie auch als Entgelt für alle Freuden, welche ihm die verführerische Frau und der Sohn, die Frucht ihres gemeinsamen Sündenfalles, so reich gespendet hatten.

Erschüttert ließ ich das Bekenntnis sinken. Dann faltete ich das Pergament sorgsam zusammen und verschloß es in einem Sandelholzkästchen, das Vater mir vor langen Jahren geschenkt hatte.

Hier war der Beweis, daß Keziah und Ambrosius nicht gelogen hatten: daß Bruno nicht himmlischen, sondern – wie wir alle – menschlichen Ursprungs war.

Aber der Instinkt riet mir, meine Entdeckung zumindest so lange zu verschweigen, bis Kate unser Haus wieder verlassen hatte.

Enthüllungen

Als Kate und Catherine im Laufe des folgenden Tages eintrafen, schienen beide sonderbar bedrückt und niedergeschlagen, als hätten sie sich gestritten. Catty hüllte sich in trotziges Schweigen, was mich sehr wunderte, da sie sich sonst ausgezeichnet mit ihrer Patentante verstand. Kate bat mich mit ernstem Gesicht um ein Gespräch unter vier Augen. Wo wir ungestört reden könnten?

»Gehen wir in den Wintergarten«, schlug ich vor.

»Gut. In einer Viertelstunde werde ich mich dort einfinden. Bis dahin entschuldige mich, bitte.«

Ich folgte Catty in ihr Zimmer nach. Sie stellte sich ans Fenster und schaute mißmutig in den Hof hinaus.

»Catty, mein Liebling, was ist geschehen?« fragte ich.

Sie drehte sich um, die Augen voller Tränen. Aufschluchzend warf sie sich in meine Arme.

»Nun komm, weine nicht«, tröstete ich sie. »So schlimm wird es schon nicht sein.«

»Doch, Mutter, es ist entsetzlich! Tante Kate will nicht erlauben, daß wir heiraten«, sprudelte es aus Catty heraus. »Sie sagt, wir sollen den Unsinn vergessen – das seien nichts als Kindereien. Sie will mit dir ein ernstes Wort darüber reden. Aber wir sind keine Kinder mehr. Unsere Liebe ist ernst! Wir wollen...«

»Um Himmels willen, Catherine, wovon redest du? Wen willst du heiraten? Du bist ja noch so jung!«

»Fängst du jetzt auch damit an? Ich werde bald siebzehn und bin alt genug, um zu wissen, daß ich Carey liebe und ihn heiraten will.«

»Carey und du? Aber ihr beide...«

»Nun ja, wir haben uns ständig in den Haaren gelegen. Aber ein Streit mit Carey war stets viel interessanter als ein freundliches Gespräch mit einem anderen. Übrigens war das sowieso ein Mißverständnis. Carey hielt mich für schnippisch, und ich glaubte, er machte sich nichts aus mir. Aber jetzt wissen wir es besser. Nur zusammen können wir glücklich werden. Mutter, versuche doch wenigstens du, uns zu verstehen! Du mußt Tante Kate umstimmen. Sie ist dumm und überheblich. Warum lehnt sie mich ab? Nun ja, Vater ist kein Baron, aber deine Eltern haben ihn aufgezogen, und daß sie Lord Remus überhaupt kennengelernt hat, hat sie deinem Vater zu verdanken. Und dann wäre Carey jetzt gar nicht auf der Welt...«

»Bitte, Catherine, etwas langsamer. Also Carey und du, ihr liebt euch und habt euch entschlossen zu heiraten. Tante Kate widersetzt sich dieser Ehe. Nun weiter.«

»Tante Kate tat furchtbar komisch, als wir es ihr sagten. Sie regte sich schrecklich auf und schrie, das könne sie nicht dulden, das dürfe sie nicht zulassen. Dann schickte sie uns auf unsere Zimmer. Nicht einmal Abschied nehmen durften wir voneinander. Ja, und dann sind wir hergekommen.«

»Du bist immer gleich so heftig, Catty. Ich gehe jetzt zu Kate und frage sie, was das alles bedeuten soll.«

»Du bist nicht gegen uns? Du lehnst Carey nicht ab?«

»Ich sehe keinerlei Grund, warum ausgerechnet ihr beide nicht heiraten sollt – außer der Tatsache, daß ihr noch sehr jung seid. Ich wäre auch dagegen, daß ihr euch Hals über Kopf in eine Ehe stürzt, die . . .«

»Aber Mutter!« fiel Catty mir ins Wort. »Ich werde bald siebzehn, und Carey ist schon neunzehn.«

»Ein reifes Alter, das muß ich zugeben«, meinte ich lächelnd. »So, und jetzt will ich mal von Kate hören, was sie gegen euch vorzubringen hat.«

»Sie will wohl eine Prinzessin für Carey haben. Sag ihr, da kann sie lange warten. Carey hat mir geschworen, daß er nur mich liebt und keine andere zur Frau nimmt.«

Ich sagte Catty, sie solle sich nicht aufregen, und ging hinunter in den Wintergarten, wo Kate schon auf mich wartete.

»Kate, was soll die Aufregung?«

»Oh, Dammy, es ist schrecklich!«

»Catherine hat mir eben gesagt, daß Carey sie heiraten möchte und daß du nicht einverstanden bist?«

»Du wirst auch dagegen sein, wenn du die Wahrheit erfahren hast.«

»Welche Wahrheit?«

»Mein Gott, mach es mir nicht so schwer. Du bist immer noch unglaublich naiv. Also gut.« Sie gab sich einen Ruck und saß kerzengerade, als sie mir mitteilte: »Die beiden können nicht heiraten, weil Carey Brunos Sohn ist und damit Cattys Bruder.«

»Nein!« Ich fühlte, wie das Blut mir aus den Wangen wich.

»Ja, Dammy. Und Colas auch. Du wundertest dich damals, daß Remus auf seine alten Tage noch einen Sohn zeugen konnte.«

»Er war dein Gatte.«

Kate lachte trocken. »Mein Gatte war er, aber nicht der Vater meiner Kinder. Ist das so schwer zu verstehen? Erinnere dich. Zu dritt haben wir verbotenen Grund betreten – ich, du und Bruno. Bruno ist nicht der Heilige, den er so gern mimt. Er hat mich geliebt und begehrt. Und haben wir uns ihm nicht von Kindheit an untergeordnet und ihn verehrt? Wir fühlten uns in Gesellschaft eines Gottes, der von den Höhen des Olymps herniedergestiegen war. Und so heidnisch Bruno im Grunde seines Wesens war, vor uns spielte er den Erwählten. Wir beide haben ihn geliebt, Dammy, aber ich war die erste in seinen Augen, das weißt du so gut wie ich. Als er damals nach Caseman's Court kam – es hieß da natürlich noch nicht so –, nun, als er zu uns kam, liebte er mich und wollte sein Leben mit mir teilen. Aber was sollte ich mit einem Habenichts und Hungerleider, der er damals war oder doch zu sein vorgab. Und Remus legte mir sein Vermögen zu Füßen. Also heiratete ich Remus – aber nicht, bevor ich nicht Brunos Geliebte wurde. Du erinnerst dich an die Nacht vor meiner Trauung?«

Ich nickte stumm. Kate sprach fort und fort, als wolle sie ihr Herz mit einem einzigen Redeschwall erleichtern, und merkte dabei nicht, wie sie mit jedem Wort ein Messer in meinem Herzen umdrehte.

»Ich glaube, Bruno haßte mich damals. Er kann leidenschaftlich hassen, du weißt es ... Er haßt jeden, der seinem Stolz Abbruch tut. Keziah und Ambrosius, seine Eltern, verachtete er. Mich verabscheute er, weil ich ein sorgloses Leben an der Seite von Remus vorzog. Liebe? Ich weiß nicht, ob es Liebe war, die uns verband. Sinnenrausch und Leidenschaft trieben uns zueinander, aber keiner von uns beiden konnte die trennende Barriere überspringen: Ich konnte nicht auf ein Leben in Reichtum verzichten, und ihn hinderte seine Eitelkeit, sein maßloser, wahnwitziger Stolz. Durch mein Nein verwundete ich Bruno an jener Stelle, an der er am verletzbarsten ist. Aber all das ändert nichts an der Tatsache, daß Bruno der Vater meines Sohnes wie deiner Tochter ist und keine Heirat zwischen Geschwistern stattfinden darf.«

Ich schlug die Hände vors Gesicht. »Mein Gott, die armen Kinder? Was wurde ihnen angetan!« klagte ich.

»Im Augenblick«, bemerkte Kate sachlich, »stellt sich uns die Frage, was wir mit ihnen tun sollen?«

»Du hast ihnen lediglich gesagt, daß sie nicht heiraten dürfen, aber keinen Grund für deine Weigerung angegeben?«

Kate nickte. »Sie hassen mich dafür, beide. Sie glauben, Catty wäre mir als Schwiegertochter nicht vornehm genug.«

»Was sollten sie sonst denken? Wir müssen ihnen die Wahrheit sagen, bevor sie uns heimlich durchbrennen. Denn entschlossen dazu sind sie – das habe ich Catty angesehen.«

»Ja, es bleibt uns nichts anderes übrig«, sagte Kate erschöpft. »Aber zuerst mußte ich mit dir und Bruno darüber sprechen.«

Nun stand er vor uns im Wintergarten, das männlich schöne Gesicht dem Fenster zugewandt, durch dessen Scheiben das Licht der untergehenden Sonne einfiel. Mir krampfte es das Herz zusammen vor . . . Ja, wovor eigentlich? Wut, Enttäuschung, einem allerletzten Test meiner einst so großen Liebe und einem grenzenlosen Mitleid mit Catty.

»Ihr habt mich rufen lassen?« fragte Bruno.

»Bruno, es ist schrecklich«, sagte ich mit umkippender Stimme. »Catherine und Carey wollen heiraten.«

»Ja und?« Ich beobachtete ihn genau; seine Miene blieb völlig unbewegt.

»Aber Carey ist dein Sohn! Hast du vergessen, daß Catherine deine Tochter ist?« rief ich außer mir.

Vorwurfsvoll blickte Bruno zu Kate hinüber. »Hatten wir denn nicht abgemacht, Damascina nie etwas davon wissen zu lassen?«

»Konnte ich denn ahnen, daß ein solches Problem sich uns stellen könnte?« fragte Kate verzweifelt.

»Die Heirat muß verhindert werden. Die Kinder brauchen nicht zu erfahren, weshalb.«

»Welche Gründe willst du vor ihnen angeben?« fragte ich.

»Gründe? Müssen Eltern ihren Kindern Rede und Antwort stehen? Wir wünschen diese Ehe nicht, und damit basta.«

Das Unglück der beiden jungen Menschen schien Bruno nicht im mindesten zu kümmern, solange er nur ungeschoren davonkam.

»Sie werden sich nicht damit abfinden. Willst du sie einsperren? Wenn wir ihnen die furchtbare Wahrheit vorenthalten, werden sie irgendwann entfliehen und heimlich heiraten.«

»Na, und wenn schon.« Bruno zuckte gleichgültig die Achseln.

Mir verschlug zunächst die Sprache. Dann schrie, nein – brüllte ich los: »Was heißt ›und wenn schon‹? Ja freilich, du würdest die Geschwister ahnungslos in die Blutschande treiben lassen, wenn nur der Strahlenglanz deines Heiligenscheines nicht getrübt wird?«

»Du wirst hysterisch, Damascina.«

»Nein, mich jammert nur das Schicksal meiner Tochter – unserer Tochter, Bruno. Steige endlich von deinem Podest herab. Was glaubst du, wer du bist, daß du in dieser Weise mit deinen Mitmenschen verfahren kannst?«

»Rege dich nicht so auf, Dammy«, warf Kate beschwichtigend ein.

Als ob wir unsere Rollen vertauscht hätten; sonst war ich es immer gewesen, die als Vernünftigere und Besonnene ihrem Toben Einhalt gebot.

»Da soll ich mich nicht aufregen?« fuhr ich sie an. »Nun soll Catherine endlich die Wahrheit erfahren über ihren Vater, den sie vergöttert, und der ihr Leben rücksichtslos zerstört, ohne erklären zu wollen, warum.«

»Siehst du jetzt, was du angerichtet hast?« sagte Bruno zu Kate. »Ich wußte, daß Damascina uns eine Eifersuchtsszene macht, wenn sie erfährt, daß wir uns geliebt haben.«

»Ich bin nicht eifersüchtig«, entgegnete ich, mühsam um Fassung ringend. »Jetzt nicht mehr. Aber ihr könnt mir nicht verdenken, daß mich die Einsicht kränkt, immer bloß zweite Wahl gewesen zu sein. Nun ist mir alles klar: Kate wies dich ab. Nur als Liebhaber, nicht als Gatte warst du für sie gut genug! Und deshalb führtest du das ganze Theater vom armen Wanderburschen auf, damit ich deine angeschlagene Eitelkeit ein wenig aufpolierte. Aber zuvor heiratete Kate ihren Remus und schob ihm das Pfand eurer Liebe als Sohn und Erben unter. Währenddessen gingst du nach London, gerietest dort in die Gesellschaft spanischer Spione und erhieltest von ihnen genügend Mittel, um die Abtei als katholisches Widerstandsnest inmitten der von Rom abtrünnigen Protestanten aufzubauen. In deiner Person griff der Arm der Inquisition von Spanien nach England herüber.«

»Du fantasierst!«

»O nein! Zu gut fügt sich eins ins andere. Die Legende deiner Herkunft kam den spanischen Herren ganz gelegen. Es fiel dir nicht schwer, unter dem Deckmäntelchen des himmlischen Abgesandten gegen England zu spionieren. Deshalb gingst du auf das Festland – nicht um Gemüse, Teppiche und weiß Gott noch sonst was zu kaufen, sondern um den Geldgebern Bericht abzustatten und deinen Judaslohn zu holen.«

»Du fängst wieder an zu schreien«, stellte Bruno fest.

»Hast du etwa Angst, daß ich zu laut werde und dir die Maske vom Gesicht reiße, mein Wundertäter? Dein Mythos zerfällt in Scherben, wie mein Glaube an dich längst in Scherben gegangen ist. Was bist du anderes als ein erbärmlicher Spion und Ehebrecher, der Sohn und Tochter ins Verderben rennen läßt, um damit die eigenen Verbrechen zu bemänteln.«

»Was ist in dich gefahren, Dammy?« fragte Kate bestürzt. »So kenne ich dich gar nicht.«

»Lange genug habe ich zugesehen und geschwiegen. Jetzt ist endlich die Stunde der Wahrheit gekommen.«

»Aber du hast Bruno geliebt, liebst ihn wohl heute noch, sonst wärest du nicht so in Wut geraten. Bedenke, wir drei sind eins, sind Früchte an einem Zweig!«

»Nun nicht mehr, Kate. Ich sage mich los von euch. Ihr habt mich betrogen, ihr alle beide. Das wird euch nicht wieder gelingen.«

»Nimm es doch nicht so schwer«, seufzte Kate zerknirscht. »Mir tut alles so schrecklich leid. Aber als ich Carey von Bruno empfing, hattest du noch keine Rechte auf ihn.«

»Und Colas?« fragte ich nur. Sie schwieg und senkte den Blick.

»Wenn Damascina endlich aufhört, sich selbst zu bemitleiden, könnten wir vielleicht überlegen, wie wir das Problem mit den beiden jungen Leuten am besten lösen«, sagte Bruno kalt.

»Mich dauern die jungen Leute, nicht ich selber«, gab ich zurück.

»Ich bin dagegen, daß wir ihnen die Wahrheit sagen. Lassen wir ruhig etwas Zeit verstreichen. Vielleicht findet sich eine passende Partie für Catherine, oder Carey lernt ein anderes Mädchen kennen, das ihn Catherine vergessen läßt.«

»Nicht alle Menschen sind so wankelmütig in der Liebe wie du«, sagte ich spitz.

»Aber sie sind jung. In ein paar Monaten werden sie alles vergessen haben und über ihre Kälbereien lachen.«

»Und du kannst weiter auf dem Sessel deiner Unfehlbarkeit thronen? Nein, ich werde Catty nicht belügen.«

»Ich verbiete dir, darüber mit Catherine zu sprechen.«

»Du? Du hast mir nichts mehr zu verbieten.« Ich sah ihn an mit einer Ruhe, die nicht mehr erzwungen war. Dann wandte ich mich um und ging langsam, als sei ich um Jahrzehnte gealtert, zur Tür hinaus.

Catty saß auf der obersten Treppenstufe. Sie sprang auf, als sie mich von weitem erblickte.

»Mutter, wie siehst du aus? Was ist geschehen?«

»Komm, wir gehen in dein Zimmer. Ich muß mit dir sprechen.«

Sie sah mich scheu von der Seite her an und folgte mir. Ich schloß die Tür und nahm sie in meine Arme.

»Mein armes Kind!« Ihre Augen füllten sich mit Tränen.

»Sag es mir, Mutter. Warum haßt mich Tante Kate auf einmal?«

»Sie haßt dich nicht. Trotzdem kannst du Carey nicht heiraten.«

»Warum? Welche Teufelei hat sie nun wieder ausgeheckt? Wir werden nicht auf sie hören: Carey so wenig wie ich.«

»Catherine, du kannst nicht seine Frau werden... weil er... weil er dein Bruder ist.« Catty taumelte zurück und wäre gestolpert, wenn ich sie nicht festgehalten hätte. Ich führte sie zum Bett und setzte mich dicht neben sie. Die widerwärtige Geschichte ließ sich in ganz simplen Worten erzählen.

»Du weißt, in unserer Jugend waren wir immer zu dritt: Kate, dein Vater und ich. Vater liebte Kate, aber er war damals arm, und sie verschmähte ihn, als Lord Remus um ihre Hand anhielt. Vorher jedoch wurde sie die seine. Das Kind, das sie bekam, war Carey, dein Halbbruder. Deshalb dürft ihr nicht heiraten.«

»Nein, Mutter, das kann nicht wahr sein. Bitte, sag doch, daß es nicht wahr ist«, flehte Catty. »Mein Carey! Und Vater... Er hätte doch niemals...« Sie wagte den Satz nicht zu vollenden und sah mich bebend an.

»Doch, Catty, leider. Männer tun solche Sachen – das ist nicht ungewöhnlich.«

»Aber er ist ja kein *gewöhnlicher* Mann!«

»Das hast du bisher geglaubt, nicht wahr?«

»Er wurde vom Himmel gesandt. Er hat in der Krippe gelegen...«

»Ja, mein Kind, damit fängt alles Unheil an: mit der Geschichte von der Krippe. Catherine, du bist zwar noch jung, aber durch die Liebe zu Carey und dieser Tragödie bist du eine junge Frau geworden. Laß mich zu dir sprechen, als seist du erwachsen. Clemens hat dir die wunderbare Geschichte erzählt, wie der Abt in der Marienkapelle am Weihnachtsmorgen ein lebendes Kind in der Krippe fand. Dieses Kind war dein Vater. Er wurde von den Mönchen erzogen und sollte der Nachfolger des Abtes werden.«

»Ja, das hat Clemens gesagt. Er sprach vom Wunder des Sankt Bruno.«

»Und mit dem Erscheinen des Kindes begann der Aufstieg des ehemals armen Klosters zu Wohlstand und Ehren. Weiter noch: Als die Abtei zerstört war, baute eben dieser Knabe, nun zum Manne herangewachsen, sie als feste Burg wieder auf. So reden die Leute, und sie reden wahr. Nur was dahintersteckt, wissen sie nicht. Das Kind wurde in der Krippe gefunden. Aber wer ahnt, daß sein leiblicher Vater – ein Mönch, der unerlaubte Beziehungen zu einer Magd unterhielt – es dort frühmorgens hineingelegt hatte? Ich kannte diese Magd. Sie wurde später mein Kindermädchen.«

»Ich kann dir kaum glauben, Mutter.«

»Was ich sage, ist wahr. Keziah, die ich sehr lieb gehabt habe, erzählte mir, wie sich alles in Wirklichkeit zugetragen hat. Und ich habe Beweise, ich habe das niedergeschriebene Bekenntnis des Mönches Ambrosius in meinem Besitz.«

»Und er... mein Vater... er weiß von alledem nichts?« fragte Catty mit leise aufflackernder Hoffnung.

Ich war verzweifelt, daß ich sie ihr rauben mußte, aber ich fuhr fort: »Er weiß es. Aber er will es nicht glauben und behauptet, Keziah, seine Mutter, und Ambrosius, sein Vater, hätten sich Lügen und Verleumdungen ausgedacht. Er will beweisen, daß er göttliche Eigenschaften besitzt. Sein Stolz erlaubt ihm nicht, ein Mensch wie wir anderen zu sein. Honey ist übrigens seine Schwester.«

Catherine ließ den Kopf sinken. Dann rückte sie ein Stück von mir weg und sagte: »Du haßt ihn.«

»Ja. Aber dieser Haß ist im Laufe langer Jahre aus einer übergroßen Liebe erwachsen. Vielleicht begann es damals, als du geboren wurdest, und dein Vater sich in Bitterkeit von dir abwandte, weil du nicht der erhoffte Sohn, sondern ›nur‹ ein Mädchen warst. Vielleicht auch schon früher – an dem Tag, als ich Honey, ein hilfloses kleines Kind von noch nicht zwei Jahren, zu uns ins Haus brachte. Er begegnete dem Kind mit Haß und Abscheu, obwohl er wußte, daß es seine Schwester war. Aber er konnte den Gedanken nicht ertragen, daß eine Mutter sie beide geboren hatte. Ja, damals muß es gewesen sein, als mein Herz sich zum erstenmal von ihm abwandte.«

»Mutter sag – was soll ich jetzt bloß tun?« klagte Catty verzweifelt.

»Wir haben einander, wir werden es gemeinsam tragen, mein Liebes«, antwortete ich weinend. Sie umarmte mich, und unsere Tränen vermischten sich miteinander.

Haß und Rache gingen im Hause um. Aus dem Fenster blickte ich auf die zinnenbewehrten Türme und das schloßähnliche Anwesen, das ebenso groß, nein, viel größer und prächtiger noch als Schloß Remus werden mußte, damit Kate jederzeit voller Neid feststellen konnte, welchen Reichtum sie versäumt hatte.

Catherine schloß sich in ihr Zimmer ein und wollte niemand sehen als nur mich. Ich war glücklich, wenn ich ihre trüben Gedanken für eine Weile verscheuchen konnte. Wenn die Rede auf ihren Vater kam, so sagte sie: »Ich will ihn nie wieder sehen.«

Nun, da Klarheit herrschte zwischen Bruno und mir, war ich entschlossen, ihm das Geständnis seines Vaters zu zeigen. So konnten wir nicht weiterleben. Wenn Bruno sich vor der Last der Beweise beugte und endlich Vernunft annahm, konnten wir vielleicht jetzt noch ein neues Leben anfangen. Unsere Liebe war tot. Aber vielleicht war es möglich, in gegenseitigem Verständnis ein friedvolles Leben zu führen.

Ich traf Bruno in der Klosterkirche an und fragte mich, ob er zum Gebet hierhergekommen war.

»Ich habe dir etwas zu sagen«, hub ich an.

»Bitte.«

»Der Platz hier eignet sich nicht eben dazu.«

»Paßt das, was du mir zu sagen hast, nicht in eine Kirche?« fragte Bruno mit spöttisch hochgezogenen Brauen.

»Nun, vielleicht doch. Zumal dies der Ort ist, an dem Ambrosius dich in die Krippe gelegt hat.«

»Fällt dir nichts Besseres ein, als mich mit den alten Lügen zu verhöhnen!«

»Es ist keine Lüge – das weißt du ebensogut wie ich.«

»Allmählich beginnt mich deine Hartnäckigkeit zu ärgern.«

»Keziah und Ambrosius haben nicht gelogen, ebensowenig wie Großmutter Salter. Auf dem Totenbett hat sie mir gestanden, daß der Plan, dich in die Weihnachtskrippe zu legen, von ihr stammte.«

»Du glaubst also dem Gewäsch einer alten Hexe mehr als mir?«

»Und außerdem besitze ich schriftliche Beweise, nämlich das Geständnis deines Vaters Ambrosius, das er in der Zelle versteckt hatte. Es wurde niedergeschrieben, lange bevor Rolf Weaver mit seinem Troß die Abtei plünderte.«

»Was für ein Geständnis? Wovon redest du?«

»Großmutter Salter wußte, daß Ambrosius ein Geständnis in seiner Zelle verbarg.«

»Deshalb also hast du ständig dort herumgeschnüffelt!«

»Ich habe die Schrift gefunden: Ambrosius bereut die Sünde der Sinnenlust, in der er dich gezeugt, sowie die Sünde des Betruges, mit dem er dich mit einer Aura des Wunders umgab.«

»Gib mir den Wisch.«

»Zur rechten Gelegenheit.«

»Wo ist er?«

»Das sage ich dir erst, nachdem du mir versprochen hast, die Welt des Scheins, in der du lebst, zu verlassen und dich zur Wahrheit zu bekennen.«

»Damascina, du bist verrückt!«

»Nein, du bist verblendet vor Größenwahn. Ich bitte dich, Bruno: Hör auf, den Heiligen zu spielen, und komm als Mensch in unsere Mitte. Du bist tüchtig und klug, ein Mann von hohen Gaben. Du hast nicht nötig, überirdische Kräfte vorzutäuschen, wo du über so reiche natürliche Talente verfügst. Gib bekannt, daß wir das Dokument gefunden haben, und bekenne dich zu deiner Abkunft. Ich versichere dir, die Welt wird dich höher achten als zuvor.«

»Wo ist die Schrift? Ich muß sie haben.«

»Damit du sie vernichtest? Nein!«

»Es ist eine Fälschung.«

»Gut. Ich übergebe sie dir im Beisein deiner Mönche. Dann mag Valerian die Schrift prüfen, ob sie von Ambrosius stammt oder nicht. Wenn du es nicht tust, werde ich ihren Inhalt bekanntgeben.«

»Untersteh dich!«

»Das ist deine letzte Chance, Bruno. Du hast eine Frau und eine Tochter, die dich achten, möglicherweise sogar wieder lieben lernen. Du bist wohlhabend und befiehlst einer großen Dienerschar. Tritt hervor als der Mann, der du bist, und verstecke dich nicht hinter dem Trugschleier einer Legende. Wie lange noch werden die Katholiken an der Macht sein? Die Königin ist krank – vielleicht haben wir nächstes Jahr schon einen protestantischen Regenten. Und dann gehörst du zu den ersten, die man ihres Glaubens halber verfolgt. Zerreiße jetzt das Lügennetz. Du mußt wählen!«

Hocherhobenen Hauptes stand Bruno vor mir, wächserne Blässe im Gesicht. Im Zwielicht der Kirchenfenster hätte man ihn für eine antike Statue von außerordentlicher, ja göttlicher Schönheit halten können.

Dann schüttelte er leicht den Kopf.

»Damascina, du bist krank«, sagte er sanft, fast zärtlich. »Komm, leg dich zu Bett. Der Schock, daß Carey mein Sohn ist, hat dir den Verstand geraubt. Laß dir von deiner Mutter einen Schlaftrunk geben, und vergiß die Fantastereien über irgendeine Schrift.«

Ich trat einen Schritt zurück.

»Ich bin bei vollen Geisteskräften. Überlege dir gut, was ich gesagt habe«, entgegnete ich sehr kühl.

Die Tage schlichen dahin. Kate war nach Hause gereist, Catty brütete in ihrem Zimmer und ließ sich kaum bewegen, eine Kleinigkeit zu sich zu nehmen. Wenn ich mich nicht bei ihr aufhielt, saß ich im Lehnstuhl vor meinem Fenster, wo ich auch lange Nachtstunden hindurch verweilte.

Eines Abends kam Bruno zu mir herein.

»Damascina, so kann das nicht weitergehen. Du und Catherine, ihr könnt euch nicht ewig in euren Zimmern verkriechen. Wir müssen zu einer Einigung kommen.«

»Das würde mich freuen. Aber ich muß klarstellen, daß ich mich nicht auf eine Fortsetzung der Lügen einlasse.«

»Bitte, gib mir das Geständnis des Mönches.«

»Willst du es zerstören?«

»Ich will es lesen.«

»Selbst wenn ich es wollte, ich kann es nicht. Das Dokument ist sicher verwahrt.« Tags zuvor hatte ich das verschlossene Kästchen Rupert überantwortet mit der Bitte, es nur in meine Hände wiederzugeben. Den Schlüssel hatte ich unter dem Rosmarinstrauch vergraben, der auf Vaters Grab wuchs.

»Du wirst es nicht herumzeigen?«

»Vorerst nicht. Ich möchte dir Gelegenheit geben, selbst das Geheimnis aufzudecken. Du bist so klug – deine Vernunft wird siegen.«

»Das weißt du so genau?«

»Ich hoffe es. Ach, Bruno, wie anders hätte unser Leben verlaufen können, wenn du nicht von dem Wahn besessen gewesen wärst, einem Gott zu gleichen.«

»Was wäre anders gewesen?«

»Vielleicht hättest du mir vor unserer Hochzeit alles über Kate und dich erzählt. Ich hätte dich verstanden und noch mehr geliebt. Es muß dich furchtbar gekränkt haben, daß Kate den Remusschen Reichtum deiner Person vorzog.«

»Kate hat ihren Entschluß bitter bereut«, erwiderte Bruno mit Genugtuung.

»Ich wäre mit dir in eine Bauernkate gezogen... Deshalb war ich grenzenlos enttäuscht, als ich erfuhr, du habest mich nur auf die Probe gestellt.«

»Laß mir Zeit, Dammy. Es ist alles so verworren.« Bruno sagte dies ganz leise, mit gesenktem Kopf.

Ich schaute überrascht auf. War er im Begriff, sein Unrecht einzusehen? Nun mußte ich ganz still bleiben und jedes Wort wohl überlegen, wenn ich nicht alles wieder zerstören wollte. Lange saßen wir nebeneinander in einem Schweigen, das nichts Feindseliges mehr für mich hatte.

Es klopfte. Eugen kam herein mit einem Tablett, auf dem eine kleine Flasche und zwei Gläser standen.

»Ist dein neues Getränk denn schon fertig, Eugen?« fragte Bruno. »Gut, laß es uns kosten.«

Eugen stellte das Tablett vor Bruno ab und sagte, zu mir gewandt: »Es ist Holunderwein. Ich habe eine neue Würzmischung ausprobiert.«

»Du sagtest, er sei besonders gut gelungen? Nun, das werden wir gleich feststellen.« Bruno schenkte jedem von uns ein Glas ein.

Eugen verbeugte sich ungelenk und ging zufrieden lächelnd hinaus.

»Trink, Dammy. Eine Stärkung wird dir guttun.«

Aber mir war nicht nach Trinken. Ich wollte meinen klaren Kopf behalten und stellte das Glas ohne zu kosten wieder hin.

»Wir werden unser Leben von Grund auf ändern müssen, Bruno – und sei es um den Preis, daß wir die Abtei nicht halten können. Du mußt auch deinen spanischen Geldgebern die Wahrheit berichten.«

»Ich versichere dir: Es gibt keine spanischen Geldgeber.«

»Woher stammt dann das Geld, mit dem du die Abtei aufgebaut hast?«

»Das ist der Punkt, wo deine Überlegungen ins Wanken geraten, was? Ich schwöre dir, daß niemand auf dieser Welt mir Mittel zum Aufbau des Klosters gegeben hat.«

»Woher hast du es?«

»Der Himmel hat es mir gesandt, wie ich dir schon einmal sagte.«

»Du bleibst bei dieser Geschichte?« rief ich maßlos enttäuscht aus.

»Dammy, du verstrickst dich in eine Sache, zu der dein kleines Frauenhirn nicht ausreicht. Überlaß mir das Planen und Sorgen. Und trink deinen Wein, Eugen wartet begierig auf dein Urteil.«

Selbstvergessen langte ich zum Glas, als ich plötzlich Brunos Augen auf mir brennen fühlte. Ich schaute auf und in einen Abgrund tödlichen Hasses hinein. Etwas warnte mich davor, den Wein zu trinken, den meine Hand bereits zum Mund führte.

Entschlossen setzte ich das Glas abermals hin.

»Nein, ich habe keine Lust.«

»Nur einen Schluck, um Eugen einen Gefallen zu tun.«

»Ich bin jetzt zu aufgeregt, um den Geschmack richtig zu verkosten.«

»Dann trinke ich auch nicht.«

»Später, bevor ich schlafengehe, werde ich den Trunk versuchen.«

Nach wenigen Minuten erhob sich Bruno und verabschiedete sich mit den Worten, es sei sehr spät geworden.

Als er gegangen war, roch ich klopfenden Herzens an den Getränken, konnte aber nichts Verdächtiges wahrnehmen. Dann nahm ich beide Gläser und leerte sie zum Fenster hinaus.

Hinterher lachte ich über mich selber. Er ist stolz, sagte ich mir, stolz bis zum Hochmut: Aber er ist kein Mörder.

Die Vision von Simon Casemans Fuchsgesicht inmitten von lodernden Flammen erstand plötzlich vor meinen Augen. Simon, der sich gegen Bruno gewandt hatte und ihm mit Verderben gedroht hatte, wie er meinen Vater in den Tod geschickt hatte. Bruno hatte den Spieß umgedreht und ihn als Ketzer verhaften lassen. Was war das, wenn nicht Mord?

Am folgenden Tag ging ich zu Mutter in mein Elternhaus hinüber.

»Was war bei euch denn los?« fragte sie. »Ich höre, Kate war hier und hat nicht einmal zu mir hereingeschaut?«

Da sie doch einmal von der Liebe Catherines und Careys erfahren mußte, und auch den Grund, weshalb die beiden nicht heiraten konnten, erzählte ich ihr alles, soweit es sie betraf. Von der Schrift schwieg ich auch weiterhin.

»Nun ja, Kate ist so etwas schon zuzutrauen«, sagte Mutter. »Von Bruno hätte ich das allerdings nicht gedacht. So, Remus ist also umsonst so stolz auf seinen Sohn gewesen. Und Colas? Mein armes Kind – das muß eine große Enttäuschung für dich sein. Aber Männer sind nun einmal so veranlagt... Ich habe es nie erfahren: Weder dein Vater noch dein Stiefvater haben mir je die Treue gebrochen. Aber Simon hat ihm ja nie über den Weg getraut. Bruno hat eben nicht den rechten Glauben.«

»Bitte, laß jetzt die Glaubensfragen aus dem Spiel, Mutter.«

»Schon gut. Arme kleine Catty! Aber sie ist noch ein Kind – sie wird die Enttäuschung überwinden, und Carey auch. Ausgerechnet Bruno...! Bei euch drüben halten sie ihn für heilig. Die alten Mönche neigen den Kopf, wenn sie seinen Namen aussprechen. Das ist nicht recht. Dein Stiefvater...«

»Ja, Mutter, es hat mich sehr gekränkt«, fiel ich ihr ins Wort, »aber du verstehst es, mich mit deiner Teilnahme zu trösten.«

»Dafür bin ich deine Mutter. Du wirst Catty ebenso trösten.«

»Ich tue, was in meinen Kräften steht.«

»Warte, ich gebe dir von dem neuen Absud aus Tausendgüldenkraut mit: Der wird euch beiden guttun. Das Rezept habe ich von Großmutter Salter. Der Trank beruhigt und hilft bei fast allen inneren Krankheiten. Übrigens, als ich von der Wiese kam, begegnete mir Bruno mit einem Strauß Kräuter in der Hand. Er weiß erstaunlich viel von Pflanzen. Wie er mir sagte, hat er es als Knabe von einem Mönch gelernt. Zuerst wollte er mir den Strauß nicht zeigen, aber ich bat ihn so lange, bis er es doch tat. Es war Eisenkraut und Beifuß dabei. Außerdem entdeckte ich in einem Büschel wilder Möhren Schierlingsstengel. Ich fragte ihn: ›Weißt du, daß du da Schierling dabei hast?‹ Er antwortete, das wisse er wohl. Clemens habe neulich die beiden Pflanzen verwechselt, so daß er ihm von beiden etwas bringe, um ihm den Unterschied zu zeigen.«

»Schierling...? Der ist sehr giftig, nicht?«

»Und wie! Ich wunderte mich, daß ein Mönch wie Clemens das verwechseln konnte. Wahrscheinlich lassen seine Augen nach. Als ich Kind war, hat eine Magd Schierling mit Wiesenkümmel verwechselt. Sie ist daran gestorben.«

Mich schauderte, als ich an den Holunderwein dachte, den ich zum Fenster hinausgeschüttet hatte.

»Mutter«, sagte ich, »gib mir einen Eschenzweig. Du hast einmal gesagt, er vertreibe böse Gedanken von meinem Kopfkissen.«

Es war später Abend; allmählich verstummten die Geräusche in der Abtei. Neben mir auf dem Kissen lag der Eschenzweig, den Mutter mir gegen trübe Gedanken mitgegeben hatte. Er schien nicht sonderlich zu wirken. Ich dachte an Catty, die sich wie jeden Abend in den Schlaf geweint hatte aus Angst vor der Trostlosigkeit des kommenden Tages, der ihr, wie jeder andere, den Geliebten vorenthielt. Warum nur mußten unschuldige Kinder für die Sünden ihrer Eltern büßen?

Irgendwann fiel ich in einen unruhigen Schlaf. Mir träumte, daß Bruno zur Tür hereintrat. Auf den Schultern trug er zwei Köpfe: an dem einen erkannte ich die verquollenen Züge Simon Casemans.

Mit einem Ruck fuhr ich auf. Wer hatte da eben ›Mörder‹ gerufen? Der Klang des Wortes hing noch in der Luft. Da alles still blieb, mußte wohl ich es selber gewesen sein. Mein Herz hämmerte in jener Panik, die uns in Träumen weit mehr noch als in wachem Bewußtseinszustand befällt.

An Einschlafen war vorerst nicht zu denken. Ich schlug mir ein Tuch um die Schultern und setzte mich in den Lehnstuhl, den Gefährten so vieler durchwachter Nachtstunden.

Zutiefst kränkte mich die Tatsache, daß Kate auch noch nach meiner Heirat Brunos Geliebte gewesen war. Wann war Colas geboren? Seine Empfängnis fiel in die Zeit meiner schweren Krankheit nach meiner letzten Geburt: dem totgeborenen, namenlosen Knaben. Während ich traurig und müde hier in meinem Bett lag, hatten sie... Nein, weg mit den Bildern und Vorstellungen, es nutzte ohnehin nichts!

Lange mochte ich so in Gedanken versunken gesessen haben, als ich Brunos Gestalt, in eine Kutte gehüllt, über den Hof zur Pforte in der Kirchenmauer schleichen sah. Wie oft mochte er inzwischen unten gewesen sein, ohne daß ich ihn gesehen hatte. Was trieb er dort? Ich erinnerte mich an jenen längstvergangenen Abend, an dem ich auf der Suche nach Honey die Treppe hinabgestiegen war. Seither war ich nicht mehr unten gewesen, obwohl ich mittlerweile nicht mehr an die angeblichen Mauereinstürze glaubte.

Ohne daß ich es mir lange überlegt hatte, stand ich plötzlich vor meiner Zimmertür, an den Füßen leichte Pantoffeln und in mein dunkelstes Umschlagtuch gehüllt. Ich eilte durch die Halle in den Hof hinaus.

Trotz der warmen Nachtluft schauderte mir: vor Angst oder vor Kälte? Ich wußte es nicht. Mich trieb ein unbestimmtes Gefühl, weitaus stärker als gewöhnliche Neugier, Bruno auf seinem nächtlichen Gang zu folgen. Instinktiv spürte ich, daß mich dort unten die Antwort auf viele meiner Fragen erwartete. Großmutter Salter hatte mir einmal in ihren letzten Wochen gesagt, daß wir in Stunden, wo uns der Tod nahe ist, ein unüberwindliches Verlangen in uns spüren, seinem Ruf zu folgen.

So ähnlich war mir in jener Nacht zumute.

Ich lauschte einen Augenblick an der offenen Tür und schlüpfte dann durch den Spalt, ohne das Türblatt zu bewegen. Ja, ich fürchtete mich. Sogar bei Tag wäre ich nur mit Widerwillen in diesen dumpfen Gang eingedrungen. Und nun wußte ich, daß ein Mann dort unten weilte, der schon einmal versucht hatte, mich zu ermorden. Und doch – ich konnte nicht zurück; ich mußte weitergehen. Tastend stieg ich die Treppe hinab, die ich damals auf der Suche nach Honey hinabgefallen war. Langsam gewöhnten sich meine

Augen an die völlige Dunkelheit, während ich mit vorgestreckten Händen Fuß vor Fuß setzte, jeden Augenblick bereit, zurückzuweichen. Auf dem Treppenabsatz tastete ich an drei Seiten ins Leere. Das mußten die Gänge sein, die ich damals erkannt hatte. Aus einem davon war Bruno aufgetaucht.

Aus der Ferne hörte ich metallisches Klicken. Ich trat in den Gang ein, bog um eine Ecke und erblickte von weitem einen Lichtschimmer, der sich bewegte. Dort mußte Bruno sein; sicherlich hatte er eine Kerze oder Laterne angezündet. Der Gang war so eng, daß ich mit angewinkelten Armen beide feuchtkalten, lehmigen Wände berühren konnte. Rechts war die Mauer ununterbrochen; links zählte ich eins, zwei, drei, vier seitliche Öffnungen. Ob sie nur Nischen oder weiterführende Gänge waren, konnte ich nicht feststellen. Je mehr ich mich dem Licht näherte, desto enger drückte ich mich an die schlüpfrige Wand. Ich erreichte die Öffnung einer unterirdischen Kammer, in der ein Mann an einer dunklen Masse mit einem Stemmeisen herumhantierte. Er drehte sich um. Ich stand vor Bruno...

»Du wagst es, hierherzukommen?« schrie er.

»Wie du siehst.«

Mit dem Eisen in der Rechten kam er auf mich zu. Hinter seinem Rücken erkannte ich die Juwelenmadonna, die etwa zur Hälfte ihres Schmuckes beraubt war.

»Du niederträchtiges Geschöpf«, zischte Bruno. »Warum habe ich dich nicht schon längst aus dem Weg geräumt?« Er hob das Stemmeisen empor.

Nun hat der Todesengel mich gefangen, durchfuhr mich der Gedanke. Wenn Bruno mich hier erschlug, würde kein Mensch je erfahren, wohin ich verschwunden war. Im allerletzten Augenblick löste sich die Starre meiner gelähmten Glieder. Ich taumelte zurück, stolperte und rutschte auf den feuchten Steinen aus. Jetzt nur nicht hinfallen, sonst war ich verloren. Meine Schulter stieß gegen einen Gegenstand. Aus der Mauer ragte ein Metallring, an dem ich mich mit meinem ganzen Gewicht festklammerte. Ich fühlte, daß er ein wenig nachgab.

Der gehässige Ausdruck in Brunos Gesicht wich einem maßlosen Staunen.

»Was, du Luder hast auch davon gewußt? Jetzt nichts wie fort!«

Er wandte sich um und wollte fortspringen; aber nun war er es, der auf dem feuchten Boden ausglitschte und der Länge nach hinfiel. Ein fürchterlicher Fluch verließ seine Lippen.

Durch das schwere Standbild der Madonna ging ein Zittern. Es neigte sich vor – erst langsam und dann immer schneller werdend. Ich schloß die Augen: Ohrenbetäubendes Getöse erfüllte den kleinen Raum. Als ich die Augen endlich zu öffnen wagte, war die Luft von dickem Staub geschwängert. Bruno lag auf dem Boden, die schweren Marmorblöcke des zerschellten Madonnenbildes auf Leib und Brust. Seine Augen standen offen.

»Bruno!« rief ich entsetzt, in diesem Augenblick an nichts anderes denkend, als daß es mein Mann war, der hier unter den Steinen begraben lag. Ich ergriff die Laterne, der in ihrem Winkel nichts geschehen war, und leuchtete in sein Gesicht. Die großen blauen Augen schauten starr, ohne einen Funken Bewußtsein, an mir vorbei.

Ich versuchte, seinen Körper von den Steinen zu befreien, aber vergebens. Ich mußte Hilfe holen, und zwar rasch. Ich leuchtete die Kammer ab, ob nicht ein anderer Ausgang aus ihr führte; der Lichtstrahl traf jedoch nur den nackten Fels, aus dem die Kammer gehauen war. Vorsichtig stieg ich über Brunos Beine hinweg und lief, so rasch ich konnte, hinaus. Sobald ich den engen Eingang passiert hatte, hörte ich hinter mir leises Gerumpel. Ich wandte mich um. Die Kammer war verschwunden; anstelle des Einlasses erblickte ich einen großen Felsblock. Ich wußte, daß eine Tür sich zwischen Bruno und mir geschlossen hatte. Ich stellte die Laterne auf den Boden und hämmerte mit den Fäusten gegen den Stein. Nirgends ein Griff oder eine Klinke: überall glatter, fugenloser Stein.

Wie von Furien gehetzt rannte ich den Gang zurück, verzählte mich und fand mich in einem blinden Stollen wieder. Mit Gewalt zwang ich mich zur Vernunft und gelangte endlich an den Fuß der Treppe, die ich im Licht der Laterne rasch erklomm.

Wen sollte ich um Hilfe bitten? Ich dachte an Valerian. Seine Kammer befand sich gleich neben der Schreibstube. Ich schlug an die Tür, die nur angelehnt war und sich unter dem Druck meiner Hand sogleich öffnete.

»Valerian!« rief ich.

Der Mönch fuhr auf seinem schmalen Lager empor. Atemlos berichtete ich, daß Bruno unten in dem Gewölbe lag, verwundet, vielleicht schon tot.

Wortlos stand der alte Mann auf, zog sich die Kutte über das lange Hemd, band sich die Sandalen an die Füße und folgte mir in den Gang hinunter. Unterwegs erzählte ich, wie alles gekommen war, wobei ich weder mich noch Bruno schonte. Meine Stimme bebte, so daß Valerian immer wieder fragen mußte, wie es sich zugetragen habe.

Auf der Treppe nahm er mir die Laterne aus der Hand und ging voran. Er kannte den Weg besser als ich. Mit gemeinsamer Kraft versuchten wir, den Stein aus seiner Verankerung zu heben oder zu drücken, aber er rührte sich nicht von der Stelle. Hilflos ließ Valerian die Arme sinken.

»Wir können nichts für ihn tun«, sagte er schließlich. Schweigend gingen wir in die Schreibstube zurück, wo er mich bat, Platz zu nehmen.

»Aber wir müssen zu ihm hin. Wir können Bruno dort nicht liegen lassen«, wandte ich ein.

»Er ist tot. Seine Zeit war abgelaufen.«

Nun erst kamen mir die Tränen. Obwohl Bruno mir nach dem Leben getrachtet hatte, weinte ich um ihn, um mich, um unser aller verpfuschtes Leben.

Valerian ließ mir Zeit. Als ich mich ein wenig beruhigt hatte, sagte er: »Er war der einzige, der die geheime Tür öffnen konnte. Wir anderen wußten zwar von dem Versteck, aber nur wenige waren befugt, in die Kammer einzutreten. Früher galt die Regel, daß außer dem Abt und seinem Nachfolger höchstens ein bis zwei Mönche über den Schließmechanismus Bescheid wußten. Der Abt ist tot, und von Bruder Arnold hat man nie wieder gehört. Vermutlich ist er ebenfalls umgekommen. Bruno war der einzige, der die Schatzkammer betreten konnte. Nicht einmal mir verriet er das Geheimnis, obwohl er dazu verpflichtet gewesen wäre. Wir können ihm nicht helfen. Er hat sein Schicksal selber bestimmt.«

»Nun weiß ich auch, woher die Mittel zu seinen Bauten stammten. Immer, wenn ihm das Geld ausging, holte er sich Juwelen von der Madonna und verkaufte sie im Ausland.«

Valerian nickte. »Er mußte sehr vorsichtig sein bei der Veräußerung der wertvollen Steine. Bruno tat es ja nicht nur für sich, sondern auch für uns anderen. Irgendwie fühlte er sich stets verantwortlich für uns. Der Reichtum der Abtei durfte jedoch nur allmählich und trotz aller Wundersamkeit für jedermann erklärlich vonstatten gehen. Ja, Bruno war sehr klug.« Valerian seufzte.

Wie die Madonna aus ihrer Kapelle in das unterirdische Gemach gelangt war, konnte Valerian nur ahnen. Vermutlich hatte sie der taubstumme Diener des Abtes, ein Mann von Bärenkräften, auf dem Rücken hinunter geschleift, wobei Bruno ihm geholfen haben mochte. Nach dem Tod des Abtes war der Diener spurlos verschwunden.

»Das ist das Ende«, sagte Valerian. »Ich habe es kommen sehen. Ich weiß mehr von den Dingen, die sich hier zugetragen haben, als Ihr wohl vermutet. Aber ich werde schweigen. Und ich bitte Euch: Schweigt ebenfalls über die Ereignisse dieser Nacht.«

»Aber Bruno? Kann er nicht noch am Leben sein?«

»Er ist tot. Er ist auf ebenso seltsame Weise verschwunden, wie er gekommen ist. Wenn die Leute von dem Wunder von St. Bruno sprechen – laßt sie reden, und hütet Euer Geheimnis. Wunder sind wie Edelsteine am Gewand der Kirche. Wenn sie nur hell leuchten, fragt niemand, ob sie echt sind oder nicht. Wunder trösten und bestärken das einfache Gemüt in seinem Glauben, und wer weiß, ob wir nicht Zeiten entgegengehen, in denen die Menschen auf Trost bitter angewiesen sind. Geht hin in Frieden, meine Tochter, und fügt Euch in die Gerechtigkeit Gottes.«

Ich begab mich in mein Zimmer zurück und wartete dort mit brennenden Augen auf den dämmernden Morgen.

Noch lange nach Brunos Tod erwartete man seine Wiederkehr. Als er verschwunden blieb, begann im Hause und später auch in der Umgebung das Geraune: »Er kam als Wickelkind in die Weihnachtskrippe und ging davon in seinem sechsunddreißigsten Lebensjahr, nachdem er die Abtei zu Ehren und Wohlstand gebracht hatte. Er war ein heiliger Mann.«

Carey hatte den Besitz von Schloß Remus angetreten, und Kate, die sich in der Gesellschaft ihres höflichen, aber ernsten und abweisenden Sohnes immer unbehaglicher fühlte, quartierte sich oft bei meiner Mutter als Gast ein. Die Dauer ihrer Aufenthalte nahm ständig zu, so daß sie alsbald wieder eine ständige Bewohnerin des ehemaligen Caseman's Court war. Ich hatte nichts dagegen. In meinem Herzen hegte ich keinen Groll gegen sie, obwohl ich niemals vergaß, was sie mir und vor allem Catty angetan hatte. Wir trafen uns oft zu leichtem Geplauder in meinem Elternhaus. In die Abtei herüber wagte sie sich erst, nachdem ich sie ausdrücklich dazu aufforderte.

»Nun ja«, meinte sie. »Wir müssen das Vergangene vergessen – wir alle: Carey und Catherine so gut wie du und ich. Je eher wir einen Schlußstrich unter die alten Geschichten ziehen, desto besser.« Dann blickte sie mich mit ihrem prüfenden Blick aus den Augenwinkeln an. »Also, was mich betrifft, ich finde Brunos Verschwinden reichlich mysteriös«, sagte sie. »Glaubst du, daß er eines Tages zurückkommt?«

»Er wird nicht wiederkehren«, entgegnete ich fest.

»Du scheinst mehr zu wissen, als du zugibst«, erwiderte sie.

»Man sollte nie sein ganzes Wissen preisgeben.«

»Woher er wohl das viele Geld hatte? Manchmal denke ich, er könnte in spanischen Diensten gestanden haben.«

»Die Möglichkeit ist nicht auszuschließen.«

»Denn sonst bleibt einem nur der Schluß, daß hier auf der Abtei von St. Bruno tatsächlich ein Wunder geschehen ist, wie alle Welt munkelt.«

»Auch diese Folgerung ist nicht von der Hand zu weisen«, erwiderte ich.

Kate schüttelte den Kopf, wagte aber nicht mehr weiterzufragen.

Honey war glücklich: Sie erwartete ihr erstes Kind. Ich bestand darauf, daß sie die letzten Monate ihrer Schwangerschaft bei uns verbrachte, damit ich ihr die nötige Pflege angedeihen lassen konnte. So saß sie nun oft mit der stillgewordenen Catherine in einem Winkel und bemühte sich, ihr ein Lächeln oder Lachen zu entlocken, was ihr mit der Zeit zunehmend häufiger gelang. Aus der lebhaften, unbekümmerten Catty war ein sanftes Mädchen mit beseelten Augen geworden, das der Zukunft einigermaßen zuversichtlich entgegensah.

Hin und wieder verbrachte Kate einige Tage bei alten Freunden in London, von denen sie stets randvoll mit den neuesten Hofnachrichten heimkehrte.

Philipp, der Gatte Königin Marias, war gegen Frankreich zu Felde gezogen und hatte in diesem Krieg die Festung Calais verloren, für die Heinrich der Achte Unsummen ausgegeben hatte. Die militärische Niederlage und der Gram über die Untreue ihres Gatten bedrückten die Königin sehr; ihr Gesundheitszustand verschlechterte sich.

Königin Maria starb am 17. November des Jahres 1558. Die Scheiterhaufen von Smithfield erloschen, und Marias Halbschwester Elisabeth wurde zu ihrer Nachfolgerin ausgerufen. Aus ihrem Domizil in Hatfield, das zeitweilig mehr einem Gefängnis als einem Wohnhaus geglichen hatte, wurde sie von den Edlen des Landes im Triumphzug nach London geleitet.

Wir ließen uns in der Barke zur Stadt rudern, wo wir in den Jubel der Bevölkerung einstimmten: Mutter, Kate, Catherine, Rupert und ich. Lang lebe die neue Königin! Die fünfundzwanzigjährige

Monarchin, die trotz ihrer Jugend über großes politisches Geschick verfügte, eroberte die Herzen ihrer Untertanen im Sturm durch ihre Leutseligkeit und ihr Versprechen, sie werde in Glaubensdingen Milde walten lassen und die Streitigkeiten in Staat und Kirche so schnell wie möglich unterbinden. Niemand sollte mehr befürchten müssen, daß er seines Glaubens wegen vom Leben zum Tode befördert werde.

Das Volk zündete riesige Freudenfeuer an und tanzte in den Straßen.

Als wir in der Abenddämmerung des denkwürdigen Tages nach Hause zurückfuhren, nahm Rupert neben mir auf der schmalen Bank im Bug der Barke Platz. Die Geräusche der fröhlich feiernden Stadt verebbten allmählich hinter uns, bis nur noch das Plätschern der eintauchenden Ruderblätter zu hören war. Schweigend hing jeder von uns seinen Gedanken nach.

Da spürte ich, wie Ruperts Hand die meine ergriff. Ich entzog sie ihm auch nicht, als wir wenig später aus der Barke stiegen und auf das Haus zugingen.

Der
springende Löwe

Die spanische Galeone

Aus meinem Turmfenster konnte ich beobachten, wie die Schiffe in den Hafen von Plymouth hereingesegelt kamen. Manchmal stand ich nachts auf, denn der Anblick eines stattlichen Schiffes im Mondlicht munterte mich auf. Oft, wenn es dunkel war, hielt ich Ausschau nach Lichtern auf dem Meer; solche Lichter sagten mir, dort draußen ist ein Schiff, und ich fragte mich, was für eines es wohl sein könnte. Eine schnittige Karavelle, eine kriegerische Galeere, ein Dreimastschoner oder eine stattliche Galeone? Mit dieser Frage ging ich wieder zu Bett und stellte mir die Männer auf diesem Schiff vor, und für eine Weile vergaß ich dann die Trauer um Carey und meine verlorene Liebe.

Wenn ich morgens aufwachte, galt mein erster Gedanke nicht Carey (obwohl ich es mir vor kurzer Zeit noch gelobt hatte, jeden Augenblick des Tages an ihn zu denken), sondern den Matrosen, die am Tag in den Hafen kommen würden.

Oft ging ich allein zum Hafen – obwohl ich das nicht sollte. Es galt als nicht schicklich für eine junge Dame von siebzehn Jahren, sich an einen Ort zu begeben, wo sie von rauhen Seeleuten angerempelt werden konnte. Wenn ich trotzdem darauf bestand, mußte ich eines der zwei Dienstmädchen mitnehmen. Ich habe mich nie demütig der entsprechenden Autorität gebeugt, aber ich konnte ihnen auch nicht begreiflich machen, daß es mir nur gelang, den Zauber des Hafens einzufangen, wenn ich allein war. Wenn Jennet oder Susan mitgingen, machten sie den Matrosen schöne Augen und kicherten und erinnerten einander daran, was einer ihrer Freundinnen einmal zugestoßen war, als sie einem Matrosen vertraut hatte.

Wann immer ich also Gelegenheit fand, schlich ich mich allein hinunter zum Hafen, ›on the Hoe‹, wie wir sagten, um mein Schiff für die Träume der Nacht zu entdecken.

Ich sah Männer, deren Haut mahagonifarben verbrannt war, deren glänzende Augen die Mädchen und ihre Reize abschätzten – und ihre Bereitwilligkeit, denn der Aufenthalt eines Matrosen an Land ist nur kurz, und er hat zu wenig Zeit, sie auf Freiersfüßen zu vergeuden. Ihre Gesichter waren verschieden von denen der Männer, die nicht zur See fuhren. Vielleicht war das Exotische, das sie erlebt hatten, dafür die Ursache, die Entbehrungen, die sie erlitten, oder ihre Ergebenheit, ihre Anbetung, Angst und ihr Haß dieser andersartigen Geliebten gegenüber, der schönen, wilden, unbezähmbaren See.

Ich liebte es zuzusehen, wenn die Schiffsvorräte verladen wurden – Säcke voll Mehl, gesalzenem Fleisch und Bohnen. Ich malte mir aus, wohin die Schiffsladungen mit Leinen- und Baumwollballen wohl gehen würden. Alles war erregend und in Bewegung. Dies war vielleicht kein Ort für eine junge, vornehm erzogene Dame, aber es war unwiderstehlich dort.

Es schien unvermeidlich, daß eines Tages, früher oder später, etwas Aufregendes geschehen mußte. Und so war es auch. Es war ›on the Hoe‹, wo ich zum erstenmal Jake Pennlyon sah.

Jake war groß, breitschultrig und stark und schien unbesiegbar. Das fiel mir sofort auf. Er war braun gebrannt, und obwohl er erst ungefähr fünfundzwanzig Jahre zählte, als ich ihn zum erstenmal sah, fuhr er doch bereits acht Jahre zur See; und er befehligte bereits sein eigenes Schiff, daher dieses Flair von Autorität. Ich bemerkte, wie die Augen der Frauen bei seinem Anblick zu glänzen begannen. Ich verglich ihn – wie alle Männer – mit Carey, und im Vergleich zu ihm war er grob, mangelte es ihm an Lebensart.

Natürlich wußte ich im ersten Moment nicht, wer er war, aber ich wußte, er war jemand von Bedeutung. Männer hoben ihre Hand zum Gruß an die Stirn, ein oder zwei Mädchen machten sogar einen Knicks. Jemand rief: »Einen schönen guten Tag, Kapitän Lyon!«

Der Name paßte irgendwie zu ihm. Die Sonne verlieh seinem dunkelblonden Haar einen lohfarbenen Schimmer. Er schwankte leicht, wie Seeleute es gerne tun, wenn sie gerade erst an Land gekommen sind, so als hätten sie sich noch nicht an die Standfestigkeit dort gewöhnt, als rollten sie noch mit dem Schiff. Lyon, der König der wilden Tiere, dachte ich.

Und plötzlich bemerkte ich, daß er mich angesehen hatte, denn er blieb stehen. Es war ein seltsamer Augenblick. Mir war, als hätte sich der Hafenlärm für einen Moment gelegt. Die Männer am Schiff mußten aufgehört haben zu arbeiten, die Matrosen und die beiden Mädchen, mit denen Jake gesprochen hatte, schienen mich und nicht einander anzusehen, und sogar der Papagei, den ein grinsender alter Seemann einem in Barchent gekleideten Bauern zu verkaufen versuchte, hörte auf zu kreischen.

»Guten Morgen, Mistreß«, sagte Jake Pennlyon und verbeugte sich. Seine übertriebene Servilität verriet Spott.

Ich war bestürzt. Natürlich mußte er denken, da ich allein hier war, daß er mich ansprechen dürfte. Junge Damen aus guter Familie standen an solchen Orten nicht einfach herum, und wenn sie es doch taten, erwarteten sie eben, mit einem liebeshungrigen Seemann handelseinig zu werden.

War es nicht aus eben diesem Grunde, daß ich mich nicht allein hier herumtreiben sollte?

Ich tat so, als hätte ich nicht bemerkt, daß er mich angesprochen hatte. Ich starrte an ihm vorbei auf das Schiff und auf die kleinen Boote, die darum herumwimmelten. Leider war mir die Röte in die Wangen gestiegen, er mußte also ahnen, daß ich mich beunruhigte.

»Ich glaube, wir sind uns noch nie begegnet«, sagte er. »Ihr wart nicht hier vor zwei Jahren.«

Irgend etwas war an ihm, das es mir unmöglich machte, ihn zu ignorieren. »Ich bin erst seit wenigen Wochen hier.«

»Ach, Ihr seid nicht in Devon geboren?«

»Nein«, antwortete ich.

»Ich habe es gewußt. So eine hübsche junge Dame kann unmöglich in der Gegend sein, ohne daß ich sie aufgespürt hätte.«

»Ihr sprecht so, als wäre ich ein Wild, das es zu jagen gilt.«

Seine blauen Augen blickten durch mich hindurch. Sie schienen mehr von mir zu sehen, als mir angenehm war. Es waren die bemerkenswertesten blauen Augen, die ich je gesehen hatte – und später jemals sehen würde. Jahre auf dem Meer könnten ihnen dieses tiefe Blau gegeben haben. Ihr Blick war scharf, klug, auf eine gewisse Art attraktiv – und doch abstoßend. Er dachte ganz offensichtlich, ich sei irgendeine Dienstmagd, die hergekommen war, weil ein Schiff im Hafen lag, und die auf der Suche nach einem Matrosen war. »Ich glaube, Ihr irrt Euch, Sir«, antwortete ich kühl. »Also, das ist etwas, was mir selten passiert«, antwortete er. »Auch wenn ich manchmal unbesonnen bin, ist mein Urteil doch unfehlbar, wenn es darum geht, mir meine Freunde auszusuchen.«

»Ich wiederhole, Ihr irrt Euch, wenn Ihr glaubt, Ihr könntet mich ansprechen«, sagte ich. »Und jetzt muß ich gehen.«

»Dürfte ich Euch vielleicht begleiten?«

»Ich habe es nicht weit, nur bis Trewynd Grange.«

Ich forschte nach wenigstens einem Schimmer von Beunruhigung bei ihm, denn man konnte nicht jemanden, der dort zu Gast war, ungestraft ansprechen, das mußte er wissen.

»Ich werde Euch einmal besuchen, zu einem Zeitpunkt, der Euch genehm ist.«

»Ich hoffe, Ihr wartet, bis Ihr dazu aufgefordert werdet.« Wieder verbeugte er sich.

»In diesem Fall werdet Ihr sehr lange zu warten haben«, sagte ich und wandte mich ab.

Ich hatte keine große Lust zu gehen, aber er hatte etwas so Gefährliches an sich. Ich hielt ihn jeder Unverschämtheit für fähig. Er wirkte auf mich wie ein Pirat, aber viele Matrosen wirkten so.

Eilig kehrte ich zum Gutshof zurück. Zuerst hatte ich einerseits Angst, er könnte mir folgen, und war andererseits ein bißchen enttäuscht, daß er es nicht tat. Ich ging direkt hinauf in den Turm, in dem ich mein Zimmer hatte, und sah hinaus. Das Schiff – sein Schiff – war deutlich auf dem ruhigen, stillen Wasser auszumachen. Es mußte an die siebenhundert Tonnen haben, mit hochragenden Vor- und Achtermasten. Auch hatte es ganze Batterien von Geschützen an Bord. Es war kein Kriegsschiff, aber ausgestattet, um sich verteidigen und vielleicht sogar andere angreifen zu können. Es war ein stolzes Schiff und es hatte Würde. Daß es sein Schiff war, das fühlte ich einfach.

Bevor dieses Schiff nicht ausgelaufen war, würde ich den Hafen nicht mehr betreten. Das nahm ich mir vor, und jeden Tag hielt ich Ausschau, und jeden Morgen, wenn ich aufwachte, hoffte ich, daß es abgefahren sein würde.

Dann dachte ich an Carey – Carey, der so jung war, nur zwei Jahre älter als ich selbst, an meinen lieben Carey, mit dem ich so viel gestritten hatte als Kind, bis zu dem wundervollen Tag, als das Bewußtsein, daß wir uns liebten, über uns zusammenbrach. In einem solchen Augenblick übermannte mich der Schmerz, ich durchlebte alles noch einmal: den unerklärlichen Zorn seiner Mutter – eine Kusine meiner Mutter –, als sie erklärte, nichts könnte sie dazu bringen, einer Ehe zwischen Carey und mir zuzustimmen. Und meine eigene Mutter, die erst nicht verstanden hatte, bis sie mich an jenem entsetzlichen Tag in die Arme nahm, mit mir weinte und mir dann erklärte, daß Kinder für die Sünden der Väter bestraft würden und mein Traum von einem Leben mit Carey zu Ende sein müsse.

Warum kam mir das alles so lebhaft ins Gedächtnis? Nur weil ich im Hafen einen unverschämten Seemann kennengelernt hatte?

Ich muß erst einmal erklären, wie ich überhaupt nach Plymouth gekommen bin – an die südwestlichste Ecke von England – wo mein Zuhause doch im Südosten lag, nur wenige Meilen außerhalb von London.

Ich wurde in St. Brunos Abbey geboren, einem ziemlich seltsamen Ort, und wenn ich an meine Anfänge zurückdenke, kann ich nur sagen, auch die waren recht seltsam. Ich war fröhlich, sorglos, überhaupt nicht wie Honey, die ich immer für meine Schwester gehalten hatte. Wir lebten während unserer Kindheit in einem Mönchskloster, das kein Mönchskloster mehr war, mit einer Spur von Mystizismus um uns herum. Daß wir davon nichts merkten, hatten wir meiner Mutter zu verdanken, die normal war, heiter und tröstlich – so wie eine Mutter sein sollte. Sollten wir einmal Kinder haben, hatte ich zu Carey gesagt, wollte ich zu ihnen sein wie meine Mutter zu mir.

Aber als ich älter wurde, bemerkte ich die Spannung, die zwischen meinen Eltern bestand. Ich glaube, manchmal haben sie sich sogar gehaßt. Ich fühlte, daß Mutter sich einen Mann wünschte, der lieb und ordentlich war, wie Careys Onkel Rupert, der nie geheiratet hat und den ich in Verdacht hatte, daß er sie liebte. Was meinen Vater anbelangt, so habe ich ihn nie verstanden. Dafür, daß er meine Mutter möglicherweise haßte, gab es auch einen Grund, den ich aber nicht verstand. Vielleicht war es so, daß er sich schuldig fühlte. Wir hatten es nicht einfach zu Hause, aber das wurde mir nicht so bewußt wie Honey. Honeys Gefühlsleben war weniger kompliziert als das meine. Sie war eifersüchtig auf mich, weil sie glaubte, Mutter liebte mich mehr als sie, was natürlich gewesen wäre, denn ich war ihr eigenes Kind. Honey liebte meine Mutter besitzergreifend. Sie wollte sie mit niemandem teilen. Und sie haßte meinen Vater. Sie wußte genau, zu wem sie sich hingezogen fühlte. Für mich war das nicht so leicht. Ich fragte mich, ob sie ihren Mann Edward jetzt genauso besitzergreifend liebte wie damals meine Mutter. Vielleicht war es aber anders mit einem Ehemann. Ich wäre genauso darauf aus gewesen, alle Liebe und alle Gedanken Careys auf mich zu ziehen, davon bin ich überzeugt.

Honey hatte eine gute Partie gemacht – zu jedermanns Erstaunen, wenn auch alle bereit waren zuzugeben, daß sie so ungefähr das schönste Geschöpf gewesen war, das sie je gesehen hatten. Im Vergleich mit ihr war ich mir immer unscheinbar vorgekommen. Honey hatte wunderschöne dunkelblaue, fast violette Augen. Die langen, dichten Wimpern machten sie aufsehenerregend. Auch ihr Haar war schwarz, lockig und voller Leben. Wo immer sie hinging, erregte sie Aufmerksamkeit. Neben ihr kam ich mir also unbedeutend vor. Dennoch, wenn sie nicht da war, fand auch ich mich ziemlich attraktiv mit meinem mittelbraunen Haar und meinen grünen Augen, die, wie meine Mutter zu sagen pflegte, zu meinem Namen paßten. »Du bist wirklich wie eine kleine Katze, Cat«, sagte sie gern, »mit deinen grünen Augen und deinem herzförmigen Gesicht.« In ihren Augen war ich genauso schön wie Honey, das wußte ich; aber sie war eben eine Mutter, die ihr Kind mit liebenden Augen sah. Wie auch immer, Edward Ennis, Sohn und Erbe von Lord Calperton, hatte sich in Honey verliebt und heiratete sie, als sie siebzehn Jahre alt war, was gleichzeitig ihren Eintritt in die Gesellschaft bedeutete. Honey hatte triumphierend erreicht, was viele Mädchen, die ebenfalls reich gesegnet waren mit weltlichen Gütern, trotzdem nicht erreichten.

Die Freude meiner Mutter war groß. Sie hatte, glaube ich, gefürchtet, es könnte schwierig werden, einen Ehemann für Honey zu finden, und Lord Calperton würde alle möglichen Einwände vorbringen, aber Careys Mutter, die ich Tante Kate nannte, hatte alle Hindernisse aus dem Weg geräumt. Sie war von der Art Frauen, die für gewöhnlich bekamen, was sie sich in den Kopf gesetzt hatten, denn obwohl sie bereits siebenunddreißig Jahre gewesen sein mußte, hatte sie großen Charme besessen, und die Männer verliebten sich Hals über Kopf in sie. Lord Calperton war da keine Ausnahme.

Im November des glorreichen Jahres 1558 starb unsere alte Königin, und überall herrschte große Freude. Jetzt hatte England wieder neue Hoffnung. Wir hatten lange genug unter der Regierung der blutdürstigen Mary gelitten. Weil das Kloster nicht weit vom Fluß und nur eine Meile von der Hauptstadt entfernt lag, zog der Rauch aus den Kaminen von Smithfield wie ein Leichentuch zu uns her, wenn der Wind aus dieser Ecke wehte. Meine Mutter pflegte sich krank zu fühlen, wenn sie ihn wahrnahm, schloß die Fenster und weigerte sich, das Haus zu verlassen.

Wenn sich der Rauch verzogen hatte, ging meine Mutter in den Garten und pflückte Blumen, Früchte oder Kräuter, je nach Jahreszeit, und schickte mich damit hinüber zu Großmutters Haus, das an das Kloster grenzte.

Der Stiefvater meiner Mutter war unter Queen Mary als Ketzer auf dem Scheiterhaufen verbrannt worden, deshalb wirkte der Rauch von Smithfield auch so besonders schmerzvoll auf uns. Aber ich glaube nicht, daß meine Großmutter immer noch so darunter litt, wie meine Mutter annahm. Sie war immer sehr interessiert gewesen an den Dingen, die ich brachte, und rief jedesmal Peter und Paul zu meiner Unterhaltung herein. Peter und Paul waren Zwillinge und ein Jahr älter als ich; aber sie waren die Halbbrüder meiner Mutter und damit meine Onkel. Wir waren eine komplizierte Familie. Es war seltsam, Onkels zu haben, die nur ein Jahr älter waren als man selbst, deshalb haben wir dieses Verwandtschaftsverhältnis nie wirklich ernst genommen. Ich mochte sie aber beide. Die beiden Zwillinge sahen sich so ähnlich, daß nur wenige sie auseinanderzuhalten vermochten, und sie waren unzertrennlich. Peter wollte zur See gehen, und da Paul ihm in allem nacheiferte, trug auch er sich mit der Absicht, zur See zu gehen.

Immer wenn Tante Kate uns im Kloster besuchte, ging ich in mein Zimmer, schloß mich ein und blieb da, bis meine Mutter kam und mich überredete, hinunterzukommen. Und nur ihr zuliebe tat ich ihr den Gefallen. Ich saß dort sonst am Fenster und schaute auf die alte Klosterkirche und auf den Schlaftrakt der Mönche, den Mutter immer in einen Speisesaal umfunktionieren wollte. Ich erinnerte mich daran, wie Honey mir erzählt hatte, daß, wenn man in die Stille der Nacht hineinlauschte, man das Singen der Mönche hören könnte, die hier vor langer Zeit gelebt hatten, und die Schreie derer, die gefoltert und am Tor aufgehängt worden waren, als die Männer von King Henry kamen, um das Kloster aufzulösen.

Sie erzählte mir solche Schauergeschichten, um mir Angst einzujagen, weil nur ich die Tochter meiner Mutter war. Als es damit anfing, daß ich gewisse Gerüchte über Honey zu hören bekam, rächte ich mich dafür: »Du bist ein Bastard. Deine Mutter war eine Dienstmagd und dein Vater einer der Mörder der Mönche.« Das war grausam von mir, denn es regte Honey mehr auf als irgend etwas sonst. Nicht daß es ihr soviel ausmachte, ein Bastard zu sein, aber daß sie nicht das Kind meiner Mutter war. Zu diesem Zeitpunkt war ihre erste besitzergreifende Liebe noch auf meine Mutter gerichtet gewesen.

Von Natur aus war ich aufbrausend, machte die verletzendsten Bemerkungen, die ich mir ausdenken konnte, nur um mich gleich darauf selbst zu hassen und alles zu versuchen, meine Grausamkeit wieder gutzumachen. Zum Beispiel sagte ich einmal zu Honey: »Es ist doch nur eine Geschichte. Sie ist gar nicht wahr. Und auf jeden Fall bist du so schön, daß es ganz egal wäre, wenn dein Vater der Satan persönlich wäre. Die Leute würden dich doch liebhaben.« Honey vergab nicht so leicht. Sie konnte tagelang über eine Beleidigung brüten. Sie wußte, daß ihre Mutter eine Dienstmagd gewesen und daß ihre Großmutter als Hexe verschrien worden war. Das letztere machte ihr nichts aus. Eine Hexe als Großmutter zu haben, gab ihr eine ganz spezielle Macht. Immer schon hatte sie sich auch für Kräuter und ihre Verwendungsmöglichkeiten interessiert.

Honey kam zur Zeit der Krönung in unser Kloster. Als ich meine Mutter fragte, ob auch mein Vater rechtzeitig da sein würde, verzog sich ihr Gesicht zu einer Maske. Es war unmöglich zu erraten, was sie fühlte.

»Er wird nicht zurück sein.«

»Du scheinst dir sehr sicher zu sein«, antwortete ich.

»Ja«, sagte sie fest, »das bin ich.«

Wir gingen nach London, um den Einzug der Königin in ihre Hauptstadt zu erleben und wie sie den Tower in ihren Besitz nahm. Es war aufregend, sie in ihrer Kutsche zu sehen, und Robert Dudley, einen der bestaussehenden Männer, die ich je gesehen hatte, wie er an ihrer Seite ritt. Er war ihr Stallmeister, und wie ich hörte, hatten sie sich kennengelernt, als sie beide unter der Regierung Marys, der Schwester der Königin, im Tower Gefangene waren.

Es war aufregend, die Kanonen vom Tower dröhnen zu hören und den begeisterten Begrüßungsrufen zu lauschen, die der jungen Königin auf ihrer Fahrt aus der Menge zugerufen wurden. Wir hatten uns in der Nähe des Towers aufgestellt und konnten sie ganz genau sehen, als dort sie hineinfuhr.

Sie war jung – ungefähr fünfundzwanzig Jahre alt, mit frischen roten Wangen und rötlichem Haar. Sie sprühte vor Vitalität, und doch war ein großer Ernst um sie, der ihr gut stand und dessentwegen sie von den Leuten sehr bewundert wurde.

Wir waren alle sehr ergriffen, als wir sie sprechen hörten, kurz bevor sie den Tower betrat.

›In diesem Land sind einige von uns zu Gefangenen geworden. Ich habe mich vom Gefangenen zum Prinzen erhoben. Jener Sturz war die Folge eines göttlichen Urteils; dieser Aufstieg das Ergebnis göttlicher Gnade; das Warten auf den Sturz verlangte Geduld, und für den Aufstieg muß ich mich Gott dankbar und den Menschen gnädig erweisen.‹

Das war eine Rede voll Weisheit, Bescheidenheit und Entschiedenheit, und sie wurde von allen, die sie gehört hatten, laut beklatscht.

Als wir zum Kloster zurückritten, wurde ich nachdenklich. Ich dachte an die Queen Elizabeth, die nicht viel älter war als ich und jetzt eine große Verantwortung trug. Etwas an ihr faszinierte mich, und mir fiel ihre Bemerkung über die Gefangenschaft ein, die sie erlitten hatte, und wie gnädig Gott gewesen war, als er sie aus ihrem

Kummer zur Größe führte. Ich stellte sie mir als Gefangene vor, die den Tower durch die Armesünderpforte betrat, und wie oft sie sich wohl gefragt haben mußte, wann man sie – wie ihre Mutter – in den Hof hinausbringen und ihr befehlen würde, den Kopf auf den Richtblock zu legen. Wie fühlt sich wohl so ein junger Mensch, wenn der Tod ihm ins Auge blickt? Hatte sich diese junge Frau bei dem Gedanken, ihr Leben zu verlieren, genauso elend gefühlt wie ich, als ich Carey verlor?

Aber sie hat ihre Schwierigkeiten überwunden. Gott war gnädig gewesen. Sie war hinausgegangen aus dem großen Schatten des Towers, um als Herrin über alles und jeden in diesem Land zurückzukommen.

Dem Einzug der neuen Königin in ihre Hauptstadt beizuwohnen hatte meine Lebensgeister wachgerüttelt.

Beim Abendessen lauschte ich den Gesprächen, die natürlich Kate anführte. Sie tut dies glänzend, und obwohl ich sie haßte, mußte ich ihren unleugbaren Charme anerkennen. Sie war der Mittelpunkt der Aufmerksamkeit an unserem Tisch. Sie unterhielt sich darüber, daß man nicht sicher sein könnte, was das neue Regime mit sich bringen würde, und was lauschende Dienstboten vom Hofe wohl zu erzählen hätten. Sie hatten ja auch unter der Regierung von Queen Mary geplaudert. Warum, dachten wir, sollte unter Elisabeth alles anders werden.

»Sie hat den Thron also geschafft«, sagte Kate. »Die Tochter von Anna Boleyn! Ihr müßt zugeben, sie sieht ihrem königlichen Vater ähnlich. Dasselbe wilde Temperament, die gleiche Haarfarbe. Ich habe einmal mit Seiner Königlichen Hoheit getanzt, und ich bin davon überzeugt, wenn er damals nicht in die Reize der Katherine Howard verstrickt gewesen wäre, hätte er sicher sein Auge auf mich geworfen. Wie anders wäre dann alles geworden!«

»Dein Kopf würde dir vielleicht nicht mehr auf den Schultern sitzen, Kate«, sagte meine Mutter. »Wir haben dich lieber in einem Stück.«

»Ich habe schon immer Glück gehabt. Arme Katherine Howard! Es war ihr Kopf, nicht meiner. Wie sich dieser Mann doch immer seiner Frauen entledigt hat!«

»Du hast eine lose Zunge, Kate«, sagte ihr Bruder Rupert.

Kate dämpfte ihre Stimme und meinte verschwörerisch:

»Wir dürfen nicht vergessen, daß es sich um Harrys Tochter handelt – Harrys und Anna Boleyns, was für eine Kombination!«

»Auch unsere letzte Königin war seine Tochter«, ließ sich Kates Sohn Nicholas vernehmen, den wir Colas nannten.

»Ja, aber das einzige, was zählt, ist, daß eine davon eine gute Katholikin ist«, antwortete Kate.

Meine Mutter versuchte das Thema zu wechseln und bat meine Großmutter um einige Kräuter, die sie benötigte. Großmutter war sehr bewandert bezüglich allem, was in der Natur wuchs, und sie und meine Mutter steckten bald tief in einer Diskussion über den Garten. Aber Kates Stimme war lauter. Sie sprach weiter über die Gefahren, die die neue Königin überstanden hatte, darüber, daß ihre Zukunft in großer Gefahr gewesen sei, als ihre Mutter zum Schafott ging, darüber, daß sie als illegitim erklärt worden war und daß sie nach dem Tod von Jane Seymour von den letzten drei Frauen des Königs freundlich aufgenommen und nach dem Tod des Königs mit Katharina Parr in Dewer House gelebt hatte.

»Und ich glaube«, sagte Kate boshaft, »es wäre nicht sehr klug, darüber zu diskutieren, was dort passiert ist. Der arme Thomas Seymour! Ich habe ihn einmal kennengelernt. Was für ein faszinierender Mann! Kein Wunder, daß unsere kleine Prinzessin... aber das ist natürlich Klatsch. Natürlich hat sie ihm nie wirklich gestattet, ihr Schlafzimmer zu betreten. Alles nur Klatsch, daß die Prinzessin von einem Kind entbunden worden sei. Wer würde denn solchen Unsinn glauben... noch dazu heute. Diejenigen, die solch üble Geschichten in Umlauf gebracht haben, sollte man aufhängen, rädern und vierteilen. Diese Geschichten heute zu wiederholen, wäre Hochverrat. Stellt euch einmal vor, als man ihr die Neuigkeit überbracht hat, daß er auf dem Richtblock gestorben sei, hat sie gesagt: ›Heute starb ein Mann mit viel Witz und wenig Scharfsinn.‹ Und sie sagte es ganz ruhig, so als wäre er nur ein Bekannter gewesen. Als ob zwischen diesen beiden nie eine tiefere Beziehung hätte bestehen können!«

Kate lachte, und ihre Augen strahlten. »Ich frage mich nur, wie es jetzt bei Hofe zugehen wird. Fröhlicher als unter Mary, soviel ist sicher. Unsere gnädige Dame wird eifrigst bestrebt sein, Gott, ihrem Volk und ihrem Schicksal ihre Dankbarkeit zu beweisen, für diesen großen Tag aufbewahrt worden zu sein. Sie wird fröhlich sein wollen. Sie wird die Schrecken der Vergangenheit vergessen wollen. Du lieber Gott, wenn man bedenkt: Nach der Wyatt-Rebellion war sie dem Schafott so nahe, wie ich euch jetzt bin.«

»Jetzt ist alles vorbei«, sagte meine Mutter.

»Der Vergangenheit entkommt man nicht, Damask«, widersprach ihr Kate. »Sie ist immer präsent, wie der Schatten hinter uns.«

Ja, deine jämmerlichen Sünden haben einen Schatten auf mein Leben geworfen, aber du drehst dich nicht um und siehst hinter dich, scherst dich nicht darum, dachte ich verbittert.

»Übrigens, habt ihr Sir Robert an ihrer Seite gesehen?« fuhr Kate fort. »Man sagt, sie ist vernarrt in ihn.«

»Klatsch wird es immer geben«, antwortete Rupert.

»Er ist rasch in den Sattel gesprungen«, lachte Kate. »Aber was sonst kann man von einem Sohn von Lord Northumberland erwarten?«

Mit wachsender Entrüstung beobachtete ich Tante Kate. Wie taktlos sie doch war, wie frivol! Sie könnte Schwierigkeiten über unser Haus bringen mit ihrem sorglosen Gerede. Alles, was sie sagte, erinnerte mich an meine eigene Tragödie.

Als Kate und Colas nach Remus Castle aufbrachen, fühlte ich mich besser – natürlich nicht glücklich, aber erleichtert, weil Kate endlich weg war.

Es war November, und im Garten gab es wenig zu tun. Ich war lustlos. Unser Kloster war ein trostloser Ort. Das Haus selbst – gebaut wie ein Schloß, ähnlich Remus, das jetzt Carey gehörte – wurde, seit Vater weg war, langsam zu einem Zuhause. Nur wenn man hinausschaute und die Außengebäude sah, das Refektorium, den Schlaftrakt und die Fischteiche, wirkte es so gespenstisch.

Das Interesse meiner Mutter war jetzt allein auf mich konzentriert. Ihr größter Wunsch war, mein Elend zu beenden und meinem Leben einen neuen Sinn zu geben. Ihr zu Gefallen tat ich so, als hätte ich die Geschichte so gut wie überwunden, aber sie liebte mich zu sehr, um sich täuschen zu lassen. Sie versuchte, mein Interesse am Gebrauch von Kräutern zu erwecken, an allem, was sie selbst von ihrer Mutter gelernt hatte, an Stickereien und Wandteppichen. Und als sie merkte, daß mich diese Dinge nicht interessierten, beschloß sie, mir von ihren eigenen Ängsten und Nöten zu erzählen, was die größte Hilfe war, die sie mir angedeihen lassen konnte.

Ich war in meinem Zimmer, als sie mit ernstem Gesicht hereinkam. Erschreckt stand ich auf, und sie sagte: »Bleib doch sitzen, Cat. Ich bin gekommen, um mit dir zu sprechen.«

Also setzte ich mich wieder, und sie sagte: »Ich mache mir Sorgen, Cat.«

»Das sehe ich, Mutter. Was quält dich?«

»Die Zukunft ... heute habe ich gehört, daß der Bischof von Winchester verhaftet worden ist.«

»Aus welchem Grund?«

»Du kannst dir doch denken, daß die religiösen Konflikte andauern werden. Er unterstützt den Papst. Es ist immer derselbe Kampf. O Gott, und ich hatte so gehofft, daß wir diese bösen Zeiten hinter uns haben.«

»Man sagt, die neue Queen wird tolerant sein.«

»Wenn ihr Thron in Gefahr ist, können Monarchen oft nicht tolerant sein. Sie sind von ehrgeizigen Männern umringt. Es hat viel Unglück in unserer Familie gegeben, Cat. Mein Vater hat seinen Kopf verloren, weil er einem Priester Unterschlupf gewährte, und mein Stiefvater wurde auf dem Smithfield verbrannt, weil er dem reformierten Glauben angehangen hatte. Und du weißt, Edward ist Katholik. Als Honey ihn heiratete, hat sie seinen Glauben angenommen. Das war unter der letzten Regierung noch möglich, aber jetzt haben wir eine neue Königin auf dem Thron.«

»Du machst dir Sorgen um Honey?«

»Mein ganzes Leben lang hat es immer wieder Verfolgungen gegeben. Ich fürchte, das wird so weitergehen. Sobald ich gehört hatte, daß der Bischof von Winchester verhaftet worden ist, mußte ich an Honey denken.«

»Du glaubst, die junge Königin wird anfangen, die Katholiken zu verfolgen?«

»Ich fürchte, ihre Minister werden sie dazu zwingen. Und dann haben wir wieder dieselben alten Ängste und Schrecken.«

Dann redeten wir über Honey und wie glücklich sie verheiratet war, und die Befürchtungen meiner Mutter wurden durch den Gedanken an Honeys Glück besänftigt. Das half ein bißchen.

Es war Weihnachten, und wir feierten in der großen Halle des Klosters. Backgeruch erfüllte das Haus. Es würde ein fröhliches Weihnachtsfest werden, sagte meine Mutter, weil wir nicht nur die Geburt unseres Herrn feierten, sondern auch die Thronbesteigung unserer neuen Königin. Ich glaube, sie dachte, wenn sie so tat, als ob alles wunderbar werden würde, dann würde es auch wunderbar werden.

Mein Vater war jetzt schon so lange weg, daß wir ihn nicht mehr zurückerwarteten. Die meisten unserer Diener waren Mönche und kannten ihn seit Kindheit. Für sie hatte er etwas Mystisches, und sie sprachen nicht über sein Verschwinden. Niemand trauerte um ihn, so als wäre er tot; das haben sie nie getan. Es gab also keinen Grund, warum wir Weihnachten nicht mit allem üblichen Jubel feiern sollten.

Das Fest würde die ganzen zwölf Weihnachtstage andauern. Wie sehr Mutter sich freute, weil Honey und ihr Mann es bei uns verbringen würden!

Sie kamen ein paar Tage vor Weihnachten. Wann immer ich Honey nach längerer Abwesenheit wiedersah, war ich von neuem von ihrer Schönheit gefesselt. Sie stand in der Halle. Es schneite ein wenig, und auf ihrer Pelzmütze glitzerten winzige Schneeflocken. Ihre Wangen waren leicht gerötet, und ihre wunderbaren violetten Augen strahlten.

Ich umarmte sie herzlich. Es gab Monate, da hatten wir uns schrecklich lieb, und jetzt, da sie ihren in sie vernarrten Mann hatte, hatte sie keinen Grund mehr, eifersüchtig auf die Liebe meiner Mutter zu ihrer eigenen Tochter zu sein. In Wirklichkeit hieß sie Honeysuckle – Geißblatt. Ihre Mutter, die sie meiner Mutter anvertraut hatte, soll erzählt haben, daß sie Honeysuckle gerochen hatte, als sie das Kind empfing.

Meine Mutter hatte ihre Ankunft gehört und kam in die Halle geeilt. Honey stürzte sich in ihre Arme. Lange schauten sie sich in die Augen. Ja, Honey liebte sie immer noch leidenschaftlich, sie würde auch immer noch eifersüchtig auf mich sein. Als ob sie das nötig hätte, sie mit ihrer blühenden Schönheit und ihrem verliebten Mann. Und ich hatte Carey für immer verloren.

Edward stand hinter ihr. Bescheiden hielt er sich im Hintergrund; er hatte alle Voraussetzungen, ein guter Ehemann zu werden.

Meine Mutter meinte, sie sollten Honeys altes Zimmer nehmen. Sie wußte, daß das genau ihren Wünschen entsprechen würde, und Honey sagte, ja, das wäre wunderbar. Sie hakte meine Mutter unter, und zusammen schritten sie die Treppe hinauf.

Es wurde für alle ein fröhliches Weihnachtsfest, außer für mich. Manchmal ertappte ich mich allerdings, daß ich mit den anderen sang und tanzte. Kate kam mit Colas, und Rupert kam auch. Und meine Großmutter und die Zwillinge feierten natürlich auch mit uns. Wir verbrachten den ersten Weihnachtstag in Großmutters Haus, das selbst zu Fuß ganz leicht vom Kloster aus zu erreichen war. Sie war ziemlich eingebildet auf ihre Kochkünste und übertraf sich wieder einmal in der Küche. Es gab Spanferkel und Truthahn, große Pasteten und Torten, und alles war mit ihren Spezialkräutern gewürzt, auf die sie so stolz war. Großmutter hat zwei Ehemänner verloren, beide wurden vom Staat ermordet. Aber sie stand da, mitten in der Küche, mit rotem Gesicht, schnaubend und schnurrend, und scheuchte die Küchenmädchen nur so durch die Gegend. Man hätte nie geglaubt, daß es in ihrem Leben irgendeine Tragödie gegeben hätte. Würde ich eines Tages auch so sein? O nein, Großmutter wußte nichts von der Liebe, so wie ich sie erlebt hatte.

Und dann waren da die alten Weihnachtsbräuche. Wir dekorierten die Halle mit Efeu und Stechpalmen, wir verteilten Geschenke an Neujahr, und in der zwölften Nacht fand Colas den Silberpenny im Kuchen und wurde König für eine Nacht. Er wurde von den Männern auf den Schultern umhergetragen und malte zum Schutz gegen alles Böse Kreidekreuze auf die Deckenbalken.

Ich bemerkte, wie meine Mutter ihn beobachtete, und nahm an, daß sie an Honeys Katholizismus und an mein Unglück wegen Carey dachte. Im geheimen betete sie für uns beide.

Kate und Honey blieben bis zur Krönung bei uns, die am 15. Januar stattfinden sollte.

Kate als Lady Remus' und Edward als Lord Edwards Erbe hatten das Recht, in der königlichen Prozession mitzureiten, und Honey forderte mich auf, sie zu begleiten, also war ich auch dabei. Wir versammelten uns am Tower, während die Königin mit einer Barke von Westminster Palace kam. Das Ganze bot einen fantastischen Anblick und belebte die Gemüter aller, obwohl ein scharfer Winterwind wehte. Der Lord Mayor war anwesend und mit ihm die ganzen Honoratioren der Stadt, und er überbrachte seine untertänigsten Grüße. Wir sahen die Königin an ihrem Landungssteg am Tower anlegen.

Danach gingen wir nach Hause, und ein paar Tage später kam die Königin in die City, um die Treuebezeugungen ihrer Untertanen vor ihrer Krönung zu empfangen. Das Fest war aufregend, und es wurde von Tag zu Tag deutlicher, daß sich ein Umschwung anbahnte. Niemand sprach, wie unter dem letzten Regime, offen darüber, daß Elisabeth ein Bastard war. So etwas zu sagen, konnte einem das Leben kosten. Während des Festes wurde das Haus der Tudors verherrlicht. Zum erstenmal wurden Bildnisse von Anna Boleyn, der Mutter der Königin, Seite an Seite mit denen von Heinrich VIII. aufgestellt. Elizabeth von York, Mutter Heinrichs VIII., wurde mit weißen Rosen bekränzt dargestellt. Sie reichte ihrem Gatten Heinrich VII. die weiße Rose von York, der ihr dafür die rote

Rose von Lancaster bot. In ganz Cornhill und den Chepe entlang wurden Schauspielstücke aufgeführt, und Kinder sangen Lieder und rezitierten Verse zu Ehren der Königin.

Die Krönung begeisterte alle. Ich war nicht in der Kapelle, aber Kate dank ihrer Pairswürde, und sie beschrieb uns später alles. Wie klar und verständlich die Königin gesprochen habe, wie sicher sie durch die Zeremonie geschritten sei, daß sie sich beklagt habe, weil das Öl, mit dem sie gesalbt worden war, fettig gewesen sei und schlecht gerochen habe, und wie beeindruckend sie ausgesehen habe in ihrer Krönungsrobe, und die Trompeter seien fantastisch gewesen. Kate schwor, daß der führende Hochadel ihr freiwillig und aus voller Überzeugung die Hand geküßt und Treue und Ergebenheit geschworen hätte – besonders ihr gutaussehender Stallmeister, Robert Dudley.

»Man sagt, daß sie ihn heiraten will«, sagte Kate. »Sie ist offensichtlich vernarrt in ihn. Sie läßt kein Auge von ihm. Es wird nicht lange dauern, und wir werden hier eine königliche Hochzeit erleben, denkt an meine Worte. Hoffen wir nur, daß ihre Vorlieben nicht so kurzlebig sind wie die ihres Vaters.«

»Beschreib uns ihr Gewand«, warf meine Mutter rasch dazwischen.

Kate beschrieb es bis in die kleinste Einzelheit, und alle waren so glücklich wie in der Zwölften Nacht.

Aber meine Mutter traute dem Frieden nicht, und als sie hörte, daß Papst Paul öffentlich erklärt hätte, es sei ihm unmöglich, die Erbschaftsrechte von jemandem anzuerkennen, der nicht von ehelicher Geburt war, kriegte sie es mit der Angst zu tun. In seiner Erklärung ging der Papst sogar noch weiter und sagte, daß die schottische Königin, die mit dem Dauphin von Frankreich verheiratet war, die einzig legitime Nachfolgerin von Heinrich VIII. war, und er schlug vor, es sollte ein Gerichtsausschuß erstellt werden unter seinem Vorsitz, um bezüglich der Rechtmäßigkeit der Ansprüche auf den englischen Thron zwischen Elizabeth und Mary zu entscheiden.

Dies schlug ihm Elisabeth natürlich hochmütig ab.

Und die Befürchtungen meiner Mutter wuchsen.

»Ich fürchte, es wird wieder einmal einen Konflikt zwischen Katholiken und Protestanten geben«, sagte meine Mutter zu mir. »Die Königin der Schotten wird die Katholiken repräsentieren und Elizabeth die Protestanten. Zwist innerhalb der Familie ... davor fürchte ich mich am meisten. Ich habe schon zuviel davon erlebt.«

»Wir werden nicht mit Honey streiten, bloß weil sie eine Katholikin ist«, beruhigte ich sie. »Ich glaube, sie ist nur Katholikin geworden, weil sie Edward heiraten wollte.«

»Ich bete darum, daß es keine Schwierigkeiten geben wird«, sagte meine Mutter.

Sie besuchte Honey auf eine Woche, und als sie zurückkam, schien sie vergnügter zu sein. Sie hatte mit Lord Calperton gesprochen.

Er sei alt und auf seine Art unbeweglich, aber er hätte die Absicht, Edward in den Westen zu schicken. Er hatte einen Besitz in der Nähe von Plymouth. Edward war ungestümer in seinem Glauben als sein Vater, und falls er den Mund zu weit aufrisse – was sehr gut passieren könnte –, wäre es besser für ihn, er täte das weit weg vom Hof.

Meine Mutter war untröstlich, Honey nicht mehr so regelmäßig sehen zu können, aber sie gab Lord Calperton recht, daß es sicherer war, weit weg zu sein vom Zentrum des Konflikts.

Den ganzen Sommer über wurden Pläne für Edwards und Honeys Abfahrt nach Trewynd Grange in Devonshire geschmiedet; und ich sollte mit ihnen gehen.

»Du wirst dich einsam fühlen ohne uns beide«, sagte ich zu meiner Mutter. Sie nahm mein Gesicht in ihre Hände und antwortete: »Aber du wirst dort glücklicher sein, zur Abwechslung... nur für eine Weile, Cat. Du mußt dich erholen und wieder von vorn anfangen.« Ich mochte sie nicht allein lassen, aber ich wußte, sie hatte recht.

In diesem Juni, einen Monat vor unserer Abfahrt, wurde der französische König Heinrich II. in einem Turnier getötet und sein Sohn François wurde zum König gekrönt. Mary of Scotland war seine Frau und wurde deshalb Königin von Frankreich. Meine Mutter meinte: »Das macht alles noch gefährlicher, denn Mary hat sich den Titel ›Königin von England‹ zugelegt.«

Rupert, der gerade da war – was in letzter Zeit öfter vorkam –, sagte, während sie in Frankreich sei, wäre nichts zu befürchten. Gefährlich würde es erst werden, wenn sie je nach Schottland zurückkäme, was sie als Königin von Frankreich aber kaum tun würde.

Ich war lustlos. Es war mir egal, ob ich nach Devon gehen oder in unserem Kloster bleiben sollte. Eigentlich wollte ich lieber bleiben wegen meiner Mutter. Auf der anderen Seite aber wäre es auch gut, Tante Kate nicht so regelmäßig sehen zu müssen und wegzukommen von dem Schauplatz so vieler bitterer Erinnerungen. In einem Monat oder zwei würde ich wieder zurückkommen, das versprach ich mir selbst.

Es war eine lange und beschwerliche Reise, und als wir Trewynd Grange erreichten, neigte der Sommer sich seinem Ende zu. Ich glaube, von dem Moment an, da ich den ersten Blick auf den großen Gutshof geworfen hatte, fühlte ich mich meiner Tragödie etwas entrückt. Das Haus war komfortabler als unser Kloster. Es war aus grauem Stein gebaut, zwei Jahrhunderte alt, und hatte hübsche Gärten. Es lag rund um einen Innenhof, und an jeder Ecke stand ein Turm. Von den Turmfenstern aus hatte man einen prachtvollen Blick über den Hafen und hinaus aufs Meer, und der faszinierte mich. Die Halle war, am Standard des Klosters und Schloß Remus gemessen, nicht sehr groß, aber sie hatte etwas Gemütliches, trotz der beiden Spione hoch oben an der Wand, durch die man, ohne selbst gesehen zu werden, von den Alkoven die Leute unten beobachten konnte. Die Kapelle war feucht und kalt und wirkte eher abstoßend. Vielleicht war ich auch allergisch gegen Kapellen geworden, wegen des Konflikts in unserer Familie – und eigentlich im ganzen Lande. Der Steinfußboden war ausgetreten von den Schritten all jener, die seit langem tot sind. Der Altar stand in einer finsteren Ecke, und die Maueröffnung für die Leprakranken wurde heute von den Dienstboten benützt, die die Syphilis hatten und vom Haushalt getrennt leben mußten. Man konnte das ganze als ein Haus bezeichnen, in dem man sich verlaufen konnte, als ein großes Haus. Seine einzige Großartigkeit lag jedoch in seinen vier Türmen.

Es amüsierte mich, Honey zu beobachten, wie sie ihr eigenes Reich in Besitz nahm. Die Ehe hatte sie natürlich verändert. Sie strahlte eine innere Zufriedenheit aus. Edward trug sie auf Händen, und Honey war ein Mensch, der Liebe verlangte. Ohne Liebe war sie unglücklich. Sie wollte über alle anderen geliebt und geschätzt werden. Eigentlich müßte sie zufrieden sein, ich habe nie in meinem Leben einen Mann gesehen, der seine Frau so sehr liebte – außer Lord Remus, als er noch am Leben und mit Kate zusammen war.

Mit Honey konnte ich offen sprechen. Ich wußte, daß sie meinen Vater wie niemanden auf dieser Welt haßte. Sie hatte ihm nie verziehen, daß er sie nicht im Haus hatte haben wollen und sie als Kind ignoriert hatte.

Sie wollte über ihn sprechen, aber ich hatte keine Lust dazu, denn ich war mir über meine eigenen Gefühle ihm gegenüber nicht im klaren. Ich wußte jetzt, daß er nicht nur mein, sondern auch Careys Vater war, und das war der Grund, warum wir nicht heiraten konnten. Ich wußte jetzt, daß er, während er als Heiliger posierte, dessen Kommen ein Wunder war, in der Nacht in Kates Bett gekrochen sein mußte, oder sie in seines, in demselben Haus, in dem Mutter schlief. Und die ganze Zeit hatte Kate so getan, als wäre sie Mutters gute Freundin und Kusine.

Ich glaube, Honey ist von Mutter dahingehend beeinflußt worden, mich mit Sorgfalt zu behandeln, und Honey hat schon immer alles getan, um meiner Mutter zu gefallen. Vielleicht hatte meine Mutter ihr auch andere Ratschläge gegeben, was mich anbetraf. Ich halte dies für möglich, denn seit ich in Trewynd Grange war, hatte Honey bereits mehrere Dinnerpartys gegeben und die hiesigen Junker eingeladen.

Es war am Tag nach dem erstaunlichen Zusammentreffen im Hafen, als sie sagte: »Sir Penn Pennlyon und sein Sohn werden morgen mit uns zu Abend essen. Sie sind unsere nächsten Nachbarn. Sir Penn ist ein mächtiger Mann in dieser Gegend. Er besitzt mehrere Schiffe. Auch sein Vater war schon Handelsmann.«

»Das Schiff, das vor ein paar Tagen hereingekommen...?«

»Ja«, sagte Honey, »es ist der ›Springende Löwe‹. Alle ihre Schiffe heißen Löwe. Da gibt es den ›Kämpfenden Löwen‹, den ›Alten Löwen‹ und den ›Jungen Löwen‹. Wann immer du ein ›Löwen‹-Schiff siehst, kannst du davon ausgehen, daß es den Pennlyons gehört.«

»Ich habe im Hafen einen Mann gesehen, der Captain Lyon genannt wurde.«

»Das muß Captain Pennlyon gewesen sein. Ich habe ihn noch nicht kennengelernt. Aber ich weiß, er ist jetzt zu Hause. Er ist über ein Jahr auf See gewesen.«

»Die kommen also her?« fragte ich.

»Edward ist der Meinung, daß wir auf gute Nachbarschaft halten sollten. Ihr Gut liegt nur einen Steinwurf von hier entfernt. Du kannst es vom Westturm aus sehen.«

Ich nahm die erste Gelegenheit wahr, um auf den Westturm zu klettern. Und ich sah ein schönes Haus, auf einer Klippe stehend, mit Blick über das Meer.

Ich fragte mich, was er wohl sagen würde, wenn er bemerkte, daß die junge Frau, die er beleidigt hatte – ich bestand darauf, daß er das getan hatte –, ein Gast des Hauses war, in dem auch er geladen war. Ich freute mich eigentlich schon auf das Zusammentreffen.

Es war Herbst, und der Baldrian blühte noch immer. Wir hatten einen milden Sommer gehabt, und ich fragte mich, wie der Winter in Trewynd Grange wohl sein würde. Ich konnte die Reise zurück nach London nicht vor dem Frühjahr antreten, was mich deprimierte. Ich fühlte mich rastlos und unbehaglich, denn ich wollte nach Hause. Ich wollte mit meiner Mutter zusammen sein und mit ihr endlose Gespräche über meine Schwierigkeiten und Sorgen führen und ihre Sympathie fühlen. Ich glaube, ich wollte nicht wirklich vergessen. Ich genoß es als eine Form von Luxus, unglücklich zu sein und mich ununterbrochen daran zu erinnern, was ich verloren hatte.

Nur weil dieser Mann zum Abendessen kam, hörte ich für eine Weile auf, an Carey zu denken – genau wie im Hafen.

Was sollte ich anziehen, überlegte ich. Honey hatte viele schöne Kleider mitgebracht, und sie war sich ihrer eigenen Schönheit bewußt. Ich hatte die Kleider, die ich mitgebracht hatte, etwas lustlos zusammengerafft, und ich bereute das nun. Ich wählte ein Samtkleid, das mir elegant von den Schultern fiel. Es war nicht nach der neuesten Mode, den im letzten Jahr hatten die Frauen angefangen, Korsetts mit Walfischstäbchen und Reifröcke zu tragen, die ich aber nicht nur lächerlich, sondern auch häßlich fand. Ich konnte es nicht ertragen, eng geschnürt zu sein, was jetzt die große Mode zu werden begann. Anstatt ihre Haare in fließenden Locken zu tragen, kräuselten es sich modebewußte Frauen und trugen alle möglichen Ornamente darin.

Doch wir befanden uns nicht bei Hofe, und vielleicht konnte man es sich hier leisten, unmodern zu sein. Honey zog immer nur das an, was ihre Schönheit am vorteilhaftesten hervorhob. Sie hatte großes Talent darin und schien in ihrer Schönheit zu schwelgen. Allerdings hatte auch sie die gekräuselten Frisuren und die Fischbeinstäbchen abgelehnt.

Kurz vor sechs Uhr trafen unsere Gäste ein. Honey und Edward warteten bereits in der Halle, um sie zu begrüßen. Ich stand in ihrer Nähe, und als ich die Pforte im Innenhof gehen hörte, spürte ich, wie mein Herz schneller schlug.

Ein großer rotbackiger Mann betrat die Halle. Er schien sich gleich köstlich mit seinem Gastgeber und dessen Frau zu amüsieren. Der andere, der hinter ihm eintrat, sah ihm ähnlich; auch er war ein extrem großer Mann mit massiven viereckigen Schultern und einer dröhnenden Stimme. Alles an Sir Penn Pennlyon war groß. Ich konzentrierte mich auf ihn, und ich wollte nicht das geringste Interesse an seinem Sohn zeigen.

»Willkommen«, sagte Edward und sah dabei dünn und blaß im Vergleich mit diesem Giganten aus. Sir Penns blinzelnde Augen schossen über ihn und seine Frau hinweg und schienen sich immer noch zu amüsieren.

»Heilige Maria!« rief er aus, nahm Honey bei der Hand, zog sie an sich und gab ihr einen lauten Schmatz auf die Lippen. »Wenn das nicht die hübscheste Lady in ganz Devon ist, fresse ich den ›Springenden Löwen‹ mit Mann und Maus!«

Honey wurde rot, was ihr reizend stand. »Sir Penn, darf ich Euch meiner Schwester vorstellen?«

Ich machte einen Knicks. Die blauen Augen waren jetzt auf mich geheftet. »Ah, noch eine kleine Schönheit«, sagte er. »Noch eine kleine Schönheit. Die beiden hübschesten Ladys in Devon.«

»Es ist sehr freundlich, Sir, mich so zu nennen«, sagte ich. »Aber ich werde Euch besser nicht daran erinnern, Euer Schiff zu schlukken, sollte es sich beweisen, daß Ihr unrecht hättet.«

Er lachte ein dröhnendes, bellendes Lachen. Er klatschte sich dabei mit den Händen auf die Schenkel. Ein bißchen ungehobelt, dachte ich.

Und hinter ihm begrüßte sein Sohn gerade Honey. Gleich würde er mir von Angesicht zu Angesicht gegenüberstehen.

Er erkannte mich sofort wieder, nahm meine Hand, küßte sie und sagte: »Wir sind alte Freunde.«

In dreißig Jahren wird er genauso wie sein Vater sein, dachte ich verächtlich.

Honey guckte erstaunt.

»Ich habe Captain Pennlyon schon einmal am Hafen getroffen«, sagte ich kühl, ohne ihn anzusehen.

»Meine Schwester faszinieren Schiffe«, sagte Honey.

»Sieh mal an!« Sir Penn sah mich anerkennend an. »Sie weiß eben, was gut ist. Junge Dame, ich kenne nur eines, was schöner ist als ein Schiff, und das ist eine hübsche Frau.« Er versetzte seinem Sohn einen leichten Rippenstoß. »Jake ist ganz meiner Meinung.«

»Wir würden gern etwas über Eure Reise hören«, sagte Honey höflich. »Laßt uns in den Salon gehen, das Essen wird bald serviert.«

Sie führte uns die drei Treppen hoch, am Speisezimmer vorbei und in den Salon, und Edwards Dienstboten brachten uns Wein zu trinken. Honey war sehr stolz auf ihre feinen venezianischen Gläser, die groß in Mode waren und die sie mitgebracht hatte. Ich war überzeugt, die Pennlyons hatten nie etwas ähnlich Feines gesehen.

Wir saßen ziemlich steif auf unseren Stühlen, deren Stickereien auf Sitz und Rückenlehnen von Edwards Großtante angefertigt worden waren. Ich dachte schon, der Stuhl würde unter Sir Penn zusammenbrechen, er hatte sich daraufgesetzt wie auf eine schwere stabile Kiste. Honey warf mir einen Blick zu, der besagte, wir müßten uns wohl noch an die in der Provinz üblichen Manieren gewöhnen.

Sir Penn bemerkte, was für eine feine Sache es doch sei, Nachbarn zu haben, bei denen man den Wein in so schönen venezianischen Gläsern angeboten bekäme. Seine Augen glitzerten, während er sprach, als ob er sich über uns lustig machte, uns auf eine gewisse Weise verachtete – außer Honey natürlich und vielleicht auch abgesehen von mir. Beide – Vater und Sohn – hatten etwas Unverschämtes im Blick. Sie schätzten uns auf eine Art und Weise ab, die etwas Beunruhigendes an sich hatte.

»Und wie lange werdet Ihr hierbleiben?« wollte er von Edward wissen.

Edward erwiderte ausweichend, daß alles von den Umständen abhinge. Sein Vater hätte gewünscht, daß er sich eine Weile um den Besitz kümmere. Es käme darauf an, was sich auf dem Besitz in Surrey tun würde.

»Ah, Eure vornehme Familie hat einen Sitz in jeder Ecke des Königreichs«, sagte Sir Penn. »Lieber junger Herr, da muß es doch vorkommen, daß Ihr selbst nicht wißt, ob Ihr ein Surrey oder ein Devon seid, oder gibt es vielleicht noch eine Grafschaft, die Anspruch auf Euch erheben könnte?«

»Mein Vater hat noch Besitzungen im Norden«, antwortete Edward bescheiden.

»Maria! Da habt Ihr ja wirklich einen Fuß in jeder Grafschaft der Königin, junger Mann!«

»Das wäre übertrieben«, sagte Edward. »Aber dürfte ich erwähnen, daß Eure Schiffe alle bekannten Teile der Ozeane befahren?«

»Das kann man wohl sagen, Sir, das kann man wohl sagen! Und Jake kann es Euch bestätigen. Er kommt gerade von einer langen Reise zurück, aber er hat trotzdem auch eine Stimme in der Gesellschaft hier!«

»Die Gesellschaft macht mir Spaß, wie Ihr wißt«, sagte Jake und schaute mir dabei direkt und spöttisch in die Augen, weil er hier saß und ich ihm doch gesagt hatte, es wäre nicht sehr wahrscheinlich für ihn, eingeladen zu werden. »Aber es stimmt, daß ich erst vor kurzem von einer Reise zurückgekehrt bin.«

»Meine Schwester war ganz aufgeregt, als sie Euer Schiff hereinkommen sah. Von ihrem Fenster aus beobachtet sie die Schiffe und scheint dabei nie müde zu werden.«

Jake rückte seinen Stuhl näher an meinen heran. Die beiden Männer hatten nicht die Manieren, die wir von ihnen erwartet hatten. Diesen Leuten fehlte die Feinheit des Benehmens, sie waren deutlicher und direkter als wir und grober.

»Mein Schiff hat Euch also gefallen?« sagte er.

»Mir gefallen alle Schiffe.«

»So ist's richtig! Hattet Ihr früher nie Gelegenheit, Schiffe zu sehen?«

»Wir leben nahe am Fluß. Ich habe oft Boote vorbeisegeln sehen.«

»Fährboote und Kähne!« lachte er.

»Und königliche Barken. Ich habe die Königin auf dem Weg zur Krönung gesehen.«

»Und jetzt habt Ihr die Königin der Schiffe gesehen.«

»Eures?« fragte ich.

»Der ›Springende Löwe‹, kein anderes.«

»Das ist also die Königin!«

»Ich werde Euch zu ihr bringen. Ich werde sie Euch zeigen. Dann könnt Ihr Euch selbst überzeugen.« Er beugte sich zu mir. Ich rückte ein Stück zur Seite und warf ihm einen kühlen Blick zu, was ihn zu amüsieren schien.

»Wann werdet Ihr kommen?« fragte er.

»Ich bezweifle, daß ich das überhaupt tun werde.«

Er zog eine Augenbraue in die Höhe, die noch dunkler war als sein Haar, was seine blauen Augen zusätzlich wirkungsvoll machte.

»Ihr habt auch nicht geglaubt, daß Ihr mich hier sehen würdet, und ich bin trotzdem hier. Und jetzt sagt Ihr, Ihr werdet nie an Bord meines Schiffes kommen. Ich sage Euch, Ihr werdet innerhalb der nächsten Woche mein Gast dort sein, ich wette mit Euch!«

»Ich wette nicht.«

»Aber Ihr werdet kommen.« Er beugte sich zu mir herüber, so daß sein Gesicht ganz nahe an meinem war. Ich versuchte, ihn gleichgültig anzusehen, aber ich wirkte dabei wohl nicht sehr überzeugend. Er bemerkte, welchen Eindruck er auf mich gemacht hatte. Ich rückte von ihm ab, und wieder machten sich seine Augen über mich lustig. »Ja, auf meinem Schiff«, fuhr er fort. »Spätestens in einer Woche, von heute ab. Das ist eine Wette.«

»Ich habe Euch schon einmal gesagt, daß ich nicht wette.«

»Über die Bedingungen reden wir später.«

Ich glaube nicht, daß ich gerne mit so einem Mann allein an Bord seines Schiffes gewesen wäre.

Wir wurden durch die Ankunft eines weiteren Gastes, Mistreß Crocombe, unterbrochen, eine gezierte Dame mittleren Alters. Als wir noch bei einem Gläschen Wein zusammen saßen, verkündete ein Diener, das Abendessen stehe bereit, und wir schritten die Treppe wieder hinunter ins Speisezimmer.

Es war ein wunderschönes Zimmer, das schönste überhaupt im Haus. Durch die bleigefaßten Fenster konnte man den Innenhof sehen. An den Wänden hingen Wandteppiche, die alle den Krieg der Rosen zum Gegenstand hatten. Der Tisch war geschmackvoll mit vielen Stücken aus venezianischem Glas und silbernen Tellern gedeckt. Honey hatte die Tischmatte mit verschiedenen Kräutern geschmückt, die in ihrem Kräutergarten wuchsen, was sehr hübsch aussah.

Edward saß am Kopfende des Tisches und Honey ihm gegenüber. An ihrer rechten Seite saß Sir Penn, an ihrer linken Jake. An Edwards Rechten saß ich und an seiner Linken Miß Crocombe, was bedeutete, daß ich neben Jake, Miß Crocombe neben dessen Vater saß.

Könnte es sein, daß dieser Captain Pennlyon als möglicher Anwärter auf meine Hand gedacht wäre, überlegte ich. Der Gedanke ärgerte mich. Dachte man wirklich, man könnte mich Carey vergessen machen, indem man einfach eine Reihe von Männern antanzen ließ, die mich, einer wie der andere, nur an Carey erinnern mußten, gerade wegen des Unterschiedes zu ihnen.

Honey hatte ein paar ausgezeichnete Köche. Das Essen war exzellent. Es gab Rindfleisch und Lamm und ein Spanferkel, einen Wildschweinkopf und eine riesige Pastete. Und sie hatten sich die Mühe gegeben, zu Ehren der Gäste auch hier den hübschen Brauch einzuführen, den wir zu Hause pflegten. Eine der Pasteten hatte die Form eines Schiffes, und darauf stand mit dünner Creme geschrieben ›Springender Löwe‹. Die Begeisterung der Pennlyons, als sie dies sahen, mußte man beinahe kindisch nennen. Sie lachten und verschlangen große Stücke von ihr. Ich habe nie einen solchen Appetit gesehen, wie ihn diese beiden Männer entwickelten. Oft wurden die Speisen geräuschvoll mit Muskateller und Malvasier hinuntergespült, diesen beiden Weinen aus Italien und der Levante, die damals gerade sehr in Mode kamen.

Natürlich dominierten sie auch das Gespräch. Miß Crocombe betete Sir Penn förmlich an, was komisch war, wenn man bedachte, daß sie eine etwas gezierte, alte Jungfer Ende Dreißig war und sicherlich nicht der Typ, einen Mann wie Sir Penn zu fesseln, dessen Appetit in allem ich mir als unersättlich vorstellte. Er warf Honey, wie mir schien, ziemlich laszive Blicke zu, schaute auch manchmal zu mir herüber, halb amüsiert, halb bedauernd, und ich erklärte es mir so, daß er mich der Aufmerksamkeit seines Sohnes überließ. Ich fand dieses Benehmen unverzeihlich. Es schien für ihn nicht von Bedeutung zu sein, daß Honey die Frau seines Gastgebers war.

Honey andererseits schien das alles nicht zu bemerken, oder vielleicht war sie auch so an offene Bewunderung gewöhnt, daß sie diese damals als normal akzeptierte. Ich fragte ihn, wohin ihn seine letzte Reise geführt habe.

»Zur Barbary Coast!« sagte er. »Was für eine Reise! Wir hatten jede Menge Schwierigkeiten. Stürme und Wellen, so hoch, daß sie über uns zusammenschlugen, und das Schiff wurde so schwer beschädigt, daß wir einmal sogar dachten, wir müßten nach Hause zurück laufen. Aber wir schafften es in den nächsten Hafen, und es gelang uns, unsere Reise nach einer Reparatur wie geplant fortzusetzen.«

»Während einer Reise sieht man sicher dem Tod oftmals ins Gesicht?«

»Das stimmt, Mistreß. Deshalb lieben wir das Leben auch so sehr. Begegnete Euch an Land nicht auch manchmal der Tod?«

Ich wurde ernst. Ich dachte an das besorgte Gesicht meiner Mutter und mußte daran denken, daß Großmutters Mann seinen Kopf aus keinem andern Grund verloren hatte, als daß er einen Freund versteckt hatte, und daß ihr zweiter Mann auf dem Scheiterhaufen starb, weil er eine abweichende Meinung vertrat.

»Doch. Niemand kann ganz sicher sein, daß er den nächsten Tag überleben wird.«

Er beugte sich zu mir. »Deshalb sollten wir jeden Tag genießen, so wie er kommt; und zum Teufel mit dem nächsten.«

»Ist das Eure Philosophie? Macht Ihr nie Pläne für die Zukunft?«

Seine unverschämten Augen bohrten sich in meine.

»Oh... oft. Aber dann versichere ich mich jeweils, daß das, was ich mir wünsche, auch in Erfüllung geht.«

»Ihr seid sehr von Euch überzeugt.«

»Ein Seemann muß immer von sich überzeugt sein. Ich werde Euch noch etwas sagen: Er ist immer in Eile. Denn Zeit ist etwas, das zu vergeuden er sich nicht leisten kann. Wann werdet Ihr also kommen und mein Schiff besichtigen?«

»Ihr solltet meine Schwester und ihren Mann fragen, ob sie auch Lust zu dieser Besichtigung hätten.«

»Ich habe Euch eingeladen!«

»Ich würde gerne von Euren Abenteuern hören.«

»An der Barbary Coast? Das ist keine schöne Geschichte.«

»Das habe ich auch nicht erwartet.« Ich blickte über den Tisch zu Miß Crocombe hin, die Sir Penn gerade schüchtern bat, ihr von seinen Abenteuern auf hoher See zu berichten. Er begann fantastische Geschichten zu erzählen, die, davon war ich überzeugt, uns alle schockieren sollten. Er schien mehr Abenteuer erlebt zu haben als Sindbad der Seefahrer. Er hatte mit Seeungeheuern gekämpft und sich mit Wilden herumgeschlagen. Er war mit seinem Schiff an fremden Küsten gelandet und hatte sich Eingeborene aus dem Landesinneren geholt, die dann auf seinen Galeeren arbeiten mußten. Er hatte eine Meuterei unterdrückt und zahllose Stürme überlebt. Es gab nichts, was er nicht erlebt hätte, und alles, was er sagte, war voll von versteckten Anspielungen. Als er eine kleine Gruppe seiner Leute in ein afrikanisches Dorf führte, erzählte er, hatten sie Frauen dort vergewaltigt, geraubt und geplündert.

Mistreß Crocombe bedeckte ihre Augen vor Schreck und wurde hochrot. Sie war eine alberne Person und stellte ihre Absichten auf Sir Penn zu offensichtlich zur Schau. Glaubte sie wirklich, er würde sich für sie interessieren? Ich fand es beschämend, daß sie ihre Gefühle nicht zu verbergen suchte.

Teneriffa wurde erwähnt. Dies war die größte der Hundeinseln, wie wir sie nannten, denn als sie entdeckt worden war, hat man dort eine Unmenge Hunde vorgefunden. Jetzt waren sie als die Kanarischen Inseln bekannt.

Teneriffa war jetzt in den Händen der Spanier.

»Spanische Hunde«, knurrte Sir Penn. »Ich würde sie alle vom Ozean vertreiben, ja, das würde ich, bei Gott, und zwar gerne... ich und noch ein paar andere, die so denken wie ich.« Plötzlich wurde er ungestüm, die Zeit zu scherzen war vorbei. Ich sah das grausame Glitzern in seinen Augen. »Tod und Teufel!« schrie er und schlug mit der Faust so hart auf den Tisch, daß die venezianischen Gläser erzitterten. »Diese Hunde werden von den Weltmeeren verbannt werden, das sage ich Euch, meine Freunde, entweder sie oder wir! Für beide gibt es keinen Platz!«

»Das Meer ist aber groß«, warf ich ein. Etwas an diesen Männern zwang mich dazu, ihnen zu widersprechen und ihnen, wenn möglich, zu beweisen, daß sie im Unrecht waren. »Und viel kann noch entdeckt werden.«

Er starrte mich an, seine Augen hatten sich zu Schlitzen verengt – kleine Nadelspitzen von blauem Feuer zwischen wettergefurchten Falten. »Dann werden wir es entdecken, Madam, nicht sie. Und wo immer ich sie sehe, mache ich meine Kanonen schußbereit. Ich werde sie wegblasen von den Meeren, ich werde ihnen ihre Schatzschiffe abnehmen und sie hinbringen, wohin sie gehören.«

»Schätze, die sie entdeckt haben?« fragte ich.

»Schätze!« Das war Jake neben mir. »Überall auf der Welt gibt es Gold... es braucht nur heimgebracht zu werden.«

»Oder denen abgenommen werden, die es gefunden haben?«

Honey und Edward blickten mich bestürzt an. Mir machte es nichts aus. Ich stand wie unter einem ungeheuren Zwang. Ich mußte gegen diese beiden Männer ankämpfen, gegen Vater und Sohn; Straßenräuber und Piraten, das waren sie alle beide. Als ich mit ihnen diskutierte, fühlte ich mich so erregt und lebendig, wie ich mich seit dem Verlust von Carey nicht mehr gefühlt hatte.

»Bei Gott«, sagte Sir Penn, »es scheint, diese Lady ist ein Freund der Spanier.«

»Ich habe noch nie einen gesehen.«

»Tod und Teufel! Ich werde ihnen die Leber und die Augen aus dem Leib schneiden. Ich werde sie auf den tiefsten Meeresgrund schicken, denn dort gehören sie hin. Stellt Euch nicht auf die Seite der Spanier, Kind, das geht gegen die Natur.«

»Ich habe mich auf niemandes Seite gestellt«, erwiderte ich. »Ich sagte nur, wenn sie den Schatz gefunden haben, gehört er ihnen, genauso, wie er Euch gehörte, wenn Ihr ihn gefunden hättet.«

»Bringt jetzt keine Schulweisheiten ins Gespräch, meine Liebe. Finden und behalten sind zwei verschiedene Dinge, wenn es sich um spanisches Gold handelt. Nein, es gibt nur einen Platz, auf den ein Schatz gehört, nämlich auf ein englisches Schiff, und wir werden die Spanier von den Weltmeeren verscheuchen, mit Macht und mit Gewalt!«

»Es gibt so viele Spanier, und soviel ich weiß, haben sie große Entdeckungen gemacht.«

»Es gibt viele Spanier, das stimmt, aber wir werden darauf sehen, daß es bald nicht mehr so viele gibt. Und wir werden ihnen ihre Entdeckungen wegnehmen.«

»Warum macht Ihr nicht selbst welche?«

»Wir werden schon welche machen, keine Angst! Wir werden sie machen, und wir werden sie ihnen wegnehmen! Denn, und das sage ich Euch, meine liebe junge Dame, die See gehört uns! Und kein syphilitischer Spanier wird sie uns wegnehmen!«

Hochrot im Gesicht setzte sich Sir Penn in seinem Stuhl zurück, er war beinahe wütend auf mich. Mistreß Crocombe sah ein bißchen ängstlich drein. Auch meine Wangen waren heiß, und Honey gab mir mit den Augen ein Zeichen, den Mund zu halten.

»Die alte Königin ist rechtzeitig gestorben«, sagte Jake. »Unsere neue Landesherrin nun ist aus anderem Holz geschnitzt.«

»Ja, bei Gott!« rief Sir Penn aus. »Wir werden sie zu Wasser und zu Land verteidigen. Und wenn irgendein syphilitischer Spanier seinen Riecher auf unsere Küste richtet, wird er sich wünschen, er hätte es nie getan.«

»Man kann leicht erraten, was passiert wäre, hätte Mary weitergelebt«, fuhr Jake fort. »Wir hätten die Inquisition hier.«

»Das hätten wir nie. Zum Glück gibt es Männer in Cornwall und in Devonshire, die aufgestanden wären und dem ein Ende gesetzt hätten«, erklärte Sir Penn. »Und Gott sei gepriesen für unsere neue Königin, die versteht, daß die Menschen in diesem Land nichts mit den Papisten zu tun haben wollen. Mary hat unsere protestantischen Märtyrer auf dem Scheiterhaufen verbrannt; und, bei Gott, ich würde alle Papisten lebendig verbrennen, die das Pfaffentum nach England zurückbringen wollten.«

Edward war bleich geworden. Einen Augenblick dachte ich, er würde protestieren. Honey schaute ihren Mann warnend und bittend an. Sei vorsichtig, sagte ihr Blick, und das mußte er in der Tat sein. Ich fragte mich, was geschehen würde, wenn diese fanatischen Männer wüßten, daß ihr Gastgeber und seine Frau Mitglieder dieses Glaubens waren, den sie so sehr haßten.

Mit einer seltsam hochgerutschten Stimme hörte ich mich sagen: »Der Stiefvater meiner Mutter war einer dieser Märtyrer.«

Sir Penn erhob sein Glas. »Auf unsere Landesherrin, die ihre Absichten klar zu erkennen gegeben hat!«

Auf die Königin konnten wir alle trinken, und das haben wir auch getan. Der Friede war also wiederhergestellt.

Wir sprachen über die Krönung, und die beiden Männer waren sogar bereit, zur Abwechslung einmal eine Weile zuzuhören. Danach sprachen wir über lokale Angelegenheiten, vom Land und von den Aussichten für die Jagd, und wir wurden eingeladen, Lyon Court zu besuchen.

Es war spät am Abend, als die Männer gingen, und als ich in mein Zimmer ging, war ich hellwach und setzte mich an mein Turmfenster. Es war sinnlos, zu schlafen zu versuchen.

Es klopfte an meine Tür, und Honey kam herein.

Sie hatte ein langes blaues Gewand an, und ihr hübsches Haar hing ihr offen über die Schultern.

»Du bist noch nicht im Bett?«

Sie setzte sich und sah mich an.

»Wie findest du sie?«

»Ungehobelt«, erwiderte ich.

»Sie leben weit weg von London und vom Hof. Natürlich sind sie anders als wir.«

»Ich meine nicht nur ihre schlechten Manieren. Sie sind arrogant.«

»Es sind Männer, die rauhe Seeleute kommandieren. Sie müssen ganz einfach Autorität haben.«

»Und sie sind intolerant«, sagte ich. »Wie wütend der Vater war, als er von den Spaniern sprach. Sie sind verrückt! Als ob die Welt nicht groß genug wäre für ihre Wünsche!«

»Die Menschen wollen immer genau das, was andere Menschen besitzen. Das ist ein Gesetz der Natur.«

»Nicht der Natur«, sagte ich. »Es ist eine von Menschen erfundene Angewohnheit, die von Verrückten geübt wird.«

»Der Captain war von dir sehr beeindruckt, Catherine.«

»Das interessiert mich überhaupt nicht.«

»Er ist ein beunruhigender Bursche ... das sind sie beide.«

»Der Vater sah so aus, als würde er dich unter Edwards Augen verschleppen.«

»Nicht einmal er würde so weit gehen.«

»Er würde so weit gehen, wie nur irgend möglich – sein Sohn auch. Ich traue keinem von beiden.«

»Sie sind nun einmal unsere Nachbarn. Edwards Vater sagte, wir müßten freundlich zu den Nachbarn sein, besonders zu den Pennlyons, die eine Macht in diesem Land darstellen.«

»Ich hoffe, wir sehen sie nicht allzu bald wieder.«

»Es würde mich nicht wundern, wenn dem doch so wäre. Ich habe das Gefühl, daß der Captain dir den Hof machen wird, Catherine.«

Ich lachte höhnisch. »Er würde besser daran tun, wegzubleiben. Honey, hast du das Ganze arrangiert?«

»Liebe Catherine, willst du ewig trauern?«

»Es geht nicht darum, was ich möchte; ich muß es tun. Das verstehst du nicht.«

»Wenn du heiraten und Kinder haben würdest, könntest du Carey vergessen.«

»Das würde ich niemals!«

»Was willst du also tun? Dein ganzes Leben vertrauern?«

»Ich bitte dich nur, mir nicht diese ganzen Provinzbauern vorzuführen, damit sie mich begaffen können. Bitte, Honey, damit muß Schluß sein!«

»Du wirst dich ändern. Du bist nur noch nicht dem Richtigen begegnet.«

»Heute sicherlich nicht. Wie konntest du nur glauben, daß so ein Mann irgendwelche Wünsche in mir entfachen könnte, außer dem, so weit von ihm wegzurennen wie nur irgend möglich?«

»Er sieht gut aus, ist mächtig und reich... zumindest nehme ich das an. Du kannst weit suchen, ehe du eine so gute Partie finden wirst.«

»Da spricht die schmucke Matrone! Honey, ich gehe zurück in unser Kloster, wenn du dich noch weiter bemühst, einen Mann für mich zu finden.«

»Ich verspreche dir, es in Zukunft nicht mehr zu tun.«

»Ich nehme an, es war Mutters Idee.«

»Sie leidet mit dir.«

»Ich weiß. Und es ist nicht ihre Schuld. Ach, laß uns nicht von meinem Elend sprechen. Werden wir wirklich Lyon Court einen Besuch abstatten müssen? Sie scheinen ja ganz versessen darauf zu sein.«

»Sie haben den Löwen in ihr Wappen aufgenommen. Es wird sogar behauptet, auf jedem ihrer Schiffe befände sich ein leibhaftiger Löwe. Sie sind eine erstaunliche Familie. Im Verlaufe von zwei oder drei Generationen sind sie zu großer Macht gelangt. Ich habe gehört, noch Sir Penns Vater war ein kleiner Fischer, der in einem kleinen Fischerdorf in Cornwall seiner Arbeit nachgegangen ist. Dann baute er ein paar Boote und schickte Männer hinaus, die für ihn fischten. Danach schaffte er mehr und mehr Boote an und wurde eine Art König in seinem Dorf. Dann ging er über den Tamar und baute dort ein Geschäft auf. Sir Penn wuchs als Kronprinz auf, verschaffte sich noch mehr Schiffe, gab später die Fischerei auf und ging hinaus in die Welt. Henry VIII., der selbst die Seefahrt über alles liebte und vorhersah, daß Abenteurer wie Pennlyon England nützlich sein könnten, erhob ihn in den Adelsstand.«

Ich gähnte.

»Bist du müde?«

»Dieser Pennlyons bin ich müde.«

»Sicher stechen sie bald wieder in See, zumindest der Sohn.«

»Es wird mir eine Wohltat sein, ihn nicht mehr sehen zu müssen.«

Honey stand auf und rückte endlich mit dem wahren Grund ihres Besuches heraus.

»Glaubst du, sie sind sehr fanatisch in ihrem Glauben?«

»Ja, aber was mich am meisten erstaunt, ist, daß sie überhaupt an etwas glauben.«

»Wir werden vorsichtig sein müssen. Es wäre nicht sehr klug, wenn wir sie wissen ließen, daß wir in diesem Hause die heilige Messe zelebrieren.«

»Ich habe die Konflikte so satt«, beruhigte ich sie. »Du kannst dich auf mich verlassen, ich werde kein Wort darüber verlauten lassen.«

»Es sieht so aus, als bewegte sich die Menschheit weg von der wahren Religion«, sagte Honey.

»Welches ist die wahre Religion?« fragte ich ärgerlich. »Du sagst, die Straße nach Rom ist die richtige, weil Edward daran glaubt und weil es wichtig für dich war, dies auch zu glauben, ehe du Edward geheiratet hast. Und wir wissen auch, daß Mitglieder unserer Familie sich auf den Standpunkt der Protestanten stellen. Wer hat nun recht?«

»Natürlich hat Edward recht... wir haben recht.«

»Was die Religion anbetrifft, glauben alle Leute, sie haben recht, und alle, die ihnen widersprechen, meinen, sie hätten unrecht. Aus diesem Grunde weigere ich mich, überhaupt mit irgendeinem diesbezüglich zu sympathisieren.«

»Dann hast du keine Religion.«

»Ich glaube, ich bin eine bessere Christin, wenn ich die, die nicht meiner Meinung sind, nicht hasse. Mich interessieren Dogmen nicht, Honey. Sie bringen nur Leid. Ich werde mich keiner von beiden anschließen. Aber jetzt bin ich müde und nicht mehr in der Stimmung zu einer theologischen Diskussion.«

Sie erhob sich.

»Ich bitte dich nur um eines, Catherine, sei vorsichtig.«

»Du kannst dich auf mich verlassen.«

Sie küßte mich leicht auf die Wange und ging. Und ich dachte, wie glücklich sie doch war mit ihrem sie anbetenden Mann, ihrer erstaunlichen Schönheit und ihrer Sicherheit, den wahren Glauben gefunden zu haben.

Aber meine Gedanken waren beinahe augenblicklich wieder bei unseren Gästen. Ich blickte auf das Meer, und da lag sein Schiff vor Anker! Bald werde ich von diesem Fenster aus beobachten können, wie es ausläuft, dachte ich und stellte mir ihn auf Deck vor, wie er Befehle austeilte, mit gespreizten Beinen stehend, so als könnte er jeden zum Gehorsam auffordern. Ich sah ihn ein spanisches Schiff entern; ich sah das Blut von seinem Säbel tropfen; ich hörte sein triumphierendes Lachen und sah, wie er Goldstücke durch seine Finger rinnen ließ und seine Augen dabei begierig glänzten. Wie heute, als sie auf mir ruhten.

Ich versuchte diese Gedanken abzuschütteln und ging zu Bett. Aber der Mann wollte mir nicht aus dem Kopf, was mich ziemlich irritierte.

Ich erwachte. Der Mond schien voll in mein Zimmer. Ich lag ganz still und lauschte den Geräuschen der Nacht – einem Rascheln im Laub, dem Schrei eines Käuzchens. Warum war ich, die normalerweise tief und fest schlief, plötzlich aufgewacht? Hatte mich etwas aufgeschreckt?

Ich schloß meine Augen und mochte gerade wieder einschlafen, da hörte ich die Turmglocke dreimal schlagen. Es war eine ungewöhnliche Uhr, und alle Besucher hier wurden eigens in den Hof geführt, um sie bestaunen zu können. Sie war mit einer männlichen Figur geschmückt, die dem verstorbenen König Heinrich VIII. glich, dem Vater unserer Königin. Um die Stunden anzugeben, schlug er auf eine Glocke. Hierzulande war das eine echte Rarität – wir zu Hause allerdings hatten auch ein paar solcher ungewöhnlicher Uhren.

Drei Uhr. Ich stand auf und warf mir meinen mit Pelz eingefaßten Umhang über. Ich ging ans Fenster, und mein Blick fiel sofort auf den ›Springenden Löwen‹, aber er verweilte dort nicht lange, denn weiter draußen auf dem Meer lag ein so fantastisches Schiff, wie ich noch nie eines gesehen hatte. Hoch ragte es über die Wasserfläche, majestätisch. Ich wußte nur wenig über Schiffe, nur das, was ich aufgefangen hatte, seit ich hierhergekommen war. Deshalb bemerkte ich auch nicht, daß das Vorderdeck, statt über den Bug hinauszuragen, sich direkt über dem hervorspringenden Vorpiek erhob.

Noch nie hatte ich ein so stattliches Schiff gesehen. Daneben sah der ›Springende Löwe‹ klein und unbedeutend aus.

Eine ganze Weile saß ich da und betrachtete das schöne Schiff. Plötzlich bemerkte ich auf ihm ein sich bewegendes Licht und dann auf dem Wasser einen dunklen Fleck. Das Licht tauchte auf und verschwand und tauchte erneut auf und verschwand wieder. Es kam immer näher. Ich wandte kein Auge davon ab. Ich erkannte es schließlich als ein kleines Boot, das an Land gerudert wurde.

Wieder schaute ich auf den ›Springenden Löwen‹ und dachte: Ich wünschte, ›er‹ könnte dieses schmucke Schiff sehen. Ich wünschte, auch er hätte den Unterschied zwischen seinem heißgeliebten ›Löwen‹ und diesem prächtigen Schiff dort ausmachen können.

Das kleine auf den Wellen tanzende Boot war jetzt ganz deutlich zu sehen. Aber plötzlich war es dann verschwunden, ich sah es nicht mehr. Umsonst schaute ich mir beinahe die Augen nach ihm aus. Nur das große Schiff war noch da, und ich wartete und wartete, aber nichts geschah.

Die Glocke im Hof schlug jetzt viermal, und ich bemerkte, daß ich fror.

Das Schiff lag immer noch da, keine Spur jedoch von dem kleinen Boot mehr. Ich ging wieder zu Bett, denn meine Füße waren eiskalt. Als sie wärmer wurden, schlief ich ein. Morgens beim Aufwachen war es schon spät. Sofort erinnerte ich mich wieder und trat ans Fenster. Stolzgeschwellt lag der ›Springende Löwe‹ noch im Wasser, aber weit und breit kein majestätisches Schiff, das ihn hätte in den Schatten stellen können.

Was war das doch für ein Schiff gewesen! Niemals zuvor hatte ich ein ähnliches gesehen, und als ich so über das Wasser hinwegblickte, fragte ich mich: Ist dieses gloriose Schiff Wirklichkeit gewesen, oder habe ich mir das alles nur eingebildet?

Nein. Ich bin heute nacht wach gewesen! Und was hat mich aufgeweckt? Ein Instinkt? Eine Vorahnung? Und ich habe aus dem Fenster geschaut und das Schiff gesehen.

Oder habe ich doch nur geträumt? Gestern abend war so viel über Schiffe gesprochen worden. Diese Männer – besonders der junge –, ich kriege sie nicht mehr aus dem Kopf, ich kann sie nicht vergessen. Vielleicht war es also doch ein Traum?

Nein, ich wußte ganz genau, was ich gesehen hatte, aber ich

würde mit niemandem darüber sprechen. Honey und Edward könnten somit denken, die Pennlyons hätten mich so beeindruckt, und das war das letzte, was ich zugeben würde.

In Trewynd ritt ich eine kleine Stute. Schon seit ich ein Kind war, fühlte ich mich auf dem Rücken eines Pferdes zu Hause.

Wir hatten alle früh reiten gelernt, denn wenn man sich nur auf seine eigenen Beine verlassen müßte, käme man nicht weit.

Ich liebte es, jeden Tag auszureiten, und zwar alleine. Ich haßte es, mich von einem Reitknecht begleiten zu lassen, was ich wahrscheinlich hätte tun sollen. Meine kleine Marigold kannte mich sehr gut. Ich hatte sie aus unserem Kloster mitgebracht. Wir verstanden einander. Der Klang meiner Stimme konnte sie beruhigen oder war ihr Befehl.

An diesem Morgen, nach dem Besuch der Pennlyons, wollte ich auch ausreiten, aber als ich den Stall verließ, hörte ich Jake Pennlyons sonoren Bariton. Er war also schon gekommen. Ich gratulierte mir, ihm gerade noch entwischt zu sein. Ich liebte diese Gegend, sie unterschied sich von der Landschaft zu Hause. Hier gab es steile Hügel, Pinienwälder, und das Laub wuchs üppiger, denn es war wärmer als im Südosten, und es regnete viel. Ich malte mir aus, was es im Frühling wohl für Blumen geben würde, und freute mich schon auf diese Jahreszeit. Wollte ich aber wirklich so lange von zu Hause wegbleiben?

Während ich noch darüber nachdachte, hörte ich Pferdegetrappel hinter mir, und als ich mich umdrehte, entdeckte ich Jake Pennlyon, der mir auf einem kräftigen weißen Pferd nachgaloppiert kam.

»Oh«, war alles, was ich von mir geben konnte.

»Man hat mir gesagt, daß Ihr ausgeritten seid, da habe ich Eure Spur aufgenommen.«

»Und warum habt Ihr das getan?«

»Weil ich mit Euch reden möchte, natürlich.«

»Wir haben uns erst gestern abend unterhalten.«

»Aber wir haben einander eine Menge zu sagen.«

»Den Eindruck hatte ich nicht.«

»Vielleicht bin ich es auch nur, der Euch eine Menge zu sagen hat.«

»Vielleicht ein anderes Mal.« Ich preßte meine Absätze in Marigolds Flanken, und sie preschte los. Aber er blieb an meiner Seite. Ich wußte sofort, daß Marigold nicht in der Lage war, sein kräftiges Pferd abzuhängen.

»Ein Seemann kann es sich nicht leisten, lange zu warten. Was er nicht hat ... ist Zeit.«

Weil ich ihm doch nicht entkommen konnte, verlangsamte ich das Tempo.

»Dann bitte sagt, was es ist, und ich kann in Ruhe weiterreiten.«

»Wir könnten zusammen reiten und uns dabei unterhalten.«

»Ich habe Euch nicht darum gebeten, mich zu begleiten.«

»Was macht das schon aus? Ich habe mich selbst darum gebeten.«

»Ihr zögert nicht, Eure Gesellschaft aufzudrängen, auch wenn sie nicht erwünscht ist?«

»Ich zögere nicht, wenn ich mir etwas in den Kopf gesetzt habe, was ich unbedingt haben will.«

»Und, bitte, was wollt Ihr so unbedingt haben?«

»Euch!«

Ich mußte kurz auflachen. »Ihr habt seltsame Wünsche.«

»Ganz normale, das versichere ich Euch.«

»Ich kenne Euch ja kaum. Wir sind uns erst einmal begegnet.«

»Zweimal«, korrigierte er mich. »Habt Ihr unsere Begegnung am Hafen vergessen? So fing doch alles an.«

»Ich habe nicht bemerkt, daß irgend etwas angefangen hätte.«

Er ergriff Marigold am Zügel. Sein Gesicht sah grimmig aus, beinahe brutal plötzlich. »Mistreß, Ihr müßt vor mir nicht die Wahrheit leugnen«, sagte er. »Ihr wißt ganz genau, was angefangen hat.«

»Und Ihr scheint mehr von mir zu wissen als ich selbst – zumindest wollt Ihr mich das glauben machen. Ich bin keine von Euren Freundinnen, die kommen, wenn Ihr winkt, und vor Freude strahlen, wenn Ihr ihnen pfeift wie Eurem Hund.«

»Ich werde Euch immer beim Namen nennen und Euch in meiner Achtung einen höheren Platz als irgendeinem meiner Hunde einräumen.«

»Wann segelt Ihr wieder?« fragte ich.

»In zwei Monaten.«

»So spät erst?« fragte ich.

»So bald schon«, antwortete er. »Es gibt viel zu tun in diesen zwei Monaten. Ich muß mein Schiff mit Proviant versorgen, es überholen lassen, seetüchtig machen, eine Mannschaft zusammenstellen und um eine Dame freien ... alles zur gleichen Zeit.«

»Ich wünsche Euch viel Glück.« Ich wendete Marigold Richtung Trewynd. »Und jetzt möchte ich mich von Euch verabschieden, ich habe einen anderen Weg.«

»O nein, Euer Weg ist auch mein Weg.«

»Ich reite zurück zum Stall.«

»Ihr seid gerade erst ausgeritten.«

»Trotzdem reite ich zurück«, sagte ich.

»Bleibt und unterhaltet Euch mit mir.«

»Ich muß mich verabschieden.«

»Ihr habt Angst vor mir.«

Ich warf ihm einen verächtlichen Blick zu.

»Wenn nicht«, erwiderte er, »warum bleibt Ihr dann nicht noch und unterhaltet Euch mit mir?«

»Natürlich habe ich keine Angst vor Euch, Kapitän Pennlyon. Aber sagt bitte endlich, was Ihr zu sagen habt, damit ich endlich gehen kann.«

»Ihr habt einen großen Eindruck auf mich gemacht, als ich Euch zum erstenmal sah, und ich glaube nicht, daß Euch das entgangen ist.«

»Ich fand Euch unverschämt... arrogant...«

»Bitte, schont mich nicht«, spöttelte er.

»Ein Mensch, dem man nicht unbedingt begegnen möchte.«

»Aber dem Ihr doch nicht widerstehen könnt.«

»Kapitän Pennlyon«, sagte ich, »die Meinung, die Ihr von Euch und Eurem Schiff habt, ist entschieden zu hoch.«

»Mein Schiff ist das schmuckste Schiff auf den Meeren.«

»Gestern nacht sah ich ein noch schöneres«, konnte ich mir nicht verkneifen zu sagen.

»Wo?«

»In der Bucht.«

»Ihr habt den ›Springenden Löwen‹ gesehen.«

»Der lag auch da, aber das andere stellte ihn entschieden in den Schatten, es war doppelt so prachtvoll.«

»Ihr könnt Euch über mich lustig machen, aber bitte nicht über mein Schiff.«

»Ich mache mich nicht lustig. Ich berichte nur eine Tatsache. Ich sah aus meinem Fenster und erblickte das schönste Schiff, das ich je gesehen habe.«

»Das schönste Schiff, das Ihr je gesehen habt, ist der ›Springende Löwe‹!«

»Nein, das andere war noch majestätischer, noch prachtvoller. Es war so groß und stattlich... wie eine schwimmende Burg.«

Er sah mir fest in die Augen. »Habt Ihr gesehen, wie viele Masten es hatte?«

»Ich glaube, vier.«

»Und das Deck... war es hoch?«

»Ja, ich glaube schon. Es war riesig... ich habe nicht gewußt, daß Schiffe so riesig sein können.«

Er schien sein Interesse an mir verloren zu haben. Das Schiff von gestern nacht hatte alle anderen Gedanken aus seinem Kopf verbannt.

Begierig fragte er mich aus, und ich antwortete ihm, so gut ich konnte, aber meine Kenntnisse über Schiffe waren begrenzt. Er protestierte nicht, als ich mein Pferd wendete und zum Stall von Trewynd zurückritt; er ritt nur neben mir her, bombardierte mich mit Fragen, scheinbar verärgert, weil ich ihm das Schiff, das ich gesehen hatte, nicht detailliert genug beschreiben konnte.

»Das ist nicht möglich!« brach es plötzlich aus ihm heraus. »Aber bei Gott, dem Allmächtigen, mir scheint, Ihr beschreibt eine spanische Galeone!«

Mir war nicht bekannt gewesen, wie tief religiös Edward wirklich war. Meine Mutter hatte mir nie eine Glaubensrichtung aufgezwungen, weder die eine noch die andere. Ihr Ideal war die Toleranz, und ich wußte, daß sie nicht so viel darauf gab, wie man Gott anbetete, sondern daß man ein so christliches Leben führte wie möglich. ›Wie die Menschen einander behandeln, daran erkennt man ihre Religion‹, hatte sie einmal zu mir gesagt. ›Was für eine Tugend liegt darin, wenn man Gott anbetet, aber seine Kreatur peinigt?‹

Nicht allzu viele Menschen waren dieser Meinung. Die letzte Königin und ihre Minister hatten Menschen auf dem Scheiterhaufen verbrannt, nicht weil sie geraubt hatten oder gemordet, sondern weil sie nicht daran glaubten, was Rom vorschrieb.

Und dann hatten wir eine Kehrtwendung gemacht, und die religiösen Gesetze, die in Marys Regierungszeit gegolten hatten, waren verteufelt worden, und die ihrer Vorgängerin hatten wieder Gültigkeit. Die protestantische Religion hatte jetzt das Übergewicht, und obwohl es vielleicht kein Wiederaufleben der Feuer von Smithfield mehr geben würde, war es gefährlich, gegen den Glauben, den die Königin verordnet hatte, anzugehen.

Ob die Königin allerdings selbst gefestigt war in ihrem Glauben, das konnte ich nicht wissen. Die gefährlichen Jahre, in denen sie beinahe geköpft worden wäre, würde sie, meinte ich, nicht vergessen. Damals hatte sie sich nicht eindeutig bekannt, obwohl sie wahrscheinlich schon dem reformierten Glauben zuneigte. Und hätte sie das nicht getan, säße sie vielleicht heute gar nicht auf dem Thron.

Sie hatte, politisch gesehen, natürlich einen ausgezeichneten Grund für ihre protestantische Einstellung. Auf der anderen Seite des Kanals gab es eine Königin von Frankreich, die auch noch Königin von Schottland war und die viele für die wahre Königin von England hielten: Mary Stuart, die Enkelin von Margarete, der Schwester des verstorbenen Königs Heinrich VIII. Deshalb, meinten viele, war sie die direkte Erbin des englischen Throns, während Elisabeth – deren Vater seine legitime Frau, Katherina von Aragon, hatte umbringen lassen, um Elisabeths Mutter Anna Boleyn ehelichen zu können – ein Bastard war und keinen berechtigten Anspruch auf den Thron besaß.

Mary Stuart war Katholikin und somit die Galionsfigur all derer, die sich England zurück unter die Fittiche des Papstes wünschten. Deshalb mußte sich Elisabeth an die Spitze der Protestanten stellen. Ich hatte das Gefühl, daß die Königin nicht so sehr von religiösen als von politischen Motiven geleitet wurde.

Aber diese Politik existierte eben nun einmal, und alle diejenigen, die eine Messe zelebrierten und Gott nach römischem Ritus feierten, waren potentielle Feinde der Königin, denn sie mußten sich wünschen, das Land wieder an Rom zu orientieren. Und sollten sie damit durchkommen, wäre nicht mehr Elisabeth Tudor, sondern Mary Stuart Königin von England.

Deshalb bedeutete die Art, wie Edward und Honey zu ihrem Gott beteten, eine Gefahr für die beiden.

Ich wußte, daß in der Kapelle, hinter verschlossenen Türen, die Messe gelesen wurde. Ich wußte, daß sich unter dem Altartuch eine versteckte Tür befand und hinter dieser Tür Heiligenbilder und alles, was sonst noch zum Zelebrieren der Messe benötigt wurde.

Ich habe nie an einer Messe teilgenommen, aber ich wußte, daß verschiedene Mitglieder des Haushalts es taten. Bevor die Pennlyons so gehässig über die Spanier gesprochen hatten, an jenem Abend, hatte ich mir noch keine Gedanken darüber gemacht. Wie tolerant sie wohl all denen gegenüberstehen mußten, die anders dachten als sie! Und wie gefährlich das war!

Nach dieser Nacht konnte ich nicht mehr an der Kapelle vorbeigehen, ohne daß ein Gefühl von Angst in mir aufkam.

Jennet, das junge Mädchen, das ich von zu Hause mitgebracht hatte, räumte meine Kleider weg und streifte verzückt über den Samt eines Mantels.

Jennet war ungefähr ein Jahr jünger als ich – klein, geschmeidig, mit einem Schopf dicker dunkler Locken. Ich hatte schon bemerkt, daß ein oder zwei unserer Diener ihr mit Blicken folgten, und ich hatte das Gefühl, sie warnen zu müssen.

Jennets Augen glänzten bei der Arbeit, und ich fragte sie, ob sie in ihrer neuen Umgebung glücklich sei.

»O ja, Mistreß Catherine«, antwortete sie eifrig.

»Gefällt es dir hier besser als in unserem Kloster?«

Sie zögerte ein wenig. »O ja, Mistreß. Hier ist alles freier. Im Kloster gab es Gespenster... alle haben das gesagt. Und man konnte nie sicher sein, was als nächstes passieren würde.«

Jennet war ziemlich geschwätzig, ich hatte sie schon öfter mit den anderen Mägden reden hören. Wenn ich ihr die Möglichkeit dazu gäbe, hätte sie mir sicherlich eine Menge zu erzählen.

»Du findest es also anders hier?«

»O ja, Mistreß, im Kloster... habe ich nachts zitternd auf meinem Strohsack gelegen, obwohl die anderen auch da waren. Die junge Mary hat geschworen, sie hätte einmal in der Dämmerung Mönche in die Kapelle gehen sehen, mit langen Gewändern, und gesungen hätten sie auch. Sie sagte, schlimme Dinge wären im Kloster passiert, und wo schlimme Dinge passieren, gibt es auch Gespenster.«

»Aber du hast nie ein Gespenst gesehen, Jennet?«

»Nein, Mistreß, aber gespürt habe ich sie. Gespenster kann es überall geben. Die meisten Häuser haben ihr Gespenst, aber jeweils ein Gespenst wie die anderen Gespenster auch, eine arme Lady zum Beispiel, die in der Liebe enttäuscht worden ist, oder ein Herr, der sein Erbe verloren und sich vom Turm gestürzt hat – aber bei uns im Kloster gibt es schreckliche Gespenster. Mönche... und die Mächte der Finsternis... o ja, die Mächte der Finsternis herrschen dort. Meine Großmutter kann sich noch an die Männer erinnern, wie sie gekommen sind und was sie getan haben... Hier aber ist alles anders. Und hier gibt es Schiffe. Oh, ich sehe die Schiffe so gern.«

Jennet kicherte. »Und dieser Kapitän Pennlyon, Mistreß! Ich habe zu Mary gesagt: ›Ich habe noch nie einen so feinen Herrn gesehen.‹ Und Mary sagt das auch, Mistreß.«

Plötzlich war ich wütend. Die Dienstmägde unterhielten sich bereits über ihn! Ich sah förmlich, wie er an ihnen vorbeistolzierte, der

Hübschesten vielleicht sogar einen Kuß zuwarf und sie so als mögliches Opfer markierte. Der Mann machte mich krank.

Was hatte ich auch mit Jennet zu quatschen?

»Räum das bitte schleunigst auf, Jennet«, sagte ich. »Und rede nicht so viel. Hast du nichts Besseres zu tun?«

Jennet verwirrte mein plötzlicher Stimmungsumschwung, sie errötete und ließ den Kopf hängen. Ich hoffte nur, ich hatte meine Gleichgültigkeit gegenüber Kapitän Pennlyon genügend Ausdruck verliehen.

Jennet unterbrach ihre Arbeit und blickte aus dem Fenster in den Hof.

»Was ist los, Jennet?« fragte ich.

»Da ist ein junger Mann, Mistreß.«

Ich ging ans Fenster und stellte mich neben sie. Da stand in der Tat ein junger Mann, in einem rotbraunen Wams und grünen Hosen. Er hatte sehr dunkles, glatt anliegendes Haar. Als wir auf ihn hinunterblickten, schaute er hoch.

Er machte eine vollendete Verbeugung.

»Wer seid Ihr?« rief ich hinunter.

»Gute Dame«, rief er herauf, »wenn Ihr die Dame des Hauses seid, würde ich Euch gerne sprechen!«

»Heilige Maria«, seufzte Jennet, »sieht der aber gut aus!«

»Ich bin nicht die Herrin des Hauses, aber ich komme hinunter.«

Ich lief hinunter in die Halle, Jennet auf meinen Fersen, und öffnete die eisenbeschlagene Tür. Noch einmal verbeugte sich der junge Mann ehrerbietig.

»Ich fürchte, die Dame des Hauses ist nicht zu Hause. Vielleicht könntet Ihr mir anvertrauen, was Ihr auf dem Herzen habt.«

»Ich suche Arbeit, meine Dame.«

»Arbeit?« rief ich aus. »Was für eine Arbeit?«

»Ich nehme es da nicht so genau. Ich wäre für jede Arbeit dankbar.«

»Die Leitung dieses Haushalts liegt nicht bei mir. Ich bin nur Gast hier.«

»Soll ich sehen, ob ich den Herrn finden kann?« fragte Jennet eifrig.

Er warf ihr einen dankbaren Blick zu, und es war lustig anzusehen, wie ihr die Farbe in die Wangen stieg.

»Ja, bitte«, sagte ich.

Jennet rannte los, und ich fragte den jungen Mann: »Wie heißt Ihr?«

»Richard Rackell.«

»Und wo kommt Ihr her?«

»Aus dem Norden. Ich habe gehofft, ich könnte im Süden leichter meinen Weg machen als bei uns zu Hause.«

»Und jetzt wollt Ihr hier eine Weile arbeiten und dann zu neuen Abenteuern weiterziehen?«

»Das kommt darauf an. Ich hoffe immer, ich finde etwas, wo ich mich niederlassen kann.«

Es kamen öfter Männer vorbei, die nach Arbeit suchten; besonders gegen Ende des Sommers, zum Michaelifest. Da war immer Arbeit auf den Feldern; da gab es zu dreschen, Spreu zu sieben, Fleisch einzusalzen, von den Rindern, die nicht durch den Winter durchgefüttert werden konnten und geschlachtet worden waren. Aber dieser junge Mann war anders als die, die sonst vorbeikamen.

Ich fragte, ob er Erfahrung im Einbringen der Ernte hätte. Er antwortete, nein, aber daß er sich gut mit Pferden auskenne und daß er hoffte, einen Platz im Stall zu bekommen.

Da tauchte Edward auf. Er kam in den Hof geritten, ein eleganter Mann, der in den letzten Tagen noch geschmeidiger und eleganter geworden zu sein schien. Wahrscheinlich verglich ich ihn schon mit den Pennlyons.

»Edward, dieser junge Mann sucht Arbeit«, sagte ich.

Edward war immer höflich und, wie ich glaube, auch darauf bedacht, Gutes zu tun. Er war ziemlich beliebt bei den Arbeitern, obwohl ich den Eindruck hatte, sie achteten ihn zu wenig, denn sie waren sein freundliches Verhalten ihnen gegenüber nicht gewöhnt.

Er bat den Mann in den Wintergarten und ließ einen Krug Bier zu seiner Erfrischung holen. Nicht viele Arbeitgeber behandelten Arbeiter so, aber Edward war ein Schwärmer; er glaubte nicht daran, daß ihn sein Vermögen über andere stellte. Er wußte, daß er gebildeter war, kultivierter und daß er bessere Manieren als die Feldarbeiter hatte. Und wenn ein Mann gute Manieren zeigte und eine gute Erziehung, dabei aber nur der Sohn eines Arztes oder eines Rechtsanwaltes war, würde Edward sich trotzdem nicht als Höherstehenden betrachten, bloß weil er einen Lord zum Vater hatte. Wie oft hatte Honey zu mir gesagt: ›Edward ist ein guter Mensch.‹

Und sie hatte recht.

Natürlich habe ich die Männer nicht in den Wintergarten begleitet. Ich ging zurück in mein Schlafzimmer, wo Jennet wieder damit beschäftigt war, meine Kleider wegzuräumen.

»O Mistreß Catherine«, sagte sie, »glaubt Ihr, daß der Herr Arbeit für ihn findet?«

»Er sieht nicht aus, als könnte er Schwerarbeit auf den Feldern leisten, und solche Männer sind es, die um diese Jahreszeit gesucht werden.«

»Er sieht wie ein richtiger Herr aus«, sagte Jennet und strich mein Cape glatt. »Es gibt gut aussehende Männer im Norden.«

»Du bist viel zu sehr an Männern interessiert, Jennet«, sagte ich streng.

»Aber sie sind doch auch wirklich interessant, Mistreß.«

»Ich muß dich warnen. Du weißt, was Mädchen passieren kann, die nicht gut auf sich aufpassen.«

»O Mistreß. Jetzt denkt Ihr an die Matrosen. Die sind heute da und morgen wieder weg. Aber wenn der junge Richard Rackell hier bleibt...«

»Jennet, ich habe bemerkt, daß du gerne die Aufmerksamkeit auf dich ziehst!«

»Oh, Mistreß«, kicherte sie und wurde rot.

»Und wenn dieser junge Mann das Glück hat, hier Arbeit zu bekommen«, fuhr ich streng fort, »würdest du gut daran tun zu warten, bis er ein Interesse an dir bekundet, bevor du ihm dein eigenes offenbarst.«

»Aber er ist doch noch ein Kind, Mistreß«, sagte Jennet. Ihre Augen glänzten dabei, und ich war wütend, weil ich wußte, daß sie Richard Rackell mit Kapitän Pennlyon verglich.

Es war typisch für Edward, daß er einen Platz im Haus für Richard Rackell fand. Er kam ins Solarium, wo Honey und ich zusammen saßen und stickten, und setzte sich zu uns.

»Ich habe ihn im Stall untergebracht«, sagte er. »Dort brauchen sie noch einen Reitknecht. Wie er sich da einfügen wird, weiß ich allerdings nicht. Er sieht nicht aus wie ein Reitknecht, aber er hat eine gute Hand für Pferde. Später werden wir etwas anderes für ihn finden. Meiner Meinung nach würde er vielleicht einen guten Schreiber abgeben. Ich brauche allerdings keinen Schreiber.«

Honey lächelte ihrem Mann über die Stickerei zu. Sie war immer freundlich und zärtlich zu ihm, und er betete sie an. Sie sah wunderschön aus, mit der Nadel in der Hand und einem verträumten Zug der Zufriedenheit in ihrem Gesicht.

»Laß ihn also im Stall arbeiten«, sagte Honey. »Und wenn sich etwas anderes ergibt, kann man immer noch darüber nachdenken.«

»Ein angenehmer junger Mann«, sagte Edward. »Er muß eine gute Erziehung genossen haben.«

»Er spricht mit einem seltsamen Akzent«, fügte ich hinzu.

»Weil er vom Norden kommt. Sie sprechen dort so, daß wir sie oft kaum verstehen können.«

»Richard kann man gut verstehen.«

»Ja, weil er gebildet ist... nicht einer von denen, die normalerweise an die Tür klopfen und um Arbeit betteln.«

»Jennet sagt, er ist zurückhaltend. Sie hat natürlich keine Zeit verloren, sich gleich mit ihm bekannt zu machen.«

Edward räusperte sich und sagte: »Thomas Elders wird uns Ende der Woche besuchen.«

Honey hielt inne, ihre Nadel in der Luft haltend. Ich wußte, diese Bemerkung beunruhigte sie.

Ich wollte ihnen sagen, daß sie von mir nichts zu befürchten hätten. Ich würde nicht verraten, was ich wußte, daß nämlich Thomas Elders ein Priester war, der von einem katholischen Haus zum nächsten zog, daß er – nach außenhin – jeweils als Gast kam oder als Verwandter irgendeines Familienmitgliedes. Und daß er während seines Aufenthaltes im jeweiligen Haus die Messe las, die Beichte abnahm und damit das Risiko einging, den Unwillen der Königin auf sich und auf die Mitglieder des Hauses zu ziehen, das er gerade besuchte.

Wenn ich an die grimmige Einstellung der Pennlyons dachte, hatte ich so meine Befürchtungen.

Ich wechselte das Thema und sprach von unserem Neuankömmling Richard Rackell.

»Er hat wirklich feine Manieren«, sagte ich. »Ich habe mal jemanden aus dem Norden gekannt, der zu meinem Vater zu Besuch kam. Aber der hat weder so vornehm gesprochen noch sich so korrekt benommen wie dieser junge Mann.«

»Man kann Menschen nicht über einen Kamm scheren«, erwiderte Honey. Dann begann sie über ihre Nachbarn zu sprechen, und aus Angst, dieses Gespräch könnte bei den Pennlyons enden, erhob ich mich und ließ die beiden alleine.

Jeden Tag kam Jake Pennlyon vorbei. Er machte gar kein Geheimnis daraus: Er kam, um mich zu sehen.

Einmal bemerkte er Richard Rackell und sagte: »Ich habe diesen Burschen schon einmal gesehen, ich erinnere mich. Er kam auf unseren Hof und fragte nach Arbeit.«

»Und Ihr hattet keine für ihn?«

»Mir gefällt er nicht. Er sieht mehr wie ein Mädchen aus als wie ein Junge.«

»Erwartet Ihr, daß jeder wie ein Löwe brüllt?«

»Dieses Privileg habe ich für mich allein reserviert.«

»Oder wie ein Esel schreit?«

»Das allerdings überlasse ich anderen. Aber ein Dienstbote soll weder ein Löwe noch ein Esel sein. Er hat irgendein Märchen erzählt, daß er aus dem Norden kommt.«

»Warum soll das nur ein Märchen gewesen sein? Edward hat ihm geglaubt.«

»Edward glaubt alles, was man ihm erzählt. Er lebt in dem Wahn, daß jeder so anständig ist wie er.«

»Vielleicht ist es angenehmer, an das Gute im Menschen zu glauben, solange nicht das Gegenteil bewiesen worden ist.«

»Unsinn. Es ist besser, auf das Schlimmste gefaßt zu sein.«

»Wie meistens gebe ich Euch auch in dieser Frage nicht recht.«

»Was mich entzückt. Ich fürchte mich vor dem Tag, an dem wir uns in vollkommener Harmonie befinden werden.«

Es gab keinen Zweifel, unsere Rededuelle machten ihm Spaß, und, zu meiner Verwunderung, auch mir.

Als er eines Tages später als sonst kam, ertappte ich mich dabei, wie ich aus dem Fenster sah und hoffte – das redete ich mir zumindest ein –, daß er gar nicht kommen würde.

Aber als ich dann endlich sein weißes Pferd vor dem Stall im Hof entdeckte und seine laute Stimme hörte, die den Reitknechten etwas zurief, bekam ich einen Stich in der Seite vor Aufregung.

Wir waren zu Besuch auf Lyon Court, dem Haus, das Sir Penns Vater gebaut hatte. Auf beiden Seiten des Eingangs saß eine wildaussehende Löwenfigur, und über dem Tor war ein modellierter Löwenkopf angebracht. Das Haus war jünger als Trewynd, die gotische Halle reichte bis unters Dach. Das Hauptgebäude war um einen Innenhof gebaut, davon gingen ein Ost- und ein Westflügel ab. In diesen Flügeln befanden sich die Schlaf- und Wohnzimmer, im Mittelblock die Halle und die vornehme Treppe, die hinauf zur Galerie führte. Alles war beeindruckend und prahlerisch, aber wie sonst konnte man es von so einer Familie erwarten? Die Pennlyons waren nicht immer im Besitz großer Vermögen gewesen, und deshalb glaubten sie, sie müßten es jetzt zur Schau stellen. Für Edwards Familie war Besitz seit vielen Generationen eine Selbstverständlichkeit, und auch er hat nur gelernt, ihn als sein natürliches Recht anzusehen.

Dem Enthusiasmus von Sir Penn und Jake Pennlyon für ihr prachtvolles Haus konnte man sich nur schwer entziehen. In der Galerie hing ein Porträt des Begründers ihres Reichtums, Sir Penns Vater, der sich in seinen feinen Gewändern offensichtlich nicht wohl fühlte, eines von Sir Penn, der sehr selbstsicher in die Gegend blickte, und eines von seiner Frau, einer eher zerbrechlich wirkenden Person mit einem verwirrten Gesichtsausdruck. Schließlich hing dort Jake Pennlyon, flott, arrogant. Seine strahlenden Augen fielen auf dem Bild, wie in natura, als sein auffallendstes Charakteristikum auf.

Der Garten war äußerst elegant angelegt. Sir Penn hatte eine stattliche Anzahl von Gärtnern, die damit beschäftigt waren, aus seinem Grundstück das auffallendste der ganzen Nachbarschaft zu machen. Die gekiesten Wege waren symmetrisch angeordnet, die Blumenbeete geschmackvoll, obwohl sie jetzt etwas weniger farbig erschienen, als sie im Hochsommer sein würden. Im Rosengarten gab es immer noch Rosen, und auch ein Kräutergarten war da, der Honey besonders interessierte. Ich erzählte Sir Penn, daß meine Großmutter so etwas wie eine Autorität auf dem Gebiet der Pflanzen und Kräuter war.

»In ihrem Dorf hat eine Hexe gelebt«, erzählte ich ihm. »Meine Mutter hatte sich mit ihr angefreundet, und bevor sie gestorben ist, hat sie ihr verschiedene Rezepte gegeben.«

»Hexen!« spuckte Sir Penn. »Aufhängen sollte man die Teufelsbrut!«

»Es war aber eine gute Hexe, glaube ich, sie konnte Menschen heilen.«

»Meine liebe, junge Dame, gute Hexen gibt es nicht. Sie sind verflucht und zu nichts anderem da, als andere in die Verdammnis zu führen. Wenn hier eine Hexe auftauchen sollte, würde ich sie eigenhändig an ihrem dünnen Hals aufhängen, das verspreche ich Euch.«

»Auf Euer Versprechen kann ich verzichten«, sagte ich. Es war unmöglich, nicht mit diesen Pennlyons zu zanken.

»Fangt bloß nicht an, Hexen zu verteidigen, meine Liebe. Schon viele Frauen haben es schwer bedauert, sich mit Hexen eingelassen zu haben.«

»Wenn ich richtig verstehe, meint Ihr, es sei das einzig Sichere, sich auf die richtige Stelle zu schlagen, und das ist natürlich die Eure«, erwiderte ich.

Aber Ironie war bei Sir Penn verlorene Liebesmüh.

Sie zeigten uns alle Statuen, Sonnenuhren und Springbrunnen, auch die Eiben, die zu fantastischen Formen zurechtgestutzt waren. Sir Penn war sehr stolz auf seinen Garten.

Während dieses Besuches lud uns Jake alle ein, an Bord seines ›Springenden Löwen‹ zu kommen. Ich hätte gerne abgelehnt, aber da Edward und Honey akzeptierten, war das nicht gut möglich.

Ein paar Tage später, als ich von meinem Nachmittagsritt zurückkam, erwartete mich Jennet im Stall.

»Mistreß Catherine«, sagte sie, »es ist etwas Schreckliches passiert. Die Herrin ist gestürzt und hat sich am Fuß verletzt. Sie möchte, daß Ihr gleich zu ihr kommt. Ich soll Euch zu ihr bringen.«

»Wo ist sie?«

»An Bord des ›Springenden Löwen‹.«

»Dort ist sie sicherlich nicht.«

»Aber ja, Mistreß. Sie wollte Sir Jake einen Besuch machen.«

»Und der Herr?«

»Er konnte wohl nicht. Er sagte: ›Geh nur allein, meine Liebe‹, und die Herrin ist gegangen.«

»Allein? Auf den ›Springenden Löwen‹?«

»Ich glaube, der Kapitän hat sie eingeladen und sie erwartet. Es kam alles ganz plötzlich.«

»Aber ich sollte doch mitgehen?«

»Ich glaube, sie haben gesagt, sie gehen ohne Euch, Mistreß, und dann ist der Herr abberufen worden, und die Herrin ist alleine gegangen.«

Ich war wütend. Was bildete Honey sich eigentlich ein! Sie konnte doch nicht allein an Bord eines Schiffes gehen, das unter dem Kommando eines derartigen Mannes stand!

»Und dann ist sie gestolpert und hat sich am Fuß weh getan; und der Kapitän hat einen Boten geschickt, daß ich Euch unverzüglich hinausbegleiten soll.«

Ich machte mir Gedanken über Honey. Wirklich verstanden hatte ich sie nie. Schon oft habe ich den Eindruck gehabt, daß sie Geheimnisse hat. Könnte es sein, daß dieser prahlerische Pirat es ihr irgendwie angetan und sie dazu veranlaßt hatte, Edward untreu zu werden?

Unmöglich! Aber wenn sie nun allein auf seinem Schiff war und nach mir geschickt hat, weil sie wollte, daß ich so tue, als wären wir zusammen gegangen…

Das ergab einen Sinn…

Ich sah Edwards empfindsames Gesicht vor mir und verspürte den überwältigenden Wunsch, ihn vor der unangenehmen Wahrheit zu bewahren. »Ich komme sofort, Jennet.«

Sie schien erleichtert. Wir eilten die Auffahrt entlang und rannten fast den ganzen Weg hinunter zum Hafen, wo bereits ein kleines Boot auf uns wartete, uns überzusetzen. Wir schaukelten auf den Wellen, und ich schaute zurück zum Land und konnte den Turm von Trewynd sehen, an dessen Fenster ich so oft gesessen habe, die Schiffe zu beobachten.

Jake Pennlyon stand an Deck und wartete bereits auf uns. Ich klammerte mich an die Strickleiter und wurde in seine Arme gehoben.

Er lachte. »Ich wußte, Ihr würdet kommen«, sagte er.

Einer seiner Männer hievte Jennet an Bord.

»Am besten, Ihr bringt mich gleich zu meiner Schwester.«

»Kommt hier entlang.« Er hielt meinen Arm fest, als müßte er mich über das Deck führen. »Warum ist sie ohne Edward gekommen?« fragte ich. »Das verstehe ich nicht.«

»Sie wollte mein Schiff sehen.«

»Sie hätte doch warten können, bis wir alle mitkommen. Wir werden sie an Land bringen müssen, und das wird gar nicht so einfach sein, wenn sie sich den Fuß verletzt hat. Ist es schlimm? Lieber Himmel, ich hoffe nur, er ist nicht gebrochen!«

Er führte mich eine Treppe hinauf und riß eine Tür auf.

»Meine Kabine.«

Sie war geräumig, so weit Schiffskabinen geräumig sein können. An der Wand hing ein Wandteppich. Es gab ein Regal mit Büchern und ein solches mit Instrumenten, und auf dem Tisch stand ein Globus. An der Wand sah ich weiter einen Winkelmesser aus Messing, einen Kompaß und ein Stundenglas.

Ich bemerkte diese Dinge nur flüchtig, weil ich mich nach Honey umsah.

Als ich bemerkte, daß sie nicht da war, schoß mir der Schreck in alle Glieder – oder war es eine erwartungsvolle Erregung?

»Wo ist meine Schwester?« fragte ich.

Er lachte. Er hatte die Tür geschlossen und sich dagegen gelehnt.

»Vielleicht in ihrem Garten. Oder in ihrem trauten Kämmerlein... und beschäftigt mit den Dingen, die die Freude und die Pflicht einer jeden guten Hausfrau sind.«

»In ihrem Garten? Aber ich habe geglaubt...«

Er lachte. »Habe ich Euch nicht gesagt, daß Ihr noch diese Woche auf mein Schiff kommen werdet?«

»Aber ich dachte, meine Schwester ist hier.«

»Das habt Ihr doch nicht wirklich geglaubt, oder? Gebt doch zu, daß Ihr meine Einladung annehmen wolltet, oder stimmt das etwa nicht? Ich zumindest wollte, daß Ihr sie annehmt. Über die Mittel und Wege, die uns zu diesem glücklichen Ergebnis geführt haben, sollten wir uns nicht den Kopf zerbrechen.«

»Ich will mir aber den Kopf zerbrechen.«

»Nur wenn Ihr wirklich daran glaubt, was Ihr mir hier vorspielt.«

»Ich glaube, Euer Verstand hat Euch verlassen.«

»Oh, nein, gewiß nicht.«

»Ich möchte jetzt gehen.«

»Aber ich möchte, daß Ihr bleibt. Ich bin der Kapitän auf diesem Schiff. Hier hat jeder meine Befehle zu befolgen.«

»Diese armen Kreaturen, die Euch dienen, vielleicht; die sind Euch wohl auf Gnade und Ungnade ausgeliefert und können nicht anders.«

»Und Ihr glaubt, daß Ihr das nicht seid?«

»Ich habe jetzt genug von diesem Unsinn.«

»Und ich kann nicht genug davon kriegen.« Er kam auf mich zu, legte seine Arme um mich, wobei er mir meine Arme an den Körper preßte, so daß ich in seinem festen Griff gefangen war wie ein Vogel.

»Kapitän Pennlyon, es gibt keinen Zweifel mehr, Ihr habt den Verstand verloren. Ist Euch bewußt, daß meine Familie Euch diese Beleidigung nie verzeihen wird?«

Er lachte. Ich bemerkte, daß seine Augen leicht zusammengekniffen waren. Das verlieh ihm einen satanischen Ausdruck. Ich versuchte mich freizumachen.

»Laßt mich los!« schrie ich und versuchte, ihm dabei gegen sein Schienbein zu treten, aber er hielt mich so fest, daß mir dies nicht gelang. So mußte er schon viele Frauen gehalten haben, und ich stellte ihn mir vor, wie er abseits liegende Gehöfte und Dörfer überfiel und wie er und seine Männer die Frauen, die sie fingen, behandelten.

»Los kommt Ihr doch nicht!« machte er sich über mich lustig. »Also versucht es erst gar nicht. Ihr seid mir jetzt auf Gnade und Ungnade ausgeliefert.«

»Schön, was wollt Ihr von mir?«

»Das wißt Ihr sicher ganz genau.«

»Wenn ich recht habe mit meiner Annahme...«

»Worauf Ihr Gift nehmen könnt...«

»Dann kann ich nur sagen, daß Eure Manieren ungeheuerlich sind und ungeschliffen und nichts zu tun haben mit...«

»...denen der eleganten Herren, die zu treffen früher immer Euer Pech war. Aber jetzt habt Ihr einen Mann getroffen, dem Ihr gefallt, und trotz dessen schlechten Manieren findet Ihr ihn unwiderstehlich.«

Dann ließ er mich los, nahm meinen Kopf in beide Hände, zog ihn zurück, und schon war sein Mund auf dem meinen... warm, ekelhaft – sagte ich mir mit allem Nachdruck. Ich versuchte zu protestieren, aber das war sinnlos. Aus dieser gewalttätigen Umarmung gab es kein Entkommen.

Als er mich schließlich losließ, zitterte ich von Kopf bis Fuß – vor Wut, erinnerte ich mich wieder.

»Wie könnt Ihr es wagen, Euch so zu benehmen! Noch nie...«

»Natürlich seid Ihr noch nie zuvor so geküßt worden. Aber habt keine Angst. Es war nicht das letzte Mal.«

Langsam wurde mir angst und bange. Ich befand mich allein auf seinem Schiff. Ich war hereingelegt worden. Es gab zwar noch andere Männer an Bord, aber die waren seine Sklaven.

Natürlich erriet er meine Gedanken.

»Aufregend, nicht wahr? Ihr seid mir jetzt ausgeliefert und kommt hier nicht weg, außer es wäre mein ausdrücklicher Wunsch.«

»Ihr werdet es nicht wagen, mich anzurühren«, konnte ich nur wiederholen.

»Jetzt, wo ich weiß, daß Euer Verlangen genauso groß ist wie meines...? Ich bin ehrlich und mache kein Geheimnis um mein Begehren, Ihr allerdings versteckt noch Eure Gefühle und spielt die Gleichgültige.«

»Noch nie habe ich so einen Unsinn gehört! Ihr seid ein abscheulicher Pirat mit schlechten Manieren und ich hasse Euch...«

»Ihr schimpft zu laut!«

»Dafür wird man Euch hängen! Meine Familie...«

»Ja, stimmt«, sagte er, »Ihr seid ein Mädchen aus guter Familie. Diesen Umstand haben wir auch bedacht.«

»Wer hat was bedacht?«

»Mein Vater und ich. Und worüber wir nachgedacht haben, das sollte Euch klarsein.«

»Ich weigere mich, dieses unerfreuliche Thema zu diskutieren.«

»Es ist aber ein faszinierendes Thema. Mein Vater hat gesagt: ›Jake, es wird Zeit, daß du heiratest. Wir brauchen junge Penn-lyons. Dieses Mädchen kann sie dir gebären. Es wird Zeit, daß du sie mit in dein Bett nimmst. Ich möchte endlich Enkel haben, und zwar legale, meine ich.«

»Ich weigere mich hierzubleiben und mich beleidigen zu lassen. Schaut Euch woanders um nach einer Frau für Eure Zwecke!«

»Wozu? Ich hab’ sie doch schon gefunden!«

»Ich nehme an, es wäre nicht unwichtig, ihre Einwilligung zu be-kommen.«

»Das dürfte nicht allzu schwierig sein.«

»Lebt Ihr in dem Wahn, Ihr wäret ein Gott, vom Olymp herabge-stiegen?«

»Diesen Wahn hegen andere, wenn sie an mich denken. Ich bin ein Mann, der weiß, was er will, und der es auch bekommt.«

»Nicht immer. Nicht, wenn ich das Ziel Eurer Wünsche bin.«

»Es gibt Mittel und Wege. Wollt Ihr, daß ich es Euch beweise?«
Sein Gesicht war dem meinen sehr nahe, und meine Kehle zog sich zusammen. Ich wünschte, mein Herz schlüge nicht so laut. Ich fürchtete, es könnte ihm meine Angst verraten oder was es sonst war, was er in mir erweckt hat.

»Ihr seid abstoßend. Wenn Ihr mich nicht augenblicklich gehen laßt, ich schwöre Euch: Meine Familie bringt Euch vor Gericht!«

»Ja, die gute Familie«, sagte er. »Aber, meine feine Dame, ein Heiratsantrag ist doch keine Beleidigung.«

»Wenn er von Euch kommt, schon.«

»Treibt es nicht zu weit, ich habe ein teuflisches Temperament.«

»Seid versichert, ich auch!«

»Ich wußte, wir passen zusammen. Was für Söhne wir haben werden! Laßt uns gleich anfangen... jetzt! Die Ehegelübde können später kommen.«

»Ich habe Euch schon einmal gesagt, nach einer Frau für Euch müßt Ihr Euch anderswo umsehen.«

»Ich habe sie gefunden, und ich habe mir geschworen, Ihr wer-det meine Söhne zur Welt bringen.«

»Tretet zur Seite und macht die Tür auf.«

»Unter einer Bedingung!«

»Welcher Bedingung?«

»Daß Ihr mir Euer Wort gebt, mich zu heiraten, unverzüglich, und mein Kind zu empfangen, bevor ich wieder in See steche.«

»Und wenn ich mich weigere?«

»Ihr laßt mir also keine andere Wahl.«

Ich schwieg, und mit einer brutalen Handbewegung warf er mich auf seine Koje. Entsetzt starrte ich ihn an, als er anfing, seinen Rock aufzuknöpfen.

Ich sprang auf, aber er lachte nur: »Meine kostbare Jungfrau, Ihr solltet mich verstehen... ich nehme doch an, Ihr seid eine Jungfrau! Doch, Ihr seid eine... ich kenne Euch. Ihr habt so etwas in Euren Augen...«

»Ihr beleidigt mich.«

»Ich verehre Euch! Und ich habe Euch gewählt, weil Ihr zu mir paßt.«

»Meint Ihr das wirklich, daß, wenn ich nicht verspreche, Euch zu heiraten, Ihr mich vergewaltigen würdet wie eine... eine...«

Er nickte. »Wie eine bedeutungslose Dirne. Ihr werdet es nicht glauben, unter denen gibt es auch feine Damen. Schaut mich doch nicht so an mit Euren großen ungläubigen Augen. Ihr wißt, ich bin ein Mann, der zu seinem Wort steht. Habe ich Euch nicht gesagt, ich hätte Euch innerhalb einer Woche auf meinem Schiff? Also, wie soll's sein? Ich habe Euch schon einmal gesagt, Seeleute haben keine Zeit zu verlieren.«

»Laßt mich raus. Ihr habt mich überlistet. Ich bin nur gekommen, weil...«

»Weil Ihr es so wolltet.«

»Nichts hätte ich weniger gewollt!«

»Das glaubt Ihr doch selbst nicht. Ich kenne Euch besser, als Ihr Euch selbst kennt.«

»Jennet hat mir gesagt...«

»Jetzt schiebt es nicht auf das Mädchen. Sie wußte, daß sie das tun muß, was man ihr auftrug.«

»Wußte Jennet, daß ich in die Falle gelockt werden sollte?«

»In die Falle gelockt? Mein liebes Kind, ich habe Euch einen Vorwand geliefert, herzukommen.«

»Ich muß hier raus«, sagte ich.

»Das ist also Eure Antwort.« Und er zog seinen Rock wieder über. Er öffnete mir die Tür und ging mir voraus, die Treppe hinunter.

Jennet wartete auf mich.

Ich ging auf sie zu und sagte: »Jennet, du hast gelogen. Du hast mir gesagt, Mistreß Ennis wäre hier.«

»Mistreß Catherine, ich... ich...« Sie warf Jake hinter mir einen flehenden Blick zu.

»Du Schlampe!« Ich konnte mir vorstellen, wie er sie angesehen und seine Hände mit ihr gespielt hatten. Ihr hatte er sicher keine großen Versprechungen machen müssen, sie war wohl eifrig und willens gewesen. Ich kannte Jennet, und zu meiner Schande mußte ich gestehen, auch ich hatte seine Kraft wahrgenommen.

Er lachte leise und spöttisch.

»Rudert mich an Land, aber sofort«, verlangte ich.

Ich zitterte am ganzen Körper, als wir die Leiter hinunterkletterten. Ich blickte mich nicht um.

Während wir zurückgefahren wurden, saß Jennet mit gesenktem Kopf da, ihre Hände zitterten sichtlich. Sobald man mir an Land geholfen hatte, ging ich, ihr voraus, zurück nach Trewynd.

In meinem Zimmer war ich so wütend, daß ich meine Wut an irgend jemandem auslassen mußte, also ließ ich Jennet holen.

Zitternd kam sie an.

Bis jetzt war ich mit Dienstboten ziemlich milde umgegangen. Honey behandelte sie weitaus hochmütiger, als ich das je getan hatte. Jetzt aber kriegte ich die spöttischen Augen dieses Mannes nicht aus dem Kopf und wollte jemanden verletzen. Und dieses Mädchen, das eigentlich meine treue Magd sein sollte, hatte mich zudem betrogen.

Ich wandte mich ihr zu und schrie sie an: »Los, Mädchen, am besten erzählst du mir jetzt alles!«

Jennet begann zu weinen.

Ich nahm sie bei den Schultern und schüttelte sie. Dann stammelte sie: »Ich habe es nicht böse gemeint, Mistreß. Der Herr hat mich gebeten... er hat so zu mir gesprochen, als...«

»Als«, machte ich sie nach, »als was?«

»Er hat nett zu mir gesprochen und hat gesagt, ich sähe aus wie ein gutes Mädchen...«

»Und er hat dich geküßt und dich angefaßt, wie es kein Mann bei einer Jungfrau tun sollte.«

Ihr stieg die Röte ins Gesicht, ich hatte also wohl recht gehabt. Nicht der armen Jennet aber durfte ich eigentlich Vorwürfe machen, sondern nur ihm. Ich haßte ihn jetzt so sehr, weil er mich zu sich gelockt und versucht hatte, mich genauso zu behandeln, wie er Jennet behandelt zu haben schien.

»Du hast mich angelogen. Du hast mir gesagt, Mistreß Ennis sei auf dem ›Springenden Löwen‹. Du bist meine Dienstmagd, und das hast du vergessen, bloß weil dich dieser Wüstling geküßt hat?«

Jennet sank zu Boden, bedeckte ihr Gesicht mit den Händen und brach in lautes Schluchzen aus. Von der Tür her hörte ich plötzlich fragen: »Catherine, was ist denn los?«

Honey stand in der Tür, heiter und wunderschön.

Ich gab keine Antwort, und sie trat ein und schaute hinunter auf die schluchzende Jennet.

»Was ist denn los, Catherine? Du bist doch sonst immer so verständnisvoll zu den Dienstboten?«

Ihre Worte und die Art und Weise, wie sie sie sprach, erinnerten mich an meine Mutter. Meine Wut war plötzlich weg, und ich schämte mich über mich selbst, über die Leichtigkeit, mit der man mich hatte hereinlegen können, und über meinen unkontrollierten Zorn auf die arme, kleine, dumme Jennet.

Zu der sagte ich: »Du kannst jetzt gehen.«

Eiligst stand sie auf und ging.

»Um was geht es denn?« fragte Honey.

»Um diesen Mann, Pennlyon.« Und ich erzählte ihr, was geschehen war.

Honey lachte. »Das hättest du wissen müssen, daß ich nicht alleine aufs Schiff gegangen wäre. Wie konntest du auch nur so dumm sein, ihr alles zu glauben?«

»Ich war ja auch erstaunt.«

»Aber du hast es geglaubt! Glaubst du, er wirkt auf alle Frauen auf so fatale Weise faszinierend?«

»Jennet findet ihn unwiderstehlich.«

»Jennet ist eine lüsterne Jungfer. Dem ersten Schwerenöter, der ihr über den Weg läuft, wird sie ein leichtes Opfer werden.«

»Meinst du, sie wäre bereits sein Opfer gewesen?«

»Das würde mich nicht überraschen. Aber du mußt eine hohe Meinung von seiner Unwiderstehlichkeit haben, wenn du gedacht hast, ich würde ihm allein einen Besuch abstatten.«

»Es tut mir leid, es war dumm von mir. Ich habe mir alles selbst zuzuschreiben.«

»Zumindest bist du noch einmal ungeschoren davongekommen. Das wird dich lehren, dich in Zukunft vor ihm in acht zu nehmen.«

»Wenn es nach mir geht, sehe ich ihn nie mehr wieder. Und was Jennet anbelangt, sie macht mich krank. Ich werde mir eine andere Dienstmagd nehmen. Von mir aus kann sie in die Küche gehen.«

»Wie du willst. Nimm Luce. Sie wird keine Aufregungen verursachen und hat wenig zu bieten, was einen Mann herausfordern könnte.«

»Ich habe dir ja noch nicht gesagt, wie ich ihm entkommen bin.«

»Berichte.«

»Er sagte, entweder ich gebe ihm mein Versprechen, ihn zu heiraten, oder er vergewaltigt mich an Ort und Stelle.«

»In welche Gesellschaft du geraten bist«, spöttelte Honey.

»Aber in deinem Haus«, erinnerte ich sie.

»Ja, und du hast ihn schon gekannt, noch ehe er in unser Haus kam.« Sie mußte gemerkt haben, wie durcheinander ich war, denn beruhigend fuhr sie fort: »Was immer dir auch passiert ist, er kann dich nicht dazu zwingen, ihn zu heiraten, und er würde es nicht wagen, dir Gewalt anzutun – der Tochter eines Nachbarn, einem Mitglied unserer Familie. Man würde ihn hängen. Das war alles nur Angabe.«

»Weißt du, daß das hier Pennlyon Country genannt wird, das Land der Pennlyons?«

»Du mußt nicht alles glauben, was du hörst. Edward hat auch einen gewissen Einfluß in diesem Land, wie du weißt. Unser Besitz ist größer als der Pennlyons, und wir sind schon länger hier. Wer sind sie schon? Emporkömmlinge von drüben, vom anderen Ufer des Tamar.«

»Das klingt tröstlich.«

»Gut. Jetzt laß mich von meinen Neuigkeiten berichten. Ich bekomme ein Kind.«

»Honey!« Ich ging auf sie zu und küßte sie. »Das ist ja wundervoll! Bist du glücklich darüber? Ja, ich sehe, daß du glücklich bist. Du hast dich verändert. Du hast schon diese mütterliche Heiterkeit. Unsere Mutter wird sich freuen. Sie wird wollen, daß du zur Geburt zu ihr zurückkommst. Ja, das mußt du tun. Sie und Großmutter werden dich verwöhnen. Sie werden sich gegenseitig in ihrer Fürsorge überbieten. Freut sich auch Edward?«

»Edward ist glücklich, und ich hoffe, ihn diesmal nicht zu enttäuschen.« Damit bezog sie sich auf die Fehlgeburt, die sie im ersten Ehejahr hatte.

»Wir müssen so vorsichtig sein wie möglich«, sagte ich und vergaß in meiner Aufregung über das Baby den unerfreulichen Zwischenfall auf dem Schiff.

Ihn für lange Zeit zu vergessen, wurde mir allerdings nicht gestattet.

Am selben Tag kam Thomas Elders herübergeritten. Für gewöhnlich blieb er über Nacht, las am nächsten Morgen die Messe in der Kapelle und blieb unter Umständen eine weitere Nacht, bevor er sich auf den Weg zum nächsten katholischen Haus machte.

Er kam nicht als Priester, sondern als Edwards Freund. Er aß mit uns zu Abend, aber die Gespräche berührten nie religiöse Themen. Am nächsten Tag wurde die Messe zelebriert, und diejenigen der eingeweihten Dienstboten, die ihr beiwohnen wollten, konnten dies tun. Der Rest bemerkte nicht einmal, was da vorging. Die Kapelle war immer abgesperrt, die Tatsache, daß sie es während der Messe auch war, erregte also kein Mißtrauen.

Am Morgen ritt ich aus. Die Aufregung über Honeys Baby hatte sich gelegt, und ich mußte jetzt wieder an die beschämenden Augenblicke in der Kapitänskajüte an Bord des ›Springenden Löwen‹ denken. Als ich zurückkam, brachte ich Marigold in den Stall. Der neue Stallknecht dort, Richard Rackell, nahm sie mir ab.

»Ich fürchte, sie verliert ein Eisen«, sagte ich.

Er nickte. Er hatte tiefliegende ausdrucksvolle Augen und sah ziemlich gut aus. Er verbeugte sich. Seine Verbeugung hätte auch bei Hof als vollendet gegolten.

»Findet Ihr Euch gut zurecht?« fragte ich ihn.

Er antwortete, er hoffe, man wäre mit ihm zufrieden.

»Ich habe das Gefühl, daß dies hier nicht die Art Arbeit ist, an die Ihr gewöhnt seid.«

»Ich werde mich aber an sie gewöhnen«, erwiderte er.

Dieser Mensch interessierte mich. Er hatte etwas Mysteriöses an sich. Ich erinnerte mich sogleich, daß die Tatsache, daß er aus dem Norden kam, Jake Pennlyons Verdacht erregt hatte. Und schon vergaß ich Richard Rackell wieder über meine zurückgekehrten ärgerlichen Gedanken an den Mann, den ich scheinbar nie mehr aus meinem Kopf vertreiben konnte. Der Weg zum Haus führte um die Kapelle herum. Die Messe war entweder gleich zu Ende oder schon vorüber. Mein Herz blieb fast stehen vor Entsetzen, als ich sah, wie sich die kleine Pforte, die in den abgetrennten Raum für die aussätzigen Gläubigen führte, plötzlich öffnete und Jake in den Hof trat. Ich wußte, von dort aus konnte man in die Kapelle sehen! Bevor er mich erblickte und seine Augen aufleuchteten, blickten sie wild und grimmig. Aber dann hatten sie wieder dieses intensive blaue Feuer. »Gut getroffen, Mistreß«, sagte er und kam auf mich zu. Er hätte mich sicherlich umarmt, hätte ich nicht schleunigst einen Schritt nach rückwärts gemacht, was er mir seltsamerweise gestattete. Er tat so, als respektiere er meinen Widerwillen, obwohl er ihn ganz einfach hätte ignorieren können.

»Was macht Ihr hier?«

»Was sonst, als meine Verlobte besuchen!«

»Und wer ist das? Jennet, meine Magd, für die Ihr, so viel ich weiß, eine Vorliebe habt?«

»Eine Dienstbotenschlampe, ob Jungfrau oder Hure, kann niemals meine Verlobte sein. Die, die ich auserwählt habe, steht vor mir.«

»Sie, die Ihr versucht habt zu entehren, meint Ihr wohl.« Ich wandte mich ab, aber er blieb an meiner Seite.

Er ergriff meinen Arm so fest, daß es schmerzte.

»Damit Ihr es wißt«, sagte er, »mein Vater ist hier. Er ist eigens gekommen, Euch seinen Respekt zu bezeigen. Er plant bereits die Hochzeitsfeierlichkeiten. Ich habe ihm natürlich gesagt, daß Ihr meinen Antrag angenommen hättet. Er wünscht eine große Angelegenheit daraus zu machen, und hat die halbe Nachbarschaft eingeladen.«

»Dann wird er sie eben wieder ausladen!«

»Aus welchem Grund?«

»Es gibt keine Hochzeit! Wie sollte dies auch, ohne die Zustimmung der angeblichen Braut.«

»Aber die ist längst gegeben worden.« Er sah mich mit spöttischem Vorwurf an. »So schnell habt Ihr vergessen, daß Ihr mich in meiner Kajüte aufgesucht habt? Ihr wärt doch sicherlich nicht gekommen, wenn es nicht ein gewisses Einverständnis zwischen uns gegeben hätte?«

»Ihr habt mich überlistet!«

»Ihr wollt mir doch nicht noch einmal erzählen, daß Ihr nicht mit dem größten Vergnügen gekommen seid?« In spöttischem Ernst zog er eine Augenbraue in die Höhe.

»Ich hasse Euch!« schrie ich.

»Das nenne ich einen guten Anfang.«

Ich versuchte, meinen Arm loszuwinden, aber er ließ nicht locker.

»Was schlagt Ihr vor, was wir tun können?«

»Geht und sagt Eurem Vater, er soll die Einladungen unverzüglich rückgängig machen!«

»Das wird er nicht tun.«

»Dann müßt Ihr für Euch eine andere Braut finden.«

»Ich habe die, die ich haben will, gefunden.«

»Mag sein, aber ich bin diese Braut jedenfalls nicht.«

»Warum spielt Ihr die Gleichgültige, wo Ihr doch voller Verlangen seid. Das bringt nichts. Laßt uns doch aufhören mit solchen Unaufrichtigkeiten. Laßt uns ehrlich zueinander sein.« Er zog mich an sich und hielt mich so fest an sich gepreßt, daß ich glaubte, meine Knochen würden zerbrechen. Meine Wut war stärker als jegliches andere Gefühl.

Ich trat mit dem Fuß nach ihm, aber er lachte nur. Er hielt mich weiterhin fest, um mir zu zeigen, wie sinnlos meine Bemühungen waren, ihm zu entkommen.

Ich versuchte mit Worten, wozu meine physische Kraft nicht ausreichte.

»Eure seeräuberischen Methoden mögen ja auf hoher See sehr nützlich sein, aber im Haus eines Gentleman werden sie Euch nicht weit bringen.«

»Schon wieder geirrt, meine Wildkatze. Sie bringen mir genau das, was ich haben möchte; und im Moment will ich Euch haben. Ich hätte Euch schon eher genommen, aber diesmal soll es legal sein. Unser Sohn wird ehelich geboren werden. Nicht, daß ich etwas von Verzögerungen hielte. Aber wir werden erst heiraten, und dann werdet Ihr mir gehören.«

»Eure Braut müßte ihr Gelübde aus freien Stücken ablegen, nehme ich an. Wie wollt Ihr denn das erreichen?«

»Es gibt Mittel und Wege«, sagte er.

»Wenn Ihr Gehorsam von mir erwartet, habt Ihr keine sehr glückliche Wahl getroffen.«

»Ich habe die Wahl getroffen, die ich treffen mußte, und Euren Gehorsam werde ich schon noch bekommen. Ich werde meine kleine Wildkatze so zähmen, daß sie nach meinen Zärtlichkeiten schnurren wird.«

»Eure Worte sind so ungeschickt wie alles, was von Euch kommt.«

»Hört zu«, sagte er, »Ihr kommt jetzt mit und begrüßt meinen Vater. Ihr werdet lächeln und ihm sagen, Ihr seid hocherfreut, von uns so geehrt zu sein.«

»Ihr macht Witze!«

»Das ist mein heiliger Ernst. Ihr habt mir Euer Versprechen gegeben und, bei Gott, Ihr werdet es halten!«

»Dazu würdet Ihr mich zwingen?«

»Das würde ich. Seid nicht unvernünftig, Mistreß Catherine. Es könnte Euch schlecht ergehen, wenn ich erzählen würde, was ich soeben durch das Fenster der Aussätzigen gesehen habe.«

Ich wurde blaß, und Triumph stieg in seine Augen.

»Ich habe es schon seit langem geahnt«, sagte er, »und ich wage nicht daran zu denken, was passieren würde, sollte mein Vater davon erfahren.«

»Auch wenn seine zukünftige Schwiegertochter darin verwickelt ist?«

»Ihr seid keine Papistin. Das weiß ich ganz genau. Andernfalls würde ich Euch das Pfaffentum ausprügeln.«

»Was für ein netter und gütiger Ehemann Ihr doch zu werden versprecht.«

»Ihr habt Euch also damit abgefunden, daß ich Euer Ehemann sein werde.«

»Ihr laßt mich nicht ausreden. Ich wollte sagen... zu werden versprecht für den armen Einfaltspinsel, der verrückt genug ist, Euch zu ehelichen.«

»Sie ist kein Einfaltspinsel, sondern ein gescheites Mädchen. Sie ist Catherine, keine Geringere! Keine sonst ist gut genug für mich. Ich habe mir geschworen, sie zu besitzen, und ich schwöre nicht umsonst.«

»Und wenn ich mich weigere?«

»Wie könntet Ihr Unglück über dieses Haus bringen wollen?«

»So grausam würdet Ihr nicht sein!«

»Ich tue alles, wenn ich etwas haben will.«

»Ich hasse Euch, wie ich nie gedacht hätte, daß es möglich sein könnte, jemanden zu hassen.«

»Wenn Ihr ein derartiges Gefühl für mich hegt, ist dies für heute genug. Ich werde noch eine Woche warten, länger aber nicht. Also kommt jetzt mit mir, meinen Vater zu begrüßen. Und Ihr werdet dabei lächeln und so tun, als wäre diese Verbindung Euer Entzükken.«

»So falsch kann ich nicht sein.«

»Ihr werdet entweder falsch sein oder der Verräter dieses Hauses.«

»Bedeutet das, daß Ihr meinen Verwandten ein Leid zufügen würdet?«

»Ich meine immer das, was ich sage.«

»Erst versuchte Notzucht, jetzt Erpressung!«

»Und das ist erst der Anfang!« lachte er.

Ich war geschlagen, das wußte ich. Wie dumm von ihnen, den Priester ins Haus zu lassen. Warum hatten sie nicht an die Pforte für die Aussätzigen gedacht? Sie verschlossen den Haupteingang der Kapelle und vergaßen diese Pforte!

Als ich mit ihm über den Rasen schritt, dachte ich: die Verlobung, wenn es denn sein muß, aber nicht mehr. Mir wird schon etwas einfallen, wie ich da dann wieder herauskomme. Ich gehe zurück zu meiner Mutter. Auch Honey wird mir helfen müssen. Schließlich und endlich haben sie und Edward durch ihr ungeschicktes Verhalten mir das alles eingebrockt.

Sir Penn räkelte sich in dem großen Stuhl mit der geschnitzten Holzlehne. Er grinste, als er mich mit Jake eintreten sah. Honey und Edward waren nicht anwesend. Ich fragte mich, ob sie wohl immer noch in der Kapelle waren.

Der Vater Jakes erhob sich schwerfällig aus dem Stuhl und kam auf mich zu. Er legte seine Arme um mich und küßte mich fest auf den Mund. Ich hatte das Gefühl, seine Lippen würden die meinen zerquetschen.

»Nun ja«, sagte er, »mein Sohn hat noch nie gern Zeit verloren. Und du machst ein gutes Geschäft, mein Mädchen, das kann ich bezeugen.«

Er stieß Jake seinen Ellbogen in die Rippen und lachte.

»Nicht nötig, ihr das zu sagen, Vater, sie ist keine einfältige Jungfrau.«

Sie lachten miteinander. Obszön, fand ich. Jake legte seinen Arm um meine Schultern, und seine Finger drückten sich in mein Fleisch.

»Wir sollten die Hochzeit kurz nach der Verlobung feiern. Es hat keinen Sinn, länger zu warten. Wir möchten, daß du uns so bald wie möglich einen kleinen Pennlyon schenkst.«

Ich wollte schreien, nie würde ich diesen Mann heiraten, lieber ließe ich mich lebendig auf dem Scheiterhaufen verbrennen!

Aber weil ich Angst hatte vor dem, was uns allen geschehen würde, wenn ich mich unwillig zeigte, ließ ich sie in dem Glauben, ich hätte Jake Pennlyons Antrag angenommen.

In dem Moment erschien Honey – ohne ihre gewohnte Heiterkeit. Ihre Wangen waren gerötet, ihr Auftreten unsicher. Einer der Dienstboten mußte ihr gesagt haben, daß die Pennlyons hier waren, und sie überlegte sicher fieberhaft, wie man Thomas Elders vor diesen Männern schützen könnte.

»Guten Tag und willkommen«, sagte sie. »Catherine ist schon hier. Ich habe eben erst gehört, daß Ihr gekommen seid. Darf ich Euch Wein anbieten?« Sie zog an der Klingelschnur.

Edward kam herein und begrüßte die Gäste.

»Ein glücklicher Anlaß«, rief Sir Penn. »Diese jungen Leute...
Kurz und gut, ich habe keine Zeit verloren, um mit Euch deshalb zu
reden. Man soll nie Zeit verlieren. Wir werden die Verlobung in
Lyon Court feiern, und danach kommt die Hochzeit. Sie können es
kaum erwarten, diese beiden, und ich kann nicht behaupten, daß
ich es ihnen übelnehme.«

Honey starrte mich an. Sie erwartete, daß ich protestierte.

Ich machte den Mund auf und wollte gerade sagen, daß ich nicht
die geringste Absicht hatte zu heiraten, da fing ich Jakes Blick auf –
spöttisch, warnend, grausam und unbarmherzig. Er würde sie verraten, dachte ich, ohne Gewissensbisse. Er kennt keine Gnade.

Ich erinnerte mich, daß meine Mutter mir einmal erzählt hatte,
wie ihr Vater, den sie angebetet hatte, im Tower gefangengehalten
und wie er eines Tages zum Richtblock geführt und sein Kopf auf
der London Bridge zur Schau gestellt worden war. Nie würde sie
dieser Erinnerung entfliehen können, sie hatte all ihr Glück über-
schattet. Ich hatte Carey verloren und glaubte, nie wieder wirklich
glücklich werden zu können. Sollte ich Honey verraten? Wie
könnte ich jemals meiner Mutter wieder unter die Augen treten?
Oder mir selbst verzeihen?«

Eine plötzliche Heiterkeit überkam mich. Ich würde diesen
Mann, der vor so kurzer Zeit erst in mein Leben getreten war und es
jetzt beherrschte, überlisten. Ich würde ihn in dem Glauben lassen,
er hätte gewonnen, aber in Wahrheit sollte ihm das niemals gelingen. Nur im Augenblick mußte ich dieser Verlobung zustimmen,
denn sollte ich mich weigern, würde ich Edward und Honey in tödliche Gefahr bringen. Sein Sieg sollte allerdings von kurzer Dauer
sein. Wenn Jake Pennlyon dachte, ich hätte mich so schnell ergeben, wird er schließlich erleben müssen, daß er einen Fehler gemacht hat.

Er nahm meine Hand und hielt sie fest. Sein Griff allein war
schon Warnung genug. Wenn ich wollte, könnte ich dir die Finger
brechen; und genauso leicht werde ich deinen Stolz zerbrechen.

»Oh, Catherine, darf man Euch wirklich gratulieren?« fragte Honey.

»Ihr dürft. Dies ist genau der richtige Zeitpunkt für Gratulatio-
nen«, antwortete Jake statt meiner. »Wir wollen eine baldige Hochzeit.«

Honey legte ihre duftende Wange an meine und sah mich fragend an.

»Du hast dich also entschieden, Catherine?« fragte sie. »Obwohl es doch noch gar nicht so lange her ist, daß du gesagt hast, du würdest nie heiraten.«

»Mein Sohn vermag es, den Widerstand der zurückhaltendsten Jungfrau zu brechen.«

»So scheint es zu sein.«

Wein und Kuchen wurden hereingebracht.

Edward schenkte den Wein aus und prostete uns zu.

»Auf das verlobte Paar!«

Jake nahm sein Glas, trank und reichte es dann mir. Einen Augenblick starrte ich auf seine vollen, sinnlichen Lippen und drehte den Kopf etwas zur Seite. Da drückte er mir das Glas in die Hand, und ich nahm einen Schluck. Es war, als hätte ich mein Versprechen besiegelt. Das Gespräch drehte sich um die Verlobung, die in Lyons Court gefeiert werden sollte. Die Hochzeit sollte hier stattfinden.

»Sollte sie nicht lieber im Hause meiner Mutter stattfinden«, protestierte ich.

»Was, am anderen Ende von England?« rief Jake. »Seeleute haben keine Zeit für solchen Firlefanz. Eure Mutter soll nach Devon kommen, wenn sie auf Eurer Hochzeit tanzen will.«

»Ich werde meine Pläne machen«, antwortete ich und sah das Lächeln, das Jake Pennlyons Lippen zu kräuseln begann.

Nur mit halbem Ohr hörte ich dem weiteren Gespräch zu. Sir Penn stellte Fragen nach dem Besitz meines Vaters. Edward beantwortete sie, so gut er konnte. »Dann wird sie ja eine schöne Mitgift mitbringen«, meinte Sir Penn; aber auch wenn dem nicht so wäre, hätte er nichts gegen die Ehe. »Meinem Sohn etwas verweigern, wenn er sich einmal entschlossen hat? Das könnte ich nicht, auch wenn ich es wollte. Und ich will es auch gar nicht. Mein Sohn ist wie sein Vater, und ich würde genauso handeln wie er. Wenn er ein schönes Pferd sieht, muß er es besitzen, und ich weiß, er hat auch keine Lust, lange auf seine Braut zu warten.« Er lehnte sich zu mir herüber. »Er kann es kaum erwarten, und er ist kein Schwächling, du wirst schon sehen. Nur auf diese Art kommt man zu Söhnen! Du bist nicht so ein unerfahrenes Ding, das gleich in Ohnmacht fällt beim Anblick eines Mannes, du nicht. Das habe ich gleich gesehen. Du wirst Söhne in die Welt setzen, die wissen, worauf es ankommt, denn auch du weißt es. Und du wirst am Ende genauso verrückt nach ihm sein wie er nach dir, und das ist die wichtigste Voraussetzung dazu, will man zu Söhnen kommen... möglichst schnell zu möglichst vielen Söhnen, lauter kleinen Pennlyon-Söhnen.«

Ich haßte diesen Mann genauso sehr, wie ich seinen Sohn haßte. Ihre ungezwungene Rede ließ ganz bestimmt Bilder vor meinem inneren Auge auftauchen. Ich war eine Jungfrau, aber ich wußte einiges über die Beziehungen zwischen Mann und Frau. Einmal habe ich zwei Dienstboten überrascht, als sie sich auf dem Feld liebten. Ich habe einschlägige Gespräche mitbekommen. Die Bilder tauchten auf und verschwanden wieder ... ich und dieser Mann mit seinen lüsternen, spöttischen Augen. Während der Zeit seiner Gegenwart waren die Bilder immer bereit, sich in meine Gedanken zu drängen und mich zu stören.

Ich hörte kaum zu. Es handelte sich immer noch um die Hochzeit und, zuerst natürlich, um die Verlobungsfeier.

Honey war vollkommen verwirrt, was mich nicht erstaunte, denn erst neulich hatte ich meine Abneigung gegen diesen Mann deutlich zum Ausdruck gebracht. Edward zeigte seine Gefühle nie. Was ihn anbelangte, hätte niemand auf die Idee kommen können, daß er irgend etwas an dieser Verlobung ungewöhnlich fand.

Sie sollte im Lauf der nächsten Woche stattfinden und die Hochzeit vier Wochen später. »Das gibt Jake genügend Zeit, um dich zu werben.« Das Gekicher des alten Mannes war unerträglich. Was er natürlich andeuten wollte, war, daß wir die ehelichen Glückseligkeiten vorwegnehmen könnten. »Und je eher sie ein Paar werden, desto besser ist es. Jake muß schon zwei Monate später wieder fort. Aber diesmal wird es keine lange Reise. Das möchte Jake nicht, wenn er zu Hause ein Weib hat, das ihm das Bett warm hält.«

Mir war schlecht. Ich wollte laut hinausschreien, damit würde ich mich nie einverstanden erklären! Ich täte nur so, als ob, und hätte nicht die leiseste Absicht, diesen Mann zu heiraten!

Aber ich sagte kein Wort, denn jedesmal, wenn ich gerade den Mund aufmachen wollte, stellte ich mir Edward und Honey in einer Kerkerzelle vor und meine Mutter mit gebrochenem Herzen. Sie hatte schon genug gelitten.

Jedenfalls führte ich sie alle an der Nase herum. Ich ließ diesen arroganten Kerl denken, er hätte mich herumgekriegt. Nichts würde mich dazu bringen, sein Bett mit ihm zu teilen, wie sich sein Vater das mit so viel Begeisterung vorstellte, oder sein Kind zu gebären, was das Wichtigste für die beiden Männer zu sein schien.

Mir erschien es wie eine Ewigkeit, bis sie endlich gingen. Ich wurde von beiden umarmt, erst vom Vater, dann von seinem Sohn. Ich haßte es, wie sie ihre Körper gegen den meinen drückten.

Wir standen im Hof und sahen sie fortreiten.

Als sie weg waren, wandte sich Honey an mich.

»Was ist geschehen? Wieso hast du so plötzlich deine Meinung geändert?«

»Hier können wir nicht reden«, antwortete ich.

Wir begaben uns in den Teeraum, und wieder sagte ich:

»Nicht hier.« In den Teeraum gelangte man durch das Eßzimmer, er hatte keine Türen zum Verschließen, nur ein Vorhang trennte es vom Eßzimmer.

»Laßt uns in die Kapelle gehen und die Tür zusperren. Und die Pforte für die Aussätzigen!«

Die Kapelle sah aus wie immer. Kein Anzeichen verriet, daß vor kurzem hier Messe gelesen worden war.

Ich ging zur Pforte für die Aussätzigen und spähte in den kleinen Raum, der dahinter lag.

»Jetzt sind die Türen abgeschlossen. Ein Jammer, daß ihr sie nicht abgesperrt habt, bevor Thomas Elders die Messe las.«

»Was meinst du?« fragte Honey.

»Jake Pennlyon war hier herinnen.« Ich deutete auf die kleine Pforte. »Ich habe ihn herauskommen sehen. Er hat mir gesagt, wenn ich ihn nicht heirate, würde er es an die große Glocke hängen, daß Thomas Elders hier war und aus welchem Grund.«

»Du lieber Gott!« entfuhr es Edward.

Honey legte ihre Hand auf seinen Arm. »Was könnte uns passieren?«

Seine Finger schlossen sich schützend über die ihren. Wie anders er doch war als Jake Pennlyon! Mußte ich jeden Mann mit ihm vergleichen? Edward war freundlich, beschützend, liebevoll und zärtlich.

»Ich weiß es nicht«, antwortete Edward nachdenklich.

»Und du hast dich ihm versprochen, um uns zu retten?«

»Es sieht so aus.«

»Catherine!«

»Bildet euch bloß nicht ein, daß ich ihn wirklich heirate. Ich werde mich schon dagegen wehren.« Und schon wieder diese wilde Heiterkeit. Es machte mir Spaß, ihn zu bekämpfen. Ich hätte mir nie träumen lassen, daß man so starke Gefühle entwickeln konnte. Bei Carey war es natürlich Liebe gewesen, bei diesem Lyons war es Haß. »Ich mußte so tun, als ob ich mit allem einverstanden wäre, sonst hätte er euch verraten. Er ist ein schrecklicher Mensch. Ich hasse ihn und seinen Vater.«

»Aber Catherine, da ist doch die Verlobung!«

»Ich werde kein Gelübde ablegen. Unter keinen Umständen!«

Honey sah mich seltsam an. Dann wandte sie sich an Edward, als suche sie Schutz bei ihm.

»Hab keine Angst, meine Liebe«, sagte er jetzt. »Sie können nichts beweisen. In Zukunft müssen wir eben vorsichtiger sein. Ich muß Thomas warnen. Wenn der junge Pennlyon wirklich Bescheid weiß, könnte es sein, daß er auch ihm eine Falle stellt.«

Ich mußte an meinen Vater denken, der so viel Unglück verursacht hatte, bloß weil er einem Freund helfen wollte. Edward war genauso. Er war so anders als mein Vater... er war zum Märtyrertum geboren, was in unserer Zeit eine schlimme Sache war.

Ich ging hinauf in mein Zimmer, und es dauerte nicht lange, da kam Honey mir nach...

»Oh, Catherine, wohinein sind wir da geraten?«

Sie sah jetzt zerbrechlich und ängstlich aus, ihre Hand lag leicht auf ihrem Leib, als müßte sie das Kind beschützen, das darin heranwuchs.

Ich wollte sie beruhigen und sagte: »Hab keine Angst. Ich werden den aufgeblasenen Pennlyon schon überlisten.«

Ihre Stimmung änderte sich plötzlich.

»Weißt du, Catherine, ich habe dich nicht mehr so lebhaft gesehen, seitdem...«

Sie sprach nicht zu Ende, und ich wußte doch, sie meinte, seitdem ich erfahren hatte, daß Carey für mich verloren war.

Sie hatte recht. Ich habe mich seitdem nie mehr so lebendig gefühlt.

Am nächsten Tag verreisten die Pennlyons für eine knappe Woche im Zusammenhang mit dem Ankauf von Ausrüstungsgütern für die nächste Seereise. Zuvor kam Jake Pennlyon noch einmal nach Trewynd geritten. Ich sah ihn kommen, ging zu Honey und ließ mir das Versprechen geben, daß sie mich nicht mit ihm allein lassen würde.

Wir empfingen ihn in der Halle. Er umarmte mich wieder auf die mir inzwischen bekannte Art und Weise, und ich hätte ihn fast von mir gestoßen, was ihn zum Lachen brachte, weil er meinen Widerstand natürlich spürte. Ich glaube, es machte ihm Spaß. Meine Unterwerfung, von der er felsenfest überzeugt war, schien ihm um so lohnender zu sein, wenn er sie erzwingen mußte.

Honey schickte nach Wein, und wir begaben uns ins Teezimmer – alle drei zusammen.

»Ich habe schlechte Nachricht für Euch. Ich muß Euch verlassen«, sagte Jake Pennlyon.

Ich lächelte, und er fuhr fort: »Ihr müßt aber deshalb nicht gleich verzweifeln. Nur ein paar Tage, dann bin ich wieder zurück, und wir werden alles Versäumte nachholen.«

»Ich möchte nicht, daß Ihr Eure Geschäfte meinetwegen vernachlässigt«, sagte ich.

»Seid versichert, ich werde schon erledigen, was erledigt werden muß, aber dann eilig zu Euch zurückkehren. Jetzt würde ich gern ein wenig mit Euch im Garten spazierengehen. Ich muß etwas mit Euch besprechen.«

»Ich werde Euch begleiten«, sagte Honey gesetzt.

»Madam, wir möchten Euch nicht stören.«

»Es wäre mir ein Vergnügen.«

Seine Augen glitzerten. »Wir brauchen keine Anstandsdame.«

»Die Schicklichkeit verlangt es aber so.«

»Wir kennen hier keine solchen Förmlichkeiten«, sagte Jake Pennlyon. »Wir sind einfache Landleute.«

»Meine Schwester hat sich so zu verhalten, wie es ihre Familie von ihr erwartet.«

Ich lächelte sie an. Die liebe Honey. Sie war so dankbar, daß ich versuchte, sie und Edward vor den Pennlyons zu schützen.

»Wir werden ein bißchen im Garten herumspazieren und die Fenster im Auge behalten.«

Ich wunderte mich über mich selbst. Aber ich wollte mich unbedingt mit ihm zanken – allerdings lieber an einem sicheren Platz. Und so konnte ich meinem Wunsch, ihm zu sagen, wie sehr ich ihn verabscheute, nicht widerstehen.

Seine Augen leuchteten auf. Ich fragte mich, wie gründlich er mich bereits durchschaute.

Als wir zusammen hinausgingen, lachte er: »Wir sind dem Drachen also entwischt.«

»Honey ist kein Drachen. Sie befolgt nur die Gesetze der Schicklichkeit.«

»Unsinn!« sagte er. »Ihr und ich, wir sind so gut wie verheiratet. Ich werfe Euch doch vorher nicht mehr ins Gras.«

»Was, wie ich annehme, Eurer Taktik entspricht.«

»Eine ziemlich abgenutzte Taktik. Aber zügelt Eure Ungeduld. Wenn ich Euch erst einmal besitze, werde ich mich damit nicht mehr zufriedengeben.«

»Wirklich nicht?«

»Warum fragt Ihr so? Ihr wollt doch nicht versuchen, Eurer Verantwortung zu entgehen? Das würde Euch und den Euren schlecht bekommen.«

»Ihr seid ein grausamer und boshafter Mensch, ein Erpresser, ein Schänder! Ihr seid all das, was gute, ehrliche Menschen... besonders die Frauen... verachten.«

»Da irrt ihr. Die Männer versuchen, mir nachzueifern, und, was die Frauen anbelangt, Dutzende von ihnen würden zehn Jahre ihres Lebens geben, könnten sie an Eurer Stelle sein.«

Ich lachte ihm ins Gesicht.

»Ein Angeber seid Ihr auch!«

»Ihr gefallt mir«, sagte er.

»Das täte mir leid.«

»Ja«, fuhr er fort. »Ihr gefallt mir genauso gut, wie ich Euch gefalle.«

»Eure Menschenkenntnis ist nur sehr gering. Ich hasse Euch.«

»Der Haß, den Ihr für mich hegt, ist der Liebe sehr nahe.«

»Ihr habt noch eine Menge über mich zu lernen.«

»Und ein ganzes Leben lang Zeit dazu.«

»Da wäre ich mir nicht so sicher.«

»Ihr wollt also wohl Euer feierliches Versprechen nicht einhalten?«

»Versprechen... welches Versprechen? Ihr droht mit Schändung, Ihr seid ein Erpresser, und Ihr wagt es, von feierlichem Versprechen zu reden?«

Er blieb stehen und drehte mich zu sich herum. Ich bemerkte Honey und fühlte mich in Sicherheit.

»Schaut mir in die Augen«, verlangte er.

»Ich kann mir einen erfreulicheren Anblick vorstellen.«

Er packte mich so fest, daß ich nach Luft ringen mußte.

»Bitte, würdet Ihr daran denken, daß ich nicht an Brutalitäten gewöhnt bin. Ihr werdet mir Druckflecken machen. Das habt Ihr schon das letzte Mal getan.«

»Habe ich Euch also mein Siegel aufgedrückt? Das ist gut so. Schaut mich an.«

Stolz blickte ich hoch.

»Sagt mir jetzt, daß Ihr nichts für mich empfindet.«

Ich zögerte, und er lachte triumphierend.

Schnell sagte ich: »Ich nehme an, wenn man jemanden so haßt, wie ich Euch hasse, kann man nicht behaupten, daß man nichts empfindet.«

»Ihr haßt mich also? Seid Ihr ganz sicher?«

»Ganz sicher.«

»Aber es macht Spaß, mich zu hassen, nicht wahr? Sagt die Wahrheit. Euer Herz schlägt schneller, wenn Ihr mich seht, Eure Augen leuchten dann auf. Mich könntet Ihr nicht täuschen. Ich habe Euch also viel beizubringen. Und ich werde ein guter Lehrer sein.«

»Das wart Ihr zweifelsohne schon des öfteren.«

»Da dürft Ihr nicht eifersüchtig sein. Für Euch würde ich alle anderen aufgeben.«

»Versagt Euch um Gottes willen nichts! Geht, wohin Ihr wollt! Belehrt weiter, aber andere! Alles, was ich möchte ist, daß Ihr mich in Ruhe laßt!«

»Die Mutter meiner Söhne?«

»Die müßten erst noch empfangen werden!«

»Eine Tatsache, die mich mit Ungeduld erfüllt. Laßt uns dem Drachen entfliehen... jetzt!«

»Ihr zeigt mir nur zu deutlich, was Ihr mich lehren wollt. Aber Ihr vergeßt, daß ich keine Gasthausschlampe und kein Dienstmädchen bin. Ihr müßt Euch schon anders benehmen, wenn Ihr einer Dame aus guter Familie imponieren wollt.«

»Zugegeben, ich habe nicht in Euren Kreisen verkehrt. Aber Ihr könntet mir die Manieren beibringen, die Ihr von mir erwartet. Wer weiß, vielleicht werde ich sogar versuchen, Euch zu gefallen... falls Ihr mir zu Gefallen seid.«

»Ich gehe jetzt zurück ins Haus«, sagte ich. »Ich bin weit genug gegangen.«

»Was geschieht, wenn ich Euch entführe?«

»Meine Schwester beobachtet uns. Ihr Mann würde sofort kommen, mich zu befreien.«

»Glaubt Ihr, ich fürchte mich vor denen dort?«

»Wenn Ihr mich heiraten wollt, solltet Ihr lieber nicht die Situation schaffen, die so schändlich ist, daß sie nicht zu übersehen wäre, daß Ihr für mich nicht der passende Ehemann seid.«

»In diesem Fall...«

»In jedem Fall«, fuhr ich fort, »würde ein derartiges Verbrechen, sollte es tatsächlich geschehen, von meiner Familie mit allen Konsequenzen gerächt werden.«

»Ihr habt eine scharfe Zunge. Heilige Maria, mich dünkt, Ihr könntet ein böses Weib werden.«

»Und als Ehefrau eine ermüdende Belastung.«

»Für manche Männer sicher, für mich nicht. Ich werde Euch das Gift aus der Zunge herauspressen.«

Noch einmal drängte ich darauf, umzukehren.

»Nun habe ich aber wirklich genug von Eurer Unterhaltung. Ich will jetzt zurück ins Haus«, sagte ich.

Er ergriff meine Hand und tat mir dabei weh.

»Sollten wir jemals heiraten, müßtet Ihr lernen, zarter mit mir umzugehen. Ihr brecht mir ja die Finger.«

»Wenn wir heiraten, werde ich Euch so behandeln, wie Ihr es verdient – und das schon in der allernächsten Zukunft.«

Ich hatte meine Hand losgerissen und ging zurück.

Die Pennlyons machten sich noch am selben Nachmittag auf den Weg. »Wie gut ist es zu wissen«, sagte ich zu Honey, »daß sie nicht in der Nähe sind.«

»Catherine, was wirst du nur tun?« fragte sie ängstlich. »Du könntest nach Hause zurückgehen. Wir könnten sagen, deine Mutter sei krank. Jetzt, wo sie weg sind, wäre es der richtige Zeitpunkt zu gehen.«

»Ja, du hast recht, jetzt wäre es leicht möglich.«

Aber dann dachte ich, wenn ich gehe, kommt er mir nach. Oder, noch schlimmer, er verrät Thomas Elders. Ich stellte mir alle vor, die den Priester beherbergt hatten, und wie sie vor Gericht geschleppt würden.

Edward hatte zahlreiche Ländereien, und oft sind es die, die über einen großen Besitz verfügen, den man einziehen kann, welche am meisten leiden müssen.

Darüber sprach ich mit Honey, und sie wurde kreidebleich. Sie wußte, ich hatte recht.

»Ich werde nicht davonlaufen«, sagte ich. »Ich bleibe. Ich werde schon einen Weg finden. Das schwöre ich. Mach dir keine Sorgen. Das würde deinem Kind nicht gut bekommen.«

Tief im Inneren fühlte ich inzwischen, daß ich den Kampf mit Jake Pennlyon genoß. Er bereitete mir Vergnügen, und, wenn es auch Momente gab, in denen ich Angst hatte, so war dies eine Angst, die ein Kind vor Kobolden und Hexen und vor dem finsteren Wald empfindet. Erschreckend, aber unwiderstehlich.

»Ich bleibe lieber«, beschloß ich.

Drei Tage nachdem die Pennlyons weg waren, stand ich an meinem Fenster und schaute hinunter auf den Hafen. Da entdeckte ich

Jennet im Hof, direkt unter mir. Sie stahl sich heimlich in den Stall, und unter ihrer Schürze hielt sie etwas versteckt.

Luce kümmerte sich jetzt um mich, die arme Luce, deren rechte Schulter höher war als die linke und die überall voller Pockennarben war. Irgendwie vermißte ich Jennet. Luce arbeitete anständig und war mir ergeben, Jennet dagegen hatte mich betrogen und damit die ganze Affäre mit Jake Pennlyon ins Rollen gebracht. Allerdings, er hätte auch einen anderen Weg gefunden, wenn dieser nicht funktioniert hätte. Trotzdem, Jennet mit ihrem frischen jungen Gesicht, ihren weichen, sinnlichen Lippen und ihrem wilden Haar hatte mich mehr interessiert. Wieder fragte ich mich, wie weit Jake Pennlyon wohl bei ihr gegangen war. Er war nicht der Mann, der Zeit verlor, einem Dienstmädchen den Hof zu machen, davon war ich überzeugt.

Und was tat sie jetzt da unten im Stall? Traf sie einen Stallknecht? Das mußte ich herausfinden. Ich schlüpfte aus dem Haus und durch die kleine Tür in den Hof.

Als ich mich dem Stall näherte, hörte ich Stimmen. Jennets ziemlich schrille und andere leisere.

Ich öffnete die Tür, und da saßen sie auf dem Stroh. Jennet hatte eine Decke ausgebreitet, und darauf lagen Stücke Lamm- und Schaffleisch und eine halbe Pastete. Richard Rackell saß bei ihr und ein Fremder.

Mit einem erschrockenen Schrei sprang Jennet auf, Richard erhob sich und der andere auch. Es war ein dunkelhaariger Mann, den ich für ungefähr dreißig hielt. Die Männer verbeugten sich, Jennet starrte mich mit großen Augen ängstlich an.

»Was soll das bedeuten?« fragte ich.

»Mistreß«, begann Jennet.

Aber Richard unterbrach. »Ein Hausierer ist mit seinen Waren vorbeigekommen. Er ist weit gereist und halb verhungert. Jennet brachte ihm etwas zu essen aus der Küche.«

»Ein Hausierer? Wie kommt er in den Stall?«

»Er war schon auf dem Weg ins Haus, aber er war so erschöpft; er sollte sich hier erst eine Weile ausruhen, bevor er seine Waren ins Haus bringt.«

Richard hatte etwas Würdevolles an sich, er wirkte interessant. Darüber hatte die Ankunft eines Hausierers immer etwas Aufregendes, hier noch mehr als zu Hause im Kloster. Dort waren wir nicht weit weg von London, konnten das Kanalboot nehmen und einkaufen bei den Händlern, Spitzenklöpplern und anderen Handwerkern. Der Hausierer war inzwischen vorgetreten und verbeugte sich vor mir.

»Mistreß, sein Name ist John«, sagte Richard. »Er bittet um Nachsicht.«

Wieder verbeugte sich der Mann.

»Kann er nicht für sich selbst sprechen?«

»Das kann ich, Mistreß«, sagte John, und seine Stimme klang wie die von Richard.

»Ihr seid weit gereist?«

»Ich komme aus dem Norden.«

»Ihr hättet in die Küche gehen sollen. Dort hätte man Euch etwas zu essen gegeben. Es war ganz unnötig, daß das Dienstmädchen Essen stiehlt und es hierherbringt.«

»Das Mädchen hat keine Schuld«, sagte Richard freundlich. »Ich habe sie geschickt, etwas zu essen zu holen. Der Hausierer hat wunde Füße und sich ins Stroh fallen lassen, um sich auszuruhen.«

»Schön, er kann essen, soviel er will. Und Jennet, du kannst gehen und ihm Bier bringen. Dann kann er ins Waschhaus gehen und seine Waren ausbreiten, damit wir sie anschauen können. Jennet, du bringst ihn zum Waschhaus, nachdem er gegessen hat, und ich werde Mistreß Ennis sagen, daß wir einen Hausierer im Hause haben, der uns gerne seine Waren zeigen möchte.«

Nachdem ich Honey gefunden und ihr von dem Hausierer erzählt hatte, war sie so neugierig wie ich zu sehen, was dieser uns mitgebracht hatte. Er packte seinen Tornister aus. Darin hatte er Seide für Taschentücher, Schmuck, kleine Schächtelchen und Kämme verstaut. Er zeigte uns einen prachtvollen Kamm, mit dem man sein Haar befestigte und der so hoch war, daß man gleich drei Inches größer aussah.

Auf den stürzte ich mich und steckte ihn mir ins Haar. Honey meinte, er stünde mir.

Ich ließ sie zurück bei dem Hausierer, denn ich wollte den Kamm ausprobieren. Vielleicht, überlegte ich, könnte ich ihn zur Verlobung tragen, der ich allerdings noch vor kurzem entkommen wollte.

Schließlich zog ich mir ein rotbraunes Samtkleid an, steckte mir den Kamm ins Haar und gefiel mir. Ich wollte mich Honey zeigen und war schon im Begriff, in ihr Zimmer zu gehen, da fiel mir ein, daß sie vielleicht immer noch bei dem Fremden sein könnte, weil sie sich für nichts zu entschließen vermochte. Ich schaute aus dem Fenster und sah sie auch gleich zusammen mit dem Hausierer. Der hatte sein Bündel wieder aufgerollt, und die beiden unterhielten sich ernsthaft. Dann nahm sie ihn über den Hof mit ins Haus, nicht in die Küche, sondern in den Trakt, in dem sie und Edward ihre Zimmer hatten.

Das war allerdings merkwürdig. Wenn Hausierer vorbeikamen, wurden sie üblicherweise nicht in diesen Teil des Hauses eingeladen. Sie präsentierten ihre Waren, bekamen eine Erfrischung, und man erlaubte ihnen, sich auszuruhen, während ihr Maultier im Stall gefüttert und getränkt wurde. Hatten sie ihre Waren der Hausfrau gezeigt, bekam das Dienstpersonal sie zu sehen. Es war schon ein Ereignis, wenn ein Hausierer kam, für alle. Aber er wurde nicht in den Räumen des Gutsherren empfangen.

Ich konnte mir nur vorstellen, daß sie etwas in seinem Bündel gefunden hatte, das sie Edward zeigen wollte, und ich war neugierig, was es wohl sein könnte.

Im Teezimmer, wo ich dachte, sie zu treffen, waren sie nicht.

Ich zog den Vorhang beiseite und stieg die Stufen zum Solarium empor. Es handelte sich hier um einen großen Raum, der durch einen Vorhang in der Mitte in zwei Teile geteilt werden konnte. Der Vorhang war zurückgezogen, und ich betrat die zweite Hälfte. Dort war auch niemand. Dann hörte ich aber ihre Stimmen und erriet, wo sie waren. Am Ende des Solariums befand sich eine Tür, die in eine kleine Kammer führte, und in dieser Kammer, hoch in der Mauer, war ein Guckloch – ein Loch, geformt wie ein Stern, das kaum sichtbar war. Durch dieses Guckloch konnte man hinunter in die Halle sehen, um festzustellen, wer dort ankam.

Die Tür zu besagter Kammer war jetzt geschlossen; als ich näher kam, hörte ich wieder, nun noch deutlicher, Stimmen.

Das müssen sie sein.

»Honey«, rief ich, »bist du da?«

Einen Augenblick Stille. Dann hörte ich Honeys Stimme:

»Ja, ja, Catherine. Wir... wir sind hier.«

Ich öffnete die Tür. Edward und Honey saßen an einem Tisch, und neben ihnen der Hausierer.

»Wir wollten uns gerade seine Sachen anschauen. Ich möchte Edward etwas zeigen.«

Ich würde mir die Sachen gerne auch noch einmal ansehen, sagte ich und kaufte noch Batist für einen Unterrock, Honey einige Nadeln und etwas Nähgarn. Nichts gab es, was Edward interessieren könnte, und ich fragte mich, warum sie den Hausierer wohl ins Haus gebracht hatte. Edward machte auf mich einen gespannten Eindruck.

Drei Nächte nachdem der Hausierer angekommen war, sah ich die Galeone wieder. Die Pennlyons waren immer noch nicht zurück, aber ich erwartete sie jeden Augenblick... ich erwachte nachts wie damals. Es war drei Uhr morgens, und ich wunderte mich, was mich wohl geweckt haben konnte. Irgend etwas war los. Im Schlaf hatte ich ungewohnte Geräusche wahrgenommen – oder war ich halbwach gewesen? Der Vollmond schien ins Zimmer, ich stand auf und ging zum Fenster. Und da lag die Galeone in ihrer ganzen Pracht, die vier Masten, deutlich sichtbar – das größte und majestätischste Schiff, das mir je vor Augen gekommen war.

Daneben nahm sich der ›Springende Löwe‹ wie ein Zwerg aus, und ich mußte unwillkürlich lachen. Ich wünschte, Jake wäre jetzt da. Wie ich es genießen würde, wenn er das andere Schiff sähe! Aber der Gedanke, er wäre jetzt da, aus welchem Grund auch immer, war meinen Wünschen so entgegen, daß ich auch darüber lachen mußte.

Dann sah ich auch das Boot wieder auf dem mondbeschienenen Wasser. Es hatte ganz offensichtlich Kurs auf den Hafen genommen. Ich wußte, daß es jemanden von der Galeone an Bord hatte.

Ich hatte noch Jake Pennlyons Stimme im Ohr: »Bei Gott dem Allmächtigen, Ihr beschreibt eine spanische Galeone!«

Er hatte mir damals nicht geglaubt, daß ich überhaupt etwas gesehen hatte. Er hatte sich lustig gemacht über die Idee, eine spanische Galeone würde es wagen, in den Hafen zu kommen!

Während ich es noch beobachtete, verschwand das Ruderboot, wie in jener Nacht. Aber ich ging nicht zurück ins Bett, ich blieb sitzen und beobachtete weiter.

Eine halbe Stunde war verstrichen, die Galeone war immer noch da. Da hörte ich, daß sich unten etwas bewegte. Ich schaute hinunter und sah im Hof ein Licht. Instinktiv wußte ich, daß dieses Licht mit der Galeone in Zusammenhang stehen mußte. Irgend etwas geschah, und meine Neugier wollte befriedigt werden. Ich warf mir einen Mantel über, schlüpfte in meine Pantoffeln, ging die Treppe hinunter und trat hinaus auf den Hof.

Die kalte Nachtluft machte mich frösteln, ich hörte leise Stimmen. Dann sah ich die Laterne und Edward, ein Fremder war bei ihm. Ich schlich zurück ins Haus, mein Herz schlug wie wild. Rasch lief ich ins Solarium und schaute durch das Guckloch. Edward war inzwischen in die Halle gekommen, und der Fremde war auch noch bei ihm. In dem trüben Licht konnte ich sie nur vage erkennen. Sie waren in ein Gespräch vertieft. Edward führte den Fremden hinauf ins Teezimmer, und ich konnte sie nicht mehr sehen.

Ich war verwirrt, aber ich war mir sicher, daß jemand von der Galeone gekommen war, um Edward zu treffen.

Zurück in meinem Zimmer, sah ich, daß die Galeone den Anker gelichtet hatte und anfing, Fahrt zu machen. Ich stand da und schaute ihr nach, bis sie hinter dem Horizont versunken war.

Eine plötzliche Furcht nahm von mir Besitz. Edward schien in ein geheimnisvolles Unternehmen verwickelt! So viel war offensichtlich. Und wohin würde uns das alles führen? Schon seine Verbindung zu dem fahrenden Priester hatte mich in eine Situation gebracht, die mir äußerst zuwider war, die mir Angst machen könnte, wäre sie nicht so lächerlich. Es würde nicht so einfach sein, mich dem Netz der Pennlyons zu entziehen.

Ich ging wieder zu Bett, aber schlafen konnte ich nicht. Mich beschäftigte eine leise Ahnung davon, was der nächtliche Besuch bedeuten konnte.

Nein, Edward war kein solcher Narr, redete ich mir ein. Er ist viel zu zurückhaltend, viel zu sehr ein Idealist. Aber immer waren es gerade Männer wie er, die sich in gefährliche Situationen begaben.

Am nächsten Morgen sprach ich mit Honey.

»Was war letzte Nacht los?« fragte ich sie.

Erst wurde sie rot, dann blaß; ich merkte so, daß sie etwas wußte.

»Ich habe die spanische Galeone im Hafen gesehen!«

»Eine spanische Galeone? Du träumst wohl?«

»Diesmal nicht. Ich habe sie gesehen, da gibt es keinen Zweifel. Und das war noch nicht alles. Jemand ist an Land und in dieses Haus gekommen.«

»Du hast doch geträumt!«

»Ich habe nicht geträumt. Ich habe einen Mann hierherkommen sehen, Honey. Und ich stecke wohl am Ende mittendrin in euren Verrücktheiten. Befinde ich mich nicht schon in einer verzweifelten Situation euretwegen? Da möchte ich auch jetzt nicht im dunkeln tappen.«

Einen Augenblick sah sie mich fest an, dann sagte sie: »Ich bin gleich wieder zurück.«

Sie kam mit Edward. Er machte einen sehr ernsten Eindruck, so als wäre er entschlossen durchzuführen, was er begonnen hatte. »Honey hat mir erzählt, daß du heute nacht etwas gesehen hättest. Was war das genau?«

»Eine spanische Galeone in der Bucht und ein Boot, das ans Land ruderte und dir einen Mann ins Haus gebracht hat.«

»Und du nimmst an, der Mann, den du gesehen hast, war derselbe, der an Land gerudert ist?«

»Davon bin ich überzeugt, und ich möchte wissen, was da los ist.«

»Wir können dir vertrauen, Catherine. Ich weiß, welch ein guter Freund du uns immer warst.«

»Edward, was tust du? Wer ist der Mann, der heute nacht hier war?«

»Ein Priester.«

»Ah, das habe ich mir gedacht. Hast du noch nicht genug Schwierigkeiten wegen der Priester?«

»Es sind gute Menschen, Catherine, die in Gottes Namen verfolgt werden.«

»Und anderen Menschen Verfolgung bringen«, sagte ich für mich.

»Wir müssen alle für unseren Glauben leiden, wenn es sein muß.«

»Es bringt nur nichts, sich heutzutage auf den Marktplatz zu stellen und seinen Glauben hinauszuposaunen, besonders dann nicht, wenn die Königin und ihre Minister gegen diesen Glauben eingestellt sind.«

»Du hast recht, und du sollst wissen, was vorgeht. Honey und ich denken, daß du zurück ins Kloster gehen sollst. Wir sind hier vielleicht in Gefahr.«

»Gefahr gibt es überall. Sag mir, wer der Mann war, der gestern nacht hier war.«

»Er ist Jesuitenpater, ein Engländer. Er ist wegen seines Glaubens verfolgt worden, kommt aus Salamanca in Spanien.«

»Und ist mit einer Galeone hergebracht worden?«

Edward nickte. »Er wird hier für seinen Glauben arbeiten. Er wird Leute besuchen...«

»Wie Thomas Elders?« fragte ich.

»Zuerst wird er bei uns bleiben.«

»Und uns in Gefahr bringen?«

»Wenn Gott es so will.«

»Ist er jetzt hier?«

»Er hat das Haus früh am Morgen verlassen, bevor die Dienstboten wach waren. Er wird heute nachmittag zurückkommen. Ich werde ihn wie einen Freund begrüßen, und er wird eine Weile bei uns bleiben, bis er seine Pläne gemacht hat. Ich werde ihn als John Gregor, einen Jugendfreund vorstellen. Er wird zum Haushalt gehören, bis er wieder abreist.«

»Du bringst uns alle in eine furchtbare Gefahr.«

»Das kann schon sein, aber wenn wir verschwiegen sind, müßten wir sicher sein. Wenn du zu deiner Mutter zurückkehren möchtest, solltest du das tun.«

»Und was werden dann die Pennlyons tun, denk einmal nach, wenn ich sie derart verhöhne? Wenn ich nach Hause ginge, während sie ein großes Verlobungsfest planen! Würden sie das so ohne weiteres hinnehmen?«

»Sie müssen tun, was sie nicht lassen können.«

»Und Thomas Elders und der Jesuit und Honey und du?«

»Wir müssen auf uns selbst achten. Was hier geschieht, dafür kannst du nicht die Verantwortung tragen.«

Honey blickte mich ernst an. »Wir werden es nicht zulassen, daß du Jake Pennlyon heiratest, wenn du so dagegen bist.«

»So dagegen? Ich hasse den Mann! Wie sollte ich denn nicht dagegen sein?«

»Dann müssen wir eben einen Plan machen, wie du, ohne Verdacht zu erregen, von hier weggehen kannst, so wie Edward es gesagt hat. Und wenn sie uns deshalb dann Schwierigkeiten machen wollen, dann müssen sie es eben tun.«

Ich gab keine Antwort. Ich hatte mich schon längst entschieden, nicht zurückzukehren. Jake Pennlyon sollte nicht denken, ich wäre vor ihm davongelaufen. Ich wollte hierbleiben, und ihm entgegentreten. Ich würde ihm schon auf meine Weise widerstehen.

Aber in der Zwischenzeit verwickelten sich Edward und Honey immer tiefer in ihre konspirativen Aktionen, und ich bangte um sie.

Am Nachmittag kam John Gregory an. Er wurde von Edward als alter Freund begrüßt und bekam das rote Schlafzimmer mit dem Himmelbett und einem meilenweiten Blick über das Land.

Er hinkte, und an seiner linken Wange und an seinen Handgelenken hatte er Narben. Er war sehr groß, ging ein wenig nach vorne gebeugt; seine Augen hatten einen gehetzten Ausdruck, den ich nie vergessen werde.

Für mich sah er aus wie ein Mann, der viel gelitten hat. Ein Fanatiker, meinte ich, der immer wieder leiden wird. Solche Leute waren mir unheimlich.

Die Diener schienen die Erklärung für seinen Besuch zu akzeptieren. Ich beobachtete sie sorgfältig, um herauszufinden, ob es irgendeinen Verdacht gab, aber ich entbehrte Jennet, die eine solche Plaudertasche war, daß sie mir schon oft, ohne es zu wollen, wichtige Hinweise geliefert hatte. Luce war tüchtig, aber schweigsam, und ich überlegte, Jennet wieder einzustellen. Sie schien reuevoll. Andererseits war ich nicht sicher, ob ihr Anblick mich deswegen erzürnte, weil sie mich belogen hatte oder weil sie von Jake Pennlyons lüsternen Fingern angefaßt worden war und ich nicht wußte, ob er sie verführt hatte oder nicht.

Schließlich nahm ich sie am Tag, nachdem John Gregory ins Haus gekommen war, wieder in meine Dienste auf.

Ich warnte sie: »Du dienst mir, Jennet; wenn du mich je wieder belügst, lasse ich dich verprügeln!«

»Ja, Mistreß«, antwortete sie ernst.

»Und laß es dir eine Warnung sein, nicht mehr den Geschichten der Männer zu trauen. Du hast das Nachsehen, wenn du auf sie hereinfällst. Hast du dir das schon einmal überlegt?«

Ihr Gesicht lief hochrot an, und ich sagte nur noch: »Denk daran.« Ich brachte es nicht fertig, sie nach Einzelheiten zu befragen, nach dem, was zwischen ihr und Jake Pennlyon tatsächlich geschehen war. Ich sagte mir, das sei ungehörig – und doch hätte ich es gerne gewußt.

Ein weiterer Tag verging. Lang konnten die Pennlyons nicht mehr ausbleiben. Die Ruhepause neigte sich gewiß ihrem Ende zu.

Und dann waren die Pennlyons zurück; man merkte es sofort. Sogar die Diener schienen aufgeregt, und die Spannung in Trewynd stieg. Seit sie zurück waren, wurde die Anwesenheit von John Gregory für alle immer gefährlicher.

Es dauerte nicht lange, da kam Jake Pennlyon auch geritten. Ich hatte ihn erwartet und war deshalb auf ihn gefaßt. Ich hatte Honey wieder gebeten, uns unter keinen Umständen allein zu lassen.

Er saß in der Halle und trank Wein. Edward, Honey und ich beobachteten ihn aufmerksam. Er schien mir noch anmaßender, noch arroganter und sich seiner Fähigkeit, zu bekommen, was er haben wollte, noch sicherer zu sein als früher. Ich spürte wieder den Haß in mir aufbrausen und damit wieder die wilde Erregung.

Die Verlobung sollte in drei Tagen stattfinden, verkündete er.

»Das ist zu früh«, erwiderte ich.

»Nicht früh genug«, korrigierte er mich.

»Ich brauche Zeit, mich darauf vorzubereiten.«

»Ihr hattet alle Zeit der Welt, während ich weg war. Mehr bekommt Ihr nicht.«

Er kommandierte mich jetzt schon herum.

»Die Hochzeit findet zwei Wochen darauf statt«, sagte er mit nachdrücklicher Autorität. »Und einen Monat später segle ich fort.«

»Wohin wird Euch Eure Reise diesmal führen?« fragte Edward höflich.

»Wir bringen eine Ladung Stoffe nach Guinea und kommen, so hoffe ich, mit Gold und Elfenbein zurück. Es wird keine lange Reise werden, wenn es nach mir geht.« Er schenkte mir sein herausforderndes Grinsen. »Ich werde mein Weib vermissen.«

Edward wünschte ihm gutes Wetter, und eine Weile sprachen sie über das Meer. Jakes Augen glänzten. Er sprach über das Meer ebenso temperamentvoll, wie er über unsere Hochzeit gesprochen hatte. Die See faszinierte ihn, weil sie oft wild war und unvorhersehbar, nicht selten hatte er mit seiner ganzen Geschicklichkeit gegen sie ankämpfen müssen. Er war ein Mann, der kämpfen mußte. Immer mußte er bezwingen, unterwerfen. Für ihn mußte die Ehe ein immerwährender Kampf sein, sobald er gewinnen würde, mußte er alles Interesse verlieren. Aber warum sollte ich an seine Ehe denken? Ich wollte ein Spiel mit ihm spielen, das genauso gefährlich war wie seine Reisen. Vielleicht gab es in dieser Beziehung eine Ähnlichkeit zwischen uns, denn ich mußte zugeben, daß auch ich den Kampf liebte.

Wir begleiteten ihn alle in den Hof, da erschien John Gregory aus einer Seitentür. Wir konnten nichts anderes tun, als ihn vorzustellen.

Jake Pennlyon betrachtete ihn besonders aufmerksam.

»Wir sind uns schon einmal begegnet«, sagte er.

John Gregory sah ihn erstaunt an. »Ich erinnere mich nicht, Sir«, antwortete er.

Jake kniff die Augen zusammen, als suchte er etwas in seiner Erinnerung, was er nicht ganz fassen konnte.

»Ich bin mir ganz sicher. Ich vergesse Gesichter nicht leicht.«

»Wart Ihr irgendwann einmal im Norden?« fragte Edward.

»Nie. Aber ich werde mich erinnern. Nur im Augenblick komme ich nicht darauf.«

John Gregory zog eine Augenbraue hoch, als versuchte auch er, sich zu erinnern, und die Narbe auf seiner Wange trat mehr als sonst hervor.

»Ich habe mich sehr gefreut, meinen Freund John wiederzusehen«, sagte Edward herzlich. »Er hat sich entschlossen, eine Woche bei uns zu bleiben.«

Jake sah jetzt mich an und schien John Gregory vergessen zu haben.

»Wir erwarten Euch rechtzeitig in Pennlyon. Wir wollen nicht, daß die Braut zu spät kommt. Es könnte so aussehen, als stünde sie der Angelegenheit gleichgültig gegenüber.«

Er nahm meine Hand und küßte sie, seine Lippen schienen mir die Haut zu verbrennen. Ich wischte sie mir an meinem Kleid ab. Er sah die Geste, und sie amüsierte ihn.

Endlich verabschiedete er sich.

Wir gingen zurück ins Haus, und Edward fragte John Gregory: »Was hat er damit gemeint, daß er dich kennt?«

»Er hat einen Verdacht«, sagte Honey mit ängstlicher Stimme.

»Du bist ihm nie begegnet?« fragte Edward.

John Gregory runzelte einen Augenblick die Stirn und sagte dann bestimmt: »Nein.«

Zu meiner Verlobung kleidete ich mich mit peinlichster Sorgfalt an. Ich wollte so schön aussehen, wie es nur irgend ging, einzig und allein aus dem Grunde, wie ich mir selbst versicherte, ihn noch ärgerlicher zu machen, wenn er einsehen mußte, daß er mich verloren hatte.

Und nach der Verlobung? Was sollte ich dann tun? Ich sah keine andere Lösung, als zurückzugehen zu meiner Mutter. Würde er mir dorthin folgen? Er mußte seine Fahrt antreten, wie könnte er da hinter mir herreisen?

Und Honey und Edward, würde er sie verraten? Sicherlich müßte er beweisen, daß Thomas Elders in der Kapelle die Messe gelesen hat. Dann würde Elders gefangen, vielleicht sogar gefoltert werden, und wer konnte wissen, was sonst noch alles geschehen würde? Und dieser John Gregory? Er müßte vor meiner Abreise gehen. Natürlich, das war's, so mußte ich handeln. Ich konnte wirklich nicht mein eigenes Leben zerstören, bloß weil Edward und Honey sich in Schwierigkeiten gebracht hatten.

Zunächst lag die Verlobung vor mir, und ich hatte die Absicht, mich dabei so gut wie möglich zu amüsieren.

Jennet half mir beim Ankleiden, darin war sie geschickter als Luce. Sie bürstete mein Haar, bis es glänzte. Unsere Spiegelbilder im Spiegel strahlten. Sie hatte leuchtende Wangen, und ihre Haarfülle war von der Haube, die sie trug, kaum zu bändigen. Sie war zwar kein wirklich hübsches Mädchen, aber ein sehr begehrenswertes, das mußte ich zugeben. Sie hatte etwas Weiches und Nachgiebiges an sich. Früher oder später würde sie verführt werden, es wurde also Zeit, sie zu verheiraten.

»Magst du Richard Rackell, Jennet?« fragte ich sie.

Sie errötete – sie errötete sehr leicht – und schlug die Augen nieder.

»Also ja. Deshalb mußt du dich doch nicht schämen. Wenn er dich auch mag, könnte es vielleicht eine Hochzeit geben. Der Herr würde dir vielleicht eines der Häuschen geben und du könntest hier weiterarbeiten. Das würde dir doch gefallen, oder nicht?«

»O ja, Mistreß.«

»Du solltest heiraten... und zwar bald, davon bin ich überzeugt. Ich glaube, du bist ein wenig zu gutwillig, Jennet...«

»O nein, Mistreß, es ist nur, daß...«

»...daß, wenn sie dich streicheln und dir sagen, was für ein hübsches Mädchen du bist, du nicht nein sagen kannst.«

Sie kicherte.

»Du dummes Ding. Du ziehst mich an den Haaren.«

Ich wollte sie fragen: Was hat Jake Pennlyon getan, als er dich geküßt hat? Willst du mir vielleicht erzählen, daß das alles war? Aber ich sagte es nicht.

Sie bürstete immer noch meine Haare. Dachte sie jetzt an Jake oder an Richard Rackell?

Ich hatte die Absicht, mein Haar hochaufgetürmt zu tragen und es zum Schluß mit dem Kamm, den ich von dem Hausierer gekauft hatte, zu krönen.

»Löckchen sind die neueste Mode, Mistreß, und ich kann Locken drehen«, schlug Jennet vor.

»Ich mache meine eigene Mode. Ich habe keine Lust, so wie jede andere Dame der Gesellschaft auszusehen, auch nicht wie jedes Dienstmädchen.«

Enttäuscht steckte sie mir das Haar auf. Ich zog mein rotes Samtkleid an mit dem großen Dekolleté und den weiten fließenden Ärmeln. Es entsprach wirklich nicht der allerletzten Mode, aber es stand mir, und mit dem Kamm in meinem Haar sah ich fast königlich aus. Ich werde alle Würde brauchen, die ich aufbringen kann, um meinen Bräutigam in seine Schranken weisen zu können, dachte ich grimmig.

Jennet starrte mich mit großen Augen an.

»Oh, Mistreß, Ihr seht wunderschön aus... so schön.«

»Findest du?«

Sie senkte die Augen und begann zu kichern, und ich fuhr sie an. Sie wußte, daß ich ihr immer noch übelnahm, daß sie mich damals zu Jake Pennlyon gelockt hatte. Sie hatte so etwas Wissendes im Blick. Ich fragte mich später, ob Jennet, die dafür geboren schien, Männern Vergnügen zu bereiten, etwas von den Gefühlen verstand, die ich diesem einen entgegenbrachte. Denn sosehr ich mich auch bemühte, unbeteiligt zu erscheinen, er regte mich an, wenn auch nur dazu, ihn zu hassen.

Honey kam herein, und ich fühlte mich sofort unscheinbar neben ihr. Aber so mußte es jeder Frau gehen bei der strahlenden Schönheit von Honey. Sie trug Blau – ein tief violettes Blau, die Farbe ihrer Augen, was deren Strahlen noch unterstrich. Seit sie in anderen Umständen war, hatte sich ihre Schönheit verändert, ohne daß sie geringer geworden wäre. Sie trug ihr Haar bis zur Schulter und eine Perlenkette um den Hals.

Sie drückte meine Hand und sah mich ängstlich an.

»Alles in Ordnung, Honey«, beruhigte ich sie.

»Du siehst fantastisch aus.«

Ich schaute in den Spiegel. »Wie eine Walküre, die in die Schlacht zieht?«

»Ja«, gab sie zu, »ein bißchen schon.«

Wir wollten in der Kutsche nach Pennlyon Court fahren. Edwards Kutsche war Gegenstand der Bewunderung für alle, denn es gab nur wenige Leute, die ein solches Fahrzeug besaßen. Die meisten mußten sich auf ihre Pferde verlassen oder auf ihre eigenen Füße. Dennoch war es unbequem, in dem von zwei Pferden gezogenen Gefährt zu reisen.

Als wir über die Schotterstraßen holperten, flüsterte ich Honey zu: »Paßt auf mich auf heute nacht.«

»Das werden wir tun«, antwortete sie, »wir beide, Edward und ich.«

»Wir sind in seinem Haus. Das gibt ihm einen Vorteil, und den wird er nützen, darauf könnt ihr euch verlassen.«

»Du wirst ihn schon überlisten.«

»Das werde ich in der Tat, und dann, Honey, glaube ich, gehe ich heim.«

»Edward und ich haben darüber gesprochen. Wir halten es für das Beste für dich. John Gregory wird uns bald verlassen, dann sind wir in Sicherheit. Er kann nichts beweisen, und Edward ist einflußreich. Uns wird schon nichts passieren. Wir wollen nicht, daß du heiratest, nur um uns zu retten.«

»Heute werde ich allerdings dieses Spiel mitspielen. Er soll glauben, daß er die Schlacht gewonnen hat. Ich werde ihn das glauben machen, dann ist sein Schock um so größer, wenn er bemerkt, daß er doch geschlagen ist.«

»Das macht dir Spaß, Catherine, nicht wahr? Was ist nur in dich gefahren? Du warst früher ganz anders.«

»Es ist dieser Mann. Er erweckt solche Gefühle in mir, ich kenne mich fast selbst nicht mehr.«

»Nimm dich in acht, Catherine.«

»Ich werde mir die größte Mühe geben, ihm zu beweisen, wie sehr ich ihn verachte und daß er mich nie beherrschen wird.«

Die Kutsche holperte die Straße entlang. Edward lenkte die Pferde, und Honey und ich saßen hinter ihm. Bald hatten wir die Auffahrt zu Lyon Court erreicht. Wir fuhren unter Ulmen hindurch bis vor das Haus. Laternen auf der Veranda beleuchteten die Löwen aus grauem Stein – unüberwindlich sahen sie aus im Mondlicht.

Dienstboten eilten uns entgegen. Reitknechte nahmen uns die Pferde ab und bewunderten unsere Kutsche.

Wir wurden in die Halle geführt, wo die Pennlyons – Vater und Sohn – uns bereits erwarteten und begrüßten. Die Halle, von Hunderten von Kerzen erleuchtet, sah wunderschön aus. An dem einen Ende der Halle brannte ein Holzfeuer, obwohl es erst September und nicht kühl war. Die Tafel für das Bankett war bereits gedeckt, auch ein kleiner Tisch, der auf der anderen Seite des Raumes stand. Auf der Galerie spielten ein paar Musikanten auf ihren Geigen.

Sir Penn nahm mich in seine Arme und hielt mich fest an seinen großen Körper gedrückt. Er gab mir einen Kuß und lachte Jake über meinem Kopf hinweg zu, als wollte er ihn necken. Jake nahm mich ihm ab, und ich wollte mich ihm entziehen, aber es war sinnlos. Er hielt mich fest an sich gepreßt.

Sir Penn lachte. »Komm, Jake, dazu hast du später noch Zeit.« Er versetzte Edward einen Rippenstoß, der darauf gequält lächelte. Die Manieren dieser beiden müssen besonders ihm auf die Nerven gefallen sein.

Jake legte seinen Arm um mich und wirbelte mich um sich herum. »Du bleibst bei mir und begrüßt mit mir die Gäste.«

Leute aus den Nachbarhäusern begannen einzutreffen und gratulierten. Alles war mir unendlich unangenehm, und ich war froh, als wir bei Tisch saßen, der unter der Last der großen Pasteten und Fleischmassen fast zusammenzubrechen schien. Es gab Wild, Fasane, Torten, Marzipan, Zuckerbrot, Ingwerkeks; alles, was man sich nur vorstellen konnte.

Jake Pennlyon beobachtete mich. Ich wußte ganz genau, er hoffte, ich wäre von der Fülle der Speisen, die auf dem Tisch standen, beeindruckt. Er schien mir sagen zu wollen: Schau, wie wir leben! Schau unser schönes Haus an! Bald wird es auch dir gehören. Du wirst die Herrin sein – aber du wirst immer daran zu denken haben, wer der Herr ist.

Ich schaute über den Tisch hinweg, er sollte nicht sehen, daß ich tatsächlich beeindruckt war. Seine Hand lag auf meinem Bein – brennende, suchende Finger. Ich nahm sie und legte sie weg. Da ergriff er meine Hand und hielt sie an sich gepreßt.

»Ihr tut mir weh«, sagte ich. »Ich mag es nicht, überall blaue Flekken zu bekommen.«

»Habe ich Euch nicht gesagt, daß ich Euch mein Siegel aufdrükken werde?«

»Ihr habt es vielleicht gesagt, aber ich möchte es trotzdem nicht.«

»Und ich muß Eure Wünsche erfüllen, nehme ich an.«

»Das ist so der Brauch während der Zeit der Werbung.«

»Aber über die sind wir doch schon hinaus. Ich habe Euch doch schon gewonnen.«

»Das habt Ihr allerdings nicht.«

»Aber Cat, das ist unser Verlobungsfest.«

»Meine Mutter nennt mich Cat, und nur meine Mutter. Und ich möchte nicht, daß sonst irgend jemand diesen Namen verwendet.«

»Ich werde Euch nennen, wie es mir gefällt, und für mich seid Ihr Cat, die Katze. Ihr kratzt, aber bald werdet Ihr in meinen Armen schnurren.«

»Darauf würde ich mich nicht verlassen, wenn ich an Eurer Stelle wäre.«

»Ihr macht mich rasend.«

»Ich freue mich, daß ich in der Lage bin, Euch so zu reizen. Das ist genau die Wirkung, die Ihr nicht auf mich ausübt.«

»Fühlt Ihr wirklich keine Leidenschaft?«

»Nein, ich empfinde keine Leidenschaft!«

»Doch, da betrügt Ihr Euch nun selbst. Kommt, versucht einmal diesen Malvasierwein. Er wird Euch aufheitern, und seht, wir haben venezianische Gläser. Da sind wir genauso fein wie unsere Nachbarn.«

»Ein stilvolles Leben ist nicht von dem Geschirr abhängig, das Ihr verwendet. Es sind die Manieren, auf die es ankommt.«

»Und an denen mangelt es mir, Eurer Meinung nach?«

»Bedauernswerterweise ja.«

»Ich verspreche Euch, ansonsten werdet Ihr an nichts Mangel leiden.«

In unserem Kloster zu Hause hatte es immer genügend zu essen gegeben und mehr noch, aber so etwas wir hier hatte ich wirklich bisher nie gesehen. Für diese Leute war Essen etwas sehr Bedeutendes. Vor dem Türhüter, der den Wildschweinkopf hereinbrachte, ging ein Diener, der den Tisch küßte, bevor das Gericht abgestellt wurde, und anschließend verbeugte sich der Türhüter tief vor dem Tisch. Ein Küchenjunge fing eine Ohrfeige, weil er dem Wildschwein den Rücken zukehrte, und als das Spanferkel hereingebracht wurde, fingen die Musikanten auf der Galerie an zu fiedeln, und ein Diener schritt ernst voraus und trug ein kleines Lied vor.

Wir hatten um sechs Uhr mit dem Essen begonnen und saßen um neun Uhr abends immer noch bei Tisch. Unmengen von Wein und Bier waren getrunken worden.

Jake und sein Vater gingen ihren Gästen mit gutem Beispiel voraus, ich hatte noch nie gesehen, daß so viel gegessen wurde. Es amüsierte und ermutigte mich zu sehen, daß der Wein bereits seine Wirkung tat, denn ich nahm an, sie würden in diesem Zustand leichter zu beeinflussen sein als dann, wenn sie völlig nüchtern waren.

Die Musikanten spielten die meiste Zeit, und einer mit einer angenehmen Stimme kam zu uns herunter, stellte sich vor den Tisch und sang ein Liebeslied für Jake Pennlyon und für mich.

Während die Gäste noch Konfekt, gezuckerte Nelken und Marzipan nahmen, bestellte Jake einen Tanz, nahm mich bei der Hand und führte mich in die Mitte der Halle.

Die anderen folgten uns. Jake war kein guter Tänzer, aber er kannte die notwendigen Schritte immerhin. Wir drehten uns im Kreise, kamen wieder zueinander zurück und berührten uns während des Tanzes bei den Händen. Als der Tanz zu Ende war, zog er mich auf eine kleine Bank, die etwas abseits stand und hielt meine Hand fest.

»Das... das habe ich mir gewünscht in dem Augenblick, in dem ich Euch erblickte.«

»Dann ist Euer Wunsch ja in Erfüllung gegangen.«

»Der erste Wunsch. Noch viele Wünsche werden folgen. Jetzt sind wir so gut wie verheiratet. Ihr wißt hoffentlich, daß diese Verlobung bindend ist? Solltet Ihr den Wunsch verspüren, irgend jemand anderen zu heiraten, müßtet Ihr einen Dispens von der Kirche erwirken. Ihr seid jetzt an mich gebunden.«

»Das stimmt nicht. Es hat keine Verpflichtung gegeben.«

»Doch, wir sind aneinander gebunden. Alles, was Ihr jetzt noch tun könnt, ist, Euer Schicksal zu akzeptieren.«

»Warum nehmt Ihr Euch nicht eine andere? Von den Freuen, die heute abend hier sind, wäre die eine oder die andere vielleicht froh, Euch zu bekommen. Ihr seid offensichtlich begütert. Für jemanden, der Geschmack an Euch findet, wäret Ihr keine schlechte Partie.«

»Ich habe die eine, die ich mag und die an mir Geschmack gefunden hat, warum sollte ich mich noch weiter umschauen? Daß diese eine vorgibt, mich nicht haben zu wollen, hat mir sogar Spaß gemacht... bisher. Aber jetzt habe ich genug davon und möchte, daß Ihr mir Eure wahren Gefühle zeigt. Ich zeige Euch jetzt das Haus, das Euer Heim sein wird, und auch die Zimmer, die Euch zur Verfügung stehen werden. Kommt mit mir!«

»Man wird uns vermissen.«

Er lachte. »Und wennschon, sie werden lächeln und es verstehen. Wir können ihrer Nachsicht sicher sein. Wir sind lediglich noch nicht getraut, aber diese Trauung wird in kürzester Zeit stattfinden. Ich möchte Euch den Kamm aus dem Haar ziehen. Er sieht spanisch aus, was ich nicht leiden kann. Woher habt Ihr ihn?«

»Ein Hausierer hat ihn mitgebracht. Mir gefällt er.«

»Ein Hausierer! Fangen sie jetzt auch noch damit an, die widerwärtige spanische Mode bei uns einzuführen? Das kommt nicht in Frage.«

»Damit Ihr es wißt, ich werde tragen, was mir gefällt.«

»Reizt mich nicht, oder ich ziehe ihn Euch auf der Stelle aus dem Haar. Das würde Eure Schwester und ihren noblen Ehegatten schockieren, nicht wahr? Kommt, ich zeige Euch unser Hochzeitsbett, und Ihr könnt mir sagen, ob es Euch gefällt. Und in dem Bett wird es Euch gefallen, Cat, das weiß ich, wie ich von Anfang an gewußt habe, daß wir beide füreinander geschaffen sind.«

Er machte den Versuch, mich hochzuheben und zu tragen, aber ich sagte: »Ich möchte mich ernsthaft mit Euch unterhalten.«

»Wir haben noch Jahre Zeit, uns zu unterhalten. Jetzt kommt erst einmal mit.«

»Ich liebe Euch nicht«, sagte ich fest. »Ich werde Euch nie lieben können. Ich bin nur hier, weil Ihr mir gedroht habt. Glaubt Ihr wirklich, auf diese Weise kann man Liebe erzwingen? Ihr habt keine Ahnung von Liebe. Oh, ich zweifle nicht, daß Ihr temperamentvoll und stark seid, viele Piraten sind es. Piraten verheeren Städte samt ihren Frauen, sie erzwingen Unterwerfung. Aber das hat mit Liebe nichts zu tun. Von mir könnt Ihr keine Liebe erwarten.«

»Liebe«, sagte er und sah mir fest in die Augen. »Ihr sprecht soviel über Liebe. Was wißt Ihr denn davon?«

Es fiel mir schwer, meine Gefühle zu beherrschen, denn plötzlich hatte ich eine Vision von dem Leben, wie ich es mir ursprünglich erträumt hatte: Carey und ich zusammen. Remus Castle wäre unser Zuhause gewesen. Ich sah den Park von Remus, den von Mauern umgebenen Rosengarten, den Garten mit dem Teich und den ineinanderverflochtenen Wegen; und ich sah meinen geliebten Carey, mit dem ich mich als Kind so viel gestritten habe – so wie ich mich jetzt mit diesem Mann hier stritt, nur diesmal natürlich ganz anders – Carey, den die Liebe vornehm und zärtlich gemacht hatte, wie es dieser Mann nie würde sein können.

Er hatte sich näher zu mir herabgebeugt und sah mich an.

»Ich habe einmal geliebt«, sagte ich, »und ich werde nie wieder lieben.«

»Dann seid Ihr also nicht die Jungfrau, die ich mir versprochen habe?«

»Ihr macht mich krank. Ihr wißt nichts von Liebe, Ihr kennt nur die Lust. Ich habe mich noch keinem Mann hingegeben, aber ich habe geliebt und wollte heiraten, jedoch es sollte nicht sein. Mein Vater und seine Mutter hatten zusammen gesündigt, er war mein Bruder.«

Mit zusammengezogenen Augenbrauen betrachtete er mich eindringlich. Warum habe ich nur mit ihm über Carey gesprochen? Irgendwie hat mich das geschwächt, mich verletzbar gemacht. Dieser Mann kannte kein Mitleid. Würde er doch lieb, dachte ich, würde er zärtlich zu mir sein. Aber der hegte kein zärtliches Gefühl für mich. Der brauchte mich nur, um seine Lust zu befriedigen und seinen Wunsch, mich zu unterwerfen.

»Ich weiß sehr viel über Euch. Es war mir wichtig, so viel wie möglich über meine Frau zu erfahren. Euer Vater war ein Scharlatan.«

»Das war er nicht.«

»Er ist in einer Krippe in Bruno's Abbey aufgefunden worden. Ganz England sprach damals davon. Es hieß, es wäre ein Wunder geschehen, aber dann stellte sich heraus, daß es kein Wunder war. Er war der Sohn eines unberechenbaren Mönches und einer Dienstmagd. Soll ich die Tochter eines Scharlatans heiraten, die Enkelin einer Magd?«

»Das solltet Ihr auf keinen Fall«, erwiderte ich scharf. »Ein so gebildeter, kultivierter Herr wie Ihr darf sich nicht so wegwerfen.«

»Aber«, fuhr er fort, »dieser Scharlatan wurde immerhin ein reicher Mann. Er besaß große Ländereien, und Eure Mutter stammt aus einer hervorragenden Familie. Vielleicht könnte ich doch Gnade vor Recht ergehen lassen.«

»Ihr werdet doch sicher nicht wollen, daß so eine Frau die Mutter Eurer Söhne wird?«

»Um die Wahrheit zu gestehen, sie hat so etwas an sich, das mir gefällt, und nachdem ich bereits so weit gegangen bin, mich mit ihr zu verloben, werde ich sie auch in mein Bett nehmen, und wenn sie mir zusagt, behalte ich sie auch da.«

»Sie wird Euch niemals zu Gefallen sein. Setzt Euch ab von ihr, solange noch Zeit ist.«

»Ich bin schon zu weit gegangen.«

»Ich bin überzeugt, sie würde Euch freigeben.«

»Die Wahrheit ist, ich würde sie niemals mehr freigeben, und bald wird sie so unumschränkt mein sein, daß sie mich anflehen wird, sie niemals zu verlassen.«

»Eine hübsche Geschichte«, sagte ich. »Sie hat nur nichts mit der Wirklichkeit zu tun.«

»Kommt jetzt mit mir. Laßt Euch durch mich zeigen, wie die Liebe ist.«

»Ihr wäret der letzte, von dem ich das erfahren möchte. Ich bleibe bei der Gesellschaft, bis wir gehen. Es müßte auch schon langsam Zeit sein.«

»Heute nacht werden wir zusammen sein.«

»Heute nacht? Wie denn das?«

»Ganz einfach. Ich werde es arrangieren.«

»Hier?«

»Ich werde mit Euch zurückreiten. Ihr öffnet Euer Fenster, und ich werde hineinklettern.«

»Im Hause meiner Schwester?«

»Eure Schwester ist eine Frau. Sie wird es verstehen. Aber noch besser ist es, sie weiß nichts davon.«

»Ihr scheint immer noch nicht zu verstehen, daß ich nicht so verrückt auf Euch bin, wie Ihr es vorgebt auf mich zu sein. Ihr wißt ganz genau, daß ich Euch aus tiefster Seele verachte.«

»Glänzen vielleicht deshalb Eure Augen so, wenn Ihr mich seht?«

Ich stand auf und ging an meinen Platz am Tisch zurück. Notgedrungen mußte er mir folgen.

Volkstänzer waren inzwischen aufgetreten. Sie waren zu unserer Unterhaltung engagiert worden, sie tanzten jetzt in ihren maurischen glöckchenbehangenen Kostümen. Ihre Darbietungen wurden ausgiebig beklatscht. Anschließend spielten sie ein Stück, in dem Robin Hood und Marian, die Magd vorkamen. Auch das erntete viel Applaus. Es wurde danach noch weiter gesungen und getanzt, bis endlich das Fest zu Ende war.

Ich fuhr mit Honey und Edward in der Kutsche zurück, trotzdem bestand Jake Pennlyon darauf, uns zu begleiten. Er ritt neben der Kutsche, denn, wie er sagte, er wollte seine Braut nicht den schlechten Straßenverhältnissen oder den Vagabunden überlassen, die uns sonst vielleicht überfallen würden.

»Er wird versuchen, in mein Zimmer einzudringen«, flüsterte ich Honey zu. »Er hat es mir gesagt.«

»Wenn wir zu Hause sind, werde ich sagen, ich fühle mich nicht wohl, und ich werde dich bitten, bei mir zu bleiben«, flüsterte sie zurück.

Als wir in Trewynd aus der Kutsche stiegen, legte Honey eine Hand an ihre Stirn und stöhnte.

»Ich habe solche Kopfschmerzen«, sagte sie. »Catherine, könntest du mich wohl zu Bett bringen?«

Ich sagte zu und wünschte Jake Pennlyon kurz eine gute Nacht. Er küßte mich auf den Mund, so wie ich es zu hassen begann und wie ich es jedesmal zu vermeiden versuchte. Ich drehte mich um und ging mit Honey in ihr Zimmer.

»Jetzt wird er gehen«, meinte sie. Aber sie kannte Jake Pennlyon nicht.

Vorsichtig schlich ich mich in mein Zimmer. Ich machte die Tür nicht auf, sondern legte nur mein Ohr ans Schlüsselloch. Ich konnte das Fenster quietschen hören, als es aufging. Jake Pennlyon war über die Mauer geklettert und durchs Fenster, wie er es mir angedroht hatte. Wenn ich hineinging, würde ich ihn vorfinden, dessen war ich mir nun ganz sicher.

Ich sah ihn schon, wie er mich von hinten umfassen und meine Tür absperren würde. Ich wäre ihm dann auf Gnade und Ungnade ausgeliefert, ohne jegliche Chance, ihm zu entkommen.

Ich drehte mich um, schlich auf Zehenspitzen zurück in Honeys Zimmer und erzählte ihr, was ich vermutete.

»Bleib heute nacht bei mir«, sagte sie. »Edward kann in seinem Zimmer schlafen. Morgen mußt du zurück zu deiner Mutter. Der Mann ist gefährlich.«

Was für eine Nacht! Ich habe kein Auge zugemacht. Ich mußte immer an Jake Pennlyon denken, wie er in meinem Zimmer auf mich wartete. Ich konnte sein Siegesgeschrei förmlich hören, nachdem er mich erwischt haben würde. Mir war so, als wenn er den Schlüssel im Schloß umdrehte, und ich glaubte fast, seinen großen starken Körper zu spüren, wie er ihn an den meinen drückte. In meiner Vorstellung war das alles so lebendig, als erlebte ich es tatsächlich.

Erst gegen Morgen schlief ich ein und erwachte dann sehr spät. Honey trat ins Zimmer. »Falls er hiergewesen ist, jetzt ist er jedenfalls weg«, sagte sie. »Sein Pferd steht nicht im Stall.«

Leise ging ich zurück in mein Zimmer. Die Sonne schien auf mein Bett – es war leer, aber zerwühlt. Er mußte darin geschlafen haben!

Zorn überkam mich. Er hatte es gewagt, in meinem Bett zu schlafen. Wie ich ihn mir darin vorstellen konnte. Wartend auf die Braut, die nicht kam!

Als ich so dastand und auf mein zerwühltes Bett blickte, überkam mich ein Gefühl von Hilflosigkeit. Ich fühlte mich wie ein gejagtes Tier, dem eine Meute bellender Hunde auf den Fersen ist oder das unbarmherzige Jäger eingekreist haben.

Bis jetzt war ich ihm noch entronnen, aber wenn ich bedachte, wie leicht ich ihm gestern hätte in die Falle gehen können!

Er war ein Mann, der immer gewonnen hatte. Aber diesmal sollte es ihm nicht gelingen. Ich mußte verschwinden, nach Hause zurückgehen. Aber würde ihn das abhalten? In sechs Wochen müßte er hinaussegeln, aber bis dahin konnte er mich vielleicht schon bezwungen haben.

Gelänge ihm dies, würde ich mich für immer verachten, das wußte ich, und das wußte wahrscheinlich auch er. Es durfte also nicht geschehen. Ich mußte weiterkämpfen.

Im Haus konnte ich nicht bleiben. Über kurz oder lang würde er hergeritten kommen. Ich mußte dafür sorgen, daß ich unter keinen Umständen irgendwann mit ihm allein sein würde.

Ich ging hinunter in den Stall. Honey hatte mich gesehen und folgte mir.

Sie schaute ernst drein. »Du reitest aus... alleine?« fragte sie.

»Ich muß etwas tun, und zwar schleunigst.«

»Wir hätten es nie so weit kommen lassen dürfen.«

»Er war letzte Nacht in meinem Zimmer. Er muß auf mich gewartet haben und hat dann in meinem Bett geschlafen!«

»Welch eine Frechheit!«

»Honey, was soll ich tun?«

»Warte, ich komme mit dir. Dann bist du wenigstens nicht allein. Wir werden darüber reden.«

Ich ging mit ihr zurück ins Haus. Sie zog ihre Reitsachen an, dann holten wir die Pferde und ritten aus... in die entgegengesetzte Richtung von Pennlyon Court.

»Ich muß nach Hause zurück«, sagte ich.

»Damit hast du sicher recht.«

»Und zwar muß ich heimlich verschwinden, morgen oder übermorgen.«

»Ich werde dich schrecklich vermissen, aber Jake Pennlyon ist so fest entschlossen, am Ende würde er deinen Widerstand doch überwinden.«

»Kannst du dir eine Ehe mit so einem Mann vorstellen? Er würde mich zur Sklavin degradieren.«

»Du eignest dich sicher nicht als Sklavin.«

»Manchmal meine ich noch, man müßte ihm das doch begreiflich machen können.«

Sie sah mich prüfend an.

»Zieht er dich nicht doch ein wenig an, Catherine?« fragte sie.

»Ich hasse ihn so abgrundtief, es verschafft mir eine ungeheure Befriedigung, seine Pläne zu durchkreuzen.«

»Ich fürchte, seine Frau wird nicht glücklich werden, denn er wird immer ein untreuer, anspruchsvoller Ehemann sein. Sein Vater hat genug entsprechende Geschichten über ihn erzählt. Es gibt kein Mädchen im Dorf, wenn es nur einigermaßen hübsch ist, das vor ihm sicher wäre.«

»Das weiß ich sehr gut. Und so ein Mann ist nichts für mich.«

Wir waren auf der Spitze eines Hügels angekommen und sahen hinunter auf das kleine Dorf Pennyhomick mit seinen kleinen Häusern rund um eine Kirche.

»Wie friedlich das aussieht«, sagte ich. »Laß uns hinunterreiten.«

Aber wir stiegen lieber ab und führten unsere Pferde den steilen Abhang hinunter, und als wir auf die Dorfstraße mit ihren Giebelhäusern kamen, deren Dächer bis fast auf das Kopfsteinpflaster hinunterreichten, rief ich Honey zu, sie solle stehenbleiben. In einer Toreinfahrt hatte ich einen Mann gesehen – alles in mir rief Alarm.

»Laß uns umkehren«, sagte ich.

»Warum denn?« fragte Honey.

»Schau dir diesen Mann an, ich könnte schwören, er bedeutet Unheil.«

Mehr brauchte Honey nicht zu hören, sofort wendete sie ihr Pferd. Am Fuß des Hügels kam uns eine Frau entgegen. Sie trug einen Eimer auf ihrer Schulter, offensichtlich hatte sie gerade am Bach Wasser geholt.

Die Frau rief uns zu: »Bleibt weg, gute Leute! Im Dorf grassiert das Schweißfieber!«

So schnell wir konnten, ritten wir den Hügel hinauf, und erst als wir oben angekommen waren, drehten wir uns um und sahen zurück.

Mir schauderte. Bevor der Tag um war, würde es etliche Tote in diesem kleinen Dorf geben. Der Gedanke wirkte deprimierend. Langsam ritten wir weiter, da hatte ich eine Idee. Mir wurde bewußt, daß ich ja eigentlich alles eher wollte, als zurück nach Hause zu gehen. Ich suchte mehr nach einer Möglichkeit, es Jake Pennlyon heimzuzahlen. Das von der Seuche befallene Pennyhomick gab mir da eine Idee.

»Hör zu, Honey, wenn ich nach Hause zurückkehre, kann er zwei Dinge tun. Er kann mir nachkommen und mich vielleicht sogar eines Tages bezwingen. Oder er rächt sich an euch. Er ist grausam und erbarmungslos, und du kannst Gift darauf nehmen, daß er keine Gnade kennen wird. Ich werde nicht weglaufen. Ich bleibe hier und überliste ihn, und ich werde das Schweißfieber bekommen.«

»Catherine!« Honey wurde kreidebleich.

»Doch nicht in Wirklichkeit, liebe Schwester! Ich werde nur so tun als ob, und du wirst mir dabei helfen. Wir sind in Pennyhomick gewesen, wie du weißt, und ich habe mich angesteckt. Du wirst mich pflegen, und meine Krankheit wird andauern, solange der ›Springende Löwe‹ im Hafen liegt.«

Honey hatte ihr Pferd angehalten und starrte mich an.

»Catherine... ich glaube, das könnte uns Erfolg bringen.«

Ich lachte. »Er kann nicht kommen, wenn Schweißfieber im Hause ist. Das würde er nicht wagen. Und er muß mit seinem Schiff bald lossegeln. Er kann deshalb nicht das Risiko eingehen, eine Infektion mit an Bord zu bringen. Ich werde in meinem Zimmer bleiben, und nur du darfst mich pflegen. Aus meinem Fenster werde ich alles beobachten, was passiert. Honey, ist das nicht eine wunderbare Idee? Er wird abfahren müssen, ohn mich seiner Lust unterworfen zu haben. Und ich werde nicht aufhören können zu lachen.«

»Das Ganze klingt mir verführerisch.«

»Und ich hätte nie gedacht, daß die Großenkelin einer Hexe so begeisterungsfähig sein könnte. Du braust mir also ein Gemisch aus Butterblumensaft und Zimt und machst mir eine Gesichtsmaske, und ich werde so krank aussehen, daß er, sollte er mich am Fenster erblicken, umgehend seinen Appetit auf mich verlieren wird.«

»Niemand darf etwas davon erfahren, außer Edward und uns beiden.«

»Honey, ich kann es kaum erwarten, mit dem Spiel anzufangen. Ich werde sofort auf mein Zimmer gehen und über Kopfschmerzen klagen. Ich werde zu Bett gehen und Jennet schicken, mir heiße Milch mit einem Schuß Brandy zu holen. Dann kommst du zu mir, und von da an habe ich das Schweißfieber, und niemand darf in meine Nähe – außer dir, die du mit mir in Pennyhomick warst und deshalb das nächste Opfer sein könntest.«

Wir kamen nach Hause, und als einer der Reitknechte uns unsere Pferde abnahm, sagte ich vernehmlich: »Mir ist schrecklich schwindlig, Honey, ich habe Kopfschmerzen. Ich gehe gleich auf mein Zimmer.«

»Ich schicke dir ein Medikament«, sagte Honey. »Schau, daß du ins Bett kommst.«

Das war der Anfang.

Die Neuigkeit verbreitete sich in Windeseile.

Zehn Menschen sind in Pennyhomick gestorben! Die gefürchtete Krankheit hat sich auch in Trewynd Grange eingeschlichen! Die junge Gutsherrin pflegt ihre Schwester, mit der sie unglückseligerweise in Pennyhomick gewesen ist und von wo sie die Krankheit nach Trewynd gebracht hat!

Honey hatte befohlen, daß niemand den Turmflügel des Hauses

betreten durfte, in den man mich evakuiert hatte, um mich besser isolieren zu können. Das Essen wurde in einem Raum am Fuße der Wendeltreppe abgestellt, Honey ging hinunter und brachte es mir herauf.

Auch Edward kam uns nicht in die Nähe, das hätte uns sonst verraten können.

Am ersten Tag war es sehr aufregend, weil es nicht lange dauerte – wie ich angenommen hatte –, bis Jake Pennlyon angeritten kam.

Honey hatte mir das Gesicht bestrichen. Ich schaute mich im Spiegel an und erkannte mich selbst nicht mehr. So lag ich im Bett, die Decke bis zum Kinn hochgezogen, und hörte seine Stimme – volltönend, dazu geschaffen, an Deck seines Schiffes Befehle zu erteilen.

»Geht mir aus dem Weg, ich gehe hinauf! Die Schweißkrankheit! Das glaube ich nicht!«

Honey stand zitternd an der Türe, ich wartete. Die Tür wurde aufgerissen, und da stand er.

»Um Himmels willen, geht weg!« stammelte Honey. »Ihr seid verrückt, überhaupt heraufzukommen.«

»Wo ist sie? Sie will mich täuschen! Ich lasse mir aber nichts vormachen.«

Honey versuchte, ihn zurückzuhalten. »Wir waren in Pennyhomick«, sagte sie. »Habt Ihr nicht gehört? Sie sterben dort wie die Fliegen. Bringt nicht Euer Leben und das vieler anderer in Gefahr.«

Er trat ans Bett und sah auf mich herunter.

»Großer Gott!« entfuhr es ihm leise. Fast wäre ich in Gelächter ausgebrochen. Wie grotesk ich aussehen mußte! Jetzt wird er für immer genug von mir haben, dachte ich.

Als wäre ich im Delirium, stammelte ich: »Wer ist das... Carey... bist du es, Carey... mein Liebling...«

Ich wunderte mich, daß ich seinen Namen nennen konnte, ohne dabei die Beherrschung zu verlieren. Aber es war so, und ich frohlockte; und in seinem mir verhaßten Gesicht konnte ich Angst und Schrecken ausmachen.

Er war blaß geworden, selbst durch seine sonnengebräunte Haut war das erkennbar. Er streckte eine Hand aus und zog sie gleich wieder zurück.

Er drehte sich um zu Honey.

»Es ist also doch... wahr?« flüsterte er.

»Geht«, sagte Honey. »Jeden Augenblick, den Ihr hier verbringt, seid Ihr in Gefahr.«

Er ging, und ich hörte seinen schweren Schritt auf der Treppe. Ich setzte mich in meinem Bett auf und lachte, bis mir die Tränen kamen.

Die Tage gingen vorbei, langweilig und monoton. Es gab wenig zu tun für uns. Wir stickten, aber das war nicht nach meinem Geschmack. Jake Pennlyon sah ich oft. Ich mußte allerdings vorsichtig sein, denn er schaute herauf zu meinem Fenster; und wenn ich mich verriet und er mir auf die Schliche kam, ich weiß nicht, wie er reagieren würde. Manchmal mußte ich lachen, wenn ich daran dachte, wie er sich von mir täuschen ließ. Und das war das einzige, was diese Tage erträglich machte.

Einmal schlug ich Honey vor, nachts zu verschwinden und im Mondlicht reiten zu gehen. Sie machte mich aber darauf aufmerksam, wenn wir von einem der Dienstboten erwischt würden, wären alle unsere Anstrengungen umsonst gewesen.

Also widerstand ich der Versuchung, und die Tage blieben weiterhin langweilig!

Mit meinem Tod wurde täglich gerechnet. Alle sagten immerzu, es wäre ein Wunder, daß ich noch am Leben sei. Und dann erinnerten sie sich, daß auch mein Vater etwas Geheimnisvolles um sich gehabt hatte. Und Honey war die Urenkelin einer Hexe; die Geschichte, daß sie Heilmittel kenne, die sogar das Schweißfieber kurierten, machte die Runde. Jake kam jeden Tag herübergeritten, aber er betrat nie mehr das Haus. Er sprach mit den Dienern und fragte sie aus. Wahrscheinlich war er immer noch mißtrauisch.

Der Plan funktionierte zur allgemeinen Befriedigung, und nicht nur in einer Richtung. Er gab auch John Gregory Zeit, seine Pläne in aller Ruhe auszuarbeiten. Keiner traute sich, Trewynd aufzusuchen, solange das Schweißfieber noch im Hause war.

Nach drei Wochen eintönigen Lebens brachte Honey eine Neuigkeit.

Jake Pennlyon hatte sich entschlossen, zwei Wochen früher abzusegeln. Die Wetterbedingungen waren noch gut, und er wollte weg, bevor die Zeit der Stürme begann. Eine Hochzeit könnte in nächster Zeit sowieso nicht stattfinden.

Verstohlen beobachtete ich von meinem Fenster aus das rege Treiben im Hafen. In aller Eile wurde das Schiff beladen, die kleinen Boote ruderten hin und her, ich war begeistert.

Und endlich kam der Tag, an dem der ›Springende Löwe‹ seine Anker lichtete, davonsegelte und Jake Pennlyon mit sich nahm.

Er hatte mir einen Brief geschrieben, der mir ausgehändigt wurde, nachdem sein Schiff am Horizont verschwunden war.

»Es hat keinen Zweck, die Reise weiter aufzuschieben; je eher ich gehe, desto eher komme ich wieder zurück«, schrieb er. »Ihr werdet auf mich warten.«

Ich lachte laut, denn ich hatte gewonnen.

Nachdem der ›Springende Löwe‹ fort war, setzte auch meine Genesung ein. Eine Woche später war ich wieder auf den Beinen. Es war eine endlos lange Woche, aber wir mußten unserer Komödie den Anschein von Wahrheit sichern. Die Diener waren allerdings dennoch überrascht, denn nur wenige Menschen überlebten das Schweißfieber, und darüber hinaus hatte Honey mich gepflegt und sich nicht angesteckt.

Jennet kam Ende der Woche zu mir zurück. Es war angenehm, wieder ihr Geplauder hören zu können.

Sie sah mich beinahe mit Ehrfurcht an. »Mistreß«, meinte sie, »man sagt, Ihr hättet übernatürliche Kräfte.«

Das gefiel mir nicht schlecht.

»Man sagt, Ihr seid die Tochter eines Heiligen. Und die Herrin selbst... die stamme von Hexen ab. Ja, das sagt man.«

Ich nickte. »Nun, hier siehst du mich, Jennet, fast so heil wie zuvor.«

»Es ist ein Wunder, Mistreß...«

Die Tage waren fortan lang, die Spannung der letzten Zeit war weg. Auch der Hafen war nicht mehr aufregend, seit der ›Springende Löwe‹ nicht mehr dort schaukelte; und es gab die Gefahr nicht mehr, daß Jake Pennlyon plötzlich auftauchen könnte.

Ich begann darüber nachzudenken, wirklich nach Hause zurückzugehen. Meine Mutter würde sich freuen, mich wiederzusehen.

Vielleicht weil es so wenig Interessantes gab, fing ich auch an, Jennet zu beobachten. Sie hatte sich irgendwie verändert, hatte etwas Schlaues an sich, etwas Geheimnisvolles. Oft, wenn ich mit ihr sprach, schien sie zusammenzuschrecken, als fürchte sie die Entdeckung eines schuldhaften Geheimnisses.

Oft ging sie in den Stall, und ein- oder zweimal habe ich sie im Gespräch mit Richard Rackell angetroffen.

Ich war überzeugt, sie waren ein Liebespaar. Jennet war nicht der Typ, der sich bis zur Hochzeit aufbewahrt. Der versonnene Ausdruck in ihren Augen, der wissende Ausdruck um den Mund, das alles sagte viel. Ich besprach es eines Tages mit Honey.

»Ja, so muß Eva ausgesehen haben, nachdem sie vom verbotenen Baum gegessen hatte«, sagte Honey. »Wo Edward doch keine Unmoral unter den Dienstboten mag, und Jennet, sollte sie ihre Jungfernschaft wirklich verloren haben, der Typ von Mädchen zu sein scheint, der rasch von einem Mann zum nächsten geht.«

Ich stellte Jennet auf die Probe. »Ich werde sehr bald zurück nach Hause gehen, Jennet.«

»Oh, Mistreß, und wenn er zurückkommt?«

»Wer?« fragte ich, obwohl ich ganz genau wußte, wen sie meinte.

»Der Herr... der Kapitän.«

»Seit wann ist er der Herr dieses Hauses?«

»Nun, Mistreß, er ist der Herr, wo immer er hinkommt, nehme ich an.«

»Das ist Unsinn. Hier ist er nichts dergleichen.«

»Aber er hat sich für Euch entschieden.«

»Davon verstehst du nichts. Was ich von dir wissen möchte, ist folgendes: Du gehst oft hinunter in den Stall.«

Die hochroten Flecken auf ihren Wangen bestätigten mir, daß ich die richtigen Schlüsse gezogen hatte. Sie ließ ihren Kopf hängen, und ihre Finger zupften an ihrem Rock. Sie tat mir leid. Arme Jennet. Da stand sie, dazu geschaffen, Frau und Geliebte zu sein. Nie würde sie eine Chance haben gegen die Schmeicheleien der Männer.

»Schön«, sagte ich, »du bist offensichtlich also keine Jungfrau mehr. Vielleicht trägst du sogar bereits ein Kind in dir. Hast du schon einmal daran gedacht?«

»Ja, Mistreß.«

»Der Herr des Hauses – ich meine, der wirkliche Herr dieses Hauses – wird sehr ungehalten sein, wenn er davon erfährt. Er erwartet von seinen Dienstboten einen moralischen und christlichen Lebenswandel.«

Sie zitterte, und ich legte meinen Arm um sie. Ich war ihr böse gewesen, weil Jake Pennlyon sie so leicht dazu hatte anstiften können, mich zu belügen. Aber jetzt, da sie wohl die Geliebte von Richard Rackell geworden war, sah ich sie in einem anderen Licht. Die arme Jennet trug eine schwere Last, sie war mit einer übermächtigen Sinnlichkeit gesegnet, war dazu geboren, sexuelle Freuden zu geben und zu empfangen. Der Grund, warum sie eine ständige Versuchung für die Männer bedeutete, war, daß Männer eine ständige Versuchung für sie bildeten. Für sie war es viel schwieriger, auf dem Pfad der Tugend zu bleiben, als für viele andere Mädchen. Deshalb sollte man versuchen, sie zu verstehen und ihr zu helfen.

»Hör zu, Jennet«, sagte ich, »was geschehen ist, ist geschehen. Du hast unklug gehandelt, und jetzt mußt du dich entscheiden. Wenn ich nach Hause zurückgehe, müßtest du mitkommen, oder der Mann, der dich verführt hat, sollte dich heiraten. Ich weiß, wer es ist. Ich habe euch oft genug zusammen gesehen. Wenn also Richard Rackell dazu bereit ist, solltest du ihn heiraten. Das würde der Herr auch so wollen. Ist dir das recht?«

»Doch, Mistreß, das ist mir recht.«

»Gut. Ich werde mit dem Herrn reden.«

Ich freute mich zu sehen, wie erleichtert sie war, denn ich mochte das Mädchen, und ich wollte, daß sie heiratete und seßhaft wurde.

Wenn Jake Pennlyon zurückkam, würde ihre Schwangerschaft sicher bereits deutlich sichtbar sein. Er würde sich nicht mehr für sie interessieren. Als Ehefrau wäre sie auch geschützt vor Schimpf und Schande. Und ich wäre inzwischen wieder zu Hause.

Ich sprach mit Honey über diese Angelegenheit.

»Es würde mich nicht wundern«, sagte ich, »wenn sie bereits schwanger ist. Richard Rackell muß sie schleunigst heiraten.«

Honey gab mir recht und ließ Richard sofort rufen.

Als er ins Teezimmer trat und danach vor dem Tisch stand, fiel mir wieder sein gutes Benehmen auf. Ich hatte nicht den Eindruck, daß Jennet eine standesgemäße Frau für ihn wäre. Aber, so wie die Dinge lagen, mußte er sie auch heiraten.

»Richard, ich glaube, du möchtest gerne heiraten«, sagte Honey.

Er verbeugte sich. Sein Gesicht war ausdruckslos.

»Ich glaube, du und Jennet ihr seid mehr als Freunde.«

Sie betonte das Wort ›mehr‹, und als er keine Antwort gab, fuhr sie fort: »Unter diesen Umständen erwartet der Herr, daß du sie heiratest. Wann willst du das tun?«

Er zögerte immer noch, dann antwortete er: »Wenn die Zeit gekommen ist.«

»Wenn die Zeit gekommen ist?« fragte ich erstaunt. »Was willst du damit sagen?«

»In... drei Wochen. So lange brauche ich noch.«

Ich fragte mich, wozu er drei Wochen benötigte, aber er strahlte so viel Würde aus, daß es mir nicht passend zu sein schien, mit weiteren Fragen in ihn zu dringen.

»Gut«, sagte Honey, »dann findet die Hochzeit also in drei Wochen statt.«

»Wir werden sie angemessen feiern.« Ich bemühte mich, wieder-gutzumachen, daß ich so unfreundlich zu Jennet gewesen war.

Es war also abgemacht. Ein anderer Priester mußte ins Haus kommen – weder Thomas Elder noch John Gregory konnten ja die Trauung vornehmen.

Ich rief nach Jennet und erzählte ihr die Neuigkeiten.

»Ich schenke dir das Hochzeitskleid, und Luce soll sofort mit dem Nähen beginnen.«

Jennet fing zu weinen an. »Mistreß«, schluchzte sie, »das verdiene ich wirklich nicht.«

»Jennet«, beruhigte ich sie, »du warst vielleicht zu bereitwillig, aber das ist jetzt geschehen. Nun mußt du Richard eine gute Frau sein und ihm vielleicht viele Kinder schenken. Man wird die Tatsache, daß du nicht bis zur Hochzeit gewartet hast, vergessen.«

Ich tätschelte ihre Schulter, das brachte sie allerdings noch mehr zum Weinen.

Weil die Tage jetzt eher langweilig waren, unterhielten wir uns oft über Jennets Hochzeit. Edward hatte bestimmt, daß die Volkstänzer kommen sollten. Wir würden Spiele veranstalten und sogar einen Kuchen backen, mit einem Silberpenny darin, und der, der ihn finden würde, wäre der König des Tages.

Seit der Abfahrt des ›Springenden Löwen‹ litt Sir Penn an einer Krankheit, die die Ärzte nicht erkannten, also aus dieser Richtung fühlten wir uns also ziemlich sicher.

In der Küche hatten die Vorbereitungen für das zu erwartende Fest bereits begonnen. Noch nie war so viel Aufhebens um Jennet gemacht worden.

Die Tage verstrichen. Irgendwann sagte ich zu Honey: »Sobald Jennet verheiratet ist, beginne ich mit meinen Vorbereitungen für die Heimreise.«

»Die Gelegenheit ist günstig«, antwortete sie. »Jake Pennlyon befindet sich auf hoher See, sein Vater liegt im Bett, und es herrscht überall Aufregung wegen der Hochzeit. Ein paar Tage lang wird niemand bemerken, daß du abzureisen gedenkst. Der Himmel weiß, wie sehr ich es bedaure, dich ziehen lassen zu müssen. Ohne dich wird es hier so langweilig sein, Catherine. Aber wenn er früher zurückkommt als erwartet, dann ist es zu spät; und noch einmal können wir nicht hoffen, ihn zu überlisten.«

»Wenn er wüßte, wie übel wir ihm mitgespielt haben, seine Rache möchte ich nicht erleben.«

Mich schauderte. »Darum, sobald die Hochzeit vorbei ist, reise ich. Glaubst du, Richard wird Jennet ein guter Ehemann sein?«

»Er ist ein sehr wohlerzogener Junge.«

»Er ist so seltsam. Ich kann mir kaum vorstellen, daß er Jennet verführt hat.«

»Wenn du mich fragst, hat sie ihn verführt.«

»Zumindest hält sie ihn jetzt gefangen. Ich nehme aber an, sie wird ihm eine gute Frau sein. Und ich habe ihr verziehen. Jake Pennlyon hatte sie wohl dazu genötigt, mich zu verraten. Ich glaube, sie bereut es jetzt sehr.«

»Für ein Mädchen wie Jennet ist Jake Pennlyon sicher unwiderstehlich gewesen«, sagte Honey.

Ich wechselte das Thema. Ich wollte nicht darüber nachdenken, wie Jake Pennlyon Jennet dazu gebracht hatte. Ich hatte schon viel zuviel darüber nachgedacht.

Dann kam die Nacht, in der ich die spanische Galeone zum drittenmal sah.

Es war ein ganz gewöhnlicher Tag gewesen, ruhig und friedlich. Wir konnten also nichts ahnen von den ungeheuren Ereignissen, die auf uns zukommen sollten.

Ich war angenehm müde, als ich zu Bett ging, und schlief fast sofort ein.

Wie in vorhergehenden Nächten wurde ich von ungewohnten Geräuschen geweckt. Ich lag still und lauschte. Ich hörte leise Schritte, vielleicht eine Magd, die sich mit einem Liebhaber traf? Ich stand auf und ging ans Fenster.

Da lag sie, in all ihrer Pracht, näher denn je: die mächtige, herrliche spanische Galeone.

Ich mußte hinunter, hängte mir einen Mantel um und wollte zur Tür, da ging diese plötzlich auf.

John Gregory stand auf der Schwelle.

»Was ist los?« fragte ich.

Er gab keine Antwort. Er trug einen langen Mantel und eine Kapuze, sein Gesicht war bleich, seine Augen glänzten. Dann sprach er in einer Sprache, die ich nicht kannte, und ich merkte, daß er einen Fremden bei sich hatte.

»Wer ist das?« fragte ich. »Was macht Ihr hier?«

Sie gaben keine Antwort.

Der Fremde trat ins Zimmer. John Gregory nickte in meine Richtung, dann sprach er wieder.

Der Fremde ergriff mich, ich versuchte, mich gegen ihn zu wehren, aber er hielt mich fest. Ich wehrte mich mit Händen und Füßen, dann schrie ich, und sofort legte sich John Gregorys Hand auf meinen Mund. In wenigen Sekunden hatte er mir ein Taschentuch zwischen die Zähne gesteckt. Ich konnte keinen Laut mehr von mir geben. Sie legten mich aufs Bett, und ein Gedanke schoß mir durch den Kopf: Habe ich mich dafür Jake Pennlyon verweigert?

Aber diese Männer hatten nichts Lüsternes an sich, sie schienen lediglich entschlossen, ein Vorhaben auszuführen. An den Armen wurde ich gefesselt, dazu hatten sie Seile mitgebracht, meine Füße wurden zusammengebunden. Ich war zusammengeschnürt wie ein Bündel, und ich war hilflos.

Dann schleppten sie mich aus dem Zimmer, die Wendeltreppe hinunter und hinaus in den Hof.

Dort sah ich eine Gestalt liegen. Überall war Blut. Ich wollte schreien, aber ich brachte keinen Ton heraus. Ich war wie gelähmt vor Furcht und Entsetzen.

Als sie mich an der blutenden Gestalt vorbeitrugen, erkannte ich, daß es Edward war.

Honey! wollte ich schreien. Honey, wo bist du?

Draußen wartete Edwards Kutsche. Richard Rackell hielt die Pferde am Zügel – drei der besten und schnellsten Pferde.

Richard Rackell, ein Verräter! Ich wollte schreien, aber nichts konnte ich tun.

Ich wurde in die Kutsche gesetzt. Da saßen noch zwei Gestalten. Mein Herz machte einen Sprung vor Erleichterung und gleichzeitigem Entsetzen, es waren Honey und Jennet.

Sie starrten mich an, und ich starrte sie an. Wir konnten uns nur mit Blicken verständigen. Sie waren genauso gefesselt und geknebelt wie ich. Ich fragte mich, ob Honey wohl wußte, daß Edward in seinem Blut lag.

Stimmen – fremdartige Stimmen. Ich meinte, herauszuhören, sie sprachen spanisch.

Die Kutsche setzte sich in Bewegung. Wir fuhren hinunter zum Meer.

Wir waren von Piraten entführt worden. In unserer Mitte hatte es Verräter gegeben, was zur Folge hatte, daß Edward im Hof in seinem Blut lag und Honey, Jennet und ich auf die spanische Galeone gebracht wurden.

Reise zu einem unbekannten Ziel

Man schleppte uns auf ein bereitliegendes Boot. Im Licht einer Laterne konnte ich deutlich Richard Rackells Gesicht erkennen. Verräter! wollte ich wieder schreien. Meine Kehle schmerzte aber vor Wut.

Ich wurde in das Boot gehoben, und da lag ich hilflos. Sie legten Honey neben mich, dann Jennet. Wir konnten unsere Gesichter nicht sehen, die Nacht war sehr dunkel. Kein Mond schien, nur das Licht der Sterne war sichtbar, da keine Wolke sie verbarg.

Ich bemühte mich, über eine Fluchtmöglichkeit nachzudenken, versuchte mir vorzustellen, was man mit uns vorhatte. Wir waren entführt worden, wie so viele Frauen im Laufe der letzten Jahre. Piraten kamen an Land, plünderten, stahlen, brannten ganze Dörfer nieder und nahmen die Frauen mit zu ihrem Vergnügen.

Wenn ich nur mit Honey reden könnte! Wenn mir nur etwas einfallen würde! Aber ich war hilflos, lag zu einem Bündel verschnürt auf einem Boot, das von Fremden schnell aufs Meer hinaus gerudert wurde. Und zwei Männer, verkleidet als Reitknecht und Priester, bewachten uns.

Eine wilde, fantastische Hoffnung überkam mich. Wenn der ›Springende Löwe‹ plötzlich auftauchte – unerwartet früh von der Fahrt zurück – und man die Galeone entdecken, Jake Pennlyon sie entern würde. Ich konnte seine Augen förmlich leuchten sehen, ich sah ihn, mit weitgespreizten Beinen, seinen blutbefleckten Stutzsäbel in der Hand, dastehen und hörte ihn lachen, während er meine Fesseln aufschnitt.

Aber das war nur ein Traum.

Zügig glitt das Boot durchs Wasser, der spanischen Galeone entgegen.

Die Männer zogen schließlich die Ruder ein. Wir waren angekommen und kein ›Springender Löwe‹ war in Sicht, kein Jake Pennlyon, um unsere Fesseln zu lösen.

John Gregory beugte sich über mich. Er schnitt das Seil, das meine Füße umschnürte, auf und nahm mir den Knebel aus dem Mund und zog mich auf die Beine, meine Arme blieben auf den Rücken gebunden.

Unsicher richtete ich mich auf, über uns ragte hoch auf die Galeone.

Honey und Jennet standen neben mir, gefesselt wie ich.

»Honey«, sagte ich, »man hat uns entführt.«

Sie nickte. Wieder fragte ich mich, ob sie wohl Edward gesehen hatte. Armer Edward.

Und Jennet, sie würde jetzt keine Hochzeit feiern.

Eine Strickleiter wurde von der Galeone heruntergelassen.

»Klettert hinauf«, befahl John Gregory.

»Ohne Hände, du Verräter?« fragte ich.

»Ich werde Euch losbinden. Aber versucht nicht, Dummheiten zu machen. Nur schön die Leiter hinauf.«

»Und wozu das?«

»Das werdet Ihr schon noch erfahren.«

»Du Schuft!« schrie ich ihn an. »Du bist in unser Haus gekommen... und hast uns verraten!«

»Jetzt ist nicht die Zeit zu reden, Mistreß«, sagte er nachsichtig. »Jetzt müßt Ihr nur gehorchen.«

»Wozu sollen wir an Bord? Dies ist ein spanisches Schiff!«

»Bitte zwingt mich nicht, Euch weh zu tun.«

»Mir weh tun? Habt Ihr mich nicht mit Gewalt hierhergebracht... und Ihr tut so, als wolltet Ihr mir nicht weh tun?«

Honey beschwichtigte mich. »Beruhige dich, Catherine, es hilft nichts.«

Ihre Stimme klang hoffnungslos. In dem Moment glaubte ich, daß sie Edward im Hof liegen gesehen hatte. Aber ich war wütend. »Ihr seid kein Priester«, fuhr ich John Gregory an.

Er antwortete nicht, befreite meine Hände und stieß mich zur Strickleiter hin.

Richard Rackell wartete dort auf mich. Über uns konnte ich Gesichter erkennen, die auf uns herunterblickten.

Jemand rief etwas auf spanisch, und John Gregory antwortete ihm in derselben Sprache.

Das Boot schaukelte. Es würde nicht einfach sein, diese Leiter zu erklimmen. Ich schaute hinunter in das dunkle Wasser und dachte an den Tod. Vielleicht wäre er vorzuziehen, überlegte ich, aber nicht wirklich ernsthaft. Wie schlimm das Leben auch sein würde, ich würde mich immer daran klammern. Jemand drückte mir die Strickleiter in die Hand, und ich begann, daran hinaufzuklettern. Hände streckten sich mir entgegen, ich wurde an Deck gezogen. Um mich herum waren lauter dunkle Gestalten, ich hörte das aufgeregte Durcheinander verschiedener Stimmen. Dann trat Stille ein. Ein Mann kam auf mich zu und sprach in befehlendem Ton. Er mußte eine Anordnung gegeben haben, denn sofort wurde ich von zwei Männern ergriffen und fortgeschleppt. Der Mann, der die Anordnung gegeben hatte, folgte uns. Ich wurde in eine Kabine gebracht, in der eine Kerze in einer Laterne ein trübes Licht verbreitete.

Hinter mir wurde die Tür abgeschlossen, und ich war allein. Ich zitterte, denn ich hatte nur mein Nachtgewand an und im Boot war es kalt gewesen. Aber ich wußte nicht sicher, ob es die Kälte oder die Angst war, die mich so zittern ließ. Es schien unglaublich, daß Honey und ich gestern noch Pläne gemacht hatten für Jennets Hochzeit, und jetzt waren wir alle drei Gefangene auf einem Piratenschiff.

Sie hatten uns geraubt – drei Frauen. Aus welchem Grund? Darüber schien kein Zweifel zu bestehen. Aber warum uns drei? Warum hatten sie uns nicht ausgeraubt und das Haus niedergebrannt? Vielleicht aber hatten sie es sogar getan, hatten uns zuerst weggebracht. Vielleicht hatten sie Edward umgebracht. Die Küste wäre nicht zum erstenmal überfallen worden, so wie Jake Pennlyon und seine Männer Küsten von fremden Ländern überfielen. Nie hätte ich nach Devon kommen dürfen. Zu Hause hätte ich bleiben sollen.

Ich überlegte, was die Zukunft mir wohl bringen würde. Ich, die ich mich so gegen eine Heirat mit Jake Pennlyon gewehrt hatte, würde jetzt von Männern mißbraucht werden – von irgendwelchen Männern, die schon lange von zu Hause weg waren.

Bei der Vorstellung wurde mir schlecht. Vielleicht wäre es besser gewesen, sich zu weigern, die Strickleiter hochzuklettern, und den Tod zu wählen.

Auf dem Boden der Kabine lag ein Teppich. Ich setzte mich darauf, denn meine Knie zitterten. Das Schiff schaukelte im Wasser, und ich saß da und beobachtete die Laterne, wie sie hin und her schwang.

Ich dachte an meine Mutter und was sie wohl tun würde, wenn sie erführe, daß ihre Tochter verschleppt worden war. Wie sehr hat sie doch ihr ganzes Leben lang gelitten! Und jetzt noch dies. Und nicht nur mir war dieses Unglück zugestoßen, auch Honey. Und sie liebte uns beide so zärtlich.

Dann dachte ich an Honey, an die schöne Honey, die Edwards Kind unter dem Herzen trug. Zu denken, was ihr bevorstehen mochte, schmerzte genauso sehr wir der Gedanke an mein eigenes Schicksal. Aber ich würde mich wehren! Ich würde beißen und kratzen und schreien. Und wenn ich ein Messer fände, würde ich mich verteidigen. Zweifellos war ich starken Männern gegenüber machtlos, aber ich würde alles tun, damit sie mich immer fürchten mußten. Nie sollten sie sicher sein können, daß ich nicht, wenn sie schliefen, über sie herfallen und ihnen ein Messer ins Herz stoßen, Gift ins Bier geben oder ihnen sonstwas noch antun würde.

Meine Gedanken an das, was ich alles tun würde, hielten mich aufrecht.

Wildkatze, hatte Jake Pennlyon mich genannt. Sie sollten lernen, daß Wildkatzen gefährlich sind.

Die Bewegungen des Schiffes hatten sich verändert. Wir hatten wohl Anker gelichtet und segelten jetzt aus dem Hafen hinaus.

Die Tür der Kabine wurde aufgesperrt und Honey hereingestoßen. Auch sie trug nur ein Nachtgewand wie ich und preßte es sich fest an den Körper.

»O Honey, Honey«, weinte ich. »Was haben sie dir angetan?«

»Das war ein Mann...« Sie zitterte. »Er hat mich in eine Kabine gebracht wie diese. Dann hat er mir das Nachtgewand von den Schultern gerissen und dabei das Agnus Dei gesehen. Ich trage es immer um den Hals, er schreckte zurück, als hätte er Angst vor ihm, und ich wurde hierhergebracht.«

»Honey«, sagte ich, »alles ist ein böser Traum. Alles kann nicht wahr sein.«

Sie gab keine Antwort.

Ich sagte: »Edward...«

Sie blieb stumm. Dann vergrub sie plötzlich ihr Gesicht in den Händen. Es war eine Geste der Hoffnungslosigkeit.

Behutsam berührte ich sie am Arm.

»Sicher hat er sich bemüht, sie aufzuhalten«, versuchte ich sie zu trösten. »Wo waren die anderen, sind sie alle Verräter wie John Gregory und Richard Rackell? Was sollen wir tun, Honey? Was können wir tun? Sie haben uns als Marketenderinnen hergebracht, die es bei der Armee gibt. Aber diese Frauen gehen freiwillig mit, während wir gegen unseren Willen verschleppt worden sind. Sie werden uns mißbrauchen... bis sie unser überdrüssig sind. Dann werfen sie uns vielleicht über Bord. Vielleicht wäre es besser, von sich aus vorher ins Wasser zu springen.«

Immer noch gab sie keine Antwort. Sie starrte nur vor sich hin. Ich wußte, sie sah Edward in seinem Blut auf dem Pflaster im Hof liegen.

Ich fuhr fort, denn ich mußte einfach reden. »Vielleicht wird Jennet jetzt bereits gezwungen, sich hinzugeben... wer weiß.« Ich konnte mir Jennet vorstellen mit ihren großen Augen, vielleicht sogar erwartungsfreudig. Vielleicht könnte sie sich gar an dieses Leben gewöhnen. Sie war anders als wir. Wie leicht sie doch zu überreden gewesen war, mich zu täuschen, als Jake Pennlyon dies damals von ihr verlangte. Und wo war der jetzt? Irgendwo auf hoher See? Vielleicht überfiel er gerade einen fremden Hafen und entführte Frauen, so wie man uns entführt hatte.

O Gott, warum war er nur früher fortgesegelt? Warum war er immer dagewesen und hatte mich geplagt, als ich ihn überhaupt nicht wollte, und das einzige Mal, wo er sich als nützlich hätte erweisen können, war er weit weg.

»Honey, bitte sprich mit mir, Honey.«

»Sie haben Edward getötet«, sagte sie. »Edward hat versucht, mich zu retten, und sie haben ihn getötet, das weiß ich.«

»Nein, vielleicht ist er gar nicht tot. Vielleicht kommt er uns nach. Er wird Hilfe alarmieren, und sie werden uns suchen kommen. Wir werden gerettet werden. Wenn Jake Pennlyon zurückkäme, dann wäre dieser Spuk wohl schnell zu Ende...«

»Der ist auf großer Fahrt. Es wird Monate dauern, bis er zurückkommt.«

»Vielleicht treffen wir sein Schiff.« Wieder sah ich ihn auf die Galeone kommen, mit leuchtenden Augen. Auf der Stelle würde er jeden umbringen, der es gewagt hatte, Hand an mich zu legen.

»Ist dir niemand zu nahe gekommen, Catherine?« fragte sie.

»Nein. Man hat mich nur hier eingesperrt.«

»Sie warten, bis wir außer Sichtweite der englischen Küste sind.«

»Und dann, glaubst du...«

»Was sonst kann ich denken? Mich hat gerettet, daß ich Katholikin bin. Du mußt jetzt auch so tun, als hättest du diesen Glauben, Catherine. Wenn nicht, könnte es dir schlecht ergehen.

»Nein, das werde ich nicht tun.«

»Sei vernünftig.«

»Ich glaube, ich habe meinen Verstand verloren, habe einen Alptraum.«

»Dies ist kein Traum, Catherine. Du solltest wissen, die Piraterei auf See breitet sich immer mehr aus. Beutegut und Frauen – deshalb fahren diese Männer hinaus.«

»Wir müssen nachdenken, was wir tun können.«

»Bis jetzt bin ich noch gut davongekommen. Und darum mußt du dich auch bemühen. Als ich zur Gottesmutter gebetet habe, als mich dieser Mann überfiel, hat er es mit der Angst zu tun bekommen. Dann erschien John Gregory und hat ihm wahrscheinlich gesagt, daß ich ein Kind unter dem Herzen trage – ein katholisches Kind –, und er ließ von mir ab, und John Gregory brachte mich hierher. Ich glaube, er könnte unser Freund sein.«

»Ein Freund...? Er hat uns verraten!«

»Ja, er hat uns verraten, aber ich glaube, er hat kein gutes Gefühl dabei.«

»Kein gutes Gefühl! Er ist ein verräterischer Lügner!«

»Hüte deine Zunge, Catherine! Denk daran, wir brauchen jeden Freund, den wir nur finden können. Ich mache mir Sorgen um dich. Vielleicht heben sie dich für jemanden auf... vielleicht für den Kapitän. Man hatte dich von uns weg und hierhergebracht. Sollte meine Befürchtung zutreffen, versuche mit dem Mann zu reden. Flehe ihn an, nicht unüberlegt zu handeln. Sag ihm, daß du gerächt werden würdest, sollte dir jemand zu nahe treten.«

»Das könnte ihn in seiner Absicht noch bestärken, mir etwas anzutun.«

»Sag ihm, du möchtest Katholikin werden, du möchtest entsprechende Unterweisung.«

»Ich soll meinen Glauben verraten, auf die Knie gehen und diese Kerle anflehen, uns mit Respekt zu behandeln? Das brächte gar nichts, Honey, das schwöre ich dir. Selbst wenn du mir dein Agnus Dei um den Hals hängen würdest, ich würde es nicht nehmen. Ich werde sehen, ob ich nicht an irgendeine Waffe kommen. Wenn ich ein Messer fände, könnte ich wenigstens kämpfen.«

»Das wäre sinnlos.« Sie starrte in das Halbdunkel, ihr Gesicht war von Schmerz geprägt, und sie dachte an Edward.

Ich weiß nicht mehr, wie lange wir in dieser Kabine gelegen haben. Ich glaube, ich hatte ein wenig geschlafen. Ich war erschöpft von meinen Gefühlen. Ich schreckte hoch und wußte nicht mehr, wo ich mich befand. Das Schaukeln des Schiffes und das Knarren der Schiffsplanken brachte mir aber schnell die Erinnerung wieder.

Ich konnte Honeys Gestalt neben mir gerade noch erkennen. Die Laterne bewegte sich hin und her, das Licht war schwach, und von neuem erwachte in mir das Entsetzen über unsere Lage.

Ich wußte, Honey war wach, aber wir sprachen nicht. Es gab keinen Trost, den wir einander hätten geben können.

Vielleicht war es schon Morgen, woher sollten wir das wissen? Meine Zunge war trocken, meine Lippen aufgesprungen. Ich war hungrig, aber der Gedanke ans Essen drehte mir den Magen um.

Wir hatten vielleicht noch eine Stunde so gelegen, da wurde die Türe geöffnet.

Entsetzt fuhren wir hoch. Ein Mann brachte uns Schalen mit etwas, das wie Suppe aussah.

»Olla podrida«, sagte er und deutete auf die Schalen... ich wollte sie schon nehmen und sie ihm ins Gesicht schütten, da sagte Honey: »Wir müssen es essen! Wir werden uns besser fühlen, wenn wir etwas gegessen haben. Und wir werden in der Lage sein, alles, was kommt, durchzustehen.« Ich wußte, sie dachte an ihr ungeborenes Kind.

Wir nahmen die Schalen entgegen. Ihr Inhalt roch nicht schlecht. Der Mann nickte uns zu und ging. Honey trank bereits von dem Gebräu. Seit sie schwanger war, zeigte sie mehr Appetit. »Mein hungriges Baby will gefüttert werden«, hatte sie immer gesagt.

Auch ich probierte die Suppe. Sie war geschmackvoll und sie wärmte, und plötzlich war ich froh, sie angenommen zu haben.

Wir stellten die Schalen in eine Ecke und warteten furchtsam der Dinge, die da kommen würden. Und es dauerte nicht lange, und wir bekamen wieder Besuch. Es war der Mann, den sie Kapitän genannt haben.

Er betrat den Raum und sah uns an. Er hatte etwas Würdevolles an sich, etwas Höfliches, mein Optimismus regte sich.

In stockendem Englisch sagte er: »Ich bin der Kapitän dieses Schiffes. Ich bin gekommen, um mit Euch zu reden.«

»Es wäre besser, Ihr erklärtet uns unverzüglich, was das alles zu bedeuten hat«, sagte ich.

»Ihr seid an Bord meines Schiffes«, antwortete er, »und ich nehme Euch auf eine Reise mit.«

»Zu welchem Zweck?« fragte ich ihn.

»Das werdet Ihr noch rechtzeitig erfahren.«

»Ihr habt uns von zu Hause verschleppt!« schrie ich ihn an. »Wir sind Damen der Gesellschaft und an so grobe Behandlung nicht gewöhnt. Wir...«

Honey legte mir eine Hand auf den Arm. Der Kapitän bemerkte es und nickte ihr anerkennend zu.

»Es hat keinen Sinn, gegen das, was geschehen ist, zu protestieren«, sagte er.

»Trotzdem protestiere ich! Ihr habt Böses getan! Das ist eine Sünde!«

»Ich bin nicht gekommen, um über solche Dinge mit Euch zu

sprechen oder sonstwie meine Zeit zu vergeuden. Ich bin gekommen, um Euch zu sagen, daß ich Befehlen gehorche.«

»Befehle? Von wem?«

»Von jemandem, der über mir steht.«

»Und wer ist das, möchte ich gerne wissen?«

Wieder versuchte Honey, mich zurückzuhalten. »Hör auf, Catherine«, sagte sie schüchtern.

»Ihr seid klug«, sagte der Kapitän zu ihr. »Es tut mir leid, daß man Euch mitgenommen hat. Das sollte nicht sein.« Er sah Honey direkt in die Augen. »Es war ein Irrtum, versteht Ihr mich?«

»Wenn Ihr uns erklären würdet, was das bedeutet, wären wir Euch sehr dankbar«, sagte Honey demütig.

»Ich kann Euch nur sagen, wenn Ihr klug seid, wird Euch auf diesem Schiff kein Härchen gekrümmt werden. Hier gibt es Matrosen, die schon seit vielen Monaten auf hoher See sind... versteht Ihr? Sie könnten grob werden. Ihr müßt Euch also in acht nehmen. Ich möchte nicht, daß Euch auf diesem Schiff etwas angetan wird. Das wäre gegen meinen Wunsch und gegen den Wunsch dessen, dem ich gehorche.«

»Noch jemand ist mit uns verschleppt worden«, sagte ich. »Jennet, meine Magd. Was ist aus ihr geworden?«

»Ich werde es feststellen«, versprach er, »und ich werde mein möglichstes für Euer Wohlergehen tun... für Euer aller Wohlergehen.«

Der Mann faszinierte mich. Sein Blick ging immer wieder zurück zu Honey. Mit ihrem Haar, das ihr auf die Schultern fiel, konnte sie so schön aussehen und so verletzbar, und immer hatten die Männer dann den Wunsch, sie zu beschützen. Ich nahm an, das galt auch für spanische Kapitäne von Piratenschiffen.

»Ihr habt es hier nicht sehr bequem«, sagte er. »Ich werde in angemessener Umgebung mit Euch sprechen. Kommt mit mir, wir werden zusammen etwas essen. Ihr habt bis jetzt noch nicht allzu viel bekommen, nehme ich an.«

Honey und ich wechselten einen Blick. Das gute Benehmen des Kapitäns und seine höflichen Worte hatten uns etwas beruhigt. Er war kein rauher Seemann, so viel war klar, und er behandelte uns auf seinem Schiff wie Gäste, was uns Mut machte.

Im Gang roch es stark nach Küche und Fett. Das Schiff schlingerte derartig, daß wir uns festhalten mußten. So gut wir konnten, stolperten wir hinter dem Kapitän her. Er öffnete eine Tür, trat beiseite und ließ uns eintreten.

Es war seine eigene Kajüte, sie war geräumig, und die Wände waren holzgetäfelt. Sie sah aus wie ein kleines Zimmer. Überall gab es Bücher und Instrumente. Beherrscht wurde der Raum von einem langen Holztisch, der am Boden festgeschraubt war. Eine Kanone auf einem Gestell guckte durch eine Schießscharte, und an der Wand hing ein bestickter Wandteppich. Später sollte ich herausfinden, daß die Stickerei die Übergabe Granadas an Königin Isabella und König Ferdinand darstellte.

Auf den ersten Blick war ich erstaunt zu sehen, daß so viel Bequemlichkeit auf einem Schiff überhaupt möglich ist.

»Bitte, nehmt Platz«, sagte der Kapitän, »ich werde etwas zu essen kommen lassen.«

Wir setzten uns, ein barfüßiger Matrose kam herein und deckte den Tisch. Es dauerte nicht lange, da wurden dampfende Schüsseln mit Bohnen und Salzfleisch hereingebracht.

Der Kapitän schob jeder von uns den Stuhl zurecht, und wir setzten uns um den Tisch.

»Vielleicht fühlt Ihr Euch nicht hungrig, aber es tut gut, ein wenig zu essen.«

»Könnt Ihr mir sagen, warum Ihr meinen Mann niedergeschlagen habt?« fragte Honey.

»Das kann ich leider nicht, ich habe das Schiff nicht verlassen.«

»Ihr wißt aber, daß man uns entführt hat?«

»Das war der Zweck dieser Mission.«

»Unsere Küsten zu überfallen und Frauen zu verschleppen?«

»Nein«, antwortete er, »nur Euch zu entführen. Ihr werdet es schon noch begreifen.«

»Aber Ihr müßt unsere Fragen verstehen«, sagte Honey. »Wir möchten gerne wissen, was dies alles bedeutet. Wir befürchten, daß ihr uns hier hergebracht habt, um...«

Er lächelte sie höflich an. »Kein Härchen soll Euch auf meinem Schiff gekrümmt werden, wenn Ihr meine Anordnungen befolgt. Ich habe den Befehl gegeben, daß Euch niemand zu nahe treten darf.« Er sah mich an. Dann wendete er sich an Honey. »Denselben Schutz werde ich auch Euch gewähren.«

»Er ist bereits angegangen worden«, sagte ich.

»Ich hoffe doch...«

Honey berührte ihr Angus Dei. »Das hat mich gerettet«, sagte sie, »das und John Gregory.«

»Jeder Mann, der es wagt, einer von Euch zu nahe zu treten, wird es mit dem Leben bezahlen.«

»Dann möchte ich wissen, zu welchem Zweck man uns sonst hier hergebracht hat«, fragte ich.

»Das werdet Ihr rechtzeitig erfahren.«

»Ihr habt uns aus unserem Haus verschleppt«, begann ich, aber wieder hielt Honey mich zurück.

»Um Himmels willen, laß uns doch in Ruhe über alles reden, der Kapitän will uns ja helfen.« Die Schwangerschaft hat Honey eine innere Ruhe gebracht, die mich staunen machte. Sie dachte nur an ihr Kind und versuchte Zeit zu gewinnen.

Er schenkte ihr ein Lächeln.

»Es ist meine Pflicht, darüber zu wachen, daß Euch nichts Böses widerfährt, aber ich muß Euch um Eure Mithilfe bitten. Wohin ich nicht wünsche, daß Ihr geht, werdet Ihr auch nicht gehen. Ihr werdet Euch auf dem Schiff nie ohne Begleitung bewegen. Mein Mann Gregory wird bei Euch bleiben. Geht nie an Deck ohne ihn. Die Männer sind zwar gewarnt, aber es ist nicht immer möglich, sie unter Kontrolle zu halten. Auch wenn sie wissen, sie riskieren ihr Leben, könnten manche doch unbedacht genug sein, Euch ihre Aufmerksamkeit aufdrängen zu wollen.«

»Wohin segeln wir?«

»Das kann ich Euch nicht sagen. Es ist keine lange Fahrt. Ihr werdet alles verstehen, wenn wir unser Ziel erreicht haben. Dort werdet Ihr den Grund für Eure Entführung erfahren. Wenn Ihr klug seid, vergeßt Ihr, was geschehen ist, und seht nur in die Zukunft. Was dieses Schiff anbetrifft, biete ich Euch meinen Schutz und so viel Bequemlichkeit wie möglich an. Man sagt, dieses Schiff gleiche einem Schloß – einem schwimmenden Schloß, aber Ihr müßt verstehen, es ist nicht wirklich ein Schloß. Wir befinden uns auf hoher See, und das Leben auf See ist nicht so wie das Leben an Land. Dort gibt es viele Dinge, die wir nicht haben. Trotzdem möchte ich Euch die Reise so angenehm wie möglich machen. Ich denke an Kleider. Ihr seid schlecht ausgerüstet an Bord gekommen. Ich muß für Euch etwas Stoff finden. Vielleicht könnt Ihr Euch daraus ein paar Gewänder nähen. Essen werdet Ihr in dieser Kajüte, manchmal mit mir, manchmal alleine. Mein Rat ist also, nehmt hin, was über Euch gekommen ist – akzeptiert es mit Gelassenheit und dem Wissen, daß, wenn Ihr meine Befehle befolgt, Euch auf diesem Schiff nichts geschehen kann.«

Er widmete sich jetzt den Bohnen und dem Fleisch auf seinem Teller. Ich brachte kaum etwas hinunter und auch Honey nicht.

Ich konnte es einfach nicht fassen, daß dies alles meinetwegen geschah. Bald würde ich aus einem bösen Traum aufwachen, redete ich mir ein, die spanische Galeone wäre dann der ›Springende Löwe‹ und der Kapitän würde sich in Jake Pennlyon verwandeln.

Aber dieser Traum – dieser Alptraum – ging immer weiter, was langsam verschwamm, das war die Wirklichkeit.

Unmittelbar danach überfiel Honey ein heftiges Unwohlsein. Kein Wunder. Wir waren nicht an das Schlingern des Schiffes gewöhnt, wir waren physisch und psychisch erschöpft, wir waren verwirrt und im ungewissen darüber gelassen, was mit uns geschehen würde. Und Honey erwartete ein Kind.

Ich kümmerte mich um sie, und das war gut so, denn es ließ mich alles vergessen, bis auf die Angst, sie könnte sterben.

John Gregory war nie weit weg. Wie ich diesen Mann haßte, der sich so schlau als falscher Priester in unser Haus geschlichen und der unsere Entführer ins Haus und direkt zu uns hingeführt hatte! Ein Spion! Ein Verräter! Was gab es Schlimmeres? Und jetzt war er unser Beschützer! Ich konnte ihn nicht ansehen, ohne ihm meine Verachtung zu zeigen. Aber er erwies sich als nützlich.

»Ich fürchte, das alles bringt meine Schwester um«, sagte ich zu ihm. »Ihr kennt ihren Zustand. Dieser Schock war zuviel für sie, wie vorauszusehen war. Ich habe immer geglaubt, unsere Freunde würden uns nie verraten, aber ich habe mich geirrt. Wir hatten Lügner und Verräter unter uns.« Wenn ich ihn beschimpfte, stand er immer mit niedergeschlagenen Augen vor mir, zerknirscht. Honey versuchte immer, mich zurückzuhalten, aber ich konnte mich nicht beherrschen. Es verschaffte mir Erleichterung, meinen Gefühlen Ausdruck verleihen zu können.

Am zweiten Tag, als Honeys Zustand sich so verschlechterte, daß ich um ihr Leben bangte, sagte ich zu John Gregory: »Ich brauche unsere Magd. Sie muß mir helfen, meine Schwester zu pflegen.«

Er sagte, er würde mit dem Kapitän sprechen, und schon bald kam Jennet zu uns.

Sie sah aus wie immer. War es möglich, fragte ich mich, daß sie sich so schnell der Lage hier anpassen konnte? Sie trug ein altes Gewand, das sie übergeworfen hatte, bevor sie verschleppt worden war, und sie zeigte schon wieder ihre Gemütsruhe, die Teil ihres Wesens war.

Sobald meine Erleichterung darüber, daß sie lebte und wohlauf war, verblaßte, irritierte mich ihr Aussehen. Mir schien, als wäre sie mit ihrem Los zufrieden. Wie konnte sie? Wie war es ihr ergangen?

»Die Herrin ist sehr krank«, sagte ich zu ihr. »Du mußt mir helfen, sie zu pflegen, Jennet.«

»Die arme Lady«, sagte sie, »und in ihrem Zustand!«

Honeys Schwangerschaft war jetzt bereits sichtbar. Ich dachte voller Angst an das Kind und wünschte sehr, wir wären beide an dem Tage, an dem Jake Pennlyon in See gestochen war, zu meiner Mutter gereist.

Honey schien beruhigt, weil wir drei wieder zusammen waren, und Jennet war ohne Zweifel eine gute Krankenpflegerin. Es gab rauhe Stühle, auf denen wir sitzen konnte, und langsam gewöhnten wir uns auch an das Schlingern des Schiffes und den Küchengeruch. Während dieser Tage schlief Honey viel, was sehr gut für sie war, und Jennet und ich unterhielten uns miteinander, während wir Honeys Schlaf bewachten.

Ich erfuhr, daß Jennet von einem der Männer, die das Haus überfallen hatten, überwältigt worden war. Er war flink, stark und geschmeidig und hatte sie überrascht, als sie auf dem Wege in mein Zimmer war... Er hatte sie hochgehoben und unter seinem Arm weggetragen, als wäre sie ein Bündel Heu.

Jennet kicherte, und ich wußte, was danach auf dem Schiff passiert war.

»Nur er«, sagte Jennet. »Es gab auch noch andere, die mich haben wollten, aber er hat ein Messer gezogen. Auch wenn ich nicht verstanden habe, was er gesagt hat, begriff ich doch, was er meinte. Ich gehörte ihm, hieß es wohl, und jeder würde sein Messer zu spüren bekommen, der mir zu nahe träte.«

Sie schlug die Augen nieder und errötete, und ich wunderte mich, daß sie, die so lüstern war – denn daß sie mit ihrer Lage nicht unzufrieden zu sein schien, sah man ihr an –, andererseits auch so unschuldig aussehen konnte. Ihre Sittsamkeit war nicht gespielt, dazu war sie zu naiv.

»Ich glaube er ist ein guter Mensch, Mistreß«, flüsterte sie.

»Aber er war nicht der erste!«

Sie wurde noch mehr rot. »Nun ja, Mistreß, wenn Ihr so fragt, nein.«

»Und was ist mit Richard Rackell, den du heiraten wolltest?«

»Er war nur ein halb so starker Mann«, sagte sie verächtlich.

Jennet war zweifellos zufrieden mit ihrem neuen Beschützer.

Sie sprach viel von ihm, während wir dasaßen und Honey beobachteten. Es war angenehm, ihr zuzuhören, denn es brachte mich auf andere Gedanken.

Sie war nicht wirklich darauf aus gewesen, Richard Rackell zu heiraten, nur daß es eben erstrebenswert war für ein Mädchen, verheiratet zu sein. Und da sie sich ihm schon hingegeben hatte, hätten ja Folgen eintreten können.

»Und was, wenn es jetzt Folgen hat?«

»Das liegt in Gottes Hand«, antwortete sie fromm.

»Eher in der deinen und in der deines Piratenliebhabers«, erinnerte ich sie.

Ich war froh, sie bei mir zu haben. Ich sagte ihr, wir sollten zusammenhalten, wir drei, und sie sollte mir helfen, für Honey zu sorgen, denn Honey brauchte Pflege.

Während all dieser ruhigen Tage war sie bei uns. Nachts schlich sie sich allerdings zu ihrem Liebhaber.

Es ist seltsam, wie schnell man sich an ein neues Leben gewöhnen kann. Wir waren nicht viel länger als drei Tage auf See, da wachte ich schon nicht mehr mit dieser namenlosen Angst auf, hatte mich bereits an das Knarren der Schiffsplanken gewöhnt, an das Schlingern und Schaukeln des Schiffes, den Klang fremder Stimmen und den unangenehmen Geruch, der immer aus der Schiffsküche kam.

Honey war kurz danach auf dem Wege der Besserung. Es war nur die Seekrankheit gewesen, keine gefährliche Krankheit also. Ihre Wangen bekamen langsam wieder Farbe, und sie sah wieder wie sie selbst aus.

Als sie schließlich in der Lage war aufzustehen, begaben wir uns in die Kapitänskajüte und aßen dort. Wir hatten den Kapitän schon seit Tagen nicht mehr gesehen, seine seltsam elegante Kajüte mit ihren getäfelten Wänden und dem Wandteppich wurde uns jetzt langsam vertraut. Jennet aß auch mit uns. Bedient wurden wir von des Kapitäns persönlichem Diener, einem dunklen, ernsten Mann, der in unserer Gegenwart nie ein Wort von sich gab.

Nach den Mahlzeiten, die hauptsächlich aus Biskuits, Salzfleisch und einem unausgegorenen Wein bestanden, kehrten wir zurück in unsere Schlafkabine und ergingen uns in Spekulationen über unser seltsames Abenteuer.

John Gregory brachte uns Stoff, und wir konnten uns die notwendigen Kleider nähen. Das war eine Beschäftigung, die uns ablenkte. Wir erheiterten uns richtiggehend, wenn wir über die verschiedenen Schnitte diskutierten.

Jennet und Honey waren sehr geschickt mit Nadel und Faden, wir kamen mit der Arbeit gut voran.

Honey sprach viel über ihr Baby, das in fünf Monaten zur Welt kommen sollte. Es war alles ganz anders geworden. Sie hatte davon geträumt, daß die Geburt entweder in Trewynd oder im Haus der Calperton in Surrey oder, wie meine Mutter es wünschte, zu Hause in unserem Kloster stattfinden sollte. Wo würde ihr Kind jetzt geboren werden? Auf hoher See oder an irgendeinem unbekannten Ort, an den uns das Schicksal verschlagen sollte?

»Edward und ich haben uns dieses Kind sehr gewünscht«, sagte Honey eines Tages. »Es war uns gleichgültig, ob es ein Junge oder ein Mädchen werden würde. Er war so lieb und gut, und er wäre ein liebevoller Vater geworden, und jetzt... ich träume von ihm, Catherine, wenn ich daliege. Ich muß immerzu an ihn denken.«

»Nichts ergibt einen Sinn«, sagte ich zu Honey.

Wir nähten ununterbrochen. Die Kleider waren gewiß nicht elegant, aber sie genügten uns. Manchmal durften wir an Deck spazierengehen. Ich werde nie vergessen, wie wir das erste Mal hinaufgekommen und an Deck gestanden sind, hoch über der Meeresoberfläche. Ich war erstaunt über die zahlreichen Verzierungen überall und über das hoch aufragende Vordeck. An der Reling zu stehen und meine Augen über den weiten, blaugrauen Horizont schweifen zu lassen, erfüllte mich trotz meiner Befürchtungen und meines Zornes über die Ereignisse, die uns hierhergebracht hatten, mit großer, erwartungsvoller Erregung.

Ich stand da und guckte mir die Augen aus dem Kopf – nach einem Schiff –, und tief im Herzen sagte ich mir: Er wird kommen. Er wird mich suchen. Und ich frohlockte innerlich, denn ich war sicher, daß genau dies geschehen würde.

Ich mußte nur meine Augen schließen, schon sah ich ihn vor mir. Er würde unseren Kapitän anbrüllen, und er würde das Schiff, auf dem wir gefangen waren, entern, auch wenn dessen Decks noch so hoch aufragten, und starke Netze es überspannten, die ein Überspringen von einem anderen Schiff her unmöglich zu machen schienen. Mein Blick fiel auf die große Kanone, die nicht zu übersehen war. Solche Kanonen, das wußte ich, konnten ein feindliches Schiff hinwegfegen. Nicht aber den ›Springenden Löwen‹. Er wird kommen, wiederholte ich mir immer wieder. Noch ehe wir unser unbekanntes Ziel erreichen, wird er kommen.

Und nach ein paar weiteren Tagen sah ich ein Schiff am Horizont. Mein Herz machte vor Freude einen Sprung, vor einer Freude, die so groß war, wie ich sie noch nie erlebt hatte.

Honey stand neben mir. »Schau«, rief sie, »ein Schiff! Es ist der ›Springende Löwe‹!«

Auf unserem Deck entstand ein Höllenlärm. Alles schrie durcheinander, man hatte das Schiff ausgemacht.

Es war der ›Löwe‹, davon war ich überzeugt.

Ich schnappte ein Wort aus dem allgemeinen Durcheinander auf. »Inglès.«

»Er ist gekommen«, flüsterte ich Honey zu. »Ich wußte, er würde kommen.«

Wir standen da und klammerten uns an die Reling. Das andere Schiff war inzwischen etwas besser zu erkennen, aber es war immer noch einige Meilen weit entfernt.

»Er muß umgekehrt sein«, sagte ich zu Honey, »oder er ist früher zurückgesegelt, als er ursprünglich vorhatte. Er wird sofort erfahren, was geschehen ist, wieder Segel setzen und uns finden.«

»Wie kannst du nur so überzeugt davon sein?«

»Glaubst du nicht, daß er das tun würde? Meinst du, er würde auf mich verzichten?«

Der Kapitän stand neben uns.

»Habt Ihr das Schiff gesehen?« fragte er ruhig. »Es ist ein englisches Schiff.«

Triumphierend wandte ich mich an ihn. »Es kommt auf uns zu.«

»Das glaube ich nicht«, sagte er. »Es ist nur eine Karavelle. Sie liegt ein wenig auf der Seite. Zweifellos läuft sie einen Hafen an.«

»Es ist der ›Springende Löwe‹«, rief ich.

»Dieses Schiff? Ich kenne es. Nein, es ist nicht der ›Springende Löwe‹, es ist nur eine kleine Karavelle.«

Die Enttäuschung schmerzte. Es zog mir die Kehle zu, und ich empfand eine Riesenwut gegen diesen Kapitän und die Verräter, die die Piraten zu uns geführt hatten.

»Die würden es nicht wagen, sich uns zu nähern, die nicht«, fuhr der Kapitän fort. »Wir würden sie vom Wasser fegen. Sie macht sich aus dem Staub, so schnell sie nur kann, und wenn man ihr in einem englischen Hafen die Muscheln vom Rumpf kratzt, wird die Besatzung Seemansgarn spinnen und davon berichten, wie man der großen Galeone entkommen sei.«

»Das muß nicht unbedingt so sein«, erwiderte ich.

»Nein«, antwortete der Kapitän. Vielleicht verstand er mich absichtlich falsch. »Immer entkommen sie uns nicht. Aber wir haben eine besondere Ladung an Bord, und die möchte ich nicht gefährden.«

Er sah Honey an und fragte, wie sie sich fühle.

Schon viel besser, sagte sie, und er gab seiner Genugtuung darüber Ausdruck. Sie benahm sich ihm gegenüber, als wäre er ein Freund, der uns einen Besuch abstattete, und nicht der Kapitän eines Piratenschiffes, das uns gegen unseren Willen verschleppte.

Er verbeugte sich und verließ uns. Und als er weg war, sagte Honey zu mir: »Hast du wirklich geglaubt, das sei der ›Springende Löwe‹?«

»Ja. Wenn sie es doch nur gewesen wäre!«

»Es ist noch gar nicht so lange her, da wolltest du vor Jake Pennlyon fliehen.«

»Jetzt aber gäbe ich alles dafür her, diesen Wilden, die uns jetzt gefangenhalten, entfliehen zu können.«

»Du solltest nicht mehr an Jake Pennlyon denken. Für dich ist er gestorben.«

Ich vergrub mein Gesicht in meine Hände; ich konnte es nicht ertragen, sie so sprechen zu hören.

Und sie tröstete mich.

Der Kapitän war wirklich höflich, und er war ein Gentleman. Wenn wir mit ihm zusammen aßen, unterhielt er sich mit uns und befragte uns über England. Es war ihm gelungen, uns davon zu überzeugen, daß er mit dem Überfall auf Trewynd nichts zu tun hatte. Er hatte lediglich einen Befehl ausgeführt. Er sollte sein Schiff an die Küste von Devon segeln, man würde ihm eine Frau an Bord bringen und er sollte sie zu einem bestimmten Zielort bringen. Er tat nur seine Pflicht. Mit der Entführung selbst wollte er nichts zu tun haben. Man konnte es sich auch gar nicht vorstellen.

Nachdem wir uns so verstanden hatten, wurden wir fast Freunde.

Honey brachte er eine ganz besondere Zuneigung entgegen. Ich glaube, er verliebte sich in sie.

Seitdem er wußte, daß sie in anderen Umständen war, war er ängstlich darauf bedacht, daß es ihr an nichts fehlte.

Eines Tages fragte sie, ob er wüßte, ob ihr Mann noch lebte, sie befürchte das Schlimmste. Er sagte, er wüßte es nicht, aber er würde diejenigen fragen, die dabeigewesen waren.

Ein paar Tage später erzählte er es ihr.

»Euer Mann kann unmöglich überlebt haben«, sagte er.

Honey nickte still und hoffnungslos. Mir allerdings war dabei ganz anders zumute, ich wollte toben. Dieser gute, liebenswerte Mann, von Räubern und Piraten ermordet!

Honey nahm meine Hand. Sie erinnerte mich daran, was wir dem Kapitän alles verdankten. Sein Schutz stand zwischen uns und einem wer weiß was für scheußlichen Schicksal.

Das brachte mich zur Besinnung, und ich hielt den Mund. Aber in meinem Herzen war ich krank vor Verzweiflung und trauerte tief um Edward.

Ein Sturm holte uns ein. Ich bin sicher, nie waren wir dem Tode so nahe gewesen wie in dieser wilden See. Unsere Galeone war kräftig und seefest; stolz, tapfer und vornehm ritt sie auf den Wellen, aber auch sie mußten sich vor der Wut eines solchen Ansturms beugen.

Den ganzen Tag lang hatte der Wind die weißen Schaumkronen gepeitscht. Wir konnten die aufgeregten Stimmen der Seeleute hören, die die Segel einholten und Schießscharten und Einstiegluken schlossen.

Der Kapitän befahl uns in seine Kajüte, da sollten wir bleiben. Wir stolperten hinunter, wir konnten kaum stehen, und die Stühle, auf denen wir saßen, rutschten von einer Seite des Schiffes auf die andere.

Jennet klammerte sich an mich. Ihr Liebhaber war an seinem Posten und hatte keine Zeit, sie zu trösten.

Sie hatte panische Angst. »Werden wir sterben, Mistreß?« fragte sie.

»Der Kapitän wird das Schiff und damit auch uns retten«, beruhigte sie Honey.

»Sterben... ohne unsere Sünden gebeichtet zu haben«, jammerte Jennet. »Das wäre schrecklich.«

»Ich glaube nicht, daß deine Sünden so schwer wiegen, Jennet«, beschwichtigte ich sie.

»O doch, Mistreß, das sind sie. Sie sind schrecklich.«

»Unsinn«, antwortete ich. »Ich wünschte, wir könnten irgend etwas unternehmen.«

»Der Kapitän hat gesagt, wir sollen hierbleiben«, sagte Honey.

»Hier würden wir ertrinken wie Ratten in der Falle.«

»Was sollen wir denn sonst tun?« fragte Honey.

»Es muß irgend etwas geben. Ich gehe einmal hinauf und sehe nach.«

»Bleib hier«, sagte Honey.

Ich schaute sie an, man konnte jetzt deutlich sehen, daß sie schwanger war. Dann schaute ich Jennet an, die voller Furcht schien, sie könnte samt ihren Sünden sterben, und ich sagte bestimmt: »Honey, du bleibst hier, und Jennet bleibt bei dir! Jennet, mache es der Herrin so angenehm wie möglich!«

Entgeistert starrten mich beide an. Aber ich konnte einfach nicht tatenlos auf den Tod warten.

Als ich an Deck kam, wurde ich gleich gegen die Reling geschleudert. Die Galeone wehrte sich stöhnend gegen die See. Zum Glück befand ich mich auf der windabgewandten Seite, sonst wäre ich von Bord gefegt worden. Es war dumm, entgegen dem Befehl des Kapitäns an Deck zu kommen, aber mich in dieser Kabine durchschütteln zu lassen war mehr, als ich ertragen konnte. Der Regen peitschte erbarmungslos das Deck, der Wind rüttelte das Schiff so, wie ein Hund mit einer Ratte umgehen würde. Ich war naß bis auf die Haut. Wenn das Schiff eintauchte in eine Welle, brach sie anschließend über dem Schiffsdeck zusammen, die Planken waren glatt und gefährlich gewesen. Ich wußte, daß es Wahnsinn war, oben auf Deck des Schiffes zu bleiben, trotzdem ging ich nicht wieder nach unten. Mir war die frische Luft zu wichtig, und ich vermochte Stickigkeit im Schiff nicht zu ertragen.

Ich stolperte gegen einen Mann, der, mit einem Sack voller Werkzeuge in der einen und einer Laterne in der anderen Hand, gegen den Sturm ankämpfte.

In dem trüben Licht erkannte er mich nicht. Er mußte mich für einen Kajütenjungen gehalten haben, denn er rief mir etwas zu, das wohl bedeutete, ich sollte ihm die Laterne abnehmen. Also nahm ich sie ihm ab und stolperte hinter ihm her.

Ich folgte ihm hinunter in den Schiffsrumpf. Dort unten war es unheimlich. Dem Brüllen des Windes und dem strömenden Regen war ich zwar entronnen, aber die Luft war jetzt stickig. Und über allem hing ein Geruch von ranzigen Nahrungsmitteln; und das Stöhnen und Krachen der Schiffsplanken schien die Gefahr, in der wir uns befanden, und die Unmöglichkeit, ihr entrinnen zu können, jedermann bewußtmachen zu wollen.

Männer arbeiteten an den Pumpen.

Wir hatten also ein Leck. Ihre Gesichter glänzten im Licht der Laterne.

Ich stand und hielt die Laterne hoch. Der Mann, der mich hierhergeführt hatte, war ein Schreiner, der das Leck finden und, wenn möglich flicken sollte.

Die Männer verfluchten das Schiff und die See und beteten um Rettung, alles zur gleichen Zeit.

Ich sah ihnen zu, wie sie mit aller Kraft pumpten; der Schweiß lief ihnen über ihr Gesicht.

Sie riefen sich die Anweisungen auf spanisch zu, was ich langsam zu verstehen begann. Und alle riefen sie nach der Mutter Gottes, ein gutes Wort für sie einzulegen.

Unter ihnen erkannte ich auch Richard Rackell.

Auch er bemerkte mich und schenkte mir ein Lächeln, was wohl auf Reue hindeutete.

Ich antwortete ihm mit einem geringschätzigen Blick, aber dann dachte ich, vielleicht ist dies unsere letzte Stunde, ich muß zumindest versuchen herauszukriegen, was ihn dazu veranlaßt hat, uns zu verraten. Ich lächelte ihn also beinahe freundlich an, und Erleichterung drückte sich deutlich aus in seinen Zügen. Jemand schrie mich an, weil ich die Laterne hatte sinken lassen. Ich verstand, was von mir erwartet wurde, und hielt sie wieder hoch.

Der Alptraum schien endlos weiterzugehen. Meine Arme schmerzten vom Halten der Laterne, aber so war mir besser, als hätte ich tatenlos sein müssen. Die Galeone hatte einen neuen Charakter angenommen, sie benahm sich jetzt wie ein Mensch, der fürchterliche Prügel einsteckte und der der Gewalt doch die Stirn bot. Mir wurde vage bewußt, was Jake Pennlyon für seinen ›Springenden Löwen‹ empfinden mußte.

Er liebte das Schiff wahrscheinlich so sehr, wie er keinen Menschen liebte, und die Galeone jetzt bei ihrem Überlebenskampf zu beobachten, bewirkte, daß ich ihn verstand.

Zwei Schiffsjungen kamen herunter zu den Pumpen. Einer von ihnen mußte mich erkannt haben, denn ich hörte ihn etwas über die Señorita sagen.

Einer der Männer kam näher und sah mich forschend an. Mein Haar, das mir in nassen Strähnen über den Rücken hing, verriet mich.

Die Laterne wurde mir abgenommen und ich wurde zur Kajütentreppe gestoßen.

Um mich herum hörte ich das rhythmische Geräusch der Pumpen, die Schreiner versuchten, das Schiff mit Bleistreifen abzudichten, und rammten Werg in die Löcher, durch die das Wasser eindrang.

Ich fand den Weg zurück in die Kajüte.

Honey schien sehr erregt, aber als sie mich sah, strahlte sie förmlich vor Erleichterung.

»Catherine, wo bist zu gewesen?«

»Ich habe eine Laterne gehalten.«

Kaum hatte ich das ausgesprochen, da flog ich an die Kajüten-wand. Ich stand auf und hielt mich am Bein des angeschraubten Tisches fest und forderte die anderen auf, es mir gleichzutun. Wenigstens konnten wir nicht hin und her geschleudert werden, wenn wir uns festhielten.

Ich dachte, das Schiff würde sich überschlagen. Es stieg in die Höhe, Achterbord schien unter Wasser zu tauchen, es erzitterte, als würde es geschüttelt und gerüttelt, verharrte ein paar Sekunden in dieser Lage und fiel dann wieder krachend herunter.

Es klang, als würden schwere Gegenstände umhergeworfen, Schreie ertönten, Flüche. Wäre ich in diesem Moment an Deck gewesen, hätte es mich über Bord gespült.

»Lieber Gott, das ist das Ende«, flüsterte Honey.

Alles in mir protestierte schreiend. Ich wollte nicht sterben. Es gab noch so viel, das ich aufklären mußte: Ich mußte herausfinden, wozu wir entführt worden waren. Ich mußte Jake Pennlyon wiedersehen.

Danach wurde es ein wenig ruhiger, wenn auch der Sturm weiter tobte. Er war immer noch beängstigend, aber das Schiff hielt ihm jetzt besser stand, das Schlimmste schien vorüber zu sein.

Noch Stunden hielt der Wind an, schüttelte er uns. Das Schiff stöhnte und ächzte weiter, wir konnten nicht stehen. Aber wenigstens waren wir wieder beieinander.

Ich schaute Honey an. Erschöpft lag sie da, ihre langen Wimpern kontrastierten mit ihrer blassen Haut. Ich war von Liebe für sie erfüllt und fragte mich, wann ihr Kind wohl auf die Welt kommen würde und ob diese schrecklichen Ereignisse wohl Folgen für Mutter und Kind haben würden.

Impulsiv beugte ich mich über sie und küßte sie auf die Wange. Sie schlug die Augen auf und lächelte mich an.

»Catherine, wir sind also noch hier?«

»Wir leben noch.«

»Alle«, fügte sie hinzu.

Zwei Tage und zwei Nächte hatte der Sturm getobt, aber dann war er vorüber. Die Wellen hatten ihre Heftigkeit eingebüßt. Sie waren jetzt blaugrün und glatt, und nur hie und da kräuselte sie eine Schaumkrone.

Es gab nur kaltes Essen – Biskuits und Salzfleisch –, aber wir waren hungrig genug, und es schmeckte uns.

Während der Sturm noch tobte, war der Kapitän in die Kajüte gekommen und hatte sich nach uns erkundigt. Ich bemerkte, wie er Honey ansah, so zärtlich und tröstend.

»Wir reiten den Sturm aus«, hatte er gesagt. »Das Schiff ist durchgekommen, aber wir werden den nächsten Hafen anlaufen müssen, um es reparieren zu lassen.«

Mein Herz machte einen Sprung. Ein Hafen! Natürlich würde es kein englischer Hafen sein. Keine spanische Galeone würde es wagen, einen englischen Hafen anzulaufen. Aber das Wort ›Hafen‹ erregte mich. Vielleicht konnten wir entkommen und einen Weg nach England zurück finden!

»Während wir im Hafen sind, muß ich Euch in Eurer Kajüte festhalten«, sagte er. »Ihr werdet diese Notwendigkeit hoffentlich verstehen.«

»Wenn Ihr uns mitteilen würdet, wohin Ihr uns bringt, könnten wir es vielleicht tatsächlich verstehen«, sagte ich.

»Ihr werdet es rechtzeitig erfahren, Señorita.«

»Ich möchte es aber jetzt wissen.«

»Manchmal ist es wichtig, warten zu können«, sagte der Kapitän. Er wandte sich an Honey und fragte sie: »Ich hoffe, Ihr habt Euch nicht allzu sehr gefürchtet.«

»Ich wußte, Ihr würdet das Schiff durch und in Sicherheit bringen.«

Funken schienen von einem zum anderen zu springen, ein gegenseitiges Verständnis, eine Übereinstimmung.

Ich habe Honey nie wirklich verstanden. Das hat wohl mit ihrer Verbindung zu einer Hexe und mit der seltsamen Art und Weise zu tun, wie sie in unser Haus gekommen war.

Edward war tot, das schien festzustehen, und sie hat um ihn getrauert, aber nicht so lange, wie man hätte erwarten können. Er war ihr ein guter Mann gewesen, und sie hatte gelitten, aber sie hatte sich nicht so gegrämt, wie ich es erwartet hatte. Ihre Hauptsorge galt dem Baby, und die Besorgtheit des Kapitäns hatte ihr große Erleichterung gebracht.

»Sobald wir wieder Feuer machen können, gibt es warmes Essen«, sagte er.

»Danke«, murmelte Honey, und er verließ uns wieder.

»Der Mann macht mich noch krank«, sagte ich, als sich die Tür hinter ihm geschlossen hatte. »Er weiß ganz genau, wohin er uns bringt und warum, und er sagt es uns nicht. Ich könnte auf ihn einschlagen.«

»Er ist gut zu uns gewesen«, erwiderte Honey, »und er bewahrt ein Geheimnis.«

»Deine Gunst hat er jedenfalls errungen«, sagte ich.

Darauf gab sie keine Antwort.

Das Schiff war zwar angeschlagen und sah nicht mehr so schön aus wie zuvor, aber es war durchgekommen. Es schwamm immer noch und war in der Lage, seine Fahrt fortzusetzen. Grund genug, sich zu freuen.

Der Kapitän erzählte uns, daß ein Dankgottesdienst an Deck abgehalten würde, und da alle gerettet worden waren, mußten alle daran teilnehmen.

Wir sollten uns mit den anderen auf Deck aufstellen. John Gregory und Richard Rackell rechts und links von uns. Erst wenn alle an Deck versammelt waren, sollten wir heraufkommen und sofort nach dem Gottesdienst wieder hinuntergehen.

Es war ein seltsamer Anblick, als wir die Kajütentreppe hochkletterten, John Gregory vor uns, Richard Rackell bildete den Abschluß. Die Männer standen alle in Reih und Glied an Deck, Männer jeden Alters und jeder Größe. Eine hölzerne Kiste diente als Kanzel, auf der stand der Kapitän. Er sah gut aus mit seinem freundlichen und doch ernsten Gesicht. Er war ein gütiger Mann, aber man hatte den Eindruck, wenn es sein mußte, konnte er wütend und gefährlich werden.

Noch viele Jahre sollte ich mich an diesen Augenblick erinnern – der kühle Wind blähte die Segel und die Kleider um unsere Körper, und er erschien uns so herrlich erfrischend, nach dem Aufenthalt in der stickigen Luft der Kabine. Der Himmel war leichtblau, Wolken zogen unter ihm dahin, überall roch es nach Wind und Wasser und feuchtem Holz.

Das Leben war schön, das wurde einem bewußt, wenn man es beinahe verloren hatte – schön auch für Gefangene auf einem Piratenschiff, die an ein unbekanntes Ziel gebracht wurden.

In diesem Augenblick wurde mir deutlich, daß mich die Lust am Leben nie verlassen würde. Was immer es auch für mich bringen würde, ich wollte es ertragen und immer daran denken, es in vollen Zügen zu genießen, bis zur letzten Minute, bis zu meinem Tode.

Der Kapitän las aus der Bibel vor, ich wußte nicht, was, aber es klang wohltuend. Die Stille wurde nur vom Wind in den Segeln und von einer Stimme unterbrochen. Ich nehme an, jeder an Deck bedankte sich innigst für sein Leben.

Da bemerkte ich die Blicke, die uns zugeworfen wurden, und daß sie hauptsächlich mir galten. Seltsame, fast verstohlene Blicke, Blicke, die Haß verrieten – ja, Haß und Furcht! Was hatte das zu bedeuten? Ich sah Honey von der Seite an, aber sie bemerkte nicht, was um sie herum vorging, und ein ängstliches Zittern überlief mich. Nie zuvor war mir so deutlich bewußt geworden, wie gefährdet wir waren.

Der Kapitän hatte aufgehört zu sprechen, John Gregory berührte leise meinen Arm.

Es war Zeit für uns, wieder nach unten zu gehen.

Ungefähr eine Meile vom Land entfernt hatten wir Anker geworfen, und der Kapitän kam, um mit uns zu sprechen.

»Ich bedaure, daß ich es Euch nicht gestatten kann, an Land zu gehen. Es ist äußerst wichtig, daß Ihr, während wir im Hafen liegen, gut bewacht werdet. Ich hoffe, Ihr versteht mich.«

Honey versicherte ihm, daß sie es tat.

Aber ich fragte: »Können wir nicht wenigstens an Deck gehen, um frische Luft atmen zu können?«

Er sagte, er würde sehen, was sich machen ließe, aber er verlangte unser Ehrenwort, daß wir keine Dummheiten machen wollten. »Wäre es eine Dummheit zu versuchen, nach Hause zurückzukehren?« fragte ich, denn ich konnte dem Wunsch nicht widerstehen, dem Kapitän immer wieder zu bedenken zu geben, was für ein Unrecht man uns angetan hatte.

»Das wäre nicht nur eine Dummheit, sondern es ist unmöglich«, antwortete er freundlich. »Ihr befindet Euch in einem Euch feindlichen Lande. Wie wollt Ihr ohne Mittel Euren Weg zurück nach England finden? Ihr wäret von Gefahren umringt. Es ist zu Eurem eigenen Besten, wenn ich Euch bewache.«

»Und zum Vorteil dessen, dem Ihr gehorcht, nicht wahr?«

Er nickte.

Mit John Gregory und Richard Rackell als Wächter durften wir an Deck. Wir lagen ungefähr zwei Meilen vor der Küste. Ich konnte Bäume sehen und Gras und ein paar Häuser. Es war gut, wieder Land vor Augen zu haben, nachdem man lange nichts als Meer gesehen hatte.

Zu ihrer größten Freude wurde es Jennet gestattet, an Land zu gehen. Wir schauten ihr nach, als sie die Leiter hinunter und in das schaukelnde Boot kletterte. Ihr Seemann fing sie in seinen Armen auf und sie lachte. Ich sah, wie er ihr ins Hinterteil kniff und sie zu ihm auflachte. Sie schien es nicht zu bereuen, sich ihm hingegeben zu haben; sie war das anpassungsfähigste Geschöpf, dem ich je begegnet war.

»Gib ihr einen Mann, und sie ist zufrieden«, sagte ich zu Honey.

»Sie scheint den Spanier zu mögen.« Honey war tolerant.

Wie gerne wäre ich an Land gegangen. Ich fragte mich, ob Jake Pennlyon wohl je hier gewesen war. Möglich wäre es gewesen. Ich nahm an, daß wir in Spanien und auf dem Weg zur Barbary Coast waren. Der Kapitän hatte uns von diesen Gewässern erzählt. Ich schaute zu dem fernen Horizont, wo Land und Meer zusammenstießen, und sagte zu mir selbst: Eines Tages wird ein Schiff auftauchen. Der ›Springende Löwe‹. Er wird kommen. Ich weiß es.

Wir lehnten uns an die Reling und beobachteten die Küste. Da wir nicht nah genug waren, konnten wir keine Menschen erkennen, aber wir sahen die Boote auf den Wellen schaukeln.

Jennet kam zurück voller Geschichten darüber, was sie alles gesehen hatte.

»Die Leute reden alle Spanisch!« sagte sie. »Ich habe kein Wort verstanden. Aber Alfonso hat es verstanden.«

Er hatte sie in eine Weinschenke mitgenommen, wo sie Wein getrunken und kleine Gewürzkuchen gegessen hatten, die offenbar vorzüglich gewesen waren. Sie war noch ganz erfüllt von all den Sehenswürdigkeiten, die Alfonso ihr gezeigt hatte.

Am nächsten Tag wurde das Schiff in den Hafen geschleppt, und dort blieben wir, bis die Reparaturarbeiten beendet waren. Die Takelage mußte überholt und Planken neu abgedichtet werden; die Schiffsbaumeister hatten viel zu tun.

Den ganzen Tag lang ging es an Bord lebhaft zu. Nicht nur, daß Reparaturen ausgeführt wurden, auch frische Vorräte wurden eingeladen. Einige Männer der Mannschaft gingen von Bord, ohne wiederzukommen. Der Sturm hatte sie zweifellos von dem Wunsch kuriert, weiter zur See fahren zu wollen. Auch diese Leute mußten ersetzt werden. Alle waren beschäftigt, aber für uns war es eine eintönige Zeit; aus schierer Langeweile begann ich, Fluchtpläne zu schmieden. Das war absurd, das wußte ich, denn wir waren fremde Frauen in einem fremden Land, ohne Geld und der Landessprache nicht mächtig – inzwischen hatten wir zwar ein paar spanische Worte erlernt –, und eine von uns erwartete ein Kind. Aber das Plänemachen hatte auf mich eine tröstliche Wirkung. Meine Mutter hatte immer gesagt, ich sei zu impulsiv. »Zähl bis zehn, bevor du redest, Cat, Liebling«, pflegte sie zu sagen. »Und denke, bevor du handelst.«

»Wir könnten uns als Matrosen verkleiden und uns an Land stehlen. In kürzester Zeit hätten wir dieses kleine Nest hinter uns.«

»Ohne Kleider, ohne Geld, ohne zu wissen, wo wir sind?« fragte Honey, die praktisch Veranlagte.

»Das würden wir bald herausfinden.«

»Uns würde ein schlimmeres Schicksal erwarten als das, das uns jetzt zuteil wird. Der Kapitän ist ein guter Mensch.«

»Dich wird er beschützen, Honey, denn du hast ihn bezaubert; aber daß er mich nur zu einem ganz bestimmten Zweck beschützt, das hat er durchblicken lassen.«

»Ich möchte wirklich wissen, was uns erwartet.«

»Könntest du es nicht von ihm erfahren?«

»Nicht einmal eine Andeutung macht er.«

Ich war enttäuscht. Immerzu hielt ich Ausschau nach ›meinem‹ Schiff, aber es kam nicht in Sicht.

Einmal, als ich allein mit Richard Rackell an Deck war, sprach ich mit ihm.

»Warum habt Ihr uns belogen?« fragte ich. »Warum habt Ihr vorgegeben, jemand zu sein, der Ihr gar nicht seid?«

»Ich tat, was ich tun mußte«, antwortete er.

»Hat man Euch befohlen, zu uns zu kommen?«

Er nickte.

»Zu welchem Zweck?«

»Das kann ich Euch nicht sagen.«

»Ihr habt uns betrogen, Ihr habt uns angelogen. Ihr habt unsere Großmut ausgenützt, und Euretwegen hat ein guter Mensch sein Leben verloren.«

Richard Rackell bekreuzigte sich und murmelte: »Möge Gott seiner Seele gnädig sein.«

»Ihr seid sein Mörder!«

»Ich hätte nie Hand an ihn gelegt!«

»Aber nur weil Ihr gekommen seid und mit unseren Feinden zusammengearbeitet habt, ist er jetzt tot!«

Richard Rackells Lippen bewegten sich, er murmelte ein Gebet.

»Ihr mordet und entführt, ihr Piraten, ihr Schurken und Schinder! Aber ihr tut alle sehr fromm, wie man bemerkt!« Da er nicht antwortete, fuhr ich fort: »Und Eure Braut – was ist mit ihr? Ihr habt sie verführt, Ihr habt Ihr die Ehe versprochen, obwohl Ihr ganz genau wußtet, daß ihr sie nie heiraten werdet! Habe ich recht?«

Er ließ den Kopf hängen.

»Ihr braucht Eure Gebete dringend«, sagte ich mit Sarkasmus. »Denn ich hoffe, es wird Euch tausendfach vergolten, was Ihr uns angetan habt!«

»Herrin, ich bitte Euch um Vergebung!«

»Bitten könnt Ihr!«

Er seufzte und blickte über das Meer.

Nach einer Weile fragte ich: »Sagt mir, wer hat Euch mit der Lüge zu uns geschickt?«

»Das zu verraten, ist mir verboten.«

»Aber Ihr seid genauso entsandt worden wie dieser Schuft Gregory?«

»Wir sind zu Euch geschickt worden.«

»Einzig und allein zu dem Zweck, uns zu entführen?«

Er schwieg.

»Natürlich, aber warum... ausgerechnet wir? Wenn ihr Frauen wolltet, konntet ihr nicht irgendeine Küstenstadt überfallen und sie euch dort holen? Warum seid ihr ausgerechnet zu uns gekommen, Ihr und Gregory und diese mächtige Galeone? Um uns zu entführen?«

Er gab immer noch keine Antwort.

»Ihr seid auch mit der Galeone gekommen, stimmt's? Ich bin nachts aufgewacht und habe sie gesehen. Das war noch, als der ›Springende Löwe‹ im Hafen lag. Ich habe gesehen, wie ein Boot an Land gerudert wurde. Ihr saßt im Boot. Und zuerst seid Ihr nach Pennlyon Court gegangen, die wollten Euch aber nicht haben. Also seid Ihr zu uns gekommen. So war's doch, oder nicht?«

»So war es, Mistreß.«

»Und dann kam die Galeone wieder und brachte John Gregory. Auch er kam mit seinen Lügen und hat Unterkunft bekommen. Schließlich kam die Galeone ein drittes Mal, und diesmal mußten wir mitsegeln. Ihr werdet mich doch nicht schon wieder anlügen und behaupten, so wäre es nicht gewesen?«

»Nein, Mistreß«, erwiderte er schüchtern.

»Aber warum, warum?«

Er gab keine Antwort. Ich war des Rätsels Lösung um nichts näher gekommen.

Der Kaplan des Kapitäns lehnte sich neben mich an die Reling. Er sprach ein bißchen Englisch, wir konnten uns also verständigen. Er erzählte mir, der Kapitän sähe gern, wenn ich Unterricht im katholischen Glauben nähme.

»Das werde ich nicht tun«, sagte ich leidenschaftlich. »Warum sollte ich? Ich bin zwar mit Gewalt verschleppt worden, aber ich bestehe auf Glaubensfreiheit.«

»Es wäre zu Eurem Nutzen und zu Eurem Schutz«, sagte er mir.

»Das denkt Ihr! Ich kann Intoleranz nicht ausstehen. Ich verlange ja auch nicht, daß Ihr Euren Glauben wechselt. Warum wollt Ihr, daß ich es tue?«

»Es wäre gut für Euch, zum wahren Glauben zurückzufinden.«

Ich glaube, ich hatte lauter und heftiger gesprochen, als ich es normalerweise tue. Ich war plötzlich so wütend, weil diese Leute versuchten, mir jetzt auch noch ihren Glauben aufzuzwingen. Deshalb hatte ich nicht bemerkt, daß zwei Matrosen nähergetreten waren und interessiert zuhörten.

»Ich lasse mich nicht zwingen«, rief ich heftig. »Ich werde auch in Zukunft glauben, was ich will! Und ich lasse mir auch nicht sagen, daß ich Gott auf diese oder jene Art anbeten müßte!«

Der Priester nahm das Kreuz, das er an einer Kette um den Hals hängen hatte, und schaute es an.

»Man ist nicht weniger Christ, wenn man nicht ganz so denkt, wie Ihr beschlossen habt, daß man denken soll!«

Er kam einen Schritt auf mich zu, und mit einer ungeduldigen Handbewegung stieß ich ihn zur Seite. Das Kreuz fiel ihm aus der Hand.

Einer der zuschauenden Matrosen rief etwas, was ich nicht verstand. Es interessierte mich auch nicht besonders, weil ich nicht wußte, wie bedeutsam dieser Vorfall werden würde.

Wir segelten in ruhigen und wärmeren Gewässern.

Jetzt war es wirklich ein Vergnügen, an Deck zu sein. Der Kapitän war ungeduldig, denn es gab nicht genug Wind, dieses mächtige Schiff flott zu segeln.

Zwei Tage blieb das Wetter heiter und warm mit einer leichten Brise, dann blieb selbst die aus. Kein Lüftchen regte sich mehr, die See war so ruhig, sah so aus, als wäre sie gemalt – keine Welle, kein leiser Windeshauch. Wir konnten auf dem Schiff auf und ab gehen, als wären wir an Land.

Als wir am folgenden Tag aufwachten, lag das Schiff still. Die Segel schienen überflüssig geworden. Die Galeone lag wie ein schwimmendes Schloß auf einer ruhigen, unbewegten See. Wir wußten, daß wir mitten in einer Flaute steckten.

Die Sonne schien warm, denn wir waren viele Meilen nach Süden gesegelt. Wie angenehm es war, über das Deck und die Kajütengänge zu spazieren; sie schienen wieder so fest und sicher wie die Reede im Hafen.

Wir waren täglich an Deck – in Gesellschaft von Gregory und Rackell. Jennet arbeitete oft bei den Matrosen, ich habe sie barfuß die Decks schrubben und dabei singen sehen. Ich sah sie in der Kombüse die Suppe austeilen.

Und ich habe gesehen, wie die Augen von zwei Männern ihr folgten, und Jennet hat das natürlich bemerkt. Sie errötete genauso wie eh und je, und ihr großer Spanier mit seinem Messer war nie weit weg. Unter den Seeleuten war er der König. Er hatte ein Weib, was sonst niemand hatte. Ich ahnte, sie dachten, er sollte sie mit ihnen teilen, und ich war froh für Jennet, daß er davon nichts wissen wollte. Wie gefährlich es doch für sie war, sich unter diesen Männern zu bewegen. Uns warfen sie auch manchmal Blicke zu – der schönen Honey, die jetzt ziemlich dick war mit ihrem Baby, und mir, der Jungfrau mit den blitzenden Augen, die, griff sie jemand an, sich mit Zähnen und Krallen wehren würde. Das wußten die Männer. Dennoch waren es weder Honeys Schwangerschaft noch mein wilder Geist, die uns retteten, es war der Befehl des Kapitäns. Peitschenhiebe für den, der uns zu belästigen versuchte, und für den, dem es gelingen sollte, der Tod. John Gregory hat es uns erzählt.

Wir aßen in der Kapitänskajüte, und der Kapitän sprach von seinen Sorgen. Der Sturm war wild gewesen, fast hätte er unser Schiff zerbrochen und uns einer gnadenlosen See ausgeliefert. In derartigen Notfällen war es wichtig, durchzuarbeiten. Aufgeben gab es nicht und auch keine freie Minute. Jeder einzelne Mann kämpfte um das Leben des Schiffes und damit um sein eigenes.

Aber in einer Flaute zu stecken, war etwas anderes. Da gab es nichts, als hinauszuschauen auf das Meer, das aussah, als wäre es auf eine Leinwand gemalt. So still war es. Man konnte nichts anderes tun, als den wolkenlosen Himmel nach der Spur von einer Wolke und einer Andeutung von Wind abzusuchen. Die Segel hingen nutzlos herunter, und die Sonne brannte immer heißer. Und wenn die Flaute andauerte, würde der Proviant nicht bis zum näch-

Zwischen _____ durch:

Das Schiff steckt in einer Flaute, der Kapitän und seine beiden Passagiere beten um Wind. Doch vergeblich. Das Essen muß rationiert, mit dem Wasser noch sparsamer umgegangen werden als ohnehin üblich. Die Spannung wächst, die Mannschaft steht flüsternd auf dem Deck beisammen…

Wie gut, daß der Leser keine Probleme mit rationiertem Wasser oder mit knapper werdenden Lebensmitteln hat. Er kann in aller Ruhe eine Pause einlegen und sich entspannen. Mit einer kleinen Stärkung zwischendurch, bevor er erfährt, wie es mit Catharine in dieser scheinbar ausweglosen Situation weitergeht…

Zwischen_____durch:

Die geschmackvolle Trinksuppe für den kleinen Appetit. – In Sekundenschnelle zubereitet. Einfach mit kochendem Wasser übergießen, umrühren, fertig.
Viele Sorten – viel Abwechslung.
Guten Appetit!

sten Hafen reichen, in dem wir neuen würden aufnehmen können. Und was das Schlimmste war, unbeschäftigte Männer sind gefährlich.

Der Kapitän betete also um Wind.

»Wind würde uns nur näher an unser geheimnisvolles Ziel bringen«, sagte ich zu Honey. »Sollten wir um Wind beten? Oder sind wir besser dran, wenn wir möglichst lange auf dem Schiff bleiben?«

Und Honey antwortete: »Wir müssen um Wind beten, die Männer sind inzwischen ausgeruht, und ausgeruhte Männer bedeuten Gefahr.«

Und auch sie betete um Wind.

Wir waren an Deck, um frische Luft zu schöpfen. Wieder waren ein Tag und eine Nacht vergangen, und immer noch gab es keinen Wind. Die Spannung wuchs, das war immer deutlicher zu bemerken. Gruppen von Matrosen standen flüsternd auf den Decks beisammen.

Das Essen hatte rationiert werden müssen. Wasser mußte noch sparsamer verbraucht werden als ohnehin üblich. Und man konnte nichts anderes machen, als auf eine Brise zu warten. Die mächtige Galeone war machtlos. Sie war nichts anderes als ein Rumpf voller unzufriedener Menschen.

Ich hatte festgestellt, daß einer der Männer mich immer wieder abschätzend betrachtete. Ich kannte diesen Blick, ich hatte ihn in Jake Pennlyons Augen gesehen. Vielleicht hatte John Gregory ihn auch bemerkt, denn er schickte uns hinunter.

Später sah ich den Mann wieder, er stand in der Nähe der Reling, da, wo ich mich sonst immer aufhielt. Ich hörte ihn etwas flüstern und glaubte, seine Worte waren an mich gerichtet.

Ich hatte Angst. Aber ich hoffte, der Befehl des Kapitäns würde unbedingt befolgt werden und ich wäre vor allen Männern auf dem Schiff sicher. Was mich am Ende dieser Reise erwarten würde, konnte ich nicht wissen; aber hier konnte mir nichts passieren.

Ich hatte nicht mit der Langeweile auf einem Schiff in der Flaute gerechnet – und mit der Gier, die mit der Langeweile kommt. Männer, die sich in solchen Situationen befinden, gehen Risiken ein.

Ich sah ihn also wieder; er hatte Ringe in den Ohren, und schwarze Augen blitzten in seinem dunkelbraunen Gesicht. Langsam glitt er näher an mich heran. John Gregory tat einen Schritt auf den Mann zu, der verharrte. Ich wandte mich an Gregory und fragte ihn: »Sollen wir runtergehen?« Und als ich mich wegbewegen wollte, stellte mir der Kerl ein Bein.

Ich stolperte, er fing mich aber auf, und einen Augenblick lang hielt er mich fest an sich gepreßt. Aus nächster Nähe sah ich seine dunklen lüsternen Augen... und seine gelben Zähne.

Ich schrie, aber er ließ mich nicht los; er begann vielmehr, mich wegzuzerren.

John Gregory versuchte mir zu helfen, so hielten mich dann zwei Männer fest und zerrten mich hierhin und dorthin.

Plötzlich tauchte der Kapitän auf, ich weiß nicht woher. Vielleicht behielt er uns immer im Auge, wenn wir auf Deck waren. Er rief einer Gruppe von Männern, die in der Nähe standen, einen Befehl zu. Darauf blieb es zunächst ein paar entsetzliche Sekunden lang still, keiner der Angesprochenen bewegte sich. Das ist Meuterei, schoß es mir sogleich durch den Kopf. Noch einmal sagte der Kapitän dann etwas, seine Stimme klang dabei klar und fest, voller Autorität, der zu gehorchen diese Männer sonst gewohnt waren.

Da traten zwei von ihnen schließlich vor, ergriffen den dunklen Kerl, hielten ihn fest und führten ihn ab.

»Ihr solltet hinuntergehen«, sagte der Kapitän zu mir.

Er ist ausgepeitscht worden, und das ganze Schiff wurde zusammengetrommelt, um der Bestrafung beizuwohnen.

Wir waren natürlich nicht dabei. Wir blieben unten in der Kapitänskajüte, doch wir wußten, was oben vorging. Ich sah die Szene später immer wieder vor mir, so als hätte sie sich vor meinen Augen abgespielt. Ich sah den Mann, an einen Mast gebunden, sein Rücken nackt, die schreckliche Peitsche auf ihn niedersausend, Fleisch aufreißend, bis es roh und blutig war.

Nach der Bestrafung kam der Kapitän in die Kajüte.

»Es wird ihm eine Lehre sein«, meinte er.

Mir schauderte, und er fuhr fort: »Er wird es überleben. Dreißig Peitschenhiebe. Fünfzig hätten ihn umgebracht.«

»Warum mußten es so viele sein? Nur um ihm eine Lehre zu erteilen?« fragte ich.

»Peitschenhiebe sind die einzige Sprache, die sie verstehen.«

»Dennoch, ich meine, die Strafe war zu hart.«

»Ich habe meine Pflichten.«

»Mich zu beschützen?«

Er nickte.

»Mir wird dieser Mann das nie vergessen«, sagte ich.

»Wir wollen hoffen, daß er nie mehr einen Befehl vergessen wird.«

»Ich bedauere, daß so etwas meinetwegen passieren mußte.«

»Mir scheint schlimmer zu sein, daß wir immer noch keinen Wind haben.« Damit schloß der Kapitän das Gespräch.

Noch ein Tag verging, ein Tag der Windstille.

Nach dem, was passiert war, hatte ich Angst, an Deck zu gehen, obwohl ich wußte, daß ich diesen Mann nicht treffen würde; der lag an seinen Wunden darnieder.

»Die Männer sagen, er sei fast daran gestorben«, sagte Jennet. »Die Peitsche ist eine schreckliche Sache. Sein Rücken wird für immer gezeichnet sein.«

»Armer Mann, er tut mir leid.«

»Er hat damit angegeben, daß er Euch schon kriegen würde. Er sagte, es wäre ihm egal, wer Ihr seid. Er sagte, es wäre ihm egal, ob Ihr vom Teufel selbst abstammte, er würde sich Euch holen.«

Sie trug ein Bild der Heiligen Jungfrau an einem Silberkettchen am Hals. Ihr Liebhaber hatte es ihr als Talisman geschenkt.

»Was ist das?« hatte ich sie gefragt.

»Das ist die Heilige Jungfrau, sie beschützt uns Frauen.«

Jetzt fühlte sie sich gedrängt, mir das Bild zu geben.

»Mistreß«, flehte sie mich an, »nehmt meine Jungfrau. Tragt Ihr sie.«

»Du brauchst sie selbst, Jennet. Du bewegst dich immer unter den Matrosen.«

Ängstlich schüttelte sie den Kopf.

»Was ist denn, Jennet?« fragte ich.

»Es ist, weil sie... was sie über Euch reden, Mistreß.«

»Was reden sie denn über mich?«

»Als er ausgepeitscht wurde, hat er geschrien, daß es der Teufel in Euch sei, der ihn dazu verführt hätte. Er hat behauptet, Ihr seid eine Hexe und eine Ketzerin. Ihr hättet dem Priester das Heilige Kreuz aus der Hand geschlagen, hat er gesagt, und Ihr hättet Unglück über das Schiff gebracht. Er sagte, Hexen brauten Stürme zusammen, und hatten wir nicht einen Sturm, wie er vorher noch nie über uns gekommen war? Und, sagen sie alle, Euretwegen wäre ein Mann fast zu Tode gepeitscht worden und wir säßen jetzt in der Flaute. Sie machen mir angst, Mistreß. Bitte nehmt die Jungfrau, sie wird Euch beschützen.«

Kalte Furcht ergriff mich. Ich mußte an den Augenblick denken, als der Kapitän ihnen befahl, meinen Angreifer festzunehmen, und ich ahnte, Meuterei läge in der Luft. Und wenn die Männer glaubten, ich sei eine Hexe, bestand für mich wirklich Gefahr.

Was macht man mit Hexen? fragte ich mich.

Und die Windstille hielt an.

Ich war oben an Deck und schaute zum fernen Horizont; der Himmel war von einem durchsichtigen Blau, das Meer wie ein seidenes Tuch, nichts kräuselte sich. Überall Stille.

Eine Gruppe von Männern beobachtete uns heimlich. John Gregory war nervös, Richard Rackell bleich.

»Es ist sehr heiß hier oben«, sagte Gregory. »Ich glaube, wir sollten hinuntergehen.«

»Nicht zu hastig, aber bald.« Ich war seiner Meinung.

Irgendwie ahnte ich, ein eiliger Rückzug hätte diese Männer zum Handeln gereizt.

Schon oft, seit ich dieses Schiff betreten habe, hatte ich Angst gehabt, aber ich glaube, zu diesem Zeitpunkt durchlebte ich die angstvollsten Momente meines Lebens.

Ich starrte über das riesige Himmelsgewölbe, bis hin zum Horizont – und fragte John Gregory, ob es irgendein Anzeichen dafür gäbe, daß sich das Wetter bald ändern könne – und die ganze Zeit über war ich mir der Männer bewußt, die mich beobachteten.

Nach einer Weile sagte ich dann: »Laßt uns hinuntergehen. Ich habe genug.«

Langsam ging ich auf die Kajütentreppe zu, jeden Moment erwartete ich, hinter mir etwas rascheln zu hören, schleichende Schritte, starke Arme, die sich um mich legten. Ich wußte, sie waren bereit und warteten nur auf ein Signal. Vielleicht würde ich die Worte ›Hexe! Ketzerin!‹ hören. Was machte man in Spanien mit Ketzern? Sie wurden an einen Pflock gebunden, zu ihren Füßen wurde Holz gestapelt und mit Reisigbündeln angezündet. Die Ketzer wurden verbrannt. Ihnen wurde schon auf Erden das Schicksal zuteil, das sie danach bis in alle Ewigkeit verfolgen würde, wie viele glaubten.

Der Kapitän kam in die Kajüte.

»Ich glaube, es ist klug, Ihr bleibt hier unten, bis wir wieder segeln. Es ist nicht gut für die Männer, Euch zu sehen, in der Stimmung, in der sie sich zur Zeit befinden.«

Ich nickte.

Die Tür wurde abgesperrt. John Gregory und Richard Rackell hielten Wache, und wir blieben in der Kajüte.

Es wurde Nacht. Jedes Geräusch ließ mein Herz wild schlagen. Ich sah sie schon die Kajüte erstürmen, die Türen eintreten und mich ergreifen. Ich meinte manchmal, ihr Geschrei ›Hexe! Ketzerin!‹ zu hören.

Sie wollten mich haben, und ich hielt mich von ihnen fern. Frauen waren an Bord, sogar drei, und nur eine diente dem Zweck, für den sie, wie diese Männer glaubten, allein geschaffen worden sind. Und die, Jennet, befand sich im Besitz des großen Alfonso. Und Honey und ich, die anderen, standen auf Befehl des Kapitäns unter strenger Bewachung. Und überall diese Stille, die zermürbender war als der Sturm.

Ich schlief sehr unruhig.

»Der Kapitän wird uns auch nicht immer beschützen können«, sagte ich zu Honey.

»Er wird uns beschützen, solange er muß«, antwortete sie.

Sie hatte blindes Vertrauen zu ihm.

Wieder wunderte ich mich über Honey, die zwar Witwe war, bei der aber ihre schlimme Lage und das Baby den Verlust Edwards verdrängt zu haben schienen. Und ich dachte über die Beziehung nach, die ich zwischen ihr und dem Kapitän bemerkt hatte. Es gab da, das war offensichtlich, irgendein großes gegenseitiges Verständnis. Ob es wohl Liebe war?

Dann dachte ich an Jake Pennlyon, und mein Herz machte einen Sprung. Er wird kommen und mich holen. Er wird mich suchen, und er wird mich finden.

Kein Schiff konnte in dieser Windstille segeln. War das der Grund, warum ich so voller Furcht war? Er konnte nicht zu mir kommen, weil der ›Springende Löwe‹ genauso still und hilflos dalag wie die Galeone.

Wir trieben in einem schwimmenden Zauberschloß, Gefahr rings um uns, und unsere Beschützer hilflos gegenüber einer Bande Verzweifelter, so fürchtete ich.

Der Morgen kam – ein stiller, wunderschöner Morgen. Rot ging die Sonne auf am Rande des Meeres.

Ein weiterer Tag begann – voll wachsender Spannung.

Wir blieben in der Kajüte. Jedesmal, wenn wir draußen Schritte hörten, fuhren wir zusammen.

Der Kapitän hatte den Männern Arbeit gegeben. Sie mußten die

Vorratsräume mit brennenden Fackeln ausräuchern. Der Fäulnisgeruch dort war übel, er drehte einem den Magen um. Er ließ sie Fische fangen – eine sehr nützliche Beschäftigung, denn sie konnten kochen, was sie gefangen hatten, und die Extramahlzeiten mit ihren Kameraden teilen.

Trotz alledem wuchs die Spannung weiter. Beim Fischen sprachen sie von der ketzerischen Hexe, die ihr Schiff verwünscht hatte und Unglück über sie alle bringen würde.

Jennet brachte uns die letzten Neuigkeiten.

»Die Männer wollen sich heute nachmittag versammeln«, sagte sie. »Sie wollen endlich handeln. Sie haben sich einen Plan zurechtgelegt.«

Ihre Augen waren weit aufgerissen und angsterfüllt. Sie mochte mich.

»Nehmt die Jungfrau, Mistreß, sie wird Euch retten.«

Ich hängte mir das Kettchen um den Hals, um ihr einen Gefallen zu tun, wie ich sagte; aber in Wirklichkeit war ich bereit, mich an allem festzuklammern, was mir nur irgendwie helfen könnte. Vielleicht würde es nützen.

Die Männer kamen am Nachmittag zusammen. Ich war in der Kajüte und Honey bei mir. Ich sagte ihr nicht, was Jennet mir erzählt hatte. Es wäre schlecht gewesen für das Baby, wenn sie sich zu sehr ängstigte.

Ich konnte mir vorstellen, was geschehen würde, und erfand eine Entschuldigung, die Kajüte zu verlassen. Jennet stand in der Türe, ihre Augen weit aufgerissen vor Entsetzen.

»Jennet, was ist los?« fragte ich sie.

»Sie sind alle oben auf dem Deck«, sagte sie. »Nichts kann sie aufhalten, Mistreß, nicht einmal der Kapitän. Sie behaupten, es sei Schwarze Magie!«

»Sie kommen mich holen?«

»O Mistreß, es ist schrecklich!«

Ich lief die Treppe hinauf. Sie zog mich am Arm. »Geht nicht. Wenn sie Euch sehen, drehen sie durch, Mistreß, Ihr habt die Jungfrau, sie beschützt alle Frauen.«

Ich konnte die Männer schreien hören.

Jennet flüsterte: »Sie sagen, Ihr seid eine Hexe. Sie geben Euch die Schuld an allem. O Mistreß, jetzt schichten sie die Reisbündel auf dem Deck auf ... da! Sie haben auch einen Pfosten, um Euch anzubinden. So macht man es mit Hexen.«

»O Gott, Jennet ... das ist das Ende ... das furchtbare Ende!«

»Nein, Mistreß, es muß nicht sein. Ich weiß ein Versteck. Alfonso hat es mir gezeigt. Er hält mich da verborgen, manchmal... wenn er nicht da ist, um auf mich aufzupassen. Kommt, schnell!«

Ich folgte ihr, ich sah nicht, wohin wir gingen. In meiner Vorstellung hörte ich bereits das Knistern der Flammen. Ich stand dem Tod ganz nahe, meinte ich – einem schrecklichen, entsetzlichen Tod.

Jennet öffnete eine Lukentür, und wir stiegen in ein dunkles Loch.

Der Gestank dort war grauenerregend, aber die Dunkelheit wirkte beruhigend.

Aber wie lange konnten wir hier versteckt bleiben? Jennet betete zu der Jungfrau Maria, der Beschützerin der Frauen; nie hatte eine Frau mehr Schutz gebraucht.

Ich betete mit ihr... betete um ein Wunder.

Ich weiß nicht, wie lange wir in dem dunklen Loch gesessen haben, ich weiß nur, daß das Wunder geschehen ist. Nachdem wir uns weiß Gott wie lange darin versteckt gehalten hatten, bemerkten wir plötzlich, daß das Schiff sich bewegte. Das Schiff machte Fahrt.

Jennet flüsterte: »Es ist vorbei! Die Flaute ist vorbei!«

Sie hob die Tür an und stieg hinaus, ließ mich aber nicht gleich mitkommen.

»Ihr bleibt, wo Ihr seid. Ich komme zurück.«

Nach kurzer Zeit war sie wieder da. Ihr Gesicht strahlte vor Freude.

»Es ist vorbei«, rief sie. »Wir haben eine steife Brise. Alle sind aufgeregt. Niemand denkt mehr an Euch. Ihr seid gerettet.«

Ja, das Wunder war geschehen.

Was für ein Anblick, ein Schiff mit im Winde geblähten Segeln, das vor Freude in den Ozean zu tauchen schien, während es vorwärtsdrängte. Ein starker Wind trug uns gen Süden. Das Meer war wieder lebendig geworden, die Flaute war vorbei.

Und die Spannung ließ nach. Es gab auch viel zuviel zu tun, als daß die Männer Zeit gehabt hätten, über Meuterei nachzudenken. Befehle wurden ausgerufen und befolgt, es gab extra Getränke- und Essensrationen, damit alle feiern konnten. Und es gab einen Dankgottesdienst, dem wir aber nicht beiwohnen durften.

Eine Woche nach der Windstille kam Land in Sicht. Erst sahen wir in weiter Ferne einen schneebedeckten Berggipfel, ein Wahrzeichen im Ozean.

Der Kapitän kam und sagte: »Ihr solltet Euch jetzt bereit machen, an Land zu gehen. Dort liegt das Ende Eurer Reise.«

Wir packten unsere wenigen Habseligkeiten zusammen – viel hatten wir ja nicht, lediglich die Kleider, die wir uns selbst genäht hatten. Schließlich kletterten wir ins Boot und wurden an Land gerudert. Wir blickten zurück zur Galeone – majestätisch lag sie im Wasser – und wir wußten: Dies war der Abschied von einem Leben, das hinter uns lag; gleich würden wir in einer unbekannten Zukunft landen.

Auf Teneriffa

Am Ufer standen Männer mit Mauleseln. Wir waren offensichtlich erwartet worden. Sie hatten unser Schiff wohl bereits am Tag zuvor gesichtet, als wir einen schneebedeckten Berg sich aus dem Meer erheben sahen.

Der Kapitän, John Gregory und Richard Rackell gehörten zu der kleinen Gruppe, die uns begleitete. Als ich zurück zur Galeone blickte und mich an die Schrecken erinnerte, die ich darauf ausgestanden hatte, kam ein Gefühl der Erleichterung in mir auf, und eine große Neugier und Erregung ergriffen von mir Besitz. Bald würden wir wissen, warum wir entführt worden waren.

Wie gewöhnlich suchte ich den Horizont nach einem Segel ab, aber draußen war nichts zu sehen als der weite blaue Ozean.

Die Sonne war warm, obwohl es erst Februar war. Ich sah die anderen an. Honey würde in zwei Wochen niederkommen. Sie hatte ihre Heiterkeit beibehalten. Jennet hatte diesen seltsamen Ausdruck im Gesicht, den ich schon kannte. Ich nehme an, sie fragte sich, ob ihr Seemann wohl auch an Land kommen würde. Er war nicht mit im Boot, er war an Bord des Schiffes geblieben.

Der Kapitän bat uns, die Maulesel zu besteigen. »Wir haben ein Stück zu reiten«, sagte er.

Wir taten, wie uns geheißen, und setzten uns in Bewegung.

Die Tiere waren langsam, wir brauchten zwei Stunden, um vielleicht sechs oder sieben Meilen zurückzulegen. Auf einer Anhöhe ließ der Kapitän anhalten, und wir konnten hinunter auf eine Stadt sehen, an deren Rand ein großes weißes Haus lag, das von Parkanlagen umgeben schien.

Er sagte: »Das ist die Residenz vom Gouverneur dieser Insel, Don Gonzales. Das Haus ist bekannt als die Hazienda. Dorthin reiten wir.«

»Zu welchem Zweck?«

»Das werdet Ihr schon sehen.«

Unsere Maulesel trugen uns den Abhang hinunter, hinein in die Stadt und weiter zu dem weißen Haus; und schließlich kamen wir zu einem eisernen Gittertor. Ein Mann, der sich vor uns verbeugte, öffnete es, und wir ritten an ihm vorbei und eine Anfahrt entlang, die auf beiden Seiten von hohen blühenden Büschen gesäumt war: rosa, weiß und rot.

Endlich erreichten wir das Portal. Drei weiße Stufen führten zu einer Tür, die von einem Diener in schwarzgelber Livree geöffnet wurde, und wir betraten eine Halle, die, verglichen mit der Helligkeit draußen, ausgesprochen dunkel wirkte.

Wir wurden in einen kleinen, ebenfalls ziemlich dunklen Raum gebracht und allein gelassen – wir drei. Gefärbte Fensterscheiben und schwere Vorhänge schlossen das Sonnenlicht aus.

Wir sprachen kein Wort, unsere Spannung war zu groß. So viel schien mir inzwischen sicher: Das Objekt der Entführung war ich gewesen. Jennet war die Geliebte eines Matrosen geworden, und weil er ein starker Mann war und immer ein Messer bei sich trug, hatte sie nur einen einzigen Herren gehabt. Honey wäre vergewaltigt worden, wäre das Agnus Dei an ihrem Hals nicht gewesen oder ihre eigene starke Ausstrahlung. Aber mich hatte man bewacht! Der Mann, der gewagt hatte, mich anzurühren, war grausam ausgepeitscht worden. Es lag auf der Hand, das Ziel der Mission war ich gewesen.

Der Kapitän kam zurück. »Habt keine Angst«, sagte er zu Honey, »man wird sich um Euch kümmern, bis Euer Kind geboren ist.« Seine Stimme klang zärtlich, er schien traurig zu sein. Sie lächelten einander zu. Ein Band der Liebe schien die beiden zu verbinden, einer Liebe, die nie erfüllt werden würde, die ihr Leben zwar nur kurz berührt, ihnen aber viel bedeutet hatte.

»Ihr behaltet Jennet als Magd, solange Ihr sie braucht«, meinte er. »Bleibt hier.« Und zu mir sagte er: »Kommt.«

Ich folgte ihm eine Treppe hinauf. Eine seltsame, eine lastende Stille schien über diesem Haus zu liegen. Überall war es dunkel, voller Schatten. Ich hatte das Gefühl, etwas Fremdartiges, Seltsames, Dramatisches würde jeden Augenblick mit mir geschehen.

Ich folgte dem Kapitän einen Korridor entlang, die gefärbten Fenstergläser auch dort warfen ein gelbliches Licht in das Halbdunkel. Ich hatte den Eindruck, der Besitzer schloß das Licht aus, weil er nicht sichtbar werden lassen wollte, was sich innerhalb dieser Wände abspielte.

Ich hatte nur den einen Wunsch, umzukehren und fortzurennen. Aber wohin? Wie konnte ich Honey und Jennet allein zurücklassen, waren sie doch meinetwegen hierher gebracht worden?

Der Kapitän blieb vor einer Türe stehen, klopfte leise an, jemand antwortete, und wir traten ein.

Erst konnte ich in dem verdunkelten Raum wenig erkennen, dann bemerkte ich einen Mann; ich sah zum erstenmal Don Felipe Gonzales! Ein kalter Schauer überlief meinen Rücken. Vielleicht war es eine Vorahnung, vielleicht war es, weil er etwas Bedrohliches, beinahe etwas Furchteinflößendes an sich hatte. Mit Jake Pennlyon verglichen, war er nicht groß, aber er war auch nicht klein für einen Spanier. Er trug ein schwarzes Wams, mit feinen weißen Spitzen verziert; seine Beinkleider waren aus weißem Satin; an einer Seite steckte ein kurzes Schwert in einer Samtscheide. Nie zuvor hatte ich so viel Würde gesehen, nie so kalte Augen. Sein Blick drang mir durch Mark und Bein. Seine Haut hatte die Farbe von Oliven, seine Adlernase war groß und gebogen, sein Mund schmal, eine Linie, seine Lippen grausam und erbarmungslos.

»So, das ist also die junge Frau, Kapitän?« fragte er.

Ich konnte inzwischen genug Spanisch, um ihn verstehen zu können.

Der Kapitän bestätigte es.

Er trat vor, verbeugte sich vor mir, kalt und höflich. Ich erwiderte seinen Gruß.

»Willkommen auf Teneriffa«, sagte er auf englisch.

Weil ich Angst hatte, war meine Antwort unfreundlich.

»Wie kann ich willkommen sein? Ich bin gegen meinen Willen hergebracht worden.«

»Ich bin glücklich, daß Ihr gut angekommen seid«, antwortete er.

Er klatschte in die Hände, und ein Mädchen trat ein. Es war jung – ungefähr so alt wie ich –, aber um einiges kleiner, und es hatte eine dunkle Haut und große dunkle Augen. Er nickte ihr zu, und sie trat zu mir.

»Maria wird sich um Euch kümmern«, sagte er. »Geht mit ihr. Wir sehen uns später.«

Für mich war alles verwirrend. Das Mädchen führte mich wieder einen langen Korridor entlang, und wir betraten schließlich ein großes Zimmer, das trotz seines großen Fensters genauso dunkel war wie die anderen auch, die ich inzwischen betreten hatte. Schwerbestickte Vorhänge sperrten das Licht aus. Ein großes Himmelbett stand im Zimmer, ebenfalls mit bestickten Vorhängen versehen. Pfosten und Baldachin waren fein geschnitzt. Auf der anderen Seite des Raumes stand eine massive Eichentruhe. Der hölzerne Fußboden war mit zwei großen Teppichen, jeweils mit ungewöhnlichem Muster, belegt. So schöne Teppiche hatte ich noch nie gesehen.

Bald hatte ich heraus, daß Maria nicht englisch sprach. Sie zog mich durch eine Tür, die in ein Badezimmer führte, wie ich es noch nie gesehen hatte. Eine Badewanne war im Fußboden versenkt, und an der Wand hingen venezianische Spiegel.

Maria zeigte auf die Wanne und auf mich. Sie zupfte an meinen Kleidern, womit sie andeuten wollte, ich sollte ein Bad nehmen.

Dagegen hatte ich nichts, ich hatte vielmehr das Gefühl, ich hätte dringend ein Bad nötig, und wünschte mir nichts sehnlicher, als mich von den Gerüchen des Schiffes zu befreien.

Sie verschwand, ich band mein Haar auf und ließ es lose herunterfallen. Gleich kam sie mit Wasserkannen zurück, mit denen sie die Badewanne füllte. Sie zeigte auf mich, aber ich gab ihr zu verstehen, daß sie mich alleine lassen sollte, was sie auch tat. Ich sperrte das Zimmer zu, warf meine Kleider ab und stieg ins Wasser. Was für ein herrliches Gefühl! Ich lag eine Zeitlang ausgestreckt da. Dann wusch ich mich, und als ich aus dem Wasser auf den gekachelten Boden stieg, stand Maria bereits da und hielt mir zwei Trockentücher entgegen. Wie sie wieder ins Badezimmer hereingekommen war, begriff ich zunächst nicht. Sie sah mein Erstaunen und zeigte auf die Vorhänge hinter ihr. Dahinter mußte wohl noch eine Tür sein.

Ich trocknete mich ab, und sie brachte wohlriechende Öle, mit denen sie mich einrieb. Der Geruch stieg mir in die Nase, überwältigend süß wie die Blumen, die mir in der Auffahrt aufgefallen waren.

Sie wickelte mich in einen Mantel und breitete das Haar über meine Schultern, dabei lächelte sie. Dann trat sie zurück und verschwand durch die Vorhänge, durch die sie gekommen war.

Das Schlafzimmer hatte einen Balkon. Maria winkte mich hinaus. Er war klein, höchstens zwei oder drei Personen hätten Platz darauf gefunden. Über die schmiedeeiserne Balustrade schaute ich in einen Patio, in dem die buntesten Blumen wuchsen. Auf dem Balkon stand ein Stuhl, und Maria schob ihn mir so zurecht, daß ich mit dem Rücken zur Sonne saß. Meine Haare sollten trocknen.

Amüsiert hob sie ihre Schultern und verschwand. Ich saß da, schüttelte mein feuchtes Haar und genoß den Luxus, wieder sauber zu sein. Ich bekam wieder Mut. Ich hatte aufgehört, mir den Kopf über mein Schicksal zu zerbrechen. Ich würde sicher jetzt sehr bald herausfinden, warum ich hierher gebracht worden war. Ich fragte mich, was wohl mit Honey und Jennet passierte und ob der Kapitän schon zu seinem Schiff zurückgekehrt war.

Die warme Sonne war angenehm, meine Lebensgeister kehrten mehr und mehr zurück. Und ich konnte diesen würdevollen Mann, den ich zuvor nur kurz gesehen hatte und von dem ich wußte, daß er der Herr von alledem war, nicht mit einer Gewalttätigkeit in Verbindung bringen.

Maria kam heraus und kämmte mich. Ich hätte sie gern ausgefragt, aber das war unmöglich.

Am Ende mußte ich über eine Stunde auf dem Balkon verbracht haben. Die Sonne war niedriger gesunken, bald würde sie ganz verschwinden. Vielleicht war es ungefähr sechs Uhr.

Maria bat mich ins Schlafzimmer. Vor einem polierten Metallspiegel stand ein Stuhl. Ich setzte mich und sie frisierte mich. Sie kämmte mein Haar hoch und steckte einen Kamm hinein, der dem sehr ähnlich war, den ich dem Hausierer abgekauft hatte. Ich hatte das Gefühl, der Kamm hätte irgendwie symbolische Bedeutung. Er hatte am Anfang gestanden, und jetzt befanden wir uns vielleicht auf dem Höhepunkt.

Aus dem Schrank nahm sie ein maulbeerfarbenes Samtkleid, mit Feh verbrämt. Es hatte etwas Königliches an sich. Sie zog es mir an.

»Wem gehört das, Maria?« fragte ich.

Sie lächelte wieder und zeigte auf mich.

»Aber wem hat es früher gehört?« Es roch noch leicht nach Parfum, wie das Öl, mit dem sie mich eingerieben hatte.

Sie wies weiter mit dem Finger auf mich, und ich gab die Frage als hoffnungslos auf.

Plötzlich klopfte es an der Tür. Maria öffnete, ein kurzer Wortaustausch, sie kam zurück und winkte mir mitzukommen.

Ich folgte ihr aus dem Schlafzimmer, erneut den düsteren Korridor entlang. Inzwischen war es dunkel geworden, die Sonne unter dem Horizont verschwunden. Eine Dämmerung wie bei uns zu Hause gab es hier wohl nicht.

Maria schob mich in ein Zimmer und zog dann die Türe hinter mir wieder zu. Ich sah eine gedeckte Tafel mit Blumen darauf. Kerzen flackerten von den Wänden.

Ich machte ein paar Schritte und wußte plötzlich, daß ich beobachtet wurde.

Don Felipe Gonzales erhob sich aus einem Sessel im Schatten und verbeugte sich vor mir.

»Wo ist meine Schwester?« fragte ich.

»Wir speisen allein«, erwiderte er, nahm meine Hand und führte mich mit einer eleganten Geste zu Tisch.

Ich saß an einem Ende der Tafel, er nahm am anderen Platz.

»Wir werden uns in Eurer barbarischen Sprache unterhalten, ich beherrsche sie ein wenig.«

»Das wird von Vorteil sein«, antwortete ich, »denn ich kenne erst wenige Worte Eurer unzivilisierten Sprache.«

»Laßt Euch nicht zu sinnlosen Schmähungen hinreißen, die bringen Euch nichts ein.«

»Ich bin Eure Gefangene, so viel weiß ich. Ihr könnt mich hier festhalten, daran zweifle ich nicht. Aber Ihr könnt mich weder zum Schweigen noch zum Sprechen zwingen.«

»Ihr werdet hier Eleganz und Anmut lernen. Ihr werdet lernen, daß sinnloses Tun zu nichts führt.«

Mich irritierte seine Angewohnheit, immer zu sagen: »Ihr werdet dies tun, Ihr werdet jenes lassen.« Es klang wie ein Befehl, und ich hatte den Eindruck, er betonte absichtlich die Tatsache, daß ich mich in seiner Gewalt befand und daß er mich zum Gehorsam zwingen würde. Das machte mir Angst. Er hatte etwas Kaltes, Unversöhnliches an sich.

»Wir werden erst essen und uns hinterher unterhalten. Dann werde ich Euch erklären, was von Euch erwartet wird.«

Er klatschte in die Hände, und Diener erschienen.

Sie brachten die Speisen und stellten sie auf den Tisch. Auch Fisch wurde serviert.

Es roch gut, nach dem ewigen Salzfleisch mit Bohnen und den trockenen Biskuits, in denen wir oft genug Würmer gefunden hatten.

»Wir nennen dieses Gericht ›Calamares en su tinta‹«, erklärte er mir. »Es wird Euch schmecken.«

Es schmeckte wirklich. Ich wunderte mich nur, daß ich unter diesen Umständen und in dieser Gesellschaft überhaupt etwas zu mir nehmen konnte.

Er sprach über das Essen im Lande im allgemeinen.

»Wenn Ihr Euch einmal daran gewöhnt habt, werdet Ihr Geschmack daran finden. Geschmack ist eine Frage der Kultur. Bräuche spielen bei allem, was wir genießen, eine große Rolle.«

Es folgte Schweinefleisch mit einem grünen Gemüse, das ich noch nie zuvor gesehen hatte. »Garbanza con Patas de cerdo«, belehrte er mich. »Wiederholt es.«

Ich gehorchte.

»Euer Akzent ist schlimm«, sagte er. »Er ist ohne jede Harmonie.«

»Ihr könnt nicht erwarten, daß ein Angehöriger meines Volkes Eure Sprache gut zu sprechen vermag«, konterte ich.

»Ihr sprecht die Wahrheit.«

»Dann habe ich diesbezüglich Eure Zustimmung?«

»Ihr werdet lernen, daß Worte Verschwendung sein können. Eßt jetzt, hinterher werden wir miteinander reden, und Ihr werdet erfahren, warum man Euch hierher gebracht hat«, sagte er erneut.

Ich sprach jetzt nichts mehr und konzentrierte mich auf meinen Teller. Nachher gab es Früchte – Datteln und solche, die länglich und gelb waren. Wie er mir sagte, hießen sie Bananen. Sie schmeckten köstlich.

»Ihr werdet wissen wollen, wo Ihr Euch befindet, und es gibt keinen Grund, warum Ihr das nicht wissen solltet. Ihr befindet euch auf der Hauptinsel einer Gruppe von Inseln, die früher einmal die Glücksinseln genannt wurden.«

»Und wo liegen die?«

»Ihr sollt nicht sprechen, bevor Ihr gefragt seid«, wies er mich zurecht. »In weit zurückliegenden Jahren, als die Römer kamen, gab es viele Hunde hier. Die Römer nannten die Inseln daher Inseln der Hunde! Und so werden sie heute die Kanarischen Inseln genannt. Die Hunde sind inzwischen verschwunden. Die Urbevölkerung der Inseln waren die Guanchen – ein kriegerisches Volk; es gibt noch einige Überlebende. Es sind Wilde, die sich ihre Körper mit dem dunkelroten Harz des Drachenbaumes einschmieren. Wir haben sie alle unterworfen, und jetzt weht die Flagge Spaniens über diesen Inseln. Vorher hatten sich schon einmal die Franzosen hier niedergelassen, aber sie waren nicht in der Lage, die Ordnung aufrechtzuerhalten. Als wir begriffen, wie wichtig die Inseln für unsere Navigation waren, haben wir nicht um sie gekämpft, sondern sie den Franzosen abgekauft. Seitdem haben wir uns hier niedergelassen.«

»Wenigstens weiß ich jetzt, wo ich bin.«

»Wir wohnen hier am Rande von La Laguna, einer Stadt, die wir errichteten, als wir uns hier niederließen. Vielleicht dürft Ihr sogar einmal in die Stadt. Das hängt von Eurem Verhalten ab.«

Während er noch sprach, wurde der Tisch abgeräumt, aber der silberne Krug mit dem Getränk, das zum Essen serviert worden war, blieb stehen.

Die Türe schloß sich, wir waren allein.

»Ihr werdet jetzt erfahren, warum Ihr hier seid und warum unsere Wege sich gekreuzt haben. Ihr seid wichtig im Zusammenhang mit der Durchführung eines ganz bestimmten Plans.«

»Wie soll ich das verstehen?«

»Nicht so ungeduldig, Ihr müßt warten. Ich möchte nicht, daß Ihr glaubt, ich wäre so wie die Barbaren auf Eurer Insel im Norden. Deshalb hört mir zu, warum Ihr entführt worden seid, was man von Euch erwartet. Ihr werdet Euch dadurch viele Unannehmlichkeiten und Erniedrigungen ersparen. Ich bin kein Pirat. Ich bin ein Mann von Bildung, komme aus einer edlen Familie und bin sogar entfernt mit dem königlichen Haus von Spanien verwandt. Ich bin ein Mann mit Geschmack und Feingefühl. Daher empfinde ich das, was ich tun muß, als unangenehm. Ich hoffe, Ihr werdet es mir so leicht wie möglich machen.«

Ich neigte meinen Kopf in Einverständnis.

»Ich bin der Gouverneur dieser Inseln, die ich im Auftrage Spaniens verwalte. Ich habe Euch erzählt, wie sie in unseren Besitz gekommen sind. Sie gehören zu Spanien, wie die ganze Welt eines Tages zu Spanien gehören wird. Aber auf den Meeren gibt es plündernde Piraten. Es handelt sich um tollkühne, wilde Abenteurer, ungehobelte Kerle, die unsere Küstenstädte überfallen und plündern und unsere Frauen entführen.«

»Es gibt nicht nur eine Nation, die sich dieser Praktiken schuldig gemacht hat«, unterbrach ich ihn. »Ich spreche aus persönlicher Erfahrung.«

»Ihr werdet hier noch lernen, Eure Zunge im Zaum zu halten. Es geziemt Frauen nicht, immerfort zu reden. In Gegenwart eurer Herren solltet ihr zurückhaltend und freundlich sein.«

»Daß Ihr mein Meister sein sollt, das muß ich noch erfahren.«

»Ihr müßt noch vieles erfahren. Und Eure erste Lektion wird die sein, mir zu gehorchen. Seid jetzt still, sonst vergeht mir meine Geduld, und Ihr werdet nie erfahren, warum, sondern nur, daß Ihr zu tun habt, was man Euch sagt.«

Ich hielt es für geraten zu schweigen.

»Wir kommen jetzt zum Wesentlichen. Vor fünf Jahren bin ich hierher gekommen. Ich war verlobt mit einer Dame aus bester Familie. Isabella, so hieß sie, war sorgfältig erzogen worden, und als ich Madrid verließ, war sie ein Kind von dreizehn Jahren, noch zu jung also für die Ehe. Doch wir waren verlobt; mit fünfzehn Jahren erst sollte sie zu mir kommen, zwei Jahre hatte ich also zu warten. Die zwei Jahre vergingen, und sie wurde fünfzehn. Durch einen Stellvertreter ließ ich mich in Madrid mit ihr trauen. Der König selbst wohnte der Zeremonie bei. Dann schiffte sie sich ein, um Spanien zu verlassen, und wir hier bereiteten alles zu ihrem Empfang vor. Unsere wirkliche Trauung sollte zwei Tage nach ihrer Ankunft in der Kathedrale von La Laguna nachvollzogen werden. Die Reise hierher dauerte länger als erwartet, denn das Schiff geriet über eine Woche in eine Flaute. Ihr werdet wissen, was das bedeutet. Ich wartete ungeduldig, und während ich noch auf sie wartete, erhielt ich eine Botschaft, daß sich die Guanchen auf einer der anderen Inseln erhoben hätten. Ich mußte La Laguna deshalb verlassen und zu der bedrohten Insel segeln. Drei Wochen hatte ich dort zu tun, in der Zwischenzeit war Isabella angekommen. Leider konnte ich sie nicht selbst empfangen, aber mein Haus stand für sie bereit. Sie ist mit allen Ehren empfangen worden. Auch mit ihren fünfzehn Jahren war sie noch ein Kind, unerfahren, sie kannte das Leben noch nicht. Ich wußte, es würde meine Aufgabe sein, sie sorgfältig einzuführen. Aber das ist nie geschehen. Zwei Nächte, nachdem Isabella angekommen war, wurde unser Haus von Piraten überfallen. Ich konnte sie nicht verteidigen. Isabella wurde erniedrigt, entehrt und zu Tode geängstigt.«

Ein Schauer überlief mich. »Armes Kind«, murmelte ich.

»Damit habt Ihr recht, aber Ihr wißt noch nicht alles. Die Wirkung auf sie war sehr schlimm.«

Es herrschte eine Zeitlang Stille. – Eine große Motte kam von den Vorhängen her zum Kerzenlicht geflattert. Wie verwirrt flog sie immer um die Kerze herum und versengte sich ihre Flügel, bis sie zu Boden fiel. Beide beobachteten wir diesen Zwischenfall.

»Sie erlitt einen Schock und mußte wieder gesund gepflegt werden, aber wir waren machtlos.«

»Ist sie gestorben?« fragte ich.

Er schaute über mich hinweg. »Es wäre wahrscheinlich besser gewesen.«

Einen Augenblick lang schwiegen wir. Ich dachte an die lüsternen Gesichter der Männer auf dem Schiff, das mich hergebracht hatte, und ich sah das arme fünfzehnjährige Kind in der Gewalt dieser Schurken.

»Ich bin nicht der Mann, der sich Beleidigungen und Ungerechtigkeiten gefallen läßt«, sagte er. »Ich räche mich. Auge um Auge, Zahn um Zahn. Versteht Ihr mich?«

»Ja.«

»Ihr würdet genauso empfinden, wenn man Euch so ein Unrecht angetan hätte?«

»Ich glaube schon.«

»Ihr seid voller Zorn, das spüre ich. Und das ist gut so. Um so besser werdet Ihr mich verstehen.«

»Sprecht weiter.«

»Es ist ganz einfach. Ich kenne den Namen des Schiffes, das unsere Küste in jener Nacht überfallen hat. Ich kenne den Namen von Isabellas Schänder. Das Schiff war der ›Springende Löwe‹, der Mann, der ihr Leben zerstört hat, Kapitän Jake Pennlyon.«

Ich hielt den Atem an. Röte stieg mir in die Wangen. Ich starrte ihn an. Meine Lippen formten den Namen Jake Pennlyon, aber ich brachte keinen Ton heraus.

»Jetzt fangt Ihr an zu begreifen: Meine mir anverlobte Braut ist von diesem Räuber brutal geschändet worden. Seine Braut ist jetzt in meinen Händen. Ihr seid keine Närrin. Ihr versteht mich.«

»Ich fange an zu verstehen.«

»Ich werde Euch von Isabella erzählen, der schönen Isabella, einem unverdorbenen Kind. Unsere Bräute sind jung... jünger vielleicht als bei Euch zu Hause. Sie war nur fünfzehn Jahre alt, und sie wußte nichts vom Leben und davon, was die Ehe bedeutet. Ich hätte sie behutsam geführt... Ihr seid kein Kind mehr. Ihr wißt mehr von der Welt. Ich werde mich also rächen. Er nahm mir mein Weib, ich werde ihm seines nehmen. Ihr tragt doch hoffentlich noch nicht sein Kind?«

»Ihr beleidigt mich!«

»O nein, ich respektiere Euren Stolz, aber ich kenne ihn und seinesgleichen. Wir allerdings sind keine Räuber hier. Wir leben gesittet, und ich werde meine Rache mit Anstand vollziehen, wenn Ihr mir dies ermöglicht. Ich weiß, daß Ihr ihn nicht gewollt habt. Meine Späher haben mich informiert.«

»Der falsche Rackell... der falsche Gregory!«

»Mir treu ergeben, wie es sich gehört! Ich hatte mir geschworen,

Rache zu nehmen, und ich werde entsprechend verfahren, was immer es auch kostet.«

»Und was habt Ihr Euch vorgenommen?«

»Unsere Hochzeit fand statt wie vorgesehen. Aber Isabella hatte der Wahn gepackt. Schreiend fuhr sie nachts aus dem Schlaf hoch, ihre Träume versetzten sie in Panik. Man konnte sie kaum beruhigen. Wenn ich mich ihr näherte, schrak sie vor mir zurück. Sie brachte mich mit ihm in Verbindung, versteht Ihr? Wir entdeckten, daß sie sein Kind trug... das Kind dieses Räubers! Ihr könnt Euch diese Tragödie nicht vorstellen, Ihr habt sie nicht erlebt. Damals schwor ich Rache. Ich habe bei allen Heiligen geschworen, nicht zu rasten, bis meine Rache sich erfüllt hat.«

»Ein seltsamer Schwur«, murmelte ich.

»Ich habe geschworen, im Namen Gott des Vaters und im Namen der Heiligen Jungfrau. Ich habe geschworen auf die Ehre meiner Familie; und ich weiß, die göttliche Hilfe ist mir gewährt worden, denn jetzt seid Ihr in meiner Gewalt.«

»Und so setzt sich das Drama fort. Ich übernehme die Rolle von Isabella und Ihr die von Jake Pennlyon.« Mir schauderte vor diesem seltsam kalten Menschen.

»Glaubt Ihr, Ihr könntet je so sein wie er? Ihr könntet ihm nicht weniger ähnlich sein!«

»Das macht gar nichts. Ihr seid hier, durch Gottes Gnade. Wir haben Euch von Eurer Insel geholt. Ihr habt die Gefahren des Meeres sicher überstanden, und ich schwöre bei all meinen Vorfahren und allen Heiligen, daß Ihr diese Insel nicht eher verlassen werdet, bis Ihr mein Kind im Leibe tragt. Ihr werdet ihm mein Kind bringen, so wie er mir seines hinterlassen hat.«

»Und Ihr glaubt, ich werde mich unterwürfig ergeben?«

»Ich glaube, Ihr habt keine andere Wahl, als Euch zu ergeben.«

»Und Ihr glaubt, daß ich Euch gestatten werde, sich meiner zu bedienen, nur damit Ihr in den Genuß Eurer Rache kommt?«

»Genauso wie Isabella behandelt worden ist, nur zur Befriedigung der Gelüste dieses Mannes.«

»Und Ihr nennt Euch anständig und gefühlvoll! Ich sage Euch, Ihr seid ein Schurke, ein Pirat; allerdings zu zivilisiert, um selbst zur See zu fahren und Euch Eure Frauen selbst zu rauben. Dazu habt Ihr Eure Diener, die sie Euch zuführen. Ihr seid genauso schlecht wie er!«

»Ich habe einen Schwur geleistet: Ich unterscheide mich von

dem Mann, der Euer Ehemann hätte werden sollen. Denn ich biete Euch die Wahl: Freiwillige Ergebung oder Gewalt.«

»Ich bin überzeugt, diese Wahl hat Jake Pennlyon auch Isabella gelassen.«

Er stand auf und ging zur Tür. Sofort war ich an seiner Seite.

»Mir bereitet es auch keine Freude«, sagte er. »Glaubt nicht, mich gelüstet nach Eurem Körper.«

»Kann ich hoffen, daß ich Euch so zuwider bin wie Ihr mir?«

»Ihr könnt versichert sein, daß ich das, was getan werden muß, genausowenig gern tue wie Ihr. Aber getan werden muß es. Und ob unsere Begegnung in geziemender Form verlaufen wird, oder ob sie auf eine Art und Weise zustande kommt, die nur entwürdigend für Euch ist, das könnt Ihr entscheiden.«

Ich schaute ihn mir an. Er war schlank und vermittelte nicht den Eindruck von Kraft so wie Jake Pennlyon. Gegen Jake Pennlyon hatte eine Frau keine Chance. Gegen diesen Mann jedoch könnte ich ankämpfen. Nur, wenn ich entkomme, wohin sollte ich mich dann wenden?

Er erriet meine Gedanken. »Ich habe viele Diener. Ich muß sie nur rufen. Lauter starke Männer, die Euch zusammenschnüren würden wie ein Suppenhuhn. Aber das möchte ich nicht. Ich möchte die Angelegenheit schnell hinter mich bringen und mit so wenig Mißbehagen für Euch und für mich wie nur möglich. Ich gebe Euch nicht die Schuld an dem, was geschehen ist. Aber Ihr seid das nötige Instrument meiner Rache.«

Vielleicht wäre er mir sympathischer gewesen, hätte ihn die Lust getrieben und nicht diese kalte, gefühllose Einstellung.

»Ich werde nach Maria schicken, sie wird Euch ins Schlafzimmer geleiten und Euch bei den Vorbereitungen helfen. Ich werde Euch dann aufsuchen. Bitte denkt darüber nach. Ihr wißt, Ihr seid machtlos. Es wird geschehen. Wie, das liegt bei Euch.«

Er ging zur Tür. Maria mußte gewartet haben. Sie kam herein und wußte, was sie zu tun hatte. Ich folgte ihr zurück in mein Schlafzimmer.

Ich glaube, früher hatte ich immer impulsiv gehandelt. Meinem Einverständnis oder meiner Weigerung, etwas zu tun, hatte ich immer mit Nachdruck Ausdruck verliehen. Selten war ich unentschlossen gewesen. »Zähl bis zehn, bevor du den Mund aufmachst«, hatte meine Mutter deshalb immer gesagt. Diesmal hätte ich Tag und Nacht zählen können und immer noch nicht hätte ich gewußt, was ich tun sollte. Ich würde die Geliebte dieses Mannes werden, das war so unausweichlich wie der Sonnenauf- oder -untergang. Nichts würde es verhindern. Und ich war eine Gefangene auf dieser Insel, nichts würde mich befreien. Wenn ich versuchen würde, mich gegen ihn zu wehren, würde man, wie er prophezeit hatte, Gewalt anwenden. Das würden andere für ihn erledigen. Maria zog mir das Kleid aus und streifte mir ein seidenes Nachthemd über den Kopf. Und wieder der durchdringende Duft!

Maria schlug die Decke zurück. Sie bedeutete mir, mich ins Bett zu legen, was ich zitternd befolgte. Ich kämpfte gegen meine Angst, aber ich sah deutlich vor Augen, wie irgendwelche Männer mich fesselten. Ich sah mich überwältigt, wie Jake Pennlyon Isabella überwältigt hatte.

Maria blies die Kerzen aus, das Zimmer lag in Dunkelheit. Sie ging hinaus und schloß die Türe hinter sich.

Ich sprang aus dem Bett und untersuchte, ob die Tür verschlossen war. Sie war verschlossen. Ich ging zum Fenster, öffnete es und trat hinaus auf den Balkon. Ich überlegte, ob ich nicht hinunter in den Patio klettern könnte, Honey zu finden und bei ihr Schutz zu suchen.

Und dabei meinte ich immer, grobe Hände an meinem Körper zu spüren. Er hatte recht, ich mußte mich entschließen. Sollte ich mich in mein Schicksal ergeben, oder sollte ich es darauf ankommen lassen, eventuell mit beschämender Gewalt gezwungen zu werden? Aber es war schon zu spät. Ich hörte bereits den Schlüssel im Schloß, ging in mein Bett und wartete mit klopfendem Herzen auf das, was nun geschehen würde.

Er kam herein. Im Sternenlicht sah ich ihn am Bett stehen. Er trug einen Schlafrock, den er auszog. Ich schloß meine Augen.

Unmittelbar darauf spürte ich seinen Körper, seine Hände, sein Gesicht, nah dem meinen.

Ich versuchte, mich zu beruhigen und dachte: O Gott, ich habe mich vor Jake Pennlyon bewahrt, vor den Männern auf dem Schiff – vielleicht geschieht auch jetzt ein Wunder.

Eine Woche war vergangen. Ich konnte immer noch nicht glauben, daß mir dies geschah. Während des Tages sah ich ihn kaum, aber er kam jede Nacht. Und er blieb nie. ›Die Angelegenheit‹, wie er es nannte, war ihm genauso verhaßt wie mir. Ich hätte mir nie vorstellen können, daß ich einmal so einen gefühllosen Liebhaber haben würde. – Er war ja auch gar kein Liebhaber. Dies alles hatte mit Liebe nichts zu tun – dies war Rache.

Nicht daß es keine Leidenschaft zwischen uns gegeben hätte – für ihn die Leidenschaft der Rache, für mich die des Hasses. Ich haßte ihn, weil er mich auf so erniedrigende Art und Weise mißbrauchte. Er hatte mich meiner Würde als Mensch beraubt. Ich war für ihn keine Frau, die man liebte oder die man haßte; ich war für ihn ein Werkzeug der Rache. Wenn ich darüber nachdachte, wuchs mein Haß ins Unermeßliche. Er versuchte, ein Leben zu zeugen, er wollte ein Kind in die Welt setzen, um seinen Rachegelüsten zu entsprechen. Und mich benutzte er dabei als ein pures Instrument. Konnte irgend etwas mehr erniedrigen als das? Nur ein Mann von extremer Herzlosigkeit konnte sich so etwas ausdenken. Er war genauso schlecht wie Jake Pennlyon. Ich haßte sie beide.

Wenn er zu mir kam, dachte ich an Jake Pennlyon. Ich konnte die Vorstellung nicht aus meinem Kopf verbannen, wie er in dieses Haus gekommen und Isabella gefunden haben mußte, und in meiner Fantasie war ich Isabella und der Mann, der mich erniedrigte, Jake Pennlyon.

Während des Tages wurde ich mit Respekt behandelt. Es gab genügend Diener, die mich bedienten. Während der ersten Woche war es mir nicht gestattet worden, das Haus zu verlassen. Aber ich sah Honey wieder. Schon am ersten Tag wurde ich zu ihr gebracht. Ich war verzweifelt gewesen an diesem Tag, wegen der Geschehnisse der vorhergehenden Nacht. Und an den nachfolgenden Tagen war ich noch verzweifelter, als ich feststellte, wie schnell ich mich an seine Besuche gewöhnte.

Beim ersten Zusammensein mit ihm hatte ich mich entsetzt – immerhin war ich noch unberührt gewesen, und obwohl ich nicht unwissend war, was sexuelle Dinge anbelangt, war ich doch unerfahren. Ich sprach mit Honey.

Sie glaubte, ihren Ohren nicht zu trauen. »Das ist ja ungeheuerlich!«

»Dieser Felipe ist ein rachsüchtiger Mann, kalt und grausam. Er würde weiß Gott was tun, um seine Rachegelüste zu befriedigen. Erst wenn ich ein Kind empfangen habe, wird man uns nach England zurückbringen... eher nicht.«

»Es war also alles geplant.«

»Und du kannst dir jetzt vorstellen, was für ein Mann er ist. Auge um Auge! Zahn um Zahn! Er muß Gleiches mit Gleichem vergelten. Jake Pennlyon hat sein Leben zerstört, Honey, das wurde mir bald klar.«

»Ein so junges Mädchen zu vergewaltigen! O Catherine, es ist entsetzlich!«

»Was aus ihr geworden ist, weiß ich nicht. Ich weiß nur, daß es ihm das Herz gebrochen haben muß, als er zurückkam und sie fand... sie, ein fünfzehnjähriges Kind! Und Jake Pennlyon war der Missetäter. Stell dir das vor, Honey.«

Ich brach in ein hysterisches Lachen aus. »Ich bin vergewaltigt worden, ich bin geschändet worden! Und auf die höflichste Art und Weise!« schrie ich, und ich verbarg mein Gesicht in meinen Händen.

Honey schüttelte mich. »Beruhige dich, Catherine«, sagte sie. »Es ist geschehen. Laß uns jetzt nicht mehr daran denken. Dieser Mann...«

»Er wird mich jede Nacht besuchen! Das hat er mir angekündigt. Oh, Honey, wenn ich mir das vorstelle...«

»Denk nicht daran. Es ist geschehen und es ist nun nicht mehr zu ändern. Wir sind Gefangene und wir wissen jetzt, zu welchem Zweck. Gott sei Dank hat er dich nicht allzu schlecht behandelt.«

»Er hat mich mißbraucht«, antwortete ich empört, »ist das nicht genug?«

»Catherine, wir haben große Gefahren überstanden. Was ist alles geschehen? Edward ist tot. Bald kommt mein Kind zur Welt. Wir sind weit weg von zu Hause. Dieser Mann hat dich gezwungen, ihm zu Willen zu sein, aber nicht mit roher Gewalt, wie er das leicht hätte tun können.«

»So wie Jake Pennlyon Isabella gezwungen haben muß! Vielleicht hatte sie auch die Wahl zwischen passiver Duldung und roher Gewalt. Ich habe es vorgezogen, ihn zu erdulden. Ich wünschte, ich hätte mich gewehrt.«

»Beruhige dich«, mühte sich Honey erneut um mich, »laß uns abwarten und sehen, wie sich die Dinge entwickeln. Wir wissen nicht, was von einem Tag zum nächsten geschehen wird. Dieser Mann hat seinen Willen durchgesetzt. So ist es schon anderen Mädchen geschehen. Laß uns versuchen zu ertragen, was passiert ist und was noch auf uns zukommen wird.«

Den ganzen Tag verbrachte ich mit Honey, ohne daß ich auch nur einigermaßen zu überwinden vermochte, was mir zugestoßen war. Den ganzen Tag dachte ich darüber nach – ich und dieser Mann, Isabella und Jake Pennlyon.

Und dann kam der Abend, und Maria holte mich ab und badete mich und rieb mich mit dem parfümierten Öl ein. Und auch in jener Nacht kam er wieder zu mir.

Jeder im Haus wußte, daß ich die Geliebte des Gouverneurs war. Untertags wünschte er mich nicht zu sehen, aber des Nachts besuchte er mich. Er blieb nie die ganze Nacht. Seine Besuche waren kurz – lediglich lang genug, um ihren Zweck – seine grausame Rache – zu erfüllen. Ich wurde mit Respekt behandelt. Honey auch. Das komfortable Haus war natürlich viel bequemer für sie als die Galeone, und für Honey kamen langsam die Tage, während derer sie Bequemlichkeit brauchte. Jennet schlüpfte mit Leichtigkeit in ihr neues Leben. Sie trauerte ein paar Tage um Alfonso, aber ich wußte, es würde nicht lange dauern. Es gab genügend Diener, und ich habe die Blicke gesehen, die ihr von allen Seiten folgten.

Im Verlauf der ersten Woche war ich zu sehr mit mir selbst beschäftigt, um viel über sie nachzudenken. Oft konnte ich es gar nicht fassen, was mit mir geschah. Ich meinte, aufwachen und feststellen zu müssen, daß alles nur ein böser Traum war – von der Nacht an, da die Galeone in der Bucht lag und die Männer erschienen waren, die uns alle entführten.

Was mich aber irritierte, war die Tatsache, daß ich anfing, meine Lage zu akzeptieren. Das ruhige Leben, das Haus, der schöne Garten mit Blumen, wie sie bei uns in England nicht wuchsen, die Wärme der Sonne, die Früchte, die in dem geschützten Garten heranreiften, das alles gefiel mir sehr. Wir durften uns frei bewegen, aber am Tor standen Wachen, die uns daran hinderten, Haus und Garten zu verlassen. Es gab ein Nähzimmer, in dem wir sticken konnten. Honey war es gestattet, sich Kleider zu nähen, mir nicht. Ich mußte mir aus den Schränken nehmen, was ich brauchte. Es hingen dort sehr viele Kleider, aus denen ich wählen konnte. Es waren schöne Kleider.

Wo kamen diese Kleider her, wollte ich wissen. Aber Maria schüttelte nur den Kopf.

Ich sah ihn hie und da. Manchmal ritt er aus, auf einem edlen weißen Pferd. Hoch zu Roß sah er imponierend aus. Oft war er den ganzen Tag lang unterwegs, aber nachts kam er immer zurück und in mein Schlafzimmer und zur gewohnten Zeit, und fast nie sprach er zu mir.

Meine Stimmung war unterschiedlich. Manchmal sagte ich ihm, was ich über einen Mann dachte, der sich so verhielt, wie er es tat, ich wollte dann, daß er wußte, wie sehr ich ihn haßte. Manchmal hätte ich ihn am liebsten angeschrien: »Macht mir doch ein Kind, aber schnell, damit ich endlich von Euch loskomme!« oder: »Ich bekomme niemals ein Kind, Euch zum Trotz! Was nun, mein rachsüchtiger Herr?«

Aber er – wie auch ich – sprach selten ein Wort, und die erste Woche ging vorbei.

Ich hörte auf, nach dem Schiff am Horizont Ausschau zu halten; vielleicht, weil ich mich inzwischen mit meinem Schicksal abgefunden hatte. Ich hatte gekämpft und verloren. Ich war mißbraucht worden, und ich begann darüber nachzudenken, wie ich mich an Männern wie Don Felipe und Jake Pennlyon rächen konnte. Ob der Mann jeweils gegen mich gehandelt hatte, um seine Lust oder seine Rachsucht zu befriedigen, machte für mich wenig Unterschied. Ich haßte Don Felipe, wie ich Jake Pennlyon gehaßt habe.

Wir hatten uns unsere Tage eingeteilt, Honey und ich. Ihr Kind wurde nun für bald erwartet, und eine bevorstehende Geburt läßt alles andere unwichtig erscheinen. Honeys Gedanken waren allein auf ihr Kind ausgerichtet. Ununterbrochen nähte sie Hemdchen aus den Stoffen, die sie im Nähzimmer fand. Ich war nicht sehr geschickt mit Nadel und Faden, aber in diesen Tagen habe ich viel dazugelernt, und ich hatte wenigstens etwas zu tun. Manchmal fragte ich mich, wieso es in einem Haus wie diesem überhaupt ein Nähzimmer gab, Honey allerdings nahm es als selbstverständlich hin und war dankbar dafür. Ich nahm an, diese Räume waren damals für Isabella, die Braut, hergerichtet worden. Ob sie sie je bewohnt hatte?

Manchmal saß ich da und erging mich in Monologen über sinnlose Vermutungen und Theorien, aber Honey hörte kaum zu, sie ging vollkommen auf in ihren Gedanken an das Kind.

Eine Woche, nachdem wir auf Teneriffa angekommen waren, wagten wir einen Vorstoß in die Casa Azul. Es war dies ein kleines Haus innerhalb des Grundstücks, von hohen Mauern umgeben. Wir hatten es von weitem gesehen und uns den Kopf darüber zerbrochen, was für eine Bewandtnis es damit haben könnte. An diesem Morgen hatte ich mir in den Kopf gesetzt, dies herauszufinden.

Ich bestand darauf, daß Honey mich in den Garten begleitete, aber als sie sah, daß ich sie zu dem Haus führte, wollte sie umkehren.

»Warum?« fragte ich.

»Es hat so etwas an sich.«

»Das bildest du dir ein.«

»Ich möchte nichts tun, was dem Kind schaden könnte.«

»Wie meinst du denn das, Honey? Jedes Kind, das die letzten Monate überstanden hat, wird auch die nächsten Wochen überstehen.«

Sie kam also mit bis zu dem schmiedeeisernen Gitter, durch das wir in einen Hof sahen. Der Boden war mit Steinen verschiedener Blauschattierungen gepflastert, was dem Haus seinen Namen gegeben haben dürfte. Überall sah man blühende Büsche verschiedenster Art – strahlende Farben in grünem Laub.

»Wie schön«, staunte ich.

»Ich finde es unheimlich.«

Ich stieß das schmiedeeiserne Gitter auf und winkte Honey, die mir nur zögernd folgte.

Als ob er ein lautloses Geheimnis barg, so wirkte der Hof. Fenster blickten auf uns herab, die Balkone davor waren mit schmiedeeisernen Gittern versehen. Das Ganze sah pittoresk aus, und man konnte sich hier gut Mädchen in roten Unterröcken und schwarzen Spitzenmantillas vorstellen. An der Mauer stand eine Holzbank mit einer geflochtenen Lehne. Ich setzte mich.

Immer noch zögernd kam Honey nach. »Hast du schon darüber nachgedacht, daß es vielleicht verboten ist, was wir hier tun?«

»Das ist ein Teil seines Besitzes, und ich werde mir alles anschauen, was es anzuschauen gibt.«

Honey blickte gequält drein, wie immer, wenn ich von ›ihm‹ sprach. Und ich hatte auch keine Lust, von ihm zu reden. Während des Tages wollte ich seine nächtlichen Besuche vergessen.

Als wir so dasaßen, bewegte sich plötzlich etwas an einem der Fenster, und ein kleines Mädchen trat heraus auf den Balkon.

Sie sah aus wie eine Puppe, trug ein schwarzes Samtkleid mit weißen Spitzen an Hals und Handgelenken, und ihr langes dunkles Haar fiel ihr lose über die Schultern. Ich schätzte sie auf elf oder zwölf Jahre.

Sie rief etwas auf spanisch, was ich als ›Wer seid Ihr?‹ verstand.

»Wir leben im Hause des Gouverneurs«, antwortete ich auf englisch.

Sie legte ihren Finger an die Lippen, als wollte sie, daß ich leise spreche, sagte noch etwas und verschwand.

»Was für ein wunderschönes Kind«, sagte Honey. »Ich möchte wissen, wer sie ist.«

Das Mädchen kam in den Hof und hielt eine Puppe mit einem roten Satinunterrock und einer schwarzen Spitzenmantilla im Arm, die ihr ähnlich sah.

Sie hielt uns die Puppe entgegen und ließ sie sich verbeugen. Ich machte einen Knicks, was sie zum Lachen brachte. Sie hatte etwas Faszinierendes an sich, und das kam nicht nur von ihrer Schönheit, ihre dunklen Augen blickten seltsam fremdartig.

Sie streckte mir eine Hand entgegen, ergriff die meine, und wir setzten uns alle auf die Bank. Da bemerkte sie, daß Honey ein Kind erwartete – zumindest schien es so, als hätte sie es bemerkt, denn plötzlich verzog sie das Gesicht und begann zu weinen: »Nein, nein!« Sie vergrub ihr Gesicht in ihren Händen, an denen etliche Ringe blitzten. Auch ein goldenes Armband bemerkte ich an ihrem Arm. Dann drehte sie Honey den Rücken zu, als hätte sie sich entschlossen zu vergessen, daß sie überhaupt da war, und lächelte mich glücklich an.

Sie sagte etwas, wovon ich nur die Worte ›bella‹ und ›muñeca‹ verstand, und ich nahm an, daß sie von ihrer Puppe sprach. Ich antwortete in schlechtem Spanisch, daß ich die Puppe sehr schön fände. Sie wiegte sie auf den Knien wie ein Kind, obwohl sie für diese Art Spiel eigentlich zu alt war.

Plötzlich erschien eine Gestalt in der Tür.

»Isabella!« rief eine schrille Stimme befehlend.

Obwohl ich es bereits geahnt hatte, war der Schrecken für mich gewaltig. Das war also seine Frau! Das war das Mädchen, das Jake Pennlyon zerbrochen hatte.

Gehorsam erhob sich Isabella und ging hinüber zu der Frau, legte ihre Arme um sie und ließ die Puppe an einer Hand herunterbaumeln. Ein Schwall von Worten prasselte jetzt auf sie herunter, aber ihrem Ton konnte ich entnehmen, daß sie nur vorsichtig zurechtgewiesen wurde.

Über den Kopf des Mädchens hinweg betrachtete die Frau uns. Ihre Augen unter den spärlichen Augenbrauen, in die sich bereits ein paar weiße Haare verirrt hatten, blickten scharf und durchdringend.

Sie nahm das Mädchen bei der Hand und zog es zurück ins Haus. Da wurde die kleine Isabella unwillig und schrie: »Nein, nein!«

Sie drehte sich um, starrte uns an, befreite sich von der Hand der Frau, kam zurück, und blieb vor uns stehen. Ich bemerkte an ihr den mir schon bekannten Duft – denselben, den man in meinem Badezimmer und an meinen Kleidern wahrnehmen konnte. Und der über meinem Schlafzimmer hing, in dem ich meine nächtliche Erniedrigung erlitt.

Das Mädchen sprach mit uns, aber da es spanisch sprach, verstand ich es nicht. Da kam auch schon die Frau, nahm die Kleine bei der Hand und führte sie entschlossen weg.

Unter der Haustür drehte die Frau sich noch einmal um und sagte etwas, was nach ›Geht weg‹ klang. Dann fiel die Tür hinter ihr ins Schloß, und wir waren wieder allein im Hof.

»Was für eine seltsame Szene«, sagte ich.

»Geschieht uns ganz recht. Wir haben hier nichts zu suchen. Ich möchte nur wissen, wer das Mädchen ist.«

»Das muß Isabella sein.«

»Du meinst... seine Frau? Aber das war doch ein Kind!« Da ging die Hoftür auf, und Richard Rackell stand vor uns.

»Kommt schnell weg! Hier hättet ihr nicht hingehen dürfen.«

»Ist das verboten?« fragte ich kühl. Ich konnte nicht vergessen, welche Rolle er bei unserer Entführung gespielt hatte.

»Einen ausdrücklichen Befehl gibt es nicht«, sagte er und hielt uns das Tor auf. »Bitte.« Und als wir den Hof hinter uns gelassen hatten, fuhr er fort: »Es war eine schreckliche Tragödie.«

»Was auch geschehen ist«, antwortete ich grimmig, »es ist keine Entschuldigung für das, was uns angetan worden ist, auch keine Entschuldigung für die Helfershelfer!«

»Ihr habt Lady Isabella gesehen«, antwortete er. »Sie ist ein Kind. So ist sie geworden, nachdem der ›Springende Löwe‹ hier war. Ihr Geist hat sich verwirrt. Sie lebt wie ein Kind mit ihrer Zofe.«

»Sie ist wunderschön.«

»Eine wunderschöne Schale ohne Inhalt. Ihr Geist ist kaum in der Lage, irgend etwas zu erfassen, sie ist wieder in ihre Kindheit zurückversunken. Sie interessiert sich nur für ihre Puppen. Es ist eine große Tragödie. Versteht Ihr jetzt?«

Ich wollte allein sein. Dieses arme Geschöpf wollte mir nicht mehr aus dem Sinn.

Das Parfum auch nicht. Ich fing an zu verstehen. Er versuchte sich vorzustellen, ich wäre Isabella. Ich mußte ihre Kleider tragen, ihr Parfum benutzen, er wollte sich der Illusion hingeben, daß die Frau, die er jede Nacht besuchte, Isabella wäre.

Mit diesem Erlebnis änderte sich meine Einstellung ihm gegenüber. Er tat mir leid. Ich stellte ihn mir vor, wie er von seiner Reise zurückgekehrt war und erwartet hatte, seine schöne Braut vorzufinden. Die Trauungszeremonie war ja bereits festgesetzt, und nach dieser wären er und seine liebliche Isabella Mann und Frau gewesen. Isabella war zwar damals noch ein Kind von fünfzehn Jahren, aber in Spanien heiratete man jung. Und Felipe Gonzales war ein Gentleman. Wohl mit allergrößter Zartheit hätte er um seine junge Frau geworben und sie vorsichtig in das Geheimnis der Liebe eingeweiht. Statt dessen war Jake Pennlyon gekommen. Mit seinen rauhen Seeräubermanieren hatte er sich dieses sensiblen Geschöpfes bemächtigt und es zerbrochen. Damals hatte sich ihr Geist verwirrt.

Ich haßte Jake Pennlyon. Meine Gefühle gegen ihn waren wild und heftig. Für Don Felipe Gonzales hingegen empfand ich nun Mitleid.

Ich wünschte, ich hätte Jake Pennlyon nie gesehen. Nur Unglück hatte er mir gebracht. Jetzt war ich hier, eine Gefangene, jede Nacht preisgegeben einer unerträglichen Erniedrigung – und alles wegen dieses Mannes! Mein Stolz wurde mißachtet, mein Körper mißbraucht. Ich war nur ein Ersatz, Ersatz für ein wunderschönes junges Mädchen, dessen Geist von Jake Pennlyon zerstört worden war. Und um mich überhaupt ertragen zu können, mußte sich mein Verführer vorstellen, ich wäre dieses Mädchen.

Außer daß ich in meinem Stolz verletzt war, empfand ich Unruhe wegen Honey. Ihre Zeit war nahe. Im ersten Jahr ihrer Ehe hatte sie eine Fehlgeburt gehabt, und ich erinnerte mich daran, daß meine Mutter gesagt hatte, zukünftig müßte sie sich sehr in acht nehmen. In wenigen Wochen würde sie ihr Kind zur Welt bringen. Und wenn es zu früh käme? Wer würde sich dann um sie kümmern?

Ich beschloß, Felipe Gonzales aufzusuchen, den ich nur sehr selten sah, so daß ich mich fragte, ob er mir tagsüber vielleicht aus dem Wege ging. Unsere Beziehung war wohl sehr seltsam.

Ich wußte, daß er sich während des Tages meist in einem Raum aufhielt, der ›escritorio‹ genannt wurde, und ich entschloß mich, dort hinzugehen. Wenn ich über meine Gefühle ihm gegenüber nachdachte, mußte ich mir eingestehen, daß sie sich gewandelt hatten, seit ich Isabella begegnet war. Es störte mich zwar, daß ich Isabellas Kleider tragen und ihr Parfum benutzen mußte, aber gleichzeitig machte dieser Umstand ihn mir irgendwie sympathisch. Ich konnte mir nur zu gut vorstellen, was damals geschehen war, und ich verstand sogar seinen Racheschwur.

Ich mußte diesen Mann sehen, nicht nur, weil ich in Unruhe war wegen Honey.

Felipe Gonzales saß an einem Tisch, der mit Papieren überladen war. Als ich eintrat, erhob er sich.

»Ich habe Anordnung gegeben, daß ich nicht gestört werden will«, sagte er.

»Aber ich muß mit Euch sprechen«, antwortete ich. »Ich habe Euch etwas Wichtiges zu sagen.«

Er verbeugte sich – wie immer höflich –, und ich war froh, daß es so dämmrig war im Zimmer. Ich fühlte mich unsicher, und ich glaubte, ihm ginge es ebenso. Wir standen uns gegenüber, zwei Fremde tagsüber, die sich nachts auf zweifelhafte Weise nahekamen.

»Ich bin gekommen, um mit Euch über meine Schwester zu sprechen.«

Erleichtert nahm er wieder auf seinem Sessel Platz, während ich mich ihm gegenüber setzte.

»Wie Ihr wißt, wird sie bald ein Kind bekommen. Ich würde gerne wissen, was für sie getan werden wird.«

»Wir haben genügend Dienstboten.«

»Sie wird eine Hebamme brauchen.«

»In La Laguna gibt es eine Hebamme.«

»Dann sollte sie hergebracht werden. Es ist nicht die Schuld meiner Schwester, daß sie verschleppt worden ist.«

Das mußte er zugeben. »Meine auch nicht«, fuhr ich ärgerlich fort. Ich haßte seine Kälte. »Wir sind beide von zu Hause verschleppt worden, um Eurem üblen Zweck zu dienen.«

Er hob seine Hand. »Genug«, sagte er. »Ich werde nach der Hebamme schicken lassen.«

»Ich nehme an, Ihr sähet jetzt gern, daß ich mich bei Euch bedanke, aber es ist mir unmöglich, Euch für irgend etwas zu danken.«

»Das ist auch nicht nötig. Die Hebamme wird kommen.«

Er erhob sich halb – eine Geste, die zeigte, daß ich entlassen war. Aber ich wollte nicht entlassen werden. Es machte mich rasend, von ihm so mißachtet zu werden. Und als ich ihn so sah, in seinen eleganten Kleidern, mit seinem kalten, ausdruckslosen Gesicht, seinen förmlichen Manieren, und dabei an unsere nächtlichen Zusammenkünfte dachte, steigerte sich meine Wut so sehr, daß ich ihn verletzen wollte.

»Ich kann nur darum beten, bald von Euch befreit zu sein!«

»Noch ist es zu früh«, antwortete er. »Aber ich bete mit Euch, daß wir unserer Pflicht bald enthoben sind.«

»Mir scheint nicht, daß es Euch große Skrupel bereitet, dieser Pflicht, wie Ihr sagt, nachzukommen«, schleuderte ich ihm ins Gesicht. Ich hätte ihn prügeln können.

»Es ist nett, daß Ihr Euch Gedanken um mich macht.«

»Und wie lange verlangt Ihr noch, daß ich mich dieser Pflicht unterziehe?«

»Seid versichert, sobald ich weiß, daß unsere Mühe Erfolg zeitigt, werde ich meine Besuche bei Euch einstellen.«

»Es könnte sehr gut sein, daß ich bereits jetzt schwanger bin.«

»Wir müssen sichergehen.«

»Nachdem alles so unangenehm für Euch ist, dachte ich, ich könnte Euch weitere Mühen ersparen.«

»Ich habe nicht den Wunsch, mich meiner Pflicht zu entziehen. Allerdings, je früher wir am Ende sind, desto besser.«

»Und wenn Ihr sicher seid, daß Euer Samen seinen Zweck erfüllt hat, werde ich dann nach Hause gebracht?«

»Ihr werdet Eurem Anverlobten in dem Zustand zurückgegeben, in dem er Isabella zurückgelassen hat.«

»Ihr seid in der Tat ein kranker Mann. Unschuldige müssen unter Euch leiden, nur damit Ihr Eure Rache habt.«

»So etwas geschieht öfters.«

»Ich hasse Euch wegen Eurer Grausamkeit, Eurer Gleichgültigkeit anderen gegenüber, wegen Eures kalten, rachsüchtigen Charakters. Aber ich nehme an, das interessiert Euch nicht.«

»Es interessiert mich nicht, nein«, bestätigte er, und diesmal stand er ganz auf und verbeugte sich. Er ließ sich keine Gefühlsregung anmerken.

Ich verließ ihn. Aber ich dachte den ganzen Tag über ihn nach und darüber, wie ich mich an ihm rächen könnte. Denn auch ich wollte meine Rache.

Gegen Abend kam die Hebamme auf einem Maultier in den Hof geritten und wurde zu Honey gebracht. Zu unserer Freude sprach sie etwas Englisch. Sie war mittleren Alters und hatte früher einmal bei einer Familie in Cadíz gelebt, die zwei englische Dienstboten hatte. Ihr Englisch war schlecht, aber es war zumindest eine große Erleichterung, daß sie unsere Sprache verstand.

Sie versicherte uns, Honeys Zustand sei gut und das Kind könnte in der nächsten Woche erwartet werden. Sie würde fragen, ob sie im Hause bleiben könne, damit wir sie nicht womöglich mitten in der Nacht rufen lassen müßten.

Jennet war dabei, und plötzlich fragte die Frau, wann sie denn ihr Baby erwarte.

Das Mädchen lief rot an. Ich war überrascht. Erst jetzt bemerkte ich, was Jennet uns bisher erfolgreich verborgen hatte.

Jennet glaubte, im fünften Monat zu sein. Die Frau tastete sie ab und bot an, sie zu untersuchen. Sie gingen zusammen ins Nebenzimmer, in dem Jennet schlief.

»Mich wundert das gar nicht«, sagte Honey. »Alfonso wird es gewesen sein.«

»Vielleicht ist das Kind auch von Rackell. Ich könnte allerdings beschwören, daß sie ihm, seit wir von zu Hause weg sind, kaum mehr in die Nähe gekommmen ist.«

»Nach Alfonso konnte sie ihn nicht mehr ertragen.«

»Ich glaube eher, Jennet würde lieber jeden Mann ertragen als gar keinen.«

»Du bist manchmal zu streng mit ihr, Catherine. Man kann es kaum ihre Schuld nennen, wenn sie nun von dem Matrosen ein Kind erwartet.«

»Ich glaube nicht, daß sie sich sehr dagegen gewehrt hat.«

»Das hätte ihr auch nichts genützt. Sie hat sich ergeben, das ist alles.«

»Und ziemlich bereitwillig.«

Plötzlich fing ich an zu lachen. »Wir alle drei, Honey! Denk einmal darüber nach! Alle werden wir ein Kind bekommen. Auch ich werde zweifellos bald im selben Zustand wie ihr sein. Allerdings ich bin die einzige, der es aufgezwungen worden ist. Wie fühlt man einem Bastard gegenüber, wenn Vergewaltigung zu seiner Geburt geführt hat?« Wieder begann ich zu lachen, aber jetzt liefen mir die Tränen über die Wangen. »Ich weine zum erstenmal wegen meines Schicksals. Und gleichzeitig ist so viel Haß in mir, Honey ... für ihn und für Jake Pennlyon. Gemeinsam haben sie mir all dies angetan.«

Ich vergrub mein Gesicht in die Hände, und Honey tröstete mich.

»Es sollte alles doch so anders werden! Das Leben, das Carey und ich miteinander geplant hatten, es wäre so wundervoll geworden.«

»Die Dinge entwickeln sich meist anders, als wir sie planen, Catherine.«

Sie sah traurig aus und gereift, und ich dachte an Edward, ihren gütigen Mann, wie er in seinem Blut auf dem Pflaster gelegen hatte.

»Was wird aus uns allen werden?« fragte ich.

»Die Zukunft wird es erweisen.«

Jennet kam zurück. Ja, sie trug ein Kind.

»Du hast es gewußt und es vor uns geheimgehalten«, bemerkte ich.

»Ich habe es einfach nicht fertiggebracht, Euch davon zu berichten«, antwortete Jennet bedrückt.

»Du bist im fünften Monat?«

»Schon im sechsten, Mistreß.«

»Dann war es ja, bevor du England verlassen hast.«

»Die Hebamme könnte sich auch irren, Mistreß.«

Ich sagte: »Jennet, bitte geh in mein Zimmer. Mir ist etwas eingefallen, das ich dir sagen muß.«

Sie ging und ließ uns alleine.

Honey war erleichtert, daß jetzt eine Hebamme in der Nähe war. Ich ließ sie reden, und ich dachte darüber nach, was ich Jennet sagen wollte; ich folgte ihr.

Beschämt sah Jennet mich an.

»Die Wahrheit, Jennet«, verlangte ich.

»Oh, Mistreß, die kennt Ihr doch.«

Ich war mir nicht sicher, aber ich hatte eine Ahnung.

»Jennet, glaubt nicht, daß du mich täuschen kannst.«

»Ich wußte, es würde herauskommen«, antwortete sie verzagt. »Aber er war ein so starker Mann. Nicht einmal Alfonso...«

Ich nahm sie bei den Schultern und sah ihr in die Augen.

»Weiter, Jennet«, befahl ich.

»Ja, es ist seines«, stammelte sie. »Kein Zweifel, es ist seines. Und ich möchte wissen, ob mein Kind, sollte es ein Sohn werden, genauso sein wird wie der Kapitän.«

»Wie Kapitän Pennlyon, natürlich!« stieß ich hervor, und ich sprach seinen Namen aus wie den einer ekelerregenden Schlange.

»Mistreß, ich konnte nicht nein sagen. Er hätte es nicht hingenommen. Er war der Herr, wer könnte sich schon gegen ihn wehren?«

»Du natürlich nicht«, gab ich zurück.

»Nein, Mistreß. Wißt Ihr, er hatte ein Auge auf mich geworfen, und ich wußte, es würde früher oder später dazu kommen. Ich war hilflos. Es hätte nichts genützt, also habe ich mir gesagt, was sein muß, muß sein.«

»Wie auch bei Alfonso! Du wirst nie das Opfer einer Vergewaltigung werden, Jennet. Du bist zu leicht bereit, dich hinzugeben. So ist es doch, oder nicht?«

Sie gab keine Antwort, hielt vielmehr die Augen gesenkt. Und wieder war ich von ihrem unschuldigen Gebaren überrascht.

»Wann?« fragte ich. Aus irgendeinem Grund wollte ich es ganz genau wissen. Ich haßte, was geschehen war, aber ich mußte es wissen.

»In der Verlobungszeit. Ich bin in Euer Zimmer gegangen. Ihr hattet zwar gesagt, Ihr wolltet die Nacht bei der Herrin verbringen, weil er mit Euch mitgeritten war. Ich bin aber doch hineingegangen, weil das Fenster weit offen stand. Und als ich es schließen wollte, hat er mich von hinten umfangen. Ich hatte eine Kerze in der Hand, die ist hinuntergefallen und ausgegangen. Dann hat er gelacht.«

Ich schüttelte sie und verlangte: »Weiter!«

»Er nahm mein Kinn und zwang mein Gesicht hoch. Ziemlich grob war er. Er war überhaupt ziemlich grob, in seiner ganzen Art. Dann hat er gesagt: ›Du bist es also? Wo ist deine Herrin?‹ Und ich habe geantwortet: ›Sie ist nicht hier, Herr.‹ Und er sagte: ›Das sehe ich auch. Aber wo ist sie?‹ Und ich habe ihm erklärt: ›Sie kommt nicht. Sie bleibt bei der Herrin‹. Und dann hat er aus mir herausgekriegt, was ich gehört hatte, daß Ihr, weil Ihr ihm nicht trautet, bei der Herrin geblieben wart. Da war er wütend, und ich hatte Angst. Und er hat auf Euch geflucht. Er hatte Verlangen nach Euch, großes Verlangen. Ganz wild war er, weil er, als er meine Schritte hörte, gedacht hatte, Ihr würdet es sein.«

Ich lachte laut und bitter auf. »Da habe ich ihn aber hereingelegt, was?«

»Ich fürchte, ja. Und er war wütend. Ich habe ihm gesagt, ich gehe und sage Euch, daß er hier ist, und da sagte er: ›Du kleine Närrin! Glaubst du, das bringt sie her?‹ Ich glaube, er wäre am liebsten gegangen und hätte Euch geholt. Aber nicht einmal er hätte so etwas tun können, noch dazu im Hause seines Nachbarn, oder? Deshalb mußte ich auch bleiben. Und er sagte: ›Wir tun heute so, als ob du, Jennet, die Herrin wärst!‹ Und dann ist es passiert. Ich war machtlos.«

»Und das in meinem Bett!« Ich war erschüttert.

»Er ging beim Morgengrauen, und ich muß noch einmal eingeschlafen sein. Verzeiht, Mistreß. Und als ich aufwachte, war es schon sehr spät, und ich bin in mein Zimmer gerannt, um mich zurechtzumachen ... und als ich zurückkam, da hattet Ihr das Zimmer schon gesehen und das Bett und ...«

»Die Stätte deines Triumphes!«

»Nein, Mistreß.«

»Und seit jener Nacht trägst du das Kind?«

Wieder reagierte sie verschämt. »Es war damals nicht das einzige Mal. Als Ihr das Schweißfieber hattet, ist er oft herübergekommen ... und manchmal hat er mich nach Lyon Court befohlen ... ja, das ist die Wahrheit.«

»Und du bist natürlich gegangen.«

»Ich konnte mich ihm nicht widersetzen.«

»Jennet«, sagte ich, »du bist schlecht. Das war das zweite Mal, daß du mich betrogen hast.«

»Ich wollte es nicht, Mistreß. Ich war doch machtlos.«

»Und von ihm zu Alfonso, und ich wette, hier hast du auch jemanden.«

»Im Stall, Mistreß, einer der Stallknechte.«

»Erspar mir die Einzelheiten.«

Jake Pennlyon ging mir nicht aus dem Kopf; wie er auf mich gewartet und dann Jennet statt meiner genommen hatte.

»Und hast du nicht daran gedacht, daß du ein unglückliches Kind zur Welt bringen könntest?«

»Doch, Mistreß. Aber Sir Penn hat viele Kinder, und er hat sich immer um sie gekümmert. Sie haben alle irgendwo einen guten Platz bekommen, und ich habe mir gedacht, mit Kapitän Jake wird es genauso sein.«

»Aber du hast dich geirrt.«

»Ja, alles ist anders gekommen, Mistreß. Wer hätte gedacht, daß wir übers Meer und hierher geraten könnten? Wer hätte das voraussehen können?«

Wie verloren stand sie vor mir.

Ich begriff nicht, warum ich nicht bemerkt hatte, daß sie schwanger war; jetzt schien es so offensichtlich.

Jake Pennlyon, dachte ich! Alles Unglück geht auf Jake Pennlyon zurück. Ich wünschte, ich könnte die Erinnerung an ihn und Jennet aus meinem Gedächtnis streichen.

»Geh mir aus den Augen«, sagte ich müde. »Du ekelst mich an.«

Da ging sie hinaus.

Ich haßte Jake Pennlyon. Ich haßte Felipe Gonzales. Ich haßte meinen Vater und Kate, weil sie mein Leben ruiniert hatten, und der Haß wucherte in meinem Geist wie eine Krankheit. Meine Kehle war wie zugeschnürt, sie schmerzte. Ich wollte mich befreien, aber dazu mußte ich etwas tun. Ich mußte mich rächen. In erster Linie an Jake Pennlyon, aber der war außerhalb meiner Reichweite... Und, mit meinen Gefühlen für ihn, empfand ich für Felipe Gonzales beinahe Sympathie. Er rächte sich immerhin an Jake Pennlyon, wenn auch auf eine niederträchtige Art und Weise. Er verstand nicht, daß Jake anders war als er. Der konnte sich mit Jennet begnügen, wenn er mich nicht zu bezwingen vermochte. Und Jake andererseits würde die Ergebenheit, die Felipe seiner Isabella entgegenbrachte, nie begreifen.

Aber ich haßte auch Felipe, weil er mich demütigte, weil er mich nicht begehrte und weil er an eine andere dachte, wenn er in mein Bett kam.

Ich meinte jedenfalls, jemanden verletzen zu müssen, der stark war. Jennet zu beschimpfen, half mir nicht.

Zur gleichen Zeit begann ich, über die dunklen Nächte nachzudenken, in denen Felipe Gonzales zu mir kam. Noch war ich nicht bereit, mir einzugestehen, daß sie mich nicht mehr ängstigten, daß ich mich an seine Besuche gewöhnt hatte, daß ich ihn passiv empfing und, seit ich Isabella kannte, beinahe mit Sympathie.

Aber ein Wunsch wuchs in mir heran – vielleicht wollte ich mich an ihm rächen, vielleicht war auch nur meine weibliche Eitelkeit verletzt.

Eines Nachts, als er in mein Zimmer kam, tat ich so, als schliefe ich. Ich lag ganz still. Das Zimmer war wie immer dunkel, nur das Licht des Mondes und der Sterne fiel durch die Fenster herein. Seine Kerze hatte er wie immer vor der Tür stehen gelassen. Ich hielt meine Augen geschlossen, aber ich spürte, daß er sich über mein Bett beugte und zu mir hinabsah.

Scheinbar im Schlaf streckte ich eine Hand aus und berührte dabei sein Gesicht. Ich ließ meine Finger für Sekunden auf seinen Lippen liegen, und ich könnte schwören, er hat sie geküßt.

Weiterhin rührte ich mich nicht, ich lag nur da, als ob ich schliefe. Er beobachtete mich noch eine Weile. Dann ging er leise hinaus.

Ich lag da und lauschte seinen sich entfernenden Schritten. Mein Herz schlug jetzt laut; ich frohlockte. Unsere Beziehung schien sich zu ändern, Wünsche wurden in mir wach – allerdings nicht nach Liebe, sondern nach Rache.

Honeys Zeit rückte heran.

Ich ging in Felipes ›escritorio‹, in erster Linie um ihm zu danken, was er für Honey getan hatte, eigentlich aber, um mit ihm zu reden und herauszufinden, ob ich tatsächlich eine Veränderung seiner Haltung mir gegenüber bemerken würde.

Er war auch in den vorausgegangenen Nächten gekommen, aber nicht in jeder Nacht. Ich hatte nie mehr gewußt, wann er kommen würde, hatte wach gelegen und seinen Schritten gelauscht. Ich war wütend gewesen, wenn er kam, und wütend, wenn er nicht kam. Ich hatte mich selbst nicht mehr verstanden.

Als ich eintrat, erhob er sich von seinem Schreibtisch und wartete höflich. Er wies auf einen Stuhl.

Ich setzte mich. »Ich bin gekommen, um Euch zu danken, daß Ihr nach einer Hebamme geschickt habt.«

Er neigte den Kopf.

»Es ist höchst anständig von Euch, auch uns als menschliche Wesen zu behandeln.« Er schien meinen Sarkasmus nicht zu bemerken.

»Es ist ja nicht ihre Schuld, daß sie hier ist. Natürlich muß man sich um sie kümmern. Außerdem wird sie ein katholisches Kind zur Welt bringen.«

»Ich vermute, daß auch ich ein Kind bekomme.«

»Vermuten ist nicht genug, ich brauche die Garantie.«

»Wie bald kann ich von hier weg, wenn es sicher ist?«

»Darüber muß ich erst nachdenken. Eure Schwester wird nicht so bald reisen wollen. Und wie ich höre, kommt auch Eure Magd bald nieder.«

Von mir erfährt er nicht, wer der Vater ihres Kindes ist, dachte ich für mich.

»Sie ist von einem Matrosen vergewaltigt worden.«

»Das ist schlimm.«

Er erhob sich wieder halb aus seinem Stuhl – die Verabschiedungsgeste.

Aber ich fuhr fort: »Wir werden hier wie Gefangene gehalten. Fürchtet Ihr, wir könnten den Weg zur Küste finden und nach Hause schwimmen?«

»Es gibt keinen Grund, warum Ihr als Gefangen gehalten werden solltet. Sobald Ihr in Erwartung seid, werdet Ihr mehr Freiheiten erhalten. Ihr werdet nur deshalb abgesondert gehalten, weil das Kind, das Ihr empfangen sollt, von mir sein muß.«

Empörung stieg in mir auf. »Haltet Ihr mich etwa für eine Frau, die sich in La Laguna einen Liebhaber nach dem anderen suchen würde? Ihr beleidigt mich, Sir.«

»Ich bitte um Vergebung. Das habe ich nicht gemeint. Eure

Dienstmagd ist vergewaltigt worden, und Ihr seid fremd, kommt zudem aus... das könnte Euch in Gefahr bringen. Es könnte sein, daß ich nicht zur Stelle bin, um Euch zu beschützen.«

»Ich hoffe, ich werde bald ohne Euch auskommen.«

»Das hoffe ich auch für mich.«

Ich dachte daran, wie er an mein Bett gekommen war und wie er darauf reagiert hatte, als ich meine Finger auf seine Lippen legte.

Ich mußte es mir doch eingebildet haben. Diesen seltsam beherrschten Mann konnte man nicht rühren.

Honeys Wehen dauerten lange, und es wurde Tag und wieder Nacht, ehe ihr Kind geboren wurde – ein Mädchen, klein, aber quicklebendig.

Honey lag in ihre Kissen zurückgelehnt und sah unglaublich schön aus mit ihrem dunklen Haar, das ihr über die Schultern floß.

»Ich werde sie Edwina nennen. Das klingt Edward am ähnlichsten. Wie denkst du darüber, Catherine?«

Ich mochte ihn, außerdem war ich so erleichtert, daß Honey die Geburt heil überstanden hatte, daß in meinen Ohren jeder Name gut geklungen hätte. Es hatte Zeiten gegeben, da ich um sie gefürchtet und dabei bemerkt hatte, wieviel sie mir bedeutete. Ich hatte über unsere Kindheit nachgedacht und darüber, was meine Mutter wohl gerade tat und ob sie an uns, an ihre beiden von Spaniern entführten Töchter dachte.

Honeys Kind beanspruchte unsere gesamte Zeit und alle unsere Gedanken. Das Kleine wurde zum Mittelpunkt unseres Lebens. Wir hörten auf, über Rache und über unser Zuhause nachzudenken, wenn wir uns mit dem Kind beschäftigten.

Ungefähr eine Woche nach Edwinas Geburt war ich sicher, daß auch ich ein Kind erwartete.

Triumphierend trat ich ihm im ›escritorio‹ entgegen.

»Es gibt keinen Zweifel«, sagte ich. »Ich war bei der Hebamme. Eure unangenehme Pflicht ist erfüllt.«

Er ließ den Kopf sinken.

»Für uns ist jetzt die Zeit gekommen, heimzukehren.«

»Das werdet Ihr zu gegebener Zeit können.«

»Ihr habt gesagt, mich zu schwängern sei alles, was Ihr von mir wollt. Nun habt Ihr mich geschwängert und gedemütigt. Ist das noch nicht genug? Bin ich immer noch nicht frei?«

»Ihr seid frei«, antwortete er.

»Dann möchte ich zurück nach Hause.«

»Ihr werdet ein Schiff benötigen.«

»Ihr habt genügend Schiffe. Ihr habt mich holen lassen, jetzt bringt mich auch nach Hause zurück.«

»Im Augenblick liegt kein Schiff im Hafen.«

»Und was ist mit der Galeone?«

»Damals schien sie mir geeignet.«

»Dann, bitte, laßt sie Euch jetzt dazu dienen, Euer Wort zu halten.«

»Ich habe nicht Euch mein Wort gegeben. Ich habe den Heiligen geschworen, Rache zu nehmen.«

»Aber Ihr habt mir versprochen, daß ich heimkehren kann.«

»Zu gegebener Zeit werdet Ihr in Euer barbarisches Land zurückgehen, und dann könnt Ihr Eurem Piraten erzählen, was Ihr hier erlebt habt. Ihr könnt ihm erzählen, was einer edlen Dame zugestoßen und was Euch passiert ist. Ihr könnt ihm erzählen, daß er ihr Leben ruiniert hat und daß ich mich an ihm gerächt habe. Ihr werdet ihm Euren Bastard mitbringen, genauso, wie er mir seinen hinterlassen hat.«

Ich erhob mich. »Wenn also ein Schiff kommt, kann ich dann fort?«

»Alles wird arrangiert werden«, antwortete er. »Aber erst will ich sicher sein, daß es ein Kind geben wird.«

»Er hat seines auch nie gesehen, warum wollt Ihr Eures sehen? Ist das in Eurem Schwur enthalten?«

»Sein Kind ist zur Welt gekommen. Ich will sicher sein, daß meines auch zur Welt kommt.«

»Ihr habt Eure Rache nicht zur Gänze gewonnen. Ich bin nicht wie Isabella. Ihr habt mich gedemütigt und geschändet, aber Ihr habt mich nicht meines Verstandes beraubt. Eure Rache ist nicht wirklich vollständig.«

»Redet nicht so! Ihr werdet dieses Kind zur Welt bringen, und Ihr werdet diese Insel nicht verlassen, ehe es geboren ist. Ich will sicher sein. Danach lasse ich Euch zurückbringen.«

Ich verließ das ›escritorio‹ und dachte: Er hat versprochen, daß ich gehen kann, wenn ich schwanger bin; aber er will nicht, daß ich gehe. Ich lachte und dachte weiter: Er ist doch verletzlich! Wenn ich darauf komme, wie sehr, werde ich meine Rache bekommen.

Rache ist süß, darüber gibt es keinen Zweifel. Sie ist ein Grund weiterzuleben, wenn das Leben unerträglich ist.

Ich fing an, Felipe zu verstehen.

Unser Leben hat sich verändert. Hauptsächlich deshalb, weil er nicht mehr zu mir kam. Ich hatte das Gefühl, als gehörte ich mir endlich wieder selbst. Auch die Tatsache, daß es ein Baby im Hause gab, hatte ihre Folgen. Eine gewisse Normalität war aufgekommen. Seltsamerweise hatten wir uns mit unserem Los abgefunden, worüber ich mich manchmal wunderte. Aber so ist wohl die menschliche Natur; sie kann sich an alles gewöhnen, wie außergewöhnlich die Umstände auch sein mögen. Man gleicht sich an. Bei uns hatte es zumindest den diesbezüglichen Anschein.

Das Schlafzimmer gehörte mir jetzt ganz alleine – es war ein schönes Zimmer. Und seit es nicht länger der Schauplatz meiner nächtlichen Demütigungen war, änderte sich auch meine Einstellung zu ihm. Ich konnte mich an den geschmackvollen, wenn auch dunklen Möbeln freuen, dem Teppich, der an einer Wand hing, den schweren gewirkten Vorhängen, die das Licht aussperrten, den Bogen mit den Portieren, der zum Badezimmer führte. Alles hatte etwas Exotisches an sich. Später sollte ich erfahren, daß Felipes Familie in dem Teil Spaniens gelebt hatte, in dem ein maurischer Einfluß vorherrschte.

Vielleicht war es, weil ich schwanger war, daß mich eine gewisse Heiterkeit befiel. Ich hatte das auch bei Honey und Jennet beobachtet, obwohl, bei Jennet entsprach Heiterkeit ihrem grundlegenden Charakter. Zu meinem Erstaunen freute ich mich auf das Kind, das mir aufgezwungen worden war. Ich fing bereits an zu vergessen, wie ich es empfangen hatte; ich war mir nur des neuen Lebens in mir bewußt, das sich zu regen begann und das ich zur Welt bringen sollte.

Jetzt durften wir auch in die Stadt gehen. Honey überließ Jennet ihr Baby, und sie und ich bestiegen je einen Maulesel und ritten in Begleitung von Richard Rackell und John Gregory los, die, vielleicht weil sie ein bißchen Englisch sprachen, zu unseren Wächtern ernannt worden waren.

Einer ritt vor uns, einer hinter uns. Als wir die Stadt vor uns im Tal liegen sahen, weckte dies meine Lebensgeister. Die Sonne strahlte und schien auf die weißen Häuser und auf die Kathedrale, die, wie John Gregory uns erzählte, zu Beginn unseres Jahrhunderts erbaut worden war. Von diesem Punkt aus konnten wir den Berggipfel nicht sehen, den wir vom Meer aus gesehen hatten, als wir uns der Insel näherten. Der Berg war der Pico de Teido, von dem die Inselbewohner früher geglaubt hatten, er stütze den Himmel und daß die Welt hinter ihm zu Ende sei. Vielleicht durften wir eines Tages weiter ins Land reiten, um diesen gewaltigen Berg besichtigen zu können.

Wir stellten unsere Maulesel in einem Stall unter und gingen zu Fuß über das Kopfsteinpflaster der Straßen, streng bewacht von den beiden Männern. Die Frauen trugen meist Schwarz. Auf den Balkonen einiger Häuser lehnten einige von ihnen über die schmiedeeisernen Balustraden und schauten zu uns herab. Einige Frauen trugen auch bunte Röcke und Mantillas.

»Sie scheinen uns interessant zu finden«, sagte Honey.

»Sie wissen, daß Ihr Fremde seid und aus dem Haus des Gouverneurs kommt«, sagte John Gregory.

»Wissen sie, wie und wann wir hierher gebracht worden sind?«

»Sie wissen nur, daß Ihr aus einem fremden Land kommt«, antwortete John Gregory.

Er zeigte uns die Kathedrale. Die anderen bekreuzigten sich vor dem Altar, ich schaute mir nur die Skulpturen und die feinen Ornamente an, die ihn verzierten. Noch nie hatte ich so eine großartige Kathedrale gesehen. Ein Duft von Weihrauch lag schwer in der Luft. Und die Madonnenfigur war das erstaunlichste Kunstwerk. Sie stand in einer Nische hinter einem schmiedeeisernen Gitter und hatte ein Kleid an aus Seide, das mit funkelnden Schmucksteinen bestickt war. Auf dem Kopf trug sie eine Juwelenkrone, und an ihren Fingern blitzten Ringe aus Diamanten und anderen leuchtenden Steinen.

John Gregory trat neben mich. »Die Leute schenken ihr Vermögen der Madonna. Sogar die Ärmsten geben.«

Als ich weitergehen wollte, flüsterte er: »Es wäre besser, Ihr würdet Euch wie eine gute Katholikin benehmen. Es wäre nicht sehr klug, zu zeigen, daß Ihr das seid, was wir eine Ketzerin nennen.«

»Ich habe genug von der Kathedrale. Ich warte draußen.«

Er begleitete mich, und wir ließen Honey mit Richard Rackell in der Kirche zurück. Draußen schien die Sonne.

»Ihr seid also ein ergebener Katholik«, sagte ich zu John Gregory. »Ich möchte gerne wissen, ob Ihr gebeichtet habt, was Ihr zwei Frauen, die Euch nie etwas zuleide getan haben, angetan habt.«

Diese Frage war ihm sichtlich peinlich. Es war ihm immer peinlich, wenn ich ihn schalt, und das tat ich oft. Er faltete seine Hände, und wieder einmal sah ich die Narben an seinen Handgelenken und wunderte mich, woher er die wohl hatte.

»Ich habe nur meine Pflicht getan«, sagte er. »Es war nicht meine Absicht, Euch Schaden zuzufügen.«

»Ach, Ihr habt nicht gedacht, daß Ihr uns Schaden zufügt?«

Er antwortete nicht, und die beiden anderen gesellten sich wieder zu uns.

Durch die Straßen der Stadt zu gehen, erzeugte so ein herrliches Gefühl von Freiheit, in der Stadt schien Erregung in der Luft zu liegen. Die Geschäfte entzückten uns. Sie waren zur Straße hin geöffnet, wie verzauberte Höhlen. Da gab es würzige Speisen und heißes Brot, anderes, als wir zu Hause es kannten. Aber was uns am meisten faszinierte, waren die vielen verschiedenen Ballen Tuch, die wir in einem Geschäft sahen.

Wir konnten nicht widerstehen, sie anzufassen.

Honey ließ ihre Hände verzückt über die Stoffe gleiten, bis eine dunkelhäutige Frau in Schwarz kam und uns noch mehr Stoffe zeigte. Einmal zeigte sie uns Samt in tiefem Mitternachtsblau.

»Schau, Catherine, der würde dir gut stehen«, sagte Honey. »Was für ein schönes Kleid das für dich abgeben würde!«

Sie hielt es mir an, und die Frau in Schwarz nickte ihre Zustimmung.

Honey drapierte das Material um mich herum, und ich schalt sie: »Honey, was tust du? Wir haben doch gar kein Geld!« Plötzlich war ich mir bewußt, daß ich immer noch Isabellas Kleider trug, und beschloß, damit Schluß zu machen. Honey hatte sich Kleider genäht, ich würde das auch tun. Wie gerne ich diesen Samt gehabt hätte!

»Komm, Honey, was wir tun, ist unsinnig!«

Und ich bestand darauf zu gehen.

In einem Wirtshaus bekamen wir ein seltsames Getränk vorgesetzt, das stark nach Pfefferminz schmeckte. Wir waren durstig und schütteten es hinunter, danach bestiegen wir wieder unsere Maulesel und ritten zurück zum Haus.

Gegen Abend, als ich mein Zimmer betrat, fand ich ein Paket auf dem Bett. Ich machte es auf, es war eine Rolle Samt. Derselbe Samt, den ich im Geschäft gesehen hatte!

Verblüfft starrte ich ihn an. Ich hielt ihn mir vor, er war wunderschön. Aber was sollte das bedeuten? Hatte die Frau im Geschäft geglaubt, wir hätten den Stoff gekauft? Dann mußte man ihn sofort zurückgeben.

Ich ging, Honey zu suchen. Sie war genauso erstaunt wie ich, und wir beschlossen, daß die Händlersfrau uns falsch verstanden und gedacht hatte, wir hätten den Stoff gekauft.

Wir mußten sofort John Gregory finden und es ihm erklären. Er ließ uns jedoch wissen: »Nein, es ist kein Irrtum. Der Samt ist für Euch.«

»Wie sollen wir denn das bezahlen?«

»Das wird schon erledigt.«

»Wer wird das erledigen?«

»Die Händlersfrau weiß, daß Ihr zum Haus des Gouverneurs gehört. Da gibt es keine Schwierigkeiten.«

»Soll das heißen, daß Don Felipe dafür zahlen wird?«

»Das ist anzunehmen.«

»Dann würde ich den Stoff nicht annehmen.«

»Ihr müßt ihn annehmen.«

»Ich bin gezwungen worden, hierherzukommen. Ich bin gezwungen worden, mich ihm hinzugeben, aber man kann mich nicht zwingen, Geschenke von ihm anzunehmen.«

»Ihr könnt es nicht zurückgeben. Die Frau glaubt, Ihr steht unter Don Felipes Schutz. Er ist der Herr dieser Insel. Es wäre eine Mißachtung seiner Person, wenn Ihr den Samt zurückschicktet.«

»Dann soll er ihm gebracht werden, ich will ihn nicht haben.«

John Gregory verneigte sich und fing den Ballen auf, den ich ihm in die Arme warf.

»Es ist ein Jammer. Er hätte ein so schönes Kleid abgegeben«, sagte Honey.

»Möchtest du, daß ich von dem Mann, der mich vergewaltigt hat, Geschenke annehme? Das wäre ja gleichbedeutend mit der Billigung dessen, was geschehen ist. Ich aber werde ihm nie verzeihen, was er mir angetan hat.«

»Nie, Catherine? Das ist ein Wort, das man nur mit der größten Vorsicht verwenden sollte. Es hätte viel schlimmer kommen können. Er hat dich zumindest mit Respekt behandelt.«

»Respekt? Warst du dabei? Hast du meiner Erniedrigung beigewohnt?«

»Zumindest hat er dir nicht angetan, was Isabella von Jake Pennlyon angetan worden ist.«

»Es war das gleiche... die Methode war vielleicht etwas anders. Sie hat Pennlyons Kind auf die Welt gebracht, ich werde seines auf die Welt bringen. Ich kann nicht so einfach tun, als wäre nichts geschehen. Honey, denk doch darüber nach!«

»Trotzdem ist es schade um den Samt.«

Ich wurde dazu befohlen, mit Don Felipe zu Abend zu essen. Es war dies das erste Mal seit dem Abend, an dem er mir erklärt hatte, aus welchem Grund ich hierher gebracht worden war.

Erstaunt fragte ich mich, was es wohl zu bedeuten haben könnte.

Ich zog mich sorgfältig an. Honey und ich hatten ein Kleid genäht, aus einem Stoff, den wir im Nähzimmer gefunden hatten. Als ich es anzog, dachte ich, wie unlogisch es doch war, diesen Stoff zu nehmen, aber den Samt auszuschlagen, der aus dem Geschäft in der Stadt kam. Alles in diesem Haus gehörte ihm, natürlich auch alles im Nähzimmer. Wir lebten voll und ganz von seinen Gnaden.

Trotzdem, der Samt war ein Geschenk, das direkt von ihm kam, und deshalb war es mir nicht möglich, ihn anzunehmen.

Er erwartete mich in dem dunklen, kühlen Salon, in dem wir schon einmal gegessen hatten, und wie beim erstenmal nahm ich an einem Ende der Tafel Platz und er am anderen. An seinem schwarzen Wams mit der strahlend weißen Spitze erkannte man den Herrn mit Geschmack.

Als wir damals zusammen aßen, hatte er mich noch nicht gezwungen gehabt, ihm zu Willen zu sein. Jetzt standen Erlebnisse zwischen uns – Erlebnisse, die er genausowenig wie ich, nehme ich an, aus seinem Gedächtnis streichen konnte.

Er war unnahbar, aber höflich, und wie zuvor wurden wir von flinken Dienern mit den Speisen bedient, an die ich mich in der Zwischenzeit gewöhnt hatte. Ich spürte eine seltsame Erregung, die ich an mir nicht kannte. Ich war mir seiner Nähe so sehr bewußt. Ich grübelte über ihn nach, mußte immer an die Nacht denken, da ich sein Gesicht zärtlich berührt und dabei so getan hatte, als ob ich schliefe.

Während die Diener noch im Zimmer waren, redete er von der Insel. Er sprach nur scheinbar ohne Begeisterung oder großes Interesse, denn trotz seiner kalten Art spürte ich, daß er ihr sehr viel Gefühl entgegenbrachte. Er regierte sie im Namen seines Herrn, Philipp II., eines disziplinierten Mannes, wie er selbst einer war. Sie waren so anders als wir, diese Spanier. Sie lachten nicht wie wir, aber sie hielten uns für Barbaren.

Er erzählte, wie die Guanchen, die Eingeborenen dieser Insel, ihre Haut mit dem dunkelroten Harz des Drachenbaums färbten und wie sie ihre Toten mumifizierten.

Ich interessierte mich sehr für alles und wollte immer mehr von der Insel hören. So erfuhr ich, daß der Pico de Teido von den Guanchen als eine Gottheit angesehen wurde, die besänftigt werden muß, und was für einen schönen Anblick der Berg abgab, mit seinem schneebedeckten Gipfel, der nie abschmolz, auch wenn im Tal große Hitze herrschte.

Erst nachdem wir fertiggegessen hatten und allein waren, erfuhr ich, aus welchem Grund er mich eingeladen hat.

»Ihr wart in La Laguna und habt die Kathedrale besucht.«

»Ja.«

»Ihr dürft Euch in La Laguna nicht wie eine Ketzerin benehmen.«

»Ich werde mich benehmen, wie es mir paßt, und nachdem ich zweifellos eine Ketzerin bin, wie Ihr es zu nennen beliebt, werde ich mich eben als eine solche benehmen.«

»Wenn Ihr in die Kirche geht, müßt Ihr der Heiligen Jungfrau und dem Altar Respekt zollen, im katholischen Sinne. Ihr müßt niederknien und beten, wie die anderen es auch tun.«

»Wollt Ihr, daß ich heuchle?«

»Ich will, daß Ihr mein Kind zur Welt bringt, und ich möchte nicht, daß Euch irgend etwas geschieht, was dies verhindern könnte.«

Ich legte meine Hände an meinem Leib, gab ich mich doch so gerne der Täuschung hin, das Kind bereits fühlen zu können, was absurd war. Bis zu meiner Niederkunft dauerte es noch lange Zeit, aber sie erfüllte bereits mein ganzes Denken.

»Was könnte das verhindern?« fragte ich.

»Ihr könntet vor die Inquisition zitiert werden. Ihr könntet von ihr befragt werden.«

»Ich? Was habe ich mit der Inquisition zu tun?«

»Wir sind in Spanien. Gewiß, wir sind zwar eine Insel, weit weg von Spanien, aber wo immer wir uns niederlassen, da ist Spanien, überall auf der Welt.«

»In England nie«, erwiderte ich stolz.

»Auch dort. Und ich versichere Euch, es wird gar nicht mehr lange dauern.«

»Ich versichere Euch, daß das nie geschehen wird.« Ich sah Jake Pennlyon vor mir, mit blitzenden Augen, sein Schwert schwingend und den Spaniern zurufend, sie sollten nur kommen, sie würden schon sehen, wie es ihnen ergehen würde.

»Hört mir zu, über kurz oder lang werden wir die ganze Welt beherrschen. Wir werden die heilige Inquisition auch in Euer Land tragen... genau wie sie hier auch ist und überall auf der Welt, wo Spanien seine Hand hat. Niemand kann ihr entkommen. Wenn man Euch ergreift, könnte ich Euch nicht retten. Die Inquisition steht über allem... auch über unserem König Philipp II.«

»Ich bin keine Spanierin. Sie würden nicht wagen, Hand an mich zu legen.«

»Sie haben schon viele Eurer Landsleute verurteilt. Seid klug, hört auf mich. Ihr werdet morgen damit beginnen, Euch im wahren Glauben unterweisen zu lassen.«

»Das werde ich nicht tun.«

»Ihr seid unvernünftiger, als ich gedacht habe. Man muß Euch wohl erst zeigen, was denen passiert, die sich der Wahrheit widersetzen?«

»Wessen Wahrheit? Der Euren? Ihr, die Ihr über Unschuldige hinweggeht, um Eure Rache zu befriedigen? Ihr habt drei Frauen verschleppt, Ihr habt sie der Erniedrigung preisgegeben, Ihr habt einen guten Menschen getötet, weil er seine Frau beschützen wollte. Und Ihr wagt es, mir von Eurem Glauben zu erzählen, als dem wahren Glauben, dem einzigen Glauben?«

»Seid still«, herrschte er mich an. Zum erstenmal war ihm etwas nahegegangen. »Wißt Ihr nicht, daß die Diener Euch hören können?«

»Sie sprechen meine barbarische Sprache nicht, außer den beiden Wilden, die Ihr angeheuert habt, uns hierherzubringen.«

»Ich werde tolerant sein. Aber ich muß Euch darum bitten, leise zu sein und mir wie ein kultivierter Mensch zuzuhören.«

»Ihr wollt mir etwas über kultiviertes Benehmen sagen? Das ist genauso komisch, wie wenn Ihr über Eure religiösen Tugenden sprecht.«

»Ich spreche zu Eurem Besten, zu Eurem und dem des Kindes.«

»Des Bastards, den Ihr mir aufgezwungen habt?«

Noch als ich die Worte aussprach, bat ich mein Kind innerlich um Verzeihung. ›Nein, nein, Kleines, ich will dich ja, ich bin ja froh, daß du da bist. Warte nur, bis ich dich erst im Arm halte.‹

Er mußte etwas in meiner Stimme gehört haben, denn er sagte freundlich: »Das ist nun mal geschehen, und daran kann jetzt nichts mehr geändert werden. Es ist Euer Schicksal, daß Ihr die Verlobte dieses Räubers seid. Ihr habt das Kind, bringt es zur Welt. Ich schwöre Euch, von jetzt an werde ich Euch nichts Böses mehr antun. Wollt Ihr das akzeptieren?«

Das mußte ich wohl. »Nachdem Ihr mir so viel Böses angetan und mir für immer Euer Siegel aufgedrückt habt, meint Ihr es vielleicht sogar ernst.«

»Ich versichere Euch, daß es so ist. Ich wollte Euch nie etwas Böses antun. Ihr wart notwendig, damit ich meinen Schwur erfüllen konnte. Jetzt werde ich Euch die Bequemlichkeit bieten, die Ihr braucht, bis das Kind geboren ist.«

»Ihr habt versprochen, daß ich heimkehren kann, sobald das Kind gezeugt worden ist.«

»Ich habe gesagt, ich muß sehen, daß das Kind geboren worden ist. Aus diesem Grund werdet Ihr hierbleiben. Und solange Ihr hier lebt, möchte ich, daß Ihr in Sicherheit und Frieden lebt. Aus diesem Grund müßt Ihr auf mich hören.«

»Glaubt nicht, Ihr könnt mich besänftigen, indem Ihr mir einen Stoff schenkt«, schrie ich ihn jetzt an.

»Das Geschenk kam nicht von mir. Die Händlersfrau hat ihn Euch geschickt.«

»Warum sollte sie?«

»Weil wir viele Stoffe von ihr kaufen und sie mir eine Freude bereiten wollte, indem sie Euch ein Geschenk macht.«

»Warum sollte das eine Freude für Euch bedeuten?«

»Das werdet Ihr doch verstehen! Sie glaubt, wie viele andere auch, daß Ihr meine Mätresse seid, daß ich Euch habe holen lassen, um mit Euch zu leben. In diesem Falle bereitet mir eine Freude, wer Euch eine Freude bereitet.«

»Eure Mätresse! Wie kann sie es wagen!«

»Seid Ihr das nicht? Laßt uns doch den Tatsachen ins Auge sehen. Aus diesem Grunde genießt Ihr ja auch einen gewissen Schutz; aber, wie ich schon gesagt habe, nicht einmal ich kann Euch vor der mächtigen Inquisition bewahren. Und deshalb möchte ich, daß Ihr im wahren Glauben unterwiesen werdet. John Gregory, der ein wirklicher Priester ist, wird Euch Unterricht geben. Hört auf mich. Ich möchte nicht, daß man Euch eines Tages abführt... ehe das Kind da ist.«

»Ich weigere mich«, trotzte ich.

Er seufzte. »Ihr seid unklug. Ich werde Euch davon berichten, was in Eurem Land geschehen ist, seitdem Ihr von dort weg seid. Eure Königin ist eine unvernünftige Person. Sie hätte Philipp heiraten sollen, als ihre Schwester gestorben war. Das wäre eine gute Gelegenheit gewesen, unsere Länder zusammenzubringen, und hätte uns eine Menge Schwierigkeiten erspart.«

»Sie hätte doch nicht den Mann ihrer Schwester heiraten können! Abgesehen davon, er hat sich als Ehemann nicht besonders ausgezeichnet, nehme ich an.«

»Es lag nicht an ihm. Seine Frau war unfruchtbar. Und jetzt sitzt der Bastard Elisabeth, ihre Halbschwester, auf dem Thron.«

»Worüber ihr Volk entzückt ist«, sagte ich. »Lang möge sie leben!«

»Es ist viel Zeit vergangen, seit Ihr Eure Heimat verlassen habt. Elisabeths Thron wackelt, lange wird sie ihn nicht mehr halten können. Die wahre Königin, Mary von Frankreich und Schottland, wird ihn dann besteigen, und danach wird in England auch der wahre Glaube wieder eingeführt werden.«

»Mit Unterstützung Eurer heiligen Inquisition?«

»Das wird unvermeidlich sein. Eure Insel muß von den Ketzern gereinigt werden.«

»Gott soll uns schützen!« sagte ich. »Wir können uns noch deutlich an die Smithfieldfeuer erinnern. Davon haben wir genug!«

»Der Glaube wird wiederhergestellt werden, das muß sein.«

»Unser Volk steht voll hinter seiner Königin«, sagte ich und dachte dabei an ihre Thronbesteigung und daran, wie nobel sie damals gesprochen hatte, bevor sie den Tower betrat. ›Ich muß mich Gott dankbar und den Menschen gnädig erweisen...‹ Mein Herz quoll über von Loyalität zu ihr und vor Haß auf all ihre Feinde.

»Nicht mehr«, erwiderte er. »Bestimmte Ereignisse haben die Gefühle des Volkes für die Königin abgekühlt.«

»Das glaube ich nicht.«

Er betrachtete mich kühl im Schein der Kerzen.

»Die Königin hat Robert Dudley zum Stallmeister gemacht. Gerüchte besagen, daß sie ihn zu heiraten gedenkt. Dudley war aber schon verheiratet, mit einer Frau, die er voreilig geheiratet hatte, sagt man. Wie die Dinge sich nämlich entwickelt haben, war er wohl von Anfang an dazu berufen, König zu werden, nicht weniger – wenn auch nur dem Titel nach. Die Königin schwärmt für ihn. Sie ist eine kokette, frivole Person, aber ihre Gefühle für Robert Dudley scheinen tiefer zu gehen. Jetzt ist Dudleys Frau Amy Robsart auf mysteriöse Art und Weise gestorben. Ihre Leiche ist am Fuße einer Treppe gefunden worden. Keiner weiß, wie es geschehen ist. Manche sagen, sie hätte sich die Treppe hinunterfallen lassen, weil sie nicht mehr ertragen konnte, daß ihr Mann sie so vernachlässigte, andere, die sich bei Eurer Königin und Robert Dudley beliebt machen wollen, erzählen, daß es ein Unfall war. Aber es gibt auch solche, die behaupten, daß sie ermordet worden sei.«

»Und die Königin will diesen Mann heiraten?«

»Wenn sie ihn heiratet, ist das ihr Ende. An dem Tag, an dem sie Lord Robert heiratet, wird sie zu seiner Komplizin. Sie wird ihr Königreich verlieren, und wer wird noch ihre Krone tragen? Die Königin von Frankreich und Schottland, die wahre Königin von England. Wir werden ihre Ansprüche unterstützen. Sie wird unsere

Vasallin werden. – Ich befehle Euch deshalb, Euch von John Gregory unterweisen zu lassen. Ich bestehe darauf, zu Eurem eigenen Besten!«

»Ihr könnt keine Katholikin aus mir machen, wenn ich es nicht will.«

»Seid keine Närrin. Ich will Euch doch nur retten.«

Über den Kerzen blickte ich ihm in die Augen. Irgend etwas war mit ihm geschehen, er hatte Angst um mich.

Danach begannen meine täglichen Stunden mit Gregory. Zuerst weigerte ich mich, ihm zuzuhören. Er sagte, ich müsse das Credo auf latein sprechen können. Immer und immer wieder hat er es mir vorgesagt.

»Wenn Ihr es nicht beherrscht, werdet Ihr eines Tages als Ketzerin verdammt.«

Ich wandte ihm den Rücken, aber ich konnte nicht lange schweigen, war ich doch von Natur aus nicht schweigsam.

»Ihr seid Engländer, nicht wahr«, fragte ich ihn.

Er nickte.

»Und Ihr habt Euch an diese Spanier verkauft.« Innerlich verhöhnte ich mich, sprach ich doch fast so wie Jake Pennlyon.

»Ich könnte Euch viel erzählen. Vielleicht würdet Ihr mich dann nicht mehr so verachten.«

»Ich werde Euch immer verachten. Ihr habt mich von zu Hause weggeschleppt, Ihr habt mich meinem Leid hier ausgesetzt, nachdem Ihr unsere Gastfreundschaft genossen hattet. Das werde ich Euch nie vergeben.«

»Die Heilige Jungfrau wird für mich bitten.«

»Bei mir hätten ihre Gebete keine Wirkung«, erwiderte ich grimmig. Und etwas später sagte ich: »Ihr werdet mich nie bekehren. Ich war nie wirklich religiös, und je mehr Ihr mich zwingt, desto weiter werde ich mich von der Religion abwenden. Glaubt Ihr, ich könnte je das Regiment der blutigen Jungfrau vergessen, wie man sie genannt hat? Laßt mich Euch folgendes erzählen, John Gregory: Mein Großvater hat sein Leben lassen müssen, weil er einem Priester Unterschlupf gewährt hatte, einem Priester wie Euch und von Eurem Glauben. Es war auch der Glauben meines Großvaters. Der Stiefvater meiner Mutter ist auf dem Smithfield verbrannt worden, weil man Bücher über den reformierten Glauben in seinem Haus gefunden hatte. Jemand hat ihn verraten, so wie mein Großvater verraten worden ist. Und das alles geschah im Namen der Religion.

Wundert es Euch, daß ich nichts mehr mit der Religion zu tun haben möchte?«

»Nein, das wundert mich nicht.« Er sprach mit Überzeugung. »Aber Ihr solltet trotzdem auf uns hören und Euch vorbereiten für den Fall, daß Ihr in Gefahr geratet.«

»Damit rette ich nur meinen Körper und nicht meine Seele.«

»Es gibt keinen Grund, warum Ihr nicht beides retten solltet.«

Wir sprachen lange, und ich wunderte mich über ihn. Und im Laufe der folgenden Wochen begann sich meine Haltung diesem Mann gegenüber zu ändern. Überhaupt alles schien sich zu verändern. Es war, als lichte sich ein Nebel vor meinen Augen.

Tage vergingen und wurden zu Wochen. Die größte Überraschung für mich war, daß ich begann, in diesem feindlichen Land glücklich zu werden. Ich verstand Honeys Heiterkeit mehr und mehr und daß Edwina sie ausfüllte. Jennet näherte sich langsam ihrer Niederkunft. Manchmal saß sie mit uns im Garten, den Don Felipe durch einen Gärtner hatte anlegen lassen. Während der heißen Tage war es so angenehm dort. Wir nähten gemeinsam, feines Leinen und Spitze hatten wir im Nähzimmer vorgefunden. Und wenn ich es auch haßte, irgend etwas für mich selbst anzunehmen, für mein Kind akzeptierte ich alles.

Manchmal, wenn mir die Widersinnigkeit meines Lebens ein wenig bewußt wurde, mußte ich an meine Mutter denken, wie sie in ihrem Garten arbeitete oder wie sie meine Großmutter besuchte. Ob sie wohl über uns sprachen? Meine arme Mutter mußte wohl sehr traurig sein, hatte sie doch ihre beiden Töchter verloren. Ob sie uns wohl für tot hielt? Der Gedanke bedrückte mich, denn sie hatte schon genug gelitten und uns beide innig geliebt – besonders mich, ihr eigene Tochter.

Aber diese Zeit schien weit zurückzuliegen, ich empfand sie als zu einem anderen Leben gehörig. Hier saß ich, in einem Garten, und das Baby bewegte sich nun tatsächlich in mir und erinnerte mich daran, daß der glückliche Moment, da ich es im Arm halten würde, immer näher rückte.

Jennet war ganz mit sich zufrieden – sehr rund und völlig gelassen, sie nahm das Leben hin, wie ich es wahrscheinlich nie könnte. Jetzt, da sie von der Last ihres Geheimnisses befreit war, schien sie überhaupt alle Sorgen über Bord geworfen zu haben. Sie hatte die Gewohnheit, vor sich hin zu summen, was mich irritierte, denn es waren Melodien, die mich an zu Hause erinnerten.

So saßen wir im Schatten, geschützt vor der Sonne, die so viel heißer schien als in England. Honey spielte mit ihrem Baby, Jennet summte vor sich hin und nähte und ich stickte. Einmal mußte ich lachen. Es war so widersinnig: drei Frauen, eine Mutter und zwei werdende, die die wildesten Abenteuer überstanden hatten, saßen da und waren heiter und zufrieden.

Honey schaute mich an und lächelte. Mein Lachen hatte sie nicht sehr erschreckt. Sie erkannte, daß es Hysterie war. Es lag sogar Glück darin. Wir hatten uns mit unserem Leben ausgesöhnt.

Ich liebte Honeys Kind, es war klein und zierlich, seine Augen dunkelblau und seine Haut fast durchsichtig. Ich liebte es, Edwina allein für mich zu haben. Ich trug sie in den Garten und schaukelte sie behutsam, und sie sah mich mit großen Augen an. Ich glaube, sie kannte mich bereits, denn bei mir weinte sie selten. Ich sang ihr Lieder vor, die meine Mutter mir schon vorgesungen hatte. ›The King's Hunt's up‹ und ›Greensleeves‹, Lieder, die von unserem großen König Henry selbst komponiert worden sein sollen.

Eines Tages saß ich in der Gartenlaube und schaukelte das Baby, da bemerkte ich, daß ich beobachtet wurde.

Ich schaute auf und sah Don Felipe wenige Meter vor mir stehen.

Ich lief rot an, während er mich weiter so unpersönlich ansah, wie ich es von ihm gewöhnt war. Ich wandte meine Aufmerksamkeit wieder dem Baby zu und tat so, als ob ich ihn ignorierte. Und er blieb stehen. Das Baby begann zu wimmern, als hätte es Angst bekommen. »Sei ruhig, Edwina«, sagte ich leise, »es kann dir nichts passieren, Catherine ist bei dir.«

Als ich wieder aufsah, war er weg. Ich hatte gar nicht gewußt, daß er im Hause war. Ich hatte gemeint, er wäre ans andere Ende der Insel verreist gewesen.

Es machte mich immer unruhig, wenn er im Hause war. Nicht daß er mir seine Gegenwart aufgedrängt hätte, aber ich spürte sie. Die Dienerschaft benahm sich anders, wenn er da war. Sie erledigte ihre Pflichten mit größerem Eifer, und überall war Spannung.

In dieser Nacht bekam ich einen Schrecken, als ich im Bett lag und leise Schritte hörte. Ich fuhr hoch und lauschte. Vor meiner Türe hielten sie an.

Ich dachte: Jetzt kommt er zu mir, und ich erinnerte mich, wie er im Garten gestanden und mich angesehen hatte.

Mein Herz schlug wild, ich fürchtete fast, ich würde ersticken. Unwillkürlich legte ich mich wieder zurück und tat so, als ob ich schliefe.

Durch meine halbgeschlossenen Lider sah ich Kerzenschein und einen Schatten an der Wand.

Es war sein Schatten.

Ich lag ganz still. Er stand neben meinem Bett, die Kerze zitterte leicht in seiner Hand; und ich wartete, was nun geschehen würde.

Endlos lange schien er dazustehen, dann verschwand das Kerzenlicht wieder, und ich hörte, wie sich meine Türe leise schloß. Noch eine ganze Weile wagte ich es nicht, meine Augen aufzuschlagen, weil ich Angst hatte, er könnte noch im Zimmer sein. Aber als ich die Schritte vernahm, die sich langsam entfernten, sah ich mich um: Ich war tatsächlich allein im Zimmer.

Jennets Zeit war da. Die Hebamme kam wieder ins Haus, und Jennets Wehen waren, anders als bei Honey, nur kurz. Wenige Stunden, nachdem sie angefangen hatten, hörten wir das kräftige Krähen des Kindes. Es war ein Knabe, und ich könnte schwören, er sah vom ersten Augenblick an Jake Pennlyon ähnlich.

»Werden wir dem Mann denn nie entkommen?« fragte ich Honey verzweifelt. »Jetzt wird uns Jennets Kind auch noch an ihn erinnern.«

Zuerst dachte ich, ich würde es nicht leiden können, aber das war gar nicht möglich. Schon nach ein paar Wochen war er größer als Edwina. Und was für ein Temperament der Knabe an den Tag legte! Ich hätte nie gedacht, daß ein Kind so kräftig zu schreien vermag, wenn es etwas will.

Und Jennet war sehr stolz. Es war nicht nur ihr Baby, sondern auch das von Kapitän Pennlyon! Sie glaubte sehr, so ein Kind hatte es noch nie gegeben.

»Das denken alle Mütter«, sagte ich.

»Das weiß ich, aber diesmal stimmt es. Nur ein solcher Mann konnte einen solchen Knaben zeugen.«

Tatsächlich wurde er seinem Vater täglich ähnlicher.

Jake Pennlyon würde also immer in unserer Nähe bleiben.

»Sobald mein Kind geboren ist«, sagte ich zu Honey, »gibt es keinen Grund mehr, uns hierzubehalten. Dann dürfen wir nach Hause. Ich werde zurück zu meiner Mutter gehen, der ich so viel zu sagen habe. Früher interessierte ich mich für nichts, und hatte von nichts eine Ahnung. Heute denke ich oft über ihr Leben mit meinem Vater nach. Ich nehme an, Kinder kennen ihre Eltern nie richtig. Durch all das, was mit mir geschehen ist, und die schlimmen Dinge, die sie erlebt hat, werden wir uns jetzt näherkommen denn je, wenn wir uns wiedersehen.«

In Honeys Augen sah ich, daß auch sie Heimweh hatte. Wir redeten über die Tage, als wir noch im Klostergarten saßen, von meiner Großmutter, die oft mit ihrem Korb, beladen mit Salben, Süßigkeiten oder Blumen, herüberkam, und davon, wie sie von ihren Zwillingssöhnen erzählen konnte, von denen sie sogar manchmal begleitet wurde.

Als wir von zu Hause sprachen, begann Honey eines Tages, sich mir anzuvertrauen.

»Ich war früher immer eifersüchtig auf dich gewesen, Catherine. Du hast immer bekommen, was ich mir gewünscht habe.«

»Du? Eifersüchtig auf mich? Aber du warst doch die schönste von uns.«

»Ich war das Kind einer Dienstmagd und eines Mannes, der im Kloster gestohlen hatte. Meine Urgroßmutter war eine Hexe.«

»Aber du hast doch alles erreicht! Du hast einen reichen Mann geheiratet, der dich angebetet hat, und du warst glücklich.«

»Auf eine Art hielt ich mich für glücklich. Ich war aber die Adoptivtochter, der Herr des Hauses war nicht mein Vater.«

»Gewiß hat deine Schönheit dich jedoch entschädigt. Edward Ennis wäre Lord Calperton geworden und du eine Lady hohen Ranges.«

»Ja, Edward war gewiß eine gute Partie.«

»Das kann man wohl sagen. Mutter war hoch erfreut gewesen.«

»Ja, alle waren erfreut. Das Waisenkind machte eine gute Partie und hatte den nettesten und großzügigsten Ehemann. Ist das nicht Glück, Catherine?«

»Du hast ihn doch geliebt?«

»Ja, ich habe ihn lieben gelernt. Er war so gut zu mir, einen besseren Mann hätte ich mir gar nicht wünschen können. Aber..«

»Worauf willst du hinaus, Honey?«

»Daß ich Carey geliebt habe... genauso wie du, aber er war nicht für mich bestimmt. Ich machte Pläne, aber er hat mich nicht geliebt, er liebte dich. Das war zunächst nicht offensichtlich für mich, bis ich es schließlich merkte. Und dann habe ich euch immer gesehen. Und ich habe dich gehaßt, Catherine, wie ich dich nie in meiner kindischen Eifersucht gehaßt habe.«

»Du hast mich gehaßt?«

»Ja. Unsere Mutter hat dich geliebt, wie sie mich nie lieben konnte. Du warst ihr leibliches Kind. Und Carey hat dich geliebt, er hat immer nur dich gesehen. Er hat dich geneckt, dich herumkommandiert, ihr habt euch gestritten ... aber er hat immer nur dich gesehen. Nur wenn du da warst, war er fröhlich und glücklich. Ich habe oft nächtelang geweint.«

»Du hast Carey geliebt?«

»Natürlich habe ich Carey geliebt. Wie hätte man Carey nicht lieben können?«

»Oh, Honey, du also auch?«

Wir schwiegen und dachten an ihn – Carey, den geliebten Carey, der mir hätte gehören sollen. Aber ich habe ihn verloren, und Honey hat ihn verloren.

»Meine Liebe zu ihm stand unter einem schlechten Stern«, sagte ich. »Aber es bestand kein Grund, warum deine nicht hätte in Erfüllung gehen sollen.«

Sie lachte. »Er wollte niemand anderen.«

»Aber er mochte dich.«

»Wie eine Schwester, aber dich hat er geliebt. Darum habe ich Edward genommen. Die Wahrheit über euch habe ich erst nach der Hochzeit erfahren.«

Ich wandte mich weg und schaute zum leuchtenden Himmel hinauf, zu den Palmen am Horizont. Und ich dachte über die tragischen Verkettungen in unserem Leben nach, die uns bis hierher geführt haben.

Wir sind uns durch dieses Geständnis nähergekommen. Beide hatten wir Carey geliebt, und beide hatten wir ihn verloren.

Jennets Baby sowie Honeys Edwina sind katholisch getauft worden. Honey war schon immer Katholikin gewesen, und Jennet würde jede Religion annehmen, wie man es von ihr verlangt. Alfonso hatte sie zum Katholizismus hingeführt, John Gregory half ihr weiter. Ich fragte mich, was Jake Pennlyon wohl sagen würde, wenn er wüßte, daß sein Sohn katholisch getauft worden ist. Dieser Gedanke bereitete mir eine gewisse Genugtuung.

Jennet nannte ihn Jack, was dem Namen seines Vaters so nahe kam, und bald wurde er nur noch Jacko genannt.

Unser Leben wurde jetzt von zwei Kindern bestimmt, und dann kam noch eines hinzu.

Ich war es, die Carlos entdeckte. Armer kleiner Carlos, er hätte das Herz jeder Mutter zum Schmelzen gebracht, besonders weil er so munter war, so fröhlich und abenteuerlustig.

Meine Gedanken beschäftigten sich damals mehr mit Don Felipe, als ich es mir gegenüber zuzugeben wagte. Er war sehr viel unterwegs, auch wenn er nur in La Laguna weilte. War er im Haus, tat ich alles, ihm nicht zu begegnen; allerdings liebte ich es, ihn zu beobachten, wenn er mich nicht sah. Manchmal sah ich ihn von meinem Fenster aus, wenn ich im Schatten der Gardine stand und hinausblickte. Er schaute oft herauf, und ich hatte Angst, er würde mich bemerken.

Ich zerbrach mir den Kopf über seine Beziehung zu Isabella. Sie war seine Frau. Besuchte er sie oft? Und wenn ja, worüber sprachen sie? Wußte sie, daß ich hier war? Und wenn ja, was hielt sie davon? Wußte sie, daß ich das Kind ihres Mannes unter dem Herzen trug?

Hin und wieder ging ich an der Casa Azul vorbei und schaute durch das schmiedeeiserne Gitter in den Hof, in dem der Oleander Schatten auf das Pflaster warf; und ich dachte dann an das wunderschöne Gesicht des Mädchens, das mit Puppen spielte, und fragte mich, was sie wohl für ein Leben führte.

Mit der Zeit wurde das Haus dann zu einer fixen Idee für mich. Schließlich lenkte ich meine Schritte immer dorthin, wenn ich alleine war.

Eines Tages stand das Gitter offen, und ich ging hinein. Es war die Zeit der Nachmittagsruhe! Das Haus sah aus, als ob es schliefe, so wie wahrscheinlich seine Bewohner auch. Ich ging gerne um diese Zeit spazieren. Ich liebte die Stille überall, und trotz der Hitze kam ich immer an Leib und Seele erfrischt zurück. Auf meinen einsamen Spaziergängen dachte ich an zu Hause, an meine Mutter, und ich hoffte immer wieder, sie würde sich nicht allzuviel Kummer um mich machen. Dazu beschäftigte mich mehr und mehr das Gefühl, mein bisheriges Leben sei zu Ende, ich müßte mir hier ein neues einrichten. Denn ob Don Felipe uns je wieder weglassen würde, schien mir ganz ungewiß.

Weil dieser seltsame Mann meine Gedanken beherrschte, kam ich so oft zu diesem Haus. Ich wollte mehr über ihn wissen. Was für ein Leben hatte er in Spanien gelebt, bevor er hierher gekommen ist? Hatte er Isabella wirklich so geliebt? Es mußte wohl so sein, da er sich so vieler Mühe unterzogen hatte, zu seiner Rache zu kommen. Aber es konnte sein, daß es ihm auch nur um seinen Stolz ging.

Die Stille im Hof nahm mich gefangen. Ich schaute zu dem Balkon hinauf, auf dem ich damals Isabella gesehen hatte. Die Türen waren geschlossen; kein Lebenszeichen weit und breit. Vorsichtig ging ich um das Haus herum. Da gab es eine Pergola, schattig und kühl. Und wieder stand ich vor einem Gitter. Und dahinter lag ein Garten mit einer kleinen Hütte darin.

Als ich so dastand und durch das Gitter blickte, kam ein kleines Kind aus der Hütte. Ich hielt es für ungefähr zwei Jahre. Der Junge war schmutzig und barfuß und trug ein Beinkleid, das ihm bis zu den Knien reichte. Er rieb sich die Augen mit seinen Fäusten, offensichtlich war er traurig, denn alle paar Sekunden wurde er von einem Schluchzen geschüttelt.

Ich interessierte mich immer schon sehr für Kinder, und sein Kummer berührte mich tief. Ich hätte ihn so gern getröstet.

Plötzlich erblickte er mich und blieb stehen. Er starrte mich an, und einen Augenblick dachte ich schon, er würde davonlaufen. Ich rief ihm zu: »Guten Tag, kleiner Junge.« Er sah mich verwirrt an, und ich wiederholte meinen Gruß auf spanisch. Meine Stimme mußte ihn beruhigt haben, denn er kam jetzt zu mir ans Gitter. Ein Paar braune Augen schauten zu mir auf, sein dichtes, glattes Haar war mittelbraun, seine Haut olivfarben. Trotz des Schmutzes war er ein attraktiver kleiner Junge, und trotz seines offensichtlichen Kummers konnte man seinen lebhaften Charakter erahnen.

Ich lächelte ihm zu, kniete mich nieder und fragte ihn in ziemlich holprigem Spanisch, was ihm denn zugestoßen sei. Seine Lippen zitterten, und er zeigte mir seinen Arm. Ich war ganz erschrocken, er sah arg verschrammt aus. Als er meine Sympathie spürte, streckte er mir den Arm entgegen. Ich drückte ihn vorsichtig an meine Lippen, und er lächelte mich an. Dabei strahlte sein Lächeln, wie nur ein Lächeln strahlen kann, und ich wußte sofort, wer der Junge war. Er war mit Sicherheit Jake Pennlyons Sohn.

In diesem Augenblick haßte ich Jake Pennlyon von ganzem Herzen. Dieser Mann setzte Kinder in die Welt und dachte nie darüber nach, was denn aus ihnen werden würde. Hier, wo wir lebten, gab es bereits zwei Söhne von ihm. Und weil ich Jake Pennlyon haßte, vertiefte sich meine Sympathie für dieses unglückselige Kind. Andererseits hätte mich der Anblick eines jeden vernachlässigten Kindes erbost.

Durch die Gitterstäbe hindurch legte ich meine Lippen erneut auf den verletzten Arm des Jungen.

»Carlos! Carlos!« hörte ich da eine Stimme rufen, mit Worten, die ich nicht verstand. Ein Dialekt, nahm ich an. Das Kind drehte sich um und rannte sofort weg. In dem Garten befand sich ein Gebüsch, in diesem versteckte sich der Kleine. Ich trat zurück vom Gitter, und eine Frau trat aus dem Holzhaus. Das Haar hing ihr strähnig ins Gesicht, ihr Mund war zusammengekniffen, ihre Augen blickten grimmig drein.

Ich hörte sie wieder den Namen Carlos rufen, beobachtete sie und fragte mich, was ich tun sollte, wenn sie das Kind finden würde. Instinktiv machte ich sie für die Verletzung am Arm des Knaben verantwortlich.

Ich wollte schon das Gitter öffnen und zu ihr gehen, sie zur Rede stellen. Aber das hätte vielleicht für das Kind alles noch schlimmer gemacht.

Sie schien sich allerdings mit ihrem Rufen zufriedenzugeben, drehte sich nach einer Weile um und ging zurück in ihre Hütte. Ich wartete, ob das Kind zurückkommen würde, aber es kam nicht. Vielleicht war es hinter dem Gebüsch eingeschlafen? Nachdenklich ging ich zurück zu dem Haus, in dem ich wohnte.

Ich sprach mit Honey über mein Erlebnis. »Ich glaube, ich habe das Kind von Jake Pennlyon gesehen«, sagte ich und erzählte ihr von dem Knaben Carlos.

»Du hättest da nicht hingehen sollen. Man hat dir deutlich gezeigt, daß du dort nicht erwünscht bist.«

»Wie seltsam das doch alles ist, Honey. Was, glaubst du, tut sich in dem Haus? Ob Don Felipe wohl oft hingeht?«

»Was geht das dich an?«

»Nichts, natürlich. – Oh, Honey, wenn mein Kind da ist, gehen wir heim.«

Doch ich mußte immerzu an Carlos denken. Diese großen braunen Augen und der Blick, als ich ihn wegen seiner Verletzungen tröstete, und die offensichtliche Angst, als er die böse Stimme dieser Frau vernahm. Ich sah ihn förmlich vor mir, wie er sich unter ihren Schlägen duckte. Am nächsten Tag nahm ich eine kleine Stoffpuppe mit, die Honey für Edwina angefertigt hatte und die das Mädchen nicht mochte, wahrscheinlich weil sie noch zu klein dafür war.

Es rührte mich, daß der Junge bereits am Gitter auf mich wartete, und ich meinte, er könnte gehofft haben, ich würde kommen. Als er mich erblickte, klammerte er sich an die Gitterstäbe und hüpfte auf und ab. Ich kniete mich nieder, und er streckte mir den Arm zur Liebkosung entgegen. Diese Geste ließ mir die Tränen in die Augen steigen.

Ich gab ihm die Stoffpuppe, er nahm sie und lachte. Er drückte sie an sich, dann hielt er sie mir wieder hin, ich mußte sie ebenfalls drücken.

»Carlos?« fragte ich, und er nickte.

»Catalina«, sagte ich, die spanische Version meines Namens.

»Catalina«, wiederholte er.

Dann lief er weg und sah sich dabei immer wieder nach mir um. Er meinte wohl, daß ich warten sollte, und er kam dann auch mit einer Blume zurück – einem Oleanderzweig, den er mir gab. Ich nahm den Zweig, und steckte ihn an mein Kleid. Der Junge lachte, und wir waren Freunde.

Ich wollte ihn so viel fragen, aber Sprachschwierigkeiten behinderten unsere Verständigung sehr. Plötzlich hörte ich wieder die Stimme jener Frau, und wieder rannte der kleine Junge davon und verkroch sich hinter dem Gebüsch. Ich zog mich in den Schutz eines Strauches zurück und wartete auf das, was jetzt geschehen würde. Zwei Kinder traten aus der Hütte, eines ungefähr acht, das andere vielleicht sechs Jahre alt. Sie rannten zu dem Gebüsch und zerrten Carlos hervor. Ich hörte ihn schreien. Sie nahmen die Stoffpuppe, und der Ältere begann sie zu zerreißen. Carlos weinte laut, aber er war machtlos, und bald lag die Puppe zerfetzt im Gras, und nach ein paar Schlägen lag der Arme im Gras und schluchzte nur noch. Der Junge ging jetzt auf Carlos zu und schlug auf ihn ein.

Schließlich erschien noch die Frau und versetzte Carlos gar noch einen Fußtritt.

Da reichte es mir. Mit aller Kraft stieß ich gegen das Gittertor, das zu meinem Erstaunen nachgab. Als die Frau mich wahrnahm, starrte sie mich zuerst an und fing dann sogleich an, mich mit wüstem Gekeife zu beschimpfen. Carlos hatte aufgehört zu schreien und war hinter mich geschlüpft. Ich spürte, wie er sich an meinem Rock festklammerte.

Die Frau versuchte ihn zu packen, aber ich hielt sie zurück. Ich erschrak ob ihrer häßlichen Art, ihrer Primitivität und Boshaftigkeit. Und dieser Frau war Jake Pennlyons Sohn anvertraut!

Ihre Augen blitzten. Man sah förmlich, wie sie überlegte, was sie dem Kind antun könnte. Sie ereiferte sich auf unangenehmste Weise, so daß ich vor ihr zurückschrak. Ihr durfte man kein Kind anvertrauen.

Ohne darüber nachzudenken, was ich tat, hob ich Carlos auf den Arm und lief mit ihm durch das Gittertor hinaus. Seine Hände klammerten sich an mich, sein schmutziges, erhitztes Gesichtchen hielt er an meines gepreßt. Die Frau rannte uns nach. Ich wollte ihr noch das Gitter vor der Nase zuschlagen, aber dazu war es zu spät. Ich mußte also zusehen, ihr zu entkommen, indem ich so schnell wie möglich davonlief.

Da bemerkte ich, daß ich nicht alleine war. Mitten im Hof stand die Zofe Isabellas, die ich schon einmal gesehen hatte, als ich zum erstenmal mit Isabella sprach. Sie starrte mich mit ihren stechenden Augen unter den buschigen Augenbrauen an. »Das Kind braucht Pflege«, sagte ich. Die Zofe trat auf mich zu und versuchte, mir Carlos abzunehmen, der aber schrie und klammerte sich noch fester an mich.

»Er hat offensichtlich panische Angst vor euch allen. Das beweist mir, wie schlecht er von euch behandelt wird. Ich werde ihn mit in unser Haus nehmen.«

Da meine Widersacherin das eine oder das andere Wort verstanden zu haben schien, schrie sie: »Zum Haus des Gouverneurs? Nein, nein!« Und dann hörte ich sie hinter mir etwas von Don Felipe rufen.

»Don Felipe interessiert mich nicht!« antwortete ich, was dumm war, war er doch der Herr des Hauses. Jetzt betrat auch Isabella den Hof. Sie warf einen Blick auf das Kind, rannte auf uns zu und versuchte ebenfalls, es mir wegzunehmen.

Carlos begann vor Angst zu schreien.

Die Zofe rief: »Isabella, Isabella favorita!«

Ich meinerseits wußte nur, daß ich das Kind retten mußte, es nicht seiner Mutter überlassen durfte. Sie war krank. Ich hatte zwar nie zuvor einen geistig Verrückten gesehen, jetzt aber hatte ich das Gefühl, dieses Mädchen war von bösen Geistern besessen. Wenn es wirklich Besessene gab, dann hatte ich an dem Tag einen dieser armen Menschen gesehen. Isabella fing an zu schreien. Die Zofe war sofort bei ihr, sonst hätte sie sich auf die Erde geworfen. Sie konnte sie gerade noch auffangen, legte sie vorsichtig hin und schob ihr etwas zwischen die Zähne. Isabella krümmte sich, als würde sie gefoltert.

Ich rannte durch das Tor und über die Wiese zurück zu unserem Haus.

»Jetzt wird alles gut, Carlos«, sagte ich. »Jetzt bist du bei mir.«

Don Felipe war verreist, das war gut so, denn das ganze Haus war außer sich, da ich mir etwas Ungeheuerliches erlaubt hatte. Begonnen hatte die Tragödie ja bereits vor Jahren, an dem Tag, an dem der ›Springende Löwe‹ nach Teneriffa gekommen war, und seit dieser Zeit hingen denn noch die Schatten des damaligen Geschehens über dem Haus. Aber nach alter spanischer Sitte war die Angelegenheit später einfach ignoriert und so getan worden, als wäre nie etwas geschehen. Niemand hatte sich mehr darum gekümmert, daß Don Felipes Frau in einem separaten Haus lebte, weil sie geistesgestört war, und er sich eine fremde Frau geholt hatte, um an ihr seine Rachegefühle zu befriedigen. Und ich – diese fremde Frau – hatte das Resultat dieses damaligen Unglücks ins Haus gebracht. Das schien unerhört. Aber ich scherte mich nicht um die Aufregung. Ich würde bald ein eigenes Kind bekommen, und ich liebte alle Kinder. Und bis dahin wollte ich nicht zusehen, wie dieses Kind mißhandelt würde, nur um auf den Stolz eines spanischen Dons Rücksicht zu nehmen.

Es war rührend anzusehen, wie Carlos zu mir aufsah. Ich war sein ein und alles. Ich hatte ihn ob seiner Verletzung getröstet, ich hatte ihn aus dem Schmutz in ein wunderschönes Haus gebracht. Ich badete ihn in meiner Badewanne und behandelte seine Prellungen, und es gab viele davon an seinem kleinen Körper. Ihr Anblick machte mich so wütend, daß ich geneigt war, diesem bösen Weib dieselbe Strafe angedeihen zu lassen. Ich versuchte ihm seine Schmerzen mit Hautwasser zu erleichtern, wickelte ihn in ein Tuch, und er schlief in meinem Bett. Als ich am nächsten Morgen aufwachte, lag er eng an mich geschmiegt und hielt mein Nachtgewand fest umklammert. Ich nehme an, er hat es die ganze Nacht festgehalten, so viel Angst hatte er, er könnte mich wieder verlieren. Von diesem Augenblick an wußte ich, ich durfte ihn nie enttäuschen.

Oh, Jake Pennlyon, dachte ich, ich werde kämpfen für deinen Sohn!

Jennet konnte sich nicht satt an ihm sehen. Die Ähnlichkeit zwischen ihrem Kind und diesem Jungen war offensichtlich, obwohl der eine blond und der andere dunkel war... sie waren Halbbrüder.

Niemand in unserem Haus lehnte sich auf, aber die Spannung um uns herum wuchs.

»Sie warten nur darauf, daß Don Felipe zurückkommt«, meinte Honey.

Drei Tage später kam er zurück. Bis dahin hatte das Kind alle Angst verloren, es folgte mir auf Schritt und Tritt und hielt es dabei nicht mehr für notwendig, sich an meine Röcke zu klammern. Durch meine Behandlung gingen die Prellungen an seinem Körper allmählich zurück, auch die Wunden an seiner Seele. Ich hoffte, binnen kurzer Zeit würden die schlimmen Tage seines bisherigen Lebens nur mehr ein böser Traum sein, der am Tage verschwindet.

Alle warteten darauf, was nun geschehen würde. Ich spürte, daß sie glaubten, meine Anmaßung müßte bald rückgängig gemacht werden.

Den ganzen ersten Tag über passierte allerdings gar nichts. Ich war nervös und fuhr jedesmal zusammen, wenn ein Dienstbote sich mir näherte. Ich erwartete, gerufen zu werden. Am ruhigsten war der, um den sich alles drehte: Carlos. Er vertraute mir blind.

Don Felipe ließ mich am frühen Abend rufen. Ich sollte ins ›escritorio‹ kommmen.

Als ich eintrat, erhob er sich. Er sah unbeteiligt aus wie immer. Keine Spur von Ärger war in seinem Gesicht zu lesen, aber ich hatte ja noch nie irgendein Gefühl darin entdeckt.

Er sagte: »Bitte, nehmt Platz«; also setzte ich mich.

Ich schaute auf die getäfelte Wand hinter ihm und auf das Wappen von Spanien über seinem Sessel.

»Ziemlich verwegen, das Kind hier ins Haus zu bringen! Ihr wißt doch ganz genau, wer der Junge ist.«

»Das ist offensichtlich.«

»Dann werdet Ihr auch wissen, daß er mich stört.«

Ich lachte ärgerlich. »Und wißt Ihr, daß Ihr teuflisch grausam zu ihm seid? Das Kind ist zum erstenmal in seinem Leben glücklich.«

»Ist das ein Grund, meine Befehle zu mißachten?«

»Der allerbeste Grund«, sagte ich, ohne mit der Wimper zu zukken.

»Weil es das Kind Eures Liebhabers ist?«

»Weil es ein Kind ist! Es ist nicht das Kind meines Liebhabers. Jake Pennlyon war nie mein Liebhaber. Ich hasse den Mann genausosehr wie Ihr. Aber ich werde nicht dastehen und zusehen, wie ein Kind mißhandelt wird!« Mit blitzenden Augen stand ich auf. Ich war entschlossen, Carlos zu behalten, wie ich noch nie in meinem Leben zu etwas entschlossen gewesen war. Jemand hatte einmal von meiner Mutter gesagt – ich glaube, es war Kate –, daß sie, als sie ein Kind bekam, allen Kindern eine Mutter werden würde. Auch ich sollte jetzt ein Kind bekommen. Und da ich außerdem Kinder immer gemocht hatte, war ich jetzt bereit, einen Kreuzzug für sie durchzufechten.

Carlos hatte mehrfach seinen flehenden Blick auf mich geworfen; und obwohl ich seine Ähnlichkeit mit Jake Pennlyon sah, wollte ich ihn aus seinem Elend erretten. Ich würde ein glückliches Kind aus ihm machen, mochte es kosten, was es wollte.

»Ihr habt Euch mit Jake Pennlyon verlobt, Ihr wolltet ihn heiraten.«

»Das hätte ich nie getan! Eure Rachepläne sind nicht aufgegangen. Ich habe mich mit ihm verlobt, weil er mich dazu gezwungen hat. Er hätte meine Schwester und meinen Schwager verraten, wenn ich nicht eingewilligt hätte.«

»Ihr seid eine große Kämpferin für andere«, sagte er, und ich war mir nicht sicher, ob er nicht mit einer Spur von Ironie sprach.

»Dieser Mann hat kein Gefühl. Er hätte mich gezwungen, wie er Isabella gezwungen hat. Dem konnte ich mich zwar entziehen, aber die Verlobung war nicht zu umgehen. Später habe ich ihm vorgespielt, ich sei am Schweißfieber erkrankt, so lange, bis er mit seinem Schiff hinausfahren mußte. Jetzt wißt Ihr, was ich für Jake Pennlyon empfinde.«

Er sah mich seltsam an.

»Wie leidenschaftlich Ihr sein könnt, wie ungestüm.«

»So bin ich eben. Aber hört mich an: Ihr habt kein Recht, Jake Pennlyon zu richten. Er hat aufgrund seiner Begierden Leben zerstört, aber Ihr tut es für Euren Stolz! Meiner Meinung nach ist das eine ebenso eine Todsünde wie das andere!«

»Seid still!«

»Ich werde nicht den Mund halten! Don Felipe, Euer Stolz ist so groß, daß Ihr eine Frau aus ihrer Heimat verschleppt habt! Ihr habt Euch der Vergewaltigung schuldig gemacht! Ihr habt mir ein Kind aufgezwungen! Darüber hinaus habt Ihr das unschuldige Kind eines, den Ihr haßt, quälen lassen! Und all das tatet Ihr nur, um Euren Stolz zu befriedigen! Der Teufel soll Euren Stolz holen... und Euch auch!«

»Nehmt Euch in acht! Ihr vergeßt...«

»Ich vergesse gar nichts! Und ich werde nie vergessen, was Ihr und Jake Pennlyon Frauen und Kindern antut. Ihr bewundernswerten Männer! Ihr seid ja so stark, so mächtig! Ja! Wenn Ihr Schwache unterdrücken könnt und die, die nicht in der Lage sind, gegen Euch zu kämpfen!«

»Ich sehe keine Schwäche an Euch!«

»Auch nicht, als Ihr mich unter Euren Willen gezwungen habt?«

»Habt Ihr Euch nicht schnell damit abgefunden?«

Ich spürte, wie mir die Röte ins Gesicht stieg.

»Ich verstehe kein Wort, Don Felipe Gonzales.«

»Dann wollen wir das Thema fallenlassen und uns wieder dem Grund zuwenden, warum ich Euch habe rufen lassen. – Das Kind muß zurück. Ich kann nicht gestatten, daß es hierbleibt.«

»Ihr könnt es nicht zurückschicken! Nicht jetzt! Das wäre schlimmer für ihn als zuvor!«

»Da seht Ihr, was Ihr angerichtet habt!«

Ich ging auf ihn zu. Tränen brannten in meinen Augen. Ich dachte an Carlos und an das böse Weib, das auf ihn wartete. Ich würde alles tun, um den Jungen vor dieser Frau zu schützen.

Ich legte meine Hand auf Don Felipes Arm, und er blickte auf mich herab.

»Ihr habt mich verletzt... tief verletzt. Jetzt bitte ich Euch, gebt mir das Kind.«

»Ihr werdet ein eigenes Kind haben.«

»Ich möchte dieses.«

»Ihr hättet ihn nie herbringen sollen.«

»Bitte«, flehte ich. »Ihr habt mich gezwungen, Euch zu Willen zu sein. Ich bitte Euch jetzt, und dies ist das einzige, worum ich Euch je gebeten habe. Gebt mir das Kind!«

Er nahm meine Hand, die ich auf seinen Arm gelegt hatte, hielt sie einen Augenblick lang fest und ließ sie dann fallen.

Daraufhin drehte er sich um, trat zu seinem Schreibtisch, und ging aus dem Zimmer. Ich wußte, ich hatte gewonnen.

Es war ein wirklicher Sieg. Jedermann hatte erwartet, daß das Kind zurückgeschickt werden würde. Noch in der Nacht hatte ich Angst, als es in meinem Arm in meinem Bett lag, aber am Morgen war es immer noch bei mir.

Zwei Tage lang ängstigte ich mich noch, meine Befürchtungen erwiesen sich aber als grundlos. Don Felipe hatte sich entschieden, das Kind durfte bleiben.

Meine Gefühle für ihn besserten sich. Eines Tages sah ich ihn im Garten und sprach ihn an. Ich hatte das Kind bei mir. Carlos fürchtete sich immer noch, wenn er allein gelassen wurde.

»Ich danke Euch, Don Felipe.«

»Ich hoffe, Ihr werdet mir das Kind fernhalten.«

»Das werde ich tun«, versprach ich, »aber ich danke Euch auch in seinem Namen.«

Ich spürte Carlos Hand an meinem Rock, nahm sie fest in meine eigene, und wir gingen.

Ich fühlte, daß Don Felipe uns nachschaute.

Ein paar Wochen verstrichen. Meine Schwangerschaft war jetzt nicht mehr zu übersehen. Edwina entwickelte sich zufriedenstellend, sie war ein hübsches Baby. Manchmal betrachtete ich sie in ihrer Wiege und dachte: Kleine Edwina, da liegst du und weißt nicht, daß dein Vater von räuberischen Piraten umgebracht worden ist und daß deine Mutter dich heil durch die schrecklichsten Abenteuer gebracht hat.

Carlos hatte bereits von meinem Zimmer Besitz ergriffen, als hätte er sein ganzes Leben da gelebt. Ich hatte ihm eine Matratze neben mein Bett legen lassen. Dort schlief er glücklich. Morgens allerdings kam er immer noch in mein Bett gekrochen, anfangs wohl hauptsächlich, um sich zu vergewissern, daß ich noch da war.

Don Felipe verreiste wieder einmal, aber bevor er fort fuhr, ließ er mich noch einmal rufen. Ich hatte Angst, er würde seinen Entschluß, das Kind behalten zu dürfen, widerrufen. Aber es ging um ein anderes Thema.

»Ich habe von John Gregory erfahren, daß Ihr nur geringe Fortschritte im Unterricht über den wahren Glauben macht.«

»Mein Herz ist nicht bei der Sache«, erklärte ich ihm.

»Ihr seid eine Närrin. Ich habe Euch gesagt, es ist notwendig, daß Ihr eine gute Katholikin werdet.«

»Kann man gegen seinen Willen eine gute Katholikin werden?«

Er sah zur Tür und sagte: »Sprecht leise. Jemand könnte lauschen. Es gibt hier einige Leute, die Englisch verstehen. Wenn es bekannt würde, daß Ihr eine Ketzerin seid, erginge es Euch schlecht.«

Ich machte eine ungeduldige Handbewegung.

»Ich nehme an, Ihr seid Euch nicht im klaren darüber, wie viele Vorteile Ihr unter meinem Schutz genießt.«

»Ich habe nicht den Wunsch geäußert, von Euch beschützt zu werden.«

»Trotzdem genießt Ihr meinen Schutz. Ich habe Euch schon einmal gesagt, daß es gewisse Mächte gibt, auf die ich keinen Einfluß habe. Ich bitte Euch, zu Eurem eigenen Besten und zu dem des Kindes, das Ihr haben werdet, und zum Besten dessen, das Ihr unter Euren Schutz genommen habt, vorsichtig zu sein.«

»Was wollt Ihr damit sagen?e«

»Daß Ihr in unmittelbarer Gefahr steht, wenn Ihr John Gregorys Instruktionen nicht befolgt. Ihr habt Feinde. In den letzten Wochen habt Ihr Euch noch weitere Feinde gemacht. Ihr werdet beobachtet, ausspioniert. Ich sage Euch, es liegt vielleicht nicht mehr lange in meiner Macht, Euch zu bewahren. Denkt darüber nach. Und seid vorsichtig. Das wollte ich Euch nur sagen.«

Ich lächelte ihn an, und er blickte weg. Als ob er mein Lächeln für ein böses Omen hielt.

»Ich nehme an, ich sollte Euch danken. Ihr meint es gut mit mir.«

»Ich möchte nur, daß Ihr das Kind auf die Welt bringt.«

»Und wenn es auf der Welt ist, habt Ihr versprochen, mich nach Haus zu fahren.«

Er gab mir keine Antwort. Er sagte nur: »Bis zur Geburt dauert es noch einige Monate, und in der Zwischenzeit müßt Ihr vorsichtig sein.«

Ich war entlassen.

Zwei Tage später sagte John Gregory, daß er mich nach La Laguna bringen müßte. Auf Anweisung von Don Felipe.

»Warum sollte er wollen, daß ich in die Stadt gehe?« fragte ich.

»Da gibt es ein Schauspiel, von dem er wünscht, daß Ihr es seht.«

»Und meine Schwester?«

»Nur Ihr, glaube ich. Ihr solltet mit mir und Richard Rackell hingehen.«

Das erstaunte mich.

Es war ein heißer Tag, und die Sonne brannte auf uns nieder, als wir auf unseren Mauleseln in die Stadt ritten. Von der ganzen Insel strömten Leute herbei.

»Ich habe noch nie so viele Leute hier gesehen«, sagte ich. »Da muß es ja ein großes Fest geben in der Stadt.«

»Ihr werdet schon sehen«, antwortete John Gregory.

Ich schaute ihn an. Seit er mich in seinem Glauben unterwies, hatte ich in ihm einen Mann erkannt, der Geheimnisse mit sich trug. Erstens war er Engländer. Warum hatte er einen spanischen Herrn? Seine Narben auf der Wange und an den Handgelenken hatte ich längst bemerkt. Auch am Hals hatte ich eine Narbe entdeckt. Manchmal erschien er mir in seinen Anweisungen besonders leidenschaftlich, dann wieder beinahe lustlos. Ich habe versucht, ihn auszufragen, aber er war mir immer ausgewichen.

Auf dem Weg in die Stadt schien er mir aufgeregt.

»Ist etwas geschehen, was Euch sehr beschäftigt, John Gregory?« fragte ich.

Er schüttelte den Kopf.

Auf dem Hauptplatz drängten sich die Menschen. Podeste waren aufgebaut worden. Ich wurde zu einem davon geführt, das reich dekoriert und mit einem Wappen versehen war.

Ich bestieg es und setzte mich auf eine Bank. John Gregory saß auf der einen, einige andere Mitglieder unseres Haushaltes saßen auf der anderen Seite von mir.

»Was wird geschehen?« fragte ich Gregory.

»Sprecht nicht Englisch«, flüsterte er. »Sprecht Spanisch, aber leise. Es ist besser, wenn niemand merkt, daß Ihr eine Fremde seid.«

Mich packte die Angst. Ich ahnte, was ich jetzt zu sehen bekäme, würde so entsetzlich sein, wie ich es mir zuvor nicht hätte vorstellen können. Ich erinnerte mich der Tage, als bei uns zu Hause der Rauch vom Smithfield den Fluß heruntergezogen kam. Jetzt sah ich die Holzstöße und wußte, was sie bedeuteten. Ich dachte an mein letztes Gespräch mit Don Felipe und wußte plötzlich, warum er befohlen hatte, mich hierher zu bringen.

»Mir ist übel. Ich möchte nach Hause«, sagte ich zu Gregory.

»Zu spät!«

»Es ist schädlich für mein Kind.«

»Zu spät«, wiederholte er lediglich.

Nie werde ich diesen Nachmittag vergessen. Die Hitze, der Platz, das Gewirr der Stimmen, das Läuten der Glocken, die Gestalten in ihren Roben, die Kapuzen, die ihre Gesichter verdeckten, und ihre Augen, die durch die Schlitze guckten, bedrohlich und schreckenerregend. Etwas Entsetzliches war zu erwarten.

Ich wollte nichts mehr sehen, ich wollte nur weg. Als ich aufstehen wollte, legte sich John Gregorys Arm fest um mich und zog mich auf meinen Platz zurück.

»Das kann ich nicht ertragen«, flüsterte ich.

»Ihr müßt«, flüsterte er zurück. »Ihr dürft nicht gehen. Ihr könntet gesehen werden.«

Halb schloß ich meine Augen, aber etwas, das stärker war als ich, zwang mich, sie wieder zu öffnen.

Ich sehe es heute noch wie damals. Wie in einem Kaleidoskop, in dem die Bilder wechseln.

Die Menschen füllten den Platz ganz, nur die Mitte war frei für die grausige Tragödie, die sich noch abspielen würde. Ich schaute in die vielen Gesichter und fragte mich, ob irgend jemand gekommen war, die Todesängste eines geliebten Menschen mitanzusehen. Waren das alles ›gute Katholiken‹? Hat ihr Glaube an eine Religion, die, wie man sagt, auf der Liebe zum Nächsten beruht, sie blind gemacht dem Schrecken gegenüber, dem beizuwohnen sie hergekommen waren? Konnten sie wirklich alle wollen, daß Männer und Frauen, die anders dachten als sie, sterben mußten? Ich wollte aufstehen und diese Menschen anschreien wegen ihrer Grausamkeit.

Und dann kamen sie, die armseligen Opfer, in ihren düsteren ›sambenitos‹, jenen formlosen Gewändern, mit Flammen und Teufelsfratzen bemalt. Ihre Gesichter waren grau von der langen Gefangenschaft in dumpfen, feuchten Zellen. Einige waren so sehr gefoltert worden, daß sie nicht mehr gehen konnten. Ich wollte gerade mein Gesicht mit den Händen bedecken, aber wieder flüsterte Gregory mir zu: »Nein! Denkt daran, Ihr werdet beobachtet.«

Ich saß da, mit gesenktem Blick, ich wollte diese beängstigende Szene nicht mitansehen.

Plötzlich standen alle auf und sprachen den Treueschwur auf die Inquisition. John Gregory hatte sich vor mich gestellt, damit ich nicht gesehen werden konnte. Mir war übel, ich fürchtete, gleich in Ohnmacht zu fallen. In mir fühlte ich das Kind, es erinnerte mich daran, daß ich ihm zuliebe so tun mußte, als gehörte ich zu diesen Leuten hier und akzeptierte ihren Glauben. Deshalb war ich hier. Don Felipe wollte mir zeigen, in welcher Gefahr ich mich befand. Wie leicht könnte ich tatsächlich eines dieser Opfer in den gelben ›sambenitos‹ sein, zu einem Scheiterhaufen geführt und festgebunden werden, während die Flammen schon unter mir knisterten. Nun spürte ich diese tödliche Gefahr.

Ich schuldete es dem Kind, mein Leben zu bewahren. Ich durfte nicht sterben. Wieder einmal wurde mir bewußt, daß ich mich an mein Leben klammern müßte, was immer es auch mit mir vorhatte.

Ich sah, wie die Feuer angezündet wurden. Ich sah, daß die Obrigkeit mit einigen der Gefangenen gnädig war und sie erdrosseln ließ, bevor man ihre Körper den Flammen übergab. Den Unerschütterlichen, die festhielten an ihrem Glauben, wurde diese Strafmilderung nicht zuteil. Unter ihnen wurden die Flammen entzündet, während sie noch lebten.

Und ich saß da und erinnerte mich an die Feuer von Smithfield und an den Tag, an dem der Stiefvater meiner Mutter abgeführt worden war. Ich dachte daran, daß mein Großvater unter dem Beil gestorben war, weil er einem Priester Unterschlupf gewährt hatte, und daß der Stiefvater meiner Mutter auf dem Scheiterhaufen verbrannt wurde, weil er ein Anhänger der reformierten Religion war. Ein Haß gegen jede Religion erwachte in mir, sei es der Katholizismus oder der Protestantismus.

Nie durfte in England die Inquisition eingesetzt werden! Ich würde dort, wenn ich heimkäme, von diesem Tag erzählen. Mit aller Macht mußte eine derartige Grausamkeit bekämpft werden!

Ich hörte die Todesschreie, als die Flammen an den Leibern der Gefangenen emporzüngelten.

»Lieber Gott«, betete ich, »nimm mich weg von hier.«

Ich lag auf dem Bett in meinem verdunkelten Zimmer.

Auf dem Rückweg war ich einer Ohnmacht nahe gewesen und hatte Schwierigkeiten gehabt, mich auf dem Maultier zu halten. Sobald ich im Hause war, war ich in mein Zimmer geflüchtet und hatte mich hingelegt.

Was ich gesehen hatte, wollte mir nicht aus dem Kopf.

Don Felipe kam herein und setzte sich zu mir ans Bett. Er war in Reitkleidung, war also anscheinend gerade zurückgekehrt. Es mußte etwas bedeuten, daß er als erstes zu mir gekommen war.

»Ihr habt dem ›auto da fé‹ beigewohnt.«

»Ich hoffe, nie mehr ein so grauenhaftes Schauspiel mitansehen zu müssen«, schluchzte ich. »Ich wundere mich nur, daß dies im Namen Gottes geschehen soll!«

»Ich wollte, daß Ihr Euch selbst davon überzeugt und die Gefahr erkennt«, sagte er freundlich. »Es sollte eine Warnung für Euch sein.«

»Wäret Ihr nicht froh, mich unter diesen elenden Kreaturen zu sehen? Das wäre ein neuer Aspekt Eurer Rache.«

»Es paßt nicht in meine Pläne«, antwortete er.

Ich lag bewegungslos und blickte hinauf auf die Decke mit ihrem zum Himmel hinaufsteigenden geschnitzten Engeln und sagte: »Don Felipe, ich hasse, was ich heute gesehen habe. Ich hasse Euer Land. Ich hasse Eure kalte, berechnende Grausamkeit. Ihr glaubt von Euch, ein religiöser Mensch zu sein. Ihr sprecht regelmäßig Eure Gebete. Ihr dankt Gott täglich, daß Ihr nicht seid wie die anderen. Ihr habt Einfluß und Reichtümer und, das wichtigste, Ihr habt Stolz. Glaubt Ihr, das bedeutet menschliche Größe? Diese Menschen, die heute hingemordet worden sind, haltet Ihr sie für so viel sündiger als Euch selbst?«

»Sie sind Ketzer«, antwortete er.

»Sie haben es gewagt, anders zu denken als Ihr. Sie beten denselben Gott an, nur auf andere Art. Deshalb hat man sie zum Tod in den Flammen verdammt. Hat Jesus Christus euch nicht gesagt, ihr sollt euren Nächsten lieben, und sind das nicht eure Nächsten?«

»Ihr habt heute gesehen, was mit Ketzern geschieht. Ich bitte Euch, vorsichtig zu sein.«

»Weil ich eine Ketzerin bin? Muß ich meinen Glauben wechseln, weil ich mich vor der Grausamkeit böser Menschen fürchte?«

»Seid still. Ihr seid unvernünftig. Ich habe Euch gesagt, es gibt Lauscher hier. Was Ihr heute gesehen habt, soll Euch eine Lehre sein. Ich möchte, daß Ihr seht, in welche Gefahr Ihr geraten könnt. Ihr verschwendet Euer Mitgefühl für diese Ketzer. Sie sind dazu verdammt, für alle Ewigkeit in der Hölle zu sein. Was bedeuten da schon wenige Minuten auf dem Scheiterhaufen.«

»Sie werden nicht in die Hölle kommen; sie sind Märtyrer. Die grausamen Menschen, die ihr Elend zu verantworten haben, werden in die ewige Verdammnis eingehen!«

»Ich habe versucht, Euch zu retten.«

»Warum?«

»Weil ich möchte, daß das Kind geboren wird.«

»Und wenn es geboren ist, werden wir gemeinsam Euer verhaßtes Land verlassen, und ich werde nach Hause zurückkehren. Ich kann den Tag kaum mehr erwarten.«

»Ihr seid überreizt. Ruht Euch eine Weile aus. Ich werde jemanden mit einem Beruhigungstrank heraufschicken.«

Als er gegangen war, lag ich da und dachte über ihn nach. Es war eine Wohltat, nicht mehr über diese schrecklichen Szenen nachdenken zu müssen. Ich bewunderte immerhin seine Toleranz mir gegenüber. Ich hatte genug gesagt, um von ihm den Fragen und Folterungen durch die Inquisition übergeben werden zu können. Aber er war immer freundlich zu mir geblieben. Außerdem hatte er mir den kleinen Carlos gelassen... Und wenn ich an dieses Kind dachte und an das, was noch nicht geboren war, verachtete ich mich, meinen Gefühlen freien Lauf gelassen zu haben. Ich mußte vorsichtig sein. Ich mußte mich bewahren... für sie. Ich durfte nichts tun, meine Lage zu gefährden. Ich war Don Felipe dankbar, mir die Gefahr gezeigt zu haben, in die ich so schnell geraten konnte.

Aufmerksam lauschte ich John Gregory. Das Credo konnte ich schon aufsagen. Ich konnte die Fragen beantworten, die er mir stellte. Jetzt machte ich Fortschritte.

Hin und wieder unterhielten wir uns ein wenig. Er war ein trauriger Mensch, ein Verfolgter. Ich war überzeugt, er bedauerte es, an meiner Verschleppung teilgenommen zu haben.

Eines Tages, nach dem Unterricht, sagte ich: »Ihr hättet sicher eine Geschichte zu erzählen, wenn Ihr nur wolltet.«

»Ja.«

»Manchmal seid Ihr traurig, habe ich recht?«

Er gab keine Antwort, und ich fuhr fort: »Ihr seid ein Engländer und habt Euch einem spanischen Herrn verkauft.«

»Ich hätte nicht anders handeln können.«

Und nach und nach erzählte er mir seine Geschichte.

»Ich war Engländer«, berichtete er, »und segelte unter Kapitän Pennlyon.«

»Ihr habt ihn also doch gekannt!«

»Als wir uns begegneten, hatte ich Angst, daß er mich erkennen würde, und er hat mich erkannt. Ich geriet fast in Panik, als er mich sah.«

»Er sagte, daß er Euch schon einmal gesehen habe.«

»Das hatte er auch, wenn auch in einer anderen Aufmachung. Er kannte mich als englischen Matrosen, als ein Mitglied seiner Crew. Das war ich nämlich, und das wäre ich auch ohne Zweifel bis zum heutigen Tag geblieben, wenn ich nicht gefangengenommen worden wäre. Wir hatten gerade einen Sturm überstanden, gewaltige Wellen schlugen über unser Schiff hinweg. Ohne Kapitän Jake Pennlyon hätten wir nicht hoffen können, die Gefahr zu überleben. Zu sehen, wie er über das Deck brüllte, Befehle erteilte und denen, die ihm nicht gehorchten, prophezeite, die Verdammnisse der Hölle wären ihre Strafe, das war es, was uns erschöpfte Seeleute durchhalten ließ. Unter den Matrosen kursierte die Legende, daß die Pennlyons unbesiegbar seien.«

Sie erlitten keinen Schiffbruch, was nach seinen Worten der Geschicklichkeit von Jake Pennlyon zuzuschreiben war. Sie mußten allerdings in den nächsten Hafen zum Überholen, und während sie dort lagen, fuhr John Gregory mit einer Pinasse hinaus, um die Küste zu erkunden.

»Wir sind von einem Spanier an Bord geholt und nach Spanien gebracht worden.«

»Und dort?«

»Dort wurden wir der Inquisition ausgeliefert.«

»Ihr habt Narben an Wange und Handgelenken... an Eurem Hals...«

»Das stimmt. Ich bin gefoltert worden und wurde zum Flammentod verurteilt.«

»So nahe seid Ihr bereits einem schrecklichen Tod gewesen? Was hat Euch davor bewahrt?«

»Ich fragte, ob ich ihre Religion annehmen und Priester werden dürfte. Bedenkt, sie hatten mich gefoltert! Ich wußte, was es bedeutete, eines schrecklichen Todes zu sterben. Ich widerrief also meinen Glauben und erhielt tatsächlich meine Freiheit. Ich konnte es nicht fassen. Sie waren selten so gnädig. Bis ich merkte, daß ich als Spion benützt werden sollte. Während der Regierungszeit der letzten Königin machte ich auch etliche Reisen nach England. Dann wurde ich in Don Felipes Dienste gestellt, und der setzte mich für die Euch bekannte Mission ein.«

»Warum seid Ihr nicht in England geblieben, als Ihr die Gelegenheit hattet?«

»Ich war Katholik geworden und hatte Angst vor dem, was mir passieren würde, sollte ich jetzt in die Hände der Engländer fallen.«

»Und wenn man Euch in England als Spion entdeckt hätte?«

Er hob seine Schultern und blickte zum Himmel empor.

»Und Richard Rackell?« fragte ich weiter.

»Er ist ein englischer Katholik, der auch für Spanien arbeitet.«

»Und Don Felipe hat Euch hinübergeschickt, ihm zu helfen, seine Rache durchzuführen, und Ihr seid bereitwillig gegangen!«

»Nicht bereitwillig, aber ich kannte die Alternative. Eurem Kind zuliebe seid Ihr bereit, Eure Prinzipien und Euren Stolz aufzugeben. So tun es andere auch. Mir ist mein Leben lieb, und denkt daran, ich bin von den Schächern der Inquisition gefoltert worden. Ich habe meinem Glauben abgeschworen und gegen meine eigenen Landsleute gearbeitet, um mein Leben zu retten und mich vor weiteren Folterqualen zu schützen.«

»Die Gewissensqual wird groß gewesen sein.«

»Ich hoffe, Ihr denkt jetzt nicht mehr so schlecht über mich.«

»Zumindest verstehe ich Euch.«

Er atmete auf.

»Ich habe Euch dies schon seit langem erzählen wollen, und als wir an jenem Nachmittag zusammen den Hinrichtungen beiwohnten, habe ich beschlossen, es eines Tages zu tun.«

Ich nickte, und er stützte sein Kinn in die Hand und dachte zurück... weit zurück, nahm ich an. Vielleicht in die Zeit, noch ehe er in die Hände der spanischen Inquisition gefallen war, ehe er nach England gekommen und drei unschuldige Frauen entführt hatte...

weit zurück an damals, als er noch Matrose unter Kapitän Pennlyon war.

Ich ging in die Kathedrale und beichtete dem Priester meine Sünden. Ich zündete eine Kerze an für die Heiligen und besprengte mich mit Weihwasser.

Bis mein Kind geboren war, würde ich alles tun, was von mir erwartet wurde.

Ich sehnte mich nach diesem Tag, und ich sprach kaum noch von etwas anderem.

Don Felipe lud mich manchmal ein, mit ihm zu Abend zu essen. Ich freute mich auf diese Zusammenkünfte. Ich meinte, daß er mir inzwischen nicht mehr ganz so teilnahmslos gegenüberstand. Warum sollte er mich sonst zum Abendessen einladen.

Ich war jetzt schon ziemlich schwer. Die Sommermonate waren vorüber, und ich erwartete, im Januar niederzukommen. Die Hebamme besuchte mich regelmäßig, Don Felipe hatte es so angeordnet. Sie lachte immer und schüttelte ihren Kopf. »Diesem Kind soll eben nur das beste vom Besten zuteil werden, auf Befehl von Don Felipe.« Sie war stolz auf ihr Englisch und liebte es, damit anzugeben. »Als das andere Kind auf die Welt kam, war alles ganz anders gewesen.«

Sie meinte Carlos, und ich fragte mich, was sich wohl ereignet hatte, als die arme Isabella damals ihren Sohn erwartete. Mir schien es als bittere Ironie, daß ihm das Kind seiner Frau so wenig willkommen gewesen war, während meinem das Auf-die-Welt-Kommen so weit wie möglich erleichtert wurde.

Schon wieder sein Stolz, dachte ich. Schließlich ist dies sein Kind. Eine neue Beziehung hatte sich zwischen uns entwickelt.

Er erzählte mir jetzt manchmal, was in meiner Heimat geschah, allerdings immer mit einem gewissen Unterton, den ich zu ignorieren lernte. Unsere gemeinsamen Essen waren für mich eine Flucht vor Honey und Jennet. Nicht, daß ich sie mied. Honeys Heiterkeit und Jennets Zufriedenheit mit ihrer Situation waren mir ein ständiger Trost. Carlos hatte auch ihnen sein Herz geschenkt, und Jennet betete ihn an. Er kam für sie gleich nach ihrem eigenen Sohn Jacko. Die beiden Jungen sahen sich von Tag zu Tag ähnlicher. Die Ungereimtheit brachte mich oft zum Lachen, daß wir zwei Söhne von Jake Pennlyon bei uns hatten, und er ahnte nicht einmal etwas von deren Existenz.

Don Felipe hatte ganz eindeutig großes Interesse an England. Es verunsicherte ihn, daß die Dinge sich nicht so entwickelten, wie er es prophezeit hatte. Seine Erwartung war es ja gewesen, daß es das Ende von Elisabeths Regierungszeit nach sich ziehen würde, daß man die Frau von Robert Dudley, dem Mann, dem die Königin ihr Herz geschenkt hatte, tot am Fuße einer Treppe aufgefunden hatte. Aber Elisabeth hatte die Affäre leicht überstanden. Es hatte Gerüchte gegeben, aber nichts war nachgewiesen worden. Und eine Hochzeit mit Dudley hatte es auch nicht gegeben.

»Sie ist klüger, als wir alle gedacht haben«, grübelte Don Felipe, als wir zusammen bei Tisch saßen. »Dudley zum Mann zu nehmen, hätte sie ihre Krone gekostet, das wußte sie. Sie hat ihre Entscheidung gefällt: Dudley war ihr die Krone nicht wert gewesen.«

»Ihr bewundert also ihre Klugheit?«

»In dieser Angelegenheit hat sie eine gewisse Weisheit bewiesen.«

Bei einer anderen Gelegenheit sprach er vom Tod des jungen Königs von Frankreich, François II., der im Dezember des vorangegangenen Jahres gestorben war. Wir hatten erst jetzt davon erfahren.

Don Felipe kam diese Nachricht nicht ganz ungelegen, wegen der Konsequenzen, die der Tod für die Königin von Schottland dann hatte.

François war an einem Ohrenleiden gestorben, und seiner jungen Königin, Mary Stuart, war deutlich gemacht worden, daß in Frankreich nun kein Platz mehr für sie sei. Also mußte sie in ihr eigenes Königreich Schottland zurückkehren.

»Sie wird jetzt weniger mächtig sein«, sagte ich.

»Dafür wird sie eine um so größere Bedrohung sein für die Frau, die sich Königin von England nennt«, war seine Antwort.

»Ich bezweifle, daß unsere Königin sich allzu sehr für die Leute interessiert, die jenseits der Grenze leben.«

»Mary wird überall Unterstützung finden, nicht nur in Schottland, auch in Frankreich. Und ich bin auch der Meinung, daß es viele Menschen in England gibt, die sich unter ihre Fahne stellen würden, zöge sie nach Süden.«

»Ihr wünscht also einen Krieg innerhalb meines Landes?«

Darauf gab er keine Antwort, was auch nicht nötig war. Ihm schien alles recht, was England schadete.

Die nachfolgende Zeit verlief angenehm, und die Tage meiner Schwangerschaft gingen ihrem Ende entgegen. Ich konnte es kaum mehr erwarten, bis mein Kind zur Welt kam.

Die Vorbereitungen für die Geburt nahmen am Ende einen beinahe zeremoniellen Charakter an. Die Hebamme wohnte bereits im Haus, als meine Wehen begannen.

Ich werde nie den Augenblick vergessen, da mir mein Kind in den Arm gelegt wurde. Es war auch ein Junge. Er war klein... viel kleiner, als Jacko bei seiner Geburt gewesen war, hatte dunkle Augen und ein paar dunkle Härchen auf seinem kleinen Köpfchen.

Als ich ihn sah, dachte ich: Mein kleiner Spanier!

Ich fand ihn hinreißend, hielt ihn im Arm, und ein Gefühl überwältigte mich, wie ich es noch nie empfunden hatte.

Don Felipe trat ins Zimmer. Er stand neben meinem Bett, und ich mußte unwillkürlich daran denken, wie er dagestanden hatte, mit der Kerze in der Hand, damals, als ich mich schlafend gestellt hatte.

Ich hielt ihm das Baby entgegen, damit er es sehen konnte. Er sah es an wie ein Wunder, und ich entdeckte zum erstenmal so etwas wie Bewegung in seinem Gesicht. Dann trafen sich unsere Blicke, und seine Augen leuchteten.

Don Felipe ordnete an, daß das Kind Roberto genannt werden sollte. Für mich hieß der Junge zunächst Robert, aber bald nannte auch ich ihn Roberto. Diese Form paßte besser zu ihm.

Er wurde getauft mit dem ganzen Pomp, der einem Sohn des Hauses des Gouverneurs zustand.

Während der ersten Wochen nach der Geburt dachte ich nur an sein Wohlergehen. In Erinnerung an Honey und ihr Problem, daß sie vor mir zur Welt gekommen und dabei nicht die Tochter meiner Mutter gewesen war, wollte ich Carlos einen derartigen Konflikt ersparen. Ich unternahm alles, ihn für das Baby zu interessieren, und er interessierte sich auch. Er nahm dem Jüngeren gegenüber eine beschützende Haltung ein, und er war lieb zu ihm. Wir drei Frauen waren glücklich mit unseren vier Kindern. Jennet besonders war beim Umgang mit Babys in ihrem Element.

Don Felipe kam oft ins Kinderzimmer, um nach seinem Sohn zu sehen. Er beugte sich dann über die Wiege, und es war ihm anzumerken, wie stolz er war, einen solchen Sohn zu haben.

Eines Tages ging ich ins ›escriterio‹ und sagte zu ihm:

»Euer Ziel ist erreicht. Ich habe Euer Kind. Ist es nun nicht langsam Zeit für Euch, Euer Versprechen zu halten? Ihr habt versprochen, uns in unsere Heimat zurückkehren zu lassen.«

»Das Kind ist noch zu schwach für eine solche Reise«, sagte er. »Ihr müßt warten, bis es ein wenig älter ist.«

»Wieviel älter?« fragte ich.

»Wollt Ihr ein Baby von wenigen Monaten auf eine Fahrt übers Meer schicken?«

Ich zögerte. Ich dachte an den Sturm und die Flaute, ich dachte an die Seeleute, die von den vielen Tagen auf See fast um ihren Verstand gebracht waren.

»Wir hätten gehen sollen, bevor das Kind auf die Welt kam.«

»Wartet noch ein wenig. Wartet, bis es älter ist.«

Ich ging auf mein Zimmer zurück und dachte über seine Worte nach. Er liebte seinen Sohn und wollte ihn nicht verlieren! Liebe? Was wußte dieser Mann schon von Liebe! Er ist stolz auf seinen Sohn. Und wiederum: Wer wäre auch nicht stolz auf Roberto?

Es fehlte uns an nichts, wir hatten alles, was wir wollten. Die einzige Bedingung, die man uns stellte, war, daß wir uns wie gute Katholiken verhielten. Das war leicht für Honey und Jennet, denn Katholiken waren sie sowieso.

Was mich betraf, so hatte ich meine beiden Kinder, Carlos und Roberto. An die mußte ich in erster Linie denken. Und darüber hinaus eignete ich mich auch sonst nicht zur Märtyrerin.

Don Felipes Haltung mir gegenüber veränderte sich immer mehr. Bald wünschte er jeden Abend mit mir zu speisen. Er kam auch in den Garten, wenn ich mit den Kindern dort saß, und sprach sogar manchmal mit Carlos, der mit der Zeit seine Angst vor ihm verlor.

Aber Roberto schien ihn glücklich zu machen. Er sah seinem Vater bereits ähnlich. Seltsamerweise störte mich diese Tatsache auch nicht, sie amüsierte mich eher, und ich liebte ihn deshalb nicht weniger. Ähnlich war es mit Carlos, diesem mir so seltsam lieb gewordenen Kind, in dem ich von Tag zu Tag mehr Jake Pennlyon erkennen konnte.

Und die Monate vergingen ohne Zwischenfall. Roberto war beinahe schon sechs Monate alt, und der Winter stand vor der Tür.

»Jetzt ist er alt genug. Bald werden wir abreisen«, sagte ich zu Don Felipe.

Und dann kam das Frühjahr, und Roberto wurde ein Jahr alt.

Don Felipes Frauen

Ich hatte mit Don Felipe zu Abend gegessen, und wir saßen bei Kerzenschein und sprachen über Roberto. Davon wie er den ersten Zahn bekommen hatte, wie er krabbelte und daß ich sicher war, er könne bereits ›madre‹ sagen.

Ich hob meine Augen und sah ihn fest an: »Ich denke oft an zu Hause. Was gibt es für Neuigkeiten aus England?«

»Nichts Besonderes. Alles, was mir im Augenblick einfällt ist, daß die Kirchturmspitze der St.-Pauls-Kathedrale abgebrannt ist, und obwohl man zunächst angenommen hatte, daß sie von einem Blitz getroffen worden war, hat ein Arbeiter gestanden – auf seinem Totenbett –, daß er einen Kohleneimer leichtsinnig im Kirchturm stehen gelassen hatte.«

Das muß ein mächtiges Feuer gewesen sein. Sicher hat man es den Fluß entlang am Himmel sehen können. Meine Großmutter wird wohl im Garten gestanden und das Schauspiel beobachtet haben, und vielleicht war auch meine Mutter bei ihr. Wahrscheinlich wurden sie an die Feuer von Smithfield erinnert und daran, wie damals der Rauch den Fluß heruntergezogen kam. Und meine Mutter hat wohl an ihre beiden Töchter gedacht, die für sie verloren schienen.

›Meine beiden Lieblinge, Cat und Honey‹, hat sie vielleicht gesagt, und Tränen mögen in ihren Augen gestanden haben. Wie einsam sie sein muß ohne uns.

»Woran denkt Ihr?«

»An meine Mutter. Sie wird traurig sein, wenn sie an meine Schwester und mich denkt. Beide sind wir entführt worden. Was für eine Tragödie für sie, dabei hat es schon so viele Tragödien in ihrem Leben gegeben.«

Mehr sagte ich nicht. Nach einer Weile stellte er fest:

»Jetzt lächelt Ihr.«

»Weil ich jetzt an meine Rückkehr denke. Unsere Mutter wird Roberto ins Herz schließen und die anderen Enkel. Sie liebt Kinder sehr. Ich glaube, das habe ich von ihr geerbt. Und Carlos wird auch nicht vergessen werden. Ich werde sagen: ›Mutter, dies ist mein Adoptivsohn, wie Honey deine Adoptivtochter gewesen ist. Er gehört jetzt zu uns.‹ Und wir werden wieder glücklich sein.«

Sein Gesicht blieb ausdruckslos, und ich fuhr fort: »Roberto ist jetzt ein Jahr alt. Er ist alt genug, um reisen zu können. Jetzt müßt

Ihr endlich Euer Versprechen einlösen. Es wird Zeit für uns heimzukehren.«

Er schüttelte seinen Kopf. »Ihr könnt das Kind nicht mitnehmen.«

»Meinen Sohn nicht mitnehmen?«

»Er ist auch mein Sohn.«

»Euer Sohn! Was bedeutet er Euch schon?«

»Er ist mein Sohn. Er ist ein Teil von mir. Er gehört mir. Ich werde ihn nie hergeben!« Er lächelte mich freundlich an. »Aber es gibt einen Ausweg. Ich würde eine Mutter nie ihres Kindes berauben, und nachdem ich meinen Sohn nicht aufzugeben gedenke, müßt Ihr eben hierbleiben.«

Ich schwieg eine Weile. Dann sagte ich: »Ihr habt mir immer zu verstehen gegeben, daß Ihr mir nicht übel wollt.«

»Das tue ich auch nicht.«

»Ihr habt mir erklärt, daß ich nur wegen jenes Schwures, den Ihr geleistet habt, hier bin. Ihr habt mich in dem Glauben gelassen, daß ich frei wäre und gehen könnte, wenn der Schwur erfüllt ist.«

»Ihr seid frei. Aber Ihr dürft das Kind nicht mitnehmen.«

Ich erhob mich. Ich wollte gehen und über das, was er gesagt hatte, nachdenken. Er war aber vor mir an der Tür und stellte sich mir in den Weg.

»Ihr werdet Euer Kind nie zurücklassen, denke ich«, sagte er. »warum wollt Ihr Euch also nicht mit dem abfinden, was nicht zu ändern ist? Ihr könnt auch hier glücklich sein. Was fehlt Euch, was wollt Ihr mehr? Sagt es mir, und es gehört Euch.«

»Ich möchte nach Hause zurück; nach England.«

»Bittet, um was Ihr wollt, nur um das nicht.«

»Das ist aber das einzige, was ich mir wünsche.«

»Dann geht.«

»Und soll mein Kind zurücklassen?«

»Es wird ihm an nichts fehlen. Er ist mein Sohn.«

»Liegt Euch wirklich so viel an ihm?«

»Nie gab es etwas Wichtigeres in meinem Leben.«

»Und wenn Isabella ihn Euch geboren hätte?«

»Dann wäre es nicht Roberto geworden. Er hat auch etwas von Euch in sich.«

»Und das freut Euch?«

»Das freut mich. Solltet Ihr weggehen, hätte ich etwas, das mich an Euch erinnert.«

»Ihr möchtet an mich erinnert werden?«

»Ich werde Euch nie vergessen.«

Und er zog mich an sich und hielt mich fest in seinen Armen. »Ich möchte, daß wir noch mehr Söhne haben.«

»Wie sollte denn das geschehen?«

Er schwieg.

»Ihr habt eine Frau. Habt Ihr das vergessen?«

»Wie könnte ich das je vergessen?«

»Seht Ihr sie nie?«

»Ich kann mit ihr nicht sprechen, denn sie läuft davon, wenn sie mich sieht.«

»Vielleicht könnte sie geheilt werden.«

»Sie kann nie mehr geheilt werden.«

»Und Ihr habt sie einmal geliebt.«

»Ich habe nur eine einzige Frau geliebt«, sagte er. »Und die liebe ich immer noch, bis ans Ende meines Lebens.«

Er sah mir fest in die Augen.

»Ihr wollt mir doch nicht sagen, daß Ihr Liebe für mich empfindet, für Euer Opfer! Ihr habt es gehaßt, zu mir zu kommen, genauso, wie ich es gehaßt habe, Euch zu empfangen. Ihr habt Euch vorstellen müssen, ich sei Isabella. Ihr habt Euch ständig an Euren Schwur erinnern müssen.«

Er nahm meine Hände und führte erst die eine, dann die andere an seine Lippen.

»Wenn Ihr mich liebt, müßt Ihr wollen, daß ich glücklich bin. Ihr müßtet mich dann ziehen lassen.«

»Verlangt von mir, was Ihr wollt, nur das nicht!«

Ich hätte jubeln können. War das ein Sieg! Das Schicksal hatte die Rollen vertauscht. Jetzt hatte ich ihn in der Hand, nicht er mich.

»Sagt«, fuhr er fort, »daß Ihr mir nicht mehr böse seid. Sagt mir, daß Ihr mich nicht haßt.«

»Nein, ich hasse Euch nicht. Irgendwie habe ich Euch sogar gerne. Ihr wart gütig zu mir, trotz allem. Ihr habt versucht, mich vor den bösen Gesetzen Eures Landes zu bewahren. Aber Ihr liebt mich nicht genug, um mich glücklich machen zu können. Ein denkbarer Beweis Eurer Liebe wäre zum Beispiel, daß Ihr uns gehen ließet.«

»Ihr verlangt zuviel. Es kann doch auch alles anders werden. Da Ihr mich nicht haßt, glaubt Ihr nicht, Ihr könntet mich eines Tages lieben?«

»Doch Ihr könnt mir nicht die Ehe anbieten, Don Felipe, und das wäre das einzige Tor zu dem Weg, den Ihr vorschlagt.«

»Sagt mir, was wäre, wenn ich es könnte...«

»Don Felipe, Ihr könnt es aber nicht. Ihr habt eine Frau. Sie ist krank, das weiß ich, und sie ist Euch keine Ehefrau, was schmerzlich für Euch ist. Und ich weiß auch, daß Jake Pennlyon teilweise schuld ist an diesem Unglück. Aber ist nur er schuld daran? Wie verwirrt war Isabella schon, bevor sie hierher kam? Laßt mich jetzt gehen. Ich möchte über Eure Worte nachdenken.«

Er trat zurück, hielt aber meine Hände immer noch fest. Dann küßte er sie mit einer Leidenschaft, die mir ganz fremd war an ihm.

Ich zog sie zurück, ging mit heftig klopfendem Herzen in mein Zimmer und schloß mich ein.

Don Felipe verließ das Haus am nächsten Morgen. Ich hatte eine unruhige Nacht hinter mir. Über eine Ehe mit ihm nachzudenken, schien absurd. Und doch war es nicht absurd. Er war der Vater meines Kindes, und das Kind war ein Band zwischen uns. Roberto erkannte ihn bereits, und Don Felipe behandelte ihn immer lieb und freundlich.

Sie sei lächerlich, sagte ich mir, aber ich mußte zugeben, seine Frage nahm meine Gedanken gefangen.

Und ich war enttäuscht, als ich erfuhr, daß er abgereist war. Ich war ruhelos; gern hätte ich mehr über seine Gefühle zu Isabella gewußt.

An diesem Nachmittag, als die anderen alle Siesta hielten, überließ ich die beiden Kinder Jennet und ging hinüber zu Isabellas Haus.

Die Sonne war warm, alles hinter dem schmiedeeisernen Gitter schien zu schlafen. Aber während ich so davorstand, erschien Isabella unter der Haustür. Sie trug ihre Puppe im Arm, und als sie über den Hof gehen wollte, entdeckte sie mich. Sie zögerte. Daraufhin lächelte ich sie an, und sie kam auf mich zu und sagte einige Begrüßungsworte. Ich hatte in der Zwischenzeit genügend Spanisch gelernt, um mich ein wenig mit ihr unterhalten zu können, also antwortete ich ihr. Dabei stand sie da und schaute mich an, was mir die Gelegenheit gab, ihr Gesicht näher zu betrachten. Wenn Perfektion der Züge Schönheit bedeutet, dann war sie wirklich schön. Ihr Gesicht war ohne Makel, aber auch ohne jeglichen Ausdruck. Eine wunderschöne Schale, nichts jedoch, was dem Gesicht Charakter gegeben hätte.

Sie hielt mir die Puppe entgegen. Ich lächelte und sie lächelte zurück. Dann öffnete sie mir das Gittertor, und ich trat ein.

Ich war seit dem Tag, an dem ich Carlos mitgenommen hatte, nicht mehr dagewesen. Vertrauensvoll nahm sie mich bei der Hand und führte mich zu der Bank, auf der wir schon einmal miteinander gesessen hatten. Wir setzten uns wieder, und sie sprach von ihrer Puppe. Immer wieder sagte sie das Wort ›muñeca‹. Ihre Zofe machte ihr anscheinend Kleider, die sie aus- und anziehen konnte.

Plötzlich zog sie ihre Stirn in Falten und zeigte mir, daß die Puppe nur einen Schuh anhatte.

»Sie wird ihn verloren haben«, sagte ich. »Wir suchen ihn.«

Sie lächelte, ich begann, den Hof abzusuchen, und sie trippelte hinter mir her. Zu meiner Freude fand ich den Schuh dann auch bei der Gartentür, worauf wir zur Bank zurückgingen und sie ihn ihrer Puppe anzog.

Später stand sie auf, nahm meine Hand und zog mich zur Haustür. Im Haus war es düster; es war so gebaut, daß sein Inneres vor der Sonne geschützt war.

Von der Halle mit ihrem blauen Mosaikboden führte eine Treppe nach oben. Das Treppengeländer war geschnitzt und die Decke der Halle mit Engeln bemalt, die auf Wolken saßen. Das Haus war weit besser eingerichtet, als ich es mir vorgestellt hatte.

Isabella, die immer noch meine Hand hielt, führte mich in ein Zimmer, das von der Halle abging. Wie erwartet, war es auch darin dunkel, und in dem Raum lag etwas Geheimnisvolles – oder vielleicht war das auch nur meine Stimmung.

Isabella bedeutete mir, mich zu setzen. Plötzlich erschien ihre Zofe in der Tür. Isabella erzählte ihr aufgeregt von dem Puppenschuh, den ich gefunden hatte, und erklärte dann, sie wollte mir ihre anderen Puppen auch zeigen, dazu sollte ich mit ihr nach oben gehen.

»Hole die Puppen herunter, Isabella«, sagte die Frau.

Isabella zögerte.

»Doch, das ist das Beste. Komm, wir gehen hinauf und holen sie.«

Sie nahm Isabella bei der Hand, ich blieb allein im Zimmer zurück. Ich schaute mir die reichbestickten Wandteppiche und die eleganten spanischen Möbel an. Dies war sein Haus und Isabella war seine Frau, wenn sie auch nur die Intelligenz eines Kindes besaß.

Eine seltsame Situation, in die ich da geraten war. Ich mußte immer wieder an seinen leidenschaftlichen Blick denken, als er mir gesagt hatte, daß er mich heiraten würde. Wie konnte er, solange ihm dieses kindhafte Geschöpf im Weg stand?

Da ging die Tür auf, und ein junges Mädchen trat ein. Sie hatte dunkles Haar, große dunkle Augen und ein olivfarbenes Gesicht.

»Verzeiht, Señora«, sagte sie.

»Wer bist du?«

»Ich heiße Manuela, ich arbeite hier. Ich möchte gern mit Euch sprechen, wenn ich darf.«

»Was hast du mir denn zu sagen?«

»Es geht um den Jungen... den kleinen... Carlos.« Ihr Gesicht leuchtete, sie hatte ein angenehmes Lächeln.

»O ja.«

»Ich wollte nur wissen, ist er jetzt glücklich?«

»Glücklicher, als er je gewesen ist.«

Sie lächelte. »Er ist ein guter Junge. Und Maria war so bös zu ihm.«

»Maria? Ist das die Frau, die dort wohnt?« Ich deutete in Richtung Hof, wo ich Carlos zum erstenmal spielen gesehen hatte.

Sie nickte. »Sie war seine Ziehmutter. Sie war schlimm zu ihm. Sie ist dumm... und kann Kinder nicht ausstehen, obwohl sie fünf eigene hat. Der Junge hätte ihr nie anvertraut werden dürfen. Ich habe manchmal mit ihm gesprochen.«

Sie wurde mir richtig sympathisch. Sie war gut zu Carlos gewesen, das sah man ihr an.

»Du mußt dir keine Sorgen um ihn machen, ich werde schon dafür sorgen, daß es Carlos an nichts fehlt.«

»Manchmal habe ich ihm Kekse gebracht. Das arme Kind bekam keine Liebe, und kleine Kinder brauchen Liebe, genauso wie Kekse. Ich danke Euch, daß Ihr ihn weggeholt habt, Señora.«

»Du mußt Carlos besuchen kommen.«

»Darf ich? Ihr seid so gut.«

»Was arbeitest du hier?«

Zwischen ihren Augenbrauen erschien eine kleine Falte.

»Ich helfe im Boudoir aus. Ich bin Donna Isabellas Dienstmädchen.«

»Du scheinst nicht besonders glücklich zu sein.«

»Ich liebe Kinder, Señora, und Donna Isabella ist eigentlich ein Kind.«

»Ich verstehe«, sagte ich. Auf einmal machte sie einen Knicks und lief hinaus. Vielleicht hatte sie Schritte gehört, denn kurz darauf kam die Zofe zurück, aber ohne Isabella.

»Sie schläft«, sagte sie. »Ihr müßt das verstehen. Als sie in ihrem Zimmer war, hatte sie Euch bereits vergessen. So ist sie eben.«

»Arme Seele«, sagte ich.

»Ja, sie ist wirklich eine arme Seele.«

»War es falsch, daß ich mit ihr gesprochen habe?«

»Sie war glücklich, mit Euch zu sprechen, und Ihr habt den Puppenschuh gefunden, das hat sie gefreut. Aber sie vergißt alles.«

»Das kann doch nicht über Nacht so gekommen sein?«

Eine Weile antwortete sie nicht, dann sagte sie: »Sie war immer ein wenig einfältig gewesen. Niemals war sie in der Lage, ihre Lektionen zu lernen, aber das war auch nicht so wichtig für eine Dame von so hohem Stand. Sie war mehr dazu geboren, eine gute Ehefrau abzugeben. Und ihre Ausstattung war gewaltig. Ihre Familie hatte Kontakt zum Thron.«

»Ihre Einfalt störte also nicht.«

»Sie hätte eine gute Ehefrau abgegeben... Kinder geboren... sie war mit Don Felipe verlobt. Er ist ein reicher Adliger und bei Hof sehr gut angesehen. Auch er war eine gute Partie.«

»Und sie spielte immer noch mit Puppen?«

»Sie war noch ein Kind. Fünfzehn Jahre. Wir haben immer gesagt, wartet nur, bis sie erst selbst ein Kind hat, dann wird sie schon erwachsen werden.« Die Zofe runzelte die Stirne. »Wenn ich ihren Verführer in die Finger bekäme, ich würde ihn so foltern lassen, wie die Welt es noch nie erlebt hat. Er hat dieses junge Leben ruiniert.«

»War es nicht schon ruiniert, bevor dieser Mann kam? Sie war doch wohl von Geburt an nicht wie andere Kinder.«

»Sie wäre schon herangewachsen, hätte sie eigene Kinder bekommen.«

Überzeugt war ich nicht. Ich wollte Jake Pennlyon nicht verteidigen, dieses Mädchen war zweifellos sein Opfer. Aber die Schuld an ihrem schlimmen Zustand lag nicht einzig und allein bei ihm. Er hatte bei ihr einen Schock verursacht, der einen Alptraum bewirkt haben muß. Aber er war eingebrochen in einen nur unvollkommen entwickelten Verstand.

»Wäre es Euch lieber, wenn ich nicht mehr herkäme?« fragte ich.

»Nein. Kommt nur, wann Ihr wollt. Ihr versteht sie. Euer Besuch tut ihr gut. Ihr habt ja auch das Kind jetzt bei Euch. Ich werde allerdings nie begreifen, wie Ihr Don Felipe dazu überreden konntet, den Jungen in seinem Haus behalten zu dürfen.«

Sie sah mich forschend an, und ich fragte mich, wieviel sie wohl wußte.

Als ich aus dem Haus trat, sah ich einen Mann im Garten arbeiten. Für einen Spanier war er erstaunlich groß und breitschultrig. Als er mich sah, stand er auf und fuhr mit der Hand an die Mütze. Die Zofe führte mich zum Gartentor.

»Das war Edmundo«, sagte sie. »Er ist stark und hilft mir, wenn es nötig ist. Er weiß, was man tun muß, wenn Isabella einen Anfall bekommt. Er kann sie mit der größten Leichtigkeit aufheben und in ihr Zimmer tragen.«

Ich verabschiedete mich und sagte ihr, ich würde bald wiederkommen, um Isabella zu besuchen.

Honey erzählte ich, was ich mit Isabella erlebt hatte, doch davon, daß Don Felipe über eine Ehe mit mir gesprochen hatte, wußte sie noch nichts.

Wir fanden es schlimm, daß Isabella immer so einfältig gewesen war, und verstanden nicht, daß ein so intelligenter Mann wie Don Felipe sie hatte heiraten wollen.

Ich erzählte auch von dem Mädchen Manuela, das sich nach Carlos erkundigt hatte.

»Sie schien Sehnsucht nach ihm zu haben. Sie muß ihn sehr gern haben.«

»Wir könnten Hilfe im Kinderzimmer gebrauchen. Glaubst du, sie würde zu uns kommen?«

»Davon bin ich überzeugt«, sagte ich. Ich war sicher, auch Don Felipe würde mir diesen Wunsch nicht abschlagen.

Wir sprachen darüber, wie sehr Isabella an ihren Puppen hing, und Honey schlug vor, wir sollten ein Puppenkleid nähen und es ihr bringen.

Das taten wir auch. Wir fertigten ein Kleid an aus Samtresten, mit einer hübschen Halskrause aus steifer Spitze. Und Isabella war entzückt, als wir es ihr in die Casa Azul brachten. Wir verbrachten einen friedlichen Nachmittag dort.

Pilar, so hieß die Zofe, brachte ein Pfefferminzgetränk und ein paar Gewürzkuchen. Isabella lachte fröhlich und plapperte wie ein Kind über ihre Puppen. Und da wir Isabella durch unser Kommen glücklich machten, waren wir jetzt auch Pilar willkommen.

Nach diesem Nachmittag gingen wir regelmäßig zu Isabella. Sie erwartete uns manchmal bereits im Hof. Hie und da sahen wir den großen Edmundo im Garten arbeiten und wie er Isabella im Auge behielt. Zuweilen war auch Manuela anwesend, was Honey die Möglichkeit gab, sich ein Bild von ihr zu machen. Sie fand, sie wäre eine ausgezeichnete Hilfe für unsere Kinderstube.

So vergingen die Tage, bis Don Felipe zurückkam.

Am Tag seiner Rückkehr ließ er mich in sein ›escritorio‹ rufen. Unsere Zusammenkünfte fanden immer da statt. In anderen Räumen hätten wir nicht die Ungestörtheit gehabt, die wir brauchten. Und mein Zimmer enthielt zu viele Erinnerungen an unsere ersten Begegnungen, an die wir beide nicht mehr erinnert werden wollten.

Sobald ich eingetreten war, eilte er mir entgegen, nahm meine Hände und küßte sie leidenschaftlich.

»Ich habe Euch so viel zu sagen«, sagte er. »Während ich weg war, habe ich viel nachgedacht. Ich muß einen Weg finden, der eine Verbindung zwischen Euch und mir möglich macht. Gelingt mir das nicht, ist mein Leben so sinnlos wie eine Wüste. Ich weiß jetzt, daß Ihr mich nicht mehr haßt, Catalina.« Er sprach meinen Namen so, daß er plötzlich einen neuen Klang hatte. »Könntet Ihr Euch dazu durchringen, mich zu heiraten?«

»Aber eine Ehe ist doch unmöglich. Wie wolltet Ihr denn dazu die Voraussetzungen schaffen?«

Er seufzte: »Ich habe darüber nachgedacht. Eine Dispens vom Papst werde ich nicht erhalten, fürchte ich. Allerdings habe ich, wenn ich mich nicht wieder verheiraten kann, keine Hoffnung auf legitime Söhne. Ich könnte der Kirche sonst Söhne schenken, und meinem Land! Andererseits wieder ist Isabellas Familie einflußreich, mehr noch als die meine. Sie würden eine Annullierung nie hinnehmen.«

»Dann ist es also sinnlos, weiter darüber nachzudenken.«

»Nein, es muß einen Weg geben. Es gibt immer einen Weg. Ich muß Euch etwas sagen. In kürzester Zeit wird Don Luis Herrera ankommen. Er wird mich als Gouverneur ablösen. Aber nicht gleich, er wird ein Jahr oder mehr brauchen, um zu erfahren, was hier seine Aufgabe sein wird. Diese Inseln sind nämlich ungeheuer wichtig für Spanien. Sie sind das Tor zur Neuen Welt. Wir müssen sie halten, obwohl wir dauernd überfallen werden. Deshalb muß der neue Gouverneur genau wissen, was auf ihn zukommt. In einem Jahr, höchstens aber in zwei, werde ich nach Madrid zurückkehren. Catalina, ich nehme Euch mit, und zwar als meine Frau.«

»Haben spanische Granden zwei Frauen?«

»Die arme Isabella ist krank«, sagte er langsam. »Diese Anfälle kommen immer häufiger.«

»Ihr wollt, daß sie stirbt?«

Einen Augenblick schwieg er, dann sagte er: »Was hat sie denn schon vom Leben? Was kann es ihr noch geben?«

»Sie scheint glücklich zu sein mit ihren Puppen.«

»Puppen – sie ist eine erwachsene Frau.«

»Sie ist keine Frau, sie ist ein Kind. Und Ihr habt sie einmal geliebt.«

Er sah mir fest in die Augen. »Ich habe sie nie geliebt. Ich werde mein ganzes Leben lang nur eine einzige Frau lieben.«

»Don Felipe!«

»Sagt nicht Don Felipe zu mir. Für Euch bin ich Felipe. Sagt meinen Namen, als ob Ihr mir nahe stündet. Ihn so zu hören, wäre meine größte Freude.«

»Wenn ich Euch mit Eurem Namen anrede, werde ich es auf ganz natürliche Weise tun.«

»Aber Ihr werdet mich so anreden«, sagte er. »Das weiß ich.«

»Ihr habt Isabella nie geliebt? Sagt mir doch die Wahrheit.«

»Sie war eine standesgemäße Partie. Ihre Familie ist eine der besten in Spanien.«

»Nur aus diesem Grunde wolltet Ihr sie heiraten?«

»Aus diesem Grunde werden Ehen arrangiert.«

»Und als Ihr zurückkamt, nachdem Jake Pennlyon sie vergewaltigt hatte, wart Ihr außer Euch vor Wut. Nicht jedoch aus Liebe zu diesem einfältigen Kind, sondern weil Euer Stolz beleidigt worden war. Was ihr zugestoßen war, war ihr unter Eurem Schutz zugestoßen. Deshalb habt Ihr Rache geschworen.«

»Ja, und all das hat mich mit Euch zusammengeführt.«

»Besser, Ihr sprecht kein Wort mehr darüber. Laßt mich nach England zurückkehren, mein Sohn ist jetzt alt genug für eine solche Reise.«

»Soll ich Euch beide verlieren?«

»Es ist besser so für Euch. Ihr seid ein Mann von hohem Rang. Ihr werdet nach Madrid zurückkehren und gewiß ein wichtiges Amt übernehmen. Vielleicht werdet Ihr auch irgendwann einmal in der Lage sein, Euch wieder zu verheiraten, wer weiß? Aber mich solltet Ihr ziehen lassen.«

»Ich kann Euch nicht verlieren, Euch und das Kind. Ihr bedeutet mir mehr als irgend etwas auf der Welt.«

Daß er diese Worte still und beherrscht aussprach, gab ihnen Gewicht. Plötzlich hatte ich Angst vor der Leidenschaft, die ich in diesem bisher so beherrschten Mann erweckt hatte.

Lebhaft sprach er weiter. »Sollten wir heiraten, kann ich Roberto legal anerkennen. Ich besitze reiche Ländereien in Spanien. Er soll mein Universalerbe sein, und es wird noch genügend für eventuelle weitere Kinder verbleiben. Wir würden ein gutes Leben haben. Vielleicht ziehe ich mich vom königlichen Hof zurück. Unsere Kinder könnten allen Luxus haben, den Ihr Euch für sie wünschen könnt.«

Ich dachte über seinen Vorschlag nach, was seltsam genug war, denn obwohl ich Roberto über alles liebte und die in Aussicht gestellten Ländereien gern für ihn haben wollte, hatte ich Sehnsucht nach meiner Heimat. Ich wollte meine Mutter wiedersehen. Ich wollte das Glück in ihren Augen sehen, wenn sie erfuhr, daß ihre beiden Mädchen lebten und in Sicherheit waren. Ich wollte im Frühling die blühenden Obstbäume sehen.

»Ihr träumt. Ihr habt eine Frau. Ihr tut mir leid. Aber Isabella steht zwischen Euch und Euren Hoffnungen.«

Ich ließ ihn in seinem Zimmer zurück, um mir über meine Gefühle zu ihm Klarheit verschaffen zu können. Es gab Zeiten, da fühlte ich mich erleichtert, daß Isabella einer Verbindung zwischen Don Felipe und mir im Wege stand und daß sich an unserem Verhältnis deshalb nichts ändern könnte. Aber manchmal wiederum war ich mir dessen gar nicht so sicher.

Die Wochen wurden zu Monaten. Im Haus herrschte eine Spannung. Immerzu dachte ich an Felipe und bemerkte, wie seine Blicke auf mir ruhten. Oft kam er ins Kinderzimmer und besuchte Roberto, der ihn sofort erkannte und der in seine Händchen zu klatschen anfing, wenn er ihn sah.

Manuela leistete Jennet inzwischen Gesellschaft, und obwohl sie sich nicht so angefreundet hatten, wie ich es mir gewünscht hätte, gab es doch keine Schwierigkeiten.

Mein Sohn war inzwischen schon fast zwei Jahre alt geworden, und drei Jahre waren vergangen, seit wir England verlassen hatten. Vieles aus meinem früheren Leben schien jetzt längst vergangen, und dann gab es wieder Momente, an die ich mich mit solcher Deutlichkeit erinnerte, als ob sie erst ein paar Tage zurücklägen. Meist betrafen sie meine Mutter. Wenn ich sie manchmal hätte sehen können, wenn sie in meiner Nähe gelebt, und wenn es keine

Isabella gegeben hätte, ich glaube, ich hätte eingewilligt, Felipe zu heiraten.

Ich war nicht in ihn verliebt, aber es war nicht möglich, in seinem Hause zu leben und ihn nicht zu respektieren. Seine Würde war über jeden Zweifel erhaben. Er war sogar gerecht zu denen, die ihn beleidigten – nicht daß es viele gewagt hätten. Er war bewundernswert. Er war ein mächtiger Mann – und seine Herrschernatur gefiel mir. Ich wußte, was mir eine Ehe mit ihm bringen würde. Im Bett war er mir kein Fremder, ich wußte, daß ich Höflichkeit, Güte und – jetzt auch – Zärtlichkeit von ihm erwarten konnte. Er liebte mich mit einer stillen Intensität, die mir nicht unangenehm war, und ein schönes Leben würde sich mir außerdem eröffnen. Ich erwartete nicht, ihn einmal so lieben zu können, wie ich Carey geliebt hatte, aber ich konnte Felipe akzeptieren, und ich dachte an all die Möglichkeiten, die er mir und Roberto bieten würde. Mein Sohn würde seine Ländereien erben. Er bekäme die beste Erziehung. Natürlich würde er im katholischen Glauben erzogen werden, er würde nach Spanien gehen. Und die Tatsache, daß seine Mutter Engländerin war, wäre da kein Hinderungsgrund, bei dem Einfluß, über den Don Felipe verfügte.

Bei einem der Gespräche mit Felipe berichtete ich ihm über meine Überlegungen und Gefühle. Alles wäre anders, wenn es Isabella nicht gäbe, sagte ich. Andererseits wäre ich ihr wieder dankbar, da sie verhinderte, daß ich eine Entscheidung würde treffen müssen, die mir doch sehr schwerfiele.

Während dieser Zeit lebte ich also in einem Stadium immerwährender Unentschlossenheit. Ich wußte jetzt, daß Don Felipe mir nie gestatten würde, nach England zurückzukehren, nicht mit und nicht ohne Kind, wobei ich es auch nicht in Erwägung zog, ohne Roberto zu gehen. Es war jetzt nur Isabella, die zwischen uns stand.

Daß wir uns in einem Zwischenstadium befanden, wurde mir bei Luis Herreras Ankunft bewußt, des Mannes, der in absehbarer Zeit Felipes Platz einnehmen würde.

Don Luis war ein gutaussehender Mann, etwas jünger als Felipe. Vom ersten Augenblick an, da er Honey gesehen hatte, war er tief von ihr beeindruckt.

Wann immer ich sie anschaute, fragte ich mich unwillkürlich, warum Don Felipe so viel Aufhebens um mich machte, wenn sie doch da war. Sie war außergewöhnlich schön mit ihren violetten Augen und ihrem schwarzen Haar. Sie hatte zwar nicht meine Vitalität und war keine kämpferische Natur wie ich. Sie hatte das Leben vielmehr immer an sich vorbeifließen lassen, und wenn sie tiefere Gefühle empfand, hatte sie sich in sich selbst zurückgezogen.

Wie auch immer, im Zusammenhang mit Don Luis war alles anders. Es war von Anfang an offensichtlich, daß die beiden ihre gegenseitige Gesellschaft genossen.

Wir aßen zu viert zu Abend. Honey, Luis, Felipe und ich. Don Luis brachte Neuigkeiten aus der großen Welt.

Er erzählte viel von England. Seit wir von dort weg waren, war die Rivalität zwischen Spanien und England gewachsen. Wir erfuhren, daß die Königin sich ihres Thrones so wenig sicher fühlte, daß sie Lady Catherine Grey im Tower einsperren ließ, weil sie ohne königliche Genehmigung geheiratet hatte.

»Sie hat Angst, etwaige Kinder aus dieser Ehe könnten eines Tages ihre Rechte gefährden«, meinte Don Luis. »Sie selbst ist immer noch unverheiratet. Wie kann auch eine unverheiratete Frau zu Erben kommen?«

Ich sah auf, aber nur Felipe bemerkte es.

»Sie war sehr krank, sie hatte die Pocken; und in England wurde bereits befürchtet – in Spanien allerdings gehofft –, sie würde sterben. Selbst da hat sie sich geweigert, einen Erben zu benennen.«

»Don Luis, Ihr vergeßt, daß Ihr von unserer Königin sprecht«, sagte ich.

»Ich bitte tausendmal um Entschuldigung. Ich wollte Euch nur die Wahrheit berichten.«

»Natürlich wollen wir die Wahrheit hören«, antwortete ich. »Aber wenn die Königin sich weigert, einen Erben zu benennen, dann nur, weil sie weiß, daß sie noch viele Jahre zu leben hat und eines Tages ihren eigenen Erben gebären wird.«

Don Luis war zu höflich, um zu widersprechen.

Honey legte eine Hand auf seinen Arm. »Laßt Euch von Catalina (sie nannten mich jetzt alle Catalina) nicht davon abhalten, uns von Neuigkeiten zu berichten. Wir sind ausgehungert nach Neuigkeiten.«

»Ich werde Euch etwas anderes erzählen«, sagte Luis. »Einer Eurer Schiffskapitäne, John Hawkins, hat sich auf den Sklavenhandel verlegt.«

»Sklavenhandel?« rief ich aus.

»In der Tat. Er hat drei Schiffe ausgerüstet und ist nach Guinea gesegelt. Dort an den Küsten fängt er Eingeborene und bringt sie in die Teile der Welt, von denen er glaubt, dort für sie die höchsten Preise zu erzielen. Unterwegs sterben viele von ihnen.«

»Wollt Ihr damit sagen, er sucht sich einfach Menschen aus, als wären es... Tiere, und trennt sie von ihren Familien? Das ist ungeheuerlich!«

Felipe wandte den Blick nicht von mir.

Ich sah mich selbst... als eine Sklavin. Ich stellte mir vor, daß mir mein kleiner Roberto entrissen würde, um als Sklave zu leben, oder daß er zurückbleiben mußte, während man mich in Ketten fortschleppte. Ich glaube, ich habe immer versucht, mehr als die meisten Menschen, mich in die Lage anderer zu versetzen. Das war einer der Gründe, warum es mich so wahnsinnig aufbrachte, wenn ich Ungerechtigkeiten mitansehen mußte.

»Und so etwas tut ein englischer Kapitän«, sagte Felipe.

»Ihr solltet Eurer Insel keine Träne nachweinen. Stimmt es nicht sogar, daß einige von Hawkins Schiffen der Königin von England gehören? Somit billigt Ihr dieses scheußliche Geschäft, Catalina.«

»Ihr solltet dankbar sein, hier leben zu können...«, sagte Luis und lächelte uns beiden zu. »Vielleicht haben wir alle Grund, dankbar zu sein.« Er warf Honey einen gefühlvollen Blick zu. »Das Leben auf Eurer Insel ist sehr unsicher geworden. Jeden Tag werden die Engländer für uns eine größere Bedrohung auf See. Wir sind jedoch ein mächtiges Volk und haben die Absicht, die ganze Welt zu unterwerfen. Und eines Tages werden wir auch Eure Insel erobern und Ihr werdet Spaniens Kolonie.«

»Ihr kennt uns nicht«, antwortete ich heftig und mußte dabei an Jake Pennlyon denken. Ich würde alles, was ich besitze, auf ihn wetten, sollte er es auf diese höflichen Herren hier abgesehen haben. Auch wenn ich ihn noch so haßte, ich mußte anerkennen, daß sein Mut außergewöhnlich groß und seine Liebe zum Vaterland ihm so selbstverständlich war wie die Luft zum Atmen.

»Aber wir fangen an, Euch zu verstehen«, erwiderte Luis und lächelte freundlich. »Ihr seid ein gefährlicher Gegner. Unser gefährlichster. Zwischen uns sollte daher Frieden herrschen. Wir sollten uns miteinander verbinden.«

»Das ist nicht möglich«, sagte ich.

»Das glaube ich auch«, warf Felipe ruhig ein, »aber es ist schade.«

»Euer Land verliert seine Stellung auf dem Kontinent«, fuhr Luis fort. »Warwick hat Le Havre den Franzosen ausliefern müssen. Die Engländer werden nie mehr einen Stützpunkt in Frankreich bekommen, und die einzige Kriegstrophäe, die Warwick aus Frankreich mitgebracht hat, ist die Pest. Zwanzigtausend Menschen in London und Umgebung sind bereits an ihr gestorben.«

Ich dachte an meine Mutter und an die Tage, als das Schweißfieber in London grassierte, und erbleichte.

Trotzdem war es gut für uns, Neuigkeiten aus England zu hören, auch wenn es nicht gerade gute waren. Ich nahm an, daß sie ein wenig zugunsten Spaniens verändert worden waren, und verstand das auch.

Aber war es nicht seltsam, daß die Männer, die uns liebten (und Luis liebte Honey offensichtlich), sich so über das Unglück freuten, das über unser Land hereingebrochen war?

»Ich bin schon so lange ohne einen Mann«, erklärte mir Honey. »Und ich bin noch jung.«

»Du bist älter als ich.«

»Aber immer noch jung genug, das mußt du zugeben, Catalina. Und Luis gefällt mir.«

»Du liebst ihn aber nicht.«

»Trotzdem könnte ich mich für ihn entscheiden.«

»Und Edward?«

»Edward ist tot. Du weißt doch, daß wir hier nie mehr wegkommen? Wir werden unser ferneres Leben hier verbringen. Selbst wenn Don Felipe uns gehen lassen würde, wie sollten wir denn hier wegkommen? Sollen wir in einer spanischen Galeone nach England segeln und uns an Land rudern lassen? ›Hier, wir haben Euch Eure Frauen wiedergebracht!‹ Überlege doch einmal. Sie haben uns zu Hause doch längst vergessen. Was soll da noch aus uns werden?«

»Glaubst du, Mutter würde uns je vergessen? Und Großmutter? Ich habe so Sehnsucht nach den beiden.«

»Das habe ich auch, aber wir können nicht zurück. Und wir wissen, daß wir es nicht können. Und außerdem ist klar, daß Don Felipe dich liebt und daß er Roberto liebt. Er wird dich nie gehen lassen. Und er ist ein guter Mensch.«

»Ein Mensch, der sich so verbissen hatte in seine Rachgefühle, daß er eine Frau dazu zwingen konnte, sein Bett zu teilen – nicht, weil er sie begehrt, aus Rachsucht.«

»Das ist Vergangenheit.«

»Vergangenheit? Für dich vielleicht. Du bist ja nicht gezwungen worden.«

»Und über diesen Zwang bist du an Robert gekommen, den du

zärtlich liebst. Versuch das Leben vernünftig zu betrachten, Schwester. Manchmal entsteht Gutes aus Bösem. Du bist gegen deinen Willen hierhergebracht worden, und das Resultat davon ist dein Sohn, über den du sehr glücklich bist. Und der Mann, der zunächst nur Rache gesucht hat, hat schließlich Liebe gefunden. Sei vernünftig. Das Leben gibt dir nicht immer, was du dir wünschst, aber es bietet dir insgesamt doch ein nicht unschmackhaftes Gericht. Sei also gescheit, Catalina, und wende dich nicht von ihm ab.«

»Soll ich seine Geliebte werden?«

»Du würdest alle Ehren einer Ehefrau genießen.«

»Sprich für dich selbst, Honey«, erwiderte ich, »aber laß mich tun, was ich für richtig und angemessen halte.«

»Gut«, sagte sie, »aber ich werde Luis heiraten.«

»Einen Fremden, einen Feind unseres Landes!«

»Was bedeutet ein Land schon für eine liebende Frau? Ich bin eine Frau, und ich war lange genug allein. Ich brauche wieder einen Mann, und Luis ist ein guter Mann. Und er wird Edwina ein guter Vater sein.«

Ich schwieg, und sie fuhr fort: »Vielleicht wirst du irgendwann einmal von hier fortgehen, aber ich werde hierbleiben. Luis wird in Kürze hier Gouverneur werden.«

»Dann werden wir uns Lebewohl sagen müssen.«

»Nur auf Wiedersehen. Denn wenn seine Zeit hier abgelaufen ist, und das wird nicht länger als acht Jahre dauern, werden wir nach Madrid kommen und dich in deinem Haus besuchen, in dem Roberto und Carlos mit ihren Schwestern und Brüdern spielen werden. Stell dir das doch einmal vor!«

»Ein hübsches Bild. Heirate nur deinen Luis, wenn du unbedingt heiraten mußt! Hab nur Kinder!«

»Warum sagst du das so bitter? Oh, ich weiß, weil mein Weg einfach ist und der deine nicht. Du stehst Felipe nämlich ganz und gar nicht gleichgültig gegenüber. Du bist ganz anders, wenn er im Haus ist. Es tut mir leid, Catalina, daß Isabella zwischen euch steht.«

›Isabella steht zwischen euch.‹ Dieser Satz verfolgte mich. Oft träumte ich von Felipe. Dann stand er an meinem Bett und neben ihm Isabella – ein bleiches, schattenhaftes Kind mit einer Puppe im Arm.

Honey und Luis haben in der Kathedrale geheiratet. Sie war die schönste Braut, die ich je gesehen habe, und sie strahlte dieselbe heitere Glückseligkeit aus wie vor Edwinas Geburt.

Honey wollte schon immer geliebt werden, sie blühte auf, wenn sie geliebt wurde, und Luis betete sie an.

Die Hochzeit wurde in der Gouverneursresidenz gefeiert, und alle Leute aus den umliegenden Dörfern waren eingeladen. Es war ein wunderschöner Anblick, all die jungen Mädchen und Männer in ihren traditionellen Trachten ihre andalusischen Tänze tanzen zu sehen, die sie vom Festland mit herübergebracht hatten. Sie tanzten und sangen zur Zimbel. Sie sangen Lieder zu Ehren des neuvermählten Paares und auf die Ehe, und danach zogen sich Braut und Bräutigam in ihr Schlafgemach zurück. Es gab hier nicht die derben Späße, ohne die ein solches Fest in England undenkbar gewesen wäre.

In der Nacht lag ich lange schlaflos und dachte: Wir sind weiter von zu Hause entfernt denn je. Honey hat sich mit ihrem Schicksal abgefunden, und selbst wenn wir jetzt zurückfahren könnten, sie würde ihren Mann nicht mehr im Stich lassen. Honey hat sich angepaßt, und wie könnte ich sie je allein zurücklassen?

Wenn meine Mutter wenigstens wüßte, wo ich bin, wenn ich sie nur hin und wieder sehen könnte, dann könnte mir Schlimmeres passieren, als Felipe zu heiraten. Er würde gewiß ein guter und ergebener Ehemann sein, und Roberto liebte seinen Vater. Wie könnte ich es übers Herz bringen, die beiden zu trennen?

Langsam, aber sicher kam ich zu der Einsicht, daß mein zukünftiges Leben hier lag.

Im Traum nahm ich oft Don Felipes Hand, er hatte mich geheiratet, und ich hatte seinen Glauben angenommen. Aber dann hörte ich das kindliche, helle Lachen von Isabella. Und eine Stimme sagte die Worte: ›Nicht, solange Isabella am Leben ist.‹

Felipe wollte, daß wir eine Reise ins Innere des Landes unternähmen.

Es wäre gut für die Kinder, meinte er. Den großen Pico de Teido hatte ich nur einmal vom Meer aus gesehen. Ich würde mich jetzt selbst davon überzeugen können, wie wundervoll und gewaltig er war. Felipe selbst mußte zu einem anderen Teil der Insel, und während seiner Abwesenheit sollten wir in einem Haus in den Bergen wohnen, das er selbst manchmal benützte. Dort würden uns seine Diener versorgen. Und nach unserem kleinen Aufenthalt dort sollten wir erfrischt wiederkommen.

Aber erst als ich hörte, daß in La Laguna wieder ein auto da fé abgehalten werden sollte, verstand ich, um was es ihm ging. Von den Mitgliedern seines Hauses wurde erwartet, daß sie daran teilnahmen, und ich war als wichtiges Mitglied seines Hauses bekannt – als die Mätresse des Gouverneurs. Es würde bemerkt werden, wenn wir uns fernhielten. Andererseits wußte er, die Veranstaltung wäre ein Greuel für mich, und einem solchen wollte er mich nicht noch einmal aussetzen. Wahrscheinlich fürchtete er auch, ich könnte meine Abneigung verraten. Deshalb sollten wir in die Berge.

Seine Sorge um mich rührte mich. Ich fing an, mich mehr und mehr wohl zu fühlen in seiner Fürsorge.

Wir ritten auf Mauleseln los. Andere waren vollbepackt mit allem, was wir mitnehmen wollten. Die Kinder reisten in einer Sänfte. Abwechselnd setzten wir eines der Kinder vor uns aufs Maultier. Für die Kinder war das ein tolles Spiel. Carlos und Jacko waren höchst abenteuerlustig. Was sonst konnte man von Jake Pennlyons Söhnen erwarten? Ich glaube, den Alptraum in der Hütte hinter der Casa Azul hatte Carlos vollkommen überwunden. Er war ein Kind, das gut durchs Leben kommen würde, wie sein Vater. Er hatte nichts von der armen Isabella, war Jake Pennlyon, wie er leibte und lebte. Und Jacko würde genauso werden, denn er machte Carlos alles nach.

Es war keine lange Reise, vielleicht alles in allem dreißig Meilen, und ich war überwältigt von der exotischen Schönheit der Insel. Wir kamen an einem herrlichen alten Drachenbaum vorbei, der über zweitausend Jahre alt sein sollte. Mit dem Harz dieser Bäume bemalten sich die eingeborenen Guanchen ihre Haut, wenn sie auf Kriegszug gegen die spanischen Eroberer zogen. John Gregory, mit dem ich mich jetzt recht gut verstand, hatte mir davon erzählt. Auch Richard Rackell begleitete uns. Wir hatten ungefähr sechs Bedienstete und ein halbes Dutzend starker Männer bei uns, für den Fall, daß wir Schutz benötigen würden.

Wir kamen zur rechten Zeit an dem Haus in den Bergen an, in dem wir wohnen sollten. Da wir aus der Residenz des Gouverneurs kamen, wurden wir mit allem Respekt behandelt. Und dort, im Schatten des schneebedeckten Pico de Teido, verbrachten wir recht angenehme Tage.

Wir ritten in die Berge, pflückten goldene Orangen und spielten mit den Kindern. Es war eine glückliche Zeit.

Honey vermißte Luis, der zu Hause geblieben war, um sich in

494

Felipes Abwesenheit um die Geschäfte zu kümmern. Ich war glücklich, in dieser großartigen Landschaft, die von dem kegelförmigen Pico de Teido beherrscht wurde, zu sein. Felipe hatte mir spanische Bücher mitgegeben, damit ich etwas über Spanien lernen und mein Spanisch verbessern sollte. Ich hatte bereits viel über die Kanarischen Inseln gelesen, speziell über Teneriffa, das seinen Namen vom Garten des Atlas hatte, in dem goldene Äpfel, die Orangen, wuchsen. Die Drachenbäume waren die Wächter dieses zauberhaften ›Gartens‹.

Eines Tages erreichte uns eine Nachricht, unvorbereitet wie ein Schock: Isabella war tot.

Mich überfiel eine schreckliche Angst, wie ein dunkler Schatten lag sie über mir: Isabella war im Casa Azul die Treppe heruntergefallen und hatte sich das Rückgrat gebrochen. Das Unglück war geschehen fünf Tage nachdem wir weg waren, am Tag des auto da fé.

Ich war fassungslos. Alles paßte so nahtlos zusammen. Ich war weg. Don Felipe war weg. Wie oft hatte er gesagt:

»Wenn Isabella nicht wäre!«

Ich wünschte, er hätte nie mit mir über eine Heirat gesprochen, und ich wünschte, Isabella würde noch immer im Innenhof der Casa Azul wohnen und dort mit ihren Puppen spielen.

Wir brachen unseren Aufenthalt in den Bergen ab.

Don Felipe kam nach Hause und begrüßte mich förmlich. Trotzdem spürte ich das Ausmaß seiner Leidenschaft, die er nur mühsam unterdrückte.

Jennet war halb verrückt vor Aufregung. Von ihr erfuhren wir, wie es passiert war. Ihr Liebhaber hatte ihr alles in allen Einzelheiten beschrieben.

Sie mußte mir erzählen, was sie wußte.

»Es war so, Herrin«, sagte sie, »es war am Tag des auto da fé, und alle aus dem Haus waren in La Laguna.«

»Pilar, die Zofe, hat sie sicher nicht allein gelassen.«

»Doch, dieses eine Mal hat sie es getan. Es ist eine heilige Pflicht, zum auto da fé zu gehen.«

Ich hielt mir die Augen zu. O Gott, dachte ich, alle sind weggeschickt worden. Dem auto da fé beizuwohnen war ja heilige Pflicht. Und jeder hatte Angst, nicht hinzugehen... sogar Pilar ist gegangen. Hatte er das so geplant?

»Und sie? Diese arme Person?«

»Sie ist nicht hingegangen. Von ihr hat das auch niemand erwartet. Sie blieb bei ihren Puppen daheim.«

»War niemand bei ihr?«

»Doch, Edmundo, der starke Mann.« Ihre Stimme schien besonders viel Bewunderung auszudrücken, als sie von Edmundo, dem starken Mann, sprach. »Er war da und hat im Garten gearbeitet. Er sollte nach ihr sehen, falls sie einen Anfall bekam. Man sagt, wenn sie schrie und um sich schlug, hat er sie hochgehoben wie eine Stoffpuppe.«

»Es muß doch noch jemand im Haus gewesen sein?«

»Zwei Dienstmägde.«

»Und wo waren die?«

»Sie sagten, sie hätten geschlafen. Es war heiß, und sie machten Siesta. Und dann haben sie sie am Fuß der Treppe gefunden.«

»Wer hat sie gefunden?«

»Die beiden Mädchen. Als sie in ihr Zimmer gingen, war sie nicht da. Und als sie die Treppe herunterkamen, lag sie da. Sie haben gesagt, sie habe ganz verdreht dagelegen. Und dann sind sie schreiend zu Edmundo gerannt. Er sah sofort, was passiert ist, und hat sie nicht angerührt. ›Sie ist tot‹, hat er gesagt. ›Die Arme, sie ist tot.‹«

Ich hatte die Jalousien geschlossen und lag auf meinem Bett. Ich wollte im Dunkeln liegen, aber die gleißend helle Sonne stahl sich sogar durch die Ritzen, das Zimmer lag also nicht ganz im Dunkeln.

Leise ging die Türe auf, Felipe trat an mein Bett und schaute auf mich herunter.

»Ihr solltest nicht hierherkommen«, sagte ich.

»Ich mußte Euch sehen.«

»Aber doch nicht hier.«

»Ich muß Euch allein sprechen. Jetzt, da sie tot ist...«

»Sie ist gerade erst gestorben, auf eine so seltsame Weise gestorben...«

»Sie ist gestürzt. Es ist ein Wunder, daß das nicht schon früher passiert ist.«

»Sie ist aber gestürzt, als sie so gut wie allein im Hause war. Alle waren beim auto da fé, bis auf Edmundo und zwei Dienstmägde. Pilar war auch weg.«

»Es war ihre Pflicht zu gehen. Es passierte selten, daß sie fast alleine war.«

»Einmal genügte.«

»Sie ist tot. Ihr wißt, was das bedeutet. Ich bin frei.«

»Es ist nicht klug, solche Dinge zu sagen. Die Dienstboten horchen.«

Er lächelte leise.

»So habe ich Euch einmal gewarnt.«

»Jetzt erscheint es mir weitaus gefährlicher.«

»Ihr habt recht. Wir müssen warten, und das Warten wird nicht so schwer sein, denn am Ende wird sich dann der Wunsch meines Herzens erfüllen.«

»Ihr erinnert Euch an meine Königin und deren Liebhaber? Auch er hatte eine Frau, Amy Rosart. Sie starb, fiel die Treppe herunter. Einfach so! Man könnte fast annehmen, jemand, der von diesem Unglücksfall beeindruckt war, hätte beschlossen, ihn nachzuahmen.«

»Lord Dudley hat seine Frau mit dem stillschweigenden Einverständnis Eurer Königin ermordet.«

»Ja, wirklich? Vielleicht habt Ihr sogar recht. Manche sagen, es war Selbstmord, und manche sagen, es war ein Unglücksfall.«

»Manche kennen auch die Wahrheit.«

»Die Königin hat es bis heute noch nicht gewagt, ihn zu heiraten.«

»Weil sie keinen Rivalen neben sich auf dem Thron ertragen könnte.«

»Das auch... und weil, wenn sie ihn geheiratet hätte, dies bedeuten könnte, sie drücke bei einem Mord beide Augen zu... und das brächte das Risiko mit sich, selbst in den Verdacht zu geraten.«

»Schon möglich.«

»Don Felipe, Ihr steckt mitten in einem sehr ähnlichen Fall. Amy Rosarts Dienstboten waren bei einem Fest, Eure bei einem auto da fé. Und kaum ist das Haus so gut wie leer, stirbt Eure Frau.«

»Sie hätte schon so oft verunglücken können, und immer ist sie gerettet worden.«

»Aber diesmal war eben keiner da, der sie hätte retten können. Wenn Ihr Euch jetzt verheiratet, könnten einige sagen, Ihr hättet Euch von Eurer Frau befreit.«

»Hier bin ich Herr... ich bin der Gouverneur dieser Inseln.«

»Meine Königin ist die Herrin von England.«

Er sah einen Augenblick lang wie verloren aus, dann hob er den Kopf, und ich sah wieder seinen unnachgiebigen Stolz, seinen unbeugsamen Willen zum Erfolg. Er hatte die raffinierte Geschichte eingefädelt, mich nach Teneriffa bringen zu lassen und jetzt war er entschlossen, mich zu heiraten und Roberto als seinen legitimen Erben anzuerkennen. Nichts konnte ihn mehr zurückhalten. Und ich fragte mich: Felipe, welche Rolle hast du bei alledem gespielt? Du warst zwar nicht hier, als Isabella gestorben ist, aber du hast mich auch nicht selbst aus England geholt. Du bist ein Mann, der, wenn er sich ein Ziel setzt, auch andere für sich arbeiten lassen kann. Nimm dich in acht, Don Felipe.

Er streckte mir eine Hand entgegen, aber ich ergriff sie nicht. Dann verließ er mich, und ich blieb in meinem verdunkelten Zimmer allein.

Isabella wurde mit allem Pomp beerdigt.

Man sagte, sie wäre vom Teufel besessen gewesen, als sie auf der Treppe gestanden habe, und sie sei, wie schon so oft, gestürzt und hätte dabei den Tod gefunden.

Der Tod lag wie ein Schatten über dem Haus. Nur bis in unser Kinderzimmer drang er nicht, wo Honey und ich die meiste Zeit verbrachten. Die Wochen vergingen, und wir verfielen wieder in unsere alte Routine.

Oft dachte ich über Isabella nach und darüber, was wohl wirklich passiert war. Hatte sie Pilar plötzlich vermißt? War sie gegangen, sie zu suchen? Ich sah sie am oberen Ende der Treppe stehen und plötzlich herunterstürzen. Ich sah sie unten liegen. Arme kleine Isabella.

Wie oft hatte er gesagt: Wenn Isabella doch nicht wäre! Doch er war ja weit weg gewesen.

Edmundo allerdings war in der Casa Azul gewesen, und er war ein starker Mann. Wie oft hatte er Isabella wie eine Stoffpuppe getragen. Er war Felipes Diener. Würde er alles tun, was sein Herr ihm befiehlt? Alles?

So drehten sich meine Gedanken im Kreise.

Sechs Monate waren vergangen, und Felipe sagte zu mir:

»Es wird Zeit, daß wir heiraten.«

»Es ist noch zu früh.«

»Ich kann nicht bis in alle Ewigkeit warten.«

»Vor sechs Monaten hattet Ihr noch eine Frau.«

»Jetzt habe ich keine Frau ... ich habe nie eine Frau gehabt.«

»Ich weiß, aber es wäre nicht klug.«

»Ich werde Euch schützen. Bald gehen wir nach Spanien. Ich werde Euch mitnehmen.«

»Wir sollten noch eine Weile warten.«

»Aber ich will nicht mehr warten.«

»Und ich habe mich noch nicht entschlossen. Ich denke oft an zu Hause. Meine Mutter wird mich nie vergessen. Sicher betrauert sie mich bereits.«

»Sagt, daß Ihr mich heiraten wollt, und ich werde ihr eine Nachricht schicken. Es ist Wahnsinn, es ist gefährlich, aber ich werde es tun, um Euch zu beweisen, wie sehr ich Euch liebe.«

Ich sah ihn an, und eine große Zärtlichkeit ergriff mich. Er streckte seine Arme aus, und ich legte mich in sie hinein. Er hielt mich fest an sich gepreßt. So viel Liebe konnte ich nicht mehr widerstehen.

Hatte ich nicht bitter erfahren, daß man nicht die volle Erfüllung seiner Träume erwarten durfte? Honey wußte es. Sie hatte Edward genommen und war glücklich mit ihm geworden, und jetzt war sie es mit Luis. Und Don Felipe hatte bewiesen, daß er mich mit zärtlicher Ergebenheit liebte. Ich konnte ihn nicht mehr länger zurückweisen. Obendrein war er auch der Vater meines Kindes.

»Meine Liebe, schreibt Eurer Mutter einen Brief. Sagt Ihr, daß es Euch gutgeht und daß Ihr glücklich seid. John Gregory soll den Brief nach England bringen. Er wird mit dem nächsten Schiff abreisen. Nur eine Bedingung: Keine Namen. Auch dürft Ihr nicht erwähnen, wo Ihr Euch befindet, ich will kein Risiko eingehen. Ich hoffe, Ihr seht so, wie sehr ich Euch liebe.«

Da habe ich Don Felipe versprochen, seine Frau zu werden.

Wir wurden ganz im stillen in einer kleinen Kapelle getraut. Und ich war nicht unglücklich. Manchmal mußte ich sogar leise in mich hineinlachen, wenn ich an die Zeit meiner Erniedrigung dachte, damals, als ich keine andere Wahl hatte, als mich ihm auszuliefern. Ich erinnerte mich, daß er befohlen hatte, ich sollte Nachthemden von Isabella tragen, ihr Parfum benutzen. Jetzt gab es niemanden, an den er denken wollte, nur mich. Aber Isabella stand trotzdem zwischen uns, für ihn mehr als für mich.

Wie anders jetzt alles war. Wie sehr mich dieser stille Mann doch liebte! Wie seltsam, daß er, dessen Gefühle so schwer zu erwecken waren, eine so tiefe Leidenschaft für die Vertreterin eines feindlichen Volkes empfand, eines Volkes, das er als barbarisch verachtete.

Ich werde ihm nie vergessen, daß er mir erlaubt hatte, meiner Mutter einen Brief zu schicken. Ich träumte oft von ihr; in ihrem alten Klostergarten hielt ich mit ihr Zwiesprache. Sie dachte sicher oft an mich.

Vielleicht hat sie meinen Brief bereits bekommen und weint darüber. Vielleicht steckt sie ihn in ihr Leibchen und sagt: »Die Hände meines Lieblings haben ihn berührt!« Und nie würde sie ihn ablegen.

Ich mußte Felipe dankbar sein.

Er liebte mich, und er liebte unseren Sohn. Aber nur uns zeigte er die liebevolle Seite seines Charakters. Ich hatte mir schon früher gedacht, daß, sollte er einmal lieben, seine Liebe aufrichtig und ergeben sein würde. Wie recht ich gehabt hatte! Jetzt widmete er seiner Liebe dieselbe Leidenschaft wie damals seiner Rache.

Wir erlebten Augenblicke großen Glücks, und der Mittelpunkt seines Glücks waren ich und unser Sohn.

Er liebte es, mit mir auf dem Bett zu liegen und über unsere Zukunft zu sprechen. Ich liebte es, den Namen unseres Jungen auszusprechen. Wenn wir allein zusammen waren, sprach er ihn anders. Ich war oft überwältigt von der Tatsache, daß ein so eigensinniger Mann so zärtlich lieben konnte.

»Catalina, Catalina, meine Liebe«, flüsterte er mir ins Ohr.

Er war wirklich glücklich, und es war beglückend, einem anderen Menschen eine so tiefe Freude bereiten zu können.

Als nächstes erkannte er Roberto als seinen Sohn an. Dann und wann kamen Schiffe aus Spanien, die Herren aus dem Escorial nach Teneriffa brachten. Auch Schriftstücke kamen aus Madrid, und er zeigte sie mir strahlend.

»Roberto ist mein Erstgeborener. Jetzt ist alles so geregelt, als wären wir bereits verheiratet gewesen, als er auf die Welt kam. Jetzt hat er Anspruch auf sein Erbe.«

»Und Carlos?« fragte ich.

Seine Stirn umwölkte sich. Er hatte Carlos nie gemocht, obwohl er seine Anwesenheit mir zuliebe akzeptiert hat.

»Von mir bekommt er nichts, aber die Familie seiner Mutter wird einen reichen Mann aus ihm machen.«

Damit war ich zufrieden.

Felipe sprach oft mit mir über die Zeit, da wir nach Madrid gehen würden. Er konnte es jetzt kaum mehr erwarten zurückzugehen. Don Luis war bereit, das Amt des Gouverneurs zu übernehmen, und es gab keinen Grund mehr, warum wir nicht abreisen sollten.

Wir waren blind gewesen, als wir heirateten und glaubten, niemand würde sich deswegen Gedanken machen.

Die Königin von England hatte nicht gewagt, ihren Geliebten zu heiraten, nachdem seine Frau auf so mysteriöse Art und Weise gestorben war. Hätte der Gouverneur einer kleinen Insel diesbezüglich weniger vorsichtig sein dürfen?

Es wurde gewispert.

Manuela machte mich als erste darauf aufmerksam.

»Herrin«, sagte sie und ihre Augen flackerten, »die Leute sagen, Ihr seid eine Hexe.«

»Ich eine Hexe?«

»Man sagt, Ihr hättet den Gouverneur verhext. Er war nie so, wie er jetzt zu Euch ist.«

»Wie sollte er auch? Ich bin seine Frau.«

»Er hatte früher auch eine Frau.«

»Unsinn. Du weißt ganz genau, was mit der Frau des Gouverneurs war.«

»Sie war vom Teufel besessen.«

»Sie war einfältig, ihr Geist war verwirrt.«

»Die Leute sagen, sie sei besessen gewesen. Und daß Ihr dem Teufel befohlen hättet, in sie zu fahren.«

Ich mußte lachen. »Ich hoffe, du sagst ihnen, wie dumm sie sind. Sie war schon vom Teufel besessen, noch ehe ich etwas von ihrer Existenz wußte, das weißt du genau.«

»Aber die Leute sagen dennoch, ihr hättet das Schicksal der Unglückseligen zu verantworten.«

»Sie sind alle verrückt!«

»Ja«, sagte sie voller Unbehagen. Das war nur der Anfang.

Ich wurde heimlich beobachtet. Wenn ich nach La Laguna hineinkam, schauten die Leute weg, und wenn ich mich plötzlich umdrehte, sah ich, wie sie mir nachschauten. Einmal hörte ich hinter mir das geflüsterte Wort ›Hexe‹.

Im Casa Azul waren die Jalousien geschlossen.

Felipe tat so, als merkte er nicht, wie die Spannung um uns herum wuchs, aber mir konnte er nichts vormachen. Eines Abends kam er in unser Schlafzimmer, mit zusammengebissenen Zähnen, Furcht stand in seinen Augen. Er hatte den größten Teil des Tages in La Laguna verbracht.

»Ich wünschte, wir wären schon in Madrid. Dann hätte dieser Unsinn wenigstens ein Ende.«

»Was für ein Unsinn?«

»Es wird zuviel geredet. Irgend jemand ist in La Laguna gewesen und hat eine Menge Unsinn verbreitet. Nun haben sie keine Wahl mehr, sie müssen etwas unternehmen.«

»Was unternehmen?«

»Isabellas Tod. Sie werden Erkundigungen einziehen.«

Manuela saß und flickte Carlos Tunika. Ihre Hände zitterten.

»Was hast du denn, Manuela?«

Sie schaute mich mit ihren großen ängstlichen Augen an.

»Sie haben Edmundo zum Verhör geholt. Er war es doch, der sie gefunden hat, als sie mit gebrochenem Hals am Fuß der Treppe gelegen hat. Sie werden ihn ausfragen.«

»Er wird ihnen antworten, und sie werden zufrieden sein müssen mit dem, was er ihnen sagt«, sagte ich, »und dann wird er wieder nach Hause kommen.«

»Leute, die zum Verhör geholt werden, kommen oft nicht mehr nach Hause.«

»Warum sollte Edmundo nicht nach Hause kommen?«

»Wenn sie jemanden ausfragen, dann wollen sie auch die Antwort bekommen, die sie hören wollen. Womöglich wird er gefoltert. Unter der Folter gestehen auch Unschuldige Dinge, die sie nicht getan haben.«

»Edmundo kann gar nichts passieren. Er war immer so lieb zu Isabella, sie hat ihn sehr gern gehabt.«

»Sie ist tot, und er wird jetzt verhört.«

Ich hatte erfahren, daß Manuela und Edmundo in dem Gefolge waren, das Isabella aus Spanien mitgebracht hatte.

Manuela war eines ihrer Mädchen gewesen, und Edmundo wußte, wie man sie behandelte, wenn sie ›besessen‹ war. Als die Piraten kamen, hatte Manuela sich versteckt und sich damit gerettet. Sie war während der Monate der Schwangerschaft und dann bei Carlos' Geburt bei Isabella gewesen. Sie hatte Carlos geliebt und ihn vor den wechselnden Gefühlen seiner Mutter, bestehend aus Liebe oder Abneigung, zu schützen versucht. Und als der Junge dieser gräßlichen Frau in Pflege gegeben worden war, hatte sie getan, was sie konnte, um ihm zu helfen.

Verständlich, daß sie beunruhigt war, da man Edmundo zum Verhör abgeholt hatte.

Das Ergebnis des Verhörs versetzte mich in Erstaunen. Edmundo gestand, seine Herrin ermordet zu haben. Er hatte ihr ein mit Rubinen besetztes Kreuz aus ihrer Schmuckschatulle gestohlen, um es einem Mädchen zu schenken, das er liebte. Isabella hatte ihn dabei überrascht, und aus Angst vor den Konsequenzen hatte er sie mit einem feuchten Tuch erstickt und sie anschließend die Treppe hinuntergeworfen.

Er wurde auf dem Hauptplatz von La Laguna gehängt.

»Das ist das Ende dieser Geschichte«, sagte Felipe.

Mir allerdings ging die Erinnerung nicht aus dem Kopf, wie vorsichtig Edmundo die arme Isabella in seinen Armen gehalten hatte, als sie den Anfall hatte, dem ich beiwohnte. »Er war immer so lieb zu ihr«, sagte ich, »man kann nicht glauben, er sei des Mordes fähig gewesen.«

»Menschen sind unergründlich«, antwortete Felipe.

»Aber es ist schwer, so etwas von Edmundo zu glauben.«

»Er hat gestanden, und die Affäre hat ein Ende, meine Liebe.«

Ich war zwar verstört, aber im Grunde erleichtert, daß sich das Mysterium aufgeklärt hatte.

Weihnachten kam und ging vorüber. Ich dachte an zu Hause, an die Komödianten und die Festgetränke und an den Christbaum. Ich fragte mich, ob John Gregory bereits in England war und meine Mutter meinen Brief schon bekommen hatte.

Was für ein Weihnachtsgeschenk dieser Brief für sie sein würde!

Zu Felipes Enttäuschung war ich noch nicht in anderen Umständen. Ich war mir nicht so sicher, ob ich auch enttäuscht war oder nicht. Ich sehnte mich nach Kindern, aber ich konnte Isabella nicht vergessen. Obwohl Edmundo gestanden hatte, stand sie immer noch zwischen mir und meinem Mann. Manchmal hatte ich das Gefühl, Felipe sei mir fremd. Ich glaubte nicht einen Augenblick daran, daß er sie je geliebt hatte. Ich glaubte ihm, daß die einzige Liebe in seinem Leben die war, die er für mich empfand. Und es war nicht zu übersehen, daß seine Liebe zu mir sich immer wieder neu bewies, im Ton seiner Stimme etwa. Und ich hatte ihm Roberto geschenkt – einen kräftigen kleinen Burschen, der inzwischen drei Jahre alt geworden war. Aber irgend etwas verheimlichte er mir, vielleicht konnte ich deshalb nicht empfangen.

In Teneriffa fror ich nie, der Unterschied zwischen Sommer und Winter war minimal. Unangenehm wurde es nur, wenn der Südwind aus Afrika herüberblies, aber das geschah nicht allzu oft. Ich mochte die feuchte warme Luft dort und hatte keine besondere Lust, sie gegen die extremen Temperaturen in Spanien einzutauschen. Oft mußte ich an die kalten Wintertage in unserem Kloster in

England denken. Einmal war sogar die Themse zugefroren gewesen, und wir konnten auf ihr spazierengehen.

Ich dachte an das große Holzfeuer und daran, wie die Komödianten ihre Hände erst warmklatschen mußten, ehe sie mit ihrer Vorstellung beginnen konnten. Ich dachte so viel an zu Hause, manchmal fühlte ich einen dumpfen Schmerz in meiner Kehle, so groß war meine Sehnsucht.

Aber ich hatte hier einen Mann, der mich liebte, und einen süßen kleinen Sohn.

Im Januar wurde der Umzug der drei Weisen aus dem Morgenlande veranstaltet, und wir nahmen die Kinder mit nach La Laguna. Was für eine Aufregung das war! Mit Vergnügen lauschte ich ihrem Geplapper.

Es gab so vieles, was ich genoß.

Die Zeit verflog, und bald kam die Osterwoche, eine Zeit großer Festlichkeiten. Wieder einmal zogen Prozessionen durch die Stadt, aber als ich die weißgekleideten Gestalten sah, mußte ich an den Tag denken, an dem ich auf dem Hauptplatz gesessen und das Schicksal der Menschen mit angesehen hatte, die anderen Glaubens waren. Mir wurde schlecht, und wieder überwältigte mich brennende Sehnsucht.

Oft habe ich mit Honey über mein plötzliches Heimweh gesprochen, und sie gestand mir, daß es ihr nicht anders erging. Don Luis betete sie an, und sie hatte ihre kleine Tochter, so wie ich meinen Sohn hatte; unser Zuhause aber würden wir nie vergessen. Der Mittelpunkt, um den sich unsere Gedanken drehten, war meine Mutter, für Honey genauso wie für mich.

Wir waren auf unseren Mauleseln nach La Laguna geritten, um die Prozession zu sehen. Die Kinder hatten wir zurückgelassen; wir hatten Angst, es könnte ihnen in der Menschenmenge etwas zustoßen. Honey und ich standen Seite an Seite. Wir hatten zwei Stallburschen bei uns, denn ohne Schutz durften wir nie ausreiten. Als wir so in der Menge standen, spürte ich, wie sich jemand von hinten an mich drückte.

Ich drehte mich um und sah in ein Paar fanatischer Augen, die mich anstarrten.

»Pilar!« rief ich aus.

»Hexe!« zischte sie. »Ketzerische Hexe!«

Ich begann am ganzen Körper zu zittern. Die Menschenmengen auf dem Hauptplatz weckten so schreckliche Erinnerungen in mir.

»Ich habe Pilar in der Stadt gesehen«, sagte ich zu Felipe. »Sie haßt mich. Das habe ich an ihrem Blick erkannt.«

»Sie ist ganz in ihrer Aufgabe aufgegangen. Sie war seit Isabellas Geburt bei ihr.«

»Ich glaube, sie denkt, ich sei für Isabellas Tod verantwortlich.«

»Sie ist verstört. Sie wird ihren Kummer schon überwinden.«

»Ich habe noch nie so viel Haß gesehen wie in ihren Augen, als sie mich anstarrte. Sie hat mich Hexe genannt, ketzerische Hexe.«

Auf die Veränderung in Felipes Zügen, die nun eintrat, war ich nicht vorbereitet gewesen. Ich bemerkte bei ihm panische Angst, als seine Lippen das Wort ›ketzerisch‹ nachformten. Und plötzlich schien ihn seine Selbstkontrolle zu verlassen, die sonst immer ein wesentlicher Teil seines Wesens gewesen war. Er nahm mich in die Arme und hielt mich ganz fest.

»Catalina«, sagte er, »wir müssen schleunigst nach Madrid. Wir dürfen nicht mehr länger bleiben.«

Schreckliche Angst erfaßte auch mich. Wenn es dunkel wurde, hatte ich jetzt oft das Gefühl, beobachtet zu werden. Nicht, daß ich hätte sagen können, wieso. Aber immer wieder glaubte ich, Schritte zu hören, die mir folgten, oder das leise Schließen einer Tür, wenn ich im Zimmer war, so als ob jemand sie aufgemacht hätte, um mich zu beobachten, und sie dann wieder zumachte. Ein- oder zweimal habe ich mir sogar eingebildet, jemand wäre, während ich draußen war, in meinem Zimmer gewesen. Einige Dinge lagen nicht mehr an ihrem richtigen Platz, und ich wußte, ich hatte sie nicht weggeräumt.

Ich warnte mich selbst, mich nicht um meinen Verstand bringen zu lassen. Doch seit Isabellas Tod und meiner Verheiratung war die Spannung stetig gestiegen. Ich konnte Pilars Gesicht nicht vergessen, als sie mir die Worte ›Hexe! Ketzerische Hexe‹ ins Ohr zischte, und ich hatte mich in eine große Angst hineingesteigert.

Ich ahnte, daß ich von Haß umringt war. Irgend jemand wollte mich vernichten. Und das, was ich in meiner Schublade fand, bestärkte mich in meiner Ahnung.

Ohne etwas Böses zu ahnen, hatte ich die Schublade aufgezogen, und da lag eine Puppe und schaute mich an. Sie war aus Wachs gemacht, ein hübsches Mädchen, mit schwarzem, aufgestecktem Haar, in dem ein winziger Kamm steckte. Das Kleid war aus Samt, und die Ähnlichkeit traf mich wie ein Blitz: Isabella! Niemand anderen sollte die Puppe darstellen.

Ich nahm sie in die Hand. Entsetzen überwältigte mich, als ich ihr an der Stelle, wo ihr Herz sitzen müßte, eine Nadel aus dem Kleid zog.

Irgend jemand hatte die Puppe in meine Schublade gelegt. Aber wer? Irgend jemand hatte die Puppe Isabella sehr ähnlich angefertigt. Und irgend jemand hatte ihr eine Nadel ins Herz gestoßen.

Mit der Puppe in der Hand stand ich da, wie zur Salzsäule erstarrt.

Die Tür ging auf. Ich fuhr erschreckt hoch und sah etwas Dunkles im Spiegel.

Zu meiner grenzenlosen Erleichterung war es nur Manuela.

Ich hielt die Puppe in der Hand und wandte mich ihr zu. Ich wußte nicht, ob sie bemerkte, wie erschreckt ich war.

»Die Kinder sind bereit, gute Nacht zu sagen«, sagte sie.

»Ich komme gleich, Manuela.«

Sie verschwand wieder, und ich starrte auf die Puppe in meiner Hand. Ich warf sie in die hinterste Ecke meiner Schublade und ging ins Kinderzimmer. Dort war es mir unmöglich zuzuhören, was die Kinder erzählten. Ich konnte nur an das scheußliche Ding denken.

Wer hatte die Puppe da hineingetan? Jemand, der mir Böses wünschte, natürlich. Jemand, der mir Isabellas Tod vorwarf. Ich mußte sie schleunigst vernichten. Solange sie noch in der Schublade lag, war ich meines Lebens nicht sicher.

Gleich nachdem ich die Kinder zugedeckt hatte, ging ich wieder in mein Zimmer.

Ich zog die Schublade auf... aber die Puppe war verschwunden.

Ich erzählte Felipe von dem Vorkommnis und merkte, daß er entsetzliche Angst bekam.

»Und sie ist verschwunden?« rief er. »Du hättest sie nicht in die Schublade zurücklegen dürfen. Du hättest sie gleich vernichten sollen.«

»Bedeutet das alles, daß jemand glaubt, ich hätte Isabella getötet?«

»Es bedeutet, daß jemand gern beweisen möchte, daß du eine Hexe bist.«

Ich mußte nicht noch fragen, was das am Ende bedeuten konnte.

»Das hat man mir schon auf dem Schiff vorgeworfen«, sagte ich

zitternd. »Damals bin ich nur mit knapper Mühe einem schrecklichen Tod entronnen.«

»Einer der Seeleute muß geredet haben. Wir müssen so rasch wie
möglich von hier weg.«

Und er beschleunigte die Vorbereitungen für unsere Abreise.

Furcht lag über der Gouverneursresidenz. Der unheimliche Schatten der Inquisition breitete sich über uns aus. Manchmal wachte ich
schreiend auf, weil ich geträumt hatte, ich wäre wieder auf dem
Hauptplatz, schaute hinunter aus meiner Loge... und sah mich
selbst in einem dieser gräßlichen ›sambenitos‹, dem Armesünder-
hemd. Ich hörte schon die Flammen zu meinen Füßen knistern und
erwachte schreiend. Felipe nahm mich in die Arme und beruhigte
mich.

»Bald werden wir sicher in Madrid sein.«

»Felipe«, fragte ich, »was passiert, wenn sie kommen und mich
holen? Wann kommen sie?«

»Oft kommen sie mitten in der Nacht. Sie klopfen dann an die
Tür und rufen: ›Öffnet das Haus, im Namen der heiligen Inquisition.‹« Dies waren die Worte, die keiner zu mißachten wagte.

»Und dann holen sie mich fort, Felipe, und verhören mich, und
ich muß ihre Fragen beantworten. Was habe ich da zu befürchten?«

»Alle, die in die Hände der Inquisition fallen, haben das
Schlimmste zu befürchten.«

»Auch die Unschuldigen?«

»Auch die Unschuldigen. Wenn sie glauben, daß du eine Hexe
bist, holen sie dich«, fuhr er fort. »Wenn sie in der Nacht kommen... ich werde dich verstecken. Ich werde tun, als wärest du
plötzlich verschwunden, als wärest du wirklich eine Hexe und mit
dem Teufel im Bunde. Hier im Schlafzimmer gibt es eine Geheim-
tür.« Er zeigte sie mir.

»Du mußt dich hier verstecken, bis ich dich in Sicherheit bringen
kann.«

»Felipe, würde diese Frau gegen mich aussagen?«

»Das kann schon sein. Und wenn sie es tut, holen sie dich.«

»Glaubst du, sie hat es schon getan?«

»Das weiß ich nicht. Die Leute gehen nicht gern zur Inquisition,
auch wenn sie über andere aussagen wollen, denn es ist schon passiert, daß sie selbst in die Angelegenheit hineingezogen worden
sind. Wir können nur beten, daß Pilar nicht auch anderen gegenüber das geäußert hat, was sie dir vorwarf.«

Ich zitterte in seinen Armen, und er sagte tröstend: »Seit wann hast du denn Angst? Wir werden alle, die uns übel wollen, überlisten.«

»Wenn du mich verhsteckst, ist das doch ein Akt gegen die Inquisition?« fragte ich. Er schwieg.

»Du würdest meinetwegen gegen die Inquisition handeln? Du würdest eine Ketzerin in deinem Haus behalten, weil du sie liebst?«

»Pst! Sprich dieses Wort nie mehr aus, Catalina, auch wenn wir alleine sind. Wir müssen vorsichtig sein. Ich werde unsere Abreise beschleunigen. Wenn wir hier weg sind, sind wir in Sicherheit.«

Die Tage vergingen. Wir warteten auf ein Schiff. Sobald es kam, würden wir Teneriffa und Honey und Luis und der kleinen Edwina auf Wiedersehen sagen. Ich hatte Felipe dazu überredet, Carlos mitnehmen zu dürfen. Manuela sollte uns begleiten, und Jennet und Jacko auch.

Ich war untröstlich bei dem Gedanken, Honey zurücklassen zu müssen; aber ich wußte auch, daß ich mich in Lebensgefahr befand. Und das Wissen, daß man jeden Moment an unsere Tür klopfen könnte, war schlimm für mich.

Ich erfuhr, daß Pilar erkrankt war und zu Bett lag. Ich schickte Manuela, um nach ihr zu sehen. Manuela war eine gute, treue Dienerin und mir sehr dankbar, weil ich Carlos zu uns genommen hatte, den sie so sehr mochte.

Ich hoffte, sie könnte herausbekommen, wie weit Pilar mit ihren Anschuldigungen bereits gegangen war. Vielleicht war schon alles zu spät ...

Als sie zurückkam, rief ich sie zu mir in mein Schlafzimmer, wo wir ungestört miteinander sprechen konnten, ohne belauscht zu werden.

»Pilar ist wirklich krank«, sagte sie. »Krank am Herzen und krank am Körper.«

»Hat sie von Isabella gesprochen?«

»Die ganze Zeit. Die Mägde haben mir erzählt, daß sie nächtelang durch die Casa Azul wandert und nach Isabella ruft, daß sie ihnen nicht erlaubt, die Puppen zu berühren. Sie hat sie alle in ihrem Zimmer.«

Ich nickte.

»Manuela, ich möchte alles wissen«, sagte ich. »Ganz egal, was. Ich weiß, daß sie mich haßt, weil ich Don Felipe geheiratet habe. Aber Isabella ist ihm nie eine Frau gewesen. Du weißt das.«

»Sie redet ununterbrochen, über tausend verschiedene Dinge.

Sie verflucht Edmundo. ›Alles wegen eines Kreuzes‹, sagt sie, ›wegen eines rubinbesetzten Kreuzes! Du erinnerst dich doch daran, Manuela? Sie hat es so selten getragen.‹«

»Erinnerst du dich wirklich daran?«

»Ja, es war wunderschön. Ich habe nämlich eine besondere Vorliebe für Rubine. Das Kreuz ist nie gefunden worden.«

»Edmundo hat es jemandem geschenkt, so wird zumindest angenommen. Einem Mädchen, das er geliebt hat.«

»Wer war dieses Mädchen?«

»Wer kann schon erwarten, daß es sich zu erkennen gibt? Dazu hat es wahrscheinlich viel zuviel Angst. Vielleicht hat Edmundo das Kreuz aber auch irgendwo versteckt. Wer kann das schon wissen? Jedenfalls hat er Isabella getötet, weil sie ihn überraschte und so sein Leben in Gefahr geraten war. Wer ein so wertvolles Kreuz stiehlt, wird gehängt. Er hat sie umgebracht, um seine eigene Haut zu retten.«

Manuela schüttelte den Kopf. »Es war schrecklich, wie sie ihn verfluchte. Ich wäre am liebsten davongelaufen. Aber dann hat sie plötzlich von Euch zu sprechen begonnen, Herrin.«

»Was hat sie von mir gesagt?«

»Sie hat gesagt, daß sie Euch sehen möchte. Sie hat gesagt, daß sie zu Euch kommen wollte, aber da sie krank sei, müßtet Ihr zu ihr kommen.«

»Ich werde zu ihr gehen«, sagte ich.

Und Manuela nickte.

Felipe hatte ich nichts gesagt, da ich fürchtete, er würde mich daran hindern; aber ich mußte mit Pilar sprechen. Ich mußte versuchen, ihr alles zu erklären. Ich wünschte, ich hätte es schon damals getan, als sie mich auf der Straße beschimpfte, aber ich war zu bestürzt gewesen. Ich wollte sie fragen, warum sie meinte, daß ich eine Hexe wäre. Ich mußte sie davon überzeugen, daß ich nichts dergleichen war.

Ich hatte das Gefühl, daß sie etwas von der Puppe wußte. Hatte sie sie in meine Schublade gelegt? Aber wie sollte sie das getan haben? Sie kam nie in unser Haus. Vielleicht aber gab es Leute, die hier für sie arbeiteten, Leute, die mich haßten, genau wie Pilar, und die beweisen wollten, daß ich für den Tod Isabellas verantwortlich war.

Ich packte einen Korb voll Delikatessen und ging zu ihr hinüber. Als ich das Gittertor öffnete, überfiel mich eine schreckliche Ahnung, alles in mir schien mich warnen zu wollen. Da lag der Innenhof vor mir, da das Fenster und der Balkon, auf dem ich Isabella zum erstenmal mit ihrer Puppe gesehen hatte. Hier hatte Edmundo sie so liebevoll hochgehoben, als sie gestürzt war. In Gedanken sah ich Edmundos leblosen Körper auf dem Hauptplatz von La Laguna an einem Strick baumeln.

Wie still es war! Ich drückte die Haustür auf. Kaum wagte ich, mich umzuschauen. Da war die Treppe, und ich stellte mir Isabella an ihrem Fuße liegend vor.

Ich wußte nicht recht, was ich tun sollte.

Geh weg, sagte mir eine innere Stimme. Lauf... solange noch Zeit ist. Geh weg von hier! Du bist in Gefahr!

Plötzlich stand jemand hinter mir. Eine der Dienerinnen dürfte gesehen haben, wie ich das Haus betreten hatte, und mußte mir gefolgt sein.

Sie sah mich mit weit aufgerissenen Augen an. Sie hatte offensichtlich Angst vor mir.

»Ich bin gekommen, Pilar zu besuchen«, sagte ich.

Sie nickte und wandte den Blick ab, als fürchte sie, somit etwas Böses sehen zu müssen.

Sie lief die Treppe hinauf, und ich folgte ihr.

Oben öffnete sie eine Tür und ich trat ein.

Der Raum war ziemlich dunkel. Auf dem Bett lag Pilar. Ihr über die Schultern fallendes Haar verlieh ihr etwas Wildes.

Ich machte einen Schritt auf das Bett zu und versuchte, normal zu ihr zu sprechen.

»Es tut mir leid, daß Ihr krank seid, Pilar. Ich habe Euch etwas mitgebracht. Ihr wolltet mich sprechen?«

»Glaubt Ihr, ich würde irgend etwas essen, was aus Eurem Hause kommt – diesem Sündenpfuhl? Glaubt Ihr, ich würde irgend etwas essen, das Ihr mitgebracht habt? Ihr... eine Hexe! Ihr seid an allem schuld! Ihr habt alles verhext. Isabellas Tod geht auf Euer Konto!«

»Hört zu, Pilar, ich bin gewiß keine Hexe. Und ich war nicht hier, als Isabella gestorben ist.«

Ihr Gelächter klang schrecklich, grausam und höhnisch.

»Ihr wollt nichts davon wissen? Ihr wißt alles! Ihr und Euresgleichen! Ihr seid listig, Ihr seid mit dem Teufel im Bunde. Hatte sie noch nicht genug erlitten? Doch Ihr mußtet ihn haben! Deshalb habt Ihr einen Zauber ausgelegt, und sie ist gestorben... Isabella, mein armes, unschuldiges Lamm.«

»Ich habe niemanden verzaubert...«

»Erzählt mir keine Lügen, spart Euch die für die anderen... wenn die Zeit gekommen ist! Sie werden Euch aber genauso wenig glauben wie ich.« Sie steckte ihre Hände unter ihr Bettkissen, und als sie sie wieder hervorzog, hielt sie etwas mit ihren Fingern fest umklammert. Zu meinem Entsetzen erkannte ich die Puppe, die Isabella darstellen sollte.

»Wo habt Ihr sie her? Wer hat sie Euch gegeben?«

»Ich habe es, das Beweisstück! Es wird sie überzeugen. Und Ihr werdet sterben... sterben... genau wie sie... nur viel grausamer!«

»Wo habt Ihr die Puppe her?« fragte ich sie noch einmal. »Ich habe sie einmal gesehen, in meiner Schublade. Habt Ihr sie da versteckt?«

»Ich? Ich habe dieses Bett nicht verlassen.«

»Dann jemand in Eurem Auftrag.«

»Sagt ihnen das, wenn Ihr vor Gericht steht! Sagt ihnen das, wenn die Flammen bereits um Eure Hüften züngeln!«

Ich hielt es nicht mehr länger aus. Es gab nichts, was ich ihr noch hätte sagen können.

Ich drehte mich um und rannte aus dem Zimmer, die Treppe hinunter und hinaus an die frische Luft.

Und ich rannte immer weiter, bis ich in unserem Haus ankam.

Felipe war entsetzt, als er hörte, was sich abgespielt hatte.

»Wenn sie gegen dich ausgesagt hat, können sie jeden Moment kommen. Sobald das Schiff da ist, müssen wir weg.«

So vergingen Tage voller Unruhe und Angst. Man denkt, es sei nicht möglich, Tag für Tag unter solch einer Spannung zu leben, aber wir gewöhnten uns daran.

»Ich verstehe das nicht. Wenn sie wirklich gegen dich ausgesagt hat, müßten sie schon längst da sein«, sagte Felipe. »Wahrscheinlich hat sie noch nichts unternommen, weil sie krank ist. Solange sie ans Bett gefesselt ist, kann sie uns nicht gefährlich werden. Solange sie krank ist, sind wir sicher. Und das Schiff muß jetzt jeden Tag eintreffen.«

Ich stellte mir das Leben vor, das uns in Spanien erwartete.

Wir wollten auf Felipes Landgut leben. Zeitweise würde er dem König zur Verfügung stehen müssen. Vielleicht würde man ihn auch zu Missionen in andere Länder schicken, in so einem Fall sollte ich ihn begleiten.

Das Leben in Spanien würde zwar nicht viel anders sein als hier auf Teneriffa, aber ich fürchtete, ich würde mich nie an das spanische Zeremoniell gewöhnen, mich nie richtig einordnen können. Allerdings glaubte ich, Felipe verlangte das auch gar nicht von mir. Er liebte mich so, wie ich war, liebte mich vielleicht gerade deshalb, weil ich so anders war als die Frauen seines Landes.

Ich mußte versuchen, nicht immer an England zu denken. Ich war mit einem Spanier verheiratet, und mein Sohn war halb spanisch.

Wenn ich nur gewußt hätte, wie es meiner Mutter ging. Und was ist wohl aus John Gregory geworden, dachte ich oft.

Bald würde das Schiff kommen, und wir würden dieses Haus verlassen, in dem ich so vielen verschiedenen Gefühlen ausgesetzt gewesen war. Ich mußte versuchen, ganz von vorn anzufangen, wenn wir von hier fort waren – ja das mußte ich wohl.

Honey und ich sprachen viel über die Zukunft. Sie hatte sich leichter angepaßt als ich. Sie war nicht so heftig und ungestüm wie ich, vielleicht konnte sie aber auch ihre Gefühle nur besser verbergen. So wie sie früher als Frau Edwards einen vollkommen glücklichen Eindruck gemacht hatte, erschien sie jetzt mit Luis glücklich und zufrieden.

Sie war der Meinung, man müßte das Leben hinnehmen und sein Bestes tun, glücklich zu werden.

Unsere Trennung würde bitter für uns beide sein, aber wir mußten sie hinnehmen und an unser Wiedersehen denken, das, wie Felipe und Luis uns versprochen hatten, in einigen Jahren stattfinden würde.

Meine Befürchtungen hatten sich wieder etwas abgeschwächt, als es in jener Nacht, die ich nie vergessen werde, plötzlich draußen an der Tür klopfte.

Die Kerzen brannten, wir saßen im Salon, Honey, Luis, Felipe und ich. Honey spielte auf der Flöte. Wie schön sie aussah. Den Kopf leicht gesenkt, so daß ihre dichten Wimpern einen leichten Schatten auf ihre Haut warfen. Honey war von einer unzerstörbaren Schönheit, der weder Not noch Unglück etwas anhaben konnten.

Sie spielte gerade ein spanisches Lied. Englische Lieder spielten wir nie, außer wir waren allein und draußen im Garten, wo uns niemand hörte.

Plötzlich vernahmen wir Geräusche vor dem Haus.

Wir fuhren zusammen. Felipe eilte an meine Seite und legte seinen Arm um mich. Er wollte mich hinauf in unser Schlafzimmer bringen und mich dort verstecken.

Aber schon hörten wir Schritte und Stimmen, und es wurde an die Haustür auf der Säulenveranda geklopft. Jemand rief etwas.

Kurz darauf flog die Tür des Salons auf, und John Gregory trat ein. Meine Freude und Erleichterung war unbeschreiblich.

»Er kommt aus England!« sagte ich.

Und dann sah ich den Mann, der mich in Gedanken so lange verfolgt hatte, sah seine Augen, wie blaue Feuerblitze. Zorn und Spott lagen in seinem Blick. Jake Pennlyon war nach Teneriffa gekommen.

Er sah mich an und lachte triumphierend. »Ich bin gekommen«, rief er. »Wer ist der Mann, der mir mein Weib gestohlen hat?«

Er sah schrecklich aus, fantastisch und unbezwingbar. Wie oft hatte ich mir anfangs, als ich nach Teneriffa gebracht worden war, vorgestellt, daß er genauso eines Tages vor mir stehen würde.

Er wandte sich an Felipe, instinktiv wußte er wohl, daß er derjenige war, den er suchte. Das nächste, was ich sah, war, daß Felipe seine Arme in die Luft warf und zusammenbrach.

»O Gott«, schrie ich. Jakes Schwert war rot von Blut.

Vor Entsetzen wurde mir schlecht.

Jake riß mich an sich.

»Hast du je daran gezweifelt, daß ich kommen würde?« schrie er. »Tod und Teufel, es war eine lange Zeit!«

Es fällt mir schwer, mich an alle Einzelheiten jener entsetzlichen, grauenvollen Nacht zu erinnern. Ich konnte lange Zeit nur eines denken: Felipe war tot und Jake hatte ihn getötet.

Wenn ich meine Augen schließe, sehe ich heute noch den Salon vor mir – die blutbespritzte Tapete, die Leichen unserer Männer, die blutverschmiert und leblos auf dem Mosaikboden lagen. Honeys Mann war der nächste gewesen, den Jake Pennlyon getötet hatte. Er hatte gleich neben Felipe gelegen. Ich sah, daß Jakes Männer die Zimmer plünderten, sie rafften alles, was von Wert war, zusammen.

Als ich so dastand und auf Felipes Leichnam hinunterschaute, erkannte ich, daß ich ihn tatsächlich geliebt hatte. Ich dachte an die Kinder und lief hinaus, auf die Treppe zu, die zum Kinderzimmer führte. Plötzlich stand Jake Pennlyon an meiner Seite. Ich hatte ihn so lange nicht gesehen, und ich hatte die Urkraft dieses Mannes vergessen.

»Wohin gehen wir jetzt? Ins Bett? Nein, mein Mädchen, darauf mußt du noch ein wenig warten. Wir haben heute nacht noch eine Menge zu tun. Wir haben zwar gefunden, was wir gesucht haben, aber es gibt keinen Grund dazu, mit leeren Händen von hier wegzugehen.«

»Die Kinder«, sagte ich.

»Was?«

»Mein Sohn.«

»Euer Sohn?«

»Auch Eurer«, antwortete ich.

Ich versuchte ihm zu entkommen, aber er hielt mich fest. Wir stiegen die Treppe hinauf; die Kinder waren wach. Roberto kam mir entgegen, und ich fing ihn in meinen Armen auf.

»Euer Sohn – dieser schwarze Bengel?« schrie Jake Pennlyon.

»Schon gut, Roberto«, beruhigte ich den Jungen. »Es wird dir nichts geschehen.«

Jake Pennlyons blaue Augen sprühten vor Zorn. »Ihr habt also ein Kind bekommen von einem Spanier! Zum Teufel, ich dulde kein spanisches Geschmeiß auf meinem Schiff!«

Ich hielt das Kind fest im Arm.

Carlos und Jacko waren näher gekommen und starrten Jake mit unverhohlener Neugierde an.

»Und die da?«

»Das sind Eure Söhne. Jake Pennlyon – den einen hat Euch eine spanische Dame geboren, den zweiten ein englisches Dienstmädchen.«

Er blickte auf die Knaben hinunter, streckte eine Hand aus und legte sie Carlos auf die Schulter. »Tod und Teufel!« sagte er wieder, faßte Carlos unters Kinn und drehte das Gesichtchen des Jungen zu sich. Das gleiche tat er mit Jacko. Furchtlos begegneten sie seinem Blick. Darauf brach Jake Pennlyon in ein schallendes Gelächter aus. Carlos, allerdings unsicher, lachte mit. Jake griff sich eine Handvoll von Carlos' Haaren und zog daran. Er schien tief bewegt.

Dann ließ er Carlos los und schlug ihm auf den Rücken. Der Junge stolperte, schaute ihn aber immer noch erwartungsvoll an. Jacko war jetzt nähergetreten, er wollte nicht übersehen werden.

»Ich hätte euch überall erkannt«, rief Jake.

Dann sah er mich mit schmalen Augen an. »Diese Knaben sollten Eure Söhne sein, aber Ihr habt Euch von einem Spanier schwängern lassen!« Er schaute die Knaben an. »Holt warme Kleider«, brüllte er. »Bringt, was Ihr könnt, alles, woran ihr Hand anlegen könnt. Ihr kommt auf das schönste Schiff, das je die Meere befahren hat!«

Honey war, leise weinend, hereingekommen, um nach Edwina zu sehen. Sie hob sie hoch und hielt sie im Arm.

»Macht Euch fertig«, knurrte Jake, »und kommt hinunter.«

Als wir nach unten kamen, warteten im Hof bereits Packesel aus Felipes Stall. Sie wurden mit Wertgegenständen beladen. Es muß schließlich Mitternacht gewesen sein, als wir zur Küste hin aufbrachen.

Ein blasser Mond zeigte uns den Weg, aber wir kamen nur langsam vorwärts.

Jake Pennlyon ritt neben mir. Ich hatte Roberto vor mir auf meinem Maulesel. Jennet hielt sich neben mir, ihre Augen waren groß vor Erregung. Manuela bemühte sich sehr um die Kinder; sie war entschlossen, mitzukommen.

Honey, zum zweitenmal zur Witwe geworden, und das auf die gleiche Art und Weise, hatte Edwina vor sich im Sattel sitzen. Jacko ritt mit Jennet, und Carlos hatte sein eigenes Reittier.

Ich glaubte einen Alptraum zu erleben. Ich mußte immerzu an Felipe denken, der nun in seinem Blute lag und noch vor so kurzer Zeit am Leben und um meine Sicherheit besorgt gewesen war. Alles, was in den letzten Stunden geschehen war, erschien mir unwirklich.

Und da war Jake Pennlyon – ich hatte vergessen, wie vital ein Mann sein konnte –, der Mörder von Felipe, den ich zu lieben gelernt hatte.

Nie würde ich Felipes liebenswürdige Höflichkeit vergessen, seine tiefe, immer gleichbleibende Güte mir gegenüber. Und Jake Pennlyon hatte ihn umgebracht! Wie abgrundtief ich ihn haßte!

Wir kamen zur Küste, und dort, ungefähr eine Meile entfernt, lag der ›Springende Löwe‹.

Wir wurden hinausgerudert und mußten an Bord klettern. Die Beute, die Jakes Männer gemacht hatten, wurde verstaut.

Es fing gerade an, hell zu werden, als der ›Springende Löwe‹ seine Anker lichtete und wir nach England absegelten.

Heimkehr

Das allzu wohlbekannte Knarren der Schiffsplanken, das Rollen und Stampfen eines Schiffes auf hoher See – plötzlich erinnerte ich mich wieder lebhaft an alles. Jake Pennlyons Kajüte glich der des Kapitäns der Galeone, die uns nach Teneriffa gebracht hatte. Sie war etwas weniger geräumig, und die Decke war niedriger, weil das Schiff insgesamt nicht so hoch war. Aber dieselben Instrumente waren da, der Winkelmesser, die Kompasse und das Stundenglas.

Honey, Jennet und ich waren mit den Kindern in seiner Kajüte untergebracht worden. Edwina klammerte sich an ihre Mutter, Roberto an mich, Jake Pennlyons Söhne dagegen begannen sogleich, die Kabine zu untersuchen. Sie interessierten sich für alles, wollten wissen, wie der Winkelmesser funktionierte, und schwatzten halb englisch, halb spanisch, eine Sprache, die sie für sich erfunden hatten.

Jennet lächelte still vor sich hin. »Denkt nur, der Kapitän ist selbst gekommen!«

Honey saß zusammengesunken da und starrte vor sich hin, wie in Trance. Ich wußte, wie sie sich fühlte. Sie hatte wieder einen Mann verloren, dem sie in Liebe verbunden gewesen war. Genau wie mich bestürmten sie sicherlich unzählige Gedanken.

Felipe, ich habe dich geliebt. Ich habe dir nie gezeigt wie sehr, weil ich das selbst erst wußte, als ich dich tot vor mir liegen sah.

Und da war es wieder – das grauenhafte Bild. Ich sah wieder, wie Blut durch Felipes Jackett sickerte und sich am Boden eine Lache bildete.

Ich mußte versuchen, diese gräßlichen Bilder aus meinem Gedächtnis zu verbannen.

»Die Kinder sollten schlafen«, sagte ich.

»O Herrin, glaubt Ihr, sie können schlafen? Nach so einer Nacht?« fragte Jennet.

»Sie müssen«, antwortete ich. Ich war froh, daß sie wenigstens die Morde nicht hatten mitansehen müssen, und fragte mich, was nun mit uns geschehen würde, wie viele der Diener wohl überlebt hatten und was sie wohl am Morgen sagen würden. Pilar in der Casa Azul würde wohl hinausschreien, daß die Hexe an allem schuld sei – die englische Hexe, die den Gouverneur verhext und ihm den Tod gebracht hätte.

Die Kabinentür ging auf und John Gregory kam herein.

»Da ist er ja, der zweifache Verräter«, sprach ich ihn an.

»Wolltet Ihr nicht immer nach Hause?« fragte er. »War es nicht das, worum Ihr immer gebetet, worauf Ihr immer gehofft habt?«

Ich schwieg. Ich dachte an Don Felipe. Ich mußte immerzu an ihn denken.

»Ich soll Euch in eine Kabine bringen, in der Ihr Euch hinlegen könnt«, sagte er zu uns.

Wir folgten ihm einen Gang entlang und betraten eine Kabine, die kleiner war als die, die wir gerade verlassen hatten. Auf dem Boden lagen Decken.

»Hier könnt Ihr Euch alle ausruhen. Kapitän Pennlyon wird später nach Euch sehen. Die nächsten Stunden über ist er beschäftigt.«

Ich folgte John Gregory auf den Kabinengang hinaus.

»Bitte, sagt mir, wie sieht es in England aus?«

»Ich habe es voller Vertrauen verlassen«, antwortete er.

»Und welchem Herrn habt Ihr diesmal gedient?«

»Ich diene Kapitän Pennlyon, er ist mein wirklicher Herr. Er war schon mein Herr, als ich nach Spanien verschleppt wurde.«

»Ihr habt ihn schon einmal betrogen.«

»Ich war verschleppt worden und der Folter ausgeliefert gewesen. Man hatte mich zum Gehorsam gezwungen, aber als ich England damals wiedersah, wußte ich, wem meine Treue gehört. Ich werde mein Heimatland nie mehr verlassen.«

»Habt Ihr meine Mutter gefunden? Und ihr meinen Brief übergeben?«

»Sie hat Euren Brief erhalten.«

»Und was hat sie gesagt?«

»Ich habe noch nie so viel Freude in einem Gesicht gesehen wie an dem Tag, als ich ihr Euren Brief aushändigte und ihr erzählte, daß Ihr Euch wohl befindet.«

»Und dann?«

»Sie sagte, Ihr müßtet heimkommen, und sie bat mich, zu Jake Pennlyon, Eurem Verlobten, zu gehen und ihm zu sagen, wo Ihr Euch befindet. Sie wollte, ich sollte ihn zu Euch führen, damit er Euch sicher nach Hause bringen würde.«

»Und das habt Ihr getan. Wie lange, John Gregory, werdet Ihr Eurem neuen und alten Herrn diesmal treu bleiben?«

»Herrin, Ihr seid auf dem Wege in die Heimat. Seid Ihr denn nicht zufrieden?«

»Es gab ein blutiges Gemetzel in der Nacht, als wir aus Trewynd verschleppt worden sind, und es gab auch ein Gemetzel im Haus Don Felipes. All diese Morde gehen auf Euer Konto, John Gregory!«

»Ich verstehe Euch nicht, ich habe meine Sünden gebüßt.«

»Euer Gewissen muß Euch schwer zu schaffen machen.«

Wie nah dabei war ich eigentlich gewesen, Felipe zu lieben, fragte ich. Ich habe ihn geliebt! Diese Leere, die ich jetzt empfand, diese dumpfe Hoffnungslosigkeit konnte nur Liebe bedeuten.

Ich ging zurück in die Kabine. Roberto schaute mir sehnsüchtig entgegen, ich nahm ihn in meine Arme und beruhigte ihn. Carlos und Jacko flüsterten miteinander.

»Wir sollten uns alle niederlegen«, sagte ich. »Wenn ich auch nicht glaube, daß wir schlafen können.«

Aber nach kürzester Zeit schon hörte ich Jennet ruhig atmen. Voller Verachtung sah ich auf die Schlafende und fragte mich, ob sie jetzt wohl davon träumte, daß der Kapitän wieder in ihrem Bett läge? Wie ihre Augen doch gestrahlt hatten, als er in den Salon eingetreten war.

Honey lag ganz still und rührte sich nicht.

»Honey, woran denkst du?« flüsterte ich.

»Ich sehe ihn immer noch vor mir liegen«, flüsterte sie zurück. »Der Mann, der an meiner Seite geschlafen hat . . . in dessen Armen ich gelegen habe . . . da war so viel Blut, Catherine. Das kann ich nie vergessen. Ich sehe es, wo immer ich auch hinschaue.«

»Hast du Luis geliebt?«

»Er war freundlich und gut zu mir. Und du, hast du Felipe geliebt?«

»Er nahm mich gegen meinen Willen, aber er ist nie brutal gewesen. Ich glaube, er hat sehr bald angefangen, mich zu lieben, und ich denke, ich werde nie mehr so sehr geliebt werden, wie Felipe mich geliebt hat.«

»Jake Pennlyon . . .«, begann sie.

»Sprich nicht von ihm!«

»Wir sind auf seinem Schiff. Was wird jetzt geschehen? Was meinst du?«

Eine Gänsehaut überlief mich. »Wir müssen abwarten«, sagte ich.

Wir sind dann irgendwann doch eingeschlafen, und als wir erwachten, war es heller Tag. Das Schiff schaukelte leicht, wir hatten also eine ruhige See. John Gregory brachte uns etwas zu essen –

Bohnen, eingesalzenes Fleisch und Bier. Genau wie beim letzten Mal war es ihm übertragen worden, sich um uns zu kümmern.

»Alles in Ordnung«, sagte er. »Wir haben einen günstigen Wind und sind auf geradem Kurs nach England. Die Mannschaft hat für ihre Arbeit letzte Nacht eine doppelte Ration Rum bekommen. Der Kapitän hat ihnen einen Anteil an der Beute versprochen, sobald wir sicher heimgekommen sind. Er wünscht Mistreß Catherine zu sprechen, wenn sie gegessen hat.«

Ich schwieg, ich hatte keinen Appetit. Auch Roberto mochte das Essen nicht. Carlos und Jacko jedoch griffen herzhaft zu. Edwina aß ein paar Bohnen, auch Jennet aß etwas, aber Honey rührte nichts an. Wir tranken ein wenig von dem Bier, das bitter schmeckte, aber erfrischend kühl war.

John Gregory führte mich in die Kapitänskajüte.

Jake Pennlyon brüllte: »Kommt herein«, als wir anklopften.

Ich trat ein.

»Kommt herein und setzt Euch!«

Ich setzte mich auf einen am Boden festgeschraubten Stuhl. »Dies ist Eure zweite Seereise«, sagte er. »Sie ist anders als die erste, nicht wahr?«

»Die Galeone war ein schönes Schiff.«

Verächtlich schürzte er die Lippen. »Der würde ich gerne begegnen. Dann könnte ich Euch zeigen, wer der Herr auf dem Meer ist.«

»Sie war mit achtzig Kanonen bestückt. Ich bezweifle, daß Ihr dem gewachsen wäret.«

»Ach, seht, Ihr versteht also etwas von Schiffen, seit Ihr mit den Spaniern gesegelt? Den einen von ihnen werdet Ihr zumindest nie wiedersehen.«

Mir lief ein Schauer über den Rücken. Wieder einmal sah ich Felipe auf dem Boden liegen, und sein Blut vermischte sich mit dem Mosaik der Fliesen.

»John Gregory erzählte mir, Ihr hättet ihn ausgefragt.«

»Erwartet Ihr Stillschweigen von Euren Gefangenen?«

»Gefangenen? Wer spricht von Gefangenen? Mit seiner Unterstützung konnte ich Euch von Gott weiß was erretten! Ich bringe Euch jetzt nach Hause!«

»Don Felipe Gonzales war mein Mann«, sagte ich.

Röte schoß ihm ins Gesicht.

»Ich weiß, von ihm habt Ihr einen spanischen Bastard empfangen.«

»Wir haben einen Sohn.«

»Er hat Euch geheiratet? Aber das war keine richtige Ehe!«

»Sie hatte den Segen der Kirche.«

»Der katholischen Kirche! Wie konntet Ihr nur so tief sinken?«

Ich lachte ihn aus. »Ich weiß, Ihr seid ein tief religiöser Mensch. Ihr lebt ein Leben der Ehrfurcht und Frömmigkeit! Ihr tut alles, was man von einem Heiligen erwartet.«

»Ich bin ein toleranter Mensch. ich bin sogar bereit, mein Weib zurückzunehmen, obwohl sie mit einem stinkenden Don zusammengelebt hat.«

»Er war ein Mann mit feinen, kultivierten Manieren, wie Ihr sie nie erlernen werdet.«

Er nahm mich am Arm und schüttelte mich, und sogleich mußte ich wieder an die liebevollen Hände Felipes denken.

»Ihr wart mir anverlobt, die Verlobung war bindend. Sie war so gut wie eine Eheschließung.«

»So habe ich das nicht gesehen, sonst hätte ich mich nie darauf eingelassen.«

»Ihr lügt! Ihr wart verrückt nach mir! Ihr wäret meine Frau geworden! Ihr säßet heute in Pennlyon Court, hättet Ihr damals nicht das Schweißfieber bekommen.«

»Ich hatte nie das Schweißfieber!«

Er starrte mich an. O ja, ich hatte ihn also wirklich hereingelegt.

»Es war eine List, um Euch von mir fernzuhalten. Nun, Jake Pennlyon, glaubt Ihr wirklich, daß ich so verrückt nach Euch war, wenn ich wochenlang im Bett blieb, um Euch von mir fernzuhalten?«

»Ihr hattet das Schweißfieber. Ich habe Euer Gesicht gesehen.«

»Eine Salbe, die ich mir ins Gesicht geschmiert hatte. Allerdings hattet Ihr Eure Lust verloren, als Ihr mich so saht.«

»Ihr seid eine Teufelin!« sagte er.

»In Teneriffa nannten sie mich eine Hexe, Ihr sagt, ich sei eine Teufelin. In Wirklichkeit bin ich nur eine Frau, die versucht, dem Mann, den sie nicht haben will, zu entkommen.«

Er war wie erschlagen. Er hatte nicht an meine Abneigung geglaubt, so groß war seine Eitelkeit.

Plötzlich lachte er laut auf. »Sobald wir in Devon sind, werde ich Euch heiraten. Trotz allem, was geschehen ist, halte ich an meiner ursprünglichen Absicht fest.«

»Ich werde Euch davon entbinden«, versprach ich ihm. »Ich werde Devon verlassen und meinen Sohn mit zu meiner Mutter nehmen.«

»Nein, Ihr glaubt doch nicht, daß ich dafür so viel riskiert habe? Ihr werdet Euer Versprechen halten, und wenn Ihr einen Sohn bekommt, auf den Ihr stolz sein könnt, werdet Ihr vergessen, daß Ihr euch einmal so erniedrigt habt, einen Spanier zu heiraten.«

»An allem, was geschehen ist, seid nur Ihr schuld!« schrie ich ihn an. »Ihr mit Euren Begierden, mit Eurer Grausamkeit und Eurer Schlechtigkeit! Das war kein gewöhnlicher Überfall, damals, in jener Nacht. Es geschah aus Rache für das, was Ihr Don Felipe angetan habt! Ihr habt das unschuldige Kind vergewaltigt, das er zu heiraten gedachte! Ihr habt Euren Samen in ihr hinterlassen! Carlos! O ja, Eure Augen strahlen, wenn Ihr ihn seht! Und es besteht kein Zweifel, er ist Euer Sohn. Und der Wunsch eines stolzen Spaniers nach Rache war es, daß ich verschleppt und vergewaltigt werden sollte, wie Ihr dieses Mädchen vergewaltigt habt. Er wollte sich an mir rächen, weil ich mit Euch verlobt war! Verlobt aufgrund einer Erpressung allerdings. Nie hatte es einen widerwilligeren Partner bei einer Verlobung gegeben! Nur wegen Eurer verdammten Lust bin ich entführt und der gleichen Behandlung ausgesetzt worden!«

Er ballte die Fäuste. Er stellte sich jetzt vor, wie ich mich mit aller Kraft gewehrt haben mochte und schließlich übermannt worden wäre.

»Aber er war nicht wie Ihr«, fuhr ich fort. »Er wollte keine Gewalt anwenden. Bei ihm war es nicht die Lust nach einem Weib, sondern Rache. Ihr seid für alles verantwortlich, Ihr... nur Ihr. Von dem Moment an, da Ihr in mein Leben getreten seid, habt Ihr meinen Frieden zerstört. Ihr seid schuld an allem, was mit mir geschehen ist!«

»Ihr mochtet ihn, Ihr habt sogar eingewilligt, seine Frau zu werden. Oder geschah es nur des Kindes wegen?«

»Ihr würdet diesen Mann nie verstehen, denn einen unkultivierteren Menschen als Euch kann es nicht geben! Er erklärte mir, was geschehen mußte und warum. Er kam nicht selbst nach England, um mich zu holen; erst als ich in seinem Haus war, hat er mich gezwungen, mich hinzugeben. Aber er wollte eigentlich keine Gewalt anwenden, und also verhielt ich mich passiv. Später... hat er mich geliebt und mich geheiratet... und ich hatte kein schlechtes Leben bei ihm.«

»Meine Wildkatze ist also gezähmt worden... von einem Spanier!«

Ich wandte mich ab. Zu meinem Ärger erregte mich seine Gegenwart. Ich fühlte mich so lebendig wie noch nie, seit ich England verlassen mußte. Ich genoß den Streit mit ihm richtiggehend, und mir ekelte vor mir selbst – besonders weil dies so bald nach Felipes Tod geschehen konnte.

Und er spürte das, ich wußte es ganz genau. Plötzlich packte er mich und preßte mich an sich. Ich versuchte ihm Widerstand entgegenzusetzen.

Er küßte mich, und ich wurde erregt, wie ich bei Felipe nie erregt gewesen war.

»Die Tatsache, daß Ihr die Frau eines Spaniers wart, wird mich nicht daran hindern, Euch zu heiraten«, sagte er.

»Wagt nicht, mich noch einmal so zu beleidigen!«

»Hure eines Spaniers!«

Ich hob die Hand, um ihm ins Gesicht zu schlagen, aber er fing sie am Handgelenk ab.

Er bog mich zurück, und wieder vergruben sich seine Lippen in den meinen. »Ah, Cat, tut das gut, Euch wieder zu haben. Ich war noch zu rücksichtsvoll zu Eurem Spanier. Ich hätte ihn mit aufs Schiff nehmen und meinen Mut an ihm kühlen sollen, bevor ich ihn den Folterqualen der Hölle überließ.«

»Ich hasse Euch, wenn Ihr von ihm sprecht! Er war ein guter Mensch.«

»Wir wollen ihn vergessen«, antwortete er nur. »Ich habe Euch wieder, und ich habe Sehnsucht nach Euch. Ihr bereitet mir größeres Vergnügen, als ich es je gekannt habe, seit Ihr verschwunden seid.«

Als er diese Worte sprach, spürte ich, wie sich alles in mir regte. Ich wußte jetzt, daß ich ihn vermißt hatte. Auch mein Haß ihm gegenüber bereitete mir großes Vergnügen. Es war, als käme ich nach langer Gefangenschaft wieder an die frische Luft. Ich frohlockte, und wenn ich ehrlich zu mir selber war, mußte ich mir eingestehen, daß der Grund dafür Jake Pennlyon war. Ich wußte, er würde mir nicht gestatten, ihm während unserer langen Heimreise zu entkommen. Er würde mich dazu zwingen, schon in den nächsten Tagen seine Geliebte zu werden. Das war so unausweichlich, wie es unausweichlich ist, daß die Nacht dem Tage folgt. Trotzdem, und obwohl ich um Felipe trauerte, konnte ich einen wilden Jubel in meinem Körper nicht unterdrücken.

Drei Tage hielt ich ihn mir fern. Ich glaube sogar, er wollte es selbst nicht anders. Er wollte mich in dem Glauben belassen, ich könnte diesen Kampf mit ihm gewinnen, und ein Kampf war es. Aber es war klar, so konnte es nicht weitergehen. Er war der unumstrittene Herr dieser schwimmenden Welt, er hätte mich nehmen können, wann immer er wollte. Doch er hielt sich zurück... allerdings nur drei Tage lang.

Er wollte mich in Spannung halten. Er genoß seine verbalen Kämpfe mit mir. Körperlich war ich ihm nicht ebenbürtig, aber mit meinem Witz war ich es. Natürlich saß ich in der Falle. Es gab keine Möglichkeit, mich auf seinem eigenen Schiff vor ihm zu verstecken.

Während dieser drei Tage war das Wetter ideal. Wir hatten günstigen Wind und hielten unseren Kurs. Es war ein wunderbares Bild, wenn man auf Deck stand und zu den geblähten Segeln hochsah. Ich begann langsam stolz zu sein auf den ›Springenden Löwen‹. Ich mußte zugeben, sie hatte Qualitäten, die der Galeone gefehlt hatten. Sie war ein viel schnelleres Schiff, sie hatte weniger Ladung, sie war leicht und beweglich. Und ich sah, daß Jake Pennlyon sie in der Hand hatte. An Bord des ›Springenden Löwen‹ würde es nie zu einer Meuterei kommen.

Es wurde dunkel. Wir hatten gerade gegessen, und ich traf ihn im Kajütengang, in der Nähe seiner Kabine.

Er verstellte mir den Weg und sagte: »Gut getroffen!«

»Ich will nach den Kindern sehen«, sagte ich.

»Oh, nein, Ihr kommt jetzt mit mir.«

Er ergriff meinen Arm und zog mich in seine Kabine.

Die Laterne, die unter der Decke hin und her schwang, strahlte ein mattes Licht aus.

»Ich habe lange genug auf Euch gewartet. Seht, Wind kommt auf. Das könnte stürmisches Wetter bedeuten.«

»Was geht das mich an?«

»Eine Menge. Ihr seid auf meinem Schiff, da ist das Wetter für Euch sehr wichtig, denn ich könnte mit dem Navigieren beschäftigt sein und keine Zeit haben für Euch. Für Euch möchte ich aber viel Zeit haben.«

»Ich habe gehofft, Ihr hättet begriffen, daß ich in Ruhe gelassen werden möchte.«

»Ihr habt nichts dergleichen gehofft.«

Er zog mir den Kamm aus dem Haar, so daß es mir lose auf die Schultern fiel.

»So habe ich Euch am liebsten«, sagte er.

»Solltet Ihr jemanden suchen, an dem Ihr Eure Lust stillen könnt, kann ich Euch mein Dienstmädchen Jennet empfehlen«, sagte ich.

»Wer will schon einen Ersatz, wenn er das Beste haben kann.«

»Falls Ihr Euch einbildet, daß ich mich freiwillig ergebe... und mit Freuden... daß ich wie Jennet reagiere...«

»Was Euch fehlt, ist ihre Ehrlichkeit. Ihr unterdrückt Eure Wünsche, aber mir könnt Ihr nicht einreden, sie wären gar nicht vorhanden.«

»Es muß wahnsinnig angenehm sein, so eitel zu sein.«

»Genug davon«, schrie er und riß mir mit einem Griff mein Leibchen vom Körper.

Der Moment, gegen den ich mich so lange gewehrt hatte, war gekommen. Zwar war ich nicht mehr das unerfahrene Mädchen von damals, als ich nach Devon gekommen war. Ich war inzwischen vergewaltigt worden – aus Rache, nicht aus Lust –, und später hatte ich mich an mein Zusammensein mit Felipe gewöhnt. Und ich hatte ein Kind geboren.

Aber ich kämpfte, wie jede Nonne um ihre Jungfernschaft gekämpft hätte. Ich mußte kämpfen, der Kampf war ein wesentlicher Bestandteil unserer Beziehung. Und ich muß zugeben, ich genoß den Kampf sehr. Meine einzige Sorge war, ihm meine Gefühle nicht zu zeigen. Ich wollte ihm widerstehen, so lange es nur irgend ging. Daß die Entscheidung zu seinen Gunsten unvermeidlich kommen würde, wußte ich. Und er gewann die Schlacht auch. Ich konnte das animalische Vergnügen nicht begreifen, das er und meine Auseinandersetzung mit ihm mir bereiteten. So etwas hatte ich vorher noch nicht erlebt, hatte ich mir nicht einmal träumen lassen. Ich flüsterte Worte des Hasses, er solche des Triumphs; und warum mir das alles mehr Befriedigung verschaffte als irgend etwas davor, könnte ich nicht erklären.

Ich riß mich von ihm los. Er lag in seiner Koje und lachte mich an. »Tod und Teufel!« lachte er, »Ihr habt mich nicht enttäuscht. Ich wußte es vom ersten Moment an, da ich Euch sah.«

»Mir war das gar nicht so klar.«

»Aber jetzt wißt Ihr es.«

»Ich hasse Euch.«

»Haßt mich nur weiter. Haß scheint Euch besser zu schmecken als Liebe.«

»Wäre ich nur nie nach Devon gekommen.«

»Ihr müßt lernen, Eure Heimat zu lieben.«

»Ich gehe zurück zu meiner Mutter, sobald wir England erreicht haben.«

»Was?« fragte er ungläubig. »Mit meinem Sohn im Leibe? Das werdet Ihr nicht tun! Ich werde Gnade vor Recht ergehen lassen und Euch heiraten, obwohl Ihr die Hure eines Spaniers wart! Und die meine auch!«

»Ihr seid abscheulich!«

»Könnt Ihr mir deshalb nicht widerstehen?«

Er sprang auf die Beine.

»Ich kann es aber doch«, schrie ich.

»Aber nein, nein«, sagte er.

Und ich wehrte mich wieder gegen ihn, obwohl ich wußte, ich konnte ihm auch beim zweitenmal nicht widerstehen. Aber ich zeigte ihm nicht, daß ich das wußte.

Und ich blieb bei ihm. Erst spät schlich ich in die Kabine zurück, die ich mit Honey teilte.

Sie sah mich an, als ich hereinkam. »Oh, Catherine«, flüsterte sie.

»Er bestand darauf. Früher oder später mußte es ja doch geschehen.«

»Wie fühlst du dich?«

»Zerkratzt, voller blauer Flecken, wie es nach einem Kampf mit Jake Pennlyon eben nicht anders zu erwarten ist.«

»Meine arme, arme Catherine! Und das zum zweiten Mal!«

»Diesmal war es anders«, sagte ich.

»Catherine...«

»Sprich nicht, ich kann jetzt nicht reden. Es mußte passieren, er hatte es sich in den Kopf gesetzt. Es ist nicht so, als wäre ich ein junges unerfahrenes Mädchen wie Isabella...«

Sie sagte kein Wort mehr, und ich lag da und dachte an Jake Pennlyon.

Die Reise war lang und nicht gerade ereignislos. Ist eine Reise auf dem unberechenbaren Meer je ereignislos? Der Sturm, den Jake prophezeit hatte, kam, und wir kämpften uns durch. Er war nicht ganz so wild wie der, der die Galeone geschüttelt hatte, oder konnte der ›Springende Löwe‹ den Elementen besser trotzen? Verdankte er es dem Kapitän, dem unbesiegbaren Jake Pennlyon? Die mächtige und imposante Galeone war im Vergleich mit unserem leichten Schiff unbeholfen gewesen. Jakes Schiff schien die Wogen geradezu herauszufordern, wenn es hin und her geworfen wurde. Seine Bohlen krachten zwar, als würden sie jeden Moment reißen, aber trotzig widerstanden sie der Naturgewalt.

Jake Pennlyon war in seinem Element. Hatte jeder an Bord das gleiche Gefühl wie ich? Uns kann nichts passieren. Nichts kann sich gegen Jake Pennlyon erheben und gewinnen – nicht einmal das Meer.

So trotzte unser Schiff der See. Erst nach zwei Nächten und einem Tag legte sich der Wind wieder, und die See war wieder ruhig.

Am Tag danach wurde an Deck ein Dankgottesdienst abgehalten. Wie sehr unterschied sich der von dem auf der Galeone! Jake Pennlyon entbot Gott seinen Dank auf seine besondere Weise, so als wäre es eigentlich dem Kapitän und nicht dem Herrn über alles zu verdanken, daß wir heil durch den Sturm gekommen waren. Für mein Gefühl sprach er sehr arrogant mit seinem Gott, aber innerlich mußte ich über ihn lachen. Wie ähnlich ihm das sah! Wie selbstgefällig er doch war, aber dabei wie imponierend.

Die folgende Nacht verbrachte ich natürlich wieder in seiner Kajüte.

Er war in die Kabine gekommen, die ich als Kinderzimmer eingerichtet hatte, und hatte Carlos gefragt, wie ihm der Sturm gefallen habe.

»Es war ein toller Sturm«, schrie Carlos begeistert.

»Und du hast geweint und gedacht, du würdest mit dem Schiff versinken müssen?«

Erstaunt sah Carlos ihn an. »Nein, Kapitän, ich wußte, Ihr würdet das Schiff nicht untergehen lassen.«

»Warum nicht?«

»Weil es Euer Schiff ist.«

Jake zog den Jungen an den Haaren. Das hatte er sich bei Carlos und Jacko so angewöhnt. Manchmal dachte ich, er täte ihnen sehr weh, wenn ich sah, daß sie einen Schmerzenslaut unterdrückten, aber beide Buben waren stolz, wenn er mit ihnen sprach. Sie verehrten ihn. Sie waren seine Söhne, und er war seinerseits auch stolz auf sie. Männer wie Jake Pennlyon wünschen sich immer leidenschaftlich Söhne. Sie halten sich für derart hervorragende Vertreter der Männlichkeit, je öfter sie sich reproduzieren, desto besser. Und immer suchen sie in ihren Kindern nach Kennzeichen ihrer eigenen Persönlichkeit.

Ich sah es bereits an Carlos und Jacko, sie hatten sich verändert, seit sie an Bord waren. Sie äfften ihn in allem und jedem nach.

»Und du glaubst, ich könnte verhindern, daß das Schiff untergeht, he?«

»Jawohl, Sir«, sagte Carlos.

»Du hast ganz recht, mein Junge. Beim Himmel, du hast recht.«

Er zog Carlos an den Haaren, der den Schmerz glücklich ertrug.

Er bedeutete eben Anerkennung.

Jake Pennlyon ergriff mich am Arm.

»Komm jetzt«, sagte er.

Ich schüttelte den Kopf.

»Möchtet Ihr, daß ich Euch hier vor den Jungen Gewalt antue?«

»Das würdet Ihr nicht wagen.«

»Fordert mich nicht heraus!«

Roberto, den Jake immer ignorierte, sah mich ängstlich an, und weil ich wußte, daß Jake zu allem imstande war, wenn er sich, wie er sich ausdrückte, herausgefordert fühlte, sagte ich: »Gebt mir einen Augenblick Zeit.«

»Ich bin die Nachsicht selbst.«

Ich küßte die Kinder, sagte gute Nacht und ging mit ihm.

Als wir in seiner Kabine waren, stellte er fest: »Jetzt kommt Ihr schon freiwillig.«

»Ich komme, weil ich den Kindern den Anblick Eurer Brutalität ersparen möchte.«

»Ich bin brutal, nicht wahr?«

»In der Tat, das seid Ihr.«

»Und warum liebt Ihr mich.«

»Darum hasse ich Euch.«

»Ich genieße Euren Haß. Ihr gefallt mir, Cat. Ihr gefallt mir sogar besser, als ich es mir je habe träumen lassen.«

»Muß ich mir das anhören?«

»Ja, das müßt ihr.«

»Sobald wir zu Hause sind...«

»...werde ich eine ehrbare Frau aus Euch machen. Ich denke, Ihr tragt bereits mein Kind in Euch. Ich wünsche mir einen Sohn... unseren Sohn. Dieser Carlos ist ein guter Junge und Jacko auch. Sie sind meine Söhne, aber ein Sohn von uns beiden, beim Himmel, das wird der beste. Ich habe das sichere Gefühl, daß sein Leben bereits begonnen hat. Macht Euer Herz keinen Freudensprung bei diesem Gedanken?«

»Sollte ich ein Kind von Euch bekommen, hoffe ich nur, daß es seinem Vater nicht ähnlich wird!«

»Ihr lügt, Cat, Ihr lügt immerzu. Sagt doch die Wahrheit! Konnte Euer trauriger spanischer Liebhaber mir das Wasser reichen?«

»Er war ein Gentleman.«

Da lachte er schallend, fiel über mich her und ließ seiner wilden Leidenschaft freien Lauf. Ich mußte es wohl oder übel erdulden.

Wir segelten aus dem tückischen Golf von Biscaya in den fast ebenso tückischen Ärmelkanal. Unsere Gefühle – Honeys und meine –, als wir endlich wieder das grüne Land von Cornwall erblickten, kann ich niemandem beschreiben.

Und kurz danach segelten wir in den Hafen von Plymouth.

So viel war in der Zwischenzeit geschehen! Ich bin eine Frau geworden, Mutter und Witwe. Ich war sicherlich nicht mehr derselbe Mensch, der in jener entsetzlichen Nacht vor fünf Jahren von hier fortgeschleppt worden war. Aber hier schien sich nichts verändert zu haben. Dieselben vertrauten Gewässer, dieselbe Küste. Bald würde ich Trewynd Grange wiedersehen.

Unser Schiff ließ den Anker fallen, und wir gingen mit den Kindern an Land. Jake Pennlyon kam mit uns. Nie habe ich ihn arroganter und stolzer gesehen. Ein Seemann, der mit seiner Beute nach Hause kam; und er hatte sich an dem Spanier gerächt, der es gewagt hatte, ihm in die Quere zu kommen.

Auf das, was mich an Land erwartete, war ich nicht vorbereitet gewesen: Meine Mutter stand da.

Sie streckte uns ihre Arme entgegen, und Honey und ich liefen auf sie zu. Erst drückte sie mich an sich, dann Honey, und immer wieder sagte sie dieselben drei Worte:

»Meine geliebten Töchter!« Unter Lachen und Weinen. Und sie küßte uns, streichelte unsere Gesichter und hielt uns auf Armeslänge von sich weg, um uns anzusehen; und wieder schloß sie uns in die Arme.

Unsere Kinder standen da und schauten sie erstaunt an. Wir stellten sie ihr vor – Edwina, Roberto, Carlos, Jacko. Ihre Augen blieben an Roberto hängen. Sie hob ihn hoch und sagte: »Das ist also mein kleiner Enkelsohn.« Aber sie versäumte es nicht, dasselbe Interesse auch an Edwina zu bekunden. – Ihre kleine Enkelin, wie sie sie nannte.

Sie wohnte in Trewynd Grange, das ihr Lord Calperton zur Verfügung gestellt hatte. Kein Mitglied seiner Familie hat es seit Edwards tragischem Tod wieder betreten. Als Jake Pennlyon in See stach, um uns zu holen, war Mutter nach Devon gereist. Sie hatte es sich in den Kopf gesetzt, uns zu begrüßen, sobald wir wieder englischen Boden betraten.

Wie seltsam es uns vorkam, wieder in Trewynd Grange zu sein und hinaufzuschauen zu dem Turmfenster, von dem aus ich die Galeone zum erstenmal gesehen hatte. Meine Mutter und ich gingen Arm in Arm, mit verschlungenen Händen. Sie konnte noch nicht über ihre Gefühle sprechen, das würde zweifellos später kommen.

Sobald der ›Springende Löwe‹ in Sicht gekommen war, hatte sie die Dienerschaft beauftragt, ein Bankett vorzubereiten, und der Duft von Würzfleisch und Pasteten begrüßte uns, als wir das Haus betraten. Es war so lange her, daß wir einen solchen Duft genossen hatten, und trotz der auf uns einstürmenden Gefühle verspürten wir einen gesunden Appetit. Ich stieg hinauf in mein altes Zimmer, stand am Turmfenster und schaute auf den Hafen und auf den ›Springenden Löwen‹, der dort unten auf den Wellen tanzte.

Meine Mutter stand hinter mir, wir waren endlich allein.

»Oh, meine liebste Cat!« sagte sie. »Wenn du nur wüßtest.«

»Ich weiß«, antwortete ich. »Du warst immer Thema meiner Gedanken.«

»Was für eine schreckliche Zeit hinter dir liegt. Und du warst fast noch ein Kind.«

»Jetzt bin ich eine Mutter.«

Sie sah mich forschend an. Ich wollte ihr erzählen, warum wir entführt worden waren, aber sie wußte es bereits. John Gregory hatte es ihr erzählt.

»Und dieser Mann... du sagst, er war gut zu dir?«

»Ja, Mutter.«

»Und du hast ihn geheiratet?«

»Es schien das Vernünftigste zu sein. Ich hatte einen Sohn von ihm, Roberto, und der ist durch die Hochzeit Erbe eines großen Vermögens geworden. Und ich mochte ihn, er war gut zu mir.«

Sie beugte ihr Haupt. »Ich habe auch geheiratet, Cat.«

»Rupert?« fragte ich.

Sie nickte.

»Und mein Vater?«

»Der kommt nie wieder. Er ist tot, Cat. Ich wußte schon lange, daß er tot ist.«

»Man sagt doch, er sei auf mysteriöse Art und Weise verschwunden?«

»An deinem Vater ist nichts mysteriös gewesen, Cat – zumindest nicht mehr als an allen Männern und Frauen sonst. Er ist von dem Mönch, der sein Vater war, ins Kloster geschickt worden, damit hat die Legende begonnen. Er verkaufte die Schätze des Klosters und wurde reich. Er starb bei einem Unfall in den unterirdischen Gängen des Klosters. Das alles aber gehört der Vergangenheit an. Und jetzt habe ich Rupert geheiratet.«

»Du hättest ihn schon viel früher heiraten sollen.«

»Ich bin jetzt glücklich. Er wollte, daß ich herkam, dich zu empfangen, weil er meine Liebe zu dir kennt; aber er kann es kaum erwarten, daß ich zu ihm zurückkomme.«

»Und Kate?«

»Sie hat sich nicht verändert.«

»Hat sie nicht wieder geheiratet?«

»Kate möchte nicht wieder heiraten, obwohl es genügend Männer gibt, die sie dazu überreden wollen. Sie will ihre Freiheit behalten. Sie ist reich und unabhängig, sie möchte nicht unter der Fuchtel eines Mannes, er käme höchstens unter ihre.«

»Du sprichst immer noch bitter über sie.«

»Ich habe ein gutes Gedächtnis. Und Carey?«

»Er ist bei Hofe.«

»Siehst du ihn manchmal?«

»Ja.«

»Spricht er noch von mir?«

»Wir haben alle von dir gesprochen, als wir dich verloren hatten.«

»Auch Carey?«

»Auch Carey.«

»Geht es ihm gut, Mutter?«

»Doch, Cat. Jetzt sag mir, was hast du vor? Willst du Jake Pennlyon heiraten? Ich möchte, daß du glücklich wirst, mein Liebling. Das möchte ich mehr als alles andere. Er will dich heiraten. Er hatte sich mit dir verlobt und hat auf dich gewartet.«

Ich lachte laut auf. »Ich glaube, ich trage bereits sein Kind.«

»Dann liebst du ihn also?«

»Manchmal denke ich, ich hasse ihn.«

»Aber...«

»Er hat darauf bestanden. Er war der Kapitän. Er bot mir die Ehe an, aber er wollte nicht mehr warten.«

Sie nahm mich an den Schultern und schaute mir in die Augen.

»Meine liebste Cat, du hast dich verändert.«

»Ich bin nicht mehr deine kleine, unerfahrene Tochter. Von zwei Männern bin ich gezwungen worden, mich ihnen hinzugeben. Und weißt du, was das Seltsamste daran war? Beide wollten mich heiraten.«

»Du bist unglücklich gewesen, Cat. Jetzt mußt du dir ein neues Leben aufbauen. Komm mit mir nach Hause.«

»Ich habe darüber nachgedacht. Dort würde ich Carey vielleicht wiedersehen, und ich will diese Wunde nicht mehr aufreißen. Vielleicht wird er einmal heiraten. Hat er geheiratet?« fragte ich schnell.

Sie schüttelte den Kopf. »Du hast deinen Spanier geheiratet«, erinnerte sie mich.

»Ich habe ihn geheiratet, weil ich glaubte, ich müßte für immer dort bleiben. Ich wollte die Position meines Sohnes sichern.«

»Und das Kind, das du jetzt trägst?«

Ich zögerte. Ob ich wohl meinen Haß auf Jake Pennlyon und meinen Kummer über Felipe, der mir das Herz abdrückte, je überwinden würde?

»Ich werde Jake Pennlyon heiraten. Er ist der Vater des Kindes, das ich in mir trage. Ich werde hier bleiben, Mutter. So sehr ich es mir auch wünsche, mit dir zusammen zu sein, zum Kloster zurück kann ich nicht mehr.«

Und meine Mutter verstand mich, wie sie mich immer verstanden hatte.

Jake Pennlyon triumphierte. Mit den Vorbereitungen für die Hochzeit wurde sofort begonnen.

»Wir möchten, daß unser Sohn eine schickliche Zeit nach der Hochzeit auf die Welt kommt.«

Im Jahr davor war Jakes Vater an einem Schlagfluß gestorben. Er hatte so ausschweifend gelebt, daß er seine Zeit selbst verkürzt hatte, das war zumindest die allgemeine Meinung. Jake war also Herr über Lyon Court, und ich sollte seine Herrin sein.

Aber ich stellte meine Bedingungen.

Die Kinder sollten bei mir bleiben. Er wollte, daß meine Mutter Roberto mitnähme, wenn sie nach Hause zurückreiste. »Um Euch die Wahrheit zu sagen«, sagte er, »sein Anblick geht mir auf den Magen.«

»Er ist mein Sohn, und er bleibt bei mir, solange ich lebe.«

»Ihr solltet Euch schämen, mit einem unserer Feinde verheiratet gewesen zu sein. Ein Balg, das Euch aufgezwungen worden ist!«

»Dasselbe kann man auch von dem Kind behaupten, das ich als nächstes zur Welt bringen werde.«

»Das stimmt nicht. Ihr wolltet es genauso wie ich. Glaubt Ihr immer noch, Ihr könntet mich hinters Licht führen?«

»Ihr macht Euch selbst was vor. Mein Sohn bleibt hier, oder es gibt keine Hochzeit.«

»Es wird geheiratet. Bildet Euch ja nicht ein, Ihr könntest mich ein zweites Mal hinters Licht führen. Diesmal gibt es kein Schweißfieber, mein Mädchen.«

Ich lachte nur. »Roberto bleibt da«, sagte ich.

»Und die anderen beiden auch«, antwortete er. »Bei Gott, ich habe nichts gegen ein großes Kinderzimmer. Wir werden es schon füllen. Diese beiden Burschen sind mutige kleine Kerle. Ich mag sie.«

»Natürlich, sie sehen Euch ja auch ähnlich! Manuela und Jennet werden sich um die Kinder kümmern, aber laßt Euch eins gesagt sein: Keine munteren Spielchen mit meinen Dienstmägden mehr!«

Er nahm mein Kinn und riß es mit einer lieblosen Handbewegung hoch. »Seht zu, daß niemand da ist, außer Euch selbst. Ich bin ein Mann mit Begierden.«

»Ich brauche keine Warnung.«

»Ihr müßt nur aufpassen. Ihr könnt mich ganz für Euch alleine haben, Cat, und Ihr werdet es wahrscheinlich auch.«

»Glaubt Ihr, ich könnte so ein kostbares Geschenk bewahren?« fragte ich nicht ohne Sarkasmus.

»Wenn ihr klug seid, ja.«

»Wer kann das schon von sich sagen? Vielleicht habe ich gar nichts gegen Eure Lust an anderen Frauen. Ich sage nur, nicht in meinem Hause und nicht mit meinen Dienstmägden!«

»Ich hatte nie Schwierigkeiten, willige Spielgefährtinnen zu finden.«

»Ein angemessenes Thema für einen Mann, der gerade heiratet.«

»Aber wir sind nicht wie die anderen, Cat! So ist es doch, oder nicht? Das macht ja unsere Beziehung so spannend. Und jetzt sagt mir, wie geht es meinem Sohn heute?«

»Ich bin gar nicht sicher, daß es ihn überhaupt gibt. Wenn nicht... bräuchten wir erst gar nicht zu heiraten.«

»Wenn er noch nicht da drin ist, dann wird er es bald sein, darauf könnt Ihr Gift nehmen.« Er wies auf meinen Leib.

»Ich möchte gern das Haus sehen«, lenkte ich ab. »Vielleicht möchte ich einiges verändern.«

Triumphierend lachte er mich an. Ich wußte, er sehnte unsere Hochzeit mit aller Macht herbei.

Der Tag war noch jung, als ich Jake Pennlyons Frau wurde. Die Trauung fand in der Kapelle statt, in die Jake einmal durch das

Guckfenster der Leprakranken hineingesehen hatte. Gefeiert wurde in Trewynd Grange, und hinterher brachte mich Jake nach Pennlyon Court.

Es hat keinen Sinn, so zu tun, als regte mich dieser Mann nicht auf, als reizte es mich nicht, dieses Haus zu betreten, dessen Herrin ich von nun an sein würde, und mit ihm in unser bräutliches Schlafgemach zu gehen. In den ersten Tagen war er, glaube ich, fast bis zur Zärtlichkeit gerührt. Er hatte endlich erreicht, was er sich so lange gewünscht hatte; und als er seinen Arm um mich legte, tat er es beinahe liebevoll. Es bedeutete wohl etwas anderes für ihn als diese Abenteuer, die er bisher gekannt hatte.

Aber dieser Zustand hielt nicht lange an. Seine Leidenschaft war zu heiß, und weil ich wußte, daß er es genoß, zu kämpfen und zu überwältigen, wehrte ich mich.

Und ich teilte seine Leidenschaft, und er wußte es. Trotzdem wollte ich nicht, daß er ahnte, wie überwältigend die Augenblicke der Vereinigung für mich waren, wie sie jeden Gedanken aus meinem Kopf verdrängten. Es gab dann nur mehr diese ungeheuerliche körperliche Befriedigung nach einem ungeheuerlichen Rausch.

Meine Beziehung zu Jake war eine rein körperliche. Irgendwann konnte ich die Behauptung nicht mehr aufrechterhalten, daß sie mir keinen Spaß machte, aber es war immer nur der Sinnenrausch, und das versuchte ich gar nicht zu verheimlichen. Wenn er keine Zärtlichkeit für mich empfand, ich empfand auch keine für ihn. Ich gab nicht einmal vor, ihn zu brauchen. Ich fand ihn gewöhnlich, roh, arrogant, und ich tat auch nicht so, als wäre das anders. Ich habe ihn geheiratet, weil ich sein Kind erwartete, das er mir aufgezwungen hatte. Ich war eine Frau mit starken natürlichen Impulsen, und seine ausgeprägte Männlichkeit fand in mir eine ebenbürtige Partnerin.

Ich versuchte ihm das klarzumachen, aber er lachte mir nur ins Gesicht. Er hätte immer schon gewußt, daß ich ihn genau so sehr begehrte wie er mich. Er hätte immer schon gewußt, daß er nur zu winken brauchte, und ich käme in sein Bett.

»Ihr habt sehr oft gewunken«, erinnerte ich ihn, »und ich bin nie in Euer Bett gekommen, bis ich dazu gezwungen wurde, auf Eurem Schiff, dort wo es kein Entkommen für mich gab.«

»Ich habe sofort gespürt, daß Ihr Euch nach mir gesehnt habt.«

»Wie die dumme Jennet? Aber ich bin nicht Jennet, vergeßt das nicht.«

»Das weiß ich sehr gut. Aber Ihr seid eine Frau wie sie, und eine Frau braucht einen Mann wie mich.«

»Unsinn!« erwiderte ich.

»Soll ich es Euch beweisen?«

Nichts hätte ihn davon abgehalten.

Ja, unser Bett machte mir Spaß, das konnte ich nicht mehr verbergen. »Wir sind füreinander geschaffen«, pflegte er zu sagen. »Das wußte ich vom ersten Augenblick an, als ich Euch im Hafen gesehen habe. ›Das ist dein Weib‹, habe ich zu mir gesagt. ›Sie wird besser sein als alle anderen, die du je besessen hast.‹«

Aber hinterher stritten wir meistens und meistens gewann ich, und er war entzückt davon.

Er mußte mich nur anfassen, und obwohl ich mich oft gegen ihn wehrte, setzte er immer seinen Willen durch... wann immer, wo immer er wollte.

Ich warf ihm an den Kopf, er wäre schamlos, und er antwortete, ich wäre genauso schamlos.

So verging der erste Monat meiner Ehe mit Jake Pennlyon.

Irgendwann sagte meine Mutter, sie müsse nach Hause zurück. Sie hatte Rupert schon zu lange alleinegelassen.

Honey sollte mit ihr gehen. Trewynd barg zu viele unglückliche Erinnerungen für sie. Sie wollte mit Mutter in unserem Kloster leben; und das war, wie sie sagten, ein Trost dafür, daß sie sich von mir verabschieden mußten.

Sie machten sich mit Edwina auf die Reise. Roberto, Carlos und Jacko blieben hier, und Jennet und Manuela übernahmen die Pflege der beiden Knaben.

Zu dieser Zeit war ich dann sicher, daß ich tatsächlich mein zweites Kind erwartete.

Roberto hatte Heimweh. Seine schwarzen Augen in seinem kleinen Gesicht mit der Olivenhaut wurden riesengroß.

»Madre«, sagte er, »ich will nach Hause.«

»Roberto, mein Schatz«, antwortete ich ihm, »wir sind zu Hause.«

Er schüttelte den Kopf. »Dies ist nicht mein Zuhause, zu Hause ist nicht hier.«

»Jetzt doch«, versuchte ich ihm zu erklären. »Dein Zuhause ist, wo ich bin, und wo ich bin, gehörst auch du hin.«

Das gab ihm zu denken.

»Ich will zu meinem Vater. Wo ist mein Vater?«

»Er ist weit fort, Roberto, er ist tot. Du hast jetzt einen neuen Vater.«

»Ich will aber meinen eigenen Vater haben. Wer ist denn mein neuer Vater?«

»Das weißt du doch.«

Er begann vor Entsetzen zu zittern.

»Doch nicht der Mann...«

»Er ist jetzt dein Vater.«

Er schloß seine Augen und schüttelte den Kopf. Ich hatte etwas Falsches gesagt, ich hatte ihn erschreckt.

Ich nahm ihn auf den Schoß und wiegte ihn in meinen Armen. »Roberto, ich bin doch bei dir.« Dies tröstete ihn ein wenig. Er klammerte sich an mich, denn er hatte wahnsinnige Angst vor Jake, und Jake, der kein Verständnis für Kinder hatte, tat nichts, um die Situation zu verbessern. Carlos und Jacko waren auf dem ›Springenden Löwen‹ und spielten wilde Spiele, in deren Mittelpunkt immer Schiffe und deren Kapitäne standen. Carlos war immer Kapitän Pennlyon, und das gefiel Jake. Auf diese beiden war er stolz... seine Jungen. Daß der eine ein Sohn einer adeligen Spanierin und der andere der eines Dienstmädchens war, störte ihn nicht. Sie waren Pennlyons, und das genügte ihm.

Wie anders war doch alles für meinen kleinen Roberto.

Ich machte mir solche Sorgen wegen des Kindes, daß ich mich eines Tages dazu entschloß, mit Jake darüber zu sprechen. Ich ging sogar soweit, ihn anzuflehen, dem Jungen gegenüber etwas Interesse und Freundlichkeit zu zeigen.

»Interesse für den Sohn dieses Mannes?«

»Es ist auch mein Sohn.«

»Das macht ihn mir nicht lieber.«

»Das sollte es aber. Ich habe mich auch Eurer Söhne angenommen und mich um sie gekümmert.«

»Ihr seid eine Frau«, war seine Antwort.

»Wenn Ihr nur so viel Anstand besäßet...«

»Ich besitze aber keinen Anstand, das wißt Ihr ganz genau... ich bin unanständig.«

»Ich flehe Euch an, seid nett zu meinem Sohn!«

»Ich kann nicht anders handeln, als ich fühle.«

»Ach, Ihr seid plötzlich ehrlich geworden?«

»In diesem Falle, ja.« Plötzlich schrie er mich an: »Damit Ihr es wißt, ich hasse diesen Bastard! Wenn ich ihn sehe, sehe ich Euch mit dem Spanier vor mir! Ich würde am liebsten jeden Knochen in seinem Leibe brechen! Ich möchte alles zerstören, was mich daran erinnert!«

»Ihr seid unmenschlich! Einem kleinen Kind die Schuld anzulasten!«

»Ihr hättet ihn mit Eurer Mutter gehen lassen sollen.«

»Mein eigenes Kind?«

»Würdet Ihr bitte damit aufhören, von Eurem Kind zu reden? Bald werdet Ihr meines zur Welt bringen, und dann kann dieser dunkelhaarige Fratz weg! Vielleicht nehme ich ihn mit, wenn ich wieder hinausfahre, und setze ihn in seiner Heimat an Land! Wie gefällt Euch das?«

»Wagt es ja nicht, den Jungen anzurühren.«

»Und wenn doch?« verspottete er mich.

»Ich würde Euch umbringen, Jake Pennlyon!«

»Ihr wollt zur Mörderin werden?«

»Wenn jemand meinem Sohn etwas zuleide tut, ja!«

»Ach«, meinte er, »was bedeutet schon ein Bastard! Ihr werdet Euer Kinderzimmer eines Tages so voller wirklicher Söhne haben, daß Euch der eine gar nicht mehr fehlen würde!«

Da schlug ich ihm ins Gesicht. Derartige Zusammenstöße erregten ihn immer, er hielt mich fest und zwang mich unter sich.

Mit meinem Anliegen kam ich also nicht weiter.

Er haßte meinen Sohn seines Vaters wegen, und ich machte mir weiterhin Sorgen.

Eines Tages wurde Roberto krank, und ich wich nicht von seiner Seite. Ich glaube, es war der kalte Ostwind, den er nicht vertrug.

Jennet und Manuela sorgten sich ebenfalls um ihn. Ich verbrachte den ganzen Tag im Kinderzimmer.

Als es dunkel wurde, ging es ihm etwas besser.

»Es beruhigt ihn, Euch bei sich zu haben, Herrin«, sagte Jennet.

Es stimmte. Wenn ich an seinem Bett saß, hielt er meine Hand und schlief ein, und wenn ich den Versuch machte, ihn loszulassen, klammerte sich seine heiße kleine Hand nur um so fester an die meine.

Also blieb ich bei ihm.

Als es Nacht wurde, kam Jake ins Kinderzimmer. Jennet und Manuela verschwanden eiligst.

»Was bedeutet das?« fragte er. »Ich warte auf Euch.«

»Der Junge ist krank«, antwortete ich ruhig.

»Diese beiden Weiber können sich doch um ihn kümmern!«

»Er ist unruhig, wenn ich nicht bei ihm bin.«

»Ich bin auch unruhig, wenn Ihr nicht bei mir seid.«

»Heute nacht bleibe ich hier.«

»O nein, Ihr kommt mit mir ins Bett!«

»Heute nacht bleibe ich bei meinem Sohn!«

»Ihr kommt mit!«

Er faßte mich am Arm, ich stand auf und schüttelte ihn ab. »Ihr weckt das Kind.«

»Was kümmert mich das?«

»Es kümmert mich.«

Ich ging mit ihm aus dem Zimmer, ich hatte Angst vor der Wirkung, die eine solche Szene auf Roberto haben mußte.

»Geht jetzt endlich«, fuhr ich ihn ärgerlich an. »Ich habe mich entschlossen hierzubleiben.«

»Und wenn ich mich bereits zu etwas anderem entschlossen habe?«

»Dann müßt Ihr Euren Entschluß eben ändern!«

»Ihr kommt jetzt sofort mit!«

»Ich bleibe bei meinem Sohn.«

Ohne mit der Wimper zu zucken, schauten wir uns in die Augen.

»Ich könnte Euch ins Bett tragen!«

»Jake Pennlyon, wenn Ihr mich anrührt, verlasse ich dieses Haus. Ich nehme meinen Sohn und gehe zu meiner Mutter, und Ihr seht mich nie wieder!«

Er zögerte, und ich wußte, ich hatte den Kampf gewonnen.

»Geht jetzt«, sagte ich, »und macht keinen Lärm! Wenn Ihr das Kind aufweckt und es jetzt ängstigt, verzeihe ich Euch das nie!«

»Habt Ihr keine Angst, daß ich zu einer anderen gehen könnte, wenn Ihr Euch mir verweigert?«

»Wenn Ihr es so notwendig braucht, müßt Ihr es eben tun.«

»Das würdet Ihr doch nicht wollen?«

»Ich sage Euch, heute nacht interessiert mich gar nichts, außer, daß mein Sohn in Frieden schlafen soll, und ich werde bei ihm bleiben und dafür sorgen, daß er das auch kann.«

»Cat, ich will dich haben ... jetzt ... in diesem Augenblick!«

»Geht weg!«

»Es ist Euch also gleich, was ich tue?«

»Tut, was Euch gefällt.«

Er hielt mich am Arm zurück und schüttelte mich. »Ihr wißt genau, daß ich nur Euch begehre.«

Ich lachte ihn aus und kehrte zu Roberto zurück.

Am Morgen hatte sich sein Zustand erheblich gebessert, aber vor Jake hatte er immer noch wahnsinnige Angst.

Der Sommer kam ins Land, und Teneriffa gehörte der Vergangenheit an. Ich hatte mich damit abgefunden, in Pennlyon Court zu leben. Bald würde Jake zu seiner neuen Seereise aufbrechen, die er wegen unserer Hochzeit verschoben hatte, und weil er eine Zeitlang mit mir zusammen sein wollte. Aber natürlich konnte er nicht für immer an Land bleiben. Manchmal, glaube ich, hatte er sogar überlegt, mich mitzunehmen, aber ich erwartete ein Kind, und das Meer war nicht der richtige Ort für eine Frau in meinem Zustand. Er war ein Seemann und liebte sein Schiff vielleicht mehr als irgendein lebendes Wesen, trotzdem blieb er so lange an Land. Ich lachte ihn aus, weil er nicht imstande schien, mich zu verlassen.

Er konnte auch den Überfall nicht vergessen, der sich während seiner damaligen Abwesenheit ereignet hatte. Er fürchtete, so etwas könnte wieder geschehen, und war hin- und hergerissen zwischen seinen Abenteuern auf hoher See und seinem Leben mit mir.

Oft sah ich ihn unten am Hafen. Er ließ sich hinaus aufs Schiff rudern, blieb stundenlang dort. Schließlich beschloß er, nicht mehr länger zu zögern.

Ein Kapitän Girling aus St. Austell besuchte uns eines Tages – ein Mann, zwanzig Jahre älter als Jake. Es handele sich um einen tüchtigen Mann, sagte Jake, einer der wenigen, dem er eines seiner Schiffe anvertrauen würde.

Kapitän Girling blieb einen Monat bei uns. Jake und er ließen sich jeden Tag zum ›Springenden Löwen‹ hinüberbringen. Im Hafen herrschte geschäftiges Treiben, während das Schiff beladen wurde. Sie nahmen eine große Ladung Leinen an Bord.

Während des Abendessens drehte sich das Gespräch hauptsächlich um das Meer und um Schiffe, und ich verstand bald immer mehr von beidem. Ich hatte ja auch schon zwei Seereisen hinter mir. Sie fragten mich immer wieder über die Galeone aus, und ich konnte nie der Versuchung widerstehen, sie in den Himmel zu loben und ihre Überlegenheit dem ›Springenden Löwen‹ und anderen englischen Schiffen gegenüber herauszustreichen. Was sie natürlich zur Verzweiflung trieb und ärgerte.

Kapitän Girlings Abneigung gegen die Spanier und die Katholiken war genauso heftig wie die von Jake, und sie waren in diesem Punkt, wie in den meisten anderen, ein Herz und eine Seele.

Sie bekämpften die Inquisition, die sich bereits einiger hundert englischer Seeleute bemächtigt, sie der Folter ausgesetzt oder sogar dem Scheiterhaufen übergeben hatte. John Gregory war ein Beispiel. Er war gefangengenommen und nur unter der Bedingung wieder freigelassen worden, daß er für die Spanier spionierte. Seltsamerweise schien ihm Jake vergeben zu haben, daß er bei meiner Entführung mitgeholfen hatte. Immerhin hatte er Jake ja auch ermöglicht, mich zurückzugewinnen.

»Gute Nachrichten aus den Niederlanden«, sagte Kapitän Girling. »Die Holländer machen einen Aufstand, und scheinbar mit Erfolg. Die Spanier haben dort die Inquisition eingesetzt, und das ganze Land revoltiert dagegen. Bei Gott, je früher wir sie vom Meer blasen, desto besser.«

Jake sah mich amüsiert an. »Ich würde jedem Spanier, der mir unter die Augen kommt, die Kehle durchschneiden, ganz gleich, wer er ist.«

»Kehle durchschneiden ist noch zu gut für sie«, knurrte Kapitän Girling.

Und ich zitterte um Roberto, der seinem Vater täglich ähnlicher wurde.

»Falls sie je versuchen sollten, nach England zu kommen...«, begann Kapitän Girling.

Jake wurde rot im Gesicht bei dem Gedanken, aber seine Augen funkelten vor Aufregung.

»Das wird ein Tag!« brüllte er. »Dann vernichten wir sie ein für allemal! Was ist, Girling, glaubt Ihr, die Banditen wären so verrückt, es zu riskieren?«

»Wer weiß? Ihr wißt ganz genau, sie haben überall auf der Welt Länder in ihren Besitz genommen. Sie bringen den Wilden ihre Folterbank und die Daumenschrauben und versuchen, sie zu Papisten zu machen.«

»Laßt sie nur herkommen! O Gott, laß sie kommen! Und laß sie ihre Daumenschrauben mitbringen! Wir werden ihnen schon zeigen, wie man sie benützt!«

»Sie haben Angst vor uns... sie haben einen heillosen Respekt vor uns. Sie ziehen es vor, mit Wilden zu spielen«, meinte Girling.

»Und sie werden noch mehr Angst vor uns bekommen, das schwöre ich, wenn sie einem meiner Schiffe auf hoher See begegnen. Dann werde ich sie Respekt lehren.«

»Ihr redet so viel darüber, was Ihr tun würdet, wenn gewisse Dinge eintreffen«, warf ich dazwischen. »Wir wissen doch ganz genau, wie sie reagieren und wie Ihr reagieren würdet. Warum sollten sie auch hierherkommen? Was für Hoffnungen könnten sie sich machen?«

»Sie könnten eine Flotte bauen, an unsere Küste kommen und

versuchen zu landen«, antwortete Jake. »Laß sie es nur versuchen, o Gott, laß sie es versuchen! Auf diesen Tag warte ich mit Sehnsucht.«

»Es gibt Verräter im Lande«, sagte Girling. »Wir müssen uns vor den Verrätern in unseren eigenen Reihen in acht nehmen.«

»Verpestete Papisten!« spuckte Jake aus. »Und jetzt haben wir auch noch diese Königin jenseits der Grenze! Die schottische, ehemals auch französische Königin könnte eine Armee nach England führen, wenn sie von Verrätern hier und vom spanischen König übers Meer hinweg Unterstützung bekäme.«

»Krieg?« rief ich entsetzt aus. »Ich flehe Euch an, keinen Krieg!«

»An der Grenze wird dauernd geplündert«, sagte Girling. »Unsere Königin Elisabeth ist seltsam. Sie versucht Streit zu säen unter die Nobeln von Schottland, und, bei Gott, sie sind ein streitsüchtiges Volk. Es wird behauptet, sie würde alles tun, die Heirat der schottischen Königin mit Lord Darnley zu betreiben, während sie offiziell dagegen opponiert. Dieser Bursche ist aber nichts für Mary. Er ist ein großtuerischer Angeber, ein Wüstling, ein Feigling, und er möchte nichts lieber als in die schottische Krone einheiraten. Wenn die schottische Königin gescheit ist, verweist sie ihn auf seinen Platz, der überall eher zu finden wäre, nur nicht neben ihr auf dem Thron. Es wäre sonst ihr Verderben.«

»Während ich weg war«, mischte ich mich ein, »hat sich die Situation zwischen England und Schottland zugespitzt?«

»Ja, seit Marys Ehemann, der junge König von Frankreich, gestorben ist und sie über Nacht Rang und Ehren dort verloren hat«, informierte mich Kapitän Girling. »Das Mediciweib bedeutete ihr, daß sie verschwinden sollte, und wo sonst sollte sie hingehen als in ihr eigenes Königreich, nach Schottland?«

»Laßt uns nicht vergessen«, fügte Jake hinzu, »daß sie es gewagt hat, sich Königin von England zu nennen. Unsere Königin Elisabeth wird ihr das sicher nicht vergessen, davon bin ich überzeugt.«

»Dafür allein verdiente sie es, daß sie den Kopf verlöre.«

»Marys Standpunkt ist, statt unserer Königin, der Tochter von Anna Boleyn, von der die Katholiken behaupten, sie wäre niemals König Henrys wirkliche Ehefrau gewesen, sei sie seine einzige legitime Nachfolgerin, da sie eine Tochter von Henrys Schwester ist«, erinnerte ich ihn.

Jake warf mir einen warnenden Blick zu. »Ihr sprecht schon wie eine Papistin.« Er kniff die Augen zusammen. »Ich will Euch etwas sagen, ich dulde keine Papisten in meinem Haus. Sollte ich einen finden, würde es ihm schlecht ergehen.«

Ich weiß, daß er von Roberto sprach, denn er hatte den Jungen beobachtet. Ich zitterte um meinen Sohn, aber ich antwortete mit Nachdruck: »Ich spreche ohne jedes religiöse Vorurteil, ich spreche nur von Tatsachen.«

»Unsere Lady Elisabeth ist Königin durch Recht und Erbschaft, sie ist eine leibliche Tochter König Henrys«, konterte Jake. »Und wir werden für sie kämpfen. Es gibt keinen anständigen Engländer, der nicht sein Leben für sie geben und die Papisten aus dem Land heraushalten möchte.«

Wir tranken auf das Wohl der Königin – ich genauso eifrig wie die anderen.

Aber ich war ängstlich. Es würde sicherlich Unruhen im Lande geben und Konflikte mit außerhalb, und wenn ich an die ruhige Entschlossenheit und den religiösen Eifer eines Felipe und der Leute, die er befehligt hatte, dachte, und an die Fähigkeit der spanischen Galeonen, befürchtete ich den Ausbruch einer fürchterlichen kriegerischen Auseinandersetzung.

In der Nacht wachte ich auf, Jake neben mir bewegte sich unruhig. »Wißt Ihr, warum ich Girling habe kommen lassen?« fragte er mich.

»Weil er das Kommando über eines Eurer Schiffe übernehmen soll, nehme ich an.«

»An welches Schiff denkt Ihr?«

»Das weiß ich nicht.«

»An den ›Springenden Löwen‹.«

»An Euer Schiff?«

»Sie liegt unbeschäftigt im Hafen herum.«

»Ich wußte nicht, daß Ihr es jemand anderem gestatten würdet, sie zu befehligen.«

»Bis jetzt habe ich das auch noch nie getan.«

»Und warum jetzt?«

»Müßt Ihr das noch fragen? Ich habe eine Geliebte gefunden, die mich in höherem Maße fasziniert als die Abenteuer dort draußen. Es ist zwar genausowenig Verlaß auf sie wie auf das Meer, aber bei Gott, man kann sie am Ende doch besser züchtigen! Manchmal kann sie sogar weich und anschmiegsam sein; aber wie gesagt, verlassen kann man sich nicht auf sie.«

»Eure Einbildungskraft überschreitet Eure Ausdrucksmöglichkeiten. An Eurer Stelle würde ich solche Vergleiche lassen.«

Er lachte. »Also, ich überlasse Girling mein Schiff, es ist sowieso nur eine kurze Reise. Und wenn er zurückkommt, steche ich wieder in See. Ich würde Euch gern mitnehmen, Euch und den Jungen, aber ist er dazu nicht noch zu klein? Wer weiß, was uns auf See alles begegnen wird. Andererseits, wenn ich Euch allein lasse, werde ich jede Nacht und jeden Tag Alpträume haben, daß die Spanier die Küsten überfallen. Nehme ich Euch also mit... wie kann ich Euch nur mitnehmen?«

»Ihr werdet allein fahren müssen, wie andere Männer auch.«

»Was für ein Wiedersehen das wird, wenn ich zurückkomme! Ihr werdet an Land stehen und auf mich warten. Und keine Spielchen mit anderen Männern, meine Liebe, während ich weg bin!«

»Glaubt Ihr, jeder wäre wie Ihr? Ich will nicht wissen, wie viele Spielchen es auf Eurer Reise geben wird.«

»Ihr dürft nicht eifersüchtig sein, Cat. Ich bin ein Mann, und Männer brauchen das. Aber es gibt nur eine, die ich wirklich liebe, und für die gebe ich alle anderen weg.«

»Beraubt Euch bloß keines Vergnügens, spielt nur, soviel Ihr wollt.«

»Ihr seid eifersüchtig, aber wir müssen uns irgendwann einmal trennen. Ich bin ein Seemann. Zum erstenmal allerdings wünsche ich, es nicht zu sein. Ich liebe Euch so sehr, daß ich Kapitän Girling das Kommando über mein Schiff gebe, nur damit ich bei Euch bleiben kann.«

Darauf wußte ich keine Antwort. Die Erklärung berührte mich so tief, daß ich begann, so etwas wie Zärtlichkeit für ihn zu empfinden.

Girling war abgesegelt. Der arme Jake hatte dem Schiff nachgesehen, solange man es noch erkennen konnte.

»Es ist, als sähe man einen anderen Mann mit seiner eigenen Frau«, sagte er.

Einen Tag lang war er verstimmt und brütete vor sich hin, warum er wohl um alles in der Welt Girling an seiner Stelle hatte gehen lassen. Er beschäftigte sich mit der Ankunft und Abfahrt seiner anderen Schiffe, aber den ›Springenden Löwen‹ gab es nur einmal.

Er verfolgte die Reise des Schiffes in Gedanken, studierte Seekarten und rechnete sich aus, wo es jetzt sein könnte. »Wenn der Wind günstig ist, wenn er in keine Flaute, in keinen Kampf geraten ist, könnte Girling jetzt hier sein«, pflegte er zu sagen und auf einen bestimmten Punkt auf der Seekarte zu zeigen.

Manchmal wünschte er, er wäre an Bord, dann wieder war er offensichtlich begeistert davon, zu Hause zu sein.

Und ich, ich begann mich langsam mit meinem Leben auszusöhnen. War dies wieder einmal die Heiterkeit der Schwangerschaft? Vielleicht ja. Meine Mutter schickte mir ziemlich regelmäßig einen Boten mit Briefen.

»Wenn du nur nicht so weit weg wärest«, trauerte sie. »Wie sehr ich mich danach sehne, bei dir zu sein!«

Die Monate vergingen, mein Kind sollte im Februar zur Welt kommen.

Jake war außer sich vor Freude. Er stellte sich ununterbrochen den strammen Sohn vor, den er erwartete. Roberto verachtete er immer noch, Carlos und Jacko aber waren seine immerwährende Freude. Sie wurden von Tag zu Tag wilder und unbezähmbarer. Sie ritten, gingen mit Jake auf die Jagd und übten sich im Bogenschießen und Fechten. Sie schwänzten die Unterrichtsstunden mit dem Hauslehrer, den ich für sie engagiert hatte, was Jake köstlich amüsierte.

Er hatte das früher auch alles getan. Daher wurde alles, was sie taten und was ihn an seine eigenen Heldentaten erinnerte, beklatscht; und sie wußten das. Roberto war gescheit in der Schule, was mich sehr glücklich machte. Wenigstens das gereichte ihm zum Vorteil. Ich hielt ihn fern von Jake, so gut es ging, manchmal sahen sie sich sogar wochenlang nicht, was ihnen beiden recht war. Es war auch nicht schwierig, es entsprechend einzurichten.

»Der Junge wird bereits auf der Welt sein, wenn das Schiff zurückkommt. Wir werden ihn Lyon nennen.«

»So einen Namen gibt es nicht«, wandte ich ein.

»Dann werden wir ihn eben erfinden.«

»Wollt Ihr den Jungen mit einem solchen Namen belasten? Er wird sein ganzes Leben ausgelacht werden.«

»Als ob ihm das etwas ausmachen würde!«

»Wir könnten ihn Penn nennen, nach Eurem Vater.«

Weihnachten kam und damit auch der Bote meiner Mutter mit Geschenken. Das Wichtigste jedoch waren ihre Briefe. Honey war glücklich, Edwina ging es gut. »Wie friedlich hier alles ist, Catherine«, schrieb sie. »Teneriffa ist weit weg.«

Und Luis, fragte ich mich? Dachte Honey je an ihre beiden Ehemänner, die ermordet worden waren – einer vor ihren Augen? Ich jedenfalls konnte das Bild nicht vergessen, Felipe in seinem Blut, niedergemetzelt von dem Mann, mit dem ich jetzt verheiratet war.

Ich vermißte seine Höflichkeit; manchmal verglich ich Jake mit ihm.

Wir lebten in einer wilden Zeit, ein Menschenleben war nicht viel wert. Männern wie Jake Pennlyon machte es nichts aus, andere Männer zu töten. Ich zitterte bei dem Gedanken an das Gemetzel, sollte der ›Springende Löwe‹ auf hoher See auf eine spanische Galeone stoßen.

Wann würde dieser Haß zwischen den Menschen ein Ende nehmen? Wenn Roberto ein Mann war, hoffte ich.

Ende Januar kam Jakes Schiff zurück. Es war ein kalter frostiger Monat gewesen, mit eisigem Wind aus dem Osten. Erst in den letzten Tagen war es plötzlich wärmer geworden, und mit der Wärme kam der unvermeidbare Nebel. Der Nebel war sehr dicht, und aus diesem dichten Nebel tauchte das Schiff auf. Es trieb gefährlich nah an der Küste. Jake stand am Fenster und sah es als erster.

»Tod und Teufel«, schrie er und starrte hinaus. Ich sah, er war blaß geworden.

»Was ist denn los?« rief ich aus.

»Tod und Teufel! Was haben sie mit dem Schiff gemacht?«

Und schon war er aus dem Haus. Er lief hinunter zum Hafen und ich hinter ihm her.

Und ich schaute dem Boot nach, das ihn hinausruderte zu einem zerfetzten Schiff.

Was war das für ein Tag! Nie werde ich ihn vergessen. Da lag sein geliebtes Schiff, einer der Masten war weggeschossen worden, und auf der Seite hatte es ein großes Loch.

Es war ein Glück, daß es ihm überhaupt gelungen war, nach England zurückzukommen. Ich sah die Gesichter der Männer, gebräunt von der Sonne, ausgemergelt vom Hunger, viele von ihnen verwundet.

Ich konnte wenig tun.

Mein Herz füllte sich mit Zärtlichkeit, als ich Jakes Gesicht sah. Er liebte sein Schiff, und ihm war böse mitgespielt worden.

Plötzlich konnte ich mir vorstellen, wie er ausgesehen haben mußte, als er von seiner Seereise zurückgekommen war und ihm gesagt wurde, daß ich von Spaniern verschleppt worden war.

Es war die alte Geschichte: Der ›Springende Löwe‹ war einem Stärkeren begegnet. Daß es ein Spanier war, muß nicht gesondert erwähnt werden.

Die Spanier wollten den ›Löwen‹ kapern, aber das war ihnen nicht gelungen. Zwar hatte er beinahe tödliche Wunden abbekommen, aber er hatte sich tapfer geschlagen. Er hatte seinem Gegner so sehr zugesetzt, daß dieser sich nur mehr langsam davonmachen konnte, was der Lion Gelegenheit gab, das gleiche zu tun.

Kapitän Girling war schwer verwundet worden und war vier Tage nach dem Angriff gestorben. Er hatte seine Mannschaft tapfer von seiner Matratze aus dirigiert, auf der er sich an Deck hatte bringen lassen. Er wußte, daß er sterben mußte, aber bis zuletzt galt seine einzige Sorge dem Schiff und daß es schließlich doch zu seinem Herrn zurückkäme. Erst als er sicher war, daß dies gelingen würde, legte er sich zum Sterben zurück.

Die Matrosen versicherten immer wieder: »Es war wirklich so, als hielte er sich bis zu diesem Moment aufrecht, als ob er sich an das Leben klammerte, bis er genau wußte, daß wir den Hafen erreichen würden.«

Jake war gelassener, als ich erwartet hatte. Ich dachte, er würde seine Leute beschuldigen, aber er war Seemann genug, um zu verstehen, was genau geschehen war. Es war ihm eine große Befriedigung, sich den sinkenden Spanier vorzustellen. Er war überzeugt davon, dieser ruhte bereits auf dem Grunde des Meeres. Er verfluchte das spanische Schiff und seine Mannschaft.

Seine ganze Sorge galt dem ›Springenden Löwen‹. Er blieb den ganzen Tag an Deck und bis tief in die Nacht hinein, um sich zu überzeugen, daß sie wieder seefest gemacht werden konnte.

Erst spätnachts kam er zurück.

»Das beweist nur wieder, zu was dieses Schiff imstande ist, Cat«, sagte er. »Ich habe es immer gewußt. Jedes andere seiner Klasse wäre untergegangen, aber da liegt es, und in ein paar Monaten wird es wieder wie neu aussehen. Darum werde ich mich persönlich kümmern.«

Es war damals wirklich eine Zeit der Katastrophen. Am Tag, nachdem das Schiff heimgekommen war, begannen meine Wehen. Sie kamen zu früh, mein Kind war eine Totgeburt. Und das Kind ein Junge.

Ich war schwerkrank, und die Tatsache, daß ich mein Kind verloren hatte, beschleunigte meine Genesung nicht gerade. Zwei Wochen lang glaubte man, ich würde nicht überleben.

Jake kam und setzte sich zu mir ans Bett. Armer Jake! In diesem Moment liebte ich ihn sehr. Sein Schiff war ein Wrack, der Sohn, den er sich so heiß ersehnt hatte, war verloren und ich, die er auf seine Art liebte, war dem Tode nahe.

Später erfuhr ich, daß er fast wahnsinnig gewesen wäre vor Schmerz und daß er den Ärzten gedroht hatte, sollte ich sterben, würde er sie umbringen. Seine ganze Zeit verbrachte er zwischen dem Krankenzimmer und seinem Schiff. Erst am Ende der zweiten Woche, als sich herausstellte, daß ich doch gesund werden würde, kam er wieder zu sich selbst.

Oft verfiel ich in Fieberträume und wußte nicht, wo ich mich befand. Während dieser Zeit glaubte ich oft, daß ich in dem Haus auf Teneriffa war und Don Felipe jeden Augenblick ins Zimmer treten müßte. Einmal war mir, als sähe ich ihn an meinem Bett stehen, die Kerze in der Hand und mich ansehend. Ein anderes Mal hielt ich meinen Sohn im Arm, und er beobachtete uns.

Eines Nachts, als ich aus einem solchen Traum erwachte, erkannte ich, daß es Jake war, der an meinem Bett saß. Ich sah seine zusammengeballten Fäuste und hörte ihn sagen:

»Du rufst nach ihm! Hör auf! Ihm hast du einen Sohn geschenkt und mir nicht!«

Und wieder hatte ich Angst um Roberto. Ich verstand plötzlich, zu welch wilden Gefühlen Jake fähig war. Die Tatsache, daß ich Felipe einen Sohn geboren hatte, würde sich in seinem Gehirn einnisten und dort bohren, das wußte ich. Auch, daß sich sein grimmiger Haß gegen Felipe, gegen Spanien und alles, was spanisch war, auf meinen Sohn konzentrieren würde.

Ich flehte ihn an: »Jake, ich werde sterben...«

Er kniete sich neben mein Bett, nahm meine Hand und küßte sie wild und besitzergreifend. »Du wirst leben«, sagte er, und es klang wie ein Befehl. »Werde wieder gesund! Sei stark! Liebe mich, hasse mich, aber bleib bei mir.«

Da fühlte ich mich wieder sicher, aber als es mir anfing besser zu gehen, kamen meine Befürchtungen, Roberto betreffend, wieder zurück. Was wäre mit ihm geschehen, wäre ich gestorben, fragte ich mich.

Manuela hatte sich seit ihrer Ankunft in England bescheiden im Hintergrund gehalten. Hatte sie Heimweh nach Spanien, so hatte sie es nie gezeigt. Sie und Roberto hatten etwas gemeinsam, nämlich ihr spanisches Blut.

Als ich jetzt schwach im Bett lag, bat ich sie, sich zu mir ans Bett zu setzen und sich zu versichern, daß niemand in Hörweite war.

»Manuela«, fragte ich sie, »bist du glücklich in England?«

»Es ist mir zur zweiten Heimat geworden.«

»Du warst immer lieb zu Roberto. Er vertraut dir mehr als irgend jemand anderem.«

»Wir sprechen spanisch zusammen. Das gibt uns das Gefühl, als ob wir zu Hause wären.«

»Ich habe viel über ihn nachgedacht, seit ich hier liege. Er ist noch klein, Manuela, und kann noch nicht selbst auf sich aufpassen.«

»Señora, der Kapitän haßt ihn, weil er der Sohn von Don Felipe ist und Ihr seine Mutter seid.«

»Manuela, ich bin nahe am Tod vorbeigegangen, aber ich habe mich ans Leben geklammert, weil ich Angst um Roberto habe.«

»Euer Tod lag in Gottes Hand, Señora«, sagte sie vorwurfsvoll.

»Ich lebe zwar, bin aber sehr schwach. Ich möchte, daß du mir etwas versprichst. Sollte ich sterben, möchte ich, daß du sofort mit Roberto von hier weggehst. Ich möchte, daß du ihn zu meiner Mutter bringst und ihr sagst, ich ließe sie bitten, sich um ihn zu kümmern! Sie liebt ihn sicher, weil er mein Sohn ist.«

»Und der Kapitän, Señora?«

»Der Kapitän liebt Roberto nicht, wie du weißt.«

»Er haßt ihn, weil er ein Spanier ist.«

»Er ist ein wenig ungeduldig mit ihm«, versuchte ich die Wahrheit abzuschwächen. »Roberto ist nicht so wie Carlos und Jacko. Ich weiß, du hast Carlos einmal sehr liebgehabt. Ich erinnere mich noch, damals, als du in unser Haus kamst...«

Meine Stimme versagte, und sie antwortete ungestüm:

»Carlos ist der Sohn des Kapitäns geworden. Er schreit, gibt an, er würde jedem Spanier die Kehle durchschneiden. Er hat nicht einmal mehr den Glauben seiner Mutter!«

»Er ist jetzt der Sohn seines Vaters, Manuela. Du weißt, was damals geschah.«

Tränen des Zorns glitzerten in ihren Augen. Ich wußte, daß sie ihrem Glauben in leidenschaftlicher Treue anhing und daß sie ihn regelmäßig im geheimen praktizierte.

»Roberto ist anders«, sagte sie weich. »Roberto wird treu bleiben. Er wird nie vergessen, daß sein Vater ein spanischer Edler war.«

»Du liebst den Jungen, Manuela, nicht wahr? Carlos kann jetzt auf sich selbst aufpassen, aber sollte mir je etwas geschehen, kümmere dich um meinen kleinen Sohn Roberto.«

»Ich werde alles tun, um ihn in Sicherheit zu bringen«, versprach sie mit leidenschaftlicher Inbrunst, mit einer grimmigen Entschlossenheit. Und ich wußte, sie meinte es ehrlich.

Als ich aufwachte, saß meine Mutter an meinem Bett.

»Bist du es wirklich?« fragte ich.

»Meine liebste Cat, Jake hat nach mir geschickt, und ich bin sofort gekommen. Deine Großmutter hat mir verschiedene Heilmittel für dich mitgegeben, und du weißt, ihre Kuren helfen immer.«

Ich nahm ihre Hand und ließ sie nicht mehr los. Ich wollte ganz sicher sein, daß es kein Traum war, daß sie wirklich bei mir saß.

Von dem Moment ihrer Ankunft an genas ich zusehends. Wenn sie mich pflegte, mußte alles gut werden. Dieses Gefühl hatte ich schon als Kind gehabt, wenn sie mich gesundgepflegt hatte. »Jetzt wird alles wieder gut, Mutter ist bei dir«, pflegte sie zu sagen. Und das hat für mich heute genauso viel Gültigkeit wie damals.

Sie und meine Großmutter hatten Häubchen für mein Baby genäht. »Ich lasse sie dir da, für das nächste«, sagte sie.

Ich fühlte mich wunderbar optimistisch. Das nächste! dachte ich. Natürlich! Was mir passiert war, war ein Mißgeschick, das vielen Frauen passierte. Ich hatte einmal einem Sohn das Leben geschenkt, ich würde auch noch einen zweiten zur Welt bringen.

Mutter brachte Frieden ins Haus, und ich liebte es, zuzuhören, wenn sie mit den Dienstboten sprach.

Ich erzählte ihr, was ich mit Manuela besprochen hatte.

»Meine liebe Cat«, beruhigte sie mich, »du hättest dir keine Gedanken machen müssen. Wenn es wirklich so gekommen wäre, ich hätte Roberto sofort geholt. Aber so Gott will, wird seine Mutter noch bis weit in sein Mannesalter leben.«

Sie fragte mich ernsthaft, ob ich glücklich sei in meiner Ehe, und ich wußte nicht, wie ich diese Frage wahrheitsgemäß beantworten sollte.

»Ich bezweifle, daß es je eine Ehe wie die unsere gegeben hat«, versuchte ich ihr zu erklären.

»Er hat jemand anderen mit seinem Schiff auf große Fahrt geschickt, weil er sich einfach nicht von dir trennen konnte, höre ich.«

Ich mußte lachen. »Liebste Mutter, versuche nicht zu begreifen, wie meine Ehe ist. Jemandem, der so ist wie du, wäre so etwas nie passiert. Ich habe eine gewisse Wildheit in mir, die der seinen ebenbürtig ist, und eine gute Portion Haß gibt es in unserer Ehe auch.«

»Aber ihr liebt euch doch auch?«

»Ich weiß nicht, ob man es gerade Liebe nennen kann. Er hat sich in den Kopf gesetzt, ich soll seinen Sohn zur Welt bringen. Zu diesem Zweck hat er mich auserwählt, aber ich habe ihn jetzt einmal enttäuscht... und das ausgerechnet zu dem Zeitpunkt, da er fast sein Schiff verloren hätte! Zu meinem Erstaunen tut er mir bis ins Herz hinein leid. Liebe Mutter, schau nicht so entsetzt drein, du kannst uns nicht verstehen. Du bist viel zu gut.«

»Liebes Kind, ich habe gelebt und geliebt, glaub mir, auch mir ist das Leben oft seltsam vorgekommen.«

»Aber jetzt hast du Rupert, und dein Leben ist so, wie du es dir immer erwünscht hast.«

»Aber ich hätte Rupert doch Jahre vorher heiraten können und habe es nicht getan. Du siehst, nichts ist einfach, für niemanden von uns.«

»Ich habe immer gedacht, wenn ich Carey heirate, wird alles wundervoll.«

Jetzt wurde sie ein wenig ungeduldig mit mir. »Du machst dir selbst was vor. Carey gehört der Vergangenheit an. Du hast ein Kind, und du wirst noch weitere Kinder haben, und immer noch lebst du mit dieser fixen Idee. Du hast doch Jake! Du liebst ihn, das weißt du ganz genau. Hör auf, an die Vergangenheit zu denken. Du hast deinen Spanier geliebt, und jetzt hast du Jake, Cat.«

Hatte sie recht, meine Mutter?

Jake kam herein und setzte sich zu mir.

»Bald seid Ihr wieder ganz gesund«, sagte er. »Ihr habt ja auch die beste Krankenpflegerin der Welt.«

»Ich danke Euch, daß Ihr sie habt holen lassen.«

»Jetzt, wo sie da ist, werde ich eine Weile verreisen. Ich habe über Girlings Familie nachgedacht.«

»Was hat er für eine Familie?«

»Seine Frau ist vor kurzem gestorben, am Schweißfieber, glaube ich. Er hat Kinder, die vielleicht in Not sind. Er hat mir mit seiner ganzen Kraft gedient, ich darf ihn nicht im Stich lassen.«

»Ihr müßt Euch unbedingt davon überzeugen, daß es ihnen an nichts fehlt«, bekräftigte ich ihn.

Am nächsten Tag ritt er los.

Ohne ihn schien das Haus so friedlich. Ich konnte wieder aufstehen, saß viel am Fenster und blickte über den Hafen, wo ich den ›Springenden Löwen‹ liegen sah. Männer krochen auf dem Schiffsdeck herum, Segelflächen und Takelage wurden überholt. Die

Schiffsbaumeister ruderten in kleinen Booten hin und her und waren wohl damit beschäftigt, die beschädigten Schiffsplanken zu reparieren.

Ich fragte mich, wie lange es wohl dauern würde, bis sie wieder hinausfahren könnte. Dann würde Jake auf der Kommandobrücke stehen.

Gehorsam trank ich das Gebräu, das meine Mutter für mich bereitete, schluckte die Heilmittel meiner Großmutter und machte auch bald die ersten Schritte an der frischen Luft. Es war Ende April, und die gelben Narzissen standen in voller Blüte. Meine Mutter, die Blumen liebte und selbst nach der Damaszenerrose benannt war, pflückte sie, arrangierte sie in Vasen und stellte sie in mein Schlafzimmer. Wir spazierten durch die Alleen, die Sonne schimmerte durch das Geäst. Um diese Zeit des Jahres trugen die ineinander verflochtenen Zweige nur erst Knospen und winzige Blätter. Wir setzten uns in den Garten an den Teich und unterhielten uns.

Und erst dort rückte sie mit der Nachricht heraus, die sie schwer bedrückt haben muß. Sie hatte damit gewartet, bis ich wieder bei besserer Gesundheit war.

»Cat, ich muß dir etwas berichten. Und du mußt es verstehen.«

»Was ist los, Mutter?«

»Es geht um Honey.«

»Honey? Ist sie krank?«

»Nein. Du liebst sie doch, Cat?«

»Das weißt du doch, sie ist mir wie meine Schwester.«

»So habe ich immer gewollt, daß du denkst.«

Sie zögerte.

»Bitte, erzähl es mir schnell«, bat ich sie. »Was ist mit Honey geschehen?«

»Sie hat wieder geheiratet.«

»Aber warum sollte sie nicht heiraten? Sie ist so schön. Alle Männer müssen sie heiraten wollen. Das ist doch eine gute Nachricht, oder findest du nicht? Warum sollte sie nicht wieder heiraten?«

Wieder schwieg meine Mutter, und ich sah sie erstaunt an.

Sie gab sich einen Ruck und berichtete: »Honey hat Carey geheiratet.«

Ich starrte in das grüne Gras zu meinen Füßen und auf das Sonnenlicht, das sich im Teich spiegelte.

Ich stellte mir die beiden zusammen vor, die wunderschöne Honey und Carey, meinen Carey... warum war ich plötzlich so wütend? Ich konnte ihn nicht haben, es war nicht zu umgehen, daß er eines Tages heiraten würde. Hatte ich nicht auch geheiratet, zweimal sogar? Und wenn er eine Frau haben mußte, warum sollte es nicht Honey sein, die ihn schon lange liebte?

Meine Mutter ergriff meine Hand und drückte sie warm.

»Ich habe Manuela gebeten, uns Roberto zu bringen. Ich glaube, ich höre sie kommen«, sagte sie.

Ich wußte, was sie mir sagen wollte: »Du hast deinen Sohn, vergiß den unmöglichen Traum. Er ist Vergangenheit, und das hier ist deine Gegenwart. Und es liegt an dir, deine Zukunft zu gestalten.«

Manuela kam, führte meinen Sohn an der Hand, und als er mich sah, kam er auf mich zugerannt.

»Madre! Madre!« rief er, und mir wurde bewußt, daß er mich, während ich krank und deshalb von ihm getrennt war, sehr vermißt haben mußte.

»Roberto, mir geht es wieder gut. Wir haben uns aber vermißt, nicht wahr?«

Und ich fühlte mich getröstet.

Meine Mutter sprach in den nächsten Tagen von allem, außer von Honey und ihrer Hochzeit. Ich aber brachte das Thema trotzdem nicht aus meinem Kopf. Ich stellte sie mir zusammen auf Remus Castle vor, wie sie glücklich miteinander lachten, von alten Zeiten sprachen, sich umarmten. Ob sie wohl je von mir sprachen? Das hätte ich gerne gewußt. Und was empfand Carey, wenn sie es taten?

Honey war wunderschön und liebenswert. In ihrer Schönheit lag eine Heiterkeit, die sie für Männer sicher besonders anziehend machte. Honey hatte nichts von einer Wildkatze, sie war anpassungsfähig. Sie war Edward eine gute Frau gewesen, obwohl sie immer Carey geliebt hatte. Auf Teneriffa hatte sie dann den Anschein erweckt, Edward vergessen zu haben, und hatte sich Luis gewidmet. Und jetzt hatte sie sicherlich über Carey beide vergessen.

Meine Mutter erzählte von zu Hause. Davon, daß die Zwillinge, ihre Halbbrüder, unbedingt zur See fahren wollten und daß meine Großmutter versuchte, es ihnen auszureden; sie erzählte von den Blumen, die meine Großmutter züchtete, und von den unzähligen Fläschchen, die in ihrem Zimmer auf den Regalen standen. »Sie ist eine richtige Apothekerin geworden, und die Leute von überall kommen zu ihr und bitten sie um Heilmittel.«

Meine Mutter machte sich derzeit kaum Sorgen wegen einer

möglichen katholischen Rebellion. Die Hochzeit der Königin von Schottland mit Lord Darnley war günstig für England. Der junge Prinzgemahl war ein so herrischer, anmaßender Mensch, durch nichts zufriedenzustellen, daß er eine Menge Zwist im eigenen Lande vom Zaun brach.

»Es ist besser, sie streiten untereinander, als sie suchen einen Konflikt mit uns«, sagte meine Mutter. »Das sagt jeder.«

Die Unruhen im Norden hatten sich nach dem schockierenden Mord am Sekretär der Königin, an ihrer eigenen Speisetafel, verstärkt.

Meiner Mutter lief ein Schauer über den Rücken. »Die Leute haben über nichts anderes mehr gesprochen. Mary ist in anderen Umständen, und sie speiste auf Hoyrod im kleinsten Kreise, da kamen ein paar ihrer Noblen herein und zerrten den jungen Mann vom Tisch. Der arme Kerl soll sich an die Kleider der Königin geklammert und sie angefleht haben, ihn doch zu retten. Was für eine Heimsuchung für eine Frau im sechsten Monat! Es wurde gemunkelt, der Sekretär sei ihr Geliebter, aber das scheint mir unwahrscheinlich. Die arme Frau! Mein Gott, Cat, sie ist kaum so alt wie du.«

»Ich glaube, man sollte dankbar sein, wenn man nicht zu einer königlichen Familie gehört.«

»Es gibt genug Gefahren«, sagte meine Mutter nüchtern, »ob man nun königliches Blut in seinen Adern hat oder nicht. Aber es scheint, die Lage insgesamt ist wegen des Konfliktes in Schottland nicht mehr so gespannt. Und unsere Königin Elisabeth wird hoch geachtet, sie umgibt sich mit fähigen Staatsmännern. Sie ist genau das, was wir brauchen: eine gute, standhafte Monarchin. Den Religionskonflikt gibt es natürlich immer noch. Es wird gemunkelt, die Königin sei bloß deshalb Protestantin, weil es ihrem Zwecke dienlich sei, aber das darf man nicht laut sagen. Man muß seine Zunge in acht nehmen. Wir haben Glück mit unserer Königin, wenn auch, solange die Königin von Schottland lebt, die Gefahren nicht außer acht gelassen werden dürfen. Es ist meist falsch, anderen Schwierigkeiten zu wünschen, aber es scheint, je mehr Schwierigkeiten es am schottischen Hof gibt, desto friedlicher können wir Engländer in unseren Betten schlafen.«

Es war ein lieblicher Maientag, die Obstbäume standen in Blüte, und die Hecken waren voll von wilder Petersilie und von Jungfernkraut, und überall sah und hörte man die Vögel, Amseln und Buchfinken, Turmsegler und Schwalben. Es ist eine herrliche Jahreszeit, wenn die Natur sich wieder erneuert.

Und zu jener Zeit brachte Jake Romilly Girling ins Haus.

Sie war zwölf Jahre alt – ein trauriges, kleines, verwahrlostes Kind, sehr mager, mit großen Augen, die zu groß schienen für ihr kleines Gesichtchen.

Sie kamen spätnachts in unserem Hause an, und das Kind schlief vor Erschöpfung fast stehend ein, als es in der Halle war.

»Das ist Romilly«, sagte Jake. »Kapitän Girlings Tochter. Romilly, dies ist von jetzt an dein Zuhause.«

Ich hatte sofort verstanden. Das Mädchen hatte ihre Eltern verloren, sie hatte kein Zuhause mehr, und ich war froh, daß Jake sie mitgebracht hatte. Ich gab Anordnung, ihr ein Zimmer herzurichten, sie bekam etwas zu essen, und dann wurde sie sofort ins Bett gebracht.

Jake erklärte: »Die beiden, sie und ihr Bruder, waren allein im Haus. Die Dienerschaft war weg, sie waren schon fast verhungert. Eine entfernte Kusine des Kapitäns hat sich des Jungen angenommen. Alles, was mir zu tun übrigblieb, war, das Mädchen mitzunehmen. Ihr Vater hatte mir treu gedient.«

»Wir werden uns um sie kümmern«, sagte ich.

Es war wunderbar anzusehen, wie das Mädchen auf eine angemessene Versorgung reagierte. Sie wurde etwas runder, blieb aber immer noch ein zierliches, elfisches Geschöpf mit leisen Manieren. Das schönste an ihr waren ihre Augen. Sie waren sehr groß und von solch unwahrscheinlich leuchtendem Grün, daß sie überall Aufmerksamkeit erregten. Ihr Haar war schwarz und glatt, ihre kurzen dichten Wimpern womöglich noch schwärzer als ihr Haar.

Es wurde Juni, und meine Mutter mußte zurück. Rupert war zwar der geduldigste Ehemann, aber natürlich vermißte er sie. Wir verabschiedeten uns, ich begleitete ihre Gesellschaft noch ein Stück und schaute ihr nach, solange ich konnte.

Und im August war der ›Springende Löwe‹ wieder bereit, in See zu stechen. Jake war inzwischen schon lange an Land gewesen. Es hatte uns die Nachricht erreicht, daß die Königin von Schottland einem Sohn das Leben geschenkt hatte. Er hieß James und sollte, so sagte man, einmal Anspruch auf die englische Krone erheben.

Jake meinte: »Die verpesteten Spanier würden seine Mutter ohne weiteres auf den englischen Thron setzen, und du weißt, was das bedeuten würde. Wir hätten binnen kürzester Zeit die Papisten hier und die Smithfieldfeuer, bevor wir bis drei zählen könnten. Sie müssen von den Weltmeeren verscheucht werden, und es ist die Aufgabe von uns englischen Seeleuten, ihnen zu zeigen, wer die Herren der Meere sind.«

Ich wußte genau, was er meinte.

Er sehnte sich danach, wieder zur See zu fahren. Diesmal würde er den ›Springenden Löwen‹ niemand anderem anvertrauen.

Als Jake Pennlyon im September aus dem Hafen von Plymouth segelte, war ich wieder in Erwartung eines Kindes.

Die Geburt eines Jungen

Wenige Wochen nach Jakes Abreise machte ich eine beunruhigende Entdeckung. Ich konnte Roberto kurzfristig nicht finden. Ich hatte die anderen Knaben nach seinem Verbleib gefragt, aber sie wußten es nicht. Ich machte mir keine allzu großen Sorgen, aber ein paar Tage später war er wieder verschwunden.

Ich wußte, wie eng er mit Manuela befreundet war, und beschloß, sie zu fragen, ob sie nicht wüßte, wo er stecken könnte. Also ging ich hinauf in das Zimmer, das sie mit den Dienstmädchen teilte. Manuela war zwar nicht da, aber eines der anderen Mädchen meinte, sie hätte sie den Turm hinaufsteigen sehen.

Ich stieg ebenfalls die steile Wendeltreppe hoch, die zu den Räumen im Turm führte, die kaum benützt wurden, und als ich näher kam, hörte ich das Geräusch murmelnder Stimmen.

Ich öffnete die Tür und sah einen Altar, eine Kerze auf jeder Seite und, davor kniend, Roberto und Manuela.

Sie fuhren hoch, und Manuela legte beschützend einen Arm um Roberto.

»Manuela!« rief ich aus. »Was tust du?«

Ihre olivfarbenen Wangen wurden rot, und ihre Augen blickten trotzig.

»Es ist meine Aufgabe, mich um Roberto zu kümmern.«

Ich bekam es mit der Angst zu tun. Sie unterwies Roberto im katholischen Glauben, in ihrem eigenen Glauben und dem seines Vaters! Wären wir auf Teneriffa geblieben, wäre Roberto natürlich in diesem Glauben erzogen worden, aber wir waren nicht auf Teneriffa, und ich wußte nur zu genau, was geschehen würde, wenn

Jake erfahren sollte, daß sich unter seinem Dach ›Papisten‹ aufhielten, wie er sich ausdrückte.

»Manuela«, sagte ich, »ich habe dir nie Vorschriften wegen deines Glaubens gemacht. Soweit es nur dich angeht, kannst du diesbezüglich tun, was du willst, du mußt nur vorsichtig sein und keine Aufmerksamkeit erregen. Du weißt ganz genau, daß ich immer tolerant war. Ich respektiere deinen tiefen Glauben. Aber wenn du ihm in diesem Hause huldigst, mußt du es alleine tun. Meinen Sohn laß da heraus. Er muß dem Glauben dieses Hauses folgen, dem Glauben, in dem sein Lehrer ihn und die anderen Kinder unterrichtet.«

»Ihr habt mich gebeten, mich um Roberto zu kümmern, für ihn zu sorgen und ihn notfalls zu retten. Und seine Seele ist das wichtigste.«

Roberto sah mich fragend an, und ich sagte: »Roberto, als ich dachte, ich müßte sterben, habe ich Manuela gebeten, dich im Falle des Falles zu meiner Mutter zu bringen, damit du bei ihr hättest aufwachsen können. Aber ich bin wieder gesund und werde nicht sterben. Und darum kann ich mich wieder um dich kümmern.«

Ich ging zum Altar und blies die Kerzen aus. Manuela stand regungslos da und blickte zu Boden.

»Ich möchte dem Glauben meines Vaters folgen«, sagte plötzlich Roberto.

Wieviel hatte Manuela ihm wohl von seinem Vater erzählt, an den auch ich immer noch denken mußte? Ich bemerkte sein entschlossenes Kinn, als er von seinem Vater sprach. Nie würde er Jake in dieser Rolle akzeptieren. Er haßte Jake vielmehr. Zwischen ihnen gab es eine Feindseligkeit. Was würde Jake tun, wenn er erfuhr, daß er einen Katholiken unter seinem Dach beherbergte?

Mein Gott, dachte ich, gibt es aus diesem Konflikt ein Entkommen?

Eines stand fest: diese heimlichen Zusammenkünfte mußten ein Ende haben. Wenn Jake zurückkam, würde Roberto mit uns allen in die Kirche gehen müssen – wie ein guter protestantischer Bürger unserer protestantischen Königin.

»Manuela, pack diese Sachen weg«, sagte ich. »Du bist nicht mehr in Spanien. Kapitän Pennlyon wirft dich aus dem Hause, wenn er das entdeckt.«

Sie gab keine Antwort. Ich nahm Roberto bei der Hand und

sagte: »Du kommst mit mir!« Und zu Manuela: »Daß mir keine Spuren zurückbleiben, und tu das nie wieder!«

Ich nahm Roberto mit in mein Schlafzimmer und versuchte, ihm gut zuzureden und ihm zu erklären, wie gefährlich so etwas war.

»Ich bin ein Spanier«, antwortete er stolz. Wie ähnlich er seinem Vater sah! »Was geht mich dieses Land an?«

Ich nahm ihn in die Arme und hielt ihn fest an mich gedrückt. Ich bemühte mich, ihm zu erklären, daß wir tolerant seien, daß wir dem wahren Christentum nacheifern müßten, das da besagt: Liebe deinen Nächsten. Und ich wiederholte ihm, was meine Mutter mich gelehrt hatte: »Es genügt, gut und hilfreich zu sein und deinen Nächsten zu lieben. Das ist das wahre Christentum.«

Er hörte gedankenvoll zu, und ich hoffte, meine Worte hatten Eindruck auf ihn gemacht.

Bald danach hatte ich eine Fehlgeburt. Jake war seit fünf Monaten auf See. Ich war unruhig, seit ich das mit Manuela und Roberto entdeckt hatte, aber ich glaube nicht, daß es etwas mit meiner Fehlgeburt zu tun hatte.

Was war nur mit mir los? Warum hatte ich Felipe einen Sohn schenken können, wenn es mir nicht gelingen wollte, auch Jake einen Sohn zu gebären?

Ich versuchte, meine Enttäuschung und die Sorge, die ich mir um Roberto machte, zu vergessen, indem ich mich voll und ganz den Kindern insgesamt widmete. Alle schienen sie mir verwandelt, seit Jake weg war. Carlos und Jacko waren nicht mehr so prahlerisch und Roberto nicht mehr so ängstlich. Der Hauslehrer, den ich für sie eingestellt hatte, ein gewisser Mr. Merrimet, ging mit Eifer seinen Pflichten nach, jedoch nicht ohne Fröhlichkeit, und ich freute mich, daß er so beeindruckt war von Roberto.

Edwards Vetter Aubrey Ennis war nach Trewynd gekommen, um das Gut zu verwalten, und es war angenehm, ihn und seine Frau Alice als Nachbarn zu haben. Von ihnen erfuhr ich auch, daß Honey einen Sohn bekommen hatte.

Wir machten oft Besuche in Trewynd, oder die Ennis' besuchten uns.

Natürlich wurde eine Menge über Politik gesprochen, und Schottland war Schauplatz der sensationellsten Begebenheiten.

Der Gatte der Königin, Darnley, war in einem Haus in Kirk o'Fields eines gewaltsamen Todes gestorben. Wahrscheinlich, so sagten viele, wurde er ermordet von dem Liebhaber der Königin, dem Earl of Bothwell. Es wurde sogar vermutet, daß die schottische Königin selbst ihre Hände im Spiel gehabt hatte. Unentwegt kamen Neuigkeiten aus Schottland. Die Königin hatte Bothwell geheiratet, den möglichen Mörder ihres Mannes, und damit, das war zumindest die allgemeine Meinung, ihre Schuld eingestanden. So viel passierte draußen in der Welt und so wenig hier bei uns; ich fühlte mich mit meiner kleinen Kinderfamilie richtig eingeschlossen, wobei ich Carlos und Jacko natürlich genauso als meine Kinder betrachtete.

Roberto wuchs, hatte aber nicht die Statur der beiden anderen. Er wurde Felipe immer ähnlicher und sprach spanisch genauso fließend wie englisch. Das beunruhigte mich allerdings, bedeutete es doch, daß er einen Großteil seiner Zeit mit Manuela verbrachte. Hatte sie meine Warnung in den Wind geschlagen?

Wahrscheinlich machte ich mich schuldig, weil ich meine Augen vor einer gefährlichen Entwicklung verschloß. Ich wollte vermeiden, daß Roberto sich gegen mich wandte. Er dachte wohl oft an seinen Vater und an das Leben, das er mit ihm hätte führen können, und ich fragte mich, ob ihm Manuela verraten hatte, daß Jake es war, der seinen Vater getötet hatte.

Ja, natürlich war es meine Schuld, ich wollte die Vergangenheit vergessen. Andererseits wollte ich aber auch nicht in die Zukunft blicken. Ich versuchte, bei Roberto Interesse am Sport zu wecken. Carlos übertraf bereits jeden im Bogenschießen, worauf er sehr stolz war; er konnte es kaum erwarten, damit vor Jake anzugeben, wenn er zurückkam. Mit einem Sechs-Fuß-Bogen und einem Pfeil, der ein Yard lang war, konnte er fast zweihundert Yards weit schießen, was für einen Jungen in seinem Alter sehr beachtlich war. Wir hatten einen Tennisplatz in Pennlyon, und beide Jungen spielten schon recht gut. Sie übten Barrenspringen, Hammerwerfen und rangen gerne. Wir hatten oft Besuch vom anderen Ufer des Tamar, die Bewohner von Cornwall waren die besten Ringer von England.

»Wenn der Kapitän heimkommt, zeige ich ihm das.«

Diese Worte hörte ich die Knaben oft sagen. »Wenn der Kapitän heimkommt!« Ich sah auch den Schatten, der über Robertos Gesicht huschte, wenn von Jakes Heimkehr gesprochen wurde.

Aubrey und Alice hatten keine Kinder. Sie erzählten mir, daß Edwina bald nach Trewynd kommen würde. Wenn sie achtzehn wäre, würden die Ländereien dort ihr gehören, denn sie war Edwards einzige Tochter.

»Ich bezweifle, daß sie nach Devon herunterkommen möchte,

nach dem aufregenden Leben, das sie mit ihrer Mutter und ihrem Stiefvater bei Hofe führt«, meinte ich.

»Wir werden schon sehen«, war die Antwort. Und die Monate vergingen.

Weitere Neuigkeiten erreichten uns aus Schottland. Mary und Bothwell hatten versucht, sich gegen die Noblen von Schottland zu stellen, und das Resultat war, daß Bothwell fliehen mußte und Mary gefangengenommen worden war. Sie wurde in Lochleven eingesperrt, wo man sie, wie man hörte, gezwungen haben soll, der Krone zu entsagen. Ihr Sohn James wurde als König James IV. von Schottland und James Stuart, Earl of Moray, zum Regenten dieses unseligen Landes erklärt.

»Das ist sehr gut für England«, sagte Aubrey beim Abendessen. »Jetzt haben wir nichts mehr von dem blonden Teufel aus Schottland zu befürchten.«

Eines Nachmittags befand ich mich mit den Knaben, Mr. Merrimet und Romilly Girling im Schulzimmer, als Carlos, der zufällig am Fenster vorbeiging, einen Freudenschrei ausstieß.

»Der ›Springende Löwe‹!« rief er.

Wir eilten alle ans Fenster. Und da, weit draußen auf dem Meer, lag ein Schiff.

»Vielleicht irren wir uns«, zweifelte ich.

»Nein«, schrie Carlos, »das ist sie!« Er und Jacko sprangen wie verrückt umher und fielen sich gegenseitig um den Hals. Ich sah die Angst in Robertos Augen und machte mir Sorgen. Um ihn zu beruhigen, nahm ich ihn bei der Hand.

Kein Zweifel, es war der ›Springende Löwe‹, und diesmal kam sie nicht angeschlagen in den Hafen zurück. Stolz lag sie auf dem spiegelglatten Wasser und wartete auf Wind.

Ich ging in die Küche und gab meine Anweisungen. Es sollte Rind- und Lammfleisch geben, Kapaun und Rebhuhn. Sie sollten sich mit den Pasteten beeilen. Ich wollte ein Bankett ausrichten, wie es seit zwei Jahren keines mehr auf Lyon Court gegeben hatte.

Der Herr war wieder zu Hause.

Den ganzen Tag lag das Schiff vor der Küste, und es dämmerte bereits, als es endlich in den Hafen gesegelt kam. Wir standen am Ufer und warteten.

Ich beobachtete, wie Jake an Land gerudert wurde. Er erschien mir größer, als ich ihn in Erinnerung hatte, sein Gesicht schwarzgebräunt von der Sonne, seine Augen von einem leuchtenderen Blau denn je. Er sprang aus dem Boot, wirbelte mich sogleich in die Höhe, wobei ich lachte. Ja, ich war wirklich froh, daß er heil zurück war. Carlos und Jacko tanzten wie verrückt um uns herum.

»Der Kapitän ist wieder zu Hause«, sang Carlos.

Der drehte sich zu ihnen um und schüttelte sie an den Schultern. »Herrgott, sind die gewachsen!«

Er sah sich um. Noch jemand hätte zu seiner Begrüßung hier sein müssen. Das Kind, das unterwegs war, als er fortsegelte.

Ich sagte kein Wort. Ich wollte diese ersten Minuten nicht verderben.

»Ihr freut Euch also, mich wiederzusehen? Habt Ihr mich vermißt?«

»Wir glaubten schon, Ihr würdet nie wieder heimkommen. Hoffentlich hattet Ihr eine gute Reise?«

»Eine sehr einträgliche, Ihr werdet schon noch hören, alles zu seiner Zeit. Laßt mich Euch ansehen, Cat. Ich habe Tag und Nacht an Euch gedacht ... Tag und Nacht.«

Ich war zwar erfreut, trotzdem verspürte ich die alte Lust zu streiten. Als wenn ich wieder zum Leben erwacht wäre. Ich hatte ihn ohne Zweifel vermißt.

Carlos sprang an ihm in die Höhe. »Kapitän, hattet Ihr eine gute Reise? Wie viele Spanier habt Ihr getötet?«

Oh, Carlos, dachte ich, du hast ja vergessen, daß du selbst ein halber Spanier bist.

»Zu viele, um sie noch zählen zu können, Junge.«

»Genug vom Töten«, sagte ich. »Der Kapitän ist wieder da, jetzt will er sicher von zu Hause hören.«

Er sah zu unserem Haus hinauf, und ich bemerkte, daß ihn der Anblick bewegte. So muß es auch sein, nach einer Abwesenheit von zwei Jahren.

»Zu Hause«, sagte er, »endlich zu Hause.« Und ich wußte, er meinte mich.

Was Jake natürlich als erstes brauchte, war das Zusammensein mit mir. Er stürmte direkt in unser Schlafzimmer hinauf und hielt mich dort so fest, als fürchte er, ich könnte ihm entkommen.

»Cat, es ist immer noch das gleiche. Ich habe Euch so schrecklich vermißt, beinahe wäre ich umgedreht und wäre zu Euch zurückgekommen.«

Ich fragte mich, mit wie vielen Frauen er sein Verlangen nach der einen befriedigt hatte, aber ihn fragte ich nicht, wollte es nicht wissen.

Das Haus war erfüllt von Speisegerüchen – vom köstlichen Duft knusprigen Brotes, würziger Pasteten und brutzelnden Fleisches.

Diese Speisen würden ihm nach einer so langen Seereise sicherlich sehr schmecken.

»Na, und der Junge? Ich möchte den Jungen sehen.«

Er starrte mich fassungslos an, als er den Kummer in meinen Augen entdeckte.

»Es gibt keinen Jungen«, antwortete ich, »ich hatte eine Fehlgeburt.«

»Tod und Teufel, nicht schon wieder!«

Ich schwieg.

Er war bitter enttäuscht und schrie mich an: »Wie kommt es, daß Ihr diesem Spanier einen Sohn geboren habt und mir nicht?«

Ich gab immer noch keine Antwort, und er schüttelte mich. »Was ist passiert? Ihr habt Euch nicht in acht genommen, wart dumm!«

»Keins von beiden. Es ist einfach passiert. Ohne jeden Grund.«

Er biß sich auf die Lippen, seine buschigen Augenbrauen waren hochgezogen.

»Soll ich nie mehr einen Sohn bekommen?«

»Ihr habt zweifellos schon viele auf der Welt«, konterte ich. »Zwei davon leben sogar unter diesem Dach.«

Er sah mich an, und sein Ärger verschwand. »Cat, wie ich mich nach Euch gesehnt habe.«

Plötzlich tat er mir leid, und ich sagte mit mehr Zärtlichkeit, als ich je zuvor gezeigt hatte: »Wir werden schon noch Söhne bekommen, natürlich werden wir Söhne bekommen.«

Und er war wieder fröhlich, es wurde ihm bewußt, daß er nach zwei Jahren endlich wieder zu Hause war.

Die Tafel in der großen Eßhalle bog sich unter den Speisen. Wir setzten uns wie zu einem Bankett. Jake und ich saßen auf einem erhöhten Sitz in der Mitte der Tafel. Auch die Kinder waren anwesend: Roberto zu meiner Linken, Carlos zu Jakes Rechten, und daneben Jacko. Neben Roberto saß Romilly. Jake bestand darauf, daß sie zur Familie gehörte. In den vergangenen Jahren war sie ein gutes Stück gewachsen. Sie war jetzt ziemlich groß, immer noch schlank und biegsam und ihrer wundervollen grünen Augen wegen sehr attraktiv.

Jake hatte sie herzlich begrüßt und sich danach erkundigt, wie sie sich eingelebt hätte. Sie hatte einen Knicks gemacht und respektvoll und bewundernd zu ihm aufgeblickt. Als Kapitän Girlings Tochter hatte sie sicher aufregende Geschichten über Jake Pennlyon gehört.

Die Diener servierten, und es wurde viel gegessen und getrunken.

Seit der Kapitän zurück war, wäre es fast unmöglich, Carlos und Jacko für ihre Schulaufgaben zu interessieren, beklagte sich Mr. Merrimet. Romilly pflegte ihm im Schulzimmer zu helfen, und da sie sich langsam zu einer attraktiven jungen Dame zu entwickeln begann, fragte ich mich manchmal, ob die beiden wohl nicht ein Paar werden könnten. Sie mußte fast fünfzehn Jahre alt sein, und früher oder später würde es notwendig werden, ihr einen Mann zu suchen.

Roberto studierte mit größerem Eifer als zuvor. Ich glaube, er wollte sich unbedingt mit dem, was ihm lag, auszeichnen; aber er lebte nach wie vor unter einem ausgesprochenen Terror von Jake.

Wenn die Ennis' kamen, wurde immer viel über Politik diskutiert, und alles schien sich um die Königin von Schottland zu drehen.

Im Augenblick befand sie sich, nach ihrer Flucht aus Lochleben, wo sie im Kerker gewesen war, in England und hatte gerade die Schlacht von Langside verloren.

Dummerweise war sie über die schottische Grenze gekommen, um sich einer Gefangennahme durch den schottischen Adel zu entziehen, sie hatte sich damit Elisabeth in die Hände geliefert.

»Jetzt ist sie eine Gefangene unserer Königin«, sagte Jake zufrieden. »Jetzt ist Schluß mit ihr.«

Aber es schien, als wäre sie in England genauso gefährlich wie in Schottland. In einem Kästchen hatte man Briefe gefunden, die sie angeblich an Lord Bothwell geschrieben hatte. Manche Leute hielten sie zwar für Fälschungen, aber wenn sie echt waren und tatsächlich aus ihrer Feder stammten, war sie eine schuldbeladene Frau, eine Ehebrecherin und Mörderin.

Über die Echtheit dieser Briefe aus dem Kästchen wurde an unserem Tisch heftigst debattiert. Ich äußerte mich nur allgemein besorgt, Aubrey Ennis vorsichtig, aber Alice erklärte hitzig, es handele sich sicherlich um Fälschungen.

Jake der alle Katholiken für die schlimmsten Verbrecher hielt, war dagegen überzeugt, daß Mary die Briefe tatsächlich geschrieben und daß sie mit Bothwell die Ehe gebrochen hatte, während sie noch mit Darnley verheiratet war. Jake sprach ihr eine Mitschuld an dem Mord zu.

»Sie ist eine Feindin unserer Königin und unseres Landes«, erklärte er. »Je eher ihr der Kopf vom Rumpf abgetrennt wird, desto besser.«

Für gewöhnlich versuchte ich, das Thema zu wechseln. Ich hatte gehört, ein neuartiges Spiel sei ins Land gekommen, es hieß Lotterie.

»Man bekommt eine Nummer«, erklärte Ennis, »zumindest habe ich es so verstanden. Wenn es zufällig eine der Glückszahlen ist, bekommt man einen Preis.«

»Man sagt, derartige Nummern würden Tag und Nacht verkauft, von Januar bis Mai«, fuhr ich fort.

»Viele Leute müssen mitspielen, wenn der Preis der Rede wert sein soll.«

»Eine Lotterie«, sagte ich und schüttelte den Kopf. »Wie gern hätte ich so einen Losverkäufer auf den Stufen von St. Pauls gesehen.«

Aber lange wurde nicht von der Lotterie gesprochen, so neu sie auch war, und die Konversation befaßte sich wieder mit jener Dame, die die Fähigkeit zu haben schien, Anhänger wie Feinde gleichermaßen zu beeindrucken.

Die Earls von Northumberland und Westmoreland hatten im Norden eine Rebellion angezettelt, die aber zu nichts führte, außer dazu, daß Köpfe rollten, und zweifellos würden in den kommenden Jahren noch viele rollen. Solange Queen Mary am Leben war, würde es Schwierigkeiten geben.

Ich erwartete wieder ein Kind.

»Wenn du mir diesmal keinen Sohn schenkst, lasse ich dich in Eisen schlagen und ersäufen.«

Ich lachte. Ich hatte das Gefühl, diesmal konnte nichts schiefgehen.

Jake mußte eine kurze Reise nach Southampton unternehmen, im Zusammenhang mit seiner nächsten Seereise, und er wollte die Jungen mitnehmen. Mir sagte er allerdings nichts davon. Er ging vielmehr direkt ins Schulzimmer, wo sie gerade ihre Schularbeiten machten, und überraschte sie mit seinem Vorschlag. Carlos und Jacko waren wie wild vor Freude. Robertos Reaktion war natürlich von anderer Art.

Als er ins Schlafzimmer kam, stellte ich Jake zur Rede:

»Was ist das für eine Reise, von der ich gehört habe?«

»Nur eine kurze. Es wird höchste Zeit, daß die Jungen einen Geschmack vom Meer bekommen.«

»Carlos und Jacko könnt Ihr gerne mitnehmen.«

»Ich nehme Euren Fratzen auch mit.«

»Das werdet Ihr nicht tun.«

»Ihr seid verrückt mit dem Jungen. Wollt Ihr eine Schlafmütze aus ihm machen?«

»Auf vielen Gebieten ist er sehr gut. Er ist ein guter Schüler, dem Eure Fratzen im Schulzimmer nicht das Wasser reichen können.«

»Schulzimmer! Wen interessiert schon das Schulzimmer? Der Junge ist zu weich!«

»Ihr müßt es schon mir überlassen, wie ich meinen Sohn erziehe!«

»Er lebt unter meinem Dach, deshalb soll er mir keine Schande machen mit seiner Weichlichkeit. Ihr mit Eurem Schulzimmer.«

Jake lachte mich aus.

Carlos und Jacko waren nicht mehr zu halten, den ganzen Tag über schrien sie im Haus herum. Man konnte ihre schrillen Stimmen hören: »Ay, ay, Kapitän! Wann stechen wir in See? Wir warten auf den Wind, Kapitän!«

Jake lachte über sie, kniff sie, zog sie an den Haaren und verspottete sie.

»Wenn sie erwachsen sind, werden sie so sein wie Ihr«, sagte ich.

Der Tag kam, an dem sie segeln wollten. Über Roberto war nicht mehr gesprochen worden. Ich hatte ihm versprochen, daß er dableiben könnte.

Nachts sollten die Segel gesetzt werden, weil da der Wind günstiger war. Sie würden nicht sehr lange unterwegs sein. Jake wollte in Southampton seine Geschäfte erledigen und dann sofort wieder zurückkehren. Und für die Jungen sollte die Fahrt seiner Meinung nach eine Lektion werden, denn er war überzeugt davon, daß sie eines Tages zur See fahren würden.

Am Nachmittag verabschiedeten sich Carlos und Jacko von mir und wurden zum Schiff hinausgerudert. Jennet, Romilly und ich standen am Ufer und winkten ihnen.

Zufrieden, daß ich Roberto vor einer Qual bewahrt hatte, die mir für ihn unerträglich zu sein schien, ging ich zurück zum Haus.

Mitten in der Nacht setzte der ›Springende Löwe‹ Segel. Von

meinem Schlafzimmer aus sah ich sie ins offene Meer hinaussegeln, und ich lächelte bei dem Gedanken an die Aufregung der Kinder und Jakes Stolz auf sie.

Ich hätte wissen müssen, daß Jake mich hereinlegen würde! Von Jennet erfuhr ich, daß er Roberto schon früher an Bord gebracht hatte und dieser die Reise mitmachen mußte.

Wider alles Erwarten hatte Roberto das Abenteuer gut überstanden, aber ich machte Jake trotzdem einen großen Krach.

Er lachte mich nur aus.

»Es hat ihm doch gutgetan! Nicht daß er je ein Seemann werden würde, zumindest nicht so einer wie Carlos und Jacko. Denn, bei Gott, auf die beiden Söhne kann ein Mann stolz sein!«

Der Sommer war heiß, und die Last, die ich trug, war schwer. Ich spürte das Kind jetzt schon sehr stark. Es war ein lebhaftes Kind, lebhafter, als Roberto gewesen war. Was konnte man von Jakes Sohn schon anderes erwarten?

Jake machte sich wieder auf eine kurze Reise – diesmal nach London. Die Königin wünschte ihn zu sehen. Gehobener Stimmung kam er wieder.

»Was für eine Frau!« rief er aus. »Sie hat sich ernsthaft mit mir über Seeräuber wie mich unterhalten. Wir verursachten Schwierigkeiten mit dem König von Spanien! Wir würden die Spanier berauben, und Räuberei könnte sie nicht tolerieren. Und während der ganzen Zeit, die sie mit mir sprach, hat sie mit den Augen gezwinkert.«

»Und ihren Anteil an dem Schatz, den du nach Hause gebracht hast, hat sie immer angenommen!« erboste ich mich.

»Das hat sie, und sie hat sich auch daran erinnert. Sie bestellte mich zur Privataudienz und hat mit mir gelacht und mir gesagt, ihr gefiele, was ich mache, es gefiele ihr sogar sehr gut. Sie sei die Königin, und zur Zeit sei es nicht nur amüsant, sondern auch notwendig, die Spanier an der Nase herumzuführen. ›Aber nicht immer, mein guter Kapitän‹, sagte sie. ›Eines Tages...‹ Und in der Zwischenzeit befahl sie mir weiterzumachen... wie bisher, und je mehr Spanier ich in die Luft fliegen lasse, je mehr Schätze ich nach England mit zurückbringe, desto lieber sei es ihr. Stell dir vor, Cat, sie liebt ihre Seeräuber, und sie gab mir das Gefühl, Kapitän Pennlyon sei nicht der Schlechteste unter ihnen.«

Er konnte nicht aufhören, von der Königin zu schwärmen.

»Als sie auf die Welt kam, wurde viel Aufhebens von der Tatsache gemacht, daß sie kein Junge war. Man sagte, Anna Boleyn hätte nie ihren Kopf verloren, wäre Elisabeth ein Junge geworden. Aber hätte sie ein besserer König werden können?«

Jake beschloß, es hätte nie einen besseren König gegeben, noch würde es je einen besseren geben als unsere Lady Elisabeth.

Mein Zimmer war vorbereitet, ich war bereit und wartete. Es war keine schwere Geburt. Morgens wachte ich auf und merkte, daß es gleich soweit sein würde. Die Hebamme war im Haus, schon seit drei Wochen. So sehr waren wir darauf bedacht gewesen, daß ja nichts schiefgehen sollte.

In den frühen Nachmittagsstunden eines Augusttages im Jahre 1570 wurde mein Kind geboren.

Erschöpft lag ich da, und plötzlich erfüllte mich eine wilde Freude. Ich hörte einen Schrei – den kräftigen Schrei meines Kindes.

Ich schloß die Augen, endlich war es mir gelungen! Mein Kind war am Leben und gesund.

Die Hebamme kam herein und Jake mit ihr. Ich lächelte ihn an, sah jedoch sofort die Enttäuschung, die beinahe Wut in seinem Gesicht.

»Ist das Kind...« setzte ich an.

»Ein Mädchen!« brüllte er. »Nur ein Mädchen!«

Und er ging hinaus.

»Bring mir das Mädchen«, bat ich die Hebamme. Sie brachte es mir, und dann lag es in meinen Armen. Ich liebte ihr kleines, verknittertes Gesichtchen. Vom ersten Augenblick an, da sie mir im Arm lag, wollte ich sie genauso wie sie war.

Jakes Zorn hielt an. Er war so sicher gewesen, daß es ein Junge werden würde. Er hatte davon geträumt, ein Kind aufzuziehen, das ein Abbild seiner selbst sein würde; er würde ihn mit auf See nehmen. Er hatte sich so sehr einen Sohn gewünscht, wie er sich selten etwas gewünscht hatte.

Zwei Tage lang kam er nicht in meine Nähe, aber das machte mir nichts aus. Ich hatte ja mein kleines Mädchen.

»Sie ist ein hübsches Kind«, sagte die Hebamme. »Ich könnte schwören, sie erkennt Euch bereits.«

Ich überlegte einen Namen für mein kleines Mädchen. Wäre es ein Sohn geworden, hätten wir ihn natürlich Jake genannt. In diesen ersten Tagen erinnerte sie mich an einen kleinen Vogel, der sich an mich kuschelte. Ich nannte sie meine kleine Linnet, meine kleine Lerche; und ich beschloß, das sollte ihr Name werden. Jake würde es sicher egal sein. Einen Monat nach Linnets Geburt war Jake bereit, erneut in See zu stechen. Soviel ich wußte, konnte er wieder zwei Jahre unterwegs sein.

Bevor er wegfuhr, beschloß ich, mit ihm über Romilly zu sprechen. Das Mädchen wurde erwachsen und kam langsam ins heiratsfähige Alter. Ich hatte das Gefühl, sie und Mr. Merrimet könnten Gefallen aneinander gefunden haben. Romilly hielt sich viel im Schulzimmer auf, half ihm da und dort, und sie paßten gut zusammen. Ob Jake wohl etwas dagegen hätte, wenn ich aus ihnen ein Paar machen würde?

Er zuckte mit den Schultern. »Wenn sie es wollen, mir ist es recht«, sagte er.

»Sie könnten hier wohnen bleiben. Mr. Merrimet könnte die Erziehung von Linnet und die der anderen Kinder übernehmen, die wir noch haben werden.«

»Ein guter Plan. Verheirate sie miteinander. Ich fühle mich Girling verpflichtet, und ich hätte gerne, daß seine Tochter in der Familie bleibt. Pennlyon Court ist groß genug.«

An einem wunderschönen Oktobertag, der Wind blähte die Segel des ›Springenden Löwen‹ und die der anderen beiden Schiffe, die ihn begleiten sollten, standen wir am Hafen und sahen der kleinen Flotte nach, bis sie unter den Horizont versunken war.

Fast sofort ging ich die Sache mit Romilly an.

Zuerst sprach ich mit ihr.

Sie war ein zurückhaltendes Mädchen und sehr hübsch geworden. Ihre grünen Augen blitzten nur so.

»Romilly«, sagte ich, »es wird Zeit, daß du über eine Heirat nachdenkst. Oder hast du das bereits getan?«

»Ich... ich habe darüber nachgedacht«, bekannte sie.

Ich lächelte. »Du bist kein Kind mehr. Ich habe dich im Schulzimmer beobachtet, und ich habe das Gefühl, du und Mr. Merrimet, ihr seid gute Freunde.«

Sie errötete. »Ja, wir sind gute Freunde.«

»Meinst du, ihr könntet auch ein gutes Ehepaar werden? Ich sehe eigentlich keinen Grund, warum nicht.«

Sie schwieg.

»Natürlich, wenn du es willst«, sagte ich, »lassen wir das Thema auch fallen.«

»Hat der Kapitän irgend etwas gesagt?«

»Um die Wahrheit zu sagen, ja. Wir haben darüber gesprochen, bevor er weggefahren ist. Er findet, so wie ich, daß es Zeit wird für dich zu heiraten, und er glaubt auch, daß Mr. Merrimet ein passender Ehemann für dich wäre. Wenn du ihn heiratest, könntet ihr im Haus bleiben. Er würde weiter die Kinder unterrichten. Die Jungen werden ihn noch eine Weile brauchen, und dann wird Linnet auch soweit sein. Der Kapitän fühlt sich deinem Vater verpflichtet und würde sich freuen, wenn du unter unserem Dach bliebest.«

Sie schwieg und ich fuhr fort: »Vielleicht war ich zu voreilig...«

»Dürfte ich eine Zeit darüber nachdenken?«

»Aber natürlich. Keine Eile. Das kannst nur du entscheiden. Und wenn du es dir überlegt hast, sagst du es mir; dann können wir mit Mr. Merrimet darüber sprechen.«

Sie schien damit einverstanden, und wir ließen das Thema zunächst fallen.

Ungefähr einen Monat später machte ich eine Entdeckung, die meinen Plan zunichte machte.

Jennet, zu deren Pflichten es gehörte, mir Wasser ins Zimmer zu bringen, erschien eines Tages nicht, und ich ging ins Dienstmädchenzimmer. Dort fand ich dann nur eines der Mädchen vor, alle anderen waren bei ihrer Arbeit.

»Wo ist Jennet?« fragte ich sie.

Das Mädchen wich mir aus.

»Ich weiß nicht, Herrin.«

»Ist sie zur gewohnten Zeit aufgestanden?«

Sie schien verwirrt. Es dauerte eine Weile, bis ich von ihr die Wahrheit erfahren hatte: Jennet schlief selten im Dienstbotenzimmer, vielmehr fast immer bei einem Liebhaber. Mich erstaunte das nicht. Wußte ich doch, daß einer der Stallburschen ihr Liebhaber gewesen war; sie hatte immer Liebhaber gehabt.

Ich nahm an, sie war in einer der Stuben über dem Stall, hatte aber keine Lust hinzugehen. Ich wollte sie tüchtig schelten, wenn ich sie das nächstemal sah. Vielleicht sollte ich sie zu meiner Mutter schicken, aber dann würde sie Jacko mitnehmen wollen, und das würde Jake nicht erlauben. Er liebte Jacko, und ich konnte eine Mutter nicht von ihrem Sohn trennen.

Eine boshafte Fügung des Schicksals lenkte meine Schritte zum Zimmer des Hauslehrers. Ich wollte schon seit einiger Zeit mit ihm über Roberto sprechen.

Leise klopfte ich an die Tür. Keine Antwort. Also trat ich ein.

Die Sonne schien auf das Bett, in dem Mr. Merrimet und Jennet lagen, tief schlafend, nackt und einander zärtlich umfangend.

»Mr. Merrimet! Jennet!« rief ich in scharfem Ton.

Er öffnete als erster die Augen, und dann merkte ich, wie Jennet die Luft anhielt.

»Ich spreche euch später«, sagte ich rasch und schloß die Türe hinter mir.

Das Resultat war, daß ich Mr. Merrimet auf der Stelle entließ. Ein Mann, der sich in sexuelle Abenteuer mit Dienstmägden einließ, war meiner Meinung nach kein passender Erzieher für meine Buben. Ich hatte ihn zwar für etwas leichtsinnig gehalten, aber nicht in dem Maße, und ich hatte gehofft, eine Heirat würde ihn vernünftig machen.

Er verließ uns schon am nächsten Tag. Ich schickte nach Jennet, die spröde tat wie immer – wie ein junges Mädchen nach seinem ersten Liebesabenteuer.

Sie hatte ihre gewöhnliche Antwort parat. »Es war doch alles ganz natürlich, und Mr. Merrimet ist ein so guter Mann!«

Ich warf ihr vor, sie sei eine Schlampe, eine Schande für unser Haus, und daß ich darüber nachdächte, sie zu meiner Mutter zu schicken, und daß ich es auch tun würde, lägen mir meine Mutter und deren Haushalt nicht zu sehr am Herzen. Entweder sie ändere sich, oder sie würde eines Tages auf der Straße sitzen und um ihr tägliches Brot betteln müssen.

»Da ist auch noch Jacko...«, sagte sie schlau.

»Der wird samt dir rausfliegen.«

»Oh, Herrin, der Kapitän hat Jacko wahnsinnig gern. Was würde der dazu sagen?«

»Gar nichts!« schrie ich sie an. »Der Haushalt ist meine Sache!«

Sie schwieg. Wahrscheinlich überlegte sie, daß der Kapitän weit weg war und daß man mich nicht so einfach verhöhnen konnte.

Schließlich weinte sie und sagte, sie wisse, daß sie schlecht sei, und daß sie bei gutaussehenden Männern nicht nein sagen könne, daß sie nicht gedacht hätte, jemandem damit ein Leid anzutun, und daß sie mir treu und ehrlich bis an ihr Lebensende dienen wolle. Ich hätte wissen müssen, daß alles nur Geschwafel war.

Ich mochte Jennet, also beschied ich mich damit, Mr. Merrimet hinauszuwerfen und einen neuen Hauslehrer für die Knaben einzustellen. Er hieß Robert Elmore, kam aus Plymouth und war ein ehemaliger Student, dem es jetzt dreckig ging und der froh war, ein

Zuhause gefunden zu haben. Er war um die Vierzig und sehr ernst. Ich hatte das Gefühl, einen guten Tausch gemacht zu haben.

Linnet blühte auf. Sie war ein zufriedenes Baby mit großen fragenden Augen und immer bereit zu lachen.

Jeder im Haus betete sie an, besonders Romilly, die eine große Hilfe bei den Kindern war.

Ich machte mir Sorgen wegen Mr. Merrimet und was für eine Wirkung sein Benehmen wohl auf das Mädchen haben würde, das noch vor kurzer Zeit hatte ahnen lassen, daß sie ihn vielleicht gerne heiraten würde. Ich bemerkte, sie hatte sich verändert. Es mußte doch ein ziemlicher Schock für sie gewesen sein, daß der Mann, der ihr wahrscheinlich sogar Avancen gemacht hatte, gleichzeitig seine Nächte mit einer mit allen Wassern gewaschenen Schlampe verbrachte.

Erst schien es gar nicht, als würde sie sich allzusehr darüber grämen, aber plötzlich hatte ich das Gefühl, daß irgend etwas los war mit ihr, daß ihr Verhältnis zu Merrimet keineswegs so unschuldig gewesen war. War das möglich? Mit so einem Mann?

Ungefähr drei Monate nach dem Abgang von Mr. Merrimet sprach ich sie auf meine Vermutung hin an.

Sie brach in Tränen aus und gestand mir, sie sei schwanger.

»Was für ein Schuft!« rief ich aus. »Wenn er Jennet zu sich ins Bett holt, gut und schön, sie ist erfahren in solchen Dingen, sie hat schon zahllose Männer vor ihm gehabt. Aber ein unschuldiges Mädchen... das unter meinem Schutz und dem des Kapitäns steht! Er ist ein Schuft und ein Wüstling!«

Romilly schluchzte.

»Du hättest es mir eher sagen sollen«, sagte ich.

»Ich habe es nicht gewagt. Was kann ich jetzt nur tun?«

»Nichts kannst du tun. Du wirst deine Schande und das Kind hinnehmen müssen.« Sie tat mir leid, und ich legte einen Arm um sie. »Du warst ein dummes Ding, Romilly. Du bist auf Versprechungen hereingefallen, und nun ist es eben passiert.«

Sie nickte.

»Aber du bist nicht das erste Mädchen, dem das geschieht. Und du hast Glück, daß der Kapitän deinen Vater bewunderte und ihm nachträglich noch für seine Dienste danken möchte. Du wirst dein Kind hier zur Welt bringen, und es wird zur Familie gehören. Jetzt mach dir keine Gedanken mehr, das ist nicht gut für das Baby.«

Sie tat mir wirklich leid, sie war noch so jung. Mir war sie dankbar für meine Haltung. Und sie war zum Glück ein anpassungsfähiges Geschöpf. In erstaunlich kurzer Zeit hatte sie ihren Kummer vergessen. Sie begann Babykleidchen zu nähen, half auch beim Flikken der Kleider, die die Buben zerrissen hatten.

Im Juni kam ihr Kind. Ich ließ die Hebamme kommen, die auch mir bereits geholfen hatte. Es war ein Sohn – ein gesunder, kräftiger Junge.

Ich besuchte sie. Sie sah so jung und zerbrechlich aus, und ihre grünen Augen strahlten mehr denn je.

Sie bedankte sich rührend für mein Verständnis und meine Hilfe, und ich beugte mich über ihr Bett und gab ihr einen Kuß.

»Sieht er nicht gut aus, mein Sohn?«

»Die Hebamme schwärmt von ihm.«

»Ich muß für so vieles dankbar sein. Was wäre wohl aus mir geworden, wenn der Kapitän nicht nach St. Austell gekommen wäre und mich hierher gebracht hätte?«

»Er machte sich Sorgen um dich; dein Vater ist in seinen Diensten gestorben.«

»Ich möchte ihm gerne meine Dankbarkeit beweisen... Euch auch. Würdet Ihr mir gestatten, mein Kind Penn zu nennen?«

»Den kleinen Gefallen kann ich dir tun.«

So wurde Romillys süßer kleiner Junge auf den Namen Penn getauft.

Argwohn

Es war ein Jahr voller Aufregungen gewesen. Im Januar war der Duke of Norfolk vor Gericht gestellt worden. Er hatte wohl mit der schottischen Königin gemeinsame Sache gemacht und gehofft, sie zu ehelichen sowie sie, nachdem er Elisabeth gestürzt hätte, auf den englischen Thron zu setzen.

Sollte ihm das nachgewiesen werden, hatte er kaum Überlebenschancen.

Im Mai hatte es Gerüchte über eine weitere Verschwörung gegeben, in die der spanische Botschafter verwickelt sein und bei der die Königin und ihr Minister Burleigh umgebracht werden sollten. Daraufhin wurde er des Landes verwiesen.

Die Feindseligkeiten zwischen England und Spanien wurden immer größer. In den letzten Jahren hatten mehr und mehr Seeleute die Weltmeere befahren und waren in Konflikt mit den Spaniern geraten. Oft hatten Engländer spanisches Gold gekapert und es nach England gebracht, was der Königin natürlich gefiel. Zum Schein hielt sie ihre freundschaftlichen Beziehungen zu Philipp von Spanien aufrecht, behauptete sie, das Treiben englischer Piraten zu bedauern, es aber nur schwer verhindern zu können. Die Spanier taten das ihre, um die Beziehungen zu England zu beeinträchtigen. Es wurden genügend Geschichten von englischen Seeleuten erzählt, die von den Spaniern gefangen, nach Spanien verschifft, in den Kerker geworfen und gefoltert worden waren – zwar nicht, weil sie Piraten, sondern weil sie Protestanten waren. Manche von ihnen waren lebendig auf dem Scheiterhaufen verbrannt worden.

John Gregory erzählte immer wieder von den Greueln seiner Gefangenschaft und daß er dem sicheren Tode nur entronnen sei, weil er eingewilligt habe, als Spion für Don Felipe zu arbeiten. Der Duke of Norfolk wurde im Juni zum Richtblock geführt.

Um diese Zeit wurde ein neuer Stern am Himmel entdeckt. Carlos wußte bereits eine ganze Menge über die Sterne; er nahm Jacko eines Tages mit in das höchste Zimmer des Hauses und zeigte ihm den Stern. Er war heller als der Planet Jupiter und im Stuhl der Cassiopeia zu sehen.

Die wildesten Spekulationen wurden um den Stern angestellt. Er sei ein Zeichen, hieß es zum Beispiel. Als er plötzlich auftauchte, wurde die Theorie verbreitet, daß er Spanien verkörpere, das in den letzten Jahren so sehr an Macht zugenommen und sich so viele Teile der Welt unterworfen hatte. Als er genauso plötzlich wieder verschwand, wie er aufgetaucht war, während all die anderen wohlbekannten Sterne an ihren Plätzen verblieben, hieß es, daß das spanische Imperium nun kurz vor dem Verfall stünde.

Am 24. August dieses Jahres, am Abend von St. Bartholomä, geschah etwas, das die ganze Welt schockierte, und ich glaube, nicht nur die protestantische. Was sich damals in Paris abspielte – und später auch in ganz Frankreich –, hätte Don Felipe und Männer wie ihn zutiefst empört.

In den frühen Morgenstunden hatten die Glocken über ganz Paris geläutet. Dies war das Zeichen für die Katholiken gewesen, loszuschlagen und jeden Hugenotten, den sie erwischen konnten, niederzumetzeln. Es wurde ein entsetzliches Blutbad. In den Straßen von Paris rann das Blut, in der Seine schwammen verstümmelte Leichen. Das große Massaker hatte an St. Bartholomä in Paris begonnen, und der Schrei ›Tötet die Protestanten!‹ wurde von dort aus durch alle Provinzstädte Frankreichs getragen.

Die Wirkung des Massakers erschütterte ganz England.

In Plymouth standen die Leute auf den Straßen und diskutierten, was wohl als nächstes geschehen würde. Ein Gerücht machte die Runde, daß Spanien und Frankreich sich mit dem Papst verbunden hätten, alle Protestanten der ganzen Welt zu ermorden.

Viele sagten, es wäre höchste Zeit, den Katholiken die nämliche Medizin zu verpassen. ›Rache für Paris!‹ forderten sie.

Man hörte, daß Lord Burleigh, der sich auf dem Lande aufgehalten hatte, nach London zurückgeeilt war. Er befürchtete Chaos in der Hauptstadt und eine Wiederholung des Gemetzels in London – bloß mit umgekehrten Vorzeichen. Die Protestanten könnten sich dort an den Katholiken rächen. Die Königin erschien in Trauerkleidern in der Öffentlichkeit, und Lord Burleigh verkündete in einer Rede: »Dies ist das größte Verbrechen seit der Kreuzigung Christi.«

Es gab keinen Zweifel über die Folgen, die diese schrecklichen Ereignisse für unser eigenes Leben haben würden. Geschehnisse von derartiger Tragweite rüttelten die ganze Welt auf, und keiner von uns konnte das Donnergrollen einer drohenden Tragödie überhören.

Der Zorn auf die Katholiken war ins Unermeßliche gestiegen. In protestantischen Ländern würde sich die Jagd auf die Katholiken verschärfen, und in katholischen Gebieten die Protestantenverfolgungen. Immer mehr Menschen würden in den Folterkammern der Inquisition landen, immer mehr herzerschütternde Schreie würden ertönen, wenn die Flammen auf den Scheiterhaufen die Leiber der Märtyrer versengten.

Jake kehrte im Jahr darauf zurück. Seine Heimkehr glich den vorausgegangenen. Es wurde gefeiert, und wir hatten Musikanten im Haus.

Von Linnet nahm er kaum Notiz, obwohl sie ein bemerkenswert schönes Kind war und ihm erstaunlich ähnlich sah. Romillys Sündenfall amüsierte ihn, an dem Knaben zeigte er einiges Interesse. Es freute ihn, wieder mit Carlos und Jacko zusammen zu sein, und er ertrug es geduldig, wenn sie ihn mit Fragen über seine Reise plagten. Er saß im Garten, sie rekelten sich zu seinen Füßen und schauten bewundernd zu ihm auf, und er erzählte ihnen von seinen Abenteuern auf See.

Hätte Jake einen legitimen Sohn gehabt, er wäre ein stolzer und glücklicher Mann gewesen, aber so brütete er oft vor sich hin und war gereizt.

Manchmal bemerkte ich, wie Jake Roberto anstarrte, und sein Zorn, daß ich Felipe einen Sohn geboren hatte und ihm nicht, war so groß, daß ich manchmal fürchtete, er würde anfangen, mich zu hassen.

Es war nach seiner Rückkehr von der nächsten Reise, daß sich die seltsamsten Ereignisse zu häufen begannen.

Ich hatte es mir zur Gewohnheit gemacht, die Armen in unserer Nachbarschaft regelmäßig persönlich aufzusuchen. Viele Frauen in meiner Stellung schickten nur ihre Dienstboten, um Eßwaren und warme Kleidung zu übergeben. Aber meine Mutter war immer selbst gegangen, und ich hatte sie oft begleitet.

›Nicht die Geschenke, die wir ihnen im Namen der Nächstenliebe machen, zählen, sondern die Freundschaft, die wir ihnen entgegenbringen‹, pflegte sie zu sagen. Eines Morgens, als ich mich gerade in den Garten begeben wollte, kam Jennet auf mich zu und sagte, Mary Lee hätte um meinen Besuch gebeten.

Mary Lee war eine alte Frau, die drei Söhne gehabt und sie alle auf dem Meer verloren hatte. Ich pflegte sie sogar oft zu besuchen. Jake gefiel das sehr. Er liebte es, wenn man sich um die Familien ehemaliger Seefahrer kümmerte. Mary war Mitte Sechzig und von Rheumatismus verkrüppelt. Sie saß immer am Fenster und sah mir entgegen, wenn sie mich erwartete.

Am selben Nachmittag noch packte ich etwas Eßbares in einen Korb und machte mich auf den Weg zu ihrer Hütte. Ich war erstaunt, sie nicht am Fenster zu sehen.

Ihre Hütte war eine von denen, die in einer Nacht erbaut worden waren. Es war hier der Brauch, daß demjenigen, dem es gelang, über Nacht eine Hütte zu errichten, das Land, auf dem sie stand, gehörte. Die Hütte bestand deshalb nur aus einem einzigen Raum.

Die Türe war nur angelehnt, ich stieß sie auf und fragte: »Mary, bist du da?«

Da sah ich sie. Sie lag auf ihrer Matratze. Das Licht war so schwach, daß ich zuerst ihr Gesicht nicht erkennen konnte. »Mary, ist alles in Ordnung?«

Schwer atmend begann sie zu reden. »Geht, geht weg. Ich habe Schweißfieber.«

Ich schaute auf sie nieder, und jetzt sah ich auch die beängstigenden Merkmale der furchtbaren Krankheit auf ihrem Gesicht.

Ich stellte den Korb ab und rannte aus dem Haus.

Jake stand im Hof. Später fragte ich mich manchmal, ob er wohl auf mich gewartet hatte.

»Ich war in Mary Lees Hütte. Sie hat Schweißfieber.«

»Tod und Teufel!« brüllte er laut. »Ihr wart in ihrer Hütte?«

»Ja.«

»Geht in Euer Zimmer, ich rufe den Arzt. Vielleicht habt Ihr Euch angesteckt! Er kann sich dann auch darum kümmern, ob man irgend etwas für sie tun kann.«

Ich ging in mein Zimmer und erinnerte mich an die Zeit, als ich vorgegeben hatte, an dieser gefährlichen Krankheit zu leiden, nur um Jake von mir fernzuhalten.

Ich schaute in den Spiegel. Ich hatte nah bei Mary Lee gestanden, und diese Krankheit war äußerst ansteckend. Vielleicht hatte ich mich bereits infiziert...

»Lieber Gott«, betete ich, »laß diesen Kelch an mir vorübergehen.«

Ich wollte so gerne weiterleben und meine Kinder in diesem Haus heranwachsen sehen, ich wollte Enkelkinder haben. Vielleicht würde eines der Kinder Jake einen Enkelsohn schenken. Würde ihn der genauso beglücken wie ein leiblicher Sohn?

Mary Lee starb drei Tage nachdem ich in ihrer Hütte gewesen war. Zum Glück verbreitete sich die Krankheit in einer Provinzstadt nicht so schnell, wie dies im überfüllten London geschehen wäre.

Eine ganze Woche lang wartete ich voller Unruhe auf Anzeichen dafür, daß ich infiziert worden war. Aber ich hatte Glück.

»Recht wäre Euch geschehen«, sagte Jake.. »Einmal hattet Ihr vorgegeben, Ihr hättet Schweißfieber, nur um mich zu verhöhnen.«

Dann lachte er mich an. »Ihr müßt wirklich entschlossen gewesen sein, mir aus dem Wege zu gehen. Aber es hat Euch nichts genützt.«

»Wie vernünftig ich doch damals war!«

»Wenn ich Euch damals einfach gepackt und mit auf See genommen hätte, hättet Ihr meinen Sohn bekommen statt dieses spanischen Bastards!«

»Wagt es nicht, so von meinem Sohn zu sprechen! Ihr vergeßt Euch!«

»Ich spreche, wie es mir paßt!«

»Aber nicht von meinem Sohn!«

»Hört auf, damit zu prahlen, daß Ihr von dem spanischen Don

einen Sohn habt, oder es wird Euch schlecht ergehen. Ihr geht zu weit!«

»Ich weiß schon«, gab ich es ihm zurück, »es ist ein Jammer, daß ich damals nicht doch das Schweißfieber bekommen habe und daran gestorben bin. Dann hättet Ihr eine Frau gefunden, die Euch Söhne geschenkt hätte.«

Jake war eifrig damit beschäftigt, seine nächste Seereise vorzubereiten. Manchmal blieb er sogar bis in die frühen Morgenstunden an Bord. Carlos und Jacko arbeiteten mit ihm. Er hatte ihnen versprochen, diesmal dürften sie ihn begleiten.

In so einer Nacht erwachte ich plötzlich und überlegte ein paar Sekunden lang, was mich wohl aufgeschreckt haben könnte. Dann sah ich – oder glaubte ich zu sehen –, wie die Schlafzimmertüre sich leise schloß, als ob jemand sie mit einem Minimum an Geräusch zumachen wollte.

Jemand war in meinem Zimmer gewesen!

Ich sprang aus dem Bett und bemerkte ein Knistern zu meinen Füßen. Ich blickte hinunter. Meine Bettvorhänge glimmten bereits, jeden Moment konnten sie lichterloh brennen. Ich nahm die schwere Bettdecke und versuchte das Feuer zu ersticken, brauchte aber Hilfe. Schnell lief ich zur Tür und rief: »Feuer! In meinem Zimmer!« Der Rauch verbreitete sich bereits im ganzen Korridor. Schreie erschallten im Haus, und in kürzester Zeit erschienen Dienstboten mit Wassereimern, die sie über die glimmenden Vorhänge gossen. Der Rauch wurde unerträglich, aber das Feuer war aus.

»Was ist denn los?« hörte ich Jakes Stimme.

Und schon stand er in der Türe, seine glänzenden Augen dunkler denn je.

»Wir hatten ein Feuer«, antwortete Carlos.

»In unserem Zimmer?« fragte Jake, und da war ein seltsamer Ton in seiner Stimme.

Er kam zu mir und hakte mich unter.

»Was ist passiert?«

»Irgend etwas hat mich aufgeweckt.«

»Es ist alles vorbei«, meinte Carlos, »es hätte schlimmer werden können.«

Jake ordnete an, daß uns ein anderes Zimmer hergerichtet und Wein gebracht würde.

Danach fühlte ich mich etwas besser, er führte mich in das andere Zimmer und hielt mich zärtlich im Arm.

Am nächsten Morgen wollte ich unbedingt herausfinden, wie sich das Feuer hatte entzünden können.

»Vielleicht wart Ihr unvorsichtig mit der Kerze«, meinte Jake. »Ihr habt sie brennen lassen, sie ist umgefallen und die Vorhänge haben Feuer gefangen.«

»Ich habe die Kerze nicht brennen lassen. Ein Geräusch hat mich aufgeweckt.«

»Ja, das Herunterfallen der Kerze. Das soll Euch eine Lehre für die Zukunft sein, vorsichtiger mit dem Feuer umzugehen.« Er lachte mich an. »Habt Ihr nicht ein reizendes Leben, Cat? Vor kurzem erst seid Ihr mit knapper Not dem Schweißfieber entronnen, und jetzt fängt Euer Schlafzimmer Feuer und Ihr wacht gerade rechtzeitig auf, um es auszumachen.«

Ein reizendes Leben, dachte ich.

Ich ließ Jennet rufen.

»Jennet«, sagte ich, »wer hat dir gesagt, daß Mary Lee mich sehen wollte?«

Sie sah mich erstaunt an. »Wieso, Herrin, ich kann mich nicht mehr erinnern. So viel ist seitdem passiert. Das Feuer...«

»Versuch dich zu erinnern, Jennet.«

»Ich könnte es nicht mit Bestimmtheit sagen. Ich war damals in Eile. Ich glaube, jemand hat die Treppe heraufgerufen. Ja, das war es.«

»Und du hast die Stimme nicht erkannt?«

Sie zog die Augenbrauen zusammen.

»Es war eines der Dienstmädchen, nicht wahr«, drang ich in sie.

Sie nahm an, ja, und mehr konnte ich nicht aus ihr herausbringen.

Aber die Saat des Argwohns war gesät.

Ich konnte keinen Sohn bekommen. Wäre er mit jemand anderem verheiratet, hätte er seinen Sohn bereits. Waren das seine Gedanken? Ich wußte, einmal hatte er mich begehrt, wie er keine andere Frau begehrt hatte, aber ich war nicht mehr neu für ihn und keine Herausforderung mehr. Sein Begehren nach mir mag nachgelassen haben, sein Wunsch nach einem Sohn wird nie nachlassen.

Ich versuchte mich genau zu erinnern, was geschehen war. Er hätte einem der Dienstboten sagen können, Mary Lee wünschte mich zu sehen. Das wäre eine Möglichkeit. Aber das Feuer? Wer hatte meine Tür leise zugemacht? Wer immer es war, er muß einen Augenblick davor in meinem Zimmer gewesen sein.

Was war nur über mich gekommen?

Wollte er mich los sein? War es möglich, daß er es versucht hatte und es ihm nicht gelungen war?

Sollten die Dinge so liegen, dann war ich wenigstens so lange, wie er fern von hier war, in Sicherheit.

Bald danach stach er in See. Carlos und Jacko begleiteten ihn, allerdings nicht auf dem ›Springenden Löwen‹. Sie sollten unter dem Kapitän eines seiner anderen Schiffe dienen.

Drei Monate später kam Jennet in mein Zimmer gestürzt und sagte mir, die Schiffe wären zurück. Ich gab Befehl, ein Fest auszurichten, und ging hinunter zum Hafen.

Aber Jakes Schiff konnte ich nicht entdecken. Die beiden Schiffe, die ihn begleitet hatten, waren zurück, aber wo war ihr Anführer?

Die Geschichte, die mir Carlos und Jacko zu erzählen hatten, erfüllte mich mit Furcht. Sie waren von vier spanischen Schiffen angegriffen worden, hatten sich wacker geschlagen und sie schließlich verjagt. Jake hatte den anderen befohlen weiterzukämpfen, während er die Verfolgung der größten Galeone aufnahm, die zu fliehen versuchte. Das war das letzte, was sie vom ›Springenden Löwen‹ gesehen hatten.

Sie waren nicht imstande gewesen, nach ihr zu suchen, da sie selbst großen Schaden erlitten hatten, und sie waren nach Plymouth in der Hoffnung zurückgekehrt, den ›Springenden Löwen‹ dort vorzufinden.

Von da an hielten wir ständig Wache.

Die lange Abwesenheit

Zwei Jahre waren ins Land gegangen, und wir hielten immer noch Ausschau nach dem ›Springenden Löwen‹. Jeden Tag wachte ich voller Hoffnung auf, und jeden Abend, wenn die Sonne im Meer versank, war ich mutlos und verzweifelt.

Heute nicht, versuchte ich mir Mut zu machen, aber vielleicht morgen.

Und immer noch kam er nicht zurück.

Jeden Tag sprachen wir von ihm, stellten Spekulationen an, wo er jetzt wohl sein könnte. Wenn seine Schiffe einliefen, gingen wir hinunter zum Hafen, um zu hören, ob es Neuigkeiten über Jake Lyon gäbe.

Die Monate vergingen, meine Angst wuchs.

Was konnte Jake nur passiert sein? Es war unmöglich, sich vorzustellen, er wäre irgendeinem Feind als Gefangener in die Hände gefallen. Aber was sonst sollte ihn so lange davon abhalten, heimzukehren? Außer er war tot. Das war noch unmöglicher, das konnte ich schon überhaupt nicht glauben. Ich hatte nie jemanden gekannt, der so lebendig war wie Jake.

Manchmal überfiel mich eine schreckliche Traurigkeit. Sollte er tot sein, ist dann mein Leben auch vorbei? Ist es wirklich möglich, daß ich ihn nie wiedersehe?

Dann mußte ich mir wieder in Erinnerung rufen, daß er mir unzerstörbar schien, und ich beobachtete weiter und mit neuer Hoffnung den Horizont.

»Bitte laß ihn zurückkommen«, betete ich. »Laß uns wieder miteinander streiten wie früher. Laß ihn versuchen, mich umzubringen, aber laß ihn bitte zurückkommen!«

Mußte es soweit kommen, bis ich endlich begriff, wieviel er mir bedeutete? Jahrelang habe ich Carey nachgetrauert. Aber ich habe ihn mehr geliebt, als er für mich verloren, als zu der Zeit, als er noch mein war. Auch Felipe hatte ich nach seinem Tode mehr geliebt als vorher. War dies meine Natur?

Und jetzt Jake!

Für mich gibt es niemanden außer Jake, das wußte ich jetzt. O Jake, komm zurück!

Aber die Monate vergingen, und er kam und kam nicht zurück.

Linnet war mir ein großer Trost. Sie war überaus lebendig und erinnerte mich immerzu an ihn. Sie hatte dieselben überraschend blauen Augen, denselben Teint. Sie hatte sogar dieselbe trotzige Linie um Mund und Kinn, wenn sie sich über etwas ärgerte. Wenn Jake sie jetzt nur sehen könnte, dachte ich oft. Er, der sich so sehr gewünscht hatte, in einem Sohn sein Ebenbild zu zeugen, würde jetzt sehen, daß ihm das in seiner Tochter gelungen war. Sie war ihm ähnlicher als einer seiner Söhne, als Carlos und Jacko.

Dauernd hörten wir die Kunde von den reichen Schätzen – die unsere Seeleute nach England zurückbrachten – gekapertes spanisches Gold, Unmengen davon. Die Feindseligkeiten zwischen den beiden Ländern vertieften sich im Laufe der Jahre mehr und mehr.

Immer, wenn ich solche Gedanken hörte, mußte ich an Jake denken. Ich stellte ihn mir bei allen möglichen Abenteuern vor. Vielleicht war ihm doch etwas Schreckliches zugestoßen, ansonsten wäre er längst zu Hause.

Ich glaube, um diese Zeit hatte sich im ganzen Haus das Gefühl durchgesetzt, daß wir Jake nie wiedersehen würden. Ich aber weigerte mich immer noch, mich damit abzufinden. Und Carlos, Jacko und Jennet ebenso.

»Was ihm auch geschehen sein mag«, wiederholte Carlos immer wieder, »er kommt zurück.«

Es wurde eine Menge über Francis Drake geredet, einen Mann aus Devonshire, der in der Nähe von Plymouth, in Tavistock, geboren worden sein soll. Die Spanier betrachteten ihn als ein übernatürliches Wesen, als eine Reinkarnation des Teufels, der die Meere einzig und allein aus dem Grunde befuhr, Katholiken zu vernichten und ihre Schätze zu stehlen. Sie nannten ihn El Draque, den Drachen. An einem Dezembertag im Jahre 1577 hatten wir Gelegenheit, ihn aus dem Hafen von Plymouth segeln zu sehen.

Lange zuvor hatte Drake angefangen, diese Expedition vorzubereiten, und wir wußten damals noch nicht, daß er die Welt umsegeln sollte.

Sein Schiff, die ›Pelikan‹, war unserem ›Springenden Löwen‹ nicht unähnlich. (Später benannte er sie um in ›Goldene Hirschkuh‹.) Mit ihm zusammen sollten die ›Elizabeth‹, die ›Marigold‹, die ›Schwan‹ und die ›Christopher‹ sowie etliche Pinassen segeln. Wir waren alle ziemlich erstaunt über die Unmengen an Proviant, die in den Hafen gebracht worden waren. Besteck und Teller bestanden teilweise aus Silber, und er nahm eine vollständige Musikkapelle mit. Man hatte entdeckt, wie wichtig Musik ist, wenn Männer weit weg von zu Hause und heimwehkrank sind. Musik konnte sie aus der Langeweile aufrütteln, in der die Saat der Meuterei steckt.

Ich wurde zwar auch bis zu einem gewissen Grade von der allgemeinen Aufregung angesteckt, aber alles erinnerte mich allzu schmerzlich an die Zeiten, wenn Jake in See stach.

»Jake, Jake«, murmelte ich, »wann kommst du endlich nach Hause?«

Carlos kam eines Tages ganz aufgeregt zu mir. Er hatte sich mit ein paar der Matrosen unterhalten, wie er das oft tat, und den großen Mann selbst kennengelernt. Drake zeigte sich interessiert, als er erfuhr, daß er der Sohn von Jake Pennlyon sei.

Es wurde ihm gestattet, beim Verladen zu helfen, und Jacko, von Neid erfüllt, ging mit ihm und bat darum, auch mithelfen zu dürfen.

Als Resultat, weil sie gar so enthusiastisch und noch dazu die Söhne von Jake Pennlyon waren, kam Drake eines Tages selbst ins Haus, um mich zu besuchen.

So einen Mann kann man nicht vergessen, niemals. Er war nicht groß, aber er strahlte eine ungeheure Macht und Kraft aus. Er hatte starke Glieder, einen breiten Brustkorb, sah fröhlich aus, und seine klaren blauen Augen hatten, wie ich es nannte, den Seemannsblick. Sie waren wie bei Jake durchdringend, als könnten sie mehr sehen als die meisten anderen Augen. Sein voller Bart war blond, sein Haupthaar auch, er hatte etwas ungeheuer Vitales an sich. Ich war tief gerührt, daß ein Mann, der im Augenblick so viel zu tun hatte, sich ein paar Stunden Zeit nahm, um mich zu trösten. Genau das versuchte er nämlich.

»Ich habe Kapitän Pennlyon ein- oder zweimal getroffen. Ein großer Seemann. England braucht Männer wie ihn.«

Ich strahlte vor Stolz, und mir stiegen die Tränen in die Augen, was er natürlich bemerkte.

»Viele von uns sind jahrelang fort, und die meisten geben uns schon als verloren auf. Aber einige von uns wird man nicht so schnell los, Jake Pennlyon ist einer davon, Ma'am.«

»Meine große Angst ist, daß er in die Hände der Spanier gefallen ist.«

»Sie werden sich ihre Zähne an ihm ausbeißen, dessen kann ich Euch versichern.«

»Ich glaube ganz fest daran, daß er zurückkommt.«

»Zwischen Ihnen beiden besteht ein starkes Band, Ihr würdet es wissen, wenn er tot wäre. So ist das oft mit Seemannsfrauen.«

Er sagte, er würde Carlos und Jacko auf seine Expedition mitnehmen, wenn sie es wünschten. Er war mit diesem Vorschlag zuerst zu mir gekommen.

Der Gedanke, daß sie fortgehen und sich in Gefahr begeben könnten, machte mich zunächst krank, aber dann dachte ich, daß ich ihnen nicht im Wege stehen durfte.

Und als er in See stach, segelten Carlos und Jacko mit ihm. Es war ein fantastischer Anblick, sie aus dem Hafen auslaufen zu sehen – überwältigend, aber auch ernüchternd.

Jennet stand neben mir.

»Wenn ich daran denke, mein Junge segelt mit dem mächtigen

Drake«, rief sie aus. »Aber noch lieber wäre mir, er segelte mit dem Kapitän.«

Sie wandte sich ab, um sich die Tränen aus den Augen zu wischen, jedoch fast augenblicklich strahlte sie wieder.

»Was wird er nur sagen, wenn er zurückkommt!«

Zweifellos glaubte sie genauso wie ich an Jakes Unzerstörbarkeit.

Die Zeit verging, und immer noch kam keine Nachricht von Jake.

Im nächsten Frühling wurde Edwina in Trewynd Grange erwartet. Sie war jetzt siebzehn Jahre alt und sollte an ihrem achtzehnten Geburtstag ihr Erbe antreten. Alice Ennis kam nach Pennlyon Court, um mir zu erzählen, daß sie jetzt bald kommen würde.

»Wir werden hier bei ihr bleiben«, sagte sie. »Ihre Mutter hat uns darum gebeten. Ein junges Mädchen sollte nicht allein in einem so großen Haus leben.«

Sie kam mit einem Gefolge von Dienerschaft an, die sie sich in Remus Castle, dem Besitz ihres Stiefvaters, ausgesucht hatte. Ich konnte es kaum erwarten, sie zu sehen, und sobald ich erfuhr, daß sie eingetroffen war, eilte ich nach Trewynd.

Immer wenn ich die Halle dort betrat, kamen mir Erinnerungen. Ich sah hinauf zu dem kleinen Spion, und aus alter Praxis vermochte ich zu erkennen, daß mich jemand beobachtete. Ich erinnerte mich, wie Honey und ich heruntergespäht und Jake in die Halle hatten kommen sehen, und an die Nacht, in der ich auf die Galeone verschleppt worden war. Aber das lag lange zurück, und jetzt war Edwina, Honeys Tochter, hier.

Sie kam in die Halle, und ich streckte ihr beide Hände entgegen.

Sie nahm sie und lächelte mich an.

Ich glaube, von diesem Moment an liebten wir uns.

Edwina war ein häufiger Gast in Pennlyon Court. Sie war mir wie eine Tochter geworden, und sie und Linnet freundeten sich herzlich an.

Nie konnte ich Jake vergessen. Wie oft träumte ich von ihm, und wenn ich erwachte und merkte, daß er nicht bei mir war, überwältigte mich ein Gefühl von unendlicher Leere und Einsamkeit.

An einem Novembertag des Jahres 1580 kam Francis Drake in den Hafen gesegelt.

Was für eine Aufregung! Er hatte so ungeheuer große Reichtümer mitgebracht, wie nie jemand zuvor: Gold, Silber, Edelsteine, Perlen, Seidenstoffe, Nelken und Gewürze.

Und Carlos und Jacko brachte er auch zurück!

Wie hatten sie sich doch verändert! Sie waren zu Männern geworden, zu erfahrenen Seeleuten.

Als sie an Land kamen, fragten sie als erstes nach ihrem Vater. Taurig schüttelte ich den Kopf, aber er war in unseren Gedanken, als wir ihre Heimkunft feierten.

Carlos und Jacko erzählten viel von ihren Abenteuern. Es hatte Stürme gegeben und Flauten, sie hatten fremde Länder gesehen und waren dem Tode manchmal sehr nahe gewesen, sie waren erwachsen geworden, und sie fühlten sich jetzt der See verbunden.

Noch viele Jahre sollte man sich an diese Expedition erinnern, denn obwohl Drake nicht der erste gewesen ist, der entdeckt hatte, daß die Erde eine Kugel ist, war er doch der erste, der sie umrundete, während Magellan, der auch von dieser Möglichkeit gewußt hatte, nicht mehr dazu kam, den Kreis zu vollenden. Er starb zuvor auf den Philippinen.

Drake war der große Held im West Country. Bald nach seiner Heimkehr segelte er die ›Goldene Hirschkuh‹ die Themse hinauf, und die Königin schlug ihn in Deptford zum Ritter.

Männer wie Drake, Carlos und Jacko galten als die Helden unserer Zeit, denn wenn wir uns eines Tages gegen die Spanier wehren müßten, würden sie die Führer sein.

Auch Jake Pennlyon war so ein Mann.

Er war jetzt schon so lange weg, und wäre es nicht Jake gewesen, ich hätte längst aufgehört zu hoffen. Carlos, Jacko, Jennet, alle, die ihn nahe gekannt hatten, weigerten sich zu glauben, er sei tot. So stark war die magische Aura, die er uns immer vermittelt hatte.

Eines Tages zog ich Jakes Schublade auf, und eine Motte flog heraus. Sofort machte ich mich daran, mich um seine Kleider zu kümmern. Ich beschloß, sie herauszunehmen, sie neu zu falten und zwischen sie ein Kräuterpulver zu streuen, das ich von meiner Großmutter bekommen hatte und von dem sie überzeugt war, daß es Kleider in alle Ewigkeit vor Motten und Insekten bewahren würde.

Da machte ich eine entsetzliche Entdeckung! In einer seiner Jackentaschen fand ich eine kleine Puppe. Sofort kam mir die Erinnerung an jenen Nachmittag in den Kopf, da ich Isabellas Ebenbild in meiner Schublade gefunden hatte.

Es gab keinen Zweifel, daß diese Figur mich darstellen sollte. Ich sah den kleinen Stecknadelkopf, das Kleid war ein bißchen rostig, dort wo die Nadel durchgestochen hatte.

Und das in Jakes Jackentasche!

Das konnte nicht sein. Ich erinnerte mich nur zu gut, wie er bei mehr als einer Gelegenheit gegen Hexen gewettert hatte. Aber warum? Weil er an das Böse glaubte, das sie heraufbeschwören könnten? Weil er glaubte, sie wären in der Lage zu töten? Weil er sie selbst fürchtete?

Warum in aller Welt befand sich mein Ebenbild in seiner Tasche?

Hatte er eine Hexe konsultiert? Hatte er ihre Befehle befolgt? Doch nicht Jake! Aber die Puppe steckte in seiner Tasche! Sie muß jahrelang darin gewesen sein. Warum hatte er sie darin stecken lassen, bevor er ging? Hatte er gehofft, wenn er wiederkäme, hätte der Zauber gewirkt?

Ich mußte die Figur vernichten.

Schnell versteckte ich sie in die Falten meines Kleides und ging hinaus in den Garten. Dort, am Ende des Grundstücks, stand eine Hütte. Ich vergrub sie unter trockenem Farnkraut und zündete es an. Das Gras war trocken, der Farn auch, ich hatte nicht mit so hohen Flammen gerechnet. Das Wachs fing schon an zu fließen, da kamen Manuela und Jennet angerannt. Sie hatten den Rauch gesehen.

»Es ist nichts«, sagte ich. »Nur ein kleines Feuer.«

»Wie kam es dazu?« fragte Jennet. Ich schwieg.

Als das Feuer heruntergebrannt war, trampelte Jennet noch die letzten Reste aus. Manuela kniete sich nieder und hob ein Stück verkohlten Stoffes auf. Es war das Stück, in dem die Nadel steckte.

Sie sagte nichts, aber als sie den Blick hob und mich ansah, mußte ich an den Tag denken, da sie auf Teneriffa in mein Zimmer gekommen war.

»Vor Feuer muß man sich jetzt in acht nehmen«, sagte ich und versuchte so beiläufig wie möglich zu wirken. »Der Boden ist sehr trocken.«

Carlos und Edwina fühlten sich vom ersten Moment an, da sie sich kennengelernt hatten, zueinander hingezogen. Zwei Monate nach der Rückkehr von Drakes Expedition kam sie nach Pennlyon und sagte, sie müßte mir etwas erzählen.

Sie und Carlos wollten heiraten.

»Ihr kennt euch ja erst so kurze Zeit«, sagte ich erstaunt. »Lange genug«, antwortete sie. »Er ist ein Seemann, und Seeleute haben keine Zeit zu vergeuden.«

Lächelnd dachte ich daran, diese Auffassung schon einmal gehört zu haben.

»Weißt du, Tante Catherine, auch wenn wir uns erst vor kurzem wiedergetroffen haben, kennen wir uns doch schon seit Jahren. Wir waren ja schon als kleine Kinder beisammen. Seltsam, daß wir beide weit weg von hier geboren sind... beide am selben Ort. Es muß Schicksal gewesen sein...«

»Alles im Leben ist Schicksal.«

»Aber das Wie! Wie wir zusammengekommen sind! Du und meine Mutter, ihr seid zusammen verschleppt worden, und da war Carlos... du hast ihn gefunden und ihn in unser Haus gebracht. Meine Mutter hat es mir erzählt.«

»Bist du sicher, du liebst Carlos?«

»Oh, Tante Catherine, daran besteht kein Zweifel.«

»Es ist nicht einfach, die Frau eines Seemannes zu sein. Er ist oft lange Zeit weg, und eines Tages vielleicht...«

Weiter konnte ich nicht sprechen, und sie legte die Arme um mich.

»Carlos' Vater wird zurückkommen«, sagte ich leidenschaftlich. »Ich bin davon überzeugt, eines Tages werde ich aus dem Fenster schauen und da, in der Bucht, liegt sein Schiff... aber, oh, wie die Jahre vergehen... und keine Nachricht,... keine Nachricht...«

Tränen standen ihr in den Augen. Ihre Liebe zu Carlos ließ sie meine Tragödie verstehen.

Manuela kam in mein Zimmer.

Ihre großen traurigen Augen sahen mich voller Angst an.

»Señora, ich muß mit Euch sprechen.«

»Was hast du mir zu sagen, Manuela?«

»Hier habe ich Wachs, es stammt von einer Puppe. Und das ist der Rest von ihrem Kleid, und hier habe ich die Nadel!« Sie legte alles vor mir auf den Tisch. »Hier ist die Puppe durchstochen worden.« Sie deutete auf deren linke Seite. »Die Nadel sollte das Herz durchstechen. Sie muß so ausgesehen haben wie damals die Puppe der Donna Isabella. Diese Puppen sehen auf der ganzen Welt gleich aus. Hexen gibt es überall... und sie arbeiten überall gleich.«

»Was schlägst du also vor?«

»Jemand hat sie verbrannt. Jemand hat denjenigen verbrannt, den die Puppe darstellte.«

»Ich habe die Puppe verbrannt, Manuela.«

»Ihr, Señora?«

»Diese Puppe sah aus wie ich. Ich habe sie in... ich habe sie gefunden. Ich dulde solche Dinge nicht in meinem Haus, also habe ich sie verbrannt.«

»Aber Señora, jemand hatte eine Puppe von Isabella gemacht, und sie ist gestorben...«

»Ich glaube nicht an solchen Unsinn.«

Traurig schüttelte sie den Kopf.

Als sie weg war, fragte ich mich: Hatte ich die Wahrheit gesprochen? Inwieweit glaubte ich selbst an solche Dinge? Ich erinnerte mich, daß ich in Mary Lees Haus geschickt worden war, daß jemand in meinem Schlafzimmer gewesen; ich hatte damals gesehen, wie sich die Tür leise schloß. Und danach hatte ich entdeckt, daß meine Bettvorhänge brannten. Ich hatte mein Ebenbild unter Jakes Kleidern gefunden. Aber seit er weg war, hatte es keine rätselhaften Angriffe auf mein Leben mehr gegeben.

War es möglich, daß er versucht hatte, mich loszuwerden, und daß er, nachdem ihm dies nicht gelungen war, seine Pläne bis zur Rückkehr von seiner Seereise zurückgestellt hatte? An so etwas wollte ich einfach nicht glauben. Andererseits... der Verdacht war gesät, und oft kamen mir entsprechende Gedanken.

In Trewynd sollte die Hochzeit stattfinden.

Edwina war natürlich sehr aufgeregt. »Meine Mutter wird kommen«, sagte sie. »Mein Stiefvater wollte sie erst nicht begleiten, aber ich habe ihm geschrieben, daß auch er kommen muß. Schließlich ist es meine Hochzeit.«

Ich sollte also Carey wiedersehen! Nach all diesen Jahren. Was würde ich wohl dabei empfinden?

Die Ennis' steckten bis über die Ohren in den Hochzeitsvorbereitungen. Überall hing der Geruch von glimmendem Rosmarin und von Lorbeerblättern. Sie räucherten ihr Haus aus. Das gleiche ordnete ich auch für Lyon Court an. Es war notwendig, ein Haus in gewissen Abständen auszuräuchern. Und da wir so viele Gäste erwarteten, mußten wir es mit dem ganzen Haus tun. Während des Ausräucherns übersiedelten wir von einem Trakt des Hauses in den anderen. Froh konnte ich sein, daß ich in den alten Tagen so viel von meiner Großmutter über Kräuter gelernt hatte, so daß ich jetzt in der Lage war, alle möglichen aromatischen Kräuter zusätzlich zu verwenden.

Was für ein aufregender Tag, als die Gesellschaft endlich ankam!

Aus Sicherheitsgründen hatten sie die Reise zusammen zurückgelegt. Meine Mutter und Rupert wohnten bei mir, Honey, Carey und ihre Kinder in Trewynd.

Es war wunderbar, meine Mutter wiederzusehen. Sie war etwas älter geworden, aber sie und Rupert strahlten so viel Heiterkeit aus, daß ich davon überzeugt war, sie führten eine glückliche Ehe.

Früher oder später mußte ich Carey treffen, das war nicht zu umgehen, und es geschah schließlich in der Halle von Trewynd, wo ich ihn mit Honey vorfand. Ihr hatten die Jahre nichts angetan, sie war unverwüstlich. Vielleicht waren die violetten Augen etwas umschatteter, aber sie strahlten mehr denn je zuvor. Sie war eine glückliche, zufriedene Frau, das hatte ihrer Schönheit neuen Glanz gegeben.

So ein Wiedersehen war äußerst gefühlvoll. Ich umarmte und küßte Honey herzlich, und die ganze Zeit über war ich mir Careys bewußt, der hinter mir stand. Dann lagen meine Hände in den seinen, seine Wange lag an meiner. Ich fühlte seinen festen Händedruck.

»Catherine!«

»Mein Gott, Carey... so viele Jahre!«

»Du hast dich kaum verändert.«

Er hatte sich verändert. Sein schmales Gesicht, das ich so geliebt und an das ich mich die ganzen Jahre über erinnert hatte, sah verhärmt aus. Ich weiß nicht, ob ich ihn wiedererkannt hätte, wenn ich nicht gewußt hätte, wer er war.

Wir sprachen über ihre Reise, sie erzählten mir von zu Hause und davon, wie viel Freude ihnen die Heirat unserer Kinder bereitete.

Es war ganz einfach, und alles ging glatt. Ich hätte nie geglaubt, daß ich bei meinem ersten Wiedersehen mit Carey so wenig Gefühl zeigen würde.

Als wir uns später allein im Garten am Teich trafen, war es allerdings anders.

Da konnten wir offen miteinander sprechen.

»Oh, Catherine, ich habe so oft an dich gedacht.«

»Und ich an dich!«

»Damals gab es keinen anderen Ausweg als den der Trennung.«

Ich schüttelte den Kopf.

»Damals wollte ich sterben«, sagte er.

»Ich auch. Aber wir haben weitergelebt, und du hast jetzt deine Kinder, und ich habe meinen Sohn und meine Tochter.«

»Ja, wir haben uns jeder ein Leben aufgebaut«, sagte er. »Als ich damals erfuhr, daß du von den Spaniern verschleppt worden warst, habe ich mich verflucht, weil ich nicht bei dir geblieben war... daß ich nicht die ganze Welt herausgefordert hatte.«

»Es ist schon so lange her. Bist du glücklich... mit Honey?«

Sein Gesicht wurde ganz weich. »Ich hätte nie gedacht, daß ich so glücklich werden könnte, nachdem ich dich verloren hatte.«

Dann sprachen wir von Roberto, und Carey meinte, er solle sich die Welt anschauen. Zweifellos könnte er einen Posten im diplomatischen Dienst für ihn finden.

Das gefiel Roberto. Ich habe ihn selten so zufrieden gesehen.

Die Trauung war vollzogen, Carlos übersiedelte nach Trewynd, und die Ennis' reisten mit Roberto, meiner Mutter und Rupert, Carey, Honey und ihren Kindern ab.

Ich half dem neuvermählten Paar, sich einzurichten.

Ich war froh, daß sich alles so gut ergeben hatte. Ich hatte Carey wiedergesehen, nicht ohne Herzklopfen; aber ich wußte jetzt, daß der einzige Mann, den ich wirklich wollte, Jake Pennlyon war.

Ich hatte Carey geliebt, ich hatte Felipe geliebt, und ich hatte sie beide verloren. Mit Jake war es anders, er war ein Stück von mir. Ohne Jake zu sein, bedeutete, nur ein halbes Leben zu führen.

Deshalb mußte ich weiter an seine Rückkehr glauben.

Es war Ende Februar. Carlos fuhr zur See, und Edwina hatte Weihnachten bei uns verbracht. Wir hatten das Haus mit Misteln und Efeu dekoriert und machten Spiele. Die Zeit verging. Linnet war jetzt beinahe vierzehn Jahre alt, und ich hatte schon meinen vierzigsten Geburtstag hinter mir.

Die arme Edwina sehnte sich so nach Kindern, aber noch war keines unterwegs. So oft streiften ihre Augen über den Horizont, und jedesmal war ich tief gerührt.

Sie träumte von dem Tag, da ein Schiff auftauchen und Carlos zu ihr zurückbringen würde.

Im Laufe der Jahre hatten sich die Aktivitäten auf dem Meere vergrößert. Anstelle eines Schiffes früher segelten jetzt sechs oder sieben. Preise und Ehren konnten auf hoher See errungen werden. Der Name Sir Francis Drake war in aller Munde. Er hatte Reichtümer und Ehren gewonnen, nicht nur für sich selbst, auch für sein Land. Man lachte über die Angst der Spanier vor El Draque. Sie hielten ihn für den leibhaftigen Teufel, und sie lebten in ständiger Furcht vor ihm.

Eines Tages kam Edwina wie so oft nach Lyon Court herüber. Sie sagte, Freunde von Carey wären auf dem Weg zu ihren Ländereien in Cornwall bei ihr eingekehrt, hätten eine Nacht dort verbracht und Nachrichten aus London mitgebracht.

Ein neues Komplott war aufgedeckt worden, und wenn es erfolgreich gewesen wäre, hätten wir jetzt wahrscheinlich eine andere Königin.

»Das ist doch nicht möglich«, antwortete ich. »Die Leute stehen doch geschlossen hinter unserer königlichen Lady Elisabeth.«

»Immerhin, der spanische Botschafter ist des Landes verwiesen worden. Er ist schon auf dem Weg zurück nach Spanien. Francis Throckmorton wurde gefangengenommen und befindet sich jetzt im Tower.«

»Seit die Königin von Schottland nach England gekommen ist, hören diese Komplotts nicht mehr auf«, sagte ich.

»Und man sagt, das wird sich nicht ändern bis zu ihrem Tode. Es ist ein Wunder, daß die Königin ihn nicht längst schon angeordnet hat. Mary ist in ihrer Hand, und die Minister sollen ihr unentwegt dazu raten; aber sie schiebt die Entscheidung immer wieder hinaus.«

Edwinas Besuch störte meinen Seelenfrieden.

Es war Juní, der Garten stand voller Damaszenerrosen, die ich besonders liebte, weil sie mich an meine Mutter erinnerten. Mücken tanzten über dem Teich im Garten, wie Pyramiden türmte sich der Weiderich an den Bächen, und in den Büschen wimmelte es von purpurfarbenen Nesseln, die sich mit Heckenrosen verflochten. In der Luft lag ein Duft von Geißblatt.

Das Wetter war außergewöhnlich ruhig; eine Stille hing über allem, als erwarte die Natur etwas Dramatisches.

Bald wird Jake nach Hause kommen, dachte ich. An einem Tag wie diesem werde ich aus meinem Fenster schauen und den ›Springenden Löwen‹ am Horizont auftauchen sehen.

Es wurde Nacht, und ich saß an meinem Fenster, wie so oft, und sah hinaus aufs Meer. Ich war unruhig an diesem Abend, es war fast wie eine Vorahnung. Plötzlich hörte ich, wie sich Pferdehufe von weitem näherten. Sehen konnte ich nichts, und plötzlich war es wieder still. Ich wunderte mich, wer um diese Zeit noch vorbeireiten sollte, und als ich noch so am Fenster saß, sah ich eine Gestalt über den Hof schleichen.

Die Gestalt war mir vertraut. Roberto!

Eiligst lief ich hinunter, schob den Riegel der eisenbeschlagenen Eingangstür zurück und trat hinaus auf den Hof.

»Roberto!«

»Madre!« Ich hielt ihn im Arm, er schluchzte beinahe.

»Mein Liebling, du bist wieder nach Hause gekommen. Aber warum kommst du so heimlich?«

»Niemand darf wissen, daß ich hier bin. Ich habe dir viel zu erzählen.«

»Bist du in Schwierigkeiten, Roberto?«

»Ich weiß nicht. Kann sehr gut sein.«

Ich hatte schreckliche Angst und bat ihn, seine Stiefel auszuziehen. Er sollte so leise wie möglich in mein Schlafzimmer kommen – ich sprach ein Dankgebet, daß Jake nicht im Hause war.

Sicher erreichten wir mein Schlafzimmer.

»Bist du hungrig?« fragte ich ihn.

»Ich habe in einem Gasthaus bei Travistock etwas gegessen.«

»Sag mir, was ist los?«

»Madre«, sagte er. »Wir müssen die wahre Königin auf den Thron setzen. Diesen Bastard müssen wir absetzen.«

»Nein«, rief ich aus. »Nicht das, ich flehe dich an! Elisabeth ist unsere wahre Königin, und sie ist eine gute Königin.«

»Sie hat keine Rechte. Ich sage dir, Madre, sie hat keinerlei Rechte. Wer ist sie denn schon? Die Tochter von Anna Boleyn. Mary aber ist die Tochter von Königen.«

»Elisabeth ist die Tochter eines großen Königs.«

»Seiner Konkubine! Königin Mary ist die wahre, legitime Thronerbin, und sie wird in England die wahre Religion wieder einführen.«

»Ach, es ist also ein katholisches Komplott.«

»Es ist unser Wunsch und unsere Entschlossenheit, die wahre Religion wieder einzuführen. Spanien steht hinter uns, man ist bereit, loszuschlagen. Auf ihren Docks wird Tag und Nacht gearbeitet. Sie sind dabei, die größte Armada aufzubauen, die die Welt je gesehen hat. Niemand wird ihnen widerstehen können.«

»Mein lieber Roberto, sie werden ihnen aber widerstehen. Kannst du dir vorstellen, daß Männer wie dein Stiefvater, wie Carlos und Jacko selbst von den größten Schiffen der Welt geschlagen werden können?«

»Sie sind nur Angeber!« Wie sich sein Gesicht verzog vor Haß und Verachtung, wenn er von Jake sprach. »Wenn sie die Schiffe der Spanier sehen, werden sie einsehen, daß sie sich geschlagen geben müssen.«

»Das werden sie niemals!«

»Du hast keine Ahnung von der Macht dieser Schiffe.«

Ich erinnerte mich sehr wohl an die Majestät einer gewissen spanischen Galeone.

»Der Tag wird kommen, und er kann jetzt täglich kommen. Wir haben bisher versagt... aber wir werden nicht immer versagen.«

»Was hat dich hierhergebracht?« fragte ich besorgt. »Bist du in Gefahr?«

»Das kann schon sein. Ich weiß nicht, ob es bekannt ist, daß ich dabei war. Ich dachte, es wäre klüger zu verschwinden. Niemand weiß, wohin ich gegangen bin. Sie könnten entdecken, daß ich mitgemacht habe bei dem Komplott. Throckmorton liegt im Tower. Wenn sie ihn auf die Folterbank spannen...«

»Throckmorton! Daran warst du beteiligt? Oh, Roberto, Roberto, was hast du nur getan?«

»Ich habe meine Stellung auf Empfehlung von Lord Remus bekommen, das könnte mich retten. Remus ist hochgeachtet, und er hat sich für mich verbürgt. Aber genau deshalb habe ich gedacht, es wäre besser, rechtzeitig zu verschwinden. Darum bin ich gekommen. Allerdings, Madre, wenn sie herkommen und mich suchen...«

»Wie können wir deinen Besuch verheimlichen?«

»Nur für eine Weile, Madre... bis wir sicher sein können.«

»Ich danke Gott, daß dein Stiefvater nicht zu Hause ist.«

Er lachte. »Mit welchem Vergnügen er mich Walsingham ausliefern würde!«

»Walsingham?« Ich schrie auf.

»Er hat seine Spione überall. Er ist schuld, daß wir entdeckt wurden.«

»Das ist ja wie ein lebendig gewordener Alptraum! Der ist es, wovor ich mich immer gefürchtet habe! Meine Mutter hat schon unter ihm gelitten und jetzt...«

In Robertos Augen funkelte ein fanatisches Licht. Er nahm meine Hände. »Madre«, sagte er, »wir müssen diesem Land die wahre Religion wiedergeben.«

»Sag mir, wieso bist du darin verwickelt? Was ist geschehen?«

»Francis Throckmorton ist viel in Spanien herumgereist. Er hat sich dort mit Männern von großem Einfluß unterhalten; er hat gesehen, was alles getan wurde. Von Madrid aus ist er dann nach Paris gegangen und hat sich dort mit Agenten der Königin Mary getroffen. Die Familie der Königin, die Guises, haben angeboten, eine Armee aufzustellen, und Throckmorton ist nach London zurückgekehrt und hat sich in einem Haus in Pauls's Wharf etabliert. Dort empfing er die Briefe aus Madrid und Paris, die an die schottische Königin weitergeleitet wurden.«

»Oh, mein Gott, Roberto, worin hast du dich eingelassen?«

»Ich versuche, diesem Land etwas Gutes zu tun. Ich versuche, die Leute hier wieder zu Verstand zu bringen, zurück zur Wahrheit und...«

»Und dich ins Unglück.«

»Madre, ich würde für eine gute Sache sterben! Was bedeutet schon mein Tod, wenn die gute Sache siegt?«

»Er bedeutet mir etwas«, sagte ich ärgerlich. »Was interessiert mich Eure gute Sache! Mich interessiert nur mein Sohn... meine Familie. Was interessiert mich, wessen Regime regiert? Ich glaube an eine ganz einfache Idee: Liebet einander! Es ist ganz unwichtig, was man anbetet, wichtig ist nur, daß man sich wie ein guter Christ benimmt.«

»Du denkst wie eine Frau.«

»Wenn die ganze Welt das tun würde, sie wäre eine glückliche Welt!«

»Walsinghams Spione entdeckten Throckmortons Besuche beim spanischen Ambassador. Er wurde verhaftet, sein Haus durchsucht und eine Liste der Katholiken gefunden, die bereit waren, an den verschiedensten Unternehmen, die wahre Religion wieder einzuführen, teilzunehmen.«

»Steht dein Name auch auf dieser Liste?«

»Das kann schon sein.«

Vor Entsetzen brachte ich kein Wort heraus.

»Roberto, wir müssen dich verstecken. Aber wie lange? Wir müssen dich verstecken, bevor das Haus aufwacht.«

»Manuela wird uns helfen.« Er hatte recht.

»Ich werde sie rufen. Aber niemand darf erfahren, warum. Bleib hier. Geh nicht aus diesem Zimmer. Am besten, ich sperre die Türe zu, während ich weg bin.«

Ich ging hinunter in das Zimmer, in dem Manuela mit Jennet wohnte, und ich war dankbar dafür, daß Jennet wieder einmal woanders schlief. Manuela war allein.

»Manuela«, flüsterte ich, »Roberto ist da.«

Bereitwillig erhob sie sich von ihrer Matratze, ihr Gesicht strahlte vor Freude.

»Er ist zurückgekommen?«

»Er ist vielleicht in Gefahr.«

Sie nickte, als ich ihr alles erklärte.

»Wir müssen ihn für eine Weile verstecken«, sagte ich. »Du mußt mir helfen.«

Daß sie das tun würde, darüber hegte ich nicht den geringsten Zweifel.

Wir gingen zurück zu meinem Zimmer, und ich sperrte die Tür auf. Manuela nahm Roberto in ihre Arme und sprach in spanisch leise und liebevoll auf ihn ein. Im wesentlichen sagte sie, daß sie, wenn es notwendig wäre, für ihn sterben würde.

Sie wandte sich an mich. »Am Ende des Gartens steht eine Hütte, dort werden Gartengeräte aufbewahrt, kaum einer kommt da je hin.«

»Vielleicht die Gärtner.«

»Nein, das tun sie nicht. Sie bewahren alles, was sie brauchen, im Gartenhaus auf. Schilf wächst um die Hütte und sie ist fast gänzlich von Gebüsch eingeschlossen. Wenn man die Hütte absperren kann, könnten wir ihn dort verstecken, zumindest für kurze Zeit.«

»Wir müssen es tun, zumindest, bis uns etwas Besseres einfällt«, antwortete ich. »Niemand darf erfahren, daß Roberto hier ist, außer uns beiden.«

Manuela nickte grimmig, und ich wußte, ich konnte mich auf sie verlassen.

»Wir müssen Decken hinbringen, damit er nicht friert, und warmes Essen. Kannst du das übernehmen, Manuela?«

»Ihr könnt Euch auf mich verlassen, ich kümmere mich um Roberto.«

Ich wußte es. Nicht nur, daß sie ihn liebte, sie war eine Katholikin wie er, und wie er wollte sie, daß Elisabeth gestürzt und Königin Mary auf ihren Thron gesetzt würde.

Plötzlich fiel mir ein: »Du bist zu Pferd gekommen. Wo ist es?«

»Ich habe es am Aufsitzstein angebunden.«

Manuela und ich sahen einander an.

»Wir müssen es in den Stall bringen«, sagte ich, »so tun, als hätte es sich verirrt.«

»Wird man das glauben?« fragte Roberto.

»Was können wir sonst tun? Dort, wo es ist, können wir es nicht lassen. Und wenn du es schnell brauchen solltest, steht es bereit.«

»Ich werde mich darum kümmern«, sagte Manuela.

Das tat sie. Und obwohl sie im Stall von einem Pferd sprachen, das plötzlich aufgetaucht sei, waren sie dort doch nicht allzu erstaunt. Irgend jemand würde es schon zurückverlangen, sagten die Stallburschen. Bis dahin würden sie es zusammen mit den anderen versorgen.

Zwei Wochen voller Furcht und Angst folgten.

Ich konnte nichts dagegen tun, es zog mich immer wieder zur Hütte. Wir hatten ausgemacht, wir würden auf eine ganz bestimmte Art und Weise an die Tür klopfen, ansonsten dürfte er unter keinen Umständen öffnen. Nachts fuhr ich schweißgebadet hoch, weil ich glaubte, ich hörte die Mannen der Königin im Hof. Nicht einen Augenblick war ich ruhig, selbst während des Essens fuhr ich zusammen, sobald ich vom Hof herauf Pferdegeklapper hörte.

»Was ist denn mit dir los, Mutter?« fragte Linnet. »Du fährst ja bei jedem Geräusch zusammen.«

Ich war froh, daß Jake nicht da war, es wäre sicherlich unmöglich gewesen, Roberto vor ihm zu verstecken.

Linnet machte sich Sorgen um mich, sie dachte, ich sei krank.

Ich hätte meiner Tochter gerne erzählt, daß wir ihren Bruder versteckten, aber ich wagte es nicht. Nicht daß ich ihr nicht getraut hätte, aber ich wollte unter gar keinen Umständen, daß sie darin verwickelt wurde.

Zwei Wochen versteckten wir Roberto in der Hütte. Wie wir das fertigbrachten, werde ich nie verstehen. Manuela war die geborene Agentin. Sie hatte einen Schlüssel zur Hütte gefunden und Roberto eingeschlossen. Hoch in der Wand war ein Fenster, durch das er in die Büsche entfliehen konnte, sollte Not am Mann sein. Manuela hatte an alles gedacht. Sie war eine bewundernswerte Organisatorin und diente Roberto mit Inbrunst.

Edwina überbrachte uns die Nachricht, daß Throckmorton in Tyburn hingerichtet worden war. Er war dreimal auf die Folterbank gespannt worden und hatte gestanden, daß er eine Liste der englischen Katholiken, die die Sache der schottischen Königin unterstützten, zusammengestellt hatte. Darüber hinaus waren Pläne gefunden worden, die er von englischen Häfen gemacht hatte.

Throckmorton war also tot. Was aber ist mit den Namen, die auf der Liste standen?

Walsingham war ein Mann, der im Schatten arbeitete. Wenn er von einem Mann wußte, der an einem Komplott beteiligt war, konnte es sehr gut sein, daß er den Mann nicht sofort gefangennehmen ließ. Er konnte ihn beobachten lassen in der Hoffnung, durch ihn noch weitere Männer in sein Netz zu bekommen.

Woher sollten wir also wissen, ob Roberto einer von Walsinghams gesuchten Männern war?

Niemand fragte nach ihm. Seit er seine Stellung verlassen hatte, war schon einige Zeit verstrichen, und wenn sie ihn in Verdacht hatten, hätten sie sicher zuallererst in seinem Elternhaus nach ihm gesucht.

Auch Roberto kam zu dieser Erkenntnis, er wußte, er mußte weiter.

Eines Nachts, als alles im Haus bereits schlief, gingen Manuela und ich hinunter in den Stall. Wir sattelten den Rotschimmel, und Roberto ritt davon.

Am nächsten Morgen würden die Dienstboten sagen, das Tier wäre verschwunden, wie es zuvor aufgetaucht war, zumindest hofften das Manuela und ich.

»Paß auf dich auf, mein Sohn«, sagte ich.

Einige Monate, nachdem Roberto fortgeritten war, wachte ich eines Morgens auf und sah ein fremdes Schiff in der Bucht.

Im Hafen sah man eine kleine Menschenmenge, die das Einfahren des Schiffes beobachtete. Es war ein langes Schiff, und es hatte nur ein einziges Segel, mit seltsamen Zeichen darin. Es schien mit Galeerensträflingen bemannt zu sein.

»Das ist ein arabisches Schiff«, war das Urteil der Mehrheit.

»Nein, ein türkisches«, meinten einige.

Wie immer, wenn Aufregung im Hafen herrschte, ging ich hinunter, weil ich immer noch hoffte, Nachricht von Jake zu bekommen.

Ich beobachtete die Boote, die an Land gerudert wurden, und da geschah das Wunder, ich sah Jake.

Einen Augenblick lang stand ich da und starrte ihn an. Er gab meinen Blick zurück. Und dann war mir, als ob Tausende von Stimmen eine Triumphhymne anstimmten.

Jake war nach Hause zurückgekehrt!

Mord im Sinn

Er stand vor mir... verändert, ja sehr verändert. Er war schmal geworden, so daß er größer aussah denn je. Sein Haar war von der Sonne fast weiß gebleicht, sein Gesicht dunkel verbrannt und faltiger, aber seine Augen waren so blauglänzend wie früher.

Ich flog in seine Arme, eine wilde Freude hatte von mir Besitz ergriffen.

Er hielt mich lange fest, dann löste er sich von mir und sah mir lange und forschend ins Gesicht.

»Immer noch die alte Cat«, sagte er.

»Oh, Jake«, antwortete ich, »so lange, so lange!«

Wir gingen zurück zum Haus, das er staunend betrachtete. Er berührte die Steine, bewunderte es, liebte alles. In all diesen Jahren, wie mußte er davon geträumt haben, von unserem Leben hier, von mir!

»Wir haben keine Vorbereitungen treffen können, dich willkommen zu heißen«, begann ich. »Hätten wir es gewußt, hätte ich ein riesiges Fest veranstaltet.«

»Ist schon gut«, antwortete er. »Es genügt, endlich wieder zu Hause zu sein.«

So viel gab es zu erzählen, so viel zu besprechen. Nur Stück für Stück erfuhr ich von der Geschichte, die Jake während dieser Jahre erlebt hatte.

Ich erfuhr, daß sie auf die Spanier getroffen waren und daß Jake seine Flotte verlassen hatte, um eine Galeone zu verfolgen.

Dem Spanier war die Flucht gelungen. Der ›Springende Löwe‹ war nicht unbeschädigt aus dem Getümmel herausgekommen, und da Jake wußte, daß sein Schiff die große Reise nicht fortsetzen konnte, war er dazu gezwungen gewesen, einen geeigneten Ort zu finden, um ihn dort zu reparieren. Das war nicht leicht an einer Küste, an der die Spanier jeden Moment auftauchen konnten. Jake kannte die Barbary Coast, und er kam auf die Idee, daß er die dortigen Eingeborenen entweder überreden oder zwingen könnte, ihm bei den Wiederinstandsetzungsarbeiten zur Hand zu gehen.

Und dann folgte eine Geschichte der Enttäuschungen, des Elends und der Mühen!

Ich erlebte noch nachträglich seinen Zorn darüber, daß er, nachdem er sein Schiff verlassen und mit seinen Männern ungefähr fünfzig Meilen ins Landesinnere gepilgert war, von Spaniern gefangengenommen worden war.

Der stolze Jake als Gefangener in spanischen Händen! Wie wütend er gewesen sein muß!

Natürlich erzählte er die Geschichte nicht auf einmal. Ich erfuhr sie in Bruchstücken, Abenteuer für Abenteuer. Im Laufe der Zeit erst konnte ich alle schrecklichen Einzelheiten herausbekommen, die ihn so lange von mir ferngehalten hatten.

Ich hörte davon, wie er und seine Männer in Ketten gelegt und durch den Dschungel getrieben worden waren, erfuhr von den Moskitos, von denen sie gepeinigt, manche von ihnen sogar zu Tode, und von den Blutegeln, die ihnen an den Schenkeln geklebt hatten, wenn sie sich in einem Fluß abkühlen wollten. Das Schlimmste aber sei das Bewußtsein gewesen, Sklave der Spanier zu sein.

Er muß wohl zwei Jahre im Dschungel verbracht haben, bevor sie nach Spanien gebracht wurden, Jake und dreißig Mitglieder seiner Mannschaft, die bis dahin noch überlebt hatten. Sie wußten, was ihnen bevorstand: die Inquisition. Für einen Mann, der einzig und allein zur See fuhr, um spanische Schiffe zu kapern und zu versenken, würde es keine Milde geben.

Zum Glück für Jake – obwohl es komisch klingt, unter solchen Umständen von Glück zu sprechen – begegnete die Galeone, mit der sie durchs Mittelmeer segelten, einigen türkischen Piratenschiffen, und in dem darauffolgenden Gefecht wurde die Galeone vernichtend geschlagen. Jake und seine Männer, die im Schiffsrumpf aneinandergekettet lagen, wurden von den Türken gefangengenommen.

Jake und die Mitglieder seiner Mannschaft wurden auf dem Sklavenmarkt verkauft. Sie kamen zusammen auf eine Galeere, und dort mußten sie rudern, jahrein, jahraus. Jake hatte jedes Zeitgefühl verloren, aber sein Wille, eines Tages zu fliehen, war geblieben. Und den übertrug er auch auf seine Männer: Eines Tages werden wir zurück nach England gehen!

Er erzählte mir, wie er von der Heimkehr geträumt hatte. Niemals hatte er sich auch nur einen Augenblick gestattet zu denken, sie könnte ihm nicht gelingen. Nie hatte er die Hoffnung verloren.

Lebhaft erzählte er mir von den stinkenden Galeeren, von der endlosen Schwerarbeit, von der Trommel, die den Takt anschlug, von dem Antreiber, der seine Peitsche schwang, gegen die, die erlahmten.

»Oh, Jake«, weinte ich, »wie muß dich das verändert haben!«

Aber er war noch der alte. Und er war zurückgekommen. Alle Seeleute wissen, daß sie immer auf furchtbare Gefahren gefaßt sein müssen. Er hatte während seiner ganzen Seefahrerzeit Glück gehabt, bis auf diesen Tag, da er ein spanisches Schiff verfolgt und ihn ein Mißgeschick in ein Land verschlagen hatte, das bereits von den Spaniern besetzt war.

»Immer habe ich auf den rechten Zeitpunkt gewartet«, sagte er, »jeden Augenblick habe ich vorausgeplant. Manchmal haben sie uns die Ketten abgenommen, sie mußten uns ja am Leben erhalten. Ich habe eine gute, treue Bande, und so einen Augenblick haben wir genützt.«

Mehr würde er mir später erzählen. Es sollten noch viele scheußliche Einzelheiten folgen, aber zuerst wollte ich wissen, wie er heimgekommen war.

Er hatte mit ungefähr fünfzig Sklaven den Kapitän des türkischen Schiffes überwältigt, hatte es in Besitz genommen und war mit ihm dann nach vielen weiteren Abenteuern auf See nach Plymouth zurückgesegelt.

Ich bestand darauf, daß er so schnell nicht mehr weggehen sollte. Ich wollte ihn wieder gesund pflegen.

Er lachte mich aus, er wäre so stark wie eh und je. »Mühsal hat einem Mann noch nie geschadet«, meinte er.

Aber er schien es zufrieden, zu Hause zu bleiben. Der ›Springende Löwe‹ war verloren, er mußte ein neues Schiff bauen. Und er wollte es selbst wachsen sehen.

Er war beglückt zu hören, daß die Jungen mit Drake unterwegs gewesen waren. Sie würden jeder ein eigenes Schiff bekommen, versprach er ihnen.

Ich glaube, ich war glücklicher als je zuvor in meinem Leben. Ich hatte zu mir selbst gefunden. Vielleicht hatte ich Jake während seiner langen Abwesenheit glorifiziert, denn da und dort mußte ich mich doch erst wieder an ihn gewöhnen. Ich hatte vergessen, wie rauh er sein konnte, wie anspruchsvoll; und seine Vorliebe für Streit hatte er auch nicht verloren. Obwohl ich tief im Herzen über seine Rückkehr jubelte, stritten wir endlos und erbittert.

Immer noch verhöhnte er mich, daß ich nicht in der Lage gewesen wäre, ihm einen Sohn zu schenken, und ich war ärgerlich mit ihm, weil er immer noch geneigt war, Linnet zu ignorieren, obwohl es kein attraktiveres, ihm ähnlicheres Mädchen geben konnte.

Auch sie mochte ihn nicht allzu sehr. Ich glaube, wenn von ihm die Rede gewesen war, hatte ich ein Bild gezeichnet, das sie jetzt für falsch hielt. Sie lagen sich andauernd in den Haaren.

Zu meiner großen Freude empfing ich kurz nach Jakes Rückkehr. Diesmal mußte es ein Junge werden.

Wie sehr ich mich nach diesem Sohn sehnte, geboren von einer neuen Catherine, einer Frau, die zu sich selbst gefunden und die wußte, daß das Schicksal es gut mit ihr gemeint hatte. Jake war mir zurückgegeben worden, und was immer wir uns auch im Streit an den Kopf warfen, ich wußte, ohne ihn gab es für mich kein Glück.

Das war eine wundervolle Entdeckung. Jetzt, da er zurück war, wollte ich verzweifelt einen Sohn für ihn haben.

Jake war eifrig mit dem Bau seines neuen Schiffes beschäftigt. Er genoß die Gesellschaft von Carlos und Jacko, und Romillys Penn, der jetzt 13 Jahre alt war, betete ihn an. Die Monate verstrichen. Jake erzählte oft von seinen Abenteuern, und immer klarer formte sich für mich das Bild jener Jahre.

Einmal sagte ich zu ihm: »Jetzt, da Ihr zu Hause seid und in Sicherheit, wollt Ihr vielleicht nie mehr zur See fahren.«

Erstaunt sah er mich an und brach in Lachen aus: »Seid Ihr verrückt? Wozu baue ich denn mein neues Schiff? Wie könnte ein Seemann je das Meer aufgeben? Ich habe noch eine Rechnung mit den Spaniern zu begleichen.«

Er hatte sich wirklich kaum verändert.

Oft sprach er von dem Sohn, den wir haben würden. »Unser Sohn«, sagte er dann. »Er wird der Beste von allen. Wir werden ihn Jake nennen, nach seinem Vater.«

Ich würde ihn sowieso nicht anders nennen.

Er hatte einen Namen für sein neues Schiff, einen Löwennamen natürlich: ›Triumphierender Löwe‹. Der junge Löwe sollte den alten rächen. Er sollte noch kräftiger werden, seine Krallen noch schärfer, seine Zähne noch tödlicher. Dieser Löwe würde die Spanier endgültig vom Meer vertreiben.

Alles stand für die Geburt bereit. Die Hebamme war schon eine Woche vorher im Haus. Wir wollten keinerlei Risiko.

Und mein Kind wurde geboren.

Ich lag in meinem Bett und empfand das seltsame Gemisch von Erschöpfung und Triumph, das jede Mutter kennt. Bis ich die

Wahrheit erfuhr. Mein Kind lebte und es war gesund – nur, es war wieder ein Mädchen.

Jake kam herein. Ich sah sein wutverzerrtes Gesicht.

»Ein Mädchen«, sagte er. »Schon wieder ein Mädchen!«

Tränen brannten mir in den Augen, liefen mir über das Gesicht. Ich fühlte mich so schwach von der gerade überstandenen Schinderei; sein Anblick jetzt, so ärgerlich, so bitter, war mehr, als ich ertragen konnte.

Linnet war an meinem Bett. »Mutter, es ist wunderbar, ich habe eine Schwester«, rief sie aus, »eine kleine liebe Schwester! Werde bald wieder gesund, liebste Mutter.«

Sie beugte sich nieder und küßte mich, und als Jake aus dem Zimmer ging, ging sie ihm nach.

Ich hörte ihre Stimme: »Ihr seid ein schlechter Mensch! Ein grausamer Mann! Sie hat gelitten, und Ihr kümmert Euch nicht darum! Alles, was Euch interessiert, ist ein Sohn! Ich hasse Euch!«

Ich hörte es klatschen und dachte: Jetzt hat er sie geschlagen.

Ich versuchte aufzustehen, aber es gelang mir nicht. Die Hebamme hielt mich zurück.

»Ich werde Euch das Baby bringen, ein süßes kleines Mädchen.«

Sie legte es mir in den Arm und ich liebte es.

Ich beschloß, sie Damask zu nennen, nach meiner Mutter.

Hinterher war Jake die Reue selbst. Er, ein Mann, der nie seine Gefühle hatte verbergen können, war auch nicht in der Lage gewesen, an meinem Bett seine bittere Enttäuschung zu unterdrücken.

Er kam, um das Baby anzusehen. Und wieder konnte er sein Unglück nicht verheimlichen, als er in das verknitterte Gesicht seiner zweiten Tochter blickte.

»Es scheint, Ihr und ich sollen keine Söhne haben«, sagte er.

»Es scheint so, und Ihr seid selbst daran schuld. Ihr habt mich ausgesucht, die Mutter Eurer Söhne zu werden. Das war ein Fehler. Ihr hättet nicht mich zur Frau nehmen sollen.«

Plötzlich lachte er.

»Es hat keinen Sinn, über etwas zu streiten, was nicht zu ändern ist.«

»Nein«, gab ich zu. »Wir machen alle unsere Fehler und müssen dann für sie büßen.«

»Tod und Teufel! Endlich sind wir einer Meinung! Dann habe ich eben noch eine Tochter, und sie wird genauso heranwachsen wie ihre Schwester!« Er fuhr sich an die Wange. »Der kleine Teufel, sie hat mich geschlagen. Warf mir vor, ich hätte Euch schlecht behandelt, und, schnell wie ein Blitz, hatte sie ihre Hand erhoben und mir auf die Backe geschlagen. Dieser jungen Dame wird man noch eine Lehre erteilen müssen.«

»Paßt nur auf, daß sie Euch nicht eine erteilt.«

»Nicht nur, daß ich eine Frau habe, die mir keine Söhne gebären kann, ich habe noch ein zanksüchtiges Mannweib als Tochter. Mein Gott, das ganze Haus ist gegen mich!« Und plötzlich ballte er noch einmal seine rechte Faust und schlug sie gegen die Innenfläche seiner linken Hand. »Ich wollte einen Sohn! Mehr als alles in der Welt wollte ich einen Sohn!«

Wir hatten einen Jungen im Haus, Romillys Penn, und nach Damasks Geburt wuchs Jakes Interesse an ihm. Penn war ein gescheiter Bursche, furchtlos, und entwickelte großes Interesse an Schiffen und Meer. Jake hatte ein Modell des ›Springenden Löwen‹ und hatte den Jungen einmal dabei erwischt, wie er es auseinandernahm. Normalerweise hätte er dafür eine anständige Strafe erhalten, aber Jake war nachsichtig, ließ Gnade vor Recht ergehen und zeigte ihm statt dessen, wie das Schiff gehandhabt wurde. Es amüsierte mich, ihnen zuzuschauen, wie sie das kostbare Modell draußen im Teich zusammen ausprobierten.

Romilly strahlte vor Freude. Ich traf sie am Teich, wie sie, ihre Hände fast in Ekstase gefaltet, Jake und ihren abenteuerlustigen Penn zusammen beobachtete. Sicherlich hoffte sie, Jake würde für Penn genausoviel tun wie für Carlos und Jacko, und ich war sicher, das würde er auch. Penn hatte das Meer im Blut, denn sein Großvater war, wie Jake oft betonte, der beste Kapitän, der je mit ihm gesegelt war.

Mit jedem Monat, der verging, mehrten sich die Stimmen über die wachsende Macht Spaniens. Die gefangene schottische Königin war noch immer eine Gefahr. Und immer wieder gab es Gerüchte von Bestrebungen, sie auf den englischen Thron zu setzen und den katholischen Glauben in England wieder einzuführen.

Die Königin hofierte ihre Seeleute. Die Neuigkeiten von der riesigen Schiffsflotte, die Philipp von Spanien bauen ließ, war in aller Munde. Die Leute bejubelten jedes englische Schiff, das einen Hafen anlief, so als ob sie es als Schutz vor den Schrecken betrachteten, die die Spanier über uns bringen würden.

Die alten Seeleute im Hafen unterhielten sich über die Spanier. Der eine oder andere von ihnen war in spanischer Gefangenschaft gewesen. Einer war vor die Inquisition geschleppt und gefoltert worden; aber irgendwie war es ihm gelungen zu entkommen.

Der hatte viel zu erzählen: Die Leute sollten sich darauf gefaßt machen, daß die Schiffe der Armada nicht nur Kanonen und Kämpfer bringen würden, sondern auch Folterinstrumente, mit denen verglichen die Folterbank und die Daumenschrauben Kinderspielzeug waren.

John Gregory, der immer noch bei uns war, hatte offensichtlich Angst. Ich wollte nicht darüber nachdenken, was ihm passieren würde, wenn er den Spaniern ein zweitesmal in die Hände fallen sollte.

Zu diesem Zeitpunkt bestand bereits fast offener Krieg zwischen England und Spanien. Philipp hatte erklärt, er würde jedes englische Schiff, das er auf dem Meer anträfe, beschlagnahmen. Elisabeth drohte mit Vergeltungsmaßnahmen. Sie stattete 25 Schiffe aus, um Rache zu nehmen für das Unrecht, das ihr und ihren tapferen Seeleuten angetan worden war. Wer sollte so ein großes Unternehmen leiten, wenn nicht Sir Francis Drake? Und er stach mit der ›Elizabethan Bonaventure‹ in See, Rache im Herzen.

Wir vernahmen viele Geschichten über seine Heldentaten. Daß er spanische Häfen überfallen und enorme Schätze erbeutet hätte. Drake segelte weiter nach Virginia, wo er eine Konferenz mit den Kolonisten abhielt, die von Sir Walther Raleigh dorthin geschickt worden waren.

Bald danach wurden zwei äußerst interessante Produkte nach England importiert: Die Kartoffel, die uns sehr gut schmeckte und die wir immer mehr zu Fleisch und Gemüse servierten, und Tabak, ein Kraut, dessen Blätter zusammengerollt und geraucht wurden.

Es waren unruhige Zeiten. Nie konnten wir sicher sein, nicht eines Tages vor unseren Fenstern die spanische Armada auf uns zusegeln zu sehen. Jake sagte, das wäre Unsinn. Wir würden natürlich rechtzeitig von ihrem Kommen gewarnt werden. Sir Francis Drake und Männer wie er selbst wären immer auf der Hut, wir sollten keine Angst haben. Die Spanier seien noch nicht soweit, aber wenn sie kämen, wir waren bereit, sie gebührend zu empfangen.

Er hatte beschlossen, sich nicht weit von zu Hause wegzubewegen, bis dieser Konflikt mit Spanien ausgestanden war, und er stellte der Königin seine Schiffe zur Verfügung. Nur gelegentlich machte er einen Raubzug in einen spanischen Hafen. Er wollte gegenwärtig sein, wenn die große Konfrontation stattfinden würde.

Aber Jake schien sich doch auch selbst etwas verändert zu haben.

Er schien es zu genießen, zu Hause zu sein. Er wurde sogar häuslich. Er beachtete Damask immer noch nicht, aber er beobachtete Linnet andauernd, und die Tatsache, daß sie ihn verachtete, schien ihn zu amüsieren. Für Penn war er ein Held; der Junge folgte ihm unentwegt in vorsichtiger Entfernung, bis Jake ihn entweder anbrüllte, er solle sich aus dem Staube machen, oder sich herabließ, ein paar Worte mit ihm zu reden.

Jake erschien mir irgendwie abgeklärt, er entwickelte eine gewisse Zufriedenheit. Er hatte sich damit abgefunden, daß wir keinen Sohn mehr haben würden.

Zu meinem Geburtstag schenkte er mir ein mit Rubinen besetztes Kreuz, ein wunderschönes Schmuckstück. Ich wunderte mich, ob er es wohl aus einem spanischen Hause erbeutet hatte, aber ich fragte ihn nicht, weil ich ihn nicht über mein Geburtstagsgeschenk ausfragen wollte.

Er liebte es, wenn ich es trug, also trug ich es oft.

Ein paar Wochen nachdem er mir das Kreuz geschenkt hatte, begann ich des öfteren an Kopfschmerzen zu leiden. Wenn dem so war, pflegte ich in meinem Zimmer zu speisen, und Jennet brachte mir mein Essen. Trotz unserer gelegentlichen Auseinandersetzungen hatte ich sie als meine persönliche Dienstmagd behalten.

Jake hatte wenig Verständnis für körperliche Gebrechen. Ihm fehlte nie etwas, und da er keine Einfühlungskraft besaß, konnte er sich nicht vorstellen, wie einem dann zumute war.

Wenn ich mich nicht wohl fühlte, blieb ich am liebsten allein in meinem Zimmer. Dann kam Linnet zu mir, und wir unterhielten uns. Sie war sehr zärtlich und hatte mir gegenüber eine beschützende Haltung eingenommen, die mich amüsierte, war ich doch immer sehr gut in der Lage gewesen, auf mich aufzupassen.

Bei einer dieser Gelegenheiten brachte mir Jennet eine Suppe, die aus diesen neuen Kartoffeln, Pilzen und Fleisch gekocht war.

Sie war schmackhaft und ich genoß sie sehr, aber in der Nacht wurde mir plötzlich übel. Mir war sterbenselend, ich fieberte und wunderte mich schon, ob irgend etwas in der Suppe war, das mir nicht bekommen war. Vielleicht waren die Pilze schuld?

Ich ging zur Köchin, die mir sagte, andere hätten auch von der Suppe gegessen und wären nicht krank geworden. Ich sah, sie hatte Angst, ich könnte schließlich doch noch Schweißfieber bekommen haben.

Ich sagte: »In der Suppe waren doch Pilze, und es gibt Giftpilze, die aussehen wie eßbare. Könnte es nicht sein, daß ein Giftpilz darunter war?«

Das beleidigte die Köchin natürlich. Kochte sie nicht bereits seit zwanzig Jahren für uns? Und als wenn sie nicht einen Giftpilz von einem Speisepilz unterscheiden könnte.

Es dauerte einige Tage, bis ich wieder genesen war, und eine Woche später hatte ich den Zwischenfall bereits vergessen; bis es wieder passierte.

Ich hatte in meinem Zimmer ein halbes Hühnchen mit Brot verspeist und dazu einen Humpen Bier getrunken, aber das Bier hatte, wie ich bemerkte, einen komischen Geruch.

Zum Glück hatte ich noch nicht viel davon getrunken, trank dann überhaupt nichts mehr, denn plötzlich kam mir ein schrecklicher Gedanke.

Ich hatte von der Suppe gegessen. Andere auch, aber ich war krank geworden. Meine war in mein Zimmer hinaufgebracht worden. Was war unterwegs mit ihr geschehen?

Ich roch an dem Bier und war mehr und mehr davon überzeugt, daß etwas damit nicht in Ordnung war.

Jemand hatte auf dem Weg in mein Zimmer etwas hineingemischt. Aber wer?

Ich fand einen Krug und goß etwas von dem Bier hinein, den Rest goß ich aus dem Fenster.

Mir war schlecht. Ich war sicher, das Bier war vergiftet worden.

War es möglich, daß in diesem Hause jemand war, der mich vergiften wollte?

Ich nahm den Krug aus der Schublade und roch daran. Da war ein Bodensatz.

O Gott, dachte ich, jemand will mich wirklich umbringen. Jemand aus diesem Haus. Wer nur konnte das wollen? Jake!

Warum dachte ich sofort an ihn? Jake hatte mich doch auserwählt! Allerdings dazu, die Mutter seiner Söhne zu werden! Konnte es möglich sein, daß er sich so sehr nach Söhnen sehnte, daß er... das konnte ich einfach nicht glauben.

Ein Menschenleben bedeutete Männern wie Jake zwar wenig. Ich sah noch lebhaft die Szene vor mir, da Jake Felipe sein Schwert durch den Körper stieß. Wie viele Menschen hatte er bereits getötet? Hatte ihn sein Gewissen deshalb je geplagt? Aber das waren Feinde, Spanier! Ich war seine Frau!

Aber wenn er mich aus dem Wege schaffen wollte...

Ich stand an meinem Fenster und schaute hinaus. Ich konnte nicht zu ihm gehen. Zum erstenmal fühlte ich mich außerstande, ihm vor die Augen zu treten. Bisher war ich mir immer bewußt gewesen, daß er mich brauchte, jetzt bezweifelte ich es.

Ich trat vor den Spiegel und sah mich an. Ich war nicht mehr jung. Ich war Mitte Vierzig und fast zu alt, Söhne auf die Welt zu bringen. Selbst merkt man gar nicht, daß man älter wird, man fühlt sich, als wäre man noch zwanzig... na, sagen wir fünfundzwanzig, und glaubt auch, man sei nicht älter. Aber die Jahre hinterlassen ihre Merkmale. Die Ängste und Sorgen des Lebens graben Furchen um Mund und Augen.

Ich war kein junges Mädchen mehr. Er war auch kein junger Mann, aber Männer wie Jake fühlen ihr Alter nicht. Sie begehren immer noch junge Frauen und glauben, das wäre ihr gutes Recht.

Ich ging zurück ans Fenster und setzte mich. Leise öffnete sich die Türe, und Linnet stand neben mir.

»Mutter, was tust du hier?«

»Ich habe aus dem Fenster geschaut.«

»Fühlst du dich nicht wohl?«

Sie trat näher und schaute mich prüfend an.

»Bist du krank?«

»Nein, nur ein wenig Kopfschmerzen.«

Ich brachte die Flasche zu einem Apotheker am Hafen. Ich kannte ihn gut. Er mischte Parfums für mich, und oft kaufte ich seine Kräutermischungen.

Ich fragte, ob ich ihn alleine sprechen könnte, und er führte mich in einen kleinen Raum hinter dem Laden. Von den Deckenbalken hingen Kräuter zum Trocknen, es roch angenehm.

»Könntet Ihr mir wohl sagen, was dieses Bier enthält?« fragte ich ihn.

Er sah mich erstaunt an.

»Ich hatte das Gefühl, es schmeckt nicht so, wie es schmecken sollte, und ich dachte, Ihr könntet mir vielleicht sagen, warum nicht.«

Er nahm die Flasche und roch daran.

»Wer braut Euer Bier?«

»Ich glaube nicht, daß es etwas mit dem Braumeister zu tun hat, der Rest im Faß ist in Ordnung.«

»Dann ist etwas hineingemischt worden. Könntet Ihr mir ein wenig Zeit lassen? Dann werde ich vielleicht herausfinden, was.«

»Bitte«, sagte ich. »Ich komme übermorgen wieder.«

»Ich glaube, bis dahin habe ich eine Antwort für Euch.«

Ich ging nach Lyon Court zurück. Plötzlich schien eine Bedrohung für mich dort zu lauern. Die Löwen, die die Vorhalle bewachten, schauten verschlagen, grimmig und finster aus. Ich hatte das Gefühl, von einem der Fenster aus beobachtet zu werden, von welchem allerdings konnte ich nicht sagen.

Der Gedanke ließ mir keine Ruhe: Irgend jemand im Haus will mich aus dem Wege haben.

Ich war jetzt davon überzeugt, daß meine Suppe vergiftet worden war. Und mein Bier auch.

So viel hing davon ab, was der Apotheker mir in zwei Tagen sagen würde!

Ich schlief schlecht, war blaß und hatte dunkle Schatten unter den Augen. Ich lag im Bett, Jake neben mir. Und ich fragte mich immer öfter: Will er mich los sein?

Ich dachte an ein Leben ohne ihn und fühlte mich unglücklich und verlassen. Ich wollte ihn hier bei mir haben, ich wollte, daß er mich immer noch begehrte. Ich wollte mit ihm streiten. Kurz und gut, ich wollte wieder mein altes Leben mit ihm.

Aber er war anders geworden. Ich dachte, weil er sich Sorgen wegen des kommenden Krieges mit den Spaniern machte. Aber war dem wirklich so?

Seltsame Dinge geschahen.

Mit einer Kerze in der Hand stieg ich hinauf auf den Turm, in dem ich während des Tages vermutlich eine Schleife von meinem Kleid verloren hatte. Ich war allein in diesem Flügel des Hauses. Normalerweise hätte ich mir deswegen keine Gedanken gemacht, aber in letzter Zeit war ich nervös geworden und erschrak bei dem geringsten Geräusch. Als ich die Wendeltreppe hinaufstieg, dachte ich, über mir ein Geräusch zu hören. Ich blieb stehen. Die Kerze in meiner Hand warf einen verlängerten Schatten auf die Wand. Er sah aus wie ein groteskes Gesicht – aber es war nur der Schatten des Kerzenhalters.

Ich stand ganz still. Ich war überzeugt davon, jemanden über mir atmen zu hören. Die Windung der Treppe machte es mir unmöglich, mehr als ein paar Stufen vorauszusehen. Ein kalter Schauder lief mir über den Rücken. Alle meine Instinkte warnten mich, daß ich in Gefahr war.

»Wer ist da?« rief ich.

Keine Antwort, aber ich hatte das Gefühl, jemand hätte die Luft angehalten.

»Kommt herunter, wer immer Ihr auch seid!«

Immer noch keine Antwort.

Ich stand auf der Treppe wie festgewurzelt. Ein paar Sekunden konnte ich mich nicht bewegen. Jemand wartete dort oben auf mich... jemand, der mich zu Mary Lees Hütte geschickt, jemand, der Gift in meine Suppe und mein Bier gemischt hatte.

Mein Verstand sagte mir: Geh nicht da hinauf. Versuch nicht, herauszufinden, wer dort ist. Dies ist nicht der richtige Zeitpunkt. Es könnte tödlich sein, wenn du noch einen Schritt machst.

Ich dachte, ich hörte ein Dielenbrett knarren, drehte mich um und rannte, so schnell ich konnte, hinunter.

Ich ging in mein Zimmer und legte mich aufs Bett. Mein Herz schlug wie wild, ich war zu Tode erschrocken. Das sah mir gar nicht ähnlich, aber die letzten Ereignisse hatten mich mehr mitgenommen, als ich mir eingestehen wollte, und ich war nicht so gesund wie sonst.

Ich muß stark sein, dachte ich. Ich muß herausfinden, was da los war. Ich muß wissen, ob es wirklich jemanden gab, der mich bedrohte.

Du weißt es doch, sagte eine innere Stimme.

Aber ich glaube es nicht, gab ich mir als Antwort. Das könnte er nicht. Ich weiß, er hat schon oft getötet. Er hat sich genommen, was er haben wollte... immer. Nein, aber das konnte nicht möglich sein.

Warum aber nicht, wenn er mich nicht länger haben wollte? Warum nicht, wenn ich zwischen ihm und einer Frau stand, die er haben wollte? Einer jungen Frau vielleicht, die ihm Söhne gebären könnte.

Plötzlich ging die Zimmertür auf. Ich wußte, es war Jake, der da hereinkam, und schloß die Augen.

War er direkt vom Turm hergekommen? Was würde er jetzt tun?

Er stellte sich an mein Bett und blickte auf mich herab. Leise flüsterte er meinen Namen, diesmal brüllte er ihn nicht, wie er es sonst so oft tat.

Ich gab keine Antwort. Ich konnte ihm mit diesem scheußlichen

Verdacht nicht in die Augen sehen. Ich konnte ihn doch nicht einfach fragen: »Jake, willst du mich umbringen?«

Ich hatte Angst.

Also tat ich so, als ob ich schliefe, und nach einiger Zeit ging er wieder.

Wieder ging ich zum Apotheker.

Er verbeugte sich, als er mich sah, und bat mich in den Raum, in dem die Kräuter auf den Eichenbohlen trockneten. »Ich habe Spuren von Ergot in Eurem Bier gefunden«, sagte er.

»Ergot?«

»Das ist ein Parasit, der auf Gras wächst, oft auch auf Roggen, ein Pilz. Er enthält zwei Giftstoffe, die als Ergotoxine bekannt sind, Ergometrin und Ergotamin. Sehr giftig.«

»Wie konnte das Gift in das Bier gelangen?«

»Jemand muß es hineingegeben haben.«

»Wie?«

»Die Halme kann man kochen, der Sud könnte beigemischt worden sein. Es sind schon Leute an Brot gestorben, das aus parasitenverseuchtem Roggen gebacken worden ist.«

»Das Bier, das ich Euch gebracht habe, war also vergiftet?«

»Es enthielt Ergot.«

Ich dankte ihm und bezahlte ihn reichlich für seine Mühe. Ich bat ihn, im Augenblick mit niemandem darüber zu sprechen, und er gab mir taktvoll zu verstehen, daß er meine Wünsche respektieren wollte.

Als ich zurück zum Lyon Court wanderte, versuchte ich mich daran zu erinnern, was ich von meiner Großmutter über Kräuter, die auf den Feldern wuchsen und die zur Verfeinerung der Speisen benutzt werden, gelernt hatte.

Ich erinnerte mich, daß sie einmal gesagt hatte: ›Du mußt nur den Unterschied zwischen den guten und den schlechten kennen, das ist das ganze Geheimnis, Catherine. Nimm zum Beispiel die Pilze. Viele Menschen sind schon an Pilzen gestorben, dem Wohlschmeckendsten, was es gibt. Gibt es doch auch giftige Arten, die sich auf den Feldern maskieren, wie Menschen das im Leben tun. Du darfst dich also nicht von ihrer äußeren Erscheinung täuschen lassen. Nimm den Fliegenpilz, der sieht wirklich gefährlich aus. Der Hellebor stinkt zum Davonlaufen. Aber der Knollenblätterpilz sieht so weiß und unschuldig aus wie ein Speisepilz.‹

Die verschiedenen Namen der Pilze hatten mich damals amüsiert, auch der Ernst meiner Großmutter. Vielleicht erinnerte ich mich deshalb noch so deutlich daran.

Jemand hatte mir einen Knollenblätterpilz in die Suppe getan oder sonst einen Giftpilz. Jemand hatte Ergot in mein Bier gemischt, und vor langer Zeit hatte mich jemand zu Mary Lee geschickt. Dieser Jemand wollte meinen Tod.

Wenn ich mein Leben retten wollte, mußte ich herausfinden, wer mein möglicher Mörder war.

Ich lachte mich aus: Das weißt du doch!

Aber ich wollte es nicht glauben. Ich konnte es nicht glauben... damals noch nicht. Erst viel später.

Wie seltsam, daß man lange Zeit nicht sieht, was für andere offensichtlich ist. Aber plötzlich entdeckt man etwas, man sieht mit einemmal Zusammenhänge, und die Wahrheit kommt zutage.

Ich schaute aus dem Fenster und sah die drei am Teich. Romilly, Jake und Penn.

Penn hatte ein neues Schiffsmodell und ließ es auf dem Teich segeln. Jake kniete neben ihm und führte das Schiff. Ich sah, daß er Penn etwas zeigte.

Romilly stand mit verschränkten Armen daneben, die Sonne schien auf ihr üppiges Haar, sie hatte so etwas an sich. Schließlich wußte ich es: Sie sah selbstgefällig aus und zufrieden. Und danach wußte ich alles.

Romilly und Jake! Als junges Mädchen hatte er sie in dieses Haus gebracht – war sie zwölf oder dreizehn gewesen? Es schien ihr nicht viel ausgemacht zu haben, als ich den Hauslehrer in Jennets Bett entdeckte. Er hatte ihr nichts bedeutet! Aber sie war doch bereit gewesen, ihn zu heiraten? Wohl weil sie wußte, sie würde ein Kind bekommen!

Jake hatte gesagt: »Wir müssen uns um sie kümmern. Ihr Vater war einer der besten Seeleute, mit denen ich gesegelt bin.«

Er hatte nicht hinzugefügt: »Und sie ist meine Geliebte.«

Aber das war sie natürlich.

Als Jake in unser Schlafzimmer kam, sagte ich zu ihm:

»Penn ist Euer Sohn, nicht wahr?«

Er machte keinen Versuch zu leugnen.

»Unter meinem eigenen Dach...«

»Es ist mein Dach«, sagte er kurz.

»Sie ist Eure Geliebte.«

»Sie hat mir einen Sohn geboren.«

»Ihr habt mich belogen.«

»Das habe ich nicht. Ihr habt mich nicht gefragt. Ihr habt angenommen, es wäre der Hauslehrer, und es gab keinen Grund, Euch aufzuregen, indem ich Euch die Wahrheit sagte.«

»Ihr habt das Mädchen ins Haus gebracht, um sie zu Eurer Geliebten zu machen.«

»Das ist eine Lüge. Ich habe sie hierher gebracht, weil sie ein Zuhause brauchte.«

»Der gute Samariter!«

»Tod und Teufel! Cat, ich überlasse die Tochter eines alten Seemannes in diesem Alter nicht sich selbst.«

»Ihr habt sie nur hierher gebracht, damit sie Euch einen Bastard auf die Welt bringt. Ich möchte nur wissen, was ihr Vater dazu gesagt hätte.«

»Er wäre glücklich gewesen. Er war ein vernünftiger Bursche.«

»Wie ich es besser auch sein sollte, nehme ich an?«

»Nein, das würde ich nicht von Euch erwarten.«

»Natürlich, Ihr seid ja ein rücksichtsvoller Ehemann!«

»Ach kommt, Cat, was geschehen ist, ist geschehen.«

»Und das Mädchen ist immer noch da. Ist wieder etwas Kleines unterwegs?«

»Hört auf damit. Das Mädchen hatte ein Kind, es ist von mir. Jetzt wißt Ihr es. Was ist schon dabei? Ich war zurück von der Seereise, Ihr bekamt gerade eine Tochter. Ich habe jeweils nur wenig Zeit an Land.«

»Ihr mußtet Euch natürlich für Euer Zölibat auf hoher See schadlos halten. Ein anständiges Mädchen zu vergewaltigen und sie in geistiger Umnachtung zurückzulassen, zählt natürlich nicht. Ihr habt Euch wohl nichts vorzuwerfen, Jake Pennlyon?«

»Nicht mehr als andere Männer auch, das könnt Ihr mir glauben. Ach, hört schon auf, Cat. Ich habe das Mädchen genommen, was ist schon dabei? Sie hat einen prächtigen Jungen, der ihr ganzes Glück ist.«

»Und das Eure.«

»Warum auch nicht? Von Euch bekomme ich ja keine Söhne. Einem Spanier schenkt Ihr einen Sohn, aber mir ... Töchter ... nichts als Töchter!«

»Ich hasse Euch! Ich hasse Euch wirklich!«

»Das habt Ihr, weiß Gott, oft genug gesagt. Mit der Wiederholung verliert es an Gewicht.«

»Ich habe gedacht, wir könnten ein gutes Leben zusammen haben. Ich habe mir vorgestellt, wie wir mit unseren Enkeln im Garten sitzen... und Ihr zufrieden...«

»Ich bin nicht unzufrieden. Soviel ich weiß, habe ich drei prächtige Söhne. Ich würde mich von keinem trennen wollen. Versteht das doch, Cat. Von keinem. Ich bin stolz auf sie. Stolz, sage ich.«

»Stolz auf die Art und Weise, wie sie empfangen worden sind, das bezweifle ich nicht im geringsten. Einen durch Vergewaltigung eines unschuldigen Kindes, einen von einem lüsternen Dienstmädchen und den dritten von diesem hinterhältigen, kriecherischen... Insekt, das in mein Haus gekrochen kam... eine arme kleine Waise, die den Hauslehrer verleumdet hat und mich auslacht, weil sie ein Kind von Euch hat.«

»Kommt, Cat, das ist doch schon so lange her.«

»Lange her? Ist sie nicht noch immer Eure Geliebte? Jetzt verstehe ich alles. Die Bänder, die sie sich ins Haar schlingt, die Art, wie sie Euch den Jungen vor die Nase schiebt! Was für Pläne hat sie denn, dieses hinterhältige kriecherische Ding? Was erhofft sie sich eigentlich? Meinen Platz einzunehmen?«

Ich hatte das Gefühl, er wurde vorsichtig. »Wie denn das? Redet keinen Unsinn, Cat.«

»So, Unsinn ist das?« fragte ich gedehnt. »Woher soll ich denn wissen, was in diesem Haus geschieht? Immer werde ich getäuscht. Meine Töchter bedeuten Euch nichts. Aber Eure Bastarde habt Ihr immer in den Himmel gehoben.«

»Es sind meine Söhne.«

»Vielleicht könnte dieses Weib, diese Romilly, Euch noch mehr Söhne gebären. Einen hat sie Euch ja schon geboren. Langsam verstehe, langsam sehe ich alles.«

»Ihr seht, was Ihr zu sehen wünscht. Ihr seid eine arrogante Person. Ihr habt mir immer einen Tanz gemacht, wie keine andere Frau es gewagt hätte. Ihr habt einem Spanier gehört, bevor Ihr mir gehört habt. Ihm habt Ihr einen Sohn geschenkt, und was habe ich bekommen?«

»War das denn meine Schuld? Alles, was geschehen ist, geht auf Euer Konto. Ihr habt Isabella vergewaltigt, Felipes Braut. An Euch wollte er sich rächen. Was bin ich schon je anderes gewesen als eine Figur in Eurem Spiel... in Eurem schrecklichen, grausamen Spiel. Jake Pennlyon, ich wünschte zu Gott, ich hätte Euch nie gesehen! Es war ein böser Tag, als ich Euch damals in dem Hafen begegnet bin.«

»Meint Ihr das wirklich?«

»Von ganzem Herzen«, rief ich aus. »Ihr habt mich erpreßt wegen der Geschichte, die Ihr durch das Kirchenfenster gesehen habt.«

»Ihr habt Euer Spiel mit mir gespielt. Glaubt Ihr wirklich, ich hätte es nicht bemerkt? Ihr habt mich genauso begehrt wie ich Euch.«

»Und deshalb habe ich vorgegeben, Schweißfieber zu haben?«

»Bei Gott, das vergebe ich Euch nie!«

»Was bedeutet das schon – jetzt, wo Ihr Romilly habt? Sie hat Euch einen Sohn geschenkt, sie kann Euch noch mehr Söhne schenken... Söhne... Söhne... so viele Brutjahre ihr noch verbleiben.«

»Das könnte sie«, meinte er.

»Aber es wären nur Bastarde, außer...«

»Wen interessiert das schon? Ich habe drei prächtige Söhne, und ich bin stolz auf sie.«

Ich wollte in diesem Augenblick, daß er mich packte und mich schüttelte, wie er es früher so oft getan hatte. Ich wollte, daß er mir sagte, das sei alles Unsinn. Penn wäre sein Sohn. Er wäre zu ihr gegangen, als ich krank und er tief enttäuscht war, weil ich ihm keinen Sohn geboren hatte. Ich wollte, daß er mir sagte, daß alles vorbei und vergessen sei. Daß er mir zwar untreu war, wie ich wußte, daß er es hundertmal gewesen war... tausendmal, auf seinen langen Reisen, aber...

Aber diesmal war alles anders. Diesmal ging er einfach, und ich habe ihn in dieser Nacht nicht mehr gesehen.

Es stimmte also, sagte ich mir. Er will mich los sein. Er möchte Romilly heiraten, die ihm Söhne gebären kann... legitime Söhne.

Instinktiv wußte ich, daß mein Leben in Gefahr war, und ich wußte, wer es bedrohte. Mein Mann wollte eine andere Frau heiraten, weil sie ihm Söhne gebären konnte.

Diese hinterhältige Kreatur, die sich in mein Haus geschlichen hatte, bedeutete eine Bedrohung für mein Leben.

Nicht, daß sie ihm mehr bedeutet hätte als hundert andere Frauen, aber sie hatte bewiesen, daß sie in der Lage war, ihm einen Sohn zu gebären. Und Männer wie Jake wollten eben Söhne haben. Es war ihre fixe Idee. Das beste Beispiel dafür war unser letzter König, der sich einiger Frauen entledigt hatte. Der Grundanspruch seines Lebens war gewesen: ›Schenk mir Söhne.‹

Der Aufschrei arroganter Männer: ihr Stammbaum muß fortgesetzt werden. Töchter waren ohne jede Bedeutung.

Jake war ein leidenschaftlicher Mann, ein Mann, der immer gewußt hat, was er wollte und der es sich auch geholt hat.

Genau das geschah auch jetzt.

Ich war nicht mehr erwünscht, weil es bei mir keine Hoffnung mehr auf Söhne gab. Er wollte mich aus dem Weg haben.

Ich mußte an Isabella denken und an die stille Intensität von Felipe. Er hatte mich gewollt, er hatte seinen Sohn legitimieren wollen. Isabella hatte seiner Heirat mit mir im Wege gestanden, genau wie ich jetzt Jakes Heirat mit Romilly im Wege stand.

Isabella war am Fuße der Treppe aufgefunden worden, aber sie war nicht die erste, die so gestorben war. Vor langer Zeit hatte man gesagt, die Königin hätte gerne Robert Dudley geheiratet, aber er hatte eine Frau gehabt, und auch sie war tot am Fuße einer Treppe aufgefunden worden.

Nehmt euch in acht, ihr unerwünschten Frauen!

Was sollte ich tun? Ich hätte zu meiner Mutter gehen und ihr sagen können: ›Mutter, laß mich bei dir leben, mein Mann versucht mich umzubringen.‹

Vielleicht sollte ich es meiner Tochter erzählen, aber wie konnte ich? Zu viel Haß war schon im Hause, und irgendwo, ganz hinten in meinem Herzen, war noch der Gedanke, die Hoffnung, daß ich mich doch irrte. Ein Teil meiner selbst sagte: Er würde dich nie umbringen. Er hat dich einmal geliebt – oh, ja, das Gefühl, das er dir entgegengebracht hat, das war Liebe. Du bist immer noch die gleiche, außer daß du eben älter wirst und keine Söhne mehr gebären kannst. Nie würde er dich umbringen. Du hast immer noch die Macht, ihn wütend zu machen, ihn zu ärgern. Wie könnte er die leidenschaftlichen Jahre vergessen, den Spaß, den wir aneinander gehabt haben – denn er hatte Spaß an mir gehabt. Natürlich hatte es Kämpfe gegeben, aber waren nicht gerade diese Kämpfe unser Lebenselixier?

Deshalb verwunderte es mich auch so maßlos und erschien mir gleichzeitig so unmöglich, daß Jake mich töten wollte.

Nachts wachte ich oft auf nach einem vagen Alptraum und zitterte am ganzen Körper.

Jake war viel unterwegs und ich war oft alleine. Er besuchte die Städte entlang der Küste, in denen Vorbereitungen für eine mögliche Invasion der spanischen Armada getroffen wurden.

Einesteils war ich froh darüber, es gab mir Zeit nachzudenken. Ich überdachte viele der kleinen Begebenheiten in unserem gemeinsamen Leben. Ich erinnerte mich lebhaft an Szenen aus der Vergangenheit, und immer sagte ich mir hinterher: Es kann nicht sein, das kann ich mir von ihm nicht vorstellen... nicht von Jake.

Ich weigerte mich, Romilly zu sehen. Sie war natürlich darüber informiert, daß ich wußte, wer Penns Vater war. Jake mußte es ihr gesagt haben.

Auch Penn wurde mir aus dem Wege gehalten, ich sah den Jungen so gut wie nie. Ich konnte ihn nicht ertragen, ihn... stramm, gesund, für den mein Haus sein Zuhause war, ihn, den Jake mit einer anderen Frau gezeugt hatte, zu einer Zeit, als es mir nicht gelungen war.

Linnet machte sich Sorgen um mich. »Mutter, geht es dir nicht gut?« fragte sie immer wieder. Oft mußte ich mich niederlegen, und sie setzte sich neben mich.

Seltsame Dinge geschahen. Eines Nachts, als Jake nicht da war, wachte ich auf und sah eine Gestalt in meinem Zimmer, eine schattenhafte Gestalt in Grau. Sie stand an der Tür. Ich konnte das Gesicht nicht erkennen, denn es sah aus, als wäre es in ein Leichentuch gehüllt.

Ich schrie auf vor Entsetzen, und ein paar Diener kamen in mein Zimmer geeilt.

»Wer war da?« rief ich. »Jemand war in meinem Zimmer, findet heraus, wer das war!«

Sie suchten das ganze Haus ab, konnten aber niemanden finden. Jennet erschien halbverschlafen etwas später. Ich wußte, sie hatte einen weiteren Weg als die anderen – aus dem Bett, das sie mit ihrem Liebhaber teilte.

»Es war nur ein Alptraum«, meinte Linnet. »Ich werde meiner Großmutter schreiben, sie soll dir etwas schicken, das dich wieder gesund macht. Du bist ja nicht mehr du selbst.«

Wer war in meinem Zimmer gewesen und aus welchem Grund? Was war nur mit mir los? Ich bin doch sonst nicht so leicht einzuschüchtern. Warum fühlte ich mich so seltsam abgespannt, was ich sonst gar nicht kannte an mir?

Linnet sagte, ich sollte einen Tag im Bett bleiben, ich hätte einen unerfreulichen Schock gehabt. Sie brachte mir etwas zu essen herauf, und ich fühlte mich sehr schläfrig.

»Gut so, du brauchst eben Ruhe.«

Ich schlief ein, und als ich wieder aufwachte, war die Sonne bereits untergegangen. Ich sah eine schattenhafte Gestalt an meinem Bett stehen und schrie auf. Linnet beugte sich über mich.

»Ist ja alles gut, Mutter. Ich bin bei dir gesessen, während du geschlafen hast.«

Ja, ich hatte mich verändert. Irgend etwas geschah mit mir, ich konnte diese Müdigkeit nicht abschütteln. Mitten am Tag verfiel ich in Tiefschlaf.

Was ist es nur, was mich so verändert, fragte ich mich und dachte an meine Großmutter, die so viel von Kräutern und Pflanzen verstand und mir so viel davon erzählt hatte, als ich ein kleines Kind war. Meine Aufmerksamkeit war oft eigene Wege gegangen, aber meine Mutter hatte immer gesagt: ›Du mußt deiner Großmutter zuhören, wenn sie mit dir spricht, Cat. Sie weiß sehr viel von diesen Dingen, und sie sind ihr wichtig. Wenn sich schreckliche Tragödien in ihrem Leben ereignet haben, ist sie in ihren Garten gegangen und hat Trost bei ihren Kräutern gefunden, und sie ist stolz auf ihre Kenntnisse, so wie du stolz bist auf deine Reitkünste.‹

Um ihr einen Gefallen zu tun, versuchte ich aufmerksam zuzuhören; tatsächlich habe ich auch einiges behalten.

›Cat, in der Erde kannst du alles finden, Leben und Tod, Heilmittel und Gifte, Mittel, die dich wach und lebendig und solche, die dich schläfrig machen.‹

Die dich schläfrig machen! Mohnsaft zum Beispiel, das wußte ich. Mohnsaft war ein gutes Schlafmittel.

Jemand will mich schwächen, dachte ich. Wer war in meinem Zimmer gewesen? Wo im Haus gibt es ein graues Leinentuch? Wer warf es über sich und stellte sich an mein Bett?

Warum sollte ausgerechnet ich, die sich mit Jake Pennlyon angelegt und oft genug als Sieger hervorgegangen war, warum sollte ausgerechnet ich zu einer lethargischen, ängstlichen Person werden?

Das wollte ich herausfinden.

Ich war überzeugt, irgend jemand mischte mir Gift ins Essen. Romilly und Jake arbeiteten sicherlich zusammen. Sprachen sie auch miteinander, wie sie mich am besten loswerden könnten? Sah Romilly sich bereits als Herrin des Hauses? Fragte sie sich schon ungeduldig:

»Wie lange wird es noch dauern?«

Felipe hatte mir nie gesagt, er wollte sich von Isabella befreien.

Und Isabella war gestorben an einem Tag, an dem das gesamte Haus beim auto da fé war und Felipe und ich nicht in der Residenz.

Jake war auch weg. War er absichtlich weg? Hoffte er, wenn er heimkam, mich tot vorzufinden? Zum Beispiel am Fuße der Treppe?

Wer würde mich hinunterwerfen? Wer hatte Isabella hinuntergestoßen? Der Gärtner Edmundo hatte es getan, zumindest hatte er es gestanden. Aber er hatte es für Felipe getan, und es war Felipes Schuld. Wer würde es für Jake tun? Jake war allerdings ein Mann, der solche Dinge selbst erledigen würde. Käme er vielleicht heimlich ins Haus geschlichen, wenn er anscheinend weit weg war? Würde er in mein Zimmer kommen, mich ans Kopfende der Treppe schleifen und hinunterschleudern? Würde er mich zuerst erwürgen? Mit einem feuchten Tuch auf den Mund gepreßt, konnte es geschehen; das hatte ich damals gehört. So war es, wie man sagte, bei Isabella gewesen.

Ich mußte unbedingt wieder zu Kraft und Mut kommen, aber zuerst mußte ich herausfinden, was mich in eine so schwache, wehrlose Kreatur verwandelt hat.

Ich war nicht mehr Jakes Wildkatze, jetzt war ich seine zahme Maus – verängstigt, in der Falle gefangen. Ich war eine Frau geworden, die anderen gestattete, ihren Tod zu planen, und die dabei untätig zusah.

Schluß damit, sagte ich mir.

Nie mehr würde ich auch nur einen Tropfen oder einen Bissen in meinem Zimmer zu mir nehmen. Das bedeutete, man konnte mir nichts mehr unters Essen mischen. Wenn ich bei Tisch aß, konnte ich ja aus denselben Schüsseln essen wie die anderen auch.

Das war der erste Schritt, und es war erstaunlich, um wieviel besser ich mich gleich fühlte.

Wenn Jake weg war, saß ich am Kopfende der Tafel. Romilly aß mit uns zusammen, hinterlistig, mit niedergeschlagenen Augen. Kein Wunder, daß sie nicht wagte, mich anzuschauen. Linnet freute sich.

»Mutter, dir geht es besser«, jubelte sie.

Nach drei Tagen hatte ich wieder meine alte Kraft und lachte mich selbst aus. Ich lachte sogar über den Gedanken, Jake könnte Romilly heiraten wollen. Wie wollte sie seine Zuneigung behalten? Nach einer Woche schon wäre er ihrer Sanftmut müde. Ich war für Jake gemacht, wie Jake für mich gemacht war.

Mehr als zwanzig Jahre hatte es gebraucht und Morddrohungen, bis ich das begriffen hatte.

Und wieder begannen seltsame Dinge zu passieren. Ich suchte in meinem Schrank nach einem Mantel und konnte ihn nicht finden. Ich schickte nach Jennet, man konnte sie nicht finden.

»Dieses Weib ist nicht zu gebrauchen«, ärgerte ich mich.

Ich ging hinaus in den Garten, und dort fand ich sie dann, mitten zwischen den Pflanzen und Kräutern, die wir für den Salat züchteten.

»Ich habe nach dir geschickt«, sagte ich.

»Aber Herrin, ich war doch hier, wie Ihr seht.«

»Ich kann meinen grünen Mantel nicht finden.«

»Aber heute morgen war er noch da, Herrin. Ich habe ihn selbst gesehen, als ich Eure Kleider aufräumte.«

»Jetzt ist er aber nicht mehr da.«

»Wo sollte er denn sein, Herrin?«

Ich ging zurück in mein Zimmer, und sie kam mit.

»Aber er hat doch immer hier gehangen, Herrin!«

»Das hat er nicht.«

»Aber Herrin, er hängt genauso da, wie ich ihn aufgehängt habe.«

»Vor zehn Minuten war er nicht da.«

Ungläubig schüttelte sie den Kopf, aber sie wagte nicht, ein Wort zu sagen.

Solche Dinge passierten am laufenden Band. Ich vermißte etwas, fragte nach seinem Verbleib und fand es dann auf geheimnisvolle Weise wieder an seinem Platz. Es war, als wollte mich jemand verrückt machen.

Im Haus begann man dies zu bemerken, und Linnet war aufs tiefste beunruhigt.

Oft ging ich noch hinunter zu der Hütte, in der wir Roberto versteckt hatten. Seitdem er an jenem Morgen weggeritten war, machte ich mir Sorgen um ihn. Was war mit ihm geschehen? Ich hoffte zu Gott, er steckte nicht wieder in Dingen, die ihn in Schwierigkeiten bringen konnten.

Er war so jung und ungestüm. Was könnte er schon gegen Männer wie Walsington ausrichten?

Dann schlich ich mich in die Hütte und schaute nach, um mich zu versichern, daß er nicht darin versteckt war.

Es wurde so viel über Verschwörungen und über die spanische

Bedrohung geredet; meine Befürchtungen seinetwegen waren noch größer geworden. Ich wäre nicht eine Sekunde überrascht gewesen, ihn dort zu finden.

Aber ich fühlte mich wieder besser. Gäbe es nicht die Aussage des Apothekers, hätte ich gedacht, meine Befürchtungen wären das Resultat einer krankhaften Einbildung gewesen. Ich war jetzt davon überzeugt, daß Jake nicht die Hand in einem Komplott gegen mich hatte. Romilly mußte es sein, die mir Gift in Bier und Suppe mischte; sie mußte es sein, die mich zu Mary Lee geschickt hatte. War ihr von Jake erzählt worden, wie ich mich ihm damals entzogen hatte? Wollte sie sich überlegen, mich auf eine Art und Weise zu ermorden, mit der man sie nie in Verbindung bringen könnte?

Und dann war Jake weggesegelt und war vierzehn Jahre verschollen gewesen. In dieser Zeit war nichts geschehen. Hatte Romilly das Wachspuppenabbild von mir gemacht? Wie kam es dann in Jakes Tasche? Hatte sie es da hineingesteckt – und warum?

Jetzt war Jake wieder zurück. Und er wollte einen legitimen Sohn. Und sie könnte ihm seinen legitimen Sohn schenken... wenn ich aus dem Wege wäre.

Alles paßte zusammen.

Ich versuchte, die Mosaiksteinchen zusammenzusetzen.

Ich hatte den ganzen Teller Suppe aufgegessen und hinterher einen, wenn auch schwachen, Anfall bekommen. Der Schuldige wollte also entweder nicht, daß ich sofort starb, oder er wußte nicht, wieviel er brauchte, um das angestrebte Ziel zu erreichen. Das paßte auch auf das Bier. Aber wer konnte mich schon so umbringen wollen und mich doch nicht umbringen können?

Romilly! Sie kannte die tödliche Wirkung dieser Kräuter und Pflanzensäfte, aber nicht die erforderliche Dosierung.

Was konnte ich nur mit Romilly machen? Sie zu meiner Mutter schicken? Meiner Mutter eine potentielle Mörderin ins Haus schicken? Das konnte ich nicht. Und was war mit Penn? Ohne ihn könnte man sie nicht schicken, und Jake würde seinen Sohn niemals weglassen.

Ich mußte meine eigenen Fallen auslegen. Während ich darüber nachdachte, spazierte ich zur Hütte hinunter. Keine Spur, daß sich jemand dort versteckt hielt. Ich war erleichtert, denn was würde ich tun, sollte Jake Roberto in diesem Versteck erwischen?

Ich stand einen Augenblick in der Hütte und dachte an jene beängstigende Zeit, und als ich wieder hinaus wollte, bekam ich die

Türe nicht mehr auf. Ich stemmte mich mit aller Kraft dagegen, aber sie rührte sich nicht.

O Gott, ich bin eingesperrt, dachte ich, und ich spürte, wie sich mir die Haare sträubten.

Aus welchem Grunde? Hier war ich ziemlich weit vom Haus entfernt, wenn ich rief, niemand würde mich hören. Seltsame Dinge waren in letzter Zeit mit mir geschehen, und jetzt hatte mich jemand in dieser Hütte eingesperrt. Was sollte nur noch alles mit mir geschehen?

Ich schaute hinauf zu dem Fenster, hoch an der Wand, durch das sich Roberto im Ernstfall ins Gebüsch hätte absetzen sollen. Ich wußte nicht, wie ich jemals da hinaufkommen könnte. Und ich hätte es dann aufbrechen und hindurchspringen müssen.

Ich ging zurück zur Tür und hämmerte dagegen. Nichts rührte sich.

Ich lehnte mich an die Wand.

»Was geschieht nur mit mir?« fragte ich mich immer wieder.

Es gab einen Schlüssel zu dieser Hütte. Manuela hatte ihn damals hier herinnen gefunden. Wir hatten Roberto eingesperrt, damit er nicht gestört werden konnte. Und wenn die Männer der Königin gekommen wären, hätte er aus dem Fenster springen müssen.

Ich ging zu dem Haken an der Wand, der Schlüssel war weg. Jemand muß mich gesehen haben, wie ich des öfteren diese Hütte betrat. Und dieser Jemand hatte den Schlüssel vom Haken genommen und mich eingeschlossen.

Aber warum? Aus welchem Grund?

Versteckte sich vielleicht jetzt jemand da draußen und wartete nur auf den richtigen Moment, hereinzukommen und mich umzubringen?

Jake?

Jake war nicht da.

Wer hatte mich eingesperrt? Romilly? Würde sie mich hier lassen, bis Jake zurückkam ... wenn es Nacht war, möglicherweise ... und dann die Tür aufmachen? Würde Jake dann hereingeschlichen kommen, mich töten und wieder verschwinden? Ein Mann sollte nicht zu Hause sein, wenn seine Frau ermordet wurde. Felipe war auch nicht zu Hause gewesen, und mich hatte er weggeschickt.

Wenn nur jemand kommen würde. Irgend jemand. Die Stille zerrte mir an den Nerven. Kein Mensch weit und breit. Ich war ganz alleine. Ich hämmerte gegen die Türe, bis meine Fäuste ganz geschwollen waren. Ich rief. Aber wer hätte mich schon hören können? Gerade deshalb, weil die Hütte so weit vom Haus ab lag, war sie so ein gutes Versteck für Roberto gewesen.

Es war Nachmittag, und ich fühlte mich krank und verängstigt, aber sollte der Mörder kommen, ich würde mich wehren, ich würde um mein Leben kämpfen. Alles, nur nicht mehr dieses nervtötende Warten! Und der Nachmittag neigte sich seinem Ende zu, bald würde es Nacht werden.

Nacht, dachte ich! Natürlich warten sie, bis es Nacht ist! O Gott, betete ich, was wird mit mir geschehen? Warum kann ich nicht zufrieden leben? Ich habe Jake, der mich auf seine Weise liebte – so wie ich ihn auf meine Weise liebe. Ich habe meine geliebten Kinder. Was mehr würde ich wollen?

Statt dessen könnte ich jetzt vielleicht alles verlieren, was mir lieb und teuer war. Denn jemand versuchte mich umzubringen.

Es wurde immer dunkler, kein Ton drang von draußen herein. Nichts. Bitte, laß jemanden hier vorbeikommen, betete ich. Linnet macht sich sicher schon Sorgen. Normalerweise war ich um diese Zeit mit ihr und Damask zusammen. Sie werden mich suchen kommen. O Gott, bitte, mach, daß die Türe aufgeht und Linnet hereinkommt.

Wieder ging ich an die Türe und behämmerte sie mit meinen Fäusten. Zu meinem grenzenlosen Erstaunen gab sie nach. Ich stieß sie auf und war draußen an der frischen Luft.

So schnell ich nur konnte, rannte ich zurück ins Haus.

Als Linnet mich sah, rief sie: »Mutter, was ist denn geschehen? Wir haben uns Sorgen gemacht. Wo bist du gewesen?«

Wir lagen uns in den Armen.

»Ich war in der Hütte eingesperrt«, antwortete ich.

»In der Hütte? Du meinst, jene alte Hütte dort hinten? Was hast du denn dort gemacht?«

»Ich bin hineingegangen... und plötzlich war die Türe verschlossen.«

»Wer hat sie verschlossen?«

»Das weiß ich nicht.«

»Alle haben wir dich gesucht. Ich habe zwei Spähtrupps ausgeschickt. Wir hatten uns schon solche Sorgen gemacht. Und du bist jetzt ja ganz erschöpft, Mutter. Ich bringe dich ins Bett. Danach hole ich dir etwas Warmes zu trinken.«

Was für ein hilfreicher Engel sie doch war! Wie sehr ich sie liebte! Wie konnte ich sterben, wenn ich meine geliebte Linnet hatte?

Ich konnte nicht einschlafen. Ich wollte auch den heißen Kräutertee, den sie mir gebracht hatte, nicht trinken. Er stand auf meinem Nachttisch.

»Versuch zu schlafen«, sagte sie.

»Ich möchte mich lieber unterhalten. Wer hätte mich einsperren können?«

Linnet streichelte mir über das Haar. Sie sah mich so seltsam an, als würde sie mich nicht erkennen.

»Liebe Mutter, du bist nicht eingesperrt gewesen. Die Türe war die ganze Zeit unverschlossen.«

»Unsinn! Sie war verschlossen. Ich konnte sie nicht aufbringen. Und plötzlich war sie wieder offen.«

»Vielleicht hat sie nur geklemmt!«

»Unmöglich. Ich habe mich doch dagegengestemmt, mit aller Macht, und plötzlich ging sie ganz leicht auf. Jemand hat sie wieder aufgesperrt.«

»Ist ja auch jetzt egal. Wahrscheinlich hast du dir eingebildet, daß sie verschlossen war, der Schlüssel war ja die ganze Zeit über da.«

»Wo war der Schlüssel?«

»Er hängt auf einem Haken in der Hütte.«

»Da hing er nicht. Derjenige, der mich eingesperrt hat, muß den Schlüssel anschließend wieder auf seinen Platz gehängt haben.«

»Ist ja alles wieder gut«, beruhigte mich Linnet.

Ich war so müde, daß mir schon alles gleichgültig war. Ich war so erschöpft und außerdem froh, zurück zu sein und Linnet an meiner Seite zu haben.

Erst später, als ich mitten in der Nacht aufwachte, wurde mir bewußt, daß es mir nicht gleichgültig sein durfte.

Sie beobachteten mich. Ich sah ihre Blicke. Meine Töchter, Edwina, Manuela, Romilly, die Dienstboten ... alle.

Irgend etwas mußte mit mir nicht in Ordnung sein. Ich sah angeblich vermummte Gestalten in meinem Zimmer, ich verbrachte Stunden in einer Hütte und dachte dabei, ich wäre eingesperrt, während die Tür scheinbar die ganze Zeit offen gestanden und der Schlüssel am Haken gehangen hat.

Langsam schien der Teufel von mir Besitz zu ergreifen, was besagen sollte, ich verlor meinen Verstand. Das dachten sie natürlich. Aber ich wußte ganz genau, daß mich etwas Böses bedrohte, daß jemand absichtlich versuchte, mir den Verstand zu rauben – oder es so erscheinen zu lassen, als hätte ich ihn verloren. Der Tod pirschte sich langsam an mich heran, und der Tod hatte einen Begleiter, den Wahnsinn.

Niemand hätte mich je eine schwache Frau nennen können. Ich war immer in der Lage gewesen, mich zu verteidigen, und ich würde mich auch jetzt verteidigen.

Ich war nicht verrückt. Ich wußte ganz genau, daß ich eingeschlossen gewesen war, daß die Tür plötzlich aufgesperrt und der Schlüssel, nachdem ich weg war, wieder auf seinen Platz gehängt worden war. Jemand hatte sich zu diesem Zweck im Gebüsch an der Hütte versteckt.

So mußte es gewesen sein, und ich wußte, daß es so gewesen war. Das würde ich beweisen!

Seltsamerweise hatte mir dieser Zwischenfall in der Hütte Kraft verliehen. Die Lethargie, die, wie ich jetzt wußte, Folge giftiger Kräuter war, die man mir in Speisen und Getränke gemischt hatte, mußte ich endgültig abschütteln.

Mit meiner ganzen Kraft würde ich mich dagegen wehren, und ich war zuversichtlich, ich würde gewinnen.

Oh, Romilly Girling, versicherte ich mir immer wieder, du wirst dich wundern, du hast einen stärkeren Gegner in mir! Ich werde nicht abtreten, damit du meinen Mann heiraten kannst! Und Jake, du hast die letzte Schlacht auch noch nicht gewonnen.

Linnet war gegangen. »Ich werde jetzt schlafen«, sagte ich. Aber nie hatte ich mich weniger nach Schlaf gefühlt.

Ich nahm den Tee und roch daran.

Wie hätte ein Getränk, das mir von meiner Tochter gebracht wurde, vergiftet sein können? Aber ich trank den Tee trotzdem nicht.

Ich mußte mir einen Plan ausdenken. Ich mußte aufpassen, was ich aß. Ich mußte vorsichtig sein. Ich mußte zu jeder Tages- und Nachtzeit bereit sein. Das nächste Mal, wenn die vermummte Gestalt in mein Zimmer kam, sollte sie mir nicht entkommen. Ich würde sie erwischen, ihr die Maske vom Gesicht reißen und sehen, wer mir diese elenden Streiche spielte.

Ich würde ein paar Tage in meinem Zimmer bleiben und so tun, als wäre ich krank. Das Essen, das man mir bringt, würde ich nicht essen, sondern einen Teil davon aufheben, es dem Apotheker bringen, und wenn ich den Beweis hatte, daß es vergiftet war, würde ich den Beweis, den Beweis... ja, wem?... vorlegen. Jake? Und wenn mein Verdacht berechtigt war und er mich wirklich umbringen wollte? Er würde doch nur lachen. Und Linnet? Könnte ich zu ihr sagen: »Jemand will mich umbringen, hilf mir herauszufinden, wer es ist?« Wie könnte ich das? Unmöglich! Ich mußte abwarten und sehen, was ich zur rechten Zeit zu tun hatte. In der Zwischenzeit mußte ich Beweise sammeln.

Ich nahm mir ein Stück Rindfleisch aus der Küche und einen Laib Brot und versteckte es in meinem Zimmer. Ich holte mir auch eine Flasche Muskateller, Nüsse, Äpfel und Marzipan herauf.

Früher einmal hatte ich ein Schweißfieber. In der Vorspiegelung falscher Tatsachen mußte ich wohl nicht ungeschickt sein, also spielte ich jetzt eine Lethargie, von der ich in Wahrheit weit entfernt war. Ich nahm meine heimlichen Mahlzeiten ein und nichts von dem, was mir aufs Zimmer gebracht wurde. Ich entnahm den Speisen lediglich Proben für den Apotheker.

Meine Lebensgeister regten sich wieder. Endlich unternahm ich etwas, was meiner Natur entsprach. Ich ging zum Angriff über. Nicht einmal Linnet weihte ich in mein Vertrauen ein, obwohl ich oft nahe daran war.

Ich wollte bereit sein, wenn mein vermummter Gast erschien. Und ich war bereit.

Den ganzen Tag über hatte ich vorgegeben, ungeheuer schläfrig zu sein. Ich hatte mich davon überzeugt, daß fast alle meine Speisen Mohnsaft enthielten, natürlich um mich einzuschläfern. Mein Instinkt warnte mich, daß irgend etwas im Gange sei.

Ich hatte recht gehabt. Um drei Uhr morgens in der dritten Nacht wachte ich auf, weil jemand in meinem Zimmer stand.

Meine Bettdecke wurde mir leise weggezogen.

Ich öffnete meine Augen. Am Fußende meines Bettes stand die Gestalt, die ich schon kannte – grau vermummt. Über dem Kopf trug sie eine Kapuze mit Augenschlitzen, die das Gesicht verdeckte.

Ich lag mucksmäuschenstill und wartete. Die Gestalt bewegte sich nicht auf mich zu, sondern zur Tür hin.

Da stand sie, und ich war jeden Moment bereit, aus dem Bett zu springen, angespannt abwartend. Sobald sie sich bewegte, würde ich mich auf sie stürzen, ihr die Schutzhülle herunterreißen und herausfinden, wer sich darunter versteckte.

Plötzlich dachte ich: Und wenn es wirklich ein Geist ist? Wenn Isabellas Geist gekommen ist, um mich heimzusuchen? Welche Rolle hatte ich bei ihrem plötzlichen Tode gespielt? War es Mord? Und wenn ja, war ich das Motiv dafür gewesen?

Warum mußte ich nur ausgerechnet in diesem Augenblick an Isabella denken? Warum fiel sie mir ausgerechnet jetzt ein? Weil dort eine vermummte Gestalt stand?

Geist oder nicht, ich würde es schon herausfinden. Die Gestalt bewegte sich rückwärts, und ich sah, wie sich eine Hand ausstreckte und mir mit dem Finger bedeutete, mitzukommen.

Gerade wollte ich aus dem Bett springen, da warnte mich mein Instinkt wieder: Wenn das dort, hinter diesem Leichentuch versteckt, mein Mörder ist, dann ist das auch dieselbe Person, die mein Essen so fürsorglich angereichert hatte. Ich hatte den ganzen Tag über eine Lethargie vorgetäuscht, die ich zwar nicht fühlte, aber ich mußte mich jetzt auch so benehmen wie jemand, der unter dem Einfluß von Mohnsaft stand.

Langsam erhob ich mich also von meinem Bett.

Die Hand verschwand wieder, die Gestalt hatte sich auf den Korridor hinausbewegt.

Ich folgte ihr. Die Gestalt stand einige Meter entfernt. Wieder winkte mir der Finger.

Ich versuchte, mich wie eine Schlafwandlerin zu bewegen, und folgte.

Die Gestalt verschwand um eine Ecke, ich lief eiligst hinterher. Oben an der Treppe, die in die Halle hinunter führte, blieb ich stehen.

Keine Spur war zu sehen von der vermummten Gestalt. Aber plötzlich spürte ich: Jemand stand mit ausgestreckten Armen hinter mir und wartete nur darauf, mich die Treppe hinunterzustoßen.

Ich drehte mich um und packte zu.

Jemand rief: »Ich komme!«, und da kam auch schon Linnet. Sie ergriff das Leichentuch, einen Augenblick lang waren wir drei ineinander verknäuelt, ich wurde hochgehoben, und plötzlich hörte ich einen wilden Schrei. Ich hielt ein Stück grauen Tuches in der Hand, und eine Gestalt fiel krachend die Treppe hinunter.

Linnet und ich sagten kein Wort. Wir liefen hinunter zu der Gestalt, die, zusammengekrümmt, mit dem Gesicht nach unten am Fuße der Treppe lag.

»Es ist Manuela«, sagte ich.

Erst drei Tage später ist sie gestorben. Arme Manuela.

Bevor sie starb, war sie für eine Weile klar und bei Bewußtsein. Ich saß bei ihr am Bett, sie wußte auch, daß ich es war. Sie hätte nicht mehr viel Zeit, meinte sie, sie müßte mir aber viel sagen.

Wenn ich mir vorstellte, diese Person hatte so viele Jahre in meinem Haus gelebt, und ich wußte so wenig von ihr! Wie seltsam, sie war Roberto so ergeben gewesen und hatte doch geplant, seine Mutter zu töten.

Es war Rache, Vergeltung, sagte sie.

»Als ich das Rubinkreuz an Euch sah, wußte ich, ich werde Euch eines Tages töten, aber zuvor wollte ich Euch leiden lassen.«

»Du hast versucht, mich umzubringen«, erwiderte ich. »Du hast mir Gift in kleinen Mengen verabreicht und versucht, mich um den Verstand zu bringen.«

»Genau das ist mit Isabella geschehen. Sie war krank, sie ist um den Verstand gebracht und eines Tages die Treppe hinuntergeworfen worden.«

Sie erzählte mir die Geschichte stückchenweise, alles klar und deutlich und nicht auf einmal. Sie war sehr schwach, aber sie wollte reden. Es war eine Art Beichte für sie. Sie bat um die Letzte Ölung, und ich war entschlossen, sie ihr, wenn irgend möglich, auch zu ermöglichen. Das bedeutete zwar ein gewisses Risiko. Immerhin kannte ich aber eine katholische Familie in der Nachbarschaft, und die würde ich fragen, ob nicht ein Priester kommen und Manuelas letzte Stunde erleichtern könnte. Er müßte heimlich kommen. Andererseits hätte ich auch Jake, wenn nötig, die Stirne geboten, damit sie ihren Trost bekommen konnte.

Ich erfuhr, daß Manuela eine Halbschwester von Isabella war – ihre Mutter war ein Dienstmädchen in dem Haus gewesen, in dem Isabella herangewachsen war. Sobald sie alt genug war, hatte sie in diesem Haus eine Stellung bekommen und war mit Isabella nach Teneriffa geschickt worden, als sie Don Felipe heiraten sollte.

Sie war dabeigewesen, als Jake das Haus gestürmt hatte, allerdings hatte sie sich erfolgreich vor den Plünderern verstecken können. Sie hatte bei Carlos Geburt beigestanden und hatte den Jungen geliebt. Erst als er nach England gekommen sei und seine spanische Herkunft verleugnet habe, hätte sie sich Roberto zugewandt, berichtete sie.

Aber der Kern ihrer Geschichte lag bei Edmundo, dem Gärtner. Sie hatte ihn geliebt, sie wollten heiraten. Das Rubinkreuz, das Isabella manchmal trug, hatte ihr sehr gefallen. Sie hatte es sogar einmal genommen und es angelegt, als sie Edmundo im Garten traf – eine Sünde, für die sie Buße getan hatte.

Edmundo hatte gesagt: »Ich wünschte, ich könnte dir auch so ein Kreuz schenken.«

Vielleicht hatte jemand gehört, wie er das sagte, jedenfalls war das Kreuz danach verschwunden, und Edmundo gestand später, Isabella erwürgt und die Treppe hinuntergeworfen zu haben. Das alles hätte er getan, bekannte er, weil er das Kreuz gestohlen und dabei von Isabella überrascht worden sei, die ihm daraufhin gedroht habe, ihn wegen Diebstahls einsperren zu lassen.

Manuela hatte dem Schuldbekenntnis geglaubt, weil sie wußte, daß er sie liebte, und weil das Kreuz tatsächlich verschwunden war – bis sie später sah, daß ich es trug. Von da an war sie davon ausgegangen, ich hätte es schon damals besessen. Don Felipe hätte es mir gegeben, und mir wäre also bekannt gewesen, daß Edmundo es nie gestohlen, sondern entsprechendes nur unter Folterqualen gestanden haben konnte.

Es schien ihr jetzt klar, daß er Isabella auf Befehl seines Herrn getötet hatte. Ein Diener gehörte seinem Herrn, und wenn von ihm schlimme Dinge gefordert wurden, hatte er sie eben zu tun; und wenn er sich dabei eine Sünde zuschulden kommen ließ, lag sie nicht ihm auf dem Gewissen.

Als Edmundo dann verhaftet worden war, hätte Felipe ihn retten müssen, was er aber nicht getan hat. Er wollte ausschließen, daß irgend jemand auf den Gedanken kam, daß Edmundo Isabella auf seinen Befehl hin getötet haben könnte. Die Situation war damals sowieso unheilschwanger genug. Don Felipe wollte mich heiraten, aber Gerüchte zirkulierten, daß ich eine Hexe und eine Ketzerin sei. Deshalb hatte Don Felipe es nicht gewagt, Edmundo zu retten und sich und mich damit in Verdacht zu bringen. Das Rubinkreuz war ein hinreichendes Motiv für einen Mord, und somit ließ Don Felipe den vom Gericht verhandelten Verdacht unwidersprochen, obwohl das Beweisstück für die Entlastung die ganze Zeit über in seinem Besitz gewesen war. Edmundo wurde gefoltert, bis er eingestanden hatte, es gestohlen zu haben.

Als Manuela mich das Kreuz tragen sah, hatte sie geglaubt, es wäre schon all die Jahre in meinem Besitz gewesen. Sie war nicht auf die Idee gekommen, daß Jake es zusammen mit vielen anderen wertvollen Stücken damals aus der Gouverneursresidenz hatte mitgehen lassen, daß es seitdem in seinem Besitz gewesen war und daß er es mir erst vor kurzem geschenkt hatte.

Allerdings hatte sie mich auch schon immer gehaßt, hatte sie mir die Schuld gegeben an allem, was geschehen war. Nach ihrer Ansicht war ich auch für Isabellas Tod verantwortlich. Manuela war es gewesen, die Pilars Gehässigkeit gegen mich geschürt, die das Abbild Isabellas angefertigt und in meiner Schublade versteckt hatte. Sie hatte es anschließend Pilar gebracht, damit sie es als Beweis dafür, daß ich eine Hexe war, gegen mich verwenden konnte.

Und irgendwann hatte sie bemerkt, daß ich argwöhnisch geworden war, und hatte beschlossen, meinen Argwohn zu schüren. Sie wollte, daß ich meinen Mann der Mordabsicht verdächtigte. Sie hatte die Puppe, die mich darstellte, in Jakes Kleidern versteckt und darauf gewartet, daß ich sie finden würde. Ihre Rache sollte langdauernd und aufreibend sein – sie hatte keine Eile, sie hatte vielmehr unendliche Geduld. Alles, was sie wollte, war, daß ich mich beunruhigte – bis sie das Kreuz an mir sah.

Danach hatte sie keinen Zweifel mehr an Felipes Schuld und an der meinen. Sie dachte an das glückliche Leben, das sie hätte führen, an die Kinder, die sie mit Edmundo hätte haben können. Sie glühte vor Leidenschaft und konnte keine Befriedigung mehr finden außer in ihrer Rache.

Sie hatte beschlossen, ich sollte leiden, wie Isabella gelitten hatte. Sie wollte mich nicht mit eigener Hand ermorden, sie wollte Gerechtigkeit. Isabella war verrückt geworden, also sollte auch ich verrückt werden. Sie hatte lange Zeit gelitten, auch ich sollte lange leiden. Und irgendwann sollte man mich am Fuße der Treppe finden, wie Isabella am Fuße einer Treppe gefunden worden war.

Sie lebte nur mehr für ihre Rache, das einzige, was sie für den Verlust Edmundos entschädigen konnte.

Sie hatte tatsächlich Gift in mein Essen gemischt – nicht genug, um mich zu töten, aber genug, um meine Gesundheit zu untergraben. Sie hatte mich in der Hütte eingesperrt, wieder aufgesperrt und den Schlüssel an seinen Platz gehängt. Sie hatte sich ein Leichentuch gemacht, um mich zu zermürben. Sie wollte mich in den Wahnsinn treiben, und wenn alle anfingen, an meinem Verstand zu zweifeln, wollte sie mich zur Treppe locken, damit ich, durch Rauschgift halb betäubt, hinunterstürzte – wie Isabella. Die Leute würden sagen: ›Sie war vom Teufel besessen. Ihr wißt doch, wie seltsam sie geworden ist.‹

»Meine arme Manuela«, sagte ich und versicherte ihr, daß ich das Kreuz bis vor kurzem nie gesehen hatte. Ich erinnerte mich jetzt natürlich daran, daß so ein Schmuckstück bei Edmundos Prozeß erwähnt worden war, aber ich hatte es nicht mit dem Geschenk, das ich von Jake bekommen hatte, in Verbindung gebracht.

Oh, Jake, dachte ich, du hast das Kreuz an dich genommen, als du in Felipes Haus kamst. Du hast alles von Wert an dich genommen, was dir in die Hände gekommen ist. Und Felipe... du hast Edmundos Tod auf dem Gewissen.

Ich war erleichtert, da Manuela jetzt wußte, daß ich nichts mit Isabellas Tod zu tun hatte.

»Seid gut zu Roberto«, sagte sie, »ich habe ihn sehr geliebt.«

Sie hatte keinen Grund, seine eigene Mutter darum zu bitten, versicherte ich ihr.

Den Priester, den ich holte, führte ich in ihr Krankenzimmer, und er hielt ihr das Kreuz vor Augen, als sie starb. Sie starb, glaube ich, in Frieden.

Und ich fühlte mich wieder lebendig. Was für ein Narr ich doch gewesen war! Als ob Jake mich je hätte ermorden wollen! Und wenn ja, dann doch nicht auf so abwegige Art. Er hätte sein Schwert gezogen und mich durchbohrt.

Ich mußte lachen. Es war gut, jetzt wieder zu leben, und ich fühlte mich nicht mehr bedroht. Jake war ein ungetreuer Ehemann, aber war er das nicht immer gewesen? Hatte ich je etwas anderes erwartet? Zweien seiner Bastarde hatte ich ein Zuhause unter meinem Dach gegeben, Penn war eben der dritte. Sie gaben ihm die Befriedigung, die ich ihm leider nicht hatte geben können.

Meine Lebenskraft war zurückgekehrt, ich war wieder in der Lage zu kämpfen.

Linnet mußte ich natürlich erzählen, was passiert war, und zwar die ganze Geschichte, genau wie meine Mutter mir jene seltsame Geschichte erzählt hatte, als ich ungefähr im gleichen Alter war wie meine Tochter jetzt. Das ganze Haus wußte, daß die Herrin, die langsam den Verstand zu verlieren schien, ihn doch nicht verloren hatte. Aber Manuela war verrückt gewesen, weil sie mein Essen vergiftet hatte. Sie brauchten die Gründe nicht zu kennen, warum sie das alles getan hatte. Es genügte, daß sie glaubten, sie sei vom Teufel besessen gewesen.

Manuela wurde auf dem Friedhof in dem Abschnitt begraben, der Lyon Court gehörte, und wir legten ihr Rosmarin aufs Grab.

Ich zumindest würde ihrer immer in Liebe gedenken.

Auf der Flucht

Ich war so tief verstrickt gewesen in meine eigenen Angelegenheiten, daß ich nicht bemerkte, was in der Welt draußen vorging. Es herrschte große Aufregung über den sogenannten Babington-Komplott, der zum Glück, so meinten alle loyalen Untertanen unserer gnädigen Königin Elisabeth, entdeckt worden war. Ein junger Mann namens Anthony Babington hatte in seiner Jugend Mary Stuart als Page gedient und sich, wie die meisten Männer, in sie verliebt. Später war er einer Gruppe glühender Katholiken beigetreten, die sich darum bemühte, die schottische Königin auf den englischen Thron zu setzen und den Katholizismus nach England zurückzubringen. Die Verschwörer hatten den Segen des Königs von Spanien und des Papstes und trafen sich in kleinen Tavernen rund um St. Giles oder in Babingtons Haus in Barbica.

Briefe waren auf eine ganz simple Weise in das Gefängnis der schottischen Königin geschmuggelt worden. Sie steckten in mit Korken verschlossenen Röhren, die ihr, in Bierflaschen eingeschlossen, in ihre Gemächer gebracht wurden. Wenn die Königin die Briefe gelesen hatte, konnte sie die Antwort wieder in die Röhre und diese wieder in eine leere Bierflasche stecken, die schließlich wieder bei der Brauerei landen würde. Die Methode wäre narrensicher gewesen, hätte der Bierbrauer nicht auch in Walsingtons Diensten gestanden, nicht nur in denen der schottischen Königin. So gingen die Briefe aus den vollen und die Antworten aus den leeren Flaschen zuerst durch die Hände von Amyas Paulet, dem Gefangenenwärter der Königin, und der Text wurde an Walsington weitergeleitet. Und auf diese Weise konnte Elisabeths Staatssekretär jeden Zug des Babington-Komplotts von Anfang an mitverfolgen.

Er hatte sich Zeit gelassen mit den Verhaftungen, er wünschte so viele wie möglich in seine Netze zu ziehen.

Sein größter Wunsch war es, die schottische Königin derart zu belasten, daß Elisabeth gar keine andere Wahl mehr blieb, als sie aufs Schafott zu schicken.

Jetzt, da die Verhaftungen in vollem Gang waren, lief eine grenzenlose Erregung durch das ganze Land. Es hieß, die schottische Königin sei so tief darin verstrickt, daß dies das Ende aller Verschwörungen bedeuten mußte.

Ich lebte in größter Spannung, wie immer, wenn ich erfuhr, daß

Verschwörungen aufgedeckt worden waren. Mein wichtigster Gedanke war: Ist Roberto wohl darin verwickelt?

Wir erfuhren die Namen der Arretierten, Robertos Name war nicht darunter, aber täglich rechnete ich damit, zu hören, daß er gefangengenommen worden war.

Jake war zurückgekommen. Er war ganz aufgeregt, er meinte, die Spanier könnten jetzt jeden Augenblick mit ihrer Armada aufkreuzen.

Er hatte von Manuelas Anschlag auf mein Leben gehört, und zu meiner Genugtuung beunruhigte ihn die Angelegenheit sehr.

»Spanier!« rief er aus. »Ich hätte sie nie in mein Haus nehmen sollen.« Dann nahm er mich bei den Schultern und sah mir tief in die Augen.

»Beinahe wäret Ihr mich los gewesen«, sagte ich.

Er lachte. »Stimmt, aber ich habe das Gefühl, so schnell wird mit Euch keiner fertig.«

»Außer Euch vielleicht.«

»Ich natürlich, das ist sicher.«

Er lachte und drückte mich an sich.

»Eine Zeitlang habe ich geglaubt, Ihr wolltet mich aus dem Wege schaffen, um eine jüngere Frau heiraten zu können.«

Er nickte und gab vor, über diese Idee nachzudenken.

»Romilly zum Beispiel. Sie hat Euch einen Sohn geboren, sie ist jung genug, um Euch noch weitere zu gebären.«

»Führt mich nicht in Versuchung, Weib.«

»Männer wie Ihr haben nicht die Zeit, sich in Versuchung führen zu lassen. Sie nehmen sich, was sie wollen, und zum Teufel mit den Konsequenzen.«

»Das ist die einzige Art zu leben, Cat.«

»Tatsächlich? Eure Bastarde Eurem angetrauten Weib ins Haus zu bringen?«

»Ich habe Euch keinen einzigen ins Haus gebracht. Ihr habt mir zwei gebracht, und Penn ist hier geboren worden. Übrigens, habe ich Euch nicht auch erlaubt, Euren mitzubringen?«

Der Gedanke an Roberto machte mich schwach.

Jake legte die Hände um meinen Hals und lachte.

»Ich müßte nur ein bißchen zusammendrücken.«

»Warum tut Ihr es nicht?«

»Weil ich, obwohl Ihr ein böses Weib seid und Mutter nur von Töchtern, beschlossen habe, Euch im Augenblick noch nicht zu ersetzen.«

Dann küßte er mich mit seltener Zärtlichkeit, was mich rührte. Er zog mich an den Haaren, wie er die Jungen oft an den Haaren gezogen hatte. Ich wußte, es war eine Geste der Zuneigung.

»Ich bin geduldig, Cat. Hier sitze ich müßig herum und warte... warte auf die Spanier! Wir müssen bereit sein, wenn sie kommen. Tod und Teufel, warum kommen sie nicht heute schon? Oder morgen? Warum lassen sie sich so viel Zeit? Und jetzt noch dieser Verschwörer Babington. Bei Gott, er soll den Verschwörertod sterben! Ich hoffe, sie verpassen ihm einen langsamen, qualvollen Tod. Er wollte unsere Königin ermorden und die schottische Hure auf den Thron setzen. Höchste Zeit, daß man ihr den Kopf von den Schultern trennt. Ich würde jeden Mann, der einem derartigen Verrat seinen Segen gibt, hängen, rädern und vierteilen lassen.«

»Haben sie alle Verschwörer gefangen?« fragte ich.

»Wer weiß? Da können auch noch irgendwo ein paar mehr sein. Walsington ist schlau, er läßt die Leine schleifen... um so besser, so fängt er mehr. Wir müssen sie ausmerzen, Cat. Jeden einzelnen Verräter Englands und Freund unseres Feindes! Ich wünschte, ich könnte dieses Land von der Erdkugel sprengen!«

Wie ungestüm er doch war – seine Augen sprühten blaue Funken.

Oh, Roberto, wo bist du?

Ich wußte, er würde kommen. Vielleicht war es eine Vorahnung. Nachts würde er kommen, und zu mir würde er kommen, wie das letzte Mal auch. Ich war zum Zerreißen gespannt und wartete. Mein mütterlicher Instinkt mußte mich auf ihn vorbereitet haben, denn ich schlief nur leicht und war sofort hellwach, als ich den Erdklumpen gegen die Fensterscheibe plumpsen hörte.

Leise schlüpfte ich aus dem Bett, ich hatte eine Heidenangst, Jake aufzuwecken.

Ich wußte, es war Roberto. Wie konnte er nur in dieser Zeit noch in der Nähe von London und in der Nähe des Hofes bleiben, wo Babington gefangen und es immerhin der Feindseligkeit von Walsingtons Spionagenetz zu verdanken war, daß die Königin nicht ermordet und die katholische Königin nicht auf den englischen Thron gesetzt worden war?

Wenn Robertos Name auf der Liste stand, die in Throckmortons Haus gefunden worden war, wurde er von Walsingtons Spionen beobachtet. Auch wenn er selbst nichts mit dem Babington-Komplott zu tun gehabt hätte, könnte er doch, so müßte es scheinen, an anderen beteiligt sein.

Ich schaute hinunter und sah ihn deutlich im Mondlicht stehen. Er schaute zu meinem Fenster herauf.

Jake war Gott sei Dank ein tiefer Schläfer. Ich machte Roberto ein Zeichen, er verstand und deutete in Richtung auf die Hütte. Ich nickte wieder und ging zurück ins Bett. Er hatte verstanden, daß Jake bei mir war.

Die ganze Nacht über lag ich zitternd da.

Die Hütte war nicht mehr so sicher wie früher, mein Abenteuer dort hatte Aufmerksamkeit nach sich gezogen. Jake hatte sogar erwogen, man könnte sie als Dienstbotenwohnung ausbauen lassen.

Allerdings war sie immer noch von Gebüschen umgeben und mehr oder weniger vor neugierigen Blicken versteckt. Ich mußte so bald wie möglich hin.

Ich war wahnsinnig nervös.

Carlos, der sich genau wie Jake, seit die Bedrohung von seiten der Armada größer geworden war, nicht mehr weit von Plymouth wegbewegt hatte, kam herüber, um Jake zu besuchen. Ich wartete auf den richtigen Augenblick, mit etwas Eßbarem zur Hütte schleichen zu können. Aber ich mußte erst ganz sicher sein, daß mich niemand beobachtete. Linnet hätte mir helfen können, aber ich wollte meine Tochter nicht mit hineinziehen.

Carlos erzählte, er hätte gehört, Babington und Ballard wären hingerichtet worden. Er beschrieb die Hinrichtung dieser Männer. Sie waren auf einem Feld oberhalb von Holborn an der Straße nach St. Giles, wo man extra einen Galgen errichtet hatte, aufgehängt worden. Ballard hatte zuerst daran glauben müssen. Dann erst war Babington an die Reihe gekommen.

»Tod allen Verschwörern«, rief Jake aus. Mir wurde übel.

Jake sah mich seltsam an.

Als ich zu Roberto kam, nahm ich ihn in die Arme und hielt ihn fest. »Oh, Roberto, erzähl mir, was passiert ist.«

»Als Babington verhaftet worden war, wußte ich, es war für mich nicht mehr sicher, in London zu bleiben. Ich mußte weg.«

»Du warst mit den Verschwörern zusammen?«

»Nein ... nicht mit Babington. Wenn ich mit denen zusammengewesen wäre ...«

Ich verstand. Keiner, der an dem Komplott beteiligt gewesen war, war davongekommen.

»Aber Walsington ist entschlossen, Beweise zu sammeln. Freunde von mir sind plötzlich verschwunden. Ich weiß, sie stehen unter Arrest. Wenn der Babington-Komplott die schottische Königin nicht aufs Schafott bringt, werden sie noch mehr Verschwörungen aufdecken. Sie sind wild entschlossen. Kein Katholik, kein Mann, der nur auf irgendeiner Liste steht, ist seiner Haut mehr sicher. Sie jagen uns, Madre.«

»Und sie jagen dich.«

»Sie sind in meine Wohnung gekommen. Ich hatte Glück. Ich war gewarnt worden. Wenn ich dorthin zurückgehe, werden sie mich verhaften. Sie suchen mich jetzt.«

»Der Kapitän ist hier.«

»Ich habe sein Schiff gesehen.«

»Roberto, wir müssen uns in acht nehmen.«

»Manuela wird uns helfen.«

»Manuela ist tot.«

Ich erzählte ihm kurz, wie sie mich hatte umbringen wollen und aus welchem Grund.

Er schwieg erschüttert.

»Madre, wie grausam doch das Leben ist. Und jetzt wird das Leben jedes einzelnen vom Haß zwischen Spanien und England regiert.«

»Über unserer Zeit liegt ein Schatten. Immer und überall geht es um die Frage: Katholik oder Protestant. So geht es schon seit vielen Jahren. Ich habe Manuela einen Priester geholt, bevor sie gestorben ist. Ich hoffe, niemand hat etwas bemerkt. Man kann nie wissen. Gott sei ihrer armen Seele gnädig.«

Er küßte mir die Hand.

»Madre, ich liebe dich. Mein ganzes Leben lang habe ich zu dir aufgeblickt, konnte ich mich auf dich verlassen.«

»Du kannst dich immer noch auf mich verlassen, mein Sohn, nicht, weil ich eine Katholikin oder eine Protestantin, sondern weil ich eine Mutter bin. Ich weiß wenig von Doktrinen, sie interessieren mich auch nicht. Aber ich liebe, und das erscheint mir das Wichtigste auf der Welt.«

»Läßt du mich hierbleiben?«

»Nicht für lange, Roberto. Die Hütte ist nicht mehr so sicher, wie sie einmal war. Nachdem ich hier eingesperrt gewesen bin, sind alle im Haus auf sie aufmerksam geworden. Zuvor erinnerte sich kaum einer an sie. Du mußt bald wieder weg.«

»Madre, ich habe nachgedacht. Wenn ich nach Spanien gelangen könnte, vielleicht würde ich meine Verwandten finden. Die Familie meines Vaters muß von mir wissen, ich muß Beziehungen dort haben, oder nicht? Hatte mein Vater mich nicht zu seinem Universalerben gemacht?«

»Doch, aber das ist schon so lange her. Deine Erbschaft haben bestimmt andere inzwischen angetreten.«

»Aber ich gehöre zur Familie, sie würden mich doch empfangen!«

»Roberto, wie könnten wir dich nach Spanien bringen.«

»Aber ich muß weg aus England. Ich werde gesucht, und Walsington wird mich nie laufen lassen. Man wird mich verhaften wie Babington.«

Nacktes Entsetzen stand in seinem Gesicht.

Ich muß ihn retten, dachte ich. Es muß einen Weg geben, ihn aus dem Land zu schmuggeln. Aber was konnte mir da helfen? Carlos? Jacko? Jake? Welche Ironie. Wenn ich sagen würde: Roberto ist hier, er ist in die Verschwörung verwickelt, er muß fliehen! Was würden sie tun, diese Spanienhasser? Wahrscheinlich würden sie die Schwerter ziehen und ihn durchbohren. Noch wahrscheinlicher, sie würden ihn denen ausliefern, die ihn suchen, damit er den gefürchteten Tod der Verräter stirbt.

»Laß mir Zeit zum Nachdenken«, sagte ich. »Ich muß einen Weg finden. Hier kannst du nicht allzu lange bleiben. Wir müssen also ein anderes Versteck für dich finden.«

»Madre, ich möchte nicht, daß du mit hineingezogen wirst. Wer einem Katholiken hilft, wird Verräter genannt.«

»Es ist mir egal, wie man mich nennt, ich werde doch noch meinen eigenen Sohn beschützen können! Wenn ich gehe, sperre die Tür hinter dir ab. Und mache niemandem außer mir auf. Iß, was ich dir gebracht habe. Du darfst nicht von Kräften kommen; wie ich sehe, bist du schon schwach genug.«

»Es war ein weiter Weg bis hierher, Madre.«

Ich machte die Türe auf, und kaltes Entsetzen überwältigte mich.

Jake stand vor mir.

»Es ist aber höchst unsicher für Verräter, sich auf meinem Grund und Boden zu verstecken«, sagte er.

Er trat in die Hütte und warf die Türe hinter sich ins Schloß. Ich dachte, ich würde ohnmächtig werden, und lehnte mich an die Steinmauer.

»Aha«, sagte Jake nur, und nie hatte ich seine Augen so glänzen, seinen Mund so grausam gesehen.

»Du läufst also vor dem Gesetz davon? Und du bist nicht nur ein Verräter, du bist auch ein Narr, hierherzukommen.«

Er überragte Roberto um einiges, nahm ihn bei der Schulter und schüttelte ihn. Eine Hand war an seinem Schwertknauf.

Ich stürzte zu ihm und klammerte mich an seinen Arm, mit meinem ganzen Gewicht hängte ich mich an ihn. Jake blickte auf mich herunter, sein Mund war hart.

»Jake«, flehte ich ihn an, »um Himmels willen, er ist mein Sohn!«

»Euer spanischer Bastard!«

Sein Schwert hatte er aus der Scheide gezogen, ich sah den funkelnden Stahl und versuchte, mich zwischen ihn und Roberto zu werfen.

Jake stieß mich beiseite und setzte Roberto die Schwertspitze an die Kehle.

»Du bist in mein Haus gekommen, du Hund!«

Roberto gab keine Antwort. Er stand ganz still, sein Gesicht war schneeweiß, nie war seine innere Würde deutlicher erkennbar gewesen. Ich betete zusammenhanglos, nicht zum Gott der Protestanten, nicht zum Gott der Katholiken, sondern zum Gott der Liebe. Rette meinen Sohn! Laß ihn am Leben! Was immer auch mit mir geschehen mag, aber laß ihn leben! Laß ihn in ein gutes Leben entkommen. Auch wenn ich ihn nie mehr wiedersehen sollte, das macht mir nichts aus, wenn er nur lebt und glücklich sein kann.

»Jake«, schrie ich. »Jake... ich flehe Euch an!«

Jake zögerte. Es war ein Wunder, aber er schob das Schwert zurück in die Scheide.

»Du bist aus deiner Behausung geflohen«, sagte er. »Du wirst gesucht, und sie werden dich fangen. Für dich ist der Verrätertod ja gerade gut genug. Und da kommst du hierher und schmierst deinen verräterischen Schleim an deiner Mutter ab? Damit sie verdächtigt wird, an deinen scheußlichen Verbrechen beteiligt zu sein, so daß nicht einmal ich sie mehr retten könnte? Ist dir die Erbärmlichkeit deines Tuns eigentlich bewußt, du Feigling?«

»Ich hätte sie nicht hineingezogen. Ich hätte geschworen, daß sie nie etwas mit meinem Wirken zu tun gehabt hat. Ich hätte gesagt, sie wußte nicht einmal, daß ich hier bin.«

»Sei still!« Jake wippte auf seinen Fersen und dachte angestrengt nach.

Er nahm den Schlüssel vom Haken.

»Du bleibst hier«, sagte er.

Und zu mir: »Kommt, Cat, laßt ihn allein.«

Und er zog mich aus der Hütte und versperrte die Tür.

»Was werdet Ihr tun, Jake?«

»Das werdet Ihr schon sehen.«

Ich fürchtete, er würde ihn so lange gefangenhalten, bis er ihn denjenigen übergeben konnte, die ihn vor Gericht zerren und zum Tod des Verräters verurteilen würden.

Ich weiß nicht mehr, wie ich diesen Tag damals überlebt habe, ich hatte keine Ahnung, was ich tun sollte.

Jake war grimmig und einsilbig, er schmiedete Pläne. Ich fragte mich, ob Roberto den Versuch unternehmen würde zu fliehen. Weit würde er nicht kommen, er war zu erschöpft. Ob es ihm überhaupt gelingen würde, zu dem kleinen Fenster hinaufzuklettern, es einzudrücken und hinauszuspringen? Er hatte nicht mehr die Kraft, die er damals hatte, als Manuela und ich ihn zusammen versteckten. Jake war rachedurstig. Er kannte keine milden Gefühle. Er hätte ihn auf der Stelle umgebracht, wäre ich nicht gewesen. Wenigstens wollte er es nicht in meiner Gegenwart tun.

Er ging weg, und ich blieb in meinem Zimmer. Ich wagte es nicht, in die Hütte zu gehen, aus Angst vor dem, was ich dort vielleicht vorfinden würde.

Den ganzen Tag wartete ich darauf, daß irgend etwas geschehen würde. Manchmal dachte ich, ich hörte Hufgeklapper – Männer, die kamen, Roberto abzuholen. An diesem Tag kamen mir fünf Minuten wie eine Stunde vor, eine Stunde wie vierundzwanzig.

Jake kam am späten Nachmittag zurück und direkt zu mir ins Schlafzimmer. »Jake, was habt Ihr vor?«

»Was erwartet Ihr von mir?«

»Gebt Ihr ihn auf?«

»Er ist immer noch in der Hütte. Er ist gefesselt, er kann sich nicht rühren. Und ich habe den Schlüssel.«

»Ich flehe Euch an, Jake... ich habe Euch noch nie um etwas gebeten! Aber jetzt flehe ich Euch an... laßt ihn laufen! Bitte, Jake, wenn Ihr das tun wollt...«

»Ja, was werdet Ihr dann tun?«

»Ich werde Euch in alle Ewigkeiten hassen, wenn Ihr meinem Sohn ein Leid antut.«

»Ihr habt so viel von Haß gesprochen in all den Jahren.«

»Das war nur zum Schein. Jetzt würde ich Euch wirklich hassen. Wenn Ihr Roberto...«

»Ihr dramatisiert. Er ist ein Verräter. Versteht Ihr das denn nicht, Cat? Sehr bald schon werden wir gegen Männer wie Euren Bastard um unser Leben kämpfen müssen. Die Spanier rüsten sich, um herzukommen... um uns ihre schlimmen Doktrinen aufzuzwingen, um die Inquisition in dieses Land zu tragen. Wißt Ihr, was das bedeutet?«

»Ja... das weiß ich ganz genau. Ich hasse es. Ich würde mit aller meiner Willenskraft dagegen kämpfen«

»Dann seid Ihr eine von uns, Cat, und die, die mit uns sind, können denen, die gegen uns sind, nicht zu entkommen gestatten... ganz egal, um wen es sich auch handelt.«

»Laßt ihn laufen, Jake. Helft ihm. Ihr könnt ihm helfen. Ihr könnt ihm ein Pferd geben. Er könnte weit nach Cornwall hineinreiten und dort in Frieden leben.«

»In Frieden leben? Würde er das denn tun? Er würde versuchen, den Frieden zu untergraben, wo immer er ist.«

»Jake, Jake, ich flehe Euch an.«

Er schwieg eisig und ging hinaus. Mich ließ er allein. Als er zurückkam, war sein Pferd zu Tode erschöpft. Er mußte weit geritten sein.

Die Nacht kam. Ich legte mich nicht hin. Ich saß in meinem Sessel und weinte.

Jake lag im Bett und schlief, zumindest tat er so. Er wachte auf, und ich saß immer noch in meinem Sessel.

Er kam zu mir, hob mich hoch und trug mich ins Bett.

Er hielt mich im Arm.

»Ihr macht Euch noch ganz krank«, sagte er zärtlich.

Ich gab keine Antwort, denn ich wußte, Worte waren jetzt umsonst. Er hatte sich entschlossen. Ich glaubte das zu spüren.

Erschöpft schlief ich endlich doch ein.

Als ich aufwachte, war heller Tag, und Jake war weg.

Ich wollte zur Hütte gehen, aber Jake hatte mich ausdrücklich gewarnt, dies zu unterlassen. Ich mußte warten, bis ich wußte, was ich tun konnte.

Es muß doch etwas geben! »Bitte, lieber Gott«, betete ich, »sag mir, was ich tun kann. Hilf mir, meinen Sohn zu retten.«

Jake sah ich den ganzen Vormittag nicht.

Jennet kam. Sie war voller Neuigkeiten.

»Schaut, Herrin, die ›Golden Fleece‹ ist bereit, in See zu stechen. Wenn die Flut kommt, wird sie auslaufen.«

Ich hatte keine Lust zuzuhören. Dauernd dachte ich: Roberto, was kann ich nur tun, um dich zu retten? Und ich hatte Angst, Jennet würde sagen, jemand sei bei der Hütte gewesen. Aber sie erwähnte nichts dergleichen. Sie war ganz aufgeregt wegen des unerwarteten Auslaufens der ›Golden Fleece‹. Sie kannte einen Matrosen der Mannschaft.

Schließlich forderte ich sie ausdrücklich auf, still zu sein.

Jake kam am Nachmittag zurück.

Er sagte, er hätte mit mir zu reden, und wir gingen hinauf ins Schlafzimmer.

»Sie sind schon unterwegs hierher«, sagte er.

»Ihr meint, Ihr habt sie verständigt.«

»Nein, ich habe sie nicht verständigt. Sie sind hinter ihm her. Sie jagen alle mutmaßlichen Verräter, und Euer Sohn ist einer davon. Er ist ein Narr. Er hätte nie hierherkommen dürfen. Natürlich suchen sie als erstes bei ihm zu Hause.«

»O Gott, sie werden ihn finden.«

»Sie werden das Haus durchsuchen.«

»Sie werden die Hütte finden.« Ich vergrub mein Gesicht in meinen Händen. Plötzlich glaubte ich Tumult im Hof zu hören.

Jake zog mich hoch und ans Fenster.

»Schaut hinaus. Seht Ihr dort die ›Golden Fleece‹? Mit der Flut wird sie auslaufen. Der Wind ist gut. Noch bevor es Nacht wird, wird sie auf hoher See sein.«

Ich schaute nicht hinaus.

Ich schüttelte müde den Kopf. Ich sah Roberto in seiner Hütte kauern, gefesselt von Jake, für die Schergen bereit.

»Ich bin ein guter Patriot, alle wissen das. Ich habe mitgeholfen, die Spanier vom Meer zu vertreiben. Jeder Mensch weiß, daß ich keinem Verräter unter meinem Dach Unterschlupf gewähren würde.«

»Dann seid Ihr ja sicher«, sagte ich wütend.

»Und für mein Weib lege ich die Hand ins Feuer«, gab er zur Antwort.

»Müßt Ihr mich ausgerechnet jetzt verspotten?«

»Warum schaut Ihr Euch nicht die ›Fleece‹ an?« fragte er statt einer Antwort. »Soll ich Euch sagen, was für Ladung sie trägt?«

»Was interessiert mich, was sie an Bord hat?«

»Auch nicht, wenn es Euer Sohn Roberto ist?«

Ich starrte ihn an.

»Jake? Was bedeutet das? Ihr...«

Er hob seinen Arm und ballte die Faust. »Er ist ein Verräter! Ich hätte nie gedacht, daß ich einem Verräter helfen würde. Aber wenn es mein keifendes Weib mir befiehlt...«

Ich lehnte mich an ihn.

Dann schaute ich auf sein Gesicht. »Oh, Jake, ist das wahr? Ihr quält mich nicht nur?«

»Sie werden die Hütte finden, aber der Vogel ist ausgeflogen. Oder weggezaubert worden. Ich habe ihn heute ganz früh zu dem Schiff hinausgebracht.«

Was konnte ich diesem Mann schon sagen? Wie konnte ich ihm je zeigen, was ich fühlte?

Ich nahm seine Hand und küßte sie. Ich glaube, das hat ihn gerührt.

Dann hörten wir, wie an die Haustüre geklopft wurde.

Der Triumph der Löwen

Böse Ahnungen hingen wie eine Gewitterwolke über dem Land.

Wir wußten, die Spanier waren unterwegs und daß sie bereits einen Großteil der Welt erobert hatten. Wir wußten auch, daß sie nicht nur mit Soldaten und Geschützen kamen, sondern mit der Folterbank, der Daumenschraube und noch anderen tödlichen Folterinstrumenten, von denen wir noch nie gehört hatten. Sie kamen nicht nur als Eroberer unseres Landes, sondern auch als religiöse Fanatiker. Falls sie uns wirklich erobern sollten, wie es vielen Völkern geschehen war, wäre das das Ende der Freiheit, wie wir sie kannten. Sie würden uns zwingen, nicht nur sie selbst, sondern auch ihre Religion zu akzeptieren.

Für Männer wie Jake, Carlos, Jacko und Penn war es undenkbar, daß wir verlieren könnten. Sie glaubten an England als ein unbesiegbares Land!

Sollten die Leute doch von der unbesiegbaren Armada reden, sie lachten nur voller Zorn. Wir waren die Unbesiegbaren, die Unbezwingbaren!

Jener Pfingstsonntag wird Menschen, die morgens die Messe besuchen, immer deutlich in Erinnerung bleiben. Es war mehr als eine Pfingstmesse, es war eine Weihe, es war eine Mahnung. Denn in der Bucht lagen wartend die großen Schiffe, und noch nie hatten die Menschen in Plymouth so einen atemberaubenden Anblick gesehen.

Wir kamen von Pennlyon herunter – Jake und ich mit Carlos und Edwina, Jacko, Penn, Linnet und Damask. Die Sonne tanzte auf dem Wasser, und in den engen Gassen eilten die Menschen aus ihren Häusern, um rechtzeitig zur Kirche zu kommen und Sir Francis Drake zu bewundern. Denn dort war er: der große Seemann, der Schrecken der Spanier, der Held aller getreuen Untertanen der Königin.

Wir wußten, bald würde die größte Schlacht in der Geschichte unseres Landes gefochten werden. Die Nüchternen unter uns ermahnten sich gegenseitig, daß die Zukunft unseres Landes von dieser Schlacht abhängen könnte. Die Spanier standen kurz vor dem Auslaufen.

Auf den Schiffen in der Bucht flatterte die Fahne von England – ein rotes Kreuz auf weißem Untergrund. Der Wind blies kräftig, die Schiffe schienen an ihren Ankerketten zu zerren, voller Ungeduld, endlich auslaufen zu können.

Dort lag auch Drakes Schiff, die ›Revenge‹, Howard of Effinghams ›Art‹, Martin Frobishers ›White Bear‹ und seine ›Triumph‹. Und die ›Elizabethan Bonventure‹ und ›Nonpareil‹. Ein wundervoller Anblick. Jake hatte seine Dienste Lord Howard und Sir Francis angeboten. Carlos und Jacko auch.

Sie hätten es sich nie verziehen, wenn sie nicht dagewesen wären, um auszulaufen und gegen die Armada zu kämpfen, sobald die Zeit gekommen war.

Als ich an diesem Sonntag in der Kirche saß, fragte ich mich, was die nächsten Tage wohl bringen würden.

Die ›Golden Fleece‹ war noch nicht zurückgekehrt. Oft fragte ich mich, ob sie wohl von Spaniern gekapert worden war. Wenn ja, wäre Roberto möglicherweise in Sicherheit und könnte mit der Familie seines Vaters in Spanien leben. War es unbescheiden, so viel zu erhoffen? Wer konnte das schon sagen? Es war noch nicht allzu lange her, seit er davongesegelt war; vielleicht würde die ›Fleece‹ sogar samt ihm zurückkehren. Aber wenn dem so wäre, könnte er hier je ein Leben in Frieden finden? Die schottische Königin, die so unheilvoll in die Babington-Verschwörung verstrickt gewesen war, hatte man letztes Jahr auf Schloß Fotheringhay enthauptet. Wenn es uns jetzt gelang, die Armada zu besiegen, konnte es sein, daß wir alle Bedrohungen innerhalb und außerhalb Englands überwunden hatten. Konnten wir dann auf ein paar friedliche Jahre hoffen?

Ich hatte Linnet von Robertos Flucht erzählt. Mehr und mehr vertraute ich mich ihr an. Sie war jetzt achtzehn Jahre alt – ein hübsches, gescheites Mädchen. Sie war uns beiden ähnlich – Jake und mir. Ich hatte besonders darauf hingewiesen, daß Jake es war, der ihn gerettet hatte, indem er ihn auf die ›Golden Fleece‹ hinausschaffte, was sie für eine noble Tat seinerseits hielt, denn sie kannte seine festen Überzeugungen.

»Er hat es für mich getan, das werde ich ihm nie vergessen.«

Linnet, mit der gefühlsbetonten Impulsivität der Jugend, änderte ihre Haltung ihm gegenüber. Sie fing an, ihn in einem neuen Licht zu sehen, der trotz allem ein gutes Herz hatte. Sie zürnte ihm nicht länger, und es war beglückend zu sehen, wie Jake sich beinahe pathetisch über ihre veränderte Haltung ihm gegenüber freute.

Sie waren einander zwar lästig, aber ich glaube, sie wollte auf ihn stolz sein, und er wollte, daß sie ihn liebte.

So standen die Dinge am Pfingstsonntag.

Die darauffolgenden Wochen waren eine einzige Enttäuschung – denn die Spanier wollten und wollten nicht kommen. Die Schiffe lagen noch immer im Hafen. Zwischen den Admirälen gab es Streitereien, erzählte man.

Jake haßte Untätigkeit. Jeden Tag war er unten am Hafen und wartete auf das Signal.

Es erreichte uns die Nachricht, daß die Armada in Lissabon ausgelaufen sei, das Wetter ihnen aber derartig mitgespielt habe, daß sie Zuflucht in La Corunña suchen mußten, um sich neu zu verproviantieren und die Schäden an ihren Schiffen reparieren zu können.

Diese Nachrichten wurden in England mit Jubelgeschrei begrüßt. Das bewies doch, auf wessen Seite Gott stand, war die allgemeine Meinung.

Das Warten dauerte an, die Spannung wuchs ins Unerträgliche. Nie habe ich einen so ungeduldigen Mann wie Jake gesehen.

»Was ist nur mit den Spaniern los?« knurrte er. »Haben sie Angst, sich aus ihrem Loch zu wagen?«

Wir lachten und unterhielten uns darüber, daß die unbesiegbare Armada nicht imstande gewesen war, Wind und Wetter zu trotzen, und daß sie sich zwecks Verrichtung von Reparaturarbeiten hatte in die Häfen zurückziehen müssen. Aber ich hatte Angst, was die unausweichliche Schlacht uns wohl bringen würde. Mein ganzes Leben hatte es Auseinandersetzungen um die rechte Religion gegeben. Im Leben meiner Mutter war es nicht anders gewesen. Aber was jetzt kam, war wohl der Höhepunkt.

Ich fürchtete für Jake und ich wußte, daß Edwina für Carlos

fürchtete, wie Jennet für Jacko und Romilly für Penn. Wir alle, die wir Männer hatten, die hinaus in die Schlacht fahren würden, waren besonders ängstlich. Was passieren würde, wenn die Eindringlinge Fuß auf englischen Boden setzen würden, wagten wir uns nicht auszumalen. So weit dachten wir lieber gar nicht. Tief in unserem Herzen glaubten wir felsenfest daran, daß kein Eindringling unser Land würde erobern können.

Aber es müßte eine fürchterliche Schlacht werden, meinten wir.

Wir hörten, die Armee hätte sich in Tilbury versammelt, und die Königin sei inmitten ihrer Männer geritten.

Jakes Augen glänzten vor Stolz, wenn er von ihr sprach.

»Sie saß hoch zu Roß wie ein Soldat, und sie trug einen Feldherrnstab. Ich wünschte zu Gott, ich hätte dabeisein dürfen.«

»Euer Platz ist hier«, erinnerte ich ihn.

»Natürlich«, erwiderte er, »mit Drake, Frobisher und allen anderen.«

Ich erinnerte mich an sie, als sie vor so vielen Jahren nach London in den Tower gekommen war und gesagt hatte, sie würde Gott dankbar und allen Menschen gnädig sein. Nun war sie nicht mehr jung, genauso alt wie ich, und die Jahre mußten auch ihr eine Lehre gewesen sein, genau wie mir.

Sie war eine Frau, die, wenn der Augenblick es verlangte, über sich selbst hinauswachsen konnte, und weiß Gott, dieser Augenblick verlangte das.

Ihre Rede ging durchs ganze Land und machte uns allen Mut. Gewisse Abschnitte davon werde ich mein Leben lang nicht vergessen.

›Wie ihr seht, komme ich in dieser Zeit zu euch. Nicht, um mich auszuruhen oder mich zu vergnügen, sondern um bei euch zu sein in der Hitze der Schlacht, um mit euch zu leben oder zu sterben, um meine Ehre und mein Blut, mein Königreich und meine Untertanen in Gottes Hand zu geben. Ich weiß, ich habe den Körper eines schwachen, kraftlosen Weibes, aber ich habe das Herz eines Königs, eines Königs von England noch dazu. Und wehe, sollte irgendein Feind es wagen, Grenzen meines Königreiches zu übertreten.‹

Das waren die Worte, die uns alle begeisterten.

Und so warteten wir weiter – manche in zitternder, andere, wie Jake, in enttäuschter Ungeduld.

Und eines Tages – es war inzwischen Juni geworden – der neunzehnte – kam die Nachricht nach Plymouth: Die Armada war gesichtet worden!

Die Menschen strömten aus ihren Häusern und drängten sich in den engen kopfsteingepflasterten Gassen. Die unterschiedlichsten Gerüchte gingen um. Überall herrschte Aufregung.

Sir Francis, der im Hafen gerade Kugelstoßen spielte, um sich eine Stunde oder zwei die Zeit zu vertreiben, sagte, er wolle zuerst sein Spiel beenden. Es sei noch genügend Zeit, die Spanier könnte man auch später noch schlagen. Zusammen mit Linnet, Edwina, Romilly und Jennet sah ich zu, wie die Schiffe aus dem Hafen liefen.

Keiner von uns sprach ein Wort, aber wir verstanden alle die Gefühle der anderen. Unsere Männer waren unterwegs zur größten Herausforderung ihres Lebens. Prächtig sahen ihre Schiffe aus, mit ihren Segeln, die sich im Winde blähten. Aber ich zitterte bei dem Gedanken an die riesigen Galeonen, denen sie begegnen würden.

Die Spanier mit ihrer vielgepriesenen Armada waren bereits im Ärmelkanal. Unsere Schiffe waren Zwerge, verglichen mit den ihren.

Aber als wir so dastanden und sie auslaufen sahen, glaubten wir an den Sieg. So überzeugt war Admiral Drake davon, daß er die Spanier schlagen würde, daß wir alle an seinen Sieg glaubten. Männer wie Jake hatten nie daran gezweifelt, und man sprach davon, daß die Spanier von dieser seltsamen Zuversicht bei den Engländern wußten. Sie hielten sie für eine Hexerei, heraufbeschworen von dem ›Teufelsdrachen‹ Drake.

Ich sah Jakes Schiff nach, dem ›Triumphierenden Löwen‹, bis ich es nicht mehr sehen konnte. Carlos und Jacko, beide befehligten je eines von Jakes anderen Schiffen.

»O Gott«, betete ich, »ich weiß, wir werden die Spanier schlagen, aber schick uns unsere Männer heil zurück.«

Jetzt kennen wir alle den Ausgang der Schlacht, wissen wir, daß die mächtigen und würdevollen Galeonen unseren leichten, kleinen englischen Schiffen nicht gewachsen waren, daß eine von Drakes Schwadronen vor den Häfen von Newport und Dünkirchen gelegen war und jede Überfahrt von Truppen aus Flandern gestoppt hatte.

Wir wissen auch, daß die Engländer, auf die die mächtigen Galeonen nicht den geringsten Eindruck machen konnten, in aller Schlauheit bis zum Einbruch der Dunkelheit warteten, kleinere

Schiffe anzündeten und sie zwischen die Galeonen segeln ließen, so daß verschiedene Spanier, nachdem das Feuer auf ihre Schiffe übergegriffen, die Ankertaue kappen mußten und zu entkommen versuchten. Worauf die englischen kleineren und wendigeren Fahrzeuge einige kaperten und andere zerstörten. Trotzdem entkamen viele und trieben auf dem Ärmelkanal hinaus ins offene Meer, oder wurden an Land gespült.

Die Zuversicht von Männern wie Drake und Jake Pennlyon war unzerstörbar, weil sie wußten, sie würden siegen, während die Spanier Angst hatten zu verlieren. Die Spanier waren sehr tapfer, zweifellos, aber den Engländern waren sie nicht gewachsen. Der Engländer verteidigte seine Heimat, der Spanier war auf Eroberung aus. Unsere Schiffe konnten von der Küste aus versorgt werden, und Pinassen segelten ununterbrochen zwischen ihnen und dem Festland hin und her.

Wir hatten die größte Schiffsflotte gegen uns, die jemals zuvor in See gestochen war, wie die Spanier verkündet hatten, eine ›uneinnehmbare Armada im Dienste eines großen Unternehmens‹. Und das große Unternehmen war mißglückt.

Unsere Schiffe kamen zurück in den Hafen. Linnet, Damask, Penn, Romilly, Jennet, Edwina, ich, wir alle haben auf sie gewartet und mit unseren Augen angestrengt den Horizont abgesucht.

Würden sie alle zurückkommen? Konnten wir hoffen, alle unsere Männer wiederzusehen?

Ich sah Edwina an, die an Carlos dachte, und ich nahm ihre Hand. Ich verstand ihre Ängste, denn ich teilte sie.

Und ich dachte zurück an mein erstes Zusammentreffen mit Jake, hier im Hafen, und wie entschlossen ich damals war, mich mit aller Kraft gegen ihn zu wehren.

Bitte, lieber Gott, betete ich jetzt, laß ihn zurückkommen. Laß mich bis an mein Lebensende mit Jake Pennlyon zusammen sein.

Was für eine Freude, als sie dann alle wiederkamen! Der ›Triumphierende Löwe‹ lag ein wenig schräg im Wasser, aber sonst war ihm nichts passiert.

Und ihr Kapitän? Ich zitterte, aber da sah ich ihn schon ins Boot klettern.

Der Jubel im Lande war unbeschreiblich. Die gute Neuigkeit hatte sich in Windeseile überallhin verbreitet. Freudenfeuer wurden angesteckt, die Glocken läuteten. Die spanische Armada war besiegt und zerschlagen. Einige Schiffe trieben in den Ozean hinaus, manche waren an unseren Küsten gestrandet. Nur wenige würden nach Spanien zurückkehren.

Es war ein Sieg, den wir unseren englischen Seeleuten verdankten.

Da kam Jake. Ich rannte auf ihn zu und warf ihm meine Arme um den Hals. Seine Augen glänzten.

»Tod und Teufel!« rief er. »Wir haben es geschafft, Cat! Wir haben sie vom Meer gefegt! Sie sind am Ende. Das ist das Ende ihrer Macht. Jetzt beginnt die unsere. Wir werden die Herren der Meere und der neuen Länder sein. Das ist ein Tag, auf den wir stolz sein können. Ja, dies ist ein Tag des Triumphes. Der Tag der Löwen... Meine Familie, Cat, und meine Schiffe, mein ›Triumphierender Löwe‹. Dies ist der größte Tag, den sie je erlebt haben. Die englischen Löwen, Cat, sind die Herren der Meere! Das ist der Triumph der Löwen!«

Ich lachte ihn an. »Du wirst doch nicht plötzlich mit deinem Leben zufrieden sein, Jake Pennlyon?«

»Noch nie war ich es mehr.«

»Wenn du nun noch einen legitimen Sohn hättest, wärest du dann nicht noch zufriedener.«

Er sah Linnet an. »Tod und Teufel! Ich habe das Gefühl, meine Tochter Linnet ist so gut wie jeder Sohn!«

Sie trat zu uns und hakte sich bei ihm unter, und zusammen gingen wir nach Hause.

Philippa Carr, besser bekannt als Victoria Holt

Verzeichnis lieferbarer Titel

(Stand Dezember 1988)

Die Ashington-Perlen
Die Braut von Pendorric
(01/5729)
Die Braut von Pendorric/
Die siebente Jungfrau/
Die Rache der Pharaonen
(23/6)
Die Dame und der Dandy
(01/6557)
Der Fluch der Opale (01/5644)
Der Fluch der Opale/Das Haus
der tausend Laternen/
Die geheime Frau (23/18)
Die geheime Frau (01/5213)
Harriet – sanfte Siegerin
Das Haus der tausend Laternen
(01/5404)
Herrin auf Mellyn
Im Schatten des Luchses
In der Nacht des
siebenten Mondes
Die Insel Eden
Die Königin gibt Rechenschaft
Königsthron und Guillotine
Die Lady und der Dämon
Meine Feindin, die Königin
Die Rache der Pharaonen
(01/5317)

Das Schloß im Moor (01/5006)
Der Schloßherr
Die siebente Jungfrau (01/5478)
Tanz der Masken
Der Teufel zu Pferde
Treibsand
Unter dem Herbstmond
Verlorene Spur
Das Vermächtnis der Landowers
Das Zimmer des roten Traums
(01/6461)
Die Erbin und der Lord
(01/6623)
Geheimnis im Kloster (01/5927)
Die Halbschwestern (01/6851)
Im Schatten des Zweifels
(01/7628)
Im Sturmwind (01/6803)
Das Licht und die Finsternis
Sarabande (01/6288)
Der springende Löwe (01/5958)
Sturmnacht (01/6055)
Die venezianische Tochter
(01/6683)

*Die Bandnummern der Heyne-
Taschenbücher sind jeweils in
Klammern angegeben.*

Philippa Carr, besser bekannt als Victoria Holt
eine Meisterin des historischen Liebesromans

Victoria Holt wurde 1906 als Eleanor Alice Burford Hibberts in London geboren. Ihre Zuneigung zu Büchern entdeckte sie durch ihren Vater, einen englischen Kaufmann. Von ihrer unerschöpflichen Phantasie inspiriert, begann sie unter Pseudonym zu schreiben.

Victoria Holt, bei uns auch unter dem Pseudonym Philippa Carr bekannt, bedient sich der Vergangenheit, um den Leser in ihre Welt der menschlichen Schicksale zu entführen. Hoch über den Dächern von London schreibt die international bekannte Autorin ihre inzwischen zu Weltbestsellern gewordenen Bücher.

Spannungsgeladene Romane entstehen vor einem detailliert geschilderten, historischen Hintergrund. In farbenprächtigen Szenen läßt sie Geschichte lebendig werden. Durch eine Fülle ungewöhnlicher Konflikte gelingt es der Autorin in jedem ihrer Bücher, ihre Leser erneut zu fesseln. Ihr Einfallsreichtum und ihre Fähigkeit, menschliche Verhaltensweisen anschaulich und nachvollziehbar zu schildern, lassen Victoria Holts Bücher zu jener Art von Schmökern werden, die man bis zur letzten Seite nicht mehr aus der Hand legt.

TIP DES MONATS

Große Romane

01/6953 - DM 9,80

01/6940 - DM 7,80

01/7601 - DM 7,80

01/847 - DM 6,80

01/7602 - DM 7,80

01/11 - DM 7,80

01/6931 - DM 7,80

01/6518 - DM 7,80

01/6578 - DM 7,80

große Erzähler

HEYNE
BÜCHER

John le Carré
Die Libelle
Roman

01/6619 - DM 9,80

Colleen McCullough
DORNEN VÖGEL
Roman

01/5738 - DM 9,80

Der amerikanische Bestseller-Autor
ROBERT LUDLUM
Die Aquitaine Verschwörung
ROMAN

01/6941 - DM 12,80

Susan Howatch
DIE HERREN AUF CASHEMARA
Roman

01/5691 - DM 10,80

EIN WELT-BESTSELLER! ÜBER 30 MILLIONEN VERKAUFT.
EXODUS
LEON URIS
23. Auflage

01/566 - DM 9,80

Mario PUZO
Narren sterben
Roman

01/5832 - DM 9,80

JAMES A. MICHENER
COLORADO-SAGA
Roman

01/5750 - DM 14,80

Pearl S. Buck
Das Haus der Erde
Die weltberühmte China-Trilogie der Nobel-Preisträgerin

01/6206 - DM 14,80

JOHN KNITTEL
Via Mala
ROMAN

01/6674 - DM 9,80

HEYNE BÜCHER

HEYNE TASCHENBÜCHER

Klassiker unter den Frauenromanen: fesselnde Lebens- und Schicksalsromane von Weltautorinnen.

Vicki Baum:
Stud. chem.
Helene Willfuer
Roman
01/35 - DM 5,80

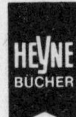

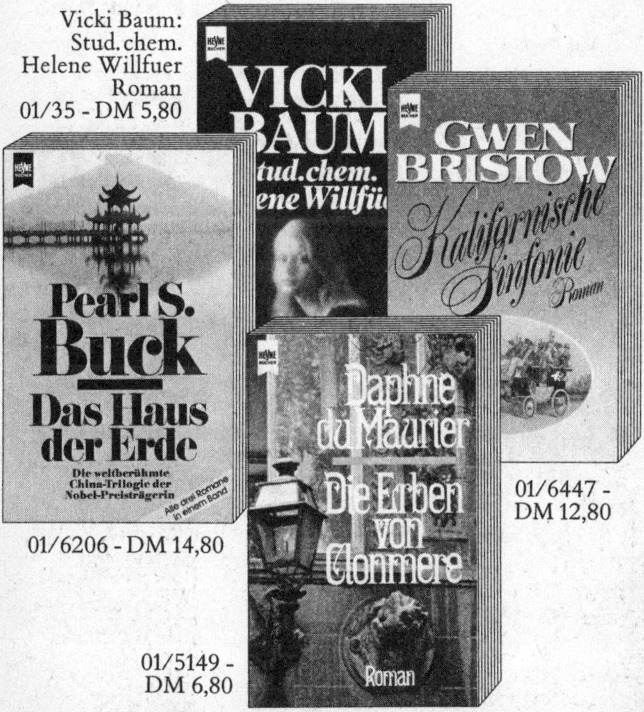

01/6447 - DM 12,80

01/6206 - DM 14,80

01/5149 - DM 6,80

Wilhelm Heyne Verlag München